JAMES A. MICHENER

DIE BUCHT
Roman

Aus dem Amerikanischen von Wolf Harranth,
Hans Erik Hausner, Gunther Martin
und Ingrid Weixelbaumer

James A. Michener

wurde 1907 als Sohn unbekannter Eltern geboren. Fast seine ganze Kindheit verbrachte er im Haus der Witwe Mabel Michener, die in Doylestown, Pennsylvania, ein Heim für Findelkinder unterhielt. Wenn die Wohltäterin finanzielle Engpässe durchzustehen hatte, lernten ihre Zöglinge vorübergehend auch das Leben im Armenhaus kennen.

Schon früh entwickelte Michener eine Leidenschaft für das Reisen, und bereits 1925, als er die High School abschloß, kannte er fast alle Staaten der USA. Der hervorragende Schüler erhielt ein Stipendium für das Swarthmore College, wo er 1929 mit Auszeichnung promovierte. In den folgenden Jahren war er Lehrer, Schulbuchlektor, und er ging immer wieder auf Reisen. Während des Zweiten Weltkrieges diente Michener als Freiwilliger bei der US-Marine, die er als Korvettenkapitän verließ. Mit vierzig Jahren entschloß er sich, Berufsschriftsteller zu werden.

Für sein Erstlingswerk »Tales of the South Pacific« erhielt er 1948 den Pulitzer-Preis. Durch Richard Rodgers und Oscar Hammerstein wurde es zu einem der erfolgreichsten Musicals am Broadway. Micheners Romane, Erzählungen und Reiseberichte wurden inzwischen in 52 Sprachen übersetzt. Einige davon wurden auch erfolgreich verfilmt.

Von James A. Michener sind außerdem erschienen:

Vollständige Taschenbuchausgabe 1983, 15. Auflage 1993
Droemersche Verlagsanstalt Th. Knaur Nachf., München
© 1979 Droemersche Verlagsanstalt Th. Knaur Nachf., München
Titel der Originalausgabe »CHESAPEAKE«
©1978 Random House, New York
Umschlaggestaltung Graupner + Partner, München
unter Verwendung des Gemäldes »Progress«
von Asher Durand
Mit freundlicher Genehmigung der Warner Collection of Gulf States
Paper Corporation, Tuscaloosa, Alabama
Satz DTP im Verlag
Gesamtherstellung Elsnerdruck, Berlin
Printed in Germany
ISBN 3-426-60129-X

2 4 5 3 1

Für
Mari Michener,
die sich um die
Gänse, Reiher,
Fischadler und
Kardinäle kümmerte

Inhalt

Dieses Buch ist ein Roman, und es wäre falsch, es als etwas anderes verstehen zu wollen. Die Figuren existieren nur in der Vorstellung; die Steeds, Turlocks, Paxmores, Caters und Cavenys sind Erfindungen des Autors und lebenden Personen nicht nachempfunden. Die wichtigsten Schauplätze – die Insel Devon, die Friedensklippe, das Turlock-Moor und die Stadt Patamoke – sind so imaginär, daß sie geographischen Boden darstellen, den es gar nicht gibt. Das Refugium liegt an einem Wasserlauf, den es nicht gibt, und im südlichen Zentralafrika sucht man vergebens nach einem Fluß Xanga oder einer Gemeinde oder einem Volk dieses Namens.

Die Beschreibung des Choptank ist jedoch so weit wie möglich korrekt; hier habe ich nichts erfunden. Die Besiedlung des Choptank durch die Engländer vollzog sich etwas später als hier geschildert, aber sie begann nur siebenunddreißig Kilometer nördlich des angegebenen Ortes.

Danksagung

Es war 1927, als ich das erste Mal die Chesapeake Bay hinauffuhr. In den folgenden Jahren habe ich sie häufig besucht. Seit meinen ersten Tagen in der Bucht dachte ich daran, ein Buch über sie zu schreiben, verschob es aber immer wieder: Ich wollte erst längere Zeit an ihren Ufern leben. Diese Gelegenheit bot sich mir 1975, als ich zwei Jahre in der Nähe eines kleinen, aber historischen Fischerdorfes wohnte. In dieser Zeit begegnete ich vielen klugen Leuten, mit denen ich arbeitete und deren Ideen diesen Roman durchsetzen. Ich möchte ihnen hier den Dank abstatten, den sie sich in so reichlichem Maß verdient haben.

Die Chesapeake Bay: Walter Robinson aus Swarthmore nahm mich als erster auf Bootsfahrten mit und erweckte in mir die Liebe zu dieser Landschaft. Der Richter William O'Donnell aus Phoenixville nahm mich Dutzende Male als Besatzungsmitglied seiner »Prince of Donegal« mit, und Larry Therien half mir, das Land zu erforschen. Auf Pearce Codays »Cleopatra's Barge« lernte ich andere Teile der Bucht kennen.

Der Choptank: In kleinen Booten nahmen mich Lawrence McCormick und Richard Springs auf Ausflüge in das Quellgebiet des Flusses mit. Um mir Gelegenheit zu geben, den Oberlauf aus geringer Höhe zu erforschen, organisierte Edward J. Piszek Hubschrauber. Richter O'Donnell, aber auch William Robinson zeigten mir den Fluß in seiner ganzen Ausdehnung.

Außenbordmotorboote: Drei Schiffskapitäne waren mir sehr behilflich: G. S. Pope, jetzt schon im Ruhestand, hat mir aus alten Zeiten erzählt. Josef Liener war mein Lehrmeister, während wir mit der »Rosie Parks« fuhren, und Eddie Farley nahm mich zum Austernfischen auf seiner »Stanley Norman« mit. Auch konnte ich mehrere aufgebockte alte Schiffe besichtigen.

Austern: George Krantz vom Forschungsinstitut für Ästuarien (trichterförmig erweiterte Flußmündungen) an der Universität Maryland teilte mir seine Untersuchungsergebnisse mit, und Robert Inglis informierte mich laufend über seine Fortschritte: In dem Bach, der seine vordere Grundstücksgrenze darstellt, züchtete er Austern. Immer wieder erzählte mir Levin Harrison von vergangenen schweren Tagen.

Gänse: Ron Vavra, der Zwillingsbruder des Mannes, der die Fotografien für mein Buch »Iberia« besorgte, machte mich mit der grundlegenden Forschung über die Kanadagans bekannt, und Dutzende von Jägern waren mir dabei behilflich, deren Gewohnheiten nachzuspüren. William H. Julian, der leitende Direktor des Blackwater National Wild Life Refuge, zeigte mir seine sechzigtausend Gänse und ließ es nie an Hilfsbereitschaft fehlen.

Graureiher und Fischadler: Nachdem ich diese hinreißenden Wasservögel lange Zeit im Gelände beobachtet hatte, begegnete ich Jan Reese, einem führenden Experten für diese zwei Spezies, der mich auf viele Aspekte hinwies, die mir bisher entgangen waren.

Langläufige Gewehre: Dr. Harry Walsh, eine Autorität auf diesem Gebiet, zeigte mir seine Sammlung, erzählte mir von alten Zeiten und half mir, das Geheimnis dieser Einmannkanonen zu begreifen und wie sie funktionierten.

Bäume: Stark McLaughlin, Forstfachmann in Maryland, beriet mich wiederholt in verschiedenen Fragen des Baumwachstums und der Baumkulturen.

Das Leben am Choptank: Captain Bill Benson vom ältesten Fährdienst der Nation ließ mich an seinen unschätzbaren Erinnerungen teilhaben. Botschafter Philip Crowe half mir weiter, indem er mich von den jüngsten Ereignissen in Kenntnis setzte. Und eine langjährige Freundin, Alyce Stocklin, bereitete mir mit ihren launigen Kommentaren manch heitere Stunde. H. Robins Hollyday ging großzügig mit seiner Zeit und seinem großen Bestand an alten Fotografien um, und Peter Black stand mir bei der Lösung verschiedener Probleme zur Seite.

Die Geschichte der Schwarzen: Dickson Preston gewährte mir großzügig Einblick in seine beachtlichen Forschungen über Frederick Douglass; sie verleihen meiner Schilderung des Lebens der Sklaven in diesem Gebiet Glaubwürdigkeit. Er hat auch das fertige Manuskript gelesen und gab mir wertvolle Hinweise auf historische Details. Meine Freundin Dorothy Pittman lud einige ihrer schwarzen Nachbarn ein, damit wir uns unterhalten konnten; ich möchte besonders James Thomas und LeRoy Nichols erwähnen. Richter William B. Yates stellte nüchterne und ökumenische Betrachtungen über die leidensvolle Zeit an.

Obwohl die Handlung dieses Romans aus Gründen des dramatischen Aufbaus am nördlichen Ufer des Choptank angesiedelt ist, habe ich doch meine Nachforschungen zum großen Teil am Südufer betrieben, an dem ich besonders hänge, und ich bin den Kennern dieses Gebietes zu großem Dank verpflichtet. Bayly Orem, der einer angesehenen Familie in Dorchester entstammt, lernte ich bei einem Taubenschießen kennen, und er ließ es sich nicht nehmen, mich mit seinen Nachbarn bekannt zu machen, die sich als äußerst hilfsbereit erwiesen.

Schiffsbau: Der durch seine Rekonstruktionen historischer Schiffe berühmt gewordene James Richardson vermittelte mir aufschlußreiche Informationen; das gleiche taten auch seine Schwiegersöhne Tom Howell und James D. Brighton.

Diamantschildkröten: Senator Frederick C. Malkus, der erste Schildkröten-Trapper dieser Gegend, nahm mich zum »Turtling« mit, wie man den Sport des Schildkrötenfanges nennt.

Little Choptank: Dale Price erlaubte mir, seinen Besitz am Little Choptank zu besuchen; an dieser Stelle stand vor dem Bürgerkrieg Hermann Clines Sklavenfarm.

Indianer: Richter William B. Yates erzählte mir von den Choptank-Indianern und vielen anderen Dingen.

Sumpflland: Elmer Mowbray nahm mich auf Ausflüge in die in seinem Privatbesitz befindlichen Sümpfe mit. Das biologische Leben in Ästuarien ist sein Spezialgebiet, und ich stehe in seiner Schuld.

Fischen: David Orem und Jay Alban lehrten mich alles über das Fischen und die Besonderheiten der Natur im Gebiet der Bucht.

Forschung: Die Leute im Chesapeake Bay Maritime Museum in St. Michaels waren außerordentlich hilfsbereit; der Direktor R. J. Holt war mir ganz besonders gefällig. Die Bibliothek in Easton, Maryland, besitzt eine ausgezeichnete Sammlung von wissenschaftlichem Material; die Leiterin, Elizabeth Carroll, sorgte dafür, daß man mich unterstützte, und Mary Starin, Kustos des Maryland-Flügels, half unermüdlich beim Aufspüren von Büchern, wie sie allen hilft, die in der Bibliothek arbeiten. Robert H. Burgess vom Mariners' Museum in Norfolk ging mir mit Büchern und Ratschlägen zur Hand.

Literatur: Einzelheiten über Unternehmungen in früherer Zeit überprüfte ich an Hand von »Tobacco Coast, A Maritime History of the Chesapeake Bay in the Colonial Period« von Arthur Pierce Middleton. Um mich über die Art zu informieren, wie während des amerikanischen Freiheitskrieges auf einer Plantage am Ostufer Handel getrieben wurde, benutzte ich verschiedene Quellen: Die aufschlußreichste war Edward C. Papenfuses »In Pursuit of Profit«; das Buch befaßt sich mit einer Gruppe von Kaufmannsfamilien am Westufer. Die Bedeutung der Seeschlacht, die 1781 vor der Mündung des Chesapeake Bay geschlagen wurde, wird ganz allgemein nicht sehr hoch eingeschätzt. Mein Bericht gründet sich auf jüngste Untersuchungen, insbesondere auf »Decision at the Chesapeake« von Harold A. Larrabee, ein Werk, das die Aufmerksamkeit all jener verdient, die sich für diese Periode interessieren.

Doch meine wertvollsten Mitarbeiter waren die Menschen im Choptank-Gebiet. Dutzende von ihnen unterhielten sich mit mir bei gesellschaftlichen Veranstaltungen oder im Verlauf wissenschaftlicher Tagungen, die in einem der kältesten Winter und in einem der heißesten Sommer stattfanden, die das Ostufer je heimgesucht haben. Diese Gesprächspartner waren amüsant und scharfsichtig, sie forderten zum Widerspruch heraus … und hofften oft wohl auch, daß ich mein Vorhaben aufgeben und fortgehen werde; sie fürchteten, mein Buch könnte die Aufmerksamkeit der restlichen Welt auf das abgeschiedene Paradies lenken, an dem sie sich am Ostufer erfreuten.

Die Bucht

ERSTE REISE:
1583

Seit einiger Zeit trauten sie ihm nicht mehr. Späher beobachteten sein Kommen und Gehen, setzten davon die Priester ins Bild, und im Ältestenrat hatte man seine Warnung, keinen Krieg mit den Stämmen jenseits der Flußbiegung zu beginnen, in den Wind geschlagen. Als ein noch übleres Vorzeichen betrachtete er jedoch den Umstand, daß sich die Familie des Mädchens, das er dazu erwählt hatte, den Platz seiner toten Frau einzunehmen, geweigert hatte, die drei langen Muschelschnüre als Kaufpreis anzunehmen.

Widerstrebend kam er zu dem Schluß, daß er diesen Stamm verlassen mußte, der ihm so viel angetan hatte; es fehlte nur noch, daß man ihn ächtete. Als Kind hatte er gesehen, wie es den Männern erging, die vom Stamm verstoßen wurden, und es verlangte ihn nicht danach durchzumachen, was sie erlitten hatten: Isolierung, Verachtung, vor allem aber bittere Einsamkeit.

Ob er nun – stets allein – am großen Fluß fischte oder in den Grasniederungen jagte oder, in Nachdenken versunken, einfach dasaß, er hatte das Gefühl, gehen zu müssen. Aber wie? Und wohin?

Der Verdruß hatte begonnen, als der Stammeshäuptling eines Tages einen Raubzug vorschlug und er Vorbehalte anmeldete. Schon über ein Jahr hatten freundschaftliche Beziehungen mit den Stämmen jenseits der Biegung bestanden, und in dieser Zeitspanne, in der zwischen Nord und Süd der Handel zunahm, hatten die Menschen am Fluß im Wohlstand gelebt. Aber so lange Pentaquod sich erinnern konnte, waren die Susquehannocks im mittleren Abschnitt in Friedenszeiten nie glücklich gewesen; sie fühlten intuitiv, daß sie auf dem Kriegspfad sein sollten, um ihre Mannhaftigkeit unter Beweis zu stellen. Also wahrte der Häuptling nur die Tradition, wenn er Gründe suchte, um seine Krieger auszuschicken: Siegten sie, würde ihr Sieg ihm zur Ehre gereichen; unterlagen sie, würde er behaupten, daß er nur die Grenzen seines Stammes habe schützen wollen.

»Die Stämme des Nordens haben ihr Versprechen gehalten«, hatte Pentaquod argumentiert. »Weder haben sie unsere Biber gestohlen noch widerrechtlich

15

unsere Gärten betreten. Sie jetzt anzugreifen wäre schändlich, und unsere Krieger würden mit dem Wissen in die Schlacht ziehen, daß die Götter nicht auf ihrer Seite stehen können.«

Nicht nur der Ältestenrat, sondern auch die gewöhnlichen Krieger lehnten seine Denkweise ab; für einen Susquehannock, meinten sie, sei es schimpflich, länger als ein Jahr in Frieden zu leben. Wenn sich ihr großer Fluß als ein so ausgezeichneter Wohnort erwiesen hatte, dann doch nur darum, weil ihr Stamm immer gekämpft hatte, um ihn zu schützen, und ein alter Krieger prophezeite: »An dem Tag, Pentaquod, da wir Angst haben zu kämpfen, verlieren wir den Fluß.«

Er ließ mit seinen Einwänden gegen einen sinnlosen Krieg nicht locker, und da hier am Fluß jeder, der für den Frieden eintrat, des Verrats beschuldigt wurde, brachten seine Gegner das Gerücht in Umlauf, er sei vom Feind bestochen worden und vertrete nun dessen Interessen. Sie erinnerten daran, daß seine Frau jung gestorben war, womit sich die Wahrscheinlichkeit erhöhte, daß auch die Götter seine Argumente verwarfen.

Man konnte ihn nicht gut der Feigheit zeihen, denn er war einer der hochgewachsensten Susquehannocks seiner Generation, und das in einem Stamm von Hünen. Er überragte die jungen Männer seines Alters an Körpergröße, und seine Augen blickten mit ruhiger Beständigkeit aus einem vollen, breiten Gesicht – dunkler als normal, das untrügliche Zeichen eines Kriegers. Dieser Widerspruch stiftete unter den Kindern Verwirrung, wenn sie die Beschuldigungen hörten, die gegen ihn erhoben wurden, und sie fingen an, seinen unsicheren Gang nachzuäffen, sobald er allein am Rand des Dorfes dahinschlich; bald würden sie ihn offen verhöhnen.

Es war eines dieser Kinder, das ihn so weit brachte, einen Entschluß zu fassen. Der kleine Junge hatte ihn hinter seinem Rücken nachgeäfft und damit große Heiterkeit unter seinen Freunden ausgelöst. Da drehte sich Pentaquod plötzlich um, packte ihn und wollte wissen, warum er sich so benahm. »Mein Vater sagt, der Rat tritt heute zusammen, um dich zu bestrafen«, platzte das Kind heraus. Und als Pentaquod sich im Dorf umsah, merkte er, daß die Erwachsenen verschwunden waren, und er wußte, daß der Knabe die Wahrheit sprach.

Er brauchte nur wenige Augenblicke, um seinen Entschluß zu fassen. Der Rat würde nicht übereilt handeln – das tat er nie. Sie würden lange Reden halten und ihn verurteilen. Doch wenn der Vater dieses Kindes tatsächlich das Wort »bestrafen« gebraucht hatte, mochte es wohl sein, daß ihm eine weit strengere Ahndung als eine bloße Verbannung bevorstand. Seine Feinde übten nun schon so unverblümte Kritik an ihm, daß sie sogar seinen Tod fordern konnten; wenn sie ihn wirklich für einen Spion der Stämme im Norden hielten, würde das nur eine logische Folgerung sein.

Er kehrte also nicht mehr zu seinem Wigwam zurück, wo seine Eltern in der Sonne saßen, versuchte auch nicht, in den Besitz seiner Waffen zu gelangen – damit würde er nur die Aufmerksamkeit seiner Bewacher erregen. Er entfernte sich vielmehr langsam von dem Langhaus, in welchem der Rat tagte, und schlenderte zum Fluß hinunter. Allerdings ging er nicht auf die Kanus zu, denn er wußte, daß das Alarm auslösen würde. Statt dessen kehrte er ihnen den Rücken zu, so als wolle er das Dorf im Auge behalten, wandte aber hin und wider den Kopf, um einem Vogel nachzusehen, und konnte auf diese Weise die Situation auf dem Fluß abschätzen.

Das Kriegsboot lag ständig für eine sofortige Abfahrt bereit, aber es war aus Eiche und viel zu plump, als daß ein Mann allein es hätte steuern können. Der Plan, den er im Sinn hatte, konnte nur gelingen, wenn er ein Kanu verwendete, das so leicht war, daß man es über Portagen tragen konnte. Ein solches lag gleich in der Nähe, und es sah hübsch und schnittig aus, aber er war dabei, als es gebaut wurde, und kannte seine Fehler: Es hatte noch nie ein Rennen gewonnen. Aber andere Kanus sahen verlockend aus, aber er verschmähte sie: Sie waren entweder zu langsam oder zu schwer.

Aber da war noch ein kleines Kanu; er hatte mitgeholfen, es für einen Jagdhäuptling zu bauen. Es war aus kostbarem Kiefernholz aus dem Norden, und als einmal während des Baus das Feuer, das zum Ausbrennen des Inneren diente, zu stark wurde, hatte er es ganz allein aufgehoben und ins Wasser geworfen, um die Flammen zu löschen. Der Besitzer hatte es gelb gestrichen; die Wände waren fest, die Spanten aus Eichenholz. Sein Bug war spitz, und es hatte viele Rennen gewonnen. Sein größter Vorzug aber bestand darin, daß es stets für Jagd und Fischfang ausgerüstet war; überdies lag es so nahe am Fluß, daß man es mit einem kräftigen Stoß aussetzen konnte.

»Das gelbe«, murmelte er vor sich hin, kehrte dem Fluß den Rücken und begab sich ins Dorf zurück. Lässig schlenderte er an der Ratshalle vorüber und stellte befriedigt fest, daß die Späher, die ihn zu bewachen hatten, sich zurückzogen, um ihn unauffälliger beobachten zu können. Das war für seinen Plan sehr wichtig, denn im Kampf konnte er sie nicht besiegen, sie waren zu viert und tapfere Krieger. Aber er konnte ihnen entkommen, denn er war schnell auf den Beinen.

Nachdem er sie auf diese Weise so weit wie möglich vom Fluß weggelockt hatte, machte er plötzlich kehrt und lief flink wie ein Wiesel zum Fluß zurück. Am Ufer angelangt, stürzte er sich nicht gleich auf das Kanu seiner Wahl; statt dessen hastete er zum Kriegsboot und nahm alle Paddel an sich. Dann rannte er zu sämtlichen kleineren Kanus, wo Paddel zu sehen waren, und sammelte auch diese ein. Nun erst wandte er sich dem gelben Boot zu.

Mit einem Aufschrei, der im ganzen Dorf widerhallte, warf er sämtliche Paddel in das gelbe Kanu, gab ihm einen mächtigen Stoß, schob es ins schlammige Wasser, kletterte hinein und begann, mit kräftigen Schlägen flußabwärts zu paddeln.

Ungeachtet der Tatsache, daß sein Leben von der Schnelligkeit abhing, mit der er seine Flucht bewerkstelligte, konnte er der Versuchung nicht widerstehen, einen Blick auf das Dorf zurückzuwerfen. Da standen, breit hingelagert, die Wigwams; da stand die Hütte, in der seine Eltern in diesem Augenblick von der verwegenen Tat ihres Sohnes erfuhren; und dort stand das Langhaus, aus dem jetzt bereits die Häuptlinge gelaufen kamen, um das Kriegsboot zu besteigen und den Verbrecher einzuholen. Er konnte den Blick nicht abwenden von den alten Männern, die nun am Ufer standen und sahen, daß sie keine Möglichkeit hatten, ihn zu verfolgen. Im Dorf herrschte lärmende Verwirrung. Würdige Häuptlinge liefen hin und her, fuchtelten mit den Armen und – so vermutete er – beschimpften die Aufpasser. Er brach in schallendes Gelächter aus.

Jetzt aber war er allein auf dem Fluß und mußte, wenn er überleben wollte, alle Fertigkeiten einsetzen, die er in seinen fünfundzwanzig Lebensjahren erworben hatte. Er mußte zwei südlich gelegene Susquehannock-Dörfer passieren und, da sie dem seinen dienstbar waren, von der Annahme ausgehen, daß sie ihm den Weg abschneiden und ihn festhalten würden. Überdies würden die Männer seines Stammes binnen kurzem andere Paddel finden, um ihre Kanus fortzubewegen und unverzüglich die Verfolgung aufzunehmen. Er vermutete sogar, daß man bereits Läufer ausgeschickt hatte, um die Verbündeten im Süden zu warnen: Er hatte keine großen Chancen zu entkommen.

Aber er gedachte, seine eigene Taktik anzuwenden, und sobald ihn seine kräftigen Paddelschläge in die Nähe des ersten Dorfes gebracht hatten, ließ er sich auf eine gewagte Spekulation ein. Die Läufer können noch nicht hier sein, dachte er, und so habe ich eine Chance. Er paddelte keck ans Ufer und rief mit lauter und erregter Stimme: »Freunde: Habt ihr einen Mann und eine Frau in einem Kanu vorbeifahren gesehen?«

Sie kamen an den Strand des westlichen Ufers, um ihm zu antworten: »Wir haben niemanden gesehen.«

»Meine Frau!« schrie Pentaquod, und die Leute fingen an zu lachen, denn es gibt auf der ganzen Welt nichts Komischeres als einen Ehemann, der eine davongelaufene Frau wieder einfangen will.

»Wo sind sie hin?« kreischte er.

»Ins Maisfeld!« höhnten sie ihn, und solange sie ihn noch sehen konnten, wie er wütend flußabwärts paddelte, blieben sie am Ufer stehen und lachten über diese groteske Figur – ein Ehemann im Kanu auf der Jagd nach seiner Frau und ihrem Liebhaber!

Es dämmerte bereits, als er sich dem zweiten Dorf näherte. Dieses lag am östlichen Ufer, und er bezweifelte, daß er hier mit dem gleichen Trick durchkommen würde, denn mittlerweile mußten die Läufer eine Belohnung für seine Gefangennahme ausgesetzt haben. Er versteckte sich unter den Bäumen des Westufers und wartete, bis es tiefe Nacht war. Er wußte, daß das Licht des Halbmonds erst gegen Mitternacht auf den Fluß fallen würde, wußte aber auch, daß eine Durchfahrt unmöglich war, sobald der Mond hoch am Himmel stand.

Darum ließ er, als die Dorffeuer erloschen und die Wachen auf ihren Posten waren, das Kanu im Schutz der Bäume am Westufer entlang treiben. Als sein Fahrzeug eine Stelle erreicht hatte, die genau gegenüber dem schlafenden Dorf lag, wagte er kaum zu atmen, aber die Durchfahrt verursachte kein Geräusch und alarmierte keine der Wachen. Im Morgengrauen paddelte er ungestüm flußabwärts und nützte jede Strömung, die sich ihm anbot.

Als die Sommersonne aufging und er ihre drückende Hitze zu spüren begann, paddelte er vernünftigerweise in die Mündung eines aus Westen kommenden Flusses hinein und verbrachte hier im Schutz der überhängenden Bäume die größte Zeit des Tages schlafend. Bei Einbruch der Dämmerung war er wieder auf dem Fluß, hungrig und mit schmerzenden Muskeln, aber er paddelte unermüdlich weiter mit kräftigen, rhythmischen Schlägen, die das Kanu zielbewußt vorantrieben.

Nachdem er in drei Tagen nur zwei kleine Fische zu essen gehabt hatte, kam er am frühen Morgen des vierten Tages zu den Wasserfällen, die sein Volk Conowingo nannte, und hier mußte er die Probe bestehen, die über den Erfolg seiner Flucht entscheiden würde. Als er sich den tosenden Wirbeln aus spritzenden, sprühenden Wassermassen näherte, wollte er eigentlich sein Kanu ans Ufer lenken und es über eine lange Strecke talwärts tragen. Doch als er von der Strommitte aus dem sicheren Ufer zustrebte, entdeckte er eine ungezähmt und schnell dahinfließende Wasserströmung, die sich zwischen Felsen ihren Weg bahnte, und nach wenigen Paddelschlägen beschloß er, sein Schicksal lieber dem Fluß als der Küste anzuvertrauen.

Dafür hatte er seine guten Gründe: Wenn ich mein Kanu über Land trage, könnten mich die andern einholen. Wenn ich aber den Fluß hinunterfahre, wird keiner mir zu folgen wagen, und ich werde viele Tage Vorsprung vor ihnen haben.

Wie in einem Ritual warf er alle Paddel, die er bei sich hatte, bis auf zwei über Bord. »Sie folgen dem dunklen, glatten Wasser!« rief er. Dann band er die Jagdgeräte an den Spanten fest und auch eines der beiden Paddel, um für den Fall gerüstet zu sein, daß jenes, das er verwendete, weggeschwemmt werden würde. Und mit der festen Überzeugung, daß er, wenn er seine Fahrt fortsetzte, nicht mehr riskierte, als wenn er umkehrte, steuerte er sein Kanu in das wirbelnde Wildwasser.

»Heia! Heia!« schrie er, als er spürte, wie die Strömung sich seines Kanus bemächtigte und es mit erschreckender Schnelligkeit mitriß.

Es war eine stürmische Fahrt über die Stromschnellen. Schäumendes Wasser schwappte in den Einbaum, und mit dem Paddel, so energisch er es auch einsetzte, war nicht viel auszurichten. Er hatte mehrmals das Gefühl, das Kanu und vielleicht auch sein Leben zu verlieren, aber so heftig der massive Einbaum auch gegen gefährliche Felsspitzen prallte und sich an ihnen scheuerte, fand er doch seinen Weg durch das turbulente Gewässer.

Als er die Durchfahrt überstanden hatte, war er erschöpft, und er schlief einen ganzen Tag lang unter den Bäumen. Kühles Wasser quoll aus einer Felsspalte, und als er sich erhob, trank er in langen gierigen Zügen. Auch fand er eine Lichtung mit Erdbeeren, an welchen er sich gütlich tat, und mit der Ausrüstung, die er bei sich führte, fing er nochmals zwei kleine Fische. Seine innere Sicherheit stellte sich wieder ein, und er setzte seine nächtliche Fahrt über den großen Strom mit frischen Kräften fort. Er beschloß, den nächsten Tag nicht mehr durchzuschlafen, denn vor ihm lag jene immense Wasserfläche, von der er schon als Kind gehört hatte und die nun sein Ziel war.

»Er liegt in südlicher Richtung«, hatte der alte Seher des Dorfes erzählt, »der Fluß der Flüsse. Den Fisch der Fische gibt es dort im Überfluß. Um hinzupaddeln, bräuchte selbst der Flußgott viele Tage, und an den Ufern gibt es Hunderte von Verstecken. Auf diesem Fluß der Flüsse dauert ein Sturm neun Tage, und die Fische sind so groß, daß einer allein ein ganzes Dorf ernähren kann. Aber er ist schön. Er ist so schön, daß du ihn eines Tages sehn darfst, wenn du ein guter Junge bist, deine Pfeile schön gerade schnitzt und die Yamswurzeln pflegst. Ich habe ihn nie gesehen, aber er fließt da unten, und vielleicht bist du der Glückliche.«

Und da war er nun, der Chesapeake! In Pentaquods Sprache bedeutete der Name »Der große Fluß, der reich ist an Fischen mit harter Schale«, und jedes Dorf am Susquehanna besaß kostbare Vorräte an Muschelschnüren, die aus diesen weißen Schalen aus dem Chesapeake gefertigt waren. Mit genügend Muschelschnüren konnte sich ein Mann sogar eine Häuptlingstochter kaufen.

Der Chesapeake! Das Wort war allen Kindern vertraut, denn auf diesem großen Gewässer ereigneten sich seltsame Dinge. Das war der magische Ort, wo der Strom noch breiter wurde als der Susquehanna und wo Stürme von unvorstellbarer Heftigkeit erschreckend gewaltige Wellen aufwarfen. Das war der Fluß der Flüsse, in welchem die Fische kostbare Schalen trugen.

Pentaquod legte sein Paddel über die Knie und beugte sich vor. Zufrieden ließ er sein gelbes Kanu ruhig in die Bucht treiben, und mit jeder Bootslänge, die er vorankam, boten sich ihm neue Offenbarungen, die Unendlichkeit dieser Wasserfläche, die Art, wie die Fische in die Luft sprangen, als ob es sie danach verlangte, gefangen und verzehrt zu werden, die ständig hin und her fliegenden Vögel, die majestätischen Bäume, die das Ufer säumten, und – mehr als alles andere – das Himmelsgewölbe, das blauer war, als er es je gesehen hatte.

Von Staunen erfüllt, ließ er sich einen ganzen Tag lang nach Süden treiben; bald glitt er am Ufer entlang, bald wagte er sich in die furchterregende und doch tröstliche Mitte. Der Strom war noch größer, als der alte Seher ihn zu schildern vermochte; er war schöner, als es ein ganzes Leben an einem Binnenfluß hätte ahnen lassen. Von dem Augenblick an, da er diese herrliche Wasserfläche gesehen hatte, bedauerte er es nicht mehr, das Dorf am Fluß verlassen zu haben, denn er hatte diese Ansammlung geflochtener Wigwams gegen eine erhabenere Majestät eingetauscht.

Er verbrachte zwei Tage in der Bucht und ließ sich stündlich von neuem Glanz bezaubern; fasziniert beobachtete er die Bewegung der Fische, die Futtersuche der Vögel und die Sonne, die riesengroß und rot aus den Fluten tauchte oder goldblitzend hinter den Bäumen versank.

»Was für eine Welt!« rief er auf dem Gipfel seiner Freude. Um diesen Gedanken auszudrücken, gebrauchte er ein Wort der Susquehannocks, das »Alles, was auf Erden gesehen und im Himmel nicht gesehen wird« bedeutete, und er zweifelte nicht daran, daß dieses Wort erfunden worden war, um es einem Mann wie ihm zu ermöglichen, diese neue Welt zu beschreiben, in der er nun leben durfte.

Vom ersten Augenblick seiner Flucht an war es seine Absicht gewesen, diese legendäre Bucht zu finden und an einem Ort am Westufer Zuflucht zu nehmen. In seiner Jugend waren die Muscheln, die sein Volk so hochschätzte, von Angehörigen eines tapferen Stammes gebracht worden, die sich Potomacs nannten, und er erinnerte sich, daß sie an einem Fluß im Westen lebten. Es war ein kriegerischer Stamm, denn in den Jahren, wo sie nicht kamen, um friedlichen Handel zu treiben, kamen sie in Kriegsbooten, um zu plündern. Er wollte bei den Potomacs Zuflucht suchen. Da er größer und breitschultriger als die meisten dieses Stammes war, folgerte er, daß man ihn willkommen heißen würde.

Doch als er nun über diese friedliche Wasserfläche trieb, die so ganz anders und um so vieles großartiger war als der eingeschnürte Fluß seines Heimatdorfes, wurde ihm bewußt, daß es ihn gar nicht gelüstete, zu den kriegerischen Potomacs zu stoßen, bei denen er als Krieger dienen müßte. Er hatte die Nase voll von Krieg und von den alten Männern, die immer wieder dazu aufriefen. Er wollte bei einem Stamm Aufnahme finden, der verträglicher war als jene, die am Susquehanna lebten, und friedfertiger als die mit Muscheln handelnden Potomacs. Das brachte ihn von der Absicht ab, ans Westufer zu paddeln.

Als Kind hatte man ihm erzählt, daß andere, weniger bedeutende Stämme am Ostufer wohnten; im Kriegshandwerk nicht geübt, würden sie sich nicht einmal nach Norden wagen, um Handel zu treiben. Hin und wieder hatten sich Gruppen von Susquehannocks nach Süden aufgemacht, um gegen sie zu kämpfen; es war ihnen lächerlich leicht gefallen, sie zu besiegen.

»Man kann sie kaum Feinde nennen«, hatte ein Krieger von jenseits der Biegung in Pentaquods Dorf erklärt. »Sie haben nur wenig Pfeile und keine Kanus, kaum lose Muscheln, um Schnüre zu machen, und keine begehrenswerten Frauen. Ihr könnt mir glauben, das sind keine Potomacs. Diese Potomacs verstehen es zu kämpfen.«

Jede Verunglimpfung der Leute im Osten, an die Pentaquod sich erinnern konnte, ließ ihm diese Stämme jetzt nur noch anziehender erscheinen. Sie unterschieden sich von den Susquehannocks? Das war gut. Sie waren anders als die Potomacs? Das war noch besser. Und wie um dieser Überlegung eine reale Basis zu geben, tauchte am Ostufer, von einer niedrigen, mit prachtvollen Bäumen bestandenen Insel behütet, die Mündung eines breiten, vielversprechenden Flusses auf. Der Fluß war einladend, friedlich und großflächig, und an seinen Gestaden nisteten buntschillernde Vögel.

Und so steuerte Pentaquod, der Susquehannock, der den Krieg satt hatte, mitten in der Chesapeake Bay sein Einbaumkanu nicht, wie es seine Absicht gewesen war, an das streitbare Westufer, sondern an das ruhigere Ostufer – und diese simple Entscheidung sollte ungeahnte Folgen haben.

Der Fluß

Als Pentaquod den Fluß im Osten ansteuerte, stieß er auf die baumbestandene Insel, die er schon von weitem gesehen hatte, da sie den Zugang beherrschte. Gleichsam zwischen zwei Landspitzen schwebend, von denen die eine nach Süden, die andere nach Norden wies, wirkte sie wie ein zum Empfang aufgestellter Wachtposten, der zu künden schien: Alle, die diesen Fluß hinauffahren, werden Freunde finden.

Die Insel war flach, aber ihre stattlichen Bäume ragten so hoch und so geballt auf, daß sie den Anschein einer Anhöhe erweckten. Eichen, Ahorn- und Tupelobäume, Kastanien, Birken, riesige Kiefern und glänzende Stechpalmen wuchsen so dicht, daß man kaum den Erdboden sehen konnte, und diese Bäume schützen Pentaquod, nachdem er sein Kanu an Land gezogen hatte und hungrig und erschöpft zu Boden gesunken war.

Als er erwachte, nahm er eine der wohligsten Empfindungen wahr, die die Erde zu bieten hat: Er ruhte auf einem Lager aus weichen, süß duftenden Kiefernnadeln, und als er den Blick nach oben richtete, konnte er den Himmel nicht sehen, denn die Kiefern wuchsen so hoch und aufrecht, daß sie einen Baldachin bildeten, den das Sonnenlicht nicht durchdringen konnte. Dieses Schutzdach gab ihm Sicherheit, und bevor er wieder einschlief, murmelte er: »Das ist ein guter Platz, dieser Baumplatz.«

Ein Geräusch weckte ihn, das er nicht gleich zu deuten wußte. Es klang kriegerisch und furchterregend und kam von einer Stelle unmittelbar über ihm. Unheilkündend hallte es wider: *Kraannk, kraannk, kraannk!*

Angstvoll sprang er auf, doch wie er da unter den hohen Bäumen stand, bereit sich zu verteidigen, mußte er plötzlich über seine Torheit lachen, denn als der Schrei nochmals erklang, fiel ihm ein, wo er ihn schon gehört hatte. *Kraannk, kraannk!* Es war ein hochgestelzter Graureiher, einer der reizvollsten Vögel der Flüsse und des Sumpflands.

Knietief stand er im Wasser: groß, dünn, ungelenk, von beachtlicher Größe, auf ellenlangen Beinen und mit einem zerzausten weißen Kopf. Sein auffallendstes Merkmal war der lange gelbliche Schnabel, den er auf das Wasser gerichtet hielt. Als Pentaquod noch ein Kind gewesen war, hatte dieser gefräßige Fischer als seltener Gast den Susquehanna besucht, um Nahrung zu finden. Gleichsam auf Zehenspitzen war er im Schilf herumspaziert, und beim Spiel hatte Pentaquod oft versucht, seine linkischen Bewegungen nachzuahmen.

Jetzt stand Pentaquod schweigend da und sah lächelnd zu, wie der Vogel langsam und täppisch am Ufer entlang und ins Wasser hinausstolzierte, bis seine knochigen Knie unter der Oberfläche verschwanden. Mit einer Bewegung seines langen Halses, so schnell, daß Pentaquod ihr nicht folgen konnte, stieß sein scharfer Schnabel dann ins Wasser und spießte einen Fisch auf. Er hob den Kopf, warf den Fisch in die Luft und fing ihn wieder auf. Auf einen Zug schluckte er ihn, und Pentaquod konnte sehen, wie das Mahl langsam durch die sich weitende Speiseröhre rutschte. Eine Zeitlang verharrte er im schattigen Dunkel und beobachtete, wie der Reiher einen Fisch nach dem anderen verzehrte. Der Vogel mußte ein Geräusch gehört haben, denn plötzlich wandte er sich ihm zu, lief ein paar Schritte am Ufer entlang, breitete die Flügel aus und erhob sich langsam und anmutig in die Lüfte. *Kraannk, kraannk!* rief er, während er über Pentaquod dahinflog. Mit der Gewißheit, daß es hier reichlich Nahrung gab, wenn es ihm gelang, ihr beizukommen, zog Pentaquod sein Kanu weiter an Land und versteckte es zwischen den Eichen- und Ahornbäumen, die das Ufer säumten, denn er wußte, daß er die Insel rasch erforschen mußte. Er durchstreifte den Wald, und als er zu einer Wiese kam, hörte er den Schrei, der ihm in diesen Tagen am großen Fluß so vertraut geworden war: *Bo-witt! Bo-witt!* Bald kam der Ruf von links, bald aus einem Strauch zu seiner Rechten, bald von einer Stelle fast unter seinen Füßen, aber stets so klar und deutlich, als würde jemand, der pfeifen kann, neben ihm stehen. *Bo-witt!* Es war Ruf der Wachtel, jenes klugen Vogels mit dem braunweiß gefleckten Kopf. Von allen Vögeln, die Pentaquod kannte, schmeckte dieser am besten, und wenn es so viele davon auf dieser Insel gab, konnte er sich nicht nur von Fischen ernähren, sondern wie ein Häuptling Wachteln essen. Mit äußerster Vorsicht machte er sich ins Innere auf. Keine Einzelheit entging ihm, denn er wußte, daß von der Sorgfalt seiner Beobachtungen sein Leben abhängen konnte. Mit jedem Schritt traf er auf Anzeichen, die ihn in seinem Vorhaben bestärkten, aber auf keine, die irgendwelche Gefahren befürchten ließen: mit frühsommerlichen, noch unreifen Früchten behangene Nußbäume, Hasenlosung, Spuren von Füchsen, Brombeersträucher, Adlerhorste und das Geißblatt, das sich um die niedrigeren Äste der Zedern rankte.

Es war eine an Zeichen und Verheißungen reiche Insel. Ein Mann mit Verstand konnte auf einer solchen Insel gut leben, wenn er viele Stunden am Tag arbeitete, aber trotz dieser günstigen Voraussetzungen wollte Pentaquod sich nicht festlegen, denn noch konnte er nicht sagen, ob die Insel von Menschen bewohnt war und ob sie einem Sturm zu trotzen vermochte. Er durchforschte die Insel und stellte fest, daß sie sich in westöstlicher Richtung weiter erstreckte als in nordsüdlicher. Im Osten schnitt ein Wasserlauf tief ins Land ein, bis in die Nähe einer nach Süden weisenden schmalen Bucht, so daß die Insel praktisch in zwei Hälften geteilt wurde; die östliche war merklich fruchtbarer als die westliche. Pentaquod wanderte unter majestätischen Eichen dahin, bis er zur östlichen Landspitze kam. Hier blieb er wie vom Donner gerührt stehen, denn wohin er auch den Blick wandte, sah er, soweit das Auge reichte, eine riesige Wasserfläche, die sich in große und kleine Buchten, Einschnitte, Schlupfwinkel und sogar kleine Flüsse gliederte, und an den Ufern all dieser verschiedenen Gewässer erstreckte sich Land von höchst einladender Beschaffenheit; hier üppige Wiesen, dort sanft ansteigende Hänge voller Bäume, die noch größer waren als die auf der Insel, und überall herrschte der Eindruck von Überfluß, Stille und behaglichem Frieden.

Es war die einladendste Landschaft, die er je gesehen hatte. Er vermutete, daß diese schlafenden Wassermassen bei einem Sturm großes Unheil anrichten konnten, und er war sicher, daß er, noch bevor er einen Teil dieses Wunderlandes in Besitz nehmen konnte, Schwierigkeiten mit den gegenwärtigen Eigentümern haben würde, die den Susquehannocks möglicherweise an Streitsucht nicht nachstanden. Aber eines wußte er ganz genau: Er wollte den Rest seines Lebens an diesem herrlichen Fluß verbringen. Kaum hatte er diesen Entschluß gefaßt, als eine Art Schnauben seine Aufmerksamkeit erregte. Er drehte sich um und sah zwischen den Bäumen eine Weißwedelhirschkuh mit zwei gesprenkelten Kälbern stehen, die ihn aus großen Augen anstarrten. Dann legte die neugierige Hindin den Kopf zur Seite, und diese fast unmerkliche Bewegung gab die Kälber frei, die zögernd auf Pentaquod zukamen, anmutige kleine Tiere, die auf wackligen Beinen ihre neue Welt erforschten.

Als sie schon recht nahe waren, ließ die mißtrauische Mutter ein leises Hüsteln ertönen, und die Babys sprangen zur Seite, liefen verwirrt im Kreis und blieben stehen. Sie sahen, daß ihnen nichts Böses geschehen war, und kamen wieder auf Pentaquod zu.

»He!« flüsterte der. Die Kälber starrten ihn an, und eines kam noch einen Schritt näher.

»He!« Das vorwitzige Kalb hob sein Köpfchen, wartete und setzte seinen Weg fort. Als es so nahe war, daß Pentaquod die Hand hätte ausstrecken können, um es zu berühren, stieß die Hirschkuh ein warnendes Schnauben aus, sprang zur Seite, hob den weißen Schwanz und jagte in den Wald zurück. Das Kalb neben ihr tat das gleiche, doch das andere, verwirrt oder starrsinnig, folgte den beiden nicht. Es blieb stehen und starrte diesen Fremden an, aber einen Augenblick später kam die Mutter mit zierlichen Sprüngen herangesetzt, fegte an ihrem neugierigen Kalb vorbei und lockte es in den Wald zurück.

Fische und Wachteln und Wild! dachte Pentaquod. Und wenn ich eßbare Samen finde, Mais, wahrscheinlich auch Kürbisse… und Truthähne, wenn ich mich nicht irre – und, wie es scheint, nicht viele Menschen: Das ist der richtige Platz. Er kehrte zu seinem Kanu zurück, fing sich ein paar Fische zum Abendessen, machte ein kleines Feuer an und verfeinerte sein üppiges Mahl, indem er die geräucherten Fische mit einer Handvoll Brombeeren würzte. Er schlief auch gut, obwohl er lange vor Tagesanbruch über sich jenen Ruf hörte, den er in seiner Vorstellung immer mit seinem Eintreffen am großen Fluß verknüpfen würde: *Kraannk, kraannk!* Es war der Graureiher auf seinen Stelzenbeinen, der zurückkehrte, um an der Küste seine Runde zu machen. In den folgenden Tagen durchstöberte Pentaquod die Insel bis in die letzten Winkel und kam zu dem Schluß, daß andere wohl von ihr wissen mochten, sie aber offenbar nicht hoch genug einschätzten, um sich hier niederzulassen, denn er entdeckte keinerlei Anzeichen einer menschlichen Behausung. Und so weit er das feststellen konnte, waren nicht einmal auf den Grasniederungen, die in unregelmäßigen Abständen zwischen den Bäumen auftauchten, jemals Kürbisse oder Mais angebaut worden, und auf keiner der Landzungen gegenüber der Insel konnte er Spuren von Hütten oder Pflanzungen erkennen.

Wenn das Land auch flußaufwärts so gastfreundlich war, hatten die Bewohner keinen Grund, so nahe an der Mündung zu siedeln. Im Landesinneren fühlten sie sich sicherer. Stürme, die von der Bucht kamen, verloren dort an Kraft, und die Ufer rückten näher zusammen. Vielleicht war das Land auch ertragreicher und hatte andere Vorteile, von denen er sich kein Bild machen konnte. Doch in einem Punkt war er sicher: Diese Menschen mußten ein schönes Leben führen.

Er gab es bald auf, sich in Spekulationen zu ergehen, und genoß die Wohltaten, die ihm geschenkt worden waren. Mit jungen Bäumen als Gerüst und reichlich Schilf für das Dach baute er sich ein Stück landeinwärts einen kleinen, gut versteckten Wigwam. Es war so leicht, Fische zu fangen, daß er nicht einmal sein Kanu brauchte; die großen braungefleckten mit den stumpfen Mäulern schwammen nah an ihn heran, als seien sie entschlossen, sich fangen zu lassen, und obwohl es ihm nicht gelungen war, eine der zahlreichen Wachteln in eine Falle zu locken, hatte er einen Hirsch erlegt, der ihn einige Zeit ernähren würde.

An einem Nachmittag kam ein Fuchs vorbei, und eines Nachts machte ein Stinktier sich deutlich bemerkbar.

Wenn ihm ein Stinktier nicht zu nahe kam, war ihm sein Geruch gar nicht zuwider. Er erinnerte ihn an die Wälder, die er als Junge durchstreift hatte, an kalte Herbstnächte, an die behagliche Geborgenheit im Winter. Es war der Geruch der Natur, schwer und allgegenwärtig, der ihm die Gewißheit gab, daß alles wuchs und gedieh. Er hatte nur selten Stinktiere zu Gesicht bekommen und sah auch jetzt keines, aber es freute ihn, daß sie die Insel mit ihm teilten.

Es war sein Freund, der Reiher, der ihm eines seiner seltsamsten Erlebnisse am Ostufer bescherte. Der graublau gefiederte Vogel mit dem langen Schnabel kam eines Abends mit dem gewohnten krächzenden Schrei angeflogen und stelzte im seichten Uferwasser herum, ohne den Menschen zu beachten, der ihm nun schon vertraut war. Plötzlich tauchte er seinen scharfen Schnabel tief ins Wasser und holte ein quirliges Etwas heraus, das Pentaquod noch nie gesehen hatte.

Es war größer als eine Männerhand, von grünbrauner Farbe und schien zahlreiche Beine zu haben, die sich im schwindenden Sonnenlicht krümmten. Der Vogel war mit seinem Fang offenbar zufrieden, denn er warf das Ding in die Luft, zerteilte es mit einem Zuschnappen seines Schnabels, schluckte eine Hälfte und ließ die andere ins Wasser fallen. Die geschluckte Portion war so groß und mit so vielen hervorstehenden Beinen bestückt, daß der Vogel einige Zeit brauchte und Mühe hatte, sie herunterzuwürgen, aber nachdem er es geschafft hatte, holte er auch die zweite Hälfte aus dem Wasser und verzehrte sie. Nach diesem Festmahl war er auf gewöhnliche Fische nicht mehr erpicht. Er erhob sich in die Lüfte, ließ sein trauervolles Krächzen ertönen und segelte fort.

Pentaquod lief zu der Stelle, wo der Vogel geschlemmt hatte, und suchte nach Spuren. Er fand keine. Der Vogel hatte alles gefressen. Am nächsten Tag ging er mit seiner Angel hin, fing aber nichts. Einige Tage später sah er, wie der Stelzfuß wieder so einen Leckerbissen herausfischte und ihn mit noch mehr Genuß hinunterwürgte als das letzte Mal; Pentaquod kroch nahe heran, um herauszufinden, was der Vogel schnabulierte. Er entdeckte nichts, was er nicht schon gesehen hätte: größer als eine Männerhand, viele Beine, braungrün und so weich, daß es leicht entzweigebissen werden konnte. Er war entschlossen, das Geheimnis zu ergründen, und die erste Spur fand er, als er eines Tages am Südufer der Insel entlangging: am Strand lag angeschwemmt und offensichtlich tot ein Geschöpf ähnlich jenem, das der Vogel verzehrt hatte. Die Größe stimmte; es hatte viele Beine oder was man als Beine bezeichnen konnte; es war braungrün und auf der Unterseite blaugetönt. Doch weiter reichte die Übereinstimmung nicht, denn dieses tote Tier war in eine Schale eingeschlossen, so hart, daß kein Vogel sie zerbeißen konnte. Überdies endeten die zwei Vorderbeine in mächtigen Scheren mit sägeartigen scharfen Zähnen, die durchaus geeignet waren, einigen Schaden zuzufügen.

Wie konnte der Vogel die Schale zerbeißen? fragte sich Pentaquod, und weiter: Wie konnte er sie schlucken? Er prüfte das harte Material und kam zu dem Schluß, daß es für den Vogel ein Ding der Unmöglichkeit war, diese Schale zu schlucken.

Zehn Tage lang versuchte er, eines dieser seltsamen Geschöpfe an die Angel zu bekommen, und in dieser Zeit sah er zweimal, wie der Stelzfuß eines fing, zerbiß und die Nahrung in seinen langen Schlund stopfte. Pentaquod kam schließlich zu der Überzeugung, daß hier ein Geheimnis obwaltete, das zu ergründen ihm nicht bestimmt war.

Dafür entdeckte er, was seine neue Heimat betraf, zwei Tatsachen, die ihn beunruhigten. Je gründlicher er die zwei tiefen Einschnitte untersuchte, die die Insel fast teilten, desto klarer wurde ihm, daß sich diese zwei Arme eines Tages vereinigen und die Insel tatsächlich zerschneiden mußten; und war das einmal geschehen, konnten dann nicht neue Einschnitte dazukommen und sie in immer mehr Stücke teilen?

Seine zweite Entdeckung machte er kurz nach einem unerwarteten und verheerenden Sturm. Der Hochsommer war vorbei, und das Leben auf der Insel hatte ihm Freuden über Freuden geschenkt; dies war wirklich ein fast idealer Platz, um hier sein Leben zu verbringen. Später einmal, dachte er, würde er eine Fahrt flußaufwärts unternehmen, um mit den Stämmen, die das Gebiet bewohnten, Fühlung aufzunehmen und sich ihnen möglicherweise anzuschließen. Vorderhand aber war er mit seinem weltabgeschiedenen Paradies zufrieden.

Es war ein heißer Tag gewesen, die Luft schwer und feucht, und am späten Nachmittag türmten sich finstere Wolken im Südwesten, auf der gegenüberliegenden Seite der Bucht. Mit einer Schnelligkeit, wie er sie im Norden nie erlebt hatte, begann diese zusammengeballte Schwärze ostwärts zu ziehen. Noch brannte die Sonne auf Pentaquod herab, aber es war schon augenfällig, daß bald ein heftiger Sturm losbrechen mußte.

Immer noch schien die Sonne; immer noch war der Himmel klar. Das Wild zog sich tiefer in den Wald zurück, und die Ufervögel suchten in ihren Nestern Zuflucht, obwohl die graue Wolkenbank, die sich der Bucht näherte, das einzige Gefahrenzeichen darstellte. Pentaquod sah sie kommen. Der Sturm traf auf das entfernte Westufer mit elementarer Gewalt und verwandelte, was ein friedliches Gewässer gewesen war, in turbulente, schäumende, hochaufwogende Wellen, die weißen Gischt in die Luft schleuderten. So schnell jagten die

Wolken über den Himmel, daß sie nur wenige Augenblicke brauchten, die Bucht zu überqueren. Wild aufschießende Wellen zeigten ihren Weg an.

Mit dem Sturm kam strömender Regen. Er brauchte nur Sekunden, um den letzten Streifen der Bucht zu überqueren, und dann brach der Sturm mit aller Kraft über Pentaquod herein und ging mit so wütender Heftigkeit auf ihn nieder, wie er es noch nie erlebt hatte. Grell zuckende Blitze zerrissen den Himmel, gefolgt von mächtigen Donnerschlägen; es gab kein Echo, denn die Welt war im Regen erstickt.

Doch Pentaquod hatte keine Angst vor dem Sturm, und als das Unwetter am nächsten Morgen vorbei war und er auf seiner Insel Nachschau hielt, konnte er keine großen Schäden feststellen. Er hatte schon Stürme erlebt, recht heftige Stürme, die durch das Flußtal seiner alten Heimat fegten; dieser war wohl schneller und gewaltiger gewesen, aber doch nur der Höhepunkt eines Naturereignisses, das er längst kannte. Die entwurzelten Bäume waren größer als die im Norden, aber das war auch schon alles. Wenn die Stürme auf der Insel nicht schlimmer waren als dieser, dann konnte er es aushalten.

Was war es dann, was ihn beunruhigte, ihn veranlaßte, sich über seine neue Heimat Sorgen zu machen? Nachdem er die Insel flüchtig inspiziert und sich überzeugt hatte, daß sein gelbes Kanu noch vorhanden war, tat er, was jeder gewissenhafte Landwirt getan hätte: Er überprüfte die allgemeine Lage. Er wollte wissen, ob irgendwelche Tiere getötet oder Flüsse abgeleitet worden waren, und als er zur nordwestlichen Spitze der Insel kam, bemerkte er, daß der Sturm und mehr noch die an die Küste brandenden Wellen einen beträchtlichen Teil des Ufers weggerissen hatten. Hohe Kiefern und Eichen, die hier gestanden hatten, waren unterwaschen worden und lagen nun gleich toten Kriegern nach einer Schlacht Seite an Seite im Wasser.

Überall am Westufer konnte er den gleichen Landverlust feststellen. Die Tragödie dieses Sturms war nicht, daß er ein paar Bäume entwurzelt hatte, denn es würden neue nachwachsen, nicht, daß er ein paar Fische getötet hatte, denn es würden neue gezeugt werden, sondern er hatte einen beträchtlichen Streifen Land weggefressen, und das war ein nicht wiedergutzumachender Verlust. Pentaquod sah die Zerstörung und beschloß, die Insel zu verlassen – so gastfreundlich sie auch war – und sich im Landesinneren umzusehen. So überquerte er den nun wieder ruhigen Fluß und paddelte, bis er zum Fuß einer hohen Klippe kam, die ihn schon am ersten Tag, als er den Fluß überschaute, angezogen hatte. Sie lag genau östlich der Insel und bildete eine im Westen und Norden von tiefem Wasser umschlossene Landzunge, die den Zugang zu einem schmalen Wasserlauf hütete. Doch es war die im Süden jäh abfallende Felswand, die der Klippe ihre Erhabenheit verlieh. Sie war mehr als fünf Mann hoch, und auf dem Plateau wuchsen Eichen und Robinien. Das Gestein war so hell, daß man es von ferne strahlen sah, als sei es ein Leuchtfeuer am Flußufer. Als Pentaquod die bröckelige Beschaffenheit der Wand sah, vermutete er, daß auch sie dem Anprall der Wellen zum Opfer fallen könnte, doch als er näher heranfuhr, stellte er erfreut fest, daß der letzte Sturm ihr keinen Schaden zugefügt hatte; die Klippe schien ihm überhaupt nicht bedroht zu sein, denn ihre Lage schützte sie vor der Erosion durch die Fluten.

Es gab keine vernünftige Möglichkeit, am Fuß der Klippe anzulegen: Wo konnte man ein Kanu an Land ziehen oder es verbergen? Wie sollte man auf das Plateau hinaufklettern? Am Ostende der dem Fluß zugewandten Seite der Klippe breitete sich flaches Land aus, und das erschien Pentaquod höchst einladend, aber es war ungeschützt, und er wich ihm aus. Er paddelte den schmalen Wasserlauf hinauf, nahm die abweisende Felswand der Nordseite in Augenschein und verwarf auch diese. Aber ein Stück weiter den Fluß hinauf fand er tiefer gelegenes, sicheres und bewaldetes Land mit einem ganzen Dutzend geeigneter Ankerplätze. Er suchte sich einen aus, zog das Kanu an Land, verbarg es unter Ahornbäumen und begann den beschwerlichen Aufstieg zum Plateau der Landspitze.

Was war das für ein herrlicher Platz, den er da oben entdeckte: ein von hohen und stattlichen Eichen und Kiefern umschlossener Flecken ebenes und offenes Land. Außer nach Osten konnte er nach allen Richtungen Ausschau halten. Ein Ausblick war überwältigender als der andere: Im Norden ein verwirrendes Labyrinth von Landzungen und Buchten, jede für sich ein Inbegriff der Schönheit; im Süden neue Maßstäbe setzende, unendliche Einsamkeit, denn dort lag das Marschland, ein Zufluchtsort für zahllose Vögel, Fische und kleine Tiere; der erhabenste Ausblick aber bot sich ihm im Westen, wo die Insel im Sonnenlicht schimmerte und dahinter die kristallene Bläue des großen Flusses. Von diesem Plateau aus konnte Pentaquod über die Bucht hinweg das geheimnisvolle Land der Potomacs sehen – doch wenn er den Blick nach unten richtete, sah er auf allen Seiten, friedlich und Sicherheit bietend, seinen Fluß.

Während er überlegte, welche weiteren Schritte zu tun die Klugheit gebot, verbrachte Pentaquod auf dieser Landspitze einige der friedlichsten Wochen seines Lebens. Die Einsamkeit, die er in den ersten Tagen der Flucht empfunden hatte, war verflogen, und sein Entschluß, die Susqehannocks zu verlassen, reute ihn nicht. Die Großräumigkeit seiner Umgebung steckte ihn an, und er begann in gemächlicheren, weniger von Ungestüm beherrschten Kategorien zu denken. Die natürliche Furcht, in einer fremden Welt nicht leben zu können, legte sich, und er entdeckte in sich einen Mut, der weit stärker war als jener, dessen es bedurfte, um an abgelegenen Dörfern vorbei flußabwärts zu fliehen; es war dies ein gereifterer Mut, der ihn auch nicht verlassen würde, wenn er einer ganzen Welt die Stirn bieten mußte. Manchmal saß er unter der Eiche, in deren Schutz er seinen kleinen Wigwam gebaut hatte, und überschaute nur einfach sein Universum: die faszinierenden Wasserläufe im Norden, die ausgedehnten Sümpfe im Süden und das Westufer der Bucht, wo die streitlustigen Stämme ihre Kriegstänze aufführten. Das ist begnadetes Land, dachte er dann, das ist Fruchtbarkeit.

Als er eines Morgens unweit des Flusses an seinem Kanu arbeitete, hörte er einen Schrei, und vor Freude stockte ihm der Atem. *Kraannk, kraannk!* Auch wenn dies eines der häßlichsten Geräusche war, die die Natur hervorbringt, bedeutete es für Pentaquod doch die Ankunft seines Freundes, und er eilte zum Wasser hinunter, um ihn willkommen zu heißen.

»Vogel! Vogel!« rief er vergnügt, als der Fischer landete. Aber seine Rufe erschreckten den Vogel, der ein paar Schritte lief, seine großen blaugrauen Schwingen ausbreitete und sich langsam in die Lüfte erhob. »Komm zurück!« bettelte Pentaquod – aber vergeblich.

Verärgert, daß er den Vogel verscheucht hatte, blieb er den ganzen Tag am Fluß, und am späten Nachmittag wurde er für seine Ausdauer belohnt. *Kraannk, Kraannk!* krächzte das langbeinige Geschöpf, als es angeflogen kam, um in diesem neuen Fischgrund einen zweiten Versuch zu wagen. Diesmal rief Pentaquod nicht; er blieb sogar regungslos stehen, um dem Vogel nicht seine Anwesenheit zu verraten.

Der Graureiher, in die Nahrungssuche vertieft, kam langsam näher. Plötzlich hob er den Blick, sah Pentaquod – und gleichzeitig vor sich unten im Wasser den feinsten Leckerbissen der ganzen Bucht. Pfeilgeschwind tauchte er den langen Schnabel ein, packte seine Beute und hob triumphierend den Kopf. Dann warf er das Ding in die Luft, fing es auf und teilte es mit einem Biß in zwei Hälften.

»Was frißt dieser Vogel?« fragte sich Pentaquod verdrießlich, während er beobachtete, wie die eine der vielbeinigen Hälften im Schlund seines Freundes verschwand. Ohne Pentaquod zu beachten, holte sich der Vogel die zweite Hälfte und schluckte auch sie. Pentaquod konnte den Fortgang dieser geheimnisvollen, mit offensichtlichem Genuß verzehrten Mahlzeit verfolgen und beschloß, sich seinerseits ein solches Tier zu angeln.

Bedauerlicherweise hatte er keinen rechten Begriff von dem, was er eigentlich fischen wollte, und so blieb ihm der Erfolg versagt. Dafür aber fand er Dutzende Bäume mit reifenden Früchten, unbekannte Beeren, verschiedene köstliche Fische im Fluß und die Futterplätze der Weißwedelhirsche, die so zahlreich zu sein schienen, daß kein Mensch je würde hungern müssen.

Doch nun, da es allmählich Herbst wurde und sich sogar der Winter hin und wieder mit einem kalten Tag warnend ankündigte, begann er ernstlich über die Frage nachzudenken, wo und wie er Kontakt mit den Stämmen aufnehmen sollte, die in dieser Gegend lebten. Die Legenden, die er als Kind gehört hatte, waren alles, was er von ihnen wußte: Unterhalb unseres Dorfes, am Ende unseres Flusses gibt es einen größeren, einen viel größeren Fluß. Im Westen sind die Potomacs zu Hause, aber im Osten gibt es niemanden von Bedeutung. Wenn sie an Flüssen wie diesem leben, sagte sich Pentaquod, sind sie sehr wohl von Bedeutung. Dann überdachte er, was das hieß: Für die Susquehannocks waren sie ohne Bedeutung, denn sie besaßen weder Güter, um die man sie hätte beneiden, noch Kriegskanus, um derentwegen man sie hätte fürchten müssen. Zweifellos hatten auch die Potomacs, die über beides verfügten, keine sehr hohe Meinung von den Bewohnern des Ostufers. Aber wie schätzten diese Ostuferleute sich selbst ein? Wie schätzte Pentaquod, der das idyllische Leben eines Ostuferbewohners führte, sich selbst ein? *Hier ist alles viel leichter.*

Er war jetzt überzeugt, daß irgendwo an diesem gastfreundlichen Fluß Stämme lebten, und er fühlte sich gedrängt, sie noch vor Beginn des Winters aufzustöbern. Mit einigem Widerstreben beschloß er daher, sein höchst befriedigendes Quartier auf der Klippe aufzugeben und sich auf die Suche nach dem Ort zu machen, wo seine zukünftigen Gefährten sich versteckt hielten. Also besserte er einige schadhafte Stellen an seinem Kanu aus, ließ es zu Wasser und paddelte nach Osten, bis er zu einem riesigen, sich weithin erstreckenden Sumpfland kam, dessen hochaufgeschossene Gräser durchweg fünfzehn Handbreit über dem Wasserspiegel maßen.

Das Klatschen seines Paddels schreckte Hunderte von Vögeln auf, und er schloß daraus, daß es hier auch viele Fische geben mußte. Nachdem er den Sumpf etwa zur Hälfte durchquert hatte, entdeckte er zu seiner Freude, daß ein schmaler, gut versteckter Wasserlauf ins Schilfrohr führte: ein Ort, bestens geeignet, sich vor Gefahren zu schützen. Und nachdem er diesen Schlupfwinkel, der vom Hauptarm des Flusses nicht eingesehen werden konnte, erforscht hatte, stellte er fest, daß das Nordufer aus gesundem, dicht bewaldetem, fruchtbarem Land bestand.

Ein Wigwam hier würde durch den Sumpf geschützt sein, folgerte er, und als dieser stand, hatte er ein Gefühl der Sicherheit, wie er es nie zuvor gekannt hatte: Selbst wenn ich keine anderen Menschen finde, hier kann ich leben.

Doch als in der dritten Nacht das Feuer herunterbrannte, hörte er ein Summen und wußte aus seinen Kindertagen, daß Moskitos ihn gefunden hatten. Noch nie aber hatte er solche wie diese erlebt: Sie kamen in geschlossenen Schlachtreihen und griffen mit der Vitalität Wild aufspürender Jagdhunde an. Eine allein stach schmerzhafter als zwanzig am Susquehanna, und mit ihren unablässigen Attacken machten sie ihn beinahe verrückt. Sie fielen so wütend über ihn her, daß er sich in den Fluß stürzen mußte, um sie zu ertränken, doch als er wieder herauskam, warteten schon ihre Brüder.

Als er am nächsten Morgen seine geschwollenen Glieder betrachtete und die Stiche im Gesicht betastete, fragte er sich, ob er hier noch länger bleiben sollte. Aber in den folgenden Nächten entdeckte er, daß er es durchstehen konnte, wenn er ein qualmendes Feuer unterhielt, alle Öffnungen des Wigwams verschloß, sein Gesicht mit ranzigem Fischfett beschmierte und jeden Zoll seines Körpers mit Gras bedeckte. Es war nicht angenehm, und er schwitzte wie ein Tier, aber er überlebte. Er mußte daran denken, daß der Große Geist Manitu, nachdem er diesen in allen Einzelheiten vollkommenen Fluß geschaffen hatte, auch die Moskitos hervorbrachte, um die Menschen daran zu erinnern, daß jedes Paradies seine kleinen Fehler hatte. Es gab immer Moskitos. Und größere als diese konnte er sich nicht vorstellen.

Tagsüber fischte und jagte er, fand heraus, wo die Biber daheim waren und wo die Bären. Er unternahm kleine Vorstöße ins Hinterland, fand aber keine Spuren menschlicher Behausungen. Fast täglich kam der Graureiher ihn besuchen, kleinere grüne Reiher und leuchtende Kardinal- und Eisvögel schwirrten um ihre schlammigen Nester, und Hunderte von Wachteln erfüllten die Herbstnachmittage mit ihren pfeifenden Rufen. Die Welt war hier enger als auf der Insel oder auf der Klippe; ihr Horizont war auf die Entfernung eines Steinwurfs beschränkt, aber es war eine gefestigte und behagliche Welt, und Pentaquod kam mit der Zeit zu dem Schluß: Wenn ich allein leben muß, dann ist es hier nicht so schlecht … besonders dann, wenn die Winternächte die Moskitos verjagt haben.

Und dann hörte er eines Morgens, als er noch auf seinem Lager aus Kiefernnadeln ruhte, eine schauerliche Kakophonie, ein rollendes Poltern, als ob die Erde bebte, obwohl es von oben kam. Er stürmte aus seinem Wigwam und sah eine ganze Wolke riesenhafter Vögel, die laut *Onk-or, onk-or!* schrien, auf das Sumpfland zuschweben. Und schon im ersten Augenblick wußte er genau, wie diese Gänse aussahen: Kopf, Hals- und Steuerfedern waren pechschwarz, der schmale Halsring war weiß, der Rücken braun, der Bauch cremefarben; sie waren feist und liebenswert und stießen immerfort den heiseren Schrei aus: *Onk-or!*

Er hatte gehofft, daß die Vögel auf seinen Gewässern niedergehen würden, aber sie flogen vorbei, und dann kamen noch mehr und immer mehr – es waren so viele, daß er sie nicht zählen konnte. Aber schließlich zog eine besonders lärmende Schar von etwa siebzig Gänsen eine Schleife über seinem Kopf und landete platschend auf der Wasserfläche seines Sumpfes oder mit schleifenden Füßen auf seinem Land. Aus der Nähe gesehen, schienen sie fast zu groß, um noch als Vögel zu gelten; eher glichen sie mit eßbarem Fleisch beladenen Bärenjungen.

Die Ankunft derart reichlicher Nahrung war so geheimnisvoll, daß er Angst bekam. Als Knabe hatte er die Enten beobachtet, wenn sie bei den Susquehannocks einen Aufenthalt einlegten; sie blieben nur ein paar Tage, bevor sie weiterflogen, und er nahm an, daß diese Riesengeschöpfe das gleiche tun würden. Er erwartete jeden Tag, daß sie abzogen, aber sie blieben, suchten im Sumpf und auf den Wiesen ihr Futter und schrien unaufhörlich *Onk-or!* Alle acht oder neun Tage fing er sich eine Gans und schlug sich mit dem köstlichen Fleisch den Bauch voll. Stets fürchtete er, es könnte das letzte Festmahl gewesen sein, aber die großen Vögel blieben.

Den ganzen Herbst über leisteten sie ihm Gesellschaft. Wenn sie an manchen Tagen im Morgengrauen davonflogen, um frische Futterplätze zu suchen, verdunkelten ihre Schwingen den Himmel, und ihre kreischenden Schreie gellten in den Ohren. Als Pentaquod einmal am Rand des Sumpfs stand, versuchte er zu schätzen, wie dicht die Wolken der Gänse waren, wenn sie über ihn hinwegflogen; es mußten dreihundert sein, eine über der anderen, bis die Sonne nicht mehr zu sehen war.

Und wenn die Vögel nachmittags zurückkamen, sammelten sie sich am Nordufer, um sich von der Sonne, die über den südlichen Himmel zog, wärmen zu lassen. Von der Küste bis zu der Stelle, wo der Wald anfing, war alles schwarz von ihnen.

Es war ein Reichtum, der über seinen Horizont ging. Es gab eine unübersehbare Menge dieser großen lärmenden Vögel. Er spielte mit dem Gedanken, mehrere zu töten, das Fleisch zu räuchern und sich den Winter über davon zu ernähren. Was aber, wenn die Vögel blieben, auch weiterhin in endlosen Reihen am Ufer standen und nur darauf warteten, gefangen zu werden? Dann war es nicht nötig, sich einen Vorrat anzulegen. Er würde sie einfach fangen, einen nach dem anderen, je nach Bedarf.

Und die Vögel blieben. Die große Bucht hatte keinen üppigeren Nahrungsvorrat zu bieten, denn mit den Gänsen kam auch eine verwirrende Vielfalt kleinerer Enten von der Art, wie Pentaquod sie ein- oder zweimal in geringer Zahl an seinem heimatlichen Fluß gesehen hatte. Hier kamen sie in Wellen angeflogen – scheue, kleine und, gebraten, äußerst schmackhafte Tierchen.

Als sich die großen und die kleinen Vögel wieder einmal am Rand seines Sumpfes versammelt hatten, saß Pentaquod, die Hände vors Gesicht geschlagen, im Gebet versunken und lauschte ihrem lauten Geschnatter, als handle es sich um Sphärenklänge. »Großer Geist«, betete er, »ich danke Dir, daß Du sie geschickt hast, damit sie uns im Winter ernähren können …« Kaum hatte er das Wort »uns« gebraucht, wurde ihm bewußt, wie einsam und verlassen er war. Und schon am nächsten Morgen beschloß er, diese Zufluchtsstätte am Sumpf zu verlassen und die Menschen zu suchen, die irgendwo an diesem Glück verheißenden Fluß leben mußten.

Er war nur ein kurzes Stück nach Osten gepaddelt, als er am nördlichen Ufer eine kleine Bucht erspähte. Er schloß die Möglichkeit nicht aus, daß sich ein Dorf in dieser Bucht verbarg, doch der Gedanke, daß es, von ihm unbemerkt, so nahe von ihm existieren könnte, verwirrte ihn. Als er die Bucht erforschte, sah er, daß sie sich in mehrere kleine Arme teilte, und am Ende eines dieser Arme fand er, was er gesucht hatte: Die kläglichen Reste eines Dorfes.

Ins Ufer waren Pfähle eingerammt, an die einst Kanus festgemacht worden waren; es gab Plattformen, auf welchen Wigwams von einiger Größe gestanden haben mußten. Die Bewohner hatten das Uferland gerodet und weiter landeinwärts zwei Felder bebaut, und als er vorsichtig, ohne sein Kanu zu verlassen, die ganze Gegend abfuhr, fand er auch noch andere Zeichen menschlichen Lebens. Schließlich steuerte er sein Kanu ans Ufer, band es an einem der Pfähle fest und ging an Land.

Er blieb viele Tage und freute sich darüber, daß die lärmenden großen Gänse nachts in die Bucht kamen. Er hatte genügend Zeit, die Gegend östlich des verlassenen Dorfes zu erkunden, und gewann die Gewißheit, daß er endlich auf den bewohnten Teil des Flußlaufs gestoßen war. Wo sich diese Leute jetzt aufhielten, wußte er nicht, aber es deutete alles darauf hin, daß sie noch vor kurzem da gewesen waren und ihre Wohnstätten aus eigenem Antrieb verlassen hatten. Es gab keine Hinweise, daß hier gekämpft worden wäre, und angesichts der so reichlich vorhandenen Nahrung konnten sie auch nicht Hunger gelitten haben. Pentaquod hatte zwar das Wild entdeckt und die vielen Fische und jetzt auch die großen Vögel, aber noch nicht jene zwei Nahrungsquellen, die diese Region dereinst berühmt machen sollten.

Das rätselhafte Verschwinden der Bewohner war ihm um so unerklärlicher, als er, nachdem er das Dorf sorgfältig in Augenschein genommen hatte, zu der Überzeugung kam, daß es ihm an nichts mangelte. Es hatte Frischwasser, es war geschützt, es lag an einem Fluß und besaß viele hohe Bäume und ein für die Jagd wie auch den Maisanbau geeignetes Hinterland. Ein rätselhaftes Objekt allerdings gab es, dessen Ursprung und Bestimmung er sich nicht erklären konnte, und schließlich gelangte er zu der Überzeugung, daß dieses Objekt jene unheilvolle Macht darstellte, die zur Vertreibung der Bewohner geführt hatte.

Und was war das? Ein Haufen – breit die Basis und fast mannshoch – von einer Art Muscheln, wie er sie noch nie gesehen hatte: etwas kleiner und viel dünner als eine Männerhand, außen grau und hart, innen aber leuchtend weiß. Die Dinger rochen nach nichts, waren von einer Festigkeit, die ihn in Erstaunen setzte, und hatten scharfe Kanten. Dies gab ihm Grund zu der Annahme, daß der Haufen für einen Kriegsfall angelegt worden war – vielleicht beschossen die Dorfbewohner ihre Feinde mit den Muscheln. Als er versuchte, eine gegen einen Baum zu schleudern, waren die Kanten so scharf, daß er sich in den Finger schnitt. Schließlich tat er den Haufen als unwichtig ab – ein Rätsel mehr, das der neue Fluß ihm aufgab.

Und als er dann eines Nachmittags müßig im verlassenen Dorf saß, hörte er, aus Osten kommend, einen gedämpften, aber anhaltenden Lärm. Er dachte zuerst, es müsse ein Tier sein, aber es war ein vielfältiges und doch zielstrebiges Geräusch, und er begriff, daß es nur von Menschen ausgehen konnte: eine Schar siegreicher und daher unaufmerksamer Krieger.

Doch der Lärm wurde immer stärker, und es mischten sich Töne darein, die nur von Kindern stammen konnten. »Es kann doch nicht ein ganzes Dorf sein«, murmelte er ungläubig. »Solchen Krach zu schlagen, wenn man sich einem Ort nähert, an dem Gefahren drohen!« Wenn Susquehannocks einen Wald durchquerten, taten sie dies so lautlos, daß nicht einmal der geübteste Späher etwas hören konnte. Dieser Leichtsinn war ihm unverständlich.

Er war so erstaunt, daß er sich aufmachte, um den Fremden den Weg abzuschneiden, indem er, so wie man es ihn gelehrt hatte, von Baum zu Baum sprang. Als er einen Platz erreicht hatte, von dem aus er Wald und Fluß im Auge behalten konnte, wartete er, während der Lärm der Näherkommenden immer weiter anschwoll.

Und dann bot sich ihm ein Anblick, der noch seltsamer war, als es die Geräusche hatten vermuten lassen. Jede mögliche Gefahr mißachtend, sorglos und fröhlich, kam die gesamte Bevölkerung des leeren Dorfes daher. Frauen marschierten mit; Kinder brüllten aus vollem Hals; und ihr Anführer war ein weißhaariger alter Mann, der eine polierte Kupferscheibe, das Zeichen eines Häuptlings, auf der Brust trug. Noch nie hatte Pentaquod einen so schlecht geführten, so erschütternd undisziplinierten Stamm gesehen. Und noch nie hatte er so kleine Menschen gesehen.

»Das sind ja alles Kinder!« flüsterte er. »Das können doch keine Erwachsenen sein!« Aber es waren Erwachsene, und diese Entdeckung bestimmte seinen Entschluß; doch noch während er diesen faßte, erschrak er vor seinem eigenen Mut: Als der ausgelassene Haufen schon fast vor ihm war, sprang er kühn vor sie hin und hob seine rechte Hand. Der alte Häuptling blieb stehen, wie ihm geheißen; die hinter ihm Kommenden drängten nach; einige Kinder kreischten, und die Krieger wußten nicht, was sie tun sollten. In die entstandene Verwirrung hinein rief Pentaquod mit lauter Stimme: »Ich bin Pentaquod, der Susquehannock!«

Der Häuptling war schwerhörig, und das Wenige, was er hörte, verstand er nicht. Sich an die Nachdrängenden wendend, fragte er, was der erschreckende Fremde gesagt hatte, aber auch sie hatten ihn nicht verstanden. »Wo ist Narbenkinn?« forschte der zitternde Häuptling, und als dieser ausgemergelte Krieger, dessen Kinn vor Jahren vom Tomahawk eines Susquehannocks gespalten wurde, gefunden war, fragte er in der Sprache, die Pentaquod gebraucht hatte: »Bist du ein Susquehannock?«

Pentaquod nickte, und der Dolmetscher gab diese Neuigkeit an den Häuptling weiter. »Frag ihn, ob er gegen uns Krieg führen will«, sagte dieser. »Bist du gekommen, um gegen uns Krieg zu führen?«

»Nein.« Der ganze Haufen stieß einen hörbaren Seufzer der Erleichterung aus, aber der Häuptling runzelte die Stirn. »Sag ihm, wir haben nichts, um Handel zu treiben«, wies er den Dolmetscher an, und nachdem dies übersetzt war, gestand Pentaquod: »Auch ich habe nichts.« Wieder ein Seufzer der Erleichterung, und dann fragte der Häuptling mit verdutztem Gesichtsausdruck: »Aber wozu ist er dann hier?« Und nachdem dies in seine Sprache übertragen worden war, erwiderte Pentaquod einfach: »Ich bin auf der Flucht. Ich komme, um Zuflucht zu suchen.«

Noch während sich diese überraschende Neuigkeit herumsprach, wurden Äußerungen des Mitgefühls laut, und die kleinen Leutchen meinten, ob er vielleicht bei ihnen bleiben möchte, denn sie bräuchten Männer, und einen so großen wie ihn hatten sie noch nie gesehen. Pentaquod erfuhr, daß die Susquehannocks in jeder Generation ein- oder zweimal an ihren Fluß kamen, aber immer nur, um zu plündern und einige von ihnen als Sklaven zu verschleppen. Bei einem solchen Raubzug war auch Narbenkinn gefangen worden, und er hatte sieben Jahre lang bei den streitbaren Kriegern des Nordens gelebt, ein Abenteuer, von dem zu erzählen er nicht müde wurde. Jetzt hieß man ihn mit dem Fremden gehen, während der Stamm in sein Winterquartier am Fluß zurückkehrte.

»Ja, das ist unser Dorf«, sagte er. »Wir nennen es Patamoke. Ganz sicher hat der Name eine Bedeutung, aber ich habe sie vergessen. Ja, wir verlassen es jeden Sommer, um im Wald nahe dem großen Wasser zu leben.«

»Das große Wasser ist da drüben«, verbesserte ihn Pentaquod und deutete in Richtung der Bucht.

»Dort drüben ist ein noch größeres«, erklärte Narbenkinn und deutete nach Osten. Das glaubte Pentaquod nicht, hielt es aber für angezeigt, sich mit diesem leicht erregbaren kleinen Mann nicht auf einen Disput einzulassen.

Pentaquod führte sie zu dem primitiven Wigwam, den er für sich gebaut hatte, und die Kinder machten sich einen Spaß daraus, darum herumzulaufen und zu lachen, weil die Wände so ungeschickt mit dem Dach verbunden waren. Einige Frauen besichtigten seine Schlafstelle und machten sich über die ungewohnte Form lustig, ohne sich ihrer Taktlosigkeit bewußt zu sein. Doch als Pentaquod versuchte, seine wenige Habe vor den Kindern zu schützen, ergriffen die Frauen seine Partei und ermahnten die Buben und Mädchen, die Dinge, die dem Fremden gehörten, nicht anzufassen. Dann hoben sie die Köpfe, um den großen Mann mit funkelnden Augen anzulächeln.

Die heimkehrenden Dorfbewohner waren nur kurze Zeit tatenlos, dann sprach der Häuptling zu ihnen, worauf sich das Treiben der bunt zusammengewürfelten Schar jäh wandelte und sie im Eiltempo zu ihren Wohnplätzen liefen. Die Krieger gingen in den Wald und fingen an, Bäume zu fällen, während die Frauen sich damit beschäftigten, die Steinflächen zu glätten, auf welchen die Unterkünfte für den Winter errichtet werden sollten. Nachdem dies geschehen war, begab sich der ganze Stamm ans Ufer, um Gräser zu schneiden, aus welchen die Wände der Wigwams geflochten wurden. Pentaquod war sehr beeindruckt von der geordneten Arbeitsweise des Stammes; sie schienen weit bessere Hüttenbauer zu sein, als die Susquehannocks es waren.

Als sie mit diesen Vorarbeiten fertig waren und das Baumaterial an geeigneten Plätzen aufgeschichtet hatten, um am nächsten Tag mit dem Bauen zu beginnen, ruhten sie sich aus, und Pentaquod hatte Gelegenheit, sich in Ruhe mit Narbenkinn zu unterhalten, der ihm von seiner langen Gefangenschaft bei den Susquehannocks erzählte und davon, wie sehr er diesen kriegerischen Stamm bewunderte und wie die Frauen der Susquehannocks sich über ihn lustig gemacht hatten, weil er so klein und schmächtig war.

»Wie heißt euer Stamm?« fragte Pentaquod.

»Wir sind nur ein kleiner Teil der Nanticokes. Die großen Häuptlinge leben im Süden. Wir haben nur einen geringeren Häuptling, wie du ja gesehen hast.«

»Habt ihr einen Namen?«

Narbenkinn zuckte die Achseln, so als sei das Geheimnis eines Namens ausschließlich Sache der Geisterbeschwörer oder Medizinmänner. Aber er ließ Pentaquod wissen, daß die mächtigen Nanticokes des Südens häufig in ihr Dorf eindrangen, um alles zu stehlen, was seine Leute gesammelt hatten.

»Sind sie um so vieles tapferer?«

»Nein, sie sind nur mehr.«

»Wehrt ihr euch? Kämpft ihr?«

Narbenkinn lachte. »Wir sind keine Susquehannocks. Wenn die Nanticokes kommen, laufen wir in den Wald. Wir lassen ihnen so viel zurück,
daß es ihnen nicht in den Sinn kommt, uns zu verfolgen, und wenn sie
genommen haben, was sie brauchen, gehen sie wieder, und wir kommen
zurück.«

Pentaquod erschien dieses Verhalten so ungewöhnlich, daß er nicht wußte, was
er dazu sagen sollte. Er saß da und spielte mit seinen Fingern, und während er
das tat, fiel sein Blick auf den Haufen heller Muscheln. »Verwendet ihr sie
gegen die Nanticokes?«

»Ob wir was verwenden?«

»Diese … na ja, diese Muscheln?«

»Diese Muscheln?«

Narbenkinn schaute auf die Muscheln und brach in Lachen aus. Er rief ein
paar Freunde herbei, um sie an seiner Belustigung teilhaben zu lassen. »Er
glaubt, wir werfen damit auf die Nanticokes!« Seine Zuhörer begannen zu
lachen, und einige Kinder fingen an, die weißen Muscheln über das Wasser
hüpfen zu lassen.

Pentaquod blieb gelassen. »Was ist es denn?«

»Das weißt du nicht?« fragte Narbenkinn erstaunt. Er nahm einem Kind eine
Muschel weg, hielt sie in Brusthöhe vor sich hin und tat, als wollte er daraus
essen, worauf eine der Frauen ans Ufer lief, ins kalte Wasser tauchte, um wenige
Augenblicke später wiederzukommen; in der Hand hielt sie einen tropfenden
Gegenstand, der aus zwei zusammenhängenden Muschelschalen bestand. Sie
lief zu Pentaquod, streckte beide Hände aus und reichte ihm den Gegenstand,
den sie eben aus dem Fluß geholt hatte. Er nahm die Muschel und war von
ihrem Gewicht und ihrer rauhen Oberfläche beeindruckt. »Was ist es?« fragte
er Narbenkinn.

»Er weiß nicht, was es ist«, rief der Dolmetscher, der sich seiner neugewonne-
nen Bedeutung wohl bewußt war: Als einziger im Dorf konnte er sich mit dem
Susquehannock unterhalten.

»Er weiß nicht, was es ist!« wiederholten fröhlich die Kinder, und alle sahen
zu, wie sich der große Mann aus dem Norden mit der geschlossenen Muschel
abmühte.

Schließlich nahm ihm die junge Frau das Geschenk, das sie ihm gebracht hatte,
wieder aus der Hand, hob einen spitzen Stock vom Boden auf und öffnete die
Muschel mit einem geschickten Griff. Eine Hälfte warf sie fort, die andere

kredenzte sie mit ernster Miete Pentaquod und forderte ihn mit einer Geste auf zu essen.

Der an Rotwild, Hasen und Fisch gewöhnte Susquehannock betrachtete das seltsame Ding in seiner Hand. Es war ihm nicht möglich, es in Beziehung zu der Nahrung zu bringen, die er kannte. Es war wäßrig und schlüpfrig, hatte keine Knochen, und er wußte nicht, wie er damit fertig werden sollte.

Das Mädchen löste sein Problem. Sie nahm die volle Schale aus seinen Händen, setzte sie ihm an die Lippen und schnippte ihm mit einer flinken Bewegung der Finger den Inhalt in den Mund. Einen Augenblick lang spürte er einen feinen salzigen Geschmack und eine angenehme Empfindung. Dann war die Speise oder was immer es sein mochte verschwunden und hinterließ einen überaus erstaunten Ausdruck auf seinem Gesicht. Mit einer anmutigen Bewegung warf das Mädchen die leere Schale zu den übrigen auf den Haufen. »Wir nennen es *kawshek*«, klärte ihn Narbenkinn auf. »Im Fluß sind mehr davon, als du zählen kannst. Wir leben den ganzen Winter über von *kawshek*.«

Pentaquod überlegte: Zu allem Überfluß an Nahrung, den er selbst gefunden hatte, lagen noch weitere Reichtümer im Fluß. Es war unbegreiflich, und während er noch perplex dasaß und das Geheimnis der Austern zu entwirren versuchte, dachte er an seinen Freund, den Stelzfuß, und erkundigte sich bei Narbenkinn: »Was ist das, was er vom Grund heraufholt, in zwei Hälften beißt und dann mit großer Mühe hinunterwürgt?«

»Fische.«

»Ich kenne Fische. Das ist kein Fisch. Es hat die Form einer Hand und viele Beine.«

Kaum hatte Pentaquod diese Worte ausgesprochen, da breitete sich ein nachsichtiges Lächeln über das narbige Gesicht seines Dolmetschers. Doch Narbenkinn blieb stumm; offensichtlich erinnerte er sich an Augenblicke der Glückseligkeit, die längst verflossen waren. Dann winkte er das Mädchen heran, das die Auster gebracht hatte. »Er kennt auch keine Krabben«, flüsterte er ihr zu.

Das Mädchen lächelte auch und machte mit ihrer rechten Hand eine Krabbe nach, die ihre Füße hin und her bewegte. Dann spiegelte sich Mitgefühl in ihren Zügen: Daß der Fremde keine Austern kannte, das war spaßig; daß er noch nie von Krabben gehört hatte, das war bemitleidenswert.

»Was sind Krabben?« fragte Pentaquod, und Narbenkinn antwortete; »Als der Große Geist Manitu den Fluß und seine Ufer mit allem bevölkert hatte, was unser Dorf braucht – Kiefern für Kanus, Wild, um uns im Sommer zu ernähren, Gänse und Austern für den Winter –, sah er, daß wir ihm dankbar und freundlich gesinnt waren. Darum schuf er in seiner großen Güte ein weiteres Lebewesen als Zeichen seiner immerwährenden Fürsorge. Er schuf die Krabbe und verbarg sie in unseren salzigen Gewässern.«

Einige Frauen wollten wissen, was er dem Fremden bisher erzählt hatte, und drängten ihn, noch einige Einzelheiten hinzuzufügen, die ihnen von Bedeutung erschienen: »Eine Krabbe gibt nur wenig Nahrung, auch ist sie nicht leicht zu essen. Aber das Wenige, was sie gibt, ist die beste Speise, die man sich vorstellen kann. Eine Krabbe zu essen erfordert Arbeit, darum schätzt man sie um so höher. Die Krabbe ist ein Segen, die Erinnerung an Manitu. Und keiner von uns hat je genug davon bekommen.«

Pentaquod hörte mit wachsendem Respekt zu, als Narbenkinn über diese Köstlichkeit berichtete, und er fragte, als der kleine Mann mit seinem Lobgesang zu Ende war: »Könnte ich eine solche Krabbe kosten?«

»Sie kommen erst im Sommer wieder.«

»Habt ihr denn keine getrocknet?«

Die Frage wurde übersetzt, und alle lachten. Dann versuchte das Mädchen, ihm zu erklären: Das Fleisch der Krabbe sei so zart, daß es gleich verzehrt werden müsse; ihre schlanken Finger tanzten, während sie dies veranschaulichte.

Verwirrt von so erstaunlichen Mitteilungen, begann Pentaquod laut zu grübeln. »Wenn aber die Krabbe, die ich auf der Insel gefunden habe, eine so harte Schale hat ...« Als das Mädchen nickte, unterbrach er sich; dann klopfte er auf ihre Fingerknöchel, um ihr zu zeigen, wie hart die Schale war.

»Ja!« rief er und packte sie am Handgelenk. »Wenn die Schale so hart ist, wie ist es dann möglich, daß der Stelzfuß sie mit seinem Schnabel durchtrennen kann?«

Als Narbenkinn den anderen erklärte, daß der Susquehannock mit dieser Bezeichnung den Graureiher meinte und daß er davon sprach, wie dieser Krabben fischte, sie in die Luft warf und dann zerteilte, zeigte der Gesichtsausdruck des Mädchens noch tieferes Mitleid.

»Das ist die weiche Krabbe«, klärte sie ihn auf.

»Die weiche?«

»Im Sommer fangen wir Krabben, die keine Schalen haben ...«

Das war nun völlig unverständlich, und Pentaquod schüttelte den Kopf, aber das Mädchen fuhr fort: »Sie haben keine Schalen, und wir braten sie über dem Feuer; das sind die besten.«

Damit konnte Pentaquod rein gar nichts anfangen, und schon wollte er das Gespräch abbrechen, als ein Junge von etwa neun Lenzen neben das Mädchen trat und Pentaquod mit Gesten zu verstehen gab, daß er allein vier oder fünf dieser Krabben auf einen Sitz verzehren konnte. Pentaquod fand das absurd und wandte sich ab, doch der kecke Junge zupfte ihn am Arm und wiederholte seine Pantomime: Er könne tatsächlich fünf schalenlose Krabben verzehren.

Als sich die Menge zerstreute, um provisorische Lagerstätten für die Nacht herzurichten, zog sich Petaquod in seinen Wigwam zurück, doch noch bevor er einschlafen konnte, sah er Narbenkinn in der Türöffnung stehen.

»Bleib bei uns«, sagte der kleine Mann. Pentaquod antwortete nicht. »Der Häuptling ist schon alt, und er ist traurig.« Pentaquod blieb stumm. »Das Mädchen, das dir die Auster gebracht hat, ist seine Enkelin, und so oft er sie sieht, schmerzt es ihn.« Das war unverständlich, aber der kleine Mann fuhr fort: »Ihr Vater, der Sohn des Häuptlings, der jetzt im Amt sein sollte, ist am Fieber gestorben, und das Mädchen erinnert den Häuptling an diesen Verlust.«

Pentaquod sah keinen Anlaß, sich dazu zu äußern, und so blieb der kleine Dolmetscher in der Türöffnung stehen und begnügte sich damit, seinen Blick auf den schattenhaften Umrissen des großen Susquehannocks ruhen zu lassen, der diesen Tag zu einem denkwürdigen gemacht hatte. Erst als die Nacht das Dorf einhüllte, suchte auch der frühere Sklave der Susquehannocks sein Lager auf.

In den folgenden Wochen bauten die Dorfbewohner wieder ihre Wigwams auf und unterrichteten Pentaquod in ihrer Sprache, die viel einfacher war als die seine. In fast allen Lebensbereichen war die Struktur dieses Stammes wesentlich unkomplizierter als die der Susquehannocks: Ihr Häuptling hatte weniger Macht, und sie verfügten über weniger Besitztümer. Ihr Medizinmann war nicht so streitbar und furchterregend wie die Geisterbeschwörer des Nordens, und man würde ihn ausgelacht haben, hätte er versucht, Entscheidungen über Leben und Tod zu erzwingen; er war ein personifizierter Talisman, der ihnen Glück bringen sollte, sonst nichts.

Der kleine alte Häuptling hieß Orapak; er war über sechzig und dem Tode nahe, aber man ließ ihm sein Amt, weil niemand da war, der es ihm abgenommen hätte. Er war ein weiser, sanftmütiger Greis und hatte es viele Jahre lang verstanden, seinen Stamm vor ernstlichem Ungemach zu bewahren. »Wenn die Nanticokes aus dem Süden kommen, um uns anzugreifen, fliehen wir nach Norden.«, erklärte er. »Und wenn die Susquehannocks nach Süden kommen, um uns anzugreifen, fliehen wir tiefer in den Süden.«

»Kommt ihr da nicht den Nanticokes in die Quere?«

»Nein, wenn wir nach Süden fliehen, gehen wir in den Sumpf, und die Nanticokes wagen es nicht, uns dorthin zu folgen.« Er machte eine Pause. »Die Moskitos, weißt du?«

»Ich weiß. Im vergangenen Sommer habe ich im Sumpf gelebt.«

»Du bist ein tapferer Mann«, sagte der Häuptling. Dann fragte er: »Warum, glaubst du, verlassen wir unser Dorf im Sommer?«

»Wozu gibt es überhaupt die Moskitos?« forschte Pentaquod, und der alte Mann hob die Augen zum Himmel und antwortete: »Narbenkinn hat dir erzählt, wie Manitu unserem Dorf alles geschenkt hat, und am Ende auch noch die Krabben. Aber dann sagte er: ›Nun muß ich noch etwas tun, damit die Menschen nicht zu hochmütig werden‹, und er schuf die Moskitos.«

»Warum?«

»Um uns daran zu erinnern, daß er alles tun kann, was ihm beliebt, und daß wir es uns gefallen lassen müssen.«

Pentaquod hielt den Zeitpunkt für gekommen, die Frage seiner Aufnahme in den Stamm anzuschneiden. »Der Fluß ist wunderbar. Ich fühlte mich sehr wohl, als ich allein hier lebte.«

Der Häuptling nahm diese Erklärung zur Kenntnis und blies die Wangen auf, womit er andeuten wollte, daß er Pentaquods Worten gebührende Beachtung schenkte. Der Susquehannock wies darauf hin, daß er von dem verlassenen Dorf Besitz ergriffen hatte. Ja, er meldete einen Besitzanspruch an, obwohl viele Krieger da waren, die ihm ein solches Recht hätten streitig machen können. Orapak war sich der Macht dieses Fremden bewußt; sehr wahrscheinlich konnte er jeden dieser Krieger, die bisher noch keinen besiegt hatten, überwinden. »Es wäre gut, wenn du bei uns bleiben würdest«, sagte er bedächtig und fügte rasch hinzu, »in dem Wigwam, der bereits dir gehört.«

»Das wäre mir recht«, erwiderte Pentaquod, und mehr wurde über seine Einbürgerung nicht gesprochen. Er wohnte weiter in seinem Wigwam, die Frauen zeigten ihm, wie er ihn ausbessern mußte, und er fing an, Navitan, der Enkelin des Häuptlings, den Hof zu machen. Mit siebzehn hatte sie während des vergangenen Sommers mit dem einen oder anderen jungen Krieger Blicke gewechselt, ohne daß viel dabei herausgekommen wäre, jetzt aber zeigte sie sich für die Aufmerksamkeiten, die der große Susquehannock ihr erwies, empfänglich.

Noch vor dem ersten Schneefall wurden sie Mann und Frau. Die alten Weiber waren entzückt, daß ihre Navitan sich einen so stattlichen Mann geangelt hatte, und der Medizinmann, der die Zeremonie vollzog, tat die Meinung kund, Manitu persönlich habe Pentaquod geschickt, um das Dorf zu beschützen.

Im Rahmen der Arbeitsteilung, wie sie bei den Stämmen an der Chesapeake Bay üblich war, spezialisierte sich Pentaquod darauf, hohe Bäume zu fällen, sie zurechtzuschneiden und auszubrennen, um Kanus daraus zu machen. Er tat sich auch als Experte bei der Jagd auf die Gänse hervor, jenes beachtliche Federvieh, das für ihn einfach »die großen Vögel« gewesen war. Aus Eichen-

und Kiefernholz fertigte er achtzehn grob geschnitzte Gänsefiguren an, bemalte sie mit Erdfarben, die der Stamm entdeckt hatte, und stellte sie an verschiedenen jagdstrategisch wichtigen Punkten entlang des Ufers auf. Damit lockte er die Tiere so nahe heran, daß er sie mit seinem starken Bogen nur selten verfehlte. Doch so gut ihm auch ihr gebratenes Fleisch schmeckte, es war ihm zuwider, eine Gans zu töten. Er mochte nicht mit ansehen, wie diese prächtigen Vögel vernichtet wurden.

Der Winter ging zu Ende, als die traurige Nacht kam. Navitan schabte gerade Austern vom Riff, als ihr das sonderbare Verhalten eines Flugs Wildgänse auf einem nahen Maisfeld auffiel. Die Männchen liefen durcheinander, und die Jährlinge waren unruhig; sie sammelten Zweige für den Nestbau, als wüßten sie schon, daß sie sie nicht mehr brauchen würden. Ein von Unbehagen geprägtes Geschnatter war zu hören, und plötzlich löste sich ein alter, auffallend gewichtiger Gänserich von den anderen, schlug mit den Flügeln und erhob sich in die Luft.

Im nächsten Augenblick war der ganze Flug Gänse aufgestiegen, zog einige Kreise und machte sich dann entschlossen auf den Weg nach Norden. Auch von anderen Feldern, die Navitan nicht sehen konnte, erhoben sich Schwärme in die Luft, und bald war der Himmel von den großen grauschwarzen Vögeln dunkel, die nach Norden flogen. »Oh!« rief Navitan und brachte damit das ganze Dorf in Bewegung, »sie verlassen uns!«

Es brauchte keinem gesagt zu werden, wer gemeint war. Die Gänse, diese wichtigen Vögel, an welchen sich der Stamm seit Generationen gütlich tat, verließen den Fluß. In neun Tagen würde in der ganzen Gegend keine Gans mehr zu sehen sein, und für alle, die ihnen nachblickten und sie schreien hörten, während sie zu den eis- und schneebedeckten Feldern aufbrachen, um dort ihre Jungen aufzuziehen, war dies ein Augenblick von solcher Traurigkeit, daß viele ältere Männer und Frauen weinten, denn die großen Gänse waren ihr Kalender, nach dem sie ihre Jahre zählten.

Steifbeinig und blaß kam jetzt der Häuptling aus seinem Wigwam, wandte den Blick zum Himmel und spendete den Gänsen seinen Segen, während der Medizinmann ein zeitloses Gebet sprach:

Großer Geist, der Du über uns wachst und die Jahreszeiten festlegst, behüte die Gänse, die uns jetzt verlassen! Wache über sie, die in ferne Gegenden fliegen! Lasse sie Nahrung finden für ihren langen Flug und bewahre sie vor Stürmen! Wir bedürfen ihrer, sie beschützen uns vor Hunger und stehen Wache für uns. Im Winter sind sie unsere Gefährten und schenken uns Nahrung und Wärme. Sie bewohnen unser Land, sind die Hüter unserer Ströme, die freundlichen Schwätzer beim Kommen und Gehen. Schütze sie, Großer Geist, solang sie von uns fern sind, und wenn die Zeit reif ist, bring sie wieder an den Fluß, der ihre Heimat ist und die unsere!

Kein Kind rührte sich, denn dies war der geheiligtste Augenblick des Jahres. Wenn die Beschwörungsformel nicht richtig gesprochen wurde, konnte es sein, daß die Gänse nicht wiederkamen, und wenn das geschah, stand ein furchtbarer Winter bevor.

Einige Monate nachdem die Gänse abgezogen waren, traten die Krabben als wichtigstes Nahrungsmittel an ihre Stelle, und jetzt entdeckte Pentaquod, was die Dorfbewohner meinten, wenn sie behaupteten, daß der Große Geist Manitu sie ganz besonders ins Herz geschlossen habe. Es war an einem Tag im Spätfrühling, als Navitan ihn zu ihrem Kanu führte und ihm einen Korb mit Fischköpfen und Bärenknorpeln in die Hand drückte, den er mitnehmen sollte. Das Zeug stank fürchterlich, aber Navitan versicherte ihm, daß es genau das war, was die Krabben schätzten, und er fragte sich, wie sie dieses lose und fast schon faulende Zeug am Angelhaken befestigen wollte.

Zu seiner Überraschung hatte seine Frau gar keine Angelhaken dabei. »Wie willst du denn da fischen?« fragte er, und sie lächelte, ohne ihm eine Erklärung abzugeben. Doch als er sie zu der von ihr angegebenen Stelle gepaddelt hatte, holte sie lange Leinen aus zusammengedrehten Fasern und Hirschdarm hervor, und daran band sie die Fischköpfe und die Bärenknorpel fest. Dann warf sie die Leinen aus.

Pentaquod wartete auf die verräterischen Zeichen, die erkennen ließen, daß ein Fisch angebissen hatte, aber keine solche Bewegung wurde sichtbar. Für ihn stand fest, daß Navitan keine Krabben fangen würde. Doch nach einer Weile und, wie es schien, ohne jeden Anlaß, fing sie an, mit der linken Hand eine der Leinen einzuziehen; in der rechten hielt sie eine lange Stange, an der ein lose geflochtener Weidenkorb befestigt war. Langsam hob sich die Leine aus dem Wasser, und Pentaquod sah den ersten Fischkopf auftauchen. Freilich sah er nicht, daß eine Krabbe daran hin und mit ihren kräftigen Scheren am Fleisch herumsägte, ohne zu merken, daß sie aus dem Wasser gezogen wurde.

Sobald Navitan die Krabbe erblickte, fuhr sie flink mit dem Korb ins Wasser und unter die erstaunte Krabbe. Mit den Füßen rudernd und die Scheren zusammenklappend, versuchte das Tier, sich fallen zu lassen, aber Navitan fing es mit dem Korb auf und warf es ins Kanu.

Pentaquod war von dieser Vorführung äußerst beeindruckt, und als seine Frau weiter die Leinen einzog und eine Krabbe nach der anderen fing, wurde ihm klar, daß er es hier mit einer Art des Fischens zu tun hatte, wie er sie noch nie kennengelernt hatte. »Warum lassen sie den Köder nicht aus?« fragte er sie. »Sie können doch sehen, daß du sie fangen wirst.«

»Sie lassen sich gern von uns essen«, sagte Navitan. »Manitu schickt sie uns ja zu diesem Zweck.«

Vorsichtig berührte Pentaquod eines der Tiere. Der Panzer war außerordentlich hart, aber er konnte es nicht näher untersuchen, denn die scharfen Scheren hatten es auf seine Finger abgesehen. Er war noch verblüffter, als Navitan ihre zwei Dutzend Krabben ins Dorf zurückbrachte und sie in einen Topf mit kochendem Wasser warf, wo sie sich in wenigen Augenblicken hellrot färbten. Dann zeigte sie ihm, wie man das Fleisch auslöste, und als sie eine Tonschale voll hatten, hieß sie ihn aufhören, denn sie wußte, daß es eine mühsame und lästige Arbeit war: Ein Dutzend Krabben warf nur eine Handvoll Fleisch ab.

Doch als sie dieses Fleisch, wie ihre Mutter sie gelehrt hatte, mit Kräutern, Gemüsen und Maismehl mischte, zu kleinen Klößen formte und diese in siedendem Bärenfett briet, bereitete sie eine der feinsten Speisen, die es an diesem Fluß zu verzehren gab. »Krabbenkuchen«, nannte sie sie, und Pentaquod fand sie zart und wohlschmeckend.

»Es gibt noch etwas Besseres«, versicherte ihm Navitan, und als er das bezweifelte, meinte sie, er müsse warten, bis die Krabben anfingen, sich zu häuten. Eines Tages brachte sie ihm dann vier Krabben, die eben erst ihre Schale abgestreift hatten und briet sie in Bärenfett, ohne sie vorher zu kochen und ohne das Fleisch auszulösen.

»Mit den Füßen und allem soll ich sie essen?« fragte Pentaquod, und sie überredete ihn, es doch zu versuchen, und als er fertig war, mußte er gestehen, daß es ihm herrlich geschmeckt hatte.

»Jetzt gehörst du zu uns«, sagte Navitan.

Während Pentaquod sich mit so wohltuenden Bräuchen anfreundete, machte er eine Entdeckung, die ihn beunruhigte: Er fand heraus, daß alles, was Narbenkinn ihm erzählt hatte, der Wahrheit entsprach. Dieser Stamm wehrte sich nicht gegen seine Feinde, und wenn die Susquehannocks aus dem Norden in sein Gebiet eindrangen oder die Nanticokes aus dem Süden, unternahm er keinen Versuch, das Dorf zu schützen. Daß den Bewohnern Gefahr drohte, schien sie nicht zu bekümmern; sie stellten keine Wachen auf, schickten keine Patrouillen aus, um ihre Grenzen zu inspizieren, und hielten auch keine Verteidigungsmanöver ab. Er war daher auch nicht überrascht, als eines Morgens die Kinder gelaufen kamen und berichteten: »Die Nanticokes sind wieder da.«

Niemand geriet in Panik. Die Leute verstauten ihre lebenswichtigen Güter in Säcken aus Hirschleder, versteckten Nahrungsmittelvorräte im nahen Wald und flohen. Schneidig wie ein in die Schlacht ziehender Feldherr marschierte der Häuptling vor seinem Volk einher, und führte es tief in das von verschiedenen Wasserläufen zerschnittene Gebiet im Nordwesten des Dorfes. Sie wußten aus Erfahrung, daß ihnen die Nanticokes ungern in diese schwer überschaubare Gegend folgten. Sie vertrauten darauf, daß sie nach einer angemessenen Zeitspanne, in welcher die Eindringlinge alles stehlen würden, was nicht niet- und nagelfest war, um dann unter dem Absingen von Siegesliedern wieder abzuziehen, in ihre Wigwams zurückkehren und weiterleben konnten wie bisher.

Pentaquod war über diese Haltung erschüttert. Als die Kinder als erste die Invasion gemeldet hatten, drängte es ihn, hinauszustürmen, den Feind zu stellen und ihn zurück nach Süden zu treiben, aber der alte Häuptling wollte nichts davon wissen, und es gelüstete auch keinen der Krieger, sich mit den kräftigen Gegnern aus dem Süden zu messen.

»Was verlieren wir, wenn wir es so halten wie immer?« fragte eine Frau.

»Zum Beispiel meinen Wigwam«, erwiderte er verdrießlich.

»Um einen Wigwam zu bauen, brauchen wir einen Tag. Die getrockneten Fische? Was macht das schon? Die eingesalzenen Enten finden sie nicht. Die haben wir zwischen den Eichen versteckt.«

Nachdem sich der Stamm sieben Tage verborgen gehalten hatte, hielt man es für wahrscheinlich, daß die Nanticokes den erwarteten Schaden angerichtet und sich zurückgezogen hatten. Um aber sicherzugehen, mußten Späher ausgeschickt werden, die feststellen sollten, ob die Feinde auch wirklich fort waren. Und als sich kein Freiwilliger meldete, sagte Pentaquod mit einem Seitenblick auf Narbenkinn: »Wir gehen.« Der Dolmetscher, der schon einmal gefangengenommen worden war, zeigte sich wenig begeistert, an einer solchen Unternehmung teilzuhaben, doch Pentaquod ließ nicht locker, und schließlich erklärte sich der kleine Mann widerwillig einverstanden, den tapferen Susquehannock zu begleiten.

Noch kein Späher in der langen Geschichte dieser Region hatte je so vorsichtig einen Fuß vor den anderen gesetzt wie Narbenkinn, als sie das von den Eindringlingen besetzte Gebiet erreichten. Er war so sehr darauf bedacht, nicht das winzigste Zweiglein zu knicken, daß Pentaquod die Absicht des schlauen kleinen Mannes durchschaute: Er wollte so langsam vorankommen, daß den Nanticokes noch zwei Tage mehr blieben, sich zu verziehen. Wenn er und

Pentaquod endlich zum Dorf kämen, würden die Feinde bereits wieder in ihren eigenen Wigwams sitzen.

Doch davon wollte Pentaquod nichts wissen. Er war entschlossen, keine Zeit zu verlieren; er wollte sehen, um welche Leute es sich bei den Nanticokes handelte. Aber er war einfach nicht imstande, seinen Gefährten zu einer schnelleren Gangart zu bewegen; es half nichts, ihn seine Verachtung spüren zu lassen oder an seine Männlichkeit zu appellieren. Der kleine Mann weigerte sich, den wohlüberlegten Zeitplan, den er sich selbst vorgeschrieben hatte, zu unterschreiten, und am Ende klammerte er sich an eine Robinie und rührte sich nicht vom Fleck. Pentaquod marschierte allein zum Fluß.

Von einem günstigen Aussichtspunkt aus beobachtete er die Nachhut der Nanticokes, die das eroberte Dorf ein letztes Mal durchstöberte und die letzten Souvenirs ihres Raubzuges einsammelte. Während die Krieger sorglos am Fluß entlang nach Osten zogen und ein Siegeslied anstimmten, das schilderte, wie sie das Dorf, das erbitterten Widerstand leistete, eingenommen hatten, blieben vier Nachzügler zurück und mühten sich mit einem großen Beutestück ab, mit dem sie nicht fertig wurden. Pentaquod, der sie belustigt beobachtete, konnte sich eine überhebliche Geste nicht verkneifen, obwohl er wußte, daß es töricht und unvorsichtig von ihm war, übermütig zu sein.

Er sprang hinter einem Baum hervor, stieß seinen blutrünstigsten Kriegsschrei aus, schwang den Speer und stürmte auf die vier überraschten Nanticokes los. Seine Erscheinung – fünf Handbreit größer als sie und viel breiter gebaut – versetzte sie in solchen Schrecken, daß sie flohen. Einer aber war gerade noch seiner Sinne Herr, um den Kriegern, die vor ihm dahinmarschierten, zuzurufen: »Die Susquehannocks!« Nacktes Entsetzen war die Folge.

Die Plünderer gerieten in Panik, warfen alles, was sie gestohlen hatten, weg, und traten unter Gepolter und Getrampel einen ebenso überstürzten wie würdelosen Rückzug an. Diese Niederlage klang so überzeugend, daß selbst Narbenkinn noch rechtzeitig aus seinem Versteck kam, um zu sehen, wie sein Freund Pentaquod, den Speer schwingend, eine ganze Armee von Nanticokes durch den Wald jagte. Nie wäre es Narbenkinn eingefallen, daß ein entschlossener Mann vier überraschten oder vierzig verschreckten Nanticokes ebenbürtig sein könnte, aber als er die tapferen Krieger aus dem Süden in wilder Flucht das Weite suchen sah, war er überzeugt, ein Wunder erlebt zu haben, und er begann sogleich, die Ballade zu dichten, die den Sieg Pentaquods unsterblich machen sollte:

> Furchtlos schritt er unter die Räuber,
> Kraftvoll trotzte er den unzählbaren Feinden,

> Die Gefahr nicht achtend, griff er sie an,
> Warf ihre Leiber über den Haufen,
> Schlug ihnen die Köpfe ein und verrenkte ihnen die Glieder,
> Bis der erschöpfte Feind aufschrie und zitterte,
> Um Gnade flehte und demütig seine Hände küßte …

Es war ein Epos, eine Schilderung in der besten Manier der ewigen Wälder, und Pentaquod lauschte dem Lied mit stiller Belustigung, während er mit lässigem Blick die geringen Schäden prüfte, die sein Dorf und sein Wigwam erlitten hatten. Es erinnerte ihn an die Kriegslieder, die er als Junge gehört hatte, wenn die Susquehannocks von ihren Raubzügen gegen die Stämme des Südens zurückkehrten; sie beschrieben ungeheuer heldenhafte Sachen, und er hatte sie geglaubt:

> Die tapfersten der tapferen Susquehannocks,
> Cherodah und Mataloak und Wissikan und Nantiquod,
> Schleichen durch den Wald, kundschaften die Festung aus
> Und stürzen sich mit tollkühner Entschlossenheit auf den Feind …

Und nun dämmerte es Pentaquod, daß es dieses Dorf war, daß seine Vorfahren so tapfer angegriffen hatten; sie hatten Feinde besiegt, die sie nie zu Gesicht bekamen, weil diese sich im weit entfernten Sumpf versteckt hielten. Es hatte keinen Kampf gegeben außer in der Phantasie alter Barden, für die es eine Pflichtübung war, Siegeshymnen zu dichten, wenn die tapferen Krieger in eine Schlacht gezogen waren.

Als die Dorfbewohner zögernd zurückkehrten und zu ihrer Freude sahen, daß diesmal nichts weggetragen worden war, begannen sie, Narbenkinns Lied zu singen und auch daran zu glauben. Pentaquod, der sich der hier vollzogenen Täuschung wohl bewußt war, stand still und bescheiden daneben und überließ es Narbenkinn, für den Beifall zu sorgen. Wenn das Dorf gerettet worden ist, folgerte Pentaquod, so durch mein Eingreifen; also verdiene ich auch die Anerkennung des Dorfes. Und in dieser Nacht fingen die älteren des Stammes an, ihn als zukünftigen Häuptling in ihre Überlegungen einzubeziehen.

Bald danach kam die Nachricht, daß die Susquehannocks auf dem Weg nach Süden waren. Zwar versicherte Pentaquod den Dorfbewohnern, daß er gewisse Tricks kenne, mit deren Hilfe man sich zur Wehr setzen könne – vorausgesetzt, es fänden sich neun beherzte Männer, die nicht davonliefen –, aber der alte Häuptling wies seinen Vorschlag schroff zurück. »Wir gehen in den Sumpf; das ist das einzig Vernünftige. Wir machen das schon seit vielen Jahren, und in all dieser Zeit haben wir immer gut gelebt, haben genug zu essen und genug Schilfrohr gehabt, um die Wände unserer abgebrannten Wigwams neu zu flechten. Soll der Feind doch seinen Sieg haben, wenn er ihn braucht! Unsere Sicherheit liegt im Sumpfland.«

Das Sonderbare an dieser Politik war die Tatsache, daß die Selbstachtung der Dorfbewohner dadurch keine Einbuße erlitt – und ebensowenig die Pentaquods. Er hatte seinen Mut im Kampf gegen die Nanticokes unter Beweis gestellt, und Narbenkinn hatte seine Taten in einem Epos verherrlicht. Pentaquod war ein echter Held und brauchte seine Heldentaten nicht endlos zu wiederholen, um seinem Ruf gerecht zu werden. Als er jetzt zusammen mit den anderen Zuflucht im südlichen Sumpfland suchte, waren alle überzeugt, daß er, wenn er gewollt hätte, den Susquehannocks Widerstand geleistet hätte. Aber er zog es vor, seine schwangere Frau in Sicherheit zu bringen, und das schien dem Stamm weitaus vernünftiger.

Während sie den Fluß überquerten, ihre Kanus versteckten und sich durch die Binsen schlugen, die das südliche Ufer säumten, hörte Pentaquod zwei Stammeslegenden, die ihn faszinierten, und er stellte den Älteren zahlreiche Fragen: »Ihr sagt, daß im Osten, wo ihr im Sommer hingeht, daß es dort einen Strom gibt, der noch viel größer ist als die Flüsse, die ich schon kenne? Das Wasser ist viel salziger? Die Vögel sind anders, und kein Mensch hat je das gegenüberliegende Ufer gesehen? Aber es gibt so ein Ufer, und man kann trotzdem mit einem Kanu nicht hinüber? Was soll das heißen, die Wellen, die ans Ufer schlagen, sind so hoch, daß sie einen Menschen umwerfen?«

Ihre Schilderungen brachten ihn so aus dem Häuschen, daß er am liebsten gleich aufgebrochen wäre, um sich dieses wunderbare Ding zu besehen, doch der Häuptling hielt ihn zurück. »Im Sommer ziehen wir hin, um den Moskitos zu entkommen.« Also wartete er.

Da war auch noch eine andere Geschichte, noch unglaublicher und viel gewichtiger als die Sache mit dem großen Strom, denn sie hatte höchst beunruhigende Aspekte. Es war Narbenkinn, der das Thema zum erstenmal zur Sprache brachte. »Wenn das große Kanu wieder kommt«, sagte er ganz beiläufig, »wird es die Susquehannocks vielleicht bestrafen.«

»Was für ein großes Kanu?«

»Das große Kanu, das vor vielen Wintern einmal vorbeikam.«

»Wo vorbei?«

»An der Insel.«

»Wie groß war es?«

»Ich war nicht dabei, aber Orapak hat es gesehen und Ponasque auch.«

Pentaquod ging sofort zu Ponasque, einem sehr alten Mann, und fragte ihn ohne Umschweife: »Hast du das große Kanu gesehen?«

»Das habe ich«, antwortete der Greis, während sie im Sumpf hockten.

»Wie groß war es?«

»Zwanzig Kanus, vierzig, eines über dem anderen. Es erhob sich hoch in die Luft.«

»Wie viele Paddler?«

»Keine.«

Das war nun die rätselhafteste Mitteilung, die Pentaquod je erhalten hatte. Ein großes Kanu, das sich ohne Paddel fortbewegte. Er ließ sich das durch den Kopf gehen und fragte dann weiter. »Hast du es selbst gesehen? War es nicht vielleicht eine Geschichte, die einer abends am Feuer erzählt hat?«

»Ich habe es an der Insel vorbeifahren gesehen.«

»Was dachtest du dir dabei?«

Die Augen des Greises wurden feucht, als er an den bedeutungsvollen Tag zurückdachte, an dem seine Welt sich verändert hatte. »Wir hatten große Angst, wir alle, selbst Orapak. Wir konnten uns nicht erklären, was wir gesehen hatten, aber wir hatten es gesehen. Die Angst ist uns geblieben, aber mit den Jahren haben wir es vergessen können.« Ein Fremder, meinte er, solle diese Angst nicht wieder aufleben lassen, und darum wolle er auch nichts mehr dazu sagen. Nach einigem Herumfragen war Pentaquod überzeugt, daß alle Angehörigen des Stammes daran glaubten. Das große Kanu war tatsächlich zur Mündung des Flusses gekommen, es war riesengroß, und es bewegte sich ohne Paddel fort. Einem alten Weiblein verdankte er die zusätzliche Information: »Oben war es weiß, unten braun.«

Er trug diese beunruhigende Neuigkeit mit sich herum, während sie tiefer in das Sumpfgelände eindrangen, und als sie verhältnismäßig festen Boden unter sich hatten, auf dem sie lagern konnten, ging er zum Häuptling und fragte ihn geradcheraus: »Was hast du dir gedacht, Orapak, als du das große Kanu sahst?«

Der Greis saugte an seinen Zähnen und setzt sich unter eine Eiche. Er überlegte, was er auf diese bohrende Frage antworten solle, denn er wußte, daß sie den Lebensnerv des Stammes berührte. »Ich kann nicht mehr in den Sumpf gehen«, sagte er dann bedächtig. »Es strengt mich zu sehr an, und meine Zeit ist bald abgelaufen. Du mußt der nächste Häuptling sein.«

»Danach habe ich nicht gefragt, Orapak.«

»Aber es ist die Antwort auf deine Frage.«

Darauf konnte sich Pentaquod keinen Reim machen, aber der Häuptling fuhr fort. »Als wir an jenem Tag am Ufer zusammenkamen, um das große Kanu zu sehen, wie es langsam nach Norden fuhr, haben wir alle dasselbe gesehen. Sicher weißt du das schon aufgrund deiner Erkundigungen.«

Pentaquod nickte. Er war überzeugt, daß diese Begebenheit mehr als ein Lied war, das ein phantasievoller Ahne wie Narbenkinn komponiert hatte. Der Greis erzählte weiter: »Nachdem alle das Kanu gesehen und sich gegenseitig versichert hatten, daß es Wirklichkeit war, kehrten sie ins Dorf zurück. Doch mein Großvater, der damalige Häuptling, ging mit meinem Vater und mir zum Ufer hinunter, und wir versteckten uns im Wald, als das Kanu näher kam. Wir sahen, daß Menschen in ihm saßen, die uns recht ähnlich waren und doch ganz anders.«

»Wieso?«

»Ihre Haut war weiß. Ihre Körper waren aus irgend etwas anderem gemacht, denn sie glitzerten, wenn die Sonne auf sie fiel.«

Das war alles, was der alte Mann wußte, und da kein anderer ihm von diesen erstaunlichen Tatsachen berichtete, begriff Pentaquod, daß dies vertrauliche Informationen waren, in deren Besitz nur der mutmaßliche Nachfolger des Häuptlings gelangen durfte. Indem er das heilige Wissen um die glitzernden Körper mit Pentaquod teilte, gab Orapak die Bürde des Führers an ihn weiter. Er brauchte ihn nicht erst darauf hinzuweisen, daß er nicht weitersagen durfte, welche Art Fracht das große Kanu mit sich führte, denn zweifellos würde es eines Tages wiederkommen und mit ihm das Rätsel der Menschen mit weißer Haut und mit Körpern, auf welchen sich das Sonnenlicht spiegelte.

»Sie werden zurückkommen, nicht wahr?« fragte Pentaquod.

»Das werden sie.«

»Wann?«

»Es vergeht kein Tag, da ich mich nicht von meinem Lager erhebe und mir die eine Frage stelle: Ist dies der Tag, da sie wiederkommen werden? Und jetzt trägst du die Bürde. Du wirst nie wieder deine Hand auf das schlafende Schilf legen, ohne zu denken: Werden sie morgen kommen?«

Sie bestatteten den umsichtigen alten Häuptling, einen Feigling, der sein Dorf oft, aber nie einen Mann im Kampf verloren hatte, tief im Sumpf, weit weg von dem Fluß, den er so geliebt hatte. Von seinem erschöpften, ausgemergelten Körper nahmen sie die Kupferscheibe, das Zeichen des Führers, und reichten sie Pentaquod, der das Angebot ablehnte, weil solche Scheiben im Ritual der Susquehannocks unbekannt waren. Statt dessen steckte er sich drei lange Truthahnfedern ins Haar, so daß er seine kleinen Schutzbefohlenen noch offensichtlicher überragte, und Narbenkinn rezitierte das Epos vom neuen Häuptling, der einst im Alleingang die Nanticokes besiegt hatte. Und so wurde der Stamm der nächste in dieser seltsamen Reihe von Völkern, die sich einen Fremden, der nicht einmal ihrer Nation angehört, zum Führer wählen.

Die erste Gelegenheit, sich als Führer zu bewähren, erhielt Pentaquod, als die Nanticokes auf ihrem traditionellen Raubzug nordwärts marschierten. Die Frauen nahmen an, daß der Stamm wie gewohnt nach Norden fliehen würde, aber einige der jüngeren Krieger, die Narbenkinns Epos angesteckt hatte, wollten bleiben und kämpfen. »Wenn Pentaquod die Schlacht plant«, meinten sie, »könnten wir die Eindringlinge zurückschlagen und bräuchten uns nicht wie jedes Jahr zu schämen.« Es war eine verlockende Idee für Pentaquod, den Mann, aber in seiner Eigenschaft als Häuptling, dem die Sicherheit des Stammes anvertraut war, mußte er umsichtiger denken. Er konnte nicht sorglos Männer opfern, denn seine Truppe war unansehnlich, klein, schreckhaft und unbedeutend. Eine schwere Niederlage konnte sie vollends demoralisieren und ihr Fortbestehen in Frage stellen. Überdies hatte er ja den denkwürdigen Sieg über die vier Nanticoke-Krieger nur durch sein überraschendes Eingreifen errungen, und er war sich durchaus nicht sicher, daß sich dies wiederholen ließ. Daher schlug er den jungen Kriegern vor:

»Laßt uns zuerst auskundschaften, wie die Nanticokes diesmal anrücken.«

Und so schlichen sich Pentaquod und zwei der kühnsten jungen Kämpfer in den Wald, wanderten ein gutes Stück stromaufwärts und durchschwammen den Fluß, um auf feindliches Gebiet zu gelangen. Dort hielten sie sich versteckt, bis die lärmenden Nanticokes in Sicht kamen. Es war, wie Pentaquod vermutet hatte: Diesmal marschierten sie mit Wachen und Spähern. Diese Expedition würde sich nicht überraschen lassen; man war auf alles vorbereitet.

Die Begeisterung der jungen Krieger ließ merklich nach. Bestürzt eilten sie zurück und teilten den anderen mit: »Sie marschieren wie ein gut ausgebildetes Heer. Auf, in die Flußarme!« Und mit einem recht willigen Pentaquod an der Spitze ergriffen sie die Flucht.

Als sie in ihr Dorf zurückkehrten, untersuchte Pentaquod den Schaden; er war nicht groß, aber demütigend, und Pentaquod gelobte: Das war das letzte Mal!

In diesem Sommer erlaubte er seinem Volk nicht, das Land wegen der Moskitos zu verlassen. »Wir bleiben hier und befestigen das Dorf. Wie legen unsichtbare Fallen an den Zugängen, und alle Männer werden den Umgang mit Waffen üben. Wer sich über die Moskitos beklagt, bekommt kein Krabbenfleisch.«

Es war ein beschwerlicher Sommer. Die Moskitos waren schrecklich; in der Abenddämmerung ließen sie sich auf jedem entblößten Arm, auf jedem Gesicht nieder, und wenn die Sonne unterging, blieben die Dorfbewohner beim qualmenden Feuer. Sie beschmierten sich mit Bärenfett, schliefen mit Decken über den Köpfen und erhoben sich morgens ermattet von der stickigen Hitze, unter der sie die ganze Nacht gelitten hatten. Aber sie waren erfüllt von der Vision, die ihr großer junger Häuptling in ihren Herzen erstehen ließ: »Wenn die Nanticokes dieses Jahr kommen – die werden eine Überraschung erleben!« Wiederholt erprobte Pentaquod seine jungen Krieger, bis er überzeugt war, daß sie ihren Mann stehen würden.

Er probte alle von den Susquehannocks erdachten militärischen Manöver und erfand neue, die ihm der Situation angemessen erschienen. Als die Moskitos im Frühherbst abzogen, ließen sie ein Dorf zurück, das mehr als bereit war, sich zu verteidigen.

Die jungen Männer hungerten förmlich danach, sich mit den Nanticokes zu messen, aber irgendein unvorhergesehenes Ereignis im Süden verzögerte die gewohnte Expedition, und die eben erst flügge gewordenen Krieger wurden unruhig. Pentaquod wußte, daß er ihren Enthusiasmus nicht erlahmen lassen durfte; er teilte seinen Stamm in Gruppen auf, die sich gegenseitig Gefechte lieferten und so ihre strategischen Kenntnisse vervollkommneten. Und an einem kühlen Tag im frühen Winter, als die Gänse schon das Ufer säumten, brachten Späher die lang erwartete Nachricht: »Die Nanticokes kommen!«

Die Männer aus dem Süden rückten wie gewohnt lärmend und selbstsicher an; einige Späher wurden als ausreichend angesehen. Direkt nach Pentaquods Überraschungsangriff hatten sie Vorsichtsmaßnahmen ergriffen, waren aber jetzt, wie er es seinen Truppen vorausgesagt hatte, wieder sorgloser geworden. Wie fröhliche Zecher wanderten sie durch den Wald, durchwateten den Fluß, als sei das Ganze ein riesiger Spaß. Sie kamen das rechte Flußufer herunter, als ob sie zu einer Feier unterwegs wären.

Und dann stießen sie auf Pentaquods sorgfältig aufgestellte Krieger. Hinter den Bäumen hervor kamen Pfeile angeschossen, auf allen Seiten tauchten Männer mit Speeren auf, während vor den Eindringlingen der Boden nachgab und die vordersten in tiefe Gruben fielen. Ungewohnte Töne erschollen im Wald, und sogar Frauen mit Stöcken griffen in den Kampf ein. Verwirrung und Schrecken bemächtigte sich der Nanticokes, und am Ende blieb ihnen nur die Flucht; sie mußten mehr als zwanzig Gefangene zurücklassen. Noch nie zuvor hatten sie eine Niederlage von solchem Ausmaß erlitten.

Die kleine Dorfmannschaft hatte einen noch nie dagewesenen Sieg errungen und einen Haufen Gefangener gemacht, wußte aber nicht, was sie mit ihrem Triumph anfangen sollte. Sie kannten den Krieg nur aus der Position des Rückzugs, hatten keine Ahnung, wie man mit Gefangenen verfuhr, und hörten aufmerksam zu, als Pentaquod ihnen erklärte, daß seine Susquehannocks im Norden für gewöhnlich folgende Maßnahmen ergriffen: »Die Verwundeten töten wir. Die Kräftigen machen wir zu Sklaven. Die, welche gut laufen können, schicken wir mit beleidigenden Botschaften zu ihrem Volk zurück.«

Die Dorfbewohner nickten beifällig, ohne die geringste Ahnung zu haben, welche Folgen solche Maßnahmen nach sich ziehen konnten, doch ihr Häuptling fuhr fort: »Aber wir haben keine Verwundeten, und darum brauchen wir auch keinen zu töten.« Das sahen die meisten auch ein. Sie spendeten Pentaquod Beifall, denn das Töten war sowieso nicht nach ihrem Geschmack. »Wir brauchen keine Sklaven, weil wir keine Arbeit für sie haben, und wenn wir sie arbeiten ließen, müßten wir sie auch durchfüttern.« Auch dagegen war nichts einzuwenden. »Und ich glaube auch nicht, daß wir den Nanticokes beleidigende Botschaften schicken sollen. Wir wollen sie als Freunde haben, nicht als Feinde.«

Für einige war dies eine überraschende Feststellung. Viele und insbesondere jene, die nicht am Kampf teilgenommen hatten, wünschten den Feind zu erniedrigen und hatten sich schon raffinierte Methoden ausgedacht, um dieses Ziel zu erreichen; sie waren verärgert, als Pentaquod Versöhnung predigte, aber er erhielt unerwartete Unterstützung.

Zwei junge Krieger, die hinter dem ersten Baum gestanden hatten, als die Fallen einbrachen, gaben offen zu, daß sie entsetzliche Angst gehabt hatten; wäre auch nur eine Kleinigkeit schiefgegangen, der Feind hätte sie umzingelt und getötet. »Es wäre viel besser, wenn die Nanticokes als Freunde zu uns kämen«, meinten sie. »Laßt uns die Gefangenen festlich bewirten, laßt uns mit ihnen reden und sie mit dem Ausdruck unserer Wertschätzung nach Süden zurückschicken!«

Kaum waren diese Worte ausgesprochen, rief Pentaquod: »Genau das wollen wir tun!« Das Dorf folgte seinem Rat, und es gab ein großes Festessen mit Gans, Wild und Yamswurzeln, gebratenem Fisch und Kürbissen, die mit dem Saft von Maisstengeln gesüßt waren. Sie rauchten Tabak in langen Pfeifen, die von Hand zu Hand gingen, und am Ende sagte einer der Nanticokes aus vornehmer Familie: »Wir werden unserem Volk mitteilen, daß wir nicht mehr Feinde sind«, und erst als die Sonne aufging, verabschiedeten sich die neuen Freunde voneinander.

Diese dramatische Wendung ließ im Dorf ein Gefühl berauschender Erregung aufkommen, und es wurden unbesonnene Reden laut: »Nie wieder werden wir unser Dorf verlassen, wenn die Nanticokes kommen. Wir haben allen gezeigt, daß wir besser kämpfen als diese Dummköpfe. Es wird der Tag kommen, da werden wir nach Süden marschieren und in ihre Dörfer eindringen, und dann werden sie sehen, daß sich hier einiges geändert hat.«

Pentaquod nahm von diesem überschwenglichen Gerede keine Notiz; er erblickte darin nur jene prahlerische Großsprecherei, deren sich, als er noch ein Junge war, auch die Susquehannocks befleißigt hatten. Doch als er hörte, wie seine Leute die Meinung äußerten, der Sieg habe das ganze Weltbild verändert, fing er an, sich Sorgen zu machen. Und als sie großtuerisch erklärten, sie würden es auch mit den Susquehannocks aufnehmen, wenn diese sich noch einmal einfallen ließen, nach Süden zu kommen, rief er sie zur Ordnung.

»Die Susquehannocks sind nicht die Nanticokes«, warnte er sie. »Nicht einer unserer Tricks würde sie täuschen, denn es sind ihre eigenen Tricks, die sie gegen ihre Feinde verwenden.« Er hielt ihnen eine lange Rede, und schließlich hatte er noch einen guten Einfall. »Unter Susquehannocks«, sagte er, senkte die Stimme und beugte sich vor, um seinen mutigen Kriegern ins Gesicht zu sehen, »war ich einer der kleinsten.« Er überragte sie hoch, als er das sagte, und seine Schultern waren so viel breiter als die ihren, daß sie mit offenem Mund dastanden.

»Was sollen wir tun, wenn sie wiederkommen?« fragten sie ernüchtert.

»Wir werden über den Fluß setzen, unsere Kanus verstecken und in den Sumpf gehen«, antwortete er, und als es soweit war, führte er sie ins Moor.

In den folgenden zehn Jahren – von 1586 bis 1595 nach der westlichen Zeitrechnung – wurde Pentaquod der beste Häuptling, den sein Volk gekannt hatte. Er war ein tapferer, liebenswürdiger Mann, der seinem kleinen verschüchterten Volk diente. Wenn sein Stamm nach Osten ans große Wasser zog, ging er an der Spitze und trug seinen Teil der Lasten, und in den seltenen Fällen, da sie in den südlichen Sumpf fliehen mußten, war ihnen seine Fähigkeit, solchen Schimpf hinzunehmen, ohne seine gute Laune zu verlieren, eine moralische Stütze.

Sie brauchten sich nicht mehr im nördlichen Flußdelta zu verstecken, denn er hatte einen dauerhaften Frieden mit den Nanticokes geschlossen, und anstatt miteinander zu kämpfen, trieben die zwei Stämme jetzt Handel miteinander: getrocknetes Hirschfleisch für die Nanticokes, schillernde Muscheln für die Dorfbewohner, um Muschelschnüre zu flechten. Die beiden Stämme tauschten sogar Besuche aus, und das war eine heilsame Einrichtung, denn die zurückkehrenden Dorfbewohner prahlten, von pervertiertem Stolz erfüllt: »Unsere Moskitos sind zweimal so bissig wie die ihren.« Pentaquod und Navitan bekamen einen Stammhalter und dann noch einen zweiten Sohn, und der Große Geist war ihnen allen gnädig. Pentaquod führte sein Volk nach Osten an den Fluß aller Flüsse und sah die salzigen Wellen, die höher waren als er selbst, donnernd und mit zerstörender Gewalt ans Ufer schlagen. Als er eines Tages wie gebannt das großartige Schauspiel genoß, drängte sich ihm eine Überlegung auf: Wenn das große Kanu, das wir erwarten, imstande ist, einen so gewaltigen Fluß zu befahren, muß es ungeheure Ausmaße haben, und die Menschen, die es steuern, müssen noch größer sein als die Susquehannocks. Und er blickte mit Schaudern auf den Ozean hinaus.

Es gab auch andere Rätsel. In großen Abständen konnte es in sternenlosen Nächten geschehen, daß ein Kind plötzlich aufschrie: »Das Licht ist da!« Und im Wald jenseits des Flusses wurde ein heller Schein sichtbar, zog, wie von Dämonen gesteuert, seine Bahn, flimmerte unheilverkündend im gähnenden Abgrund der Nacht und kam erst nach einer gewissen Zeit wieder zur Ruhe. Im Dorf geboten die Eltern ihren Kindern zu schweigen, und niemand sprach davon. In der Finsternis standen die kleinen Leute am Ufer und starrten betroffen hinüber; sie fragten sich, was das wohl sein könnte, was sich da an der südlichen Küste bewegte, aber sie fanden keine befriedigende Erklärung für das flackernde Licht, das aus einer unbekannten Quelle gespeist wurde. Im Morgengrauen erlosch es und kam dann viele Jahre nicht wieder.

Die Bucht war in noch geheimnisvolleres Dunkel gehüllt. Sie lag in geringer Entfernung im Westen, aber kaum jemals bekam ein Dorfbewohner sie zu sehen, und keiner wagte sich hinaus. In all den Generationen, da sie am Wasser lebten, hatten sie das Segel noch nicht entdeckt und auch nicht die Tatsache, daß der Mensch ohne Paddel Flüsse und Buchten überqueren konnte; die Bucht war ihnen fremd. Ihr Reichtum an Fischen, Krabben und Austern war ihnen nicht zugänglich, und von diesem großen Fluß der Flüsse wußten sie nur, daß die grimmigen Potomacs ihn befuhren, wenn sie angriffen. Sie begnügten sich damit, diese herrliche Wasserfläche ihren Feinden zu überlassen, und nie erlebten sie die Erhabenheit eines Sonnenuntergangs auf diesem Gewässer oder das Aufkommen eines plötzlichen Sturm.

Im Dorf glaubte man daran, daß, wenn Ereignisse von großer Tragweite bevorstanden, nachts der Graureiher an den Fluß kam, sobald die Sterne verblaßten, um mit düsterem *Kraannk* seltsames Geschehen anzukündigen. In solchen Nächten kauerten die Menschen im Dunkel und lauschten schreckerfüllt den Tönen, die von den Bäumen, die sich über das Wasser beugten, widerhallten.

In einer solchen Nacht im Jahr 1596, als ferne Völker Vorbereitungen trafen, von der Bucht Besitz zu ergreifen, kamen Graureiher in großer Zahl vom Sumpf hergeflogen. Sie zerstreuten sich vor Tagesanbruch über das Gelände, um die Gestade nach schnell dahinschießenden Fischen abzusuchen. Die Nacht war von ihren Schreien erfüllt, doch wenn sie auch jene Männer und Frauen beunruhigten, die ein schlechtes Gewissen und etwas zu fürchten hatten, in Pentaquod lösten sie keine Besorgnis aus. Er wußte, daß sie gekommen waren, um die Geburt seines dritten Kindes anzuzeigen, und noch vor Sonnenaufgang hörte er den erlösenden Schrei.

»Ein Mädchen!« verkündete die Hebamme, als sie aus der Gebärhütte kam.

»Ich bin zufrieden«, erwiderte Pentaquod würdevoll, aber er war viel mehr als das. Er hatte sich schon immer eine Tochter gewünscht, die ihm das Leben verschönern würde, wenn er sich vom Kriegshandwerk zurückzog, und jetzt hatte er eine. Sobald es ziemlich für ihn war, die Gebärhütte zu betreten, zog er den Kopf ein, schritt unter den Kiefernzweigen und Eichelketten hindurch und ergriff die Hände seiner Frau. »Ich bin zufrieden« sagte er, und dann durfte er das Kind sehen. Es war so klein, er konnte kaum glauben, daß es war, der es gezeugt hatte. Mit ausgestreckten Händen zeigte er seiner glücklichen Frau, wie winzig es war, so ganz anders als seine Söhne unmittelbar nach der Geburt. Er lachte, hob das kleine Ding auf und drückte es an seine Wange.

»Sie soll Tciblento heißen«, sagte er, und sie wurde das kostbarste Kleinod seines Lebens, die Freude seiner späten Jahre. Er lehrte sie alles, was vom Fluß überliefert war, wo die Gänse sich sammelten, wo man die Biber bei der Arbeit beobachten konnte, wie man die richtigen Heister für einen Wigwam auswählte und wie man das Innere eines Baumes ausbrannte, um ein Kanu daraus zu machen. Sie lernte, nach Austern zu tauchen, Krabben zu fischen und wurde, weil er großen Wert darauf legte, eine ausgezeichnete Köchin.

Aber vor allem entzückte ihn die Anmut ihrer Bewegungen; flink wie ein Hirschkalb schlüpfte sie zwischen den Bäumen durch. Auch die warme Farbe ihrer Haut ähnelte der des Weißwedelhirsches, und am schönsten war sie, wenn sie ihn bei der Arbeit im Wald überraschte und plötzlich hinter einem Baum auftauchte – unerwartet, mit hellen Augen und flinken Bewegungen.

Als er einmal in den Wald ging, um Kiefern auszusuchen, aus welchen sich Kanus bauen ließen, fand er sie schlafend auf einem Lager aus Kiefernnadeln, ihre Zöpfe achtlos über die Brust geworfen. Mit Tränen in den Augen flüsterte er:

»Tciblento, Tciblento, warum wurdest du in den Tagen des Umbruchs geboren?« Er konnte voraussehen, daß das große Kanu noch zu ihren Lebzeiten wiederkommen und große Veränderungen mit sich bringen würde, und daß es ihr entsetzlich schwer fallen würde, sich dieser neuen Welt anzupassen. Während er noch auf sie hinabblickte, landete mit düsterem *Kraannk* ein Graureiher, und ohne zu erwachen, wand sie das Ende eines Zopfes um ihren Finger.

Reiher schrien nicht aufs Geratewohl; ihre Schreie waren Warnungen, und er erinnerte sich, daß die Choptanks in der Nacht von Tciblentos Geburt gewarnt worden waren.

Es ist hier anzumerken, daß sich die Angehörigen dieses kleinen Stammes selbst nicht als Choptanks bezeichneten; diesen Namen erhielten sie erst viel später von Fremden. Eine so unbedeutende Gemeinschaft würde nie die Dreistigkeit besessen haben, sich einen Namen zuzulegen. Das mochte anderen gestattet sein, etwa den mächtigen Susquehannocks (»vom ruhig dahinfließenden Strom«) oder den listigen Nanticokes (»die das den Gezeiten unterworfene Gewässer befahren«) oder den brutalen Potomacs, die auf der anderen Seite der Bucht siedelten (»die dort leben, wo die Güter ankommen«). Aber Pentaquods kleine Schar einfacher Fischer bezeichnete sich als »wir« oder »uns«, manchmal auch als »das Volk«, aber die Welt sollte sich ihrer als der Choptanks erinnern.

Sie nannten auch ihren Fluß nicht Choptank, sie hatten gar keinen Begriff von seinem Wesen, von seinem fernen Ursprung oder seinem Ende in der Bucht. Sie begnügten sich damit, einen kleinen Abschnitt zu kennen, und wären sehr erstaunt gewesen, wenn man ihnen gesagt hätte, daß sie ein ganzes Netz von Wasserstraßen beherrschten, das eines Tages ihren Namen tragen würde.

Namenlose kleine Leute an einem namenlosen Strom, und doch war es ihnen bestimmt, ihrem etwas verschlafenen Landstrich eine der unergündlichsten Bezeichnungen zu schenken: Choptank. Das Wort muß einmal eine Bedeutung gehabt haben, aber sie ist längst vergessen. Eine sehr alte Frau sagte einmal, es bedeute, »wo das Wasser kräftig zurückfließt«, aber eine Erklärung hatte sie nicht.

Die beiden Söhne von Pentaquod wuchsen zu verantwortungsbewußten Jünglingen heran, und Tciblento war ein achtjähriges Prachtmädchen – nicht so hochgewachsen wie ihre Brüder, besaß sie doch eine viel leichtere und schnellere Auffassungsgabe. Sie trug ihr langes schwarzes Haar in Zöpfen, und die Art, wie sie den Kopf zur Seite legte, wenn sie älteren Leuten zuhörte, war reizend. Ihr Vater hatte viel Freude mit seinen Kindern, und das war mit ein Grund – weil er mehr mit ihnen zusammensein wollte –, weshalb er den Stamm zusammenrief, um überraschend eine Abschiedsrede zu halten:

Eure Nahrungsquellen waren noch nie sicherer, und euer Dorf wird nun nicht mehr von den Nanticokes geplündert. Niemals hat euer Fluß eine glücklichere Zeit gekannt: Im Sommer gibt es Krabben für alle und im Winter Biberpelze, um euch zu wärmen. Ich habe euch lange genug gedient. Die Zeit ist gekommen, da ihr einen der Euren zum Häuptling wählen müßt.

Diese Ankündigung rief Unbehagen hervor, denn die kleinen Leute fürchteten, daß sie ohne seine weise Führung in die schlimmen Zeiten der Angst und der Flucht zurückfallen könnten. Die Nanticokes würden erfahren, daß er nicht mehr ihr Häuptling war, und möglicherweise zu dem Schluß kommen, daß es nicht in ihrem Interesse lag, weiter Frieden zu halten. Aber der große Susquehannock ließ sich nicht umstimmen. Dann gab er ihnen seine Gründe an:

> Als wir noch an die nördlichen Ufer flüchteten, richtete ich mein Augenmerk auf einen Ort, wo zwei Wasserläufe zusammentreffen, und es war immer mein Wunsch, einmal mit Navitan und den Kindern dort zu leben. Als ich an euren Fluß kam, lebte ich zuerst auf der Insel, wo der graue Stelzfuß mein Lehrer war, und dann auf der Klippe, wo ich sah, wie wunderschön dieses Land sein kann, und im Sumpf, wo Onk-or, die Gans, mich besuchen kam, und dann in diesem geheimnisvollen Dorf, in dem keine Menschen wohnten. Ich bin ein Mann, der gern für sich allein lebt, und ich habe ein starkes Verlangen danach, meinen Wigwam zwischen diesen zwei Wasserläufen zu errichten.

»Wer soll unser neuer Häuptling sein?« fragten sie, und er riet ihnen, einen jungen Mann auszusuchen, der ihnen zwei Generationen lang dienen konnte. Als sie dagegen einwandten, daß sie noch nie einen Führer gewählt hätten, ließ er seine Augen über die verängstigte Menge gleiten. Sie blieben auf Matapank haften, der an seiner Seite gekämpft hatte, und als die Leute begriffen, daß Pentaquod seine Wahl getroffen hatte, riefen sie: »Matapank!« und waren zufrieden.

Da er nun seinen Entschluß, das Dorf zu verlassen, bekanntgegeben hatte, sollte es rasch geschehen. Wenn er noch lange zögerte, meinte Pentaquod, würde das der Autorität des neuen Häuptlings abträglich sein. Er gab Matapank eine ganze Reihe von wichtigen Hinweisen und Ratschlägen, bis dann der traurige Tag kam, da er sich mit ihm in ein Kanu setzte und flußabwärts, an der Insel vorbei, zur Bucht hinunterpaddelte. Und während er den Einbaum treiben ließ, gab er die geheime Bürde seiner Führung an Matapank weiter. »Du hast von der Zeit gehört, als das große Kanu in diese Gewässer kam.« Der neue Häuptling nickte. »Einige Dinge aber weißt du nicht. Als es an der Küste vorbeizog, versteckten sich Orapak, der damals noch ein Junge war, und sein Großvater, der damalige Häuptling, hinter einem Baum, und sie beobachteten die Menschen in dem Kanu.

Matapank spitzte die Lippen; er kannte die Überlieferungen seines Stammes, aber von diesem Abenteuer hatte er noch nie etwas gehört. »Was haben sie gesehen?«

»Die Menschen in dem Kanu hatten eine helle Haut, anders als unsere, und ihre Körper waren verschieden von den unseren.«

»In welcher Weise?«

»Sie glitzerten. Wenn die Sonne auf ihre Körper fiel, glitzerten sie.«

Pentaquod ließ seine Worte wirken und fügte dann hinzu: »Und das große Kanu bewegte sich ohne Paddel fort.«

Dies waren erschreckende Nachrichten. Sie enthielten Vorstellungen, für die Matapank jedes Verständnis fehlte, und der junge Häuptling konnte nichts damit anfangen. Dann gab Pentaquod sein letztes Wissen preis: »Eines Tages wird dieses Kanu wieder kommen, und wir werden es mit Menschen zu tun haben, die ganz anders sind … weiße Haut … glitzernde Körper.«

Matapank wollte unbedingt die Aufgaben und Pflichten eines Führers übernehmen, aber diese neuen Aspekte machten ihn unsicher. »Wenn sie kommen, wirst du mir helfen?«

»Es mag sein, daß sie nicht mehr zu meinen Lebzeiten kommen«, erwiderte Pentaquod.

»Ich glaube doch«, sagte der junge Mann.

»Wieso?«

»Vor langer Zeit träumte ich, daß ich Häuptling werden würde. Das ist geschehen. Aber gleichzeitig träumte ich, daß Fremde an den Fluß kommen würden, weder Nanticokes noch Susquehannocks, und sie werden kommen.«

Diese Antwort gefiel Pentaquod. Der Führer eines Stammes sollte ein Mann sein, der die visionäre Kraft besitzt, in die Zukunft zu sehen, der es versteht, seine Denkweise Entwicklungen anzupassen, von denen er weiß, daß sie unvermeidlich sind. Er selbst hatte von Anfang an gewußt, daß ein Friede mit den Nanticokes möglich war, und alle seine Maßnahmen als Häuptling hatten in diese Richtung geführt. Er hatte auch gewußt, daß sich sein rührend kleiner Stamm niemals mit den Susquehannocks messen konnte, und er hatte ihn davor bewahrt, diesen fatalen Fehler zu machen.

»Du bist reif, sie zu führen«, sagte Pentaquod, und als sie ans Ufer kamen, übergab er dem neuen Führer die Kupferscheibe der Häuptlinge des Stammes. Und dann versprach er ihm: »Wenn die Fremden wieder kommen, und ich noch lebe, werde ich dir helfen.«

Noch am selben Tag verließ er mit seiner Familie das Dorf. Er legte seine drei Truthahnfedern ab, führte die Seinen zu zwei massiven Kanus, das eine aus Eiche, das andere aus Kiefer, und zusammen paddelten sie am Sumpf vorbei um die weiße Klippe herum in einen schönen schmalen Fluß. Nachdem sie einige Zeit unterwegs waren, kamen sie zu einem Nebenfluß, der landeinwärts führte, sich bald darauf teilte und mit seinen beiden Armen die kleine Halbinsel formte, die Pentaquod vor langer Zeit entdeckt hatte.

Die baumbestandene Landzunge zeigte nach Süden, so daß sie im Winter von der Sonne erwärmt wurde. Hier war kein Sumpf, in dem Moskitos hätten brüten können, aber genug tiefes Salzwasser für Austern und Krabben. Im Wald würden sie Wild finden und auf allen Wasserwegen Gänse. Eine bessere Lage gab es am ganzen Choptank nicht; es war ein Refugium – nach allen Seiten gesichert und unbeschreiblich schön. Von der Stelle aus, wo Pentaquod und seine Söhne ihre drei Wigwams errichteten, konnte die Familie weit über den Fluß hinweg sehen bis zu den fernen Kiefern, die den unsichtbaren Choptank säumten.

Hier verbrachte Pentaquod die zwei glücklichsten Jahre seines Lebens – 1605 und 1606 nach der westlichen Zeitrechnung. Er war jetzt älter und ging ein wenig gebückt; die Jahre verantwortungsbewußter Führung hatten tiefe Furchen in sein großes breites Gesicht gegraben, und sein Haar war weiß. Aber er fühlte sich jung, denn sein ältester Sohn hatte eines schönen Sommertages das Refugium verlassen, um ins Dorf zurückzurudern; und als er wiederkam, brachte er die Schwester des Häuptlings Matapank mit, und bald darauf hatte Pentaquod einen Enkelsohn, der größer und kräftiger war als die normalen Choptank-Babys. »Er wird ein guter Jäger werden!« prophezeite Pentaquod, und bevor der Junge noch kriechen konnte, schnitzte der Großvater schon Pfeile für ihn.

Doch im Jahr darauf kam ein Kanu den Wasserlauf heraufgeschossen, und noch bevor es angelegt hatte, riefen die atemlosen Paddler in einer Mischung aus Verwirrung und Angst: »Pentaquod! Das große Kanu ist gekommen!«

Er war neunundvierzig in dem Jahr 1607, ein Mann, der seine Ruhe verdient hatte, doch als diese längst geahnte Nachricht im Wald widerhallte, tat er, was er immer schon gewußt hatte, daß er tun würde müssen: Er steckte sich die Truthahnfedern ins Haar, wies seine Familie an, zu packen und so rasch wie möglich nachzukommen. Fast ungeduldig, einem jungen Hirsch gleich, der mit gesenktem Geweih in ein neues Revier eindringt, sprang er in das Kanu der Boten und kehrte ins Dorf zurück. Es war, als hätte er sich ganz bewußt vor zwei Jahren zurückgezogen, um für die schweren Prüfungen, die vor ihm lagen, mit seinen Kräften hauszuhalten und seinen Geist zu läutern. Er war bereit.

Als das Kanu den kleinen Wasserlauf verließ, um in den Fluß einzubiegen, der ihn zu neuen Taten der Verantwortung brachte, blickte er mit Trauer und

Sehnsucht auf die Halbinsel zurück, die er verwandelt hatte. Er würde sie nicht wiedersehen, das wußte er, denn mit der Ankunft des großen Kanus würde nicht nur sein Paradies, sondern das aller Choptanks verlorengehen.

ZWEITE REISE:

1608

An einem kalten, stürmischen Dezembertag des Jahres 1606 versammelte Captain John Smith, ein schmächtiger, cholerischer, eigenwilliger kleiner Mann mit Bart und leidenschaftlichem Temperament, sieben wagemutige Herren auf einem Dock im Londoner Stadtteil Blackwall und kam ohne Umschweife zur Sache. »Ich habe Euch hergerufen, um die Schiffe zu besichtigen, mit denen wir Virginia erobern werden.« Und er zeigte ihnen die drei kleinen Segelschiffe, die sie nach der Neuen Welt tragen sollten, und nannte ihre Namen: »›Susan Constant‹, einhundert Tonnen; ›Godspeed‹, vierzig Tonnen; die kleine Pinasse ›Discovery‹, zwanzig Tonnen. Und dort hinten, am Ende der Pier, der eigentliche Gegenstand unserer heutigen Zusammenkunft.«

Er wies auf eine kleine einmastige, offene Schaluppe, die am Fuße des Docks auf der Themse schaukelte, dreiundzwanzig Fuß lang, mit einem Doppeldeck und acht schicksalsschweren Rudern. »Ihr, Edmund Steed, springt hinein!« befahl Smith, und ein hübscher junger Mann von fünfundzwanzig Jahren, der die Kleidung eines Studenten trug, gehorchte. Bald waren alle sieben an Bord und an den Rudern, während Captain Smith, kaum fünf Fuß hoch, auf dem Dock stand und zufrieden beobachtete, wie das kleine Gefährt die Belastung ausglich.

»Stramme Schiffe!« rief er und schleuderte die Worte hervor, als handle es sich um einen Befehl. Dann reckte er sich zu seiner äußersten Größe und salutierte vor dem Boot.

Er war in diesem Winter gerade sechsundzwanzig – schwierig, eitel, von unerträglichem Ehrgeiz. Er hatte, seiner eigenen Aussage nach, bereits Gefahren getrotzt, die kein gewöhnlicher Mann lebend überstanden hätte: Söldner während der grausamsten Jahre des Kriegs in Deutschland, heroischer Verteidiger des Christentums, als die Mohammedaner in Ungarn einfielen, von den Türken gefangen und als Sklave eingekerkert, zu Fuß durch Rußland und nach Madrid gewandert. Und jetzt begutachtete er seine Flotte am Vorabend seines großartigsten Abenteuers: der Gründung einer neuen Kolonie, der Unterwerfung einer neuen Welt.

»Wohlan!«, rief er, während er in die Schaluppe sprang. Er ergriff den achten Riemen und begann mit einer Energie zu rudern, die die anderen beschämte, und bald glitten sie in flotter Fahrt die Themse hinab. Als sie die drei anderen Boote passierten, schrie Smith: »Mister Steed, könnt Ihr mit einem Segel umgehen?«

»Das kann ich nicht«, erwiderte der Studiosus, worauf Smith brüllte: »Dann macht die Augen auf und seht zu, wie Mister Momford das Segel aufzieht.« Und einer der Männer, der sich mit Booten auskannte, hantierte mit den Schoten, bis ein Schratsegel am Mast emporstieg. Mit ihm glitt die Schaluppe nun so mühelos dahin, daß Menschenkraft nicht länger erforderlich war.

»Riemen einhieven!« befahl Smith, doch da die Herren mit diesem Kommando nicht vertraut waren, entstand Verwirrung. »Zieht die Ruder ein!« donnerte Smith, und sie wurden eingehievt, wie er es gewünscht hatte. Als die kurze Ausfahrt beendet und die Schaluppe wieder sicher im Dock war, überraschte Smith seine Mannschaft mit dem Befehl, das kleine Gefährt an Land zu ziehen. Als das geschehen war, reichte er Steed und Momford Farbeimer und Pinsel und wies sie an, jede einzelne Planke mit einer Ziffer zu versehen. »Jede muß ihre eigene Nummer haben, und zwar an allen vier Stellen, wo sie mit anderen Planken in Berührung kommt.« Nachdem dieser merkwürdige Auftrag ausgeführt war, ließ er Zimmerleute kommen, die das Boot in seine Bestandteile zerlegten und sämtliche Nägel und hölzernen Keile herausschlugen, bis nur noch die nackten Bohlen und Bretter auf dem Dock lagen. Diese befahl er gebündelt an Bord der »Susan Constant« zu schaffen, wo sie unter die Decks verfrachtet wurden. Als alles verstaut war, erklärte Smith die Arbeit für beendet und führte Steed an den Rand des Frachtraumes, von wo sie die gebündelten Spieren sehen konnten.

»Eine Idee«, sagte er, »die mir kam, während ich in einem türkischen Harem gefangen war.« Und noch einmal salutierte er vor dem Boot, das eine so entscheidende Rolle bei der Gründung der Kolonie Virginia spielen sollte.

Seine Arroganz und sein ungezügeltes Temperament brachten Captain Smith jenseits des Ozeans in Jamestown in Schwierigkeiten. Wegen versuchter Meuterei ins Gefängnis geworfen, von Indianern gefangen, beinahe von Powhatan getötet und schließlich zum Galgen geführt, um wegen Widersetzlichkeit gehängt zu werden, wurde er wie durch ein Wunder buchstäblich in letzter Minute gerettet. Selbstbewußt und vorausblickend überlebte er die Geburtswehen der Kolonie, gab ihr die eiserne Führung, deren sie bedurfte, und fand Zeit, sein Hauptziel zu verfolgen: die Erforschung der Chesapeake Bay.

Er hatte bereits zwei Vorausexpeditionen hinter sich und war von dem, was er gefunden hatte, sehr angetan: breite Flüsse, zahllose Anlegeplätze, Fische und Krabben in Fülle, vor allem aber Land, das förmlich danach lechzte, kultiviert zu werden. Aber zwei Dinge, auf die er seine größten Hoffnungen gesetzt hatte, waren ihm versagt geblieben: Er hatte keine Durchfahrt nach Indien gefunden, und er hatte nicht das Gold und Silber entdeckt, das es irgendwo an den Küsten der Chesapeake Bay geben sollte.

»Man könnte rasend werden«, knurrte er eines Tages im Juli 1608. »Vor drei Jahren habe ich es mit eigenen Ohren gehört. Die Anführer der Expedition waren in London gerade damit beschäftigt, die notwendigen Bewilligungen zu beschaffen, als ich mit einem vornehmen Herrn ein Schauspiel besuchte – sehr schwaches Stück, und ich wollte schon fortgehen, weil ich meine Zeit nicht gern unnütz vergeude. Aber das Schicksal packte mich mit festem Griff am Ärmel und hielt mich fest … Einer der Schauspieler schlenderte an den Rand der Bühne, faßte mich direkt ins Auge und deklamierte etwas. Er sprach von Virginia und davon, was ich hier finden würde. Silber, das so gebräuchlich sei wie bei uns Kupfer, Kochgeschirr und Nachttöpfe aus purem Gold, Rubine und Diamanten auf den Straßen, Kinder die entlang der Flüssen Perlen auflesen. – Die Schätze sind da, wenn wir sie nur finden.«

Am Sonnabend, dem 9. August, umriß er seinen Plan. »Das Gold, dessen bin ich gewiß, liegt in verborgenen Städten entlang dem Ostufer der Bucht. Die Durchfahrt nach Indien beginnt wahrscheinlich am Ostzipfel. Wir werden also, nachdem wir unser Gold gefunden haben, nordwärts fahren und versuchen, die Passage zu finden. Dann kehren wir mit unserem Gewinn nach Jamestown zurück.«

Die Männer begrüßten den klugen Plan, und am Sonntag gingen alle sechzehn – sieben Gentlemen, acht Matrosen und Captain Smith – zur Kirche. Am Morgen des 11. August berief Smith seine Mannschaft ans Ufer des James-Flusses, wo er feierlich das Wort an sie richtete. »Wir werden dreißig Tage unterwegs sein, und am Ende werdet ihr wünschen, es wären neunzig gewesen.« Sodann beorderte er seine fünfzehn Gefährten in die wieder zusammengebaute Schaluppe, befahl sie an die Ruder und stand wie Alexander der Große am Bug des Bootes, um nach neuen Horizonten Ausschau zu halten.

Unter den Gentleman-Ruderern war Edmund Steed, der an Smiths früheren Expeditionen nicht teilgenommen hatte, für einen besonderen Zweck ausgewählt worden. Der Captain hatte an den Berichten über seine ersten Reisen keinen rechten Gefallen gefunden. Zwar hatten sie es in den geographischen

Details nicht an Genauigkeit fehlen lassen, doch waren sie seinem moralischen und heldischen Qualitäten nicht gerecht geworden. Diesmal war er entschlossen, seine Vorzüge voll ins Licht setzen zu lassen.

Steed entstammte einer alten Familie aus Devon und hatte in Oxford studiert. Er schrieb gut, war mit den Klassikern vertraut und brachte dem Captain den gebührenden Respekt entgegen, der sowohl auf der »Susan Constant« als auch an Land, in Jamestown, die Aufmerksamkeit auf sich zog, und ihm jetzt versicherte: »Ich verlange nichts als einen exakten Bericht der Ereignisse während unserer Forschungsreise. Peinliche Genauigkeit, wohin wir segeln, und jedes kleinste Detail, wenn wir an Land gehen.« Er machte eine Pause, während Momford daranging, das Segel zu setzen. Dann fügte er vertraulich hinzu: »Und es wäre klug, wenn Ihr den Worten und Heldentaten des Kommandanten angemessenen Tribut zolltet.«

Steed verstand. Er hatte stets aufmerksam zugehört, wann immer Smith von seinen Heldentaten erzählt hatte. Steed wunderte sich oft darüber, daß ein Mann, der nur ein Jahr älter war als er, so viel erlebt haben konnte. Er wäre vielleicht versucht gewesen, den kleinen Abenteurer Lügen zu strafen, hätte er sich nur der Überzeugungskraft seiner Worte entziehen können. Die Geschichten klangen wahr, und Smith ließ bei seinen unbefangenen Zuhörern keinen Zweifel offen, daß er tatsächlich an all den Orten gewesen war, deren Namen ihm spielend über die Lippen kamen. Er flocht ein, welche Temperatur dann und dann geherrscht hatte, wie das Bild dieser und jener Stadt durch ihre Lage am Fluß geprägt wurde, was seine Verfolger anhatten und welche speziellen Waffen die Feinde führten, die er im Nahkampf getötet hatte.

Steeds Glaube an seinen Kommandanten wurzelte in einem Vorfall, der sich während der langen Überfahrt von England ereignet hatte. Smith hatte an einem kurzweiligen Nachmittag von wilden Abenteuern in vier verschiedenen Ländern erzählt und mit Spanien geendet, als Steed dachte: Ich wette, daß er niemals den Fuß auf spanischen Boden gesetzt hat, der Prahlhans. Doch dann hatte der kleine Captain, gleichsam als ahnte er, daß ein Skeptiker unter seinen Zuhörern weilte, beschwörend geschlossen:

Und von allen Städten, die ich auf meinen Reisen besucht habe, ist mir eine am lebhaftesten in Erinnerung geblieben: jene staubige Stadt an der Mündung des großen spanischen Flusses, der nach Sevilla führt. Sanlúcar de Barrameda ist ihr Name, und sie erstreckt sich am linken Ufer des Guadalquivir, so heißt der Fluß. Es ist eine kleine, sonnengedörrte Stadt, umgeben von Weiden und riesigen Sümpfen voller Vögel. Die Seeleute schätzen den Ort besonders wegen des köstlichen hellen Weines, den die

Händler auf einem Platz nahe dem Zentrum von Sanlúcar zum Verkauf anbieten, dazu einen salzigen kleinen Fisch, den sie Anchovis nennen. Ich kostete den Fisch, jedoch nicht den Wein.

Die Worte klangen wie abendliches Glockengeläut, und Steed warf alle Zweifel über Bord. Smith war vielleicht nicht Gefangener in einem türkischen Harem gewesen, und wahrscheinlich hatte er nicht bei einem Lanzenturnier drei Widersacher vom Pferd gestochen und getötet. Aber daß er eine staubige spanische Stadt an der Mündung eines bestimmten Flusses besucht hatte, konnte niemand bestreiten.

Als Jamestown hinter einer Flußbiegung verschwand, machte sich Steed sorgfältige Notizen über die Schaluppe, um ja keine wichtige Einzelheit zu vergessen: kein Deck, kein Schutz bei Sturm, Fässer mit bereits verschimmeltem Brot, eine Anzahl Dörrfleischschnitten, einige davon mit Würmern, und ein großer Vorrat an Angelschnüren. »Es wird reichlich Fisch geben, versicherte Smith den Ruderern, und als Momford das verschlissene Segel gehißt hatte, notierte Steed, daß es zweimal geflickt worden war. Derartige Mängel gedachte er in seinem Bericht festzuhalten, da sie das Unternehmen des Captains, die Fahrt selbst und letztendlich seine Goldfunde sogar noch eindrucksvoller gestalten würden.

Die Gentlemen und die Matrosen mochten vielleicht Befürchtungen ob der mangelhaften Ausrüstung hegen, jedoch nicht der Captain. Sein Optimismus war unverwüstlich, und wenn die Schaluppe gut im Wind lag, rief er: »Eine glückliche Brise! Diese Reise wird in die Geschichte eingehen!« Steed schrieb diese und andere Bemerkungen auf die gefalteten Papierbogen, die er in seiner Segeltasche immer mit sich führte, und in der Nacht übertrug er sie säuberlich in ein dafür vorgesehenes Heft. Captain Smith griff danach, ehe Steed mit den Eintragungen fertig war.

Was er sah, gefiel ihm nicht. Es gefiel ihm ganz und gar nicht. Die geographischen Angaben waren durchweg exakt, aber es ärgerte ihn, daß er Steeds Fähigkeiten gründlich überschätzt hatte. Und mit der Direktheit, die für ihn charakteristisch war, zielte er auf den Kern der Sache. »Mister Steed, beim Antritt unserer historischen Reise laßt Ihr mich sagen: ›Wir werden dreißig Tage unterwegs sein, und am Ende werdet Ihr wünschen, es wären neunzig gewesen.‹ Dies ist eine armselige Rede für den Beginn eines großartigen Abenteuers.«

»Es ist, was Ihr gesagt habt, Sir.«

»Ich weiß. Aber unsere Zeit an Land war kurz. Das müßt Ihr in Betracht ziehen.« Und er griff nach der Feder seines Schreibers, und unter der hin und her schwingenden Bootslaterne verfaßte er eine Rede, die der Größe des Augenblicks besser entsprach:

> Da der Tag bereits weit fortgeschritten und die Zeit kostbar war, versammelte Captain Smith seine standhafte Mannschaft neben der Schaluppe und sprach zu ihr: ›Männer, wir brechen an diesem heutigen Tage zu einer Forschungsreise auf, welche die Höfe Europas blenden wird. In Virginia werden wir Gold und Silber finden. Es könnte sein, daß wir die verborgene Durchfahrt zu den Schätzen Indiens und Chinas entdecken. Wir werden die Speicher mit den aromatischen Gewürzen der Inseln füllen. Wir werden in Gegenden vordringen, wohin kein Engländer bisher gelangt ist, und wir werden mit Edelsteinen und kostbaren Stoffen zurückkehren, die das Herz jedes Monarchen höher schlagen lassen. Wir unternehmen diese Reise zur Ehre Gottes, um Sein Wort in Länder zu tragen, die nichts von ihm wissen, und um unserem geliebten König James, ehemals von Schottland, doch nunmehr von ganz Britannien, ewigwährende Herrlichkeit zu bescheren.‹

Mit einer großartigen Geste schob Captain Smith das Papier seinem Schreiber hin. Der hielt es unter die Laterne und las mit sichtlichem Erstaunen.

»Ihr habt diese Dinge nie gesagt, Captain.«

»Ich habe sie gedacht«, gab Smith unwirsch zurück. »Wäre mehr Zeit gewesen, so hätte ich sie gesagt.«

Steed wollte etwas einwenden, doch dann blickte er ins Dunkel und sah das bärtige Gesicht seines kleinen Kommandanten. Es war wie von Eisen, in Eichenholz gerahmt, und es wurde ihm klar, daß Smith so und nicht anders gesprochen haben würde, falls es die Umstände erlaubt hätten. Und er begann zu ahnen, daß es nicht darauf ankam, was so ein Mann sagte, sondern darauf, was er beabsichtigte. Für John Smith waren Möglichkeiten, die für andere nicht einmal vorstellbar waren, im Bereich des Realisierbaren, und in seinen Träumen zwang er sie, Wirklichkeit zu werden. Edmund Steed und Thomas Momford mochten sich bei schlechter Verpflegung und ohne Schutz gegen die Witterung auf einer lecken Schaluppe befinden, um eine vom Land eingeschlossene Bucht zu erforschen. Smith jedoch segelte auf einer Karavelle weit draußen im Ozean.

Am siebenten Tag der Reise war Steed ein Blick auf den wirklichen John Smith und auf die Insel gegönnt, die ihn für den Rest seines Lebens nicht mehr loslassen sollte. Die Forschungsreisenden hatten sich mit fruchtloser Mühe ihren Weg am Ostufer aufwärts gesucht, von einem enttäuschenden Fluß zum nächsten, hatten flüchtigen Kontakt mit Indianern geschlossen, denen noch niemals Eisen, geschweige denn Gold oder Silber vor die Augen gekommen war, und Steed hatte notiert:

> Wicomico und Nanticoke – wir erforschten diese Flüsse über viele Meilen im Vertrauen darauf, irgendeine reiche Stadt zu finden, wo die Nachttöpfe aus Gold seien. Doch wir fanden statt dessen nur elende Indianerdörfer, von Wilden bewohnt, die von nichts eine Ahnung hatten. Unser heldenmütiger Kapitän verlor nie die Zuversicht und bewies seinen Weitblick, indem er Kartoffeln und meterweise Muschelschnüre einhandelte, letztere, um sich damit die Indianerstämme um Jamestown gewogen zu machen. Während er mit den Nanticokes verhandelte, erfuhr er durch geschickte Taktik von einem Fluß – dem nächsten in nördlicher Richtung –, der Choptank heißt und dessen Hauptort mit Namen Patamoke für seinen Goldreichtum bekannt ist.

Die Schaluppe segelte also mit ihrem Häuflein aufgeregter Entdeckungsfahrer nordwärts, und als ein großer breiter Fluß in Sicht kam, schrie Smith: »Das ist unser Choptank! Hier liegt Patamoke, die Goldstadt!« Als jedoch das kleine Boot die südliche Landspitze umsegelte, die der Flußmündung vorgelagert war, erblickte Edmund Steed seine Insel: von lieblicher Kontur, geschützt inmitten des Flusses, von dichten Bäumen gekrönt. »Captain Smith«, rief er, »habt Ihr je ein schöneres Eiland gesehen?« Und der kleine Kommandant studierte die Insel aus verschiedenen Blickwinkeln und sagte: »Zu flach für ein Fort.«

Es dauerte ungefähr vier Stunden, bis die langsame Schaluppe sich der Insel genähert und sie passiert hatte, und während dieser ganzen Zeit lehnte Steed an der Reling und starrte hinüber. Er sah zahlreiche Buchten, wo sie hätten anlegen können, viele Bäume von eindrucksvoller Höhe und sogar einen kleinen Fluß, der ins Herz der Insel führte. Als Steed eine grüne Wiese erspähte, die geradezu nach Vieh schrie, dachte er: Dies ist das beste Stück Englands, das je nach Übersee transportiert wurde.

An jenem Abend fand die Schaluppe im Choptank einen guten Ankerplatz im Schutze einer weißen Klippe. Eine Abordnung der Mannschaft versuchte, Fische fürs Abendessen zu fangen. Währenddessen erschien eine Gruppe von Indianern in zwei Kanus und gab in Zeichensprache zu verstehen, ihr Häuptling wünsche, der Anführer der Fremden möge sie in ihre Stadt begleiten, wo man ihn willkommen heißen würde. Die Nacht brach herein, während die Männer beratschlagten, ob ihr Captain eine solche Fahrt riskieren sollte. Steed berichtete:

In der Dunkelheit konnten wir die wartenden Indianer nicht sehen noch auf ihre Absichten schließen. Aber sie konnten uns sehen, da unser Mast sich gegen den Himmel abhob. Thomas Momford gab zu bedenken, daß Captain Smith schon zweimal in Fallen wie diese gegangen, ja tatsächlich Gefangener Powhatans, des grausamen Häuptlings am Westufer, gewesen sei. Die Erinnerung daran beflügelte Captain Smith, jenes Geschehnis ins Gedächtnis zu rufen. »Powhatan befahl, zwei Steinblöcke herbeizuschaffen, und ich wurde quer darübergelegt. Ein indianischer Krieger stand über mir, bereit, mir den Schädel abzuschlagen, als ein Wunder geschah und ich völlig unerwartet gerettet wurde.«

Steed hatte diese Geschichte nun zum fünften Male gehört; er war überzeugt, daß Smith daran glaubte, sie habe sich so und nicht anders zugetragen, aber er war weit davon entfernt, es selbst zu glauben. Und als dann der Morgen graute, faßte Smith seinen Entschluß.

Er erklärte uns schlicht: »Ich muß fahren, weil wir dort in der Stadt Patamoke das Gold finden werden.« Nichts würde ihn davon abhalten. Und als der Tag heraufstieg, bestimmte er Ragnall, den Schiffsarzt, und Edmund Steed, ihn zu begleiten. Als wir in das wartende Kanu kletterten, schrie Thomas Momford: »Nehmt Euch in acht, Captain!« Und Smith antwortete: »Ein Captain darf sich nie scheuen, einem Captain zu begegnen.«

Die kurze Fahrt von der Klippe zur Stadt war höchst aufregend, denn Captain Smith konnte schon das Gold riechen, und in prophetischer Schau erklärte er Steed: »Wenn sie uns mit großem Gefolge empfangen, werde ich zuerst gehen, und Ihr folgt mir mit Ragnall in korrekter Formation, damit wir mit unserem militärischen Auftreten beeindrucken.« Steed notierte, was sich zugetragen hatte:

Nachdem wir einen riesigen Sumpf voller Vögel und wippender Wedel passiert hatten, näherten wir uns unserem langersehnten Ziel, der Stadt Patamoke, Hauptquartier der mächtigen Choptanks, die diesen Fluß beherrschen, und unsere Herzen schlugen schnell. Captain Smith, immer auf der Hut vor einem unerwarteten Angriff, lehnte sich in dem Kanu nach vorn, um einen ersten Blick auf die Ansiedlung zu werfen, und als er nur einen Kreis von Wigwams und einen Haufen Austernschalen sah und sonst nichts, blickte er bestürzt auf seine Gefährten.

An Land wurde uns eine neuerliche Enttäuschung zuteil. Wir erkannten den Häuptling sofort an der Kupferplatte, die er auf seiner Brust trug. Sein Name war Matapank, und er beeindruckte uns wenig, da er in Ermangelung jeglicher Autoriät nicht gewillt war, Entscheidungen zu treffen. Er befand sich jedoch in Begleitung eines riesenhaften weißhaarigen Indianers, der drei Truthahnfedern im Haar trug. Dieser Mann namens Pintakood schien der wahre Häuptling zu sein.

Kein Gold, kein Silber, keine Perlen, keine Rubine und Smaragde. Sogar das Kupfer für die gesagte Platte stammte aus einem Tauschhandel. Die Indianer waren klein und ohne jede Würde, mit Ausnahme des einen Mannes, Pintakood, der seine ungefähr zwölf Jahre alte Tochter bei sich hatte, die genauso schön war wie er.

Captain Smith, der von dem armseligen Dorf bitter enttäuscht war, meinte, wenigstens die Spielregeln einhalten zu müssen. Deshalb brachte er aus seiner Segeltasche eine Reihe attraktiver Dinge zum Vorschein: Glasketten aus Venedig, ein eisernes Beil, achtzehn Längen grellbunten Stoff. Und schließlich für den Häuptling ein Geschenk, das alle Indianer in staunendes Entzücken versetzte. Es war ein kleiner Gegenstand aus Elfenbein, auf einer Seite mit einem Metalldeckel verschlossen, der, wenn er aufgeklappt wurde, ein glattgeschliffenes Glas freigab, das etwas Unglaubliches barg: eine Nadel, dünn und zierlich, die auf einem Gelenk ruhte beziehungsweise sich bewegte; und zwar so, daß diese tanzende Nadel, wie immer man das Elfenbeingehäuse auch drehte, in eine bestimmte Lage zurückfand.

Was mochte das sein? Der junge Häuptling nahm das Ding in die Hand, bewegte es im Kreis und beobachtete, wie die Nadel in ihre angestammte Position zurücktanzte. Er war verwirrt.

Die Umstehenden waren noch mehr von der Tatsache beeindruckt, daß sie die Nadel sehen konnten – klar und deutlich war sie zu sehen –, das unsichtbare Glas sie jedoch daran hinderte, sie zu berühren. Auch das war ein Wunder. Die Choptanks wollten das Geschenk von Hand zu Hand weitergeben, aber der Häuptling ließ es nicht zu.

Dann begann Smith zu sprechen. Er kannte kein Wort ihrer Sprache und verwandte sparsamste Gesten, um den Himmel, die Finsternis der Nacht und die Sterne anzudeuten, die den Wagen im Sternbild des Großen Bären bildeten. Der junge Häuptling begriff nichts von all dem. Aber der Riese mit den Truthahnfedern beobachtete die Gesten genau, griff dann plötzlich nach einem Stock und zeichnete die sieben Sterne des Großen Wagens in den Staub.

»Jawohl!« rief Smith und zeigte zum Himmel. Und mit seinem Zeigefinger zeichnete er nach, wie das Sternbild zum Polarstern wies, doch das war überflüssig, denn der Riese wußte es bereits. Mit eigenen Gesten machte er deutlich, daß die Nadel nach Norden wies, und Smith nickte.

Zu Mittag gab es ein Festmahl mit Bärenfleisch und Krabbenkuchen, und danach sandte Captain Smith den Schiffsarzt zurück zur Schaluppe mit der Botschaft, daß alles in bester Ordnung sei: Er und Steed würden die Nacht beim Häuptling verbringen. Ragnall wandte ein, daß der Captain aufs neue in eine Falle tappen könnte, aber Smith schlug die Warnung in den Wind. Und in dieser Nacht, als die Sterne des Sommerhimmels erschienen, saß Steed bei der Tochter des großen Mannes mit den Truthahnfedern. Ihr Name, wenn er ihn richtig verstand, lautete Tsiblinti, und sie setzte ihm ein aufregendes Gemisch von Getreide und Bohnen vor, das sie Succotash nannte, sofern er das Wort richtig im Ohr hatte.

Als sie zu der Schaluppe zurückkehrten, sah sich Steed vor die schwierige Aufgabe gestellt, über dieses Abenteuer zu berichten. Er wollte genau sein und die friedliche Atmosphäre des Indianerdorfes wiedergeben, zugleich aber wußte er, daß er auch Captain Smith in heroischer Positur präsentieren mußte. Als der Kommandant die Aufzeichnungen las, machte er aus seinem Mißfallen keinen Hehl.

»Ihr wollt die Insel Devon nennen? Recht so. Aber wäre es nicht klüger, in diesem Bericht zu zeigen, daß dies meine Entscheidung war und nicht die Eure?«

»Es war nur mein Vorschlag, Sir. Die Bestätigung liegt bei Euch.

»Bestätigt. Aber ich würde es vorziehen, wenn aus dem Bericht hervorginge, daß es auch mein Vorschlag war.«

»Es wird geschehen.«

Dann runzelte Smith die Stirn und wies auf das eigentliche Ärgernis hin. Ihr widmet unserer Abfahrt zuwenig Worte. Ihr müßt, da Ihr ja dabei wart, in Erinnerung rufen, welch ein riskantes Unterfangen dies war. Es ist kein Geringes für drei Männer, sich unbewaffnet ins Herz feindlichen indianischen Gebietes zu begeben.«

Steed wollte entgegnen, daß er niemals Menschen gesehen habe, die weniger feindlich waren. Aber es schien ihm klüger, den Mund zu halten. Er schob Smith die Seiten hinüber und hielt ihm die Laterne, und der Captain redigierte den Bericht folgendermaßen:

Wir fuhren nun in den wichtigsten Fluß des Ostufers, den Choptank, ein, in dessen Mündung ein wunderschönes flaches Eiland mit lieblichen

Wiesen und stattlichen hohen Bäumen liegt. Wir sahen frisches Wasser durch die Wälder fließen, und alle waren entzückt von diesem Anblick. Er erinnerte uns an die liebliche Landschaft von Devon, und Captain Smith gab ihr zu Ehren der Insel diesen Namen. Nachdem wir die Insel passiert hatten und eine beträchtliche Strecke den Choptank aufwärts gesegelt waren, wurden wir von einer Horde wilder und feindlicher Indianer empfangen. Der Captain erfaßte sofort, daß unser Leben davon abhing, wie wir diesen Wilden entgegentragen. Seine Strategie war kühn. Er verlangte von ihnen, sie sollten ihn zu ihrem Häuptling führen, der sich an einem zurückgezogenen Ort in der Hauptstadt Patamoke aufhalten sollte. Etliche unserer Männer protestierten dagegen und wiesen darauf hin, daß uns die Wilden im Verhältnis hundert zu eins überträfen und uns mit Leichtigkeit töten könnten. Aber Captain Smith war entschlossen, den Häuptling aufzusuchen und mit ihm einen Vertrag zu schließen, der uns das nötige Essen garantieren sollte. Also versammelte er seine Mannschaft und sprach: »Der weise Macchiavell sagte in seiner Anweisung für Fürsten so richtig, Männer, Eisen, Geld und Brot seien die Voraussetzungen für den Krieg. Von diesen vieren seien jedoch die beiden ersten die wichtigsten, denn Männer und Eisen könnten Geld und Brot beschaffen, aber Geld und Brot niemals Männer und Eisen.«

Hierauf trat er mutig vor, gefolgt von Ragnall, dem Schiffsarzt, und Mister Steed, und rief den Indianern zu: »Bringt mich nach Patamoke!« Wir stiegen in das feindliche Kanu und machten uns auf den Weg zum Häuptling der Choptanks. Er war ein dümmlicher, wenig einflußreicher Mann namens Matapank, der jedoch auf hinterhältige Weise den wahren Anführer tarnte, einen gewissen Pintakood, um nichts klüger als er selbst. Das Paar führte nichts Gutes gegen uns im Schilde. Aber Captain Smith verständigte sich mit ihnen durch Zeichen und schenkte ihnen einen Kompaß in einem Elfenbeingehäuse, der sie sehr beeindruckte, besonders der Umstand, daß sie die Nadel zwar durch das Glas sehen, aber nicht berühren konnten. Sie waren außerstande, dieses seltsame Geschenk zu begreifen. Aber unser Captain erklärte ihnen den Himmel und die Kugelgestalt der Erde und wie die Planeten kreisten und die Sonne beständig die Nacht rund um die Welt jagte.

Als Steed diesen erstaunlichen Bericht gelesen hatte, wußte er nicht, wie er beginnen sollte. Es war alles wahr und gleichzeitig vollkommen falsch. Er überging jenen Teil, der die Namensgebung der Insel Devon behandelte. Captain Smith führte das Kommando, und ehe er einen Namen nicht bestätigt hatte, existierte er nicht. Er war auch gewillt, Smiths Behauptung zu ignorieren, die Indianer seien feindlich gewesen; einem, der so oft das Opfer indianischer Arglist geworden war, mochte es so scheinen. Und er war sogar bereit, den riesenhaften Indianer mit den drei Truthahnfedern als dümmlich hinzustellen, da alle anderen das waren. Er dachte sich – und er ging nicht ganz fehl in der Annahme –, Smith haßte den klugen Choptank, weil der Indianer so groß und er selbst so klein war. Er wollte, daß er dumm sei. Aber es ging dem Studiosus aus Oxford gegen den Strich, Smith Macchiavelli zitieren zu lassen. »Von Macchiavelli habe ich nichts gehört«, sagte er vorsichtig.

»Die Indianer drängten, und ich hatte dazu keine Zeit.«

Steed antwortete nichts, und Smith fuhr fort: »Wenn ein Captain seine Mannschaft in fremde Gewässer gegen einen fremden Feind führt, ist es weise von ihm, an Macchiavell zu denken.« Bei diesen Worten starrte Steed auf die Bodenplanken, die in der Dunkelheit kaum zu erkennen waren. Doch Smith gab sich mit stillschweigendem Einverständnis nicht zufrieden; er verlangte aktive Zustimmung. Mit festem Griff hob er das Gesicht des jüngeren Mannes, bis das Sternenlicht darauf fiel und sie sich Aug in Auge sahen. »Warum, Mister Steed, war ich wohl bereit, fast allein in das Kanu zu steigen und mich in das Lager des Feindes zu begeben? Männer und Eisen vermögen Nahrung zu beschaffen. Niemals umgekehrt.«

In der finsteren Nacht starrten die beiden Männer einander an, und Steed war entschlossen, den Schmeicheleien seines Kommandanten zu widerstehen. Smith, der dies wohl ahnte, hob den Kopf des jungen Mannes höher und sagte: »Ich bestehe darauf, daß Ihr in dem Teil, den ich nicht verbessert habe, eine Änderung vornehmt.«

»Ist das ein Befehl?«

»Ja. Was Eure Rolle bei unserer Abfahrt mit den Indianern betrifft, möchte ich, daß Ihr schreibt, Ihr hättet Euch äußerst tapfer freiwillig gemeldet.«

»Aber Ihr habt mir befohlen mitzukommen.«

»Hätte ich es nicht getan, so hättet Ihr Euch freiwillig gemeldet, weil Ihr – gleich mir – ein Mann von Eisen seid.« Steed gab keine Antwort, und Smith entfernte sich einige Schritte und kam sodann mit einem neuerlichen Verbesserungsvorschlag zurück. »Mister Steed, an der Stelle, wo ich den Indianer mit den Truthahnfedern treffe – müßt Ihr da den Umstand hervorkehren, daß er so groß ist und ich so klein?« Dieses Mal sagte Steed: »Meine Schilderung ist wenig schmeichelhaft. Ich werde sie gerne ändern.«

Smith war noch immer nicht am Ende. Viel später weckte er Steed mit folgendem Vorschlag: »Ich glaube, Ihr solltet hinzufügen, Captain Smith sei von der riesenhaften Größe des Indianers so beeindruckt gewesen, daß er überzeugt war, der Mann könne kein Choptank sein, sondern er sei wahrscheinlich ein Susquehannock.«

Steed konnte nicht wieder einschlafen, und während die Schaluppe sanft auf den Wellen des Choptank schaukelte, blickte er abwechselnd auf die Silhouette der Insel, der er ihren Namen gegeben hatte, und auf die schlummernde Gestalt seines Kommandanten. Smith war ein Rätsel: einerseits gewillt, im ihn persönlich betreffenden Teil des Reiseberichts alles Erdenkliche zu ändern, andererseits wie verrückt entschlossen, peinlich genau in allem zu sein, was die Geographie betraf. Bei jeder Flußmündung peilte er wiederholt die Lage an. Fortwährend befragte er den Kompaß und forderte die anderen auf, das Ergebnis nachzuprüfen. Nie trug er die Höhe eines Baumes oder die Entfernung zum Ufer ins Logbuch ein, ohne sich die Schätzungen zuvor bestätigen zu lassen, und bei der Kartenaufnahme war er übergenau. Auch wenn er die Kleidung eines Choptank beschrieb, tat er es mit der größten Sorgfalt.

Smith schlief unruhig, und als es zu dämmern begann, war er schon wieder bei Steed. »Ich denke, Ihr könnt getrost schreiben, daß wir kein Gold und Silber finden werden. Das war nur ein Traum.« Er sprach diese Worte zutiefst bekümmert, so daß Steed Mitleid mit ihm hatte. Aber als die Sonne aufging, war der Captain wieder ganz der alte. »Auf zur Westpassage!« rief er seinen Mannen zu. Und er manövrierte die Schaluppe nordwärts, seiner nächsten Enttäuschung entgegen.

Er war ein gestrenger Führer. Eines Abends, als er seine Mannschaft an der Mündung des Susquehanna versammelt hatte, flüsterte er Steed zu: »Ich möchte, daß Ihr mit besonderer Sorgfalt notiert, was ich heute abend tun und sagen werde.« Dann gebot er den Männern, sich in zwei Gruppen aufzustellen: auf der einen Seite die Gentlemen, auf der anderen die Matrosen. Nun befahl er dem Matrosen Robert Small vorzutreten. »Hebe den rechten Arm hoch!« verlangte er streng, und der Mann gehorchte. Smith stieg auf einen umgestürzten Baumstamm und goß aus einem großen Becher einen Schwall kalten Wassers in den Ärmel des Mannes. »Füllt den Becher noch einmal«, forderte er Steed auf und befahl sodann dem Matrosen, den linken Arm zu heben, worauf er ihm das Wasser auch in diesen Ärmel goß.

»Sage der versammelten Mannschaft, womit du diese Strafe verdient hast«, herrschte ihn Smith an.

»Ich habe geflucht, Sir.«

»Du hast den Namen Gottes im Zorn geschmäht?«

»Ja, Sir. Ich hatte einen großen Fisch gefangen, und er entkam.«

»Zurücktreten, Small!« Darauf wirbelte der kleine Captain herum und wandte sich an die ganze Mannschaft. »Wenn ich von Euch Zucht und Ordnung verlangt habe, so verlange ich das gleiche von mir. Ich habe niemals Alkohol getrunken noch gewürfelt oder gespielt, noch geraucht, noch geflucht, noch mit Frauen getändelt, noch mich in irgendeiner Weise erniedrigt. Ich bin ein Soldat und benehme mich immer wie ein solcher. Wenn Ihr mit mir segelt, habt Ihr nicht zu trinken oder zu würfeln oder zu fluchen.«

In dieser Nacht, als die Aufzeichnungen zu des Captains Zufriedenheit beendet waren, fragte er Steed: »Habt Ihr die Absicht, ebenfalls Soldat zu werden?«

»Ich habe kein Verlangen danach, Sir.«

»So ist es mit manchen. Was habt Ihr vor?«

»Die Insel Devon will mir nicht aus dem Kopf. Ich gedenke, mich dort niederzulassen, wenn diese Reise beendet ist.«

»Ihr habt keinen Freibrief, keine Bewilligung.«

»Es wäre besser, Captain, wenn die Herren in Jamestown weniger Wert auf Freibriefe und Bewilligungen legten.«

Ein Offizier konnte diese Äußerung nicht gutheißen. Ein Soldat identifizierte sich mit seinem König oder General, dann diente er ihm. Freibriefe, ordnungs-gemäße Erlasse und Bewilligungen waren der Lebenssaft dieses Berufsstandes. Aber Smith konnte von Steed nicht erwarten, daß er das verstand. In diesem jungen Studiosus steckte etwas, dem Smith noch nicht auf den Grund gegangen war, und sein Vorhaben überraschte ihn nicht.

Die Passage nach Indien wurde nicht gefunden. Das obere Ende der Bucht verebbte in einer Reihe von Sandbänken und Sümpfen, und die Schaluppe lief wiederholt auf Grund. Als die Matrosen zum fünftenmal mit dem Anker hinausschwammen, um das Boot zu verholen, knirschte Captain Smith: »Mister Steed, heute abend könnt Ihr schreiben, daß die Durchfahrt nicht existiert – wenigstens nicht für uns.« Niemals wieder wollte er von diesem zerronnenen Traum sprechen.

Die Forschungsreise endete merkwürdig. Als die Schaluppe am Westufer entlang heimwärts trieb, warf Steed eine Angelleine achtern aus, und plötzlich biß ein Fisch an, so groß, daß er ihn nicht hereinholen konnte. Während er sich mit dem Tier abmühte, griff Captain Smith ins Wasser, um nachzuhelfen. Dabei versetzte ihm ein mächtiger Stechrochen mit seiner Schwanzflosse einen wütenden Schlag gegen das Handgelenk. Smith schleuderte den Fisch fort, dann besah er sich seinen Arm und beobachtete, wie er anzuschwellen begann. Innerhalb weniger Augenblicke wurde er riesig – dicker als sein Oberschenkel –, und die Finger liefen purpurfarben an. Der Schmerz war so heftig, daß er in ein Stück Holz beißen mußte, und als nach neunzig Minuten der Schmerz unerträglich wurde, sagte der kleine Captain zu Steed und dem Schiffsarzt: »Ich werde sterben müssen. Grabt mir eine letzte Ruhestätte, von der aus ich die

Bucht sehen kann.« Und ein Häuflein Matrosen schaufelte ein Grab aus, und Smith ging hin, setzte sich an den Rand und ließ die Füße hineinbaumeln.

Während er da saß und wortlos das Ende seines Abenteuers betrauerte, begann der Schmerz zu weichen. Die schreckliche purpurne Färbung verschwand, und als es offenbar wurde, daß er weder sterben noch den Arnum verlieren würde, kamen seine Lebensgeister zurück, und er fragte: »Haben wir den Fisch hereingeholt?«

»Jawohl, Sir«, sagte Steed.

»Gut. Ich werde ihn zum Abendbrot essen.« Der Fisch wurde gebraten, und er aß ihn.

In den letzten Stunden dieser enttäuschenden Reise wurde es Steed bewußt, daß er ehrliche Zuneigung zum Captain erfaßt hatte. Smith war gut vier Zoll kleiner als er und wog fünfzehn Pfund weniger, aber er war bis in die letzte Faser voll Energie, bis ins Letzte Soldat. Und wenn er Berichte korrigierte, um sich selbst tapferer erscheinen zu lassen, als er tatsächlich gewesen war, so war dies keine plumpe Fälschung. Falls die Umstände Heldenmut erfordert hätten, würde er ihn bewiesen haben.

Der letzte Fluß, in den sie einfuhren, war der York. Und obwohl für die erschöpften Seeleute die Heimat in greifbare Nähe rückte, beklagten sie sich bitter über das Essen, den Regen, dem sie schutzlos ausgeliefert waren, und die Insekten.

»Zum Donnerwetter!« explodierte Smith. »Ich könnte in dieser Bucht ein neues Jerusalem errichten, wenn ich nur siebzehn Männer fände, die keine Angst vor Moskitos haben.«

Untröstlich wanderte er mit Steed am Ufer des Flusses entlang, bis sie erhitzt und müde waren. Dann ließ er sich auf einen Haufen trockener Blätter fallen und gestand das Scheitern seiner hochfliegenden Pläne ein. »Ich habe nach Brokat gesucht und Indianer gefunden, die geflochtene Rinde am Leibe tragen. Ich habe Gold gesucht und wurde mit Sumpfgewächsen belohnt. Diese Bucht birgt Schätze, aber mir war es nicht bestimmt, sie zu finden.«

Während er sprach, strich seine Hand ruhelos über die Blätter, auf denen er saß – Tabakblätter, die von den Indianern den York herunter gebracht worden waren, um nach London verschifft zu werden. In künftigen Jahren würden Bündel und Ballen dieser Pflanze die Flüsse Virginias und Marylands hinabtransportiert werden und mehr Gold und Brokat einbringen, als Smith jemals erträumt hatte.

Die Insel

Um zu verstehen, wie es dazu kam, daß der Gentleman Edmund Steed Captain John Smith auf seiner Reise zur Erforschung der Chesapeake Bay im Jahre 1608 begleitete, müssen wir über hundert Jahre zurückgehen.

Gegen Ende des 15. Jahrhunderts war jede Seele in England katholisch – durchaus begreiflich, da es zu jener Zeit dort keine anderen christlichen Religionen gab; zudem debattierte man darüber, ob die wenigen Juden im Königreich überhaupt Seelen hätten. König Heinrich VII. regierte, nachdem er dem unrühmlichen Richard III. den Thron entrissen hatte, mit dem Segen des Papstes, dem er willig sowohl geistlichen wie weltlichen Gehorsam leistete. Nach jahrelangen Unruhen herrschte Frieden im Land, die großen Klöster beherbergten einen mächtigen Klerus, und wer ein guter Engländer war, der war auch ein guter Katholik. Martin Luther, der später diesen glückseligen Dornröschenschlaf aufrütteln sollte, war gerade fünfzehn Jahre alt und studierte voll Enthusiasmus, um ein katholischer Priester zu werden.

Die Engländer konnten sich daher glücklich preisen, als König Heinrich 1489 die formelle Verlobung seines dreijährigen Sohnes Arthur mit der vierjährigen Katharina von Spanien, Tochter Ferdinands und Isabellas, bekanntgab, den katholischsten Majestäten, die sich denken ließen. Diese in Aussicht gestellte Verbindung zwischen dem unbedeutenden England und dem mächtigen Spanien war ein freudiges Ereignis, das dem Inselkönigreich viele Vorteile versprach.

Zwölf Jahre später, als Katharina tatsächlich in England landete, zeigte sich, daß sie eine sanfte, wohlerzogene Prinzessin war, von der sich der Thron Liebe und Loyalität erhoffen durfte. Der junge Arthur war auf den ersten Blick von ihr entzückt und heiratete sie mit Freuden im Oktober 1501. Vertreter des Papstes wohnten der Zeremonie bei und erteilten dieser hoffnungsvollen Vereinigung zweier katholischer Königreiche offizielle Zustimmung. Es war ein recht glückverheißender Aufbruch in das neue Jahrhundert.

Bedauerlicherweise erwies sich, daß Arthur, Erbe des Thrones von England, kränklich war und im März 1502 starb. Um das Maß der Enttäuschung voll zu machen, war seine Witwe nicht schwanger.

Dies stellte König Heinrich VII. vor ein schwieriges dynastisches Problem. Wenn er Prinzessin Katharina gestattete, England zu verlassen und nach Spanien zurückzukehren, waren sämtliche Vorteile, die aus dieser Ehe hätten erwachsen können, dahin. Aber es gab praktisch keinen Vorwand, um sie als eine Art Pfand in London zu behalten und sich damit des Wohlverhaltens der spanischen Monarchen zu versichern.

Kluge Ratgeber, von denen es in England immer einen reichlichen Vorrat zu geben schien, fanden doch einen Ausweg: »Verheiratet sie mit dem Bruder des toten Arthur.« Es war wahrhaftig eine königliche Idee, abgesehen davon, daß Heinrich, der Bruder, erst elf Jahre alt war, sechs Jahre jünger als die ihm zugedachte Braut.

Zudem wurde diese diplomatische Hochzeit, kaum daß sie in Erwägung gezogen worden war, von der umsichtigen Geistlichkeit verworfen, da sie gegen das Kirchenrecht verstieß. Donnerte wohl einer: »Drittes Buch Mose, Kapitel zwanzig, Vers einundzwanzig stellt die Sache ein für allemal klar!« Und er zitierte den mahnenden Vers in seiner eigenen grobklotzigen Übersetzung:

> Kein Mann soll die Witwe seines Bruders ehelichen. Es ist verboten. Er schändet den guten Namen seines Bruders, und das Paar wird kinderlos bleiben.

Ganze Nationen hatten durch bittere Erfahrung gelernt, daß das Familienglück auf wackeligen Beinen steht, wenn Brüder sich die Freiheit nehmen, einander die Frauen zu stehlen. Das Königtum im besonderen hatte gelehrt, daß jüngere Brüder nie und nimmer darauf vertrauen durften, aus dem Tod ihrer älteren Brüder Nutzen ziehen zu können. Für die Witwe Katharina war es unmoralisch, ungesetzlich und gegen jeden kirchlichen Brauch, den Bruder ihres toten Gatten zu heiraten.

Aber der dynastische Druck hielt an. König Heinrich war nun ein alter Mann, ganze fünfundvierzig, aber ohnedies nie bei bester Gesundheit. Er mußte jeden möglichen Schritt unternehmen, um die Zukunft der mühsam errungenen Krone zu sichern. Und der sicherste Weg dahin war, die Allianz mit Spanien zu erhalten und zu festigen. Katharina mußte in England bleiben.

Also sah er sich nach Geistlichen von geringerem Stande um, die sich nicht so voreilig festgelegt hatten. Und so sicher wie das Amen im Gebet fanden diese

Interpreten bei sorgfältigem Studium der Bibel jene vielversprechende Stelle im Fünften Buch Mose, Kapitel fünfundzwanzig, Vers fünf, die dem Dritten Buch widerspricht und einem Manne nicht nur nicht verbietet, die Witwe seines Bruders zu heiraten, sondern ihm geradezu befiehlt, dies zu tun:

> Wenn Brüder beieinander wohnen und einer stirbt ohne Kinder, so soll des Verstorbenen Weib nicht einen fremden Mann draußen nehmen; sondern ihr Schwager soll sich zu ihr tun und sie zum Weibe nehmen und sie ehelichen.

Es konnte kaum eine präzisere Anweisung als diese geben oder eine, die Englands dynastisches Problem prägnanter umriß. Und als König Heinrich dieser Vers laut vorgelesen wurde, klatschte er in die Hände und ordnete an, daß die Verlobung seines elfjährigen Sohnes vorbereitet werde.

Der König lebte nicht lange genug, um seinen Erben glücklich verheiratet zu sehen; er starb am 21. April 1509. Und in Wahrung seines Andenkens – denn er war ein unbeugsamer König gewesen – trieb der junge Heinrich wider besseres Wissen die Verheiratung mit der sechs Jahre älteren Frau voran. Die Hochzeit fand wenige Wochen nach dem Begräbnis des alten Königs statt und hatte glückliche Folgen, ausgenommen in der Frage eines Thronerben. Katharina war durchaus mit Fruchtbarkeit gesegnet und schien ununterbrochen schwanger zu sein. Sie gebar ein Kind nach dem anderen – darunter auch Knaben –, aber alle starben. Zwar überlebte eine kränkliche Tochter, Maria, doch Heinrich war nicht auf eine Tochter erpicht.

1533 kam König Heinrich zu der späten Erkenntnis, daß seine Ehe mit dieser alternden spanischen Mustergattin von Anfang an ungesetzlich und unmoralisch war. Schließlich kehrte er zum Dritten Buch Mose zurück und ließ das Fünfte Buch fahren. Mit wachsendem Zorn wütete er unter der katholischen Geistlichkeit und suchte nach Exegeten, die ihn in seiner Behauptung unterstützten, daß er niemals rechtmäßig mit Katharina verheiratet gewesen und demzufolge soviel wie geschieden sei. Selbstverständlich fanden sich solche, doch nicht unter der ranghohen Geistlichkeit, weshalb ihnen die Zustimmung des Papstes versagt blieb, und dies aus verschiedenen vernünftigen Gründen: Wiewohl diese Ehe von vornherein fragwürdig erschien, so war sie nichtsdestoweniger geschlossen worden; sie war vollzogen worden, wie die Tochter Maria bezeugte; und sie hatte nahezu ein Vierteljahrhundert gedauert. Die Scheidung wurde abgelehnt.

Nun war König Heinrich, getreu der Tradition der europäischen Könige, ein unbeugsamer Katholik. Elf Jahre früher hatte er mit eigener Hand eine Kampfschrift verfaßt und sie dann verbreiten lassen, in der er den abtrünnigen Martin Luther widerlegte und die Herrschaft des Papstes aufs neue bestätigte. Als Dank für seine Anwaltschaft hatte der Papst Heinrich den offiziellen Titel »Verteidiger des Glaubens« verliehen, den alle Herrscher Englands fortan führen sollten. Heinrich befand sich also in einer äußerst prekären Situation. Einmal konnte er dem Papst nicht gut wegen einer einzigen unwillkommenen Entscheidung den Gehorsam verweigern, zum anderen akzeptierte der König die Doktrinen der Kirche und wäre entsetzt gewesen, hätte ihn jemand mangelnder Hingabe an den Katholizismus geziehen. Das bittere Ende war, daß Heinrich keine Scheidung von Katharina erlangen konnte, was zur Folge hatte, daß er auch die reizende junge Hofdame Mistress Anna Boleyn, zu der er in Leidenschaft entbrannt war, nicht heiraten konnte.

Was also tun? Ein Lästermaul in London wisperte: »Die Bulle (*bull*) des Papstes hat dem König die Hoden (*balls*) gebunden.« Aber später, nachdem das Verdikt für ungültig erklärt worden war, erinnerte man sich dieser Spöttelei. Die Anklage gegen diesen Witzbold lautete zuerst auf Majestätsbeleidigung, später auf Lästerung, schließlich aber auf Verrat, wofür er im Tower erdrosselt wurde. Er starb wegen eines einzigen geistreichen Satzes. Nun begann sich das Gerücht zu verbreiten, daß Anna Boleyn schwanger sei und, wie jedermann hoffte, einen Sohn erwarte. Der Konflikt mit dem Papst mußte also schleunigst gelöst werden, sollte der zukünftige König nicht als Bastard geboren werden. Der Ausweg aus der Sackgasse, den man fand, war zweifellos raffiniert: König Heinrich erklärte, England und alle Engländer würden zwar so katholisch bleiben, wie sie es eh und je waren, und nach wie vor die geistliche Oberhoheit des Papstes anerkennen, nicht jedoch seine weltliche Führungsrolle. Von nun an würde es in verschiedenen Teilen Europas eine katholische Kirche unter der Vorherrschaft des Papstes geben und eine andere in England, ebenso katholisch, jedoch in allen Dingen der Verwaltung von König Heinrich unterstellt.

Als glühender Religionsfanatiker ließ er sich von der Spanierin Katharina scheiden und heiratete Anna, das frische englische Mädchen. Dieser Schritt verursachte in ganz Europa einen solchen Aufruhr, daß Heinrich buchstäblich gezwungen war, sich in seiner neuen Rolle zu bestätigen und zu beweisen, daß er das Haupt der englischen Kirche war. Und er bewies es mit einem genialen Schachzug. Eines Nachts, als er mit Anna Boleyn zu Bette lag, wurde ihm klar, daß der Papst mehr als ein Drittel allen englischen Grund und Bodens verwaltete. Kathedralen, Kirchen, Klöster – sie alle besaßen riesige Ländereien sowie die Bauern, die darauf arbeiteten. Mit einem einfachen Erlaß enteignete Heinrich alle diese Besitztümer, schloß die Klöster, beraubte die Kathedralen ihres Grundeigentums und – um mit ihm selbst zu sprechen – »beförderte die

Mönche und Nonnen mit einem Fußtritt auf die Dorfstraße, auf daß sie gezwungen waren, sich ihren Lebensunterhalt auf ehrliche Weise zu verdienen«. Der nächste Zug übertraf in seinem Weitblick jedoch alles. Heinrich behielt die neuen Besitztümer weder selbst noch übereignete er sie mächtigen Herzögen und Grafen, die sich später gegen ihn verschwören könnten. Er überließ sie statt dessen jenen Getreuen aus der Mittelschicht, die ihn in seinem Kampf gegen den Papst unterstützt hatten. Auf diese Weise ging ein Drittel Englands in die Hände seiner Vasallen über, und bei dieser Transaktion betraten die Ahnen von Edmund Steed die Bühne.

In der Grafschaft Devon, südöstlich von London, in der kleinen Stadt Bishop's Nympton, halbwegs zwischen Dartmoor und Exmoor, lebte seit einigen hundert Jahren eine angesehene und starrköpfige Familie namens Steed. Die Steeds waren zunächst Bauern gewesen und konnten auf einen gewissen Wohlstand blicken. Die Väter waren Friedensrichter, und die Söhne studierten in Oxford. Sowohl Söhne wie Töchter heirateten nach herkömmlicher Art, und kein Skandal hatte je die Familie berührt, die, wenn auch keine Barone und Grafen, so doch einen stetigen Anteil an Männern hervorgebracht hatte, auf die sich der König verlassen konnte.

Solch ein Mann war Devon Steed. Er zählte neunundvierzig Jahre, als sein König, Heinrich, danach trachtete, sich von der spanischen Königin scheiden zu lassen. Als der Streit auf dem Höhepunkt war, suchte der König bei Landedelleuten, die einen guten Ruf genossen, Rückhalt, und Kardinal Wolsey persönlich – derselbe, der ständig Komplotte schmiedete, um selbst Papst zu werden – bat Steed um Unterstützung in seinem Bezirk.

Diese Bitte stellte Steed vor ein ernsthaftes moralisches Problem. Er war ein strenger Katholik, er liebte den Papst, er leistete Zehentschaft, er führte seine Familie jeden Mittwoch und Sonntag zur Kirche, und er sorgte persönlich für den Lebensunterhalt des Priesters. Sich in einem Streit über die zwei einander widersprechenden Bibelverse gegen den Papst auf die Seite des Königs zu stellen bedeutete eine schwere Verantwortung. Einige Wochen lang rang er mit seinem Gewissen über den Absatz im Dritten Buch Mose, der speziell jene Art von Eheschließung verbot, in die Heinrich mit Katharina gezwungen worden war.

Konnte es sein, daß der Papst die Bibel mißachtete? Niemals würde Steed diese Möglichkeit in Betracht ziehen. Aber durfte sich König Heinrich nicht mit Recht darauf berufen, er habe deshalb keine legitimen männlichen Nachkommen, weil infolge seiner inzestuösen Heirat der Fluch Gottes auf ihm lag? Drohte nicht das Dritte Buch Mose, daß eine solche Ehe kinderlos bleiben würde?

Ein paar Tage lang schwankte er auf diesem schwindelerregenden Seil, neigte sich einmal dem Papst, einmal Heinrich zu, doch wurde das Dilemma auf geniale Weise gelöst: Kardinal Wolsey schickte einen persönlichen Gesandten, den jungen Hugh Latimer, einen Verwandten der Steeds und Pate von Devons Sohn Latimer, den weiten Weg nach Bishop's Nympton, nur um das Argument vorzutragen, das nicht zu widerlegen war. »Vetter Steed, habt Ihr Euch nicht klargemacht, daß unser König bereits nicht weniger als sechs Söhne gezeugt hat, natürlich illegitim, aber nichtsdestoweniger Söhne? Die Unfruchtbarkeit kann also nicht seine Schuld sein. Ihr kennt Henry Fitzroy, er wurde mit sechs Jahren zum Herzog von Richmond ernannt. Er ist Heinrichs natürlicher Sohn, ebenso wie fünf andere von geringerem Rang. Wenn Heinrich sich von dem spanischen Klotz befreien kann und die kerngesunde junge Anna heiratet, werden wir einen Thronfolger haben, und England braucht nicht mehr zu bangen.« Latimer, der nicht zimperlich war, zwinkerte und fügte hinzu: »Wißt Ihr, ich vermute, daß Mistress Anna bereits ein Kind mit sich herumträgt, einen Sohn, wie die Hebammen versichern. Wir müssen also unverzüglich handeln.«

Von den nüchternen Tatsachen überzeugt, unterstützte Devon Steed als Sprecher der westlichen Grafschaften das Scheidungsbegehren. Er gab dem König Rückendeckung gegen den Papst und wäre nicht auf die Idee gekommen, dafür, daß er seinem Gewissen gehorchte, irgend etwas zu erbitten oder zu erwarten. Aber als es zur Auflösung der Klöster kam und große Landstriche an loyale Anhänger verteilt wurden, sorgte Hugh Latimer dafür, daß sein Vetter Devon auf der Liste der Auserwählten stand.

Als Vermittler kamen und ihn fragten, welches der achthundert Klöster er haben wollte, antwortete er mit ahnungsloser Unschuld: »Glastonbury. Das liegt in der Nähe, und ich habe immer die Gebäude bewundert, die Richard Bere dort errichten ließ, als er Abt war.«

Die Besucher sahen sich an, und einer hustete und sagte: »Glastonbury ist so groß, daß es ausgespart wurde.«

»Ich bitte um Vergebung«, entschuldigte sich Steed. »Was hat der König für mich vorgesehen?«

»Er würde es vorziehen, wenn die neuen Eigner ihre angestammten Ortssitze verließen; um Loyalitätskonflikte zu vermeiden, wißt Ihr. Es gibt da ein prächtiges Kloster in Queen's Wenlock drüben in Berks.«

»Das kenne ich!« rief Steed begeistert. Er hatte einmal auf seinem Weg nach Oxford dort haltgemacht und erinnerte sich bewegt an diesen Ort: niedrige Türme, ein bescheidenes Klostergebäude, zahllose Rauchfänge und vier edle gotische Torbögen über den Pforten, an denen sich die Armen versammelten, um ihr Almosen in Empfang zu nehmen. »Fünfzehnhundert Morgen Land gehören zu dem Kloster«, sagte der Vermittler, »und zwei Dörfer, in denen tüchtige Bauern wohnen. Ihr werdet als Sir Devon Steed über all das verfügen.« Steed trat die Ritterschaft als Sir Devon im Jahre 1537 an; er hatte zwar fünf Taufnamen, aber keiner davon war Devon. Das war ein Spitzname, den er in Oxford bekommen hatte, und ausgerechnet dieser war ihm als Adelstitel zugesprochen worden. Als Sir Devon übersiedelte er nun mit seiner Familie auf seinen neuen Besitz. Nach seiner Ankunft betete er als erstes in der Kapelle des alten Klosters, das 1387 von der Guten Königin Anna von Böhmen, der ersten Gemahlin König Richards II., erbaut worden war. Und während er auf diesen geheiligten alten Steinen kniete, wurde er aufs neue in seinem Glauben an den Katholizismus und die geistliche Oberhoheit des Papstes bestärkt.

Tatsächlich änderte sich nicht viel. England blieb katholisch. König Heinrich aber wurde bitter enttäuscht, als auch Anna Boleyn ihm nur eine Tochter und keinen Sohn gebar; er ließ sie kurz darauf köpfen. Abermals unterstützte ihn Sir Devon ebenso wie die Herren der übrigen siebenhundertneunundneunzig enteigneten Klöster. Sie nannten die Boleyn »Howardsche Hure« und waren froh, ihr schimpfliches Ende zu erleben.

Der Klatsch bekam bald neue, widerwärtige Nahrung. Gewisse höfische Kreise, die es sich zur Aufgabe machten, die Erbfolgelinie des Thrones zu wahren, schlugen vor, die kleine Prinzessin Maria, Tochter Heinrichs und seiner ersten Frau Katharina, mit dem Herzog von Richmond, ihrem Halbbruder zu vermählen. Steeds Zuträger argumentierten: »Begreift Ihr nicht? Dieser Schritt würde sämtliche Linien vereinigen, die einen rechtmäßigen Anspruch geltend machen können. Die Stellung des Paares wäre unerschütterlich, und wenn aus der Verbindung ein Sohn entspringt, wird er König im allerwörtlichsten Sinne.«

»Wenn daraus ein Sohn entspringt«, erwiderte Steed scharf, »so wird er ein Monstrum.«

Zum Glück lehnte sich in König Heinrich, stets ein Mann von Moral, alles dagegen auf, daß seine Tochter ihren illegitimen Halbbruder heiraten sollte, und er wies diesen Vorschlag zurück. Als ihm zu Ohren kam, Sir Devon Steed in Queen's Wenlock habe ihn aus den gleichen Gründen abgelehnt, erwärmte er sich noch mehr für den neuen Ritter, und vermehrte dessen Grundbesitz.

Solange König Heinrich lebte, blieb Sir Devons religiöses Gewissen rein. Beide, er und der König, waren zeitlebens strenggläubige Katholiken, und als Heinrich die Verbrennung ketzerischer Lutheraner auf dem Scheiterhaufen befahl, applaudierte Sir Devon. »Wir wollen hier keine Schismatiker«, erklärte er seinem Sohn Latimer.

Sir Devon starb drei Monate nach dem König und entging somit dem Chaos, in das England während der kurzen Regierungszeit des Knaben Eduard VI. stürzte. Sir Latimer Steed, der den Titel und den damit verbundenen beträchtlichen Landbesitz erbte, war dem Katholizismus und dem Papst sogar noch treuer ergeben, als es sein Vater gewesen war. Entsetzt mußte er mit ansehen, wie die Berater des jungen Königs England in ein protestantisches Land zu verwandeln trachteten. Sir Latimer wetterte dagegen und versicherte allen, die ihn in dem ehemaligen Kloster besuchten, daß »die aufrechten Männer Englands niemals die Irrlehre aus Genf annehmen werden«. Er war erleichtert, als Eduard, der immerzu kränkelte – so als hätte Gott seinen Vater dafür verflucht, daß er sechs Frauen gehabt und zwei von ihnen hatte köpfen lassen –, starb.

Nun bestieg Maria, siebenunddreißig Jahre alt und im Schmelzofen Tudorschen Streites und Meuchelmordes sowie pietistischer Frömmigkeit groß geworden, den Thron. Sie war entschlossen, Ordnung zu schaffen, und es war ein glorreicher Tag für gute Katholiken wie Sir Latimer, als sie die Krone entgegennahm. Es dauerte nicht lange, bis die ketzerischen Aufrührer, die versucht hatten, England von Rom abtrünnig zu machen, den gerechten Tribut für ihren Verrat zahlten. Einer nach dem anderen wanderte auf den Scheiterhaufen, und Sir Latimer betete in der Kapelle, die sein Vater der Kirche gestohlen hatte, und segnete die Verbrennungen … »Es ist der einzige Weg, um England rein zu halten.«

Das erste Zeichen, das ihn erkennen ließ, daß die Dinge eine merkwürdige Entwicklung nahmen, erhielt er am 19. Oktober 1555, als sein Sohn Fairleigh mit einer schockierenden Nachricht aus London herbeigeeilt kam. »Hugh Latimer wurde auf dem Scheiterhaufen verbrannt.«

Es war unglaublich. Die Steeds hatten die Latimers über hundert Jahre gekannt. Zuletzt hatten sie mit teilnehmendem Stolz beobachtet, wie der junge Hugh die verschiedenen Sprossen der kirchlichen Erfolgsleiter emporgeklettert war. Als Kardinal Wolseys Bemühungen im Intrigenspiel um das päpstliche Amt scheiterten, war die Hoffnung, daß Latimer Erfolg haben könnte, gar nicht so weit hergeholt; und nun war er auf dem Scheiterhaufen verbrannt worden. Wie hatte es zu einem so verhängnisvollen Irrtum kommen können?

Man konnte von dem jungen Fairleigh nicht sagen, er sei ein strenger Katholik. Er war viel mehr: Er liebte die Kirche. Als Kind hatte er in den ausgedehnten Räumlichkeiten des ehemaligen Klosters – jetzt wohlweislich Meierhof genannt – gespielt und eine visionäre Ahnung davon erhalten, was eine souveräne Kirche sein sollte. In Oxford hatte er sich zum Anführer der Studenten gemacht, die anläßlich der Thronbesteigung Marias Freudenfeuer entzündet hatten, da er in ihrer reinigenden Ankunft die Errettung der Kirche sah. Er verstand, daß harte Schritte notwendig waren, um England in seine ordentlichen Bahnen zurückzuführen, und er pries Marias Charakterstärke.

»Sie mußte ihn vernichten, Vater«, erklärte er. »Hugh Latimer predigte die schändlichste aller Lehren, und wenn er ungeschoren geblieben wäre, hätte er England zum Protestantismus verführt. Er war nicht besser als Calvin.«

So leitete also der Sohn den Vater durch die kummervollen, doch glorreichen Tage der Regentschaft Königin Marias. Als Maria König Philipp von Spanien heiratete, erklärte der junge Fairleigh alles und beschwichtigte die Befürchtungen seines Vaters, daß Spanien dadurch die Oberhand gewinnen könne. »Niemals! Spanien und England werden unter der Führung des Papstes vereinigt werden. Der brudermörderische Hader wird ein Ende haben, und gemeinsam werden Spanien und England die Ketzerei in Deutschland und den Niederlanden ausmerzen.«

Es waren berauschende Tage, jene Tage der Restitution, und Queen's Wenlock war oft voll von Oxford-Studenten, die darüber debattierten, wie das zukünftige England sein sollte. Gewisse Fanatiker hatten vorgeschlagen, die gestohlenen Klöster an die Kirche zurückzugeben. Aber Königin Maria, die von den alteingesessenen Familien abhängig war, die sie jetzt innehatten, wollte davon nichts wissen. Sir Latimer hieß ihre Entscheidung gut und desgleichen die Oxford-Studenten, die meistenteils aus Familien kamen, die von der Enteignung profitiert hatten.

Und dann starb Maria. Der Thron ging auf ihre protestantische Halbschwester Elizabeth über, den Bastard der »Howardschen Hure« Anna Boleyn. Sir Latimer sinnierte über das heraufziehende Unheil und erklärte Fairleigh: »Diese Linie ist durch und durch schlecht. Es war kein Zufall, daß die beiden Königinnen, die Heinrich enthaupten lassen mußte, Howards waren. Sie waren Cousinen ersten Grades und alle beide Huren.« Er machte eine Pause und blickte zu dem alten Gebälk des Rittersaales hinaus. »Nun haben wir also den Bastard einer Hure zur Königin«, sagte er. »Es werden schlechte Zeiten kommen, Fairleigh, und wir alle werden wissen müssen, wo wir stehen.«

Für gute Katholiken wurden die Zeiten schlechter, als er vorhergesehen hatte. Der tugendreiche Papst Pius V. erließ eine Bulle, die Elizabeth als Ketzerin exkommunizierte und die Katholiken Englands ihrer Untertanenpflicht gegenüber dieser Königin entband. Elizabeth vergalt es, indem sie jeden zum Tode verurteilen ließ, der auf englischem Boden die Bulle verbreitete.

Der Kampf hatte begonnen. Schritt für Schritt wurden harte Maßnahmen angekündigt gegen jene, die wie der junge Fairleigh sowohl die römische Kirche als auch die Erde Englands liebten. Jeder Katholik, der beim Besuch der Messe ertappt wurde: siebzig Pfund in Gold, eine erschreckend hohe

Summe in jenen Tagen. Jeder Katholik, der sich weigerte, der protestantischen Kirche beizutreten: zwanzig Pfund in Gold jährlich, von jedem einzelnen Familienmitglied, jung oder alt, zu entrichten. Jeder Engländer – Mann oder Frau –, der versuchte, gute Protestanten zu Katholiken zu machen: Tod durch den Strang. Und für alle Gläubigen, die wie die Steeds an ihrer Religion festzuhalten gedachten: endlose Belästigungen, Verfolgung und die Gefahr der Todesstrafe, falls sie heimlich einen Priester beherbergten.

Königin Elizabeth konnte niemals den Starrsinn solcher Leute begreifen, behielt doch ihre neue Religion nahezu alle charakteristischen Merkmale der alten bei: die Messe, das Abendmahl, den Hochaltar, die Taufe, das bedingungslose Glaubensbekenntnis, keine andere Speise als Fisch am Mittwoch und einen unverheirateten, in herkömmlichem Ornat gekleideten Klerus. Elizabeth war überzeugt, daß ein Unvoreingenommener am neuen Ritual teilnehmen könnte, ohne je zu bemerken, daß es nicht katholisch war. Darüber hinaus ächtete sie aufs schärfste den calvinistischen Protestantismus und ließ mit Wonne jene Lutheraner hinrichten, die die verderblichen Lehren aus Genf zu verbreiten suchten.

Elizabeth verlangte von ihren Untertanen nichts weiter, als daß sie sich von Rom lossagten und sie als Statthalterin der Kirche anerkannten, wie sie in England instituiert war. Das unerbittliche Gesetz aus dem Jahr 1581 besagte bereits alles in seinem Titel: »Um die Untertanen Ihrer Königlichen Majestät in gebührendem Gehorsam zu halten.« Die Steeds weigerten sich, einem weltlichen Herrscher geistlichen Gehorsam zu leisten. Sie wurden zu heimlichen Katholiken und mutigen Beschützern von Wanderpriestern, die ihr Leben riskierten, um den alten Glauben aufrechtzuerhalten.

Queen's Wenlock, einst eines der angesehenen kleineren Klöster Englands, wurde in den siebziger Jahren des 16. Jahrhunderts ein Zentrum katholischen Missionarsgeistes. Der alte Sir Latimer sagte, er wolle verdammt sein, wenn er einer Howardschen Hure in Dingen der Religion Folge leistete. Lady Steed ermahnte ihn, seine Zunge zu zügeln, da es ihm sonst an den Kragen gehen könne, und sie machte ihn darauf aufmerksam, daß es nicht eine der Howardschen Huren war, der England dies verdanke, sondern die illegitime Tochter einer dieser Huren.

Es war der junge Fairleigh, fünfundzwanzig und gerade von Oxford zurück, der den moralischen Druck jener Zeit besonders heftig empfand. Er verehrte die alten Bräuche und meinte, an ihnen festhalten zu können, ohne deshalb Verrat an der neuen Königin zu üben, obwohl er sie verachtete. Er war sowohl Katholik als auch Engländer, und es müßte, so dachte er, doch möglich sein, ein loyaler Bürger beider Welten zu sein. Im übrigen hatte er niemals etwas

Unsinnigeres gehört als die Behauptung der Protestanten, ein Katholik zu sein bedeute automatisch, daß man willens sei, für den Papst und gegen England die Waffen zu erheben. Es gab in England über einhundertsechzigtausend praktizierende Katholiken, aber nur eine Handvoll Verräter unter ihnen.

Aber es geschahen weiterhin Dinge, die Fairleighs Position schwächten. Fanatiker, die von England keine Ahnung hatten, versuchten, eine spanische Invasion vorzubereiten, um König Philipp auf den Thron zurückzubringen, den er einst mit Maria geteilt hatte. Der Plan wurde aufgedeckt. Andere Dummköpfe, die einen Aufstand zugunsten der anderen Maria, der katholischen Königin von Schottland, anzuheizen suchten, wurden mit verräterischen Briefen abgefangen. Wahnsinnige, von religiösen Konflikten zerrissen, die sie nicht begreifen konnten, versuchten, die Königin zu ermorden, wie es in allen Ländern Verrückte sind, die ihren ernannten Führern nach dem Leben trachten. Dies alles führte zu Mißtrauen und Haß. Gute Engländer, die es besser hätten wissen müssen, glaubten blind, der Papst beabsichtige mit spanischer Hilfe in ihr Land einzufallen und sie zum Katholizismus alten Stils zurückzuführen. Dieses Vorurteil war es, wogegen die Steeds nun ankämpfen mußten.

Sie legten beharrlich davon Zeugnis ab, daß Katholik zu sein nicht Häresie nach sich zog. Sie lehnten alles, selbst das Geringste ab, was nur den Schatten eines Verdachtes auf sie werfen konnte. Das einige Verbot, dem sie sich nicht unterwarfen, war die Verbindung zu jenen Priestern, die für die Aufrechterhaltung ihres Glaubens wirkten.

»Diese von Gott gesandten Priester sind unsere geistigen Führer«, verkündete Sir Latimer jedem, der es hören wollte. Der alte Grobian wurde zu einem unbeugsamen Verfechter seines Glaubens. Hätten die Ereignisse in England einen kontinuierlichen Verlauf genommen wie Jahrhunderte davor, wäre er Gutsherr gewesen, der eine Art Triff-oder-auch-nicht-Justiz walten ließ; der sich weigerte, selbst den übelsten Verbrecher zum Tode zu verurteilen; und der mit seinem Vermögen haushielt, so daß die nachfolgende Generation ein wenig besser dastand als die vorangegangene. Der Zufall, durch König Heinrichs Scheidung verursacht, hatte ihn den Ritterstand beschert, und obgleich er sich an den damit verbundenen Besitztümern freute, fühlte er sich nicht wirklich zu Hause in seinem kleinen Schloß. Es wäre ihm viel wohler gewesen, in Devon die Schweine hüten zu können. Mit Sicherheit war er nicht darauf vorbereitet, in eine religiöse Debatte einzugreifen. Alles, was er wußte, war, daß die Steeds immer dem Papst gehorcht hatten und dies auch weiterhin zu tun gedachten.

Es war nicht verwunderlich, daß jene Priester, die aus dem englischen Priesterseminar in der Emigration, aus Douai, jenseits des Kanals in den spanischen Niederlanden, heimlich nach England eingeschleust wurden, ihren Weg nach

Queen's Wenlock fanden. Nach Elizabeths Definition machten sie sich des Hochverrats schuldig – es sei nicht ihr Bestreben, Seelen zu retten, sondern eine Revolution zu schüren –, und jeder, der ihnen Obdach gewährte, riskierte damit sein Leben. Die Steeds nahmen dieses Risiko auf sich.

Bei Einbruch der Dämmerung pflegten sich die wandernden Priester an einem vorher bestimmten Ort auf dem Land westlich von London zu treffen. Sie sorgten stets für strengste Geheimhaltung, um nicht von den bezahlten Spitzeln Walsinghams und Burleighs, die das Land durchstreiften, entdeckt zu werden. Nach Einbruch der Nacht eilten sie unter die vier Torbögen und klopften mehrmals rasch hintereinander. Ein Licht brannte. Eine Tür öffnete sich einen Spalt. Die Priester gaben sich zu erkennen, nannten das Losungswort, das sie von Londoner Katholiken erhalten hatten, und traten dann schnell ein, ehe sich das Tor hinter ihnen schloß.

Drinnen machte sie Sir Latimer mit der Lage vertraut und fragte sie, wie es in Douai stehe. Die englische Bibelübersetzung für Katholiken machte Fortschritte. Regelmäßig wurden neue Priester geweiht, und diejenigen, welche die nötige Seelenstärke besaßen, wurden nach England entsandt. Vier der jüngst Angekommenen waren bereits gehängt worden, aber neue Märtyreranwärter waren schon auf dem Weg.

Und was von dem neuen Papst zu vermelden sei? Die jungen Priester berichteten, er sei im Begriffe, einen Schritt zu unternehmen, der sie in ihrem Wirken kräftig unterstützen werde. Er werde die Bulle seines Vorgängers, die allen guten Katholiken befahl, Königin Elizabeth den Gehorsam zu verweigern, gewissermaßen aufheben. Demnach werde es den Katholiken erlaubt sein, der Königin in allen weltlichen Dingen Folge zu leisten.

»Verdammt klug vom Papst!« rief Sir Latimer. »Das entbindet uns vom Vorwurf der Ketzerei.«

»Wahrhaftig ja«, gaben ihm die Priester recht.

Aber die königlichen Gerichte sahen in dem Schritt des Papstes nur einen Vorwand, und das Hängen der Priester nahm kein Ende.

Im Sommer 1580 kam ein wandernder Priester zu dem Meierhof, von dem ein solches Leuchten ausging, daß er der lebendige Beweis der Heiligkeit und des kommenden Märtyrertums zu sein schien. Es war Edmund Campion, in jenem Sommer vierzig Jahre alt, einst einer der glänzendsten Studenten, die Oxford je gekannt hatte, ein hervorragender Gelehrter in Douai und einer der gewandtesten Polemiker unter den Jesuiten in Rom. Er war Philosoph, Historiker, Verfasser von Streitschriften und ein überragender Theologe. Unter seinen Freunden – Protestanten wie Katholiken – war er als das Wunder seiner Zeit bekannt, und vierzehn Jahre früher hatte Königin Elizabeth selbst, begeistert von einer Rede, die er bei ihrem Besuch in Oxford vor ihr gehalten hatte, gesagt: »Diesen jungen Mann erwartet unbegrenzte Beförderung.«

Er hatte statt dessen den dornigen Weg eines Missionspriesters gewählt. Und an dem Tag, als er in Dover an Land ging, wußte er, daß ihn die Spione Walsinghams ob seiner Berühmtheit auskundschaften würden und er als Märtyrer verbrannt werden würde. Dessen gewiß und eins mit seinem Schicksal, zog er mutig durchs Land, hielt Gebetsversammlungen ab und kümmerte sich nicht darum, daß ihn protestantische Spitzel mit größter Wahrscheinlichkeit aufspüren würden.

Er traf am Freitag in Queen's Wenlock ein und teilte Sir Latimer mit, daß er hier eine Messe für Katholiken zelebrieren wolle. Die Gemeinde war schnell versammelt. Alle – Männer und Frauen – wußten sehr wohl, daß sie es mit dem Tode zu bezahlen hatten, falls sie das Opfer eines Verrats wurden. Als sie in den Meierhof strömten, diesen bewahrenden Überrest eines älteren Glaubens, sahen sie sich einem höchst ungleichen Paar gegenüber: hier der unverwüstliche alte Sir Latimer, die buschigen Augenbrauen zu einer tiefen Kerbe zusammengezogen, dort das heitere Gelassenheit ausstrahlende Gesicht Edmund Campions.

Er wählte zur Predigt eine Passage aus den Reisen des heiligen Paulus und verglich Paulus' Wirken mit dem der wandernden und verfolgten Priester. »Das heidnische Rom suchte nicht minder begierig nach Paulus, als der Protestant Walsingham nach mir sucht. Zuletzt triumphierte Paulus, und so werden auch wir triumphieren.« Seine Predigt brachte einfache, doch anschauliche Beispiele dafür, was die heimlich in Douai geweihten Priester bisher in ihrem Bestreben, die heilige Flamme des Katholizismus in England am Leben zu erhalten, erreicht hatten. »Ihr Märtyrertum ist die Glorie unserer Kirche. Die Feuer ihrer verbrannten Leiber entflammen unseren heiligen Geist.«

Er sprach wie ein Besessener, aber er eiferte nicht, noch stellte er sich selbst je als leuchtendes Beispiel dar. Er berichtete schlicht, was Katholiken in diesen entscheidenden Zeiten vollbrachten. Als er damit zu Ende war, las er die Messe, segnete den Wein und weihte die Hostien. Während er auf jede Zunge den Leib Christi legte, sagte er: »Friede sei mit uns.«

Vielleicht waren es die nachfolgenden tragischen Ereignisse, welche die Teilnehmer an dieser Messe später überzeugt sein ließen, es sei ein heiliger Augenblick gewesen. Alle schilderten es rückblickend so: »Die Zukunft ward offenbar, und um das gesegnete Haupt Edmund Campions sahen wir den Glorienschein des Märtyrertums.« Jedenfalls verließ Pater Campion Queen's Wenlock in einem Zustand des Entrücktseins, als wären seine Tage der Prüfung bereits angebrochen.

Sir Latimer und sein Sohn Fairleigh begleiteten Campion zu seiner nächsten Predigt auf einem Meierhof nahe Faringdon in Bucks und von da nach Oxford selbst. Der junge Steed führte den Priester in den großen Kreis der Studenten ein, die sich zum Katholizismus bekannten, und mit diesen jungen Köpfen diskutierte Campion über die Zukunft der Kirche in England und das Wesen persönlicher Berufung. Nach seiner letzten Messe wollte er sich nach Norfolk begeben, wo es viele Katholiken gab, so daß er sich dort relativ sicher fühlen durfte. In letzter Minute wurde er jedoch dazu bewogen, noch einmal nach Berks zu kommen, um neuerlich vor einer großen Schar von Gläubigen zu predigen, die bei seinem früheren Besuch in Queen's Wenlock keine Gelegenheit gehabt hatten, ihn zu hören.

Er gab den drängenden Bitten nach und lenkte seine Schritte zurück nach der Heimat Sir Latimers, wo ihn protestantische Spione erwarteten. Sie waren es nämlich gewesen, die ihn so lautstark zurückgerufen hatten, und sie waren es, die ihn nun nach London brachten und in den Tower warfen.

Er fand sich wieder in Little Ease, jenen berüchtigten Zellen, die zu niedrig waren, um darin zu stehen, und zu eng, um darin zu schlafen. Hier hockte er vier Tage lang in Einzelhaft ohne ausreichende Nahrung. Dann wurde er in geringen Abständen dreimal auf die Folterbank gespannt, bis seine Gelenke auseinanderrissen, und in seiner äußersten Not bestätigte er, was Burleigh und Walsingham bereits wußten, daß ihm nämlich Sir Latimer Steed in Queen's Wenlock Schutz gewährt hatte.

Der alte Ritter wurde auf der Stelle verhaftet und wie sein Priester in Little Ease eingekerkert, von wo er als ein zerbrochener Mann herauskam, der lallend und in unzusammenhängenden Sätzen sprach. Aber während sein Körper mehr und mehr verfiel, wuchs im gleichen Maße seine geistige Kraft, und ganz gleich, was seine grausamen Kerkermeister und Folterknechte auch mit ihm anstellen mochten, er legte nur ein einziges, einfaches Zeugnis ab: daß er loyal gegen England und seiner Kirche treu ergeben sei. Seine Peiniger schrien ihn an, ziehen ihn der Undankbarkeit und belehrten ihn, daß er der gehorsame Untertan jedes Herrschers zu sein habe, der gerade auf dem Thron saß, und daher auch verpflichtet sei, sich zu jenem Glauben zu bekennen, dem sein König oder seine Königin anhing. Dieser Gedanke war absolut widersinnig, und er wies ihn zornig von sich. Also wurden er und Pater Campion im späten November 1581 nach Westminster Hall geschleift, in deren schönen und erhabenen Räumen sich die Herren über Recht und Glauben zusammenfanden, um über verräterische Ketzer Gericht zu halten. Fairleigh Steed durfte dem Prozeß beiwohnen, zusammen mit zahlreichen Protestanten, die jeden Punkt, der gegen die Angeklagten ins Treffen geführt wurde, begeistert akklamierten.

Der Prozeß war ein Schwindel. Es konnte kein Zeuge gefunden werden, der ausgesagt hätte, Pater Campion habe jemals Verrat gepredigt. Wogegen elf bezeugten, er habe allen Zuhörern im Meierhof ausdrücklich erklärt, es sei ihre Bürgerpflicht, Elizabeth und ihren Gesetzen Gehorsam zu leisten. Was Sir Latimer betraf, so zeugte sein ganzes Leben für die Loyalität gegenüber der Krone. Fairleigh, der sich kein Wort entgehen ließ, konnte sich nicht vorstellen, daß der Urteilsspruch anders als auf unschuldig lauten könnte, und er war starr vor Entsetzen, als die Richter laut ihr Urteil verlasen:

> Ihr sollt an den Ort zurückkehren, von wo Ihr gekommen seid, und dort ausharren, bis Ihr durch die offene Stadt London über Faschinen zum Richtplatz geschleift werdet. Man soll Euch hängen, aber bei lebendigem Leibe wieder herablassen, und Eure Geschlechtsteile sollen abgeschnitten und Eure Eingeweide herausgerissen und vor Euren Augen verbrannt werden, und dann sollen Eure Leiber gevierteilt und sodann hinweggeschafft werden nach dem Belieben Ihrer Gnädigen Majestät. Und Gott sei Eurer Seele gnädig.

Zehn Tage später wurde das Urteil in allen Details peinlich genau vollstreckt. Fairleigh Steed zwang sich, das grausame Schauspiel mit anzusehen, wie sein Vater und der verehrte Priester durch die Stadt geschleift, vom Galgen geschnitten und bei lebendigem Leibe geschlachtet wurden. Weder dem Alten noch dem Jüngeren kam ein Schrei über die Lippen, und Fairleigh war überzeugt, daß ihre Seelen, sobald sie dem Körper entwichen, in den Himmel auffuhren, um in Abrahams Schoß einzukehren, wie er es gelernt hatte.
Eine Woche später gebar Fairleighs Frau einen Sohn, den ein neuer Priester aus Douai auf den Namen Edmund taufte.

Sir Latimers Kopf wurde auf einen Pfahl gesteckt und neun Wochen lang in Tyburn zur Schau gestellt. Während dieser Zeit versuchte seine Familie in Queen's Wenlock einen Plan zu entwerfen, wie sie ihre zukünftige Existenz sichern könnte. Erstaunlicherweise wurde der Landbesitz nicht konfisziert; die Nachkommen Sir Latimers wurden nicht ihrer bürgerlichen Rechte entkleidet, denn die Monarchen Englands verfolgten den Verrat eines Elternteils nur bis hierher und nicht weiter, in der Hoffnung, die Kinder würden aus den Fehlern der Älteren lernen und es in ihrem Leben dann besser machen.
Die Steeds faßten zwei Entschlüsse: sie wollten England in allen Dingen ihre Loyalität bewahren; und sie wollten weiterhin die Messe hören. Der junge Edmund verbrachte seine ersten sechs Lebensjahre damit, die Lehre

dieses doppelten Prinzips in sich aufzunehmen. Was seinen Vater betraf, so sah er einen stillen Mann vor sich, der seinen großen Besitz verwaltete und sodann beherzt mit jedem Priester, der vorbeikam, betete, da er entschlossen war, an seinem katholischen Erbe festzuhalten. Edmund entwickelte sich nach dem Vorbild seines Vaters. Und in ganz England herrschte in diesen ruhigen Jahren von 1581 bis 1587 eine Art vernünftiger Waffenstillstand.

Aber 1588 machte König Philipp von Spanien, der den englischen Thron wiederzuerlangen suchte, alle Hoffnungen auf Vernunft zunichte. Er sandte seine siegreiche Armada in den Kanal, um England zu erobern, den Protestantismus zu vernichten und das besiegte Land gewaltsam Rom zurückzuführen. Einfältige Engländer, vornehmlich solche, die im Exil gelebt hatten, ergingen sich in einfältigen Mutmaßungen über die Restaurierung der päpstlichen Macht, und sogar einige irregeleitete Dummköpfe innerhalb der Grenzen des Königreiches glaubten, sobald spanische Truppen englischen Boden betreten hätten, würden die Katholiken des Reiches aufstehen, um sie zu begrüßen und ihnen bei der Unterwerfung ihres Heimatlandes zu helfen.

Von jenem Sommertag an, da Drake, Hawkins und Howard bei Plymouth die spanischen Galleonen in die Flucht schlugen und sie in die Gräber schickten, die ihnen die Stürme auf der Höhe der Hebriden bereiten sollten, war das Schicksal biederer Katholiken wie der Steeds besiegelt. Das Volk sah in ihnen ohne Ausnahme Verräter. Darüber hinaus war man überzeugt, nur einem Wunder sei es zu verdanken, daß die Engländer die päpstliche Invasion zurückschlagen und ihr Land vor der Wiedereinführung des Scheiterhaufens bewahren konnten, dessen Anwendung Königin Maria während ihrer kurzen, blutigen Regierungszeit unterstützt hatte.

Die Ächtung lastete auf dem jungen Edmund besonders schwer. In der Schule war er ein Kind, von dem man sich fernhielt. In Oxford wurde er gemieden. Er konnte niemals in öffentliche Dienste treten, noch als Friedensrichter wirken, noch bei Prozessen in den Zeugenstand treten, noch in eine sogenannte gute Familie einheiraten, noch bei der Marine oder im Heer dienen. Er mußte besondere Steuern zahlen, und was das schlimmste war, er lebte in Schmach und Schande. Die Messe zu hören wurde immer schwieriger, denn im Kielwasser der Armada wurden die Wanderpriester noch strenger verfolgt. Als das sechzehnte Jahrhundert zu Ende ging, konnte ein junger Katholik in England zwar existieren, aber das war auch alles.

Im Jahre 1602 jedoch, als Edmund großjährig wurde, erkrankte Königin Elizabeth, und 1603 starb sie – kahlköpfig unter der Perücke und häßlicher als die Sünde. Während im ganzen Land für die Rettung ihrer trefflichen und mörderischen Seele gebetet wurde, versammelte Sir Fairleigh Steed seine Familie in der großen Halle von Queen's Wenlock. Ein Wanderpriester las eine Messe für die dahingegangene Königin und forderte die Familie Steed auf, ihr das Unrecht zu vergeben, das sie ihnen angetan hatte. Als alle Anwesenden ihrem neuen König, James VI. von Schottland und I. von England, Treue gelobt hatten, sprach Sir Fairleigh ein inbrünstiges Gebet, in dem er Gott bat, der neue Monarch möge einsichtsvoller sein als seine Vorgängerin.

Nichts änderte sich. Katholiken wurden weiterhin von der Verwaltung ausgeschlossen, und einer von Edmunds Professoren erklärte ihm: »Ihr könntet in Oxford die akademische Laufbahn beschreiten, wäret Ihr kein Katholik.« In der Verwirrung, die diese Eröffnung in ihm hervorrief, verließ Edmund die Universität mit einem unmoralischen Vorsatz, der seinen Vater schockierte. »Ich werde den neuen Glauben annehmen.« Sir Fairleigh schnappte nach Luft, und Edmund fügte hinzu: »Nach außen hin. Wenn diese Nation fortfährt, Katholiken herabzusetzen, so nehme ich mir die Freiheit, die Nation zu betrügen. Wenn ich nach Oxford zurückkehre, werde ich den Eid auf die Staatskirche ablegen. Von diesem Tag an werde ich vor der Öffentlichkeit Protestant sein.

»Und innerlich?«

»Ein Katholik, so gut wie eh und je. Wenn Ihr hier Messe feiert, werde ich daran teilnehmen.«

»Edmund, du nimmst ein schweres Kreuz auf dich.«

»Ich habe kein Verlangen danach, mir die Eingeweide herausreißen zu lassen.«

»Kein Mensch hat das, und doch geschieht es manchmal.«

»Mir wird es nicht passieren. Ich werde ihr schmutziges Spiel mitspielen.«

»Junge Männer«, sagte Sir Fairleigh, »denken oft, sie könnten jedes Spiel spielen, wenn sie nur ihr Herz rein halten.«

»Ich will es versuchen«, sagte Edmund. Und am ersten Jahrestag der Thronbesteigung König James' fuhr er nach Oxford und erklärte offentlich, daß er dem Katholizismus entsage und weder dem Papst noch den Priestern fürderhin Gefolgschaft leiste. Er ließ sich von einem Hausgeistlichen den Eid auf die Staatskirche abnehmen und war von diesem Moment an scheinbar ein Protestant. Sein Übertritt wurde freudig begrüßt und mit Begünstigungen vergolten, als Ansporn für andere Katholiken, seinem Beispiel zu folgen, und seine Professoren nahmen die Diskussion über eine Anstellung bei der Universität wieder auf.

Auf diese Weise wurde Edmund Steed in den Hauptstrom englischen Lebens zurückgespült. Er arbeitete für die Regierung in London und wurde von

Amtskollegen auf ihre Landsitze eingeladen, wo er alte Herren traf, die in ihrer Jugend Sir Devon gekannt hatten. In Bucks erklärte ihm einer von ihnen frei heraus, er hoffe, daß Steed eines Tages seiner Familie angehören möge, da er solch einen Überschuß an Töchtern habe.

Aber jedesmal, wenn er auf seinen schönen alten Meierhof in Queen's Wenlock zurückkehrte, wenn die Tore geschlossen waren, die Nacht hereinbrach und die Wanderpriester aus Douai erschienen, nahm er seine katholische Identität wieder auf und erschauerte, wenn die heilige Hostie seine Zunge berührte.

Während eines solchen Besuches, als die Messe besonders eindrucksvoll gewesen war, nahm er seinen Vater beiseite. Er ging mit ihm in einen der uralten Obstgärten hinaus, die 1387 von der Guten Königin Anna persönlich angelegt worden waren, und unter den knorrigen Bäumen erklärte er ihm: »Vater, die Last ist zu groß. Sie reißt mir die Seele entzwei …«

»Das habe ich kommen sehen«, sagte der weise alte Mann. »Was hast du vor?«

»In London wird eine Gesellschaft gegründet, um eine neue Kolonie in Amerika zu errichten. Ich werde unterzeichnen.«

»Ich verstehe«, sagte Sir Fairleigh. Er bedrängte ihn nicht mit Fragen, wie er in einem fernen Land überleben wolle ohne die beruhigende Sicherheit dieses Meierhofes und mit all diesen Erinnerungen, denn er war überzeugt, daß Edmund seine Chancen bereits abgewägt hatte. Wichtig war, daß sein Sohn wieder auf festem Boden stand, wie es sich die Steeds stets zum Grundsatz gemacht hatten. »Ich nehme an, du wirst die protestantische Maskerade ablegen?«

»So bald wie möglich.«

»Warum nicht gleich?«

»Weil ich zuerst nach Amerika kommen muß. Die Gesellschaft nimmt keine Katholiken auf.

»Warte nicht zu lange, Edmund! Heuchelei frißt einen auf.« Der alte Ritter war nicht erfreut, daß sein jüngster Sohn England den Rücken kehrte, und vor allem schmerzte es ihn, daß er die Bande löste, die ihn mit dem Meierhof verknüpften, da die Stärke der Steeds stets aus ihrem Vertrauen in ihr Land erwachsen war: die Äcker, die Jagd, die Schafzucht. Er wußte, wie groß Edmunds Sehnsucht nach den Weiden und Obstgärten sein würde, wenn er in einem wilden Land an sie zurückdachte. Aber wenn es der Läuterung seiner Seele diente, so mußte er gehen.

»Ich werde Euch nicht wiedersehen, Vater.«

»So bald schon segelst du?«

»Im Laufe des Monats, hieß es.«

Sie umarmten sich nicht und schüttelten sich auch nicht die Hände. Es war nicht die Art der Steeds, ihre Gefühle zu zeigen. Aber als der alte Mann unter dem Torgewölbe stand, das vor so vielen Jahren gebaut worden war, und Lebewohl sagte, schauerte ihn. »Dies waren keine guten Jahre für die Katholiken«, sagte er. »Noch nicht lange, da habe ich Sir Latimers Kopf auf dem Pfahl gesehen. Das ist das Ende von uns allen, fürchte ich.« Sie sahen sich an und gingen auseinander.

Kaum ein denkwürdiges Abenteuer der Menschheit begann armseliger als die Gründung der neuen Kolonie in Virginia. In den letzten Dezembertagen des Jahres 1606 stopfte die Gesellschaft, der sich Edmund Steed verpflichtet hatte, einhundertfünf couragierte Emigranten in die drei kleinen Schiffe und setzte Segel nach der Neuen Welt. Man erwartete, in fünf Wochen an Land gehen zu können.

Weitab der Küste, aber noch immer in Sichtweite Englands, lagen sie sechs Wochen lang in einer zermürbenden Flaute. Der Wind wollte nicht aufkommen, und die wütenden Kapitäne konnten nichts, aber schon gar nichts tun. Sie mußten, um das Maß voll zu machen, auch noch mit ansehen, wie die zukünftigen Kolonisten den Großteil der Lebensmittel verzehrten, die für die ersten Monate des Experimentes reichen sollten. Erst am 14. Mai 1607 löschten die Schiffe auf einer sumpfigen Insel im James-Fluß, die großartig Jamestown genannt wurde, als handle es sich um eine funktionierende Stadt.

Nahrungsmangel, verrottetes Land, Führungsstreitigkeiten, feindliche Indianer und Seuchen erwarteten die Neuankömmlinge. Am Ende des schrecklichen Sommers waren nur noch achtunddreißig von ihnen am Leben. Daß sie den Winter überleben würden, schien fraglich.

Das Verhalten der Indianer am Westufer der Chesapeake Bay verwirrte die Siedler: sechs Wochen lang waren die Rothäute freundlich und brachten Nahrungsmittel in das Fort, die dem Rest der Auswanderer das Leben retteten. In den folgenden sechs Wochen töteten sie jeden, der das Fort verließ. Für die Engländer war es schwer, solch ein irrationales Verhalten zu verstehen, und die meisten von ihnen begannen, die Indianer zu fürchten und zu hassen.

Edmund Steed tat weder das eine noch das andere. Nach seinen ersten Begegnungen mit Indianern erkannte er, daß sie im Grunde nicht viel anders als andere Menschen waren, vertrauenswürdig und gute Nachbarn. Er fühlte sich unter ihnen wohl, und so war es für ihn selbstverständlich, daß er sich der Expedition unter Captain Smith anschloß, als dieser auszog, die Chesapeake Bay zu erforschen und das Gold und Silber zu suchen, das es, wie man wußte, dort geben mußte. Die Begegnung mit friedlichen Indianern am Ostufer der Bucht bestärkte Steed in seiner Überzeugung.

Im November 1608 begleitete er Smith jedoch auf einer Expedition, die schreckliche Folgen haben sollte. Sie fuhren den James-Fluß hinauf und wollten das Gebiet jenseits des Zusammenflusses mit dem Chickahominy erforschen. Als die kleine Schar ihre Kanus verlassen hatte und sich auf den Weg landeinwärts machte, marschierte Steed mit dem Zimmermann George Landon am Schluß, und seine harmlosen Erfahrungen mit den Choptanks wiegten ihn in Sorglosigkeit. Die beiden Nachzügler fielen immer weiter zurück, und als sie von den anderen völlig abgeschnitten waren, wurden sie von einer Horde heulender Wilder überfallen und überwältigt. Es folgte ein gräßliches Schauspiel. Die indianischen Krieger attackierten mit spitzen Stöcken ihre Gesichter und stießen bis knapp vor ihre Augen. Doch das war erst der Anfang, wie Steed später berichtete.

> Die Frauen des Stammes stürzten sich auf uns, stießen die Krieger, ihre Stammesbrüder, weg und banden uns an Pfähle, die in den Boden gerammt waren. Unter Freudentänzen und Triumphgeheul nahmen sie sich zuerst Landon vor und schnitten ihm mit scharfen Austernschalen alle Finger ab, ein Glied nach dem anderen. Während er so laut schrie, daß er die Jubelrufe der Frauen übertönte, knieten sie sich nieder und sägten in der gleichen langwierigen Prozedur seine Zehen ab. Als sie damit fertig waren, zogen sie ihm, mit seinem Skalp beginnend, bei lebendigem Leibe von oben bis unten die Haut ab. Er lebte immer noch, als sie schließlich Brennholz an seinem Pfahl aufschichteten und es anzündeten. Dazu tanzten sie wieder, bis sie sich schließlich mir mit ihren Muschelschalen näherten. Aber Captain Smith und seine Gefährten waren zurückgekommen, um uns zu suchen, und sie trafen rechtzeitig auf dem Schauplatz ein, um mich zu retten.

Später traf aus London ein schwer beladenes Versorgungsschiff unter dem Kommando von Captain John Ratcliffe ein, der während der ersten Reise im Jahre 1607 die kleine Pinasse »Discovery« befehligt hatte und nach seiner Rückkehr nach England Vorstand der Gesellschaft gewesen war. Da er über die Lage in Virginia einen guten Überblick hatte, wurde er mit einem Trupp Soldaten entsandt, um mit Häuptling Powhatan über weitere Landabtretungen zu verhandeln. Dieser tückische Indianer hielt sie jedoch mit Versprechungen hin, hinterging sie aufs schändlichste und tötete die meisten von ihnen. Die Indianer ließen Ratcliffe, Steed und einen dritten am Leben, weil sie ihnen spezielle Martern zugedacht hatten, doch wurde der Oxford-Student abermals gerettet, so daß er über die grauenvolle Begebenheit berichten konnte:

> Inmitten unserer Toten band man uns nackt an Pfähle, vor denen Feuer entzündet wurden, und während wir beinahe zu Tode geröstet wurden, fielen Frauen über den armen Ratcliffe her, schabten mit Muschelschalen das Fleisch von seinem linken Arm bis zur Schulter hinauf und warfen es Stück für Stück ins Feuer. Das gleiche machten sie mit seinem rechten Arm und sodann mit seinem rechten Bein, worauf er starb.

Als sich Vorfälle dieser Art endlos wiederholten, verlor Edmund Steed sein Vertrauen in die Indianer. Er kam zu der Ansicht, daß sie verschlagen, grausam, faul und unzivilisiert seien, und ein umsichtiger Weißer mit ihrer Falschheit zu rechnen hatte. Als in der Folgezeit Handelsschiffe den James-Fluß hinauffuhren, um mit Powhatan Geschäfte zu machen, hielt sich Steed unter den Soldaten im Hintergrund, bereit, seine Muskete direkt auf das Herz jedes rothäutigen Wilden abzufeuern, der eine verräterische Bewegung machte.

Im gleichen Maße, in dem sein Vertrauen in die Indianer schwand, wuchs sein Vertrauen in Captain Smith. Er sah in ihm den Retter der Kolonie, einen Mann mit geringfügigen Schwächen und von verblüffender Geradheit. Als der kleine Captain unter lauten Schwüren, er werde die Siedler nicht im Stich lassen und zurückkommen, verkündete, er müsse die Kolonie verlassen, um für verläßlichen Nachschub aus London zu sorgen, sah Steed voraus, was geschehen würde. Einmal sicher in London, würde Smith in hundert faszinierende Intrigen verstrickt werden, wobei Duelle mit Herzögen und ausländischen Prinzen und Kriege mit Rußland nicht ausgeschlossen waren.

»Ich werde Euch nicht wiedersehen, Captain«, sagte Steed traurig, als Smith inmitten der Bündel von Pfeilen und Bogen, die er mit nach England nahm, um sie dort zur Schau zu stellen, auf dem Dock stand.

»Ihr werdet überleben. Denkt daran, daß Ihr ein Mann aus Eisen seid.«

»Ich meinte… daß Ihr nicht zurückkehren werdet.«

»Ich? Diese Bucht ist der Lebenssaft, der durch meine Adern strömt!« Er sagte noch viel mehr, und zuletzt reckte er sich zu seiner äußersten Größe empor, salutierte vor der kleinen Kolonie, die er am Leben erhalten hatte – und ward in Virginia nicht mehr gesehen.

An dem Tag, als er den Fluß hinabsegelte, begannen die Prüfungen, jene Wochen und Monate des Hungers im Herbst 1609 und Winter 1610. Als Smith abfuhr, war die Kolonie auf fünfhundertsieben Mitglieder angewachsen. Sechs grauenvolle Monate später verblieben nur noch einundsechzig. Über diese

Schreckenszeit berichtete Steed an die Geschäftsführer der Gesellschaft in London:

> Alle jene, die zur Führung geeignet wären, sind tot. Der Arzt und die Zimmerleute und alle, die für das Funktionieren der Stadt sorgten, sind tot. Sogar jetzt, während ich dies schreibe, ist der Raum mit Leichen angefüllt, da niemand mehr da ist, um sie zu begraben. Wir haben keine Bohne und kein Stück Zwieback mehr, und es schaudert mich, Euch davon Mitteilung zu machen, daß einige in ihrer Verzweiflung, die schon dem Wahnsinn gleicht, begonnen haben, Leichen auszugraben, um sie zu essen. Einige sind dabei verrückt geworden, haben sich in den Fluß gestürzt und sind ertrunken. Und wenn wir, die wir noch am Leben sind, das Fort verlassen, lauern uns die Indianer auf, um uns umzubringen.

Die Zeit war so grauenvoll, daß die wenigen, die sie überlebten, später versuchten, sie für immer aus ihrem Gedächtnis auszulöschen. Und dennoch legte sie den Grundstein, auf dem die große Kolonie Virginia errichtet wurde. Am 23. Mai 1610, als der Frühlingswind das Verhungern noch schauriger erscheinen ließ, kroch ein Mann auf allen vieren zum Fluß, um zu sterben. Plötzlich brüllte er auf, und als Steed zu ihm eilte, zeigte der Mann flußabwärts, wo zwei rettende Schiffe herankamen, und als sie anlegten, sah Steed, daß sie »Patience« und »Deliverance« hießen.

Im darauffolgenden Sommer beschloß Steed, während die Kolonie gefestigt wurde, Jamestown zu verlassen und ein neues Leben auf jener verheißungsvollen Insel zu beginnen, die er mit Captain Smith vor drei Jahren entdeckt hatte. Bei all den Prüfungen, durch die er in Virginia gehen mußte, war das Bild dieser Insel mit den hohen Bäumen und ihrem Fischreichtum in ihm lebendig geblieben, und sogar in dem Augenblick, in dem ihn die indianischen Frauen in Stücke zu zersägen drohten, oder angesichts des Hungertodes sah er die Insel vor sich, und er stellte sich vor, welch friedvolles Leben er dort führen könnte. Auch die Indianer, die er und Captain Smith dort am Fluß getroffen hatten, waren ihm deutlich in Erinnerung geblieben, allen voran der riesenhafte Häuptling. Und er wünschte sich inständig, darauf vertrauen zu dürfen, daß sie anders waren als die grausamen und hinterhältigen Stämme unter Powhatan. Er hatte keinen Beweis, der diese Hoffnung bestätigt hätte, aber seine Erinnerung an jene freundlichen Choptank-Indianer berechtigte ihn immerhin zu der Annahme, daß sie tatsächlich friedlicher waren.

Die treibende Kraft, die ihn veranlaßte, Jamestown zu verlassen, wäre seinen Vorfahren nur zu gut verständlich gewesen: Sir Devon mit seinem simplifizierenden Sinn für Recht und Unrecht; Sir Latimer, polternd und holpernd, bereit, sich für seinen Glauben in Stücke reißen zu lassen; dem zaudernden Sir Fairleigh, der versucht hatte, sowohl ein guter Katholik als auch ein loyaler Engländer zu sein. Sie alle hätten ihn nur zu gut verstanden, als er sagte: »Ich ersticke an der Doppelzüngigkeit. Ich muß dort leben, wo ich als ein aufrichtiger Katholik bestehen kann.«

In Jamestown war man viel zu sehr damit beschäftigt, ans nackte Überleben zu denken, um sich viel um religiöse Fragen zu kümmern. Man war nicht vehement antikatholisch, doch das lag daran, daß es den Führern der Kolonie gar nicht in den Sinn kam, eines ihrer Schäfchen könnte katholisch sein. Für sie galt nur das Motto »Für unsere jungfräuliche Königin Bess, nach der Virginia benannt wurde« und »Für den getreuen König James, den ehrenwerten Mann, auch wenn seine Mutter jene katholische Hure Maria von Schottland war«.

Es war natürlich bekannt, daß Steeds Großvater, Sir Latimer, für sein verräterisches Festhalten an Rom gefoltert und geviertelt worden war. Aber ebenso bekannt war, daß der junge Steed jener verwerflichen Lehre entsagte hatte. Außerdem hatte er wiederholt seinen Mut bewiesen, und das zählte.

Edmund Steed hätte an seiner protestantischen Maskerade festhalten können, und seine Nachkommen, falls ihm welche vergönnt waren, hätten gewiß zu den ersten Familien Virginias gezählt. Aber das heimliche Doppelspiel – am Tag Protestant, in der Nacht Katholik – war mehr, als er verkraften konnte. Er war tatsächlich krank von dieser Heuchelei und entschlossen, ihr ein Ende zu bereiten. Für einen Katholiken gab es im besiedelten Gebiet von Virginia keine Zukunft; also wollte er anderswohin gehen.

Er gab seine Beweggründe, warum er ans Ostufer der Bucht ziehen wollte, nicht offen zu. »Ich möchte mich dort niederlassen, wo es bessere Austerngründe gibt«, sagte er lahm. »Tauschhandel mit den Indianern auf der anderen Seite der Bucht könnte für Virginia vorteilhaft sein.« Er brachte einen fadenscheinigen Grund nach dem anderen vor, und schließlich erteilten ihm die Gouverneure von Virginia die Bewilligung. »Es wird für uns von Vorteil sein«, argumentierten sie, »einen festen Außenposten am Ostufer zu haben.«

Also stand Steed im Mai 1611 jeden Tag vor Morgengrauen auf, um die Planken für das Boot zu zimmern, das ihm vorschwebte. Samuel Dwight, ein Schiffszimmermann von einem der rettenden Schiffe, verriet Steed ein paar Faustregeln. »Für seichte Gewässer wie diese muß das Boot flach sein. Es ist für einen Neuling auch besser, auf einen Kiel zu verzichten. Ein Mann allein kann nur einen Mast bedienen, und der muß kurz sein. Spitzer Bug zum

Manövrieren, breites Heck für die Stabilität. Und Seitenschwerter, um es im Wind zu halten.«

»Was sind Seitenschwerter?« fragte Steed.

»Wenn Ihr fertig seid, werd' ich's Euch zeigen.«

Steed brauchte vier Wochen, um sein kleines Gefährt zu bauen. Es war nur fünfzehn Fuß lang, aber solide, und falls durch unebene Verfügung der Planken Wasser eintreten sollte, würde kräftiges Kalfatern dem abhelfen. Es lief am letzten Junitag vom Stapel, und als es auf den ruhigen Wassern des James-Flusses sanft schaukelte, fragte Steed seinen Zimmermann: »Was für eine Art Boot ist das nun?«, und der Fachmann erwiderte: »Ein Bateau, ein Flußboot«, und er zeigte, wie die Seitenschwerter angebracht werden mußten.

Es waren zwei feste ovale Holzplatten, außenbord mittschiffs durch Angeln gehalten, eine steuerbord, eine backbord. Sie konnten bequem mit Tauen ins Wasser gesenkt und herausgehievt werden. Sie dienten dazu, der seitlichen Abtrift des Bootes entgegenzuwirken, wenn es im Wind lag. Sie waren, kurz gesagt, ein praktischer Ersatz für einen Kiel, und sie bewährten sich. Das Boot sah damit aus wie ein Fisch mit falsch sitzenden Flossen, aber Zimmermann Dwight sagte lobend: »In der Bucht werdet Ihr sehen, wie wertvoll sie sind. Denkt daran – wenn Euch der Wind auf dem Steuerbordkurs seitwärts drückt, laßt das Backbordschwert hinunter, und umgekehrt.«

Steed nickte und meinte, er könne das flache, schwere Boot handhaben.

Ins Innere schaffte er die Dinge, die von jenen Unglücklichen übriggeblieben waren, die während der Hungerszeit gestorben waren, in erster Linie Äxte, Messer, Schießpulver und Nägel. Er verließ Jamestown mit einem Faß getrockneter Nahrungsmittel, einer zweiten festen Hose und drei Wollhemden. Er hatte keine Medikamente, kein Feinwerkzeug, keine Nähnadel und nur zwei Messer, drei Gabeln, vier Löffel und zwei Gewehre. Dennoch hegte er nicht die geringsten Zweifel, daß er auf der Insel leben, sie sich untertan und zu einem betriebsamen Teil des Königreiches machen könne. Am 12. Juni 1611 trat er die Reise an, und da es windstill war, ruderte er den ganzen Tag lang den James-Fluß hinunter. Seine fabelhaften Seitenschwerter waren zu nichts nütze, seine Hände dafür voller Blasen.

Am 13. Juni jedoch kam eine ordentliche Brise den Fluß herab, und in diese hißte er sein Segel. Da der Wind genau von hinten kam, hatte er noch immer keine Verwendung für seine Seitenschwerter. Aber am dritten Tag, als er sich der Bucht näherte, wehte ein frischer Nordwest, und er legte sein Boot auf Backbordkurs, damit es, gegen den Wind, die Bucht aufwärts strebte, und jetzt senkte er sein Steuerbordschwert, und er spürte, wie es das Wasser auffing und sich gegen seitliches Abdriften stemmte.

»Zimmermann Dwight wußte, was er tat!« rief er, während der Wind ihn vorwärts trieb, und den ganzen Tag lang war er guter Dinge und voller Freude über das Flußboot, das er gebaut hatte.

Nun kam er schon in bekannte Gewässer und konnte bereits die Flüsse des Westufers abhaken – York, Rappahannock, Potomac –, und als er den Patuxent erreichte, wußte er, daß es an der Zeit war, ostwärts zu steuern, um in den Choptank und zu der Insel zu gelangen, die sein Ziel war.

Es war der längste Tag des Jahres, als er sich dem westlichen Ende der Insel näherte. Er beschloß, in dieser Nacht nicht an Land zu gehen, weil er nicht voraussehen konnte, wie die Stimmung unter den einst friedlichen Choptank-Indianern jetzt war. Eines war sicher: Er wollte lieber hier als irgendwo sonst auf der Welt sein. Dies würde sein Reich sein. Hier würde er nach den Grundsätzen seiner Väter leben. Als die späte Nacht hereinbrach und die Umrisse der Insel immer undeutlicher wurden, so daß sie schließlich nur noch in seinen Gedanken existierte, murmelte er ein Gebet: »Göttlicher Führer, der du mich hierher gebracht hast, gib mir sicheres Geleit zu meiner Insel und erlaube mir, hier in deinem Sinne zu leben.«

Er fand keinen Schlaf. Die ganze Nacht saß er in seinem Boot und starrte in Richtung Land. Gegen vier Uhr morgens, als es zu dämmern begann und seine Insel aus dem Dunst stieg wie ein Heiligtum, das sich ihm aufbewahrt hatte, stieß er einen Freudenschrei aus und steuerte sein Boot um die nördliche Küste herum in die sichere Bucht, die er vor drei Jahren entdeckt hatte. Als er ihre tiefen klaren Wasser durchsegelte und die mächtigen Bäume sah, die wie Höflinge das Ufer säumten, um einen heimkehrenden König zu begrüßen, nickte er ernst und verkündete: »Dies ist die Insel Devon, Eigentum der Steeds, und so soll es für immer bleiben.«

Er ankerte tief in der Bucht und watete an Land. Als er die Umgebung nach einem geeigneten Platz absuchte, entdeckte er eine Anhöhe, auf der nur wenige Bäume standen – Platz genug, um eine Hütte zu bauen, von der aus er den Fluß und sein Boot beobachten konnte. Mit dem glücklichen Gespür des Bauern für das rechte Land war er auf den idealsten Flecken gestolpert, und während der Tag fortschritt und er das Unterholz lichtete, war er zufrieden in der Gewißheit, die richtige Wahl getroffen zu haben.

Er arbeitete von Sonnenaufgang bis Sonnenuntergang, Tag um Tag. Er fing Fische und Krabben für seine Mahlzeiten und forschte Lichtungen aus, wo Beeren wuchsen. Weißwedelhirsche kamen und schauten ihm zu. Waschbären gab es im Überfluß. Und drei Graureiher streiften an seinem Ufer entlang und fingen so viele Fische, daß er sicher war, es ihnen gleichtun zu können.

Bei diesem Reichtum an Nahrung, überlegte er – warum mußten wir da in Jamestown verhungern? Aber kaum hatte er sich die Frage gestellt, wußte er die Antwort: Weil die Indianer Virginias feindselig waren und uns nicht erlaubten, Fische zu fangen. Und er fragte sich, wie lange ihn seine Musketen und Kugeln verteidigen würden, falls sich die Choptanks als feindlich entpuppten.

Über der vielen Arbeit blieb ihm keine Zeit zum Grübeln, aber er achtete darauf, daß er keine Munition verschwendete. Mit seiner Axt ging er in die Wälder, um die kleinen Bäume zu fällen, die er für seine Hütte brauchte. Als das Außengerüst stand, schnitt er Zweige ab und flocht sie zwischen die Pfähle, wie er es bei den Indianern gesehen hatte. Aber das Ergebnis war dürftig, und der Regen drang nahezu ungehindert durch. Also holte er Schilfgras vom Fluß und verwob es mit den Zweigen zu einem dichten Geflecht, und schließlich hatte er zufriedenstellende Wände.

Nun hatte er Zeit, seine Insel zu erforschen, und er war begeistert. Mit verschiedenen Tricks, die er beim Ausmessen zu Hilfe nahm, berechnete er, daß die Ost-West-Ausdehnung der Insel etwas zweieinviertel Meilen und die nordsüdliche eine und eine halbe Meile betrug, insgesamt etwas mehr als zweitausend Morgen. Sie wurde fast genau in der Mitte vom Fluß und von Süden herauf von einer tiefen Bucht durchschnitten, und die beiden Hälften waren so verschieden, daß man zweierlei Arten von Landwirtschaft auf ihnen betreiben konnte. Schafzucht im Westen, Getreideanbau im Osten. Er hatte keine Ahnung, was der wahre Schatz dieses Landes sein sollte.

Er lebte bereits vier Wochen auf der Insel, ohne Indianer oder auch nur Anzeichen ihrer Existenz gesichtet zu haben. Er versuchte, sich ins Gedächtnis zu rufen, wie weit nach Osten er und Captain Smith gefahren waren, ehe sie auf das Dorf Patamoke stießen, aber seine Erinnerung war vage.

Wo mögen die Indianer sein, dachte er eines Morgens, als er den leeren Fluß überblickte. Er konnte nicht wissen, daß sie ostwärts gezogen waren, um den Moskitos zu entkommen.

Gegen Ende September schließlich, während er auf der Ostseite der Insel Bäume fällte, sah er drei Kanus, die zwischen den weißen Klippen behutsam näher glitten. Es waren keine Kriegskanus, die Indianer waren also nicht in feindlicher Absicht gekommen; tatsächlich schienen sie sogar ängstlich, denn in einer Entfernung von etwa einer halben Meile von der Insel hielten sie an. Dort blieben sie den ganzen Tag, ohne irgendeine Regung erkennen zu lassen, obwohl sie Steed gesehen haben mußten. Schließlich wendeten sie und fuhren zurück in die Richtung, aus der sie gekommen waren.

Das gleiche wiederholte sich am nächsten und am übernächsten Tag. Am dritten Tag forderte sie Steed mit Zeichen auf, näher zu kommen. Als sie nur noch knapp neunzig Meter vom Ufer entfernt waren, so daß man schon ihre Gesichter unterscheiden konnte, rief ein kleiner dünner Mann etwas herüber, was Steed nicht verstand. Die Kanus drehten sich im Kreis, offenbar widersprachen sich die Meinungen, was man tun sollte, und im nächsten Moment ließ Steed die Axt fallen, trat an die Uferböschung und hielt seine leeren Hände hoch.

Die Kanus kamen näher, bis die Gesichter deutlich zu erkennen waren und er sehen konnte, daß einer der Männer ein gespaltenes Kinn hatte. Keiner sprach. Steed hielt noch immer seine Hände erhoben und deutete mit Gesten an, daß er allein war. Die Indianer starrten ihn mit unbeweglichen Mienen an, verharrten etwa eine halbe Stunde lang so und entfernten sich dann rasch, indem sie stromaufwärts zu ihrem Dorf paddelten.

Am vierten Tag wiederholte sich die gleiche Szene, und Steed vermutete, daß der Mann mit dem gespaltenen Kinn an Land kommen wollte, jedoch von den anderen Männern in seinem Kanu zurückgehalten wurde.

Am fünften Tag blieb Steed bei seiner Arbeit und beobachtete die Kanus aus dem Augenwinkel, aber wieder unternahmen die Indianer nichts, und rechtzeitig vor Einbruch der Dämmerung zogen sie sich zurück. Steed erwartete, daß am nächsten Tag etwas Endgültiges geschehen werde, und legte seine Äxte und beide Gewehre bereit. Am Abend, als die Sonne vom Himmel verschwand und die Dunkelheit, undurchdringlicher als sonst, die Insel einhüllte, rief er sich die Marterszenen und die grausamen Kämpfe am Westufer ins Gedächtnis zurück, und er betete: »Gott, laß diese Indianer in Frieden kommen!«

Er konnte nicht schlafen. Seine Hütte schien ihm unerträglich eng; er trat hinaus, setzte sich auf einen Baumstamm, starrte in die Finsternis und fragte sich, wozu er wohl am folgenden Tag gezwungen sein würde. Und als die blassen Streifen der Morgendämmerung den Osten erhellten, beschloß er, in seiner Hütte zu bleiben und wie ein ordentlicher Häuptling zu warten, bis die Indianer zu ihm kämen. Der Tag brach an, und nichts geschah. Am Vormittag erschienen summende Insekten und ein neugieriger Hirsch. Es wurde Mittag, und eine Stille breitete sich aus, in der sogar das Rascheln der hohen Bäume verstummte. Und als dann die Sonne ihren Abstieg begann, sah er vier Kanus in seinen Fluß einfahren. Im ersten saß in der Haltung des Anführers der ungeheuer große Indianer mit den drei Truthahnfedern, dem er und Captain Smith schon begegnet waren.

Als sich die Kanus seinem ungeschützten Boot näherten, hämmerte sein Herz wild. Falls sie wollten, konnten die Indianer das Boot versenken und ihn hilflos zurücklassen. Sie passierten das Boot und kamen zu dem Landeplatz zwischen den Felsen, den er angelegt hatte. Der Mann mit dem gespaltenen Kinn sprang als erster heraus und ging dem Häuptling voran, der ihm nun noch größer erschien, während er herantrat, um ihm diesen entscheidenden Besuch abzustatten.

Als der Riese die Hütte beinahe erreicht hatte, erhob sich Steed und streckte beide Hände mit nach oben gedrehten Handflächen vor, um zu zeigen, daß sie leer waren. Der Indianer betrachtete sie, streckte ebenfalls die Hände aus und sah sich nach einem Platz zum Sitzen um. Steed bat ihn mit Gesten hinein, und mehr als eine Stunde lang redeten sie. Keiner kannte ein Wort aus der Sprache des anderen, aber sie verständigten sich über die Hirsche mit den weißen Wedeln, die es reichlich gab, und über die Austern, die getrocknet besonders gut schmeckten, und über die geflochtenen Wände, die Steed errichtet hatte. Der Indianer lobte sie und zeigte seinen Begleitern, daß er das dichte Gewebe nicht mit seinem Finger durchbohren konnte. Sie waren außerordentlich interessiert an seinen Werkzeugen, und er zeigte ihnen die Äxte mit ihren scharfen Klingen. Er nahm eines seiner Gewehre und erklärte ausführlich, wie man es lädt und vorbereitet. Danach führte er den großen Indianer hinaus und wartete, bis ein paar Tauben vorbeiflogen; unter besonderen Vorsichtsmaßnahmen und indem er den Atem anhielt, um das Gewehr ruhig zu halten, feuerte er. Eine Taube fiel nicht weit von dem Häuptling entfernt zu Boden, und dieser forderte den Mann mit dem gespaltenen Kinn auf, sie zu holen.

»Wie konnte das geschehen?« fragte er mit pantomimischer Geste, und Steed erklärte es ihm. Aber so bemerkenswert das Gewehr auch war, das Flußboot fesselte den hünenhaften Häuptling noch mehr, und er fragte, ob er es besichtigen dürfe. Der Besuch verlief so freundschaftlich, daß Steed bereit war zu glauben, diese Indianer seien genauso verträglich wie früher: Sie hatten mit den Kriegen der Potomacs nichts zu tun. Er führte also den großen Häuptling zu dem Platz, an dem das Boot vertäut lag, und vier der Indianer kletterten an Bord. Sie wollten wissen, wie das Segel funktionierte, das am Boden des Bootes lag, und wozu die ovalen Seitenschwerter dienten; die Länge der Riemen überraschte sie, aber immer wieder kamen sie auf das Segel zurück. Dann tat der Häuptling etwas Seltsames, das er wie ein geheimnisvolles Ritual mehrere Male wiederholte. Er berührte das Segel, berührte sodann Steeds Gesicht, und der Engländer begriff nicht, was diese Gesten bedeuteten. Endlich begann es ihm zu dämmern, daß der Indianer das Weiß des Segels mit seinem weißen Gesicht verglich.

»Ja«, sagte Steed, »ein Segel ist immer weiß.« Und er zog es am Mast empor und zeigte den Indianern, wie man den Anker lichtete, und als eine Brise aufkam, glitt das Boot mit seinen fünf Passagieren die Bucht hinab.

Das geisterhafte Entgleiten ihres Häuptlings alarmierte die Indianer am Ufer, und sie hoben ein großes Geschrei an, das der Häuptling jedoch mit einer Geste beschwichtigte. Dann betrachtete er das Weiß des Segels, und Steed sah, daß er weinte, weil es eine tiefe und machtvolle Erinnerung in ihm weckte.

Als Steed davon überzeugt war, daß mit den Indianern freundschaftliche Beziehungen möglich waren, gab er zu verstehen, daß er für das Land, das er in Besitz genommen hatte, dem Stamm ein Entgelt zahlen wolle. In feierlicher Prozession – voran das Flußboot mit Steed und dem Häuptling, gefolgt von den vier Kanus – ging es den Fluß hinauf zu dem Dorf Patamoke, wo der junge Häuptling über alles informiert wurde, was sich auf der Insel zugetragen hatte. Eine Urkunde wurde von Steed aufgesetzt und mit dem Datum des 10. Oktober 1611 unterzeichnet, sodann zeigte er dem jungen Häuptling, wie er sein Zeichen setzen mußte. Der große Häuptling und der kleine Bursche mit dem gespaltenen Kinn fügten ebenfalls ihre Zeichen hinzu. Als das geschehen war, überreichte Steed dem jungen Häuptling eine Axt, ein kurzes Beil, soviel Tuch, als er entbehren konnte, und sieben Nägel. Er ließ sich den Handel einen beträchtlichen Teil seiner irdischen Güter kosten, und das für eine Insel, welche die Indianer nicht nur nicht brauchten, sondern auch nie benützt hatten.

Als das Papier zusammengefaltet und die lange Tonpfeife geraucht war, tat Steed ein übriges. In der Zeichensprache stellte er den Indianern noch weitere Geschenke in Aussicht, sobald das Unternehmen gefestigt sei. Er bestand darauf, denn der Vertrag hatte ihm mehr als viertausend Morgen eingebracht, die Hälfte davon auf der Insel, die andere am gegenüberliegenden Ufer mit einem Stück des besten Landes entlang des Flusses. Durch dieses Abkommen waren auch seine augenblicklichen Existenzprobleme gelöst, da er soviel Gemüse bekommen konnte, als er nur wollte, und sorglos schlafen konnte er nun auch.

Aber dann wuchsen seiner Phantasie Flügel. Als er schon bereit zum Aufbruch war, sah er in einer Ecke der langgestreckten Hütte einen Stapel Biberfelle. Als er fragte, woher die kämen, deutete der junge Häuptling mit einer ausladenden Geste nach Süden, was heißen sollte, daß es in den Sumpfgebieten jenseits des Flusses unerschöpfliche Biberbestände gab.

Nun wußte Steed, was zu tun war. Er mußte die Indianer dazu überreden, ihm gegen zukünftige Handelsvorteile möglichst viele Felle zu bringen. Er wollte die Felle nach Jamestown liefern, wo Schiffe aus England sie in Tausch nehmen würden. Das Ergebnis würde ein beständiger Nachschub an Äxten, Tuch, Gewehren und Nägeln sein und ihm außerdem einen reichlichen Gewinn aus allen Transaktionen einbringen. Seine Ahnen in England, die sich bis ins dreizehnte Jahrhundert zurückverfolgen ließen, wären bei dem Gedanken, daß Steed im Begriffe war, sich auf Tauschhandel zu verlegen, zutiefst schockiert gewesen – das war nicht mit einem Gentleman zu vereinbaren –, aber Edmund sagte sich, daß keiner von ihnen je versucht hatte, jungfräuliches Land zu besiedeln. Er wollte der beste Händler in der Kolonie werden.

Aber wie Captain Smith am Ufer des York übersah auch er jene Ware, die seinen wahren Reichtum begründen sollte. Während er die Biberfelle in sein Flußboot verstaute, bemerkte er nicht, daß in einer anderen Ecke der langen Hütte ein weiterer Schatz lag: ein Bündel Tabakblätter allererster Qualität. Die englischen Gentlemen, die nach der Neuen Welt auswanderten, lernten nur langsam. Sie waren erstaunlich schwerfällig von Begriff, wenn es um Dinge ging, die wirklich zählten, wie etwa Mais mit toten Fischen zu düngen oder von Austern zu leben, wenn es kein Fleisch gab. Aber wenn sie endlich etwas gelernt hatten, hielten sie eisern daran fest und machten das Beste daraus: Edmund Steed hatte gelernt, Biberfelle aufzukaufen.

Eine Frage gab es jedoch, die ihm die Choptanks nicht beantworteten. Die Frage, die alle europäischen Ansiedlungen in der Neuen Welt in die gleiche Verlegenheit stürzten: Wo sollten die Männer, welche die Wildnis bekämpften, Frauen finden? Jede Nation löste dieses vitale Problem der jeweiligen Tradition entsprechend. In Kanada nahmen sich die französischen Vorgänger bereits indianische Frauen. Im Süden, in Mexiko, wo sich eine blühende Zivilisation entwickelte, hatten die Spanier zweierlei Lösungen gefunden: einige heirateten Aztekenfrauen, andere ließen von daheim Kindheitsgefährtinnen nachkommen. In Brasilien nahmen die Portugiesen, da die Dschungelindianer absolut nicht in Frage kamen, schwarze Frauen, die als Sklaven aus Afrika eingeführt wurden. Aber in Virginia taten die schmallippigen Engländer nichts dergleichen. Sie warteten, bis ganze Schiffsladungen speziell für diesen Zweck ausgesuchter Londoner Frauen von gewieften Kapitänen angeschleppt wurden, welche die Damen gegen Bezahlung der Kosten für die Überfahrt plus einen nicht namentlich genannten Profit nach Übersee verkauften.

Edmund Steed, jetzt zweiunddreißig, wäre niemals auf den Gedanken gekommen, ein Indianermädchen in seine Hütte zu nehmen. Ein englischer Gentleman heiratete eine englische Lady, wenn möglich aus seiner eigenen Grafschaft und mit seiner Religion. Falls sich keine solche fand, mußte der Gentleman eben warten, bis er achtunddreißig oder sogar vierzig war. Steed gedachte, den Kauf einer Braut in Erwägung zu ziehen, sobald er seine erste Ladung Biberfelle nach Jamestown geliefert hatte. Bis dahin war er gewillt, allein zu leben.

War er es wirklich? Wollte er wirklich allein leben? Der große Häuptling hatte seine Einsamkeit bemerkt. Er wartete einen Tag ab, an dem er und

Steed in holprigen Worten über einen Stapel Biberfelle verhandelten, und als das Geschäft perfekt war und die anderen sie allein ließen, rief er leise etwas in den Hintergrund des Wigwams. Hinter den Schilfmatten trat ein siebzehnjähriges Mädchen hervor, in weiches braunes Wildleder gekleidet und mit Muschelschalen im Haar. Steed erkannte in ihr das Kind, das er auf seiner ersten Reise zu den Choptanks gesehen hatte, und sogar ihr Name, Tciblento, fiel ihm wieder ein, obwohl er ihn damals falsch ausgesprochen hatte.

»Sie wird dich auf die Insel begleiten«, sagte der weißhaarige Indianer. »Sie wurde für diesen Moment bewahrt.«

Das schöne Mädchen hielt den Blick gesenkt, aber ihre Freude war offensichtlich. Steed errötete und wies das Angebot zurück, nicht ohne dem Protokoll lang und breit Genüge zu tun: Er fühlte sich geehrt; sie sei bezaubernd, die Freundschaft des Häuptlings bedeute ihm alles. Die Art und Weise, wie er sprach, verriet dem Mädchen, daß er sie zurückwies, und ihre schmalen Schultern sanken herab wie die Blütenblätter einer Blume, die in der Sonne schmachtet.

Ihr Vater wollte den Entschluß nicht gelten lassen. Mit erregten Worten erklärte er, seine beiden Söhne hätten Mädchen vom Stamm der Choptank geheiratet, und er habe gehofft, Tciblento werde einen Susquehannock zum Mann bekommen, der ihrer würdig sei. Doch dies war nicht geschehen. Schließlich näherte er sein Gesicht dem von Steed, und Aug in Auge flehte er ihn an, dieses Kind zu nehmen. Als der Oxford-Student, wenn auch nicht mit Worten, so doch mit Gesten, zu verstehen gab, daß er niemals eine Indianerin heiraten könne, sagte der alte Mann: »Ich habe gewartet und darauf vertraut, daß das große Kanu kommt ...«

»Was ist das, das große Kanu?« fragte Steed.

»Es kam vor langer Zeit, und wir wußten, daß es wiederkommen würde. Wir haben gewartet.« Er formte mit seinen Fingern ein Segel.

»Du meinst unser Schiff?«

»Ja. Wir wußten, daß du kommen wirst.« Mehr sagte er nicht, aber er ließ nicht locker, was seine Tochter betraf. »Sie ist ein gutes Mädchen. Sie kocht, legt Biberfallen aus und weiß, wo die Austern und Krabben zu finden sind.«

Steed war in größter Verlegenheit. Für einen Häuptling war es entwürdigend, seine Tochter anzupreisen, und für einen Engländer war es ein Ding der Unmöglichkeit, das Angebot anzunehmen. Mit Bestimmtheit sagte er: »Sie kann nicht mitkommen.« Das Mädchen weinte nicht und lief nicht fort. Sie starrte Steed mit ihren großen dunklen Augen an, als wollte sie sagen: »Sir, was macht Ihr nur für einen Fehler!«

Pentaquod, dessen Selbstachtung schwer erschüttert war, wollte dem Engländer zeigen, was ein Krieger vom Stamm der Susquehannocks war. Er rief den Mann mit dem gespaltenen Kinn zu sich und befahl ihm, zwei Choptanks zu bestimmen, die Steed zu seiner Insel begleiten und sich dort niederlassen sollten, um ihm, wo es nur ging, zu helfen. Beide brachten eine Frau mit und errichteten einen Wigwam, so daß Devon richtig besiedelt war.

Aber dies war für Steed keine Lösung. Es fehlte ihm immer noch eine Frau. Und als es im Jahr 1614 soweit war, daß er sein Boot mit Biberfellen beladen konnte, um nach Jamestown zu segeln, fühlte er, wie sich eine wachsende Erregung seiner bemächtigte. Er dachte: Eines der Handelsschiffe wird gewiß eine Ladung Frauen mitbringen. Vielleicht würde er eine finden, deren Überfahrt er bezahlen konnte. Doch im gleichen Moment kamen ihm Bedenken, daß die anderen Siedler, falls tatsächlich Frauen eingetroffen waren, sich diese vom Fleck weg geschnappt haben würden. Seine Chancen, eine Frau zu finden, standen sicher nicht gut. Er setzte daher einen Brief an seinen Vater in England auf, ohne zu wissen, ob Sir Fairleigh überhaupt noch lebte.

> Liebster Vater,
> ich habe mich auf einer vortrefflichen Insel niedergelassen, die alles im Überfluß bietet, und ich bin auf dem besten Wege, ein Vermögen zu gründen, auf das Ihr stolz sein würdet. Aber ich bin nur von Wilden umgeben und brauche dringend eine Frau. Wollt Ihr Eure Freunde in Berks befragen, ob sie eine Frau von katholischer Herkunft und aus guter Familie wissen, die bereit wäre, mir bei dieser Unternehmung zur Seite zu stehen? Wenn ja, so arrangiert bitte ihre Überfahrt nach Jamestown, wo ich den Kapitän des Schiffes, mit dem sie fährt, schadlos halten werde.
>
> Edmund

Er faltete den Brief säuberlich zusammen, steckte ihn zwischen die Biberfelle, stieß das Flußboot vom Ufer ab und setzte mit seiner Mannschaft aus zwei indianischen Kriegern Segel nach Jamestown.

Es war eine lange und friedvolle Fahrt, während der er zum erstenmal Gelegenheit hatte, die Chesapeake Bay zu genießen und sie ohne den Zwang einer Expedition oder Flucht als die strahlende Wasserfläche zu erleben, die sie war. Er lehnte sich zurück, die Ruderpinne unter ein Knie geklemmt, bar jeder Verpflichtung außer den paar Anweisungen an die Indianer, wenn er drehen wollte. Sie liebten dieses Manöver, wenn der Baum herumschwang, das Segel

sich von der entgegengesetzten Richtung füllte und die Seitenschwerter verlagert wurden. Es war ein Spiel, das nie seinen Reiz verlor, dieser Trick des
In-den-Wind-Gehens, dem das Boot je nach Befehl gehorchte. Manchmal
baten sie Steed, ihnen zu erlauben, das Manöver allein durchzuführen. Einer
von ihnen nahm dann die Ruderpinne und beobachtete den Wind und das Segel
und schrie mit lauter Stimme: »Klar zur Wende! Hart am Wind!«, und der
andere schwang den Baum herum und hantierte mit den Schoten. Und beide
lächelten.

Solange es noch die Bucht hinunterging, war Steed ruhig, doch sobald das Boot
die dem James-Fluß vorgelagerte Landspitze umrundete und ihren Kurs flußaufwärts nahm, geriet er in Spannung, denn hier hatte er einige der großen Tage
seines Lebens verbracht: das Einstehen für Captain Smith, als der Mob diesen
hängen wollte; die Flucht aus der Gewalt der mörderischen Indianer, die seinen
Gefährten gehäutet hatten; das wunderbare Überleben der Hungerszeit. Das
denkwürdigste Ereignis aber war, mitgeholfen zu haben, eine kleine Kolonie
in einem fremden Land auf die Beine zu stellen.

So klein aber war die Kolonie jetzt nicht mehr. Große Schiffe kamen aus
England mit all den Handelsgütern, welche die frühen Siedler entbehrt hatten.
Und wo einst, hinter Palisaden verschanzt, nur Männer gelebt hatten, da waren
jetzt auch Frauen, die mit ihnen Familien gründeten und in eigene Wohnungen
zogen.

Als das Boot den Kai ansteuerte, längst eine mächtige Anlage, die sich weit in
den Fluß vorschob, traf es Steed wie ein Blitz: die Frauen! Er hatte seit vielen
Jahren keine englischen Frauen mehr gesehen und beinahe vergessen, wie sie
aussahen: die Anmut ihrer Bewegungen, der Schwung ihrer schweren Röcke
und die Art, wie sie kleine Tücher um ihren Hals banden. Sie erschienen ihm
wie Zauberwesen und gemahnten ihn an alles, was er aufgegeben hatte, und es
ergriff ihn jener Hunger, der alles bestimmen würde, was er auf dieser Reise
unternahm.

Ein Schiff lag vor Anker, die »Victorious« aus Bristol, und der Kapitän, Henry
Hackett, war begeistert, als er die gebündelten Biberfelle sah. »Ich nehme alle,
die Ihr habt, Steed«, brummte er. »Und was ist das? Sassafraswurzeln? Die
nehm' ich auch alle.« Sassafras war sehr geschätzt zur Destillation und Herstellung von Infusionen gegen leichtere Fiebererkrankungen. Aber Hacketts
größtes Entzücken galt den beiden kleinen Fässern, in denen Steed seinen
Vorrat an gesalzenem Störrogen aufbewahrte.

»Kaviar!« rief Captain Hackett. »Davon würde ich zwanzig Fässer nehmen.
Fischeier sind in London sehr gefragt. Sie werden zwar schnell ranzig, aber das
Risiko sind sie wert.«

Als Gegenangebot für diese seltsame Warenkollektion offerierte Hackett eine Anzahl Äxte, Sägen, Nägel, getrocknete Bohnen, gepökeltes Schweinefleisch, einen Kompaß, etliche Bogen Schreibpapier, Tinte und ein Dutzend in Leder gebundene Bücher. Steed wählte erst nach sorgfältiger Überlegung, wie er es als Knabe auf dem Meierhof getan hatte, wenn er sich Zuckerwerk aussuchen durfte, und als er fertig war, sagte der Captain: »Ihr hättet vor zwei Wochen hier sein sollen, um Eure Wahl zu treffen.«

»Was hattet Ihr da Besonderes?«

»Bräute.«

»Frauen? Englische Frauen?«

»Und ein paar holländische. Bei Eurer Kreditwürdigkeit hättet Ihr Euch eine Schönheit leisten können.«

»Werdet Ihr noch mehr bringen?«

»O ja.«

»Wäret Ihr bereit, einen Brief an meinen Vater zu überbringen?« Er kramte zwischen den Biberfellen und brachte die sorgfältig verfaßte Epistel zum Vorschein, überreichte sie dem Kapitän und fügte erklärend hinzu: »Ich bitte darin meinen Vater, eine Braut für mich auszusuchen und sie auf Eurem Schiff hierherzusenden.«

»Ihr bezahlt die Überfahrt, und ich bring' sie bis an die Pforten der Hölle, wenn es sein muß.«

»Ich bezahle in Fellen«, sagte Steed, vor Aufregung bebend.

»Wann kommt Ihr wieder?«

»Voraussichtlich im November, wenn der Wind günstig ist.«

»Ich hoffe«, sagte Steed inbrünstig, »daß die Winde günstig sind.«

Als der Handel abgeschlossen und das Bott beladen war, forderte Steed seine zwei indianischen Begleiter auf, an Bord des englischen Schiffes zu kommen und sich mit eigenen Augen zu überzeugen, wie riesig es war. Langsam und feierlich schritten die zwei kleinen Choptanks das Warenlager des Schiffes ab, von einem Gegenstand zum nächsten. Sie berührten nichts, noch sprachen sie, aber als sie zu den letzten Resten grellbunten Stoffes kamen, konnten sie ihre Gier nicht länger beherrschen, und jeder griff sich einen Arm voll.

»Halt!« protestierte ein Matrose. »Ihr könnt nicht einfach mit dem da abhauen.« Mit Gebärden erklärte er ihnen, daß sie ihm etwas dafür in Tausch geben müßten, und mit Zeichen gaben sie zu verstehen, daß sie nichts hatten. »Dann holt etwas«, sagte der Matrose, und sie eilten an die Reling und riefen in der Sprache der Choptanks zu Steed hinunter: »Master, wir müssen den Stoff haben!« Als er fragte, wozu, sagten sie: »Ein Geschenk für unsere Frauen«, und ohne zu überlegen, warf er ihnen eine seiner Äxte hinauf. Sie brachten sie dem Matrosen, der ihnen dafür den begehrten Stoff gab. Als sie in das Flußboot hinunterstiegen, glücklich und schwatzend, mit den Geschenken im Arm, wurde es Steed bewußt, daß sich unter all den Dingen, die er erworben hatte, nicht ein einziges für eine Frau befand und er einsam war.

Zum Erstaunen der Indianer lichtete er den Anker nicht. Er hatte noch keine Lust aufzubrechen und ging an Land, um im Haus eines Mannes zu Abend zu essen, mit dem er sich während der Hungerszeit angefreundet hatte. Dieser Mann, der vor drei Jahren aus einer der früheren Schiffsladungen eine Frau erworben hatte, war nun Vater zweier Kinder, und ein drittes war unterwegs. Steed mußte diese Frau unentwegt anstarren, denn sie erschien ihm als die wundervollste, die er je gesehen hatte. Ihre Bewegungen und ihr Lächeln waren die Anmut selbst. Daheim in England hätte man sie nichteinmal für hübsch gehalten; seine Mutter war eine echte Schönheit gewesen, und er kannte den Unterschied wohl, aber diese Frau war von einer ursprünglichen Vollkommenheit, die keine bloße Hübschheit aufwiegen konnte. Sie glich, so dachte er, einer Statue, die er in Oxford gesehen hatte, stark und rein und in vollkommener Einheit mit ihrer Umgebung. Obwohl das Thema nicht berührt worden war, platzte er heraus. »Ist vielleicht eine von den Frauen, die mit Euch herübergekommen sind, Witwe geworden?«

Sie lachte nicht. »Nein«, sagte sie ruhig, »wir wurden alle innerhalb von zwei Tagen verheiratet und sind es noch.«

Mehr wurde nicht gesagt. Bald darauf erschien ein strengblickender Gerichtsdiener, um Steed mitzuteilen, Matrosen auf dem englischen Schiff hätten einem von seinen Indianern Whisky gegeben, und der Bursche sei rabiat geworden. Steed eilte davon und fand den Indianer, hochrot im Gesicht, schwitzend und völlig außer Rand und Band. Er hatte darauf bestanden, in den Fluß zu springen, um die Seitenplanken des Schiffes zu berühren, und zweimal hatte man ihn herausgezogen, praktisch schon tot, aber entschlossen, es abermals zu versuchen.

»Asquas!« brüllte Steed. »Leg dich nieder!«

Der kleine Schwimmer sah Steed unsicher an, erkannte, daß dies ein Befehl war, und brach auf dem Boden des Flußbootes zusammen, wo er die ganze Nacht regungslos liegen blieb. Steed war sich darüber im klaren, daß er Jamestown am folgenden Tag verlassen mußte. Er blieb an Bord, konnte jedoch nicht schlafen. Fast die ganze Nacht stand er am Schergang und starrte auf das Gewirr von Hütten, das die zivilisierte Welt repräsentierte. Er sah sich bereits wieder und wieder hierher zurückkehren. »O Gott«, flehte er plötzlich, »wenn es nur schon November wäre!«

Am Morgen erstattete er den Gouverneuren von Jamestown Bericht und teilte ihnen mit, daß er auf seine Insel zurückkehre. Er gab eine vollständige Beschreibung der Indianerstämme in jener Region und eine genaue Aufschlüsselung der Waren, die er in Zukunft liefern wollte. Sie erkundigten sich nach dem Unterschied zwischen dem westlichen und dem östlichen Ufer der Bucht, und er antwortete: »Das westliche Ufer ist in jeder Hinsicht vitaler. Eure Indianer sind kriegerisch, und Euer Land ist aufregend, Eure Flüsse sind bedeutend und Eure Bäume höher. Eines Tages wird Jamestown ein neues Jerusalem sein und Virginia ein eigener Staat. Am östlichen Ufer ist alles gedämpfter. Es gibt dort weder Krieg noch Aufregung, und wir werden nie ein Jerusalem und auch kein London haben. Unsere Indianer sind klein und meiden den Krieg. Wir haben keine großen Reichtümer, und unsere Moskitos sind doppelt so groß wie Eure und stechen dreimal so fest.« Er zögerte einen Moment und fügte dann hinzu: »An Eurem Ufer dröhnen Trommeln, aber am östlichen Ufer hören wir nur das Echo.«

Als Steed das Amtsgebäude verließ, hörte er am anderen Ende des Dorfes einen Tumult, und er hegte den Verdacht, seine Choptanks hätten sich wieder betrunken. Aber der Lärm kam von einem Streit, den eine auffallende, üppige blonde junge Frau in aller Öffentlichkeit mit ihrem Mann austrug.

Er bemühte sich, sie zu besänftigen, aber sie hörte nicht auf zu schreien. »Ich bleibe nicht!« Und sie stieß ihn weg. Fest entschlossen, ihn zu verlassen, was immer er ihr auch androhen mochte, rannte sie den staubigen Pfad hinab, der sich Dorfstraße nannte, daß sich ihre Unterröcke bauschten und ein Auflauf entstand.

Als sie sich dem Amtsgebäude näherte, an dessen Tor Steed stand, drehte sie sich um und rief den Neugierigen zu: »Er schleppt mich meilenweit den Fluß hinauf zu einem dreckigen Stall, den Indianer umzingeln. Ich denk' nicht dran!«

Schreiend forderte sie Unterstützung bei der Menge, aber eine Frau mit einem roten Halstuch, die erst kürzlich aus England gekommen war, rief wie ein Fischweib: »Geh zurück zu ihm, du Schlampe! Tu, was sich für eine ordentliche Frau gehört!«

»Ich geh' nicht zurück«, schrie die andere. »Er hat mich belogen. Er hat keine Farm, kein eigenes Boot; nichts als Indianer.«

Die Frau mit dem Halstuch rief: »Hier ist für keine von uns das Paradies. Aber es ist besser als das, was du gekannt hast!«

»Nein!« schrie die Blonde zurück. »In London habe ich in einem ordentlichen Haus gewohnt, nicht in einer Schilfhütte.«

»Im Gefängnis hast du gewohnt«, sagte die andere, und wahrscheinlich wären sie sich noch in die Haare geraten, hätte die Ausreißerin nicht Steed entdeckt, der da stand und sie mit unverhohlener Neugier beobachtete.

»Seid Ihr Steed, von der Insel?« fragte sie dreist.

»Der bin ich.«

»Und dort unten liegt Euer Boot, nicht wahr?«

»Ja.«

»Ach, nehmt mich mit Euch«, bettelte sie.

»Nehmt mich mit!« Und sie klammerte sich so verzweifelt an ihn, daß er sie nicht abschütteln konnte.

»Komm nach Hause, Meg«, bat ihr Mann, der sie eingeholt hatte. Er machte eine bemitleidenswerte Figur – ein kleiner, vierschrötiger Bauer, der hart gearbeitet haben mußte in irgendeiner englischen Grafschaft und noch härter hier in Virginia. Er trug grobe, geflickte Wollhosen, ein derbes wollenes Hemd und Schuhe, die irgendein Flickschuster aus einem Stück Kuhleder geschnitten hatte. Er war in den Dreißigern, der Typ eines Landarbeiters, den Steed lange kannte und schätzte.

»Ich bin Simon Janney«, sagte er. »Sie gehört mir, und Ihr müßt sie mir zurückgeben.«

»Natürlich«, sagte Steed. »Auf keinen Fall gehört sie mir. Sie gehört Euch.«

»Nein!« schrie die Frau und stellte sich vor Steed. »Wir sind noch nicht verheiratet und werden es nie sein!«

»Ich habe ihre Überfahrt bezahlt«, sagte Janney.

»Und er hat mich zu seinem Schweinestall gebracht. Er kann sein Geld zurückhaben.«

»Wie denn?« fragte die Frau mit dem roten Kopftuch.

Verzweifelt ließ die Ausreißerin von Steed ab, breitete die Arme aus und fragte die Menge: »Will keiner meine Überfahrt bezahlen?«

Schockiertes Schweigen war die Antwort auf diesen außergewöhnlichen Vorschlag. Dann sagte Steed: »Ich will.« Er stand dicht neben Janney, und er hörte, wie der Bauer nach Luft schnappte. »Das dürft Ihr nicht, Mister Steed. Sie muß meine Frau werden.«

»Niemals!« schrie sie.

»Freund Steed«, rief die andere Frau, »laßt Euch mit der nicht ein. Maria, die auch auf dem Schiff war, kann euch von ihr erzählen.«

Die Blonde sprang zu ihr hinüber, um ihr die Meinung zu sagen, und die behende Bewegung ihres üppigen Körpers erregte Steed dermaßen, wie er es nie zuvor erlebt hatte. Sie glich einer mächtigen Göttin, die sich gegen widerfahrenes Unrecht verteidigte. »Bring Maria her«, sagte sie mit drohendsanfter Stimme, »ich werde sie mir anhören.« Sie griff nach Steeds Hand und zog ihn dicht zu sich, und er, zum erstenmal von der sexuellen Macht eines weiblichen Körpers, der sich an ihn drückte, berührt, umklammerte ihre Hand. Und damit lieferte er sich aus.

»Freund Janney«, sagte er eindringlich, »laßt sie gehen! Sie wird niemals Eure Frau sein.«

»Sie muß«, sagte der dickschädelige kleine Mann. Sein breites rotes Gesicht, seit drei Tagen nicht rasiert, verriet seine innere Qual, und Steed fühlte Mitleid mit ihm. Aber dann murmelte Janney wie ein echter Bauer: »Ich habe für sie bezahlt.«

»Ich werde Euch alles zurückzahlen, und mehr als das. Ich brauche eine Frau auf meiner Insel.«

Diese einfache Feststellung fand ihren Widerhall in der Menge, und alle, die auf die Schiffe mit den Bräuten gewartet hatten, verstanden. Aber die größte Wirkung hatte sein Geständnis an die Frau. Sie ließ seine Hand los und schlang zärtlich ihren Arm um seine Hüften. Ihm wurde schwindlig, und er stammelte.

»Wir heiraten noch heute.«

»O nein!« rief sie und zog ihren Arm fort. »Zuerst muß ich die Insel sehen. Ich hab' genug von Schweineställen.«

»Laßt Euch mit der nicht ein!« warnte ihn die andere Frau wieder.

»Ich kann jetzt nicht gleich bezahlen«, sagte Steed zu Janney, »aber wenn ich das nächste Mal mit meinen Waren wiederkomme, seid Ihr der erste, zu dem ich komme.«

»Er hat sieben Pfund bezahlt«, sagte die Blonde.

»Dann werde ich ihm acht geben.«

»Aber sie muß meine Frau werden«, wiederholte Janney. Er glich einer verkrüppelten Eiche, von achtlosen Pflügen verletzt, aber immer noch tief in der Erde verwurzelt.

»Sie wird es niemals sein«, sagte Steed, und er führte Meg Shipton zu seinem Boot.

Das Paar traf im Juni 1614 auf der Insel Devon ein, er dreiunddreißig, sie fünfundzwanzig Jahre alt. Bis zu dem Moment, in dem er das Boot verließ, hatte er außer seiner Mutter noch keine Frau geküßt; er war zu sehr damit beschäftigt gewesen, in England sein Verhältnis zu Gott und in Virginia das zu den Indianern zu klären. Sie jedoch war schon vierzehn Jahre darin geübt, Männer zu küssen, und während sie die Bucht überquerten, hatte sich eine tiefe Neugier in ihr eingenistet, wie es wohl sein würde, wenn sie schließlich Mister Steed im Bett hatte.

Das zog sich allerdings noch etwas hin, weil er ihr zuerst das Land zeigen wollte, in das er sie brachte: die fruchtbaren Felder, die Bäume, die Vögel. »Gibt es hier Indianer?« fragte sie ängstlich, und er zeigte auf die zwei, die das Boot an Land zogen.

»Und ihre Frauen sind da, um Euch zu helfen«, versicherte er ihr, während er auf die zwei kleinen Wigwams nahe seiner Hütte zeigte. »Es sind sanfte Leute«, begann er überschwenglich. Dann verlor er plötzlich seine Bravour und umklammerte ihre Hand. »Mein Heim ist auch ein Schweinestall. Ich brauche Euch, Meg!«

Sie drückte seine Finger. Er war so höflich, daß sie tatsächlich glauben konnte, was man in Jamestown erzählte: daß er aus Oxford sei und von seiner vornehmen Familie wegen irgendeines kleinlichen Zwistes verstoßen wurde. Er war sehr tapfer gewesen während der Hungerzeit, hieß es, und zweimal mörderischen Überfällen der Indianer entkommen. Aber es umgab ihn irgendein Geheimnis – warum sonst zog es ihn auf diese Insel? Sie sah, wie sehr er sich wünschte, daß sein Reich ihr gefiel, und sie fühlte seine Güte und verliebte sich fast in ihn. Aber ihr Instinkt warnte sie vor einer solchen Torheit. Zuerst mußte sie die Insel sehen und herausfinden, was er damit im Sinn hatte und ob er die Mittel hatte, neue Felder anzulegen und ein richtiges Haus zu bauen. Sie wollte sich ihm erkenntlich zeigen, weil er sich verpflichtet hatte, das Geld für ihre Überfahrt zurückzuzahlen, aber sie wollte es auf ihre Weise tun – und möglichst bald damit anfangen.

Aber als sie zu seinem Wigwam kamen, einer schäbigen Hütte aus rohen Baumstämmen und geflochtenem Gras, wurde sie durch die Ankunft von zwei Indianerinnen am Eintreten gehindert. Die Frauen schleppten Körbe voll Gemüse und zappelnder Krabben und boten ihr an, sie in der Zubereitung indianischer Gerichte zu unterweisen, eine Kunst, für die sie nicht das geringste Interesse hatte. Und nachdem Stunden mit häuslichem Kram vertrödelt waren, sagte sie ungeduldig: »Schmeißen wir sie raus, und gehn wir ins Bett.«

Diese Worte schüchterten Steed ein, da er sich für ihre erste Nacht einen ganz anderen Auftakt vorgestellt hatte, einen mit wortreichen poetischen Zitaten, die er sich in Oxford angelesen hatte; doch da die meisten davon in Latein waren, hätten sie keinen großen praktischen Wert gehabt. Die Indianerinnen wurden weggeschickt, und nun waren die potentiellen Eheleute allein.

»Das ist ein gräßlicher Ort hier«, sagte sie und bohrte einen Finger in die Graswand, »aber es ist kein Schweinestall.« Gewandt schlüpfte sie aus ihren Kleidern, und als sie sah, daß er keine Anstalten machte, das gleiche zu tun, sagte sie ungeduldig: »Na komm, mach schon«, und zog ihn auf den Strohsack.

Aus langer Praxis wußte sie, wie man mit einem solchen Liebhaber umgehen mußte.

Aber als der Morgen graute, sprang sie entsetzt aus dem rauhen Bett. »Gott im Himmel, was ist das?«

Es war der Schrei des Graureihers, schrecklich und beruhigend zugleich. »Die Indianer nennen ihn den fischenden Stelzfuß«, flüsterte er und lachte leise über ihre Furcht. Die Nacht mit ihr war ein Erlebnis höchster Lust gewesen, und er griff nach ihrem wohlgeformten Bein, um sie wieder neben sich zu ziehen.

»Auf uns wartet Arbeit«, wies sie ihn zurecht – und die folgenden sechzehn Monate waren eine Offenbarung. Meg Shipton, die in schmutzigen Londoner Vierteln aufgewachsen war, verschrieb sich mit Haut und Haar der Insel. Sie schwitzte beim Pflügen der Felder, von denen der Erfolg dieses Unternehmens abhing. Sie wurde schwarz vor Ruß, wenn sie die hohen Bäume mit Feuer entrindete, um sie zu roden und neue Felder anzulegen. Geschickt sammelte sie Austern und Krabben, und sie fand Gefallen an den zwei Indianerfrauen, die sie Kunstkniffe wie die Zubereitung von Maisfladen lehrten. »Mistress, man gibt die Körner in heißes Wasser, das mit Holzasche gemischt ist. Die Lauge frißt die gelbe Hülle weg, so daß nur das weiße Innere bleibt. Das wird in Wildbretschmalz gebraten. Schmeckt wunderbar.« Und dennoch, bei all ihrer freiwilligen Arbeit und dem Eifer, mit dem sie Steed dabei half, ein richtiges Haus zu bauen, blieb eine gewisse Zurückhaltung ihm gegenüber bestehen. Sie genossen wilde Freuden unter der Bettdecke, aber er fühlte, daß sie ihn in gewisser Weise verachtete. Sie redeten zwanglos miteinander, aber sie schien sich immer über ihn lustig zu machen, und er gewann den Eindruck, daß sie nur deshalb verträglich war, weil sie in seiner Schuld stand. Oft ertappte er sie dabei, wie sie ihn spöttisch ansah, und er versuchte herauszufinden, was er falsch gemacht hatte, doch sobald er das Thema berührte, steckte sie zurück und sah ihn nachsichtig an. Aber trotz ihrer offensichtlichen Reserviertheit in ihrer inneren Beziehung zu ihm bestrafte sie ihn nie im Bett: Er war darauf eingegangen, sie zu kaufen, und sie gehörte ihm.

Gegen Ende des ersten Jahres eröffnete ihm Meg, daß sie schwanger sei, und das weckte seinen Unternehmungsgeist. »Wir müssen die Bucht überqueren. Du kannst kein Baby bekommen, ohne verheiratet zu sein.« Sie erwiderte: »Es sieht ganz so aus, als könnte ich es doch.« Und sie konnte es sogar sehr gut dank der Hilfe der Frauen, die Pentaquod aus dem Dorf sandte.

Steed begann nun wie wild zu bauen; nicht ein Haus oder einen Stall. Tagelang konnte Meg nicht enträtseln, was es werden sollte. Doch dann erschien Häuptling Pentaquod auf der Insel mit vier Helfern, die Eichenbäume fällten und sägten und zimmerten, während Steed als Architekt Anweisungen gab.

Endlich war das Bauwerk vollendet, ein festgefügtes niedriges Gebäude mit einem rohen Schild über der Tür, worauf Steed in großen Lettern geschrieben hatte:

> Wie heilig ist diese Stätte! Hier ist nichts anderes denn Gottes Haus, und hier ist die Pforte des Himmels. Genesis 28, 17.

Als Meg fragte, was das bedeute, führte Steed sie hinein und forderte sie auf, sich auf eine der Bänke zu setzen, die Pentaquod gezimmert hatte. »Dies ist eine ernste Zeit: Die Geburt eines Kindes, der Anfang einer neuen Familie«, sagte er.

»Das Baby ist kein Problem«, sagte sie und klopfte sich auf ihren schwellenden Bauch.

Steed ging nicht auf den Scherz ein. Er ergriff ehrfurchtsvoll ihre beiden Hände und verkündete feierlich: »Ich bin ein Katholik. Dies soll unsere Kapelle sein.«

Meg starrte ihn entgeistert an. Dann fing sie zu kichern an. »Ein Papist! Na so was!« Sie schob seine Hände weg, stand von der Bank auf und ging zur Tür, wo sie in schallendes Gelächter ausbrach. Sie lachte nicht über ihn oder seine Kapelle, sondern über sich selbst. »Ein Papist!« wiederholte sie. Dann kam sie zurück, küßte ihn auf die Stirn und sagte: »Es ist verrückt. Und was für eine Überraschung wird es erst für die Fürze in Jamestown sein, wenn sie es erfahren!« Ihre Worte verletzten Steed, und er zuckte zurück, aber sie ließ es noch nicht genug sein. »Ich finde es wundervoll, Edmund. Und du hast dir selbst eine feine Kapelle gebaut.« Und sie konnte nicht aufhören zu lachen. »Meg Shipton, verheiratet mit einem Papisten!« Sie verließ die Kapelle und weigerte sich, sie noch einmal zu betreten.

Sie hatte auch Schwierigkeiten mit Pentaquod. Da sie nie einen Vater gekannt hatte, hatte dieser weißhaarige Mann zuerst beruhigend auf sie gewirkt. Sie war beeindruckt von seiner würdevollen Haltung und hörte gern seine Geschichten, wie die Indianer gelebt hatten, ehe der weiße Mann gekommen war. »Schildkröten! Zwei- oder dreimal im Jahr ist eine in unseren Fluß gekommen. Hat köstlich geschmeckt.« Er besaß nur ein Gewehr, das er einmal monatlich zeremoniell abfeuerte, ohne etwas zu treffen, und eine schwere Axt, die er mit erstaunlicher Kraft schwang, um Bäume für den Bau der Kapelle zu fällen. Und als er eine Eiche von geeigneter Größe fand, wies er Steed und zwei indianische Gehilfen an, das Innerste auszubrennen und ein Kanu zu machen, so massiv, daß vier Männer nötig waren, um es zu bedienen. »Für das Baby«, erklärte er Meg.

Sie mochte diesen alten Häuptling, hegte jedoch den Verdacht, daß er mit ihr nicht einverstanden war. Als Steeds Frau verdiente sie seinen Schutz, und er gewährte ihn ihr, wie er ihn jeder schwangeren Frau gewährt hätte, aber beharrlich wies er jeden ihrer Versuche zurück, ihn zum Freund zu gewinnen. Und schließlich erklärte sie Steed ärgerlich: »Sieh zu, daß er von hier weg-kommt«, und Pentaquod wurde ins Dorf zurückgeschickt.

Als der Indianer fort war, wurde sie erstaunlich sanft, und eines Tages sagte sie: »Bisher war es wirklich gut hier, Steed. Wenn du deine Biberfelle nach Jamestown bringst, kannst du Janney auch seine acht Pfund bezahlen … falls du noch immer der Meinung bist, daß ich es wert bin.«

»Du bist es!« rief er leidenschaftlich.

»Vielleicht komme ich sogar mit … um ordentlich getraut zu werden.«

Das Kind kam am 3. März 1616 zur Welt, das erste weiße Neugeborene am Ostufer, ein kräftiger Knabe, der das Entzücken der Indianerfrauen wurde. Meg überließ ihn ihnen gern und lachte herzlich, wenn sie ihn in das Salz-wasser der Bucht warfen, um zu sehen, ob es ihn trug. »Ein gutes Zeichen, wenn ein Baby schwimmt«, versicherten sie ihr. »Bei einem Mädchen spielt das keine Rolle.« Sein erstes Spielzeug waren ein Hirschgeweih und eine Bärentatze. Sein erster bewußter Versuch, einen Laut nachzuahmen, war das *Kraannk* des Reihers.

Im August belud Edmund sein Boot mit Tauschwaren und packte den Rest in das neue Kanu, das er achtern an das Boot anhängte. Als der letzte Eimer Kaviar verstaut war, rief Steed: »Meg, es kann losgehen!« Am ersten Tag in Jamestown wollte er den Kaufpreis für sie bezahlen, am zweiten Tag wollte er sie zu seiner rechtmäßigen Frau machen. Als sie den Weg zum Anlegeplatz hinunterging, in einem Kleid aus einem Stoff, der auf der Insel gewebt worden war, und mit dem Baby an der Hüfte, war sie blühend und schön, und Steed war so glücklich wie noch nie. Diese geheimnisvolle, leidenschaftliche Frau, die ihm der Zufall geschenkt hatte, war ein Schatz, genau das Richtige, um darauf ein Reich zu begründen.

Dann, als sie gerade im Begriffe waren abzufahren, lief eine Pinasse in die Bucht ein, nahm den Wind aus den Segeln und näherte sich langsam dem Anlegeplatz. Am Bug stand in entschlossener Haltung Simon Janney, zum Absprung geduckt, und Steed mußte annehmen, daß er in der Absicht gekom-men war, um Meg zu kämpfen, deren Überfahrt noch nicht zurückgezahlt und die theoretisch deshalb noch immer sein Eigentum war.

In dem Moment, bevor die Pinasse anlegte, mußte Steed sich darüber klar werden, was er tun sollte – und wie sehr er Meg liebte. Die beiden Jahre mit ihr hatten ihn davon überzeugt, daß er in ganz Virginia keine bessere Frau finden konnte. Keine hätte so wie sie auf den Feldern gearbeitet, keine Mutter konnte glücklicher sein mit ihrem Sohn, und selbst wenn sie sich oft weigerte, Steed in ihr Innerstes schauen zu lassen, hatte sie das in anderer Hinsicht mehr als wettgemacht. Meg Shipton war es wert, seine Frau zu werden. Er wollte um sie kämpfen.

Sobald die Pinasse den Steg berührte, sprang der stämmige kleine Bauer heraus und eilte geradewegs auf Steed zu, der entschlossen die Fäuste ballte. Aber der Kampf fand nicht statt. Als der Bauer vor Steed stand, breitete er seine Arme aus und rief: »Steed, große Neuigkeiten!«

Steed ließ die Hände sinken und fragte: »Was?«

»Ich kann Meg mit nach Hause nehmen. Ihr schuldet mir nichts.«

»Meg hat ein Kind«, sagte Steed und zeigte in die Richtung, wo sie mit dem Baby stand.

»Egal!« rief Janney in höchster Aufregung. »Sie …«

Er beendete den Satz nicht. Denn im Heck der Pinasse tauchte jetzt eine Frau auf, in einem Cape, das sie trotz der Augusthitze eng um ihren Hals gerafft hatte. Sie war groß, schlank, dunkelhaarig, und ihre Hände waren auffallend weiß. Sie suchte sich zögernd einen Weg zwischen den Bündeln und Ballen, mit denen das Deck vollgestopft war, und mit Hilfe der Matrosen stieg sie vorsichtig an Land, wo sie ihr Cape zurechtzog. Doch sobald sie auf festem Boden stand, war alle Unsicherheit von ihr gewichen. Mit festen Schritten kam sie näher, ging an den beiden Männern vorbei und direkt auf Meg und das Baby zu.

»Ihr müßt Meg sein«, sagte sie weich und streckte eine lange schmale Hand aus. »Und dies ist Eure Tochter, nehme ich an.«

»Sohn«, sagte Meg mißtrauisch.

»Ihr könnt nach Jamestown zurückgehen, Meg«, sagte die Fremde. »Ich bin die neue Herrin dieser Insel.«

»Das ist sie!« rief Janney glücklich. »Euer Vater hat sie geschickt, Steed.«

Jetzt drehte sich die große Frau langsam um, wandte sich dem Mann zu, dessen Einladung sie hierher auf diese Insel gebracht hatte, und ging genauso resolut auf ihn zu, wie sie zuvor Meg entgegengetreten war. Sie streckte abermals ihre Hand aus und sagte: »Edmund Steed, ich bringe Euch Grüße von Eurem Vater. Ich bin Martha Keene aus High Wycombe in Bucks.«

Steed brachte kein Wort heraus, nicht einmal ein gestammeltes Willkommen. Aber Simon Janney sprang auf, bereit, jede Situation zu meistern – außer derjenigen, die sich jetzt entwickelte. »Sie ist eine wundervolle Frau«, sagte er schnell. »Alle auf dem Schiff brachten ihr ihre Hochachtung entgegen.«

»Mister Janney hat meine Kisten in seiner Pinasse«, sagte die Neue, und als sie an Land geschafft wurden und somit die Ankunft endgültig besiegelt war, sagte Janney: »Jetzt kann Meg mit mir nach Hause kommen.«

»Das werde ich nicht«, sagte Meg. Mit einer theatralischen Geste reichte sie Martha Keene das Baby und setzte hinzu: »Ihr könnt den kleinen Bastard haben und den großen dazu.« Sie sah Steed an und rümpfte die Nase. »Ihr könnt sie beide haben, Mistress Keene. Ich war schon seit einer Weile entschlossen, aus dem allen hier herauszukommen.«

»Meg!« rief Steed.

»Ab die Fracht!« Und sie rannte zum Ufer, während Simon Janney sie aufzuhalten, zu fassen versuchte – alles unternahm, um sie in seine Pinasse zu bekommen.

»Ich werde dich zurückbringen. Die Fahrt ist bezahlt.«

Nun hatte sie genug. Einen Fuß vorgestellt, die Arme in die Hüften gestemmt, sah sie Janney und Steed verächtlich an und schrie: »Schert euch beide zum Teufel. Einer hat dies und der andere das bezahlt. Ich bin nicht zu kaufen. Ich bin hergekommen und habe meine Hände blutig gearbeitet, um diese Insel zu bebauen. Ich hätte das gleiche für dich getan, Janney, wenn du mir ein ordentliches Haus geboten hättest. Aber jetzt ist Schluß mit dem ganzen Quatsch von Kaufen und Verkaufen. Schiebt euch euer Geld in den Arsch und geht beide zur Hölle!«

Steed war zu verblüfft, um etwas zu erwidern. Aber Janney fragte kaum hörbar: »Wohin willst du gehen, Meg?«

»Nach Jamestown. Zu einem, der eine Frau so nimmt, wie sie ist.« Zu Steeds Erstaunen entlud sich ihre größte Verbitterung über ihn: »Fang deine verdammten Biber und bau deine verdammte Kapelle und werde selig damit!«

Steed schnappte nach Luft. Er hätte nie vermutet, daß sich ein solcher Zorn in ihr aufgestaut hatte. In ihrem leidenschaftlichen Ausbruch schien sie ihm sogar noch begehrenswerter als in ihrer passiven Hingabe aus Dankbarkeit, weil er ihr eine Zuflucht geboten hatte.

Martha Keene war es, die am besten begriff, was hier vorging. Mit der Würde, wie sie alteingesessenen großen englischen Familien auf dem Lande eigen ist, lief sie mit dem Baby im Arm Meg nach und fragte sanft: »Ist es Euer Ernst … Wollt Ihr Euer Kind zurücklassen?«

»Nehmt den papistischen Bastard und geht zum Teufel! Ich weine ihm keine Träne nach, und wenn's mich nach einem neuen verlangt, werd' ich mir schon einen zu verschaffen wissen.«

Mistress Keene antwortete auf eine Weise, deren man sich am Choptank noch lange erinnern sollte. Sie nahm Megs Hand, führte sie an ihre Lippen und küßte sie. »Es werden Euch bessere Tage beschieden sein«, sagte sie. »Und ich danke Euch für das Kind. Wie heißt es?«

»Ralph«, sagte Meg, und zur Überraschung aller stieg sie weder in Janneys Pinasse noch in Steeds Flußboot, sondern in das klobige Kanu aus Eichenholz. »Das ist mein Boot«, sagte sie emphatisch. »Auf nach Jamestown!«

Aus ihrem Kanu, wo sie nun zwischen den gebündelten Biberfellen thronte, schoß Meg noch eine Abschiedssalve ab. »Mistress Keene wird wohl auf einer rechtmäßigen Ehe bestehen, nehme ich an. Kommt doch mit, irgendwo werden wir schon einen Priester finden.«

Martha Keene wollte ursprünglich mit Steed zurücksegeln, um sich trauen zu lassen, aber Megs Beleidigung vereitelte dies. Sie nahm Steed ein Stück beiseite und vertraute ihm an: »Euer Vater suchte mich aus, weil ich Katholikin bin. Meine Familie hat ebenso schwer gelitten wie Eure, und für mich ist der Glaube kostbar.« Sie sprach, als hätte sie Bücher gelesen und daraus ihr Wissen um Sir Latimers Martyrium bezogen. Sie war in diesem Sommer erst zweiundzwanzig, aber an Klugheit um Jahre älter. »Euer Vater und meiner sahen Schwierigkeiten voraus. Sie stimmten überein, daß ich in diesem Falle mit Euch auf der Insel ausharren sollte, bis dann ein Priester eintrifft.

»Das kann Jahre dauern.«

»Ich weiß.«

»Und Ihr wollt meine Frau sein, bis der Priester kommt?«

»Ja, das will ich.«

Er führte sie zu der Blockkapelle, und nachdem sie die Inschrift aus der »Genesis« gelesen hatte, kniete sie nieder, um für ihre sichere Ankunft zu danken. Als sie sich erhob, nahm Steed sie bei den Händen und sagte: »Ihr müßt verstehen. Ich hätte diese Insel nicht erschließen noch diese Kapelle errichten können …«

»Ohne Meg«, unterbrach sie ihn. »Ich verstehe. Aber jetzt lebe ich hier.« Sie küßte ihn, und als sie hörte, wie Meg aus ihrem Kanu brüllend zur Abfahrt drängte, lächelte sie. Sie begleitete Steed zum Landesteg und beobachtete, wie er an Bord seines Flußbootes ging und die Segel hißte. Sie stand da mit entschlossenem Kinn, das Baby im Arm, während die drei Boote ablegten und den Choptank hinuntersegelten.

Drei Wochen später, als Steed wieder Kurs zurück auf Devon nahm, brach ein inneres Chaos über ihn herein. In Jamestown hatte er ausgezeichnete Geschäfte gemacht. Er kehrte nicht nur mit mehr Tauschwaren zurück, als er erwartet hatte, sondern auch mit etlichen spanischen Münzen, da es sich erübrigt hatte, Simon Janney acht Pfund für Meg Shipton zu zahlen. Aber in seine Erleichterung mischte sich Unsicherheit bei dem Gedanken, daß er, sobald das Boot die Insel erreichte, mit der Fremden allein sein würde, die jetzt seine Frau war.

Er wußte nichts von ihr, außer daß sein Vater sie ausgesucht hatte, daß sie von der benachbarten Grafschaft Bucks kam und daß sie katholisch war. Bei ihrer ersten kurzen Begegnung hatte sie ziemlich ernst gewirkt, doch den gleichen Eindruck mochte sie von ihm gewonnen haben. Es sprach für sie, mit welcher Selbstverständlichkeit sie sich auf das Verhalten von Meg Shipton eingestellt und daß sie das Baby scheinbar ohne Bedenken angenommen hatte. Und noch etwas: Wenigstens drei Reisegefährten von Kapitän Hacketts »Victorious« hatten Steed versichert, daß er in Martha Keene eine wundervolle Frau gefunden habe. »Als wir alle seekrank waren, zeigte sie sich äußerst hilfreich. Sie ist eine Lady.«

Asquas und die anderen Indianer hatten das Boot schon erspäht und warteten am Ufer, als er die Segel einholte. Martha Keene war jedoch nicht da, und so ging eine der Frauen, um sie zu holen, während das Boot am Landesteg festmachte. Das wäre nicht nötig gewesen, denn Martha hatte sich nur verspätet, weil sie mit dem Kind beschäftigt war. Jetzt kam sie, das Baby im Arm, wie eine Madonna aus der Hütte, um ihren heimkehrenden Gatten zu begrüßen.

Niemals würde Steed diesen Augenblick vergessen. Er zeigte gerade den Indianern, wie sie einen schweren Tuchballen ausladen sollten, und sah sie nun den Weg zum Anlegeplatz herunterkommen. Sie schritt mit wohlbedachter Anmut, als beträte sie eine Kirche, und sie trug das Kind, als wäre es ihr eigenes. Ihr blasses Gesicht war von einem schwarzen Tuch umrahmt, das sie um den Kopf gebunden hatte, aber ihre Augen und Lippen strahlten ein Lächeln des Willkommens aus, daß Steed das Gefühl hatte, nie einen wärmeren menschlichen Ausdruck gesehen zu haben.

Er legte den Stoffballen nieder, sprang ans Ufer, eilte zu ihr und umarmte und küßte sie vor den überraschten Indianern. »Ich bin so froh, daß Ihr hier seid«, murmelte er.

»Dies ist mein Zuhause«, sagte sie.

Aber Steed war nun einmal eine besondere Art von Katholik, ein poetischer Traditionalist: fünftausend Jahre keltische Poesie, denen tausend Jahre angelsächsischer Besonnenheit aufgepfropft waren. Er konnte keine Ruhe finden, weil er und Martha Keene nicht rituell vermählt waren, und als er im Dezember mit ihr darüber sprach, stellte er fest, daß auch sie unter schwerer Sündenlast litt. Sie versuchten ihr Gewissen zu erleichtern, indem sie die Kapelle, das erste derartige katholische Bauwerk in Virginia, mit einem Kruzifix ausstatteten, das er geschnitzt, und mit einem purpurnen Tuch, das sie gewebt und gefärbt hatte, so als würde ihr Bund damit Bestätigung finden. Doch als das neue Jahr heraufzog, fragte sie unvermittelt: »Könnte uns der Häuptling trauen ... nach seiner Sitte?«

Noch am selben Tag segelten sie den Fluß hinauf nach Patamoke. Kaum hatte Pentaquod die neue Frau – so ernst und gesittet – gesehen, sagte er in der Sprache der Choptanks: »Steed, diese ist viel besser.«

»Wir wollen uns von eurem Häuptling trauen lassen.«

»Bisher habt ihr euch nicht darum gekümmert.«

»Ich dachte, sie könnte weglaufen.«

»Ich auch«, sagte der alte Indianer. Dann blickte er zu Tciblento hinüber, die das Gespräch mit angehört hatte, und fragte sich, warum dieser Mann in seiner Tochter nicht die Frau finden konnte, die er brauchte. Es war ihm völlig unbegreiflich, denn als er Meg Shipton zum erstenmal gesehen hatte, wußte er, daß Steed sie nicht heiraten durfte. Sie war unstet und unberechenbar wie die Rotfußente, und kein Mann konnte sie fangen. Die Neue würde stark und beständig sein wie Onk-or, die Gans, eine gute Frau, doch ohne Feuer. Und die ganze Zeit war da Tciblento, die herrlichste Frau, die dieser Fluß je gesehen hatte und sehen würde, und es war ihm nicht gelungen, Steed von dieser Wahrheit zu überzeugen. Es war, als wären dem Engländer die Augen getrübt, so daß er die Vorzüge einer Indianerin nicht sah. Trotzdem bereitete Pentaquod eine glanzvolle Hochzeit vor, unter hohen Eichenbäumen landeinwärts vom Fluß, und alle Stammesangehörigen versammelten sich zu Ehren des Mannes, der ihr Vertrauen gewonnen hatte. Der Medizinmann sang Beschwörungsformeln, und die Hebammen sagten voraus, daß die Verbindung fruchtbar sein werde. Krabben, Fisch und Biberfelle wurden den Göttern dargebracht, um sie günstig zu stimmen, damit sie diese Ehe beschützten. Vier Kinder des Stammes streuten Blumen für Mistress Keene, und vier Knaben reichten Steed eine lange Pfeife und einen Pfeil, der mit Adlerfedern besetzt war.

Dann sprach Pentaquod in Worten, die Martha nicht verstehen konnte. Er bezeichnete sich und Steed als Fremdlinge, die in dieses Land und zu diesem Stamm gekommen waren und an diesem Fluß ein gutes Leben gefunden hatten. Er wies darauf hin, daß sie beide fremde Frauen geheiratet hatten und daß dergleichen oftmals gut ausgehe, wie sich in seinem Fall gezeigt habe. Dann sagte er, wenn ein Mann sich an einen neuen Ort begibt und dort eine Frau nimmt, so sei es seine Pflicht, sich für immer mit dem Schicksal dieses Ortes zu verbinden, ihn im Krieg zu verteidigen und im Frieden gut zu verwalten. Steed habe bewiesen, daß er ein guter Nachbar war. Die Indianer, die auf der Insel Devon arbeiten, hätten ihm versichert, daß Steeds Frau ebenfalls ein guter Nachbar sein werde, und er danke dem Glück, daß sie beide an diesen Ort gekommen seien.

Steed hatte Tränen in den Augen, als der alte Mann geendet hatte, und ebenso Tciblento, in schmerzlicher Erkenntnis dessen, was ihr Vater gesagt hatte. Während der junge Häuptling die Zeremonie vollzog, versuchte sie verzweifelt, Steed nicht anzusehen, aber schließlich konnte sie nicht anders. Sie blickte ihn mit ihren dunklen Augen an, voll der Sehnsucht, die sie verzehrte, und stellte sich die Frage, auf die es keine Antwort gibt: Warum nur? Warum?

Als das Flußboot das Paar zur Insel zurückbrachte, sagte Martha: »Das kleine Indianermädchen mit den Zöpfen … und den dunklen Augen … Sie liebt dich, Edmund.«

»Tciblento? Sie ist Pentaquods Tochter.«

»Warum hast du nicht sie geheiratet?«

»Eine Indianerin?«

Martha erwähnte die Angelegenheit nie wieder. Aber später, als Tciblento anbot, sie auf der Insel zu besuchen, um sie in den Sitten der Indianer zu unterweisen, lehnte sie höflich ab, und mitunter vergingen Monate, während der die Steeds Tciblento nicht sahen. Eines Tages im Jahre 1619 jedoch kam Pentaquod persönlich nach Devon, um den Siedlern mitzuteilen, daß seine Tochter heiraten werde und er sich freuen würde, wenn sie der Zeremonie beiwohnten. Das taten sie. Und Martha sah, daß das Indianermädchen, nun dreiundzwanzig und wunderschön in ihrem Kleid aus weichem mit Biberfell und Stacheltierstacheln besetztem Hirschleder, während des ganzen Rituals den Tränen nahe war. In Marthas Augen war der junge Indianer, den Tciblento heiratete, unbedeutend, und sie bezweifelte, daß er je den Häuptlingstitel erben würde.

In diesen Jahren zahlten die Steeds Pentaquod und den Choptanks ansehnliche Summen für jeden neuen Landstrich, den sie in Besitz nahmen. Sie besaßen nun zweitausendeinhundertsechzig Morgen auf der Insel Devon, wie Martha mit Hilfe der sorgfältigen Messungen ihres Mannes errechnet hatte. Nur wenig davon war urbar gemacht. Dazu kamen noch zweitausendvierhundertachtundachtzig Morgen auf dem gegenüberliegenden Festland. Von diesen war noch gar nichts gerodet. Steed beabsichtigte, die Bäume zu fällen, sobald er genug Indianer angelernt hatte, um die Felder anzulegen, deren Erträge er als immer größere Bootsladungen Mais nach Jamestown liefern wollte.

Im Jahre 1626 nahm die Entwicklung eine radikale Wendung, so daß die Rodung zusätzlichen Landes eine dringende Notwendigkeit wurde. Im Dezember dieses Jahres hatte er sein Boot mit einer schweren Fracht an Mais, Biberfellen, Sassafras und Kaviar nach Jamestown gebracht. Während er die Waren auf einen Zweimaster aus London verlud, bemerkte er, daß ein plumpes

Boot, das irgendwo vom Oberlauf des James-Flusses kommen mußte, das Kauffahrteischiff von der entgegengesetzten Seite belud. Es gehörte Simon Janney, und die Fracht, die er mit Hilfe von Seilen hochhievte, war neu für Steed.

»Was sind das für große Ballen?« fragte er.

»Das stinkende Kraut«, antwortete Janney.

»Tabak? Wirft Tabak Gewinn ab?«

»Den sichersten«, sagte Janney.

»Wo ist Eure Farm?«

»Weit stromaufwärts.«

Schweigen, dann: »Ist Meg bei Euch?«

»O nein.«

Wieder Schweigen, dann: »Was ist mit ihr?«

Janney ging auf die Frage nicht ein. »Wenn Ihr Land gerodet habt, Steed, solltet Ihr Tabak ins Auge fassen. Schwer hochzubringen, aber leicht zu verkaufen.«

»Ich baue auf meinen Feldern Mais an.«

»Stellt Euch auf Tabak um! Ihr werdet es nicht bereuen.«

»Und wo ist Meg?«

Janney gab einem der Ballen einen Fußtritt und gestand dann: »Zwei Stunden, nachdem sie in Jamestown aus dem Kanu gestiegen war, traf sie einen Mann, der eine Frau suchte. Noch bevor es dunkel war, hatte er mir das Geld für die Überfahrt bezahlt, und bei der erstbesten Gelegenheit heiratete er sie. Sie wohnt in einem der neuen Häuser am Flußufer.«

Steed sah sie einmal. Sie hatte einen Sonnenschirm aufgespannt und trug einen großen Strohhut, unter dem ihr blondes Haar hervorquoll und in der Sonne gleißte. Sie ging leichten Schrittes und schien sich selbst zuzulächeln. Steed konnte nicht umhin, sich bemerkbar zu machen. Als sie sah, daß es Steed von der Insel Devon war, der da am Straßenrand stand, nickte sie herablassend, lächelte, als würde sie gleich in Lachen ausbrechen, und ging vorbei. Ihr Mann, so hatte Steed erfahren, war eine einflußreiche Persönlichkeit von wachsender Bedeutung für die Kolonie.

Aber die folgenschwerere Begegnung auf dieser Reise im Jahr 1626 war die mit Simon Janney. Nachdem sein und Steeds Boot die Fracht gelöscht hatten, lud er den Inselbewohner in eine Taverne ein, wo sie ein langes und ernstes Gespräch führten. »Wenn Ihr gutes Land zur Verfügung habt, Edmund, solltet Ihr auf der Stelle Tabak pflanzen. Ich habe mehr Samen, als ich brauche. Ich wäre bereit, ihn nach Devon zu bringen, um Euch den Start zu ermöglichen, wenn Ihr den Gewinn mit mir teilt.«

»Ihr sagtet ›schwer hochzubringen‹. Wie schwer?«

»Viele Fehlschläge. Man muß aufpassen, daß die Ernte nicht modrig wird oder zuviel Hitze bekommt. Und am besten ist es, wenn man einen Schuppen zum Trocknen hat, aber auch dann muß man die Blätter wenden.«

Sie redeten die ganze Nacht über die Kultivierung dieser heiklen Pflanze, und gegen Morgen hatte Janney seinen einstigen Rivalen überredet, sein Glück zu wagen. »Ich würde Euch nicht drängen, Steed, wenn ich eigenes Land hätte. Aber die Indianer sind widerspenstig. Meiner Frau und mir ist es nicht gelungen, Land …«

»Welcher Frau?«

»Captain Hackett hat sie herübergebracht. Hundertsiebenunddreißig Frauen, alles in allem. Binnen zwei Tagen waren sie an den Mann gebracht. Meine ist knochig, aber sie kann arbeiten.«

Mrs. Janney war ein Serviermädchen in London gewesen. Sie war von ihrem Herrn geschwängert worden, der sodann schluchzend in die Arme seiner Frau gefallen war und geklagt hatte: »Sie hat mich verführt, das Miststück.« Sie war vor Gericht gezerrt und als Dirne abgestempelt worden. Als ihr Kind tot zur Welt kam, hielten es alle Beteiligten für das Beste, sie nach Virginia zu schicken, und ihre Herrin bezahlte die Überfahrt mit Henry Hackett.

Der hatte natürlich vergessen, daß die Überfahrt bereits bezahlt war, und bot Mrs. Janney nach der Ankunft mit allen anderen Frauen zum Verkauf an. Sie war ein mageres, schlaksiges Ding, das der Bezeichnung knochig mehr als gerecht wurde. Sie hatte zu Beginn der Auktion keinen Freier gefunden, da sie zweifellos kein erstklassiges Angebot war, aber das bedeutete für Hackett kein Hindernis. »Irgendwer wird dich schon wollen«, versicherte er immer wieder. »Frauen stehen hier hoch im Kurs … alle.« Und sogar als sie und zwei andere Vogelscheuchen allein übrigblieben, war der Captain immer noch zuversichtlich, daß sich irgendein häßlicher Pflanzer finden werde, der sie nahm.

Simon Janney war dieser Mann. Nachdem er schon einmal bitter enttäuscht wurde bei diesem Spiel, feilschte er mit Hackett um den Preis, und als sie sich geeinigt hatten, nahm er sie mit in den Westen. Diesmal war es kein Problem, seine Frau zu halten; er hatte ihr einen endgültigen Hafen geboten.

Steed blieb länger in Jamestown, als er beabsichtigt hatte. Janney bestand darauf, daß er ihn flußaufwärts begleitete, um die Tabakfelder zu besichtigen. Als sie an dem wackeligen Steg anlegten und Steed sah, unter welch elenden Bedingungen Janney lebte, konnte er verstehen, daß Meg die Flucht ergriffen hatte.

»Das ist Bess«, sagte Janney, als Steed seine Bruchbude betrat. Er sah eine hohlwangige, ausgemergelte Frau in einem zerrissenen Kleid. Ihre Zähne waren schlecht und ihr Haar ungekämmt. Aber als sie und ihr Mann ihn hinaus zu den Feldern führten, fand er alles wohlbestellt und ordentlich, und ihre Strategie wurde ihm klar: zuerst die Felder. »Das sind prächtige Felder, Simon«, sagte er. »Wächst auch guter Tabak darauf?«

»Ja. Und wenn ich den Indianern trauen könnte, daß sie mir helfen, würde ich dort drüben noch welche anlegen.«

»Solche Hilfe läßt wohl noch lange auf sich warten«, sagte Steed und dachte daran, wie friedlich doch die Choptanks waren und wie gefährlich die Potomacs.

»Es heißt, aus Afrika sollen noch mehr Schwarze gebracht werden«, sagte Janney. »Aber auch dann wären wir kleinen Pflanzer weitab vom Schuß und bekämen nichts von ihnen zu sehen.«

»Ihr braucht aber Hilfe, um dieses Land urbar zu machen«, meinte Steed. Dann weihte ihn Janney in die Geheimnisse des Tabakanbaus ein, in die Kultivierung der Felder und die Behandlung der Blätter. Steed hatte noch nie Tabak geraucht, und er bezweifelte sehr, daß diese Mode von Dauer sein werde. Aber als er hörte, welchen Gewinn Janney aus seinen Feldern erzielt hatte, war sein Interesse geweckt. »Könnte ich aus meinen Feldern das gleiche herauswirtschaften?«

»Viel mehr! Ich habe mir Eure Felder angesehen, als ich Meg holen wollte.« Diese traurige Erinnerung dämpfte seinen Enthusiasmus, und etwas nüchterner fügte er hinzu: »Steed, mit Euren Feldern und Euren Indianern könnt Ihr den Ertrag verdreifachen.«

Sie kamen überein, daß Janney soviel Tabaksamen wie möglich sammeln und dann zu Steed nach Devon kommen sollte, um den Indianern zu zeigen, wie man das, wie er sich ausdrückte, »stinkende Kraut« pflanzte. Als er eintraf, baten Steed und seine Frau Pentaquod, ihnen sechs zusätzliche Choptanks zur Verfügung zu stellen, um die Felder anzulegen und die empfindlichen Pflanzen heranzuziehen. Auch bauten sie entlang dem Ufer zwei lange Schuppen zum Trocknen der Blätter, und Janney lehrte sie, aus Eichenholz große Fässer zu bauen. So entfaltete sich auf der Insel lebhafte Betriebsamkeit. Und als die Ernte eingebracht war und die Blätter getrocknet waren, wurden die großen Fässer zum Anlegeplatz hinuntergerollt, wo Captain Hacketts »Victorious« vertäut lag.

Es war bereits ein ungeschriebenes Gesetz, daß die Virginier als Kolonisten ihren kostbaren Tabak nur ins Mutterland sandten und nur mit englischen Schiffen. Das bedeutete, daß Captain Hackett mit seiner sturmerprobten »Victorious« ein Monopol innehatte, das den Kolonisten wenig und den Kommissionären in London viel einbrachte. Dennoch – als allmählich ganze

Schiffsladungen mit Tauschwaren, welche die Indianer entlang des Choptanks entzückten, nach Devon zurückflossen, da erkannte Steed, daß er auf dem besten Wege war, ein Vermögen zu machen.

Janney stachelte ihn zu noch größeren Unternehmungen an und meinte, mit den Indianern, die ihm zur Verfügung stünden, müsse er unbedingt auch auf seinen ausgedehnten Grundstücken am nördlichen Flußufer Pflanzungen anlegen. Steed zog also im Jahr 1631 einen Arbeitstrupp zusammen, der aus ihm, Janney und sieben neuen Indianern bestand, um die riesigen Flächen jenseits des Flusses zu roden. Es blieb bei der alten Abmachung, daß Janney nach Jamestown zurückkehren würde, sobald die Felder angelegt waren, um mit neuem Tabaksamen wiederzukommen, wofür er seinen Anteil an dem jeweils erzielten Gewinn erhalten sollte.

Den ganzen Winter und Frühling hindurch qualmten die Rodungsfeuer, während die Indianer am Fuße mächtiger Eichen und Weymouthskiefern knieten und die Stämme ringelten, um die Bäume zum Absterben zu bringen. Auf jenen Flächen, wo die Stämme schon früher abgesengt worden waren, wurden Seile um die obersten, bereits toten Äste geschlungen und die Wächter des Waldes niedergerissen. An regnerischen Tagen, wenn die Gefahr, daß sich ein Brand ausbreiten könnte, gering war, legten Steed und Janney große Feuer, um die gefällten Bäume, für die sie keine Verwendung hatten, zu verbrennen. Wochenlang war der Himmel über dem Choptank schwarz vom Rauch, und die Männer waren noch schwärzer vom Ruß.

»Wir machen unser Glück!« jubelte Janney. »Und wenn wir hier fertig sind, schaffen wir die Indianer über die Bucht und brennen noch ein paar Wälder nieder, die ich entlang dem Rappahannock ausgemacht habe.«

»Wollt Ihr Eure Farm am James-Fluß verlassen?«

»Der Fluß hat mir kein Glück gebracht.«

»Warum zieht Ihr nicht hierher und erwerbt Land entlang dem Choptank?«

»O nein!« sagte Janney. »Das richtige Leben wird sich immer dort drüben abspielen.« Nichts konnte ihn dazu bewegen, das westliche Ufer der Bucht zu verlassen, wo man große Reichtümer scheffeln und ein dauerhaftes Ansehen erwerben würde.

Captain John Smith war ein geschwätziger alter Mann geworden, der seine Londoner Freunde mit weitschweifigen Geschichten über Ungarn und Virginia langweilte. Erst viele Jahre nach seiner Flucht aus der Kolonie und dem Tod der Indianerprinzessin Pocahontas enthüllte er die Wahrheit seiner legendären Errettung: daß nämlich Häuptling Powhatan ihn nur deshalb vor der Schlachtbank bewahrt habe, weil sich die liebliche Prinzessin über seinen, Smiths, hingestreckten Körper geworfen habe. »Sie liebte mich«, gestand er vertraulich, »verzweifelt und hoffnungslos.«

»Warum hat sie dann Rolfe und nicht Euch geheiratet?« fragte ein Mann, der Pocahontas kennengelernt hatte, als sie am englischen Hof zu Besuch war.

»Ein englischer Captain sollte sich mit einem Indianermädchen einlassen? Sie am Ende gar heiraten? Das ist etwas für unbedeutendere Männer wie den jungen Rolfe.«

Er war bestürzt, als er von Reisenden aus Virginia erfuhr, daß Edmund Steed, mit dem er in Jamestown gedient hatte, schließlich Farbe bekannt und sich als Katholik zu erkennen gegeben habe. »Ein Papist?« sagte er immer wieder und schüttelte ungläubig den Kopf.

Dann hob sich der Schleier der Erinnerung, und er gedachte seiner Abenteuer mit diesem trefflichen jungen Mann. »Er sah dem Tod schon ins Auge, jawohl. Dem armem Ratcliffe schnitten sie bei lebendigem Leibe das Fleisch ab, Zoll für Zoll, und der Unglückliche starb. Nicht daß ich ihn bedauert hätte, hatte er doch in Nevis dafür gestimmt, daß ich gehängt werden sollte. Aber ich eilte rechtzeitig zurück, um den jungen Steed zu retten.« Es war nicht ganz so gewesen: Smith war längst über alle Berge, als Ratcliffe starb.

»Ich war auch während der Seuche mit ihm zusammen; mit Steed natürlich, nicht mit Ratcliffe. In unserem Zelt starben sieben an der Ruhr, aber ich habe der Krankheit widerstanden, und Steed teilte sein letztes Essen mit mir.«

Es hatte da noch andere Abenteuer gegeben, aber Smith konnte sich im Augenblick nicht an alle erinnern. »Ich weiß noch, daß ich sein Geschreibsel korrigieren mußte. Ungenau in den Details. Und ich muß gestehen, daß ich immer so meinen Verdacht gegen ihn hatte. Einen verschlagenen Kerl nannte ich ihn einmal. Nicht offenherzig wie ein rechter Engländer. Ein Papist, eh? Ich wußte, daß er irgend etwas verheimlichte.«

In den folgenden Monaten sprach Smith oft von Steed, und er bezeichnete dessen staatsgefährdenden Katholizismus als einen Beweis dafür, daß es ein fataler Fehler sei, wenn König Charles den katholischen Lords Baltimore eine Gunst erwies. »Die Idee, ihnen die Kolonie in Virginia zu überantworten! Eine Schande! Papisten werden den Kontinent an sich reißen! Verschlagene Kerle, jawohl, das sind sie. Der Vater von Steed, müßt Ihr wissen, ließ unsere gute Königin Bess zum Richtplatz schleifen und vierteilen. Alles Schleicher.«

Ehe das Jahr zu Ende ging, war Smith tot. Noch auf dem Totenbette hatte er über die bedrohlichen Veränderungen geklagt, die mit den Königen James und Charles begonnen hätten. Eines seiner letzten Worte war, unter Elizabeth sei alles viel besser gewesen.

Pentaquod hatte vorausgesehen, daß alle Traditionen des indianischen Lebens in Gefahr waren, sobald der weiße Mann an den Choptank kam, und er hatte willig seine Zurückgezogenheit aufgegeben, um seinem Stamm in der Phase des Übergangs zur Seite zu stehen. Was er nicht vorhergesehen hatte, war die seltsame Art und Weise, wie sich der Zusammenprall vollzog.

Er hatte nicht erwartet, daß irgendein weißer Mann so umgänglich sein könnte wie der, der sich auf der Insel Devon niederließ und mit den gleichen Problemen zu kämpfen hatte wie alle Männer: Schwierigkeiten mit Frauen, der ständige Kampf um Nahrung, das Bestreben, einmal Gewonnenes zu erhalten und sicherzustellen. Dreimal waren indianische Boten von der anderen Seite der Bucht gekommen, um die Choptanks zur Rebellion gegen die Weißen aufzustacheln. An einem bestimmten Tag sollte Pentaquod alle Weißen auf Devon umbringen lassen, sodann die Bucht überqueren und mordend und sengend den James-Fluß und den Rappahannock entlangstürmen. Jedesmal hatte er geantwortet: »Steed ist ein Freund, dem ich mehr vertrauen kann als den meisten der Unsrigen.« Er hatte sich nicht nur geweigert, Steed zu töten; er hatte sogar einige Choptanks entsandt, um die Insel vor Angriffen der Potomacs zu beschützen. So kam es, daß das Ostufer von den grauenvollen Massakern verschont blieb, die das westliche Ufer in Angst und Schrecken versetzten. Das Verhältnis zu Steed war besser als erwartet.

Freilich hatte es Pentaquod zutiefst verletzt, als der friedliche Engländer Tciblento zurückgewiesen hatte. Der alte Häuptling wußte, warum, und er vermutete, daß seine Tochter es ebenfalls wußte. Indianer waren minderwertig, und der Kontakt zwischen den Rassen durfte sich nur auf der Basis von Arbeit und Handel vollziehen. Der alte Mann war erschüttert, mit welcher Gier seine Leute nach jedem Flitterkram griffen, den weiße Händler vor ihren Augen baumeln ließen. Hier lag die Gefahr, erkannte Pentaquod, daß die Werte seines Volkes zerstört wurden. Momentan begnügten sich die Indianer noch damit, zu fischen und Biber zu jagen, Sassafras auszugraben und ihren Mais anzubauen. Aber der Tag würde kommen, wo sie die alten Lebensformen aufgeben würden, und an diesem Tag würde der Untergang der Choptanks beginnen.

Er achtete peinlich darauf, die Vorrechte des jungen Häuptlings nicht zu verletzen. Er war zurückgekommen, um den Rat der Alten zu leiten, und obwohl sie ihn drängten, die Führerschaft wieder zu übernehmen, beschränkte er sich auf jene Rolle. Er tat es aus einer tiefen Überzeugung heraus. Die jungen Männer des Stammes mußten lernen, mit den Weißen zu leben, wenn sie ihr Volk durch diese gefährliche Zeit bringen wollten. Deshalb hatte sich Pentaquod im Hintergrund gehalten, als Captain Smith das erste Mal in Patamoke erschienen war, damit der junge Häuptling lernen konnte, die Absichten der Neuankömmlinge richtig einzuschätzen. Pentaquod hatte sich auch aus allen Verhandlungen mit Steed herausgehalten. Als es zur Unterzeichnung des Vertrages über die Insel Devon kam, hatte der junge Häuptling als erster sein Zeichen daruntergesetzt.

Der alte Mann behielt seine drei Truthahnfedern, und wenn er sich unter den Choptanks bewegte, wußten sie, daß er ihr eigentlicher Anführer war. Wenn ein Problem auftauchte, fragten sie ihn um Rat. Einmal kamen sie bestürzt zu ihm.

»Jeden Tag wüten neue Feuer«, klagten sie. »Sie verbrennen alle Bäume zwischen den Flußarmen, wo unsere Verstecke waren.«

Pentaquod stieg in sein Kanu und paddelte den Fluß hinunter, um mit Steed zu reden. »Ist es notwendig, die alten Bäume niederzubrennen?«

»Ja.«

»In einem so verheerenden Ausmaß?« Und er zeigte auf ein Rudel Weißwedelhirsche, die vor den Flammen flohen, und einen erschrockenen Biber, der sich in seinen Bau flüchtete, als das Feuer näher kam.

»Wir brauchen mehr Felder, um Tabak anzupflanzen«, erklärte Steed.

»Wir pflanzen soviel Tabak, wie wir rauchen können«, sagte Pentaquod und wies auf die bescheidenen Lichtungen, auf denen die Frauen des Stammes Tabakpflanzungen angelegt hatten.

»Genug für euch, aber nicht genug für London.«

»Müssen wir unsere Wälder für London niederbrennen?« fragte der alte Mann. Wie sollte Steed die komplizierten Verflechtungen des Überseehandels erklären, wie sollte er verständlich machen, daß es nicht nur selbstverständlich, sondern eine moralische Pflicht war, die Wälder in Virginia in Rauch und Flammen aufgehen zu lassen, damit man in London Tabak rauchen konnte? Pentaquod würde das nicht verstehen.

Dreimal kam er, um gegen die Verwüstung der Choptank-Wälder Einspruch zu erheben, und bei seinem letzten Besuch wurde Simon Janney ungeduldig. Er verstand zwar kein Wort, aber es erboste ihn, daß der alte Mann ihre kostbare Zeit stahl. Deshalb schob er ihn einfach beiseite und knurrte: »Verschwinde, Alter! Wir haben zu tun.«

Pentaquod ging niedergeschlagen zu seinem Kanu. Mit schweren Paddelschlägen machte er sich auf den Weg zu seinem Dorf. Nach seiner Ankunft teilte er dem jungen Häuptling mit, daß etwas geschehen müsse, um diesen hungrigen Feuern Einhalt zu gebieten. Die beiden Anführer redeten lange, und keiner wollte dem Unvermeidlichen ins Auge sehen: Kampf oder Flucht. Nachdem sie in ausweglodes Schweigen versunken waren, erschienen zwei junge Stammesmitglieder mit schlimmen Neuigkeiten. »Pentaquod, sie haben ein Feuer gelegt, das deinen Zufluchtsort erfassen wird.«

Gemeinsam paddelten die beiden Anführer an den Sumpfgebieten vorbei und dann den kleinen Fluß hinauf, der zu der Halbinsel führte, auf die sich Pentaquod einst zurückgezogen hatte. Als sie näher kamen, sahen sie von verschiedenen Seiten mächtige Flammen herankriechen. Sie fraßen das Feld, auf dem Navitan Yamswurzeln angebaut hatte, löschten den Ort aus, wo Tciblento geboren worden war, vernichteten die Bäume, in denen seine Söhne ihre Bärenjungen gehalten hatten. Während die beiden Anführer dieses Werk der Vernichtung mit ansahen, wurde das Prasseln immer lauter, bis es schien, als würde der Fluß selbst zu kochen und zu brodeln beginnen. Und dann war alles fort: die Bäume, der kleine Anlegeplatz, der ganze Ort lieblicher Erinnerungen, wo Tciblento vor dem Haus gespielt hatte. Pentaquod war in seinem Schmerz wie erstarrt. Er wollte nicht glauben, daß Menschen imstande waren, für Tabakblätter alles zu zerstören. Aber sie hatten es getan.

»Wir müssen zurück«, sagte Pentaquod zu dem jungen Häuptling. Und noch in der folgenden Nacht faßten sie ihren Entschluß: Es war unmöglich, Seite an Seite mit den Weißen zu leben. Boten wurden heimlich ausgesandt, um strikte Anweisungen auszuteilen. Und als am nächsten Morgen Steed und Janney aufbrachen, um neue Brände zu legen, fanden sie keine Indianer vor, die ihnen halfen. Steed nahm an, sie hätten diese Nacht bei ihren Freunden auf der Insel geschlafen. Aber als er mit seinem kleinen Boot heimsegelte, stellte er fest, daß nicht nur der Rodungstrupp fehlte, sondern auch die Indianer der Insel samt ihren Frauen verschwunden waren. »Heute nacht kamen Kanus, um sie zu holen«, berichtete Martha. »Sie haben alles mitgenommen. Ich bezweifle, daß sie zurückkommen werden.«

»Unmöglich! Wohin sind sie gefahren?«

»Zu ihrem Dorf, denke ich.«

Um keine Zeit zu verlieren, holte er Janney nicht erst ab, sondern segelte so schnell wie möglich nach Patamoke, wo er seine Indianer fand. Unglücklich saßen sie vor der langen Hütte. »Was habt ihr hier zu suchen?« herrschte er sie an. Keiner antwortete. Als er seine Frage wiederholte, zeigte eine der Frauen auf die Tür der Hütte. »Haben sie euch befohlen, uns zu verlassen?« schrie Steed.

Seine laute Stimme alarmierte den Häuptling. Zögernd erschien er an der Tür, vermied es jedoch, den weißen Mann anzusehen. Hinter ihm tauchte Pentaquod auf, an die Schulter von Tciblento gelehnt. Zu dritt näherten sie sich nun Steed, und ihre Mienen drückten Achtung vor diesem ehrlichen

Engländer aus. Keiner der Beteiligten würde diesen Moment je vergessen. Es war der Tag, an dem der Abschied unvermeidlich geworden war.

»Was tut ihr mir an?« fragte Steed den Häuptling.

Der junge Mann schwieg. Pentaquod stieß ihn leicht in die Seite, aber er wagte noch immer nicht zu sprechen. Endlich antwortete der Alte: »Was hast du uns angetan? Unsere Kiefern niedergebrannt; unsere größten Eichen gefällt; Hirsche aus ihrem Unterstand und Biber aus ihren Burgen vertrieben; das Gefieder der Vögel versengt und die Plätze vernichtet, wo unsere Kinder gespielt haben. Steed, du hast das Paradies zerstört, das wir mit dir geteilt haben.«

Steed erschrak bei diesen massiven Anschuldigungen zutiefst. Dann sagte er, Verzeihung heischend: »Pentaquod, lieber und vertrauter Freund, du begreifst das nicht. Wenn wir die Wälder niederbrennen, können wir mehr Tabak bauen. Wenn wir mehr Tabak bauen, kommt Captain Hacketts Schiff öfter. Und wenn es das tut, können du und deine Leute Gewehre für die Jagd bekommen.«

»Vor eurer Zeit haben wir das Wild ohne Gewehre erlegt.«

»Aber ihr könnt auch Spiegel bekommen und Kompasse, wie der, den Captain Smith euch geschenkt hat. Erinnerst du dich?«

»Ich habe immer gewußt, wo Norden ist«, sagte der alte Mann.

Dann teilte er Steed mit, daß von nun an keine Choptanks mehr für ihn arbeiten würden. Herbe Trauer schwang in seinen Worten, und der Engländer versuchte nicht, ihn umzustimmen. Mitten im großen Rodungssturm war Steeds gesamter Arbeitstrupp abgezogen worden; nicht eine einzige Frau durfte Martha und ihren drei Kindern helfen. Als Janney, der nachgekommen war, von diesem Entschluß hörte, schlug er vor, nach Jamestown zu segeln, eine Armee auszuheben und das Dorf niederzubrennen, falls die Indianer nicht zur Arbeit zurückkehrten. Aber Steed schüttelte nur den Kopf über solchen Unsinn.

Statt dessen blieben er und Janney über Nacht in Patamoke, und am Morgen ersuchten sie um eine formelle Aussprache mit dem jungen Häuptling und Pentaquod. Sie wurde gewährt, und wieder erschien der alte Mann an die Schulter seiner schönen Tochter gelehnt. Voll tiefen Bedauerns, daß die alten Bande durchschnitten werden mußten, wandte er sich mild an seinen Freund.

»Was ist, Steed?«

»Pentaquod, Gefährte vieler Jahre, warum fügst du uns Schaden zu?«

»Es gibt keinen Weg, daß ihr und wir uns diesen Fluß teilen.«

»Doch! Eure Kinder und meine spielen zusammen, sprechen dieselbe Sprache, lieben die gleichen Tiere.«

»Nein, Steed. Wir entfernen uns in allem voneinander. Die Zeit der Trennung ist gekommen.«

»Aber das ist doch nicht notwendig. Wenn Captain Hacketts Schiff kommt, könnt ihr alles haben, was wir auch haben.«

»Wir brauchen eure Sachen nicht. Sie bringen uns nur Kummer.«

Janney ließ sich die Worte wieder übersetzen und meinte dann, Steed solle dem alten Trottel sagen, wenn seine Indianer sich weigerten zu arbeiten, würden sie erfahren, was wirklicher Kummer sei – und wenn es zum Krieg komme. Steed lehnte es ab, das zu übersetzen, aber Tciblento hatte genug Englisch gelernt und erklärte ihrem Vater, was der andere Engländer gesagt hatte.

»Krieg?« wiederholte Pentaquod. »Du sprichst von Krieg? Weißt du, was auf der anderen Seite der Bucht geschehen ist, als es zum Krieg kam? Tote ohne Zahl und Haß in alle Ewigkeit. Habt ihr die Potomacs unterworfen oder die Piscataways von euren Flüssen verjagt, Janney? Steed und ich haben dafür gesorgt, daß niemals solch ein Krieg unsere Freundschaft zugrunde richtet, und so wird es bleiben, solange ich lebe.«

Steed ging nicht darauf ein und übersetzte diese Worte auch nicht für Janney, der dasaß und den alten Mann feindselig anstarrte. Steed hielt am Thema Arbeit fest. »Pentaquod, wenn ihr uns Männer schickt, die für uns arbeiten, so werden wir sie … gut bezahlen.«

»Und was sollen sie sich für die Muschelschnüre kaufen?«

»Was sie wollen.« Und er breitete die Arme aus, um die Schätze ganz Europas anzudeuten.

Pentaquod wischte diesen widersinnigen Gedanken beiseite und erinnerte Steed: »Als du und deine Frau Hilfe brauchtet, um euch eure Insel bewohnbar zu machen, haben wir für euch gearbeitet. Wir haben euch geholfen, eure Felder anzulegen. Ich habe meinen Leuten sogar aufgetragen, euch gewisse Fertigkeiten beizubringen, die euch das Leben hier leichter machten. Hat sich nicht meine eigene Tochter Tciblento erboten, deine Frau zu unterweisen?«

Steed blickte die junge Indianerin an. Sie trug ein Kleid aus Hirschleder, das mit Nerz besetzt war, und eine Kette aus Biberzähnen schmückte sie. Zum erstenmal wurde ihm bewußt, was für eine wunderschöne Frau sie geworden war. Vielleicht sah er nur deshalb auf einmal so klar, weil er wußte, daß es nach diesem Tag keine Begegnung mehr zwischen ihnen geben würde. Er spürte, wie er errötete und daß er ungebührlich lange in ihre Augen blickte, aber er konnte sie nicht abwenden. Er schüttelte den Kopf, als wolle er aufwachen, und gab dann zu: »Tciblento war wirklich sehr hilfreich.«

Traurig verkündete der alte Mann: »Steed, wir verlassen noch heute unser Dorf. Du wirst uns nicht wiedersehen.«

»Nein!« rief Steed leidenschaftlich.

»Viele Monde lang habe ich meinem Volk erklärt, daß ihr und wir uns den Fluß teilen könnten, aber ich habe mich geirrt. Ihr werdet immer noch mehr niederbrennen, noch mehr zerstören wollen. Wir lassen euch mit euren Feuern allein.«

Janney fragte: »Womit droht er jetzt?«

»Sie ziehen fort«, sagte Steed.

»Gut so!« meinte Janney in einer plötzlichen Sinnesänderung. »Laß sie gehen! Schmeiß sie raus!«

»Wie stellst du dir das vor?« fragte Steed. Aber bevor der kleine Bauer die Sache erklären konnte, nahm Pentaquod Steed beiseite, um ihn etwas zu fragen, was ihm jahrelang nicht aus dem Kopf gegangen war. »Lieber Freund«, sagte er, »vor vielen Sommern, als das große Kanu in die Bucht kam, haben unsere Leute alles genau beobachtet. Sie sahen die weißen Segel, aber sie sahen auch, daß die Männer eine glitzernde Haut hatten. Was war das, Steed?«

Der Engländer dachte nach, konnte aber keine einleuchtende Erklärung finden. Pentaquod wiederholte also seine Frage und verdeutlichte sie noch gestisch, als stünde er selbst auf dem Deck des alten Schiffes und sein Körper würde in der Sonne gleißen. »O ja!« rief Steed. »Rüstungen! Es muß ein spanisches Schiff gewesen sein.« Und er erklärte, wie ein Mann, der in einer Rüstung steckt, im Sonnenlicht glitzert.

Doch dann kam Pentaquod auf das zu sprechen, was ihn zutiefst bewegte. »Später, wenn ich nicht mehr bin, werden die Choptanks hierher zurückkehren. Wirst du dann auf Tciblento achtgeben?«

Steed antwortete nicht. Die Augen des alten Mannes füllten sich mit Tränen, und es bedurfte keiner weiteren Worte mehr. Sie umarmten sich, kehrten zu der langen Hütte zurück und trennten sich zum letztenmal. Tciblento stand am Ufer des Flusses, während die Engländer ihr Segel heimwärts setzten. Eine strahlende Frau; sie winkte nicht und vergoß keine Träne. Sie stand einfach da im scheidenden Licht und wußte, daß sie den hellhäutigen Engländer in diesem Leben nicht wiedersehen würde.

Als das Flußboot das Sumpfgebiet erreichte, sagte Janney aufgekratzt: »Ein Glück, daß wir die faulen Schweine los sind.«

»Aber wo sollen wir jetzt Hilfe herbekommen?«

»Die Schiffe bringen genug junge Kerle nach Jamestown, die sich für eine bestimmte Zeit verpflichten.«

»Können wir uns die leisten?«

»Das Geheimnis lautet: Kaufe sie billig, schinde sie bis auf die Knochen! Und wenn die sieben Jahre um sind, sag ihnen adieu!« Er saugte an einem hohlen Zahn und fügte dann hinzu: »Aber es werden bessere Zeiten kommen. Sie haben angefangen, ganze Schiffsladungen Sklaven aus Afrika zu bringen. Captain Hackett bietet sie zum Verkauf an.«

»Die Frage bleibt sich gleich: Können wir sie uns leisten?«

»Paßt auf, Steed! Ihr könnt es Euch nicht leisten, sie nicht zu haben. Ihr kauft einen Sklaven einmal, und er gehört Euch fürs ganze Leben; er und seine Kinder. Das beste Geschäft, das Ihr je machen könnt.«

Aber die Sache war nicht so einfach, wie Janney sie ausgemalt hatte. Es kamen keine Schiffe voll Sklaven an, und die paar, die sich als Teil einer Fracht herverirrten, behielt man in Virginia; sie waren zu wertvoll, um sie für fragwürdige Felder am anderen Ufer aufs Spiel zu setzen. Also nahmen nach dem Abzug der Indianer Weiße ihren Platz ein, die aus dem Bodensatz von London herübergespült worden waren. Den größten Teil der Arbeit verrichteten jedoch Steed und seine Frau. Ihre Plantage war die einzige am Ostufer, ein verwegener, einsamer Außenposten, dessen Besitzer fünfzehn und sechzehn Stunden täglich arbeiteten, wie immer und überall, wo es ein Heim oder einen Staat zu errichten gilt.

Steed überwachte persönlich jeden Schritt des Tabakanbaus, vom Horten der kostbaren Samen – zehntausend ergaben noch keinen Teelöffel voll – bis zum Kappen der jungen Pflanzen, wodurch verhindert wurde, daß sich überflüssige Blätter weiter oben am Stengel bildeten; statt dessen konnten sich einige große fette in handlicher Höhe voll entfalten. Dies mußte während der heißesten Tage im Juli und August geschehen, wenn die Hitze über den reglosen Gewässern flimmerte. Dann schritt Steed die Reihen seiner Pflanzen ab und knipste die Spitzen mit seinem rechten Daumennagel ab, indem er sie zwischen Daumen und Zeigefinger hielt. Bald war seine rechte Hand größer und stärker als die linke und sein rechter Daumennagel riesig, dunkel und dick.

Eines Morgens beim Frühstück bemerkte Martha Keene – sie wollte den Namen Steed nicht annehmen, solange sie nicht richtig verheiratet waren – diese Verfärbung von Edmunds Daumen. Zu seiner Überraschung lehnte sie sich über den Tisch und küßte seinen Daumen: »Das Zeichen unseres wahren Adels.«

Zu jener Zeit hatte im fernen England Edmunds älterer Bruder die Baronetswürde inne und war als Sir Philip Steed bekannt. Aber in der Neuen Welt entstand ein neuer Adel, zu dessen Gründerfamilien die Steeds auf Devon zählten.

Als Martha Keene freiwillig nach Virginia auswanderte, unternahm sie einen mutigen Schritt, wie viele andere auch, der jedoch selten richtig gewürdigt wurde. Aber als sie sich in die Abgeschiedenheit der Insel Devon begab, bewies sie echten Heldenmut.

Wie überlebte sie? Schlecht und recht. Es gab keinen Arzt und nur die harmlosesten Mittel: Kalomel gegen Verdauungsstörungen, Sassafras-Tee gegen leichte Fiebererkrankungen. Verstopfung war ein ständiges Schreckgespenst, da sie zu ernsthafteren Krankheiten führen konnte. Jede Familie hatte daher ihre eigenen bevorzugten Abführmittel. Das Sumpffieber war eine Plage von vielen. Ein spezielles Problem waren die Zähne, und in jeder Siedlung fand sich eine Zange, verbogen und rostig, zum Reißen von verfaulten Backenzähnen sowie ein Mann mit guten Augen, der die Sache erledigte: Zwei Männer hielten den Patienten an den Schultern fest, ein dritter lag quer über seinen Knien, und die Zange trat in Aktion, drehte und zerrte, bis irgend etwas zersplitterte.

Mütter litten Todesqualen, während ihre Kinder eine endlose Kette von Krankheiten durchmachten; sie durchwachten Fiebernächte und trauerten, wenn ihre Kleinen unter Weymouthskiefern begraben wurden. Wenn die Kinder jedoch diese tödlichen Gefahren überlebten, entwickelten sie eine Immunität, die erstaunlich war. Erwachsene zwischen dem achtzehnten und achtundvierzigsten Lebensjahr waren oft kaum jemals krank, sie glichen Felsen und hielten Kälte und Hunger und schlechter Ernährung stand. Aber dann waren sie alte Leute, und mit fünfzig waren sie im allgemeinen tot. Besonders die Frauen starben früh, und es kam nicht selten vor, daß ein Mann zwei Frauen begrub, ehe er eine junge Witwe hinterließ, die ihn zwanzig Jahre überlebte.

Das Haus, in das Martha eingezogen war, hatte dank ihrer Vorgängerin, der lebenslustigen Meg Shipton, zwar erhebliche Verbesserungen erfahren, war aber noch immer nicht viel mehr als eine primitive Hütte. Doch seine Lage war einzigartig. Wenn man im Boot die Chesapeake Bay verließ, fuhr man genau nach Osten, durch die Wasserstraße, die das Norduffer der Insel bespülte, wandte sich dann nach Süden, um in die weite Bucht einzuschwenken, die die Mündung des Devon-Flusses bildete. Noch etwa eine Meile diesen tiefen Wasserlauf hinauf, und man erreichte einen Landungssteg, der vom Norduffer weit in den Fluß ragte. Über diesem Anlegeplatz, auf einem kleinen ebenen Plateau, von dem aus man weit über den Fluß und das gegenüberliegende Ufer blickte, stand das Haus. Es war etappenweise gebaut worden: zuerst eine Hütte, die aus einem einzigen Raum bestand, dann folgte eine gesonderte Küche nach Osten, damit die Sonne sie morgens erreichte, dann ein zweites Stockwerk mit Schlafräumen, die im Winter entsetzlich kalt waren, und schließlich kamen noch ein paar angefügte Schuppen und Lagerräume hinzu.

Eine dürftige Einrichtung, aus dem Holz der Gegend zusammengezimmert, spärlicher, aus Eichenholz geschnitzter Hausrat, ein paar Messer und Gabeln mit dazugehörigen Holzlöffeln – das waren die Dinge, mit denen Martha auskommen mußte. Sie besaß einen Eisenkessel, der an einem Haken über dem offenen Feuer hing, und eine Art Eisen-Lehm-Herd, mit dem sie Wunder vollbrachte. Ein niedriges Feuer brannte Tag und Nacht, von riesigen Holzstapeln gespeist, die vor der Tür aufgeschichtet waren. Es gab wenige Decken, aber viele Felle, die unter anderem den Vorteil hatten, daß sie weniger schmutzten, und keine Bettücher. Kleidung war kostbar: Männerhosen mußten zwölf bis fünfzehn Jahre halten, auch wenn sie ständig getragen wurden, und ein Kleid überlebte zahllose Änderungen und Anstückelungsprozeduren. Schmuckstücke waren rar, und die wenigen, die ein Mann nach Hause brachte, wurden selten getragen, aber äußerst hochgehalten.

Das Haus hatte zwei Besonderheiten: eine, die Martha zur Raserei brachte, und eine, die sie mit kindlicher Befriedigung erfüllte. Da es in Jamestown fast kein Glas gab und auf Devon gar keines, hatten die Steeds ihre Fenster mit Ölpapier verhüllt, auch das eine kostbare Ware. Von Zeit zu Zeit ertappte sich Martha, während sie die Fenster betrachtete, die kein Licht herein- und keinen Blick hinausließen, dabei, daß sie jammerte: »Ich wünschte, wir hätten Glas, durch das man durchsehen kann«, und jedesmal, wenn ein Schiff ihren Anlegeplatz verließ, um nach Bristol zu segeln, bettelte sie: »Könnten die nicht etwas holländisches Glas mitbringen?« Was ihr aber gefiel, das waren die schweren Zinnteller. Das war solide Qualität, und sie säuberlich in ihrem Schrank aus Pinienholz aufgestapelt zu sehen, war für Martha jedesmal ein Erlebnis, über das sie sich wie über ein Geschenk freute. »Sie sind mir teurer als Silber«, erklärte sie ihrem Mann, und wenn sie sie spülte, rief sie aus: »Sie gehören mir.«

Die Arbeit wurde mehr und mehr aufgeteilt. Seit in Jamestown Sklaven eintrafen, ergab sich für die Plantagenbesitzer die praktische Notwendigkeit, sie nach ihrer besonderen Eignung einzusetzen beziehungsweise anzulernen. Weibliche Sklaven, die nähen konnten, kamen ins Haus; männliche, die Schuhe machen konnten, waren sehr geschätzt; und solche, die Eichenstämme in Faßdauben und Dauben in Fässer verwandeln konnten, noch mehr. Der arme Steed, für den es keine Sklaven gab, mußte sich alle mechanischen Fertigkeiten selbst aneignen und sie dann den neuen Hilfskräften aus dem Mutterland beibringen, die nach Devon kamen. Das war eine undankbare Aufgabe. Er brauchte zwei Jahre, um irgendeinen ungeschickten Burschen zu lehren, ein Faß herzustellen, dann waren ihm nur vier Jahre vergönnt, in denen der junge Mann nützliche Arbeit leistete, denn das siebente Jahr konnte er weitgehend abschreiben: Der junge Mann verbrachte die meiste Zeit damit, sich nach eigenem Land umzusehen, um darauf eine Farm zu errichten. Steed wurde der erste Lehrmeister am Ostufer der Bucht und Devon zur Universität, durch die der Choptank zivilisiert werden sollte.

Eine bemerkenswerte Eigenart des Lebens auf Devon war, daß es kein Geld gab. Manchmal vergingen drei Jahre, ohne daß die Steeds eine Münze zu Gesicht bekamen, und wenn es doch einmal vorkam, so war sie wahrscheinlich spanischer oder französischer Herkunft. Englische Pfund- und Shillingmünzen waren unglaublich rar, was auf einem ausgeklügelten Plan der Regierung in London und der königlichen Beamten in den Kolonien beruhte: »Solange wir den Fluß des Geldes überwachen können, sind wir Herr der Lage.« Auf diese Weise wurden die Plantagenbesitzer in Schranken gehalten, da es ihnen an direkten Zahlungsmitteln fehlte. Keines der Steed-Kinder hatte jemals einen Penny, um ihn auszugeben, da es keine Pennys gab und keinen Ort, wo, und nichts, wofür man sie hätte ausgeben können.

Als Ausweg erfanden die Kolonisten ihre eigenen Zahlungsmittel: Muschelschnüre wurden allgemein an Geldes Statt genommen. Mit Tabak konnte man offiziell jede Schuld begleichen. Und gerade Steuern wurden in Form von Tabakfässern, sogenannten Oxhoften, eingezogen. Das gesamte Vermögen der Steeds, das ein eindrucksvolles Ausmaß anzunehmen begann, bestand in Tabak – teils auf den Feldern, teils in den Trockenschuppen oder in Oxhoften, welche auf die Verschiffung warteten, teils auf hoher See oder in irgendeinem Lagerhaus in London. Papierzettel, die oft zerknittert und zerfetzt waren, wiesen ihre Ersparnisse aus.

Alles, wirklich alles mußte aus London gebracht werden. Ein Päckchen Nähnadeln war ein Schatz, und Martha war untröstlich, wenn sie eine verlor. Nägel waren kostbar wie Gold; einer der auf sieben Jahre Verpflichteten tat ein Jahr lang nichts anderes, als hölzerne Nägel zu schnitzen, und wurde darin so geschickt, daß seine Erzeugnisse in ganz Virginia gehandelt wurden. Bücher kamen aus London, ebenso Stoff, Hausrat und Möbel, ja überhaupt alles, was eine einsame Insel lebenswert machte. Die Steeds liebten England noch immer, und wenn Schiffe aus Übersee in ihren Fluß kamen, stand die ganze Familie am Ufer, um zu sehen, was für köstliche Dinge aus der Heimat angekommen waren, und oft vergossen sie über den Briefen Tränen, nicht weil jemand gestorben war, sondern vor schlimmem Heimweh.

Der Landungssteg war von größter Wichtigkeit. Zu ihm und von ihm strömte das Lebenselixier der Plantage, und seine Erhaltung war oberstes Gebot. Man suchte zu diesem Zweck hohe rote Zedern mit breiter Basis, die sich nach oben hin verjüngten. Diese wurden gefällt, zugeschnitten und ans Ufer geschleppt.

Dort wurden mächtige, sechs Fuß lange Querbalken auf das breite Ende jedes Pfostens genagelt und zusätzlich vertäut. Mit seinem dünnen Ende wurde der Pfosten so tief in den Schlamm gebohrt, als es die Kraft zweier Männer erlaubte. Dann hängten sich zwei weitere Männer an die Querbalken und trieben auf diese Weise den Zedernpfosten noch fester in den Grund des Flusses. Schließlich kletterten zwei Männer auf ein Gerüst und gaben mit schweren Vorschlaghämmern der Pfahlverankerung die vollendete Standfestigkeit. An sechsundzwanzig solchen Pfosten war der Steg befestigt, und er war so stabil, daß sogar große Schiffe gefahrlos daran festmachen konnten.

Lernen war unter solchen Umständen ein ständiges Gebot. Martha unterrichtete die drei Jungen in Rechnen und Latein, weil sie wußte, daß kein junger Mann als gebildet gelten durfte, wenn er diese glänzende Sprache nicht beherrschte. Edmund sah es als seine Pflicht an, ihnen Kenntnisse in Geschichte und Griechisch zu vermitteln. Manchmal freilich, nach all der schweren Arbeit, schlief er während des Unterrichts ein; dann stupste ihn Ralph, und er murmelte: »Macht schon weiter mit eurem Griechisch! Oder wollt ihr als Wilde aufwachsen?« Jeden Morgen um fünf bereitete sich Edmund für den Tag vor. Er las Bücher, die er aus Oxford mitgebracht hatte – Thukydides und Josephus auf griechisch, Seneca und Cicero auf lateinisch –, und von diesen Schriftstellern sowie Plutarch, den er besonders liebte, lernte er, wie sich Menschen und Staaten verhalten sollten.

Schließlich war da noch die Kapelle, dieser prunkvolle Bau mit dem hölzernen Kruzifix. Hier versammelte sich die Familie zum Gebet und zur Stärkung des Glaubens. Sie waren überzeugt, daß Gott ihr Leben lenkte und daß er sie belohnte, wenn sie gut zu ihren Bediensteten waren. Und jedesmal, wenn sie diesen Ort des Gebetes verließen, blieb Martha an der Tür stehen, blickte zurück zum Altar und dachte: Eines Tages werde ich hier vor Gott getraut werden.

Die Frage nach Steeds Religion kümmerte die Obrigkeit in Virginia nicht mehr. Er war als Starrkopf bekannt, der an dem Glauben festhielt, für den sein Großvater hingerichtet worden war, und in der Kolonie machten gewisse Bücher mit Holzschnitten die Runde, die zeigten, wie Sir Latimer geviertelt wurde, weil er ein verräterischer Papist war. Aber den meisten Virginiern genügte es, daß Steed weit vom Schuß, auf der anderen Seite der Bucht und außer Sichtweite lebte. Gegen Ende des Jahres 1633 gab es allerdings Schwierigkeiten, als sein Sohn Ralph, der gerade siebzehn war, den Entschluß faßte, zu heiraten und seine eigene Farm auf dem Land gegenüber der Insel anzulegen. Er segelte also die Chesapeake Bay hinab, begab sich nach Jamestown und bat um die Erlaubnis, die Tochter eines virginischen Plantagenbesitzers zu heiraten. Verwandte erinnerten daran, daß der Junge ein Papist sei – der

Vater war ein erklärter Katholik, die Mutter eigens aus England geholt worden –, aber andere hielten, und zwar mit Recht, dagegen, daß der junge Ralph wohl kaum der Sohn der katholischen Frau sei, sondern vielmehr der Sohn von Meg Shipton, die eine tadellose Protestantin und die Gattin einer der führenden Persönlichkeiten der Kolonie war. Ralph galt also nur als halber Katholik, doch das genügte, um einer Heirat im Wege zu stehen.

Der Junge war auf diese Abfuhr hin völlig verstört und kam so niedergeschlagen nach Devon zurück, daß seine Eltern die Arbeit, die sie gerade verrichteten, liegenließen, um ihm beizustehen. »Unsere Familie hält an dem einen und einzigen wahren Glauben fest«, sagte Edmund. »Mein Großvater starb für ihn, mein Vater mußte schwere Benachteiligungen in Kauf nehmen, und ich verzichtete auf eine Beförderung in England, um in Virginia meine eigene Kapelle bauen zu können. Dies ist ein kostbares Erbe, dagegen ist der Verlust irgendeines Mädchens …«

»Penny ist nicht irgendein Mädchen«, unterbrach ihn der Junge.

»Sie ist reizend«, bestätigte Martha, »und jetzt ist sie mit einem anderen verlobt. Was bleibt also anderes übrig, als sie zu vergessen und wieder an die Arbeit zu gehen.«

»Ich werde sie niemals vergessen«, sagte Ralph.

»Das sollst du auch nicht«, sagte Edmund schnell, und als er den mißbilligenden Blick seiner Frau sah, fügte er hinzu: »Ich meine in dem Sinne, daß du sie als eine reizende junge Dame in Erinnerung behältst. Aber sie ist für dich verloren, Ralph, und du hast erfahren, was es heißt, katholisch zu sein.«

Der Junge muß eigentlich versucht gewesen sein zu schreien: »Ich will nicht katholisch sein!« Statt dessen faltete er seine Hände im Schoß und senkte den Kopf. »Ich wollte immer ein guter Katholik sein, ich glaube, ich möchte Priester werden.«

»Nun hör aber zu, Ralph«, begann seine Mutter.

Aber Edmund schnitt ihrem Protest das Wort ab. »Fühlst du in dir eine echte Berufung?« Er schlug vor, in die Kapelle zu gehen, und dort fragte er seinen Sohn, während Schmeißfliegen gegen das dicke, aus Holland importierte Glasfenster brummten, ob er schon einmal von dem seligen Pater Edmund Campion gehört habe. Dann erzählte er ihm mehrere Stunden lang von dieser Lichtgestalt. Er rekapitulierte die Geschichte jener katholischen Untergrundbewegung in England und schilderte, wie er selbst für kurze Zeit die Kirche verleugnet hatte, bis ihm die Reue buchstäblich die Kehle zuschnürte. Unter diesen Umständen habe er endlich beschlossen, in eine neue Welt zu ziehen, wo er Gott seine Liebe so darbringen könnte, wie Er selbst es bestimmt habe.

Ralphs Eltern waren überzeugt, daß nur eine Kirche den Willen Gottes auf Erden vertreten könne, und zum Beweis dessen zitierten sie jene erhabenen Worte, die für vernünftige Menschen die Sache besiegelten. Sie nahmen die schwere Bibel herunter, die Edmund aus England hatte kommen lassen – die neue, welche die Gelehrten des Königs James übersetzt hatten –, und schlugen die Seite auf, wo Jesus selbst die eine und einzige Wahrheit verkündete:

> Und ich sage dir auch: Du bist Petrus, und auf diesen Felsen will ich bauen meine Gemeinde, und die Pforten der Hölle sollen sie nicht überwältigen. Und ich will dir des Himmelreichs Schlüssel geben: alles, was du auf Erden binden wirst, soll auch im Himmel gebunden sein, und alles, was du auf Erden lösen wirst, soll auch im Himmel los sein.

»Diese Wahrheit hat unserer Familie Kraft gegeben«, sagte Edmund, »so, wie sie Campion Kraft gab und dir geben wird.« Er erklärte Ralph, wenn er sich wahrhaft berufen fühle, der Kirche zu dienen, so sei dieser Ruf stärker als alles andere, und wenn er Priester werden wolle, so müsse er sein Leben nun diesem hohen Ziele weihen.

»Aber wie?« fragte der Junge.

»In Virginia ist es nicht möglich«, sagte Steed, den die Aussicht, daß aus den Steeds auf Devon ein Priester hervorgehen könnte, in höchste Erregung versetzte. »Was wir tun werden, Ralph, ist dies: Wir werden dich mit Captain Hackett nach London schicken, und von dort mußt du nach Rom und auf das englische Priesterseminar gehen.« Überwältigt von diesem Gedanken, ergriff er die Hände seines Sohnes und forderte alle Anwesenden auf, niederzuknien und zu beten. »Du trittst in die Fußstapfen der Märtyrer.«

Der Plan erwies sich als undurchführbar. Captain Hackett, geblendet von den enormen Gewinnen, die der Sklavenhandel versprach, erklärte bei seinem nächsten Eintreffen in Jamestown, daß er wahrscheinlich nie wieder nach England zurückkehren werde. »Ich fahre geradewegs nach Luanda.«

»Wo ist das?« fragte Edmund, der es nicht erwarten konnte, daß sein Sohn nach Rom kam.

»Portugiesisch. Ein Verladeplatz in Afrika.«

Da er daraus nicht klug wurde, verlangte Steed eine Erklärung, und Captain Hackett gab sie ihm: »Luanda ist eine elende Stadt im Besitz Portugals in Afrika. Araber treiben im Dschungel Sklaven zusammen und bringen sie in Ketten nach Luanda, wo sie problemlos aufs Schiff geschafft werden können. Die ›Victorious‹ nimmt sie auf und liefert die Sklaven hier für Euch ab.«

Aber so einfach war die Sache nicht, wie sich zeigen sollte. Hackett segelte direkt nach Luanda und stopfte unzählige Schwarze in die stinkenden Frachträume seines Schiffes, aber nach drei Tagen oder vier sank das Schiff auf Nimmerwiedersehen, samt Hackett und all den Sklaven, die an das Schanzkleid gekettet waren.

Die beiden Steeds kehrten nach Devon zurück, wo ihnen Martha Trost zusprach. Sie blieb beharrlich dabei, daß Gott Seinen guten Grund gehabt haben mußte, wenn Er es so habe kommen lassen. Kaum hatte sie das gesagt, sahen sie eine Pinasse in den Devon-Fluß einfahren, die ihnen eine Nachricht überbrachte, die die Geschichte der Steeds völlig verändern sollte. Die Pinasse kam nicht aus Jamestown, sondern von einem Ort auf der anderen Seite der Bucht, nahe der Mündung des Potomac, und mit ihr kam ausgerechnet ein katholischer Priester, der sich Pater Whitson nannte. Das, was er ihnen mitzuteilen hatte, war schier unfaßbar.

»Diese Insel gehört nicht mehr zu Virginia«, sagte er und verhaspelte sich vor Aufregung. »Der König hat die Gründung einer katholischen Kolonie in der Neuen Welt verfügt. Ihr gehört jetzt zur Siedlungskolonie Maryland.«

Diese Entwicklung rührte so tief an die Wurzeln der Steedschen Existenz, daß Whitson etliche Minuten brauchte, um Licht ins Dunkel zu bringen. Er sprach von George Calvert Lord Baltimore, der in späten Jahren zum Katholizismus übergetreten war, jedoch König James weiter als Ratgeber diente. Lord Baltimore hatte schon früher einmal versucht, eine Kolonie im fernen Neufundland zu gründen, was aber an der Kälte gescheitert war. Und jetzt hatte ihm König Charles, von dem viele munkelten, daß er ein verkappter Katholik sei, eine neue Kolonie übertragen, die nach Königin Maria benannt werden sollte.

Pater Whitson hatte noch eine Anzahl weiterer Enthüllungen bereit, aber bevor er damit beginnen konnte, sagte Edmund Steed: »Vater, können wir uns in die Kapelle begeben, um die Messe zu hören?«

»Kapelle?«

Steed führte ihn zu dem rohen Gebäude, und als Pater Whitson davor stand, verschlug es ihm die Rede. Er sank vor dem Spruch aus der Genesis in die Knie und sprach ein Gebet. Er war durch die Feuerproben in Douai und Rom gegangen und hatte die Katholikenverfolgung und die heimlichen Messen in England überlebt, aber dieser sichtbare Beweis beharrlichen Glaubens erschütterte ihn. Als er sich erhob, flüsterte er: »Sogar in der Wildnis.«

Nachdem er ein Tuch über den Altar gebreitet und die Meßgeräte aus einer Segeltuchtasche genommen hatte, begann er die Zeremonie, und Edmund spürte, wie sich ihm die Kehle zuschnürte, als die hehren lateinischen Worte – die gleichen wie bei jeder Messe überall auf der Welt – nun auch hier in dieser gottgeschenkten Umgebung erklangen. Dann folgten die süßen Mysterien des Blutes und Leibes, und als die Hostie seine Zunge berührte, wußte Edmund, daß er in die Arme seiner Kirche heimgekehrt war. Als Pater Whitson in die Gesichter dieser knienden Familie blickte, war er so tief bewegt wie kaum jemals zuvor, mehr noch als bei jenen Mitternachtsmessen auf den englischen Meierhöfen. Aber das war noch nicht alles.

Als er daranging, seine Geräte wieder einzupacken, beugte Martha Keene vor ihm das Knie und flüsterte: »Vater, Ihr müßt unsere Kinder taufen«, und als das geschehen war, sagte sie: »Jetzt spendet uns bitte das Sakrament der Ehe.«

»Ihr seid nicht getraut?« fragte er und blickte auf die drei Söhne.

»Nein«, sagte sie einfach, denn sie wollte ihn nicht mit der Geschichte ihrer indianischen Hochzeit verwirren.

Er forderte das Paar auf, sich niederzuknien, und schlug in seinem Meßbuch die katholische Trauungszeremonie auf. Aber als er die Worte vor sich sah und dort die drei Söhne, wurde ihm klar, wie unpassend das übliche Ritual in diesem Grenzbereich menschlicher Moral war. »Himmlischer Vater«, betete er, »laß uns auf Erden verbinden, was Du schon im Himmel verbunden hast.« Und dann sagte er: »Ihr seid verheiratet.«

Die folgenden Monate stürzten die Steeds von einer Verwirrung in die andere. Sie hatten erwartet, daß nach der Ausrufung eines katholischen Maryland eine Welle des Schreckens die Kolonien überrollen würde wie vordem England, sooft dort die Staatsreligion geändert worden war, und Edmund blickte zumindest mit einer gewissen Genugtuung einer späten Abrechnung mit sturen Protestanten entgegen, die ihm Unannehmlichkeiten bereitet hatten. Aber die Söhne Lord Baltimores, welche die Siedlungskolonie nach dem frühen Tod ihres Vaters geerbt hatten, waren keine religiösen Fanatiker, die Menschen verbrennen oder hinrichten ließen. Nach seiner ersten Rundreise durch die neue Kolonie kam Pater Whitson zurück, um die Steeds eines Besseren zu belehren. Als erstes überreichte er ihnen ein gedrucktes Schriftstück.

Katholiken in der Siedlungskolonie werden unter Gewärtigung schärfsten Verweises seitens des Eigentümers davor gewarnt, Messen in der Öffentlichkeit abzuhalten oder sonst in einer Weise, die Andersgläubige verletzten könnte. Kein Katholik soll einem Anhänger einer anderen Religion Schlechtes nachsagen oder sonstwie Anstoß erregen. Umzüge und öffentliche Demonstrationen sind untersagt, desgleichen die prunkhafte Ausgestaltung von Kirchen und alles andere, was dazu angetan ist, Ärgernis zu erregen. Priester sollen sich nicht prahlerisch hervortun und

in Regierungsangelegenheiten einmischen. In der ganzen Siedlungskolonie soll Freundschaft und gutes Einvernehmen herrschen, und Menschen aller Religionen sind in ihr willkommen, sofern sie sich zur
Existenz Gottes, der Unsterblichkeit Seines Sohnes Jesus Christus und
der Unverletzlichkeit des Heiligen Geistes bekennen.

»Das sind die Vorschriften«, sagte Pater Whitson, »und sie sind bei strenger
Bestrafung zu befolgen.«
»Schämt sich der Kolonialherr, Katholik zu sein?« fragte Ralph.
»Sein Ziel ist eine friedliche Kolonie«, sagte der Priester, »und die Bekehrung
der Indianer zum wahren Glauben.«
»Wir haben keinen Kontakt zu unseren Choptanks«, sagte Edmund. Dann
fragte er: »Sind drüben, auf der anderen Seite der Bucht, viele Katholiken
angekommen?«
»Unzählige. Und jedes Schiff bringt neue.«
»Dann werden die Richter und Steuereintreiber und Lehrer alle katholisch
sein?« fragte Ralph.
»Nein. Wir werden nicht die Fehler wiederholen, die Neuengland gemacht
hat. Maryland wird keine Theokratie sein.«
Ralph kannte dieses Fremdwort nicht, aber er vermutete, daß es für seine
Religion nichts gutes bedeutete. »Was ist der Vorteil?« fragte er.
»Friede«, antwortete Pater Whitson, und das war keine Illusion, selbst wenn
das Lob, das der Siedlungskolonie mitunter für ihre Toleranz gespendet wurde,
nicht immer berechtigt war. Maryland rief überzeugend zum Frieden mit den
Indianern auf und hatte daher weniger unter Kriegen zu leiden als andere
Kolonien (aber als Verzweiflungstat hatte die Regierung einen Feldzug zur
Ausrottung der Nanticokes gestartet); und es gewährte in seinem eindrucksvollen »Gesetz der religiösen Toleranz« ausdrücklich Religionsfreiheit (außer
daß Juden und Ketzer, welche die Dreieinigkeit leugneten, hingerichtet werden
konnten).
Es dauerte lange, bis die Steeds das philosophische Gerüst dieses neuen
Kolonisationsprinzips begriffen. Sie wünschten sich ein katholisches Kreuz im
Mittelpunkt jeder Ansiedlung und einen Priester, der bei allen Versammlungen
den Vorsitz führte, und es fiel ihnen schwer zu glauben, daß irgendein System,
das nicht auf diesem hierarchischen Prinzip begründet war, bestehen könnte.
Die Katholiken hatten das Anrecht auf eine neue Kolonie in Amerika erwirkt;
also sollte ihr Triumph ungetrübt sein. Aber Pater Whitson, der streng über das
Ostufer wachte, wollte es anders, und es wuchsen keine Kathedralen in den
Himmel.

In einem Punkt jedoch stimmten die Steeds und ihr Priester überein; Virginia war ein Feind, den man sich besser vom Leib hielt, und wenn dazu Waffenlärm notwendig war: Waffen hatten sie.

Hier wurde die Sache brenzlig. Der königliche Erlaß zur Errichtung Virginias war einer der großzügigsten und unsinnigsten der Geschichte. Er übertrug den wenigen Männern, die in Jamestown an Land gingen, Verfügungsgewalt über alles Land zwischen dem Atlantik und dem Pazifik. Dieser Gebietsanspruch trieb einen mächtigen Keil in den Kontinent, der nahezu alles nördlich von Florida – einschließlich halb Texas und ganz Kalifornien – und südlich einer Linie, die von New York zu einem Punkt hoch im Norden Alaskas verlief, umfaßte. Kurz gesagt, Virginia beanspruchte neun Zehntel dessen, was später die Vereinigten Staaten sein würden, plus einen beträchtlichen Teil Kanadas, und Männer wie Captain Smith waren entschlossen, das zu behalten, was ihnen zustand. Mit Sicherheit würden sie einem kleinen Eiland am Ostufer der Chesapeake Bay nicht erlauben, an Maryland abzufallen. Schon die bloße Idee, ein Abtrünniger wie Edmund Steed, ein Katholik bis in den Stiefelabsatz, könnte sich erfrechen, die Insel Devon der Siedlungskolonie zuzuführen, war nachgerade anstößig.

Die Gouverneure von Jamestown schickten eine bewaffnete Pinasse aus, um Devon einzunehmen. Einer von ihnen war persönlich an Bord, um der Sache einen politischen Anstrich zu geben, aber er kam nie an. Edmund Steed, seine Frau Martha und ihre drei Söhne standen Seite an Seite am Ufer und erschossen zwei Matrosen. Der Gouverneur, auf verlorenem Posten, rief »Meuterei!«, worauf Ralph zurückrief: »Ist es nicht, 's ist Rebellion!« Als einer der Steeds auf den Gouverneur schoß, trat die Pinasse den Rückzug an.

Krieg drohte, und von den westlichen Siedlungen Marylands kam Verstärkung. Aber ein besonnener Staatsmann in Virginia erkannte die Dummheit einer solchen Handlung und stieß bei den Regierungsbeamten von Maryland auf Sympathie, als er vorschlug, daß die Differenzen vor Gericht ausgetragen werden sollten. Man schickte nach Steed, und er überquerte die Bucht in der Erwartung, für seine standhafte Verteidigung der Siedlungskolonie belobigt zu werden. Statt dessen erhielt er jedoch einen Verweis. »Wir wollen kein Blutvergießen«, sagten Lord Baltimores Leute. »Wir werden eine Kommission nach Jamestown entsenden, um die Sache in Ordnung zu bringen.«

»Ich würde mich ihr gerne anschließen«, sagte Steed zerknirscht.

»Euch wollen wir ganz gewiß nicht … oder einen von Euch. Der Eigentümer in London verfügte ausdrücklich, keinen Katholiken zu entsenden, um ja kein Ärgernis zu erregen.«

»Verdammt!« entfuhr es Steed. »Ist es ein Verbrechen, Katholik zu sein? Ist es ein Verbrechen, eine katholische Kolonie zu verteidigen?«

»Lieber Freund«, antwortete der Mann, der die Verhandlung führte, »es war nie ein Verbrechen, Katholik zu sein …«

Und er fuhr fort mit seinem scheinheiligen Gefasel über die veränderte Sachlage, und Steed dachte: Er kann sich nicht an die Zeit erinnern, als es ein Verbrechen war, aber wir Steeds können es.

Sogar Pater Whitson mißbilligte es, daß er auf die offizielle Abordnung der Kolonie Virginia das Feuer eröffnet hatte.

»Verdammt!« explodierte Steed zum zweitenmal. »Was erwartet Ihr von mir? Daß ich meine Insel an diese Piraten ausliefere?«

»Wir hätten sie durch Verhandlungen zurückgewonnen«, versicherte der Priester.

»Nie und nimmer! Ihr kennt diese verdammten Virginier nicht!« Und von dem Moment an gebrauchten die Steeds, wenn sie von ihren Nachbarn am anderen Ufer sprachen, stets das treffende und treffliche Eigenschaftswort »verdammt«. Ein Mann aus Maryland mußte sorgsam seine Krabbenbehälter bewachen, oder die verdammten Virginier stahlen ihm seinen Fang; seine Austern waren ständig von Diebstahl bedroht; und nach jedem Zoll Bodens streckten die Virginier gierig die Hand aus. Ein Katholik wie Steed, der sich erkühnte, mit seinem vorzüglichen Tabak dem aus York und Rappahannock Konkurrenz zu machen, mußte besonders wachsam sein, denn sonst stahlen ihm die verdammten Virginier das letzte Hemd, steckten womöglich seine Felder in Brand und versenkten seine Schiffe.

Wenn es gesund war, einen Feind zu haben – die Steeds hatten einen.

1637, als Ralph einundzwanzig war, entwarf Pater Whitson einen Plan, wie der junge Mann sein Studium in Rom beginnen könnte. Ein Handelsschiff war in Saint Mary's City eingelaufen, und Ralph wurde mit strengen Anweisungen aus der Feder seines Vaters an Bord verfrachtet.

Während der Überfahrt nach Boston darfst du zu niemandem aus Virginia über deine Pläne sprechen. Man könnte dich sonst eines finstern Nachts über Bord werfen, erstens weil du ein Katholik bist, zweitens weil du ihren Versuch, unsere Insel zu stehlen, vereitelt hast. Auf der Fahrt von Boston nach London sodann mußt du schweigen, weil die Puritaner dieser Stadt nichts lieber tun würden, als dich den Fischen zum Fraß vorwerfen. Sie sind unsere natürlichen Feinde. Dann, auf der Reise von London nach Rom, mußt du dich aber ganz besonders vorsehen, weil jeder Nachfahre Königin Elizabeths dich mit Wonne vernichten würde.

Als Pater Whitson diese Ermahnungen las, erklärte er dem angehenden Studenten: »Nütze deine Zeit auf dem Schiff, und diskutiere mit anderen, die schon mehr gelernt haben als du, um die Wendigkeit deines Geistes zu erproben.«

»Werden sie mich über Bord werfen?«

»Würden sie es wagen?«

Und so verließ der erste der Steeds die Insel Devon. In rascher Folge brachen auch die beiden anderen Söhne auf, einer nach London, um dort die Rechte zu studieren, der andere nach Paris, um Arzt zu werden. Es war bezeichnend für jene frühe Zeit Virginias und Marylands, daß die Kinder der Plantagenbesitzer Europa oft besser kannten als ihre Heimatländer. Ständig machten Schiffe an den privaten Landungsstegen fest, um wenige Tage später nach London abzufahren. Hilfreiche Kapitäne erklärten sich gerne bereit, sich während der Überfahrt der jungen Studenten anzunehmen und sie drüben mit Anwälten und Ärzten bekannt zu machen. Nach einigen Jahren kehrten die jungen Leute mit Kisten voller Bücher und mit Erinnerungen an Theater- und Gesangsdarbietungen sowie mit priesterlichen Ermahnungen an die heimatlichen Buchten und Flüsse zurück. Auch die drei Steed-Söhne erhielten eine vortreffliche Ausbildung.

Sie befanden sich in Europa, als ein Bote in einer Schlup die Bucht überquerte, um eine Nachricht zu überbringen, die in Maryland vieles verändern sollte. »Von dem Eigentümer in London ergeht die Aufforderung an alle freien Landbesitzer der Siedlungskolonie, sich in Saint Mary's City zu versammeln, um die von Lord Baltimore entworfenen Gesetze anzuerkennen.« Steed wies darauf hin, daß er neue Dienstverpflichtete aus London erwarte und daher nicht in der Lage sei, Devon zu verlassen. Aber der Bote belehrte ihn, daß die Einladung verbindlich sei. »Ihr werdet dort sein, Mister Steed, am 25. Januar kommenden Jahres.«

»Für wie viele Tage?« fragte Edmund mit einiger Besorgnis, denn ohne die Hilfe seiner drei Söhne konnte es für Martha schwierig sein, die Plantage allein zu leiten.

»Für so viele Tage, als Ihr braucht, um für die Annahme zu stimmen«, sagte der Bote, und ohne der Höflichkeit Genüge zu tun, machte er kehrt, um zur anderen Seite der Bucht zu eilen.

Über vier Generationen reiste kein Mitglied der Familie Steed jemals anders als mit dem Boot. Es gab keine Straßen. Zwei Plantagen mochten auf dem Flußweg eine Viertelmeile voneinander entfernt sein, hingegen vierzig Meilen auf dem Landweg, vorausgesetzt, daß das dichte Unterholz überhaupt zu durchdringen war. Den frühen Siedlern erging es wie den Fischen: Abseits des Wassers waren sie nicht lebensfähig.

Edmund Steed beauftragte also zwei Bedienstete, die schöne zweimastige Ketsch auf Glanz zu bringen, die er vor kurzem von einem Schiffsbauer am James-Fluß erworben hatte, packte seinen besten Anzug samt Halskrause ein und machte sich mit Rasiermesser und Kamm in die Hauptstadt auf. Es war eine angenehme Fahrt nach Saint Mary's City. Den Choptank entlang, quer über die Bucht, vorbei am Patuxent, um Point Lookout herum und den Saint Mary's River hinauf bis zu einem wohlgeschützten Ankerplatz, wo bereits eine stattliche Anzahl Holzhäuser stand und weitere gebaut wurden. Saint Mary's City war im Begriffe, eine hübsche kleine Stadt an einem ebenso hübschen kleinen Fluß zu werden, mit einem einzigen Pferdefuß: Sie war gefährlich nahe an Virginia – nur vom Potomac getrennt, um genau zu sein – und konnte jederzeit angegriffen werden, falls die Virginier beschlossen, das Städtchen auszulöschen. Unter diesen Umständen konnte es nicht lange die Hauptstadt bleiben; das endgültige Zentrum entwickelte sich weit im Norden, außerhalb der Reichweite der virginischen Miliz.

In einiger Entfernung landeinwärts vom Anlegeplatz erhob sich ein Palisadenfort, und innerhalb der Befestigung erstreckten sich die langen rohen Gebäude, in denen eine jener Versammlungen stattfinden sollte, die die Brennpunkte der Kolonialgeschichte bildeten. Leonard Calvert, der Bruder des abwesenden Eigentümers – er hatte in London bleiben müssen, um hartnäckige Widersacher zu bekämpfen, die versuchten, Maryland den Katholiken wegzunehmen –, war der Meinung, daß er sich auf den Wortlaut der großen Gründungsurkunde, die König Charles erlassen hatte, verlassen dürfe: »Der Eigentümer wird solcherart Gesetze vorschlagen, als er für geeignet hält, und eine Versammlung von Landbesitzern wird deren Anwendbarkeit bestätigen.« Leonard war ein kluger Mann, dem sein gebieterischer Bruder oft zu große Milde und Nachsicht vorwarf. Leonard schlug also vor, den Bürgern einen Gesetzentwurf vorzulegen, der es den Calverts ermöglichte, die Regierungsgewalt über ihr fernes Eigentum auszuüben.

Die Männer, welche die Versammlung bildeten – Agenten, Schiffseigner und Farmer, aber keine Priester –, waren der Ansicht, daß sie – entgegen dem Wortlaut der Gründungsurkunde – selbst besser entscheiden konnten, was in Maryland zu tun war. »Wir werden die Gesetze schreiben, und der Eigentümer wird ihre Anwendbarkeit bestätigen.«

»Nein, umgekehrt«, berichtigte sie Leonard Calvert. »Wir schlagen vor, und Ihr stimmt zu.«

»Ihr zäumt die Sache vom Schwanz auf«, sagten die eigensinnigen Mitglieder der Versammlung, und ein Streit über die zwei grundsätzlich verschiedenen Meinungen entbrannte. Lord Baltimore, in London, war einer der weisesten und gewissenhaftesten Kolonialherren. Er sah es als eine Gefahr an, die Verabschiedung und Anwendung von Gesetzen dem Pöbel zu überlassen; dergleichen sollte der Verantwortung von Männern unterliegen, die Geld und Ansehen hatten. Die Regierungsgewalt oblag daher dem Eigentümer der Kolonie. Baltimore war keineswegs ein Despot, aber er war auch kein Dummkopf.

Auf der anderen Seite erkannte Edmund Steed, der infolge seiner frühen Ansiedlung auf Devon der älteste und einer der eifrigsten Einwohner Marylands war, daß in einer neuen Welt neue Wege beschritten werden mußten. »Wir müssen uns selbst regieren, soweit es die Umstände erlauben. Und an dem Tag, an dem wir auf das Recht verzichten, Gesetze für unser Land zu schaffen, das wir so gut kennen, an dem Tag verzichten wir auf unser Recht, frei zu sein.«

»Wollt Ihr Euch dem Lord, unserem Kolonialherrn, widersetzen?« fragte man ihn.

»In allen anderen Dingen füge ich mich seinem obersten Urteil. Er hat diese Siedlungskolonie errichtet und sie zu einer Zuflucht für Katholiken gemacht. Ich beuge mich ihm und seinem Bruder, dem Vizegouverneur. Aber in der grundsätzlichen Frage, wer für eine freie Kolonie die Gesetze entwerfen soll, beuge ich mich niemandem.«

»Nicht einmal dem König?«

Das war eine heikle Frage in jenem Winter des Jahres 1638. Jeder, der sich dem Willen des Königs widersetzte oder sein Wort auch nur in Frage stellte, lief Gefahr, des Verrates bezichtigt zu werden, und in Virginia gab es viele, die nur auf eine Gelegenheit warteten, die Bewohner Marylands dessen zu bezichtigen. Aber ein Katholik, der dem Erlaß König Charles' buchstäblich die Luft zum Atmen verdankte, erwies sich im höchsten Grade undankbar, wenn er sich dem königlichen Wort nicht beugte. Edmund Steed, der sich über seine schwierige Lage sehr wohl im klaren war, antwortete: »Der König wird schnell einsehen, daß den Bürgern Marylands die gleichen Rechte zustehen wie jedem freien Engländer.«

»Und wenn er das nicht tut?«

Steed wollte nicht riskieren, sich des Verrates verdächtig zu machen. Er ließ daher die Frage unbeantwortet und ging geduldig daran, mit den anderen Abgeordneten nächtelang zu beraten. Er hielt beharrlich an seinem Grundsatz fest, daß sie, wenn sie in diesem einen wesentlichen Punkt nachgaben, alles verloren. – »Wir müssen freie Menschen in einer freien Gesellschaft sein.« –

Die anderen sahen ihn bald als ihren redegewandten und einflußreichen Wortführer an.

Steed auf Devon nannten sie ihn, und nicht nur während der letzten kritischen fünf Tage im Januar machte er seinen Einfluß geltend, sondern auch später, im Februar und März und während der heißesten Tage des Juli. Er tauchte überall auf und beschwor die Farmer und Verwalter, bei der Stange zu bleiben. »Wenn wir über den August durchhalten, haben wir gewonnen.«

Er hatte sich die Rolle des revolutionären Anführers nicht ausgesucht. Eigentlich war er von Natur kleinmütig. Als junger Mann hatte er den Katholizismus verleugnet, um der Konfrontation auszuweichen. Während der ersten Zeit in Jamestown hatte er sich an keinen Auseinandersetzungen beteiligt; er war nach Devon geflüchtet, um nicht in Intrigen verwickelt zu werden. Und er hatte wenig Mannesmut bewiesen bei seinem Versuch, Meg Shipton zu halten. Er hatte ein ruhiges und zurückgezogenes Leben geführt, hatte nicht einmal zugelassen, daß Simon Janney mit den Choptanks einen eventuellen Krieg erörterte. Und trotzdem, da stand er nun – Steed auf Devon, mutig und entschlossen, das Gewissen Marylands wachzuhalten. Das beständige Studium der klassischen Schriftsteller hatte ihn zu einem klassisch gebildeten Mann gemacht.

In London weigerte sich Lord Baltimore nachzugeben, und in der Kolonie war sein Bruder Leonard ebenso halsstarrig. So kam es also an einem brütend heißen Tag im August zur Kraftprobe. In dem rohgezimmerten Gebäude richtete der Sprecher an die von Fliegen gepeinigte Versammlung die Frage: »Wie viele sind der Meinung, daß die Gesetze, die uns Lord Baltimore gesandt hat und die von seinem Bevollmächtigten, Leonard Calvert, unserem geliebten Vizegouverneur, gebilligt wurden – daß diese Gesetze von der anwesenden Versammlung anzunehmen sind?« Calvert stimmte mit Ja und ebenso der Sekretär der Kolonie, der dröhnend verkündete: »Und ich habe in meinen Händen die Vollmacht für vierzehn weitere.« Dann fragte der Sprecher nach den Stimmen derer, welche die Gesetze Lord Baltimores ablehnten und für eigene eintraten. »Wie meint Ihr, Steed auf Devon?«

Edmund erhob sich, verbeugte sich achtungsvoll vor Lord Calvert und blickte dann die Männer an, die während dieser schwierigen Monate an seiner Seite gestanden hatten. »Ich meine, daß unsere Gesetze hier, vom Volk von Maryland, erstellt werden sollen.« Sechsunddreißig stimmten mit Steed für eine heimische Gesetzgebung – und Maryland wurde eine freie Kolonie mit Selbstverwaltung.

Es wurde kein Fest gefeiert in dieser Nacht. Die Bürger faßten ihren Sieg nicht als einen Sieg über einen Tyrannen auf, da Lord Baltimore nie einer gewesen war. Sie hatten nach fast sechs Monaten des Tauziehens nur einem Prinzip zum Sieg verholfen, und am nächsten Tag, als die Männer zu ihren Schiffen gingen, wußte jeder, daß er einer guten Sache gedient hatte.

Edmund Steed, der in jenem heißen Sommer siebenundfünfzig Jahre alt war, fühlte sich müde, als seine Mannen die neue Ketsch klarmachten, und er ließ sich in die Polster zurückfallen, während sie in die Bucht einscherten. Er hatte zu lange gekämpft, um über seinen Sieg triumphieren zu können. Er hatte das Ringen zweier guter Prinzipien aus allzu großer Nähe mit angesehen. Jede Seite hatte recht und unrecht, und die seine war nur ein wenig stärker gewesen.

Wir haben die Freiheit gewonnen, dachte er, aber wenn wir sie mißbrauchen oder für billige persönliche Vorteile nützen, werden wir ihrer nicht wert sein. Wir haben ihren Mißbrauch durch Könige gesehen. Aber da wir jetzt Neuland betreten, können wir unsere Fehler noch nicht voraussehen. Machen werden wir sie.

Er wünschte, seine Söhne könnten jetzt bei ihm sein, um mit ihm über diese großen Fragen zu diskutieren. All die Monate in der stinkenden Hauptstadt hatte ihn nichts anderes bewegt. Wie gut würde die reine Luft des Choptank sein, jetzt, nachdem die Arbeit vollbracht war. Als die Landzungen in Sicht kamen, die seine Insel bewachten, und die Ketsch zwischen ihnen segelte, war ihm, als trete er durch die Pforten eines Paradieses, wie nur wenige Menschen es jemals kannten: der breite Strom, die Vögel, das vielfältige Leben unter den Wellen, die guten Felder und die Ehre Gottes.

Als die Ketsch das Westende seiner Insel passierte, bemerkte er, daß weite Strecken Landes vor noch nicht langer Zeit von Stürmen zerstört worden waren. Umgestürzte Bäume ragten in regelmäßigen Abständen in die Bucht, und die Felder, auf denen Tabak wachsen sollte, ertranken in einer braunen Schlammsoße.

»Sobald ich zu Hause bin«, murmelte er, »muß ich mich um diesen Uferstrich kümmern.«

Der Vorsatz wurde nicht ausgeführt. Als die Ketsch in den Devon-Fluß einfuhr, überkam ihn eine unendliche Müdigkeit, und er fiel in die Polster zurück. Einer der Diener bemerkte seinen Kräfteverfall, eilte zu ihm und hörte noch seinen letzten Auftrag: »Sag ihnen, sie sollen die Messe lesen!«

DRITTE REISE:

1636

Wie sehr er einem Tier gleicht, dachte der Richter, als er den Gefangenen auf der Anklagebank betrachtete. Er wirkt aber nicht kühn wie ein Löwe, auch nicht anmutig wie ein Hirsch oder ein gutes Pferd, sondern verschlagen und böse und unstet. Er ist ein Tier, das steht fest, aber welches?

Während der Richter sich diese Frage stellte, widmete der Gefangene seine Aufmerksamkeit nicht den vernichtenden Anschuldigungen, die sich gegen ihn aufgetürmt hatten, sondern einer Fliege, die er zu fangen versuchte. Plötzlich schoß seine Hand vor, und er hatte sie gefangen. Nun beugte er sich vor und riß ihr einen Flügel aus, dann den anderen. Als die verstümmelte Fliege zu entkommen versuchte, ließ ihr Peiniger einen dicken, speichelfeuchten Daumen vor ihr aufragen und über der Zappelnden kreisen, dann senkte er grinsend den Daumen und zerquetschte die Fliege. Jetzt erst blickte er wieder zum Richter auf.

»Ein Frettchen!« flüsterte der Richter. »Verflucht noch mal, er ist ein echtes Frettchen.« Und in gewisser Hinsicht hatte der Richter nicht unrecht, denn der Gefangene hatte den gleichen Gesichtsausdruck, die zu klein geratenen Ohren, die lange, spitze Nase. Mit seinen Pockennarben und dem unsteten Blick wirkte er abstoßend, und das dichte, ausgebleichte und ungekämmte Haar trug zu diesem gemeinen Aussehen nur bei. Wenn er grinste, entblößte er spitze dunkle Zähne.

Der Richter rückte seine Perücke zurecht und blickte ihn finster an: Ein ausgewachsenes Tier ist das. Dann hörte er sich das beachtliche Sündenregister an: Der Witwe Starling drei Hühner gestohlen, dafür ausgepeitscht und zwei Monate im Gefängnis; dem wohlgeborenen John Coolidge einen Stock mit silbernem Knauf gestohlen, dafür ausgepeitscht und sechs Monate im Gefängnis; und jetzt dem Bäcker Ford drei Laib Brot gestohlen. Seine langjährige Erfahrung am Londoner Gericht hatte den Richter gelehrt, daß hartnäckige Diebe kaum jemals besserungsfähig sind; je eher man sie, und zwar für immer, von der Gesellschaft fernhielt, um so besser.

»Darauf steht der Galgen, Timothy Turlock«, knurrte er den gleichmütig wirkenden Dieb an, »und du sollst hängen.«

Noch ehe das eigentliche Urteil aber verkündet war, erhob sich die Mutter des Gefangenen, eine kleine, schnaufende, sorgengeplagte Person, und bat, man möge doch zur Entlastung ihren Anwalt hören, den Reverend Barstowe. Der erhob sich steif und machte einen ehrerbietigen Bückling. Er kannte den jungen Turlock von Geburt an und hielt noch weniger von ihm als der Richter, aber der Galgen schien ihm für bloßen Diebstahl eine zu arge Strafe, und so trat er vor den Richtertisch und redete im Flüsterton beschwörend auf den Richter ein.

»Nun gut«, wandte sich schließlich der Richter an die wartenden Anwesenden. Er schnupfte dreimal, steckte den Schnupftabak weg und verkündete mit unverhüllter Selbstzufriedenheit über seine treffliche Ausdrucksweise: »Du solltest wahrhaftig gehängt werden, Timothy Turlock, aber Reverend Barstowe hat uns einen äußerst sinnreichen Vorschlag unterbreitet.«

Er blickte auf den Gefangenen herab, der mit keinem Anzeichen Interesse für irgendwelche Vorschläge bekundete, ob sie nun sinnreich waren oder nicht. Er war achtundzwanzig Jahre alt, ein Nichtsnutz, war niemals einer festen Arbeit nachgegangen und nur seiner Mutter zur Last gefallen; sie hatte ihm nicht einmal beibringen können, wie man aufrecht vor einem Herrn zu stehen hat; außerdem hatte er Pickel.

»Reverend Barstowe hat einen Bruder«, sagte der Richter. »Er ist Kapitän eines Schiffes, das unsere Kolonie in Virginia anläuft.« Timothy starrte zur Decke; er hatte noch nie von Virginia gehört. »Aus reiner Herzensgüte hat sich Captain Barstowe bereit erklärt, dich nach Virginia zu bringen … du kannst dich dort einem Pflanzer verdingen.« Der Gefangene blieb unbewegt.

»Turlock!« donnerte der Richter ihn an. »Nimm dich zusammen! Weißt du überhaupt, was das bedeutet: sich zu verdingen?« Er wußte es nicht. Er hörte seine Mutter weinen, weil sie ihren Sohn verlieren sollte, also nahm er an, daß es sich um irgendeine schreckliche Strafe handeln müsse.

»Das bedeutet«, erklärte der Richter, »daß du dem Herrn in Virginia, der den Kontrakt mit dir abschließt, sieben Jahre aufrechter und harter Arbeit schuldest.«

Das klang wie Unheil in Turlocks Ohren, und nun verstand er, warum seine Mutter heulte. »Dann aber«, fuhr der Richter fort, »bist du ein freier Mann.« Er ließ die Pause wirken. »Ein freier Mann, Turlock, mit allen Rechten und Pflichten eines freien Mannes.«

Das Wort »frei« wirkte belebend auf den Gefangenen. Er mußte nicht weiter im Gefängnis hocken. Er sollte nicht gehängt werden. Er sollte frei sein, und jede Strafe, die dazwischen stand – der Kontrakt, von dem der Richter gesprochen hatte –, war belanglos. »Hast du die Bedingung verstanden?« Er nickte heftig. »Sieben Jahre harte Arbeit.« Er stimmte herzhaft zu. »Und in dieser Zeit wirst du ein ordentliches Handwerk erlernen?« Mit Vergnügen. »Und gnadenlos der Tod, sofern du jemals wieder deinen Fuß auf englischen Boden setzt?« Auch gut.

Daß seine Mutter erneut in Tränen ausbrach, als sie von seiner Verbannung auf Lebenszeit erfuhr, irritierte ihn. Er hätte die Sache gern hinter sich gebracht, aber es kam noch mehr. Captain Barstowe wurde gerufen, der unverzüglich erschien. Er wußte, wie man bei einem Londoner Gericht einen Bediensteten einkaufte, und er wußte noch besser, wie man ihn mit Gewinn wieder losschlug. Ein einziger abschätzender Blick auf den jungen Turlock genügte: faul, dumm, schlecht erzogen, aufmüpfig, der geborene Unruhestifter; wahrscheinlich frißt er wie ein Schwein. Nun gut, sieben Jahre in den Tabakfeldern von Virginia werden ihn kurieren. Der Kapitän veranschlagte den Verkaufspreis für diesen Menschen auf zwanzig Pfund oder sogar mehr, denn vom Alter her war er brauchbar.

Der Richter wandte sich an ihn: »Gebt Ihr uns Eure Zusage, diesen Gefangenen nach Virginia zu schaffen, ohne daß der Krone daraus Kosten entstehen?« »Mhm.«

»Eure Zusage bedeutet, daß Ihr die Krone für die Passage dieses Gefangenen unter keinen Umständen belangen werdet?« »Mhm.«

»Und Ihr habt zur Kenntnis genommen, daß Ihr Eure Kosten nur durch die Weitergabe des Kontraktes und die Verdingung dieses Gefangenen an einen beliebigen Gentleman im fernen Virginia wieder hereinbringen könnt, nicht wahr?« »Mhm.«

Üblicherweise war damit das Verfahren – mittlerweile ein Routinevorgang an englischen Gerichtshöfen – abgeschlossen, und der Richter hätte den Vertrag zur Unterschrift vorlegen können. In diesem Fall aber war er so verblüfft, daß er den unerschütterlichen Kapitän geradeheraus fragte: »Und Ihr glaubt ernsthaft, für diesen Menschen einen Käufer finden zu können?«

»In Virginia«, und der Kapitän sagte dies aus langjähriger Erfahrung, »nehmen sie jeden.« Somit wurde der Kontrakt geschlossen.

Captain Barstowe hatte sich bei seiner Einschätzung des jungen Turlock nicht getäuscht, außer, daß der Mann sich noch schlechter aufführte als erwartet. Das Schiff war noch keine vier Tage auf dem Atlantik, da beschwerte sich die Mannschaft bereits bei Barstowe darüber, von Turlock bestohlen worden zu sein, und als man sein Zeug durchsuchte, enthielt es ein verblüffendes

Sortiment an Messern, Mützen und Elfenbeinschnitzereien. Darauf gab es nur eine Antwort: Timothy Turlock wurde an den Mast gebunden und sollte zehn Peitschenhiebe erhalten. Aber schon nach dem ersten Streich heulte er so herzzerreißend, und er winselte so gotteserbärmlich, daß Captain Barstowes Urteil seinen Sinn verloren hatte. Es war in England ein ungeschriebenes Gesetz, daß jeder Ausgepeitschte zumindest die ersten sechs Streiche mit zusammengebissenen Zähnen zu ertragen versuchte, und manch einer bewies seine Männlichkeit, indem er sogar ein Dutzend ohne Laut über sich ergehen ließ. Niemand an Bord hatte jemals erlebt, daß sich ein erwachsener Mensch aufführte wie dieser Turlock, und nach acht Hieben unter unablässigem Geheule knurrte Barstowe: »Schneidet ihn herunter!«

Turlock wimmerte noch einen Tag lang, rächte sich dann aber auf seine Weise. Er hatte sich in der Kombüse versteckt, wo er einige scharfe Messer stehlen wollte, und entdeckte dabei die für die Offiziere bestimmte volle Suppenschüssel. Er blickte sich rasch um, fand sich in Sicherheit, riß seine Hosen auf, pißte in die Suppe und sah dann von einem günstigen Platz nahe der Offiziersmesse mit großer Befriedigung dem Kapitän beim Abendessen zu.

Als Barstowes Schiff gegen Ende 1636 in Jamestown anlegte, lud er zunächst das Tafelgeschirr sowie die Fäßchen mit Nägeln aus und zog dann mit jenen sieben, für die er Kontrakte hatte, den Kai entlang, um sie bei den verschiedenen Tabaksschuppen zum Verkauf anzubieten. Zwei weibliche Dienstboten wurden ihm sofort aus der Hand gerissen, ebenso die beiden am kräftigsten aussehenden jungen Männer, aber der Kapitän hatte Schwierigkeiten, die verbleibenden drei loszuwerden.

Einer war verdächtig alt, ging aber dann um einen Freundschaftspreis an einen Pflanzer, der für seine Frachtgeschäfte mit London einen Aufseher brauchte. Der zweite lahmte heftig auf dem linken Bein und war für die Arbeit auf den Feldern kaum zu gebrauchen, aber als er bewies, daß er schreiben konnte, wurde er von einer Gruppe unter Kontrakt genommen, die ihn auf ihren drei Plantagen als Lehrer für die Kinder einzusetzen gedachte. Übrig blieb Timothy Turlock mit dem leeren Blick, und von seinem Verkauf hing nun der ganze Profit der Reise ab. Captain Barstowe pries den knochigen Dieb überall an, strich seine Jugend heraus, seine Liebenswürdigkeit, seine augenfällige Klugheit und Charakterstärke, seinen wilden Lerneifer. Er fand keinen Käufer. Die Plantagenbesitzer waren gerissen genug, um in dem Treibgut, das von den Londoner Gerichtshöfen angeschwemmt kam, einen Unruhestifter auf den ersten Blick zu erkennen; auf solche Galgenvögel legten sie keinen Wert. Es sah ganz danach aus, als müßte Barstowe Timothy abschreiben, aber dann hörte er von einem Pflanzer weiter westlich am James-Fluß, der an einer sumpfigen Flußmündung so miserables Land bestellte, daß kaum je ein Schiff zu ihm kam, um ihm einen Bediensteten anzubieten. Es war fraglich, ob sich dieser Mann noch lange halten würde, aber für den Kapitän war er die letzte Zuflucht, und so steuerte Barstowe seine wackelige Pier an.

»Zeig dich gefällig«, fuhr er Turlock an, »und achte auf deine Manieren! Das ist deine letzte Chance.«

»Mhm«, grunzte Timothy und starrte voll Verachtung in die Gegend. In ganz London hatte er kein so baufälliges Haus gesehen, keine so abstoßende Umgebung. Ans Tor trat ein Weib, das hager war wie eine Todkranke, dabei aber kräftig und schlau wirkte. »Ein Schiff!« rief sie jemandem im Haus zu, und gleich darauf gesellte sich ihr ein untersetzter, ungehobelter Mensch bei, der zur Pier schlenderte, seine Hand ausstreckte und sagte: »Ich bin Simon Janney.« Das Geschäft ließ sich schlecht an. Janney, ein extrem knausriger Mann, verlegte sich von Anfang an aufs Jammern. »Ich könnte schon einen zusätzlichen Arbeiter gebrauchen, aber mein Weib ist krank, meine Nigger fressen mich arm, und die Indianer ...« Er schüttelte den Kopf und stöhnte dann: »Wenn Ihr ihn unbedingt loswerden wollt ... und wenn der Preis stimmt ...«

»Augenblick, Janney. Dieser Mann ist erstklassig.«

»Wenn er das wäre, wäret Ihr nicht so weit den Fluß heraufgekommen.«

»Er wird sieben Jahre lang Gewinn abwerfen.«

»Er wird sieben Jahre lang Ärger bringen. Aber ich brauche einfach jemanden.«

»Ihr nehmt ihn also? Fünfzig?«

»Pfund? Ich habe nicht einmal fünfzig Pence.«

»Also was dann?«

»Diesen Stapel Tabakblätter.«

Der Handel wäre zustande gekommen, hätte sich nicht Mrs. Janney ans Schiff herangeschlichen, den Mann unter die Lupe genommen und ihm mit einem raschen Griff das Hemd hochgerissen, so daß sein Rücken entblößt wurde. Deutlich zeichneten sich blau und rot die Striemen ab. Mit ihrem knochigen Finger fuhr sie einen entlang und sagte: »Sieht nicht gerade gut aus.«

Als er die verräterischen Narben sah, korrigierte Janney sein Angebot, wogegen Barstowe heftig protestierte und versicherte, Timothy Turlock sei ein junger Mensch, auf den man sich verlassen könne. Mrs. Janney unterbrach seine Rede, indem sie nochmals auf die Striemen wies und zu Barstowe sagte: »Kriminelle wie dieser sollten überhaupt nicht verkauft werden.« Ihrem Manne hingegen flüsterte sie zu: »Nimm ihn. Er wird sich machen.« Sie erinnerte sich an ihre eigene Überfahrt und daran, daß man damals auch für sie als letzte ihrer Gruppe einen Käufer gefunden hatte.

So wurde der Handel geschlossen: Timothy Turlock ging an die Janneys, und zwar für einen Spottpreis: den halben Stapel Tabakblätter; Captain Barstowe aber rechnete sich aus, daß er in London dafür doppelt soviel bekommen würde, als die Janneys gedacht hatten.

Die erste Arbeit in der Neuen Welt bestand für Turlock darin, die Tabakblätter zusammenzubinden, die ihrem Kaufwert entsprachen. Als nächstes mußte er die Landungsbrücke reparieren, wobei er bis an die Knie im Schlamm stand, und dann schuftete er Tag für Tag vierzehn Stunden lang auf den Feldern. Später grub er eine Rinne, um eine Wiese trockenzulegen, zog einen Zaun um diese Wiese und baute einen Stall für die Rinder, die auf der Wiese grasten.

Nun wog er nur noch knapp hundert Pfund, und er sah tatsächlich aus wie ein Frettchen, denn die Janneys gaben ihm nicht mehr zu essen, als sie selber hatten, und Turlock erkannte allmählich, daß er auf dieser Farm nichts Besseres erwarten durfte. Vor ihm lagen sechs Jahre und neun Monate Hunger und Sklaverei. Das war auch so eine Sache: Janney hatte zwei Sklaven, und weil er von ihnen nur profitieren konnte, solange sie stark und gesund waren, behandelte er sie besser als Turlock, der zweimal gehört hatte, wie Janney zu seinem Weib sagte: »Dazu ist Toby zu schade. Nimm lieber Turlock!«

Und doch meinte er, aus gelegentlichen Anzeichen zu erkennen, daß Janney ihn mochte. Einmal ankerten sie auf einer Fahrt den James-Fluß hinunter nahe einer großen Plantage, deren Rasen bis ans Wasser reichte, und der Master sagte: »Tim, ich habe am Rappahannock Land gesehen, das doppelt so gut ist wie dieses. Wenn wir jetzt unsere Farm durchbringen, werden wir eines Tages einen Platz kaufen, der noch besser ist.«

Turlock starrte seinen Herrn mit leerem Grinsen an, als könne er den Traum nicht teilen, der Janney erfüllte, und das ärgerte den Farmer so sehr, daß er aus voller Überzeugung ausrief: »Turlock, du könntest einen guten Arbeiter abgeben und eines Tages eigenes Land bestellen.«

»Ihr ... uns ... mehr Essen ... gebt«, antwortete Timothy vorwurfsvoll. Da er nicht lebte wie ein richtiger Mensch, sprach er auch nicht wie ein solcher. Er brachte keinen ganzen Satz hervor und bevorzugte Wörter mit nicht mehr als zwei Silben. Was er hatte ausdrücken wollen, war: »Wenn Ihr uns besseres Essen gäbt, könnte ich wesentlich mehr schaffen.« Aber einen Satz mit »wenn« zu beginnen, war bereits jenseits seiner Ausdruckskraft, und Vergleiche wie »besser« und »wesentlich« waren gedankliche Feinheiten, die sein Verstand nicht mehr meistern konnte. Er lebte in einer Welt, die sich auf bedeutungsvolle Blicke und einsilbiges Gemurmel beschränkte.

Janney hatte gelernt, dieses Grunzen zu deuten, gelegentlich sogar seinen Sinn zu erfassen, und so antwortete er auch diesmal mit einer gewissen Achtung vor

Turlocks Arbeitskraft: »Bleib bei uns, Tim, wenn deine Zeit um ist! Der Rappahannock wird uns gehören!«

Für solche vagen Versprechungen hatte Turlock nicht einmal ein Grunzen übrig. Am Ende dieses Jahres zeigte ihm Janney aber etwas Greifbareres, das endlich seine Besitzgier weckte. Einige Wochen lang hatten sie von verschiedenen Plantagen Tabaksamen geholt, und nun, kündigte Janney an, würden er und Turlock ihn über die Bucht bringen »auf unser Land«.

»Wo?«

Janney war zu weiteren Erklärungen nicht bereit, aber er teilte Timothy und die Sklaven dazu ein, für die Pflanzung eine Schaluppe zu bauen. Das Boot taugte nicht viel, aber wenn Turlock ständig schöpfte, hielt es sich über Wasser. Die erste Fahrt brachte sie die Bucht hinauf zur Insel Devon, wo Janney helfen sollte, neuen Boden für den Anbau von Tabak zu roden, und was Turlock hier sah, war wie eine Offenbarung: ein hübsches Haus, eine Frau, die es sauberhielt und sich um die Erziehung ihrer Söhne kümmerte, eine Papistenkapelle und anderes, das auf Wohlhabenheit hinwies. Was Turlock, der all diesen Luxus mit großen Augen betrachtete, irritierte, waren unüberhörbare Anspielungen, daß sein Herr, Janney, beinahe so reich war wie dieser Edmund Steed. »Warum … leben … Schwein?« fragte er sich. »Warum … sieben Jahre … Schwein?«

Der Gedanke nagte an ihm, und als Janney sagte: »Morgen fahren wir hinüber und machen uns an die Arbeit«, tat es ihm leid, diesen schönen Platz verlassen zu müssen. Als er aber dann die Felder weiter im Norden sah, wie sie dalagen, zwischen herrlichen Flüssen eingebettet, mit unerwarteten Ausblicken und in grandioser Vielfalt, da stand ihm der Mund offen. Ein Feld schien begehrenswerter als das andere, eingegrenzt von tiefen Wasserläufen und dichten Baumreihen und von zahlreichen Tieren bevölkert. Dieser einsilbige Kriminelle aus dem Sumpf von London war der erste Weiße, der zu begreifen schien, welche Wunder zwischen den Seitenarmen nördlich des Choptank warteten: Dutzende von Flüssen, zahllose Wasserrinnen, Hunderte von versteckten Buchten.

»Zum Teufel James-Fluß!« brüllte er, als er dieses Paradies betrachtete. »Mein Land.«

Während die lecke Schaluppe sich auf den mühsamen Heimweg machte, brütete Turlock über die traurige Lage, in der er sich gefangen sah; der stärkste Eindruck, den das Ostufer bei ihm hinterlassen hatte, war nicht seine Schönheit, die ihn bezaubert hatte, sondern die Tatsache, daß es dieses Land *jetzt* gab, daß ein Mann mit etwas Mut es *jetzt* haben konnte. Ein volles Jahr lang bedrückte ihn dieser Gedanke und ließ ihn auf der Farm immer unverträglicher werden. Eines Tages im August 1638, als Janney darauf bestand, daß er auch nach Sonnenuntergang noch arbeiten sollte, brummte er zuerst und weigerte sich dann offen. »Ich kann dich vor Gericht bringen«, drohte Janney, »und zur Arbeit zwingen.« Dann teilte er ihm eine Arbeit zu, die ihm für die Sklaven zu gefährlich schien, und Turlock lehnte sich dagegen auf.

»Du weigerst dich?«

»Mhm.«

»Nimm die Kette, und binde den Strunk an!« – »Wie?« maulte das Pickel-gesicht, und als Janney sich bückte, um es ihm zu zeigen, packte Turlock einen Spaten und ließ ihn auf den Schädel seines Herrn niedersausen. Er überzeugte sich davon, daß er den Mann nicht getötet hatte, und trat dem Liegenden noch zweimal gegen das Kinn, damit er bewußtlos bliebe.

Dann ging er pfeifend zu dem Platz, an dem die Schaluppe vertäut lag, stahl auf dem Weg ein Gewehr und einiges Werkzeug, das er für brauchbar hielt, warf es in das Boot, lief zum Haus zurück, gab Mrs. Janney einen herzhaften Kuß, stahl ihre Schere und die Nadeln, zwei Hemden ihres Mannes und drei Angelleinen samt Haken.

»Lebt wohl«, murmelte er, kicherte leise und steuerte den Fluß an.

Seiner Berechnung nach konnte Janney selbst dann nicht viel ausrichten, wenn er sich rascher als erwartet genug erholen sollte, um zu Fuß andere Plantagen zu erreichen, denn ohne die Schaluppe konnte er ja die Verfolgung auf dem Fluß nicht aufnehmen. Zumindest ein Tag Vorsprung schien Timothy sicher.

Nicht gerechnet hatte er mit dem eisernen Willen der Janneys; sie hatten die Angriffe der Indianer überlebt, und sie wollten ebenso den Aufstand eines Bediensteten überleben. Als Mrs. Janney die Schaluppe davongleiten sah, rannte sie so lange durch die Pflanzung, bis sie ihren Mann in der prallen Sonne liegen sah, das Gesicht blutüberströmt. Sie rief Toby zu Hilfe, zerrte ihren Mann zum Haus, wusch ihn, steckte ihn ins Bett und machte sich dann auf den Weg zur nächsten Plantage. Erst nach Einbruch der Dunkelheit kam sie bei den Nachbarn an und rief ihnen zu: »Unser Dienstbote hat versucht, den Herrn umzubringen.«

Von einer Plantage zur anderen ging die Nachricht, daß der Aufstand aus-gebrochen sei. Wie ein Lauffeuer verbreitete sich die Botschaft; das war die Entwicklung, die alle Pflanzer schon längst befürchtet hatten: die Revolution der Dienstverpflichteten oder der Sklaven. Wenn sie Turlocks habhaft werden konnten, würden sie ihn töten.

Timothy wußte, daß man auf der Pflanzung nicht tatenlos bleiben würde; er blickte sich immer wieder um, und als er sah, daß einige Boote losgemacht wurden, begriff er, daß eine Expedition zu seiner Verfolgung aufgebrochen war. Rasch steuerte er einen der kleinen Wasserläufe an, die in den James-Fluß mündeten, legte den Mast um und grinste zufrieden, als der Suchtrupp an ihm vorbeiglitt.

Dann richtete er den Mast wieder auf, trieb im Schutz der Dunkelheit ein Dutzend Meilen flußabwärts, verbarg sich im Morgengrauen wieder – und erreichte auf diese Weise die Mündung des James-Flusses, wo er einen klugen Plan in die Tat umsetzte: Er hatte sich davon überzeugt, daß es in der letzten Plantage ein gutes Boot mit einem großen Segel gab. Nun segelte er zwei Meilen in Richtung Jamestown zurück, zimmerte ein kleines Floß, auf das er seine Geräte band, stieß die gestohlene Schaluppe auf eine Sandbank, zog sein Floß durch das seichte Wasser und stakte mit ihm flußabwärts zu dem wartenden Boot, das er sich aneignete. Beim Morgengrauen war er bereits weit in der Chesapeake Bay.

Sein Plan ging auf. Die Verfolger auf dem James-Fluß entdeckten das Wrack der Schaluppe und nahmen an, er sei ertrunken. Erst spät am Nachmittag vermißte man das andere Boot, aber da war er schon auf und davon. Die enttäuschten Plantagenbesitzer konnten sich bloß noch an den Richter in Jamestown wenden, der einen Steckbrief auf Timothys Ergreifung ausstellte, tot oder lebendig. Als er Mrs. Janney das Schriftstück überreichte, sagte er: »Bringt mir den Burschen, und ich knüpfe ihn auf.«

Allein auf der weiten Bucht, den Mast im Boot, um nicht entdeckt zu werden, paddelte Timothy Turlock dahin und bedachte die Lage. Zurück nach England – der Galgen. Zurück nach Jamestown – der Galgen. Einen der Flüsse Virginias hinauf – zuerst die Ketten, und dann erst recht der Galgen. Und dann sah er vor sich im Dunst die ersten blassen Konturen des Ostufers, und er erinnerte sich der klaren Flüsse und der friedlichen Buchten, die er dort gesehen hatte, als er für die Steeds den Boden urbar machen mußte, und diese Zufluchtsstätte wurde sein Ziel. Neues Land, weit weg von Virginia und übelwollenden Herren. Aber würde er allein überleben können? Darüber grübelte er, während er das Boot nach Osten hielt, und zum erstenmal in seinem Leben bemühte er sich, die unzusammenhängenden Gedanken, die ihm bunt durch den Kopf gingen, zu ganzen Sätzen zu bündeln. »Devon ... fahren ... Steeds ... treffen?« Das besser nicht; Edmund Steed hatte ganz so ausgesehen, als sei er ein Friedensrichter, also einer, der ihn zurückschicken würde. »Indianer ... hier ... wie Indianer ... dort?« Die Choptanks waren wohl friedfertig, wie sonst hätten die Steeds sich so unbesorgt geben können? »Was essen?« Auf seiner ersten Fahrt hatte er Enten und Gänse gesehen, und Steeds Diener hatten Austern gebracht. »Wo schlafen?« Kein Unterschlupf würde schlechter sein als der, den Janney ihm geboten hatte, und einen Wigwam zu bauen wie die Indianer, das traute er sich zu. »Kann ... ich ... überleben?« Das war die große Frage, und selbst wenn er all seinen Verstand zusammennahm, um seine Chancen abzuwägen, kam er zu keiner verläßlichen Antwort. Die geistige Anstrengung schmerzte ihn, erschöpfte seine Kraft, und er gab es auf, noch weiter nachzudenken. Statt dessen blickte er auf das Land, das vor ihm lag, und grinste. »Nie wieder … zurück!« Er hatte sich für das Ostufer entschieden.

Um nicht von einem englischen Schiff entdeckt zu werden, das auf den Potomac zusteuerte, legte er tagsüber den Mast um, und er selbst kauerte auf dem Boden des Bootes. Sobald er jedoch das Ostufer erreicht hatte, segelte er zügig nach Norden, und immer wieder kam er an verlockenden Buchten vorbei. Er war wahnsinnig hungrig, aber seine Schläue hielt ihn davon ab, schon hier zu landen: zu nahe am James-Fluß.

Erst später, weiter oben im sicheren Norden, steuerte er das Boot ans Ufer, verbarg es in den Binsen und ging auf Beerensuche. Er fing einen Fisch, und mit dem Fischkopf als Köder lockte er Krabben an; über einem kleinen Feuer geröstet, füllten sie ihm den Magen. Im Abenddämmern wagte er sich jeweils aus seinem Versteck, segelte die Nacht durch, und auf diese Weise näherte er sich vorsichtig dem Choptank.

Er wagte sich nicht geradewegs in die Durchfahrt südlich der Insel, sondern wartete einige Tage und beobachtete die Gegend. Er sah von einem Haus Rauch aufsteigen, Bedienstete liefen am Ufer entlang, und zu seiner Überraschung entdeckte er die Masten von zwei Schiffen, einem leichten, langen Flußboot und einer Ketsch. Diese mußten wohl aus Virginia gekommen sein, um nach ihm zu fahnden, also war besondere Vorsicht geboten.

Er wartete zu, bis sich eines Mitternachts auf Devon kein Licht zeigte, glitt dann am Südufer den Choptank entlang, überquerte ein gutes Stück stromaufwärts knapp vor dem Morgengrauen rasch den Fluß, verbarg sich am nördlichen Ufer, und als die dunklen Schatten sich aufzulösen begannen, fand er sich in einer Gegend, die ihm sehr zusagte: ausgedehntes, flaches Sumpfland, hinter dem aber offenbar fester Boden begann, da im Hintergrund Baumreihen schwarz gegen den Himmel standen. Ein Nachtvogel rief kurz, dann war es wieder völlig still am breiten Fluß.

Daheim, dachte er, und langsam glitt er am Ufer des Sumpflands entlang, müde, auf der Suche nach einem schützenden Versteck. Am östlichen Ende entdeckte er schließlich einen geeigneten schmalen Wasserlauf, der nicht breit genug schien, um einen Suchtrupp anzulocken, aber für ihn eben noch schiffbar war. Er senkte den Mast ab und paddelte gemächlich durch die Passage zwischen dem Sumpfland im Süden und dem festen Ufer weiter im Norden.

Als er sich vor jeder Gefahr sicher fühlte und tief ins Land eingedrungen war, ging er vor Anker und verstaute das Paddel im Bug. Unter verblassenden

Sternen schlief er ein. Gegen Mittag erwachte er mit einem seltsamen Gefühl: Er fühlte sich beobachtet. Er rieb sich die schmerzenden Glieder und blickte auf. Vor ihm, am Ufer, standen vier Indianerkrieger.

»Nicht … mehr … wegrennen«, stammelte er. Er erhob sich auf die Knie, grinste die Männer an und hielt ihnen die offenen Handflächen entgegen. »Seht«, sagte er voll Hoffnung, »kein … Gewehr.«

Der Sumpf

Daß Timothy Turlock allein in das Sumpfland des Choptank floh, war glatter Wahnsinn. In England war er ein Städter gewesen, und in Virginia hatten ihm seine Auseinandersetzungen mit den Janneys keine Gelegenheit geboten, sich mit der Landwirtschaft zu befassen. Daß er dennoch überleben konnte, verdankte er nur seiner leidenschaftlichen Liebe zu dem Land und den Flüssen und dem Umstand, daß er intuitiv erfaßte, wie er sich hier zu verhalten hatte.

So hatte er, als die herumziehenden Krieger ihn am Rand des Moors fanden, sofort erkannt, daß er sich ihnen ausliefern mußte, daß er so fügsam wie möglich zu sein hatte und zugleich alle Tricks von ihnen lernen konnte, die ihm helfen würden. Das Indianerdorf Patamoke gab es nicht mehr; der Platz war verlassen und ein trauriges Monument seiner Vergangenheit. Die Männer, die Turlock entdeckt hatten, waren bloß auf einem gewöhnlichen Jagdzug gewesen; ein paar Tage blieben sie bei dem zwerghaften Engländer und waren froh, daß er nicht größer war als sie.

Er lernte von ihnen, aus dem Sumpfgras die Wände seiner Hütte zu flechten und wie sich die wenigen Krabben fangen ließen, die es jetzt im Herbst noch gab. Die Gänse waren noch nicht aus dem Norden gekommen, er konnte also keine Vogelfallen aufstellen, dafür zeigten sie ihm die Grundzüge der Pirsch auf Hirsche.

Die Indianer konnten sich natürlich nicht mit ihm unterhalten, aber seine Gewohnheit, sich in kurzen Wörtern auszudrücken und sie mit Grimassen und Gebärden zu begleiten, war nun von Vorteil; die Männer antworteten auf die gleiche Art, und so hatte er bereits am Ende des zweiten Tages ein Vokabular beisammen, mit dem er später beinahe seinen gesamten Verkehr mit den Choptanks abwickelte: *kawshek* für »Auster«, *tahquah* für »Krabbe«, *attque* für »Hirsch«, *nataque* für »Biber«; und das Wort, das zu seinem größten Schrecken werden sollte: *pooponu* für »Winter«.

Als die vier Indianer ihn verließen, hatte er von ihnen einen Intensivkurs im Überleben erhalten, der für das milde Wetter im September und Oktober ausreichte. Als dann auch der Zug der Gänse kam und somit die Nahrungsversorgung sichergestellt war, fühlte er sich so zuversichtlich, daß er sogar kleine Felder anzulegen begann, obwohl er keine Samen besaß und auch nicht gewußt hätte, was mit ihnen anzufangen war.

Ende November jedoch, als zum erstenmal wirklich kaltes Wetter über den Choptank hereinbrach, erschrak er über die Heftigkeit, mit der das geschah, und dann begann für ihn die schreckliche Prüfung. Sie war nicht weniger grausam als die Hungersnot, welche die ersten Siedler in Virginia auf die Probe gestellt hatte. Er besaß keine Decken, aber er sammelte Kiefernzweige, und wenn er sie geschickt zusammensteckte, konnte er darunterkriechen und sich zumindest vor den Stürmen schützen. Er kam auf die Idee, daß ihn auch Gänsefedern wärmen könnten, vorausgesetzt, es gelang ihm, sie in irgendein Behältnis zu füllen. Nach vielen ärgerlichen Fehlschlägen fand er einen Weg, eines der Hemden, die er Janney gestohlen hatte, zu einer Art Deckbett zusammenzubinden. Das stopfte er mit Federn aus, und nun hatte er es bequemer. Nach einer Woche kam er zu dem Schluß; daß die großen Federn mit ihren harten Kielen wieder heraus mußten und nur die Daunen brauchbar waren; das hielt die Wärme so gut, daß er in manchen Nächten sogar schwitzte. Dann kam der Schnee. Der Choptank lag so weit im Norden, daß der Fluß ein- oder zweimal im Winter zufror, und Schnee war hier keine Seltenheit. In der Dämmerung war Turlock unter seinem Hemdkissen eingeschlafen, und in der Nacht war er von der überwältigenden Stille aufgewacht: kein Laut, kein Vogel, kein Rascheln in den Zweigen. Und dann hatte er das leise, sanfte, beinahe unmerkliche Fallen der Schneeflocken gehört, wenn sie die Kiefernnadeln streiften, langsam zu Boden glitten und seine unbestellten Felder und seine Hütte bedeckten.

Am Morgen starrte er dann aus der Türöffnung, und alles war weiß, sogar die Eisdecke des Flusses war vom Schnee überzuckert, und er wußte dann auch, daß er an diesem Tag hungrig bleiben würde, ausgefroren und furchtbar einsam. Der Winter 1638–1639 war ungewöhnlich hart, und Turlock machte fünf Schneestürme durch, die seine Fleischvorräte schwinden ließen und es ihm unmöglich machten, Fische oder Gänse zu fangen. Als der sechste Sturm über den Choptank fegte, war Turlock halb tot, und als der Fluß auftaute, gab er auf. Er beschloß, zur Insel Devon zu segeln und sich allen Anschuldigungen zu stellen, welche die Behörden von Virginia gegen ihn vorzubringen hatten.

Voll Trauer takelte er das Boot auf, setzte das gestohlene Segel und verließ seine Einsiedelei. Als er auf dem Choptank war und die Insel in Sicht kam, erfüllte ihn Resignation; aber auf Devon würde er zumindest nicht mehr frieren und hungern müssen, und es mochte noch Monate dauern, bis die Steeds ihn an das Gericht in Jamestown ausliefern konnten. Das richtete ihn zwar noch nicht auf, aber er versteifte sich auf den Gedanken, daß ein monatelanges Hinauszögern einem durchtriebenen Kerl wie ihm die Möglichkeit geben mochte, doch noch einen Ausweg zu finden.

Es war beachtlich, daß sich Turlock beinahe ein halbes Jahr lang im Sumpf hatte verstecken können, ohne daß man auf Devon etwas davon bemerkte; immerhin waren die beiden Orte kaum zehn Meilen voneinander entfernt. Allerdings darf man nicht außer acht lassen, daß die Indianer nicht mehr für Steed arbeiteten und daß es den Bediensteten, die an ihre Stelle traten, nicht gestattet war, ins Hinterland vorzudringen. Als das fremde Boot im Devon-Fluß auftauchte, sorgte es daher in der Siedlung für beachtliches Aufsehen.

»Master Steed!« rief einer der Dienstboten, während er auf das Haus zulief, »ein Schiff! Ein Schiff!«

Der Herr war auf den Feldern, aber in der Türöffnung erschien eine groß-gewachsene Frau mit einem schwarzen Schal um die Schultern, blickte über die verschneiten Felder und sah schließlich das Boot. Sie war um die Vierzig, hatte eine blasse Haut, und ihr Haar wurde langsam grau. Sie bewegte sich, als gehörte die Insel ihr, was ja auch zutraf, und nachdem sie sich vergewissert hatte, daß nur ein Passagier im Boot war, sandte sie Boten in die Plantage.

Als das Boot festmachte, sah sie, daß ihm ein ausgemergelter Weißer entstieg, mit unsicheren Schritten den Fußweg zum Haus heraufkam, aber bereits nach wenigen Metern zusammenbrach.

»Helft ihm«, rief sie den Dienern zu, und Turlock wurde ins Haus geschleppt. Mrs. Steed konnte beinahe sehen, wie die Wärme in seine ausgefrorenen Knochen drang.

»Wer seid Ihr?« fragte sie ihn, nachdem er etwas Schweinebrühe geschlürft hatte.

»Turlock.«

»Ach, Ihr seid der Mann, der mit Simon Janney hier gearbeitet hat?«

»Ja, der.«

Taktvoll verschwieg sie, daß er dann auch jener Mann war, der auf Janney mit dem Spaten eingeschlagen und seine Schaluppe gestohlen hatte.

»Janney ... lebt?« fragte Turlock.

»Er hat es überlebt«, sagte sie gelassen.

»Er ... war ... schlecht.«

Das nahm sie ihm nicht ab. Janney und seine Frau hatten ausgesagt, daß sie ihren widerspenstigen Dienstboten nie geschlagen und ihm zu essen gegeben hatten, was sie selber besaßen. Turlock war dem Gericht als ein undankbarer Mann geschildert worden, der …

»Master Steed kommt!« rief jemand, und Turlock machte sich darauf gefaßt, Edmund Steed zu begegnen, mit dem er gearbeitet hatte. Statt dessen trat ein gutaussehender junger Mann von zweiundzwanzig Jahren ein, die Wangen von der Kälte gerötet, das Haar zersaust.

»Das ist mein Sohn Henry«, sagte Mrs. Steed. »Er hat sein Studium in London abgebrochen, als mein Mann starb.«

Turlock wußte, daß er jetzt etwas über den Verstorbenen hätte sagen müssen, aber Freundlichkeit war nicht seine Stärke.

»Schlimm«, grunzte er.

»Ihr habt mit meinem Vater gearbeitet, bevor ich kam?« fragte der junge Steed.

»Mhm.«

Eine peinliche Pause trat ein, und Turlock starrte anmaßend das verglaste Fenster an, das erste, das er in der Neuen Welt zu Gesicht bekam. Schließlich sagte Mrs. Steed: »Wir haben über seinen Überfall auf Janney gesprochen.«

»Es ist ein Wunder, daß Ihr ihn nicht umgebracht habt«, sagte Steed vorwurfsvoll.

»Schlechter … Mensch.«

»Er war Euer rechtmäßiger Herr.«

»Mochte … Sklaven … mehr.«

Es war beachtlich, wie rasch man sich an Turlocks verkümmerte Sprechweise gewöhnen konnte; sobald er seine Andeutungen stammelte, beeilten sich seine gebildeteren Partner, mit ihrem Verstand die vielen Lücken zu füllen, als hätten sie es mit jemandem zu tun, dessen Denkfähigkeit auf das Notwendigste reduziert war. Die Steeds verstanden ihn mühelos.

Henry setzte zu einer Moralpredigt an, aber Mrs. Steed unterbrach ihn; sie bemerkte leichthin, was dieser widerliche kleine Mensch jetzt brauche, sei nicht Moral, sondern ein warmes Essen, und sie brachte ihn in die Küche, wo auf dem Herd die Töpfe summten. Dann zeigte sie ihm sein Bett, und er konnte wieder unter einer richtigen Decke einschlafen.

Als sie zu ihrem Sohn zurückkehrte, war der noch immer ungehalten, und sie beruhigte ihn mit einem Wahlspruch, den sie von ihrer Großmutter in High Wycombe hatte: »Kümmere dich um den Magen der anderen und um dein eigenes Gewissen!« Sie sagte: »Wenn ein Mensch zu dir kommt, Henry, und er ist am Verhungern, dann halte ihm keine Predigt, sondern gib ihm zu essen.«

»Wir müssen ihn an die Behörden ausliefern.«

»Wirklich?«

Diese Entgegnung war so deutlich, daß der junge Henry, der in London Jurisprudenz studiert hatte, seiner Mutter ernste Vorhaltungen machte, aber sie dachte nur an den Schlafenden und sagte: »Nicht so laut, mein Sohn!« Und dann diskutierte sie mit ihm über die ursprüngliche Bedeutung des Asyls, derzufolge jemand, der seinen Verfolgern davonlief, sich der Verfolgung selbst entziehen konnte, wenn er nur geschickt und ausdauernd genug war, eine Zufluchtsstätte zu erreichen, aus der ihn niemand holen durfte.

»Der Gerechtigkeit kann man sich nicht entziehen«, sagte Henry.

»Doch. Wenn man das Asyl erreicht.«

Diese Vorstellung war ihm zuwider, und er begann eindringlich dagegen zu argumentieren, aber seine Mutter hatte noch zwei Trümpfe bereit: »Henry, dein Vater und ich sind oft mit dem Gesetz verfolgt worden, und – dem Himmel sei Dank – wir haben stets eine Zuflucht gefunden.« Und noch deutlicher: »Daß du Jurisprudenz studiert hast, gibt dir noch nicht das Recht, dich als kleiner Tyrann aufzuspielen.«

Ihr Sohn ließ sich diesen Affront nur gefallen, weil sie in den letzten Monaten, da ihr Mann noch lebte, außergewöhnliche moralische Kraft bewiesen hatte. Während Edmund Steed in Saint Mary's City für die Freiheit kämpfte, hatte sie sich um die Plantage gekümmert und die Sklaven zur Arbeit angehalten. Ihre Söhne hatten ihr dabei nicht helfen können, da sie ja in Europa waren, und dort waren sie auch noch, als Edmund starb.

Damals hatte sie vor wirklich schweren Problemen gestanden: Simon Janney erhob mit fragwürdigen Argumenten Anspruch auf alle Felder nördlich der Insel; er behauptete, beweisen zu können, daß *er* sie bestellt habe und daß der Tabak dort unter *seinem* Namen nach Bristol gegangen sei. Sie kannte die Geschichte dieser Felder, und sie wußte, daß seine Behauptungen Betrügerei waren, aber es bedurfte ungeheurer Anstrengungen, bis sie, ganz auf sich allein gestellt, seine unbilligen Forderungen abgewiesen hatte. Daß ihre Söhne die Plantage überhaupt betreten konnten, als sie von Europa zurückkehrten, hatten sie also nur der Standhaftigkeit ihrer Mutter zu verdanken.

»Simon Janney ist hartherzig«, sagte sie zu ihrem Sohn.

»Meinst du, er hat ihn ausgepeitscht, diesen – wie heißt er doch?«

»Turlock. Das glaube ich nicht. Janney geht es nie um Rache, nur ums Geld.«

»Soll ich Turlock an das Gericht in Jamestown ausliefern?«

»Ich täte es nicht«, antwortete sie, doch da es schließlich ihr Sohn war, der die Insel geerbt hatte, fügte sie hinzu: »Wie meinst du, daß wir uns verhalten sollen?«

Fünf Tage lang diskutierten Mrs. Steed und ihr Sohn die moralischen Probleme, die durch Timothy Turlocks Auftreten entstanden waren, und der listige Kerl ahnte bald, was die beiden so sehr beschäftigte. Als das Wetter sich besserte und es schien, als komme bald der Frühling über den Fluß, machte sich Turlock daher auch folgerichtig aus dem Staub, nicht ohne zuvor Mrs. Steeds Zimmer einen heimlichen Besuch abzustatten und dabei einige Zwirnspulen zu entwenden. Er stahl außerdem ihre Stecknadeln, Nägel, einen kleinen Hammer und eine Decke. Das Diebesgut verstaute er sicher unter der Bank seines gestohlenen Bootes.

Er war schon weit den Fluß hinuntergefahren, ehe die Dienstboten sein Verschwinden entdeckten. Ihr Gezeter vermochte die Steeds aber nicht aus der Ruhe zu bringen. »Laßt ihn ziehen«, sagte Martha. »Er ist mit sich selbst zur Genüge bestraft.«

»Nur bürdet er die Strafe anderen auf«, erwiderte ihr Sohn, »und niemals sich selbst.«

Turlock verbrachte den Herbst 1639 damit, sich gegen alle Gefahren kommender Winter zu wappnen. Aus sämtlichen Stoffresten, die er besaß, nähte er einen Überzug für die gestohlene Decke; mit Gänsedaunen gefüllt, würde dieser Sack keinem Bettzeug in ganz Maryland nachstehen. Die Liegestatt selbst hob er weiter vom Boden ab, und in den Zwischenraum stopfte er schwere Gänsefedern. In der Hütte zog er eine zweite Wand auf, und auch hier füllte er jeden Hohlraum mit Federn. Aus Kiefernästen baute er ein neues Dach; er legte Vorratsgruben an und hob um die Hütte einen Graben aus, der das Schmelzwasser ableiten sollte. Am Ufer errichtete er einen Landeplatz, so wie er es bei den Steeds gesehen hatte, und obwohl ihm niemand dabei half, die Zedernpfähle einzurammen, trieb er ihre Spitzen mit einer Keule tief genug in den Schlamm.

Am besten aber fand sich dieser schwächliche Mensch, der knapp neunzig Pfund wog und für das Leben in der Wildnis kaum gerüstet war, mit dem Wald zurecht. Nichts, was dort geschah, entging ihm. Er legte Pfade an und stellte Fallen auf, die so geschickt konstruiert waren, daß es ihm nie an Fleisch mangelte. Schließlich rodete er ein Stück Land unter den Kiefern und versetzte seine Hütte dorthin, so daß er es im Sommer kühl hatte und im Winter gegen den Schnee geschützt war.

Zunächst schenkte er dem Sumpfland nur oberflächliche Beachtung, es war für ihn bloß ein ungewöhnliches Versteck, in dem Wasser und Land um die Vorherrschaft wetteiferten. Hier fand er abgelegene Inseln, deren Boden fest genug war, um bestellt zu werden, und dazwischen die Sümpfe selbst, die den unvorsichtigen Wanderer verschlingen konnten. Manchmal lagerte er auf einem kleinen Hügel und beobachtete die Graureiher beim Fischfang; und es gefiel ihm, wie geschickt sie die Fische schnappten, um sie sich in den Schlund zu werfen. Oft sah er Füchse durchs Gras schleichen, die auf der Suche nach Wachteln oder Kaninchen waren, und manchmal stieß ein riesiger Adler herunter und erhaschte seine Beute.

Was seinen Geist aber am meisten beschäftigte, war, daß er hier im Sumpfland sicher und geborgen war. Er konnte sich mit dem Boot zurückziehen, den Mast abnehmen und das Schiff so gut verstecken, daß es vom Fluß aus nicht zu sehen war. Genauso konnte er auf den versteckten Pfaden fortlaufen und sich selbst verbergen. Das bewies er, als einmal Indianer kamen, um mit ihm Tauschhandel zu treiben. Geschickt strich er durch die Binsen, rief: »Sucht mich!«, und sie fanden ihn nicht. Als er sich aufrichtete und ihnen zugrinste, wollten sie wissen, wie er ihnen entkommen war, und als er es ihnen zeigte, waren sie voll Bewunderung.

Die Indianer waren ein Problem. Sobald er ihre Sprache besser verstand, machten sie ihm klar, daß der Sumpf und das Land ihnen gehörten, und wenn er hier leben wolle, müsse er ihnen den Boden abkaufen, wie Steed das getan hatte. Als er darauf nicht einging, brachten sie ihn weiter nach Osten, wo der Häuptling lebte, und Matapank bestätigte den Anspruch der Choptanks. Tagelang feilschte Turlock mit ihnen, aber schließlich mußte er eingestehen, daß ihnen das Land gehörte, und zu seinem Schutz kündigte er an, es kaufen zu wollen. In ein schön gegerbtes Hirschleder kratzte er die Umrisse seines Besitzes – ein langes, schmales Rechteck für den Sumpf, ein Dreieck für das feste Land –, und er forderte die Anführer der Choptanks auf, ihre Zeichen darunter zu setzen. Dies taten Matapank und der kleine Mann mit dem gespaltenen Kinn, dann der schwache weißhaarige Riese und seine Tochter Tciblento, die stattliche Mutter zweier Söhne. Zuletzt setzte auch Turlock sein Zeichen darunter.

Als er die Karte fertiggestellt hatte, wurde ihm klar, daß sie ohne echten Wert war, denn bei den Zeichen standen keine Namen, und er konnte nicht belegen, wer wo unterschrieben hatte. Er erkannte, daß er die ganze Verhandlungsgruppe zur Insel Devon bringen mußte, wo die Steeds die Namen dazuschreiben und beglaubigen konnten. Matapank verstand das und war bereit mitzukommen; der Mann mit dem gespaltenen Kinn ebenfalls; der Riese dagegen wollte den Ort nicht verlassen, aber Tciblento zeigte sich überraschend stark interessiert, nach Devon zu paddeln. So wurden also die Kanus fertiggemacht, aber der weißhaarige alte Mann verzögerte die Abreise noch einmal mit der Frage: »Und was gibt dieser Fremdling uns dafür, daß wir sein Dokument unterzeichnet haben?«

Das ergab wieder eine lange Diskussion, in deren Verlauf die Indianer aufzählten, was sie alles brauchen konnten. Turlock hörte aufmerksam zu, akzeptierte einige Vorschläge und wies andere zurück: »Das … beschaffe … ich … Das … vielleicht … auch.« So ging es weiter. Zuletzt einigte man sich, und der Zug brach auf.

Es war eine herrliche Fahrt flußabwärts; kein Anzeichen, daß hier Menschen an den Ufern lebten, nur Fischadler und Reiher, hier und da ein paar Enten, die nicht nach Norden geflogen waren. Als die Kanus an Turlocks Sumpfland vorbeiglitten, lobten alle die schöne Gegend, und zuletzt kam die Insel Devon in Sicht. Jetzt wurde Tciblento unruhig, und als die Kanus im Devon-Fluß einliefen, lehnte sie sich weit vor, um das Haus zu betrachten, das sie nicht mehr aus den Augen ließ. Schließlich entdeckten Bedienstete die Boote, riefen nach dem Herrn, und wenig später kam der junge Henry Steed den gepflasterten Weg herunter, Tciblento setzte sich wieder, sagte kein Wort mehr und hielt die Hand vor den Mund.

Der Vertrag wurde auf dem Küchentisch unterzeichnet. Henry trug die fünf Namen ein, setzte das Datum dazu und ließ seine Mutter und dann seinen Bruder das Schriftstück beglaubigen, ehe er selbst unterschrieb. Bald darauf wurde das Hirschleder in St. Mary's City eingeschrieben, aber nicht ehe Turlock geschickt die Linie geändert hatte, mit der die nördliche Grenze gekennzeichnet war, und er auf diese Weise zweihundert Morgen dazugewann.

Als es ans Bezahlen ging, führte Turlock die Indianer zur Seite und versicherte ihnen, nach dem zweiten Vollmond könnten sie zu ihm kommen, und er werde ihnen die vereinbarte Anzahl von Äxten, Gewehren und anderem Gerät aushändigen. Matapank und der Kleine mit dem gespaltenen Kinn waren einverstanden; nur Tciblento fragte: »Warum bekommen wir sie nicht jetzt gleich?« Und er antwortete: »Jetzt … nichts … haben.«

Die Indianer kehrten mit leeren Händen zurück, und als der nächste Neumond kam, machte sich Turlock ans Werk. Nachts fuhr er mit seinem Boot zu einer kleinen Bucht auf der anderen Seite von Devon, versteckte es zwischen den Bäumen, und in drei aufeinanderfolgenden Nächten schlich er an Land, um die Lage auf der Steed-Plantage auszukundschaften. Dann, in einer einzigen geschäftigen Nacht, holte er die Äxte dort, wo sie nicht so schnell vermißt werden würden; die Gewehre stahl er direkt aus den Behausungen der schlafenden Dienerschaft; er entwendete drei Räder, einen Hammer, ein Brecheisen und zwei Hacken, nahm sich auch einiges Nützliche für den eigenen Gebrauch, schlich dann wieder zu seinem Boot und glitt lautlos stromauf zu seinem Land zurück.

Beim Ausladen der Beute fiel ihm ein, es könnte vorteilhafter sein, sie im Sumpf zu verstecken als in der Hütte. Mit äußerster Vorsicht, damit er keine Fußspuren hinterließ, schlug er sich in das Herz des Moors, dort wo es besonders naß war, und verstaute die Sachen auf einer Plattform aus Ästen. Auf Zehenspitzen kehrte er dann auf einem anderen Weg zurück, und als der aufgebrachte Henry Steed mit drei Männern den Wasserlauf heraufkam, saß Turlock mit unschuldiger Miene in seiner Hütte.

»Mister Steed!« beteuerte er und grinste den Plantagenbesitzer an, »ich … stehlen … Äxte? Hab' … selbst … welche.«

Die Bediensteten bestätigten, daß Turlocks Äxte, seine Gewehre und die Hacke nicht aus Steeds Besitz stammten.

»Irgendwo hat er das Zeug versteckt«, beharrte Steed, und seine Leute suchten die Wälder ab, fanden aber nicht die geringste Spur. Steed schickte sie auch in den Sumpf, aber als sie dort einzudringen versuchten, sanken sie bis über die Hüften ein, und er mußte sie zurückrufen.

»Vielleicht … Indianer … genommen?« deutete Turlock an, aber die Choptanks lebten so weit weg, daß Steed den Weg scheute und sich entschließen mußte, zu seiner Insel zurückzukehren. Als seine Ketsch ablegte, warnte er Turlock: »Ich weiß, daß Ihr der Dieb seid. Wir werden Euch schon noch erwischen.«

Daraus wurde nichts, denn Turlock gab die Diebesbeute rasch an die Indianer ab und kam der Plantage nicht mehr zu nahe. Er ahnte, daß Steed Wachtposten aufgestellt hatte, die ihn auf einem neuerlichen Raubzug ertappen würden. Vierhundert Morgen Sumpfland und beinahe achthundert Morgen guter, fester Boden gehörten jetzt von Gesetzes wegen ihm, und er war entschlossen, sich diesen Besitz von niemandem nehmen zu lassen, auch nicht von Schneestürmen im Winter und Moskitoschwärmen im Sommer.

Turlock lebte schon länger als ein Jahr auf eigenem Land, als er entdeckte, daß Jäger oder Landstreicher vom Westufer ihr Lager im verlassenen Indianerdorf Patamoke aufgeschlagen haben mußten; im Schutzhafen lagen Boote. Die Steeds an der Flußmündung hatten offenbar nichts dagegen; im Gegenteil, sie profitierten von dem zusätzlichen Geschäft, das ihr Warenlager auf Devon nun abwarf, und Choptanks, die hätten protestieren können, gab es in dieser Gegend nicht mehr.

Aber die Männer, die sich bei den Resten des alten Dorfes niedergelassen hatten, führten sich so wild auf, daß ein Konflikt unvermeidbar war; ihre blutigen Erfahrungen mit den Indianern entlang des James-Flusses hatten sie gelehrt, alle Rothäute zu hassen, und sie vermochten nicht zwischen den harmlosen Choptanks und den Wilden, die in Jamestown alles niedergebrannt und abgeschlachtet hatten, zu unterscheiden. Sofort erklärten sie allen Indianern den Krieg, und als eine Gruppe von fünf Choptanks auf der Jagd durch angestammtes Gebiet nördlich von Patamoke kam, wurde sie beschossen; zwei Indianer starben, einer der Toten war Tciblentos Mann.

Wehklagen brach in den Siedlungen der Choptanks aus, als die drei Überlebenden zurückkehrten und von dem Überfall berichteten. Matapank, den Häuptling, brachte das Unglück in Verwirrung; er erkannte, daß die unvermeidbare Konfrontation nun bevorstand, wußte aber nicht, wie er ihr begegnen sollte. Planlos berief er drei Ratgeber zu sich, die ihn zu einer Vorsprache bei den Weißen begleiten sollten. Er wollte mit den Fremden über das Unrecht sprechen, das sie seinen Leuten angetan hatten, aber als die Unterhändler sich näherten, eröffneten die Weißen das Feuer auf sie, und auch Matapank wurde getötet.

Nun fiel die Last, die Pentaquod hatte abwenden wollen, voll auf ihn. Die Leiche von Tciblentos Mann war nicht geborgen worden, man konnte daher die Begräbniszeremonie nicht begehen, und die schöne Frau mußte ohne den Trost bleiben, den das feierliche Begräbnis ihr vermittelt hätte, ohne die Zuversicht, daß ihr Mann im Jenseits einen sicheren Platz hatte. Sie saß und trauerte gemeinsam mit ihren Söhnen, und ihr alter Vater konnte nichts tun, um ihren Schmerz zu lindern; ihr Mann war der erste gewesen, der bei dieser Auseinandersetzung gefallen war, jenem Kampf, den sie immer schon für unvermeidbar gehalten hatte.

Noch mehr verwirrt war Pentaquod durch den sinnlosen Tod Matapanks, dem die Insignien der Führerschaft vor beinahe einem Vierteljahrhundert verliehen worden waren; er war nie ein starker Häuptling gewesen, aber er hatte den Stamm zusammengehalten und hätte als dessen geachtetes Oberhaupt das höchste Alter erreichen können. Nun war er von ihnen gegangen, und die einzige Quelle der Kraft, aus der dieses haltlose Volk noch Mut schöpfen konnte, war er, Pentaquod, nun in seinem einundachtzigsten Jahr und zum Sterben bereit. Als die Choptanks zu ihm um Rat kamen, trug er nicht nur die drei Truthahnfedern; um seinem Volk Mut zu geben, erklärte er sich auch bereit, zum ersten Mal in seinem Leben die Kupferscheibe anzulegen, das Zeichen der Häuptlingswürde. Stets von Tciblento unterstützt, traf er die nötigen Entscheidungen.

In fünf Kanus fuhren er und seine tapfersten Krieger den Choptank hinunter, um die Lage zu erkunden. Sie hielten sich fern von dem Lager, in dem die Jäger zechten, und steuerten den Sumpf an, wo Turlock lebte, ein Mann, dem sie trauen konnten und der sich aus dem Konflikt herausgehalten hatte. Pentaquod saß nun in dessen primitiver Hütte, Tciblento neben sich, und fragte: »Turlock, was will der weiße Mann?«

»Den Fluß.«

»Warum töten sie uns?«

»Ihr … Indianer.«

»Müssen wir diesen Fluß aufgeben und unter den Nanticokes als Sklaven leben?«

»Auch sie … sterben.«

»Gibt es also Krieg? Den Krieg, den wir stets vermeiden wollten?«

Zwei Tage lang sprachen sie so, und dann fuhren sie alle, auch Turlock, flußabwärts zur Insel Devon, wo sie mit den Steeds weiterberieten. Der junge Henry vertrat die Ansicht, daß der Choptank für alle Zeiten verloren sei und daß die Indianer weit in den Osten ziehen müßten, um weiterem Kämpfen aus dem Weg zu gehen, aber Turlock sagte, daß er selbst bereits zwei Fahrten dorthin unternommen habe, bis ans Meer gekommen sei und überall der weiße Mann schon Fuß gefaßt habe. Diese schmerzhafte Nachricht veranlaßte Pentaquod zu der Frage, was denn sein kleiner Stamm nun tun solle, und Henry schlug vor, sie sollten in den Süden ziehen und mit den Nanticokes gemeinsame Sache machen.

»Und unsere Freiheit aufgeben?« fragte der alte Mann.

»Die Indianer am Westufer haben begriffen …« begann Henry, ließ es aber damit bewenden, denn jetzt war nicht der richtige Zeitpunkt, zu erklären, was sie begriffen hatten: daß überall dort, wohin die weißen Siedler kamen, die Indianer aufgeben mußten.

Nun griff auch Mrs. Steed ein. Sie wollte ein weniger kummervolles Thema ins Gespräch bringen und erinnerte daran, wie Tciblento sich in Edmund Steed verliebt, aber statt dessen doch einen tapferen Choptank zum Mann genommen habe. »Wie geht es deinem Mann?« fragte sie freundlich.

»Die Jäger haben ihn getötet.«

»O mein Gott!« rief Mrs. Steed, als hätte erst Tciblento bestätigt, wovon die Männer schon die ganze Zeit sprachen, und sie fühlte so starkes Mitleid mit der Indianerfrau, daß sie sie umarmte und ihr einen Augenblick lang den Kopf auf die Schulter legte.

»Du kannst den Winter über bei uns bleiben«, sagte sie sanft.

»Ich muß meinem Vater helfen.«

»Auch für ihn ist in einem unserer Häuser Platz.«

»Die Zeit ist gekommen, da jeder gebraucht wird«, sagte Pentaquod, und als diese Worte übersetzt waren, stand Mrs. Steed auf und küßte den alten Mann. »Laß doch nur deine Tochter bleiben!« sagte sie, aber Pentaquod nahm Tciblento an der Hand und sagte, nicht ohne Vorwurf: »Es gab eine Zeit, da wollte ich, daß sie geht. Aber das ist lange her, und nun wird sie gebraucht.« Schweigend, als bereiteten sie eine Totenreise vor, gingen die Indianer zu ihren Kanus.

In den drei Wintermonaten des Jahres 1641 zog Timothy Turlock zwischen Devon und dem Lager am Choptank hin und her, überbrachte Botschaften und versuchte, eine freundschaftliche Lösung herbeizuführen, die den Indianern das Überleben in ihren Wäldern garantierte. Aber die Jäger blieben halsstarrig; sie waren entschlossen, jeden Choptank zu vertreiben, und im Süden hatten sie bereits die ersten Scharmützel mit den Nanticokes ausgefochten.

Immer häufiger traf sich Turlock mit Pentaquod, dessen tränenverhangene Augen nur noch den Untergang seines Volkes sahen. Der Alte war ein unendlich größerer Philosoph als Turlock, der mit einem abstrakten Gedanken kaum zurechtkam, aber sie liebten beide das Land, und darüber konnten sie miteinander sprechen. Pentaquod versuchte, den frettchengesichtigen Engländer davon zu überzeugen, daß es für ihn ebenso schwer sein werde, sein Land zu behalten, wie für die Choptanks.

»Kein Jäger … auf meinem Grund!« brüstete sich Turlock und deutete an, wie er seine Muskete gebrauchen würde, um den Gegner abzuwehren.

»*Sie* sind nicht die Feinde«, korrigierte ihn Pentaquod.

»Wer sonst?«

»Steed.«

»Nein«, widersprach Turlock fest. »Steed … Frieden.«

»Kein Krieg«, sagte Pentaquod, »keine Gewehre, aber er wird nie genug Land haben. Seine Scheunen werden stets hungrig sein. Er wird bis ans Meer vordringen, und du und ich, wir alle, selbst die Jäger werden dabei verschlungen werden.«

In diesen schrecklichen Tagen brütete Pentaquod über die Zukunft seines Stammes; aber auch, was unmittelbar geschah, bereitete ihm tiefen persönlichen Kummer. Er hatte beobachtet, daß Turlock weniger im Lager der Choptanks herumlungerte, um sich mit ihm zu beraten, sondern vielmehr, um Tciblento nahe zu sein, und eines Morgens kam ihm der erschreckende Gedanke: Großer Geist! Er will sie heiraten!

Sie gaben ein jämmerliches Paar ab: Sie war einen Kopf größer und so schön, wie er häßlich war, von Natur aus poetisch, während er kaum einen ganzen Gedanken aussprechen konnte, und vierundvierzig, er dagegen erst zweiunddreißig. Das ärgste aber war, daß sie keine gemeinsame Sprache hatten. Wie sollten sie sich miteinander verständigen, wie ein Zusammenleben aufbauen?

Und doch verstand Pentaquod, welche Motive seine Tochter diesem ungewöhnlichen Brautwerber in die Arme trieben. Sie stand vor der Wende ihrer Tage, ihr Mann war tot, ihr Stamm in Auflösung, ihr Haus verbrannt, die Zukunft grau und schwarz. Es war nicht unlogisch, daß sie sich für den Fremden entschied und an seiner Seite das Beste aus ihrem Leben machen wollte. Aber die Gründe, die zu diesem Entschluß führten, blieben tragisch.

»Ach, Tciblento«, sprach er eines Morgens mit sich, »daß du keinen Susquehannock finden konntest, der deiner würdig gewesen wäre; daß du Steed nicht heiraten solltest und keinen der tapferen Krieger ...« Seine Schultern bebten, und Tränen füllten seine müden Augen. »Wie furchtbar, daß du diesem erbärmlichen Mann gehören sollst. Tciblento! Du bist die Tochter von Königen!«

Die Hochzeit war eine erbärmliche Prozedur, eine Verhöhnung ehrwürdiger Überlieferung: Eines Morgens brummte der kleine Engländer: »Zeit ... Sumpf ... gehen«, und Pentaquod verstand diesen Wunsch, denn niemand sollte für lange Zeit seinem Land fernbleiben. Als die Nachmittagssonne im Westen tiefer sank, verließ Turlock einfach den Wigwam und schlenderte langsam zum Boot, womit er andeutete, daß Tciblento ihn begleiten konnte, wenn sie wollte. Ohne sich von ihrem Vater zu verabschieden, schloß sie sich schweigend dem kleinen Trapper an, und ohne irgendein Zeremoniell bestieg sie das Boot. Ihre Abreise blieb im Dorf unbeachtet; es gab keine Feier, die der Hochzeit einer Prinzessin entsprochen hätte, kein Dröhnen der Trommeln, kein Gebet des Medizinmanns. Der Stamm war in Auflösung, der Druck, der vom Chesapeake ausging, zu überwältigend.

Der alte Pentaquod war sich bewußt, daß er seine Tochter nicht wiedersehen würde. Er rief ihre beiden Söhne zu sich, nahm sie, obwohl sie doch schon groß waren, an der Hand, ging mit ihnen ans Ufer und rief dem entschwindenden Boot nach: »Tciblento! Was soll mit deinen Söhnen geschehen?« Aber sie war schon fort, hatte für immer ihren Stamm verlassen, und die beiden Knaben würden irgendwo aufgenommen werden, verwirrt mit dem Rest der Choptanks weiterziehen und am Ende gejagt werden wie das Wild und hingeschlachtet, und Kiefernnadeln würden ihren Leib bedecken.

»O Tciblento!« weinte der alte Mann, und als die Gänse den Fluß verließen, folgte sein Geist ihnen nach.

Es war charakteristisch für das Ostufer, daß wesentliche Ereignisse, die irgendwo geschahen, überall auf der Halbinsel ihren Widerhall fanden, während nie etwas, das hier geschah, den Weltenlauf draußen beeinflußte. Dies zeigte sich deutlich im Januar 1648, als ein Schiff aus Bristol auf Devon anlegte und eine kleine Gruppe Dienstverpflichteter brachte, große Mengen an Handelswaren für das Lagerhaus der Steeds und einen katholischen Priester, der soeben erst in Rom die Weihen empfangen hatte.

Ralph Steed, nun zweiunddreißig, war ein guter Student gewesen und hätte stolz darauf sein können, als erster Bürger Marylands in den geistlichen Stand getreten zu sein, aber als er den Bootssteg verließ, war er offensichtlich verstört. In steifer Haltung küßte er gemessen seine Mutter, begrüßte seine beiden Brüder und sagte: »Wir sollen uns zur Kapelle begeben.«

Dort las er eine kurze Messe, der auch zwei Matrosen beiwohnten, schloß dann hinter ihnen die Türen und wandte sich ernst an die Familienmitglieder. »Ereignisse von größtem Gewicht erschüttern London«, vertraute er ihnen an. »König Charles wird von den Protestanten verfolgt, und ein abscheulicher Mensch namens Cromwell will die Krone an sich reißen und sich selbst zum König ausrufen lassen.«

»Sind denn alle verrückt geworden?« fragte seine Mutter.

»Es hat den Anschein. Und die Folgen können furchtbar sein. Das Parlament versucht, die Verfassung von Maryland wiederaufzuheben. Es geht die Rede, daß man beabsichtigt, Regierungsbeauftragte hierherzusenden, damit sie den Katholizismus ausrotten. Wir sind in Gefahr.«

Er war nur unzulänglich informiert; auf dem Schiff waren ihm die Anhänger des protestantischen Parlaments und dessen Kampfes gegen den König mit Feindschaft begegnet, und die schlimmsten Nachrichten hatte er noch gar nicht erfahren. Der Kapitän und die Matrosen vertrauten aber alles den protestantischen Besuchern an, die zum Handeln oder Einkaufen gekommen waren.

»Ja, Leute«, berichtete der Kapitän, »überall in England wird gekämpft. Ein Verrückter, ein gewisser Rupert, unterstützt zwar den König, aber General Cromwell führt ganze Armeen auf das Feld, um uns ehrliche Menschen zu verteidigen. Wenn Cromwell siegt, sind die Tage der Papisten in Maryland gezählt.«

Einige Matrosen, fanatische Anhänger des Parlaments, wollten schon eine protestantische Miliz für den Choptank aufstellen, die alle in England neu errungenen Freiheiten durchsetzen sollte, aber der Kapitän unterdrückte diese Bemühungen. »Der Kampf wird in England gewonnen werden«, prophezeite er, »und dort wird bestimmt, was hier geschieht.«

Er hatte sich in seiner Voraussage geirrt: Die Pflanzer von Virginia und Maryland waren stets standhafte Royalisten gewesen und würden es immer bleiben; unerschütterlich liebten sie ihren König, jeden König, und je näher das Parlament in England dem Sieg kam, um so heftiger verteidigten sie am Chesapeake ihren Charles. Für sie war die Krone ein Symbol englischer Beständigkeit, wie sie in ihrer Erinnerung lebte, und Cromwells Anmaßung

empörte sie: »Wie kann er es nur wagen, sich gegen den König zu stellen!«
Sie verschickten Petitionen, in denen sie ihre Unterstützung kundtaten. Hochwürden Steed hingegen sah voraus, daß eine Revolution von beachtlicher
Auswirkung bevorstand, und er wußte, daß sie eines Tages alle in Maryland
erfassen würde, nicht nur die Pflanzer.

»Wir sind königstreu«, sagte er zu seiner Familie, »und wir sind Katholiken,
und beides wird uns in Bedrängnis bringen. Wir müssen uns zur Verteidigung
rüsten.«

So wurde die Insel Devon eine Bastion zum Schutze des Choptank-Landes.
Die drei Brüder verfügten über siebzehn Musketen, zögerten aber mit der
Bewaffnung der Dienstboten und Jäger, da diese alle Protestanten waren. Die
Siedlungen in Virginia waren natürlich allesamt leidenschaftlich antikatholisch, und man mußte daher von dieser Seite mit einer Invasion rechnen. In der
Tat lag die einzige Hoffnung der Steeds darin, daß sich die aufrechten Bürger
von Maryland auf der gegenüberliegenden Seite der Bucht zur Verteidigung
der königlichen Interessen zusammenschließen und so lange die Ordnung
aufrechterhalten würden, bis die Engländer in London die Gefahr gebannt
hatten und Cromwell am Galgen baumelte.

Ralph war der große Organisator. Er hielt sich zwar im Hintergrund und ließ
nach außen hin seinen jüngeren Bruder Henry die Leitung übernehmen, aber
er überquerte die Bucht, um insgeheim den Katholiken Mut zuzusprechen und
ihnen eindringlich darzulegen, daß man den Abweichlern Widerstand ent-
gegensetzen müsse. Er sagte auch: »Es besteht kein Grund zur Panik. Wie sollte
sich Maryland, das doch jedermann religiöse Freiheit gewährt, jemals gegen
die Katholiken wenden, denen es diese Freiheit verdankt?«

Eines Nachts jedoch, bei einem dieser Besuche, berichtete ihm eine katholische
Hausfrau, daß Renegaten in ihr Haus eingedrungen seien und ihr Kruzifix
verbrannt hätten, und es schauderte Ralph bei dem Gedanken, daß das vorgeblich Unmögliche und Unvorstellbare bereits eingetreten war. Bei der Rückkehr von seinen priesterlichen Verpflichtungen erfuhr er, daß Henry aus England weitere schlechte Nachrichten erhalten hatte.

»Die Schotten haben König Charles um ein Almosen an die Protestanten
verkauft. Prinz Rupert wurde aus dem Land gejagt und ist jetzt ein Pirat auf
den Azoren. Menschen von der übelsten Sorte werden als Kommissare eingesetzt, um die Kolonien zu unterdrücken, und gegen die Katholiken hat es
wilde Aufstände gegeben.«

Die Brüder hätten sich vielleicht zu unklugen Handlungen hinreißen lassen,
hätte ihre Mutter nicht immer beruhigend auf sie eingewirkt. Martha Steed war
jetzt vierundfünfzig, weißhaarig, dünn, aber aufrecht und gelassen wie eh und

je. Sie hatte alle Wechselfälle des Geschicks auf dieser abgelegenen Insel überlebt und war nicht bereit, sich in Panik oder Verzweiflung zu verlieren. Ihre katholische Familie würde nun also unter starken Druck geraten; daß dies erst jetzt geschah, überraschte sie eigentlich, und sie war davon überzeugt, daß der Kampf mit Ruhe und Entschlossenheit geführt werden müsse. Zu Ralph sagte sie: »Verschwinde! Zeig dich nicht! Du gibst ein allzu verlockendes Ziel ab.« Sie riet Henry, seine Handelsgeschäfte etwas einzuschränken, um nicht die Habgier der Jäger von Patamoke herauszufordern. Es war auch ihre Anregung gewesen, bei Turlock vorzufühlen, ob er zu bewegen war, mit Tciblento auf die Insel zu übersiedeln und zum Gewehr zu greifen, falls es zum Kampf kommen sollte. Daraufhin begab sich Henry Steed, der anspruchsvolle Verwalter von Devon, auf sein Flußboot und ließ sich zum Sumpfland bringen. Was er dort sah, widerte ihn an. Am Ende der Wasserrinne, die das Moor vom festen Land trennte, stand eine elende Hütte, in der Turlock mit seiner Indianerfrau und den Halbblut-Zwillingen lebte, die sie ihm auf rätselhafte Weise geboren hatte; Henry hatte angenommen, daß Tciblento ihre fruchtbare Zeit schon längst hinter sich hatte, aber die Kinder waren da, klein und mager, und spielten auf der blanken Erde, die den Boden der Hütte bildete. Turlock, der Herr dieses Verschlags, sah schlecht aus: abgezehrt, pickelig, ungepflegt; zwei Vorderzähne fehlten. Es war widerwärtig, sich diesen Menschen als Gefährten vorzustellen, aber Henry hatte den Rat seiner Mutter stets befolgt, und so verhandelte er trotzdem.

»Meine Mutter meint, Ihr solltet nach Devon übersiedeln … mit Eurer Frau, natürlich … und mit den Kindern.«

»Was noch?«

»Wir würden zwei unserer Diener ausquartieren. Ihr sollt eine gute Hütte bekommen.« Dabei blickte er sich angeekelt in der engen Behausung um. Turlock kaute an einem Halm. »Probleme?« fragte er.

Henry wollte es zunächst nicht zugeben, aber er mußte annehmen, daß Turlock die Gerüchte aus Jamestown bereits gehört hatte; es war also besser, offen zu sprechen. »Man hat den König abgesetzt.«

»Was … heißt … das?«

»Hinausgeworfen.«

»Gut.«

»Maryland kann in ernste Bedrängnis kommen.«

»Hm.«

»Wenn Ihr uns helft, Turlock, werden wir dafür sorgen, daß der gegen Euch erlassene Haftbefehl aufgehoben wird.«

»Mich … verhaftet … keiner.«

»Eines Tages werden sie kommen. Ihr habt versucht, Janney zu töten. Dafür wird man Euch hängen.«

»Mich ... findet ... keiner.«

»Turlock! Ich mache Euch ein ernsthaftes Angebot, Eure Bürgerehre wiederzuerlangen. Kommt mit!«

Der Flüchtling betrachtete den jungen Steed aufmerksam und preßte instinktiv seine beiden Knaben an sich. »Tcib, komm her!« Sie stand hinter ihm. »Protestanten gegen Papisten?«

»Ja.«

»Ich bin Protestant.«

»Ich weiß, Turlock. Aber Ihr kennt Hochwürden Ralph, Ihr habt gesehen, welch gute Arbeit er leistet.«

»Ralph ist gut.«

»So wie meine Mutter.«

»Sie war gut.«

»Sie ist es immer noch.«

»Ihr seid Katholik, Steed. Euch helfe ich nicht.«

Steed setzte sich auf das einzige Möbelstück im Raum, einen dreibeinigen Hocker. Mit einer derartigen Zurückweisung hatte er nicht gerechnet, aber er brauchte diesen häßlichen Kerl an seiner Seite, selbst wenn er sich dafür demütigen lassen mußte. »Turlock, die Ereignisse der kommenden Monate werden über unsere Zukunft an diesem Fluß entscheiden. Wollt Ihr Euer Land verlieren? Den Rest Eures Lebens im Gefängnis verbringen? Oder am Galgen enden?«

»Protestanten ... gewinnen, lassen mich in Ruhe.«

»Mein lieber Freund«, warf Steed ein, »auf Verbrecher wie Euch haben es diese Puritaner gerade abgesehen. Ihr werdet hängen! Glaubt mir, Turlock, wenn Ihr Eure Heimat hier erhalten wollt, müßt Ihr mitkommen und meiner Mutter helfen.«

Unabsichtlich hatte Henry zwei Begriffe gebraucht, die für den Mann tiefe Bedeutung hatten: sein Sumpfland und Mrs. Steeds Güte. Murrend und mit schweren Bedenken, ob es richtig sei, sich auf die Seite eines Katholiken zu schlagen, belud er das Boot, das er sieben Jahre zuvor gestohlen hatte, und brachte seine Familie nach Devon, wo sie, wie Henry zugesagt hatte, eine gute Hütte bekamen. Dort warteten er und die drei Brüder, bis das Feuer vom westlichen Ufer übergriff.

Es erreichte Choptank-Land auf seltsame Weise. Am York geriet ein sechsundzwanzigjähriger Diener mit seinem Herrn in Streit; dieser verlor die Geduld und ließ ihn auspeitschen. Der Mann fühlte sich durch die ungerechte Bestrafung so gedemütigt, daß er das Haus seines Herrn in Brand setzte und dann floh. Gegen ihn wurde Haftbefehl erlassen, mit der Begründung, daß ein Diener seinem Herrn unter allen Umständen bedingungslosen Gehorsam schulde. Weil er Angst vor dem Galgen hatte, floh der Mann aus Virginia und suchte Zuflucht im Lager am Choptank.

Dort hetzte er vier Renegaten mit schaurigen Berichten über den allgemeinen Aufruhr in Virginia auf und schilderte, wie die Protestanten den Katholiken eifrig die Häuser anzündeten, bis einer der Jäger ausrief: »Auf der Insel Devon haben die Papisten eine Kapelle und ihren Pfaffen.« Schon schossen die Kanus mit den fünf aufgebrachten Männern stromabwärts; der Kampf, den Ralph Steed befürchtet hatte, war ausgebrochen.

Es war ein schreckliches Ereignis, und während des gesamten Schußwechsels argwöhnte Timothy Turlock, daß er auf der falschen Seite kämpfte. Dennoch hielt er mit seiner Muskete die Marodeure vom Haus der Steeds fern, aber da er sich hinter den ostseitigen Fenstern verschanzt hatte, dort, wo der Trupp landen und zuerst angreifen mußte, konnte er die Westfront des Hauses mit der Kapelle nicht verteidigen. Hier stand Hochwürden Ralph vor dem Altar, und als die Männer mit brennenden Fackeln eindrangen, feuerte er seine Muskete auf sie ab, ohne zu treffen.

Zwei bullige Angreifer traten die Tür ein und überwältigten ihn. Sie hätten ihn bestimmt getötet, denn der Anblick seines Priesterkleides brachte sie zur Weißglut, aber Mrs. Steed schrie um Hilfe, und Turlock stürmte herbei. Schon stand die Kapelle in hellen Flammen. Die Angreifer brüllten vor Begeisterung und wollten ihren Sieg vervollständigen, indem sie auch das Haus der Papisten zerstörten, aber vor dem unentwegten Gewehrfeuer Turlocks und seiner Gefährten mußten sie zurückweichen. Im Morgengrauen rannten sie zu ihren Booten und zogen ab. Aus der niedergebrannten Kapelle stieg noch immer Rauch auf. Hochwürden Ralph versammelte seine Familie zu einem Dankgebet, nur Timothy Turlock und Tciblento beteiligten sich nicht daran. Der Flüchtling belud sein Boot und setzte eben seine beiden Knaben hinein, als Henry, allen Stolz überwindend, gelaufen kam, um ihm für die Hilfe zu danken. Turlock antwortete nur: »Verfluchte Katholiken!« und kehrte in sein Sumpfland zurück.

Ralph Steed war nach dieser Schlacht ein gebrochener Mann. Er vermochte den Verlust der Kapelle nicht zu verwinden, in der er schon als Kind gebetet hatte. Seine Mutter erinnerte ihn daran, daß Lord Baltimore allen seinen Katholiken geraten hatte, ihren Glauben nicht offen zur Schau zu stellen und damit Widerstand zu erregen, und sie fand, daß die Kapelle eine Herausforderung dargestellt habe. Was ihn am meisten verbitterte, war, daß ausgerechnet

Maryland, die Kolonie, in der die Katholiken die Religionsfreiheit ausgerufen hatten, Schauplatz solcher Katholikenverfolgung wurde. Dennoch war er verunsichert; auf dem Höhepunkt des Kampfes, bei dem er beinahe sein Leben gelassen hätte, hatte er die protestantischen Feinde rufen gehört: »Das ist die Vergeltung für die dreißigtausend, die ihr dreckigen Papisten in Ulster umgebracht habt!«

Schon in Rom hatte er Gerüchte vernommen, denen zufolge die Katholiken in Nordirland sich gegen die Tyrannei der Protestanten aufgelehnt und viele Tausende ihrer Unterdrücker getötet hatten. »Soll denn das Morden unter Christen kein Ende nehmen?« fragte er seine Brüder.

»Wochenlang saß er in dumpfem Brüten, dann beschloß er, nach Jamestown zu gehen, um die Gewalttäter zur Rede zu stellen, die das Gift über die Bucht gebracht hatten.

Sein Bruder Paul begleitete ihn, um bei dieser Gelegenheit den Haftbefehl gegen Timothy Turlock aufheben zu lassen, und als sie in Jamestown ankamen, erfuhren sie, daß für ihre beiden Anliegen am ehesten der Ratsherr Matthew Maynard zuständig war. Sie fanden sein Haus, und der behäbige Edelmann hielt den Atem an, als sie ihre Namen nannten. Nicht weniger staunte er darüber, daß ein katholischer Priester in voller Amtstracht es wagte, durch die Straßen dieser Stadt zu gehen.

»Tretet ein«, sagte er wenig begeistert, fügte aber dann mit unverhüllter Bosheit hinzu: »Ich glaube, es wird meine Frau interessieren, Euch zu sehen«, und er sandte einen Sklaven nach Mrs. Maynard. Noch ehe die beiden jungen Männer ihr Anliegen vorbringen konnten, erschien die Frau des Ratsherrn, eine attraktive Blondine, Ende Fünfzig, in einem eleganten Kleid, das aus London gekommen sein mußte; es war weder auffallend bunt noch offensichtlich kostbar, aber aus bestem Stoff gearbeitet, und es stand ihr gut.

»Ich bin sicher, du wirst dich freuen, diese beiden jungen Herren zu begrüßen«, sagte der Ratsherr. »Das ist Hochwürden Ralph Steed von der Insel Devon, und das ist sein Bruder, Dr. Paul Steed.«

Mrs. Maynard verriet keine andere Gefühlsregung, als daß sie tief einatmete. Dann strich sie ihr Kleid glatt und wandte sich an Ralph: »Ich freue mich, Euch in Jamestown zu sehen. Ich bin Meg Shipton.«

Ralph errötete. Mehr noch, er begann zu zittern und hätte sich gesetzt, wenn ein Stuhl dagewesen wäre. Er brachte kein Wort hervor, und Paul, der nie etwas von Meg erfahren hatte, konnte sich das ungewöhnliche Verhalten seines Bruders nicht erklären. »Ich bin Paul Steed«, sagte er und streckte der Dame des Hauses halb die Hand entgegen. Als sie diese Geste ignorierte, setzte er lahm hinzu: »Ich bin gekommen, um bei Eurem Mann einen Straferlaß für Timothy Turlock zu erwirken.«

»Und wer soll das sein?« fragte sie ohne Interesse.

»Ein sehr tapferer Mann, der Ralph das Leben gerettet hat.«

»Euer Leben? Gerettet?« sagte sie beinahe sarkastisch und blickte den Priester aufmerksam an. »Ich bin sicher, Ihr fühlt Euch ihm jetzt sehr verpflichtet.« Und damit schwebte sie aus dem Raum.

»Was kann ich also für Euch tun?« fragte Maynard zuvorkommend und mit jenem Hauch von übertriebener Anteilnahme, der seine Frage zu einer Beleidigung machte.

»Ich bitte Euch, den Haftbefehl gegen Timothy Turlock aufzuheben«, sagte Paul. »Er ist geläutert und führt ein ehrsames Leben.«

»Und was, wenn ich fragen darf, wurde gegen ihn vorgebracht?«

»Ich kann es nicht mit Bestimmtheit sagen. Erwähnte Vater nicht einmal, es stehe in Zusammenhang mit Simon Janney?« Paul wandte sich an seinen Bruder, der sich noch immer nicht gefaßt hatte.

»Hier gibt es keinen Simon Janney«, sagte Maynard kühl.

»Es waren irgendwelche Anschuldigungen.«

»Wann?«

»Wann könnte das gewesen sein, Ralph?« Als er bei seinem Bruder keine Hilfe fand, plagte sich Paul allein weiter. »Vor neun oder zehn Jahren, glaube ich.«

»Dann ist die Sache verjährt«, erklärte Maynard nüchtern, und damit war Paul für ihn entlassen. »Und was ist nun Euer Anliegen, Hochwürden Steed – ich hoffe, das ist die korrekte Weise, Euch anzusprechen?«

Während der Überfahrt von Devon hatte Ralph in Gedanken einen leidenschaftlichen Appell aufgesetzt, Virginia solle keine weiteren Aufwiegler an den Choptank entsenden; er wollte dazu aufrufen, seiner Familie jene Freiheit zu lassen, die sie ihrerseits und jederzeit anderen gewährt hatte. Die furchtbare Begegnung mit Meg Shipton hatte ihn jedoch niedergeschmettert, und er fand keine Worte mehr für ihren aufgeblasenen und widerwärtigen Gemahl. »Auch ich möchte mich für Turlock verwenden«, murmelte er.

»Zur Kenntnis genommen«, sagte Maynard. Nach einer peinlichen Pause fügte er noch eine Spur anzüglicher als zuvor hinzu: »Ich dachte schon, Ihr wäret gekommen, um gegen die Zerstörung Eurer Kapelle zu protestieren. Da dies jedoch eine private Angelegenheit ist und noch dazu an einem Ort stattgefunden hat, der – wenn auch fälschlicherweise – von Maryland beansprucht wird, hätte ich ohnedies kaum eine Möglichkeit gesehen, einer solchen Klage nachzugehen.« Er erhob sich, um anzudeuten, daß die Steeds damit entlassen waren, und ohne daß sie ihre Anliegen in einem sinnvollen

Zusammenhang hätten vortragen können, fanden sich die beiden jungen Männer wieder auf der Straße.

Ralph war von der Begegnung mit den Maynards so verwirrt, daß sein Bruder nichts mit ihm anzufangen wußte. Er bewegte sich wie in Trance, und als Paul vorschlug, einen Imbiß einzunehmen, erhielt er keine vernünftige Antwort. Sie gingen zu ihrer Ketsch zurück, wo die Diener ein Huhn für sie zubereiteten, und Paul aß, während sein Bruder auf den Fluß starrte. Zuletzt schickte Paul die Leute fort und fragte aufgebracht: »Ralph, was ist denn geschehen?«

»Diese Frau ... Mistress Maynard ...«

»Sie hat dich schlecht behandelt, aber was ist schon dabei?«

»Sie ist meine Mutter.«

Nun war es Paul, dem es die Sprache verschlug. Er starrte Ralph an und rang nach Worten. »Ja«, fuhr der Priester fort, »Meg Shipton. Ich habe mich oft gefragt ...«

Paul konnte die Hintergründe und Beziehungen nicht enträtseln, die durch diese zufällige Begegnung aufgedeckt worden waren, und als sein Bruder alles zu erklären versuchte – die Art, wie Frauen gekauft wurden, das Ausgeliefertsein, die einsamen Jahre auf Devon, die Flucht, die Tapferkeit ihrer Mutter, und die Standfestigkeit ihres Vaters –, schlug er die Hände zusammen. Es war nicht zu fassen, und je länger er über die Zusammenhänge nachdachte, um so wütender wurde er. Als Arzt war er mit den ungewöhnlichsten Situationen vertraut und hatte gelernt, ihnen nach bestem Wissen und Gewissen zu begegnen; das Verhalten, das Mrs. Maynard an den Tag gelegt hatte, erschien ihm schändlich, und er war nicht gewillt, es hinzunehmen.

Er ließ Ralph in der Ketsch zurück, eilte zum Haus des Ratsherrn und ließ nach ihm und seiner Frau rufen. »Ich fordere eine schriftliche Erklärung, daß Timothy Turlock nicht mehr gesucht wird«, schrie er Maynard an. »Und ich fordere Euch auf, wie eine ehrbare Christin mit meinem Bruder zu sprechen«, wandte er sich an Mrs. Maynard.

»Junger Mann ...«

»Und wenn Ihr Euch weigert, werde ich dafür sorgen, daß man es überall in Jamestown und ganz Virginia erfährt.«

Die Maynards wußten nicht, worauf sich dieses Ultimatum bezog, auf die schriftliche Erklärung oder das Gespräch, und der Ratsherr versuchte, mit einer witzigen Bemerkung der Lage Herr zu werden, aber Paul packte ihn hart am Handgelenk. »Ich gebe Euch eine Minute, mein Herr, nach meinem Bruder auf dem Schiff zu senden. Eine Minute.«

Nun dämmerte es Mr. Maynard, daß er einen gefährlichen Menschen vor sich hatte, und er schickte unverzüglich einen Sklaven aus, den Priester zu holen.

In der Zwischenzeit stellte er ein Schriftstück aus, in dem Timothy Turlock aus seinem Arbeitsvertrag entlassen und bezüglich seines Vorgehens gegen seinen Herrn begnadigt wurde. Ralph erschien; er war aufgelöst, kein Zoll ein Priester.

»Mistress Maynard«, sagte Paul, »das ist Euer Sohn Ralph.«

»Ich freue mich, daß Ihr aus Rom zurückgekehrt seid«, sagte sie eisig.

Es war eine schreckliche Szene; keiner wußte etwas Vernünftiges zu sagen, und nachdem er mehrmals vergeblich versucht hatte, Mutter und Sohn miteinander zu versöhnen, wurde Paul wütend. »Gott strafe Euch beide …«

»Wer Gott lästert, dem wird die Zunge ausgebrannt«, warnte Maynard.

»Euch beide!« wiederholte Paul, und die Brüder gingen.

Die langen Tage der Rückreise nach Devon verbrachte Ralph schweigend an Deck, wo er zusammengekauert saß und in das dunkle Wasser starrte. Nach mehreren vergeblichen Versuchen, ihn zu trösten, ließ Paul ihn schließlich allein. In der letzten Nacht vor ihrer Ankunft auf der Insel schlief er schlecht. Er erwachte von einem Klicken, eilte nach achtern und fand Ralph, der sich anschickte, seinem Leben ein Ende zu bereiten.

»Ralph!« rief er erschrocken, denn was der junge Priester da vorhatte, war ein furchtbares Vergehen gegen die Menschlichkeit und gegen den Heiligen Geist: ein Selbstmord. Paul entwand ihm die Pistole, stieß ihn auf den Rücken, schlug ihm ins Gesicht und brach in Verwünschungen aus.

Ralph gab keine Antwort; er schien kaum zu begreifen, was geschehen war, und die Pistole wurde vor seinem Zugriff versteckt. Als die Ketsch anlegte und die Brüder an Land gingen, fühlten sie sich von Geheimnissen, die zu furchtbar waren, um mit anderen geteilt zu werden, gealtert und überfordert. Ihrer Mutter konnten sie von der schrecklichen Szene mit Meg Shipton nichts berichten, denn das hätte ihr Schmerz bereitet; Henry gegenüber durften sie ebenfalls nichts davon erwähnen, denn auch mit ihm hatte man nie über Ralphs Herkunft gesprochen. So konnten sie nichts weiter tun, als das Dokument vorweisen, das Turlocks Freilassung und Begnadigung bestätigte, und als Henry vorschlug, sie sollten es dem Flüchtling selbst überbringen als Zeichen ihrer Bereitschaft, ihm zu helfen, gelang es ihnen nicht, Anteilnahme an Turlock oder seiner Begnadigung zu heucheln.

Doch nun begannen für Hochwürden Steed die Jahre seines segensreichen Wirkens am Ostufer. Ohne Begleitung reiste er durch die gefährlichsten Gegenden der Halbinsel, lebte furchtlos unter Indianern und Renegaten, vollzog Hochzeiten und Taufen an den seltsamsten Orten und weihte von Zeit zu Zeit da und dort einen verborgenen Raum als Kapelle ein. Es sollte nie viele Katholiken am Ostufer geben, das war die Religion der Städte auf der anderen Seite der Bucht, aber die wenigen, die in der Wildnis durchhielten, verehrten Hochwürden Steed als Hüter ihres Glaubens und ihrer Hoffnung.

Falten gruben sich in sein Gesicht. Er achtete nicht mehr auf seine Kleidung. Und als jemand den Vorschlag machte, ihn seiner Frömmigkeit wegen nach Saint Mary's City zu versetzen, wo er die ehrbaren Familien betreuen könne, bat er, davon Abstand zu nehmen. »Ich gehöre an die Flüsse im Hinterland«, sagte er – und an den Ufern dieser Flüsse zog er dahin.

Wie hatte das Sumpfland es vermocht, einen Mann zu verwandeln? Als Timothy Turlock die Bestätigung in Händen hielt, daß man ihm in Jamestown nicht mehr nachstellte, daß ihm nicht länger der Galgen drohte und daß sein Besitzanspruch auf das Land gesichert war, belebte das seine Sinne in einer Weise, die ihm niemand zugetraut hätte, der seine Vergangenheit kannte.

»Tcib!« rief er, als die Ketsch der Steeds ablegte, »wir sind in Sicherheit!« Er sprang und tanzte herum, packte seine Söhne, einen unter jedem Arm, lief mit ihnen an den Rand des Moors, wies mit seinem unrasierten Kinn auf das Schilf und die verzweigten Wasserläufe und rief: »Gebt das nie auf!«

In seinem Verhältnis zum Sumpfland hatte Turlock neue Einsichten gewonnen; es war nicht mehr ein bloßes Versteck für Tiere – oder ihn – wie in der ersten Zeit. Er sah es jetzt als ein Reich, ein üppiges Reservat. Er vermochte nicht, zwischen den einzelnen Binsenarten zu unterschieden; Krabben, die man nicht essen konnte, interessierten ihn nicht; er begriff auch nicht, wie selbst gegensätzliche Lebensbedingungen hier ineinandergriffen, einander ergänzten – für solche komplizierten Erkenntnisse war sein Jahrhundert nicht geschaffen. Was er jedoch sehr wohl verstand, war, daß dieses Land gewissermaßen ein eigener Staat war; von hier aus konnte er den Steeds oder jedem anderen, der ihn zu einem geordneten Leben zwingen wollte, die lange Nase zeigen.

Endlich war er Herrscher in seinem Reich. Er baute ein kleines Ruderboot – es war so undicht wie die Schaluppe, die er für Janney mitgebaut hatte –, und mit den Zehen im Wasser, das durch die Ritzen des Bootes drang, strich er die versteckten Wasserwege entlang, die den Sumpf in einzelne Regionen teilten; von einem Hügel zum anderen zog er, um die größeren Tiere zu beobachten.

Weißwedelhirsche waren stark vertreten, und er vermied es, die Tiere hier zu jagen, als würde er ihr Recht anerkennen, hier Asyl zu finden, wie er es gefunden hatte; die Hirsche, die er brauchte, schoß er zwischen den Bäumen auf dem festen Land. Er wurde auch mit den Bisamratten vertraut und fand heraus, wo sie ihre versteckten Baue gruben.

Besonders gut gefielen ihm die buntfarbenen Schildkröten; man konnte sie nicht essen, wie die Diamantschildkröten, die er fing, wo immer er sie fand;

und vielleicht war es gerade ihre Nutzlosigkeit, die diesen behäbigen Tieren seine Zuneigung sicherte, denn auch er wurde sich gelegentlich seiner Nutzlosigkeit bewußt. Er liebte das Konzert der Frösche und lachte, wenn seine Söhne darauf bestanden, daß dieses Geschrei von einem großen Vogel kommen müsse.

»Frösche«, sagte er, und sie glaubten ihm erst, als er eines dieser Tiere gefangen hatte und ihnen zeigte, wie das Gequake entstand. Seine Zuneigung galt auch dem Fischadler, der sich an die Fische heranmachte, wie er es auf seinen Diebeszügen gehalten hatte; das war ein guter Vogel, feurig und entschlossen, und manchmal, wenn er ihn in das Sumpfgras herunterstoßen sah, wäre er gern selbst ein solcher Vogel gewesen.

»Ah!« rief er dann seinen Söhnen zu, »seht, wie er taucht!« Und er freute sich, wenn der Adler mit einem zappelnden Fisch aufflog.

Die kleineren Tiere, die den Sumpf bevölkerten, beachtete er kaum, und ihre Verbundenheit mit den Gräsern verstand er nicht; auch Schnecken und Quallen waren nicht seine Sache.

Ein Tier jedoch erregte seine Vorstellungskraft immer wieder aufs neue: Im Oktober kamen die riesigen Gänse gezogen; sie bedeckten den Himmel und beherrschten die Flüsse. Das war für ihn das Symbol der Größe des Sumpflandes, seiner Verheißung, seiner Freigebigkeit.

Sobald die Sommertage kürzer wurden, sagte er zu seinen Söhnen: »Bald!« Jeden Morgen prüfte er den Wind, und auf zwei Tage genau erriet er die Ankunft der großen Vögel – und dann kamen sie: Ihre rauhen Stimmen erfüllten den Himmel; sie schienen darüber zu streiten, wo sie landen sollten; und wenn sie sich endlich für sein Reich entschlossen hatten, rannte er hin, als wolle er sie umarmen. Sie teilten sein Heiligtum mit ihm, und solange sie blieben, waren sie wie die Hirsche sicher vor seiner Büchse.

Einmal war er so überwältigt von der Rückkehr der Vögel, daß er die Arme zum Himmel warf und den Tieren entgegenrief: »Wo seid ihr gewesen?« Aber nur seine Söhne – nicht die Gänse – hörten ihn, und er schämte sich, weil er sich vor ihnen wie ein Narr aufgeführt hatte. Er sprang in sein leckes Boot, ruderte wild ganz tief hinein in die letzten verästelten Wasserläufe, wo er die Neuankömmlinge bei der Nahrungsaufnahme fand, und er beobachtete sie den ganzen kalten Tag lang.

In diesen Jahren, und noch für lange Zeit, gab es entlang des gesamten Einzugsgebiets des Chesapeake nur zwei feste Ansiedlungen, und auch sie dienten eher der Verwaltung als dem Handel. Jamestown war die Hauptstadt von Virginia und Saint Mary's City die von Maryland. Sobald aber geeignetere Orte gefunden waren – Wiliamsburg und Annapolis –, verschwanden die beiden ersten Siedlungen von der Bildfläche, ein Beweis, daß sie keine kommerzielle Funktion gehabt hatten.

Am Ostufer war die Situation noch ausgeprägter, und bis zum Ende des Jahrhunderts wurden dort weder ein Dorf noch eine Stadt gegründet; selbst so bekannte Siedlungen wie Oxford, Cambridge und Easton entstanden erst viel später, was verständlich wird, wenn man berücksichtigt, daß sich die Pioniere nur an den Spitzen der zahllosen Halbinseln niederließen. Da die Farmer, die diese Landzungen besiedelten, weitgehend unabhängig waren, brauchten sie kein Handelszentrum. Sie hätten auch keines auf dem Landweg erreichen können, denn es war unmöglich, die vielgestaltigen Halbinseln mit Pfaden zu verbinden; sie hätten durch Sümpfe, tiefe Wälder und über breite Buchten führen müssen. So lebte jede Familie für sich allein.

Wo immer aber sich Menschen in größerer Zahl ansammeln, entstehen auf geheimnisvolle Weise Städte, und bereits 1650 entstand, gewissermaßen versuchsweise, die erste Gemeinde am Choptank. Jäger und andere Heimatlose schätzten immer wieder die Annehmlichkeiten, die sie bei den Ruinen des Indianerdorfes Patamoke fanden, wo der ausgezeichnete Hafen den Zugang zur Bucht erleichterte und zugleich Schutz vor Stürmen bot. Manchmal war der Ort vier Jahre lang besiedelt, dann blieb er wieder für drei Jahre unbewohnt. Es gab Jahre, in denen nur ein einziger Jäger vorbeikam, beinahe zufällig Anfang November, um Gänse zu schießen. Doch wußte man überall am Ostufer, daß dies ein Platz war, wo man im Ernstfall mit großer Sicherheit etwas Nahrung oder ein paar Unzen Schießpulver auftreiben konnte.

Die Steeds verfolgten aufmerksam alle Vorgänge in dem alten Indianerdorf, denn als gewiegte Handelsleute ahnten sie, daß dieser Platz eine Zukunft hatte, und wenn es einmal soweit sein sollte, wollten sie das Geschäft kontrollieren. Zweimal lief Henry Steed den Hafen an, um herauszufinden, ob die Zeit schon reif war für die Errichtung eines Außenpostens, denn ihm war bewußt, daß alle Siedler auf den einzelnen Landzungen lieber zu einem zentral gelegenen Ort kommen würden, als den langen Weg zur Insel Devon zurücklegen zu müssen. »Im Augenblick fehlt es noch an Leuten«, berichtete er seinen Brüdern, »noch lohnt es nicht, eine Niederlassung einzurichten, aber bald ist es soweit.« Was er einstweilen unternahm, bewies seinen sicheren Blick: »Paul, du mußt über die Bucht fahren und mit dem Gouverneur sprechen.« Und als die Verhandlungen abgeschlossen waren, besaßen die Steeds die Rechte auf den Hafen und das gesamte umliegende Land.

»Was immer auch geschieht«, sagte Henry zu seiner Familie, »wir befinden uns jetzt in einer ausgezeichneten Ausgangsposition.«

Sosehr sich der Besitzstand der Steeds auch ausweitete, Mrs. Steed fand dennoch keine Ruhe. 1638 hatte sie Simon Janneys Anspruch auf die nördlichen Felder zurückgewiesen, aber ohne gesetzliche Sicherstellung, und nun warnte sie ihre Söhne: »Arrangiert euch mit Janney, bevor er erfährt, daß wir immer wohlhabender werden.« Wieder mußten also Henry und Paul mit der Ketsch nach Jamestown, und diesmal hatten sie außergewöhnliche Ladung an Bord. Bares Geld war immer noch Mangelware, und niemand konnte sich entsinnen, daß am Choptank jemals mit Münzen bezahlt worden wäre – aus dem einfachen Grund, weil Henry Steed jedes Geldstück, das ihm zwischen die Finger kam, zurückbehalten hatte. Auf diese Weise hatte er einen Schatz spanischer und französischer Münzen angehäuft, zu denen noch ein paar Shillings gekommen waren, und dieses Geld sollte nun als Köder für Janney dienen.

Als sie in Jamestown ankamen, sagte man ihnen, daß Janney immer noch flußaufwärts seine heruntergekommene Farm bewirtschafte, und so steuerten sie die Ketsch seinem Landeplatz zu. Der war aber in einem solch desolaten Zustand, daß sie es vorzogen, im Fluß zu ankern und mit dem Beiboot ans Ufer zu rudern. Als sie die schäbige Hütte betraten, in der Janney, sein zahnloses Weib und ihre unterernährte Tochter lebten, dachte Henry: Wenn er hört, daß es um richtiges Geld geht, wird das die Unterredung beschleunigen. Aber Janney erwies sich erneut als schlauer und zäher Verhandlungspartner.

»Natürlich kenne ich die Felder; sie gehören ja mir.«

»Ich dachte, mein Vater hat sie erworben.«

»Nutzung schafft Besitz.«

»Da habt Ihr nicht ganz unrecht.«

»Vor allem, wenn man es schriftlich hat.«

»Und was habt Ihr?« fragte Henry vorsichtig.

»Briefe«, antwortete Janney und blickte wie zur Bestätigung seine Frau an.

»Briefe beweisen gar nichts«, sagte Henry. »Ihr wißt doch, daß ich mit dem Gesetz vertraut bin.«

»Dann müßt Ihr auch wissen, was ein Vertrag ist.«

Beinahe eine Stunde lang ging das auf diese Weise, bis Paul die Geduld verlor.

»Ich glaube nicht, daß Mister Janney über echte Beweise verfügt«, sagte er mit Bestimmtheit.

»Henry glaubt das schon. Nicht wahr, Henry?«

»Es ist anzunehmen, daß Ihr Euren Anspruch auf irgendeine zweifelhafte Weise belegen werdet«, gestand Henry ihm zu. »Keinen wirklich stichhaltigen Beweis, aber etwas, das uns bei Gericht in Verlegenheit bringen kann.«

»Vor allem bei einem Gericht in Virginia.«

»Ich schlage daher vor, daß wir die Angelenheit unter uns in Ordnung bringen. Und zwar jetzt.«

»Wie?« fragte Janney.

»Mit Geld. Mit einer nicht zu verachtenden Anzahl von Münzen.«

Henry hatte von den Münzen gesprochen, um Janney zu beeindrucken, hatte aber nicht mit Janneys nächstem Schritt gerechnet. Der schlaue Farmer verständigte sich mit Blicken mit Frau und Tochter, und als sie nickten, lockerte er ein Brett im Fußboden, holte aus dem darunterliegenden Versteck einen großen irdenen Topf und leerte dessen Inhalt auf die hölzerne Tischplatte aus: Da lag nun ein Haufen europäischer Münzen, mehr als doppelt so viele, wie Henry Steed mitgebracht hatte. Voll Stolz und Zufriedenheit fingerte Janney darin herum und sagte: »Wir wollen schon seit langem Land am Rappahannock kaufen. Wenn es Euch also wirklich ernst damit ist, Euren Rechtsanspruch darzutun, und das solltet Ihr ...« Er ließ die Münzen klingen.

»Wieviel wollt Ihr?« fragte Henry kühl.

»Die Sache läuft darauf hinaus, daß ich Eure Papiere unterschreibe, nicht wahr?«

»Zum Teil.«

»Gut. Ich unterschreibe, und mein Weib wird Ihr Zeichen dazusetzen, und meine Tochter Jennifer wird unterschreiben. Ihr werdet uns für alle Zeiten los ...«, er zögerte, und niemand wagte zu atmen, »... wenn Ihr unseren Münzenhaufen wirklich entscheidend vergrößert.«

Ohne zu zögern, nahm Henry Steed seine Börse an einem Ende, kippte sie und ließ ihren gesamten Inhalt auf den Tisch kollern. »Ich nehme an, daß ist ›entscheidend‹.«

»Ich würde sagen: ja!« sagte Janney, und die Verzichtserklärung wurde unterzeichnet.

Auf der Heimreise sagte Paul nicht ohne Bewunderung: »Das war riskant«, und Henry antwortete: »Nicht, wenn man bedenkt, daß ich die Hälfte unseres Schatzes in den Bund meiner Hose eingenäht hatte und immer noch bei mir trage.« Dann wurde er nachdenklich. »Entscheidend ist, daß unser Besitz jetzt unantastbar ist, und dabei, Paul, muß es bleiben! Keine Hypotheken, keine Anleihen – und vor allem, mein lieber Bruder: Von Fithian wird nichts geborgt! Versprich mir, nie etwas aus London zu bestellen, wofür du nicht zahlen kannst! Marcus Fithian ist der ehrlichste Mensch, den ich kenne. Ich kann ihm jedes einzelne Tabakblatt anvertrauen, und er wird mir dafür getreulich Rechnung legen, aber, um Gottes willen, mach nie bei ihm Schulden!«

Er hatte Fithian während des Rechtsstudiums kennengelernt, der Engländer war um ein Jahr älter, aber um viele Jahre klüger. Er stammte aus einer Familie, die sich seit jeher auf Finanzgeschäfte verlegt hatte. Seine Vorfahren hatten die Fugger und die Medici gekannt. Die jungen Männer begegneten einander 1636, und fünf Monate lang quetschte der junge Fithian Henry über die Kolonien aus. Es gefiel ihm, daß Henry auf seinem Weg nach London in Boston Station gemacht hatte, um selbst den Aufstieg und Wohlstand der Stadt in Augenschein zu nehmen, aber Henry sagte nur immer wieder: »Wer wirklich sein Glück machen will, findet es nur an den Ufern Virginias.« Um sich davon zu überzeugen, unternahm Fithian auf einem Tabakschiff die beschwerliche Reise zum York und zum Potomac und erkannte auf Anhieb die ungeheuren Möglichkeiten einer wirtschaftlichen Zusammenarbeit – zu beiderseitigem Vorteil – zwischen den Pflanzern in den Kolonien und dem Komissionär in London.

Fithian war nie habsüchtig gewesen, und doch waren ihm bereits vier große Plantagen in die Hände gefallen, weil deren unvorsichtige Eigentümer in London mehr bestellt hatten, als sie mit ihrem Tabak aus Virginia bezahlen konnten. Er tat nichts Unehrenhaftes oder auch nur Anrüchiges; er lieferte nur die Bestellungen aus und führte seine Bücher mit Akribie – und sobald die Schulden zu hoch wurden, schlug er mit einer Pfändung zu. Nie machte er den Versuch, selbst eine Plantage zu führen; er wußte, daß er für solche aufreibenden Anforderungen nicht geeignet war: »Ich könnte nicht einmal den Wert eines einzigen Sklaven einschätzen, geschweige denn den eines Tabakfeldes.«

Statt dessen entsandte er, sobald er das Recht auf einen neuen Besitz erworben hatte, einen seiner Untergebenen in die Kolonien und trug ihm auf, den besten Farmer ausfindig zu machen und ihm das Land mit bedeutendem Preisnachlaß zu verkaufen – unter der Voraussetzung, daß Fithian ihm die nächsten fünfzig Jahre seine Bücher führte: Im Zuge dieser Taktik schrieb er 1651 seinem Freund Henry Steed:

> Mein Vetter Lennox verbrachte drei Wochen an Euren Flüssen und empfiehlt mir den Farmer Simon Janney als einen hart arbeitenden, vertrauenswürdigen Mann, der über Tabak außergewöhnlich gut Bescheid weiß. Würden Sie sich dieser Meinung anschließen? Ich bin vor kurzem in den Besitz einer großen Plantage am linken Ufer des Rappahannock gelangt, von der Lennox versichert, sie könne von einem geeigneten Besitzer durchaus ausgebaut werden. Ich trage mich mit der Absicht, sie an Janney weit unter dem Marktwert zu verkaufen, damit er sich dort bewähren kann. Bitte geben Sie mir durch den Kapitän

dieses Schiffes Nachricht: Kann Janney eine angemessene Summe zahlen? Wird er zahlen? Vermag er aus dem Land Gewinn zu schlagen?

Steed bejahte jede dieser Fragen uneingeschränkt und begründete dies Paul gegenüber: »Wenn es um Land geht, kann man Simon Janney beinahe ebenso vertrauen wie einem Steed.« Er war überzeugt, daß die Plantage am Rappahannock in die besten Hände gelangte.

Immer wieder aber kam er auf seine Grundthese zurück, und er beschwor seine Mutter und seine Brüder: »Nicht einen Farthing dürft ihr in London borgen!« In jeder anderen Hinsicht vertrauten sie ihrem entfernten Partner: Er sandte ihnen das gewünschte Tuch aus Flandern, das Kristallglas aus Böhmen oder Bücher aus London. Er bereitete ihre Reisen vor, führte ihre Konten bei den besten Banken und wußte über den Stand der Geschäfte stets besser Bescheid als sie selbst. Bei all ihren Festen war er der abwesende Gast und im engsten Bekanntenkreis der am höchsten Geachtete. Sie arbeiteten und tafelten an einem Flußufer an der amerikanischen Ostküste, aber im Geist lebten sie in London, und das verdankten sie dem Pflichtgefühl und der Redlichkeit Marcus Fithians.

Sorgen gab es auf anderem Gebiet. Die Nanticokes hatten sich nachgiebig gezeigt, als die ersten Weißen in ihr angestammtes Gebiet eindrangen, und hatten sich zurückgezogen. Die Invasoren konnten kampflos das Land entlang der Flüsse im Süden übernehmen und hatten freie Auswahl bei der Besetzung der ohnedies minderwertigen Felder. Als aber immer mehr Eindringlinge die Bucht überquerten und sich immer weiter die Flüsse hinaufwagten, um sich auch die wirklich guten Jagdgebiete anzueignen, wurde der Druck auf die Indianer unerträglich.

Sieben kleinere Scharmützel hatten im Laufe der Jahre die Beziehungen getrübt, und es wäre häufiger zu Zusammenstößen gekommen, wenn die Nanticokes die Choptanks zur Teilnahme überreden hätten können. Zu wiederholten Anlässen wurden Abgesandte nach Norden gesandt, die den Vorschlag überbrachten, die Choptanks sollten Patamoke überfallen und zerstören. Aber die friedfertigen kleinen Choptanks lehnten ab: »Wir sind kein kriegerisches Volk. Wir leben mit unseren Weißen in Frieden.«

Die Weißen dankten das den Choptanks nicht; ein Indianer war ein Indianer, und als im Territorium der Nanticokes die ersten ernsthaften Kampfhandlungen ausbrachen, gingen die weißen Siedler am Choptank davon aus, daß die nächsten Opfer sie sein würden; vorsorglich begannen sie, auf jeden Indianer zu schießen, der sich ihnen zeigte. Ein in harten Worten gehaltener Aufruf der Regierung bestärkte sie dabei:

Bekanntmachung an alle Bürger. Die Nanticoke-Indianer werden zu Feinden dieser Kolonie erklärt und sind als solche von jedermann und auf jede Weise zu verfolgen.

Diese Aufforderung zur Gewalt führte zu einer Welle planloser Angriffe, mit denen die Weißen jeden Indianer davon abschreckten, mit einer ihrer Siedlungen Kontakt aufzunehmen; als die verunsicherten Choptanks flußabwärts kamen, um den Frieden zu sichern, empfing man sie mit Gewehrsalven, noch ehe sie landen konnten. Bestürzt traten sie den Rückzug an. Bei einer dieser Unternehmungen wurde der älteste Sohn Tciblentos – ein Vollblut-Indianer – getötet, und als Läufer zu Turlocks Hütte kamen, um ihr die Nachricht zu überbringen, empfing sie diese gleichgültig.

»Die Weißen haben Hatsawap erschossen.«

»Was hat er getan?«

»Nichts. Er war gegangen, um Frieden zu machen.«

Sie reagierte nicht auf diese traurige Nachricht; sie saß nur da, in ihre Lumpen gehüllt, und begann, sich in den Hüften zu wiegen.

»Tciblento«, sagten die Läufer, »du mußt mit dem Weißen Mann sprechen! Wir stehen nicht auf Kriegsfuß mit ihm.«

»Aber er mit uns«, antwortete sie. Sie sprachen lange miteinander, erinnerten sich an vergangene, bessere Tage, und als Turlock müde und verschmutzt von der Jagd aus dem Moor kam und wissen wollte, was die Choptanks hierhergeführt habe, sagte einer von ihnen: »Tciblentos Sohn wurde von einem weißen Schützen getötet.«

»Alle werden getötet werden«, sagte Turlock, und Tciblento nickte dazu. Sie bereitete ihnen Waschbärenfleisch zu, und dann gingen sie.

Der Kampf in den Wäldern ging weiter, denn die Nanticokes wollten sich nicht enteignen lassen. Sie entwickelten immer größeres Geschick, die Weißen in den Hinterhalt zu locken, und machten das Leben am oberen Flußlauf zunehmend unsicherer. So kam es dazu, daß die Regierung im Dezember 1652 die berüchtigte Verordnung erließ, die zur Vernichtung der Nanticokes als nennenswerten Gegner führte:

Die Nanticokes und ihre Verbündeten stellen für diese Kolonie eine Gefahr dar und müssen in die Schranken gewiesen werden. Erklärt ihnen mit allen Mitteln den Krieg! Überwältigt sie, zerstört, plündert, tötet sie, oder nehmt sie gefangen! Kämpft mit allen diesen Mitteln gegen jeden Indianer, dem ihr begegnet. Tötet sie, oder nehmt sie lebend – ganz nach Belieben. Es darf keinen Waffenstillstand geben.

Für die Jäger, die sich bei Patamoke niedergelassen hatten, kamen nun große Tage. Sie versteckten sich entlang der bekannten Pfade hinter Bäumen, und wann immer sich ein Indianer zeigte, Mann oder Frau, nahmen sie ihn vor die Büchse. Die Wälder färbten sich rot mit dem Blut der Indianer, und in Dörfern, in denen es nie Krieg gegeben hatte, wütete das Feuer.

Die furchtbarsten Folgen hatte das Gemetzel für die völlig verwirrten Choptanks, die niemals einen Vorwand für solches Blutvergießen geboten hatten. In der ganzen langen Geschichte der Choptanks hatte nie ein Indianer einen Weißen getötet, würde es auch in Zukunft nie tun, und doch wurden sie jetzt abgeknallt wie Eichhörnchen. Tciblentos zweiter indianischer Sohn, der hochgewachsene Ponasque, weise wie einst sein Großvater, bestieg mit einem Gefährten sein Kanu und kam den Fluß herunter, um an die Vernunft der Weißen zu appellieren. Aber als die beiden die Landzunge südöstlich von Patamoke passierten, wurden sie von drei Jägern entdeckt. Sorgfältig visierten sie die jungen Männer an, die sich weder schützen noch wehren konnten, und eröffneten das Feuer.

Die erste Salve verfehlte das Ziel, und der Anführer der Jäger rief: »Höher!« So zielten sie also erneut, schossen aber über das Kanu hinweg. »Eine Spur tiefer!« Die dritte Salve traf den am Bug sitzenden Indianer, der zur Seite fiel. Zwei der Jäger triumphierten, aber der Anführer mahnte: »Das ist nur ein Trick. Ihr müßt sie nochmals treffen!« Also schossen sie weiter, bis auch Ponasque fiel und das Kanu so durchlöchert war, daß es mit den Leichen versank.

Etwas später schlich einer der Anführer durch die Wälder, um mit den Turlocks zu verhandeln. Zuerst berichtete er Tciblento, daß auch ihr zweiter Sohn gestorben sei, und wie damals saß sie nur teilnahmslos da, so daß sich der Indianer an Turlock wandte und ihn fragte: »Was sollen wir tun?«

»Versteckt euch! Tcib bleibt bei mir.«

»Wir werden hungern.«

»Vielleicht ... Tcib ... auch.«

»Wie lange wird diese Verfolgung dauern?«

»Ein Jahr. Dann ... müde.«

»Turlock, laß uns gemeinsam in die Stadt gehen und unsere Friedfertigkeit beweisen!«

»Sie ... töten dich. Mich auch.«

»Du kennst sie besser, Turlock. Was können wir tun?«

»Nichts.«

Und er hatte recht. In jenen furchtbaren Jahren der Ausrottung wäre es den Choptanks nicht gelungen, die Weißen davon zu überzeugen, daß sie anders waren als die anderen. Der Drang nach mehr Land hatte begonnen, die Indianer standen den Ambitionen und Wünschen der Neuankömmlinge im Weg, und von einer Waffenruhe konnte keine Rede sein.

Die kleinen Indianer jagten in den Wäldern nach Hirschen und wurden doch selbst das Ziel der Büchsen. Ihre Kinder spielten im Freien – kein Verbot hätte sie daran hindern können –, und es wurde für sie ein tödliches Spiel. Die weißen Jäger triumphierten, ganz gleich, ob sie einen Knaben von sieben abknallten oder eine alte Frau von siebzig. Immer tiefer wurde die Grenze ins Land gerückt, weiter und weiter hinein, bis die wenigen Überlebenden sich wie Tciblento in ihre Hütten verkrochen.

Timothy Turlock war zweiundfünfzig, als er 1660 jene Nachricht vernahm, die seine späten Lebensjahre erträglicher machte als die vorangegangenen. Das Dasein im Sumpfland war nie einfach gewesen; zwar mangelte es nicht an Nahrung, aber wenn er auch nur das simpelste Werkzeug benötigte, war es ihm beinahe unmöglich, es auf dem Tauschweg zu beschaffen. Geld hatte er in neun Jahren nicht zu Gesicht bekommen, abgesehen von einem Shilling, den jemand in einem Topf versteckt hatte, den er stahl. Und er stahl immer und alles. Kam er in eine Plantage, entging seinen Habichtsaugen nichts, was nur einigermaßen brauchbar war; bei einem späteren Besuch eignete er sich den Gegenstand dann an. Einmal sagte ein Richter über ihn: »Noch auf dem Weg zum Galgen wird Tim Turlock nach Sachen Ausschau halten, die er auf dem Rückweg stehlen kann.«

Auf unerklärliche Weise hielt er sich und seine Familie über Wasser – mit dubiosen Unternehmungen, die mehr Mühe kosteten als jede ehrliche Arbeit. Dann aber lachte ihm das Glück. Der Kampf gegen die Indianer wurde zwar hier nicht so erbittert ausgetragen wie am Westufer, war aber dennoch lästig. Die Jäger wandten so viel Zeit dafür auf, Indianer abzuknallen, daß ihnen die wahre Gefahr entging, die aus dem Norden angeschlichen kam: Wölfe drangen auf die Halbinsel vor, und für ihre Ausrottung wurde eine Prämie ausgesetzt:

> Für jeden getöteten Wolf gibt der Distriktskommissar eine Ration Pulver und Blei sowie hundert Pfund Tabak aus. Zum Nachweis der Tötung sind die rechte Vorderpfote und der Unterkiefer des Tieres beizubringen.

Das Angebot war so verlockend, daß Turlock sich mit voller Kraft ans Werk machte, und er strich durch die Wälder im Norden und Süden und verbreitete Angst und Schrecken unter den räuberischen Eindringlingen. Er entwickelte ein derartiges Geschick, die Tiere aufzuspüren und zu erlegen, daß die Bürger ihr Vieh in Sicherheit wußten, wenn er in der Nähe war, und nicht ohne

Bewunderung sagten sie: »Turlock hat Erfolg, wo andere versagen, weil er selbst lebt und denkt wie ein Wolf.«

Was sie nicht wußten, war, daß der gerissene Timothy Turlock mit seinen Zwillingssöhnen eine strategische Beratung abgehalten hatte, um das neue Gesetz zu ihren Gunsten auszulegen und einen schmutzigen Plan auszuhecken. »Stooby ist gut im Wald.« So eröffnete der stolze Vater die Unterredung, und er hatte recht. Stooby – seinen Namen hatte er von einem Jäger in Patamoke, der einmal gesagt hatte: »Der Junge sieht richtig stupide aus.« – war mit dreizehn ein meisterhafter Waldläufer; von seinem Vater hatte er den gesunden Menschenverstand geerbt und von seinem Großvater Pentaquod das Gespür für die Geheimnisse des Waldes. Er liebte die große Stille dieses Landes, die Art, in der die Tiere sich bewegten, den Flug der Vögel auf der Suche nach Saatkörnern. Er war ein weitaus besserer Jäger als sein Vater und spürte oft den Stand eines Wolfes auf, während Timothy noch mit seiner Muskete herumhantierte.

»Still!« kommandierte Timothy, aber Stooby zeigte nur nach der Stelle, wo er bereits den Wolf vermutete, und wenn sie schossen, war es seine Kugel, die traf.

»Stooby im Wald«, sagte Turlock, »Charley in der Stadt.«

Die Knaben konnten seinem Plan nicht folgen, aber als sich seine Augen zu Schlitzen schlossen und sein Grinsen die schwarzen Zähne freigab, wußten sie, daß er einen guten Gedanken ausgebrütet hatte. »Charley findet heraus, wo Wölfe begraben.«

Jetzt verstand Charley! Mit einem Grinsen, das an Bösartigkeit dem seines Vaters nicht nachstand, sagte er: »Nachts grabe ich die Pfoten und Köpfe … wieder aus.« Die drei Turlocks lachten laut, denn sie hatten den Weg zu uneingeschränktem Reichtum gefunden: Tim und Stooby würden die Wölfe töten und den Nachweis für die Prämie abliefern, und sobald das Zeug vergraben war, würde Charley um Mitternacht kommen, um es wieder auszugraben, und sie würden den Beamten immer und immer wieder dieselben Wolfsteile aushändigen. Die Turlocks waren drauf und dran, eine Menge Tabak einzuheimsen.

Einer ihrer Züge in den Norden brachte nur magere Erfolge. Nicht einmal Stooby konnte einen Wolf aufspüren, und so wagten sich Vater und Sohn tiefer ins Land als je zuvor, ohne sich darüber Sorgen zu machen, denn sie lebten von dem, was das Land ihnen bot, und schliefen, wo die Abenddämmerung sie überraschte: ein paar Kiefernäste, ein Feuer in einer Senke, eine Handvoll kaltes Wasser ins Gesicht am Morgen. Als sie einmal erwachten, erklärte Stooby warnend: »Dort jenseits, vielleicht Häuser.« Er sprach in einer seltsamen Mischung aus Choptank, Gesten und einfachem Englisch, hatte aber nie Schwierigkeiten, sich verständlich zu machen; jener Jäger, der ihn für dumm gehalten hatte, hatte Zurückhaltung mit Unwissenheit verwechselt.

Sie drangen einige Meilen weiter vor, ohne Wölfe zu finden, und stießen plötzlich auf eine Gruppe von Häusern, die zwanzig Jahre zuvor Schweden errichtet hatten, um in der Neuen Welt Fuß zu fassen. Die Turlocks, von Natur aus mißtrauisch, beobachteten die Siedlung einige Stunden lang und überzeugten sich, daß hier gewöhnliche Männer und Frauen gewöhnlichen Geschäften nachgingen. Erst gegen Mittag traten sie aus dem Wald, schritten über Felder, die erst vor kurzem gepflügt worden waren, und machten sich durch Rufe bemerkbar.

Die Leute liefen aus den Häusern, und bald waren die Turlocks von kräftigen Bauern und deren Frauen umringt, die in einer ihnen unbekannten Sprache auf sie einredeten. Endlich fand sich ein blonder Junge, der auf einem englischen Schiff gefahren war. Er war etwa in Stoobys Alter und brannte darauf, mit den Fremden zu sprechen.

»Wir sind Niederländer, aus Neu-Holland. Und wir haben soeben die Schweden zur Hölle gejagt.«

»Was sind Schweden?«

Als diese Frage übersetzt wurde, kicherten die Bauern, und einer stieß ein gutgebautes junges Weib nach vorn. Noch nie hatte Timothy so helles Haar gesehen. »Sie ist eine Schwedin«, sagte der Junge, und der bärtige, verschmutzte Turlock grinste sie an.

Sechs Tage blieben sie in der holländischen Siedlung und quälten ihren Dolmetscher mit endlosen Fragen. Aus Gründen, die sich Stooby nicht erklären konnte, stellte sein Vater das Leben bei Patamoke immer wieder viel besser hin, als es war, und er übertrieb auch bei der Schilderung der Hütte, in der sie lebten. Als es Zeit zur Abreise wurde, begriff der Junge jedoch, wie der Hase lief. Im Wald, auf dem Weg, der zurück zum Choptank führte, wartete Birgitta, das schwedische Mädchen, und ihre ausdrucksvollen Gesten ließen keinen Zweifel daran, daß das Leben für eine Dienstmagd in der schwedischen Siedlung hart genug gewesen war, in der niederländischen aber die Hölle. Als das Trio zwischen den Bäumen verschwand, wandte sie sich ein letztes Mal nach ihrem Gefängnis um und verabschiedete sich mit einer obszönen Gebärde und einem Schwall schwedischer Flüche.

Sie beeilten sich, um den Holländern keine Möglichkeit zu geben, ihr Beutestück zurückzuverlangen, und zwei Tage marschierten sie bis zur Erschöpfung, so daß sie am Abend einfach zu Boden sanken. Am dritten Tag wähnten sie sich vor der Verfolgung sicher und schlugen ein mäßigeres Tempo ein. Stooby hielt nach Wölfen Ausschau, aber sein Vater scherte sich wenig darum, ob er welche fand oder nicht. Am Abend schlug Timothy vor, Stooby solle selbst seine Schlafstelle bauen. Er wartete, bis der Junge dem Auftrag entsprochen hatte und wählte dann einen weit entfernt liegenden Platz aus, um dort für sich und Birgitta eine Liegestatt aus Kiefernästen zu errichten.

Er hatte die Distanz nicht groß genug gewählt; die ganze Nacht hindurch vernahm Stooby seltsame Geräusche, wildes Lachen und Wortfetzen in Choptank und Schwedisch. Als der Tag kam, verbummelte ihn das Trio in den Wäldern. Zum zweitenmal in seinem Leben hatte Tim Turlock die Zuneigung einer Frau gewonnen, ohne erst lange um sie werben zu müssen und ohne auch nur ein Dutzend Wörter in ihrer Sprache zu kennen. Das war nur möglich, weil er in einer primitiven Gesellschaft, in der Taten wichtiger waren als Worte, selbst auf einer primitiven Stufe stand. Sein tierhaftes Wesen bewies sich in einer Folge unausgesprochener Zeichen, und zwei Frauen setzten im Vertrauen auf seine Qualitäten ihre eigene Zukunft aufs Spiel.

Auf dem Weg nach Süden wurden er und das schwedische Mädchen handfeste Gefährten; sie fanden viel Spaß aneinander, bei Tag und Nacht. Stooby erkannte bald, daß sie trotz des Altersunterschiedes – sie war nicht viel älter als Tims Söhne – beabsichtigten, beisammen zu bleiben. Ihn überraschte daher auch nicht, was geschah, als sie den Sumpf erreichten. Sein Vater ging geradewegs zur Hütte, schlug gegen die Tür und rief: »Tcib, komm raus!«

Verwirrt, aber noch in ihren Lumpen aufrecht und gehorsam, trat die Indianerfrau vor die Tür, sah das blonde Schwedenmädchen – und verstand. In weniger als zehn Minuten hatte sie ihre wenigen Habseligkeiten gepackt und nahm ohne erkennbaren Vorwurf Abschied. Sie wurde nicht mehr benötigt; sie hatte kein Zuhause mehr.

Charley folgte ihr aus eigenem Antrieb, und als sie den Weg zum Wald einschlagen wollte, rief er: »Nein! Das Boot gehört uns beiden!«, und er hätte seinem Vater beim geringsten Einwand den Schädel eingeschlagen. Trotzig ruderte er seine Mutter den Choptank hinauf nach Patamoke, wo sie von einem Jäger zum anderen weitergereicht werden würde.

Für Stooby gab es kein Zögern; er blieb bei seinem Vater, um Wölfe zu jagen, und wenn Turlock, was immer häufiger geschah, daheim blieb, um mit Birgitta zu tändeln, ging er allein fort und schnitt dabei meist besser ab, als wenn sein Vater ihn begleitet hätte. Nun gab es aber keinen Charley mehr, der die Beutestücke für den Wiederverkauf beschaffte. Turlock mußte selbst nachts zu den Abfallgruben schleichen, um zu Pfoten und Wolfsunterkiefern zu kommen.

Es ist nicht schwer, den nun folgenden Lebensabschnitt von Timothy Turlock zu rekonstruieren, denn sein Name taucht auffallend häufig in den zeitgenössischen Gerichtsakten auf. In diesen Jahren bestätigte sich erneut, was der Londoner Richter empfunden hatte: Turlock war ein Frettchen, das sich flink und stets knapp außerhalb der Sichtweite bewegte. Der Sumpfmensch war nun über die Fünfzig hinaus, klein, schnell, gerissen, schmutzig in Kleidung und Gesinnung – einer, der im Schlamm lebt und festen Boden nur als Eindringling betritt. Daß er so häufig wegen an sich unbedeutender Diebeszüge angeklagt wurde, kann nicht erstaunen, denn Turlock konnte einfach an keinem brauchbaren Gegenstand vorbeigehen, ohne ihn sich anzueignen. Daß es ihm aber auch gelang, die Zuneigung von Tciblento und Birgitta zu gewinnen, bleibt unerklärlich. Man sollte meinen, daß dieser abstoßende kleine Mensch mit seinen Zahnlücken bei jedem amourösen Auswahlprozeß auf der Strecke bleiben mußte; vielleicht brachte ihm seine schlaue Beständigkeit den Erfolg oder die Tatsache, daß er seine Lust nach Frauen offen zeigte. Jedenfalls war er ehrsamen Christenmenschen ein Greuel und bei Gericht ein ewiger Dorn im Fleisch.

Wie die Aufzeichnungen beweisen, wurde er häufig bestraft und oft sogar ausgepeitscht, aber diese Form der Strafe stellte für die Gemeinschaft eine größere Tortur dar als für Turlock, denn von dem Augenblick an, in dem er aus dem Gerichtsgebäude und zum Pfahl geführt wurde, begann er dermaßen zu heulen und sich in Schmerzen zu winden, daß er das widerlichste Schauspiel bot. Und da die Richter wußten, daß die Strafe auf ihn keine Wirkung haben würde, zögerten sie, die Allgemeinheit einer solchen Belastung auszusetzen.

»Wir hätten ihn schon beim erstenmal aufknüpfen sollen«, sagte einer der Gerichtsherren zum Abschluß eines solchen traurigen Verfahrens, in dem Turlock angeklagt gewesen war, einen Städter angeschossen zu haben, der einen Hirsch bis in sein Sumpfland verfolgt hatte. Andere hingegen meinten, daß seine Existenz zumindest aus dem Grund gerechtfertigt sei, weil er außergewöhnlich viele Wölfe erlegte. »Wie ein Aasgeier hilft er, den Kehricht dieser Stadt wegzuschaffen.«

So ging Turlock seiner Wege, ein seltsamer kleiner Mann, der bereits sechs Bastarde in die Welt gesetzt hatte: zwei mit Tciblento, einen mit Birgitta und drei mit anderen Frauen, Dienstboten, die für ihre Ausschweifung öffentlich ausgepeitscht wurden. Diese sechs wurden der Grundstock jener gewaltigen Horde von Turlocks, die späterhin die Ostküste bevölkerten und alle Wesensmale Timothys erbten: Sie liebten das Land, sie lebten nahe am Wasser und sie waren die Komplizen der Vögel, Fische und Landtiere. Bis in die sechste Generation konnten sie weder lesen noch ihren Namen schreiben, und alle verabscheuten solche Regelmäßigkeiten wie Steuern zu zahlen oder ein Weib zur Frau zu nehmen.

Und doch geschah sogar dies: Turlock besaß die außerordentliche Unverschämtheit, vor dem Gericht in Patamoke die Behauptung aufzustellen, er habe den Holländern Birgittas Arbeitskontrakt abgekauft, und als sowohl sie als auch Stooby dies bestätigten, mußte die Behörde ihm ein Dokument ausstellen, demzufolge sie ihm für sieben Jahre verpflichtet war. Als sie jedoch in die Hoffnung kam, erklärte das Gericht, daß sich ihre Verpflichtungen nicht bis in die Schlafkammer erstreckten. Turlock wurde zur Zahlung von fünfhundert Pfund Tabak verurteilt – die er sich beschaffte, indem er einen Wolf fünfmal verkaufte –, und Birgitta sollte öffentlich ausgepeitscht werden.

Sie bekam die Peitsche nicht wirklich zu spüren; winselnd und flennend war Turlock dazwischengetreten und hatte sich freiwillig bereit erklärt, sie zu ehelichen, wenn die Strafe ausgesetzt würde. Widerwillig stimmten die Richter zu. Es gab eine seltsame Hochzeit; Charley und Stooby nahmen daran teil, auch ihre Mutter, die abwesend wirkende Tciblento, die während der ganzen Zeremonie zu Boden blickte.

Sie führte ein trauriges Leben, war jetzt achtundsechzig Jahre alt, immer noch hochgewachsen und würdevoll, aber offensichtlich das Opfer böser Tage. Sie trug nicht mehr das weichgegerbte Kleid aus Hirschleder mit dem Nerzbesatz und das Halsband aus silberhellen Muscheln. Mit Fremden lebte sie jenseits der Einfriedigung des Hafens; ihr einziger ständiger Gefährte war Charley, ein abweisender, schwieriger Junge, der die Weißen haßte und doch wie sie werden wollte. Er stand oft vor Gericht.

Eines Tages, als seine Mutter zwei Jägern die Hütte besorgte, ging er in den Wald auf die Jagd, und als er zurückkehrte, in verschiedene Lumpen gekleidet, wie sie die heimatlosen Choptanks trugen, hielt ihn einer dieser Jäger für einen Indianer und schoß auf ihn. Die Kugel ging durch die linke Schulter, warf ihn aber nicht zu Boden. Er verstopfte die blutende Wunde mit einem schmutzigen Tuch und schleppte sich bis zur Hütte, wo er bewußtlos zusammenbrach. Tciblento versorgte ihn, ohne eine Träne zu vergießen. Der Jäger rechtfertigte sich: »Er sah aus wie ein Indianer!« – eine Ausflucht, auf die sie keine Antwort gab.

Stooby traf sie nicht oft in jenen Jahren; er lebte bei seinem Vater, durchstreifte den Sumpf und entwickelte sich zum großen Experten für das Leben auf dem Wasser. Er hatte sich bereits einen Einbaum gebaut und war dabei, ein zweites Kanu auszubrennen; er verbrachte mehr Zeit auf dem Fluß als am Ufer, denn in den Wald ging er nur, um Hirsche und Wölfe zu jagen, die einen als Nahrung, die anderen aus Gewinnsucht. Auf dem Wasser aber lebte er, weil er es liebte.

Manchmal blieb er tagelang fort, um die Flüsse zu erkunden, die in den Norden führten, und wenn sein Vater der erste Weiße gewesen war, dem sich die offensichtlichen Schönheiten dieses Gebietes erschlossen hatten, so wurde er der erste überhaupt, der seine verborgenen Wunder erkannte: die herrlichen schmalen Landzungen, die wie Finger in das graue Wasser griffen, und die schlummernden kleinen Buchten, die dahinter lagen.

Mit dreiundzwanzig hatte sich Stooby dem Choptank und der Chesapeake Bay verschrieben; sie waren sein Reich, und an ihrer breiten Brust fühlte er sich für immer geborgen. Er lebte nach den Gezeiten, nach dem Zunehmen des Mondes, nach dem Kommen und Gehen der Wasservögel. Er wußte, wo sich die Austern schutzsuchend an Sandbänke klammerten und wie die Krabben in der Bucht auf- und abwärts zogen. Jede Landzunge, jeden Zugang zu einer verborgenen Bucht registrierte er auf einer imaginären Karte. Er setzte seine eigenen Segel und wußte, wenn er sie vor dem Sturm wieder bergen mußte, und er hatte ein so ausgeprägtes Gefühl für Boote, daß er augenblicklich spürte, wenn sie seitwärts auszubrechen begannen oder sich einer versteckten Sandbank näherten. Er war ein Wassermensch, der erste seines Geschlechts, ein Fisch ohne Kiemen, ein Sumpfvogel ohne Schwimmhäute.

Im Zusammenhang mit Timothy Turlocks Gefängnisstrafen wird immer wieder ein außergewöhnlicher Mann namens James Lamb genannt. Er war einundvierzig, als er von Deck eines Schiffes ging, das aus Bristol gekommen war; er hatte England zu Fuß durchquert, um in London der Verhaftung zu entgehen, und er betrat die Neue Welt als ein freier Mann, der aus freien Stücken ein behagliches Heim verlassen hatte, um der Erleuchtung nachzugehen, die sein Leben verändert hatte. Ein gewisser George Fox, ein Wanderprediger, hatte ihm die einfachen Wesenszüge eines neuen Glaubens erklärt, und er hatte sich überzeugen lassen und war Quäker geworden.

Lamb war ein sanftmütiger Mann, und seine Frau Prudence war noch anspruchsloser als er. Auf der Pier von Jamestown hatten sie den Arbeitskontrakt eines Dienstmädchens namens Nancy erworben, ein Kind, das ihnen unablässige Sorge bereitete, weil es dazu neigte, hübsche junge Männer – und so manchen, der weder hübsch noch jung war – zu sich ins Bett kommen zu lassen. Das Mädchen wurde vor Gericht gestellt, gedemütigt, an den Pfahl gebunden und öffentlich ausgepeitscht, man drohte ihr sogar mit dem Gefängnis, aber sie frönte weiterhin ihrer Lust. Jede andere Herrin hätte sie abgegeben, nur Prudence Lamb vermochte das nicht. »Wir müssen für sie da sein«, erklärte sie ihrem Mann, und was das mißratene Kind auch immer tat, Mrs. Lamb schützte sie, kaufte sie vom Auspeitschen frei und versicherte ihrem Mann, daß Nancy eines Tages zur Besinnung kommen werde; als aber die junge Dame zum zweitenmal Timothy Turlock in ihre Schlafkammer mitgenommen hatte, fanden die Lambs, genug sei genug.

»Du darfst ihn nie wieder sprechen!« forderte Mrs. Lamb, und Nancy schluchzte: »Es gibt keinen anderen, mit dem ich reden könnte.« Nun meinten die Lambs, daß es ihre Pflicht sei, dem Mädchen einen Gefährten zu suchen, und eines Tages brachte Mr. Lamb Stooby Turlock als möglichen Kandidaten ins Gespräch. Nancy stöhnte: »Der interessiert sich doch nur für Schildkröten!« Und wie zur Bestätigung tauchte Stooby keine sechs Tage später bei den Lambs auf, um ihnen eine herrliche Diamantschildkröte zu bringen – wie er sagte, ein Geschenk dafür, daß die Lambs verzichtet hatten, seinen Vater, der ihnen einen Handwagen gestohlen hatte, vor Gericht zu bringen.

Birgitta, die an Turlock durch einen Arbeits- und einen Ehekontrakt gebunden war, verfolgte solche Unregelmäßigkeiten mit amüsierter Distanz. Ihr Mann war abstoßend, und nichts würde sich daran ändern; sie konnte nur hoffen, daß er eines Tages zufällig erschossen oder absichtlich gehenkt wurde; dann würde sie frei sein und in der aufblühenden Neuen Welt endlich ihre eigenen Wege gehen. Zweifellos war sie hier am Choptank glücklicher als bei den Holländern, die sie gefangengehalten hatten, und sie entwickelte eine echte Zuneigung zu ihrer lebhaften Tochter Flora und ihrem seltsamen Stiefsohn Stooby. Sie verstand den Jungen und ermunterte ihn dazu, die Flüsse und Sümpfe zu erkunden. Eines Tages lud er sie ein, ihn auf einen seiner Streifzüge nach Norden zu begleiten und ohne zu zögern, packte sie Flora und bestieg mit ihr den Einbaum. Drei Tage verbrachten sie auf den herrlichen Wasserläufen, die sich vom rechten Flußufer aus in das Land verzweigten.

»Du bist im Paradies«, sagte sie zu Stooby, und er nickte. Er konnte seine Verbundenheit mit dem Wasser nicht in Worte fassen, aber manchmal, wenn er eine Landzunge umrundete und vor ihm plötzlich eine neue kleine Bucht auftauchte, schmal und tief ins Land gegraben, verschlug es ihm den Atem, als träfe er nach langer Trennung einen guten Freund wieder – und er liebte seine blonde Stiefmutter, weil sie ihn verstand.

Von allen anderen Leuten verstanden die Steeds die Turlocks am besten. Henry wußte, daß Turlock ein unverbesserlicher Dieb war, ein Ehebrecher, Lügner und Verräter, ein Vagabund. Er hätte ihm noch ein weiteres Dutzend Eigenschaften anrechnen können, von denen jede einem ehrsamen Hausstand fremd gewesen wäre. Er tolerierte ihn, weil seine Mutter, Martha Steed, darauf bestand, aber das hielt ihn nicht davon ab, den widerlichen kleinen Beutelschneider anzuzeigen. Es gab, so scheint es, Zeiten, in denen Henry Monat für Monat vor Gericht erschien, um gegen ihn auszusagen. Regelmäßig wurde der

Tunichtgut verurteilt, den Schaden zu ersetzen, und regelmäßig zahlte Turlock mit Tabak, der so stank und mit Unkraut durchsetzt war, daß er als Abfall ausgeschieden werden mußte. Es wäre unmöglich gewesen, diese Ware nach England gehen zu lassen; damit hätten die Steeds ihren guten Ruf ruiniert.

Paul Steed, der Arzt, war auf andere, auf berufliche Weise mit den Turlocks konfrontiert, denn er wurde gerufen, wenn es galt, bei der Geburt der Bastarde beizustehen, die Timothy in die Welt setzte, oder die verschiedenen Krankheiten seiner Frauen und Söhne zu kurieren. Eines Tages kam Paul mit schweren Schritten vom Landungssteg herauf. Er ließ den Kopf so tief hängen, daß seine Mutter fragte: »Paul, was ist los?«

»Tciblento stirbt.«

»Woran?«

»Jemand hat sie mit einer Keule geschlagen.«

»Oh, mein Gott!«

»Sie stirbt doch schon die ganze Zeit – an uns.«

»Wie meinst du das, Paul?«

»Sie ist die letzte der echten Choptanks, Mutter. Für sie gab es keine Hoffnung mehr …«

Mrs. Steed schlug vor, Tciblento auf die Insel zu holen, wo man sie ausreichend betreuen konnte, aber Paul sagte: »Es hat keinen Sinn. Ich gebe ihr kaum noch eine Woche.«

»Dann soll sie zumindest diese eine Woche würdiger leben«, forderte Mrs. Steed, und sie befahl, die Ketsch reisebereit zu machen. Sie wollte sich selbst der Sterbenden annehmen, aber als sie mit Paul die Hütte erreichte, war Tciblento zu schwach für den Transport. Sie hatte, wie Paul berichtete, bereits längst im Sterben gelegen, als der Jäger, dem sie den Haushalt führte, betrunken zurückkam, sie mit einer Keule attackierte und ihr den Kiefer brach.

Nach Atem ringend, lag sie auf einem mit Kiefernnadeln gefüllten Sack; ihr Gesicht war von Schlägen entstellt, aber ihre dunklen Augen leuchteten ungebrochen. Als sie Mrs. Steed erkannte, erinnerte sie sich an den gutaussehenden Engländer, den sie einmal, den sie immer geliebt hatte, und Tränen traten ihr in die Augen. Sie war zu schwach, um ihr Gesicht abzuwenden, und weil sie sich schämte, vor Mrs. Steed ihr Geheimnis preiszugeben, schloß sie die Augen, und schluchzte stumm.

»Tciblento«, sagte Mrs. Steed, »wir bringen dich zu uns nach Hause.« Die Sterbende nahm alle Kraft zusammen, um dies mit einer Bewegung des Kopfes abzulehnen. Hier würde sie bleiben, in diesen Zuständen, zu denen sie sich erniedrigt hatte.

»Sollen wir Turlock holen lassen?« Wieder lehnte sie ab.

»Stooby? Willst du Stooby sehen?« Tciblento nickte, und man schickte Charley aus, seinen Bruder zu suchen, aber der Junge war unterwegs auf seinen Flüssen, und Charley kam nicht mit ihm, sondern mit Timothy zurück.

Mrs. Steed hätte diesem Unmenschen am liebsten die Tür gewiesen, aber Paul sagte: »Ach, kommt rein!« und Turlock schlurfte zum Bett.

»Hallo, Tcib«, sagte er. Sie blickte zu ihm auf, vermochte aber nichts zu sagen. Er wandte sich an den Doktor und fragte: »Wird sie …«

»Nein.«

»Also, dann. Lebwohl Tcib!« sagte er und machte sich davon.

Sie verriet keine Trauer, ihn zum letztenmal scheiden zu sehen. Alle schieden sie, verschwanden, seit Jahrzehnten, und sein Weggang war am wenigsten zu bedauern.

Noch einmal wurde die Stille unterbrochen. Zwei Männer stießen den Jäger in die Hütte, der Tciblento geschlagen hatte. Es war ein übler Kerl, um nichts besser als Turlock, und als er vor der Sterbenden stand, die er so oft mißbraucht hatte, winselte er: »Sag ihnen, Tciby, daß es nicht ich gewesen bin!« Sie blickte zuerst ihn an, dann die beiden Männer und bedeutete ihnen, er sei es nicht gewesen. Die aber wußten es besser. Einer der beiden packte den Knüppel, hieb auf den Jäger ein und traf ihn schwer. Aber Paul trat dazwischen: »Laßt ihn laufen!« sagte er, entrang dem Mann die Keule, und der Jäger rannte, vor Schmerzen heulend, in den Wald.

Es war offenkundig, daß Tciblento die Nacht nicht überleben würde. Als Paul vorschlug, seine Mutter solle noch bei Tageslicht zur Insel zurückkehren, lehnte sie ab. »Ich kann doch die Frau nicht allein sterben lassen.« Den ganzen langen Nachmittag verbrachte sie an ihrem Bett, und als die Sonne im Westen der Bucht unterging, war sie noch immer da und sprach zu der Schweigenden: »Es hat auch gute Zeiten an diesem Fluß gegeben, Tciblento. Ich erinnere mich noch an den Tag deiner Hochzeit. Du hattest doch auch Kinder, die reine Indianer sind, nicht wahr?« Die Leere in Tciblentos Augen verriet ihr, daß sie gestorben war.

Kein gedämpfter Trommelschlag begleitete ihr Hinscheiden. Keine Magd sang von Pentaquod, der ihren Stamm retten wollte, und von ihren Söhnen, die nichts erreicht hatten. Ihr Volk war in alle Winde zerstreut, ohne Häuptling, der es hätte an seine Stammespflicht gemahnen können. Viele der Ihren lagen unbegraben auf fremder Erde, so, wie sie gefallen waren, und nun lag auch sie tot in einer jämmerlichen Hütte am Ufer eines Flusses, an dem ihr Vater einst geherrscht hatte.

VIERTE REISE:

1661

Er hatte bereits seit einiger Zeit den Argwohn der Gemeinde geweckt, und sein Herr hatte dem Gouverneur anvertraut: »Edward Paxmore, dessen Arbeitskontrakt ich vor sieben Jahren erwarb, neigt dazu, ohne meine Genehmigung durch die Kolonie zu ziehen, wodurch er mich seiner Arbeitsleistung beraubt, die füglich mir gebührt.« Daraufhin überwachten Spione alles, was er tat, meldeten dem Verwaltungsausschuß jedes ungewöhnliche Verhalten, und die Familie, von der er ein Grundstück für eine Tischlerei zu erwerben hoffte, sobald seine Dienstverpflichtung abgelaufen war, lehnte sein Ansuchen ab.

Informanten berichteten dem Gouverneur: »Er reiste von Dover nach Salisbury, Rowley und Ipswich und verwickelte die Vorbeikommenden in Streitgespräche über die Werke Gottes.« Als er nach Boston zurückkehrte und wieder im Haus seines Herrn eintraf, wartete dort bereits der Sheriff, um ihn vor Gericht zu stellen.

Bei der Vernehmung klagte sein Herr: »Edward ist ein guter Zimmermann. Aber nun, im letzten Jahr seiner Verpflichtung, hat er begonnen, die Werke Gottes zu deuten. Er hat mich um seine Arbeit betrogen und mich schwer geschädigt.«

»Euer Begehren?«

Ich bitte Euer Ehren, seinen Kontrakt um zehn Monate zu verlängern. Das wäre nur gerecht.«

Der Gouverneur war ein hagerer, vielbeschäftigter Mann, dem die finanzielle Seite dieser Angelegenheit ziemlich gleichgültig war; derlei kam häufig vor und konnte von einem gewöhnlichen Richter entschieden werden. Was ihn jedoch schwer bedrückte, war jener ominöse Satz: »Hat er begonnen, die Werke Gottes zu deuten«. Das war eindeutig Gotteslästerung und roch verdächtig nach Quäkertum. In den vergangenen Jahren hatte der Gouverneur drei Quäker hängen lassen und persönlich der Exekution beigewohnt. Er hatte nicht die Absicht, dieses verderbliche Ketzertum in Massachusetts Fuß fassen zu lassen, denn es war verabscheuenswert.

Der Gouverneur hatte in allem eine feste Meinung, und doch machte ihn der Anblick des Mannes, der vor ihm stand, unsicher: ein hochgewachsener, schlanker Arbeiter in einer einfachen Jacke mit zu kurzen Ärmeln, und die Hosenbeine waren viel zu eng. Er wirkte unbeholfen, obwohl er nach allgemeinem Urteil ein exzellenter Zimmermann war. Zweierlei störte jedoch sein Erscheinungsbild: Sein Adamsapfel hüpfte auf und ab wie der einer Hexe, und in seinen Augen brannte das lebhafte Feuer derer, die glauben, Gott gesehen zu haben. Solche Männer waren gefährlich – aber dieser Zimmermann betrug sich so sanftmütig, zeigte sich so unterwürfig vor dem Gericht und so ehrerbietig gegenüber seinem Herrn, daß er kein gewöhnlicher Verbrecher sein konnte. Da mußten tiefere Gründe dahinterstecken, die nach Aufklärung verlangten.

»Edward Paxmore, ich fürchte, Ihr seid auf schlimme Wege geraten. Ich überantworte Euch wieder dem Sheriff, der Euch kommenden Montag zur ausführlichen Befragung vor Gericht bringen wird.« Mit einem letzten unheilvollen Blick auf Paxmore stelzte er aus dem Raum.

Das Verfahren hätte ohne größere Folgen bleiben können, Paxmore, zweiunddreißig Jahre alt und mit ausgezeichneter Reputation dank seiner guten Arbeit, wäre üblicherweise – wegen Landstreicherei und Vernachlässigung seiner Arbeit – mit einem Verweis davongekommen. Der Richter hätte den Kontrakt um sechs Monate verlängert – dem Wunsche des Klägers wurde nie voll entsprochen –, und nach Ablauf dieser Frist wäre der Zimmermann ein freier Mensch gewesen, ein geachtetes Mitglied der Bürgerschaft.

Paxmores Verfahren sollte jedoch einen anderen Verlauf nehmen, denn als das Gericht am Montagmorgen zusammentrat, hatte Richter Goddard – ein großer, schwerfälliger Mann mit plumper Ausdrucksweise – zunächst die schwierige, aber befriedigende Aufgabe, den Fall des geständigen, aber unverbesserlichen Quäkers Thomas Kenworthy endgültig abzuschließen. Bereits dreimal hatte Richter Goddard Kenworthy auspeitschen lassen und aus Massachusetts ausgewiesen, und dreimal hatte sich der Quäker in die Kolonie zurückgeschlichen. Paxmore und sein Herr hatten schon im Gerichtssaal Platz genommen, als der Sheriff Kenworthy hereinbrachte. Dieser Quäker war vierzig Jahre alt, dünn, dunkelhäutig, mit tiefliegenden Augen, einem durchdringenden Blick und dem Gebaren eines Fanatikers. Er war an den Händen gefesselt und schien zu zögern, als er vor den Richter treten sollte. Der Sheriff mußte ihn zu seinem Platz stoßen, wo er sich dann aber aufrichtete, den Richter trotzig anstarrte und ihn mit lauter Stimme fragte: »Wer heißt dich über mich richten?«

Goddard donnerte ihn an: »Wir haben ein Gesetz!«

»Dein Gesetz, nicht aber das Gesetz Gottes.«

»Bringt den Mann zum Schweigen!«

»Niemand bringt mich zum Schweigen, denn Gott hat mir geboten zu sprechen.«

»Schluß mit dieser Gotteslästerung!« brüllte der Richter, und der Sheriff preßte dem Gefangenen die Hand auf den Mund.

Als in dem engen Raum wieder Ruhe eingetreten war, fuhr Richter Goddard mit der Verhandlung fort. Er stützte seine schweren Hände auf den Tisch und starrte Kenworthy voll Verachtung an. »Dreimal habe ich Euch auspeitschen lassen, und dreimal habt Ihr an Eurer Ketzerei festgehalten. Habt Ihr denn nichts daraus gelernt?«

»Ich habe gelernt, daß Gott keiner Gouverneure, Richter oder Prediger bedarf, um zu seinem Volk zu sprechen.«

»Sheriff, zieht diesem Mann das Hemd aus!«

Der Sheriff war ein großer, hagerer Mann, der an seiner Arbeit sichtlich Gefallen fand. Er löste dem Gefangenen die Handfesseln und riß ihm das Wollhemd vom Leib. Paxmore erschrak heftig. Der Rücken des Mannes war von kleinen, runden Narben überzogen; sie hatten Vertiefungen in das Fleisch gegraben, und Paxmores Nachbar stieß ihn mit dem Ellbogen an und flüsterte: »In jedem dieser Löcher könnte man eine Erbse verstecken!«

Richter Goddard sagte: »Wißt Ihr, wie Euer Rücken aussieht, Thomas Kenworthy?«

»Ich spüre ihn jeden Abend, wenn ich zu Bett gehe. Er ist das Zeichen meiner Ergebenheit in Gott.«

»Ihr seid offenkundig von so halsstarriger Natur, daß eine gewöhnliche Auspeitschung Euch ungerührt läßt. Dreimal habt Ihr meinen Befehl mißachtet, diese Kolonie zu verlassen. Ihr besteht nicht nur auf Eurem ketzerischen Quäkertum, Ihr seid auch dreist genug, es anderen zu predigen, den Brand weiterzutragen. Euch fehlt es entschieden an Demut ...«

»Mir fehlt es nicht an Liebe zu Gott«, sagte Kenworthy.

»... und an Respekt«, fuhr der Richter fort. »Oder habt Ihr Euch etwa nicht in den bisherigen drei Verhandlungen geweigert, in der Gegenwart des Gouverneurs und dieses Hohen Hauses den Hut abzunehmen?«

»Das habe ich, und hätte ich meinen Hut noch, ich würde ihn auch jetzt tragen, denn so hat Jesus Christus es uns gelehrt.« Sein Blick fiel auf den Hut, den Paxmore in den Gerichtssaal mitgebracht hatte, und mit einem raschen Sprung packte er ihn und drückte ihn sich trotzig auf den Kopf. Der Sheriff wollte ihm den Hut entreißen, aber Richter Goddard winkte ab: »Laßt ihn! Wenn er meint, den Richterspruch auf diese Weise besser zu hören ...« Dann senkte er die

Stimme und sprach langsam: »Thomas Kenworthy, es ist meine Pflicht, den Urteilsspruch über Euch zu fällen.«

»Das hat Gott bereits getan, und deine Worte haben keine Bedeutung.«

»Alles Lüge!« rief der Richter.

»Alles Gottes Wort, und das kann keine Lüge sein.«

»Ihr maßt Euch demnach an, ein Prediger zu sein, dem es gegeben ist, die heiligen Lehren zu ergründen?«

»Jeder von uns ist ein Prediger, jeder Mann und jedes Weib.« Kenworthy wandte sich an die Zuhörer, und da Edward Paxmore ihm am nächsten saß, wies er mit dem Finger auf ihn und sagte: »Auch dieser Gefangene, den ihr vor Gericht geschleppt habt, ist ein Prediger. Er spricht unmittelbar zu Gott, und Gott spricht zu ihm.«

»Bringt ihn endlich zum Schweigen!« rief der Richter, und Kenworthy wurde erneut gebunden und geknebelt.

Daß er zweimal in diese Verhandlung miteinbezogen wurde, ließ Paxmore zittern. Gebannt beobachtete er, wie Goddard sorgsam die Papiere auf seinem Tisch ordnete, offensichtlich bemüht, sich wieder zu beruhigen, um sich nicht im Ärger der Lächerlichkeit preiszugeben. Der Richter atmete tief ein, lehnte sich vor und wandte sich dann mit gemessenen Worten an den Quäker:

> Die Kolonie Massachusetts hat sich Euch gegenüber äußerst duldsam gezeigt, Thomas Kenworthy. Sie hat Eure Ketzerei erkannt und sich redlich bemüht, Euch von eurem Irrweg abzubringen. Dreimal hat sie es zugelassen, daß Ihr durch unsere Städte und Dörfer gezogen seid und Eure Gotteslästerungen verbreitet habt. Ihr aber zeigt weder Einsicht noch Reue. Daher verkündet dieses Gericht das Urteil: Ihr sollt an eine große Kanone gebunden werden und dreißig Peitschenhiebe empfangen, danach aber am Hauptplatz gehängt werden.

Das grausame Urteil hatte keine Wirkung auf Thomas Kenworthy. Er befand sich bereits in einem Zustand der Entrückung, in dem ihn die Peitsche und der Galgen kaum noch berührten. Edward Paxmore jedoch war tief betroffen. Er sprang auf und rief dem Richter zu: »Warum soll er ausgepeitscht werden, wenn er doch ohnehin hängen muß?«

Die Frage kam so unvermittelt und schien so gerechtfertigt, daß Richter Goddard unklug genug war, sich zu einer Antwort verleiten zu lassen: »Er muß bestraft werden?« sagte er.

»Ist denn der Tod keine Strafe?« rief Paxmore.

»Sie erscheint zu gering!« erwiderte der Richter. Dann erst erkannte er, worauf er sich eingelassen und daß er einen Narren aus sich gemacht hatte. Er brüllte: »Legt den Mann in Eisen!« und stürmte aus dem Saal.

Der Sheriff brachte die beiden in das Gefängnis, einen finsteren Raum unter dem Straßenniveau, wo ein Schmied die beiden Männer in Fußeisen aneinanderschloß. Dann ließen er und der Sheriff den verurteilten Quäker und den Zimmermann im Halbdunkel allein.

So nahm die Bekehrung ihren Lauf. Thomas Kenworthy, einer der ersten Quäkerprediger Amerikas und Absolvent der Universität Oxford, der in Griechisch und Latein versiert war, erläuterte in einfachen Worten die theologische Revolution, die weniger als zwanzig Jahre zuvor in England stattgefunden hatte. »George Fox ist weder ein Heiliger noch ein Priester im engeren Sinn dieses Wortes, noch unterscheidet er sich von dir und mir.«

»Warum sagt Ihr *du* zu mir?«

»So sprach Jesus zu seinen Jüngern.«

Kenworthy erzählte, wie Fox, der bescheidene und anspruchslose Engländer, erkannt hatte, daß viele religiöse Ausdrucksformen nur sinnloser Zierat waren und daß das Ritual entbehrlich war: »Du brauchst weder das Geschwätz des Predigers noch den Segen des Priesters, weder seine Gnade noch das Handauflegen. Gott spricht unmittelbar zu unseren Herzen, und der Gnade von Jesus Christus kann jeder Mann und jedes Weib teilhaftig werden.«

Paxmore fiel auf, daß Kenworthy niemals »Mann« sagte, ohne sogleich »Weib« hinzuzufügen, und der Quäker erklärte: »Als ich in Virginia ausgepeitscht wurde, hing neben mir ein Weib am Karren, das tapferer war, als ich es jemals sein werde. Mich schmerzten die Schläge, das Weib aber rissen sie in Stücke, und doch gab sie keinen Laut von sich.«

»Schmerzt die Peitsche sehr?«

»In Virginia weinte und fluchte ich, aber in Ipswich kam Gott zu mir und fragte: ›Wenn mein Sohn es ertragen konnte, gekreuzigt zu werden, solltest du dann nicht bloßen Peitschenhieben widerstehen können?‹«

Paxmore bat, die Narben berühren zu dürfen, aber Kenworthy lehnte ab. »Das würde sie zu wichtig machen. Wichtig ist mein Herz, und im Herzen habe ich meinen Peinigern in Virginia und Massachusetts vergeben. Wie die römischen Soldaten haben sie nur ihre Pflicht getan.«

Er erläuterte Paxmore die anderen Lehrsätze der Quäker – das gleiche Ansehen der Frauen, die Ablehnung, Waffen zu tragen, die Verpflichtung zur Zehentleistung, keine Kirchenlieder oder anderen äußerlichen Zeichen der Anbetung, keine Priester und Prediger und – vor allem – die unmittelbare Verbundenheit zwischen Gott und den Menschen. Der Zimmermann unterbrach ihn und rief: »Thomas, ich verließ Boston und zog durch das Land, weil ich auf der Suche war. Ist dies die Offenbarung, nach der es mich verlangte?«

»Keine Offenbarung und kein Mysterium. Für solche Erfahrungen hättest du Boston nicht verlassen brauchen. Du mußt nur begreifen, daß jeder in sich selbst den Weg zu Gott trägt.«

Spätabends brachte ein Wärter den Gefangenen Essen, aber sie waren nicht hungrig. Bein an Bein geschmiedet, sprachen sie über die Revolution des Geistes, für die das Quäkertum, nur *ein* bescheidenes Zeichen war. »Von meinesgleichen wird es viele geben«, prophezeite Kenworthy. »Es muß so sein, denn Gott tritt auf allen Wegen an die Menschen heran.«

»Hat der Gouverneur mit seinen religiösen Ansichten recht?«

»Selbstverständlich. Für ihn ist alles, was er sagt und glaubt, richtig und wahr.«

»Warum verurteilt er dann – wie nennt er euch?«

»Quäker«, sagte der Mann aus Oxford, »das heißt soviel wie Zitterer – denn unsere Feinde werfen uns vor, daß wir in der Gegenwart Gottes zittern, was wir wohl auch tun.«

»Warum verurteilt er Euch dann zum Tod?«

»Weil er uns fürchtet.«

»Ist das der Grund, daß er Euch peitschen läßt … und hängen?«

»Das ist der Grund. Als er meinen Rücken sah, von Wunden gezeichnet, die er mir zufügen ließ, und als er erkannte, wie wenig sie auf mich gewirkt haben – Edward, letzthin in Roxbury habe ich die Peitsche nicht einmal mehr gespürt …« Seine religiöse Inbrunst trug ihn davon, er vergaß alles um sich, die Eisen schmerzten ihn nicht mehr. Er versuchte aufzustehen und dann, zum Gebet niederzuknien. Als beides mißlang, blieb er auf der Bank sitzen, faltete seine Hände über dem Herzen und sagte: »Hättest du mir nicht anvertraut, daß du Boston verlassen hast, um auf die Suche zu gehen, nie hätte ich zu dir gesprochen, wie ich nun zu dir sprechen will, denn ich lege dir eine schwere Last auf, Edward. Gott hat dich berufen.«

»Ich glaube, das hat Er«, sagte Paxmore, und die beiden Männer setzten ihr Gespräch die ganze Nacht hindurch fort.

Am Freitagmorgen kam der Schmied und kündigte Kenworthy an, daß er noch am selben Tag gehängt werden sollte. Er nahm ihm die Fesseln ab, nicht aber Paxmore, an dessen Fußeisen er eine zwei Meter lange Kette schmiedete. »Alle Gefangenen müssen der Vollstreckung beiwohnen«, erklärte er. »Und an dieser Kette kann Euch der Sheriff festhalten, damit Ihr ihm nicht entwischt.

Als er die Zelle wieder verlassen hatte, erwartete Paxmore, daß Kenworthy nun beten wollte, aber der Mann aus Oxford war in einem derartigen Zustand der Verzückung, daß er keines Gebetes bedurfte, um sich auf das Sterben vorzubereiten: »Wir sind Kinder Gottes, und es kann kein Schmerz sein, zu Ihm zurückzukehren. Ich gehe mit Frieden im Herzen, denn ich weiß, daß du die Bürde aufnehmen wirst, die ich hier zurücklasse.«

»Wollen wir beten?« fragte Paxmore.

»Wenn du willst.«

»Ich verstehe noch nicht so viel wie Ihr ...« Er korrigierte sich und gebrauchte erstmals die Anrede der Quäker: »... wie du.«

»Du verstehst alles, Edward. Du hast die Kraft dazu. Wie jeder von uns. Auch dir wird sich die Wahrheit offenbaren.«

Sie knieten nieder, und Paxmore begann, ein Gebet zu stammeln, aber Kenworthy legte ihm die Hand auf den Arm und sagte: »Es bedarf keiner Worte. Gott hört dich!« Und die beiden Männer beteten still weiter.

So trafen sie die Wärter an. Es waren stämmige Männer mit kräftigen Armen, Männer, die an ihrem Geschäft Gefallen fanden, denn sie gaben sich unbeschwert und freundlich. »Es ist soweit«, sagte der größere der beiden und packte Kenworthy am Oberarm. Der andere nahm Paxmores Kette und grinste: »Der Sheriff sorgt sich ganz speziell um Euch.« Zum letztenmal trennte man die beiden Quäker voneinander. Paxmore fand noch eine Gelegenheit zu rufen: »Ich werde mit dir auf dem Gerüst stehen, Thomas!«, worauf Kenworthy erwiderte: »Ganz Boston wird an meiner Seite sein.«

Paxmore und drei weitere Gefangene – zwei Männer und eine Frau, die einige nebensächliche Lehrfragen des Puritanismus in Zweifel gestellt hatten – wurden zur Hinrichtungsstätte geführt, wo bereits eine große Zuschauermenge harrte. Alles war in Erwartung: Die einen faszinierte der Galgen, von dem bald einer baumeln würde, die anderen die große Kanone, an deren Rad der Ketzer gebunden werden sollte. Acht Freiwillige hatten sich bereits gemeldet, die Kanone zu ziehen, und waren jetzt damit beschäftigt, Stricke an ihr zu befestigen. Gemeinsam war allen das Gefühl, einem außergewöhnlichen Ereignis beizuwohnen: Die Kirche ging daran, sich zu reinigen.

Paxmore, dessen Platz bei den anderen Gefangenen war und der wie sie immer wieder von den Städtern verhöhnt wurde, hielt vergeblich nach Kenworthy Ausschau; man hielt ihn verborgen, bis die Vertreter der Kolonie erschienen waren. Schon kamen sie aus der Kirche, wo sie sich zum Gebet versammelt hatten: der Gouverneur und Richter Goddard in feierlichem Schwarz, gefolgt von den ernst und entschlossen blickenden ehrenwerten Ratsherren.

»Führt den Gefangenen vor!« rief der Gouverneur. Er ließ keinen Zweifel daran, daß er persönlich die Hinrichtung des unbotmäßigen Dissenters zu überwachen gedachte. Als Kenworthy gebracht wurde, trat der Gouverneur auf ihn zu, streckte den Kopf vor und fragte: »Erkennt Ihr nun, daß wir die Macht haben, Euch zum Schweigen zu bringen?«

»Meine Stimme wird morgen lauter sein denn je zuvor«, antwortete Kenworthy.

»An die Kanone!« rief der Gouverneur, und der Sheriff ließ Paxmores Kette fallen, packte mit drei Helfern den Mann aus Oxford und band ihn, das Gesicht nach innen, Arme und Beine weit gespreizt, an das Eisenrad der Kanone.

»Gefängniswärter!« kommandierte der Gouverneur. »Dreißig wohlgezielte Streiche!«

Der kräftigere der beiden Wärter trat vor, und der Stadtschreiber reichte ihm einen Holzstock, an den neun Schnüre gebunden waren, so stark wie ein Tau zum Führen eines leichten Segels. In jeder waren drei große Knoten, und als der Wärter an die Kanone herantrat, ließ er die Peitsche geschickt knapp am Ohr des Gefangenen vorbeischnellen.

»Das zählt noch nicht«, sagte er, und die Menge lachte.

»Eins«, begann der Schreiber gleichmütig zu zählen, und die neun Schnüre schnitten in den geschundenen Rücken des Quäkers.

»Zwei«, zählte der Schreiber, dann: »Drei« und: »Vier.«

»Bringt ihn zum Schreien!« rief eine Frau aus der Menge, denn Kenworthy gab keinen Laut von sich.

Hieb sieben und acht fielen, und der Mann am Rad schwieg noch immer. Jetzt befahl der Gouverneur: »Bewegt die Kanone!«, und die Männer legten sich in die Stricke, bis sich das Rad in eine neue Position drehte und andere Körperpartien Kenworthys der Peitsche ausgesetzt waren.

»Fester! Fester!« rief der Gouverneur, und als die folgenden Hiebe dem Gefangenen noch immer keinen Schmerzenslaut entlockten, riß er dem einen Wärter verärgert die Peitsche aus der Hand und gab sie dem anderen. »Los, fest! Erledigt diesen Menschen!«

Der zweite Wärter brannte darauf, der Kolonie und seiner Kirche nach besten Kräften zu dienen. Er wippte in den Zehen, holte weit aus und ließ die Hiebe mit voller Wucht niedersausen, so daß Kenworthys ganzer Leib zuckte. Nach dem fünfzehnten Streich sackte der Körper zusammen, und Edward Paxmore unterbrach den wie verzückt zuschlagenden Wärter mit dem Aufschrei: »Halt! Halt! Er hat das Bewußtsein verloren!«

»Wer hat das gerufen?« wollte der Gouverneur wissen, und Richter Goddard, der Paxmore beobachtet hatte, antwortete: »Der dort!« Der Gouverneur warf dem Missetäter einen raschen Blick zu. »Um den kümmern wir uns später«, sagte er. Dann rief er: »Männer! An die Kanone!« Und das große Rad drehte sich wieder.

Beim fünfundzwanzigsten Hieb war Thomas Kenworthy bereits halb tot, aber der Gouverneur befahl, die Peitsche an einen anderen weiterzugeben, der zeigen wollte, wie gut er zuschlagen konnte, und Fleischteile spritzten aus der blutigen Masse.

»Gebt es ihm!« plärrte ein Weib, und der Schreiber beendete seine Litanei: »Neunundzwanzig, dreißig – und aus.«

»Wasser ins Gesicht!« befahl der Sheriff, und dann wurde der steife Körper vom Rad geschnitten. »An den Galgen«, sagte der Gouverneur und führte den Zug an.

Das Wasser und die Bewegung brachten den Gefangenen wieder zu sich, und nachdem man ihn auf die Plattform gezogen hatte, rief er mit einer Stimme, die weit über den Platz schallte: »Ihr werdet vor Scham versinken ob der Arbeit dieses Tages.«

Ein Prediger, welcher der Auspeitschung beigewohnt hatte, drängte sich ans Gerüst und schleuderte dem Verurteilten anklagend entgegen: »Ketzer! Abweichler! Gott hat uns den wahren Glauben gegeben, aber Ihr verleugnet ihn. Der Tod ist Eure gerechte Strafe!«

»Henker, ans Werk!« sagte der Gouverneur, und ein schwarzer Sack wurde über Kenworthys Kopf gezogen. Als das verklärte Gesicht verschwand, flüsterte Paxmore: »O Gott! Er ist jünger als ich.«

Die Schlinge senkte sich über die schwarze Maske, und der Knoten wurde im Genick festgezurrt. »Er soll sterben!« brüllte die Frau, die schon zuvor geschrien hatte, und die Falltür öffnete sich.

Als Edward Paxmore am darauffolgenden Montag vor Richter Goddard stand, das linke Bein noch immer in Ketten, bot er keinen erfreulichen Anblick. Seine Knöchel und Handgelenke ragten noch immer grotesk aus der viel zu engen Kleidung; sein Adamsapfel zappelte noch immer wie der Korken einer Angelleine; aus seinen Augen sprach noch immer der anklagende Vorwurf; und da er sich nicht hatte rasieren dürfen, sah er mit seinem zerzausten Bart wie ein perfekter Verbrecher aus. Der Richter ging ohne Vorgeplänkel zum Angriff über. »Nun, Bruder Paxmore, Ihr habt gesehen, wie wir mit Ketzern verfahren. Seid Ihr nun bereit, Euch mit einem Schwur unserer Religion zu unterwerfen und dann für immer Massachusetts zu verlassen?«

Das Ansinnen, sich einem Glauben zu unterwerfen, um ihn dann aufzugeben, war in sich so widersinnig und entsprach so wenig der kristallklaren Logik Thomas Kenworthys, daß Paxmore sich zu einer Antwort gedrängt fühlte. »Dein Antrag entbehrt der Vernunft«, sagte er.

»Was heißt hier *dein?* Hat das Übel bereits auf Euch übergegriffen?«

»In dem Maß, in dem deine Sprache verwirrt scheint und aus deinen Worten der Satan spricht, nicht die Stimme Gottes.«

Der Richter sank in seinen Stuhl zurück. Nicht einmal Kenworthy hatte mit solcher Verachtung zu ihm gesprochen. Einen Augenblick lang war er fassungslos, dann aber erwachte die Wut wieder in ihm, und er brüllte Paxmore an: »Dann seid Ihr also auch ein Quäker?«

»Ich glaube an einen persönlichen Gott, der zu mir spricht, wie er zu Thomas Kenworthy sprach.«

»Thomas Kenworthy wurde ans Rad geflochten und ist tot.«

»Er lebt in jedem Herzen, das ihn sterben sah.«

»Herzen haben keine Augen und können nicht sehen.«

»Und bald werden die Menschen, die Kenworthy sterben sahen, deiner Peitschenhiebe und deines Henkertums überdrüssig werden, und dein Name wird verflucht sein.«

»Ihr wißt, daß ich Euch auspeitschen lassen kann?«

»Wie andere Richter, deinesgleichen, unseren Herrn Jesus auspeitschen ließen.«

Das war so gotteslästerlich, ein Angriff auf die Kolonie und die Kirche zugleich, daß Goddard nichts mehr hören wollte:

»Schafft ihn fort, Sheriff!« Der nahm den Richter beim Wort. Er zerrte so stark an der Kette, daß Paxmore zu Boden stürzte, und schleifte ihn dann, die Beine voran, aus dem Saal. Noch zur selben Stunde schrieb Richter Goddard das Urteil nieder:

> An die Konstabler von Dover, Roxbury, Rowley und Ipswich:
> Ihr alle und jeder von Euch wird im Namen seiner Majestät aufgefordert, den vagabundierenden Zimmermann und des Quäkertums verdächtigen Edward Paxmore in Gewahrsam zu nehmen, ihn an einen Karren zu binden und von Stadt zu Stadt zu schaffen; und Ihr alle und jeder von Euch soll ihn mit zehn wohlgezielten Streichen aus der Stadt peitschen, dies gemäß dem Gesetz über vagabundierende Quäker. Und der Konstabler von Ipswich hat dafür Sorge zu tragen, daß Edward Paxmore über die Grenze von Massachusetts gebracht und der Kolonie Rhode Island übergeben wird, wo Ketzer wohlgelitten sind.
> Gegeben den 17. März 1661.

Als dieses furchtbare Strafmaß Paxmore in seiner Zelle vorgelesen wurde, fiel er auf die Knie und flehte den Geist Thomas Kenworthys an, ihm Mut zuzusprechen. Nachdem ihn aber in Dover die ersten Hiebe trafen, erkannte er, daß er keine Widerstandskraft hatte, und als die siebenundzwanzig Knoten in sein Fleisch drangen, brüllte er vor Schmerzen. Beim zehnten Hieb war er nur noch ein zitterndes Bündel, und als das stark gesalzene kalte Wasser über seinen Rücken gegossen wurde, schrie er auf und verlor das Bewußtsein.

Nie würde er die schreckliche Reise von Dover nach Roxbury vergessen. Er zappelte hinter dem Karren her, sein Körper schmerzte, Fliegen fraßen an seinen Wunden, sein Gesicht war staubbedeckt, und auf dem ganzen Weg riefen ihm wütende Dorfbewohner hinterher, ob er denn nun bereue und sich zum wahren Gott bekenne.

Als er in Roxbury ankam, gestand man ihm drei Rasttage zu. Der Konstabler sagte: »Gerade so viel Zeit, daß die Wunden heilen und meine Peitsche sie wieder aufreißen kann.« Lange dachte Edward über diesen Ausspruch nach, und er fragte sich, wie es möglich war, daß Menschen, die sich als Diener Gottes fühlten, ein solches Vergnügen daran finden konnten, andere zu peinigen, die Gott ebenso liebten und ihrem Glauben bloß auf andere Weise Ausdruck gaben. Die Strafe an sich konnte er verstehen, denn ihm leuchtete ein, daß sich jede Kirche zu schützen sucht; die Begeisterung und Hingabe der Puritaner bei der Verabreichung solcher Strafen würde er aber nie verstehen können.

Die Auspeitschung in Roxbury war sogar noch schlimmer, denn der Konstabler wechselte wohlbedacht die Position, um Paxmores gesamten Rücken mit tiefen Wunden zu bedecken. Als der Karren aus der Stadt fuhr, wandte sich der Lenker um und sagte: »Das war recht ordentlich, nicht wahr? Unser Konstabler bindet die Knoten doppelt. Den vergißt so schnell keiner.«

Paxmore, halb tot vor Schmerzen, war nicht mehr in der Lage, seine Beine zu bewegen, als er Ipswich erreichte; am Karren wurde er in die Stadt geschleift. Fünf Tage ließ man ihn in völliger Betäubung liegen, denn der Arzt hatte gesagt, daß er zehn weitere Hiebe nicht mehr überstehen würde. Als er sich so weit erholt hatte, daß er wieder wahrnahm, was um ihn geschah, erfuhr er von drei verschiedenen Leuten, daß die Auspeitschung in dieser Stadt etwas Außergewöhnliches sein werde, und alle, die davon sprachen, schienen allein die Aussicht darauf zu genießen.

Nicht nur Paxmore würde ausgepeitscht werden – und in der Stadt hatte sich herumgesprochen, daß er dabei vielleicht sogar sterben konnte –, man hatte auch eine Quäkerin aufgegriffen, die ebenfalls bestraft werden sollte. Ihr Name war Ruth Brinton, und aus Virginia war sie bereits ausgewiesen worden, weil sie unerschütterlich zu ihrem Quäkertum gestanden hatte; auch aus Roxbury hatte man sie hinausgepeitscht.

»Weibern verabreichen wir nur sechs Streiche«, erklärte der Gefängniswärter mit lebhafter Anteilnahme, »viel mehr vertragen sie nicht. Aber es heißt, diese sei ein böser Drachen. Sie predigt weiter, während man sie schlägt, und in Roxbury mußte man ihr eins über den Mund ziehen, um sie zum Schweigen zu bringen.«

Aus Virginia! Sollte das die Quäkerin sein, von der Kenworthy als einer ruhigen, entschlossenen, gottgesandten Frau gesprochen hatte, von der etwas Heiliges ausging und die allen Menschen wieder Mut einflößte? Er versuchte, den Wärter nach ihr auszufragen, aber der Mann wiederholte nur, sie sei ein böser Drachen und bei ihrer Auspeitschung würden die guten Leute von Ipswich etwas zu sehen bekommen.

Das brachte Paxmore so sehr in Erregung, daß er nach dem Richter verlangte, und als dieser zu ihm in die Zelle kam, sagte Paxmore: »Ein Weib auszupeitschen ist unschicklich und gegen den Willen Gottes.«

»Wir haben ein Gesetz«, sagte der Richter.

»Es kann nicht das Gesetz Gottes sein.«

»Wer seid Ihr, um den Willen Gottes zu ergründen?«

»Er spricht zu mir.«

Der Richter streckte beide Hände aus, als wolle er das Böse abwehren. »Es ist gut, Paxmore, daß Ihr Massachusetts verlaßt. Bei uns ist kein Platz für Verderbte wie Euch.«

Der Zimmermann sah ein, daß es sinnlos war, mit diesem selbstgerechten Mann weiter zu diskutieren. Er senkte den Kopf und bat: »Gestatte mir, ihre Strafe auf mich zu nehmen.«

»Das Urteil ist bereits ergangen.«

»Um der Gnade Gottes willen, übertrage ihre Strafe auf mich!«

»Damit wäre nichts erreicht. In Duxbury erwarten sie die nächsten sechs Hiebe.«

»Allmächtiger Gott!«

»Ruft Ihr Gott an gegen Gottes Gesetz? Wir haben ein Urteil gegen dieses Weib, schwarz auf weiß.«

»Du solltest besser gehen«, sagte Paxmore, »und dich in einem tiefen Brunnen verbergen, denn Gott wird eines Tages nach dir Ausschau halten.«

Diese prophetischen Worte beunruhigten den Richter, und er sagte mit ehrlichem Bemühen: »Paxmore, sechs Hiebe mehr könntet Ihr nicht ertragen. Der Arzt meint, Ihr werdet vielleicht nicht einmal die zehn überleben, die Euch zustehen. Schlaft in Frieden, bereitet Euch auf morgen vor, und verlaßt dann Massachusetts! Euer Platz ist nicht bei uns Gottgefälligen.«

Als Edward Paxmore und Ruth Brinton an denselben Karren gebunden wurden, bildeten sei ein höchst unterschiedliches Paar: er groß und unbeholfen, sie klein und von zartem Körperbau. Als der Sheriff sie aber – zur allgemeinen Befriedigung der gaffenden Menge – bis zum Gürtel entkleidete, wurde ihr gemeinsames Erbe offenkundig: Beider Rücken war von Narben und Wunden überzogen.

Naturgemäß erregte sie die größte Anteilnahme. Als die Puritaner vordrängten, um die halbnackte Frau aus größerer Nähe zu sehen, zeigten sie sich begeistert über die vielen Striemen, und jemand rief: »Sie wird Ipswich nicht vergessen!« Zweimal versuchte Paxmore, mit der Frau neben ihm zu sprechen, aber jedesmal wies der Richter den Konstabler an, ihn zum Schweigen zu bringen, als könnte jedes Wort zwischen zwei verurteilten Quäkern die theokratische Stadt vergiften. Der dritte Versuch jedoch gelang: »Bist du die Frau aus Virginia, von der Thomas Kenworthy …« Der Konstabler schlug Paxmore brutal über den Mund und schrie: »Still, Gottloser!« Die Frau nickte, und mit blutenden Lippen sagte Paxmore: »Sie haben ihn gehängt.«

»Sie werden uns alle hängen«, antwortete sie, und die Auspeitschung begann. Es kam nicht häufig vor, daß in Ipswich Frauen ausgepeitscht wurden, weshalb die Zuschauer besonders zahlreich gekommen waren und das Schauspiel zu würdigen wußten. Die ersten drei Streiche fielen, und beim vierten ging ein Raunen durch die erregte Menge.

»Sie blutet schon vorn!« rief eine Frau, und die Zuschauer drängten heran, um selbst zu sehen, wo die Schnurenden die Brüste getroffen hatten.

»Gut gemacht, Robert«, rief ein Mann. »Noch einmal!«

»Oh!« stöhnte die Gepeinigte unter den letzten beiden Hieben.

»Gute Arbeit, Robert! Und jetzt den Mann.«

Paxmore konnte sich hinterher an die Auspeitschung in Ipswich nicht mehr erinnern. Schon der erste Hieb riß ihm den Kopf zur Seite, und er sah nur noch die Quäkerfrau neben sich, ein kleines, dunkelhaariges Weib, steif und bewußtlos, von deren Brüsten Blut tropfte. Noch in derselben Nacht trennte man die beiden; ihn brachte man ins Exil nach Rhode Island, sie zu ihrer letzten Station nach Duxbury.

In der Folge entwickelte sich das Leben Edward Paxmores in Massachusetts zu einem grotesken Alptraum. Der Konstabler führte ihn an die Grenze der Kolonie, stahl ihm alle Kleider vom Leib – der März 1661 war besonders kalt – und stieß ihn nackt nach Rhode Island. Die Bürger des ersten Dorfes, in das er kam, waren es gewohnt, jene zu empfangen, die von der Theokratie im Norden ausgewiesen worden waren. Sie schenkten ihm Kleidung, die ihm zu eng war, versahen ihn mit Tischlerwerkzeug – und vier Wochen später war er wieder in Massachusetts, ein wandernder Zimmermann, der das Quäkertum predigte und sich unablässig in höchster Gefahr befand.

Die Aufzeichnungen zeigen, daß er 1662 in Ipswich festgenommen und durch vier Städte gepeitscht wurde, ehe man ihn erneut nach Rhode Island abschob. Was aus den Aufzeichnungen nicht hervorgeht ist, daß er dort wieder völlig nackt ankam.

1663 kehrte er nach Massachusetts zurück und wurde noch einmal durch drei Städte gepeitscht und nackt ausgewiesen. Im Januar 1664 war er wieder zurück, seine Schultern eine einzige Masse einander überkreuzender Narben, seine Stimme von den vielen Bekehrungen tiefer und ausdrucksvoller. Diesmal ergriff man ihn in Boston und brachte ihn vor Richter Goddard, der bei seinem Anblick erschrak: Stets auf der Flucht, oft ohne Nahrung, war er abgemagert; das Gewand hing ihm lose von den Schultern, die er tief hängen ließ, wie unter der Last einer unsichtbaren Bürde; sein Blick hatte den Glanz verloren, und sein Betragen hatte sich sehr geändert. Er zeigte keine Ehrfurcht mehr vor der Autorität, sondern suchte den Streit, und seine Auseinandersetzung mit Richter Goddard, die von den Beamten der Kolonie, aber auch von heimlichen Quäkern, die der Verhandlung beiwohnten, aufgezeichnet wurde, verlief recht lebhaft.

Goddard: Warum seid Ihr zurückgekommen, obwohl Ihr doch bereits gezählte hundert Hiebe erhalten habt? Ist Euer Rücken so stark, daß er allem widerstehen kann?

Paxmore: Warum bestehst du darauf, mich zu verfolgen? Ist deine Seele so schwarz, daß sie keines Schuldgefühls mehr mächtig ist?

Goddard: Welche Schuld sollte mich treffen?

Paxmore: Du handelst im Widerspruch zum Gesetz Gottes und des Königs.

Goddard: Wollt Ihr damit behaupten, das gerechte Gesetz des Königs sei schlecht?

Paxmore: Das behaupte ich, doch könnte ich mir dies sparen, denn das Gesetz selbst zeigt, daß es schlecht ist.

Goddard: Wißt Ihr, daß Ihr Euch damit des Hochverrats schuldig macht, und nicht nur der Ketzerei?

Paxmore: Wenn ich gegen den König spreche, begehe ich Hochverrat, das will ich bekennen; aber der König selbst wird dein Gesetz aufheben, denn es widerspricht seinen Absichten und ist daher von Übel.

Goddard: Und Ihr meint, der König von England werde ein Gesetz abändern, nur weil ein widerspenstiger Quäker das von ihm verlangt?

Paxmore: Nein, sondern weil ein gerechter Gott das von ihm verlangt, und Ihm wird er gehorchen.

Goddard: Ihr glaubt also ernsthaft, daß wir die ehernen Gesetze von Massachusetts ändern werden, um es Euch recht zu machen?

Paxmore: Nicht mir, sondern damit sie den ewigen Gesetzen Gottes entsprechen.

Goddard: Ihr gebt vor, den Willen Gottes zu deuten. Welche Universität in England habt Ihr besucht? Habt Ihr in Harvard Theologie studiert? Und wenn ja, welcher Bischof hat Euch ermächtigt, Gottes Gesetz auszulegen?

Paxmore: Ich habe des Nachts studiert, in der Zelle deines Gefängnisses, und mein Lehrer war Thomas Kenworthy, den du getötet hast.

(Alle Anwesenden, Puritaner wie Quäker, vermerkten, daß diese Aussage Edward Paxmores die Haltung von Richter Goddard deutlich beeinflußte. Er verzichtete auf seinen Sarkasmus und verlor seine Selbstsicherheit. Auch senkte er die Stimme, beugte sich weiter vor und setzte das Zwiegespräch mit dem Gefangenen in einem neuen Ton fort.)

Goddard: Ihr wißt, daß ich Euch einmal mehr auspeitschen lassen kann.

Paxmore: Ich bin sicher, daß du es nicht tun wirst, guter Richter, denn die Schrecknis von Kenworthys Tod lastet auf deinem Gewissen.

Goddard: Warum nehmt Ihr nicht als Zeichen der Achtung vor diesem Gericht den Hut ab?

Paxmore: Jesus hat uns aufgetragen, unseren Kopf zu bedecken.

Goddard: Wenn ich Euch in Frieden nach Rhode Island ziehen lasse, werdet Ihr dann dort bleiben?

Paxmore: Ich muß dorthin gehen, wohin Gott mich sendet.

Goddard: Edward Paxmore, versteht Ihr denn nicht, daß Ihr es der Kolonie Massachusetts sehr schwer macht, mit Euch auszukommen? Wollt Ihr uns nicht in Frieden lassen?

Paxmore: Ich bringe den Frieden.

Goddard: Einen seltsamen Frieden. Wir haben hier eine gute Kolonie, einen guten Glauben, der uns ganz und gar befriedigt. Was wir wollen, ist, von Euch nicht behelligt zu werden, aber was Ihr tut, ist, Verrat, Abfall und Ketzerei zu predigen.

Paxmore: Ich komme vor dein Gericht zurück, Richter Goddard, weil der Herr es mir aufgetragen hat.

Goddard: Welche Botschaft hättet Ihr mir wohl zu überbringen?

Paxmore: Daß deine Sünde vom 10. März 1661 gesühnt werden kann. (Daraufhin begann der Richter in seinen Papieren zu suchen.)

Goddard: Ich habe weder Euch noch Thomas Kenworthy an jenem Tage verurteilt.

Paxmore: Du hast die Quäkerin Ruth Brinton dazu verurteilt, durch Boston und Ipswich und Duxbury gepeitscht zu werden. Eine Frau … nackt ausgepeitscht zu werden.

(Eine lange Pause trat ein.)

Goddard: Wir müssen uns verteidigen. Abfall und Ketzerei rütteln an den Wurzeln unserer Gesellschaft. Unsere Kolonie und unsere Kirche müssen sich verteidigen.

Paxmore: Die Bürde dieser Verteidigung lastet schwer auf dir, guter Richter. Ich sehe auf deinem Gesicht die Zeichen der Sünde. Ich werde für dich beten.

Goddard: Ihr laßt mir keine Wahl, Edward Paxmore. Ich verurteile Euch, auf das Rad der großen Kanone gebunden zu werden, vierzig Hiebe zu empfangen und dann abgenommen und gehängt zu werden.

Paxmore: Ich vergebe dir, guter Richter. Du trägst eine schwere Last.

Der Zimmermann wurde in die Zelle geschafft, in der seine Bekehrung stattgefunden hatte, und man hätte ihn gehängt – wäre nicht ein unvoraussehbares Ereignis eingetreten. Die Hinrichtung war für den Freitag angesetzt. Spät in der Nacht zum Mittwoch suchte Richter Goddard, ein großer und einsamer Mann, den Sheriff auf, befahl ihm die Tür zur Zelle zu öffnen und sie hinter ihm sorgsam wieder zu schließen, denn er wolle mit dem Verurteilten sprechen.

»Edward Paxmore«, begann der Richter ernst, »ich will meine Hände nicht mit Eurem Blut beflecken.«

»Guter Richter, das Blut keines Menschen sollte an deinen Händen kleben.«

»Gesetzt den Fall, ein Bürger gäbe Geheimnisse an die Franzosen weiter und lieferte damit die Kolonie dem Feind aus?«

»Das wäre Verrat.«

»Oder ein Steuereintreiber tötet einen Kaufmann, um dessen Frau zu nehmen?«

»Das wäre ein Vergehen gegen das Gesetz Gottes.«

»Müßt Ihr nicht zugeben, daß Euer Verrat ebenso schwer wiegt? Ihr wollt die Kirche zerstören, die Gott für Massachusetts eingesetzt hat.«

»Kannst du ernsthaft glauben, daß Gott persönlich deine harte und grausame Kirche eingesetzt hat, der es so an Liebe gebricht?«

»Ja, das glaube ich. Gott ist ein unerbittlicher Zuchtmeister, das habt Ihr selbst erfahren.«

»Gott ist die Liebe, und wenn Er den Steuereintreiber dafür verdammt, daß er den Kaufmann getötet hat, und ihn hängt, tut er das, um ihm zu vergeben, so wie er König David für ein ähnliches Verbrechen vergeben hat.«

»Paxmore, ich kann Euch nicht sterben sehen. Wenn ich eine ungesetzliche Handlung begehe, schwört Ihr bei dem Gott, den Ihr liebt, mich nicht zu verraten?«

Dieses Angebot brachte Paxmore in doppelte Bedrängnis: Als Quäker war es ihm verboten zu schwören, also die Existenz Gottes als Unterpfand für etwas anzubieten, was ihn, einen Sterblichen, betraf; und als Christ wollte er nicht einem anderen den Anlaß zu einer ungesetzlichen Tat geben. Weil er aber tiefes Mitgefühl für das Ringen des Richters hatte, sagte er schlicht: »Ich darf nicht schwören, guter Richter, aber ich weiß um deine Qual, und ich willige ein.«

»Was die Ungesetzlichkeit betrifft, ist das ganz allein meine Sache, Paxmore, Ihr habt damit nichts zu tun.«

»So soll es sein.«

Der Richter rief nach dem Wärter und ließ ihn die Zellentür aufschließen. Zur Überraschung des Mannes führte er Paxmore aus der Zelle und zu einer wartenden Kutsche. Ehe der Richter einstieg, gab er dem Wärter eine Handvoll Münzen und ließ ihn Stillschweigen schwören. Dann fuhr die Kutsche in Richtung Hafen davon.

»Ihr geht nach Maryland«, sagte der Richter. »Dort ist man toleranter.«

»Ist nicht Maryland ein Teil von Virginia? Auch dort werden Quäker ausgepeitscht.«

»Die beiden Staaten haben miteinander gebrochen«, sagte der Richter, »so habe ich es wenigstens vernommen.«

»Es wird eine Menge zu tun geben in Maryland«, sagte Paxmore. Dann packte er die Hand des Richters. »Ich fliehe nicht vor dem Tod, denn ich habe keine Angst. Du schickst mich fort!«

»Ja«, bestätigte der Richter, und nach einer Weile vertraute er ihm an: »Der Tod von Thomas Kenworthy läßt mich nachts nicht schlafen. Nicht die Exekution; er war ein Ketzer und hat die Strafe verdient. Nein, die Auspeitschung davor … die Räder der großen Kanone …«

»Und doch hast du mich zu derselben Kanone verurteilt. Vierzig Streiche – ich hätte sie nicht überlebt.«

»Ich mußte es tun, weil …« Goddard fand keine logische Erklärung; vielleicht hatte er es getan, um die Gunst des Mobs zu gewinnen, doch wohl eher, um jene Tat zu rechtfertigen, die er bereits geplant hatte.

Zu der Zeit, als Massachusetts hinter dem Parlament stand und Maryland hinter dem König, war es nicht einfach, von einer Kolonie in die andere zu reisen. Es verkehrten nur wenige Schiffe, denn keine der beiden Kolonien hatte Bedarf an den Gütern der anderen, und es gab keine Straßen, geschweige denn Wagen, die auf ihnen gefahren wären. Hingegen war es relativ einfach, London zu erreichen, das Zentrum der Verwaltung, des Handels und der Bildung. Große Schiffe verkehrten – oft erstaunlich schnell – in kurzen Abständen und preisgünstig in beide Richtungen; und viele Kapitäne hatten es sich zur Gewohnheit gemacht, auf der schönsten der karibischen Inseln einen Zwischenhalt einzulegen.

Barbados war 1664 ein blühendes Handelszentrum mit Schiffen aus aller Herren Länder im Hafen und großen Kaufläden entlang der Küstenstraße. Hier konnte man Bücher kaufen und Waren, die aus Frankreich oder Spanien kamen. Urkunden wurden hier ausgestellt, als wäre man in London, und es gab Schulen, die auch den Kindern amerikanischer Kolonisten offenstanden.

»Ich bringe Euch auf ein Schiff nach Barbados«, sagte Richter Goddard. »Von dort könnt Ihr unschwer Maryland erreichen.« Der Richter gab dem Kapitän Geld für die Überfahrt, überreichte auch Paxmore eine Börse, und während der Zimmermann das Geld in seinem Gürtel verstaute, lud der Kutscher Paxmores Sägen und Beile aus.

»Das ist die beste Lösung«, sagte Goddard. »Solltet Ihr aber je wieder in Massachusetts auftauchen, werde ich Euch noch am selben Tag hängen lassen.«

»Warum?«

»Weil Ihr eine Gefahr für die Ruhe und Ordnung unserer Kolonie seid.«

»Ich wollte, ich könnte sie in ihren Grundfesten erschüttern.«

»Ich weiß. Andere werden Euch folgen und es versuchen, aber wir werden sie bezwingen. Geht jetzt!«

Paxmore nahm sein Werkzeug, verneigte sich tief vor dem Richter, der sein Leben gerettet hatte, und ging an Bord des Schiffes nach Barbados. Im Morgengrauen lichtete der Kapitän die Anker, und die lange, genußvolle Reise zu der paradiesischen Insel begann.

In Barbados mußte Paxmore zunächst in seiner Kabine warten, bis die Rückfragen an Land abgeschlossen waren, aber schon nach einer Weile kam ein geschäftiger Schiffskrämer namens Samuel Spence an Bord, rief mit strenger Stimme: »Wo ist Edward Paxmore?« Und als der Zimmermann vor ihn trat, umarmte Spence ihn und rief: »Ich bin einer deines Glaubens.«

»Ein Quäker? Ist das möglich?«

»In Barbados ist alles möglich«, und er geleitete den verwirrten Zimmermann hinunter auf den Kai und in eine Welt, von der Paxmore nicht zu träumen gewagt hätte. Hier gab es Reichtum, wie ihn Boston nie gekannt hatte, und ein Klima geistiger Freiheit, das bemerkenswert war.

»Werden Quäker hier nicht ausgepeitscht?« fragte Paxmore.

Spence lachte und sagte: »Wer sollte sich um sie kümmern? Hier geht es darum, Geld zu verdienen und Arbeit zu schaffen, und jeder betet, wie er will.«

»Ihr kommt öffentlich zusammen?«

»Selbstverständlich.«

»Können wir euren Versammlungsort aufsuchen?«

»Ja, am Sonntag. Mindestens dreißig werden dort sein.«

»Ich meine, jetzt gleich.«

»Es wäre zwecklos, Freund Edward. Bist du ein guter Zimmermann?«

»Ich leiste gute Arbeit.«

»Wir brauchen einen Zimmermann, und der Lohn ist gut.«

»Lohn?« In seinem ganzen Leben, und er war in diesem Jahr fünfunddreißig geworden, hatte er nie für Lohn, sondern nur als Dienstverpflichteter gearbeitet. Spence brachte ihn von Schiff zu Schiff, wo er Sparren reparierte, verklemmte Türen einrichtete und Schränke einbaute. Innerhalb einer Woche hatte Paxmore drei Angebote für Dauerstellungen, aber das Versammlungshaus hatte er noch nicht gesehen. Am Sonntag führte ihn Spence zu einem Schuppen, der an das Haus eines wohlhabenden Händlers angebaut war, und dort zeigten die Quäker von Barbados Paxmore zum ersten Mal, wie die Andacht auf die rechte Weise begangen wurde.

An einer Wand standen vier einfache Stühle, und darauf hatten drei ältere Männer und eine Frau Platz genommen; alle trugen sie Hüte. In der Mitte des Schuppens standen einige Reihen Bänke, und ein Seil, das sie halbierte, wies darauf hin, daß die Männer auf der einen Seite zu sitzen hatten und die Frauen auf der anderen. Im übrigen war der Raum vollkommen schmucklos. Als die Versammlung begann, füllten sich allmählich die Bänke, und die Quäker hielten ihre Hände gefaltet im Schoß und blickten gerade vor sich hin.

Niemand sprach. Dies war die »geheiligte Zeit«, von der Thomas Kenworthy berichtet hatte, die Zeit, in der der Geist Gottes auf sie herabkam und den Versammlungsraum wie die Herzen der Gemeinde erfüllte.

Vierzig Minuten vergingen, und in der großen Stille bedachte Edward Paxmore, daß dieselbe Bestimmung, die ihn hierhergeführt hatte, ihn schon bald wieder bewegen würde, weiterzuziehen. Sein Körper verlangte danach zu bleiben, in Annehmlichkeit und Behaglichkeit, mit sicherer Arbeit und neuen Freunden, die ihn bei sich haben wollten; aber die innere Stimme, von der Kenworthy gesprochen hatte, drängte ihn, nach Maryland zu gehen, wo die Pflicht auf ihn wartete.

Achtzig Minuten verstrichen, und noch immer saßen die Quäker schweigend da. Dann stand einer der Männer von seinem Stuhl auf und sagte mit hoher

Stimme: »Wir haben heute einen Freund aus Massachusetts in unserer Mitte. Wie geht es dort?«

Länger als eine Minute war Paxmore unfähig zu erfassen, daß man ihn gerufen hatte, in einer Quäkerversammlung zu sprechen, und er wußte nicht, was er tun sollte. Er daß nur da, worauf der Mann mit der hohen Stimme sich erneut erhob und sagte: »Freund Edward, du würdest uns nützliche Nachricht vorenthalten. Ich bitte dich, sprich!«

Nun erhob sich Paxmore und blickte die vier Schweigenden in den Stühlen an. Wie gerne hätte er ihnen erklärt, was das Leben für einen Quäker in Massachusetts bedeutete, hätte er sie teilnehmen lassen an den Auspeitschungen, an der Einsamkeit und der Austreibung des Geistes. Aber in den Kirchen Neuenglands hatte er oft genug Schwätzern lauschen müssen, selbsternannten Weisen, die auf alles eine Antwort hatten. Nie würde er es ihnen gleichmachen wollen, nie seine Stimme erheben, um mit Donnerworten Gott zu verkünden. Die Geschwätzigkeit war für ihn abgetan.

»In Massachusetts treffen wir einander nicht wie hier«, sagte er leise. »Dort gibt es ein Gesetz, das bestimmt, daß Quäker Ketzer und Verräter sind. Wenn man sie fängt, bindet man sie an einen Karren, zerrt sie von Ort zu Ort und peitscht sie unterwegs aus.« Er senkte seine Stimme und fügte hinzu: »Männer und Frauen in gleicher Weise, nackt bis auf den Gürtel – ausgepeitscht.«

Er schwieg und versuchte, seiner Gefühle und seiner Stimme Herr zu werden, und niemand im Schuppen regte sich. Zuletzt räusperte er sich leise und schloß: »Eine Versammlung wie diese, in Frieden, mit Freunden, liegt für die Quäker von Massachusetts jenseits aller Vorstellungskraft. Sie sitzen in den Gefängnissen, und ihre Beine sind in Ketten geschlagen. Dies ist nicht nur der erste Tag der Woche, es ist auch der erste Tag meines neuen Lebens.«

Nach ihm ergriff niemand mehr das Wort, aber als die Versammlung aufbrach, drängten sich die Quäker von Barbados um Paxmore, um ihn zu fragen, ob er von diesem oder jenem Quäker gehört habe, der auf seinem Weg nach Boston die Insel besucht hatte, und er antwortete mit der schmerzlichen Litanei: »Er wurde gehängt; sie wurde an die große Kanone gebunden und ausgepeitscht; er predigt in den Feldern bei Ipswich, aber ich bange um ihn …«

Später nahm ihn ein älterer Mann beim Arm, zog ihn zur Seite und sagte: »Ich danke dir, Freund Edward, für deinen Bericht, der unsere Herzen erfüllte. Aber mußtest du in einer öffentlichen Versammlung das Wort *nackt* aussprechen?« Paxmore antwortete: »Ich dachte, es sei notwendig«, und der alte Quäker meinte: »Mag sein, aber von einer nackten Frau zu sprechen … selbst wenn es nicht ihr Verschulden war …« Ihm war das keineswegs geheuer.

Am Montag wurde Paxmore mit einer Angelegenheit konfrontiert, die ihn zunächst kaum beschäftigte, die aber später noch einen ungeheuren Einfluß auf sein Leben nehmen sollte. Ein englisches Schiff lief Barbados an und brachte als Passagier den Kapitän eines anderen Schiffes. Der kam in Spences Krämerladen und klagte, er sei bei der Anreise nach der Nachbarinsel Santa Lucia von Piraten überfallen worden. Dank seiner zahlreichen Musketen und Kanonen sei es ihm gelungen, die Piraten abzuwehren und ihnen sogar erheblichen Schaden zuzufügen.

»Wenn also deinem Schiff nichts widerfahren ist, was hast du dann für ein Problem?« fragte Spence.

»Während die Mannschaft in den Kampf verwickelt war, meuterten unsere Sklaven und rissen ihre Ketten aus der Verankerung.«

»Das läßt sich richten.«

»Aber nach der Ausschiffung zerstörten sie die Sklavenbaracke.«

»Das ist schlimm«, sagte Spence gewichtig. »Es geht nicht an, daß die Sklaven sich erheben.« Und er trug dafür Sorge, daß Paxmore und zwei andere Zimmerleute mit dem Kapitän nach Santa Lucia zurückkehrten, um das Schiff und die Baracke zu reparieren.

Sie hatten eine ruhige Fahrt auf dem grünblauen Wasser des Karibischen Meeres, und Paxmore befand sich in einer angenehmen Gemütsverfassung, als sich das Schiff der Marigot Bay näherte, wo das beschädigte Fahrzeug vor Anker lag. Die Schönheit der Landschaft traf ihn völlig unvorbereitet: Der Eingang zur Bucht war vom offenen Meer kaum auszumachen, aber dann entfaltete sich vor Paxmores Augen ein Wunderland aus grünen Bergen, tropischen Tälern und blauem Wasser. Dies war einer der schönsten Häfen der Welt, ein bezaubernder Ort, und hier wartete das beschädigte Schiff.

Es dauerte nur zwei Tage, bis die Zimmerleute den von den Piraten und aufständischen Sklaven verursachten Schaden repariert hatten; dann gingen sie an Land, um auch die Baracke instand zu setzen. Es war dies eine Art Gefängnis von einfacher Bauart, in dem die Sklaven von allen Schiffen, die Marigot Bay anliefen, vor der Weiterfahrt nach Brasilien oder den englischen Kolonien Nordamerikas untergebracht wurden. Die Unbrauchbaren oder jene, die vielleicht die Überfahrt nach Amerika nicht überlebt hätten, wurden auf das nächstbeste vorbeikommende Schiff verfrachtet und nach Haiti verkauft, wo sie noch sechs oder acht Monate arbeiteten, ehe sie starben.

Die zuletzt angekommenen Sklaven hatten nach ihrem Teilerfolg während des Piratenangriffs die Meuterei an Land fortgesetzt und die obersten Planken der Baracke losgerissen. Sie ließen keinen Zweifel daran, daß sie bei entsprechender Gelegenheit ihr Zerstörungswerk auf alle Fälle fortsetzen würden.

»Ich möchte sie nicht erschießen«, erklärte der Kapitän, »aber wir können sie nicht ausbrechen lassen.«

»Das ganze Gebäude müßte verstärkt werden«, sagte Paxmore, und die Verwalter von Marigot waren damit einverstanden. Das bedeutete für die Zimmerleute drei zusätzliche Arbeitstage, und in dieser Zeit hatte Paxmore ausführlich Gelegenheit, die außerordentlich natürliche Schönheit dieses Ortes zu bewundern; der Gegensatz von steilen Hügeln und tiefem Wasser bezauberte ihn, und er dachte: Eines Tages, wenn ich Maryland verlassen kann, möchte ich hier leben.

Die Baracke hingegen ließ ihn ziemlich unbeeindruckt, und die darin gefangenen Sklaven kümmerten ihn überhaupt nicht. In Boston hatte er keine Gelegenheit gehabt, mit Schwarzen zusammenzukommen. Einige Familien besaßen Sklaven, aber in der Stadt wurden sie kaum anders behandelt als die weißen Dienstboten, deren Arbeitskontrakt man gekauft hatte. Nun sah er einige Hundert von ihnen zusammengepfercht und von Musketen bewacht, und er dachte nur: Sie sehen alle recht kräftig aus.

Für ihn war die Sklaverei nur eine Ausweitung des Dienstverpflichtungssystem, zu dem auch er gehört hatte. In London hatte man ihn und seine Kameraden vor der Abreise in die Neue Welt in vergleichbare Pferche gesteckt, und nach der Landung in Boston hatte man ihn öffentlich versteigert. Irgendwie war auch er ein Sklave gewesen, und die Sklaverei hatte ihm ein besseres Leben eröffnet. Der einzige Unterschied zwischen ihm, wie er vor elf Jahren dastand, und diesen Sklaven hier war, daß ihr Vertrag zeitlebens galt und nicht nach einigen Jahren treuer Dienste aufgelöst werden konnte.

Die Auswirkungen dieses grundsätzlichen Unterschiedes konnte er nicht durchschauen. Im Gegenteil, eine lebenslange Abhängigkeit erschien ihm durchaus sinnvoll, denn sie gab den Schwarzen eine bestimmte Stellung, Sicherheit und einen ständigen Herrn, zu dem sich eine brauchbare Beziehung schaffen ließ. Als Paxmore die letzten Bretter der Baracke befestigte und mit Ketten sicherte, dachte er nicht an den furchtbaren moralischen Konflikt, der daraus erwuchs, daß die lebenslange Abhängigkeit dieser Schwarzen sich auf deren Kinder übertrug und auf deren Kindeskinder über Generationen hinweg. Eine Sklaverei dieser Art hätte er sich auf sein Leben übertragen nicht vorstellen können.

Aber er fand keine Ursache, über das Problem ernsthaft nachzudenken, und als die Baracke wieder instand gesetzt war, blieben ihm drei ganze Tage in der

Marigot Bay, ehe er nach Barbados zurück mußte, und er nützte die Zeit und prägte sich die Besonderheiten dieser tropischen Landschaft ein.

Am Abend des dritten Tages suchte ein englisches Handelsschiff in der Bucht Zuflucht und brachte alarmierende Nachrichten: »Die Piraten sind wieder unterwegs! Sie haben Port Royal überfallen und wurden auf dem Weg nach Süden beobachtet.«

Rasch verlud man alle Sklaven auf das Handelsschiff und setzte die Segel, um Maryland anzulaufen. Auch Paxmore ging an Bord dieses Schiffes.

Nachdem man die Sklaven in Jamestown ausgeladen hatte, fuhr das Schiff zur Insel Devon weiter, wo Kisten mit Möbelstücken abzuliefern waren, und hier kam Edward Paxmore die Landungsbrücke herunter, mit großen Augen, um seine neue Umgebung kennenzulernen. Ein einnehmender grauhaariger Mann um die Fünfzig streckte ihm die Hand entgegen und begrüßte ihn herzlich: »Ich bin Henry Steed, und falls Ihr Arbeit sucht: Einen Zimmermann könnte ich brauchen.«

»Ich soll zu den Quäkern am Choptank gehen.«

»Das sind harte Burschen. Hier erginge es Euch besser.«

»Ich bin Quäker.«

»In Maryland hat das nichts zu bedeuten. Ich zahle gut, Mister …«

»Paxmore.« Daß ein Brotgeber einen Arbeiter aufnehmen wollte, ohne auch nur seinen Namen zu kennen, gefiel ihm. »Ich würde gerne für dich arbeiten. Aber zuerst muß ich die Quäker aufsuchen.«

»Das solltet Ihr wirklich, wenn Ihr es schon einmal versprochen habt.« Und dann ließ Mr. Steed zu Paxmores Überraschung dafür Sorge tragen, daß eines seiner Boote ihn flußaufwärts zu dem Platz brachte, wo die Steeds vor kurzem ein großes Warenlager eröffnet hatten.

»Der Ort heißt Patamoke-Landeplatz«, erklärte Steed. »Nur ein paar Häuser, aber dort rührt sich was.«

»Es überrascht mich, daß du einem Fremden dein Boot anbietest«, sagte Paxmore.

»Das Land hungert nach neuen Siedlern. Quäker sind nicht schlechter als andere.«

Als sich das Schiff dem Hafen näherte, schaute Edward Paxmore sich um, und sein Herz fand wieder Ruhe: Da war ein sturmsicherer Landeplatz, eine primitive Blockhütte als Taverne und zwei Häuser; von den benachbarten Landzungen kamen viele Boote herüber, jemand läutete eine Glocke, und von überallher kamen die Leute zusammen.

»Sind Frauen unter den Neuankömmlingen?« wollten zwei junge Männer wissen.

»Nur ein Zimmermann!« rief einer von Steeds Bootsleuten zurück, und die jungen Männer gingen wieder.

»Zimmermann! Zimmermann!« rief ein Mann aufgeregt, »mein Name ist Pool.«

Das Feilschen um Paxmores Dienste begann, noch ehe er an Land war, denn auch andere riefen ihm ihre Namen zu und baten um seine Hilfe. Aber er gab keine Antwort, und als er festen Boden betrat, packte er nur seine Säge und seine Axt und sagte: »Ich suche James Lamb.«

Aus einer Gruppe von Männern, die neben dem Warenlager der Steeds gewartet hatten, löste sich einer und streckte ihm die Hand entgegen. »Ich bin James Lamb, und ich heiße dich willkommen am Patamoke-Landeplatz.« Er selbst brauche keinen Zimmermann, fügte er hinzu, wohl aber ein anderer Quäker, Robert Pool.

Ein Kind hatte das Gespräch mitgehört und rief: »Robert Pool, man sucht dich!«

Ein hochgewachsener, ernst dreinblickender Mann drängte sich vor.

»Ich bin Pool, der Mann, der dir vorhin zugerufen hat.«

Intuitiv fühlte Paxmore, daß er sich eher an James Lamb halten solle, und er sagte zu Pool: »Ich habe bereits mit Freund Lamb gesprochen.« Lamb verstand das Zögern des Neuankömmlings, und er wandte sich an Pool: »Ich werde den Freund zu meinem Haus bringen.« Dann erst fragte er: »Wie heißt du?«

»Edward Paxmore.«

»Bist du der Mann aus Boston?«

»Ja.«

»Oh …« entfuhr es Lamb, und als sie durch die Menge schritten, erzählte Lamb allen, dies sei Paxmore aus Boston, und eine Gruppe von Quäkern bildete einen Kreis um den Zimmermann und stellte ihm Fragen, die von ihrer Vertrautheit mit seinem Schicksal in Massachusetts zeugten und von der Hochachtung, die sie ihm entgegenbrachten.

»Wie habt ihr von den Auspeitschungen erfahren?« fragte er überrascht.

»Vor zwei Monaten kam ein Schiff aus Boston«, erläuterte Lamb beinahe unterwürfig, »und es brachte eine Quäkerin, die viel in Massachusetts gelitten hat.«

»Ruth Brinton?« fragte Paxmore.

»Ja«, sagte Lamb.

Nun musterte Paxmore die Menge mit größerer Aufmerksamkeit, und schließlich fragte er: »Ist sie gestorben?« Und Lamb antwortete: »Nein, sie ist in meinem Haus … schwer krank.«

Alle Quäker, die um ihn standen, gingen mit zu der rohgezimmerten Hütte von Lamb, und als sie dort ankamen, rief Lamb: »Prudence, komm heraus!«

Aus der Tür trat eine schlanke, hübsche Frau von vierzig Jahren, in selbstgewebtes Tuch gekleidet und mit einer enganliegenden Haube auf dem Kopf. Sie faltete die Hände vor dem Leib und fragte: »Was ist geschehen, James?«

»Dies ist Edward Paxmore aus Boston.«

Prudence Lamb ließ die Hände sinken und starrte den Zimmermann an. Tränen traten in ihre Augen, und dann fiel sie auf die Knie und neigte das Haupt. »Du bist ein Mann von bewundernswerter Entschlossenheit«, sagte sie. »Ruth Brinton hat es uns berichtet.«

James Lamb half seiner Frau wieder auf die Beine, und sie betraten das kleine Haus, in dem Ruth Brinton auf einem Bett lag, klein, zerbrechlich und von den Folgen der letzten Auspeitschungen in Massachusetts dem Tod nahe. Als sie den Zimmermann erblickte, der freiwillig ihre Strafe auf sich hatte nehmen wollen, brach sie in Tränen aus, und damit begann ihre Heilung.

Die Klippe

Allen Quäkern, die nahe der kleinen Siedlung bei Patamoke lebten, gefiel es, daß Edward Paxmore Ruth Brinton heiratete, und sie fühlten sich, weil die beiden in Virginia und Massachusetts für das Quäkertum gekämpft hatten, so tief in ihrer Schuld, daß sie zusammensteuerten, um dem Paar ein Zuhause zu bieten. Ein bescheidener Betrag kam zusammen, und man hatte bereits ein Stück Land in Hafennähe gefunden; doch ehe man zur Übergabe schreiten konnte, erklärte James Lamb, er besitze flußabwärts eine Landzunge jenseits des von den Turlocks besiedelten Sumpflandes. Diese sei eine der schönsten Plätze am Fluß; er habe sie schon immer nutzen wollen und würde sie mit Freuden an die Paxmores abtreten.

Die Quäker bestiegen einige Boote und fuhren den Choptank hinunter, am Sumpf vorbei, bis zu jener klippenbewehrten Landzunge, die Pentaquod einundachtzig Jahre zuvor zu seiner ersten Heimatstatt auf dem Festland gemacht hatte. Es war noch immer ein faszinierendes Fleckchen Erde mit einer unvergleichlichen Aussicht nach drei Seiten, und doch von den hohen Kiefern und mächtigen Eichen geschützt. Hier fühlte man sich inmitten eines ungeheuren Panoramas von Buchten, Flüssen und Wasserläufen und zugleich in einer kleinen, vertrauten, geschützten Welt eingeschlossen.

»Hier gefällt es mir«, sagte Paxmore, doch ehe er sich festlegte, wandte er sich an seine Frau. »Was denkst du, Ruth?«

»Wo willst du hier arbeiten?« fragte sie und bezog sich damit auf den wichtigen Grundsatz der Quäker, daß auf dieser Welt Männer und Frauen arbeiten müssen. Gleich nach dem Gehorsam zu Gott kommt die aufrechte Hingabe an die Arbeit.

»Ich könnte für die Siedler den Zimmermann machen, aber unser ständiges Heim wäre hier – vorausgesetzt, daß du in einer so abgeschiedenen Gegend leben willst …«

»Und ob ich das will!« rief sie mit Begeisterung, die sie nicht unterdrücken konnte. Zu sehr hatte sie unter dem Streit und Druck der Menschen gelitten; die Aussicht, nun auf einem Felsplateau leben zu können, das die Welt überragte, war unwiderstehlich. Hier auf den Felsen würden sie ein Haus bauen, das den Stürmen widerstand. Sie gab dem Ort auch seinen Namen: »Wir werden ihn ›Friedensklippe‹ nennen.« Und überall entlang des Flusses wurde diese Landzunge, auf der die Quäker lebten, zu einem Symbol der Beständigkeit.

Sie brauchten drei Tage, um mit Hilfe von Freunden am äußersten Ende der Klippe einen Indianerwigwam zu errichten, und sobald sie wieder allein waren, begann Ruth Brinton mit der Erziehung ihres Mannes.

»Warum trägst du ein Gewand, das dir zu klein und zu eng ist?« Und er antwortete: »Meine Handgelenke müssen frei sein, damit ich gut arbeiten kann.«

»Aber du arbeitest doch nicht mit deinen Füßen. Warum trägst du dann so kurze und enge Hosen?« Und wieder erklärte er: »Ein Zimmermann muß das Holz an den verschiedensten Orten suchen. Bedeckte Knöchel und weite Hosenbeine wären mir dabei lästig.«

»Du könntest viel hübscher gekleidet sein!« klagte Ruth, aber er küßte sie und sagte: »Die Hübsche bist du, mein kleiner Kolibri!« – und mit der Zeit gab sie ihre Bemühungen auf. Ihr Mann war eben ein ungelenker Zimmermann, der nie sehr ansehnlich sein würde, aber mit Leidenschaft saubere Arbeit leistete.

Im Herbst 1664 bewies er in einem gewaltigen Ausbruch seines Tatendrangs seine außerordentlichen Qualitäten: Er errichtete zwei Gebäude, die ihm einen Platz in der Geschichte Marylands sichern sollten, und er schaffte ein drittes Werk, das später für das gesamte Leben an der Ostküste wichtig wurde.

Das erste Bauwerk war sein eigenes Haus; mit der Hilfe von vier Indianern und zwei jungen, von ihren Eltern zur Unterstützung der Neuankömmlinge abberufenen Quäkern fällte und bearbeitete er die Stämme für ein einfaches Haus mit zwei Räumen. »Es wäre hoffärtig und Gott nicht wohlgefällig, größer zu bauen«, sagte er, und Ruth Brinton teilte seine Meinung. Sie verwendeten kaum Nägel und keine Importware aus England, bauten aber so sorgfältig, daß ihr kleines Quäkerhaus Jahrhunderte überdauerte. Auf festem Boden begründet und vom Fluß aus meilenweit sichtbar, wurde es das standhafteste Haus am Choptank.

Das zweite Bauwerk war bedeutender, und weil es auch größer werden sollte, mußten nicht nur die vier Indianer und die beiden Jungen mitarbeiten, sondern auch die erwachsenen Quäker der Gemeinde. In Patamoke hatte James Lamb ein weiteres Grundstück erworben, das er an die Quäker abzutreten bereit war, damit sie darauf ein Andachtshaus errichten konnten. Das Wort »Kirche«

vermied die Sekte; es klang zu sehr nach Architektur, zu wenig nach Bestimmung; Quäker hatten Andachtshäuser, und jenes, das Edward Paxmore für Patamoke entwarf und als Zeugnis seiner Dankbarkeit für die Zuflucht errichtete, die man ihm hier geboten hatte, wurde ein Meisterstück. Über die Zeiten hinweg blieb es Amerikas ältester Sakralbau in ständigem Gebrauch, und mit jedem Jahr fand es mehr Anerkennung als Kunstwerk.

Das Haus sollte zwischen zwei Bäumen stehen. Das war schon ein guter Beginn. Paxmore verbrachte drei Wochen damit, den Platz zu studieren. Dann erst gestattete er seinen Helfern, einen einzigen Baum zu fällen, und selbst jetzt noch gestaltete er seine Pläne nach dem Baumbestand und nicht umgekehrt. Er dachte an eine lange Straße, die zum Andachtshaus führen sollte, und obwohl es einiger Findigkeit bedurfte, diesen Weg zwischen den Bäumen anzulegen, gelang das Werk, so daß man schon das Betreten des Grundstücks gewissermaßen als Einladung zum Gebet empfinden mußte.

Mit dieser Vorgabe fühlte sich Paxmore sicher, und auf einem freien Platz entstand ein rechteckiges Gebäude, dessen Haupteingang sich in der Mitte der Längsachse befand. Es war einstöckig und hatte ein hohes Dach, das über dem Haupteingang erhöht war, was die Symmetrie verstärkte. Die Fenster waren schmucklose Einschnitte und unterstrichen den Ernst und die Würde des Ortes, aber der Innenraum schlug alle, die sich hier versammelten, in Bann.

Auf der dem Eingang gegenüberliegenden Seite erstreckte sich nach rechts und links eine schmale Plattform, die auf der gesamten Länge des Raumes über drei großzügig bemessene Stufen erreicht werden konnte. Auf diesem Podium standen sechs betont schlichte Stühle aus Eichenholz, jeder mit geschwungenen Armlehnen; das waren die Stühle für die Ältesten, die mit dem Gesicht zur betenden Gemeinde hier Platz nahmen. An manchen Sonntagen waren es nur zwei, an anderen sechs, und sie dienten der Versammlung gleich Predigern oder Priestern; ohne die Weihen empfangen zu haben, oft selbsternannt, verliehen sie der Kongregation Beständigkeit und Substanz.

Den eigentlichen Versammlungsraum füllten lange Reihen gut proportionierter Bänke, die durch eine strenge Mittelachse geteilt waren; Männer saßen rechts vom Eingang, Frauen an der linken Seite, aber viele Jungen und Mädchen beherrschten den Trick, sich so zu setzen, daß sie die andere Seite des Raumes überblicken und auch von dort gesehen werden konnten.

Alle Quäker der Gegend beteiligten sich an der Arbeit, und als das Bauwerk vollendet war, legte der Versammlungsplatz von Patamoke Zeugnis dafür ab, was ein einfacher Arbeiter selbst in der Wildnis zustande bringen konnte, wenn er nur den Umgang mit seinem Werkzeug verstand und seinem angeborenen Sinn für Proportionen folgte. Nie wäre er fähig gewesen, eine gotische Kathedrale zu errichten, jenen Endpunkt jahrhundertelanger Bemühungen und die Zusammenfassung des europäischen Wissens, auch nicht eine der großen katholischen Kirchen, wie sie damals in Italien entstanden, wo man über denselben Wissensstand verfügte. Aber er war in der Lage, eine bescheidene Stätte der Andacht zu bauen, die ein Teil des Waldes zu sein schien und wie selbstverständlich dem Flußtal entwuchs; und ein solches Gebäude, wenn es nur in jedem Detail vollkommen und auch im Inneren harmonisch geschaffen ist, kann seine eigene Schönheit und Größe entwickeln, die der einer Kathedrale nicht nachstehen.

»Es sieht solide aus«, sagte James Lamb, und am darauffolgenden Sonntag, die Quäker nennen ihn den Ersten Tag, nahm Paxmore unter allgemeiner Zustimmung einen der sechs Stühle ein. Neben ihm saß die älteste Frau der Gemeinde, und in stillschweigender Übereinkunft war festgelegt worden, daß Ruth Brinton Paxmore – so wurde sie stets genannt – ebenfalls an der Stirnseite Platz nehmen sollte, denn sie hatte nachdrücklicher als jeder andere ihre Hingabe an die neue Religion bewiesen. Diese drei also leiteten die erste Andacht in dem neuen Haus; und eine Stunde und vierzig Minuten lang wurde kein Wort gesprochen; alle begnügten sich damit, schweigend diese Heimstatt in der Wildnis zu würdigen.

Das dritte Projekt, das Paxmore in diesem geschäftigen Jahr in Angriff nahm, stellte die Weichen für den Rest seines Lebens. Es war nur ein Probestück, noch voller Fehler, und doch sollte es sich vielfältig lohnen. Sein Haus und den Versammlungsort zu bauen, hatte ihn vor keine großen Probleme gestellt; immerhin hatte er in England sein Handwerk gründlich gelernt, und er kannte die meisten Kunstgriffe, deren es bedurfte, ein Gebäude zu errichten, das nicht gleich zusammenbrach. Aber er hatte noch nie ein Boot gebaut, und ohne die Unterstützung eines erfahrenen Schiffszimmermanns waren die Aussichten gering, allein die vielen Besonderheiten einer solch komplizierten Konstruktion erfolgreich zu meistern. Da aber er und Ruth den Rest ihres Lebens am Wasser verbringen wollten, schien es ihm notwendig, diese Kunstfertigkeit zu erlernen.

Für den ersten Herbst hatte ihm James Lamb eine kleine Schaluppe geliehen, über die er nach Belieben verfügen konnte; aber er wußte doch, daß er damit Lamb etwas von dessen Besitz entzog, und das bedrückte ihn. Sobald das Haus fertig war, sagte er daher zu Ruth: »Ich glaube, ich muß uns ein Boot bauen.«

»Weißt du auch, wie?«

»Nein, aber ich werde es lernen.«

Die Indianer, die schon am Andachtshaus mitgearbeitet hatten, erkor er zu seinen Lehrmeistern, und an so manchem Nachmittag begleitete er sie, wenn sie den Wald nach einem geeigneten Baum durchforschten. Er zeigte auf einen schön gewachsenen Baum, und wenn sie ablehnten, wollte er wissen, warum. »Wie sollen wir ihn zum Fluß schaffen?« bedeuteten sie ihm in ihrer Zeichensprache, und er mußte zugeben, daß er keinen Weg wußte, einen so mächtigen Stamm in einem Stück zu transportieren.

An der Nordgrenze seines Grundstücks, nicht am Fluß, aber nahe eines schmalen Wasserlaufs, der in ihn mündete, fand er schließlich das gesuchte Exemplar, das man so fällen konnte, daß sich der Stamm nach dem Ausbrennen und Bearbeiten ins Wasser rollen ließ. Aber die Indianer rieten ihm auch von diesem Baum ab: »Nimm lieber eine Kiefer!« Und als er fragte, warum, sagten sie: »Das Holz ist weicher, leichter zu fällen.« Er aber bestand auf dem Baum, den er ausgewählt hatte: »Ich arbeite mit Eichenholz.«

Welch eine mörderische Arbeit hatte er da auf sich genommen! Am dritten Abend schleppte sich Edward ins Haus und brach zusammen. Er hielt die Hände vor den Mund und blies hinein, um den Schmerz der brennenden Schwielen zu lindern.

»Was ist geschehen?« fragte Ruth.

»Hast du jemals versucht, eine Eiche zu fällen?«

Ruth Brinton war eine nüchterne Frau von geradezu schrecklicher Geradheit; sie lebte mit Gott und verstand, was er mit den Menschen vorhatte. Sie vereinigte ein Dutzend Tugenden auf sich, aber der Sinn für Humor gehörte wohl nicht dazu. »Warum sollte ich eine Eiche fällen?« wollte sie wissen.

»Ich meinte …«

»Wenn ich eine Eiche bräuchte, würde ich mich an jene wenden, deren Beruf es ist, Eichen zu fällen.«

»Ich habe ja nur …«

»Wenn dir aber die Arbeit schwerfällt und du meinst, ich könnte helfen, werde ich morgen gerne mitkommen.«

»Ruth! Meine Hände sind voller Blasen. Hast du etwas Bärenfett?«

»Oh, du willst Bärenfett? Warum hast du das nicht gleich gesagt?«

Als der Baum schließlich gefallen war, verstand Paxmore besser, warum die Indianer eine andere Methode wählten, um einen Baum zu fällen, obwohl sie mehrere Jahre in Anspruch nahm: Sie entfernten ringförmig die Rinde, brannten den Stamm an, warteten, bis das Harz nicht mehr floß, brannten den Stamm erneut an und stießen schließlich den Baum um. »Ich habe nicht so viel Zeit«, erklärte er Ruth, aber ihre Gedanken waren bei wichtigeren Dingen.

»Ich habe über das Bärenfett nachgedacht«, sagte sie. »Ich könnte dir eine Salbe daraus bereiten, und bei der Arbeit könntest du von Zeit zu Zeit etwas davon auftragen.«

»Der Griff der Axt würde davon schlüpfrig werden.«

»Dann wechsle die Axt«, sagte sie, und einige Tage später überreichte sie ihm ein sorgsam genähtes Säckchen, das einen mit Bärenfett getränkten Bausch enthielt.

Mittlerweile hatten die Indianer die Äste abgeschlagen, und sie zeigten ihm, wie die Enden des massiven Stammes bearbeitet werden mußten, damit Bug und Heck des Kanus geformt werden konnten. Diesmal folgte Paxmore ihrem Rat und wählte das Feuer, statt brutale Gewalt anzuwenden, und als ein fast sieben Meter langes Stück verblieben war, half er den Indianern beim Abschälen der Rinde. Was sie dabei bloßlegten, ließ die Gestalt des Kanus schon erahnen.

Indem er die Oberseite glättete, arbeitete er bereits die Grundform heraus, die ihm vorschwebte, und dann, während die Indianer darangingen, das Innere auszubrennen, machte er sich an jene schwierige Aufgabe, die er meistern mußte, wenn er jemals ein Schiffbauer werden wollte: Mit einer schweren Axt begann er, an beiden Enden des Stammes die überflüssigen Holzteile wegzuhacken. Er arbeitete mit äußerster Sorgfalt und hob auch nicht den kleinsten Span ab, ohne sich davon überzeugt zu haben, daß seine Entfernung die beabsichtigte Form des Kanus vollenden half. Er lernte, wie der Bug und das Heck eines Bootes auf natürliche Weise der Maserung des Holzes entsprechen müsse, um später ihrer Aufgabe im Wasser gerecht werden zu können. Diese Technik konnte er sich erarbeiten, da er ein guter Zimmermann war, aber den Kunstgriff, den die Indianer ihm zeigten, nachdem sie das nahezu fertiggestellte Boot umwälzten, hätte er nie selbst herausfinden können, und es war diese unerwartete Entdeckung, die ihn befähigte, ein meisterhafter Schiffbauer zu werden.

Als der große ausgehöhlte Stamm mit der Öffnung nach unten am Ufer lag, nahm einer der Indianer einen geradegewachsenen Ast und zog mit einer Austernschale zwei Zoll von der Mitte entlang der gesamten Länge des Kanus eine Linie. Dann zog er auf der gegenüberliegenden Seite eine parallele Linie, wieder zwei Zoll von der Mitte entfernt. Nachdem dies getan war, begannen er und seine Freunde am Rande dieses etwa handbreiten Streifens das Holz wegzuschaben. Nach vielen Stunden mühsamer Arbeit wies das Kanu ein leicht vorstehendes Rückgrat auf, und Paxmore erkannte, daß dieser Streifen der Lebensnerv des Bootes war. Dank ihm konnte es den Kurs halten und seine Stabilität vergrößern; er hinderte das Kanu daran, bei einem seitlichen Windstoß auszubrechen; und er schützte die Unterseite, wenn das Kanu an Land gezogen wurde.

Seine Erfahrung hatte Edward Paxmore gelehrt, daß ein Mensch am besten lebt, wenn er einen festen, grundlegenden Glauben hat, von dem alle Taten ausgehen und auf den er sich bei der Lösung aller schweren Gewissensfragen berufen kann; das hielt ihn aufrecht, gab ihm ein tragendes Rückgrat. Und er hatte die Beobachtung gemacht, daß Männer und Frauen, die in diesem grundlegenden Glauben nicht gefestigt waren, unschlüssig blieben und die folgenschwersten Fehlentscheidungen trafen, weil sie in schweren Zeiten nichts besaßen, worauf sie sich jederzeit und unverzüglich hätten berufen können. Er hatte sein Rückgrat im Gottesgehorsam gefunden, in seiner einfachsten Form und im unmittelbaren Zugang.

Nun entdeckte er, daß auch ein Schiff ein Rückgrat haben mußte, eine tragende Struktur von größtmöglicher Stärke, die sich unbeirrt über seine volle Länge erstreckte und von der alles andere abhing. Für den Rest seines Lebens wollte er nie ein Schiff konstruieren, das kein Rückgrat aus Eichenholz hatte; auf diese grundsätzliche und unabänderliche Tatsache wollte er bauen.

Das Kanu sah mit seinen beiden Masten so gut aus, daß es die Siedler überall am Fluß kaufen wollten, aber er sagte zu Ruth: »Ich habe weder die Kraft, unentwegt Eichen zu fällen, noch die Zeit, sie Zoll für Zoll auszubrennen.«

»Du könntest es, wenn du das Bärenfett nehmen wolltest, das ich dir gegeben habe«, sagte sie.

Eines könne er immerhin tun, dachte er: andere ermutigen, Eichen und Kiefern zu schlagen und das Holz zu Planken zu verarbeiten, die er dann zu kleineren Booten zusammenfügen würde. Doch kaum hatte er sich optimistisch auf dieses neue Gebiet gewagt, mußte er erkennen, daß es unendlich schwieriger war, ein Boot aus Planken zu bauen, als einen Stamm auszuhöhlen. Er stand vor Problemen, die für einen gewöhnlichen Zimmermann beinahe unüberwindbar waren: Auf eine ebene Grundfläche galt es, ein Rückgrat von gewünschter Länge zu stellen und daran Rippen zu befestigen, die in etwa der Gestalt des fertigen Bootes entsprachen. So weit, so gut. Aber nun sollten Planken verarbeitet werden, die sich so an diesen Rippen festmachen ließen, daß sie einen wasserdichten Körper bildeten, der in sanftem Schwung an Bug und Heck auslaufen mußte. Es klang einfach und war doch grauenhaft schwer. Und selbst wenn er durch Zufall und dank der Gnade eines geduldigen Gottes herausfinden sollte, wie jene Planken aussehen mußten, wie sollte er sie längsseit, am Bug und am Achtersteven befestigen?

Viele Siedler am Fluß hatten Paxmore zu seinem Kanu beglückwünscht, aber er wußte, daß er die Ehre nicht verdiente; der natürliche Wuchs einer Eiche hatte die Grundform dieses Kanus bestimmt; beim Bau seines ersten Schiffes hatte er nichts falsch machen können, denn die Eiche selbst hinderte ihn daran.

Wollte er aber aus zurechtgesägten Planken ein kleines Boot konstruieren, konnte er dabei keiner vorgegebenen Form folgen. Dazu mußte er vielmehr eine klare Vorstellung dessen haben, was er zu schaffen hoffte – und die hatte er nicht. Als daher sein erstes kunstloses Boot fertig war, wagte sich niemand auf dieses monströse Ding; es hielt sich kaum über Wasser, und als die Segel gesetzt wurden, zeigte sich, daß es sich nicht steuern ließ. Sein einziger Vorzug war das kräftige Rückgrat; alle anderen Teile, von denen seine Brauchbarkeit abhing, waren völlig mißlungen.

Paxmore wußte das. »Sieh dir dieses Ding an, das ich ein Boot zu nennen wage!« sagte er zu Ruth, als sie das an der Ablegestelle vertäute Gefährt betrachteten. »Ein Kind brächte Besseres zusammen.«

»Liebster«, sagte sie mit jener entwaffnenden Schlichtheit, die so manchen in Rage bringen konnte, »wenn es darum geht, ein Boot zu bauen, *bist* du ein Kind.«

So entschloß er sich, nochmals von vorne zu beginnen, ganz so, als sei er wirklich ein Kind, das etwas völlig Neues lernen mußte, und er suchte nach den Fehlern, die er gemacht hatte, und sah, daß er den hölzernen Planken Leistungen abverlangt hatte, für die sie nicht geschaffen waren; immer wieder aber kam er auf die grundsätzliche Erkenntnis zurück: Stelle ein solides Rückgrat hin, und sieh zu, daß sich alles andere im rechten Maß dazu verhält. Er begann mit einem wesentlich weniger aufwendigen Fahrzeug, kürzer und weniger breit, und er verbrachte die meiste Zeit damit, sich auf den Bug und das Heck zu konzentrieren. Er zermarterte sich das Hirn, um herauszufinden, wie er alle diese Planken spitz zulaufen lassen und an einem einzigen Punkt vereinigen konnte. Als dieses Boot fertiggestellt war, sah es zwar nicht besonders attraktiv aus, denn es wies noch zahlreiche Mängel auf, aber man konnte mitsegeln. Diesmal meldete sich wie beim Kanu auch gleich ein Käufer.

»Ich werde noch drei bauen«, sagte er zu Ruth, »und das letzte nenne ich ›Ruth Brinton‹. Es wird ein wirklich gutes Boot werden.« Und als die letzte Ritze kalfatert war, lud er Ruth zur Jungfernfahrt ein. Kaum hatten sie die Mitte des Choptank erreicht, sagte er impulsiv: »Wir laufen Devon an.« Sie widersprach: »Aber nicht in diesem Kleid.« Er mußte zur Friedensklippe zurückkehren und warten, bis sie ihr bestes graues Gewand angelegt hatte und den dazu passenden kleinen Quäkerhut. Wie sie aber nun neben ihrem nachlässig gekleideten Mann saß, fiel er so gegen sie ab, daß sie sagte: »Du mußt dich auch umziehen. Wir werden immerhin die Steeds treffen.« Und sie gestattete ihm nicht eher abzulegen, bis auch er die Kleidung gewechselt hatte. Sie machten einen so förmlichen Eindruck, als sie den Devon-Fluß hinaufsegelten – er groß und unbehaglich in dem neuen Anzug, den sie ihm gewebt hatte, sie steif und proper, mit gefalteten Händen –, daß die Dienstboten die nahenden Gäste anmeldeten und die Steeds mit ihren Familien zum Anlegeplatz herunterkamen. »Ein wirklich feines Boot!« sagte Henry, und er wies Paul an, ins Boot zu springen und zu prüfen, ob die Verarbeitung tatsächlich so haltbar war, wie sie aussah. Als Paul nickte, sagte er: »Alice, bring doch Mistress Paxmore zum Tee ins Haus! Wir machen eine kleine Fahrt.«

Sie segelten den Fluß hinunter, auf den Choptank und schließlich hinaus in die Bucht. Paxmore führte die Segel und wirkte in seinem neuen Anzug und dem flachen Quäkerhut steif und förmlich. Als er das Boot mit Henry an der Ruderpinne zurückbrachte, hatten sich die Steeds davon überzeugt, daß dieser Zimmermann die Kunst erlernt hatte, ein Boot zu bauen.

»Ich schlage einen Umtrunk vor«, sagte Henry, als sie aus der »Ruth Brinton« kletterten.

»Ich trinke nicht«, sagte Paxmore.

»Nicht einmal Tee?«

Der Zimmermann lachte, und als sie sich den Damen anschlossen, kam die Rede nicht mehr auf Schiffe, denn Mrs. Steed ergriff Paxmore gleich am Arm und rief lebhaft: »Es ist alles arrangiert! Ihr bleibt drei Tage hier, Ihr und diese wunderbare Frau«, sie wies auf Ruth, »und Ihr werdet für mich einen ganz besonderen Wandschrank bauen … hier … dafür.«

Damit zeigte sie auf den Kaminsims, auf dem, exakt ausgerichtet, eine Garnitur von schlichtem Zinngerät stand, Schüsseln, Tassen, Messer und Gabeln. »Das sind die Laren und Penaten der Steeds«, sagte sie.

Paxmores leerer Blick ließ erkennen, daß er nicht verstand, wovon sie sprach, aber noch ehe sie es ihm erklären konnte, fiel Ruth Brinton ein: »Die Schutzgötter ihres Hauses. Es ist ein Ausdruck der Römer.«

Nun musterte Paxmore seine Frau mit fragendem Blick. War es denn nicht eine Lästerung, sich auf heidnische Götter zu berufen? Aber Ruth lächelte steif und sagte: »Keine Sorge. Es bedeutet doch nur, daß sie den Steeds kostbar sind.«

Das erleichterte ihn, und er fragte Mrs. Steed: »An welche Art von Schrank hattest du denn gedacht?«

»Hier, in der Ecke, soll er stehen. Und für die Frontseite habe ich dieses Stück Glas, das wir soeben aus den Niederlanden erhalten haben.«

»Das könnte sich hübsch machen«, sagte er und blickte prüfend zur Wand und auf den Glasstreifen. »Werden sechs Gestellbretter genügen?«

»Das wird sich im Laufe der Arbeit zeigen«, sagte sie. Dann drückte sie jedem der beiden eine Zinnschüssel in die Hand und vertraute ihnen an: »Großmutter Steed hat sie sehr gemocht. Solange sie lebte, deckte sie einmal im Jahr den Tisch für eine Dankmahlzeit. Keine Gläser, kein Porzellan, nur das schöne alte

Zinn. Damit wollte sie uns daran erinnern, wie sie in den schweren Zeiten gelebt hatten.«

Paxmore wog das gewichtige Stück in den Händen, und es schien ihm sinnvoll, es in einem besonderen Schrank aufzubewahren. »Ich mache ihn«, sagte er zu Mrs. Steed.

In den darauffolgenden Tagen hatten er und Ruth erstmals Gelegenheit, eine katholische Familie aus unmittelbarer Nähe kennenzulernen. Manches überraschte die Quäker: das wortreiche Gebet vor den Mahlzeiten statt des ernsten Schweigens in den Familien der Quäker; der Ersatz für die Meßfeier unter Beteiligung aller Familienmitglieder; die »andere« Bibel; und die gefährliche Annäherung an das Heidentum, das sich in ihrem Gerede von Heiligen und heiligen Gegenständen andeutete. Besonders beeindruckt waren sie von den Berichten über Hochwürden Steed und seine ungeheure Glaubensstärke.

»Ich glaube, ich würde Ralph gut leiden mögen«, sagte Ruth, und Paul antwortete: »Mit Frauen weiß er wenig anzufangen. Er würde Euch wohl ziemlich lästig finden.«

»Warum?« fragte Ruth.

»Eure Offenheit. Euer Wunsch, an allem teilzuhaben.«

»Das ist Quäkerart«, antwortete sie, und Paul antwortete: »Ich weiß. Das ist es ja, was Ralph stören würde. In seiner Kirche haben Frauen nichts zu …« Er wußte nicht, wie er den Satz beenden sollte, aber Ruth, die kaum je einer Herausforderung auswich, sagte: »In unserer schon.«

Die Brüder Steed fanden es weniger mühsam, mit Edward Paxmore zu sprechen, und einmal – während die Damen den fertigen Wandschrank bewunderten und einander bestätigten, wie gut sich das Zinngerät darin ausnahm – führten sie den Zimmermann zur Seite, und Henry hüstelte zweimal, ehe er sagte: »Edward, ich glaube Ihr seid soweit, daß Ihr für uns ein Schiff bauen könnt.«

Paxmore hatte noch nie einen Auftrag übernommen, ohne ihn bedacht zu haben, und während die Brüder geduldig warteten, überschlug er in Gedanken, wie viele Stunden es ihn kosten würde, die »Ruth Brinton« nachzubauen. »Ich glaube, um ein Boot wie die »Ruth Brinton« fertigzustellen …«

»Wir brauchen kein Boot, wir brauchen ein Schiff.«

Paxmore war verblüfft. »Du meinst … ein großes Schiff … das über die Bucht segeln kann?«

»Das über den Atlantik fahren kann«, sagte Henry, und sobald diese Worte ausgesprochen waren, wurden sie zu einer verführerischen Vision: »Paxmore, wenn wir ein eigenes Schiff besäßen, könnten wir unseren Tabak direkt zum Verkauf bringen und würden ungeheure Frachtkosten sparen. Auf der Rückreise könnten wir Güter für unsere Warenlager mitführen, und das zu Preisen, von denen Ihr heute nicht einmal träumt.«

»Aber ich habe noch nie …«

»Wir haben gesehen, welchen Fortschritt Ihr bei Euren letzten vier Booten gemacht habt. Ihr habt es weit gebracht, Paxmore.«

»Das erste war ein voller Reinfall, nicht wahr?«

»Und jetzt sind wir davon überzeugt, daß Ihr uns ein Schiff für London bauen könnt.«

»Ich habe nie zuvor ein Schiff gebaut«, sagte Paxmore leise. »Ich habe das nie gelernt.«

»Ein Mann lernt durch die Tat.«

Was Paxmore dann sagte, bewies, daß er ein echter und vorsichtiger Quäker war: »Würdet ihr für ein solches Unternehmen wirklich euer Geld riskieren?«

»Das würden wir«, bestätigten die Brüder.

Paxmore saß lange Zeit schweigend da, dann erhob er sich langsam und ging in das Zimmer zurück, in dem die Damen sich aufhielten. Er schritt geradewegs auf seine Frau zu, nahm sie an der Hand und sagte: »Ruth, wir fahren heim … ich baue ein großes Schiff.«

Ohne sein Dazutun geriet Edward Paxmore in eine ausgedehnte Periode moralischer Bedrängnis; die Ursache dafür war Samuel Spence. Der Schiffskrämer aus Barbados konnte nicht vergessen, daß er seinem Helfer Paxmore bei dessen überstürzter Abreise nach Maryland nicht den ihm zustehenden Lohn ausgezahlt hatte. Gegen Ende des Jahres 1666 verfaßte Spence daraufhin einen Brief, der, als er auf der Friedensklippe eintraf, folgenschwere Ereignisse auslöste.

Der Zimmermann war der Tradition der Schiffbauer in der Frühzeit Amerikas gefolgt: Er wählte nicht willkürlich einen Platz, um zu sagen: »Hier werde ich mein Schiff bauen.« Statt dessen hielt er nach einer Ansammlung hoher Bäume Ausschau und richtete sich dort ein. Er wählte einen Ort weit von jenem, an dem er sein erstes Kanu gebaut hatte: nahe am Wasser unter einer der mächtigsten Eichen, die er je gesehen hatte. Auch an Kiefern war dort kein Mangel. Und so machte er sich, nachdem er um Gottes Hilfe und um Gesundheit gebetet hatte, eines Morgens daran, jene Eiche zu fällen, die sein Schiff einst tragen sollte.

Unter Schweiß und Mühen schwangen er und seine Indianer die Äxte, und als der riesige Stamm endlich wie geplant neben dem Wasser zu Boden fiel, schritt er die sechzehn Meter ab, auf die er das Rückgrat berechnet hatte; als er aber sah, wie beachtlich diese Länge tatsächlich war, preßte er seine schmerzenden

Hände gegen die Brust und dachte: Ich werde niemals ein Schiff dieser Größe bauen können. Aber er hatte sich dazu verpflichtet und wußte, daß er nur Erfolg haben konnte, wenn er sorgsam Schritt für Schritt vorging. Also begann er zunächst, die Äste abzuschlagen, von denen manche so groß waren wie ein Baum, und als der massive Stamm nackt vor ihm lag, studierte er ihn zwei Tage lang und versuchte, sich das fertige Rückgrat vorzustellen, das er aus diesem Stück Holz schlagen wollte, er versuchte, sich vor Augen zu führen, wie der ungeheure Körper des Schiffes darauf lasten würde.

Im Verlauf dieser bohrenden Überlegungen wurde ihm ständig deutlich klar, wie wenig er wußte, und am Morgen des dritten Tages, an dem er eigentlich hatte beginnen wollen, das überflüssige Holz wegzuschlagen, war er aus mangelndem Selbstvertrauen zu jeder Arbeit unfähig. Diese Aufgabe war für einen gewöhnlichen Zimmermann zu groß. Als er nun aber auf der gefällten Eiche saß, fiel sein Blick auf sein erstes Kanu, das im Wasser lag, und er bat die Indianer, ihm zu helfen, es an Land zu ziehen. Nachdem er das Boot kieloben in das Gras gelegt hatte, saß er den ganzen Vormittag davor, betrachtete seine Form, den allmählichen Übergang von geraden Partien in geschwungene, die verschiedenen Segmente, welche Bug und Achtersteven formten, und am Beispiel dieser ältesten aller Schiffsformen, die seit zehntausend Jahren oder mehr überliefert war, begann er zu begreifen, wie er vorzugehen hatte.

Er ließ alle Arbeiten mit Ausnahme des Fällens weiterer Kiefern einstellen, nahm ein Stück Kiefernholz und begann, ein Modell des großen Schiffes zu schnitzen. Er widmete beinahe zwei Wochen dieser Beschäftigung, bis er nach zahlreichen Korrekturen und Verbesserungen ein Miniaturschiff vor sich hatte, das in seinen Augen voll bestehen konnte.

Immer noch mangelte es ihm an Selbstvertrauen, daher ließ er die Indianer das Kanu wieder ins Wasser setzen, und er fuhr nach Devon, um den Steeds zu zeigen, was er vorhatte. Mit klugem Weitblick beschränkten sie sich auf einen einzigen Vorschlag: »Wenn Ihr das Schiff hier im Mittelabschnitt breiter macht, kann es mehr Waren aufnehmen.«

»Bei dieser Belastung wird es langsamer werden«, gab Paxmore zu bedenken. »Zeit haben wir in Hülle und Fülle«, sagte Henry, und Paxmore fügte seinem Modell längsseits dünne Holzstreifen an und schnitzte dann die neue, breitere Form zurecht. Als er damit fertig war, nahm Henry Steed eine Feder und schrieb auf das Heck den Namen, den das Schiff tragen sollte: »Martha Keene, Devon«.

»Wenn alles fertig ist«, sagte er zu Paxmore , »hätte ich gern das Modell.«

»Mit Vergnügen«, sagte der Zimmermann, aber auf der Rückfahrt zu seiner improvisierten Werft kam ihm eine glänzende Idee: Wenn ich das Modell der Länge nach durchschneide, habe ich nicht nur ein Vorbild für das Äußere des

Schiffes, sondern auch eins für sein Inneres. Zur Eiche zurückgekehrt, spannte er sein Modell in eine Art Schraubstock und setzte die Säge an. Aber schon beim Ansägen sah er, daß er auch das Rückgrat in zwei Hälften trennen mußte, wenn er seinen Plan verwirklichen wollte, und dazu sah er sich nicht in der Lage.

Ich könnte nie ein Rückgrat zerstören, dachte er, ließ die Säge sinken und suchte nach einem Ausweg. Doch dann fand er einen zufriedenstellenden Kompromiß: Ich muß das Rückgrat gar nicht verletzen, ich kann an ihm entlang sägen. Das tat er dann auch. So erhielt er zwar nicht die exakten Modellhälften, die er benötigt hatte, aber eine brauchbare Annäherung, und sooft er sie zu Rate zog, fühlten seine Finger das unversehrte Rückgrat, und er fühlte sich erleichtert.

Nun ließ er seine Männer die Eiche bearbeiten, und während sie die Axt schwangen, faßte er einen Entschluß, der ihnen viele Stunden mühsamer Tätigkeit ersparte: Das Heck des Schiffes würde nicht spitz zulaufen, es sollte flach sein.

Dann begab er sich ans andere Ende. Hier sah er sich vor neuen drängenden und vertrackten Problemen: Wie sollte er an der Spitze des Rückgrats den Bug des Schiffes anfügen, der doch in steiler Kurve aufsteigen mußte? Während sich die Indianer den ganzen Stamm entlangarbeiteten, konzentrierte er sich auf dieses eine Problem, und er erkannte, daß ihm jede noch so geringe Aufwärtskrümmung des Stammes am vorderen Ende einen Vorteil bringen würde. Sogleich änderte er seine Anordnungen, um dies bestmöglich zu erreichen. Viel gewann er nicht, aber als das Rückgrat endlich fertiggestellt war, hatte es einen sanften Schwung nach oben, und auf diesen Vorteil wollte er die Stromlinienform seines Schiffes gründen.

Aber jeder Erfolg führte zu neuen Problemen; jetzt mußte er entscheiden, auf welche Weise der Bug seines Schiffes an jener Kante, an der sich die Wellen teilen würden, zusammengefügt werden sollte. Er hatte nicht die geringsten Anhaltspunkte dafür, wie dies zu erreichen war. Er war nur ein Zimmermann für Häuser, aber wie jeder umsichtige Mensch konnte er sich hinsetzen und das, was er über den Hausbau wußte, auf den Schiffbau übertragen. Die entscheidende Tatsache, von der er ausging, war, daß ein unverstrebtes Rechteck niemals haltbar sein konnte, weil größerer Druck auf eine seiner Ecken es zusammenbrechen ließ. Brachte man jedoch eine diagonale Verstärkung an, konnten die Ecken ohne nachzugeben auch dem stärksten Druck ausgesetzt werden; die so entstandenen Dreiecke mochten einzeln brechen, das Holz absplittern, die Struktur aber blieb stabil.

Theoretisch war das Problem gelöst: Wenn er das Innere des Schiffes kreuz und quer mit Diagonalverstrebungen verstärkte, konnte kein Sturm seine

Seitenwände eindrücken; aber dann hätte man auch weder Passagiere noch Fracht einladen können, weil das ganze Schiff mit Streben ausgefüllt war.

Das eigentliche Problem bestand also darin, die Bordwände so zu verstärken, daß der Frachtraum davon nicht betroffen wurde. Wie die meisten entscheidenden Aufgaben ließ sich auch diese rasch stellen, aber nur mühsam lösen.

Er befand sich in einer Sackgasse. Wie sehr wünschte er, daß ein großes Schiff aus London vor Devon ankern würde, damit er es untersuchen könnte. Aber es kam keines. Eine einzige Seite eines Buches aus London hätte alles erklären können, aber er besaß dieses Buch nicht. Voll Bitterkeit erinnerte er sich daran, wie viele Tage er müßig und gelangweilt an Bord von Schiffen verbracht hatte, von London nach Boston, nach Barbados, zur Marigot Bay, nach Devon: Ich bin die ganze Zeit auf Schiffen gewesen und habe nichts gesehen.

Es war nicht ganz so. Er hatte immerhin eine Menge über den Deckaufbau eines Schiffes gelernt, hatte gesehen, wie die Reling konstruiert, wie das Dollbord abgeschlossen war – aber wie ein Maler, der hundertmal auf einem Pferd reitet und sein Wesen doch erst erfaßt, wenn er das Tier zu zeichnen versucht, oder wie ein Romanschreiber, der einer bestimmten Situation wiederholt begegnet und sie doch nicht wirklich versteht, ehe er gezwungen ist, das Geschehen in dürren Worten festzuhalten, war er im Inneren von Schiffen gewesen, ohne die Konstruktion zu erfassen.

Es war geradezu eine Ironie, daß er in all seiner Ratlosigkeit die Lösung direkt vor Augen hatte … auf dem Boden. Als er den Stamm entlang auf und ab ging, den Blick auf die herausfordernde Aufwärtskrümmung gerichtet, stolperte er, und als er sich nach dem Hindernis umblickte, erkannte er, daß er über die massiven Wurzeln der Eiche gestrauchelt war, die vom Baumstrunk nach allen Seiten liefen. Er blieb stehen, betrachtete die seltsame Verbindung zwischen Wurzel und Stamm, kniete dann nieder und begann fieberhaft, die Erde wegzukratzen. Was er freilegte, war die stärkste natürliche Verstrebung, die es geben konnte: die gewinkelte, knieähnliche Struktur, die dort entsteht, wo eine große Wurzel vom Stamm ausgeht. Dieses Bild vor Augen, erkannte Paxmore, daß die Lösung seines Problems nicht darin bestand, den exponierten Bug mit hinderlichen Diagonalstreben zu verstärken, sondern daß er in ihn statt dessen diese massiven Verbindungen einbauen konnte, die bereits in sich Verstrebungen darstellten.

Als er sich aber an seine Indianer wenden wollte, um sie aufzufordern, ihm beim Ausgraben des Wurzelknies zu helfen, sah er, daß sie ihn verlassen hatten; sie waren es müde geworden, ein Schiff zu bauen, und wollten nicht mehr arbeiten. Ohne sie konnte er aber unmöglich vorankommen. So bestieg er, tief besorgt, sein Kanu und fuhr nach Devon, um die Steeds zu fragen,

was er nun tun solle. Als er ankam, fand er sie an der Pier, denn ein Schiff
aus Barbados war kurz zuvor in Jamestown vor Anker gegangen, und die
Schaluppe der Steeds hatte eine Fracht über die Bucht gebracht, mit der
Paxmore nie und nimmer gerechnet hatte – und dazu den erwarteten Brief
von Samuel Spence:

> Der Gedanke verfolgt mich, daß ich Dir die gute Arbeit, die Du für mich
> getan hast, vor allem für die Instandsetzung jenes Schiffes in der Marigot
> Bay, noch immer die Entlohnung schulde, und ich habe mich unentwegt
> gefragt, wie ich meine Schuld begleichen könnte. Münzen besitzen wir
> nicht, und unsere Partner in London sind in noch schlimmerer Lage als
> wir. Sie sind außerstande, meine Rechnungen zu bezahlen, denn im
> Vorjahr hat ihnen die Pest zu schaffen gemacht und in diesem Jahr das
> Feuer, und so mußte ich bereits annehmen, daß meine Schuld an Dich
> unbeglichen bleiben würde, als eine Kette von Zufällen mich in die Lage
> versetzte, Dir nun doch gegenüberzutreten. Ein Gentleman dieser Insel
> hatte Schulden bei einer Londoner Firma, die ihrerseits Schulden bei mir
> hat, und wir waren übereingekommen, den Fall zu vereinfachen, indem
> er direkt an mich zahlen sollte. Nun verfügte er zwar auch nicht über
> Geld, dafür war er aber an einem Sklavenschiff beteiligt, das aus Luanda
> erwartet wurde, und als es in unserem Hafen einlief, übergab er mir
> einen Teil seiner Sklaven.
> Ich nehme mir die Freiheit, Dir in Abstattung meiner Schulden neun
> dieser Neger zu senden, und hoffe, daß Du dies als ausreichende Ent-
> schädigung empfindest. Quäker, die auf der Durchreise bei uns waren,
> ließen uns wissen, daß Du Ruth Brinton geehelicht hast, die standhafte
> Verfechterin unseres Glaubens, und wir versichern Euch beide unserer
> Zuneigung.

Die Sklaven waren noch nicht an Land, und als sich Paxmore der Schaluppe
näherte, sah er, wie sie sich am Bug zusammenkauerten. Er fragte sich, warum
sie sich noch im sicheren Hafen so dicht aneinanderdrängten, erkannte aber,
nachdem er in das Boot gesprungen war, daß man sie aneinandergekettet hatte,
wohl, um während der Überfahrt über die Bucht jede Unruhe zu vermeiden.
Einen Augenblick stand er da und betrachtete diese Fremden: Er sah ihre
dunklen Körper, die vielversprechenden Muskeln, sah die stolze Haltung der
Frauen, der auch die Ketten keinen Abbruch taten.
»Binde sie los, ich bringe sie zur Friedensklippe«, rief er Henry Steed zu.
Aber Steed, der in Jamestown wiederholt die Pflanzer über ihre Sklaven

klagen gehört hatte, mahnte zur Vorsicht: »Es ist sicherer, sie gefesselt zu lassen, bis sie an Ort und Stelle sind.« Er gab seinem Kapitän den Auftrag, mit der Schaluppe zur Klippe zu segeln. Dort wurden die Schwarzen, noch immer in Ketten, an Land gebracht: Sechs starke Männer und drei Frauen im besten Alter, alle in Eisenringe geschlossen. Zum erstenmal hatte die Ostküste eine Ladung Sklaven empfangen – und Quäker waren ihre rechtmäßigen Eigentümer.

»Alle in bestem Zustand«, sagte der Kapitän und warf die Ketten in die Schaluppe zurück.

»Wir können sie brauchen«, sagte Paxmore. Er führte die Frauen zum Haus, wo Ruth Brinton auf dem Boden kniete und einen zusätzlichen Tisch für ihre Küche zusammennagelte. Sie war überrascht, die Schwarzen zu sehen, und fragte: »Wer ist das?«

»Sie gehören uns.«

»Was heißt das?«

»Samuel Spence schickt sie aus Barbados; auf diese Weise begleicht er seine Schuld.«

»Was sollen wir mit ihnen anfangen?«

»Sie gehören uns. Sie sind unsere Sklaven.«

Ruth Brinton erhob sich, wischte ihre Hände ab und musterte die Frauen. Auch sie war einmal so jung gewesen und voll Verwirrung vor dem Leben gestanden. Jetzt dachte sie: Um wieviel größer muß ihre Verwirrung sein. Zu ihrem Mann aber sagte sie: »Es steht uns nicht zu, Sklaven zu halten. Es wäre gegen Gottes Willen.«

Und damit nahm jene große Auseinandersetzung ihren Anfang, die zuletzt jede Regierung, jede Kirche und jedes Haus erfassen sollte. Edward Paxmore verteidigte sich mit drei Gründen; die beiden ersten waren wirtschaftlicher Art und konnten Ruth Brinton daher kaum überzeugen: »Spence stand in meiner Schuld, und es ist sein gutes Recht, sie auf diese Weise zu begleichen. Zudem kommen die Sklaven zu einem Zeitpunkt, wo wir sie dringend benötigen. Gott hat sie uns geschickt, damit sie uns helfen, das Schiff fertig zu bauen.«

Seine Frau blickte ihn an, entsetzt, daß er solche Belanglosigkeiten auch nur erwähnen konnte; aber sein drittes Argument fußte auf dem Glauben und war somit ganz und gar nicht belanglos: »Als ich in Massachusetts unter Kontrakt stand, war es üblich, daß die Prediger einmal im Vierteljahr über die Pflichten der Diener gegenüber ihren Herren predigten. Wie gut kann ich mich noch an diese eindringlichen Mahnungen erinnern!« Und er begann, so wie sie ihm wieder in den Sinn kamen, jene verbindlichen Passagen zu zitieren, mit denen Gott die Sklaverei ausdrücklich eingesetzt und unterstützt hat:

Gehorcht euern Vorstehern und seid ihnen zu Willen. Sie wachen über eure Seelen.

Ihr Sklaven, seid in aller Furcht euern Herren untertan, nicht allein den gütigen und milden, sondern auch den mürrischen.

Die Sklaven sollen ihren Herren in allem unterwürfig und gefällig sein und nicht widersprechen.

Alle, die ein Sklavenjoch tragen, sollen ihre Herren aller Ehre wert halten.

Ruth Brinton war empört, als sie diese Aufzählung hörte; sie wollte nicht wahrhaben, daß er derartige Lehrsätze ernst nahm. Es war, als erkenne sie zum erstenmal das wahre Wesen ihres Mannes – und das war geradezu häßlich.

»Edward«, sagte sie, und der sanfte Tonfall ihrer Stimme konnte nicht über die unerbittliche Härte ihrer Entgegnung hinwegtäuschen, »erkennst du denn nicht, daß Jesus uns in allem und vor allem lehrt, daß keiner eines anderen Sklave sein darf?«

»Ich weiß nur, was in der Bibel steht, und dort steht immer und immer wieder, daß es manchen Menschen bestimmt ist, Sklave zu sein und ihrem Herrn zu gehorchen.« Noch ehe seine Frau ihn unterbrechen konnte, sagte er: »Gut, die Bibel sagt auch, daß die Herren gerecht sein müssen und daß sie für das Wohlergehen ihrer Sklaven zu sorgen haben. Das haben die Prediger in Boston ebenfalls betont. Um ihnen Gerechtigkeit widerfahren zu lassen, muß ich sagen, daß sie die Herren immer zur Güte mahnten.« Und dann, in der Erinnerung an jene lang zurückliegenden Predigten, fügte er hinzu: »Allerdings weiß ich noch, daß man uns Diener viel strenger ermahnte als die Herren.«

Er wollte ein guter Herr sein. Er unterbrach die Arbeit am Schiff, um für seine Sklaven Hütten zu bauen. Ruth Brinton empfahl er, die Frauen ins Haus zu nehmen und für die schweren Arbeiten einzusetzen, aber Ruth lehnte ab. Immerhin unterwies sie eine der Frauen in der Beaufsichtigung des Babys; die beiden anderen bauten Tabak und Gemüse an.

Die Männer waren groß und stark und erwiesen sich als ausgezeichnete Hilfskräfte. Abiram und Dibo zeigten sich so geschickt bei der Anfertigung der Planken, daß Paxmore für sie eine Sägegrube aushob: Mächtige Kiefernstämme wurden über ihr in Position gerollt, und Dibo stand Tag für Tag unten in der Grube. Abiram, der Stärkere der beiden, hockte auf dem Stamm, hielt einen Griff der Säge und achtete darauf, daß sich die Zähne in einer geraden Linie ins Holz fraßen. Sobald er ein bestimmtes afrikanisches Wort rief, reckte sich Dibo in der Grube hoch, packte den anderen Griff und drückte beim Anziehen mit aller Kraft gegen den Stamm. Diese Abwärtsbewegung des

Sägeblatts vollbrachte den eigentlichen Schnitt; dann lockerte Dibo das Säge-blatt, rief ein anderes Wort, und Abiram zog das schwere Gerät in die Ausgangs-position zurück. Auf diese Weise sorgten die beiden Männer für die Planken, aus denen das Schiff zusammengefügt werden sollte.

Als aber der Zeitpunkt kam, da die Querspanten am Kiel befestigt werden sollten, um so das Gerippe des Schiffes zu bauen, gingen Paxmore die Wurzeln aus, mit denen er die Verstrebungen ausführen wollte. Er suchte den gesamten Bereich der Klippe nach entsprechend gewachsenen Eichen ab, fand aber keine mehr; dann versuchte er es mit Kiefernwurzeln, mußte aber rasch erfahren, daß ihnen die erforderliche Zähigkeit fehlte. Immer weiter entfernte er sich von seinem eigenen Grund, und so traf er einmal Stooby Turlock, der sich auf der Wolfsjagd befand. Er schilderte seiner Frau später diese erste Begegnung:

> Er war wie ein Besucher aus einer anderen Welt; ein erwachsener Mensch, etwa sechsundzwanzig Jahre alt, aber mit dem Wissensstand eines vierjährigen Kindes. Als ich jedoch andeutete, daß ich bestimmte Baumwurzeln suchte, verstand er mich sofort und führte mich zu min-destens neun Eichen von außerordentlich günstigem Wuchs. Er zeigte sich so ungewöhnlich gut vertraut mit den Bäumen, daß ich ihn einlud, für mich zu arbeiten, aber dieses Wort schreckte ihn ab.

Als Paxmore weitere Wurzeln benötigte, suchte er Stooby, fand ihn aber nicht. Weil er erfahren hatte, daß der junge Mann mit seinem übel beleumundeten Vater im Sumpf lebte, fuhr er eines Nachmittags dorthin, fand jedoch nicht gleich die Einfahrt und paddelte suchend am Ufer entlang, als eine Gewehr-kugel knapp an seinem Kanu vorbeipfiff. Wie ein Gespenst tauchte Timothy Turlock aus den Binsen auf und rief: »Wer da?«

»Ich suche Stooby.«

Turlock spuckte ins Wasser, zeigte ihm dann, wo die Einfahrt zu seiner Bucht zu finden war, und als Paxmore auf den wackeligen Landungssteg zuhielt, stand der alte Mann schon dort und wartete.

»Ist Stooby hier?« fragte der Zimmermann.

»Nicht da.«

»Warum hast du dann nicht gleich gesagt ...«

»Ihr könnt warten.« Er half Paxmore aus dem Kanu und führte ihn zu einer verwahrlosten Hütte, in der eine kräftige blonde Frau herumlungerte. Sie unternahm keine Anstrengung, ihn zu grüßen, und er nahm auf einem Holzklotz Platz, der auf drei Beinen ruhte, und wartete. Plötzlich entdeckte er, daß in einer Ecke der Hütte ein junges Mädchen stand.

»Das ist ja James Lambs Nancy!« rief er, erfreut, jemanden hier zu treffen, den er kannte. »Was tust du denn hier?«

»Ist durchgebrannt«, sagte Turlock. Paxmore konnte nicht wissen, daß sie jenes junge Ding war, das man wiederholt mit dem alten Turlock im Bett gefunden hatte. Er nahm vielmehr an, daß sie aus den üblichen Gründen davongelaufen war, die Dienstboten und Sklaven gewöhnlich vertreiben.

»James Lamb ist ein guter Herr«, behauptete er, und niemand widersprach ihm. Stooby tauchte nicht auf, und nach längerem Warten, das zunehmend unangenehmer wurde, weil die Hütte und ihre Bewohner stanken, sagte Paxmore, er müsse wieder zurück zur Klippe. »Wirst du deinem Sohn sagen, daß ich immer noch Wurzeln benötige?«

»Vielleicht.« Damit war der Besuch beendet, aber drei Tage später kam Stooby zur Werft und berichtete, er habe mehr als zwei Dutzend geeigneter Bäume ausgemacht, und wenn ihm Paxmore drei Sklaven zuteile, würde er die Wurzeln ausgraben und abliefern. Auf diese unverbindliche Weise begann Stooby, für Paxmore zu arbeiten, nie regelmäßig, denn er wollte nicht irgendeine Verpflichtung eingehen; er beschränkte sich darauf, besondere Hölzer und Wurzeln für Paxmore zu beschaffen.

»Er ist wirklich dumm«, sagte Paxmore zu seiner Frau, »und ist es doch nicht.« Was er nicht bemerkte, war, daß Stooby jedesmal, wenn er Holz brachte, aufmerksam den Fortschritt der Arbeiten beobachtete, wobei nichts seinen Rattenaugen entging. Bald wußte Stooby ebensoviel über den Schiffbau wie Paxmore, und das brachte ihn einen weiteren, entscheidenden Schritt voran in seiner Entwicklung zum perfekten Wassermenschen: Er wußte nicht nur über das Wasser Bescheid, sondern auch über die Schiffe, die es durchkreuzten.

Besonders erwähnenswert war Edward Paxmores Sammlung von Werkzeugen. Alles, was er benötigte, mußte er selbst anfertigen, und nach zwei Jahren besaß er ein erstaunliches Sortiment an Zubehör und Hilfsgeräten. Selbstverständlich hatte er Sägen und Äxte, die Insignien eines Schiffbauers. Paul Steed beobachtete ihn einmal, wie er mit äußerster Präzision eine Planke bearbeitete, und sagte später zu seinem Bruder: »Paxmore könnte mit einem Beil seinen Namen schreiben.«

Er verfertigte Schraubzwingen, um darin kleine Werkstücke festhalten zu können, Meißel zur Herstellung von Rillen, Lochbohrer in allen Größen und eine Vielzahl unterschiedlicher Spezialsägen. Da Nägel wertvoller waren als Gold – alles, was in den Kolonien errichtet wurde, war von Importen aus England abhängig –, schnitzte er kleine Keile aus Eichenholz zu nagelähnlichen Gebilden zurecht; schlug oder schraubte man sie fest und goß Wasser darüber, quollen sie auf und hielten zwei Bauteile beinahe so gut zusammen wie Nägel aus Metall.

Was ihm aber wirklich fehlte, war jenes wesentliche Rüstzeug, das die Voraussetzung für wahre Meisterschaft ist: Keines der Teile, die er anfertigte, konnte er mit dem richtigen Namen bezeichnen, und ohne diese Bezeichnung fehlte ihm handwerklich der letzte Schliff. Es war kein Zufall, daß Ärzte, Richter und Schlächter besondere und geheime Bezeichnungen für ihre Tätigkeit erfunden hatten; kannte man den Namen, wußte man um das Geheimnis. Mit dem richtigen Begriff öffneten sich dem Tüchtigen neue Welten, wurde er Mitglied einer geheimen Brüderschaft, Teilhaber an den Mysterien und schließlich ein geehrter Meister. Ohne diese Bezeichnungen aber blieb man ein Wichtigtuer oder, wenn es um den Schiffbau ging, ein bloßer Hauszimmermann.

Stets würde sich Paxmore an jenen Julimorgen erinnern, an dem ein Zweimaster, ein Tabakschiff aus Bristol, in Devon ankam. Mit welcher Freude durchstreifte er das Schiff vom Bug bis zum Heck, und immer wieder fragte er den Schiffszimmermann nach der korrekten Bezeichnung der einzelnen Teile. Damals begann er, das Geheimnis der Namen zu enthüllen.

»Wir nennen sie ›Klinknägel‹«, sagte der Mann zu den Holzstiften, wie Paxmore sie geschnitzt hatte, und als Klinknägel wurden sie ihm doppelt wertvoll, denn der Name bewies, daß sie Bestandteil einer bereits überlieferten Kunst waren.

»Doch nicht Rückgrat! Das ist der ›Kiel‹. Und der Balken, der oben längs darüber läuft, ist das ›Kielschwein‹.« Aber das Wort, das ihm am meisten gefiel, war jenes, das der Engländer für die abgewinkelten Wurzeln verwendete, von denen die Stabilität des Schiffes abhing. »Das sind Kniestücke, und man macht sie am besten aus Tamarak. Dieses Lärchenholz ist besser als jede Eiche.«

Das platte Heck eines Schiffes war der »Spiegel«, das Rundholz, das über den Bug hinausragte, ein »Klüverbaum«, und die dachziegelförmige Überlappung der Planken hieß »Klinker«. Überrascht war er, als er erfuhr, daß der »Boden« nicht wie in einem Haus eine ausgedehnte Fläche bezeichnete, sondern vielmehr die engen Holzverstrebungen, die »Wrangen«, die gegen den Kiel drängten und den eigentlichen Innenboden des Schiffes trugen.

Bei diesem Besuch lernte Paxmore an die hundert Begriffe kennen, und mit jedem gewann er neue Einsichten in seine Aufgabe. Nichts verunsicherte ihn aber so sehr, wie das, was er über den Mast des Schiffes herausfand. Für sein eigenes Schiff hatte er einen großen Kiefernstamm zu einem perfekten Zylinder zugerichtet, nach Gutdünken eingesetzt und irgendwie befestigt. Nun erkannte er, daß er alles falsch gemacht hatte.

»Nein! Nein!« entsetzte sich der englische Zimmermann. »Die Grundfläche darf doch nicht kreisförmig sein! Wie wollt Ihr denn da den Mast in seinem Lager auf dem Kielschwein verankern? Und wenn er rund durch das Deck bricht, wie dichtet Ihr ihn gegen die Decksplanken ab, ohne daß sie lecken?«

Er führte Paxmore in die tiefsten Regionen des Schiffes und zeigte ihm, wie die Schiffbauer in aller Welt ihre Masten einsetzen. »Unten muß er quadratisch sein. So läßt er sich auch in diese Aussparung stellen und mit Kniestücken versperzen. Die Verkeilung erfolgt dann entlang gerader Seiten, und kein Wind vermag den Mast zu drehen.«

Welch ein Unterschied bestand zwischen einem wirklichen Mast und jenem, den Paxmore entwickelt hatte. Dieser da stand unverrückbar, an vier Seiten verkeilt, fest mit dem Kiel verbunden. Seiner wackelte, weil seine Rundungen keinen Ansatz zu einer wirksamen Verkeilung boten.

»Von dieser Höhe an, und rechtzeitig, ehe er durch das Deck stößt, muß der Mast achteckig zugerichtet werden«, erläuterte der Engländer und zeigte ihm, wie meisterhaft die britischen Schiffbauer den Übergang von der quadratischen Grundform zum achteckigen Querschnitt vollzogen hatten; es ließ sich beinahe nicht erkennen, wo der Verlauf begann. Beim entscheidenden Durchbruch des Mastes durch das Deck bot er acht glatte Seiten, die sich verkeilen und abdichten ließen. Paxmores Mast aber würde hier lecken.

»Erst von hier an«, sagte der Mann aus Bristol, als wie wieder an Deck standen, »wird aus dem Achteck ein Zylinder.« Wieder erfolgte der Übergang von einer geometrischen Form in die andere mit bewundernswerter Perfektion. »Wißt Ihr eigentlich, warum der Mast über Deck rund sein muß?«

»Nein.«

»Damit er dem Wind weniger Widerstand bietet. Und noch eins: Wenn Euer Mast richtig eingepaßt und gut verkeilt ist, steht er von selbst. Das Gewicht des Windes auf den Segeln drückt ihn in die Halterung und hält ihn dort fest. Paxmore, laßt niemanden Euren Mast so fest versteifen, daß er wie eine Saite singt. Die Wanten müssen locker sein, immer locker. Sie sind nicht dazu da, den Mast in Position zu halten, sie entlasten ihn nur bei plötzlichen Böen.« Und er führte Paxmore die Wanten entlang und zeigte ihm, wie locker sie waren; sie standen bei Windstille unter keinem Druck und waren doch bereit, plötzliche Belastungen aufzufangen.

Und dann sagte er etwas, das dem Neuling beinahe den Atem verschlug: »Ihr habt den Mast doch hoffentlich richtig angesetzt?«

»Er steht auf dem Rückgrat … dem Kiel … ich meine: dem Kielschwein.«

»Natürlich. Aber ich spreche über die Entfernung von Bug und Heck.«

»Ich habe ihn …«

Der unbestimmte Ausdruck in Paxmores Blick verriet seine Unkenntnis, was Segellasten und Balance betraf, die verschiedenen Kräfte, die auf ein fahrendes Schiff einwirken, oder das komplizierte Problem, einen Mast so zu plazieren, daß der Wind in den Segeln den Bug weder anhob noch unter Wasser drückte oder das Schiff zum Gieren brachte.

»Ihr habt keine Ahnung, wo der Mast sitzen muß, nicht wahr?« fragte der Mann aus Bristol.

»Nein.«

»Nun, dann kalfatert Euer Schiff gut, und betet, daß es schwimmt. Nur aus Erfahrung wird man klug.«

Im Dezember 1668 kam eine Pinasse über die Bucht und brachte einen Besucher zur Insel Devon, dessen Ankunft alle von Herzen erfreute. Es war Hochwürden Ralph Steed, jetzt zweiundfünfzig Jahre alt und über seiner Arbeit in ganz Maryland früh ergraut. Er blieb auf dem Landungssteg stehen, um die eindrucksvollen Veränderungen zu begutachten, die seit seinem letzten Besuch vorgenommen worden waren: die gefestigte Pier, die breiten Wege, die zu dem größer werdenden Haus führten, die verglasten Fenster, den zweiten Schornstein, der auf angebaute Räume hinwies, und vor allem den Eindruck unbeschwerter Wohlhabenheit. In seiner Jugend war dies ein verwegener Brückenkopf in der Wildnis gewesen, und nun entstand hier allmählich der Wohnsitz von Landedelleuten.

»Es freut mich besonders, daß ihr euch in den Besitz einiger Sklaven gesetzt habt«, sprach er zu seinen Brüdern. »Bei entsprechender Verwendung können sie einer Plantage zu großem Vorteil gereichen, und das Zusammenleben mit ihrem weißen Herrn ist von Nutzen für ihr Seelenheil.«

Es war eine Freude, die Vertrautheit mit seinen Brüdern zu erneuern, und er war überrascht von der Fruchtbarkeit ihrer Frauen: Henry hatte zwei Söhne und eine Tochter, Paul drei Söhne und zwei Töchter, und aus dieser dritten Generation waren bereits elf Enkelkinder hervorgegangen, jene, die schon jung gestorben waren, gar nicht gezählt.

Das Schmuckstück der Sammlung bildete ein blonder Knabe von sieben Jahren, ein außergewöhnlich hübscher kleiner Schelm, der seinem Großonkel auf den ersten Blick zugetan war. Er verneigte sich mit übertriebener Höflichkeit vor ihm und sagte: »Wir freuen uns, dich wieder auf Devon zu sehen, Onkel Ralph!«

»Das ist mein Enkel Fitzhugh«, sagte Henry voll Stolz.

»Mit seinen gewinnenden Umgangsformen wird er es zum Staatskanzler bringen«, sagte der Priester, nahm das Kind an der Hand und bemerkte: »Es ist schön und zweifelsohne gottgefällig, daß die männlichen Mitglieder unserer Familie stets katholische junge Damen im heiratsfähigen Alter finden konnten.« Mit einem Aufstöhnen ließ er Fitzhughs Hand los.

»Deine Hüfte?«

»Ich bin vom Pferd gestürzt. Es ist nichts.« Er beklagte sich nicht über sein hartes Leben, aber dann protestierte er unverzüglich und mit aller Entschiedenheit: »Ihr habt ja die Kapelle nicht wiederaufgebaut.«

»Das wäre zu augenfällig gewesen«, rechtfertigte sich Henry und zuckte die Schultern.

»Ich war an allen Flüssen augenfällig«, mokierte sich Ralph; über die Kapelle fiel aber kein weiteres Wort mehr. Sobald sie das Haus erreicht hatten, befahl er nur, daß sich die Familie zur Messe versammeln solle, und sobald sich alle eingefunden hatten und von ihm begrüßt worden waren, hielt er den Familiengottesdienst. Hinterher wies er auf einen Wandschrank mit dem Zinngerät und sagte zu seinen Brüdern: »Das gefällt mir. Wir hatten auch schwere Zeiten, und es ist gut, sich daran zu erinnern.«

Er erkundigte sich ausführlich nach allen Einzelheiten in der Verwaltung der Plantage und sagte zu Henry: »Es ist jammerschade, daß wir hier an der Ostküste keinen so süßen Tabak anbauen können wie die in Virginia. Für unseren Oronoco wird in London immer weniger geboten.«

»Er verkauft sich gut in Frankreich«, sagte Henry. »Dort scheint man den herzhafteren Geschmack zu bevorzugen.«

»Ich habe einige Samen von einer süßen, aber schwereren Sorte mitgebracht. Wir sollten herausfinden, ob sie in unserem Boden gedeiht.«

»Wohl kaum. Wir haben es mit allen möglichen Arten versucht, aber vergeblich. Der süße Tabak und die schönen Frauen geraten nur in Virginia. Aus Maryland kommen der Oronoco und die wahren Männer.«

Hochwürden Steed wollte auch wissen, wie es um die Zusammenarbeit mit Fithian stand, und Paul sagte: »Ich habe ihn im Vorjahr in London besucht. Er ist älter geworden, und seine Söhne besorgen jetzt unsere Geschäfte, übrigens ebenso ausgezeichnet.«

»Er hat am James-Fluß zwei neue Plantagen erworben«, sagte der Priester. »Es gab einiges üble Gerede, und ich war in Sorge wegen unserer Beziehungen zu ihm.«

»Das ist eine alte Geschichte«, wehrte Paul ab. »Die Pflanzer in Virginia verdienen mit ihrem süßen Tabak tausend Pfund und bestellen dafür Waren für elfhundert. Wenn sie das lang genug treiben, gehört ihr Land Fithian.«

»Haben wir bei ihm Schulden?«

»Ganz im Gegenteil. Unsere Bilanz zeigt ein Guthaben.«

»Wie ist das möglich?«

»Wir haben am Patamoke-Landeplatz ein Warenlager eröffnet. Die Leute kommen von überall entlang des Flusses her, um mit uns Handel zu treiben.« Er ließ ein Flußboot kommen und fuhr mit Ralph zur Siedlung hinüber. »Das langgestreckte Gebäude dort gehört uns«, sagte er, als das Boot sich dem Hafen näherte. »Die Hütte beim Landungssteg ist eine Taverne. Bis jetzt gibt es nur drei Häuser, aber ich habe zur Gründung einer Stadt dreißig Morgen Land an Lord Baltimore abgetreten, und er hat zugesagt, dafür in einer Verordnung Oxford und den Patamoke-Landeplatz zu Anlaufhäfen für den allgemeinen Handel zu dekretieren.«

»Wie steht es um das Gewerbe?«

»Bislang schlecht, aber ich überlege, das Grundstück dort drüben Edward Paxmore für eine Schiffswerft zur Verfügung zu stellen.«

»Du hast ihn schon mehrmals erwähnt«, sagte der Priester. »Was ist das für ein Mann?«

»Ein hervorragender Zimmermann aus England. Er kam, um sich an unserem Fluß niederzulassen. Er ist ein Quäker.«

»Tatsächlich?« sagte der Priester. »Ich möchte ihn kennenlernen. Wo immer ich hinkomme, höre ich von dieser neuen Sekte. Die Berichte sind äußerst widersprüchlich. Es wäre interessant, einen Quäker von Angesicht zu Angesicht zu treffen.«

»Nichts leichter als das. Wir kommen auf dem Rückweg an seiner Werft vorbei. Er baut ein Schiff für uns, mußt du wissen.«

»Ein richtiges Schiff?«

»Warte, bis du es siehst!«

Auf der Heimfahrt machte das Boot den Abstecher in die schmale Bucht, an deren Ufer Paxmore seinen Auftrag ausführte.

»Das ist ja riesengroß!« rief der Priester, als er vor dem Schiff stand. »Wie wollt ihr es denn ins Wasser bringen?«

»Wir führen vom Heck Seile über Flaschenzüge zu diesen Eichen dort drüben«, erklärte Paxmore. »Dann rufen wir alle Mann zusammen, und während sie ziehen, schlagen wir die Keile unter dem Schiff weg, und es wird ins Wasser gleiten.«

»Und wenn der Plan mißlingt?«

»Er wird nicht mißlingen.«

Hochwürden Steed verbrachte mehr als eine Stunde damit, das Schiff zu begutachten, und er vermochte sein Staunen darüber nicht zu verbergen, daß seine Brüder ein Schiff bauten, das nach London segeln konnte, aber Henry korrigierte: »Nicht wir. Paxmore.«

»Der Mann gefällt mir«, sagte Ralph. »Können wir ihn nicht einladen?

Als Henry sich an den Zimmermann wandte, sagte der: »Ich könnte jetzt nicht weg. Ich schlafe sogar hier, um ganz sicherzugehen …«

»Ich meine, sobald die Arbeit es zuläßt«, sagte Hochwürden Steed rasch.

»Gut«, antwortete Paxmore. »Ich bin sicher, Ruth Brinton würde gern mit dir sprechen.«

»Wer ist das?« fragte der Priester.

»Meine Frau.«

»Oh?« Ralph zögerte. »Das ist wohl nicht wirklich erforderlich …«

»Sie spricht viel besser als ich.«

»Dessen bin ich sicher«, sagte Ralph, »aber ich wollte mich mit Euch über das Quäkertum unterhalten.«

»Gerade darüber spricht sie am besten«, sagte Paxmore, und es wurde vereinbart, daß er bei nächster Gelegenheit mit Ruth Brinton für einige Tage nach Devon kommen würde.

Dieser Besuch hinterließ bei beiden Familien einen bleibenden Eindruck. Die vielen Steeds kannten Paxmore als hochbegabten Handwerker, während die Quäker die Steeds als Geschäftsleute schätzten, denen das Glück hold war. Als Hochwürden Steed ihnen von der Unterdrückung berichtete, unter der seine Familie gelitten hatte, waren sie tief beeindruckt, und als er erzählte, wie das Feuer die Kapelle zerstört hatte, sagte Paxmore impulsiv: »Ich könnte sie wieder aufbauen! Ich habe bereits ein Andachtshaus für Quäker gebaut.«

»Was ließ Euch eigentlich Quäker werden?« wollte der Priester wissen.

Paxmore überließ die Antwort seiner Frau, und ein langer Dialog begann. Hochwürden Steed, ein kluger, kampferprobter, beleibter alter Mann, entspannt in seinem Lehnstuhl, repräsentierte die älteste christliche Religion der Welt – und Ruth Brinton, eine strenge Frau in schlichtem Grau, mit ihrer Quäkerhaube, aufrecht am Rand eines einfachen Stuhles, den ihr Mann gebaut hatte, vertrat die jüngste. Obwohl Henry Steed und Paxmore dem Gespräch weitgehend beiwohnten, mischten sie sich nie ein, hatten sie doch erkannt, daß hier zwei höchst kompetente Theologen ihre lebenslangen, in religiöser Spekulation gewonnenen Erfahrungen verglichen.

Quäkerin: Du fragst, wie ich wurde, was ich bin. Als ich achtzehn war, hörte ich George Fox predigen, und seine Worte gewährten mir eine solche Erleuchtung, daß alle Mühsal von mir abfiel. Seine Einfachheit überwältigte mich.

Katholik: Die Welt kennt viele Visionäre. Unsere Kirche bringt seit Jahrhunderten jedes Jahr zwei oder drei neue hervor, und jeder hat die eine oder andere gute Einsicht, der kluge Menschen folgen sollten. Aber mehr als eine ist es kaum, und diese wiederum läßt sich fest verankern in der Struktur der Kirche. Was war das Besondere an George Fox?

Quäkerin: Seine Einfachheit hat das entbehrliche Beiwerk von Jahrhunderten überwunden.

Katholik: Zum Beispiel?

Quäkerin: Du fragst? Ich würde es vorziehen, dich nicht in Verlegenheit zu bringen – aber du fragst.

Katholik: Weil ich das Bedürfnis habe, es zu erfahren. Welche Entbehrlichkeiten?

Quäkerin: Da Gott jedem menschlichen Leben unmittelbar zugänglich ist und unvermittelte und klare Führung anbietet, ist das Eingreifen von Priestern und Predigern entbehrlich. Es bedarf keiner Vermittlung durch Heilige. Große Gesänge und aufwendige Gebete erfüllen keinen Zweck. Gott läßt sich nicht durch Weihrauch oder Gepränge, nicht durch Roben und farbenbunte Gewänder oder gar Hierarchien gewinnen.

Katholik: Ihr seid auf dem besten Weg, meine Kirche abzuschaffen.

Quäkerin: O nein! Es gibt überall viele Menschen, wahrscheinlich sind sie sogar in der Mehrheit, die sich an Äußerlichkeiten klammern und sich in Ritualen geborgen fühlen, und wenn sie sich auf diesem Weg Gott nähern, dann sind Äußerlichkeiten und Rituale wichtig, und man würde sich versündigen, entzöge man ihnen diesen Weg zu Gott.

Katholik: Aber Ihr meint, es gäbe auch andere Menschen, vielleicht nur einige wenige glückliche? Wohl die besonders Gebildeten …

Quäkerin: Hier gibt es kein Oben und Unten. Alle Menschen sind verschieden, und das bewegt sie auch, verschiedene Wege zu gehen.

Katholik: Aber welchen Weg habt Ihr gewählt? Welche Abschnitte der Bibel erkennt Ihr an?

Quäkerin: Alle. Jedes geheiligte Wort. Vor allem die Lehren Jesu Christi im Neuen Testament.

Katholik: Das Alte lehnt Ihr ab?

Quäkerin: Nein, aber wir heben es nicht hervor.

Katholik: Wie also wendet Ihr es an?

Quäkerin: Du rührst hier an einen heiklen Punkt, Hochwürden Steed. Es gab und gibt einige unter uns … (Hier zögerte Mrs. Paxmore, fuhr aber dann rasch und mit einer gewissen Vertraulichkeit fort.) In der Tat ist mein Mann Edward einer von jenen, die sich so sehr an das Wort Jesu halten, daß sie die Bedeutung des Alten Testaments abwerten – als ob man das Neue annehmen könnte, ohne das Alte zu verstehen.

Katholik: Begeht er damit nicht einen schweren Irrtum?

Quäkerin: Denselben, den die Juden begehen, indem sie nur das Alte annehmen und das Neue ablehnen, obwohl doch das eine unvermeidlich in das andere übergeht.

Katholik: Und Ihr selbst?

Quäkerin: Deine Familie hat Edward gebeten, einen Schrein für euer ererbtes Zinn zu fertigen, auf daß die im Wohlstand geborenen Kinder es nicht vergessen mögen. Das Alte Testament ist ein geistiges Erbe, auf dem jedes Wort des Neuen aufbaut. Das Neue läßt sich nur in Verbindung mit dem Alten erfassen.

Katholik: Anerkennt Ihr Quäker die Gottessohnschaft Christi?

Quäkerin: Unbedingt.

Katholik: Anerkennt Ihr die jungfräuliche Geburt?

Quäkerin: Ich habe nie gehört, daß sie bestritten wird.

Katholik: Aber anerkennt Ihr sie auch … in Euren Herzen?

Quäkerin: Ich kann mich nicht in solche Wunder vertiefen. So viel Arbeit ist zu tun, schreit danach, getan zu werden.

Katholik: Ihr lehnt also tatsächlich den Glauben als Kernstück des Christentums ab?

Quäkerin: Ich baue mein Leben auf Jakobus zwei, Vers siebzehn: »Also auch der Glaube, wenn er nicht Werke hat, ist er tot an ihm selber.« Ich will glauben, und ich bete um Anleitung, aber mein letzter Prüfstein ist, was der Christ mit seinem Glauben schafft.

Katholik: Zum Beispiel?

Quäkerin: Ich kann nur für mich selbst sprechen.

Katholik: Meine Frage richtet sich an eine Quäkerin, nicht an das Quäkertum.

Quäkerin: Ich glaube, daß die Gefängnisse, so wie wir sie heute haben, eine Todsünde gegen Gott darstellen. Und ich glaube, daß sich hier viel verbessern ließe.

Katholik: Ist diese neue Feststellung ein ausreichender Anlaß zur Gründung einer neuen Religion?

Quäkerin: Nur durch solche Maßnahmen kann eine wiederbelebte Religion beseelt werden.

Katholik: Und Ihr würdet die große Gemeinschaft der Heiligen über Bord werfen, nur um ein einziges Gefängnis zu reformieren?

Quäkerin: Das würde ich.

Katholik: Es wäre ein schlechter Tausch.

Quäkerin: Es wäre ein erster Schritt, meine Religion aus großer Verderbnis zu führen, und Gott würde ihn billigen.

Katholik: Was soll das vertrauliche *du,* das Ihr immer gebraucht?

Quäkerin: Jesus hat so gesprochen.

Katholik: Und selbst in der Kirche behaltet Ihr den Hut auf dem Kopf?

Quäkerin: Jesus hat die Menschen gelehrt, vor keiner weltlichen Macht das Haupt zu entblößen.

Katholik: Und wie ist das mit der Weigerung, vor Gericht einen Eid abzulegen?

Quäkerin: Jesus leitet uns immer wieder an, Gott nicht zur Rechtfertigung unserer Taten heranzuziehen. Wir legen ein Wort auf unsere Ehre ab und verstecken uns nicht hinter Seinem Namen.

Katholik: Ist es wahr, daß Eure Männer sich weigern würden, unsere Kolonie mit der Waffe in der Hand zu verteidigen?

Quäkerin: Der Krieg ist ein Grundübel und muß als solches gesehen werden. So legen wir am besten Zeugnis ab. Verstehst du denn nicht, Nachbar Steed, daß es uns nicht genügt, daran zu glauben, daß der Krieg etwas Böses ist – daß wir vielmehr auch etwas gegen ihn tun müssen?

Katholik: Gibt es auch andere Bereiche, in denen Ihr unbedingt etwas tun zu müssen glaubt?

Quäkern: Es gibt sie. (Es blieb den Zuhörern nicht verborgen, daß Ruth Brinton plötzlich zögerte auszusprechen, was ihr in den Sinn gekommen war.)

Katholik: Was wolltet Ihr jetzt sagen?

Quäkerin: Willst du es unbedingt hören?

Katholik: Das will ich.

Quäkerin: Ich bin davon überzeugt, daß eines Tages alle Kirchen die Sittenwidrigkeit der Sklaverei erkennen und diese verurteilen werden.

Katholik: Die Sklaverei? Warum? Die Sklaverei wird durch die Bibel gedeckt. Immer wieder. Im Alten und im Neuen Testament. Ihr werdet Euch doch gewiß nicht den biblischen Lehren widersetzen wollen, Mistress Paxmore?

Quäkerin: Ich widersetze mich jeder Auslegung der Bibel, die einem Menschen die Macht über das Leben und Schicksal eines anderen überträgt.

Katholik: Ich bin wirklich äußerst … Wollt Ihr damit sagen, daß alles, was uns die Bibel über die Pflichten des Sklaven gegenüber seinem Herrn erklärt …

Quäkerin: All das wird eines Tages als furchtbarer Irrtum erkannt werden, den es zu beseitigen gilt.

Katholik: Damit macht Ihr aber doch auch meine Brüder zu Sündern, denn auch sie halten Sklaven.

Quäkerin: Ja.

Katholik: Ihr seht also, Henry und Paul, daß Ihr Sünder seid! Aber, Mistress Paxmore, hält nicht auch Euer Mann Sklaven?

Quäkerin: Ja.

Katholik: Und also ist auch er ein Sünder?

Quäkerin: Ja. (Daraufhin verließ Edward Paxmore den Raum, und die Brüder Steed folgten ihm.)

Katholik: Mistress Paxmore, ich möchte versuchen, zu verstehen, was Ihr behauptet. Ihr glaubt also, daß eines zukünftigen Tages die Oberhäupter aller Religionen sich zusammenfinden werden, um festzustellen, daß das, was die Bibel seit den Tagen Abrahams geduldet hat …, was Jesus selbst gefiel und wogegen Er sich nie ausgesprochen hat … Ihr glaubt, daß unsere Kirchenfürsten sagen werden: »Das ist alles falsch!«?

Quäkerin: Nachbar Steed, ich werde wohl mein Leben dafür hingeben, meine Glaubensbrüder davon zu überzeugen, daß die Sklaverei schlecht ist.

Katholik: Ach! Das heißt, daß nicht einmal Eure Religion sie verurteilt!

Quäkerin: Noch nicht.

Katholik: Und Ihr nehmt ernsthaft an, daß ein einzelner schwacher Mensch, noch dazu eine Frau, alle Lehren der Kirche und der Bibel und alle unsere Gewohnheiten ganz einfach ablehnen kann? Wie kann man nur so vermessen sein?

Quäkerin: Weil Gott zu mir ebenso unmittelbar spricht wie zu eurem Papst. Und wenn ich die Sklaverei für etwas Schlechtes halte, kann das einfach daher kommen, daß ich die erste bin, zu der Gott darüber spricht. Ich bin das schwache Werkzeug, das Er gewählt hat, und ich kann nur gehorchen. (Diese Frage wurde in den drei Tagen immer wieder ins Gespräch gebracht und auf verschiedene Art erörtert, aber bis zuletzt beharrte Hochwürden Steed auf seinem Glauben, daß Gott eine Ordnung eingeführt habe, in der zur Förderung der allgemeinen Wohlfahrt manche eben unwiderruflich zu Sklaven bestimmt waren. Ruth Brinton hingegen blieb ebenso standhaft davon überzeugt, daß die Sklaverei unmenschlich war und eines Tages beseitigt werden müsse. Zum Abschluß einer dieser heftigen Auseinandersetzungen warf Hochwürden Steed eine interessante Frage auf.)

Katholik: Ich entsinne mich Eurer Behauptung, daß Ihr das Neue Testament anerkennt. Gilt das für alle Texte?

Quäkerin: Selbstverständlich.

Katholik: Wie steht es dann mit dem ersten Brief an die Korinther, Kapitel vierzehn, Vers fünfunddreißig?

Quäkerin: Ich kenne diesen Vers nicht.

Katholik: »Es steht den Weibern übel an, in der Gemeinde zu reden.«

Quäkerin: Wir Quäker halten nicht viel von Paulus.

Katholik: Hat er denn nicht für Jesus gesprochen?

Quäkerin: Man kann doch Jesus lieben und dennoch Paulus in Frage stellen.

Katholik: Wenn ich recht verstanden habe, was Ihr gestern sagtet, können in Eurer Gemeinde auch Frauen als Priester dienen?

Quäkerin: Wir haben keine Priester.

Katholik: Ich korrigiere: Frauen wie Ihr dürfen religiöse Anleitungen geben?

Quäkerin: Wir leiten niemanden an, aber wir sprechen in der Versammlung.

Katholik: Steht das nicht in Widerspruch zu den Lehren Jesu?

Quäkerin: Zu den Lehren des Paulus, und auf ihn gebe ich nicht viel.

Katholik: Und Ihr meint, es sei schicklich, daß Frauen in der Gemeinde sprechen?

Quäkerin: Ja. Mehr noch, ich meine, es ist sehr schlecht, daß deine große Religion den Frauen eine so untergeordnete Rolle zuteilt.

Katholik: O nein! Wir verehren Maria. Wir verehren die Frau als Hüterin des häuslichen Herdes.

Quäkerin: Aber ihr räumt ihr keinen Platz in eurer Kirche ein. Eure Priester sind Männer und sprechen zu Männern, nie Frauen zu Frauen oder Frauen zu Männern. Meint ihr, wir seien unfähig?

Katholik: Nein, aber wie ich schon sagte, in dieser Welt sind alle Tätigkeiten vorbestimmt. Manche Menschen sind Könige und herrschen, andere sind Sklaven und dienen, manche sind Frauen und erfreuen sich ihrer besonderen Bestimmung; sie ist ehrenvoll, schließt aber nicht das Recht ein, in der Gemeinde das Wort zu ergreifen.

Quäkerin: Deine Kirche sollte zur Wiedergutmachung des den Frauen zugefügten Unrechts Maria zum Symbol des Heils ernennen.

Katholik: Mistress Paxmore, Ihr seid anscheinend bereit, jedem Problem mit guten Lehren auf den Leib zu rücken. Der Sklaverei, den Frauen, den Gefängnissen – und wie geht es weiter?

Quäkerin: Schon Johannes sagt, der Glaube ist nichts ohne die Werke. Für den Rest meines Lebens will ich arbeiten.

Katholik: Unterschätzt nicht die Macht des Glaubens! Seid Ihr jemals einem Sterbenden beigestanden, um das Leuchten in seinen Augen zu sehen, wenn er aus Eurem Munde erfuhr, im Schoß seines Glaubens sei er geborgen? Habt Ihr gesehen, wie Eltern aufblühen, wenn sie wissen, daß ihr Neugeborenes in dem unveräußerlichen Glauben getauft ist?

Quäkerin: Ich weiß, daß der Glaube uns rettet, und jene Augenblicke, von denen du sprachst, sind geheiligt.

Katholik: Und seid nicht so anmaßend stolz auf Euer Schweigen! Es muß auch Gesang geben. In jedem Abschnitt der Bibel schreiten Mann und Weib mit Trommelschlag und Psaltern voran. Und ich meine, es muß auch das Ritual geben, die *eine* heilige Messe, in der *einen* Sprache, bis in die entferntesten Winkel unseres Universums. Sie verbindet uns alle.

Quäkerin: Ich habe oft überlegt, ob ich, wenn ich nicht Quäkerin wäre … Ich fühlte es vor allem in Massachusetts, wo die Kirche so finster und grausam war. Einmal blickte ich zum Sheriff auf, als er zu einem Peitschenhieb ausholte, und ich konnte kein Zeichen Gottes in dem Gesicht des Mannes entdecken. Wenn ich nicht Quäkerin wäre, würde ich Katholikin sein wollen.

Katholik: Ihr lehnt Paulus ab. Akzeptiert Ihr Jesus?

Quäkerin: Ja. Ja!

Katholik: Dann müßt Ihr auch wissen, daß Er unsere Kirche eingesetzt hat. Er ernannte Petrus zu seinem Statthalter, und Er bestimmte, daß Seine Kirche die eine und einzige Kirche Christi sein würde. Was sagt Ihr dazu?

Quäkerin: Ich sage, daß Zeiten und Formen sich ändern.

Katholik: Aber die eine unabänderliche Wahrheit bleibt, und das ist die von der einen unwandelbaren Kirche. (Auf diese Bemerkung hin, die Ralph Steed als Segensspruch verstanden hatte, zuckte Ruth Brinton die Schultern – eine äußerst unhöfliche Reaktion, die er aber mit einem Lachen quittierte.) Mein Massachusetts war Virginia; mit Hunden hat man mich aus Virginia gehetzt.

Quäkerin: Mich schleifte man hinaus … an einen Karren gebunden.

Katholik: Wollen wir beten? Wir alle? Ruft doch auch nach den Kindern und laßt Paxmore kommen.

Als die Paxmores zur Friedensklippe zurückkehrten, ermahnte Ruth Brinton ihren Mann: »Edward, wir müssen uns deiner Sklaven entledigen!«

»Sie sind nahe daran, Gewinn abzuwerfen.«

»Gewinn? Liebster Edward, was gewinnt ein Mann, wenn er die Welt gewinnt und dabei seine eigene Seele verliert?«

»Aber die Sklaven sind mein Besitz. Der gesamte Erfolg unserer Werft hängt von ihnen ab …«

»Dann gib die Werft auf!«

»Du meinst, ich soll alles aufgeben, wofür wir gearbeitet haben? Ruth, diese Männer haben eben erst gelernt, ihr Handwerk zu beherrschen. Sie werden sich als unentbehrlich erweisen.«

»Mit jedem Tag, an dem du diese Menschen in Sklaverei gefangenhältst, gefährdest du deine Seele. Edward, laß sie ziehen – und das gleich!«

»Andere kaufen jetzt Sklaven, weil sie gesehen haben, wie gut die unseren arbeiten. James Lamb …«

»Was andere tun, bindet uns nicht. Wir stellen unsere eigenen Grundsätze auf, und wir sind gegen die Sklaverei.«

»Du magst dagegen sein. Ich bin es nicht. Ich mußte für andere arbeiten und fand nichts Schlechtes daran. Nun arbeiten andere für mich, und ich nähre sie besser, als ich genährt wurde.«

Ruth Brinton wurde so ärgerlich, daß sie ihren starrköpfigen Gemahl an den Schultern packte und schüttelte, dann rief sie: »Erkennst du denn nicht, daß dieser Besitz deine Seele vergiftet?«

»Die Seelen von Lamb oder Fry oder Hull vergiftet er nicht.«

Ungläubig starrte sie ihn an und sagte nichts mehr; aber noch in derselben Woche machte sie sich einige Notizen, um ihre Gedanken zu ordnen, und am Ersten Tag hielt sie im Andachtshaus von Patamoke, das ihr Mann gebaut hatte, ihre historische Ansprache – den ersten Aufruf gegen die Sklaverei, der jemals in einer amerikanischen Kirche erklang. Zwar ist der Wortlaut überliefert, aber er verrät nichts über das kalte Feuer, das aus Ruth Brinton sprach:

> Ich sehe den Tag, an dem die Gläubigen aller christlichen Kirchen es schimpflich finden werden, andere, Männer und Frauen, in Banden zu halten. Sie werden von selbst erkennen, daß sie Gottes Willen verletzen, solange sie auch nur einen einzigen Sklaven besitzen …
>
> Ich sehe den Tag, an dem jeder Gläubige und jede Gemeinde aus freien Stücken allen Sklaven in ihrem Besitz die Freiheit schenken werden. Da wird nicht mehr die Rede davon sein, sie um einen kleinen Gewinn zu verkaufen, oder davon, daß die Freilassung erst mit dem Tod erfolgt. An diesem Tag wird jeder Herr und Meister zu seiner Frau sagen: »Heute haben wir ein gutes Werk getan.«
>
> Ich sehe den Tag, an dem jedes dunkelhäutige Wesen an diesem Fluß gelernt haben wird, die Bibel zu lesen und seinen Namen zu schreiben. Die Familien werden zusammenleben, die Kinder unterrichtet werden, und jedermann wird für gerechten Lohn arbeiten. Und an diesem Fluß werden glücklichere Menschen leben, wenn der Tag der Freiheit kommt.
>
> Gott hat uns Quäker an diesen Versammlungsplatz von Patamoke geführt, auf daß wir über diese grundsätzliche Frage Zeugnis ablegen. Es mag Jahre oder Dekaden oder sogar Jahrhunderte dauern, bis sich unsere Aufgabe erfüllt, hier Vorbild zu sein. Aber die Verpflichtung wird immer dasein, wird leise in unseren Herzen brennen, und der Tag wird kommen, an dem wir uns mit Entsetzen fragen werden: »Wie konnten unsere Vorgänger nur andere Menschen in Banden halten?«
>
> Ich sage es Euch schon heute: »Geht heim von dieser Versammlung und gebt euren Sklaven die Freiheit!« Ich fordere euch in Gottes Na-

men auf: »Gebt sie frei und laßt sie um Lohn für euch arbeiten!« Ich rufe euch zu: »Hört damit auf, aus schwarzen Männern und Frauen Gewinn zu schlagen! Umarmt sie als Brüder und Schwestern in Gott, die mit den gleichen Rechten ausgestattet sind wie wir …«

Wir sind eine kleine Gemeinde, wenige unter vielen; aber laßt uns all den anderen den Weg zeigen.

Am darauffolgenden Donnerstag fand im Andachtshaus die Jahresversammlung aller Quäker am Choptank statt, und Ruth Brinton Paxmores Aufruf, die Sklaverei zu verdammen, wurde den Mitgliedern in Form von vier Anträgen vorgelegt. In den Versammlungen der Quäker wurde nie abgestimmt; man suchte vielmehr den »Konsensus der Anwesenden« und diskutierte so lange, bis er erreicht war. Bei dieser Versammlung herrschte bald Übereinstimmung über die vier Anliegen, die Ruth Brinton vorgebracht hatte: »Daß die Bibel die Sklaverei verurteilt«, dem sei nicht so, denn viele Textstellen der Heiligen Schrift dulden oder empfehlen sie. »Daß keiner, Mann oder Frau, ein guter Quäker sein und zugleich Sklaven halten kann«, dem sei nicht so, denn viele gute Quäkerfamilien tun genau dies. »Daß alle Quäker, welche Sklaven besitzen, diese sofort freisetzen müssen«, dem sei nicht so, denn die Bibel legt ausdrücklich fest, daß die Menschen besitzen sollen, was ihnen gehört. »Daß die Versammlung in Patamoke sich gegen die Sklaverei aussprechen soll!«, dem sei nicht so, denn es ist nicht Sache irgendeiner Religion, überall und seit jeher eingeführte und von guten Männern und Frauen anerkannte Grundsätze umzustoßen.

Als Ruth Brinton auf diese Weise abgewiesen wurde, nahm ihr Mann an, sie werde in Zorn ausbrechen; aber da irrte er. Sie nickte jedem Quäker gemessen zu, der das Andachtshaus verließ, und wenn sich die Gelegenheit ergab, richtete sie ein paar freundliche Worte an ihn. Aber nach Hause zurückgekehrt, rief sie ihre schwarzen Frauen zu sich und teilte ihnen mit: »Von heute an arbeitet ihr um Lohn. Jede Woche werde ich auf diesem Blatt eintragen, welchen Betrag ich euch schulde, und wenn bald der Tag kommen wird, an dem alle Schwarzen frei sind, werde ich euch euren Lohn aushändigen.« Und noch am selben Nachmittag begann sie, sie im Lesen zu unterrichten.

England lag schon seit einigen Jahren mit den Niederlanden im Krieg, was Maryland erst zu spüren begann, als eine holländische Flotte geradewegs in die Chesapeake Bay segelte, Tabakplantagen verwüstete und Schiffe in Brand setzte. Einer dieser Überfälle zog auch Devon in Mitleidenschaft, und Birgitta Turlock war überzeugt, die Holländer seien gekommen, um sie, die Entlaufene, zurückzufordern. Die Kolonie zog in aller Eile einige Schiffe in Virginia zusammen, die Holländer wurden verfolgt und zogen sich bald zurück.

Um die wertvollen Tabakplantagen vor derartigen Übergriffen zu schützen, entsandte London eine mit sechsundvierzig Kanonen bestückte Fregatte, welche die Zufahrt zur Chesapeake Bay sichern sollte. Die tapferen Holländer aber, damals die besten Seefahrer der Welt, kamen unerschrocken zurück, kaperten das Schiff und überfielen Devon abermals.

Es waren schlimme Zeiten voll seltsamer Ereignisse, und so überraschte es auch kaum, als eines Sonntagmorgens ein einsames Schiff in den Choptank einfuhr, im Hafen von Patamoke vor Anker ging und seine gesamte Mannschaft an Land setzte, bestehend aus einem hünenhaften grauhaarigen Engländer, offenbar dem Kapitän, und einem jungen, lebhaften Franzosen, welcher der Erste Offizier sein mochte. Überraschend war allerdings, daß sie sich als Quäker zu erkennen gaben und nach dem Versammlungsplatz von Patamoke fragten, den sie gerade rechtzeitig betraten, um Ruth Brintons Aufruf gegen die Sklaverei zu hören.

Nach dem Gottesdienst suchten sie das unbeschwerte Gespräch mit den Quäkern. »Ich habe mich eurem Glauben angeschlossen, nachdem ich George Fox in London predigen hörte. Seine Überzeugungskraft mußte jeden bekehren. Mein Name ist Griscom. Dies ist mein Gefährte, Henri Bonfleur aus Paris.«

Der Jüngere sagte gewinnend: »Ihr müßt wissen, daß wir in Frankreich viele Quäker haben«, und er sprach es aus wie *wis-sen* und *'aben*. Ruth Brintons Aufruf bezeichnete er als Inspiration, und er meinte, ihr Anliegen müsse bald allgemeine Doktrin werden.

Dann sagte Griscom: »Ich suche Paxmore, den Schiffbauer«, und Ruth Brinton sagte: »Er ist mein Mann«, und rief nach ihm. »Unser Schiff muß überholt werden«, sagte Griscom, und Paxmore antwortete: »Darüber können wir doch am Ersten Tag nicht verhandeln.« So konnten ihn die beiden Besucher erst am Montag auf ihr Schiff führen, wo er sich von den erforderlichen Reparaturarbeiten überzeugte. Er entschied, das Schiff müsse zur Werft gebracht werden, wo sich die »Martha Keene« kurz vor dem Stapellauf befand.

Als die beiden Neuankömmlinge das große Schiff sahen, das Paxmore hier fertigstellte, hielten sie mit ihrer Bewunderung nicht zurück: »Es ist besser als so manches, das sie in London bauen.« Rundheraus boten sie an, es zu erwerben, aber Paxmore wies darauf hin, daß es bereits für die Steeds bestimmt sei. »Ach ja!« sagte Bonfleur, »wir haben von dieser bedeutenden Familie gehört.«

Griscom wechselte das Thema, indem er sagte: »Wenn Ihr die Arbeit an unserem Schiff vorzieht, Paxmore, sind wir bereit, mit blanker Münze dafür zu zahlen.« Ein solches Angebot war ihm noch nie unterbreitet worden, und der Quäker fragte sich, ob diese Fremden überhaupt über Geld verfügten, aber Griscom beseitigte alle Zweifel. In einem an seinem Gürtel befestigten Beutel ließ er es vielsagend klingen, und dann überreichte er Paxmore eine Handvoll spanischer Taler. »Können wir das Schiff in zwei Wochen haben?« sagte er.

»Das dürfte unmöglich sein. Zuvor müssen wir das Schiff hier zu Wasser lassen und einige Probefahrten machen … um zu sehen, woran es fehlt.« »Es wird an nichts fehlen«, erwiderte Griscom, spürbar irritiert. Bonfleur hingegen wies lächelnd darauf hin, daß eine solche Verzögerung auch ihren Vorteil haben könne: Sie würde ihnen gestatten, die Möglichkeiten zu erkunden, aus einer Gegend, über die sie soviel Gutes gehört hatten, Ladung mitzuführen.

»Es liegt bereits fest, welche Schiffe unseren Tabak nach Europa bringen«, erläuterte Paxmore. »Auch meines wird dazugehören, sobald es zu Wasser gelassen ist.«

Die beiden Quäker führten sich bei den Siedlern gut ein, indem sie an jedem Ersten Tag der Versammlung beiwohnten und aufmerksam den Worten der Gemeindemitglieder lauschten. Sie halfen beim Stapellauf des neuen Schiffes und kannten viele nützliche Tricks, um das Siebenundachtzig-Tonnen-Schiff zu Wasser zu lassen. Bei der ersten Probefahrt in der Bucht halfen sie als Mannschaft aus, bedienten die Schoten und beobachteten mit Genugtuung, wie das große Lateinersegel den Wind annahm. Griscom war es auch, der meinte, ein Luggersegel wäre wohl vorteilhafter, und der es auftakelte, nachdem das Schiff zurückgekehrt war.

Die neuangekommenen Quäker bezauberten jedermann, außer Ruth Brinton, und das war seltsam, denn auf sie verschwendeten sie ihre meisten und offenkundigsten Bemühungen. Sie priesen ihre Ansprachen bei den Versammlungen und ihre Kochkunst auf der Friedensklippe, aber je mehr sie um ihre Anerkennung buhlten, um so deutlicher wurden sie von Ruth zurückgewiesen.

»Niemand scheint zu fragen«, flüsterte sie eines Nachts ihrem Mann zu, während die Fremden in Decken gehüllt in der Küche schliefen, »wo sie ihre Matrosen gelassen haben. Sie können doch nicht ein so großes Schiff allein manövrieren?«

Am nächsten Morgen fragte sie daher Griscom: »Wo bleibt eure Mannschaft?«, und er erklärte: »Wir wußten, daß die Reparaturen viel Zeit in Anspruch nehmen werden. Da haben wir unsere Leute am York als Landarbeiter vermietet.«

»An welche Plantage?« fragte sie, und ohne Zögern antwortete Griscom: »An Ashford.«

Diesmal flüsterte sie nachts: »Edward, sie sehen nicht wie Quäker aus«, und er kicherte und sagte: »Sind wir so wenige, daß wir einander alle gleichen müssen?« Aber bei der nächsten Versammlung beobachtete sie die Fremden eingehend und stellte hinterher fest: »Edward, diese Männer haben nicht meditiert.«

Ihr Mann achtete nicht auf solche Spekulationen und widmete seine Aufmerksamkeit der Arbeit am Schiff der Fremden. Je mehr er jedoch seine Sklaven zur Eile mahnte, um so weniger schienen die neuen Quäker auf Abreise gesonnen. Immer wieder sprachen sie von der »Martha Keene«, die unter dem Kommando von Earl Steed, einem geschickten Sohn Henrys, zu einer Probefahrt nach Barbados ausgelaufen war.

Nach seiner Rückkehr hatte der junge Steed viel mit Paxmore zu besprechen; selbst bei vorzüglich gebauten neuen Schiffen sind nach der Jungfernreise zahlreiche kleinere Verbesserungen erforderlich, aber da dies der erste Versuch eines Hauszimmermanns war, sich auf das Wasser zu wagen, hatten sich einige schwerwiegende und grundsätzliche Mängel gezeigt. Es war unerläßlich, daß Paxmore Captain Steed auf der nächsten Probefahrt begleitete, und selten hat ein Mann eine bedrückendere Fahrt mitgemacht.

Die »Martha Keene« war ein solide gebautes Schiff. Ihr Kiel war stark, und ihr Erbauer hatte sich alle Mühe gegeben. Und doch konnte man sie kaum ein Schiff nennen. Vom Bugspriet bis zum Ruder war nichts gelungen: das eine konnte wegen mangelhafter Befestigung vertikalem Druck nicht widerstehen, das andere war schlecht aufgehängt und ließ sich nur schwer bewegen. Die Ruderpinne war nicht lang genug, der Ladebaum zu locker befestigt, die Klampen waren falsch angeordnet, und wie Paxmore es vorausgesehen hatte, leckte der Mast.

Paxmore hörte sich geduldig alle Beanstandungen an und fügte noch einige hinzu. Als die Liste vollständig war, sagte er schlicht: »Die einzige vernünftige Lösung wäre, von vorn zu beginnen.«

»Ihr meint … ein neues Schiff?«

»Das da läßt sich nicht mehr zurechtflicken.« Er zögerte. »Es wurde von einem Mann gebaut, der über nichts Bescheid wußte.« Dann fügte er überzeugt hinzu: »Aber nun weiß ich Bescheid.«

»Nein«, überlegte Steed, »dieses Schiff läßt sich umbauen.«

»Und der Mast?«

»Sogar der«, versicherte Steed, und als sie zurückgekehrt waren, arbeitete er nicht weniger eifrig als Paxmore mit, um die Investition seiner Familie zu retten: An das Bugspriet kam ein neuer Klüverbaum, der diesmal richtig befestigt wurde; lockere Keile wurden herausgeschlagen und durch passendere ersetzt; auch wurden zusätzliche Verstrebungen angebracht, und alle Einrichtungen über Deck ordnete man so an, daß sie ohne Behinderung leicht zugänglich waren. Paxmore schlug sogar vor, eine Kiefer zu fällen und aus ihr einen richtig zugehauenen Mast anzufertigen, aber einem solchen Aufwand stimmte Steed nicht zu: »Das Schiff schwimmt auch so.«

Als Paxmore jedoch seiner Hände Werk auf dem Choptank sah, wandte er sich beschämt ab, denn es war Pfuscherei. Unförmig, mit zu großem Bug, schwer zu manövrieren und mit einem ächzenden Mast verdiente es nicht, ein Schiff genannt zu werden. Jede Verbesserung hatte es noch mehr verdorben, und am liebsten hätte er es Planke für Planke auseinandergenommen und gekonnter neu zusammengefügt. Und dennoch, wie es jetzt dalag, mit Schlagseite nach Backbord, konnte er erkennen, daß in diesem mißgestalteten Schiffskörper das Konzept eines guten Fahrzeugs steckte, und wenn man ihm noch einmal die Chance bot, würde er dieses Konzept verwirklichen können. Als die »Martha Keene« zur nächsten Probefahrt auslief, versicherte Henry Steed ihrem Erbauer: »Wenn sie zurückkehrt, bringt Ihr noch einige Verbesserungen an, und dann übernehmen wir sie in unser Eigentum.« Aber Paxmore biß nur die Zähne zusammen, als er das Schiff schwerfällig vom Landungssteg ablegen sah, und murmelte: »Hoffentlich geht sie unter.«

Zwar litt die Kolonie unter Geldmangel, der Salzmangel traf sie jedoch noch viel schlimmer und drohte beinahe, sie zu vernichten. Entlang der gesamten Ostküste hatte man keine wesentlichen Salzlager entdeckt, und die Importe aus Europa waren entweder unerschwinglich oder überhaupt untersagt. Jede Küche in Maryland war von diesem Mangel betroffen, und man konnte beobachten, wie die Kinder ihre Hände in die Bucht tauchten und abschleckten, um ihren Hunger nach Salz zu stillen. Der Geschmack einer ausreichend gesalzenen Speise wurde zum Wunschtraum; man litt unter unerklärlichen Hautausschlagen; der Schweiß wurde scharf und ätzend, viel lästiger als die zahlreichen Mückenstiche.

Auch das Gewerbe bekam den drückenden Salzmangel zu spüren, und so manches Projekt konnte nicht verwirklicht werden und war zum Scheitern verurteilt. Henry Steed schrieb an die Fithians:

Wir gehen an Salzmangel zugrunde. Noch nie zuvor hatte die Bucht uns einen so guten Fang beschert. Bis obenhin sind die Fässer mit Fisch gefüllt. Aber weil wir kein Salz haben, können wir keine Vorräte für den Winter anlegen, und im Februar werden wir hungern, obwohl wir speisen könnten wie die Könige. Mit Tränen in den Augen mußte ich meinen Sklaven befehlen, bereits gefangene Fische wieder in die Bucht zurückzuwerfen und die Netze einzuziehen.

Bald wird die »Martha Keene«, unser tüchtiges neues Schiff, den Atlantik überqueren. Könnt Ihr mir bis dahin eine Ladung Salz aus den polnischen Bergwerken beschaffen? Kosten spielen keine Rolle. Auch bitte ich Euch, mir Unterlagen zu senden, wie wir durch Verdunstung Salz aus Meerwasser gewinnen können.

Als die Anweisungen eintrafen, erkannte Henry Steed, daß sich hier eine ideale Beschäftigung für die Turlocks anbot. Sie erforderte kaum Kapital, wenig Verstand und nicht viel Arbeit. So begab er sich zum Sumpf, und dort fand er Verhältnisse vor, die er nicht ganz durchschaute. Timothy Turlock, völlig zahnlos, alt und schmutzstarrend, gebot über eine Hütte, die so verwahrlost war wie er selbst. In einer Ecke hockte, offensichtlich betrunken, das heruntergekommene Schwedenweib Birgitta. Ihre siebenjährige Tochter Flora hätte ein hübsches Kind sein können, wäre ihr Haar gekämmt und ihr Gesicht erkennbar gewesen; so aber schien sie die schlimmsten Charaktereigenschaften ihres Vaters angenommen zu haben, und sie wirkte wie ein verschlagenes kleines Tier. Was Steed am meisten irritierte, war die Anwesenheit eines dritten weiblichen Wesens: James Lambs Dienstmädchen Nancy, eine liederliche kleine Schlampe, saß statt zu arbeiten hier, um ihre Zeit mit den Turlocks zu vertrödeln.

Der einzige, wenngleich nur mit Einschränkungen Zugängliche schien Stooby zu sein; seit Steed ihn zum letztenmal gesehen hatte, war der junge Mann von den Pocken befallen worden, die ihn schwer gezeichnet hatten.

»Ich möchte, daß Ihr einen Salzgarten anlegt«, begann Steed.

»Was?« grunzte Timothy und zeigte so, daß ihm jeder Vorschlag, der von einem Steed kam, verdächtig war.

»Ein ebenes Feld, auf das Ihr Meerwasser leitet. Es soll vor Regen geschützt sein, und wenn das Wasser zum Großteil verdunstet ist, wird die verbleibende Brühe aufgekocht, und wir haben Salz.«

»Wer braucht Salz?«

»Jeder.«

»Ich nicht.«

»Aber versteht Ihr denn nicht? Uns allen wäre geholfen, und Ihr könntet das Salz verkaufen und dafür alles bekommen, was Ihr braucht.«

»Brauche nichts.«

»Und die anderen? Unsere Fischer? Wir müssen unbedingt Salz haben.«

»Selber machen.«

»Nein, Timothy. Unser Land liegt zu hoch. Euer Land hier, unmittelbar neben dem Sumpf, ist am besten geeignet.«

»Nehmt unser Land dazu!«

»Nein, wir brauchen jemanden, der es ständig bewacht. Timothy, das wäre viel einfacher, als Wölfe zu jagen.«

»Wir jagen gern.« Er suchte Bestätigung bei Stooby, und der nickte.

»Stooby«, beschwor ihn Steed, »versucht doch, Eurem Vater zu erklären, daß er langsam alt wird. Er kann nicht mehr so einfach in den Wald gehen …«

»Besser als ich«, sagte Stooby und hockte sich hin, zum Zeichen dafür, daß für ihn das Gespräch beendet war.

Nun wandte sich Steed zögernd an Nancy und forderte sie auf, die Turlocks davon zu überzeugen, daß sie die Arbeit übernehmen sollten. Zumindest sie begriff. In unverständlichem Kauderwelsch begann sie, auf die beiden einzureden, versuchte, ihnen klarzumachen, wie einfach die Arbeit sei und wieviel sie einbringen würde. Bei Timothy stieß sie auf taube Ohren, aber sie brachte Stooby dazu, ihr zuzuhören, und mit der Zeit zeigte er sich dem Angebot gegenüber einigermaßen aufgeschlossen.

»Was?« fragte er schwerfällig und deutete mit diesem einen Wort seine Bereitschaft an, den Plan anzuhören.

Steed war froh, daß es ihm zuletzt doch noch gelungen war, diese Menschen aus ihrer Gleichgültigkeit zu reißen. Er führte sie alle ans Ufer, wo er entsprechend den Anweisungen aus London einen Salzgarten skizzierte, in welchen das Wasser aus dem Choptank geleitet werden sollte. Von hier, wo es zuerst der Verdunstung ausgesetzt sein würde, mußte es in weitere Gruben geleitet werden, bis das letzte Konzentrat in einem Schuppen anlangte, in dem es gekocht werden konnte.

»Wer zahlt?« wollte Timothy wissen.

»Ich lasse den Schuppen bauen«, sagte Steed, und so verlegten sich die Turlocks in der zweiten Hälfte des Jahres 1669 auf die Salzgewinnung.

Die Sache ließ sich nur beschwerlich an. Das Wasser am Sumpf enthielt nur vierzehn Teile Salz auf tausend, im Gegensatz zu den neunundzwanzig an der Mündung der Bucht, und das bedeutete, daß es hier mehr als doppelt so schwierig war, Salz zu gewinnen, wie im Süden Virginias. Auch regnete es hier viel häufiger. Die ständige Zufuhr von Frischwasser verzögerte den Prozeß, und die vielen Regentage gingen auf Kosten der erforderlichen starken Sonneneinstrahlung. Als endlich aus der letzten Grube im Schuppen ein jämmerliches Häufchen Salz hergestellt war, bestand es nicht nur aus groben Kristallen, sondern war ganz mit Sand durchsetzt.

»Verdammtes Salz!« knurrte Turlock.

Bald darauf geriet er mit Stooby wegen Nancy in Streit. Als sie den Lambs davongelaufen war, hätte man sie selbstverständlich von Gerichts wegen verfolgen lassen können, aber Prudence Lamb sagte mitleidsvoll: »Es ist besser, wenn sie ihr Schicksal selbst bestimmt.«

»Mit Timothy Turlock? Zweimal ist sie ausgepeitscht worden, weil sie sich mit ihm abgegeben hat.«

»Wir haben nur wenig für sie tun können«, sagte Prudence.

»Aber sie schuldet uns noch – wieviel? – drei Jahre.«

»Sie schuldet uns wenig.«

»Also kein Haftbefehl?«

»Nein. Vielleicht hat Gott sie für den Sumpf bestimmt.«

Wenn Nancy ihre Freiheit auch einige Monate lang in der unordentlichen Hütte genossen hatte, war dies doch nicht ohne Konflikt abgegangen. Ihr ursprüngliches Ziel war Timothy gewesen; er war der einzige Mensch, zu dem sie sich jemals hingezogen fühlte. Sie hatten viel Spaß miteinander, und einmal, als die Wolfsjagd sich gut angelassen hatte, zahlte er sogar eine Strafe, um Nancy vor der Auspeitschung zu bewahren.

Was sie jedoch nicht gewußt hatte, war, daß Timothy bereits ein Weib bei sich hatte, die große Schwedin, die ihm von Gesetzes wegen gehörte und der auch das Hausrecht zustand. Auch war da Flora, das Kind, und die Sache hätte schlecht ausgehen können, wäre Birgitta weniger großzügig gewesen. Sie hatte nichts dagegen, daß Nancy in die Hütte einzog, und wenn Turlock hin und wieder mit ihr schlafen wollte, war das Birgitta auch recht, denn sie hatte nie die Absicht gehabt, für immer bei diesem abstoßenden kleinen Menschen zu bleiben. Seit acht Jahren war sie nun seine Gefährtin und hatte stets auf eine Gelegenheit gewartet, ihm zu entkommen; die Anwesenheit dieses langbeinigen Mädchens hatte für sie wenig zu bedeuten.

Für Schwierigkeiten sorgte Stooby. Er hatte Birgitta immer gemocht; sie war ihm nie wie einem Idioten begegnet, hatte manchmal sogar versucht, ihm von Schweden und von der Zeit vor ihrer Befreiung zu erzählen. Er konnte sich nicht vorstellen, wie es in anderen Ländern zuging, aber er verstand, daß die Holländer grausame Herren gewesen sein mußten, denen Birgitta um jeden Preis entfliehen wollte. Es störte ihn daher, daß auch sein Vater Birgitta Unrecht zufügte, indem er die andere Frau in die Hütte brachte, und nachdem er alles eine Zeitlang schweigend beobachtet hatte, wuchs sein Widerwille, und zuletzt trat er seinem Vater offen entgegen.

»Schick sie fort!«

»Nancy?«

»Birgitta unglücklich.«

»Deine Sorge?«

»Ungerecht!«

»Halt's Maul!«

»Birgitta …«

»Halt's Maul!« Der zahnlose alte Mann langte nach seiner Muskete und schlug damit auf Stooby ein. Die Frauen begannen zu kreischen.

»Narr!« war alles, was Timothy sagte. Sein Sohn antwortete nicht, aber an jenem Nachmittag verschwand er.

Trostsuchend streifte er durch den Wald, wo Griscom und Bonfleur auf ihn stießen. Der Engländer rief erfreut: »Das ist der Idiot!« Und sie brachten ihn auf ihr Schiff, weil sie jemanden brauchen konnten, der die Unordnung beseitigte, die Paxmores schwarze Zimmerleute hinterlassen hatten.

Während sein Vater sich mehr oder weniger regelmäßig um die Salzproduktion kümmerte, arbeitete Stooby für die Fremden, und je mehr er von ihrem Schiff sah, um so verdächtiger schienen ihm diese Männer. Die vielen Jahre in den Wäldern hatten seine Sinne geschärft und ihn viel gelehrt: wie das Moos wuchs, welche Farbe die Kröten hatten, nach welcher Seite sich die Kiefern neigten, wie die Lärchenwurzeln wuchsen. Seine Beobachtungen galten nun dem Schiff, und nach einem Monat wußte er so viel über die Fremden, daß sie darüber entsetzt gewesen wären. Sie nannten ihn den Idioten und erkannten nicht, daß sie mit Stooby Turlock ein Naturtalent in ihre geheimsten Pläne einweihten.

Viele Kleinigkeiten hatte er beobachtet: Flecken von getrocknetem Blut, hier war jemand verwundet worden; andere Flecken an der Reling wiesen darauf hin, daß dort große Mengen Pulver gelagert hatten; Nagellöcher verrieten, daß es hier einmal Deckaufbauten gegeben haben mußte; im Unterdeck hatten Fässer Ringe hinterlassen; Schnurreste: hier waren zahlreiche Hängematten ausgespannt gewesen; das Schiff war schon zuvor wiederholt repariert worden, nicht nur von Paxmore, also mußte es immer wieder beträchtlichen Zerstörungen ausgesetzt gewesen sein; und dann war da noch das eine Wort, das er so häufig vernahm und nicht verstand: Marigot.

Aber weder das Schiff noch die Fremden beschäftigten seine Gedanken. Viel mehr plagte ihn die Erinnerung an Nancy, und eines Nachmittags, als die Fremden nicht anwesend waren, setzte er sich in sein Kanu und kehrte zum Sumpf zurück. Sorgfältig machte er das Boot am wackligen Landungssteg fest, damit es bei einer überstürzten Abreise nicht behindert war, dann ging er entschlossen auf die Hütte zu, stieß die Tür auf und erklärte, er sei gekommen, Nancy zu holen.

Sie hockte, dürftig bekleidet, in einer Ecke und vergnügte sich mit Flora bei einem Fadenspiel. Teilnahmslos blickte sie auf. »Hallo, Stooby«, sagte sie. Er schenkte ihr keine Beachtung und trat vor seinen Vater, der auf dem Boden lag und zwei Käfer beobachtete, die sich um eine tote Fliege balgten.

»Nancy gehört mir«, sagte Stooby.

»Geh fort!«

»Hör zu! Nancy gehört …«

Wie eine gereizte Schlange sprang Timothy auf, packte die Muskete, mit der er schon einmal seinen Sohn angegriffen hatte, und begann auf seinen Kopf einzuschlagen.

»Nein!« brüllte Stooby. »Nicht noch einmal!«

Mit kräftigen Hieben schlug er seinen Vater zu Boden, aber der kampferprobte Timothy raffte sich, auf die Muskete gestützt, schnell wieder auf und stürzte auf seinen Sohn zu, in der unmißverständlichen Absicht, ihn zu töten.

Sie sprachen nicht, keuchten und stöhnten nur im Kampf. Timothy schwang die Muskete und traf Stooby am Kiefer, daß Blut floß. Der Junge warf sich gegen seinen Vater, packte ihn am zerrissenen Hemd und schleuderte ihn zu Boden. Während Timothy versuchte, wieder auf die Beine zu kommen, riß ihm sein Sohn beide Arme hoch, bekam dabei das Gewehr zu fassen und rammte es seinem Vater gegen das Kinn.

Aber noch war Timothy nicht am Ende. Er nahm seine beachtliche Kraft zusammen, packte die Muskete und schwang sie wild im Kreis, ohne freilich etwas zu treffen. Sie prallte von der Wand zurück und schlug mit lautem Krachen gegen seinen eigenen Knöchel. Plötzlich begann der Alte zu heulen, und sein Gebrüll war unerträglich. Erneut holte er mit der Muskete gegen seinen Sohn aus, aber der schlug ihm mühelos die Waffe aus der Hand und traf den alten Mann mit solcher Kraft am Kinn, daß Timothy nach hinten über einen Hocker fiel, mit dem Kopf gegen den Boden krachte und das Bewußtsein verlor. Ohne den reglos Daliegenden zu beachten, ging Stooby in die Ecke, wo Nancy saß, und nahm sie an der Hand: »Du gehörst mir«, sagte er. Als sie aber die Hütte verlassen wollten, sagte Birgitta: »Ihr könnt bleiben!«, und sie wies ihnen mit einer Handbewegung eine durch einen Vorhang vom Raum getrennte Ecke zu. Dorthin verzogen sie sich, und die kleine Flora beobachtete sie, wie sie einander liebten.

Die endlosen Tage, an denen Edward Paxmore die letzten Verbesserungen an der »Martha Keene« vornahm und das geheimnisvolle Schiff reparierte, das Griscom und Bonfleur zu seiner Werft gebracht hatten, bedeuteten für Ruth Brinton eine schwere Zeit. Allein auf der Friedensklippe zurückgelassen, fühlte sie sich von Gott angehalten, herauszufinden, was kaum je einen Weißen in den Kolonien bewegt hatte: welche Beziehung zwischen einem Herrn und seinem Sklaven herrschen soll. Mit all ihrer Überredungskunst hatte sie versucht, ihren Mann zu bewegen, die Sklaven freizugeben, zu denen er doch nur durch Zufall gekommen war. Er aber bestand darauf, daß sie sein rechtmäßig erworbener Besitz waren und daß er sich nicht an ihnen versündigte, solange er sie menschlich behandelte, wie es die Bibel befahl. Immer wieder sagte er zu seiner Frau: »Ich war ein Knecht, ich gehorchte meinem Herrn und habe unendlich viel von ihm gelernt.«

»Aber du warst kein Sklave«, argumentierte sie. »Deine Abhängigkeit war nach Jahren bemessen.« Er sah darin keinen wesentlichen Unterschied, denn, so sagte er: »Ich hätte mit Freuden meinen Vertrag verlängert.« »Aber immer mit der Möglichkeit, ihn auf Wunsch vorzeitig zu beenden.« Am Versammlungs- platz von Patamoke erlebte sie die gleiche Niederlage. An vier aufeinander- folgenden Ersten Tagen hatte sie sich ereifert, und ein Gemeindemitglied warnte Edward: »Sieh zu, daß kein Zankteufel aus deiner Frau wird!« Sie war wütend darüber, daß die Quäker, die doch so empfindlich auf alles Unrecht reagierten, für ein so großes Anliegen blind sein konnten.

Was konnte man schon von den anderen Kirchen erwarten? Sie dienten den Herrschenden und predigten doch nur, was für die Plantagen gut war. Sogar Hochwürden Steed, diese edle Seele, die in Maryland so segensreich gewirkt hatte, hatte für dieses wichtige Werk nur taube Ohren. »Gott stellt jeden an den richtigen Platz«, sagte er ergeben, »und wie der eines Sklaven war auch meiner nur gering: Rufer in der Wüste zu sein. Mistress Paxmore, oft sind Monate und Monate vergangen, ohne daß ich ein einziges gutes Werk vollbracht hätte. Mein Leben …« Oft brach er aus unersichtlichen Gründen in Tränen aus, und so überraschte es sie nicht, als sein jüngster Bruder eines Tages zur Klippe gerannt kam und die Nachricht überbrachte, daß Ralph dem Tode nahe sei.

»Er sagt, er wünsche sich nichts so sehr, als mit Euch zu sprechen.«

»Ich komme«, sagte sie, und sie dachte: Wenn ich im Sterben läge, er käme gewiß zu mir.

Sie segelten nach Devon hinüber, als sie aber den Devon-Fluß erreichten, stand ihnen der Wind entgegen, und Paul befahl seine Sklaven an die Ruder. Ruth betrachtete die Männer, ihre schweißglänzenden Armmuskeln, die Leichtigkeit ihrer Bewegungen, und sie dachte nur an die drei schwarzen Frauen, die für sie arbeiteten; und eine beinahe unerträgliche Seelenqual bedrängte sie, als sie erkannte, daß sie über ihre Frauen nicht mehr wußte als über diese vier Fremden. Ja, sie kannte ihre Namen – Mary, Obdie, Sara – und ungefähr auch ihr Alter; sie war sechsunddreißig, und die drei waren wohl jünger. Es war ihr vage bewußt, daß Mary mit einem der Männer, die für Edward arbeiteten, verheiratet war, aber sie wußte nicht, mit welchem. Obdie und Sara hatten Kinder, aber von wem, hätte sie nicht sagen können.

Allmächtiger Gott, dachte sie. Wir lassen Menschen in unserer Mitte leben und wissen nichts von ihnen! Noch nie hatte sie einen Steed oder einen anderen Sklavenhalter sagen gehört: »Ich habe Amy und Obadiah danach geschickt!« Statt dessen sagten sie: »Ich habe meine Sklaven danach geschickt«, als ob diese ohne Namen oder Persönlichkeit existierten. Als jetzt Henry Steed aus dem Haus gelaufen kam, um beim Anlegen des Bootes behilflich zu sein, achtete sie nicht auf ihn, sondern blickte in die Gesichter der vier Männer, welche die Schaluppe gerudert hatten. Es waren Gesichter wie in einem Traum, scheinbar ohne Knochen unter der Haut und blutleer, ohne irgendeine andere wesentliche Eigenschaft als dem Alter und der Arbeitskraft. Diese Männer sind stark und gesund, dachte sie, als sie in ihre Gesichter blickte. Das ist alles, was uns an ihnen interessiert. Aber sie sind doch auch Menschen, und wenn wir sie neben uns leben lassen, ohne dies anzuerkennen, fordern wir das Unglück heraus.

»Ralph befindet sich in einem schlechten Zustand«, sagte Henry mit Tränen in den Augen. »Streiten Sie nicht zu sehr mit ihm!«

»Offensichtlich hat er mich zu einem Streitgespräch gerufen«, erwiderte sie. Aufrecht, mit angehobenen Röcken, eilte sie vom Anlegeplatz zum Haus und schritt die Treppe empor, die zu dem Raum führte, in dem der Priester lag. »Man sagt mir, es gehe dir schlecht«, begrüßte sie ihn.

»Ich bin ein kleines Boot, das sich dem Abgrund nähert«, murmelte er. Sie besprachen über eine Stunde lang alle Streitpunkte, die es zwischen ihnen gab, und zuletzt sagte sie: »Ich bedaure, Ralph Steed, daß kein katholischer Prälat anwesend ist, um mit dir zu sprechen.«

Er versuchte, sich die Nase zu säubern, war aber zu schwach dazu. »Darf ich mich Eurer Sprache bedienen?« fragte er, und als sie nickte, sagte er: »Du bist ein Priester.«

»Ich bin ein armes Weib und so von Sünde geplagt, daß ich fürchte, die heutige Nacht nicht überleben zu können«, antwortete sie.

»Weswegen?«

»Die Sklaverei. Sie reißt mich in Stücke.«

»Sei unbesorgt«, flüsterte er. »Sei unbesorgt. Gott schützt den Sperling. Er rettet den Sklaven.«

»Ich kann es nicht Gott überlassen«, sagte sie und brach in Tränen aus.

»Guter Priester, erbarme dich meiner Seele!«

»Wir haben uns in den gleichen Fluß geteilt …« Seine Stimme erstarb. »Meine Brüder … rufe meine …«

Sie eilte zu den Steeds, und gleich war der kleine Raum mit Brüdern, Frauen und Großnichten gefüllt. Als er sie sah, die Nachkommen von Edmund Steed, dem gläubigen Katholiken, wollte er sie trösten, vermochte aber nicht mehr zu sprechen. Fitzhugh, dessen goldenes Haar in der Sonne glänzte, drängte sich ans Bett und ergriff die Hand des alten Mannes. »Nicht sterben!« bat er, und die Erwachsenen erschraken über dieses unbedachte Wort. »Komm sofort zurück!« befahl Henry, aber der Priester hielt die Hand des Kindes umfaßt, und mit diesem Zeichen der Liebe zu seiner stolzen Familie verschied er.

Ruth Brinton brachten die darauffolgenden Tage Qual und Trost zugleich. Kaum zurückgekehrt, bemühte sie sich, den Schwarzen näherzukommen, mit denen sie das Land teilte. Überrascht erfuhr sie, daß Mary neununddreißig war, fünf Jahre älter, als sie angenommen hatte. »Was hält dich so jung?«

»Ich arbeite.«

»Ist dein Mann gut zu dir?«

»Bester Mann, den Gott gemacht hat.« Tränen standen in ihren großen Augen.

»Liebt er dein Baby?«

»Er singt für Baby.«

Obdie hatte man aus einem Dorf an einem Fluß geholt, und ihr Onkel hatte dem Verkauf an einen arabischen Händler lächelnd zugestimmt. »Er schlecht, sieben Frauen.«

Sie hatte im Haus schon oft für Ärger gesorgt und ließ sich nur widerwillig Aufträge erteilen. Sie sagte, sie sei einundzwanzig, aber ihr Bericht enthielt wesentliche Widersprüche: Männer in Barbados, Männer auf der Insel Devon, ein auf der Friedensklippe geborenes Kind – das klang alles sehr verwirrend. Ruth Brinton versuchte, sie in ein ernsthaftes Gespräch zu verwickeln. Aber Obdie argwöhnte, dies sei nur ein Vorwand, ihr neue Verpflichtungen aufzuerlegen, und gab vor, nichts zu verstehen. Niemand wußte viel mit Obdie anzufangen.

Sara machte Ruth unsicher. Sie sagte, sie sei ungefähr sechsundzwanzig und habe bisher vier Kinder, zwei Mädchen und zwei Knaben.

»Vermißt du sie?«

»Lange her.«

»Glaubst du an Gott?«

»Hmmmmm.«

»Willst du frei werden?«

Sara blickte ihrer Herrin tief in die Augen und gab keine Antwort. Ein Schleier schien sich über ihre Pupillen zu breiten, als befürchte sie, ihre

Augen könnten ihre wahren Gedanken verraten. Es war kein Zeichen von Anmaßung oder Feindschaft; hier tauchte nur ein Thema auf, das niemals aufrichtig zwischen der weißen Herrin und der schwarzen Sklavin besprochen werden konnte. Also war es ungerecht, daß die Weiße derartiges vorbringen durfte.

»Es liegt an dir, zu lernen, Sara.«

»Hmmmmm.«

»Möchtest du lesen lernen?«

»Ja.«

»Warum?«

Wieder fiel der Schleier über ihre Augen, und diesmal las Ruth Brinton Haß aus ihnen. »O Sara, du darfst uns nicht hassen für das, was wir tun!« Sie erhielt keine Antwort.

Einige Tage später ging Ruth Brinton zur Werft, um zu erfahren, welche Arbeit die Männer leisteten. Dieser Besuch irritierte ihren Mann, der an Griscoms Schiff arbeitete, denn er empfand ihn als Störung. Er beobachtete, wie seine Frau zu der Sägegrube ging, und sah mit steigender Unruhe, daß sie beinahe eine Stunde dort verbrachte und nur die beiden Männer anstarrte, die aus einem Eichenstamm Planken sägten.

In der folgenden Nacht sagte sie: »Arbeiten Abiram und Dibo jeden Tag mit der Säge?«

»Das können sie am besten.«

»Aber der eine in der Grube, muß er den ganzen Sommer dort unten arbeiten?«

»Ruth! Wir verkaufen die Planken, die sie anfertigen …«

»Verkaufen? Soll das heißen, daß wir sie nicht einmal für uns selbst benötigen?«

»Woher kommt unser Tabak? Wir verkaufen Planken.«

Sie sagte nichts mehr, denn sie spürte, daß sie ihren Mann in Zorn gebracht hatte. Aber am Ersten Tag fühlte sie sich vom Herrn verpflichtet, in der Versammlung zu sprechen. Es gab einige Unruhe, als sie sich erhob, und eine Frau ging sogar so weit, zu flüstern: »Wenn sie doch den Mund halten wollte!« Aber das vermochte Ruth nicht:

> Ich habe mich aus eigener Schuld auf dunklen Pfaden verirrt und kann nun das Licht nicht mehr finden. Ich bin beschämt, daß meine Gemeinde nicht erkennen kann, welchen gefährlichen Kurs wir steuern, und ich glaube, daß wir sehr unchristlich handeln, wenn wir die Aufgabe, die vor uns liegt, als unerheblich abtun. Ich bete zu Gott, er möge mir den Weg zeigen, und ich bete um seine Lenkung.

Bei Paxmore protestierten so viele Gemeindemitglieder, daß er an jenem Abend, als sie die Friedensklippe erreichten, mit ungewöhnlicher Strenge zu ihr sprach: »Du mußt damit aufhören, die Sklaverei in unsere Gebete zu zerren. Die Angelegenheit ist erledigt.«

»Sie hat eben erst begonnen.«

»Ruth, die Bibel hat gesprochen, unsere Versammlung hat gesprochen, du hast gehört, was Hochwürden Steed sagte, bevor er starb. Willst du dich darüber hinwegsetzen?«

»Ja.«

»Eitles und überhebliches Weib!«

»Nein, Edward«, sagte sie sanft. »Ich bin von Angst erfüllt, und ich suche das Licht.«

In stiller Übereinkunft brachen sie das fruchtlose Gespräch ab. Diese beiden, die so viel für ihren gemeinsamen Glauben gelitten haben, liebten einander mit einer Glut, die durch nichts gelöscht werden konnte; ihre vier Kinder gaben davon Zeugnis. Edward fühlte, daß er Ruth nie so tief geliebt hätte, wenn sie in ihrem Glauben weniger hartnäckig gewesen wäre, weniger bereit, dafür auch Verfolgung auf sich zu nehmen. Sie wiederum konnte nicht vergessen, daß dieser stille, unscheinbare Zimmermann allen Todesdrohungen zum Trotz immer wieder nach Massachusetts zurückgekommen war, um dort für seinen Glauben einzutreten. An jenen Tag in Ipswich, als er bereit war, für sie die Peitsche zu erleiden, dachte sie nun nicht mehr, denn ihre Liebe hatte neue Dimensionen gewonnen.

In solchen Augenblicken häuslichen Zwists war es Edwards Gewohnheit, das Gespräch abzubrechen und auf die Veranda hinauszutreten. Dort stand er lange Zeit und blickte auf den Fluß hinunter; das gab ihm eine Ruhe, die er zuvor nie gekannt hatte; sooft er auf das Sumpfland und die stillen Bäume hinunterblickte, vergaß er seine Streitlust. In dieser Nacht stieg ein schmaler Mond im Osten auf, warf sein Silberlicht auf die friedlich daliegende Wasserstraße zwischen der Klippe und Devon und verwandelte sie in einen See von unglaublicher Schönheit. »Diese Klippe wurde für Quäker erschaffen«, sagte er. Dann ging er in die Küche und küßte seine Frau.

Ruth Brinton hatte ihren Zorn auf andere Weise besänftigt: Sie war an den Herd geeilt und hatte hektisch begonnen zu kochen. Pfannen und Töpfe klirrten aneinander, während sie mit sich selbst schalt. Bei der Arbeit dachte sie über den Grund ihres Streites nach, und sie mußte lächeln, denn sie erkannte, daß die Wahrheit den Menschen auf verschiedenen Wegen und zu verschiedenen Zeiten begegnet. Ihr selbst war es gestattet – vielleicht durch Gottes Gnade –, die Zukunft der Weißen und Schwarzen an diesem Fluß vorauszusehen. Und diese deutliche Vision zwang sie, in der Versammlung zu sprechen. Wenn Edward die Gefahr nicht sehen konnte, wenn Recht, Besitz und veraltete Bibelzitate, wenn der Gedanke an das Wohlergehen seiner Familie – und sei es auf Kosten der Sklaven – ihn verwirrten, mußte sie tolerant sein und warten, bis er und andere Quäker erkannten, was ihr bereits vertraut war.

Sie bereitete eine leckere Mahlzeit. Dann sprachen sie über das Schiff der Fremden. Er erzählte ihr, daß Stooby den Engländer verlassen hatte, um mit Nancy zu leben, und daß jetzt sein Zwillingsbruder Charley an Bord gekommen sei. Dann gingen sie zu Bett. Aber gegen drei Uhr früh, als die Reiher zu schreien anfingen, begann sie furchtbar zu zittern. Sie saß aufrecht im Bett und rang nach Atem.

»Edward!« rief sie in panischer Angst.

Er erwachte nur langsam und erschrak: Seine Frau saß mit zerwühltem Gewand da, und sie zitterte, als werde sie vom Sturm geschüttelt. Mit furchtbarer Stimme rief sie: »Ich ersticke in meinen Sünden!«

Wenn Menschen, Angehörige verschiedener Generationen, von einer ähnlichen Furcht geplagt werden, ist anzunehmen, daß sie in Augenblicken äußerster Anspannung Hilferufe ausstoßen, die nur ein Echo dessen sind, was schon vor ihnen gesagt wurde. Ruth Brinton erkannte ihr Sünde beinahe mit denselben Worten, die Edmund Steed am Ende seines vergeblichen Versuchs ausgesprochen hatte, seinen Katholizismus zu verleugnen: Auch er meinte an seinen Sünden zu ersticken und rettete sich nur durch sein öffentliches Bekenntnis und das Exil in Virginia. Sie rief: »Noch heute müssen wir unsere Sklaven freigeben!«

»Was sagst du?«

»Daß wir noch heute vor Sonnenuntergang all unsere Sklaven freigeben müssen. Es ist Gottes Wille.«

Er versuchte, sie zu beruhigen, wollte sich zu einem späteren Zeitpunkt mit ihr auseinandersetzen.

Aber sie ließ sich nicht beirren. »Wir müssen unsere Sklaven freigeben«, sagte sie immer wieder.

Er erkannte, daß es von dieser Nacht an kein Zurück mehr geben konnte, und suchte nach Auswegen. »Ich werde ein Testament aufsetzen, das sie nach meinem Ableben freigibt.« Nein, ein solcher Aufschub würde nur vom wahren Problem ablenken. »Dann will ich sie verleihen – an Leute mit untadeligem Ruf, die sie gut behandeln werden.« Nein, eine solche Maßnahme würde die Schande nicht von ihnen nehmen. »Dann werde ich sie verkaufen. Ich gehe noch am Vormittag zu Steed. Er braucht Helfer.« Nein, das hieße nur, die eigene Sünde auf andere abwälzen.

Erst als er ihr mit sachlichen Argumenten erklärte, daß es keinen vorstellbaren Weg gab, ohne Sklaven die Arbeit fortzuführen, hörte sie ihm ruhig zu; und sie verstand, daß ihre bedingungslose Forderung ihm eine moralische und wirtschaftliche Bürde auferlegte, der er einfach nicht gewachsen war. Sanft küßte sie ihn und sagte: »Edward, ich habe immer gewußt, daß du richtig handeln wirst. Heute abend, wenn die Sonne untergeht, wird es keine Sklaven mehr auf der Friedensklippe geben.«

»Was ich tun kann …«

»Ich will es nicht wissen. Ich kann nicht noch mehr ertragen.« Und sie schlief ein.

Früh am Morgen setzte er seinen Plan in die Tat um: Er schaffte die Sklaven und ihre Kinder auf ein kleines Boot und brachte sie nach Devon, wo die Steeds sofort bereit waren, sie zu erwerben. »Wir dürfen aber nicht von einem Verkauf sprechen!« warnte sie Paxmore. »Sonst setzt Ruth Brinton die Vereinbarung wieder außer Kraft.«

»Es gibt auch andere Möglichkeiten«, sagte Henry Steed, und sie trafen folgende Abmachung: Aus London würde Fithian Edward eine Kiste mit Werkzeug für den Schiffbau senden und Ruth Brinton eine Kiste mit theologischen Büchern. »Und um den Verkauf für Euch noch etwas attraktiver zu machen, Edward, trete ich das schöne Grundstück östlich von Patamoke an Euch ab; dort könnt Ihr eine ständige Bootswerft errichten.« Paul Steed versprach, so viele weiße Arbeiter und Lohnsklaven bereitzustellen, wie man für den Schiffbau benötigen würde. Auf diese Weise entledigte sich der Quäker Edwarf Paxmore seiner Sklaven, erzielte dabei einen hübschen Gewinn und erhielt eine Werft als Draufgabe. An dem Morgen, an dem die »Martha Keene« an die Steeds übergeben würde, sollte Paxmore seine Arbeitsstätte nach Patamoke verlegen.

Ruth Brinton war zufrieden; mit der Aufhebung der Sklaverei auf der Friedensklippe hatte sie erreicht, was sich 1670 nur erreichen ließ. Bald, so redete sie sich ein, würden auch die anderen Siedler das Problem erkennen, und dann würde vielleicht Edward wieder bereit sein, solche heiklen Fragen offen zu diskutieren.

Und dann kam es zu einem unerwarteten Zwischenfall, zur Anwendung roher Gewalt. Männer kamen zum Lagerhaus der Steeds gerannt und riefen: »Piraten haben die ›Martha Keene‹ gestohlen!« Und andere ergänzten: »Sie haben unsere Matrosen erschlagen!«

Als die Männer vom Lagerhaus ans Ufer eilten, sahen sie das Schiff unter vollen Segeln den Choptank hinuntergleiten, der Bucht zu, und an der Pier lagen die Körper dreier toter Seeleute.

In den darauffolgenden hektischen Stunden machten die Bewohner von Patamoke einige erschreckende Entdeckungen: Jack Griscom und Henri Bonfleur waren seit mehreren Jahren unter verschiedenen Namen als Piraten bekannt; sie machten die Karibik unsicher und verfolgten vor allem spanische Schiffe, die sich auf der Heimfahrt von Panama befanden. Sie brachten aber auch englische Handelsschiffe auf, die gelegentlich ihren Weg kreuzten.

Das alles erfuhr man von Stooby Turlock, der Augen und Ohren offengehalten hatte. Als die Bürger ärgerlich fragten: »Warum habt Ihr uns nicht schon früher gewarnt?« antwortete er: »Niemand hat gefragt.«

Der Tag brachte eine Neuigkeit über die Piraten nach der anderen: Sie hatten keine Mannschaft in Virginia an Land gesetzt; sie waren wahrscheinlich nach einer langen und blutigen Verfolgungsjagd in den Choptank geflohen; von dem Augenblick an, da sie die »Martha Keene« gesehen hatten, waren sie entschlossen gewesen, sie zu stehlen; und sie waren zweifellos in Richtung des Karibischen Meeres unterwegs und auf neuerliche Raubzüge aus.

Weitere Schreckensmeldungen folgten, als immer mehr Betroffene ihre Verluste bekanntgaben. Edward Paxmores Schiff war verloren – am Vorabend der Übergabe an die Steeds. Zwei Jahre mühsamer Arbeit waren vergeblich gewesen.

Henry Steed kam und berichtete in höchster Erregung, daß die Piraten vor dem Verlassen des Choptank auf Devon Halt gemacht hatten und alle auf der Insel beschäftigten Sklaven überreden hatten können, mit ihnen in die Freiheit zu fliehen. »Als Abijah und Amos versuchten, unsere Sklaven zum Bleiben zu bewegen, hat Griscom sie beide getötet. Alle Eure Leute sind geflohen, Paxmore.«

Am heftigsten beklagte sich Timothy Turlock. Er kam in einem Kanu den Fluß herauf und brüllte unentwegt Unverständliches. Nur Stooby konnte seinen Ausführungen folgen und berichtete, daß die Piraten Charley überredet hatten, als Matrose zu ihnen zu kommen, und Birgitta hatten sie ebenfalls mitgenommen.

»Ist sie geraubt worden?« fragte eine Frau.

»Nein«, tobte Timothy, »selbst gegangen.«

Er wollte sie zurückhaben, und sein lautstarkes Wehklagen veranlaßte die anderen zur Tat. Edward Paxmore sagte: »Wir müssen an das Schiff herankommen!«

»Wie denn?« fragte jemand.

»Wir müssen ihnen nachsegeln, sie einholen.«

»Womit?«

»Mit ihrem Schiff. Es ist zwar kleiner, aber ich habe es wieder seetüchtig gemacht.«

Henry Steed war entschlossen, seine Sklaven zurückzuholen. Sie waren das Rückgrat seines Unternehmens, aller Profit der Plantage hing von ihnen ab, und sie zu verlieren wäre katastrophal gewesen.

Der junge Earl Steed, der als Kapitän des gestohlenen Schiffs vorgesehen war, entwickelte einen Plan: »Wenn wir sechzehn Leute und genügend viele Musketen finden, können wir unser Schiff nicht nur besser manövrieren als sie das ihre, wir können sie auch überrumpeln.«

»Wo?«

Das war die Frage. Die Piraten hatten einen Tag Vorsprung und das schnellere Schiff. Aber sie waren auf sich, Charley Turlock und die Sklaven angewiesen. Eine entschlossene Mannschaft konnte sie einholen. Andererseits hatten die Piraten Hunderte von Fahrtrouten zur Auswahl, und die Chance, auf ihr Schiff zu stoßen, war nur gering.

Dann sprach Stooby. Mager, pockennarbig und in zerrissener Kleidung, schien er kaum dafür geeignet, gegen Piraten zu kämpfen. Aber er war von den beiden Männern oft gedemütigt worden, und sie hatten jene Frau mitgenommen, die zu ihm stets freundlich gewesen war. »Ich hörte zu. Oft sagten sie Marigot.«

»Die Marigot Bay!« rief Paxmore.

»Wo liegt sie?« fragte Earl Steed.

»Natürlich!« sagte Paxmore. »Das Lager wurde von Piraten bedroht, als ich dort war. Das müssen Griscom und der Franzose gewesen sein.«

Er erklärte ihnen, wo die Marigot Bay lag, und meinte zu wissen, wie die Männer vom Choptank in die Bucht eindringen und die »Martha Keene« wiedergewinnen könnten. Earl Steed, der aufmerksam zugehört hatte, befand, daß der Vergeltungsschlag gelingen müßte. »Gibt es sechzehn Freiwillige?«

Da war zunächst Steed selbst, dann Tim Turlock, der nach Rache dürstete, und Edward Paxmore, entschlossen, das Schiff zurückzubekommen. Henry Steed wollte sich ihnen anschließen, aber sein Sohn sagte: »Du bist zu alt.« Als Henry fragte: »Und was ist mit Timothy Turlock?« antwortete der junge Steed: »Er wird nie zu alt.«

Stooby bestand darauf mitzukommen und stellte drei Musketen zur Verfügung. Zwölf andere meldeten sich, unter ihnen ein allseits bekannter Waldläufer mit zwei Musketen. Captain Steed verlangte: »Wir müssen alles verfügbare Pulver zusammentragen.«

»Warum?« fragte Paxmore.

»Wenn es uns nicht gelingt, Euer Schiff zurückzubekommen, dann soll es auch nicht diesen beiden Männern gehören.«

Auf der langen Reise zur Marigot Bay bewies Captain Steed mit seinen neunundzwanzig Jahren eine Entschlossenheit, die ihm alle, die seinen Vater und seine beiden Onkel kannten, nicht zugetraut hätten. Er war weder sanftmütig wie Ralph noch verwöhnt wie Paul und auch nicht so aufgeblasen wie sein Vater. Er vertrat eine neue Generation. Für ihn war England eine Erinnerung, die man bewahrte; dort war er erzogen worden, aber jenes Land war für ihn nicht die Summe alles Guten. Für Earl Steed lag die Zukunft in Maryland, und wenn das Mutterland zu kleinmütig war, seine Kolonien vor Piraten zu schützen, würde eben er diese Aufgabe übernehmen.

Über seine fünfzehn Männer herrschte er mit strenger Autorität. Immer wieder erinnerte er sie daran, daß die Piraten auf ihrer Flucht bereits fünf Menschen getötet hatten. Er ernannte Stooby zum Koch, Paxmore zum ständigen Wachposten. Tim Turlock übertrug er die Aufsicht über die Pulverfäßchen und die Musketen, und er selbst stand am Ruder, gab die Segelkommandos und berechnete den Kurs.

Auf Paxmore machte die Reise besonderen Eindruck, denn nun hatte er Gelegenheit zu beobachten, wie sich ein gut konstruiertes Schiff auf offenem Meer verhielt. Das Fahrzeug war von holländischen Zimmerleuten, die ihr Handwerk meisterlich verstanden, in den Spanischen Niederlanden gebaut worden; es war jetzt mehr als siebzig Jahre alt und so oft repariert und neu zusammengeflickt worden, daß kaum noch eine ursprüngliche Planke vorhanden war, aber seine Form war so gut gewählt, seine Streben hielten so fest, daß es noch immer solid war wie ein dickleibiger Kaufmann in seinem Amsterdamer Kontor.

Wenn er nicht gerade auf Wachtposten stand, beobachtete Paxmore die Segelmanöver und fand die These seines Lehrmeisters aus Bristol bestätigt: Die Wanten durften den Mast nicht wie straff gespannte Harfensaiten in Position halten; sie bewährten sich am besten, wenn sie nur ganz leicht oder gar nicht unter Zugbelastung standen. Er studierte auch die Wirkung des Ruders und erkannte, daß es nicht gegen die See ankämpfte, sondern sie teilte und so dem Schiff seine Richtung aufzwang. Es war erstaunlich, wie sehr sich ein Schiff im Wasser von einem Schiff im Dock unterschied. Alle Teile arbeiteten zusammen. Man konnte sie förmlich miteinander sprechen hören.

Sooft er ein Stück Papier zwischen die Finger bekam, fertigte er Skizzen davon an, wie ein richtiges Schiff zusammengesetzt war: dieses Material würde die Grundlage seiner Arbeit auf der Werft werden. Er vermutete, daß man in London und Boston in den siebzig Jahren, die seit dem Bau dieses Schiffes vergangen waren, viele Verbesserungen ersonnen haben mußte; aber diese würde er zu einem späteren Zeitpunkt kennenlernen. Für ihn war dieses holländische Schatzkästchen eine Bibel für Schiffbauer, und für einen zukünftigen Meister konnte es keine besseren Voraussetzungen geben.

Aber schon lag die Insel Santa Lucia voraus, und für Studien blieb keine Zeit mehr. Captain Steeds Plan sah vor, in der Nähe der französischen Insel Martinique unter dem Wind zu warten, sich zu vergewissern, daß sich keine anderen Piratenschiffe im Karibischen Meer aufhielten, und dann so rasch und direkt wie möglich nach Marigot zu segeln, in der Hoffnung, die »Martha Keene« dort anzutreffen. Als sie aber diesen Plan verwirklichten, erlebten sie eine Enttäuschung: Sie waren zu rasch vorangekommen und zwei Wochen vor den Piraten eingetroffen. Die Bucht war leer.

Steed nützte die Zeit zu taktischen Überlegungen, wie man sich beim Eintreffen der Piraten am vorteilhaftesten verhalten sollte.

Er mußte annehmen, daß sie aus Richtung Jamaica oder Haiti kommen würden, und er brachte sein Schiff in einer kleinen Bucht in Position, wo man vor Entdeckung sicher war und doch die Einfahrt nach Marigot überblicken konnte. Dann schickte er Stooby und Paxmore an Land, das Terrain zu erkunden, und von der Höhe der Hügelkette, die diesen herrlichen Hafen umschloß, blickte Paxmore hinunter auf die Baracken, deren Befestigungen er selbst ausgebaut hatte, und auf die umzäunten Hütten, in denen die Piraten wohnten, wenn sie von Bord gingen.

Gleichgültig wirkende Wachtposten sicherten sie. Es war von Vorteil zu wissen, daß sie ihrer Aufgabe ziemlich sorglos nachgingen. Stooby entdeckte eine kleine verborgene Bucht, in der Boote verankert waren, die sich zur Verfolgung geeignet hätten. Er wies darauf hin, daß die Vertäuung dieser Boote gekappt werden müsse, und er verbrachte lange Zeit damit, einen Pfad zu jener Bucht ausfindig zu machen.

Als Paxmore mit der Nachricht zurückkehrte, daß Marigot friedlich in der Sonne schlief und daß die Baracken leer waren – ein Zeichen dafür, daß man keine Handelsschiffe erwartete –, sagte Captain Steed: »Alles ist bereit für Griscom. Er muß bald kommen.« Und schon am darauffolgenden Morgen, etwa zur neunten Stunde, kam die »Martha Keene« in Sicht und näherte sich rasch ihrem Ankerplatz. Sie hielt geradewegs auf die Einfahrt nach Marigot Bay zu und verschwand bald hinter den Landzungen. Stooby hielt von seinem Platz auf dem Hügel nach ihr Ausschau und wartete, bis die Piraten ans Ufer ruderten. Er beobachtete sie alle: Griscom, laut und unbeschwert, Bonfleur faßte ein Weib, das Stooby zuvor nicht gesehen hatte, um die Hüfte; ihnen folgten sechs weiße Matrosen, aber von den Schwarzen, von Charley und

Birgitta war nichts zu sehen. Diesen unerwarteten Bericht überbrachte er dem Kapitän.

Steed war fest entschlossen, noch in dieser Nacht loszuschlagen. »Die Piraten werden an Land sein, und wie ich Griscom kenne, wird er sich vollaufen lassen.« Er fragte Stooby um dessen Meinung, wieviel Wachen an Bord seien, und der pockennarbige Wassermensch sagte: »Vielleicht Charley, vielleicht noch zwei.«

»Warum kommen die anderen nicht zurück?«

»Besoffen.«

Earl Steed hielt wie alle in seiner Familie Stooby Turlock für einen Idioten, und doch war er jetzt bereit, sich auf dessen Auskunft zu verlassen, denn dieser seltsame Bursche verfügte über einen tierischen Instinkt, der erstaunlich war. Stooby beobachtete, was um ihn vorging, verarbeitete, was er gesehen hatte, und zog daraus seine Schlüsse. Nun erst berichtete er Steed von den Booten, die in ihrem Versteck lagen: »Ich kappe sie.«

Steed erläuterte seinen Angriffsplan: »In der Dämmerung rudern wir mit dem großen Schiff hinein nach Marigot. Stooby, Ihr geht mit Tom an Land, um die Boote loszumachen, dann schwimmt Ihr heraus, und wir nehmen Euch in ein Ruderboot. Waldläufer, Ihr habt das Kommando über das Ruderboot! Paxmore und ich werden die Gruppe anführen, die das Schiff entert. Sobald wir an Bord sind, lichten wir den Anker oder kappen, wenn notwendig, die Ankerkette. Falls der Wind anhält, manövrieren wir die ›Martha Keene‹ aus dem Hafen, setzen ein paar unserer Matrosen über und machen uns mit beiden Schiffen nach Maryland davon.«

»Und wenn sich doch größere Wachmannschaft an Bord befindet?« fragte Paxmore.

»Dann schneiden wir ihnen die Kehlen durch«, sagte Steed unbewegt, und als er sah, wie sich Paxmore wand, fügte er hinzu: »Vergeßt nicht, daß sie bereits fünf unserer Leute getötet haben. Sie bringen uns alle um, wenn wir ihnen nur die geringste Chance geben.«

»Und wenn sie Widerstand leisten?« fragte Paxmore.

»Stooby und ich nehmen Gewehre mit an Deck, und der Waldläufer feuert aus dem Ruderboot.«

»Man wird uns an Land hören.«

»Aber keine Boote finden. Dafür sorgt Stooby.«

»Und wenn der Wind nachläßt? Wenn wir die ›Martha Keene‹ nicht bewegen können?«

Captain Steed wies auf die Pulverfässer im Ruderboot hin. »Dann brennen wir das Schiff bis zur Wasserlinie nieder.«

»Einverstanden«, sagte Paxmore und dann, leise: »Ich möchte weder ein Messer noch eine Muskete mitnehmen.« Als Steed zustimmte, meinte Paxmore: »Aber wenn wir das Schiff anzünden müssen, will ich das Feuer legen.« Steed nickte und sagte: »Stooby, schafft uns die versteckten Boote vom Hals!«, und der Bursche lief los.

Die anderen warteten bis zur vereinbarten Stunde an Bord des Schiffes, setzten dann das Ruderboot aus, und Steed, Paxmore und der Waldläufer kletterten hinein. Sie verwendeten Paddel statt der Riemen, drangen in die Marigot Bay ein, lauschten auf das Lärmen an Land und warteten ungeduldig, bis sie im letzten Dämmerlicht Stooby und seinen Begleiter wie zwei Biber auf sich zuschwimmen sahen.

Steed war beunruhigt, als Stooby berichtete: »Alles still, wir waren beim Schiff. Fast verlassen.« Der zufällige Blick eines Wachtpostens, und schon wären die Schwimmer entdeckt, der Plan vereitelt gewesen. Was Steed nicht bedachte, war jedoch, daß keine Wache je Stooby Turlock entdeckt hätte, denn der glitt lautlos und ohne Wellenschlag durch das Wasser.

Schweigend ruderten die fünf zu der landabgewandten Seite der »Martha Keene«, und als Paxmore den Arm ausstreckte, um zu verhindern, daß sie gegen das Schiff stießen, wußte er sofort, welche Planke er berührte und wann er sie befestigt hatte. Er tätschelte das dunkle Schiff wie einen Freund.

Dem Plan nach sollte jetzt Captain Steed das Kommando übernehmen und die schwerwiegende Entscheidung treffen, ob das Schiff geentert werden könne. Zu seiner Überraschung begann aber Stooby Turlock mit lauter Stimme in einer Mischung aus Choptank und gebrochenem Englisch, die niemand außer seinem Zwillingsbruder Charley verstehen konnte, zu rufen. Charley kam an die Reling, blickte hinunter in die Dunkelheit und antwortete. Die Brüder unterhielten sich etwa eine halbe Minute lang ganz ungeniert. Paxmore war wie gelähmt vor Angst – dann brüllte Stooby so laut, daß man ihn beinahe an Land hören konnte: »Niemand da außer Charley!«, und schon kletterte er die Bordwand hoch.

Steed und Paxmore folgten, nach ihnen Tom, der Schwimmer, der Stooby begleitet hatte. Charley hieß sie alle mit einer bärenstarken Umarmung und unverständlichem Grunzen willkommen. Ohne Zögern machte man sich daran, die Fahrt aufzunehmen und das Schiff aus der Bucht zu bringen.

Das erwies sich aber als unmöglich. Der Anker ließ sich nicht lichten. Die Segel waren abgenommen und verstaut. Die Entermannschaft war jedoch zu schwach, um das große Schiff wegzurudern. Und an Land zeigten sich Lichter.

»He, Charley!« schallte Griscoms tiefe Stimme herüber. Die Besetzer duckten sich und gaben keine Antwort. »Charley, du Idiot, hörst du nicht? Wer ist da?«

Der Waldläufer, der zur Sicherung im Ruderboot zurückgeblieben war, schob sich langsam hinter dem Heck der »Martha Keene« hervor, legte seine Muskete an und zielte bedächtig auf den Piraten mit der Laterne. Mit dem ersten Schuß tötete er Griscom, und die Hölle brach los. Alles schrie und rannte durcheinander, nur der kleine Bonfleur war klug genug, sich hinter einem Baum zu verstecken, denn schon hatte der Waldläufer seine zweite Muskete gepackt und einen weiteren Piraten getroffen.

»Wir müssen das Schiff verbrennen!« rief Steed, und Paxmore bückte sich nach den Pulverfäßchen. Aber Stooby war bereits gemeinsam mit seinem Bruder am Werk gewesen. Sie hatten die Pulvervorräte der Piraten entdeckt, das Zeug unter Deck überall verteilt und, ohne auf einen Befehl zu warten, in Brand gesetzt. Eine mächtige Flamme schoß aus der Luke, und aus dem Feuer tauchten die Zwillinge auf, drückten mit bloßen Händen die Glut aus den Haaren und brüllten vor Vergnügen.

»Feuer legen!« wollte Steed Paxmore zurufen, aber dazu kam er nicht mehr. Stoobys Flammen wälzten sich bereits über das Deck, erreichten Paxmores Fäßchen, und eine ungeheure Feuerwand stieg auf.

Vom Ufer her begann man zu schießen, und Steed rief: »Fort! Aus dem Licht!« Er rannte zu der Stelle, wo er das Ruderboot verlassen hatte, kletterte über die Bordwand, aber das Boot war nicht da. »Wo, zum Teufel, ist das Boot?« brüllte er.

»Hier!« antwortete Stooby aus der Flammenhölle, und wirklich lag das Boot an der anderen Bordwand, wo es ein ideales Ziel bot, aber der Waldläufer und die beiden Turlocks feuerten auf die Piraten, als wären es Enten am Choptank. »Verfluchte Kerle! Bringt das Boot herüber!« tobte Steed. Aber Edward Paxmore warnte ihn: »Kein Grund zum Fluchen, dieses Schiff geht nie mehr auf die Reise.«

Captain Steed behielt die Rückfahrt von der Marigot Bay in bleibender Erinnerung. Später berichtete er seinem Vater darüber:

> Die Turlocks steckten die Köpfe zusammen wie die Hexen in »Macbeth«, wenn sie ihren Zaubertrank brauen, und alle paar Minuten brüllten sie lachend los, stießen einander in die Rippen und wälzten sich vor Freude auf dem Deck. Ich hätte nur allzugern gewußt, was solche Begeisterung rechtfertigte.

Griscom und Bonfleur hatten sich als Bestien erwiesen. Sie hatten Charley geschlagen, im brennende Fidibusse in die Ohren gesteckt und ihn gezwungen, für sie zu tanzen, während sie tranken. Auf der ganzen langen Reise erinnerte sich Charley immer wieder daran, wie der Waldläufer Griscom erschossen hatte; dabei ließ er sich wie Griscom auf den Rücken fallen, und die drei brüllten vor Begeisterung. Die Piraten hatten in Jamaica haltgemacht, wo Griscom Birgitta an einen anderen Korsaren verkaufte, und sooft Charley erzählte, wie sie beim Abschied in Port Royal über die Landungsbrücke ging, Bonfleur ins Gesicht schlug und Griscom auf seinen Hintern setzte, schrie Timothy Turlock vor Entzücken, schlug seine Söhne auf die Schulter und forderte Charley auf, die Geschichte noch einmal zu erzählen.

Auch in Haiti hatten die Piraten angelegt, und als Charley berichtete, was dort geschehen war, kicherten alle drei Turlocks vergnügt: Griscom hatte unsere Sklaven nur überreden können, mit ihm an Bord zu gehen, weil er ihnen versprach, sie würden auf seiner Insel Freiheit finden … keine Arbeit … gutes Essen … Weiber … Schnaps. Abijah und Amos wußten, daß das unmöglich war, und sie versuchten … Nun, du weißt ja, daß die Piraten sie getötet haben. In Haiti meinten die Sklaven also, das Paradies erreicht zu haben, und waren doch in der Hölle gelandet. Sie wurden verkauft, und keiner von ihnen wird dieses Jahr überleben. Die Turlocks schienen sich darüber köstlich zu amüsieren.

Charley war es aber auch, dem wir den großen Erfolg unserer Expedition verdanken. Er hatte gehört, daß die Piraten ein von Sal Tortuga kommendes Salzschiff zu kapern beabsichtigten. Ich wußte nicht, daß dort Salz gewonnen wird, nun aber wechselten wir den Kurs und kauften eine Schiffsladung dieses wertvollen Gutes, wohl wissend, daß wir in Maryland damit ein Vermögen verdienen konnten.

Über das Verhalten von Edward Paxmore konnte Steed nur recht unvollständige Angaben machen: »Die ersten drei Tage unserer Rückreise verbrachte er im Gebet um Vergebung, und als ich ihn fragte, warum, sagte er: ›Ich ließ mich zu Gewalt hinreißen.‹ Ich erinnerte ihn: ›Aber es war doch Euer Schiff, das wir ihnen wegnehmen wollten!‹ Er antwortete: ›Ja, aber es gefiel mir, daß Griscom erschossen wurde, und dafür schäme ich mich.‹« Nach drei Tagen moralischer Anfechtungen fand Paxmore seine Haltung wieder, und er begann, seine Aufzeichnungen zu ordnen und fehlende Angaben zu ergänzen, bis er ein so umfassendes Handbuch des Schiffbaus beisammen hatte, wie man es zu jener Zeit in Amerika nur besitzen konnte. Der Abschluß dieser Arbeit versetzte ihn in eine wahre Euphorie, und eines Nachts, als er unbedingt mit jemandem sprechen wollte, kam er zu Captain Steed auf das Achterdeck: »Ich weiß jetzt, daß man, wenn man etwas Bedeutendes geleistet hat – etwa, wenn man ein Buch geschrieben hat –, sobald das letzte Wort geschrieben ist, noch einmal von vorn beginnen möchte, um die Arbeit diesmal richtig zu machen.« Steed blickte zu den Sternen.

»Als die ›Martha Keene‹ Feuer fing und wir sahen, wie die Flammen sie verzehrten, erfüllte mich das mit Befriedigung, obwohl ich doch einen Verlust erlitt.«

»Ihr werdet den Verlust mit dem Verkauf des Salzes wettmachen.«

»Es war mein Schiff. Ich hatte es unter Schweiß und Mühen gebaut, und als wir es zu Wasser ließen, betete ich darum, daß es schwimmen würde. Als es aber nun in den Wellen versank, war ich außer mir vor Freude, denn jetzt kann ich erneut beginnen, und diesmal werde ich ein richtiges Schiff bauen.«

Captain Steed berichtete seinem Vater: »Die ganze Nacht blieb er an Deck, schlug mit der Faust auf die Schenkel und murmelte unentwegt: ›Ein richtiges Schiff! Ein richtiges Schiff!‹ Als ich am Morgen unter Deck ging, war er noch immer dort, und er bewegte die Arme, als entwerfe er riesige Spanten und Planken.«

Er war auch noch dort, als der Kapitän wieder an Deck kam, aber niemand nahm von ihm Notiz, denn ein ungewöhnlicher Zwischenfall lenkte die Aufmerksamkeit aller an den Platz, wo das Salz gelagert war. Timothy Turlock, der sich daran erinnerte, wie viele mühsame Stunden er sich vergeblich bemüht hatte, am Choptank durch Verdunstung Salz zu gewinnen, war begeistert von der Vorstellung, daß man in Sal Tortuga Salz wie Sand einschaufeln konnte. Aus reiner Freude darüber, daß er seiner Verpflichtung ledig war und nicht mehr arbeiten mußte, pißte er in das Lager.

»Schert Euch fort!« rief Steed. »Charley, schafft diesen verdammten Narren vom Salz weg!«

»He, Alter!« grunzte Charley und stieß unverständliche Laute aus. Als sein Vater sich weigerte, drängte ihn Charley weg. Timothy stolperte, fiel mit dem Rücken gegen die Reling und ging über Bord.

»Sofort wenden!« brüllte Captain Steed, aber das war nicht möglich. »Setzt das Boot aus!«, aber das Beiboot ließ sich nicht klarmachen. Gnadenlos fuhr das Schiff weiter.

Steed rannte zur Reling und warf dem zappelnden alten Mann ein Seil zu, aber es war zu kurz, der Abstand wurde größer und größer, und den alten Mann verließen die Kräfte. Als er erkannte, daß das Schiff nicht wenden und das

Boot nicht kommen würde, begann er zu lachen – und das letzte, was man von ihm an Deck hörte, war ein verrücktes, sinnloses Lachen, ehe die Wellen über ihm zusammenschlugen.

Es fiel Ruth Brinton schwer, den angeblichen Erfolg der Expedition zu begreifen. Sie saß im Kreise der Steeds neben dem Wandschrank mit dem Zinngerät, nahm an dem Fest teil und vermochte doch nicht zu verstehen, wie man eine Reise, die mit einem totalen Fehlschlag geendet hatte, so feiern konnte. Offenkundig war Captain Steed hoch erfreut, ihr eigener Mann war guter Dinge, und sogar die beiden Turlocks machten einen zufriedenen Eindruck. Es war unverständlich.

»Ihr behauptet noch immer, daß die Expedition ein Erfolg war?« fragte sie förmlich.

»Selbstverständlich«, antwortete Captain Steed. Er für seinen Teil war zufrieden mit dem Profit, den das Salz bringen würde.

»Aber eure Sklaven habt ihr nicht zurückbekommen?«

»Nein, sie wurden in Haiti verschachert.«

»Und Turlock bekam seine Frau nicht zurück?«

»Nein, die wurde in Jamaica verkauft.«

»Und Edward bekam sein Schiff nicht zurück?«

»Nein, es verbrannte in Marigot.«

»Und die beiden Turlocks brachten nicht einmal ihren Vater wieder zurück?«

»Nein, er ertrank in der Chesapeake Bay.«

»Und das nennt ihr einen Erfolg?«

Sie blickte in die Runde: Steed war stolz auf seinen Gewinn; der Waldläufer sonnte sich in dem Ruhm, Griscom und zwei weitere Piraten mit nur drei Schüssen getötet zu haben; die Zwillinge wirkten unverständlicherweise glücklich und zufrieden; und in den Augen ihres Mannes glänzte das Feuer des Sieges. Es war unglaublich, und ihr blieb nur der Schluß, daß es in der Welt der Männer etwas gab, das sie als Sieg empfinden ließ, was Frauen nicht verstehen konnten. Sie fand diesmal, es sei besser, nichts weiter zu sagen.

In der Nacht jedoch, als sie mit ihrem Mann wieder auf der Friedensklippe war, riß sie die furchtbare Erkenntnis aus dem Schlaf, ein schreckliches Verbrechen begangen zu haben. In ihrer Halsstarrigkeit hatte sie Edwards Sklaven aus der Sicherheit und Geborgenheit ihres Hauses vertrieben; sie waren für Geld an Steed gegangen, und sie waren voll Freude mit den Piraten von der Insel Devon geflohen, in der Hoffnung, ihre Freiheit zu erlangen. In Haiti jedoch, dem grausamsten Sklavenmarkt, den es gab, waren sie erneut verkauft worden. Im tiefsten Dschungel litten sie nun unter der Knute, erinnerten sich ihrer Kindheit in Afrika, der guten Tage mit den Paxmores, und ehe ein Jahr um war, würden sie alle zugrunde gegangen sein.

»O Gott, vergib uns unsere Sünden!« murmelte sie in ihrer Bedrängnis. Sie sah, wie sich Mary, diese gute Frau, auf den Feldern Haitis abrackerte, sah Marys Familie an Erschöpfung sterben. »Ihr könntet noch alle hier sein, bei mir«, wimmerte sie; selbst in der Sklaverei war es immer noch besser, für Menschen zu arbeiten, die man mochte, und auf den Tag zu warten, an dem alles Unrecht gutgemacht würde. »Euer Tod lastet auf meiner Seele«, flüsterte sie.

Obdie würde in Haiti sterben … und Abiram und Dibo … auch Sara. »O Sara«, weinte sie in die Nacht, »wir brauchen dich.« Ihr Tod würde besonders beklagenswert sein, denn sie hatte gelernt, sich zur Wehr zu setzen. Auf ihre hartnäckige Weise hatte sie ein geheimes Leben geführt, in das kein Weißer jemals einzudringen vermochte; sie war schwer zu behandeln gewesen, manchmal sogar aufsässig; aber in jener furchtbaren Nacht mußte Ruth Brinton erkennen, daß sie, wäre sie eine Sklavin gewesen, sich wie Sara verhalten hätte. »Ich hätte nie aufgehört zu kämpfen«, sagte sie sich. Edward – wohl von ihrer Unruhe gestört – wälzte sich im Schlaf auf die andere Seite. Sie wünschte sich sehnlichst, mit ihm sprechen zu können, verstand aber, daß es ungerecht gewesen wäre, ihn, der eben erst zurückgekehrt war, mit ihren Schuldgefühlen zu belasten. So schlich sie auf Zehenspitzen aus dem Raum, hüllte sich in einen Mantel und schlich durch das stille Haus, in dem einmal schwarze Frauen mit ihr gelebt hatten. Als sie an die Schlafstelle ihrer Kinder trat, sah sie dort im Geiste die schwarzen Kinder liegen, die sie in den Tod geschickt hatte: die Kinder von Mary und Obdie; und sie eilte aus dem Zimmer. In der Küche schlug sie das Heft auf, in das sie den Lohn eingetragen hatte, den sie ihren Sklaven schuldete. Langsam, aber stetig war der Betrag gewachsen, war der Tag der Freiheit nähergerückt. Die Schulden blieben ungetilgt und würden es für immer bleiben.

Verzweifelt und mit dem Gefühl der Hilflosigkeit trat sie vor das Haus, um Trost im Anblick des Flusses zu suchen; aber in dieser Nacht hatte sich selbst der Choptank gegen sie verbündet. Starker Wind war aufgekommen und wehte von der Bucht herüber, und die Wellen trugen Schaumkronen. Im Osten hing ein trauriger Mond und warf sein schwaches, graues Licht auf das Sumpfland, in dem sich die Gänse verbargen, und dahinter warteten mächtige Baumstämme darauf, gefällt und zu Schiffen verarbeitet zu werden. Sie blickte nach Westen, zur Insel Devon hinüber, aber die sprühende Gischt verwehte ihr die Sicht. Kein Vogel flog auf.

»Der Choptank weiß alles«, flüsterte sie. »Er spürt, daß etwas Schreckliches auf uns zukommt.«

Als nach der stürmischen Nacht die Sonne aufging, fand Edward seine Frau vor dem Haus. Sie zitterte, fror und war in schwere Gedanken versunken, versuchte sie doch zu begreifen, warum die guten Menschen, die an diesem Wasserlauf lebten, immer wieder solche schwere Schuld auf sich luden.

FÜNFTE REISE:
1701

Am 14. September 1701 beigab sich Rosalind Janney auf eine der traurigsten Fahrten, die eine Frau unternehmen kann. Sie verließ ihr ehrbares Elternhaus, ihre angesehene Familie, ihre zwei Schwestern, mit denen sie in Eintracht gelebt hatte, und die Hunde und Pferde, die sie liebten. Solch ein Verlust wäre Grund genug zur Klage gewesen, aber in diesem Fall verzichtete sie auch auf eine der schönsten Plantagen an der von den Gezeiten umspülten Küste Virginias, zu der eigene Werften und ein Lagerplatz an der Mündung des Rappahannock gehörten, um sich in die unberührte Wildnis Marylands auf der anderen Seite der Bucht zu begeben … und das tat wahrhaft weh.

Aber sie war entschlossen, diese traurige Fahrt »guten Mutes«, wie man das in ihrer Familie nannte, hinter sich zu bringen. Sie war vor sechsundzwanzig Jahren zur Welt gekommen. Obwohl sie ein häßliches Kind gewesen war – »und bei einem Mädchen ist das ein Unglück«, sagte ihre Mummy –, bestand ihr Vater darauf, sie auf den Namen einer der schönsten und geistreichsten Frauengestalten Shakespeares zu taufen. »Holde Rosalind«, nannte er sie, besonders wenn Gäste zu Besuch waren, und alle, die diese von Vernarrtheit zeugenden Koseworte hörten, wurden sich ihrer Unangemessenheit bewußt.

Ihr Herz hatte gebrannt, wenn sie als Kind solche Hänseleien erdulden mußte, denn ganz gleich, welche Witze ihr Vater riß und welche Stellen er aus dem Stück vorlas, in dem die wirkliche Rosalind vorkam, sie wußte stets, daß ihr Gesicht zu groß und zu rot war und daß ihre Zähne vorstanden. Als sie zwölf war und in dem großen Buch, das die Fithians geschickt hatten, selbst Shakespeares Verse lesen konnte, fand sie das Stück zum Lachen. »Stellt Euch vor«, sagte sie zu ihrer Mutter, »sie rennt in Männerkleidern durch den Wald und redet stundenlang mit einem jungen Mann, der sich früher in sie verliebt hatte, als er sie als Mädchen sah, und er kommt nicht drauf, daß sie es ist.«

»Du könntest dich als Junge verkleiden, und niemand würde es merken«, meinte die Mutter.

Sie lächelte. »Aber die wirkliche Rosalind war schön.«

»Auch du wirst schön sein; es muß alles erst auf seinen Platz kommen.« Ihre jüngeren Schwestern, die zu hübschen jungen Damen herangewachsen waren, stießen oft in das gleiche Horn: »Wenn du erst mal älter bist, Roz, kommt alles auf seinen Platz.«

Doch das geschah nicht. Sie schoß in die Höhe, und trotz aller Selbstzucht bei Tisch nahm sie ständig zu. Sie ertrug die Schmach, zusehen zu müssen, wie Bewerber und Freier in ihren Booten den Rappahannock herunterkamen, aber immer nur wegen ihrer Schwestern. Als es offenkundig wurde, daß die jüngeren Mädchen jetzt ihre Wahl treffen mußten, solange sie sozusagen in voller Blüte standen, trat sie freundlich zur Seite und riet ihren Eltern: »Ich meine, Missy sollte den jungen Lee nehmen. Er scheint zu ihr zu passen.« Und so befürwortete sie auch die Verbindung Lettys mit dem jungen Cowperthwaite.

Noch im vergangenen Jahr, mit fünfundzwanzig, war sie eine großgewachsene, linkische junge Frau gewesen, die ohne Ziel dahintrieb, nicht am gesellschaftlichen Leben teilnahm und in zunehmendem Maß vereinsamte. Sie las viel, und eines Nachmittags, als sie die sommerlichen Insekten am Gestade des Flusses umschwirrten, fand sie bittere Zuflucht bei jenem Stück, das so viel zu ihrem Elend beigetragen hat. »Was für ein Unsinn!« murmelte sie geringschätzig, als Orlando seinen ruchlosen Plan aussheckte. Doch dann kam sie zu der Szene, in der sich Rosalind und ihre Base über das Geschick der Frauen unterhalten, und es schien ihr, als habe Shakespeare jedes Wort, das er diese beiden klugen Geschöpfe sprechen läßt, auf sie gemünzt:

Celia: Setzen wir uns, und lästern wir die ehrliche Hausmutter Fortuna von ihrem Rade weg, damit ihre Gaben künftig gleicher aufgeteilt werden.
Rosalind: Ich wollte, wir könnten das: Denn ihre Wohltaten sind oft gewaltig übel angebracht, und am meisten versieht sich die freigebige blinde Frau mit ihren Geschenken an Frauen.
Celia: Das ist wahr; die, welche sie schön macht, macht sie selten ehrbar, und die, welche sie ehrbar macht, macht sie sehr häßlich.

Genauso ist es! Rosalind Janney. Schöne Frauen sind dumm und die geistreichen häßlich. Nun gut, ich bin häßlich, und das gibt mir das Recht, geistreich zu sein. Also werde ich verdammt geistreich sein.

Von diesem Augenblick an änderte sich ihr Leben. Sie kümmerte sich um keine Bewerber, denn sie wurde immer hagerer und unfraulicher, aber sie kümmerte sich darum, wie eine Plantage geführt werden sollte. Sie erlangte in der Kunst Meisterschaft, süß duftenden Tabak anzubauen, ihn in langen, niedrigen Schuppen zu trocknen, in Ballen zu verpacken und auf die seetüchtigen großen

Schiffe zu laden, die an den Piers ihres Vaters anlegten. Sie lernte zu veranschlagen, ob der Tabak mehr in London einbringen würde oder in Bristol, wo Schiffe aus Virginia nur selten vor Anker gingen. Und zum Erstaunen aller erwies sie sich recht geschickt im Umgang mit Sklaven; sie wußte, wann sie kaufen und wann sie verkaufen sollte und wie sie die für verschiedene Arbeiten abgestellten Schwarzen am besten einteilte. Nach einem Jahr intensiven Lernens wurde sie zu einer tüchtigen Verwalterin – weder streng noch anmaßend, aber stets gut unterrichtet über alles, was in ihrem Bereich vorging.

Ihr Vater, dem ihre unbeirrbare Zielstrebigkeit nicht entgangen war, begriff, daß ihrem Tun Verdrängung zugrunde lag – Verwalterin anstelle eines liebenden Weibes –, und es verdroß ihn, daß eine seiner Töchter sich genötigt fühlte, einen solchen Holzweg einzuschlagen. Er nahm regeren Anteil an ihr und unterhielt sich mehr mit ihr, als er je mit ihren Schwestern gesprochen hatte.

»Keine Sorge, holde Rosalind. Es ist meine Sache, mich darum zu kümmern, daß du einen Ehemann bekommst.«

»Diese Hoffnung habe ich aufgegeben.«

»Das darfst du nicht., Du bist ein zu kostbarer Acker, als daß man dich brachliegen lassen dürfte.«

Sie verabscheute diesen Vergleich, erwiderte aber nichts, was ihrem Vater mißfallen hätte können. Sie war peinlich berührt, als sie erfuhr, daß Thomas Janney mit einigen jungen Männern in der Umgebung über sie gesprochen und ihnen einen beträchtlichen Teil seines Besitzes – einschließlich eines Küstenstreifens – angeboten hatte, wenn sie nur seine älteste Tochter heiraten wollten. Es fand sich kein Interessent, denn selbst mit sechshundert Morgen Land und einem Liegeplatz am Rappahannock war diese Tochter keine gute Partie, und das wußten sie.

Darum ärgerte sie sich, als ihr Vater seine Bemühungen fortsetzte. »Du wirst schneller verheiratet sein, als du es dir träumen läßt, holde Rosalind!«

»Was habt Ihr denn jetzt wieder ausgeheckt?«

Er blieb ihr die Antwort schuldig. Statt dessen zog er seine häßliche Tochter an sich und führte sie in den Schatten des geräumigen Hauses, das er für seine Töchter und deren Ehegefährten erbaut hatte. »Meine süße kleine Roz«, schalt er sie gütig, »glaubst du, ich würde es zulassen, daß die Enkelin eines Ritters, eines Royalisten, der an Prinz Ruperts Seite focht …«

Rosalinds Entschlossenheit mit der Wirklichkeit zu leben, hatte es ihr ratsam erscheinen lassen, selbst die Legenden ihres schwärmerischen Vaters einer vernünftigen Prüfung zu unterziehen. »Der alte Bock hat nie an Ruperts Seite gefochten, und man kann ihn beim besten Willen nicht als Ritter bezeichnen.«

»Dein Großvater …«

»… war Pferdeknecht in einem Gasthof und so wagemutig, Prinz Rupert sechs der besten Tiere zu geben.«

»Und auf einem davon ritt er los, um an der Seite des Prinzen bei Marston Moor zu kämpfen.«

»Der gute Mann kam nie auch nur in die Nähe von Marston Moor – zu unserem Glück, da er zweifellos betrunken war. Ich habe ihn jedenfalls nie nüchtern gesehen.«

»Wenn ich sage, daß er bei Marston Moor dabei war, und ich habe es schon oft genug gesagt, dann *war* er dabei.«

Wie so viele Familien an dieser Küste Virginias hatten auch die Janneys entschieden, daß ihr ruhmreicher Ahne Chilton Janney ein Ritter gewesen und quer durch Europa gestürmt sei, um den unglücklichen Prinz Ruppert bei seinem aussichtslosen Versuch zu unterstützen, König Karl I. in seinem Kampf gegen Cromwells Rundköpfe zu verteidigen. Zwar war so gut wie keiner von Ruperts Reitergenossen nach der Enthauptung Karls I. nach Virginia ausgewandert, aber viele Familien an der von Gezeiten umspülten Küste behaupteten steif und fest, daß die Reiter das getan hätten. Ihre Herzen schlugen für Rupert, auch wenn ihre Vorfahren nicht an seiner Seite gefochten hatten. Daraus leiteten sie das Recht ab, sich Ritter zu nennen, denn sie waren überzeugt, daß sie an der Seite des Prinzen gekämpft haben würden – wenn sie zu dieser Zeit in England gelebt hätten und wenn er ihnen über den Weg gelaufen wäre. Aber wie auch immer: Sie betrachteten sich als Ritter und benahmen sich auch als solche, und allein darauf kam es an.

»Ich werde es gewiß nicht zulassen, daß die Enkelin eines Ritters einfach so dahinwelkt«, bekräftigte Thomas Janney seine Entschlossenheit.

Rosalind, die das Geschäft des Lebens noch nie intensiver betrieben hatte, zuckte die Achseln. Wenn hier jemand dahinwelkt, dachte sie, dann ist es Letty. Sie liest nichts, sie interessiert sich für nichts, und wenn sie den Mund aufmacht, kommt blanker Unsinn heraus. Aber bei ihr spricht man von üppigem Gedeihen, weil sie einen Mann hat, und bei mir von Dahinwelken, weil ich keinen habe. »Für eine Frau ist das eine verkehrte Welt«, erwiderte sie.

»Was meinst du?«

Es war nicht ihre Absicht gewesen zu sagen, was jetzt folgte, aber sie hatte das Gefühl, ihrem selbstgefälligen Vater eine Lektion erteilen zu müssen. »Erklärt mir eines, Vater! Wenn die Rede auf unsere Familie kommt, sprecht Ihr so, als hätte alles erst angefangen, als Chilton Janney sich vor fünfzig Jahren am Rappahannock ansiedelte. Warum erwähnt Ihr nie Simon Janney, der schon 1610 am James-Fluß den Anfang machte?«

Bei den Janneys am Rappahannock gehörte es zur Tradition, niemals von Simon zu sprechen, der so primitiv in den Sümpfen des James-Flusses gelebt hatte, und schon gar nicht von seiner Frau Bess, einem der Hurerei überführten und verurteilten Weibsstück, das er einem Schiffskapitän abgekauft hatte. Natürlich wußten sie, daß gewisse Anhaltspunkte seiner Geschichte aktenkundig waren – sein Landkauf, daß er Sklaven ersteigert hatte, sein Rechtsstreit wegen der Besitzverhältnisse einiger Felder am Choptank, die Art und Weise, wie er von den Fithians den großen Besitz am Rappahannock erworben hatte –, aber sie lebten lieber in dem Glauben, daß diese Dinge für immer begraben bleiben würden. Um aber für eine mögliche Entdeckung gewappnet zu sein, hatten sie sich für die zahnlose Bess einen annehmbaren Stammbaum zurechtgezimmert: »Elisabeth Avery, Tochter aus einem wohlhabenden Haus in Hants.«

»Von diesen Janneys sprechen wir nicht«, erwiderte steif ihr Vater, aber es war kein Geheimnis, daß Simon und seine knochige Frau, als sie die jetzige Plantage übernahmen, ihre ausgemergelte Tochter Rebecca mitgebracht hatten. Sie war bereits da, als Chilton Janney vor Cromwells Soldaten die Flucht ergriff. Chilton war ihr Vetter, der Sohn von Simons Bruder, der in einem Gasthof im Norden Londons als Stallbursche arbeitete; und er war ein gescheiter Junge, denn er begriff sehr schnell, daß er nichts Klügeres tun konnte, als dieses reizlose Mädchen mit den dreitausend Morgen Land zu heiraten.

Er erwies sich als guter Ehemann, und nachdem er erst einmal angefangen hatte, seine Frau regelmäßig zu füttern, wandelte sie sich bald zu einem ansehnlichen Weibchen. Sie hatten vier Kinder, darunter Rosalinds überschwenglichen Vater, und nun gab es flußauf und flußab Janneys, alle Nachkommen des »Ritters«.

»Ihr seid ein Schurke, Vater«, sagte sie, als sie zum Lagerplatz hinunterging. »Hört auf, mich in der ganzen Gegend feilzubieten!«

Ihre Ermahnung fruchtete nichts mehr. Eine Woche später, als ein Tabakschiff aus London kam, verkündete er seiner Familie: »Ein herrlicher Tag! Wir haben einen Mann für unsere holde Rosalind.«

Die lang erwartete Neugier wurde mit großem Jubel aufgenommen, und Rosalinds Schwestern erhoben sich von ihren Sitzen, um sie abzuküssen.

»Jetzt können unsere Familien alle zusammenleben!« rief Letty, aber ihr Vater dämpfte die allgemeine Begeisterung. »Roz wird nicht hier leben«, sagte er, »sondern auf der anderen Seite der Bucht … in Maryland.«

Die Janneys saßen mit offenen Mäulern da. Maryland! Die Tochter eines Ritters nach Maryland zu verbannen, das klang fast so erschreckend wie der Tod, denn Maryland war beinahe so beklagenswert wie Massachusetts. Die

Nachricht traf alle so schwer, daß niemand etwas Vernünftiges dazu zu sagen wußte.

Mit wohlüberlegter Sorgfalt zählte Thomas Janney die Bedingungen auf, zu welchen er den Handel abgeschlossen hatte. »Er ist ein ehrenwerter Herr, dessen Vorfahren den James-Fluß vierzig Jahre früher erreichten als unsere den Rappahannock. Er ist ein Landedelmann. Er besitzt zweitausend Morgen Land … eine ganze Insel … dazu viertausend Morgen an einem schönen Fluß … Sklaven, seinen eigenen Hafen, viele Morgen Tabakpflanzungen …« Er senkte die Stimme, was darauf hindeutete, daß auch negative Aspekte zu erwähnen waren.

»Wie alt ist er?« fragte Missy.

»Er war schon einmal verheiratet.«

»Hat er seine Frau ins Meer geworfen?« fragte Letty.

»Sie ist im Kindbett gestorben.«

»Ihr habt uns noch nicht gesagt, wie alt er ist«, drängte Missy.

»Er ist ein sehr bedeutender Mann … sehr vermögend … Er ist vierzig.« Wieder folgte ein langes Schweigen, und Janney beobachtete, wie seine Töchter das Alter des angekündigten Bräutigams mit dem ihres Vaters verglichen. »Der ist ja uralt!«

»Er ist ein gesetzter Mann«, betonte Janney.

»Habt Ihr ihn schon kennengelernt?« erkundigte sich Rosalind.

»Wie sollte ich? Er lebt drüben in Maryland.«

»Wie habt Ihr von ihm erfahren?«

»Über die Fithians. Ich habe an die Fithians in London geschrieben.«

»O mein Gott!« explodierte Rosalind. »Jetzt geht Ihr schon in London mit mir hausieren.«

»Lästere nicht! Das paßt nicht zu einer Dame.«

»Ich bin keine Dame. Ich bin eine Frau und empört, daß mein Vater mich feilbietet wie eine Ladung Tabak.«

»Wir haben uns bemüht, einen Mann für dich zu finden«, entgegnete Janney verlegen, und als er sich hilfesuchend an die anderen Familienangehörigen wandte, nickten sie; auch sie waren die Küste hinauf und hinunter gefahren und hatten sich um einen Kandidaten bemüht.

»Welchen Betrag habt Ihr die Fithians ermächtigt zu zahlen … wenn mich einer nehmen würde?« fragte Rosalind mit eisiger Miene.

»Die Fithians teilen mir mit, daß dein zukünftiger Gatte keine Mitgift benötigt!«

Rosalind legte Messer und Gabel auf den Tisch zurück.

»Eines ist wichtig«, sagte sie. »Steht er in gutem Ruf?«

»Jawohl. Die Fithians haben mehr Geschäfte mit seiner Familie gemacht als mit uns. Sie erwähnen hier, daß …«, seine Stimme sank zu einem Flüstern herab, »… seine Familie mit … mit dem alten Simon zusammengearbeitet hat.«

»Möchtet Ihr mir nicht seinen Namen verraten, da ich ihn doch nun einmal heiraten soll?«

»Da ist noch etwas, Roz. Er ist Papist.« Und noch bevor jemand etwas einwenden konnte, fügte er hinzu: »Aber er hat versprochen, daß du deinen Glauben nicht zu wechseln brauchst.«

»Sehr großzügig«, sagte Rosalind kühl, und dann reichte ihr Vater einen Brief des Bräutigams an die Fithians herum, in dem er sein Versprechen schriftlich niedergelegt hatte:

> Ich, Fitzhugh Steed, erkläre hiermit, daß ich meine Frau Rosalind niemals dazu nötigen werde, zum katholischen Glauben überzutreten. Das gelobe ich auf meine Ehre.
>
> Fitzhugh Steed

»Ein Steed!« rief Missy freudig, und jeder der jungen Leute erinnerte sich an Freunde, die mit dieser ehrenwerten Familie in Verbindung standen. So gut wie alle katholischen Familien, die an den großen Flüssen Virginias lebten, waren mit den Steeds verschwägert. »Du Glückliche!« rief Letty. Aber Rosalind blickte starr vor sich hin, denn es war nicht ihr Wunsch gewesen, einen Mann von vierzig Jahren zu ehelichen.

Und so verließ Rosalind an einem Septembertag des Jahres 1701 ihr schönes Vaterhaus und schritt mit klarem Kopf, Hand in Hand mit ihren weinenden Schwestern zum Landeplatz hinunter. Auf dem letzten Rasenstück blieb sie stehen und hielt Ausschau nach der Pinasse, die am Vortag mit all den Dingen beladen worden war, die sie in ihr neues Heim mitnehmen wollte, doch an ihrer Stelle lag eine wunderschöne Schnau – die voll getakelten drei Maste gelb, die Segel rot, der Rumpf braun und die Wasserlinie leuchtend blau. Am Heck prangte in Goldbuchstaben der Name »Holde Rosalind«. Es war ein prächtiges Geschenk, groß genug, um damit nach London zu segeln; Rosalinds Ankunft in ihrer neuen Heimat würde sich in prunkvollem Glanz vollziehen.

Ihre Schwestern küßten sie zum Abschied; ihre Schwäger taten das gleiche – mit einiger Erleichterung. Ihr Vater drückte sie an sich und sagte: »Denk immer daran, du bist eine Janney aus Virginia. Dein Großvater focht mit Prinz Rupert. Sei stolz, sei eine gute Frau! Und lehre deine Kinder, daß sie gutes Blut in ihren Adern haben! Sie sind Ritter.«

Sie ließ den Blick auf ihren frommen und guten Familienangehörigen ruhen, die am Ufer standen, bis sie zu fernen Gestalten eines in Zwielicht gehüllten Märchens wurden. Als sie nicht mehr zu sehen waren, betrachtete sie jedes Haus, jeden Baum an diesem Fluß, den sie so geliebt hatte, und dann verschwanden der Fluß und schließlich Virginia im Nebel, und sie begann zu weinen.

Nun segelten sie über die Bucht, jene gewaltige, gefährliche Wasserfläche, und sie spürte, daß ihr Leben in zwei Teile gerissen wurde. Die Süße der Vergangenheit war unwiederbringlich dahin, die Demütigung der Gegenwart unabwendbar.

Um der Wildnis Marylands willen Virginia verlassen zu müssen! Die zahme Sanftheit des Rappahannock um eines weiß Gott wie wilden Flusses willen! Den harmonischen englischen Gottesdienst um der römischen Messe willen! Mein Gott! Weder in England noch in Virginia kann ein Papist ein öffentliches Amt bekleiden, und ich, ich heirate einen! War je einem Mädchen eine schlechtere Ehe beschieden?

Den Sklaven, die nicht auf sie achteten, rief sie zu: »Es ist schlimm für eine Frau, wenn sie feilgeboten wird!« Diese letzten Worte veranlaßten Rosalind, an die Männer zu denken. Wie würden sie den Weg nach Virginia zurückfinden? »Wie kommen die Matrosen wieder heim?« fragte sie den weißen Kapitän.

»Sie gehören zum Schiff«, antwortete dieser, und erst jetzt wurde Rosalind klar, daß ihr Vater ihr nicht nur dieses schöne neue Schiff, sondern auch die zwölf Mann Besatzung geschenkt hatte. Sie hatte nur ihre drei Näherinnen mitnehmen wollen! Und jetzt auch noch die Männer! Das war die Aussteuer einer Prinzessin!

Als gute Verwalterin, die sie war, beschäftigte sie sich am nächsten Morgen mit der Erkundung ihres Schiffes. Da es nun einmal ihr Schiff war, mußte sie seine Geheimnisse ergründen, und das war nicht leicht, denn sie gebot über ein höchst ungewöhnliches Fahrzeug. Es besaß den üblichen Rahsegel führenden Fockmast und einen ebenso getakelten Großmast; dergleichen kannte sie. Doch unmittelbar hinter dem Großmast erhob sich ein seltsamer dritter mit Schratsegeln bestückter Mast. Als sie die Vorteile dieser einzigartigen Kombination erkannte, wußte sie, daß nur wenige Schiffe dem ihren an Manövrierfähigkeit überlegen sein würden.

Sie war guter Laune, als ihre Schnau die im Windschatten liegende Seite der Insel Devon erreichte, die östliche Landspitze umfuhr und westwärts steuerte, um die Mündung des kleinen Flusses zu finden. Während sie langsam landeinwärts segelten, hatte Rosalind Gelegenheit, ihre neue Heimat in Augenschein zu nehmen: Eine riesige Eiche, ein Rasen, wie es auch in Virginia keinen gepflegteren gab, und ein weiträumiges Holzhaus, das von Jahrzehnten regen Lebens zeugte. Am Landungssteg stand ein gutaussehender blonder Mann von vierzig Jahren in gelöster Haltung, der, nach seinem Auftreten zu schließen, vermutlich eitel und bequem war. Neben ihm stand ein zierliches junges Mädchen, und sie war es, die als erste einen Gruß entbot. Sie machte einen artigen Knicks, streckte Rosalind die Hand entgegen und sagte: »Ich bin Evelyn, deine neue Tochter.« Der Mann lächelte und half ihr an Land. »Hallo«, sagte er, »ich bin Hugh Steed.«

Rosalind musterte das hübsche Paar. Wie gewöhnlich und farblos mußte sie den beiden doch erscheinen! Ganz gewiß nahmen sie an der Verschwörung der schönen Menschen gegen die häßlichen teil, und doch wollte ihnen Rosalind ewig dafür dankbar sein, daß sie, so enttäuscht sie auch sein mochten, so viel Anstand hatten, es nicht zu zeigen. Sie versuchte zu lächeln. »Ich bin Rosalind Janney.«

Doch als sie auf die Pier trat und neben diesen strahlenden Menschen stand, überkam sie mit brennender Scham das Gefühl, eine reizlose Braut zu sein. Eine Schwäche befiel sie, und sie fragte sich, ob sie imstande sein würde, diese Prüfung durchzustehen, diese Ehe, organisiert von den Fithians jenseits des Ozeans. Doch dann biß sie die Zähne zusammen, gestattete Fitzhugh Steed, sie zu küssen, und dachte dabei: Mut, Mädel! Du bist die Enkeltochter eines Ritters, der mit Rupert bei Marston Moor focht.

Rosalinds Rache

Als Rosalind vom Landungssteg der Insel Devon auf das quer über dem Hang hingebreitete Herrenhaus zuschritt, das aus verschiedenen Komplexen bestand und durch nachträgliche Zubauten ergänzt worden war, hatte sie das sonderbare Gefühl, daß sie allein zu dem Zweck über die Bucht gesegelt war, Ordnung in diesen Haushalt zu bringen. Das Haus bedurfte durchgreifender Veränderungen, und das gleiche galt auch für seine Bewohner. Mit der linken Hand ihre Röcke zusammenraffend, marschierte sie los, um die ihr auferlegte Arbeit in Angriff zu nehmen.

Alle Feinheiten des guten Benehmens beachtend und bestrebt, seiner zukünftigen Gattin das Gefühl zu vermitteln, bereits Herrin der Insel zu sein, geleitete Fitzhugh Rosalind auf die Veranda. Er gab ihr Gelegenheit, auf den Fluß und das rege Treiben am Landeplatz hinabzublicken und verkündete mit weit ausholender Geste: »Das alles soll Euer sein. Es verlangt dringend nach Eurer sorgenden Hand.«

Von solcher Großzügigkeit beeindruckt, wollte sie seine Hand ergreifen, doch die Anwesenheit arbeitender Sklaven hielt sie davon ab. Statt dessen lächelte sie und ließ ihre festen, weißen und – wie sie vermeinte – zu großen Zähne sehen. »Es ist ein gewaltiges Stück Arbeit, eine Plantage zu verwalten. Ihr scheint auch ohne mich gut zurechtgekommen zu sein.«

Er lachte in sich hinein. »Zeig deiner neuen Mutter ihre Räume!« wies er seine Tochter an und zog sich zurück; sein mit Spitzen besetzter Rock tanzte im Sonnenlicht.

Evelyn Steed war noch freundlicher als ihr Vater. Sie war eine lebhafte kleine Prinzessin, von Selbstbewußtsein übersprudelnd und aufrichtig bemüht, diesem Neuankömmling in allem behilflich zu sein. Sie nahm Rosalind an der Hand und führte sie durch dunkle Gänge in ein geräumiges Schlafzimmer, das auf den Fluß hinausging. Als es Zeit gewesen wäre, Rosalinds Hand loszulassen, ergriff sie auch ihre zweite und drückte sie herzlich. »Wir haben dich so gebraucht!« stieß sie spontan hervor. »Wir sind alle so froh, daß du gekommen bist.«

»Du überraschst mich«, erwiderte Rosalind mit stockendem Atem, weil sie die Aufrichtigkeit des Mädchens beeindruckte. »Ich wußte gar nicht, daß dein Vater eine so reizende Tochter hat.«

»Und Mark? Hat man dir auch ihn vorenthalten?«

»Wer ist Mark? Dein Bruder?«

»Er ist älter als ich und in Saint Omer.«

»Wo ist das?«

»In Frankreich. Alle katholischen Jungen studieren in Saint Omer, wenn ihre Väter große Schiffe haben oder Zugang zu solchen.«

»Mir gefällt es, wie du das Wort ›Zugang‹ gebrauchst, Evelyn. Du scheinst guten Unterricht genossen zu haben.«

»Vater liebt große Worte. Er sagt, ein Gentleman muß sich gewählt ausdrücken können.« Sie tanzte durch das Zimmer, blieb plötzlich stehen und ergriff abermals Rosalinds Hände. »Es ist ganz schrecklich einsam hier gewesen … Mutter … Mark in Frankreich …«

»Deine Mutter …«

»Sie ist gestorben. Das ist schon lange her.« Wieder machte sie ein paar Tanzschritte. »Und Vater ist genauso einsam gewesen wie ich.« Sie blieb unmittelbar vor Rosalind stehen und fragte: »Wie alt bist du?«

»Nicht alt genug, um deine Mutter, zu alt, um deine Schwester zu sein.«

»Ich mag Rätsel. Laß mich raten!« Sie tänzelte um Rosalind herum und betrachtete sie von allen Seiten. »Du bist siebenundzwanzig.«

»Ein Jahr zuviel.«

»Das ist ein lustiges Alter. Aber ist es nicht ein wenig spät, um zu heiraten?« Ohne auf Antwort zu warten, fragte sie weiter: »Warst du schon einmal verheiratet?« Und wieder ohne zu warten: »Weißt du, Vater ist ganz versessen darauf, mich zu verheiraten. Er hat den Claxtons geschrieben – sie leben auf der anderen Seite der Bucht. Kennst du sie? In Annapolis?«

»Wie kann ich dir antworten, wenn du so viele Fragen auf einmal stellst?« Und Rosalind zog das zappelige Mädchen neben sich aufs Bett. Da saßen sie nun, ließen die Beine baumeln und erörterten problematische Fragen.

»Meine Heirat kommt spät, Evelyn, denn ich war nicht vom Glück begünstigt. Meine jüngeren Schwestern waren so hübsch wie du, und sie haben auch in deinem Alter geheiratet. Ich war noch nicht verheiratet. Und wie sollte ich die Claxtons in Annapolis kennen, wenn ich doch aus Virginia komme, und das liegt weit weg.« Doch dann wurde ihr bewußt, daß ihre Worte einen scharfen, ja gereizten Klang hatten, darum fügte sie mit sanfterer Stimme hinzu? »Ist er ein netter junger Mann?«

»Ich habe ihn noch nie gesehen. Keinen von den Claxtons. Es wird immer nur geschrieben.«

»Bei mir war das auch so«, sagte Rosalind.

»Bei dir auch?« Die Locken des Mädchens flatterten, als sie sich lachend herumdrehte. »Du bist also eine Briefbraut!«

»Auf dem Umweg über London.«

»Was heißt das?«

»Dein Vater hat bei den Fithians angefragt, ob sie eine Braut für ihn wüßten, und sie …«

»Du wurdest auch von den Fithians vermittelt?« rief Evelyn fröhlich, tanzte im Zimmer herum und machte artige Knickse. »Miss Fithian, darf ich Ihnen Miss Fithian vorstellen?« Aber unvermittelt erstarb ihr Lachen, und sie sagte leise: »Mit sechsundzwanzig eine Briefbraut zu sein mag statthaft erscheinen. In meinem Alter möchte ich ihn zumindest einmal sehen.«

»Und das wirst du auch!« erwiderte Rosalind spontan; sie erinnerte sich, wie sie in einer ähnlichen Situation reagiert hatte.

»Aber du darfst nicht nachgeben«, flehte das Mädchen. »Bitte, gib nicht nach!«

»Augenblick mal, Evelyn. Wir wollen uns doch nicht gegen deinen Vater verbünden.«

»Oh, er ist lieb …« Sie zauderte. »Wie soll ich dich nennen? Mutter? Oder was?«

»Nenn mich Rosalind! Ich bin Rosalind Janney, und bald werde ich Rosalind Steed heißen.«

Die neue Schnau wurde nach Annapolis geschickt, um einen Priester zu holen. Rosalind war noch keine vier ganze Tage auf Devon, da wurde sie von Evelyn umsorgt, die ihr beim Ankleiden für die Hochzeit half. »Ich gebe zu, ich bin sehr nervös, Evelyn. Ich habe keine Ahnung, wie es bei einer katholischen Zeremonie zugeht.«

»Ich auch nicht«, sagte das Mädchen. Sie war ungewöhnlich erregt, noch nervöser als ihre zukünftige Stiefmutter, und es dauerte nicht lang, bis Rosalind den Grund erfuhr.

»Hochwürden Darnley kommt aus Annapolis. Ich bin sicher, daß er mir etwas von Regis erzählen kann.«

»Von wem?«

»Von Regis Claxton. Das ist der Junge, den ich heiraten soll.«

»Frag ihn doch einfach«, sagte Rosalind. »Aber wenn es dir peinlich ist, tu ich es für dich.«

»Keine Sorge! Ich werde mit ihm sprechen.«

So wurde Rosalind von Evelyn und ihren eigenen drei schwarzen Zofen angekleidet, und wenngleich Rosalinds Figur es ihnen unmöglich machte, eine zarte Braut aus ihr zu machen, ließen die feinen Spitzen an ihrem Kleid und die Blumen, die sie ihr in die Arme legten, doch eine festliche Stimmung aufkommen, und so glaubte sie auch nicht, ihre Erscheinung rechtfertigen zu müssen, als sie das Schlafzimmer verließ und sich zu Fitzhugh und dem Priester begab, die sie schon erwarteten.

Die Zeremonie überraschte sie nicht; sie war kaum von der ihrer Schwestern in der anglikanischen Kirche zu unterscheiden, und Hochwürden Darnley, ein großer, zugänglicher Mann, tat alles, was in seiner Macht stand, um eine freundliche Atmosphäre zu schaffen. Als die Gebete beendet waren, bat sie, mit ihm und Fitzhugh allein sprechen zu können. »Unsere Kinder sollen als Katholiken aufwachsen. Ich habe den Wunsch, zusammen mit meinem Mann die Messe zu besuchen, aber ich halte es für richtig, meinen Glauben nicht zu wechseln.«

»Ich werde Euch nicht drängen«, versicherte ihr Steed.

»Und auch ich nicht«, sagte Hochwürden Darnley. Er lebte schon zu lange in Maryland, um den missionarischen Eifer seiner Jugend bewahrt zu haben, und in den letzten Jahren hatte er zuviel von dem unheilvollen Kampf zwischen Katholiken und Protestanten gesehen, um zu glauben, daß die Tage der katholischen Vorherrschaft wiederkehren würden.

»Wißt Ihr eigentlich«, fragte er, während er sein Skapulier zusammenfaltete, »daß man, als unsere Hauptstadt von Saint Mary's City nach Annapolis verlegt wurde, Wachen auf dem Hauptplatz postierte, die darauf achten mußten, daß kein Katholik die Straße betrat, in der die neuen Häuser stehen? Man fürchtete, wir könnten sie entweihen!«

»Darf denn das wahr sein?« fragte Steed.

»Es ist immer noch wahr«, antwortete Darnley. Er und Steed brachen in Lachen aus.

»Das Geräusch meiner Schritte bringt also den Staat in Gefahr.« Steed schüttelte den Kopf und warnte dann seine junge Frau: »Ihr seht, welch schändlichem Kreis Ihr jetzt angehört.«

»Meine Schwestern küßten mich zum Abschied, als würde ich diese Welt für immer verlassen.«

»Und in einem gewissen Sinn habt Ihr das auch getan«, sagte der Priester. Aber Ihr werdet Trost finden hier in Maryland: bei den Steeds und der Verheißung ihrer Größe und unter den Katholiken und der Verheißung ihrer Unsterblichkeit.« Er machte eine Pause, um den Eindruck zu vermitteln, er habe nur gescherzt. »Ich sterbe vor Hunger … Wir müssen etwas essen – und ich hätte nichts dagegen, wenn ich auch etwas zu trinken bekäme.« Rosalind richtete es so ein, daß Hochwürden Darnley neben Evelyn saß. Während des Festmahls behielt sie ihre neue Tochter im Auge und sah mit Befriedigung, daß ein lebhaftes Gespräch im Gange war. Als das Hochzeitsessen zu Ende ging, nahm sie den Platz auf der anderen Seite des Priesters ein und fragte ihn: »Was habt Ihr über die Claxtons berichten können?«

»Eine reizende und in Annapolis sehr angesehene katholische Familie.«

»Und Regis?«

»Ein guter Katholik«, antwortete Darnley in einem Ton, der vermuten ließ, daß er über den jungen Mann nicht mehr sagen konnte oder zu sagen wünschte.

»Aber nicht unbedingt ein aufregender Kandidat für einen Ehemann?« fragte Rosalind ohne Umschweife.

»Aufregend? Nein. Zuverlässig? Ja.«

»Ich verstehe«, sagte Rosalind und erkannte in der Art, wie Hochwürden Darnley sich von ihr ab- und seinem Dattelpflaumenpudding zuwandte, daß er sie nicht weiter ins Vertrauen zu ziehen gedachte. In seinem Menschenalphabet rangierte der junge Claxton unter Z.

Der Tag ging zu Ende. Sklaven schafften die Reste des Mahls aus dem Haus. In den Hütten der Neger wurden die Lichter angezündet, und die Frauen, die vom Feld kamen, erhielten ein Stück vom Hochzeitskuchen. Die ersten Wildgänse versammelten sich lärmend am Devon-Fluß, und von der Bucht fegte der erste wirklich kalte Wind herüber. Der Priester saß allein am Kamin, und Evelyn löste in ihrem Zimmer das Haar und geriet angesichts der unerfreulichen Neuigkeiten über den ihr zugedachten Gatten ins Nachdenken.

Im Brautgemach fiel dem vierzigjährigen Fitzhugh Steed ein Stein vom Herzen. Von dem Augenblick an, da seine erste Frau gestorben war – ein überaus törichtes Wesen und der Aufgabe, auf einer Insel zu leben und zwei Kinder großzuziehen, in keiner Weise gewachsen –, war ihm klar gewesen, daß er sich ein zweites Mal vermählen mußte: Die Plantage war zu groß und zu weitläufig, um mit leichter Hand geführt zu werden. Wenn er Erfolg haben wollte, mußte er ihr seine volle Aufmerksamkeit zuwenden und konnte sich nicht mit den verwirrenden Problemen der Haushaltsführung abgeben.

Viele Familien in Maryland und Virginia hätten sich gern mit den Steeds auf Devon verbunden, weshalb ihm mehrere Ehen vorgeschlagen wurden. Aber von albernen Bräuten wollte er nichts mehr wissen; die eine reichte ihm für sein ganzes Leben. Er brauchte eine Frau genau wie Rosalind: älter, aus guter Familie und über das Alter romantischer Torheiten hinaus. Er brauchte jemanden, der dafür sorgte, daß Evelyn heiratete und daß Mark sich mit der Führung der Plantage vertraut machte. Was ihn selbst betraf, hatte er verschiedene Arrangements getroffen, die sich bewährten, und es bedurfte keiner zusätzlichen Verwicklungen seitens einer zweiten Frau. Indes sah er ein, daß er, sollte er ein zweites Mal heiraten, gewisse stillschweigende mit inbegriffene Verpflichtungen, insbesondere jene, die mit dem Bett zu tun hatten, zu erfüllen haben würde, und er war auch bereit, diese auf sich zu nehmen, selbst wenn ihn weniger Leidenschaft als Pflicht dazu bewegte.

Während Rosalind sich hinter einem Paravent entkleidete, schlüpfte er rasch aus seinem Hochzeitsanzug und sprang ins Bett, wo er sie erwartete. Ihr dunkles Haar fiel ihr über die Schultern. Als sie die Kerze zum Nachttisch trug, rief er aus: »Roz! Du bist ja schön!« Und er streckte ihr seine Hand entgegen. Niemals vergaß sie die Geste; oft fragte sie sich, wieviel Charakterstärke er dazu benötigt hatte, aber sie war ihm immer dankbar dafür.

»Ich möchte dir eine gute Frau sein«, sagte sie, während sie die Kerze ausblies. »Du wirst die beste sein«, versicherte er ihr und zog sie zu sich ins Bett. Im März 1702 teilte Rosalind ihrem gleichgültigen Mann mit, daß sie schwanger sei, und im September gebar sie ihm einen Sohn, der auf den Namen Samuel getauft wurde. In späteren Jahren fragte sie sich oft, welchem Wunder sie es zu danken hatte, daß sie von ihrem seltsamen und gefühllosen Mann Kinder bekam; sie hatte drei, zwei Jungen und ein Mädchen, und jede Schwangerschaft schien ein rein zufälliges Ereignis zu sein, die Folge einer bedeutungslosen Verrichtung ohne jede geistige Dimension. Sie faßte ihre Stellung einmal so zusammen: »Wenn Fitzhugh eine wertvolle Kuh besitzt, wird er darauf achten, daß sie einen guten Bullen wirft. So denkt er auch in bezug auf meine Person.« Doch dann legte sie die Stirn in Falten: »Ich bin aber mehr wert«, und sie gelobte sich, diesen ihren Wert nie unter den Scheffel zu stellen.

Nach der Geburt ihres ersten Kindes rief Rosalind den Unmut ihres Mannes hervor, als sie darauf bestand, den ganzen Besitz der Steeds inspizieren zu dürfen. Fitzhugh glaubte zuerst, daß sie damit die Felder und Scheunen auf der Insel meinte, und es verdroß ihn noch mehr, als sie ihm eines Morgens mitteilte: »Heute möchte ich das Lagerhaus am Patamoke-Landeplatz sehen.« Als sie die Siedlung besichtigte, die in den Gerichtsakten als »Ye Greate Towne of Patamoke« erscheint, war sie beeindruckt. Obwohl der Ort im Grunde nur ein Dorf war, herrschte in ihm geschäftiges Leben und Treiben. Die Taverne am Hafen war geräumig, das Steedsche Lagerhaus imposant; den gesamten östlichen Teil nahm die Paxmore-Werft ein, und ein gediegenes neues Gerichtsgebäude, komplett mit Staupsäule, Fußblock, Pranger und Tauchstuhl wurde gerade gebaut. Die Stadt besaß nur eine einzige Straße, die parallel zum Hafen verlief; ein großer Platz unterbrach sie, der von in die Erde gerammten Pflöcken umgeben war.

»Das ist unser Sklavenmarkt«, erklärte Fitzhugh stolz. »Hier wird ehrlicher Handel getrieben.« Rosalind aber dachte: Im Vergleich damit, wie wir unsere Plantage am Rappahannock führten, betreibt ihr hier überhaupt keinen Handel. Aber das wird sich ändern.

Sie wandte ihre Aufmerksamkeit der Insel Devon zu, und je deutlicher sie die Nachlässigkeit sah, mit der die verschiedenen Steeds ihren Obliegenheiten nachkamen, desto überraschter war sie, daß der Betrieb trotzdem fortbestand. Von Ordnung war wenig zu merken und noch weniger von Logik; die sechstausend Morgen wurden holterdiepolter bepflanzt und die achtzehn weißen Knechte und fünfunddreißig Sklaven willkürlich eingesetzt, ganz gleich, ob sie sich für die jeweilige Arbeit eigneten oder nicht. Die zwei seetüchtigen Schiffe verließen Devon oder Bristol nur selten mit kompletten Ladungen, und niemand war für ihren wirtschaftlichen Einsatz zuständig. Alles war vom Zufall abhängig, und daß Devon die Zeiten überdauerte, dankte es mehr seiner Größe als seiner wirtschaftlichen Führung.

Rosalind nahm sich vor, hier Abhilfe zu schaffen. Mit dem Herrenhaus, einer weiträumigen Monstrosität, die unüberschaubare Dimensionen angenommen hatte, machte sie den Anfang. Sie ließ die Brüder Paxmore von ihrer Werft in Patamoke kommen und bat sie um Rat, was man denn tun könne, um der ganzen Anlage Zusammenhalt zu geben. Stets hielt sie sich in ihrer Nähe auf, während sie die Lage studierten. Die Paxmores verhehlten ihr nicht, daß ihnen an neuen Aufträgen wenig gelegen war, da der Bau großer Schiffe und kleinerer Boote ihre ganze Zeit in Anspruch nahm. »Aber wir stehen tief in Mister Steeds Schuld«, sagte der ältere Bruder, der das Wort führte, »und fühlen uns daher verpflichtet. Wir werden sehen, was wir tun können.«

Sie waren von den vorhandenen Möglichkeiten nicht begeistert; man hätte zu viele mit der Zeit hinzugekommene Auswüchse niederreißen müssen, und dann hörte sie den älteren Bruder sagen: »Schade, daß keine starke zentrale Struktur vorhanden ist. Sonst hätten wir das Ganze nach Art eines Teleskops auseinanderschieben können.« Rosalind wollte wissen, was er damit meinte, und Paxmore sagte: »Komm mit uns auf die Klippe, und wir werden es dir erklären.«

Zum ersten Mal überquerte sie den Choptank in Richtung Friedensklippe. Auf dem mit Austernschalen angelegten Weg ging sie zu dem schlichten, friedlichen Haus hinauf, das auf der Landspitze stand. Als sie es sah, verstand sie, was die Brüder gemeint hatten, als sie von einem Teleskop sprachen. Das von Edward Paxmore 1664 erbaute bescheidene Haus war immer noch massiv. Doch nach

Paxmores Tod benötigten die wachsenden Familien seiner vier Kinder mehr Platz, weshalb ein größerer, aus vier Räumen bestehender Block mit einem höheren First angebaut wurde. Als dann die Werft florierte, kam ein richtiges Haus mit einem noch höheren First dazu. Zur linken Hand des Beschauers erhob sich nun ein schönes solides Gebäude, an das sich ein kleiner Mittelteil anschloß, und an diesen schmiegte sich ein noch bescheideneres Häuschen. Die drei Baulichkeiten erinnerten an ein zusammenschiebbares Fernrohr. »Ein Riese könnte sie alle zusammenschieben«, meinte Rosalind bewundernd. »Es ist übersichtlich, praktisch, dem Auge gefällig und paßt wunderbar hierher.« Noch mehr beeindruckte sie die Art, wie die drei Komplexe verbunden waren, und als sie das letzte sauber aufgeräumte Zimmer gesehen hatte, fragte sie: »Könntet Ihr das gleiche für mich bauen?«

»Nein«, antwortete Paxmore. »So kannst du nur bauen, wenn das erste Haus ein kompaktes und geordnetes Gefüge aufweist.«

»Dann ist also unser Haus ein hoffnungsloser Fall?«

»Keineswegs! Du hast eine herrliche Lage …«

»Daß die Lage gut ist, weiß ich. Was ist mit dem Haus?«

»Diese klaren Linien wird es nie bekommen«, sagte er, »aber es kann seinen eigenen Reiz entfalten, dazu mußt du aber die häßlichen Teile abreißen lassen.« So einfach war das. Um zu einem ansprechenden Haus zu kommen, war es unbedingt nötig, die häßlichen Teile zu entfernen; es genügte nicht, sie zu verschönern – sie mußten abgerissen werden. Dazu war Rosalind bereit, aber während sie mit den Sklaven arbeitete, welche die baulichen Auswüchse niederrissen, hatte sie stets die festliche Reinheit des Quäkerhauses vor Augen. Als die Zeit kam, da mit dem Neubau begonnen werden sollte, bat sie die Paxmores, ihr zu erlauben, noch einmal das Haus auf der Klippe zu besuchen, um ihre Erinnerungen auffrischen zu können.

Bei einem zweiten Besuch lernte sie Ruth Brinton Paxmore kennen, die nun schon eine Frau von neunundsechzig Jahren war. »Das ist unsere Mutter«, sagte der junge Paxmore, und vom ersten Augenblick an fühlte sich Rosalind zu dieser ein wenig steifen, in das schmucklose Grau der Quäker gekleideten alten Dame hingezogen.

Sie hatten kaum zehn Minuten miteinander gesprochen, als Ruth Brinton dem lockeren Geplauder ein Ende setzte. »Hast du schon Pläne für die Freilassung der Sklaven auf Devon?«

»Freilassung der Sklaven?«

»Ja. Wann gedenkst du, die Sklaven in die Freiheit zu entlassen?«

Die Frage kam so überraschend – und berührte ein Thema, über das in Rosalinds Beisein nie gesprochen worden war –, daß sie nichts zu erwidern wußte, aber der ältere Sohn half ihr aus ihrer Verwirrung, indem er sichtlich verlegen erklärte: »Mutter hat es mit der Sklaverei. Du brauchst dir nichts daraus zu machen.«

»O doch«, gab die alte Frau zurück. »Das ist eine Frage, die uns alle angeht.« Sie sprach mit so viel Aufrichtigkeit und aus solch leidenschaftlicher Überzeugung heraus, daß Rosalind sich schroff an die Söhne wandte: »Laßt uns allein. Eure Mutter und ich wollen miteinander reden.«

Sie redeten zwei Stunden lang; sie tauschten Belanglosigkeiten über Küche und Keller aus und kamen dann auf die tiefgründigen Probleme der Kirche zu sprechen. »Mir wurde die Gnade zuteil, den Großonkel deines Gatten, Hochwürden Ralph, kennenzulernen. Wir haben oft über den Katholizismus gesprochen, und wenn ich nicht Quäkerin gewesen wäre, hätte er mich vielleicht überredet, zum katholischen Glauben überzutreten. Ich denke, du tust gut daran, deine Kinder als Katholiken großzuziehen. Das ist bei den Steeds zur Tradition geworden. Meine Kinder haben glücklicherweise Quäker geheiratet, aber es hätte mir nicht weh getan, wenn es anders gekommen wäre.«

»Wie viele Kinder hattet ihr?« fragte Rosalind und verbesserte sich sogleich: »Wie viele habt Ihr?«

»Zwei Jungen, und ihnen gehört die Werft. Eine Tochter, und dann, recht spät schon, eine zweite Tochter. Auch deren Männer arbeiten auf der Werft.«

»Wie schön!«

In diesen zwei Stunden erfuhr Rosalind mehr über die Steeds, als ihr Mann ihr je anvertraut hatte; es kam die Rede auf Hochwürden Ralphs ungewöhnliche Tugenden, auf das anspruchsvolle Wesen Henrys, der das Vermögen der Familie erworben hatte, und auf dessen Sohn Earl, welcher mit den Piraten gekämpft, die Verbindungen mit den Reedern hergestellt und sein Leben zur Hälfte in England und zur Hälfte in Maryland verbracht hatte. »Er liebte das Meer, und man hätte von ihm nicht verlangen dürfen, eine Plantage zu leiten. Unter Captain Earl fing es an, mit ihr bergab zu gehen.«

»Er muß schon früh gestorben sein.«

»Als Verwalter der Plantage ist er jung gestorben, am Anfang dieser Laufbahn. Doch als Schiffskapitän wäre er wohl fünfzig Jahre alt geworden.«

»Und was geschah dann?«

»Die Geißel der Meere: Piraten. Zwei von ihnen kamen hier den Fluß herauf.«

»Ja. Evelyn hat mir von ihnen erzählt. Sie sagte, es seien Quäker gewesen.« Die alte Dame lachte, und Rosalind war von der Kraft ihrer Reaktionen überrascht. »Quäker! So ein Unsinn! Sie waren Betrüger und haben alle Welt bestohlen. Captain Earl verfolgte sie und tötete Griscom, den Engländer. Der

Franzose Bonfleur entkam und blieb bis zum heutigen Tage ein grausamer Feind. Er sann auf Rache, und eines Tages, nach vielen Jahren, überfiel er deines Vaters Schiff vor Barbados … Ich meine natürlich den Vater deines Gatten. Er enterte das Schiff, tötete drei Passagiere und schickte drei nach Maryland zurück; sie sollten verkünden, daß Earl Steed zwei Tage lang gemartert und dann den Haien zum Fraß vorgeworfen wurde.«

»Mein Gott!« Rosalind griff nach ihrem Taschentuch und hielt es sich an den Mund. »Mein Mann hat mir nie etwas davon …«

»Du würdest gut beraten sein, Rosalind, den Namen Gottes nicht zu mißbrauchen. Wir sind hier nicht in Virginia, und du könntest Schwierigkeiten bekommen.«

»Ergriff niemand Vergeltungsmaßnahmen?«

»Vier Schiffe, die meine Söhne gebaut haben, wurden von den Piraten gekapert. Die machen, was sie wollen.«

»Ihr sprecht, als ob sie betraft werden sollten … Vielleicht sogar gehenkt. Ich dachte immer, die Quäker …«

»Wir suchen den Frieden. Aber wir schützen uns auch vor tollen Hunden. Ich war immer der Meinung, daß dein Vater, als er dieses Ungeheuer Griscom tötete, auch Bonfleur hätte erschlagen sollen.«

»Das ist ein bemerkenswertes Eingeständnis, Mistress Paxmore.«

»Es ist sehr schwer, Rosalind, den Glauben und die menschliche Leidenschaft in Einklang zu bringen.« Sie zögerte, runzelte die Stirn und verfiel in Schweigen.

»Wolltet Ihr mir nicht gerade ein Beispiel nennen?«

»Bist du darauf gefaßt, es zu hören?«

»Das bin ich.«

»Ich bin neunundsechzig …«

»Und das rechtfertigt Eure Offenheit?«

»Ich denke schon.«

»Dann erzählt, was es Unerfreuliches zu sagen gibt.«

»Es ist nichts Unerfreuliches, Rosalind. Es ist eines jener Probleme, die Gott uns als Prüfung auferlegt.«

»Zum Beispiel.«

»Ich finde, du müßtest die Verantwortung für die anderen Kinder deines Gatten übernehmen.«

Ohne auch nur den Ton ihrer Stimme zu verändern, fragte Rosalind: »Wo sind sie jetzt?«

»Im Sumpfland, antwortete Ruth Brinton. »Im Morast menschlicher Verzweiflung.«

»In welchem Sumpfland?«

»Im Turlock-Moor, ein Stück den Choptank hinauf.«

Und sie machte sich daran, Rosalind über einen Punkt aufzuklären, der auf Devon nie erwähnt worden war. »Vor vielen Jahren, bevor Edward und ich hierher kamen, flüchtete ein Gefangener namens Turlock in den Sumpf.

»Und was tat er dort?«

»Er zeugte Nachkommen. Mit jeder Frau, die er in die Finger bekam, zeugte er einen Haufen abscheulicher, elender Kinder-Idioten, Verbrecher, abwegige junge Menschen … aber auch einige, die es wert wären, das Heil zu finden.«

»Warum soll ich mich mit diesen Kindern einlassen?«

»Weil …« Ruth Brinton zögerte und schlug dann rasch einen neuen Weg ein. »Der alte Turlock gabelte sich irgendwo eine Schwedin auf. Die Schwedin hatte eine Schlampe namens Flora, und Flora hatte eine Schlampe namens Nelly, und diese Nelly …«

»Wo trifft sich mein Mann mit ihr?« fragte Rosalind ruhig.

»Im Sumpf.« Die alte Frau sagte es nicht abfällig. »Man darf ihm daraus keinen Vorwurf machen, Rosalind. Wie du ja weißt, war seine Frau ein armes Ding, das nur eine Aufgabe erfüllen konnte: ihm zwei reizende Kinder zu schenken. Evelyn ist ein liebes Mädchen, wie du wohl weißt, und Mark erst, der ist ein Prachtkerl. Und so geriet ihr Vater eben ins Moor, und dort leben auch seine drei Kinder.«

»Ist das schon lange her?«

»Ich rede von der Gegenwart. Das eine ist noch ein Säugling.«

Irgendwie verstand es Ruth Brinton, eine solche Tatsache weiterzugeben, ohne als Lästermaul dazustehen; vielleicht konnte sie es deshalb, weil sie mit so unbeugsamer Rechtschaffenheit Zeugnis ablegte. Jedenfalls setzte sie Rosalind von der schon seit längerem bestehenden Verbindung und den Kindern, die daraus hervorgegangen waren, in Kenntnis. Es war das Schicksal dieser Kinder und nicht das Verhalten ihrer Erzeuger, was für die alte Moralistin von Belang war.

»Nelly Turlock fehlt jede Gabe, sie aufzuziehen. Bei ihr werden sie das Leben von Moorhirschen führen.«

»Wie sieht sie denn aus?«

»Gut, natürlich.«

»Hat sie schon auf Devon gewohnt?«

»Um Himmels willen, nein! Fitzhugh würde nicht im Traum daran denken, ihr das zu erlauben … Er hält sie wie eine seiner Sklavinnen. Er mag sie beschlafen, aber er würde ganz gewiß niemals …«

»Ihr habt mir viel Stoff zum Nachdenken gegeben«, sagte Rosalind.

»Du wirst noch lange an diesem Fluß leben«, erwiderte die alte Frau, »und viele Verpflichtungen eingehen müssen. Du hast deinen Mann, seine Kinder, eure Kinder. Das Leben besteht darin, daß man alles vorantreibt. Alles.«

»Ich kam, um Euer Haus zu besichtigen«, sagte Rosalind beim Abschied von der alten Quäkerin, »kennengelernt habe ich aber mein eigenes.«

Auf der Rückfahrt zur Insel versuchte sie, kritisch zu beurteilen, was sie erfahren hatte, und eine halbwegs vernünftige Antwort darauf zu finden. Evelyn Steed war ein vortreffliches Mädchen und ihrer herzlichen Zuneigung wohl wert; Mark, den sie noch nicht kennengelernt hatte, versprach ihr ähnlich zu sein; Fitzhugh aber erwies sich als ein gegen sich selbst nachgiebiger, mäßig befähigter Mann, der sich damit zufrieden gab, so zu tun, als leite er eine Plantage und führe er eine normale Ehe; ihr leiblicher Sohn berechtigte zu den schönsten Hoffnungen, und auf ihn, wie auch auf die Kinder, die ihm vielleicht noch folgen mochten, würde sie sich stützen müssen. Sie erwartete sich weder etwas davon, Fitzhugh mit ihrem Wissen um sein Betragen zu konfrontieren, noch war sie von seinem Verhalten befremdet. In Virginia gingen die Pflanzer häufig Verbindungen mit hübschen jungen Sklavinnen ein, und kluge Ehefrauen hatten gelernt, daß es am vernünftigsten und zielstrebigsten war, das Problem zu ignorieren; die Liebschaft dauerte selten so lange, daß sie zum öffentlichen Ärgernis wurde, und wenn ihr Kinder entsprossen, konnte man sie in der Masse der Sklaven verschwinden lassen oder auch in aller Stille weiter nach Süden verkaufen. Sie wollte sich mit der Existenz Nelly Turlocks abfinden. Nur eine häßliche Äußerung Mrs. Paxmores störte sie. Als Rosalind gefragt hatte, ob es schon lange her sei, daß Fitzhugh die Beziehung zu dieser Turlock aufgenommen hat, hatte Ruth Brinton geantwortet: »Ich rede von der Gegenwart.« Wenn das also weitergeht, dachte sie, während ich als seine Frau im Hause lebe … Und sie begann, sich ein Gebäude moralischer Entrüstung zu errichten, und ihre Empörung nahm noch zu, als ihr einfiel, daß eines der Moorkinder noch ein Baby war. Er mußte es gezeugt haben, während sie schon mit ihm lebte. Doch plötzlich brach sie in schallendes Gelächter aus. Wie dumm ich doch bin! Ich rede mir ein, es sei nichts Ernsteres, als daß er mit einer Sklavin geschlafen hat, und das Vergangene brauche nicht meine Sorge zu sein. Weil es aber immer noch geschieht, bin ich empört. Ich werde es ebenfalls ignorieren.

Und mit diesen Gedankengängen begann sie ihren allmählichen Rückzug von Fitzhugh Steed. Wenn er es vorzog, sich im Sumpf zu vergnügen, statt besonnen auf seiner Plantage zu leben, wenn er der vergänglichen Schönheit dieses wilden Geschöpfes mehr bedurfte als der vertrauensvollen Zurückhaltung einer gebildeten Frau, um so schlimmer für ihn. Sie begann jene massiven Dämme aufzuschütten, mit welchen Frauen sich vor dem Debakel ihres Schlafzimmers schützen. Fortan wollte sie sich auf den Garten konzentrieren.

Die Arbeiten an ihrem berühmten Garten verzögerten sich, denn als sie gerade anfangen wollte, die Wege abzustecken, blickte sie zufällig auf, und vor ihr stand ihre Stieftochter Evelyn, die nun achtzehn war und liebreizender als die schönsten Herbstblumen. »Wie schrecklich!« rief Rosalind impulsiv und umarmte ihre Tochter. »Ich sorge mich um meinen Garten und übersehe die kostbarste Blüte von allen!« Sie küßte Evelyn, und am Abend bei Tisch sagte sie zu Fitzhugh: »Morgen fangen wir an, für unsere Tochter einen Mann zu suchen.« Und er antwortete: »Keine Bange. Ich habe bereits hinübergeschickt und den jungen Claxton holen lassen.«

Doch als Steeds Sklaven in Annapolis ankamen und die Einladung überbrachten, erklärte der junge Mann: »Ich möchte nicht gern die Bucht überqueren, solange sich das Wetter nicht beruhigt hat.« Die Sklaven kamen ohne Claxton zurück.

Evelyn errötete, als diese heldische Äußerung bei Tisch wiederholt wurde; sie war schon bei jedem Wetter auf dem Choptank gewesen. »Du lieber Himmel!« entrüstete sich Rosalind. »Wenn ich ein junger Mann wäre, der zum ersten Mal seine Liebste sehen soll …« Sie unterbrach sich, um zu überlegen, was sie dann tun würde, und fügte dann bedächtig hinzu: »Ich glaube, ich würde auch vor einem Hurrikan nicht zurückschrecken.«

»Nein, das würdest du nicht«, stimmte Fitzhugh ihr zu. »Aber Regis wird schon einmal kommen und unser Kind heiraten.«

Zwei Wochen später, als es in der Bucht wieder ruhig war, kam ein Schiff aus Annapolis und brachte zwar nicht Claxton, aber Hochwürden Darnley, der den Steeds mitteilte, daß man mit dem jungen Regis und seiner Mutter nun jeden Tag rechnen könne.

»Eine traurige Geschichte«, brummte Rosalind. »Der Priester kommt vor dem Bräutigam.« Aber Fitzhugh ermahnte sie: »Die Claxtons sind eine angesehene Familie und verdienen unseren Respekt.«

»Zum Kuckuck!« explodierte Rosalind. »Seit wann muß ein Junge von seiner Mutter zur Hochzeit gebracht werden?« Sie erhielt keine Antwort, denn Evelyn fühlte sich gedemütigt, Fitzhugh war über Rosalinds freimütige Worte verärgert, und Hochwürden Darnley, der die Claxtons als Priester betreute, hielt es für richtig, seine Meinung über die Angelegenheit für sich zu behalten.

»Die Suppe ist ausgezeichnet«, sagte er, und als Rosalind versuchte, seine Aufmerksamkeit auf sich zu lenken und ihn auf ihre Seite zu ziehen, starrte er nur auf seinen Teller. Doch nachdem das Mahl zu Ende war und er auf die Kaminecke lossteuerte, um sein Abendgebet zu verrichten, konnte er ihr nicht entwischen. Sie ergriff seine Hand und murmelte: »Diese Hochzeit darf nicht stattfinden, Hochwürden.« Aber er blieb stumm.

Als nun die Bucht still dalag wie ein von Wäldern geschützter See, kamen die Claxtons. Doch ihre Begegnung mit den Steeds verlief nicht gerade verheißungsvoll. Mrs. Claxton, die einer neureichen Großgrundbesitzerfamilie entstammte, schritt ihrem kinnlosen Sohn auf dem Weg vom Landungssteg zum Haus voraus und schubste ihn, bis er die richtige Körperhaltung hatte, um sich von der ihm bestimmten Braut begrüßen zu lassen. Er grinste einfältig und verwechselte Rosalind, seine zukünftige Schwiegermutter, mit Evelyn; der Unterschied in ihrem Aussehen schien ihm nicht aufzufallen, und als seine Mutter ihn zurechtwies, lächelte er verlegen.

Kann so ein Tölpel tatsächlich im Sinn haben, sich um die Gunst meiner Stieftochter zu bemühen? fragte sich Rosalind und leitete die nötigen Manöver ein, um das Paar mit leeren Händen wieder abziehen zu lassen. »Kommt nur herein«, forderte sie sie überschwenglich auf. »Das ist mein Gatte Fitzhugh, und sicher wißt Ihr schon aus den Briefen der Fithians, daß das hier Evelyn sein muß.« Sie überhäufte die Claxtons mit Lob und versicherte ihnen, daß ihr Ruf weit über die Grenzen des Ostufers gedrungen sei. »Ihr geltet als eine der bedeutendsten Familien Marylands, und wir fühlen uns geehrt, daß Ihr gekommen seid, uns zu besuchen. Hochwürden Darnley hat uns auch von Eurer Frömmigkeit berichtet.«

Es entging Evelyn natürlich nicht, daß ihre Mutter die Claxtons zu einfältigen Reaktionen provozieren wollte und die Claxtons ihr auf den Leim gingen. »Eigentlich gehören wir nicht zu den führenden Familien. Die Dashiells haben eine viel größere Plantage.«

Dem jungen Mann wandte Rosalind ihre besondere Aufmerksamkeit zu. Sie überschüttete ihn mit ironischen Schmeicheleien, gegen die er sich nicht zu wehren wußte. »Hochwürden Darnley hat uns erzählt, Ihr wärt ein hervorragender Jäger«, sagte sie. Der Jüngling erwiderte: »Ich habe einmal drei Kaninchen geschossen«, und sie sagte: »Beachtlich!«

Der erste Nachmittag war schon peinlich genug, aber je länger der Besuch dauerte, um so mehr verschlechterte sich die Lage. Mrs. Claxton war eine dumme Pute, und ihr Sohn schien es darauf anzulegen, aller Welt vor Augen zu führen, daß er ihre hervorstechenden Eigenschaften geerbt hatte. Selbst Evelyn, die noch bis vor kurzem die Hoffnung hatte, daß Regis mit ihr jenseits der Bucht ein neues Leben beginnen würde, vergaß ihre Träume und vertraute ihrer Mutter an: »Er ist wirklich unmöglich.«

Doch beim Essen am Vorabend des Tages, an dem die Hochzeit stattfinden sollte, räusperte sich Fitzhugh vernehmlich und sagte: »Mistress Claxton, ich gedenke jetzt einen Toast auszubringen.«

»Worauf?« fragte die alberne Besucherin.

»Auf morgen. Wenn Hochwürden Darnley Regis und Evelyn traut.«

Diese plumpe Ankündigung, zu der weder Rosalind noch Evelyn um ihre Meinung gefragt worden waren, verursachte einige Aufregung, und Regis zeigte soviel Anstand, sich zu erheben und an Evelyns Seite zu eilen, ihre Hände zu ergreifen und ihr mit linkischem Gehabe einen Kuß auf die Wange zu drücken.

Rosalind bemerkte, daß das Mädchen zurückschreckte, und spät abends, in Evelyns Zimmer, sagte sie mit rauher Stimme: »Du darfst nicht zulassen, daß dieses üble Spiel weitergespielt wird.«

»Es steht nicht in meiner Macht, es abzubrechen.«

Rosalind schüttelte sie. »Diese Entschuldigung darfst du nie vorbringen! Ein Mensch mit Charakter kann sich jedem Übel widersetzen!«

»Ich bin achtzehn!« jammerte Evelyn. »Und Vater hat sich sehr bemüht, diese Ehe zustande zu bringen.«

Rosalind brach in spöttisches Gelächter aus. »Das Alter, liebstes Kind, ist unwichtig. Und unwichtig ist auch die Eitelkeit deines Vaters. Von Belang ist nur, daß du dein Leben so gut wie irgend möglich einrichtest. Mit Regis Claxton hast du keine Chance.«

»Aber vielleicht heirate ich dann nie. Hier gibt es keine Katholiken.«

»Auch für deinen Vater gab es keine Katholiken, und er hat mich genommen. Glaube mir, Evelyn, du bist etwas Besonderes. Du bist von vollendeter Schönheit. Die Männer werden dir nachlaufen, und es gibt kein Gesetz, nach dem sie unbedingt Katholiken sein müssen.«

»Er war der einzige, den die Fithians finden konnten.«

»Die Fithians! Zum Teufel mit den Fithians!«

Der Zorn, mit dem Rosalind diese Worte hervorstieß, überraschte das Mädchen, das seiner Mutter nun eine sehr direkte Frage stellte: »War es so schlimm?«

»Nicht in dem Sinn, wie du denkst«, erwiderte Rosalind. »Dein Vater war, wie du ja selbst gesehen hast, sehr gütig. Aber dieses System! Diese Bettelbriefe, die man den Fithians in London schreibt! Diese stupide Art, sein Leben von Außenstehenden bestimmen zu lassen …«

»Ist es Nelly Turlock?« fragte Evelyn.

Rosalind, die steifbeinig durch das Zimmer stolziert war, blieb, die Arme in die Hüften gestützt, in einiger Entfernung vom Bett stehen. Sie hatte nie mit ihrer Tochter über Nelly gesprochen, denn sie war sich nicht sicher gewesen, ob das

Mädchen vom schlechten Benehmen ihres Vaters wußte. Doch nun hatte Evelyn das Thema aufs Tapet gebracht. »Wer verschwendet auch nur einen Gedanken an Nelly Turlock? Dein Vater hat im Sumpfland erholsames Behagen gefunden, und mich kümmert das nicht.« Sie unterbrach sich. »Hast du die Kinder gesehen?«

»Sie sind reizend. Ihr Haar ist weißblond. Allerliebst. Ich nehme an, du weißt, daß Nellys Mutter ihren Bruder geheiratet hat … also nicht wirklich geheiratet…«

»Ich kenne all diese gräßlichen Geschichten, und sie berühren mich kaum. Wenn du heiratest, wirst du mit deinem Mann im großen Haus wohnen, und dann wird es auch noch ein kleines Haus geben, wo er sich mit einer Sklavin oder einer der Turlocks trifft, und du brauchst ihr nie zu begegnen.«

»Ich bezweifle, daß Regis eine der Sklavinnen nehmen würde.«

»Das ist es ja, was mit ihm nicht stimmt«, sagte Rosalind. »Mit ihm stimmt überhaupt nichts, und ich bitte dich inständig, ihn nicht zu heiraten.«

»Er ist meine letzte Chance!« rief das Mädchen gequält und barg ihr Gesicht in den Kissen.

Rosalind nahm die schluchzende Evelyn in ihre Arme. »Wir reden über ein menschliches Leben, über dein Leben. Du wirst noch fünfzig Jahre leben, und du wirst dich bewähren müssen. Du mußt eine Frau von Charakter sein.«

Es war klar, daß diese Worte dem verwirrten Mädchen nichts bedeuteten. Rosalind schüttelte es und zwang es zuzuhören. »Ich sehe zwei Bilder vor mir, und ich möchte, daß auch du sie siehst. Das erste zeigt mir meine Schwestern Missy und Letty. Sie waren reizende Mädchen – dir sehr ähnlich – und hatten unzählige Möglichkeiten, aber sie ließen sich in sinnlose Ehen treiben, mit unbedeutenden jungen Männern, und jetzt führen sie ein unbedeutendes Leben. Ich könnte vor Mitleid weinen, wenn ich an sie denke. Auf dem anderen Bild sehe ich eine Frau, die du kennst, Mistress Paxmore!«

»Die alte Frau, die immer über die Sklaverei schimpft?«

»Nein, die alte Frau, die sich nie gescheut hat, offen und ehrlich Zeugnis abzulegen. Deshalb hat sie heute ein wunderbares Haus, gute Kinder und Enkelkinder, vor allem aber eine schöne Seele. Mach es wie sie, nicht wie meine Schwestern!«

Endlich hatte Rosalind etwas gesagt, das ihre Stieftochter begreifen konnte. »Versuchst du, eine Frau wie diese Mistress Paxmore zu werden?« fragte Evelyn.

Rosalind überlegte. Noch nie hatte sie ihre Absichten offen ausgesprochen, denn sie kannte niemanden, mit dem sie vernünftig reden konnte, aber jetzt begriff sie die Bedeutung von Evelyns Frage. »Ja«, erwiderte sie bedächtig,

»ich glaube, ich möchte sein wie sie.« Dann wurde ihre Stimme hart: »Und morgen wirst du selbst beurteilen können, ob es mir gelungen ist.«

Als Evelyn versuchte, dieser Drohung auf den Grund zu gehen, beugte sich Rosalind über sie und küßte sie. »Du bist mir unendlich teuer, und ich kann nicht müßig danebenstehen und zusehen, wie du deine Talente an einen Schwachkopf verschwendest. Nein, das kann ich nicht.«

Beim Frühstück am nächsten Morgen wies sie ihren Mann darauf hin, daß diese lächerliche Ehe nicht zustande kommen dürfe, aber er schlug ihre Warnung in den Wind: Es würde sich eine peinliche Situation ergeben, wenn man jetzt noch versuchen wollte, den Dingen eine andere Wendung zu geben. Sie wandte ein, daß eine momentane und banale Peinlichkeit weniger bedeuten würde als ein vergeudetes Leben, aber er hatte bereits den Priester und die Dienerschaft zusammengerufen. Die Claxtons verspäteten sich, denn sie hofften, einen großen Auftritt zu haben, aber als Rosalind sie sah, konnte sie ihr Lachen nicht unterdrücken. »Fitzhugh«, flüsterte sie ihrem Mann zu, »das kannst du doch nicht zulassen!«

»Jetzt sind wir alle da«, sagte er heiter und trat vor, um Mrs. Claxton zu begrüßen.

Als er die zwei jungen Leute vor Hochwürden Darnley postiert hatte, rief Rosalind mit lauter Stimme: »Schluß mit der Komödie!«

»Was?« stieß Mrs. Claxton mit erstickter Stimme hervor und machte ein Gesicht, als würde sie im nächsten Augenblick in Ohnmacht fallen.

»Raus mit ihnen!« befahl Rosalind. »Raus, sage ich! Ihr alle, raus!«

Die Sklaven gehorchten ihr als erste und zogen sich durch eine offene Tür zurück. Die unfreien Weißen folgten, und dann wandte sich Rosalind den verwirrten Claxtons zu. »Die Komödie ist beendet«, sagte sie ruhig. »Tretet die Heimfahrt an!« Und sie ließ nicht locker, bis ihre Besucher, die Koffer neben sich, auf der Veranda standen.

»Das ist infam!« protestierte Mrs. Claxton, während Fitzhugh sich bemühte, sie zu besänftigen. Aber Rosalind ließ keine Versöhnung zu.

»Ihr fahrt jetzt heim«, sagte sie mit fester Stimme. »Es war alles ein schrecklicher Irrtum, und ich habe mich schlecht benommen. Aber Ihr müßt gehen.« Und sie blieb auf der Schwelle stehen, wie um sie zu bewachen und jeden Versuch, neuerlich das Haus zu betreten, zurückzuweisen. Nach einer Weile begaben sich die Claxtons auf ihre Schaluppe, die dann nach Annapolis in See stach.

Fitzhugh war über das Benehmen seiner Frau empört und hätte sich vielleicht hinreißen lassen, sie zu züchtigen, doch Hochwürden Darnley stand dabei und tat sein Bestes, um den Anschein zu erwecken, daß er mit der ganzen Sache nichts zu tun hatte. Doch als der Priester zu seiner Schaluppe hinunterging, mit der auch er nach Annapolis zurückkehren wollte, spannte Rosalind ihn für ihre Ziele ein. »Hochwürden, Ihr wißt, was geschehen ist. Sucht uns einen Bräutigam für das Mädchen!« Er tat, als höre er sie nicht, und so stellte sie sich ihm in den Weg und fügte hinzu: »Sagt dem jungen Mann, daß ich ihm einen großen Teil meiner eigenen Mitgift überschreiben werde. Aber um Christi Willen, tut etwas, um diese Seele zu retten.«

Als die Schaluppen fort waren und die Steeds zurückblieben, um die Auswirkungen des Schocks zu verkraften, den Rosalind erzeugt hatte, ließ Fitzhugh ein Donnerwetter vom Stapel. Als Herr des Hauses hielt er dies für seine Pflicht, aber seine Argumente waren so lächerlich, daß Rosalind gar nicht darauf einging. Sie umarmte seine Tochter – nun wirklich auch ihre Tochter – und flüsterte ihr zu: »Heute haben wir ein gutes Werk vollbracht. In fünfzig Jahren, mein Liebling, wirst du den Blick zurückwenden und lachen und mich segnen, denn ich habe dein Leben gerettet.«

Im Februar 1703, während ein Sturm über die Bucht hinwegbrauste, kam ein kleines Boot den Devon-Fluß herauf; ein junger Mann, das Haar von Wind und Regen zerzaust, war sein einziger Insasse. Als er niemanden am Landungssteg antraf, zog er sich seine grobgewirkte Jacke um die nassen Schultern und ging zum Haus hinauf.

Nun erst entdeckte ihn einer der Dienstverpflichteten und fing an zu schreien. »Ein Fremder an unserer Pier!« Dann lief er dem jungen Mann entgegen und machte ihn darauf aufmerksam, daß er sich auf Steedschem Besitz befinde.

»Ich weiß«, sagte der junge Mann und setzte seinen Weg fort. »Hochwürden Darnley hat mich geschickt.«

Rosalind Steed stand in der Tür, und als sie diese Worte hörte, stürzte sie in den Regen hinaus, um den Fremden zu begrüßen. »Wir sind froh, daß Ihr gekommen seid«, sagte sie aufgeregt, packte den jungen Mann am Arm und führte ihn zur Veranda hinaus. Bewundernd beobachtete sie ihn, als er mit den Füßen stampfte und seine Arme schwenkte, um den Regen abzuschütteln.

»Thomas Yates ist mein Name. Ich wohne am James-Fluß. Hochwürden Darnley hat mir gesagt …«

Rosalind unterbrach ihn, denn sie hielt es nicht für nötig, ihre Freude zu verhehlen. »Evelyn!« rief sie triumphierend, »ein junger Mann ist gekommen, um dich zu besuchen – trotz des Sturms.«

Nun hatte sie genügend Zeit für Ihren Garten. Evelyn war verheiratet. Ihr Stiefsohn kam gut voran an der Schule in Frankreich, und ihr Gatte hatte sein altes Leben wiederaufgenommen: einige Tage auf Devon, einige Tage im Sumpfland. Und sogar das Warenlager in Patamoke florierte.

Sie machte den Arbeitern klar, daß sie keinen klassischen Garten wünschte, wie sie in England und an den Ufern des Rappahannock beliebt waren. Sie verstand, daß geometrisch geplante Anlagen insbesondere von Damen geschätzt wurden, deren Finger nie mit Erde in Berührung kamen; sie aber liebte es, den Boden zu bearbeiten und den Erfolg im Großen zu sehen. Daraus entwickelte sie ihr grundlegendes Konzept: Meine wichtigsten Blumen werden Bäume sein. Denn wer Bäume pflanzt, erwirbt sich damit das Recht zu glauben, daß er ewig leben wird.

Sie prüfte zunächst, welche Bäume schon vorhanden waren, und fand auf der Fläche zwischen Pier und Herrenhaus glücklicherweise schöne Ulmen und Ahornbäume; diese stutzte und formte sie in der Absicht, sie als Eckpfeiler ihrer Anlage zu verwenden. Ihr Stolz war eine Weißeiche von majestätischen Ausmaßen: neun Meter an der Basis und fast fünfundzwanzig Meter hoch mit einem Kronendurchmesser von vierzig Metern. Sie spendete genügend Schatten, um den ganzen Rasen zu schützen, und war schon ein königliches Gewächs gewesen, als Captain John Smith der Insel ihren Namen gegeben hatte.

Auf der Rasenfläche stand noch kein Rotahorn, darum begann sie noch im Herbst 1703 damit, drei solche Bäume zu versetzen, von denen aber zwei prompt eingingen. »Du kannst Bäume dieser Größe nicht umpflanzen«, warnte sie ihr Mann, aber sie versetzte noch einmal drei. Sie waren genauso groß – und blieben am Leben. Im Frühjahr kündigten sie die warme Jahreszeit an, und im Herbst waren sie Schmuck des Landeplatzes, schon von weitem zu sehen, wenn man mit dem Boot den Fluß heraufkam.

Auf dieser soliden Grundlage legte sie den Rest ihres wunderbaren Gartens an. Hartriegel für das Frühjahr, Berglorbeer für den Sommer und für den Herbst große Mengen von Feuerdorn, dessen Früchte dann mit den traubenroten Beeren des Hartriegels wetteiferten.

»Keine Tulpen und keine Stockrosen«, sagte sie, »und um Himmels willen keinen Buchs. Ich will nichts haben, was man hätscheln muß.« Sie wollte auch von Pfingstrosen, Magnolien, Phlox und Weißdorn nichts wissen. Aber sie hatte nichts gegen dekorativen Schmuck, und als sie mit den größten Anpflanzungen fertig war, sagte sie: »Nun zu den Schmuckstücken!« An zwei Dutzend Stellen pflanzte sie Stechpalmen – zwei männliche und zweiundzwanzig weibliche Pflanzen. Der Sonnenuntergang sollte die korallenroten Früchte der weiblichen Gewächse zum Erglühen bringen. Und als die Stechpalmen gepflanzt waren – manche wurden später zwölf Meter hoch –, kam die letzte Feinheit, jene extravagante Geste, die dieses Stück Erde zu einem zeitlosen Porträt ihrer selbst machen sollte: Auf sieben Lichtungen, wo die Sonne hinfiel, pflanzte sie Gruppen von Taglilien, die sich nur zu vermehren brauchten, um die ganze Umgebung mit leuchtend lohfarbenen Blüten zu überziehen. Der Juli auf Devon sollte ein unvergeßliches Erlebnis sein, dafür würden die Taglilien sorgen.

In den Jahren 1704 und 1705 war der Riesengarten eine einzige große Enttäuschung, denn die verpflanzten Ahornbäume hielten mit ihren Kräften haus, die Taglilien hatten noch nicht angefangen, sich zu vermehren – aus jeder Pflanze sollten fünfzig werden –, und die so unsanft umgesetzten Hartriegel schienen halb tot zu sein. Kleine Gärten mit kleinen Blumen lassen sich in wenigen Monaten verwandeln; auf Bäume ausgerichtete Gärten brauchen jedoch Jahre. Aber schon 1706 schienen die einzelnen Teile ineinander zu verschmelzen: Die Weißeiche beherrschte die Szene, und ihre fiederspaltigen Blätter leuchteten in der Sonne, während der Ahorn dem Garten Farbe verlieh. Vor allem das Vorbeiziehen der Jahreszeiten erfreute das Auge: Der schimmernd weiße Hartriegel im Frühjahr, die eigenwilligen Taglilien im Frühsommer und im Herbst die üppige Pracht des Feuerdorns, des edelsten aller Sträucher; und immer standen die wechselnden Farben der Bäume in lebhaftem Kontrast zum stetigen Grün der unverwüstlichen Kiefern.

Ihr Garten war ein Triumph, genauso beständig und freigebig wie sie selbst. Manchmal hatte sie das Gefühl, er entfalte seinen schönsten Glanz im Winter, wenn eisige Nordwestwinde herüberwehten, Schnee die Landschaft bedeckte und nur die Kiefern ihre Farbe zeigten; der Hartriegel schlief wie die verborgenen Wurzeln der Taglilien und die sichtbaren Knospen des Lorbeers. Selbst die Eiche war kahl, doch während Rosalind unter den dürren Ästen dahinwanderte, fiel ihr Blick auf die Stechpalmen, diese stattlichen und eigenwilligen Gewächse, zu denen die Vögel des Winters kamen, um die roten Beeren zu suchen. Ihr Herz hüpfte vor Freude, und laut sagte sie: »Wenn die letzten Beeren verschwunden sind, ist das Frühjahr schon da, und alles fängt von neuem an.« Sie lief durch den Schnee und sah im Geist den schönen Sommergarten vor sich – keine Schwertlilie konnte den Lorbeer an Helligkeit und Lieblichkeit übertreffen.

Der Garten ihres persönlichen Lebens stand nicht in Blüte. Ihr Mann versuchte gar nicht mehr, seine häufige Abwesenheit zu rechtfertigen, und Rosalind mußte annehmen, daß er diese Zeit im Sumpfland verbrachte. Sie hatte Nelly nie zu Gesicht bekommen, aber gelegentliche Bemerkungen seltener Besucher erinnerten sie daran, daß die Frau schön und sehr lebhaft war. »Sie hat eine ausgezeichnete Figur, und warum sie nicht verheiratet ist, bleibt mir ein Rätsel.« Die beste Erklärung kam von einer sauertöpfischen Frau, deren Gatte die Niederlassung der Steeds in Patamoke leitete: »Sie ist eine Turlock, und die Turlocks heiraten nur selten.«

Rosalind hatte unter der Hand Erkundigungen über Nellys Kinder eingezogen und erfahren, daß es ausgelassene Racker mit dem blonden Haar und den blauen Augen ihrer schwedischen Großmutter waren. »Merkwürdig, wenn man bedenkt, daß sie zum überwiegenden Teil Turlocks sind.«

»Was meint Ihr damit?« fragte Rosalind.

Die Überbringerin dieser Information war eine Frau, welche die Steeds beneidete und jetzt überlegte, wie sie die Herrin der Insel am besten verwunden könne. Sie biß sich auf die Unterlippe, setzte zum Sprechen an, zögerte und plapperte dann los: »Ihr wißt natürlich, daß Flora Turlock, daß Nellys Mutter … Habt Ihr sie schon einmal gesehen, Rosalind?«

Mrs. Steed schüttelte den Kopf, und die Frau sagte: »Natürlich nicht, wie solltet Ihr auch? Ihr geht ja nicht in den Sumpf.«

Rosalind lächelte, bot ihr noch eine Tasse Tee an und fragte: »Was wolltet Ihr sagen?«

»Es ist nicht sehr schön, aber es ist wahr: Flora war Nellys Mutter. Und Charley ihr Vater.«

»Was für ein Charley?«

»Charley Turlock, Floras Bruder.« Die Frau hielt die Tasse an die Lippen und fügte dann hinzu: »Ihr Bruder! Sie bekam ein Baby von ihrem Bruder.« Ohne lange zu überlegen, bemerkte Rosalind: »Ich habe irgendwo gelesen, daß die ägyptischen Pharaonen ihre Schwestern geheiratet haben.«

»Verteidigt Ihr etwa dergleichen?«

»Keineswegs. Ich wollte damit nur sagen …« Sie beendete den Satz nicht; sie würde bei ihrer Besucherin kein Verständnis finden, und was immer sie vorbrachte, die Frau würde es mit Bosheit und Tücke in der ganzen Nachbarschaft herumtragen.

»Ihr wißt natürlich«, fuhr die Frau fort, daß Flora für ihre Sünde bestraft und öffentlich ausgepeitscht wurde?«

»Wie es scheint, werden in Patamoke viele Frauen ausgepeitscht.«

»Aber …«

»Und ich frage mich, ob das sinnvoll ist.«

»Mistress Steed …«

»Und dieser verdammte Tauchstuhl. Auch der ist für Frauen reserviert, und wenn ich nicht Fitzhughs Gattin wäre, würden sie mich wohl auch darauf festbinden und in den Choptank tauchen.«

Das war Ketzerei, und die Besucherin wertete es auch als solche; ihr entgeisterter Gesichtsausdruck verriet schon die Absicht, Mrs. Steeds Worte in weiten Kreisen zu kolportieren, aber Rosalind war noch nicht fertig. »Es ist mir wirklich ganz gleich, ob Ihr meine Äußerungen weitererzählt oder nicht. Das Auspeitschen von Frauen und der Tauchstuhl sind abscheuliche Prozeduren furchtsamer Männer, und ich habe die Nase voll davon.«

Vier Tage später kehrte Fitzhugh verärgert aus Patamoke zurück. »In der Stadt redet man von deiner aggressiven Einstellung gegenüber der Obrigkeit.«

»Du meinst, was ich zur Verteidigung Flora Turlocks gesagt habe?« Sie unterbrach sich und fügte dann hinzu: »Von Nellys Mutter, von der Mutter deiner Nelly.«

Dieser Name war noch nie in Fitzhughs Gegenwart ausgesprochen worden, und Rosalinds – wie er es sah – Mangel an guter Erziehung brachte ihn auf. »Damen sprechen nicht von solchen Dingen. Sei vorsichtig in deinen Äußerungen über das Auspeitschen … und den Tauchstuhl!«

»Willst du mir drohen, Fitzhugh? Du mußt doch wissen, daß das zwecklos ist.«

»Ich weise dich nur darauf hin, daß die Ratsherren dich verurteilen können, wenn sie es so wollen.«

»Sie werden es nicht wollen«, konterte sie munter. »Sie werden sich hüten, dich zu demütigen.«

»Was soll das nun wieder heißen?«

»Daß ich, solange du lebst, sagen kann, was ich will.« Sie starrte ihn an wie einen Fremden. »Du bist nicht mehr mein Mann, Fitzhugh, aber du bist mein Beschützer. Und unter deinem Schutz werde ich tun, was mir beliebt, und es beliebt mir, dich darauf hinzuweisen, daß die Strafen, die ihr den Frauen zumeßt, barbarisch sind, und daß damit ein für allemal Schluß sein muß.«

»Wenn du so sprichst, Rosalind, bist du sehr unfraulich. Du beschäftigst dich mit Dingen, um die eine Dame sich nicht kümmern sollte.«

Fitzhugh irrte, wenn er glaubte, daß seine Frau, nur weil sie plump wirkte, keine femininen Züge aufwies. Keine Dame am Choptank erwartete die Ankunft der nächsten Modepuppe ungeduldiger als sie, und sooft sie vom bevorstehenden Einlaufen eines Schiffes aus London erfuhr, richtete sie es so ein, daß sie als erste an Bord war, um die kostbare Trophäe für sich zu ergattern.

Da es für die Londoner Modehäuser umständlich gewesen wäre, Bücher mit ihren Schöpfungen zu veröffentlichen, und da die Zeitungen und Zeitschriften, die in die Kolonien kamen, ungenügend bebildert waren, hatten es sich die Kaufleute zur Gewohnheit gemacht, drei Handbreit große Gliederpuppen anzufertigen und sie nach der neuesten Mode zu kleiden. Beschuht und mit Perücken versehen, wurden diese bezaubernden Figürchen nach Übersee geschickt, um modebewußte Damen auch in den entlegensten Kolonien über die passende Rocklänge zu informieren.

Als die Schnau »Holde Rosalind« im Mai 1706 in Eilfahrt aus London kam, legte sie mit einer der entzückendsten Puppen auf Devon an, die je den Atlantik überquert hatten. Es war eine schicke kleine Dame, und sie trug eine mit sechs Reihen winziger Spitzenbänder besetzte hellblaue Kappe und ein Kleid, das in seiner Neuartigkeit allen den Atem verschlug. Über einem goldbrokatenen Mieder hing eine prächtige Kontusche aus schwerem Bombassin. Rosalind hatte schon viele Kontuschen gesehen und fand Gefallen an ihrem fließenden Linienfall, doch diese war anders, denn just unterhalb der Taille wölbte sie sich auf allen Seiten mindestens vier Handbreit nach außen.

»Wie machen sie das nur?« fragte sie ihre verdutzten Näherinnen, die das Halbseidengewebe befingerten, um herauszubekommen, wie sie zuschneiden mußten, um das Modell zu kopieren. Geschickt hoben sie die einzelnen Lagen hoch, und was sie entdeckten, riß sie zu Ausrufen der Bewunderung hin, denn der schwere Stoff wurde von vier aus feinem Holz geformten Reifen getragen.

»Wie wunderbar!« rief eine der Sklavinnen, ließ den Rock fallen, hob ihn hoch und ließ ihn wieder fallen.

»Machen wir auch!« sagte eine andere entzückt, und strich mit dem Finger den Saum entlang.

Rosalind hatte ein sicheres Gefühl entwickelt für das, was sie tragen konnte und was nicht. »Das ist nichts für mich«, enttäuschte sie die Sklavinnen. »Diese Reifen würden mich noch größer erscheinen lassen.« Die Frauen seufzten, als sie mit ihrer kleinen Schere die Reifen wegtrennte, aber sie mußten zugeben, daß die freifallende Kontusche einer großgewachsenen Frau besser stand.

»So ist es richtig«, sagte sie, und die Puppe war noch keine zwei Stunden in Amerika, und schon hatten flinke Hände das Modell kopiert – nicht in schwerem Bombassin, sondern in leichtem Dimitz. Als das neue Kleid und die Spitzenkappe fertig waren, ließ sich Rosalind mit noch größerem Selbstvertrauen an der Tafel nieder, denn sie wußte, daß sie genauso elegant gekleidet war wie die feinsten Damen der Londoner Gesellschaft.

Wenn sie an England dachte, dachte sie auch an Mark, der inzwischen in London Jurisprudenz studierte, und sie erwartete seine Rückkehr mit wachsender Ungeduld. Sie kannte ihn zwar nur aus seinen Briefen, aber seine Art zu schreiben und sein Witz waren so charakteristisch, daß er für sie die

Gestalt eines Menschen annahm, von dem sie wußte, daß sie ihn gern haben würde.

Ich bin recht gewandt, wenn es darum geht, Briefe, die auf anderer Leute Schreibtisch liegen, verkehrt herum zu lesen, und so erfahre ich, daß die Fithians Tom Yates die Möglichkeit gegeben haben, elftausend Morgen Land am James-Fluß zu erwerben. Sie haben ihm geraten, sich nicht zu übernehmen, und ich teile ihre Bedenken, aber auf der Durchschrift des Briefes an ihn hat der Seniorchef, der alte Fithian, die Notiz angefügt: »Dieser junge Mann scheint ein braver Bursche zu sein. Ich glaube, daß wir nichts riskieren, wenn wir ihm Kredit gewähren.« Mir persönlich hat einen guten Eindruck gemacht, daß Tom und Evelyn drei Kisten Bücher bestellt haben.

Rosalind war daher hoch erfreut, als Mark im Januar 1707 wieder einmal sein Glück versuchte und dem Kapitän der schnellen Schnau »Holde Rosalind« einen Brief nach Hause mitgab. Während der Kapitän den Brief in Empfang nahm, warnte er Mark: »Wir werden alle Engel auf unserer Seite haben müssen, um uns an den Teufeln vorbeizuschwindeln.« Aber er war den Piraten entwischt, und die bunt bemalte Schnau machte am Kai von Patamoke fest. Der Kapitän erntete hohes Lob für seinen Wagemut, und Fitzhugh zeigte Marks Brief in der ganzen Stadt herum. »Mit dem Oktoberkonvoi kommt der Junge heim.« Die Bürger der Stadt antworteten: »Möge es Gott gefallen, die Schiffe gut durchkommen zu lassen!«

Es klingt unglaublich, aber in diesen Jahren herrschte am Chesapeake eine Art Belagerungszustand; mehr als hundert Piratenschiffe – Engländer aus Jamaika, Franzosen aus Martinique – lagen vor Cape Henry und warteten nur darauf, über jedes Handelsschiff herzufallen, das so tollkühn war, die Blockade durchbrechen zu wollen. Und wenn sich die Kauffahrer verängstigt an die Kais drängten, wagten sich die Piraten frech in die Bucht und wüteten in den Plantagen auf exponierten Landspitzen. So manche englische Familie am James-Fluß, am York und am Rappahannock erlebte mit Schrecken, wie französische Seeräuber dreist ihre Kais anfuhren, an Land stürmten und die Plantagen plünderten. Sie raubten das Tafelsilber, Tabak und Sklaven und brannten oft auch noch das Haus nieder. Sie erschlugen die Pflanzer und bemächtigten sich wertvoller Schiffe, die an den Ankerplätzen lagen.

Es war eine Zeit des Terrors – es gab Piratenschiffe mit vierzig Kanonen und zweihundert Mann Besatzung, und nichts und niemand am Chesapeake konnte sich ihren räuberischen Angriffen widersetzen. Die englische Flotte war keine große Hilfe; sie war in den ebenso grausamen wie nutzlosen Krieg um die spanische Erbfolge verwickelt. Die Schiffe wurden gebraucht, um den Herzog von Marlborough zu unterstützen, der in Flandern gegen die Franzosen kämpfte, und es waren keine verfügbar, um den Piraten im karibischen Meer die Stirn zu bieten. Die englischen Schiffe, die London oder Annapolis verließen, mußten damit rechnen, aufgebracht zu werden, und wenn eines Widerstand leistete, bestand die große Wahrscheinlichkeit, daß alle Passagiere erschossen oder gehängt wurden. Die bestürzten Kolonisten, deren Existenz vom Handel mit London abhing, ersannen eine Strategie, die zwar sündhaft teuer, aber immerhin erfolgreich war. Die englischen Schiffe überquerten den Atlantik nur mehr in riesigen Konvois; einer verließ London im Oktober, ein anderer den Chesapeake im Mai. Den Rest des Jahres wagte sich kein Schiff auf das offene Meer, ausgenommen flinke Blockadebrecher wie die »Holde Rosalind«. Diese gingen ein großes Risiko ein und vertrauten darauf, daß ihre Schnelligkeit es ihnen ermöglichen würde, den lauernden Piraten zu entkommen; gelang ihnen dies, erzielten sie exorbitante Gewinne.

Mark Steed verließ England mit dem Oktoberkonvoi. Sein Schiff, eine schon vor Jahren von den Brüdern Paxmore erbaute Brigg, gehörte seiner Familie, aber er nahm keine Sonderrechte für sich in Anspruch; er war ein Passagier wie all die anderen, die eine gefahrvolle Überfahrt riskierten. Als sein zweimastiges Schiff die Themse hinuntersegelte, bemerkte er, daß sieben andere die gleiche Richtung einzuschlagen schienen, und ihre Gegenwart gab ihm ein Gefühl der Sicherheit. Doch als sie die Themse verließen und in den Kanal einfuhren, wurde ihm klar, daß der Konvoi nicht nur aus acht Schiffen bestehen würde. Mehr als fünfzig warteten auf der Wasserstraße und drehten behäbig nach Süden.

»Ein prächtiger Anblick«, sagte Mark zu einem Herrn, der nach Annapolis zurückkehrte.

»Wir sind noch nicht an der französischen Küste vorbei«, warnte der Herr, und als der Konvoi entlang den Klippen von Dover segelte, sah der junge Steed mit Befriedigung, daß zwei englische Kriegsschiffe sich an ihre Seite schoben, um ihnen Schutzgeleit zu bieten. »Jetzt werden es die Franzosen nicht wagen, uns anzugreifen«, bemerkte der Herr.

Der eindrucksvolle Konvoi drehte nach West, um den Kanal zu durchfahren, aber der Wind flaute ab, und die sechzig Schiffe kamen kaum vom Fleck. Fast berührten sie einander, während sie so dahintrieben, und die Matrosen erhielten den Befehl, die Deckbrüstungen zu sichern; wenn zwei Schiffe zu kollidieren drohten, konnten die wachsamen Männer sie mit verhältnismäßig wenig Mühe voneinander trennen. Die Nacht brach ein, und aus den Bullaugen drang schwacher Lichtschein.

»Ahoi!« riefen die Wachen, sobald ihnen irgendwo ein Schiff zu nahe kam, und wenn sich der Ruf wiederholte, liefen die Matrosen an die Reling, um den gefährlich nahen Nachbarn wegzustoßen. Es war, als hätten Kinder eine Menge Spielsachen in einem Planschbecken den Wellen überlassen.

Doch nachdem Wind aufgekommen war und der Konvoi am Ausgang des Kanals auf Plymouth zuhielt, stockte Mark der Atem, als er sah, was sie erwartete. Dort, wo Drake und Hawkins einst die spanische Armada besiegt hatten, lagen nicht weniger als hundertsechzig Schiffe mit gerefften Segeln und warteten auf das Signal zum Aufbruch.

»Ich wußte gar nicht, daß es so viele Schiffe gibt!« rief Mark den anderen Passagieren zu. Und er staunte noch mehr, als ein Geschwader von neun Kriegsschiffen den Hafen von Plymouth verließ, um an strategisch wichtigen Punkten des großen Konvois ihre Position einzunehmen.

Eine Kanone wurde abgefeuert, aber das Echo erstickte in Tausenden von Segeln. Am Fall des Leitschiffes wurde eine blaue Flagge aufgezogen, und jedes einzelne Kriegsschiff antwortete mit einem Salutgruß. »Macht fix!« brüllte der Kapitän von Steeds Brigg, und zusammen mit mehr als zweihundertzwanzig anderen Schiffen drehte sie mit dem Wind, um sich nach der Neuen Welt auf den Weg zu machen.

Es war eine unvergeßliche Fahrt, eine glänzende Heerschau, eine Vereinigung kühner Geister. Sooft Mark an der Reling stand, nie waren es weniger als fünfzig Segler, auf die sein Blick fiel. Nachts sah er die gleiche Anzahl von Lichtern, außer, wenn sich Nebel auf den Atlantik herabsenkte. Dann feuerte das Leitschiff in Abständen seine Kanonen, und der Dunst, der schwer auf den Wellen lastete, dämpfte den Schall. Oft schien es, als wären die Kanonen in nächster Nähe abgefeuert worden, und dann verschränkte Steed in der kalten Novemberluft die Arme über der Brust und fühlte sich wohl wie nie zuvor.

»Die französische Küste hätten wir passiert«, murmelte er für sich, doch nun drohten größere Gefahren.

Üblicherweise steuerte der alljährliche Konvoi den Chesapeake nicht direkt an, da die Route überaus stürmisch war, sondern die ruhigeren Wasserstraßen der Kleinen Antillen, wo sich die Schiffe neu formieren konnten. Von dort ging es in nördliche Richtung an den Hochburgen der Piraten vorbei hinauf zum Chesapeake. Der Nachteil dieser Route bestand darin, daß sie im letzten Abschnitt durch die von Piraten verseuchten Gewässer führte. Doch solange die Kriegsschiffe ständig die große Flotte umkreisten, war es zuweilen möglich, die Blockade zu durchbrechen, ohne viele Schiffe zu verlieren.

»Aber es ist äußerste Disziplin zu wahren«, erklärte der junge Leutnant, der von der Brigantine des Geschwaderkommandanten abgestellt worden war. »Wer zurückbleibt, ist verloren.« Vor Barbados verteilte er gedruckte Instruktionen und gab bekannt, daß für den Rest der Fahrt neue Signale gelten würden. »Zwei Kanonenschüsse und eine rote Flagge bedeuteten, daß die schnelleren Schiffe aufluven und warten müssen, bis die langsameren sie eingeholt haben. Jedes Schiff – und das Eure scheint eines der schnellsten zu sein –, das an der Brigantine des Geschwaderkommandanten vorbeizieht, wird versenkt. Verstanden?«

Der Kapitän nickte, und der junge Mann fuhr fort: »Wir kommen jetzt in gefährliche Gewässer. Der Ausguck muß ständig besetzt sein. Wir wissen, daß Carpaux auf der Suche nach Beute ist, und das gleiche gilt von Jean Vidal. Was noch schlimmer ist, wir besitzen Informationen, wonach Bonfleur jetzt drei schnelle Schiffe befehligt. Paßt gut auf!«

Carpaux hatte schon des öfteren Siedlungen am Chesapeake angegriffen, und Vidal war ein wilder Geselle, ein junger Heißsporn aus Martinique, von dem man wußte, daß er die Schiffe verbrannte, um sich der Passagiere zu entledigen. Doch das größte Entsetzen verbreitete Bonfleur. Er war jetzt schon ein alter Mann von vierundsechzig Jahren, und keinem war es gelungen, seiner habhaft zu werden. Er war die Geißel des Karibischen Meers, der Mordbrenner von Panama, der Zerstörer von Belize. Er hatte so lange und so verbissen gekämpft, daß ihn keine englische Taktik mehr überraschen konnte; seit vierzig Jahren suchte er mit räuberischen Überfällen den Chesapeake heim, segelte die Flüsse hinauf und steckte die Plantagen in Brand.

Oft segelte er im Verein mit Stede Bonnet und L'Ollonais; obwohl er an Wuchs kleiner war als sie, war er der brutalste von allen dreien. Einmal griff er allein mit nur siebenunddreißig Mann Cartagena an. Er eroberte die ganze Stadt, erbeutete ein Vermögen und ermordete über hundert Menschen. Zusammen mit zwei anderen Schiffsbesatzungen, die ihn oft begleiteten, gelang es ihm im Jahre 1705, elf Schiffe aus dem Geleitzug herauszusprengen; er verbrannte sie, und Dutzende von Seeleuten fanden den Tod. Die Franzosen boten ihm Asyl auf Martinique an, denn sie hofften, er würde den Engländern großen Schaden zufügen. Aber er kaperte ebenso viele französische, aber auch spanische und holländische Schiffe und ließ die Besatzungen über die Klinge springen. Er kannte keine Bedenken und empfand weder Reue noch Mitleid: ein bis in die Knochen gemeiner alter Mann, der Scharen von Piraten hatte hängen sehen und dessen Krieg gegen alle zivilisierten Nationen kein Ende nahm. In den letzten Dezembertagen des Jahres 1708 war er Herr über einundneunzig Kanonen und siebenhundert Mann, und er hatte gedroht, den »englischen Konvoi in Fetzen zu reißen«.

Der Geschwaderkommandant hegte andere Pläne. Er hatte die Absicht, die gewaltige Flotte an Point Comfort vorbei und in die relative Geborgenheit der Chesapeake Bay zu führen. Um das zu erreichen, mußte er seine Formation straffen; nur so konnten seine Kriegsschiffe im Falle eines Angriffs wirksam eingreifen. Er gab also die nötigen Signale, doch als die zweihundertzwanzig Schiffe näher zusammenrückten, kam es zu zahlreichen, oft ziemlich schweren Kollisionen. Der Wind drehte sich, und die Schiffe mußten über Stag gehen; dabei stiegen sie zuweilen den kleineren auf den Rücken – Spieren zersplitterten und Segel zerrissen.

Dann signalisierte der Kommandant: »Schnellere Schiffe aufluven!« Die betroffenen Schiffe – auch das von Mark Steed – drehten sich nach dem Wind, hißten ein Stagsegel und trieben auf den Wellen; sie rollten stundenlang wie Holundermarkkügelchen in einer flachen Tasse, und von der schlingernden Bewegung wurden außer den erfahrensten Matrosen alle seekrank. Aber der Konvoi blieb zusammen.

Vor der Nordküste Haitis, wo ein steifer Wind blies, beschlossen die Piraten anzugreifen: Zusammen mit Vidal und Bonfleur, die ihre Schiffe auf Martiniqui neu ausgerüstet hatten, stürzte sich Carpaux, von den Karolinen kommend, auf die Nachzügler: elf Piratenschiffe mit zweitausend Mann Besatzung und über zweihundert Kanonen. Hätte der Kommandant diese Aktion nicht vorausgesehen, wäre der tollkühne Streich der Piraten geglückt. Während der Kommandant sein eigenes Schiff herumschwenkte, um den Piraten entgegenzutreten, wies er alle Kriegsschiffe an, ihm zu folgen, und die mit schweren Kanonen bestückten Kauffahrer forderte er auf, die Flanken zu schützen. Zu diesen Schiffen gehörte auch Steeds Brigg, die nun mit vollen Segeln auf zwei von Carpaux befehligte Piratenschiffe zusteuerte.

Es war ein kurzes, heftiges Gefecht. Die großen Kanonen der Piraten richteten unter den schwerfälligen Handelsschiffen erheblichen Schaden an, zerstörten aber keines ganz. Die Flottille des Kommandanten griff die Piraten frontal an, zerstreute sie und versenkte eines von Vidals Schiffen. Die weniger beweglichen Handelsschiffe mit ihren schweren Geschützen feuerten eifrig auf die flinkeren Piraten und vertrieben die meisten. Henri Bonfleur aber, der bei vielen solchen Kämpfen den Sieg davongetragen hatte, wußte, daß jeder Konvoi verloren war, wenn er auseinandergerissen werden konnte, und so erteilte er seinen drei Schiffen den Befehl, in das Herz des Geleitzugs vorzustoßen.

Einem feuerspeienden Rachegeist gleich segelte er, tödliche Gefahr bringend, mitten in den Konvoi. Doch als er die Brigg erreichte, auf der sich der junge

Steed befand, sah er, daß der Kapitän sich nicht zur Flucht wandte, sondern direkt auf ihn zuhielt. Die beiden Schiffe mußten zusammenstoßen, das war augenfällig, aber Steeds Kapitän wankte nicht. Sein Bugspriet kam näher und näher.

»Fertigmachen zum Zusammenstoß!« brüllte der Bestmann, und Steed hielt sich fest, während der Vorderteil seines Schiffes das des Piraten abholzte, Männer zu Boden schleuderte und einen Großteil des Takelwerks von den Masten fetzte.

»Enterung zurückschlagen!« schrie der Bestmann, und Steed packte eine Pinne, als könnte er sich damit gegen die Pistolen eines Piraten wehren. Einige von Bonfleurs Männern, scheußlich anzusehende Geschöpfe mit Bärten und Messern, versuchten tatsächlich die Brigg zu entern, wurden aber von den englischen Matrosen zurückgeschlagen, während sich die beiden Schiffe knarrend und wetzend wieder voneinander lösten.

In diesem Augenblick bekam der junge Mark Steed den Piratenkapitän voll zu Gesicht: ein eher kleiner Mann mit einem graugesprenkelten Bart und einem dicken Pullover über den Schultern. Zwei Pistolen baumelten unbenützt um seine Knie, und ein Wortschwall strömte von seinen häßlichen Lippen. Er war so abstoßend, daß Steed in einer Racheaufwallung seine Pinne nach ihm schleuderte, doch er verfehlte das Ziel, und das Holz polterte rasselnd auf das Deck. Während die zwei Schiffe sich voneinander losrissen, starrte Bonfleur seinen Gegner einen Moment lang wütend an, schenkte ihm aber keine weitere Beachtung, da er alle Hände voll zu tun hatte, um sein schwer beschädigtes Schiff zu retten.

Dies schien unmöglich, denn zwei englische Kriegsboote hielten auf das beschädigte Schiff des Piraten zu und bestrichen es mit so schwerem Geschützfeuer, daß es offensichtlich verloren war. Nicht aber Bonfleur. Eines seiner Begleitschiffe schwang angesichts der Gefahr, in der sich der Piratenkapitän befand, in kühnem Bogen herum und gelangte auf die Leeseite des sinkenden Fahrzeugs. Während das Begleitschiff vorbeiglitt, streckten sich Bonfleur hilfreiche Arme entgegen und holten ihn in Sicherheit.

»Konvoi neu formieren!« signalisierte der Geschwaderkommandant, und während die Nacht hereinbrach, sammelte sich, von Kriegsschiffen umkreist, der Geleitzug, bis die einzelnen Fahrzeuge wieder Deck an Deck lagen.

Die Piraten waren verjagt worden. Die Kauffahrer drehten nach Norden, und noch vor Neujahr segelten sie den Chesapeake an. Als der große Geleitzug die Bucht hinaufzog, teilte sich das Geschwader, und einzelne Gruppen steuerten den James-Fluß, den York, den Rappahannock und den Potomac an. Wo immer die Schiffe anlegten, kamen die Menschen von weit her, um die diesjährige

Post aus England in Empfang zu nehmen und Freunde willkommen zu heißen, die sie seit sechs oder sieben Jahren nicht mehr gesehen hatten. Kanonen dröhnten, und flußaufwärts verbreitete sich die frohe Kunde: »Der Konvoi ist da!«

Drei Tage nachdem das Geschwader die Bucht erreicht hatte, verließ auch Steeds Brigg den schrumpfenden Konvoi und hielt auf den Choptank zu. Sklaven, die am westlichen Ende der Insel Devon Wache hielten, zündeten die ersten Feuer an. Andere, die das sahen, legten ihrerseits Feuer an Holzstöße, und es dauerte nicht lange, bis auf der Plantage eine Kanone abgefeuert wurde. Jetzt liefen die Bewohner des Herrenhauses ans nördliche Ufer und beobachteten, wie ihr Schiff heimkam – allen Gefahren entronnen und in Sicherheit vor den Piraten.

Triumphierend fuhr die Brigg in den Devon-Fluß ein, wo man Taue an Bord warf, mit welchen die Sklaven das Schiff beiholen konnten. Der siebenundzwanzig Jahre alte Mark Steed, der in Frankreich Theologie und in England Jurisprudenz studiert hatte, stand auf dem Deck und wartete sehnsüchtig darauf, seine neue Mutter zu begrüßen.

Sie sah ihn, wie sie ihn stets in Erinnerung behalten würde: ein junger Mann, jung im Aussehen, aber auch jung, was seinen Mut und die Reinheit des Geistes betraf. »Hier kommt die Rettung der Steeds«, murmelte Rosalind, als er auf sie zutrat.

Und das war er. Wo sein Vater träge war, konzentrierte er sich auf seine Arbeit, wo seine Onkel nur wirre Begriffe hatten, wie eine Plantage geführt werden mußte, hielt er sich an einige wenige grundlegende Prinzipien. Als er diese den älteren Steeds zu erklären versuchte, stieß er auf Unverständnis; als einzige erfaßte Rosalind, was er vorhatte.

»Wir müssen in allem und jedem wirtschaftlich unabhängig sein«, erläuterte er ihr, und sie wußte, daß er recht hatte. »Nie wieder dürfen wir einfach nur irgendwelche Sklaven kaufen: Männer und Frauen, die nichts Besonderes gelernt haben. Jeder Dienstverpflichtete und jeder Sklave auf dieser Plantage muß ein Facharbeiter sein, und wenn wir sie nicht schulen können, verkaufen wir sie und kaufen solche, die schon geschult sind.«

Die Steeds hatten jetzt siebenundzwanzig weiße Arbeiter und achtundsechzig Schwarze, die auf drei Lager aufgeteilt waren: eines für die Landarbeiter und die Männer, welche an den Schiffen arbeiteten, eines am Westende der Insel und eines auf dem Festland für alle, die auf den Tabakfeldern beschäftigt waren. Es gab noch eine vierte Gruppe, die aus vier Schwarzen bestand und überall eingesetzt werden konnte; sie war laufend damit beschäftigt, Bäume niederzubrennen, um neues Land urbar zu machen, wenn die gierigen Tabakpflanzen die Fruchtbarkeit der Felder erschöpft hatten.

Dazu kamen die Spezialisten, die Mark und Rosalind heranzogen: Weber, um die riesigen Mengen Tuch herzustellen, die alljährlich von den Steeds und den Sklaven benötigt wurden; Schneider, Gerber und Schuhmacher; Barbiere; Kunsttischler; Matrosen und Kalfaterer; Holzfäller, welche die großen Stämme zu den Zechen brachten; Schreiner und Zimmerleute; Gießer, Seiler; Fischer; Faßbinder; und am wichtigsten von allen, geschickte Handwerker, die alles mögliche reparieren konnten. Schließlich ernährte der Steedsche Betrieb fast die halbe Stadt, und Mark war dafür verantwortlich, daß alles funktionierte. Er war überrascht, als seine Stiefmutter auf einem weiteren Spezialberuf beharrte: »Ich hätte gern zwei Sklaven, die sich auf die Herstellung von Ziegeln verstehen.«

»Wozu denn das?«

»Ich werde Ziegel brauchen.« Mark lächelte nachsichtig und schickte nach Saint Mary's City hinüber, um zwei Sklaven kommen zu lassen, die in der Fertigung von Ziegeln bewandert waren. Das war eine gute Investition, denn die beiden fanden Lehmlager an einem Ort, wo es auch genügend Bäume gab, die Holzkohle lieferten, und es dauerte nicht lange, bis eine regelrechte Produktion hellroter Ziegel im Gang war.

Mark fragte sich, was seine Mutter mit ihnen anzufangen gedachte. Sie verwendete einige, um eine moosbewachsene Terrasse an das Haus anzubauen; mit anderen wurden Wege zwischen den blühenden Bäumen angelegt. Aber für diese Nebensächlichkeiten benötigte sie nur kleine Mengen; der Rest wurde sorgfältig gelagert, bis die Stapel eindrucksvolle Ausmaße annahmen.

»Sollen wir die Männer anderweitig beschäftigen?« fragte Mark.

»Auf keinen Fall.«

»Aber was willst du mit den Ziegeln machen … Mit diesen Tausenden von Ziegeln?«

»Wir werden sie gut brauchen können, Mark.«

Es gab keine Sparte im Steedschen Unternehmen, die Rosalind nicht interessiert hätte. Als sie darauf kam, daß die Schiffe der Steeds häufig aufgelegt wurden, weil Würmer den Boden herausgefressen hatten, zog sie die Paxmores zu Rate. »Gegen den Pfahlwurm sind wir machtlos«, lautete die Auskunft der Fachleute. »Er gedeiht in uneren Gewässern und frißt sich am Holz satt, so wie du dich von Maisbrei ernährst.«

»Kann man nicht etwas auftragen, um das Holz zu schützen?«

»Teer und Pech helfen«, meinten die Paxmores, und unverzüglich beauftragte sie einige Sklaven, Kiefern zu schlagen und Pech und Terpentin zu gewinnen, um die Schiffsböden damit zu behandeln. Das Verfahren erwies sich als wirksam, aber nur so lange, wie das Pech am Holz haften blieb; eine sehr starke Schicht hielt etwa vier Monate vor.

»Gibt es keine Möglichkeit, das Holz abzudecken?« fragte sie die Kapitäne ihrer Schiffe, und die sagten, daß das mit einer Kupferverkleidung möglich wäre, eine solche jedoch unerschwinglich teuer käme. Mit dem nächsten Oktoberkonvoi ließ sie große Kupferplatten kommen, und sobald diese auf den Boden des größten Schiffs aufgenagelt waren, hatten die hungrigen Würmer keine Chance mehr. Doch wie ihre Kapitäne sie gewarnt hatten: Das System war zu teuer für die Kolonien. Mit einer Bleiverkleidung wäre es gegangen, aber es gab kein Blei.

Mit grimmiger Miene, als hätten ihr die Pfahlwürmer persönlich den Krieg erklärt, begann sie von neuem, die Tiere zu studieren. Teredos nannte man diese etwa fünf Zentimeter langen, weißlichen Geschöpfe mit schloßlosen, scharf gezähnten Schalenhälften, die eigentlich Muscheln waren und sich in das Eichenholz einbohrten. Als sie einmal unter ein aufgelegtes Schiff kroch, um sie zu beobachten, sah sie, daß die Tiere ganze Planken durchlöchert hatten und so lange in alle Richtungen bohrten, bis das Holz zerfiel. Keine Holzart war vor ihrem Angriff sicher, und nur Kupfer oder Blei konnte sie aufhalten.

Doch dann stieß sie ganz zufällig auf einige ihr unbekannte Tatsachen. »Im Juli und im August ist es am schlimmsten«, erzählte ihr einer der Kapitäne. »Deshalb empfiehlt es sich, den Konvoi nach Europa im Mai abzufertigen. Dann können die Würmer im Sommer nicht an die Schiffe heran.« Ebenso nützlich war auch der Kommentar des älteren Paxmore: »Wir haben nicht so viel unter den Würmern zu leiden wie andere, denn unsere Werft liegt ein gutes Stück flußaufwärts, wo das Wasser frischer ist.«

Auf Grund dieser Hinweise entwickelte sie eine Strategie, welche die Schiffe der Steeds rettete: »Mark«, sagte sie, »ich möchte, daß unsere Kapitäne im nächsten Juni die Schiffe den Choptank weiter hinauffahren. Von Juli bis August bleiben sie dort oben, und du wirst sehen – wir werden keinen einzigen Wurm haben.«

Die Kapitäne murrten über diese unsinnigen Befehle einer Frau, aber sie gehorchten und stellten mit Erstaunen fest, daß Rosalind recht hatte. Im Frischwasser vermehrten sich die Teredos nicht, und die alten, die noch an den Schiffsböden hafteten, starben ab. Dank dieser geschickten Verlegung der Ankerplätze sparten die Steeds viel Geld, das früher für die Wiederinstandsetzung ausgegeben werden mußte, und die Schiffe kamen schneller voran, weil das Holz glatt und sauber war.

Mark kümmerte sich um alle finanziellen Angelegenheiten und verbrachte viel Zeit im Lagerhaus der Familie in Patamoke, um Rechnungen zu schreiben und Salden zu ziehen. Hier geschah es, daß Nelly Turlock eines Morgens erschien, um eine Anzahl Stoffmuster auszusuchen. Mit einer schwungvollen Geste ihres rechten Arms stieß sie die Tür auf und schritt in die Mitte des Raumes, als wäre sie Teilhaberin der Firma. Sie war eine auffallend schöne Frau, gleich alt wie Mark, aber um vieles weltgewandter, denn als sie erfuhr, daß der junge Mann der Sohn ihres Beschützers war, gab sie sich besondere Mühe, seine Aufmerksamkeit auf sich zu ziehen, und sie lehnte es ab, sich von einem Angestellten bedienen zu lassen.

»Ich brauche drei Yard Flausch – für Charlies Jagdhose«, sagte sie und lächelte hintersinnig, als amüsierte sie sich im stillen über einen Scherz, den nur sie verstand, nicht aber Mark. Während er den rauhen dicken Wollstoff aufrollte, der vor Dornen schützte, versuchte er, sie unbemerkt zu beobachten, aber sie fing seinen Blick auf und lächelte von neuem.

»Und ein paar Yard irischen Kalmuk.« Sie senkte die Stimme und fügte in vertraulichem Ton hinzu: »Den brauche ich für meinen Wintermantel. Und den Kersey-Wollstoff auch.« Während er die Längen abmaß, wühlte sie in seinen Stoffen und zog einen Ballen Osnabrücker Leinwand hervor, ein schweres, grobes Gewebe, das sich besonders gut zu Kitteln für kalte Tage verarbeiten ließ.

»Wie viele Längen brauche ich?« fragte sie einschmeichelnd und hielt den Stoff an ihre Schulter.

»Zweimal die volle Breite«, riet ihr Mark. Aber der Sklave, der sonst die Stoffe verkaufte, unterbrach ihn und meinte: »Die Hälfte genügt.«

»Er wird wohl recht haben«, sagte Mark und lächelte, als er den Stoff abschnitt. Sie suchte noch viel mehr aus, doch als er alles zusammengerechnet hatte, traf sie keine Anstalten zu bezahlen. »Setzt es Mister Steed auf die Rechnung«, sagte sie und schlug mit dem linken Zeigefinger die Seiten um, bis sie Steeds Kontoblatt gefunden hatte. Als Mark den letzten Einkauf eintrug, sah er, daß die Gesamtschuld eine beträchtliche Summe ausmachte, und er gewann den Eindruck – wobei er allein von dem ausging, was sie heute gekauft hatte –, daß sie praktisch den ganzen Turlock-Clan fütterte und kleidete.

Er hielt sich nicht für befugt, die Sache mit seinem Vater zu erörtern, aber er ging zu Rosalind: »Es ist schlicht und einfach Diebstahl, dessen diese Frau sich schuldig macht«, sagte er und kam damit erstmals auf Fitzhughs Betragen zu sprechen.

»Aber das ist doch ganz in Ordnung, Mark«, sagte Rosalind, »ich erhebe keine Einwände, nicht einmal wegen dieser Gaunereien.«

»Aber er benimmt sich doch wie ein Esel.« Und als Rosalind gegen diese harte Beurteilung protestierte, fuhr Mark fort: »Ich kann verstehen, daß er herumschäkerte, solange Mutter noch lebte. Er befand sich wirklich in einer scheußlichen Lage. Und nach ihrem Tod brauchte er sich ja nicht mehr zurückzuhalten. Aber jetzt hat er eine Frau – eine wunderbare Frau …« Er schüttelte angewidert den Kopf und trat ans Fenster.

»Hör mal, Mark! Er hat nach und nach schlechte Gewohnheiten angenommen. Und allmählich haben sie ihn verdorben. Du weißt ja wohl, daß Nelly drei Kinder von ihm hat?«

»Kinder! Mein Gott!« Diese Neuigkeit erregte ihn dermaßen, daß er im Zimmer auf und ab lief und dann vor seiner Mutter stehenblieb, um im bitteren Tone hervorzustoßen: »Das sind also meine Geschwister … sozusagen.« Der Gedanke belustigte ihn, und er brach in nervöses Gelächter aus. »Das ist doch wahrhaftig eine dumme Geschichte, nicht wahr?«

»Ja. Es ist etwas, das jede Frau durchstehen muß … so gut sie kann. Das heißt, wenn sie nicht schön … ich meine, wenn sie häßlich ist.«

»Mutter!« Es war ein aufrichtiger Protest, und sein Gesichtsausdruck bewies es. Seine neue Mutter war nur sechs Jahre älter als er, und dieser geringe Unterschied gab Anlaß zu einiger Verwirrung, aber sie war auch um viele Jahre weiser, und oft verrieten ihre Meinungen eine Reife, die ihn in Erstaunen setzte. Er hatte sie einfach gern. Sie besaß alle Eigenschaften, die er eigentlich bei seinem Vater hätte finden wollen, und keine der Schwächen, die den älteren Steed zu einer pathetischen Gestalt machten.

»Du wirst mit jedem Jahr schöner«, sagte er. »Und Vater wird es nicht mehr sehen können.«

»Er wird uns beide überleben«, prophezeite sie.

»So habe ich es nicht gemeint.«

Als Mark nach Patamoke zurückfuhr, um das Lagerhaus auszubauen, hoffte er, Nelly Turlock würde nicht wieder hereinstolziert kommen, um für ihre Familie einzukaufen. Aber sie kam immer wieder – unverschämt, arrogant und aufreizend selbstsicher. Sie schien eine Nase für alles zu haben, was frisch aus London gekommen war, und dazu einen unersättlichen Appetit – man hätte meinen können, daß ein gut Teil jeder Ladung nur für sie bestimmt war. Mark rechnete einmal aus, daß Nelly Turlock die Steeds mehr als zweimal soviel kostete als Rosalind, doch als er seiner Mutter diese Zahlen vorhielt, meinte sie nur: »Es leben mehr Turlocks im Sumpf als Steeds auf der Insel.«

Aber das stimmte nicht ganz. Henry und Paul, die Söhne jenes Edmund, der sich 1607 in Jamestown niedergelassen hatte, brachten acht Kinder hervor – darunter auch Marks Großvater, Captain Earl Steed. Und diese Kinder hatten nicht gesäumt, ihre eigene Nachkommenschaft in die Welt zu setzen, so daß die Insel Devon nun viele Steeds im Hauptgebäude der Plantage und eine gleiche Anzahl in kleineren Anwesen beherbergte. In Wirklichkeit herrschte bereits ein verwirrendes Durcheinander auf der Insel, und Rosalind gelangte zu der Ansicht, daß etwas geschehen müsse. Ihr Mann machte »hm«, spuckte und hüstelte und meinte in seiner gewohnten eingebildeten Art: »Jeder Steed kann auf dieser Insel bleiben, solange er will«, aber Rosalind achtete kaum darauf. Statt dessen appellierte sie an Mark, und ihre Gründe, weshalb sie die übervölkerte Insel entlasten wollte, waren so zwingend, daß er ihr von sich aus seine uneingeschränkte Unterstützung zusicherte.

Es war also diese zweite Frau, diese Außenseiterin aus Virginia, die den Clan in dem Raum mit den Zinngeräten um sich versammelte und ihre Pläne darlegte: »Das Herrenhaus wird hier bleiben …« (Einige Steeds erinnerten sich später, daß ihre Stimme schwankte, als sie diese Worte aussprach, so als sei sie sich des Fortbestandes des Hauses nicht sicher.) »Und die jungen Leute der nächsten Generation, die den Besitz verwalten werden, können ebenfalls hier bleiben. Damit meine ich Mark … und seine Frau, wenn er einmal heiratet. Heron Cottage und Holly Hall bleiben für Familienangehörige erhalten, aber aus allen anderen Häusern machen wir Unterkünfte für die Sklaven.«

Dies führte zu erregten Einwänden, aber sie gab nicht nach. »Diese kleinen Häuser müssen weg. Das sind Elendsquartiere.« Nachdem sich die Proteste gelegt hatten, fuhr sie fort: »Mark und ich haben unser Land gründlich erforscht. Am Nordufer des Choptank gibt es ausgezeichneten Baugrund. Jede Familie sollte sich ein Grundstück aussuchen, das ihr zusagt. Zu jedem Haus, das ihr baut, sollen sechshundert Morgen urbar gemachtes Land gehören.«

Jetzt erhitzten sich die Gemüter, und ein gutes Dutzend Steeds lehnte den Plan ab. Aber Rosalind ließ nicht locker: »Ich habe einen Platz gefunden, der allen andern überlegen ist, und ich möchte meinen, daß zwei oder vielleicht auch drei Familien sich dort nur zu gern niederlassen würden. Der Platz scheint mir noch schöner zu sein als die Insel. Bei entsprechender Bewirtschaftung könnte dort ein Paradies entstehen.«

Die Protestierenden beruhigten sich. Die Steeds waren nicht gerade erbaut von Rosalinds beherrschendem Einfluß auf für die Familie so lebenswichtige Dinge, aber sie wußten, daß sie es nicht mit einer Närrin zu tun hatten, und wenn sie die Meinung vertrat, daß ein Platz auf dem Festland attraktiver war, lohnte es sich, ihr zuzuhören. »Segelt am Westende vom Turlock-Moor den sich teilenden Wasserlauf hinauf. Nach einer halben Meile kommt ihr zu einer Gabelung, und das Land zwischen den Armen dieser Gabelung möchte ich euch empfehlen. Mir wurde erzählt, daß dort einmal ein Indianerhäuptling gelebt hat. In der Urkunde über den Kauf des Landes – es gehörte ursprünglich den Janneys – heißt es ›Refugium‹.« Mit diesen Worten löste sie eine Schatzsuche aus, denn zahlreiche Steeds schickten ihre Schaluppen zum sich teilenden Wasserlauf, um das Dreieck zu erforschen, das einst Pentaquod, der Häuptling der Choptanks, bewohnt hatte.

Es war unglaublich, wie die Natur dieses erlesene Stück Land, das bei der Brandrodung des Jahres 1631 aller seiner urzeitlichen Bäume beraubt worden war, neu belebt hatte. Acht Jahre lang hatten die Felder mäßig guten Oronoco produziert, aber der Tabak entzog dem Boden die Minerale so rasch, daß es die Steeds am Ende einträglicher fanden, die Halbinsel aufzugeben und neue Baumbestände niederzubrennen, um zusätzliche, an Nährstoffen noch reichere Felder zu gewinnen.

Auf die aufgelassenen Felder hatten Vögel Samen fallen lassen, die auf dem Weg durch ihre Eingeweide unverletzt geblieben waren. Aus diesem Samen waren Zedern geworden, die wie Unkraut in die Höhe schossen. Mit der Zeit schlugen auch Eichen und Walnußbäume Wurzeln, und jedes Jahr im Herbst blies der Wind auch einige Weymouthskiefernsamen über das Land. Hinzu kamen, wiederum durch Vögel, Stechpalmenbeeren, und nach fünfzig Jahren war das Land wieder so prächtig wie in jenen fernen Tagen, als Pentaquod es sich zum Wohnsitz erkoren hatte. Die vierhundert Jahre alten Rieseneichen waren natürlich verschwunden, auch die enormen Kiefern, doch nur ein geschultes Auge hätte ihr Fehlen bemerkt, denn das Land hatte sich regeneriert.

Wie schön war es doch, als die jungen Menschen dieser fünften Generation amerikanischer Steeds kamen, um es von neuem zu entdecken: Es wimmelte von Hochwild und Bibern; Gänse und Enten wetteiferten um Rastplätze; die letzten Bären und Wölfe dieser Gegend fanden hier eine neue Heimat; und in den kleinen Sümpfen an den Ursprüngen der Flüsse mehrten sich Tausende verschiedener Arten von Lebewesen. Der Flecken war wieder zu einem bezaubernden Paradies geworden, und wenn die Nacht zu Ende ging und im Osten die Sonne ihren Lauf begann, kehrten Graureiher in ihre alte Heimat zurück. Sie spießten ihre Beute im schlammigen Grund des Wasserlaufs auf und krächzten, wenn sie ein üppiges Mahl vorfanden.

Das Leben auf der Insel konnte sehr angenehm sein, wenn sich Fitzhugh auf Devon aufhielt. Er besaß ein gewinnendes Wesen, liebte seine Kinder und genoß die Routine des Lebens auf der Plantage. Es munterte ihn auf, wenn eine frische Ladung Sklaven aus Haiti eintraf oder eines seiner Schiffe mit Oronoco im Laderaum in See stach. Am glücklichsten war er, wenn ein oder zweimal im Jahr ein Schiff Post aus England brachte; dann sortierte er die Briefe sorgfältig auf dem großen Tisch in der Küche und versuchte zu erraten, wer sie geschrieben hatte und was sie an Neuigkeiten enthielten.

Er war höflich zu seiner Frau und sah darauf, daß alle, die mit ihr in Berührung kamen, sich ihr gegenüber ebenso verhielten. Scherzend nannte er sie »Mistress Roz«, und die Art, wie sie die Plantage verwaltete, schien er gutzuheißen. Zumindest mischte er sich nicht ein, und er versuchte auch nicht, ihre Befehle umzustoßen, aber sein Gewährenlassen hatte einen Beigeschmack von Herablassung, als wären ihre Pflichten nur ein unwichtiges Spiel, dem er gnädig zustimmte.

Da sie nicht mehr zusammen schliefen, war seine Haltung ihr gegenüber die eines nachsichtigen Onkels, und das mußte sie akzeptieren, wenn sie überhaupt auf Devon leben wollte. Sie akzeptierte es auch, ohne zu klagen, denn sie begriff, daß er sie so behandelte, weil er sich seiner eigenen Untüchtigkeit bewußt war. Wichtige Entscheidungen zu treffen blieb ihr überlassen, denn er hatte Zeit seines Lebens dazu geneigt, ihnen auszuweichen, und so seine Kräfte verzettelt.

Rosalind ihrerseits behandelte ihren Mann mit höflicher Nachgiebigkeit und befriedigte seine Eitelkeit. Er war der Herr im Haus, die Kinder hatten ihn zu respektieren, und wenn die neuesten Ausgaben des »Tatler« eintrafen, bekam er sie selbstverständlich als erster zu lesen. Sie redete ihn stets mit dem vollen Namen Fitzhugh an und achtete darauf, daß die Kinder von ihm als »Vater« sprachen. Wenn er eine Meinung äußerte, dann zollte sie ihm übertriebene Aufmerksamkeit, und sie stimmte ihm oft im Beisein der Kinder begeistert zu, während sie längst entschlossen war, seine Äußerung zu ignorieren, sobald er sich entfernt hatte.

Nie empfand Fitzhugh so etwas wie Liebe für seine Gemahlin. Für ihn war sie eine ungestalte, linkische Frau mit lauter Stimme, und es hätte ihn sehr überrascht zu erfahren, daß sie alle Gefühle eines hübschen jungen Dings von siebzehn Jahren hegte. In den ersten Monaten ihrer Ehe hatte sie diesen sorglosen Blender aufrichtig geliebt, ihre erste Schwangerschaft war ein wahrer Sinnentaumel gewesen, und als sie dann seine ganze Unfähigkeit erkannte, suchte sie immer noch, ihre Liebe für ihn zu bewahren. Jetzt aber reagierte sie auf ihn wie auf einen großen, ausgelassenen jungen Hund: Es machte Spaß, ihn im Haus zu haben, aber er war ein Geschöpf ohne Bedeutung.

Solche enttäuschenden Verhältnisse bestimmten das Dasein der Steeds. Doch ihr Leben war nicht von Tragik überschattet. Im Gegenteil: Da Rosalind für Schwung und Stimmung sorgte, hätte ein unbefangener Beobachter den Eindruck gewinnen können, im Hause der Steeds herrschten ständig Frohsinn und gute Laune. Fitzhugh unterstützte seine Frau dabei, denn es machte ihm Freude, mit seinen Kindern zu spielen und sie von einer Albernheit in die andere zappeln zu lassen. Ohne die Hilfe seiner ersten Frau hatte er in Mark und Evelyn zwei prächtige Kinder großgezogen, und nun tat er das gleiche mit den Sprößlingen seiner späteren Jahre. Er lehrte sie Wortspiele, erzählte ihnen von exotischen Ländern und von den Sagenfiguren des Altertums, aber bevor er ihnen etwas schenkte oder sich mit ihnen unterhielt, mußten sie jedesmal das »Spiel der vielen Fragen« durchmachen.

»Ich habe euch etwas Besonderes aus dem Laden mitgebracht. Es gibt euch viele Fragen auf«.

»Ist es aus Papier?«

»Nein.«

»Kann ich es essen?«

»Dir würde schön übel werden, wenn du das tätest.«

Manchmal hielt er sie sich eine halbe Stunde vom Leib und schärfte dabei ihren Verstand, aber sobald sie sein Rätsel gelöst hatten, schloß er sie in die Arme.

Er sorgte auch dafür, daß die Lebensmittelvorräte im großen Haus nie zu Ende gingen; zwei Sklaven waren ständig damit beschäftigt, Wild zu jagen. So konnte es sein, daß die Steeds im Lauf einer Woche Wildbret, Lamm, Bisamratte, Ente, Truthahn und gelegentlich auch Schweinefleisch verzehrten. Aber Fitzhughs Lieblingsspeise waren gebackene Alsen, gewürzt mit Zwiebeln und Bohnenkraut. Wenn dieses Gericht auf den Tisch kam, protestierten die Kinder wegen der Gräten, aber er verstand es, sie zu beschwichtigen: »Alsen lassen das Gehirn wachsen, denn wenn ihr nicht gescheit genug seid, die Gräten auszuspucken, seid ihr auch nicht gescheit genug, den Fisch zu essen.«

Er, und nicht Rosalind, beaufsichtigte die Küche, und er zeigte den Küchensklaven, wie sie nach seinem Geschmack das Brot backen und Kalbsfußsülze anrichten mußten. Seine besondere Aufmerksamkeit galt der Art, wie sie die zwei ständigen Hauptspeisen, Austern und Krabben, servierten. Seine Besucher wies er darauf hin, daß sie nirgendwo bessere Krabbenpasteten vorgesetzt bekommen würden als auf Devon.

Für ihn verdiente kein Bankett diesen Namen, wenn nicht zuzüglich zu den sechs Fleischgängen, sieben Gemüsen und acht Nachspeisen große Schüsseln voll Austern oder leckeren Krabbenpasteten aufgetischt wurden. Oft lehnte er sich, wenn alles angerichtet war, in seinen Sessel zurück und bemerkte in seiner herzlichen Art zu seinen Gästen: »Als Mistress Roz über die Bucht kam, um mich zu heiraten, wurde sie von ihrer Familie zum Schiff begleitet. ›Du fährst nach Maryland‹, schluchzten sie. ›Du wirst verhungern!‹ Da seht ihr nun, wie sie am Hungertuch nagt.«

Fitzhugh kümmerte sich auch um den Weinkeller und achtete darauf, daß genug Burgunder vorrätig war, Portwein und Madeira, und wenn auf einer benachbarten Plantage Mangel an diesem oder jenem Wein herrschte, half er großzügig aus, bis das nächste Schiff frischen Vorrat brachte. Er überwachte seine Sklaven bei der Herstellung von Apfelwein, den seine Familie in großen Mengen konsumierte, behielt sich aber selbst die Zubereitung jener drei Getränke vor, für die Devon berühmt wurde. Zu den meisten Mahlzeiten wurde Sillabub serviert. »Ein Teil Milch, ein Teil Sahne, ein Teil Ale, gewürzt mit Zitrone und Limonelle und einem Schuß gestoßener Zimtrinde.« Bevor man sich zur Ruhe begab, schlürfte man Posset, einen heißen Molkentrank, welcher der Verdauung sehr zuträglich war. Der Persiko schließlich wurde nur zu festlichen Gelegenheiten gereicht. Bernsteinfarben, auf Flaschen gezogen, wurde er nach dem Dessert serviert. Er hinterließ ein angenehmes Prickeln auf der Zunge. Dazu Fitzhugh: »Sechs Wochen lang halte ich die Sklaven an, alle Pfirsich-, Aprikosen- und Kirschkerne aufzuheben. Wenn genug davon da sind, schneide ich das Innere jedes Kerns in vier Teile und weiche die Stücke zusammen mit Gewürznelken und Zimt in französischem Weinbrand ein. Nach drei Monaten mische ich etwas Zuckerwasser dazu, und je länger das Ganze steht, um so besser schmeckt es.«

Rosalinds Tätigkeit erstreckte sich auf elementarere Gebiete, insbesondere was die medizinische Betreuung der Plantage anbetraf; an manchen Tagen verwandelte sich die Hütte hinter dem Herrenhaus in eine Art Krankenhaus, vor dem drei Steeds, vier andere weiße Pflanzer und ein Dutzend Sklaven anstanden, um sich von Rosalind behandeln zu lassen. Dank ihrer langen Erfahrung mit dem Plantagenleben hatte sie jene Arzneien zur Hand, die am besten geeignet waren, jene Leiden zu kurieren, die am häufigsten beim Tabakanbau auftraten: Brechwurz, um Erbrechen herbeizuführen, abführende Salze, um den Stuhlgang zu fördern, Wacholderöl für die Brust, Safrangeist gegen Krämpfe und Glyzerin bei Verbrennungen. Ihr wirksamstes Heilmittel war heißes Leinsamenöl, großzügig aufgetragen und mit Tüchern bedeckt; damit war jeder Blutandrang zu kurieren. Häufig verwendete sie auch Brechweinstein, um jene Zustände zu heilen, die sie »Trübsal« nannte, und in einem Fläschchen, zu dem nur sie Zugang hatte, verwahrte sie Laudanum, das nur Anwendung fand, wenn Glieder amputiert oder Zähne gezogen werden mußten.

Denn im Gegensatz zu anderen Plantagen jenseits der Bucht war die der Steeds ein Zentrum emsigen Schaffens. Wenn ein junger Steed das Mannesalter erreichte, hatte er bereits gelernt, Felder zu bestellen, Fässer zu zimmern, Oronoco zu trocknen und Gewinne zu kalkulieren. Fast jeder hatte bereits im Lagerhaus der Familie in Patamoke gearbeitet, und viele waren schon als gewöhnliche Seeleute nach Bristol gefahren. Die Verachtung, mit der so mancher englische Gentleman auf den Handel herabblickte, gehörte nicht zur Steedschen Tradition; die Familie hatte ihren Erfolg nicht in erster Linie dem Tabak, sondern einer Unzahl von damit in Zusammenhang stehenden Aktivitäten zu verdanken, und in Jahren, da der Oronoco weder in Brüssel noch in London gute Preise brachte, bezogen die Steeds auch weiterhin befriedigende Einkünfte aus ihren Fässern, ihren Biberpelzen, ihren Schiffen, vor allem aber aus ihrem Lagerhaus. Wer am Choptank lebte, kam kaum darum herum, den Steeds in dieser oder jener Form seinen Tribut zu entrichten.

Es war ein schönes Leben, aber wenn Rosalind sah, wie ihr hemdsärmeliger Mann mit den Kindern spielte, drängte sich ihr bisweilen der Gedanke auf: Wenn er nur imstande wäre zu erfassen, daß eine häßliche Frau auch ein liebendes Menschenwesen sein kann! In solchen Momenten hegte sie tiefen Groll gegen Gott, weil Er ihr keine Schönheit geschenkt hatte, doch wenn der Schmerz am heftigsten brannte, gelobte sie sich mit grimmiger Entschlossenheit: »Ich gebe nicht auf! Ich werde mich nicht auf sein Niveau begeben. Häßlich oder nicht, ich werde die beste Frau sein, die ich sein kann.«

Zu den Kunden des Großlagers in Patamoke zählte auch eine zierliche, ernst dreinblickende junge Quäkerin von achtzehn Jahren. In schmuckloses Grau gekleidet, mit einer Haube, deren Bänder lose über ihre Schultern herabfielen, besaß sie jene Reinheit der Haut, die jeder Frau gut ansteht. Ihre feinen Gesichtszüge waren so harmonisch ausgeglichen und gefällig, daß Mark Steed, wenn sie das Lagerhaus besuchte und er dort war, der Unterschied zwischen ihr und der ungestümen und derben Nelly Turlock deutlich zu Bewußtsein kam. Er verglich sie auch mit seiner hageren und ungestalten Mutter und erinnerte sich einer Stelle bei Shakespeare, die sie ihm vorgelesen hatte: Da sie hübsch ist, dachte er, ist sie vermutlich auch dumm.

Um sicherzugehen, versuchte er mehrmals, mit ihr ins Gespräch zu kommen, doch ohne Erfolg. Sie betrat den Laden, um gewisse Dinge zu kaufen, die von den Schiffbauern benötigt wurden, und ließ sich nicht ablenken. Sie zeigte kein Interesse an den bunten Stoffen aus Paris, und weder sie noch sonst eine Angehörige der Familie Paxmore hatte Bedarf an Brüsseler Spitzen oder Kupfergeräten aus Gent. Fast schien es, als sei sie in ihrer Entwicklung zurückgeblieben, ein grauer Schatten, der in einer von ihrem Bruder gesteuerten Schaluppe an der Pier anlegte, kein überflüssiges Wort sprach, nie lächelte und Artigkeiten nicht beachtete.

Als Mark zu Hause einmal eine Bemerkung über ihr sonderbares Betragen fallenließ, fragte Rosalind geradeheraus: »Wann wirst du heiraten, Mark?«

Und er antwortete: »Als ich London verließ, hatte ich eine Art Übereinkommen mit Louise Fithian getroffen.«

»London? Ich dachte, du würdest eine Frau aus der Gegend vorziehen.«

»Louise ist ein Schatz, wirklich wahr.« Und er verbreitete sich so enthusiastisch über ihre Qualitäten, daß seine Mutter erfreut nickte.

»Hast du eine Silhouette?«

Er hatte eine. Ein Franzose, der geschickt mit kleinen Scheren umgehen konnte, hatte sie geschnitten, und sie zeigte das eher gewöhnliche Profil einer schmollmündigen Schönheit. »Sie sieht recht attraktiv aus«, kommentierte Rosalind ohne Begeisterung. Sie reichte ihm die Silhouette zurück und meinte: »Ob das wohl eine gute Idee ist, sich eine Frau aus London kommen zu lassen? Ich weiß nicht recht.«

»Der selige Edmund hat mit Briefen um seine Martha geworben. Er hat sie nie gesehen, bevor sie hier landete.«

»Sie war ein Flüchtling. Aus der Heimat fortgejagt wegen ihrer Religion.«

»Das ist auch so ein Problem. Am Choptank gibt es keine katholischen jungen Mädchen.«

»Die kleine Fithian ist ja wohl auch keine Katholikin.«

»Nein. Aber ich kenne sie.«

»Du kennst auch die junge Paxmore.«

»Die kleine Graue?«

»Sie ist nicht so grau, Mark.«

Und sie bestand darauf, daß er sie zur Friedensklippe begleitete. Als er ihr Boot am Landeplatz der Paxmores festgemacht hatte und den Hügel zum Teleskophaus hinaufgewandert war, führte sie ihn nicht zu dem Mädchen Amanda, die ihn interessiert beobachtete, sondern zur alten Ruth Brinton, die vor Wut kochte.

»Unglaublich!« ereiferte sie sich. »Auf dem Hauptplatz gegenüber dem Gerichtshaus!«

»Was ist geschehen?« erkundigte sich Rosalind.

»Mit offizieller Genehmigung Menschen zu verkaufen! Ich …«

»Mistress Paxmore«, fiel Rosalind ihr ins Wort, »das ist schon immer so gewesen, und es geschieht auf sehr humane Art. Hören Sie doch auf zu schimpfen!«

»Aber gestern haben sie eine Mutter nach Norden, den Vater nach Süden und die neunjährige Tochter hierher an den Fluß verkauft!«

»Auf unserer Insel tun wir so etwas nicht«, hielt Rosalind ihr entgegen.

»Wenn einer es tut, tun wir es alle, meine liebe Freundin.«

»Nein!« protestierte Rosalind. »Jede Familie lebt nach ihren eigenen Maß-stäben, und kein Steed hat jemals einen Sklaven ungerecht behandelt. Wir brauchen sie, und wir haben sie gern.«

»Aber wenn eine Familie auf den Marktplatz gezerrt werden kann, vor das Haus, das der Gerechtigkeit dienen sollte …«

Die alte Frau begann zu zittern, und Amanda versuchte sie zu beruhigen.

»In diesem Punkt macht Großmutter keine Konzessionen.«

»Und wird sie auch nie machen«, stieß die Greisin grimmig hervor.

»Die Gemeinde hat sie oft zurechtgewiesen«, sagte Amanda, »aber es hilft nichts: die Stimme der Wahrheit in der Wüste.« Sie sagte es mit solcher Schlichtheit, daß sich die Besucher an eine hebräische Jungfrau des Alten Testaments erinnert fühlten.

»Ich wollte Euch meinen Sohn Mark vorstellen«, sagte Rosalind.

»Ich habe gehört, daß er ein feiner Kerl ist«, erwiderte Ruth Brinton.

»Und von wem habt Ihr das wohl gehört?«

»Amanda hat es mir gesagt. Sie sieht ihn ja, wenn sie Nägel holen fährt.«

Rosalind bemerkte, daß das Quäkermädchen nicht errötete. Sie blickte gerade-aus, ohne sich dazu zu äußern. Um so heftiger errötete Mark, und Rosalind dachte: Das ist recht so. Es ist eine sehr menschliche Reaktion, die ihn von seinem Vater unterscheidet.

Auf der Rückfahrt nach Devon blieb Rosalind stumm, aber sobald sie mit ihrem Sohn allein im Haus war, begann sie mit fester Stimme: »Ich wollte dir einmal eine richtige Familie vorführen«, und dann erzählte sie ihm in kurzen Worten Ruth Brintons Martyrium in Massachusetts, welch beispiel-haftes Leben sie in Patamoke geführt hatte – das personifizierte Gewissen nicht nur der Quäker, sondern der ganzen Gemeinde.

»Du machst mir nichts vor, Mutter. Du redest immer nur von der alten Mistress Paxmore, aber du wolltest, daß ich Amanda sehe … bei sich zu Hause.«

»Das stimmt. Du solltest ein Haus sehen, in dem rechtschaffene Menschen leben.«

»Ich hätte Angst, mich mit einer Quäkerin anzulegen. Diese Amanda könnte eine schwierige Frau sein. Hast du gesehen, wie sie das Heft in die Hand nahm, als du die alte Frau gepiesackt hast?«

»Ich habe sie nicht gepiesackt. Aber mit der Sklaverei …«

»Du hast sie gepiesackt. Und jetzt piesackst du mich.«

Er beschloß, sich von der kleinen Paxmore zu distanzieren, und wenn sie jetzt ins Lagerhaus kam, wich er ihr aus. Sie war eine steife, gouvernantenhafte und auf undefinierbare Weise abstoßende junge Frau, und er hatte Angst vor ihr.

Marks Problem, eine Frau zu finden, erledigte sich auf höchst ungewöhnliche Weise. Mit dem Oktoberkonvoi erhielt Rosalind einen beunruhigenden Brief von den Fithians:

> Dies mag Euch unziemlich erscheinen, da Ihr ja mit dem Geschäft in Virginia nichts mehr zu tun habt, aber wir halten es für angezeigt, Euch streng vertraulich darauf hinzuweisen, daß die finanzielle Sicherheit der Janneyschen Plantage am Rappahannock gefährdet ist. Der Ertrag ihrer Felder ist zurückgegangen, und die Qualität ihres süßen Tabaks hat gelitten. Mit jedem Konvoi schicken sie schlechtere Ware und größere Aufträge für teuere Güter. Offen gesagt, sie stehen vor dem Bankrott und scheinen sich dessen gar nicht bewußt zu sein.
>
> Mit Bewunderung haben wir verfolgt, wie Ihr und Mark Eure Plantage bewirtschaftet und sie zu einer der besten gemacht habt. Die Art, wie Ihr Eure Anlagen verteilt, hat viel zu Eurem Erfolg beigetragen, und wir haben festgestellt, daß Ihr nur selten etwas bestellt, das nicht neue Erfolge Eures Wirkens zeigt. Könntet Ihr nicht mit Mark über die Bucht fahren und das gleiche Programm für Eure Schwestern und deren Ehemänner in Gang bringen? Schon früher mußten wir zweimal die jetzige Janney-Plantage pfänden, und wir möchten das nicht noch einmal tun. Louise Fithian sendet Mark herzliche Grüße und wünscht ihm alles Gute zur Bewältigung dieser Aufgabe.

Die Sklaven erhielten den Auftrag, die »Holde Rosalind« klarzumachen, und Rosalind trat mit Mark die lange Überfahrt zum Rappahannock an. Weder der beklagenswerte Zustand der Plantage noch die Unfähigkeit der Schwäger, den Übeln auf den Grund zu gehen, stand bei dieser Fahrt im Vordergrund, sondern die gnadenlose Abrechnung Rosalinds mit ihren jüngeren Schwestern.

Missy und Letty waren jetzt Anfang Dreißig und beide ausgemachte Hohlköpfe. Was die Plantage betraf, glänzten sie durch Unwissenheit, und als Rosalind von der drohenden Katastrophe sprach, wußten sie nichts Besseres zu tun, als zu jammern. Die Küche betraten sie nie; diese Dinge überließen sie ihren Sklavinnen. Sie besaßen nicht den geringsten Überblick über die Haushaltskosten und betrachteten die Schiffe der Familie als Vehikel zur Beförderung von Waren aus London in ihre Wohnzimmer. Was von der Plantage nach London gebracht werden sollte, interessierte sie überhaupt nicht.

Das für Rosalind und Mark Erschreckendste aber war, daß sie ihre attraktiven Töchter an das gleiche Leben gewöhnten: aufstehen um zehn; ein kräftiges Mittagessen; ein wenig Näharbeit, aber nie an einem Kleidungsstück für den praktischen Gebrauch; Nachmittagsschläfchen; Besuche; Geschnatter; Umziehen; ein zu üppiges Abendessen; ein Gläschen Sherry, während die Männer Port tranken. Aber nie und nimmer auch nur einen Schritt in den Schuppen, wo der Tabak getrocknet wurde.

Mark vor allem erkannte die entsetzlichen Folgen dieser Lebensweise klar: »Daß die Frauen dieser Familie alles vertun, was ihrem Dasein Wert geben könnte, läßt sich nicht verhindern. Aber die Zerstörung der Männer empfinde ich am schmerzlichsten. Wenn mir deine Schwestern noch einmal sagen: ›Rosalind kommt eben mit diesen Dingen zurecht, sie war immer schon die Gescheite‹, platzt mir der Kragen. Jede von ihnen könnte so gescheit sein wie du, Rosalind. Sie haben ihr Leben verschwendet, ihr Leben, das Leben ihrer Männer – und jetzt ist die Plantage dran.«

»Was du sagst, stimmt nicht ganz«, entgegnete Rosalind. »Um ihre Fähigkeiten einsetzen zu können, muß eine Frau ein Vorbild haben. Allein kann sie die Wahrheit nicht entdecken.«

»Welches Vorbild hattest du?«

»William Shakespeare.«

»Was soll das heißen?«

»Das heißt, daß ich ein häßliches Kind war – es gab keine jungen Männer, die mir den Hof machten –, und mir blieb einfach nichts anderes übrig: Ich mußte lesen. Ich habe dieses dicke Buch da auf dem Tischchen neben dem Fenster von vorne bis hinten durchgearbeitet, und ich könnte wetten, daß kein Mensch es mehr aufgeschlagen hat, seit ich hier fort bin.«

»Ich konnte Shakespeare nicht verstehen«, gab Mark offen zu.

»Ich auch nicht … die ersten beiden Male. Der Charakter eines Menschen zeigt sich aber darin, was er beim dritten und vierten Versuch fertigbringt.«

»Ich möchte hier weg, Rosalind. Diese Menschen sind verloren, und wir können nichts für sie tun.«

»Jetzt kommt der dritte und der vierte Versuch«, konterte seine Mutter, und sie bemühten sich zwei qualvolle Monate lang, die Plantage der Janneys zu reorganisieren. Mark arbeitete mit seinen Onkeln, die beide älter waren als er, und zeigte ihnen, wie sie die entfernt gelegenen Felder beaufsichtigen und ihre Rechnungen ausgleichen mußten. »Ihr dürft bei den Fithians nur Dinge bestellen, die euch in die Lage versetzen, den Reichtum eures Bodens zu mehren. Entweder ihr steigert euren Ertrag, oder ihr geht zugrunde.« Rosalind war noch weit härter. Ohne das Vertrauen, das Fithian in sie gesetzt hatte, zu mißbrauchen, zwang sie ihre Schwestern und Schwäger, über die vergangenen vier Jahre Rechnung zu legen, und sie führte ihnen die erschreckende Abwärtsbewegung ihrer Vermögenswerte vor Augen. »Keine Kleider mehr aus Europa, nur noch Stoffe. Ihr könnt nähen lernen. Keine teuren Reisen mehr. Was sie brauchen, können eure Kinder in Virginia lernen. Drei Sklavinnen im Haus. Alle anderen sind für produktive Arbeiten einzusetzen.«

»Für welche Arbeiten?« fragte Letty und lächelte blöde.

»Verdammt noch mal! Seid ihr denn ganz verblödet? ›Für welche Arbeiten?‹ fragt ihr mich. Aus diesen Rechnungen geht hervor, daß ihr Schuhe kauft und Fässer, Jacken und Röcke, ja sogar Möbel, welche die Fithians aus Flandern kommen lassen mußten. Schluß damit! Schluß mit dieser idiotischen Geldverschwendung! Macht euch die Sachen selbst!«

»Ich kann keine Möbel machen«, sagte Letty.

»Dann bring es deinen Sklaven bei!«

»Wie?«

»Es gibt Bücher. Hättest du dir Bücher schicken lassen …«

»Du hast leicht reden. Du warst schon immer die Gescheite.«

Angewidert wandte sich Rosalind von ihren liebreizenden Schwestern ab: Da war Hopfen und Malz verloren. Aber ihre Ehemänner hatten noch eine Chance. »Wenn ihr fünf Jahre fleißig arbeitet, könnt ihr den Besitz noch retten. Tut ihr das nicht, geht ihr bankrott, und mit einem der nächsten Konvois werden euch die Fithians statt Samt und Seide einen Verwalter schicken. Der verkauft den Besitz an jemanden, der sich als tauglicher erweist, ihn zu führen.«

Mit Tränen in den Augen verließ Rosalind ihr Elternhaus, diesen lieblichen, stillen, in Wiesen gebetteten Ort. Doch der sentimentale Abschied dämpfte ihre Wut nicht, und als die Schaluppe schon ein gutes Stück den Rappahannock hinuntergesegelt war, sagte sie unvermittelt zu Mark: »Sobald wir Devon erreichen, steige ich aus und gehe den Rest des Weges zu Fuß.«

»Warum?«

»Weil du zur Friedensklippe weiterfährst. Dort wanderst du den Hügel hinauf und hältst bei Richard Paxmore um die Hand seiner Tochter Amanda an.«

»Aber …«

»Du hast die Alternative gesehen, Mark. Wenn tüchtige Männer wie du sich nicht die besten Frauen nehmen, die zu haben sind, was soll denn aus der Menschheit werden?«

»Sie ist nicht katholisch.«

»Dazu habe ich nichts zu sagen. Ich habe nichts zu sagen, weil diese Tatsache jeder Relevanz entbehrt.«

»Aber Quäker …« Er unterbrach sich. »Schau dir doch die alte Dame an! Ein richtiger Hitzkopf.«

»Das bin ich auch. Wenn ich einmal siebzig bin, werden mich die Leute am Choptank hassen. Ich werde nie aufhören, mich mit aller Kraft einzusetzen. Ich werde nie einer Kapitulation zustimmen, und ich werde nicht gleichgültig zusehen, wenn die Blüte der Steeds, ihre einzige große Hoffnung, einen Fehler macht. Louise Fithian ist für dich gestorben. Und jetzt hol dir eine richtige Frau!«

Amanda war nicht überrascht, als Mark Steed bei ihr anklopfte und um ihre Hand bat, und als Rosalind später vorbeikam, um Einzelheiten festzulegen, vertraute ihr das spröde junge Mädchen an: »Solche Dinge brauchen ihre Zeit, das war mir von Anfang an klar.« In ihrer willensstarken Art traf sie eine Entscheidung, die ihre Familie erstaunte: »Mark ist Katholik. Wir werden uns von einem Priester trauen lassen.« Und eine Schaluppe der Paxmores, nicht der Steeds, segelte nach Annapolis, um Hochwürden Darnley zu holen.

Mochte dies auch eine Sache von großer Tragweite sein, Fitzhugh mischte sich nicht ein. Zu den Schwierigkeiten, mit welchen die Janneys zu kämpfen hatten, meinte er: »Das ist deine Familie, Roz. Sieh zu, daß du die Dinge in Ordnung bringst!« Und als sein Sohn ihm mitteilte, daß er die kleine Paxmore heiraten würde, sagte er: »Eine Frau ist so gut wie die andere. Ich habe es nie bereut, eine Protestantin geheiratet zu haben.«

Er war nachlässig in seiner Redeweise geworden und verfiel oft in den Dialekt, wie er von den Leuten am Fluß gesprochen wurde. Er ließ sich tagelang nicht auf Devon blicken, und Rosalind gewöhnte sich daran, daß er allein in ein Boot stieg und den Choptank hinauf ins Sumpfland segelte. Er erwähnte die Turlock mit keiner Silbe, und Rosalind hatte sie seltsamerweise noch nie zu Gesicht bekommen. Da Mark jetzt immer mehr Zeit mit seiner Frau verbrachte, hatte er kaum Gelegenheit, sich um das wachsende Warenlager in Patamoke zu kümmern, was dazu führte, daß Rosalinds Nachrichtenquelle in bezug auf die Geliebte ihres Mannes versiegte.

Es war eine sonderbare Welt, in der sie lebte: Ehefrau eines Mannes, den sie kaum kannte und dessen Bett sie nicht mehr teilte, Verwalterin einer ausgedehnten Plantage, die anderen gehörte. Nachdem ihre Stiefkinder nun ein eigenes Leben führten, konzentrierten sich jetzt ihre Gefühle auf die eigenen drei Kinder. Der achtjährige Samuel erweckte Hoffnungen, ein zweiter Mark zu werden. Er war intelligent, lebhaft und schlagfertig, besaß aber auch seines Vaters Neigung zu unverantwortlicher Galanterie, so daß Rosalind sich oft die Frage stellte, ob er je imstande sein würde, sein Leben auf einer soliden Grundlage zu errichten.

Der um zwei Jahre jüngere Pierre – benannt nach einem Freund seines Vaters, mit dem dieser in Saint Omer studiert hatte – war ein ruhigerer, strammer kleiner Kerl mit roten Haaren. Er schien Tiere zu lieben und die stillen Plätzchen in dem von seiner Mutter angelegten Waldgarten – und er parlierte leidenschaftlich gern französisch mit seinem Vater. Rosalind hatte nie das Gefühl, Pierre wirklich zu kennen, denn er war ein etwas dickköpfiges Kind und vertraute sich ihr nicht rückhaltlos an. Aber was sie von ihm sah, gefiel ihr. »Aus dem würde ein guter Quäker werden«, sagte sie, als er sich wieder einmal standhaft weigerte, ihr zu gehorchen.

Mit Rachel hatte sie viel Spaß. Mit ihren fünf Jahren war sie ein lustiges kleines Mädchen, das genauso leichtsinnig zu werden versprach wie ihre Tanten am Rappahannock. Bei den seltenen Gelegenheiten, da sie ihn zu Gesicht bekam, flirtete sie mit ihrem Vater, und sie verstand es ganz ausgezeichnet, ihre älteren Brüder um den Finger zu wickeln. Sie schien überdurchschnittlich intelligent zu sein und gebrauchte liebend gern Wörter, die über ihren Horizont gingen. »Pierre ist prekär«, behauptete sie einmal und wollte damit sagen, daß er schwierig sei. Sooft sie ihre Tochter dabei ertappte, daß sie Dummheiten machte oder Theater spielte, dachte Rosalind: Wenn sie erst einmal erwachsen ist, wird sie schon lernen, ihren gesunden Menschenverstand zu gebrauchen. Auf den legte Rosalind großen Wert.

So mancher Besucher war von der Zuneigung überrascht, die sie ihren Kindern entgegenbrachte, denn es war ein weitverbreitetes Vorurteil, daß Intelligenz Liebesgefühle ausschloß; kein Wunder also, daß viele Leute für Fitzhughs Verhältnis mit der Turlock Verständnis zeigten: »Mit seiner Frau hat er wohl nicht sehr viel Spaß im Bett.« Die drei reizenden Kinder allerdings straften diese Annahme Lügen, denn sie waren die Frucht ihrer, Rosalinds, Leidenschaft, nicht der seinen.

Sie war wahrhaftig die beste Mutter, welche die Janneys oder die Steeds bisher hervorgebracht hatten; eine liebevolle, verständige, fürsorgliche Frau, die sehr genau wußte, was sie von ihren Kindern erwarten konnte. Sie lehrte sie Rechnen und achtete darauf, daß ihre Lektüre immer eine Stufe über ihrer geistigen Kapazität lag. Sie drängte ihren Mann, einen Erzieher für die ganze Familie zu suchen. Wenn man einen aus England kommen ließe, meinte sie, könnten auch die Steed-Kinder vom Festland auf die Insel kommen, um hier Latein zu lernen. Aber Fitzhugh winkte ab. »Du hast Himmel und Hölle in Bewegung gesetzt, um sie von der Insel zu vertreiben, und jetzt willst du ihre Kleinen wieder herholen?« Er weigerte sich, einen Erzieher zu suchen.

Sie zweifelte an ihrer Fähigkeit, den Söhnen mehr als die Anfangsgründe des Wissens beibringen zu können, und noch während sie sich um eine Lösung bemühte, hörte sie, daß sich vor kurzem auf Bohemia, einem einsamen Landsitz am Nordende der Bucht, eine Jesuitenmission niedergelassen hatte. Die Mönche hatten diesen abgelegenen Ort gewählt, um nicht ins Blickfeld fanatischer Protestanten zu geraten, die nur allzuoft die Häuser von Katholiken niederbrannten und häufig gegen die Jesuiten tätlich wurden, denen sie vorwarfen, sie versuchten, Maryland zum katholischen Glauben zu bekehren. Rosalind wußte, daß sie sich dieses Bohemia einmal ansehen sollte, schob es aber immer wieder hinaus.

An einem kalten Dezembermorgen des Jahres 1710 wachte sie auf und sah, daß die ganze Insel von Schnee bedeckt war. Sie stand am Fenster und beobachtete ihre drei Kinder, die, von den Sklaven in warme Kleider gehüllt, aus der Eingangstür liefen und in wilder Hast holterdiepolter durch das Schneegestöber stürmten. Belustigt, aber auch interessiert sah sie zu, wie die Kleinen zum Landungssteg hinunterliefen und nach wenigen Minuten wieder zurückkehrten. Rachel beklagte sich unter Tränen, daß ihre Brüder sie mit Schneebällen beworfen hätten, doch als die Jungen stehenblieben, um sie zu besänftigen, drückte sie ihnen ihre Fäustlinge ins Gesicht und rieb sie mit Schnee ein, den sie hinter dem Rücken versteckt gehalten hatte.

Die rote Dezembersonne fiel ihnen ins Gesicht, und ihr kindliches Spiel erinnerte Rosalind daran, daß die Zeit gekommen war, sie von Devon fortzuschicken, um sie mit den Grundbegriffen der Mathematik, Shakespeares und der katholischen Philosophen bekannt zu machen. Die Jungen waren zwar erst sechs und acht Jahre alt, aber schon verschwendeten sie ihre Zeit.

Kaum ließen die Schneefälle nach, befahl sie den Sklaven, die Schaluppe klarzumachen, und am ersten schönen Tag packte sie ihre Söhne in warme Kleider und ging mit ihnen an Bord. Es zeugte von ihrer Entschlossenheit, daß sie nicht daran dachte, Fitzhugh bei dieser weitreichenden Entscheidung zu Rate zu ziehen, aber selbst wenn sie das hätte tun wollen, es wäre ihr gar nicht möglich gewesen, denn ihr Mann war ins Sumpfland gefahren.

Sie segelten nach Norden, über die Höhe von Annapolis hinaus, an den Mündungen des Chester und des Sassafras vorbei und weiter zum Elk, über den sie zum Bohemia-Fluß gelangten, den sie so weit wie möglich hinaufsegelten, bevor sie zu den Rudern greifen mußten. Die Leute, die sie nach der Siedlung der Jesuiten fragten, machten ängstliche Gesichter und verweigerten ihnen die Auskunft, doch als die Schaluppe schließlich an einem Kai festmachte, von dem aus eine Weiterfahrt unmöglich war, gab ihnen eine Frau widerstrebend Auskunft und deutete auf einen schmalen Pfad, der in den Wald führte: »Dort drüben findet ihr die Papisten.«

Zwei Sklaven gingen voran, um den Schnee von den niedrigen Zweigen zu schütteln, zwei andere trotteten mit den wenigen Habseligkeiten der Knaben hinterdrein. Rosalind hatte ihre Röcke über den Knien mit Schnüren festgebunden und hielt Samuel und Pierre umklammert. So kamen die Steeds bei den Jesuiten an.

Ein Pater begrüßte sie. Er hatte die Aufsicht über ein Pachtgut von mehr als achthundert Morgen, von denen nur wenige bebaut waren; der Rest bestand aus unerschlossenem Waldland. Die Missionskirche war klein und aus Holz, das Pfarrhaus, in dem der Pater und seine Helfer wohnten, kaum mehr als eine schiefe, armselige Hütte.

»Wir führen hier keine Schule«, entschuldigte sich der Pater.

»Ich habe nicht erwartet, hier eine Schule zu finden«, sagte Rosalind.

»Was können wir dann für Eure Söhne tun?«

»Ihr könnt sie lehren zu arbeiten ... Latein zu lesen ... anständige junge Männer zu werden.«

Sie sprach so eindringlich und bot den Jesuiten so herzlich an, sie für ihre Mühe zu belohnen, daß der Pater ihre Bitte nicht gleich zurückweisen wollte. Er lud sie ein, die Nacht auf der Missionsstation zu verbringen. Als der kurze Tag zu Ende ging und das Feuer Schatten auf die Fenster aus satiniertem Papier warf, sprachen sie von Maryland und von den Steeds: »Ich habe schon von Eurer Familie gehört. Hat Euer Gatte nicht in Frankreich ein Priesterseminar besucht?«

»Seminare sind seine Sache nicht«, antwortete sie, »aber er hat in Frankreich studiert, so wie sein Sohn Mark ... in Saint Omer.«

Der Pater warf ihr einen mißtrauischen Blick zu; bei ihrem Alter erschien es ihm kaum glaubhaft, daß ihr Sohn schon ein Studium in Saint Omer absolviert haben könnte.

»Mein Stiefsohn«, verbesserte sie sich. »Er hat eine Quäkerin geheiratet. Und ich bin auch nicht katholisch.«

»Und trotzdem habt Ihr Eure Söhne zu uns gebracht ...?«

»Pater, ich möchte nicht, daß meine Söhne als Barbaren aufwachsen, so einfach ist das.«

»So mag es Euch scheinen«, gab der Priester zu bedenken und fing an, die Gründe aufzuzählen, warum es ebenso unpraktisch wie unmöglich sei, die Kinder auf der Missionsstation zu behalten. Keine Schlafplätze, unzureichende Verpflegung, keine Schulbücher, keine Lehrer, mangelnde Sicherheit in der Wildnis. Er hörte nicht auf zu reden, und als er fertig war, sagte Rosalind: »Also abgemacht. Ich lasse Euch die Jungen da, und morgen früh fahre ich zurück.«

Es war ein Glück, daß sie die Jesuiten gezwungen hatte, ihre Söhne zu behalten, denn auf der Heimreise, als die Schaluppe gerade in den Choptank einfahren wollte, schrie der Sklave, der am Steuer saß, plötzlich: »Piratenschiffe!« Aus etwa zwei Meilen Entfernung steuerten zwei karibische Schiffe auf sie zu: Aus den Bullaugen starrten Kanonen, und auf Deck wimmelte es von Piraten. In der Annahme, daß zu dieser Jahreszeit keine englischen Kriegsschiffe auf Station sein würden, hatten sie den Winter abgewartet, um die Bucht zu überfallen. Mit ihrer erdrückenden Überlegenheit an Kanonen konnten sie unbehindert plündern und zerstören.

»Der Wind begünstigt uns«, rief Rosalind, die an den Bug der Schaluppe geeilt war. »Wir können noch vor ihnen in den Fluß einfahren.« Und ohne zu zögern, wies sie den Kapitän an, die Segel zu brassen und die schnelle Schaluppe in atemberaubendem Tempo in den Choptank zu steuern.

Während sie sich der Insel Devon näherten, riefen und schrien sie, um die Arbeiter auf der Plantage vor der drohenden Gefahr zu warnen. Aber niemand hörte sie. In aller Eile segelten sie den Fluß hinauf, wobei sie ständig hinter sich Ausschau hielten. Schließlich sahen sie mit banger Sorge die zwei Piratenschiffe den Wasserlauf heraufkommen. Die vier Sklaven, die nur zu gut wußten, wie gern die Piraten Schwarze einfingen, um sie auf dem Sklavenmarkt in Haiti zu versteigern, hatten noch mehr Angst als Rosalind, und als das Festland ihnen den Wind nahm, ruderten sie angestrengt in der Hoffnung, den Abstand zwischen ihnen und den Verfolgern halten zu können.

Um die Schaluppe aufzuhalten, feuerte das Leitschiff der Piraten eine Salve ab, und die schweren Eisenkugeln klatschten nicht weit von der Stelle ins Wasser, wo Rosalind stand und ihre Befehle erteilte. Die Schüsse hallten in der winterkalten Luft wider, und jetzt wurden sich auch die Menschen auf der Insel der drohenden Gefahr bewußt.

Für eine Welle, während die großen Schiffe immer näher kamen, geschah nichts. Erst dann sah Rosalind mit einiger Erleichterung, daß jemand am Ufer eine mit zehn Sklaven bemannte Pinasse aussetzte, und als diese auf die Schaluppe zuschoß, entdeckte Rosalind, daß Mark am Bug stand und den Ruderern Kommandos zurief. In weniger als zehn Minuten, kalkulierte Rosalind, würden die ausgeruhten Ruderer an Bord der Schaluppe sein, und sie könnten entwischen.

Doch nun feuerten die Piraten eine neue Salve ab. Die Kugeln landeten in gefährlicher Nähe von Mark und hüllten ihn in einen Wasserschleier, der ihn sekundenlang verdeckte. »Nein!« schrie Rosalind, doch als sich die Luft klärte, sah sie, daß Mark immer noch am Bug stand, und sie sank auf eine der Ruderbänke nieder, als wäre es ihr Leben gewesen, das geschont worden war. Die Verstärkung ermöglichte es der Schaluppe, Abstand von den Piraten zu halten und einen improvisierten Landeplatz zu erreichen. Rosalind und Mark kletterten ans Ufer. »Verlaßt das Schiff! Rettet euch!« rief Mark den anderen zu und wartete, bis alle vierzehn Sklaven im Wald verschwunden waren. Er stand noch da, als die Piraten mit drohenden Gesten vorübersegelten; sie ließen sich Zeit, um in aller Gemächlichkeit anzulegen, wußten sie doch, daß sich nichts und niemand ihnen entgegenstellen würde.

Rosalind und Mark hasteten auf Waldwegen zu den Tabakfeldern und weiter zum Plantagenhaus. Allen, die ihnen begegneten, riefen sie zu: »Piraten! Kommt ins Herrenhaus!«

Nachdem sie diese unsichere Festung erreicht hatten, ließ Rosalind ihr Töchterchen holen. Sie umarmte die blonde, noch verschlafene kleine Rachel und sagte: »Du mußt jetzt tapfer sein!« Sie fragte nach Fitzhugh, und das Kind antwortete: »Seit du fort bist, ist er noch nicht wiedergekommen.« Sie bat Mark, Amanda zu holen, und als die junge Quäkerin, die ihr erstes Kind erwartete, schwerfällig ins Zimmer trat, sagte Rosalind: »Du mußt dich draußen im Wurzelkeller verstecken. Die Piraten tun jungen Frauen gräßliche Dinge an, selbst in deinem Zustand.«

Sie erkundigte sich, ob sich noch andere Familienangehörige auf der Insel aufhielten, und hörte mit Erleichterung, daß keine da waren; sie würden diesen Tag des Schreckens in Sicherheit verbringen und für den Wiederaufbau bereitstehen. »Piraten kommen«, meinte sie grimmig, »und sie gehen auch wieder. Unsere Aufgabe ist es, sie daran zu hindern, alles zu zerstören.«

Die massiven Piratenschiffe befanden sich jetzt auf dem Devon-Fluß, drangen frech in einen Wasserlauf vor, der ihnen äußerst gefährlich geworden wäre, wenn englische Kriegsschiffe sie verfolgt hätten. Die Insel hatte keine Befestigungen, und als sich das Leitschiff dem Landesteg näherte, feuerte es eine Ladung, die durch die oberen Räume des Holzhauses fetzte und alles zerschmetterte.

»O Gott!« rief Rosalind, die auf der Veranda stand. »Das wird schlimmer, als ich dachte.«

Schon stürmten die ersten Piraten an Land, hagere Männer mit finsteren Bärten und blitzenden Schwertern. Zehn waren es, dann vierzig und dann hundert, die zwischen den Bäumen zerstreut daherkamen und alles zusammenschlugen. Den Sklaven taten sie kein Leid; sie fingen sie zusammen und trieben sie auf ihre Schiffe – die Hütten aber zündeten sie an.

Mit der hemmungslosen Verwegenheit jener, die wissen, daß der Feind unbewaffnet ist, beutegierig, voll Zerstörungswut, rotteten sich ihrer achtzig oder neunzig vor dem Herrenhaus zusammen. Dann riß einer eine brennende Planke von einer lodernden Sklavenhütte und lief damit auf das Haus zu.

»Nein!« schrie Rosalind. Sie meinte damit nicht, daß der Pirat das Haus nicht anzünden sollte; sie meinte vielmehr, daß Mark nicht versuchen sollte, sich ihm entgegenzustellen. Mark aber schickte sich an, dem Brandstifter den Weg abzuschneiden, und als der Pirat, die Planke wie eine Fackel über seinem grauen Kopf schwingend, näher kam, hob Mark seine Pistole: Er zielte, feuerte und tötete den Mann.

Nun brach die Hölle los. Als die anderen Piraten sahen, wie ihr Kamerad fiel, während ihm das Blut aus der Stirn spritzte, wurden sie zu rächenden Ungeheuern. Vier stürzten sich auf Mark, und als er schon tot war, schlugen und stachen sie immer noch auf ihn ein. Ein anderer, der wie ein Wahnsinniger auf das Haus zustürmte, schwang sein Gewehr in großem Bogen, traf die kleine Rachel am Ohr und zerschmetterte ihr den Schädel. Dann wandte er sich gegen Rosalind und schlug sie mehrmals mit dem Kolben seines Gewehrs, bis sie bewußtlos zusammensackte.

Als sie wieder zu sich kam, fand sie sich, an einen Baum gelehnt, auf der Erde sitzen; Sklaven hatten ihr Leben riskiert, um sie in Sicherheit zu bringen. Die Steedsche Plantage stand in Flammen: das Herrenhaus, die Sklavenhütten, die kleinen Häuser, die den entfernteren Angehörigen der Familie zugewiesen worden waren, selbst der Landungssteg. Und auf der Veranda des ausgebrannten Hauses, aus dem alles Wertvolle gestohlen worden war, sah sie, den Flammen überantwortet, den zerschmetterten Körper ihrer Tochter.

Erst als das Zerstörungswerk getan war, kam der Anführer der Piraten an Land. Kalter Haß fraß in Rosalind, als sie ihn beobachtete, wie er mit anmaßendem Gehabe zwischen den Bäumen durchstelzte, die sie gepflanzt hatte. Nie würde sie ihn vergessen, den dürren, kleinen alten Mann, der trippelnd auf die Stelle zuschritt, wo sie lag. Er befahl seinen Männern, sie aufzurichten. Dann ging er wie auf einem Sklavenmarkt um sie herum und sagte: »Ich bin Henri Bonfleur. Ich bin deiner Familie schon einmal begegnet.« Wütend schlug er sie ins Gesicht und sagte dann ganz ruhig zu seinen Männern: »Laßt sie los! Sie ist zu häßlich, als daß man sie anfassen wollte.« Er setzte seinen Fuß auf ihren Bauch und stieß sie um. Sie lag auf dem dürren Gras, und er blickte auf sie hinab und sagte: »Schick diesmal keine Schiffe nach Marigot!« Er wollte schon weitergehen und die Beute besichtigen, als er sich wieder umdrehte und ihr noch einige Tritte versetzte. »Deine Leute haben Griscom getötet. Viel Vergnügen am Feuer!« Mit wutverzerrtem Gesicht ging er weiter, und als einer seiner Männer fragte: »Sollen wir sie töten?« knurrte er: »Nein. Laßt sie leben, damit sie sich an diesen Tag erinnern kann.«

Verbittert beobachtete Rosalind, wie sich die Piratenschiffe triumphierend entfernten. Mit schmerzenden Gliedern richtete sie sich mühsam auf und wankte zu den wenigen Sklaven hinüber, die sich versteckt gehalten hatten. Sie wies sie an, auf dem Familienfriedhof hinter der Eiche zwei Gräber auszuheben, und dort bestattete sie die zwei jungen Menschen, auf die sie ihre Hoffnungen gesetzt hatte: Mark, der nicht ihres Leibes, wohl aber ihres Verstandes und ihres Charakters Kind gewesen war, und die kleine Rachel, deren heiterer Geist sich nun nicht mehr entfalten konnte. Als die Erde auf die zwei Leichen fiel, erstickte Rosalind fast an ihrem Schmerz. In diesem entsetzlichen Augenblick schwor sie den Mördern Rache: »Verkriecht euch, wo ihr wollt, Piraten, wir werden euch finden!« Und fortan war alles, was sie unternahm, diesem verzehrenden Haß untergeordnet: Die Meere mußten leergefegt werden von Seeräuberschiffen, und die Piraten mußten hängen. Es durfte nicht länger hingenommen werden, daß sie ungestraft privaten Besitz überfielen, und wenn die Regierung in London diese Bucht nicht schützen konnte, dann würde sie es tun.

Sie ließ die zwei Steedschen Schiffe kommen und ordnete an, sie mit verborgenen Kanonen auszurüsten. Die Besatzungen wurden verstärkt und für die Abwehr von Enterern ausgebildet. Gewehre und Entermesser bestellte sie faßweise, und im Spätsommer 1711 trugen ihre Vorbereitungen Früchte. Eines ihrer Schiffe wurde von einer schnellen Piratenbrigantine angegriffen, die dank ihrer Schratsegel auch bei leichtem Wind manövrieren konnte. Was die Piraten nicht wußten: Der Kapitän des Steedschen Schiffes legte es darauf an, sich überholen zu lassen, und als die Brigantine nahe genug war, eröffneten die versteckten Kanonen das Feuer und zerstörten den Deckaufbau des Piratenschiffes.

Die Piraten gerieten darob nicht aus der Fassung, denn ihre Taktik war es, Handelsschiffe zu entern und die Besatzung im Nahkampf niederzumachen; diesmal aber besorgten die Matrosen des Handelsschiffes das Entern, und mit ihren Entermessern und Pistolen beförderten sie eine große Zahl Piraten ins Jenseits. Neunzehn andere wurden unter Deck angekettet und zusammen mit ihrem Schiff nach Devon gebracht.

»Du mußt sie den Behörden übergeben«, warnte Steed, aber Rosalind sagte: »Auf dieser Insel bist du die Behörde.« Er fragte, was sie damit meine, und sie herrschte ihn an: »Du bist ein Richter. Sprich das Urteil!« Als er sich weigerte, ließ sie die Piraten nach Patamoke überstellen, wo sie das Gericht aufforderte, die Mörder zum Tode zu verurteilen. Dies geschah; sie sah zu, wie an der Pier die Galgen aufgerichtet wurden, und sie stand schon da und wartete, als man die Piraten zum Richtplatz führte.

Als die neunzehn an ihr vorbeikamen, sagte sie zu jedem einzeln: »Wenn du Bonfleur in der Hölle siehst, erzähl ihm, was geschehen ist!«

Die Hinrichtung der Piraten beschwor einen Skandal herauf. Einerseits war sie ungesetzlich, denn Seeräuber unterstanden der Gerichtsbarkeit der Provinz, und in der Öffentlichkeit herrschte die Meinung vor, Mrs. Steed hätte sie nach Annapolis bringen sollen; andererseits hatten die Piraten die Plantage der Steeds zerstört, zwei von Mrs. Steeds Kindern ermordet und zwanzig ihrer Sklaven entführt – Grund genug dafür, daß die Allgemeinheit ihre Rache mit Wohlgefallen aufnahm. Überdies hatte sie gezeigt, wozu eine entschlossene Frau fähig war. Man feierte sie als Heldin. Als dann Flugschriften erschienen, die in allen Einzelheiten über den Sieg ihres Schiffes und die Hinrichtung der Piraten berichteten, war sie immer noch nicht zufrieden. Sie ließ Tausende dieser Flugschriften in allen karibischen Häfen verteilen. Bonfleur, Carpaux und Vidal sollten genau wissen, wer ihre Kameraden an den Galgen gebracht hatte, und sie sollten wissen, daß sie nicht ruhen würde, bis auch sie hingen.

Ihre unnachgiebige Härte veranlaßte die Behörden, eine kleine Flotte von Kaperschiffen zusammenzustellen und sie zu beauftragen, die Piratennester im Karibischen Meer ein für allemal zu zerstören; als man unter den Schiffseignern nach Freiwilligen suchte, bot Rosalind die Steedschen Schiffe an. »Schluß mit den gemütlichen Tabakausflügen nach London«, sagte sie zu ihren Kapitänen. »Wir werden in der Karibik kämpfen, bis der letzte dieser Teufel am Galgen baumelt.«

»Was machen wir mit unserer Ernte?« protestierte ihr Mann.

»Sie wird verfaulen«, gab sie ihm zur Antwort. »Mit unseren Schiffen wird sie gewiß nicht nach London befördert.« Und als er auf den enormen Verlust zu sprechen kam, den sie erleiden würden, meinte sie geringschätzig: »Wenn du dir einen Rest Männlichkeit bewahrt hättest, würdest du auf einem dieser Schiffe Dienst tun.«

»Ich?«

»Ja! Hast du jedes Gefühl für Recht verloren? Verbrecher haben dein Haus niedergebrannt und zwei deiner Kinder ermordet. Nimmst du das einfach so hin, ohne dich zu wehren? Soll ich eines der Schiffe kommandieren? Bei Gott, ich werde den Ozean durchkreuzen, bis ich ihn am Kragen habe.«

»Wen?«

»Den Piraten. Ganz gleich, welchen. Den großen viehischen Piraten, der uns alle in Angst und Schrecken versetzt, der in unsere Bucht eindringt, um zu morden und brandzuschatzen.«

»Du mußt wissen …«

»Ich weiß schon. Ich weiß, was für ein Schwächling du bist. Ich habe mich mit deinen Ausflügen in die Sümpfe abgefunden. Ich habe dir verziehen, daß du nicht da warst, als alles niedergebrannt wurde. Und ich kann sogar verstehen, daß du dich nicht sonderlich gegrämt hast, als deine Kinder umgebracht wurden. Aber erbärmliche Feigheit kann ich nicht ertragen.«

»Aber Rosalind ...«

»Meldest du dich auf das Schiff? Oder soll ich mich melden?«

Sie war zwei Zoll größer als ihr Mann und nur ein paar Pfund leichter, aber ihre Charaktere unterschieden sich gewaltig. Sie sah die Welt als unteilbares Ganzes: Ein hoffnungsvoller Junge, der kein Latein gelernt hatte, war ebenso zu verurteilen wie ein Vater, dem nichts am Wohl seiner Familie lag. Mut, Unerschrockenheit und all die anderen üblichen Äußerungen von Männlichkeit – davon hatte sie nie viel gehalten, genausowenig wie von den sogenannten weiblichen Tugenden. Welche Vorteile brachte es schon, wenn man es verstand, zu kokettieren oder Sauerteigfladen zu backen; aber eine anständige Frau oder ein richtiger Mann zu sein – das war ein unvergänglicher Gewinn.

Ich suche die Rache nicht, um die Dinge ins Gleichgewicht zu bringen, sagte sie sich, nachdem ihr Mann widerstrebend an Bord des Schiffes gegangen war, ich suche sie, um in die Welt ein wenig Ordnung zu bringen. Seeräuberei darf nicht geduldet werden.

In der Hoffnung, daß die behördlichen Maßnahmen den unhaltbaren Zuständen am Choptank ein Ende setzen würden, wandte sie ihre Aufmerksamkeit nun der Insel zu. Sie wollte kein prunkvolles Grabmal für Mark und Rachel, aber sie wünschte sich zwei schlichte Steine zur Erinnerung an die unzerstörbare Liebe, die sie für diese zwei herrlichen Kinder empfunden hatte. Die Gräber lagen dicht bei der Eiche, und zuweilen ging sie dorthin und grübelte über den unwiederbringlichen Verlust. Sie vergoß keine Tränen, denn das Weinen fiel ihr nicht leicht, und manchmal dachte sie auch an die braven schwarzen Frauen, die in ihrer Küche gearbeitet und für sie genäht hatten; sie dachte daran, wie sie von den Piraten gezüchtigt, vergewaltigt und auf Haiti verkauft worden waren, und die Grausamkeit der Welt stürzte sie in Verzweiflung. Sie ließ den Kopf sinken und starrte zu Boden. Erst nach einer langen Zeit erhob sie sich seufzend und ging wieder an ihre Arbeit.

Nun galt es, das Haus wieder aufzubauen, aber sobald sie Papier und Bleistift zur Hand nahm, spürte sie, wie sehr Mark ihr fehlte. Wie wünschte sie sich doch, daß er da wäre, um ihr zu helfen! Er hätte die Maße gewußt und was Messing kostet. Manchmal fragte sie sich, warum sie den Jungen so gern gehabt hatte, der doch weder ihr Sohn noch von ihrem Blut gewesen war; vielleicht einfach nur deshalb, weil er alle Männer verkörpert hatte, alle Ehemänner, alle Generäle und Kapitäne, und weil es um die Welt besser bestellt sein würde, wenn alle so wären, wie er war.

Da sie jetzt keines ihrer Kinder um sich hatte, überhäufte sie Amanda Paxmore Steed mit Liebe, und als die Zeit von Amandas Niederkunft heranrückte, beschleunigte Rosalind den Neubau des Hauses, um möglichst bald ein Kinderzimmer zur Verfügung zu haben. Sie wurde jedoch so despotisch in ihrer Fürsorge, daß die junge Quäkerin eines Tages sagte: »Rosalind, ich gehe auf die Friedensklippe zurück.«

»Aber du bist doch eine Steed!«

»Nein. Ich bin ein menschliches Wesen. Und du erstickst mich.«

»Aber das ist doch absurd!«

»Ich tue es, Rosalind, weil ich einen normalen Sohn haben möchte. Und wenn er geboren ist und gut gedeiht, kommen wir zurück. Selbstverständlich kommen wir zurück.«

An der Art, wie Amanda ihre Kinnbacken zusammenpreßte, erkannte Rosalind, daß sie gut daran täte, ihr zuzustimmen, und rasch zuzustimmen, wenn sie nicht einen Enkelsohn verlieren wollte. »Eine ausgezeichnete Idee«, sagte sie. »So wirst du nicht im Weg sein, während am Haus gebaut wird.«

Sie verzichtete auf die Dienste eines Architekten, doch fehlten ihr die speziell ausgebildeten Sklaven, welche die Piraten ihr geraubt hatten. Aber es gelang ihr schließlich, in Virginia einige gute Steinmetze, Maurer und Zimmerleute anzuheuern, und diesen gab sie genaue Anweisungen, wie sie ihr Haus gebaut haben wollte: »Auf demselben Platz wie das alte, aber mit einem klaren Konzept.«

Sie zeichnete Pläne für jede Außenwand und für jeden Raum, und als die zugeschnittenen Bretter schon in der Sonne trockneten, gab sie ihre Entscheidung bekannt: »Wir bauen mit Ziegeln.«

»Wir haben nicht genug für ein ganzes Haus.«

»Dann brennen wir eben welche.« Und sie verdoppelte die Ziegelmannschaft und auch den Trupp, der Bäume für die Holzkohle fällte. Bald vermehrten ansehnliche Stapel rötlicher Ziegel jene, die sie in den vergangenen zehn Jahren auf Lager genommen hatte.

Doch als die Grundmauern standen und die ersten zwei Schichten Ziegel gelegt waren, sagte ihr das Ergebnis nicht zu. »Etwas ist falsch. Sie sehen nicht so aus, wie sie aussehen sollten.«

War es die Farbe? Oder die Dicke des aus Austernschalen gefertigten Mörtels? Oder die Tiefe der Fugen zwischen den Ziegelreihen? Sie konnte es nicht ergründen und fuhr deshalb nach Patamoke, um sich bei jedem, der ihr begegnete, zu erkundigen. Schließlich stieß sie auf einen Neuankömmling aus Holland, und der meinte, er wisse, woran es liegen könne; er segelte mit ihr nach Devon zurück und sah sich die Mauern an. »Ganz einfach«, sagte er, »Ihr habt ja nicht einmal im Blockverband versetzt.«

»Im was?«

Er wies sie darauf hin, daß die Ziegel allesamt mit der Längsseite nach außen gelegt worden waren, was ein monotones Muster und mangelnde Festigkeit ergab. »Entweder Blockverband oder flämischer Verband.« Beim ersteren bestand eine Schicht aus längs angeordneten Ziegeln, während in den Reihen ober- und unterhalb nur die Stirnseiten der Ziegel zu sehen waren. Das machte einen gefälligen Eindruck, und Rosalind sagte: »So wollen wir es haben. Wir nehmen einfach die zweite Schicht wieder ab und legen sie neu mit der Schmalseite nach außen.«

»Aber der flämische Verband ist noch besser«, sagte der Holländer und zeigte ihr eine einfache Methode, die Ziegel in jeder Schicht abwechselnd längs angeordnet und stirnseitig zu legen; damit erhielt die Mauer nicht nur höhere Festigkeit, sondern auch ein noch ansprechenderes Aussehen.

»Das gefällt mir!« rief sie, aber noch bevor sie den Sklaven die nötigen Anweisungen geben konnte, sagte der Holländer: »Am schönsten ist es natürlich, wenn Ihr die helleren Steine als längs angeordnete Läufer verwendet und schwärzliche von der holländischen Art für die stirnseitig versetzten Binder.«

Er verbrachte zwei Tage damit, das Land um den Choptank nach einem Lehm abzusuchen, der sich für die Herstellung dunkler Ziegel eignete, und als er ihn gefunden hatte, ließ sich ein so gefälliges Muster legen, daß Rosalind zustimmte: So wollte sie ihr Haus haben. Sie brauchte aber mehr als zwei Jahre, um die nötige Menge dunkler Ziegel zu brennen, und erst dann konnte es mit dem Haus weitergehen.

Der Bau wurde von einem Ereignis unterbrochen, das mit Salutschüssen rund um die Bucht gefeiert wurde. Die von den Pflanzern aus Virginia und Maryland gestellte Flottille aus Kaperschiffen hatte bis dahin nur wenig erreicht; es war zu einzelnen kurzen Scharmützeln gekommen, aber zu keiner entscheidenden Kampfhandlung. Den Angriffen auf den Choptank war zwar Halt geboten worden, aber auf hoher See wüteten und mordeten die Piraten immer noch ungestraft. Bis dann im November 1713 fünf amerikanische Schiffe auf vier Piratenschiffe, die in der Nähe von Martinique auf der Lauer lagen, stießen und sie in die Marigot Bay trieben. Dort entspann sich ein mörderischer Kampf, in dessen Verlauf alle Piratenschiffe vernichtet wurden. Neunzig Seeräuber brachte man in Ketten nach Williamsburg, und als man dort diejenigen ausmusterte, die in London gehängt werden sollten, stellte sich heraus, daß ein alter Mann, der sich als einfacher Matrose ausgegeben hatte, in Wirklichkeit Henri Bonfleur war – neunundsechzig Jahre alt, zahnlos, aber unverändert grausam.

Fitzhugh Steed war es, der die sensationelle Nachricht nach Devon brachte. Er wurde von einem Leutnant begleitet, der von seiner Tapferkeit im Kampf

Zeugnis ablegte, und als die zwei langsam vom Landungssteg zu der Holzhütte hinaufwanderten, in der Rosalind jetzt allein wohnte, waren beide von der überschäumenden Begeisterung verblüfft, mit der sie sie willkommen hieß.

»Liegt Bonfleur wirklich in Ketten?« fragte sie, während sie ihren Gatten freudig in die Arme schloß.

»Wir waren dabei, als man ihn zur Überstellung nach London einteilte«, antwortete Fitzhugh und sank in einen Lehnsessel.

Mit geballten Fäusten und ohne den Leutnant zu beachten, ging sie im Zimmer auf und ab. »Gott hat ihn uns überantwortet«, murmelte sie. Sie blieb vor ihrem Mann stehen und sagte: »Wir müssen sofort nach Williamsburg.«

»Warum?«

»Um Bonfleur zu holen.«

»Wozu?«

»Um ihn zu hängen.« Und bevor ihr Mann noch einen Einwand erheben konnte, fuhr sie fort: »Er soll auf einem Galgen enden, den ich auf diesen Trümmern errichten werde«, und sie deutete auf die abgebrannte Veranda, auf der Mark und Rachel erschlagen worden waren.

»Das ist jetzt alles vorbei«, erwiderte Fitzhugh in seinem Lehnsessel.

»Es fängt gerade erst an!« brauste sie auf. »Wir holen ihn uns und hängen ihn.« Sie ließ sich nicht von ihrer Entschlossenheit abbringen, Bonfleur am Ort seiner schändlichsten Verbrechen exekutiert zu sehen, doch Fitzhugh weigerte sich, sie nach Virginia zu begleiten. »Du bist verrückt. Wo ist deine frauliche Selbstachtung?« Sie erwiderte, ihre Handlungsweise sei von ihrer Empörung als Mutter bestimmt. »Der Mutter deiner Kinder, nebenbei bemerkt.«

Die englischen Behörden in Williamsburg, die zu der Kreuzfahrt gegen die Piraten aufgerufen hatten, waren über Rosalinds Forderung, ihr Bonfleur auszuliefern, bestürzt, aber sie blieb hart wie Stahl, und schließlich mußten sie zugeben, daß es allein ihrer Entschlußkraft zu verdanken war, daß dieser grausame Pirat von den Meeren vertrieben worden war. Und als sie hörten, welche Verwüstungen er auf Devon angerichtet hatte, fanden auch sie es billig, ihn dort hängen zu lassen – aber nicht auf der Insel selbst, denn das hätte als privater Racheakt gewertet werden können, sondern öffentlich in Patamoke, unter Trommelwirbeln.

»Ich danke Euch«, sagte sie ruhig, ohne daß sich Triumph in ihrer Miene gespiegelt hätte. Doch als sie wie eine griechische Rachegöttin den Gerichtssaal verließ, flüsterte ein Richter seinem Kollegen zu: »Diese Frau hat ein Herz von Stein. Ich danke Gott, daß sie nicht hinter *mir* her ist.«

Sie hatte freie Zeit in den Tagen, da Bonfleur der Prozeß gemacht wurde, und es fiel ihr ein, daß Williamsburg nicht weit vom James-Fluß entfernt war, wo

Tom und Evelyn Yates ihre Plantage hatten. Einer momentanen Eingebung folgend, segelte sie zu den Yates' hinauf, um ihre Tochter Evelyn zu besuchen. Als sie sah, wie diese Familie in Ordnung und Wohlstand lebte und drei reizende Kinder aufzog, wurde sie von ihren Gefühlen übermannt, und Tränen rollten ihr über die Wangen.

»Was hast du, Mutter?« rief Evelyn, im Glauben, die Fahrt nach Virginia und die Aufregung des Gerichtsverfahrens hätten Rosalinds Gesundheit angegriffen.

»Das ist das Leben, wie es sein sollte«, antwortete ihre Mutter. »Eine Frau und ihre Kinder … nicht die Verfolgung von Piraten.«

Evelyn brach in befreiendes Lachen aus. »Du Schwindlerin! Du wirst immer hinter einem Feind her sein. Erinnerst du dich noch, wie du die Claxtons vertrieben hast?« Sie küßte ihre Mutter und fügte hinzu: »Du würdest damit mein Leben retten, sagtest du damals. Und das hast du auch wirklich getan.«

Rosalind rief sich jenen Tag in Erinnerung und seufzte. »Ich war so häßlich in meiner Härte, aber ich hatte recht.« Mit einer weit ausholenden Geste wies sie auf die drei Kinder und das blühende Land. »Dieses durch Tatkraft geschaffene Paradies statt Regis Claxton mit seinen lächerlichen Ängsten.« Sie wischte sich die Tränen aus den Augen. »Aber ich hatte auch recht, als ich Bonfleur den Krieg erklärte. Und jetzt muß ich heimfahren und ihn hängen.«

Sie bestand darauf, den runzligen Piraten angekettet im Laderaum ihrer Schnau die Bucht hinaufzubringen, doch als das schnittige kleine Schiff die Durchfahrt nördlich von Devon passierte, wies sie die Engländer an, ihn auf Deck zu schaffen, damit er die Schauplätze seiner Übeltaten noch einmal betrachten konnte. »Dort bist du gelandet, Bonfleur, und diese ausgezackten Mauern hast du niedergebrannt. Die große Eiche erhebt sich über dem Grab meiner Kinder. Und vor uns liegt Patamoke, wo du vor Jahren gewütet hast, und das ist das Sumpfland, wo du die Schwedin geraubt hast. Kannst du dich noch an sie erinnern?«

Bonfleur in seinen Ketten funkelte seine Peinigerin an. »Ich erinnere mich an einen Winterabend, als meine Männer dich töten wollten und ich sie davon abhielt. Ein fataler Fehler.« Sie schickte ihn wieder unter Deck, und als man ihn in Patamoke an Land brachte, stand sie in der Dezemberkälte neben dem Galgen, ohne je den Blick von seinem grausamen Gesicht abzuwenden. Als er dann hing und seine zusammengebundenen Füße in der Nacht baumelten, sagte sie: »Jetzt holen wir uns die anderen.«

Als sie auf Devon eintraf, erfuhr sie, daß Fitzhugh die Insel verlassen hatte. Er hatte alle seine Kleider und Gewehre ins Sumpfland mitgenommen und weigerte sich zurückzukehren. Es gab einen Skandal, und nur seine vormals gehobene Position bewahrte ihn davor, öffentlich ausgepeitscht zu werden. Hochwürden Darnley wurde aus Annapolis geholt, um ihn zur Vernunft zu bringen, doch als der Priester in der kleinen Hütte im Sumpf saß, sagte Steed zu ihm: »Ich gehe nie wieder zurück. Die da« – und er deutete auf Nelly Turlock – »liest keine Bücher und liegt mir nicht ständig mit lästigen Fragen in den Ohren.«

Hochwürden Darnley kehrte nach Devon zurück, um Rosalind Bericht zu erstatten. »Wir können immer noch hoffen, daß er seine Meinung ändert und wieder an seine Pflichten denkt.«

»Der nicht«, entgegnete sie mit fester Stimme. »Er ist ein charakterloser Schwächling und nicht fähig, irgendeine Verantwortung zu übernehmen.«

»Er hat gegen die Piraten gekämpft.«

»Nur weil ich ihn dazu angetrieben habe.«

»Habt ihr ihn vielleicht zu sehr angetrieben?«

»Nein, es ist, als wären zwei Menschen auf einer dunklen Straße mit nur einer Laterne unterwegs. Der eine übernimmt die Führung und plagt sich, der andere weigert sich mitzuhalten.«

»Wenn er aber nicht mithalten kann? Wenn er unserer Hilfe bedarf?«

»Er hat gar kein Interesse mitzuhalten. Er hat sich nie für sein Heim, nie für seine Frau, nie für seine Schiffe oder sonst etwas interessiert.« Sie sah ein, daß sie ihn zu hart beurteilte. »Nicht daß ich ihn aufgebe, Hochwürden. Er hat sich selbst aufgegeben – schon vor langer Zeit. Er hat sogar die Kirche aufgegeben. Jetzt bin ich die Katholikin. Er …« Sie machte eine Geste, die völlige Leere ausdrücken sollte.

Wenige Wochen später wurde Hochwürden Darnley abermals geholt; Fitzhugh war tot. Er hatte mit seinen Sumpfkindern gejagt, als er plötzlich stehenblieb, sich den Schweiß aus den Augen wischte und zu seinem ältesten Sohn sagte: »Ich glaube, die Zeit ist gekommen, da ich mich hinlegen muß.« Die Turlocks wollten ihn im Wald begraben, aber Rosalind erhob Anspruch auf die Leiche, um sie hinter der Eiche zu bestatten. Am Grab tat sie ihr Bestes, um der Rolle der trauernden Witwe gerecht zu werden, aber ihre Gedanken waren unversöhnlich: Du würdest jetzt die schönsten Jahre deines Lebens genießen können, wenn du mir erlaubt hättest, dir eine Gefährtin zu sein. Und während Hochwürden Darnley schöne Worte für den sittenlosen Toten fand, frömmelnd von seinem erfolgreichen Studium in Saint Omer und von seiner Tapferkeit im Kampf gegen die Piraten sprach, ruhte Rosalinds Blick bereits auf ihrem neuen Haus: Von hier aus kann man gar nicht erkennen, ob es nun neu aufgebaut oder abgerissen wird. Aber eines weiß ich genau: Die Familie wird aufgebaut. Die zwei Jungen in Bohemia werden sich darum kümmern.

Zwei ihrer Kinder, Mark und Rachel, waren tot, die anderen drei fern der Insel Devon – Evelyn unten an der Bucht, Sam und Pierre noch bei den Jesuiten in Bohemia –, und so mußten sich Rosalinds rastlose Energie und ihr Bedürfnis, Liebe zu schenken, neue Aufgabenkreise erschließen. Als sie an einem Apriltag des Jahres 1714 das Lagerhaus in Patamoke verließ, geriet sie durch Zufall auf den Platz gegenüber dem Gerichtshaus und dem Sklavenmarkt, wo nahe dem Fußblock auch der Schandpfahl stand. Hier wurde eben zum Gaudium der etwa sechzig Zuschauer ein achtzehnjähriges Mädchen mit der neunschwänzigen Katze ausgepeitscht. Ihr Rücken war bereits blutig, als Rosalind auf dem Schauplatz eintraf. Beim achten Hieb hatte sie das Bewußtsein verloren, aber die Menge stachelte den Gefangenenwärter an, so wie die Richter es verfügt hatten, fortzufahren: »Gut zuschlagen!«

»Was hat sie angestellt?« fragte Rosalind und blickte mitfühlend auf die blutende Gestalt, die halb entblößt am Querholz hing.

»Die Dienstmagd von Tom Broadnax.«

»Aber was hat sie angestellt?« Rosalind kannte den Namen des einflußreichen Bürgers, aber damit wußte sie noch nicht, welchen Verbrechens sich seine Magd schuldig gemacht hatte.

»Hat sich einen auf den Leib geladen.«

»Was?« Mit neununddreißig haßte Rosalind verschleiernde Anspielungen. Sie wollte wissen, was das Mädchen getan hatte, weil es so grausam bestraft wurde.

»So heißt das bei Gericht: Sie hat sich einen Bastard auf den Leib geladen.« Und es war diese sonderbare Ausdrucksweise, die Rosalind veranlaßte, der Sache nachzugehen.

Sie begab sich zum Gericht und begehrte, den großen Folianten zu sehen, in dem der Schreiber sämtliche Verfahren und die über die Übeltäter verhängten Strafen fein säuberlich aufgezeichnet hatte. Das sei unmöglich, wurde ihr bedeutet. »Nichts ist unmöglich!« herrschte sie den kleinen Mann an und richtete sich zu ihrer vollen Höhe auf. »Ich verlange, das Buch zu sehen!« Sie entwand es ihm und ging damit ans Fenster, um es in Augenschein zu nehmen.

Was sie da über den Fall dieser Betsy, der Dienstmagd von Thomas Broadnax, las, widerte sie an. »Das ist ja ein schlechter Roman! Ein französischer Roman in vier Kapiteln!« Damit hatte sie recht, denn die Eintragungen lauteten:

26. März 1714: Heute hat Thomas Broadnax Klage geführt, daß seine unfreie Dienstmagd Betsy immer halsstarriger wird und nicht gehorchen

will, und er hat das Gericht dringend ersucht, sie darauf hinzuweisen, daß sie ihre Dienstpflichten ordentlich zu verrichten habe.

28. März 1714: Thomas Broadnax hat vor Gericht Zeugnis abgelegt, daß sich seine Dienstmagd Betsy, ohne verheiratet zu sein, in kurzer Frist einen Bastard auf den Leib geladen hat.

29. März 1714: Thomas Broadnax hat vor Gericht Zeugnis abgelegt, wonach seine Dienstmagd Betsy einen Bastard zur Welt gebracht hat. Das Gericht hat vorerwähnte Betsy zu achtzehn wohlgezielten Peitschenhieben verurteilt, die ihr zu verabreichen sind, sobald sie sich von ihrer Niederkunft erholt hat.

3. April 1714: Thomas Broadnax hat dem Gericht Mitteilung gemacht, daß das Kind seiner unfreien Dienstmagd Betsy ein Mädchen ist. Das Gericht gibt vorerwähnten Bastard in die Obhut des Thomas Broadnax, auf daß das Mädchen bis zu seinem einundzwanzigsten Lebensjahr für ihn arbeite, wogegen er für die Ernährung, Wohnstatt und Kleidung zu sorgen hat.

Es war eine jener Entscheidungen, wie sie damals in jedem Gerichtsgebäude des Ostufers getroffen wurden, und Rosalind wußte das; es mochten barbarische Bräuche sein, aber sie wurden allgemein gebilligt. Das Verabscheuungswürdige an diesem Fall aber war die Tatsache, daß unter jeder der Eintragungen die Unterschriften der Richter standen, angeführt vom vorsitzenden Richter Thomas Broadnax. Er war mit seiner Dienstmagd unzufrieden gewesen; er hatte sie vor sein eigenes Gericht zitiert; er hatte sie zu einer öffentlichen Auspeitschung verurteilt; und er hatte sich des unbezahlten Dienstes eines Kindes für die Dauer von einundzwanzig Jahren versichert.

»Welch schreckliche Gedanken kommen einem in den Sinn!« murmelte Rosalind, während sie dem verängstigten Schreiber den Folianten zurückgab. Tagelang konnte sie das Bild von Betsy am Schandpfahl nicht loswerden, ebensowenig ihre Vorstellungen, wie sie dahin gelangt war. Da sie nichts Dringendes zu erledigen hatte, blieb sie in Patamoke und bemühte sich, Betsy zu finden und mit ihr zu sprechen. Aber das unglückliche Mädchen war von Broadnax im Haus eingeschlossen worden und versuchte vergeblich, das Salz aus ihren Wunden zu waschen. Darum suchte Rosalind den Richter auf seinen Feldern auf. »Sie war ein unzuverlässiges Ding und hat ihre Strafe verdient«, erklärte der stämmige, in würdiges Schwarz gekleidete Mann.

»Aber sie arbeitet noch für Euch?«

»Ihr Vertrag läuft noch drei Jahre.«

»Habt Ihr nicht Angst, daß sie Euch vergiften wird? Als Vergeltung für die schrecklichen Dinge, die ihr ihr angetan habt?«

»Vergiften? Hütet Eure Zunge, Mistress Steed!«

»Ja«, sagte sie beherzt, »wenn ihr *mich* so behandelt hättet, ich würde auf Rache sinnen.«

»Ja, von Rache versteht ihr etwas. Wißt ihr, wie man das protzige Haus nennt, das ihr jetzt baut? ›Rosalinds Rache‹. Es hat Euch geärgert, daß Euer Mann…« Er verstummte, um die versteckte Andeutung wirken zu lassen.

»Broadnax, Ihr seid ein Narr, und was noch schlimmer ist, ein scheinheiliger Narr.« Diese Worte brachten Rosalind vor das Gericht in Patamoke, und wie schon in Betsys Fall, war Thomas Broadnax Ankläger, Zeuge der Anklage und Richter, alles in einer Person:

> 17. April 1714: Thomas Broadnax hat vor dem Gericht Zeugnis abgelegt, daß Rosalind Steed in der Sache der unfreien Dienstmagd Betsy, die wegen ihres abscheulichen Betragens ausgepeitscht werden mußte, vorerwähnten Thomas Broadnax einen Narren geheißen und ihm versichert hat, daß sie ihn vergiften würde. Vorerwähnte Rosalind Steed hat eine Strafe in Höhe von dreihundert Pfund Tabak an den vorerwähnten Thomas Broadnax zu entrichten.

Unterschrieben war das Urteil von Thomas Broadnax, Oberrichter.

Mit der Anweisung über den Tabak begab sich Rosalind persönlich zum Haus des Richters, und als sich die Tür öffnete, stand Betsy da, um das Papier entgegenzunehmen. Das Mädchen hatte erfahren, daß Mrs. Steed für sie eingetreten war, und brach nun in Tränen aus; dem machte Rosalind rasch ein Ende.

»Laß mich deinen Rücken sehen«, sagte sie.

»Oh, er würde mich töten, wenn er jetzt käme.«

»Unsinn! Er ist im Gerichtsgebäude.«

»Seine Frau ist noch schlimmer.«

»Läßt sie dich hungern?«

»Ja, das tut sie. Und sie schlägt mich auch.«

»Aber das Baby hast du bekommen?«

»Das schon. In diesem Haus ist sonst recht wenig zu tun.«

»Der Vater?«

Betsy wandte den Blick ab. Sie wollte weder antworten noch ihren Rücken entblößen, aber mit einer geschickten Bewegung bekam Rosalind sie zu fassen, und sie schob die Bluse hoch. Entsetzt starrte sie auf die blutroten, bläulich verfärbten Wundmale. Gegen ihren Willen hatte sie Tränen in den Augen. Sie schämte sich und murmelte eine Entschuldigung, als sie die Bluse wieder fallen ließ.

»Wer ist da?« kam eine mißtönende Stimme aus dem Nebenzimmer. Schnell zupfte Betsy ihre Kleidung zurecht und antwortete: »Die Anweisung über den Tabak wurde gebracht.«

»Was sagst du da?« ertönte die scharfe Stimme, und schon kam Mrs. Broadnax, eine kratzbürstige Frau Mitte Fünfzig, in die Diele gestürmt, um ihre Magd zu schelten. »Ich bin überrascht, Euch hier zu sehen«, sagte sie, als sie Mrs. Steed erblickte.

»Ich habe die Buße gebracht, wie Euer Gatte verfügt hat.«

»Dann laßt die Anweisung hier und geht. Wir haben mit Eurer Sorte nichts gemein.«

Vier Tage später erfuhr Rosalind, wie rachsüchtig die Broadnax' sein konnten; sie war schon wieder auf Devon, als ein Boot an der Pier festmachte. Ein Mann stieg aus, dem sie noch nie begegnet war, aber sie hatte schon gelegentlich von ihm gehört.

Er war schlank und gerade gewachsen, denn er hatte viele Jahre in den Wäldern zugebracht. Sein Gesicht war von Pocken entstellt und sein Haar weiß; es verriet die dreiundsiebzig Lebensjahre, die seine aufrechte Haltung Lügen strafte. Beim Sprechen tat er sich schwer, als wären ihm Worte – ganz gleich welche – fremd, und hin und wieder fügte er indianische Redewendungen ein, die Rosalind nie zuvor gehört hatte.

»Stooby«, stellte er sich vor. Er nahm an, sie würde wissen, daß er ein Turlock war.

»Turlock?«

»Mhm …« Er beantwortete ihre Fragen mit einem Grunzen, das ebensogut Zustimmung wie Ablehnung bedeuten mochte, aber schon nach wenigen Minuten fiel es ihr leicht, ihn zu verstehen.

»Ich freue mich sehr, Euch hier zu sehen, Stooby. Mein Sohn Mark hat mir viel Gutes von Euch …«

Er tat ihre Artigkeiten mit einer Handbewegung ab, denn er war gekommen, um ihr eine wichtige Nachricht zu überbringen.

»Sie peitschen Nelly.«

»Wer ist Nelly?« fragte sie impulsiv und hielt dann ihre Hand an den Mund, um ihre Dummheit zu entschuldigen.

»Steeds Freundin. Broadnax peitscht sie.«

»Weswegen?«

»Drei Kinder. Eure drei Kinder.«

Und langsam wurde sie sich des Grauens bewußt, das diesem Besuch zugrunde lag: Richter Broadnax, aufgebracht über die anmaßende Art, wie Rosalind ihre Tabakschuld getilgt hatte, war entschlossen, zurückzuschlagen. Er hatte vor Gericht Anklage gegen Nelly Turlock erhoben, weil sie sich »drei Bastarde auf den Leib geladen« hatte, und sie zu zehn Peitschenhieben verurteilt.

»Wann soll das stattfinden?«

»Drei Tage.« Und dann sagte Stooby etwas, das ihr offenbarte, daß selbst er den Irrsinn dieses Racheaktes erkannte. »Viele Jahre nichts. Euer Mann stirbt – Auspeitschung.«

»Ja. Broadnax würde es nie gewagt haben, solange mein Mann noch lebte. Oder Mark. Sie hätten ihn abgeknallt.« Und dann fragte sie ihn, ohne zu wissen, was sie dazu bewegte: »War Charley ...« Sie überlegte, wie sie den Satz formulieren sollte. »Waren Charley Turlock und Flora Turlock Nellys Eltern?«

»Mhm«, antwortete Stooby. »Das Haus ... eng ... Wir alle leben ...«

»Das ist doch nicht in Ordnung gewesen, nicht wahr, Stooby?« »Das Haus ... eng ...« wiederholte er mit Entschiedenheit und brachte damit klar zum Ausdruck, daß er nicht weiter auf das ungewöhnliche Betragen seines Bruders einzugehen wünschte. Es war eine kleine Hütte im Sumpfland gewesen, in der es zu kuriosen Paarungen gekommen war. Doch dann ließ er seine Zurückhaltung fallen und umklammerte Rosalinds Hand. »Auspeitschung, Ihr müßt sie verhindern.«

»Das werde ich, wenn Gott mir die Kraft gibt.« Und nachdem Stooby wieder in sein Boot gestiegen war, verbrachte sie den ganzen Tag damit, eine List zu ersinnen, um dieser Rechtsbeugung Einhalt zu gebieten. Aber sie war machtlos und wußte es nur zu gut. Doch dann, am späten Nachmittag, glaubte sie eine Möglichkeit zu sehen, die Stadt auf eine Weise zu beschämen, welche die Richter veranlassen würde, in Zukunft von dieser schändlichen körperlichen Züchtigung der Frauen Abstand zu nehmen.

Sie rief ihre sechs kräftigsten Sklaven herbei und befahl ihnen, die schnellste Schaluppe klarzumachen, und als sie protestierten, es würde gleich dunkel sein, setzte sie sich darüber hinweg. »Wir fahren nur zur Klippe«, sagte sie, und bei auffrischendem Wind legten sie ab.

Während sie ungeduldig auf das Ende der Überfahrt wartete, fragte sie sich, ob sie diesen Fluß je freundlicher gesehen hatte: Das Frühjahr tönte die Bäume an der Küste, und eine Brise kräuselte die Wellenkämme, die im Licht der untergehenden Sonne weiß schimmerten. In der Ferne steuerte ein Fischerboot Patamoke an, und als der Tag erstarb, ließen sich die letzten Gänse des Jahres in den kleinen Buchten nieder, um zu rasten, bevor sie ihren langen Flug nach

Norden antraten. Wie friedlich der Fluß ist, dachte sie, und wie schändlich sind manche Dinge, die an seinen Ufern geschehen.

Ihre Zeitrechnung erwies sich als richtig, denn sie erreichten die Friedensklippe noch vor Einbruch der Dunkelheit. Sie wies die Sklaven an, im Lager der Holzfäller Unterkunft zu suchen, und wanderte zu dem graubraunen Teleskophaus hinauf, wo, wie sie gehofft hatte, Ruth Brinton Paxmore in der Abenddämmerung saß und auf den Fluß hinabblickte, den sie so liebte. »Ich habe dich kommen sehen und eine kleine Wette mit mir abgeschlossen, wann du da sein würdest.«

»Ich komme in einer sehr ernsten Angelegenheit.« Und Rosalind legte ihr in groben Zügen die unwürdige Prozedur dar, die für den übernächsten Tag in Patamoke angesetzt war.

»Thomas Broadnax hält sich wohl für einen zweiten Nebukadnezar«, sagte Ruth Brinton.

»Aber es ist so entsetzlich unrecht, Mistress Paxmore. Jahr für Jahr setzen sich diese Männer zusammen, ohne deren wissentliches Gewährenlassen die Frauen, welche sie auspeitschen lassen, gar keine Babys bekommen könnten. Aber nie werden die Väter bestraft. Mein Gott, mein Mann hat sich im Sumpf herumgetrieben, ohne daß ich je eine Hand gegen ihn erhoben hätte, und jetzt, da er tot ist, greifen sich diese ehrenwerten Richter die Frau und verurteilen sie zu Peitschenhieben. Warum nur? Warum?«

»Du bist an die Richtige geraten, um diese Fragen zu stellen«, sagte die gebrechliche Greisin, und das Grau des Abends schien Teil ihrer grauen Kleidung geworden zu sein.

»Was meint ihr?«

»Ich wurde aus Virginia hinausgepeitscht. An einen Karren gebunden, wurde ich quer durch Massachusetts gepeitscht.«

»Ihr, Ruth Brinton? Ihr?«

Die alte Dame erhob sich und ging ans Fenster, durch das noch ein schwacher Lichtschein drang; sie öffnete ihre Bluse und enthüllte die Narben, welche weder die Zeit noch eine sich trübende Erinnerung je auslöschen konnten.

»O mein Gott!« flüsterte Rosalind. Diese Spuren auf dem Leib einer sehr alten Frau hatten ihr die Abscheulichkeit solcher Züchtigungen noch anschaulicher gemacht, und sie stand wie erstarrt da. Mit quälender Klarheit wurde ihr bewußt, daß die Männer nur junge Frauen zur Auspeitschung verurteilten, so als wäre der sexuelle Aspekt des Geschehens nicht mehr gegeben, sobald die Opfer älter waren – wie ihre Mütter oder Großmütter etwa. Das Auspeitschen war nicht bloß Bestrafung; es war ein Akt niedriger Lust, eine Befreiung von sündhaften Gedanken.

Und indem sich ihr dies offenbarte, entdeckte sie einen Weg, um den Richtern Halt zu gebieten. Es war ein gewagtes und gefährliches Vorhaben, aber sie zweifelte nicht daran, daß es Erfolg haben würde. »Ruth Brinton« , sagte sie, »wenn sie am Donnerstag Nelly auspeitschen, werden wir, Ihr und ich, vortreten, unseren Rücken entblößen und verlangen, daß man auch uns auspeitscht.«

»Ich bin einundachtzig!«

»Es gilt Zeugnis abzulegen.« Durch einen glücklichen Zufall hatte Rosalind die beiden Worte gefunden, welche die Kraft besaßen, in der alten Frau die Streiterin zu aktivieren: Zeugnis ablegen. Um ein sinnvolles Leben zu führen, mußte der Mensch Zeugnis ablegen: im Gebet, in seinem Haus, in der Öffentlichkeit. In kritischen Momenten mußte er vor aller Welt für seine Überzeugungen eintreten. Ruth Brinton hatte immer so gehandelt und wurde darum am Ostufer auch wie eine Heilige verehrt. Sie war manchmal schwierig, immer starrköpfig, aber ein lebendes Denkmal menschlichen Strebens nach einem vernünftigen Dasein.

»Ich mache mit«, sagte sie. Die zwei Frauen teilten sich ein Schlafzimmer, und bevor sie einschliefen, vertraute Ruth Brinton ihrer Freundin an: »Ich tue es, Rosalind, weil du es warst, die Amandas Leben rettete, als die Seeräuber kamen. Du hast dein Leben eingesetzt, um das ihre zu retten, und Gott kennt keine größere Liebe.«

Sie verbrachten den nächsten Morgen im Gebet. Mit ruhig-heiterem Gemüt gingen sie mittags zum Landeplatz der Paxmores hinunter, um Rosalinds Schaluppe zu besteigen. Ruth Brintons Söhne arbeiteten auf der Werft in Patamoke, und so war niemand da, der die alte Dame am Fortgehen gehindert hätte. Die beiden Frauen befanden sich in einem Zustand geistiger Erhebung, als sie auf den Choptank hinaussegelten, am Turlock-Moor vorbei, bis sie schließlich im Hafen der Stadt anlegten. Während sie festmachten, kam gerade Richter Broadnax vorbei, untersetzt und streng, aber er unterließ es, ihre Anwesenheit zur Kenntnis zu nehmen. Viermal schon hatte er sich genötigt gesehen, die Brüder Paxmore mit Strafen zu belegen, weil sie den Wehrdienst verweigerten, und darum hielt er von den Quäkern noch weniger als von den Steeds.

Die Nacht brachten sie im Hause jenes Steed zu, der das Lagerhaus verwaltete, und am Donnerstag mischten sie sich früh unter die aufgeregte Menge vor dem Schandpfahl, die gekommen war, um mit anzusehen, wie die Turlock endlich bestraft werden würde. Der Sheriff promenierte auf und ab, als wäre er die Hauptperson; er schwang die neunschwänzige Katze und blickte zum Gefängnis hinüber, aus dem man die Verbrecherin holen würde.

Um zehn Uhr öffnete sich das Tor, und Nelly Turlock erschien in einem braunen Unterhemd, das leicht abzustreifen war. Sie zitterte vor Angst, während sie langsam zum Schandpfahl geführt wurde; einige Leute in der Menge empfingen sie mit Beifall, andere stießen Verwünschungen aus. Solange Fitzhugh Steed sie geschützt hatte, war sie anmaßend gewesen, doch jetzt sollte sie ihre Strafe erhalten.

Rosalind hatte sie bis zu dieser Stunde noch nie gesehen; sie schien schön zu sein, aber heruntergekommen, und so verwirrt, daß sie nicht erkennen konnte, wer in der Menge sie verhöhnte und wer mit ihr litt.

Jetzt band man sie an den Pfahl, und als das getan war, riß ihr der Sheriff das Hemd vom Leib, so daß sie bis zur Taille entblößt dastand, doch bevor er noch den ersten Schlag ausführen konnte, geschah das Außergewöhnliche: Mrs. Steed löste sich aus der Menge, schritt unerschrocken auf den Pfahl zu, riß ihre Bluse herunter und blieb halbnackt neben der verurteilten Frau stehen. Und während die ersten Zuschauer ihrer Empörung Luft machten, trat Ruth Brinton Paxmore neben sie und folgte ihrem Beispiel. Als ihr welker, verdorrter Rücken sichtbar wurde, waren Ausrufe des Abscheus zu hören.

»Schafft sie fort!«

»Eine Schande!«

Diese Zurschaustellung von drei halbnackten Frauen hatte genau jene Wirkung, die Rosalind erwartet hatte. Die eine Frau war jung und leichtfertig, also verdiente sie es, ausgepeitscht zu werden, bei den beiden anderen aber war es anders: Rosalind war eine Dame, sie war hochgewachsen, ihre Brüste waren flach und nicht verlockend; und Ruth Brinton war eine Urgroßmutter und in dieser Umgebung schrecklich fehl am Platz. Die Zeit, da Männer es genossen hätten, sie ausgepeitscht zu sehen, war längst vorbei: Ihre Brüste waren verdorrt; sie war häßlich anzusehen, ein Zerrbild.

»Schafft sie fort!« schrie eine Frau. »Das ist ja widerlich!«

Dann sagte Rosalind, ohne ihre Brüste mit den Händen zu bedecken: »Ich bin genauso schuldig wie sie. Ihr müßt auch mich auspeitschen.«

Und Ruth Brinton fügte hinzu: »Das Auspeitschen von Frauen muß ein Ende haben.«

Doch nun erschien Richter Broadnax. Er wollte diese Unterbrechung nicht billigen und zitterte vor Wut. »Was geht hier vor?«

»Da sind noch zwei andere, und die wollen auch ausgepeitscht werden.«

»Dann peitscht sie!« Aber er hatte seinen Spruch gefällt, ehe er die freiwilligen Opfer gesehen hatte. Und als er nun Rosalind und Ruth Brinton erblickte, erschrak er. »Bedeckt sie und schafft sie fort!« donnerte er, und als dies geschehen war, befahl er, mit der Auspeitschung zu beginnen. Doch bei jedem

Hieb schrien Rosalind und Ruth Brinton gellend auf, als wären die geknoteten Schnüre auf ihren Rücken niedergesaust. Ihre Schreie fanden lautes Echo in der Menge, und von diesem Tag an wurde in Patamoke keine Frau mehr ausgepeitscht.

Der Vorfall hatte ein unerwartetes Nachspiel. Stooby Turlock kam noch einmal nach Devon, um mit Mrs. Steed zu sprechen, aber er kam diesmal nicht allein; er brachte drei blonde Kinder im Alter zwischen zehn und siebzehn Jahren mit. Sie waren sauber gewaschen und offenbar eindringlich ermahnt worden, sich gut zu benehmen. »Seine Kinder«, sagte Stooby, als Rosalind erschien.

Feierlich schüttelte Rosalind jedem der steifen, mißtrauischen jungen Menschen die Hand. »Die Kinder von …«

»Fitz.«

Sie fragte nach ihren Namen und schlug ihnen dann vor, sich ein wenig im Garten umzusehen. Als sie fort waren, fragte sie: »Warum habt Ihr sie hergebracht?«

»Nelly ist fort. Kommt nicht zurück.«

»Sie ist weggelaufen?«

»Mhm.«

Rosalind hüstelte und tastete nach ihrem Taschentuch. Kein Wunder, daß die Frau, die so gedemütigt worden war, vom Fluß die Nase voll hatte. »Ich wäre geblieben und hätte gekämpft«, sagte sie zu Stooby, nachdem sie sich geschneuzt hatte. »Ich hätte Broadnax erwürgt und …«

Stooby hielt sich die Ohren zu. »Nichts sagen. Nächstes Mal peitschen sie Euch.«

»Ihr braucht mir nicht zuzuhören, Stooby, aber ich möchte nicht in Thomas Broadnax' Haut stecken. Und was ist jetzt mit den Kindern?«

»Keine Mutter. Keinen Vater. Sie bleiben hier.«

Mit diesen einfachen Worten warf Stooby Turlock ein moralisches Problem für Rosalind auf: Was tun mit den unehelichen Kindern ihres verstorbenen Gatten? Ihre innerste Überzeugung gebot ihr, die Verantwortung für diese drei zu übernehmen, und der Tod ihrer zwei Kinder bestärkte sie in diesem Vorhaben; aber sie besaß auch ein gutes Gefühl für die rauhe Wirklichkeit des Lebens und wußte, daß die Kinder im Sumpfland gezeugt und geboren worden waren. Ihr Vater war ein charakterloser Schwächling gewesen und ihre Mutter noch schlimmer. Diese Kinder hatten kein gutes Erbe. Die Wahrscheinlichkeit, daß sie es zu etwas bringen würden, war gering; Rosalind erkannte intuitiv, daß sie mit ihnen nichts würde erreichen können.

Sie war zu der Überzeugung gekommen, daß die Menschenrasse, die diese Erde bevölkerte, erstaunlich unterschiedlich war. Als sie ihren Sohn gedrängt hatte, Amanda Paxmore zu heiraten, bestand nicht die geringste Gefahr, daß er mit der kleinen Quäkerin eine schlechte Wahl treffen würde; sie kam aus einer gediegenen Familie, in ihren Adern kreiste Ruth Brintons Feuer und Edward Paxmores unwandelbare Rechtschaffenheit. Sie erwartete, daß ihre Söhne in Bohemia zu tüchtigen Männern heranwachsen würden, denen man Devon anvertrauen konnte. Doch die Kinder ihrer albernen Schwestern jenseits der Bucht – was für zimperliche und schwächliche Geschöpfe würden aus ihnen werden!

Die drei jungen Turlocks, die durch den Garten spazierten, kamen aus ungesunden Verhältnissen, und Rosalind war überzeugt, daß es für sie und diese jungen Menschen nur Kummer geben würde, mit wieviel Liebe und Kraft sie ihnen auch begegnen mochte. Sie gehörten in den Sumpf, und sie zu verpflanzen wäre grausam gewesen.

»Nehmt sie wieder mit, Stooby«, sagte sie.

»Ich bin dreiundsiebzig. Sterbe bald. Die Kinder?«

»Sie werden schon durchkommen.«

»Bitte, Mistress Steed. Eure Kinder, nicht meine.«

»Nein«, sagte sie mit fester Stimme. Sie zog es vor, über die Gründe für ihre Entscheidung Stillschweigen zu bewahren und ließ sich auch nicht umstimmen.

Doch als Stooby darauf hinwies, daß er nicht die nötigen Mittel besaß, um die Kinder aufzuziehen, versprach sie: »Ich komme für alles auf.« Als sie dann sah, wie er mit hängenden Schultern und in der Sonne leuchtendem weißen Haar die Kinder zum Boot hinunterführte, war sie überzeugt, daß er, so groß seine Enttäuschung jetzt auch sein mochte, mit der Zeit einsehen würde, wie richtig sie entschieden hatte.

Sie hielt ihr Wort. Sie verfolgte das Geschehen im Turlock-Moor und sah darauf, daß Stooby das Geld bekam, das er brauchte, um die verlassenen Kinder aufzuziehen. Als sie aber erfuhr, daß er ihnen den Namen Steed gegeben hatte, ließ sie ihn wissen, daß das nicht klug war.

Stooby starb nicht so bald, wie er gefürchtet hatte. Das harte Leben in den Wäldern und die Geschicklichkeit, mit der er für sich zu sorgen verstand, ließ ihn noch viele Jahre leben, während der er Nellys Kindern die Zuneigung schenkte, die sie brauchten, und sie auf eine Existenz im Sumpfland vorbereitete.

Als die Kinder zu jungen Männern herangewachsen waren, galten sie längst als vorzügliche Fischer, und da sie wie Stooby lebhaftes Interesse für Vögel und die Tiere im Fluß bekundeten, wurden sie zu wichtigen Lieferanten von Krabben und Austern, Enten zum Braten und Suppenschildkröten.

Rosalind, die ihr Vorwärtskommen aufmerksam verfolgte, dachte: Wie recht ich doch hatte, daß ich sie nicht aus ihrer natürlichen Umgebung gerissen habe. Wie kleine Wellen sah ich sie damals, die sich zu weit an Land gewagt haben, an einen Punkt, den sie nie wieder erreicht hätten; nun haben sie an den Strand zurückgefunden, und da geht es ihnen gut.

Auch ihre eigenen Söhne kamen gut voran. Als gebildete junge Scholaren kehrten sie im Dezember 1718 von Bohemia zurück, denn die Jesuiten hatten ihnen Latein, Griechisch, Italienisch und Französisch beigebracht, und sie waren ebenso vertraut mit Thukydides und Cicero wie mit der Bibelübersetzung, die in Douai entstanden war. Wie man Enten jagte oder Biber fing, davon wußten sie freilich wenig, aber sie verstanden die Spitzfindigkeiten des heiligen Thomas von Aquin und waren, wie es im Brief der Jesuiten hieß, »reif für das rauhe Klima von Saint Omer«.

Rosalind schloß sich der Meinung der Jesuiten an: Die Jungen mußten ihre Studien in Frankreich fortsetzen – »Wo könnte ein junger Mann in der Welt von heute besseren Unterricht erhalten?« Doch ihr Herz krampfte sich bei dem Gedanken zusammen, sie mit dem Maikonvoi über den Atlantik schicken zu müssen, denn in diesen Jahren wütete der abscheulichste Pirat, den man sich denken konnte, am Chesapeake. Nach den Massenhinrichtungen von 1713 hatte das Seeräuberunwesen zwar an Heftigkeit abgenommen, aber im Jahre 1716 zog ein dunkler Meteor seine Bahn über die Karibik: Edward Teach, ein wegen seiner entsetzlichen Grausamkeiten berüchtigter Mann, der den Spitznamen »Schwarzbart« trug. »Warnt die Hexe von Devon«, hatte er in Jamaica gebrüllt, »wir werden die tapferen Männer zu rächen wissen, die sie hat hängen lassen.«

Zweimal war er in die Bucht eingefallen, hatte aber immer nur die Küste Virginias heimgesucht. Er hatte enormen Schaden angerichtet, und sooft er eine Plantage niederbrannte, rief er seinen Opfern zu: »Sagt der Hexe von Devon, daß wir sie nicht vergessen haben!«

Rosalind hatte unverzüglich reagiert. Sie hatte der englischen Flotte ihre fünf Schiffe zur Verfügung gestellt und den Gewinn aus drei Konvois geopfert, als ihre Kapitäne das Karibische Meer nach Schwarzbart absuchten. Aber der abgefeimte Verbrecher, der früher Kapitän eines britischen Kaperschiffs im Spanischen Erbfolgekrieg gewesen war, entschlüpfte ihnen. Erst Ende 1718 traf in Virginia die Nachricht ein, daß er sich in einer schmalen Bucht in North Carolina verkrochen hatte. Es wurden Freiwillige aufgerufen, und Rosalind schickte ihre Schiffe, aber noch war keine Nachricht über den Ausgang der Unternehmung in der Bucht eingetroffen.

»Solange Schwarzbart sein Unwesen treibt, könnt ihr nicht nach Frankreich segeln«, warnte sie ihre Söhne. »Er hat geschworen, euch zu töten und mich dazu; wir müssen also warten.«

Vorläufig behielt sie die Jungen bei sich. Sie waren die Nachkommen eines Mannes, der gegen die Piraten gekämpft hatte, und wenn sie sie aufgefordert hätte, auf die Jagd nach Schwarzbart zu gehen, würden sie es getan haben. Doch war es ihr lieber, sie auf Devon zu haben. Samuel war fast siebzehn, immer noch mitteilsam und zuweilen störrisch; Pierre ging mit mehr Scharfsinn an die Probleme heran und war vorsichtiger in seinen Antworten. Aber Rosalind sah mit Freude, daß einer den anderen respektierte und ganz bewußt Konzessionen machte, um das gute gegenseitige Verhältnis nicht zu gefährden. Sie waren ein kraftvolles Brüderpaar, und Rosalind dachte: Sie werden Devon gewiß verwalten können, wenn sie einmal aus Frankreich zurück sind.

Während alle auf Nachrichten aus North Carolina warteten, unterwies sie ihre Söhne in der Bewirtschaftung der Plantage: »Macht unseren Garten ja nie ›hübsch‹. Und wenn ihr heiratet, versprecht mir, daß ihr euren Frauen nie gestattet, diese wunderschönen Wege mit Buchs zu bepflanzen. Buchs riecht und ist ein sicheres Erkennungszeichen für Menschen, die einen Garten nie wirklich lieben. Sie spielen mit dem Buchs, legen Labyrinthe an und verschwenden die Zeit ihrer Gärtner, die das Zeug ständig stutzen müssen.«

Pierre fragte sie, welche Pflanzen denn sie schätzte, und ohne zu zögern, antwortete sie: »Den Feuerdorn. Er ist hochgewachsen und robust, und er hat eine sehr schöne Farbe.«

»Du beschreibst dich selbst«, bemerkte Sam, und sie bekannte sich zu einer gewissen Ähnlichkeit.

Sie erlebten gemeinsam, wie die Gänse sich auf ihren langen Flug nach dem Norden vorbereiteten. Der Abschied bewegte Rosalind, nicht aber ihre Söhne, und das machte ihr angst. »Ihr müßt eng der Natur verbunden sein. Bücher und Priester sind nicht das Leben. Das Kommen und Gehen der Krabben da unten im Fluß – das ist das Leben!«

Sie führte sie auf der ganzen Plantage umher, wies sie auf die charakteristischen Eigenschaften des Bodens hin, erzählte ihnen die Lebensgeschichte der verschiedenen Gewächse, die sie gepflanzt hatte, und richtete es immer so ein, daß sie am Sumpf vorbeikamen, der sich mit seinem unglaublichen Reichtum an Lebensformen vom Oberlauf des Devon-Flusses aus landeinwärts ausdehnte. Dort hielten sie sich eines Tages gerade auf, als Graureiher, ihre ungelenken Beine nach vorne gestreckt, im seichten Wasser niedergingen. »Das sind die

Vögel, die ich liebe … so geduldig … so beständig.« Allmählich begannen die Söhne, den Besitz durch die Augen ihrer Mutter zu sehen und zu begreifen, welch schwere Verantwortung auf sie wartete, sobald sie aus Saint Omer zurückkehrten.

»Und wenn ihr Pflanzen und Vögel studiert, solltet ihr auch ein Auge auf die Mädchen haben«, riet sie ihnen. »Welche von ihnen würde auf eine Insel passen? Welche würde eine gute Gefährtin abgeben und eine gute Mutter wie Amanda? Schaut sie euch alle an, aber sucht euch die Beste aus!«

Und als es dann fast schien, als würde der Maikonvoi nicht wagen, die Segel zu setzen, traf die »Holde Rosalind« aus Carolina ein. Sie brachte Nachrichten mit, auf welche hin die Bürger spontan mitten auf der Straße niederknieten und Gott dankten: »Schwarzbart ist tot!« Rosalinds Schiffe hatten mit Einheiten der Kolonialflotte den Piraten in seinem Versteck aufgespürt, und Leutnant Robert Maynard war es gelungen, ihn im Zweikampf mit einem Entermesser zu töten. Der abgetrennte Kopf jenes Piraten, der so viele Drohungen gegen die »Hexe von Devon« ausgestoßen hatte, trat, auf ein Steedsches Bugspriet gespießt, seine letzte Fahrt an.

Als die Nachricht Patamoke erreichte, wurden Kanonen abgefeuert, und Rosalind gebot allen Angehörigen der Familie, dem öffentlichen Gebetsgottesdienst auf der Pier beizuwohnen. Sie selbst hielt ihre Söhne an der Hand, während der Geistliche frohlockend ausrief: »Die lange Belagerung ist zu Ende! Heute nacht schlafen wir in Frieden! Keine Stadt am Chesapeake hat mehr getan, um die Piraten zu besiegen, als unsere, und hier unter uns steht eine Frau, die bei diesem Kampf nie gezaudert hat.«

Auf der friedlichen Heimfahrt nach Devon sagte Rosalind zu ihren Söhnen: »Wenn ihr jemals ein wichtiges Werk in Angriff nehmt – und das werdet ihr bestimmt –, führt es auch zu Ende!«

Sam hatte eine Frage: »Ist das der Grund, weshalb dich die Steeds vom Refugium ›Rosalind die Rächerin‹ nennen?«

Und noch bevor sie darauf antworten konnte, sagte Pierre. »Für mich bist du ›Rosalind die Unentwegte‹.«

»Das gefällt mir besser«, meinte sie und dachte dabei: Ich möchte nicht, daß meine Söhne von mir denken, ich würde immer nur gegen Männer kämpfen – gegen ihren Vater, Bonfleur, Richter Broadnax, Schwarzbart. Ich hätte jedem eine Freundin oder Gefährtin sein können, wenn sie es zugelassen hätten, wenn sie anständige Menschen gewesen wären.

Als sich im Mai der große Konvoi endlich sammelte – zweihundertdreißig Schiffe waren es in diesem Jahr –, hatte sie keine Bedenken, ihre Söhne ziehen zu lassen, denn sie war überzeugt, daß die beiden nach Beendigung ihres

Studiums zurückkehren würden, um ihre Aufgaben als die neuen Herren auf Devon zu übernehmen.

Ihre Söhne waren fort, und sie war nun ganz allein. Das Haus mußte weitergebaut werden, aber damit waren ihre Energien noch lange nicht voll beansprucht. Sie brauchte Leben um sich, heranwachsende Kinder, grünende Bäume, und in einem Anflug von Demut wies sie ihre Sklaven an, die kleine Schaluppe klarzumachen. An einem ruhigen Tag segelte sie allein zur Friedensklippe hinüber und wanderte, ohne sich anmelden zu lassen, zum Teleskophaus hinauf. Dort suchte sie Amanda auf, um ihr ein Friedensangebot zu machen: »Ich brauche dich auf Devon. Und ich glaube, daß Beth die Insel braucht.«

Ihre Enkeltochter Beth war ein lebhaftes Kind von acht Jahren, dessen bernsteinfarbene Flechten unter der Quäkerhaube hervorlugten. Als Beth einen Knicks machte und ihrer Großmutter die Hand gab, dachte Rosalind: Das wird einmal eine fleißige Frau werden. Amanda aber dachte: Rosalind ist die rechtschaffenste und mutigste Frau, die ich kenne, aber sie ist so beherrschend; nach einer Woche auf Devon würde sie sicher versuchen, uns zum Katholizismus zu bekehren.

Sie wies Rosalinds Vorschlag zurück. »Ich erkenne deine guten Absichten an, aber ich habe das Gefühl, daß Beth hier geborgener ist. Dies ist das Leben, das ihr bestimmt ist, und Devon würde nur Unruhe in ihre Welt bringen.« Sie lehnte es ab, sich auf eine Debatte einzulassen, und so mußte Rosalind schließlich wieder den Hügel hinunterwandern, an Bord ihrer Schaluppe gehen und allein heimfahren.

Während sie, von einer sanften Brise getrieben, den Choptank überquerte, wurde sie sich der Ironie ihrer jüngsten Erfahrungen bewußt: Stooby wollte mir Fitzhughs drei Kinder geben, aber ich hatte gute Gründe, ihn zurückzuweisen – sie würden sich nie auf Devon eingewöhnen. Ich habe eine richtige Entscheidung getroffen. Und jetzt wollte ich die Enkeltochter meines Mannes zu mir holen, und Amanda lehnt das aus Gründen ab, die wohl ebenso stichhaltig sind – sie würde nicht nach Devon passen. Nun, ich habe immerhin meine Söhne, und die sind die Besten von allen … die Nachkommen von Rittern.

Ihre Fürsorge für Kinder entsprang möglicherweise nicht nur der Liebe, die sie für diese empfand, sondern auch ihrem Verlangen, sich in das Getriebe menschlichen Daseins einzuschalten, und so mochte es ein glücklicher Zufall sein, daß sich just zu einer Zeit, da ihr das Leben leer vorkam, ein Vorfall ereignete, der sie mit einem Schlag in den Mittelpunkt des Geschehens am Choptank versetzte. Im Hause des Richters Thomas Broadnax übertrafen sich Mann und

Frau darin, das kleine Mädchen, das ihrer Obhut anvertraut war, zu terrori-
sieren. Sie hatten ihr den Namen Penelope gegeben, verkürzt auf Penny, und
sie zu einer in jeder Hinsicht mißbrauchten und mißhandelten Sklavin gemacht.
Sie gaben ihr kaum genug Kleidung, um sich vor der Kälte zu schützen, und
gerade nur so viel Nahrung, um sie am Leben zu erhalten. Sie glaubten beide,
ihre Härte würde von Gott gutgeheißen – als Buße für die uneheliche Geburt
– und sie handelten nach höherem Ratschluß, wenn sie sie züchtigten.

Für jede Übertretung der von ihnen festgelegten Regeln wurde sie geschlagen.
Wagte sie es zu protestieren, wurde sie in einer dunklen Kammer an die Wand
gekettet und nach ihrer Freilassung neuerlich geschlagen. Ihre Arme waren
ständig von Narben bedeckt, und wenn ein Erwachsener eine unwillkürliche
Bewegung in ihre Richtung machte, zuckte sie zusammen. Richter Broadnax
erklärte ihr immer wieder, warum es ihm zustand, sie zu schlagen, bis das Blut
floß, und warum es ihn schmerzte, dies zu tun, aber die größte Angst flößte ihr
Mrs. Broadnax ein. Die Frau des Richters konnte ein wahrer Teufel sein; sie
schlug, kratzte und keifte, bis das Kind zitterte, sooft es ihr ein Tablett voll
Speisen bringen mußte, an denen sie sich gütlich tat, während das hungrige
Kind stramm an ihrer Seite stehen mußte.

Eines Tages, als die Qual unerträglich wurde, lief das kleine Mädchen davon
und suchte irgendeine Zuflucht, wo sie vor der Wut des Richters geschützt war.
Zufällig geriet sie auf die Paxmore-Werft, doch als der ältere Bruder sie sah,
bekam er es mit der Angst zu tun, denn es galt als Kapitalverbrechen, einen
entflohenen unfreien Dienstboten aufzunehmen. Schroff schickte er das Kind
weg, wußte er doch, daß er sich den Zorn des Richters zuziehen würde, wenn
er sie behielte.

Verwirrt lief die Kleine die Straße hinunter, bis sie zum Steedschen Lagerhaus
kam, wo Rosalind gerade Flausch für ihre Sklaven aussuchte. Als sie das böse
zugerichtete Kind sah mit den Narben auf den Armen, hob sie es impulsiv hoch,
küßte es und sagte: »Du hast nichts zu fürchten. Cardo, gib dem Kind etwas zu
essen.«

Erst als Penny sich schon mit Käse vollstopfte, erfuhr Rosalind, wer das Kind
war. »Richter Broadnax! Hat er dich so geschlagen?« Kaum hatte sie ihre Frage
bestätigt erhalten, kam Mrs. Broadnax ins Lagerhaus gestürmt und wollte
wissen, ob jemand ihr davongelaufenes Mädchen, das auf den Namen Penny
höre, gesehen habe …

»Da bist du ja, du undankbares Kind!«

Doch als sie die Hand ausstreckte, um die kleine Verbrecherin zu fassen,
herrschte Mrs. Steed sie an: »Rührt das Kind nicht an!«

»Sie gehört mir. Sie ist eine freche Göre.«

»Rührt sie nicht an!«

Mrs. Broadnax, die den drohenden Unterton in Rosalinds Stimme nicht beachtet hatte, war so unklug, sich Penny zu nähern, um ihr den Arm zu verdrehen und sie mitzuzerren. Statt dessen trat ihr die mächtige Gestalt Rosalind Steeds entgegen. Sie erhielt einen kräftigen Stoß, stolperte über einige Fässer und landete flach auf dem Boden.

»Rührt sie nicht an!« wiederholte Rosalind in scharfem Ton. »Wenn Ihr es noch einmal versucht, bringe ich Euch um!«

Das war eine gefährliche Drohung. Viele hörten sie und konnten nachher auch bezeugen, daß Mrs. Steed anschließend das Kind auf den Arm nahm, es zum Kai hinuntertrug und mit ihm an Bord ihrer Schaluppe ging; dies alles ungeachtet der Tatsache, daß Mrs. Broadnax sie mit lauter Stimme warnte: »Wenn Ihr sie aufnehmt, kommt Ihr ins Gefängnis!«

Ein Haftbefehl wurde ausgestellt, und der Konstabler brachte ihn im Boot nach Devon. Nachdem er sich vergewissert hatte, daß sich das Kind Penny tatsächlich auf Devon aufhielt, kehrte er bekümmert nach Patamoke zurück. »Es ist eine Schande, eine Frau wie Mistress Steed festzunehmen. Aber sie hat Unrecht begangen, und dafür wird sie wohl büßen müssen.«

Der Prozeß war eine Sensation, über die in Maryland noch lange gesprochen wurde. Thomas Broadnax führte den Vorsitz mit würdevollem Gehabe und fand nichts dabei, in einem Verfahren als Richter zu fungieren, in dem seine Frau als Hauptzeugin auftrat. Er forderte den Ankläger auf, die Ärgernisse aufzuzählen, die diese schwierige, zänkische Person erregt hatte: ihre bekannten Zornausbrüche gegenüber Höherstehenden, im einzelnen die Drohung, des Richters Frau zu töten, und insbesondere ihr schändliches Betragen, als sie sich bei der Auspeitschung der Turlock, einer bekannten Hure, in aller Öffentlichkeit entblößt hatte. Während die verschiedenen Steeds unter den Zuhörern vor Verlegenheit rot wurden, trug der Richter in zunehmendem Maße Mitgefühl und Gelassenheit zur Schau. »Wollt Ihr damit sagen, daß eine Dame wie Mistress Steed eine so gemeine Sprache geführt hat?« Bekümmert schüttelte er sein Haupt.

Aber er unterschätzte seine Gegnerin. Am ersten Tag, als sich die nachteiligen Beweise und Aussagen häuften, schwieg sie. Sie begriff, daß sie nicht auf der Anklagebank saß, weil sie ein unfreies Mädchen entführt hatte, sondern wegen einer ganzen Anzahl von Vergehen gegen die engstirnigen Männer des Ortes: weil sie eine Protestantin war, die sich mehr oder weniger zum katholischen Glauben bekannte; weil sie für die Turlock eingetreten war; weil sie bei Landkäufen manchmal rücksichtslos ihren Vorteil wahrgenommen hatte; weil sie ihre Söhne nach Bohemia und dann nach Saint Omer geschickt hatte; und

– vor allem – weil sie offen ihre Meinung gesagt hatte, wenn sie hätte schweigen sollen. Kurioserweise äußerten sich sechs Zeugen zu der Tatsache, daß sie ein scheußliches Haus baute; dies wurde wahrhaftig als Sünde angesehen.

Als der erste Verhandlungstag zu Ende ging, war klar zu erkennen, daß Richter Broadnax das Recht auf seiner Seite haben würde, wenn er sie zu Gefängnis oder zumindest zum Tauchstuhl verurteilte, aber am zweiten Tag änderte sich das Klima. Schonungslos und unbarmherzig rief Rosalind Zeugen auf, die endlich willens waren, gegen den infamen Richter auszusagen; während eines Essens hatte er das Kind bewußtlos geschlagen; er hatte es gezwungen, ohne Schuhe im Schnee zu arbeiten; er hatte ihm nur ein einziges Kleid gegeben, das es Sonnabend nachts waschen und noch feucht am Sonntag zur Kirche tragen mußte. Eine empörende Aussage folgte auf die andere, als wollte sich die Gemeinde ihre stillschweigende Duldung von der Seele reden.

Richter Broadnax versuchte mehrmals, einen Zeugen zum Schweigen zu bringen, doch die Beisitzer, die seiner Willkürherrschaft müde waren und die Gelegenheit willkommen hießen, seinen Starrsinn zu brechen, überstimmten ihn.

Eine der wirkungsvollsten Zeuginnen war Amanda Paxmore Steed, die in allen Einzelheiten den Zustand des kleinen Mädchens beschrieb, als Mrs. Steed sie nach Devon gebeten hatte, um sich selbst ein Bild machen zu können. Amanda, eine kleine Frau in nüchternem Grau, machte einen so starken Eindruck und schilderte die Wunden und Narben so eindringlich, daß viele Frauen im Saal zu weinen begannen.

Richter Broadnax bemerkte dazu, daß die Bibel einem Herrn die Verpflichtung auferlegt, seine Dienstleute zu züchtigen, wenn sie sich ungebührlich benehmen, und er hätte auf der ganzen Linie siegen können, denn im Jahre 1720 hatte die Allgemeinheit in Maryland wenig Mitgefühl für entlaufene Dienstboten; es war üblich, sie zu prügeln, sie ihren Herren zurückzubringen und die Dauer ihres Vertrages zu verlängern. Jeder, der ihrer Pflichtverletzung Vorschub leistete, kam ins Gefängnis.

»Wir sind hier, um die Heiligkeit der Verträge aufrechtzuerhalten«, erinnerte Richter Broadnax die Geschworenen. »Was wären Eure Farmen und Eure Geschäfte wert, wenn man den Dienstleuten erlauben würde, nach Belieben umherzustreifen? Will mir das einer sagen?«

In diesem kritischen Augenblick, da der Prozeß ganz in der Schwebe war, als wäre Justitia wahrhaftig blind, stellte Rosalind drei Zeuginnen vor, die aufzutreiben ihr nicht leichtgefallen war. Sie hatten Pennys Mutter, die Dienstmagd Betsy, gekannt, und bei fünf verschiedenen Gelegenheiten hatte diese ihnen gewisse Tatsachen im Zusammenhang mit Penny anvertraut.

»Richter Broadnax«, fragte Rosalind ganz ruhig, aber in ihren Worten lag eine Drohung, und sie versuchte gar nicht, die Verachtung, die sie für diesen Mann empfand, zu verbergen, »wollt Ihr wirklich, daß diese Frauen aussagen?«

»Ihr bringt nur Lügner auf die Zeugenbank«, erwiderte Broadnax zornig. »Es ist völlig zwecklos, aber wenn diese Damen sich und Euch unbedingt lächerlich machen wollen …« Er zuckte die Achseln, und die erste Frau, eine Dienstmagd, die nicht den besten Ruf genoß, trat in den Zeugenstand.

»Betsy hat mir erzählt, daß es der Richter selbst war, der zu ihr ins Bett kam.« Die nächste Frau, deren Ruf nicht viel besser war, sagte aus: »Betsy hat mir erzählt, daß es der Richter mit ihr getrieben hat.«

Die dritte Frau sagte das gleiche, und dann wurde Penny selbst gefragt, und sie antwortete mit schwacher Stimme: »Bevor meine Mutter gestorben ist, hat sie mir gesagt, daß der Richter mein Vater ist.«

Als Rosalind verhört wurde, gab sie alle Beschuldigungen zu: Im Zorn habe sie gesagt, daß man den Richter vergiften solle, und in noch größerem Zorn habe sie Mrs. Broadnax gestoßen und gedroht, sie zu töten. »Aber ich tat es, weil das Böse unter uns weilt.«

»Woher wißt ihr das?« fragte einer der beisitzenden Richter.

»Ich wußte es, als ich das Protokoll las. Und Ihr hättet es wissen müssen, als Ihr zuließt, daß es aufgezeichnet wurde.«

»Welches Protokoll?«

»Das Protokoll dieses Gerichts.« Und sie wiederholte, so gut sie konnte, das abscheuliche Protokoll eines Richters, der gegen die Schwangerschaft seiner Magd ausgesagt, sie zur Auspeitschung verurteilt, sein eigenes Kind versklavt und es dann auf die grausamste Weise mißbraucht hatte. »Indem er das Kind schlug, bestrafte sich Richter Broadnax für seine eigene Sünde, und indem Mistress Broadnax die Kleine mißhandelte, wollte sie sich an ihrem Mann rächen. Hier liegt viel Schändlichkeit und Schuld vor, aber nicht meine.« Der Urteilsspruch der Richter kann bis auf den heutigen Tag in den Gerichts-urkunden zu Patamoke nachgelesen werden:

11. November 1720: Rosalind Steed von der Insel Devon wurde schuldig gesprochen, heftige Drohungen gegen den hier ansässigen Thomas Broadnax und seine Frau Julia ausgestoßen zu haben. Darum und auch wegen ihrer lästigen Reden wird sie zu dreimaligem Untertauchen verurteilt.
Thomas Broadnax, Vorsitzender
Alloway Dickinson, Richter
Samuel Lever, Richter

Am Choptank war es kalt an diesem Tag. Aus Westen blies ein starker Wind, der weiße Schaumkronen aufwarf und es den Fischern geraten erscheinen ließ, daheim zu bleiben. Im inneren Hafen, wo der mit langen Balken versehene Tauchstuhl stand, war es wärmer, aber das Wasser kalt. Eine große Menge versammelte sich am Kai, um mit anzusehen, wie die Steed bestraft wurde. Aber diesmal wollte sich keine freudige Stimmung bei den Zuschauern einstellen. Dem Wahrspruch der Richter wurde einhellig zugestimmt: Penny war davongelaufen und mußte, als Warnung für andere Dienstleute, zurückgegeben werden; Mrs. Steed hatte sie aufgenommen, und das war eindeutig ein Vergehen; und sie betrug sich des öfteren ungebührlich und steckte ihre Nase in Dinge, die sie nichts angingen. Aber ihre Verbrechen waren unbedeutend im Vergleich mit denen des Richters Broadnax. Der ging nicht nur straflos aus, er hatte auch das kleine Mädchen zurückbekommen, das er jetzt nach Belieben weitere zwölf Jahre quälen konnte. Da war etwas arg faul in Patamoke, und die Bürger wußten es.

Schweigend und erhobenen Hauptes schritt Rosalind, immer noch als Broadnax' erbitterte Gegnerin, zum Tauchstuhl. Sie blieb auch stolz, als man sie festschnallte, und lehnte es ab, im entscheidenden Moment die Augen zu schließen. Statt dessen holte sie tief Atem und starrte Thomas Broadnax mit einem Haß an, der die kalte Novemberluft fast zum Glühen brachte. Dann senkte sich der Stuhl ins dunkle Wasser.

Was nun geschah, wurde zum Thema endlos wiederholter Berichte und angeregter Debatten. Wenn eine schwierige Frau getaucht wurde, welche die Männer der Stadt verärgert hatte, hielt man sie nach altem Brauch so lange unter Wasser, bis sie kurz vor dem Ertrinken war; es war eine fürchterliche Bestrafung, und bösartige und höhnische Zurufe machten sie noch schlimmer. An diesem Tag aber, so hatten die Bürger vorher verabredet, tauchte der Stuhl so schnell unter und auf und die Prozedur wurde so rasch wiederholt, daß eine Frau sich zufrieden äußerte: »Sie ist kaum naß geworden.«

Als die Männer den Tauchstuhl wieder einholten und ihr Opfer losbanden, jubelte die Menge, und die Frauen umringten Rosalind, um sie zu umarmen.

»Das war kein Tauchen!« brüllte Richter Broadnax. »Der Beschluß des Gerichts hat ausdrücklich …«

Aber es hörte keiner auf ihn. Die Leute standen um Rosalind herum und küßten und beglückwünschten sie, während er am Kai zurückblieb – allein.

Es war am Ostufer Brauch, den Häusern wichtiger Bürger Namen zu geben, von denen einige von so schrulligem Charme waren, daß sie über Generationen hinweg bestehen blieben: Ein streitsüchtiger Mann fand endlich in einem abgelegenen Farmhaus Frieden und taufte es »Ende des Disputs«; ein Stück Land wechselte unter umstrittenen Umständen den Besitzer, und das darauf errichtete Haus erhielt den Namen »Krumme Wege«; nicht weit von der Insel Devon baute sich ein Mann ein Traumhaus und nannte es »Goldenes Kreuz«, aber auf französisch »Croix d'Or«, und es dauerte nicht lange, bis »Crosiadore« daraus wurde; und am Choptank symbolisierten drei aneinander angrenzende Höfe die Erfahrungen der Kolonisten: »Bells närrischer Einfall«, »Bells Ausdauer«, »Bells Triumph«.

Es war daher verständlich, daß der geringschätzige Name, den man dem Ziegelbau auf Devon gegeben hatte, bestehen blieb: »Rosalinds Rache«. Wenn abends in den Kneipen darüber gesprochen wurde, behauptete der eine, der Name beziehe sich auf die gnadenlose Verfolgung des französischen Piraten Bonfleur durch die Erbauerin, und andere glaubten sich zu erinnern, daß die Bezeichnung erstmalig gebraucht wurde, als Fitzhugh Steed die Insel verließ, um mit der Turlock zusammenzuziehen. Die meisten aber vermuteten einen Zusammenhang mit Mrs. Steeds Triumph über den grausamen Richter Thomas Broadnax: »Seine Macht war so groß, daß er sie tauchen lassen konnte, aber am Ende war er es, der in Schimpf und Schande die Stadt verlassen mußte. Wir fingen an, über ihn und seine Xanthippe von Frau zu lachen, und das konnten sie nicht ertragen. Mistress Steed hatte sich gerächt.«

Es war ein eigenartiges Haus – völlig falsch und unharmonisch gebaut. Statt eine schöne Fassade hervorzubringen, wirkte der flämische Verband schwerfällig und ungraziös. Aber vermutlich lag der Fehler am Grundriß, und für den war Rosalind verantwortlich. Verschiedene Besucher, unter ihnen auch die beiden Paxmores, warfen ihr vor, einen schmucklosen Würfel zu bauen: »Die vier Seiten sind gleichgroße Quadrate. Das ist monoton und reizlos.« Einer der Brüder erinnerte sie an einen traditionellen Leitspruch der Siedler am Choptank: »Zuerst ein winziges Häuschen für dich und deine Frau. Ein bißchen größer, wenn die Babys kommen. Und wenn Geld da ist, fügt man ein richtiges Haus an. Auf diese Weise verleiht jeder Teil dem Rest seine eigene Anmut und Schönheit.«

Sie hatte die Kritiken nicht beachtet und neun Jahre lang starrköpfig ihren Plan weiterverfolgt, auf dem Fundament des alten Herrenhauses einen perfekten Würfel zu errichten. Doch als Gäste auf den Fehler, der ihr mit den zwei Schornsteinen unterlaufen war, aufmerksam wurden, mußten sie protestieren: »Wenn das Gleichgewicht erhalten werden soll«, meinte einer ihrer Kapitäne, der die schönsten Landhäuser Englands gesehen hatte, »müssen die zwei Schornsteine an den beiden Enden des Hauses stehen und nicht nebeneinander an der Hinterseite.« Er nahm ein Stück Papier und zeichnete auf, wie er sich das vorstellte, und es sah wirklich besser aus, als Rosalind es geplant hatte. »Und wenn Ihr schon die Kamine nicht dort hinbauen wollt, wo sie hingehören«, drängte er, »setzt wenigstens Fenster in die Seitenwände. Damit würdet Ihr einen gefälligen Ausgleich schaffen.«

Sie ignorierte seine Empfehlungen, und 1721, zehn Jahre nachdem sie begonnen hatte, war der Würfel fertig. Nur eines war daran befriedigend: Mit einem Eingang von herber Schlichtheit, der auf beiden Seiten von je zwei gut proportionierten Fenstern flankiert war, besaß die Vorderfront ein klassisches Gleichgewicht. Im Obergeschoß waren fünf Fenster zu sehen, kleiner als die unteren, aber exakt zentriert, so daß das mittlere genau oberhalb der Tür saß. Irgendwie verliehen diese zehn geschmackvoll angeordneten, weiß umrahmten Öffnungen dem Würfel Stabilität und zeitlose Eleganz. Ohne sie wäre das Haus eine einzige Katastrophe gewesen; so war es nur ein Fehlschlag.

An einem kalten Ersten Tag im November 1721 legte Ruth Brinton Paxmore ihr letztes Zeugnis ab. Sie war achtundachtzig Jahre alt, aber immer noch imstande, ohne Hilfe und mit festem Schritt vom Kai zum Andachtshaus zu gehen und ihren Platz auf der Estrade einzunehmen. Sie war wie immer grau gekleidet und trug eine kleine Haube, deren Bänder ihr lose über die Schultern hingen – eine Gewohnheit, die sie von ihrer Enkelin Amanda angenommen hatte.

Ihre Erscheinung erweckte gemischte Gefühle unter den Quäkern von Patamoke: Sie gab am Ostufer den Ton an; sie führte ein heiligmäßiges Leben; aber sie ging ihrer Umgebung auch schrecklich auf die Nerven. Trotz wiederholter Ermahnungen und ständiger Niederlagen beharrte sie darauf, bei fast allen Privatgesprächen, aber auch in öffentlichen Erklärungen immer wieder das Thema Sklaverei anzuschneiden. Die Versammlung in Patamoke hatte schon des öfteren ihren Vorschlag zurückgewiesen, wonach der Besitz von Sklaven einen Quäker von der Mitgliedschaft in der Gemeinde ausschließen sollte. Die Jahresversammlung des Ostufers, aber auch die großen Gemeinden in Annapolis und Philadelphia hatten ebenso entschieden. Die Quäker beeilten sich zu betonen, daß ein Sklavenhalter seine Sklaven gut behandeln müsse, und sie stellten eine weitere Doktrin auf, die viele Nichtquäker zum Widerstand herausforderte: Der Besitz von Sklaven verpflichtete dazu, ihre Seelen zu retten und sie zu erziehen. Aber für die von Ruth Brinton vorgeschlagenen radikalen Reformen fand sich keine Unterstützung, und man hielt die alte Frau für einen lästigen Quälgeist. »Sie ist unser Bußgewand«, sagten viele und rutschten nun unruhig hin und her, als sie sich erhob, um zu sprechen:

Die Dinge liegen ganz einfach: Die Sklaverei in allen ihren Erscheinungsformen muß abgeschafft werden. Sie ist weder nutzbringend für den Farmer noch gerecht gegenüber dem Sklaven. Ihr Vorhandensein hält die Entwicklung der Gesellschaft auf, und wenn wir am Ostufer an dieser Extravaganz festhalten, während andere Landesteile nur mehr freie Arbeiter kennen, müssen wir ins Hintertreffen geraten.

In meinem langen Leben habe ich aufmerksam alle Argumente geprüft, die mir entgegengehalten wurden; keines war stichhaltig. Das Programm der Quäker muß einfach und redlich sein. Solange der Afrikaner noch Sklave ist, erzieht ihn; sobald es möglich ist, gebt ihm die Freiheit! Ist dieser Weg ungangbar, gebt ihn in Eurem letzten Willen frei. Und nach zehn Jahren verkündet laut, damit alle es hören können: »Keiner, der Sklaven hält, kann Quäker sein!«

Steif und so, als wäre es ihr gleichgültig, wie ihre Botschaft aufgenommen wurde, begab sie sich auf ihren Platz zurück; zwei Tage später starb sie. Ihr Tod hatte unerwartete Folgen für Rosalind. Vier Tage nach der Beerdigung auf dem kleinen Kirchhof hinter dem Andachtshaus kam Amanda nach Devon und brachte Beth mit. Das intelligente kleine Mädchen war jetzt zehn und alt genug, jene Bücher kennenzulernen, die Rosalind so viel Charakterstärke gegeben hatten. »Wir möchten mit dir zusammen leben«, erklärte Amanda in der zurückhaltenden und pedantischen Art ihrer Großmutter, »und Beth und ich finden es an der Zeit, einen Erzieher anzustellen.«

»Wir kaufen einen«, sagte Rosalind und fuhr mit Amanda und dem Kind nach Annapolis, wo zahlreiche für den Lehrberuf mehr oder minder qualifizierte junge Männer ihre Verträge zum Verkauf anboten. »Wir nehmen uns den Besten«, sagte Rosalind, »und er kann für alle Steeds eine Schule einrichten.« Und so geschah es. Der junge Mann entpuppte sich als ein Juwel; er hatte in England, in Cambridge, promoviert und war praktizierender Katholik. Philip Knollys war ein draufgängerischer junger Mann, der zwar auf keinem Wissensgebiet besonders tiefschürfende Kenntnisse, wohl aber eine gute Allgemeinbildung besaß, die ihn in die Lage versetzte, sein Wissen mit überschwenglichem Selbstvertrauen weiterzugeben. Er war nur wenig intelligenter als Beth, kam aber gut mit den Jungen und Mädchen aus, und sobald er seine lärmende, aber erfolgreiche Schule eingerichtet hatte, meinte Rosalind zu ihren Vettern vom Refugium: »Das ist ein junger Mann, den wir uns halten müssen.«

Es waren glückliche Jahre für Rosalind. Sie schätzte Amanda als eine der vernünftigsten jungen Frauen, die sie je gekannt hatte, und machte sich ein fast boshaftes Vergnügen daraus, ihr gegenüber als protestantische Renegatin aufzutreten, die sich zu den Verschlungenheiten des Katholizismus hingezogen fühlt. Beth war natürlich von Knollys begeistert und sympathisierte unter seiner Anleitung mit dem Katholizismus; als ihre Onkel aus Saint Omer zurückkehrten, fiel ihnen auf, daß sie die katholische Doktrin recht gut beherrschte.

»Schade, daß Mädchen nicht studieren können«, klagte Pierre seiner Mutter. »Unsere kleine Beth hat eine viel bessere Auffassungsgabe als wir.«

Die kleine Beth hatte, was ihre weitere Ausbildung betraf, ihre eigenen Pläne. Als sie siebzehn Jahre alt war, teilte sie ihrer Mutter und ihrer Großmutter mit, daß sie die Absicht habe, ihren Erzieher zu heiraten. Knollys wurde gerufen und nahm mit charmanter Dreistigkeit vor Amanda und Rosalind Aufstellung; er war ganze neunundzwanzig Jahre alt, und sein Vertrag lief noch ein weiteres Jahr. »Ist es ziemlich für einen Mann, der noch unter Kontrakt steht«, fragte Rosalind, »um die Hand eines jungen Mädchens anzuhalten, das zu unterrichten er die Pflicht hat?«

Bevor er noch etwas erwidern konnte, mischte sich Beth ein. »Du stellst ihm drei verschiedene Fragen. Wie soll er sie in einem Schwung beantworten!«

»Wieso drei Fragen?«

Wie eine kleine Rechtsgelehrte entgegnete Beth: »Erstens: Ob es ziemlich ist? Alles ist ziemlich, was man mit gutem Gewissen tut. Zweitens: Hat er mir, seiner Schülerin, gegenüber eine moralische Verpflichtung? Er hat sie, und ich habe ihn davon entbunden. Drittens: Disqualifiziert ihn die Tatsache, daß er unser Bediensteter ist? Ja, das tut sie. Aber dem ist leicht abzuhelfen.«

»Wie?« wollte Rosalind wissen.

»Indem wir seinen Vertrag lösen. Jetzt.«

Amanda erklärte sich einverstanden, und nachdem das geschehen war, warf sich Beth in Knollys' Arme und bedeckte ihn mit Küssen.

Die Hochzeit fand unter der Eiche statt, und Hochwürden Darnley, nun schon ein Greis, hielt bei feuchtfröhlicher Stimmung den Traugottesdienst ab. Amanda war schockiert, denn Quäkerhochzeiten waren feierliche Angelegenheiten, aber vor vielen Jahren hatte Hochwürden Darnley auch sie getraut, und darum übte sie Nachsicht.

Jetzt hatte Rosalind Zeit, ihr Haus weiterzubauen, und als ein neuer Lehrer gefunden war, der die Schule leiten konnte, erwies sich Mr. Knollys als große Hilfe. Er besaß beträchtliche Kenntnisse in Geometrie und im Zimmermannshandwerk und erklärte sich gern bereit, die Aufsicht über die Sklaven zu übernehmen, die für die Bauarbeiten eingesetzt waren. Die Monate verstrichen, und als Rosalind ihm ihre Absichten offenbarte, wurde Knollys von ihrer Begeisterung angesteckt. Er versicherte allen, die es hören wollten: »Das wird das schönste Haus am Ostufer.«

Die Leute hatten über ihren stumpfen Würfel mit den falsch plazierten Schornsteinen und den unbefriedigenden Seitenwänden gelacht; jetzt endlich konnten sie sehen, was schon immer Rosalinds Plan gewesen war. Der Würfel bildete den Mittelpunkt des Bauwerkes, und nun errichtete sie östlich und westlich zwei etwas kleinere Würfel, jeder mit zwei Zimmern unten und zweien im Obergeschoß, aber mit wesentlich niedrigerer Bedachung als das Haupthaus. Fertiggestellt, boten sie den gleichen eigenartigen Anblick wie der mittlere Würfel: Es waren schwere, gedrungene Gebäude ohne jeden gefälligen Zierat, ausgenommen die rigorose Aufteilung ihrer Fassaden, deren vier Fenster, etwas kleiner als die des Haupthauses, einen gewissen Ausgleich schafften.

Wenn man Rosalind fragte, wozu diese seltsamen Anhängsel gut sein sollten, pflegte sie zu antworten: »Das sind Zimmer für die Kinder, die noch kommen werden.« Und die Kinder kamen tatsächlich, so daß der neue Erzieher alle Hände voll zu tun hatte, um den nicht enden wollenden Nachschub an kleinen Steeds zu unterrichten, während Rosalind sie laufend verarztete. Neu hinzugekommen zu ihrer Apotheke waren jetzt Ginsengtropfen, äußerst wirksam gegen die Ruhr, und Theriak gegen Keuchhusten. Eine Frau aus Patamoke hatte ihr Hirschhornsalz empfohlen, ein bitteres Zeug, das sich jedoch als probates Mittel gegen Blutandrang erwies. Es war nun auch möglich, aus London Gelbwurz zu beziehen, die sich vortrefflich zur Behandlung von Blutarmut eignete. Jene Medizin aber, die das Leben mit den Moskitos erträglich machte, war eine Neuentdeckung und hieß einfach Borke. Genau das war es auch: die Rinde eines Zauberbaums, die außerordentlich bitter schmeckte und jedes Fieber rasch zum Abklingen brachte.

»Wenn ein Kind von Fieber geschüttelt wird, wenn es schon ganz erschöpft und entkräftet ist, genügen fünf Anwendungen dieses Mittels, und es kommt wieder auf die Beine«, belehrte Rosalind die Steeds vom Refugium, und als diese ihrem Rat folgten, stellten sie zufrieden fest, daß die Sommer jetzt doppelt so angenehm waren wie bisher. Diese Borke war ein wahres Wundermittel, und auf der Insel Devon durfte nur Mrs. Steed es verabreichen. »Genieße den bitteren Geschmack«, pflegte sie zu sagen, »er wird für dich gegen das Fieber ankämpfen.«

Erst 1729 deckte sie ihre letzten Pläne für das Haus auf. Mit einer riesigen Menge von Ziegeln, die in den letzten zwei Jahren gebrannt worden waren, machte sie sich an die kühne Vollendung ihres Bauvorhabens, was Knollys' Sklaven zu Höchstleistungen anstachelte. Aus dem mittleren Würfel ließ sie große Teile der Seitenwände herausbrechen, und das gleiche ordnete sie auch für die dem Haupthaus zugekehrten Mauern der beiden flankierenden Bauten an. Fast schien es, als wolle sie die Würfel niederreißen, an deren Bau sie so lange gearbeitet hatte, aber als alles getan war, beauftragte sie die Sklaven, zwei niedere kompakte Passagen mit je drei Fenstern zu errichten, die nun alles zusammenfaßten. Diese neuen Anbauten waren zwar nicht so groß, daß man sie als Häuser bezeichnen hätte können, aber so solide ausgeführt, daß man sie unschwer als Verbindungsteile des Ganzen erkennen konnte. Als man Rosalind fragte, was sie eigentlich darstellten, antwortete sie: »An sommerlichen Tagen werde ich in diesen warmen, gemütlichen Räumen sitzen und nähen.« So schlossen diese anmutigen Verbindungsglieder die Würfel zu einem prächtigen Herrensitz zusammen.

Als der Bauschutt weggeräumt war und der Rasen geharkt, als niedrige Büsche gepflanzt waren, um die durch die Bauarbeiten entstandenen Schrammen zu verdecken, zeigte sich Rosalinds Rache im vollen Glanz, und kein Teil des fünfgliedrigen Gebäudes nahm sich harmonischer aus als der ursprüngliche Würfel, der so zynische Kommentare hervorgerufen hatte. Jetzt war es klar, warum Rosalind die Schornsteine an die Rückseite gesetzt hatte; wie sonst hätte man die Passagen anfügen können? Deshalb waren auch die Seitenwände so kahl geblieben; Rosalind hatte immer schon gewußt, daß sie eines Tages aufgerissen werden mußten, um die Passagen einfügen zu können.

Es war ein stattliches Haus mit seinen fünf abwechselnd hohen Dächern und seinen vierundzwanzig aufeinander abgestimmten Fenstern. Ganz besonders beeindruckend war die Art, wie es zu den Bäumen paßte. Wenn ein Besucher an der Pier anlegte und den Blick nach Norden wandte, sah er einen Rasen, der nicht zu ausgedehnt, eine Gruppe von Bäumen, die nicht zu umfangreich, und ein Haus, das nicht zu überladen war, und es mochte wohl sein, daß er entzückt ausrief:

»Welch herrliches Ebenmaß!«

Nicht sehen konnte der Besucher, daß Rosalind in einer Ecke des großen Wohnzimmers einen Schrank hatte aufstellen lassen. Hier bewahrte sie das Zinngeschirr auf, das in Sicherheit gebracht worden war, als die Piraten das alte Herrenhaus niedergebrannt hatten. Einige Stücke waren in der Hitze etwas angeschmolzen, aber alle waren noch zu gebrauchen, und wenn sich das alte Jahr seinem Ende zuneigte, lud Rosalind die Steeds gern zu einem Festmahl ein, um ihrer Dankbarkeit Ausdruck zu verleihen, daß das Jahr ohne große Unglücksfälle vorübergegangen war. Bei diesem Anlaß durften die Kinder, vom Hauch der Geschichte umwoben, von den Zinntellern essen, und Rosalind prägte ihnen ein: »Man kann niemals voraussehen, was aus einem Haus oder auch einem Menschen wird, solange nichts abgeschlossen ist.«

Wenn die Steeds vom Refugium dann wieder in ihre Boote gestiegen waren, rief sie ihre eigene Familie zusammen, um die Kinder an ihre Herkunft zu erinnern. Sie erzählte ihnen, wie Edmund Steed einst mutigen katholischen Herzens nach Amerika gekommen war, um diese Plantage anzulegen, und wie seine Frau Martha Keene als Flüchtling England verlassen hatte, um zusammen mit ihm die Wildnis zu besiegen. Sie erzählte ihnen von König Charles, dem man den Kopf abgeschlagen hatte, und diese Geschichte liebten die Kinder besonders, weil es so schön schauerlich klang, wenn sie ihnen schilderte, wie das Beil auf seinen Nacken niedergesaust war. Und schließlich zeichnete sie ihnen mit just der richtigen Mischung aus Abenteuerlust und Spott ein Bild von Prinz Rupert, wie er quer durch England galoppiert war, um seinen König zu retten. Am Ende fragte sie: »Und wer, glaubt ihr wohl, ist mit ihm geritten?«

»Chilton Janney!« riefen die Kinder.

»Ja, euer Ururgroßvater. Er war ein Ritter und kämpfte mit Rupert am Martson-Moor.«

Und dann piepste eines der Kinder: »Aber du hast gesagt, er war immer sternhagelvoll.«

»Ich habe ihn nie nüchtern gesehen«, mußte Rosalind gestehen.

»Und er war auch kein wirklicher Ritter«, hielt ein anderes Kind ihr entgegen, und ihre Antwort lautete: »In seinem Herzen war er es.«

An verschiedenen Stellen dieser Chronik finden sich Wendungen in bezug auf den Choptank, die den Leser zu der Annahme verleiten könnten, daß es sich um einen friedlichen Fluß handelt: »Sie stieg in ihre Schaluppe und segelte zur Friedensklippe« oder »Sie segelte gemächlich den Fluß hinauf, am Turlock-Moor vorbei.«

Für neunundzwanzig Tage von dreißig traf diese Beschreibung zu. Der Choptank war ein herrliches Gewässer; das ausgedehnte Gebiet zwischen der Insel Devon im Westen und Patamoke war praktisch ein See, den an schönen Tagen eine erfahrene Seglerin wie Rosalind Steed unbesorgt überqueren konnte.

Ein solcher Tag war es auch, als sie im Oktober 1732 Rosalinds Rache verließ, zum Landeplatz hinunterging und die Sklaven anwies, ihre Schaluppe klarzumachen. »Ich fahre nach Patamoke.« Einer der älteren Sklaven meinte: »Besser morgen. Wolken über der Bucht.« Sie schlug seine Warnung in den Wind. »Irgendwo haben wir immer Wolken.«

Während sie den ruhigen Devon-Fluß hinuntersegelte, kam sie an einer kleinen Bucht vorbei, in der es von Wildgänsen wimmelte, die aus dem Norden heimgekehrt waren. Wie schön sie sind, dachte sie, und in diesem Augenblick kam ein einzelner Reiher zum Rand eines kleinen Sumpfes, um nach Krabben zu fischen, und sie dachte: Ich wollte eigentlich immer eine stattliche Wildgans sein, aber es war mein Schicksal, ein ungelenker Reiher zu werden. Nun, die

Wildgänse kommen nur einmal im Jahr und setzen sich dabei groß in Szene, aber der Reiher bleibt immer hier.

Der Fluß war unglaublich schön; Eichen standen am Ufer, Ahornbäume in tausendfältigen Rottönen und über ihnen, auf der Klippe, erhob sich das graue Juwel des Paxmoreschen Teleskophauses – so perfekt in seiner Quäkerwürde und so verschieden von dem Herrenhaus, das sie gebaut hatte. Ein abgelegener Winkel wie dieser, dachte sie, und doch stehen hier zwei der schmucksten Häuser Amerikas. Ihr Blick ruhte auf dem grauen Haus, und im Geist sah sie die alte Ruth Brinton in ihrer einfachen Küche herumwirtschaften und der unsentimentalen Amanda Lektionen der Rechtschaffenheit erteilen.

Doch als sie die Klippe passiert hatte und auf das Sumpfland zusteuerte, verdunkelte sich der Himmel, und von der Bucht kam ein starker Wind. Und schon wenige Minuten später brach ein wütender Sturm über ihre kleine Welt herein. Strömender Regen prasselte nieder, und der Orkan brauste mit vierzig, dann fünfzig Meilen in der Stunde über das Wasser. Schaumkronen, so groß wie auf dem offenen Meer, zerklüfteten den Fluß, und die Wellen warfen das Boot hin und her.

In dieser ersten halben Minute holte sie das Segel ein und ließ die Schaluppe mit dem Wind laufen: Ich werde ans Ufer getrieben und bis auf die Haut naß werden, aber das macht nichts. Sie verhielt sich, wie es am Choptank üblich war; das ganze Ostufer war Schwemmland, und daher gab es keine Felsenriffe. Man brauchte nie zu befürchten, gegen ein solches Hindernis geschleudert zu werden. Wenn Gefahr drohte, ließ man deshalb sein Boot ans Ufer treiben, bis es auf Grund lief; dann stieg man aus und watete durch das Wasser ans sichere Land.

Doch an diesem Oktobertag gaben die Wellen diesen Fluchtweg nicht frei; sie warfen die Schaluppe hin und her, bis Rosalind das Ruder loslassen und sich am Schergang festhalten mußte, um nicht über Bord gespült zu werden. Als sie in dieser Lage eine Folge von wahrhaft riesenhaften Wellen auf sich zukommen sah, wurde ihr klar, daß sie sich in größter Gefahr befand.

Das stehen wir schon durch, dachte sie, stemmte sich gegen den Anprall der ersten Welle und klammerte sich mit aller Kraft an das wild schwankende Boot. Als die letzte Riesenwelle vorbeigedonnert war, rang sie nach Luft: Das war ein knappes, sehr knappes Entkommen gewesen. Sie begann, tief zu atmen, und mußte entsetzt feststellen, daß der Mast splitterte und mit dem Baum ins Wasser stürzte. Immer noch bestand eine gute Chance, mit dem Boot auf Grund zu laufen und sich an Land zu retten. Darum kletterte sie wieder ans Ruder und versuchte, die Schaluppe auf einen vernünftigen Kurs zu bringen. Das hätte ihr auch gelingen können, wäre nicht ein gewaltiger Windstoß von der Bucht her gekommen, der den ganzen Fluß in einen einzigen Strudel verwandelte. Das Boot stieg in die Luft, drehte sich um seine eigene Achse, überschlug sich und kenterte.

Rosalind wurde herausgeschleudert und wollte sich ans Ufer retten, doch der im Meer treibende abgebrochene Mast krachte auf sie nieder, ihre Beine verfingen sich in wirbelnden Tauen, die sie in die Tiefe zogen.

Turlock-Kinder, die nach dem Sturm auf ihrem Sumpfland Nachschau hielten, entdeckten das Wrack der Schaluppe und riefen ihre Eltern. Und als die Familienangehörigen vereint gelaufen kamen, um zu stehlen, was nicht niet- und nagelfest war, fanden sie im Sand halb vergraben Mrs. Steed. Ihre Hände waren noch verkrallt in die Wanten, von denen sie sich hatte befreien wollen, als sie starb.

SECHSTE REISE:

1773

Eine der bedeutsamsten Reisen, die je in der Bucht unternommen wurden, war zugleich eine der kürzesten. Sie umfaßte weniger als zwölf Meilen, als aber der häßliche Zweck der Fahrt erfüllt war, stellte dies den Anfang einer Revolution dar.

Als Eigentümer Marylands hatten die Lords schon immer das Recht ausgeübt, Pfründe zu besetzen, ein feudales Privileg, das sie zuweilen auf eine Weise handhabten, die sich nicht ergründen ließ. Die Bürger der Kolonie standen den Lords das Recht zu, Vakanzen der englischen Staatskirche mit ihnen genehmen Priestern zu besetzen, aber keiner konnte verstehen, wie selbst ein in London ansässiger Grundeigentümer, der Maryland noch nie gesehen hatte, einen Mann für die Kirche des Landkreises Wrentham bestellen konnte, der so ganz ohne jegliche religiöse Überzeugung war wie Jonathan Wilcok.

Dieses Ungeheuer, zweihundertachtzig Pfund Erpressung, Simonie und Genußsucht, traf an einem Novembertag des Jahres 1770 in seiner wohlbestallten Pfründe ein, die wenige Meilen nördlich vom Oberlauf des sich teilenden Wasserstrangs gelegen war. Erpressung war es, wodurch er in den Besitz dieser beneidenswerten Sinekure gelangt war; er hatte den jungen Lord Baltimore in einer Situation ertappt, die nicht nur kompromittierend, sondern nachgerade gefährlich war – strikteste Geheimhaltung war unerläßlich. Er wies den ausschweifenden Sünder darauf hin und fügte hinzu: »Wenn Ihr mir die Pfründe von Wrentham nördlich des Choptank zuschanzen wolltet, würde ich keine Gefahr für Eure Sicherheit darstellen.«

Die Simonie bestand darin, daß er alle kirchlichen Dienste mit größtmöglichem Gewinn für seine Person verkaufte. Es gab weder Trauungen noch Taufen oder Totengottesdienste ohne saftige Gebühren, zu entrichten in ausgesuchtem Tabak. Überdies mißbrauchte er seine Stellung, indem er beim Erwerb von Grundbesitz rücksichtslos seinen Vorteil wahrte. Keine Transaktion war ihm zu korrupt, wenn sie nur Gewinn versprach.

Aber es war vor allem seine zügellose Genußsucht, die ihn bei seinen Pfarr-kindern in Verruf brachte. In Besitz eines Amtes, aus dem ihn keine Macht der Erde entfernen konnte – weder der Bischof von London, der ihn verachtete, noch Lord Baltimore, der ihn fürchtete, und ganz gewiß nicht die Gemeinde, die überhaupt keine Rechte hatte, außer den Mund zu halten und ihm ein beträchtliches Salär zu zahlen –, stand es ihm frei, sich zu benehmen, wie es ihm beliebte. Dazu gehörte, daß er sich sieben Tage in der Woche mäßig betrank, zwei Bastarde zeugte, eine zotige Reden führende Gattin und eine Geliebte aushielt und sich mit seinem gewaltigen und verschwitzten Leib in alles einmischte, was ihm zum Vorteil gereichen mochte.

Es war ekelerregend, daß die englische Staatskirche unter dem Fehlverhalten eines Jonathan Wilcok zu leiden hatte, doch überkommene Sitten rechtfertigten ihn, und wenn die Skandale, die er hervorrief, der Kirche schadeten, ent-werteten sie doch nicht das verdienstvolle Werk anderer aufopfernder Priester, die auf ähnliche Weise ins Amt gekommen waren. Der Pfarrherr von Wrentham und seine Brüder vertraten die englische Staatskirche; von König und Par-lament wurden sie bestätigt, und ihr Verhalten war über jeden Tadel erhaben.

An einem kalten Januarmorgen des Jahres 1773 erhob sich dieser Kirchen-mann, der nun bereits gut über dreihundert Pfund wog, schon im Morgen-grauen, legte warme Unterkleidung aus weichem Wollstoff an, zog die Tracht seines Standes mit dem steifen Kragen und der weißen Halsbinde darüber, betrachtete sich bewundernd im Spiegel und sagte zu seiner ihn anhimmelnden Frau: »Heute bringen wir Ordnung in diese Gemeinde.« Dann informierte er seine vier Sklaven, daß er nach Patamoke zur Gerichtssitzung fahren würde, die für den Mittag angesetzt war. »Ich muß unbedingt dabeisein. Die Zukunft des Choptank steht auf dem Spiel.«

Die Sklaven schirrten zwei Pferde an, holten die grob gezimmerte Liegesänfte heraus und hängten sie zwischen die beiden Tiere. »Alles ist bereit, Herr«, verständigten sie den Pfarrherrn, und er watschelte auf die Stelle zu, wo das seltsame Gebilde ihn erwartete.

Es wäre ihm ganz unmöglich gewesen, die drei Meilen von der Kirche bis zum sich teilenden Wasserstrang aus eigener Kraft zurückzulegen, aber die wenigen Schritte zur Sänfte schaffte er gerade noch. Allerdings war er nicht imstande hineinzuklettern, denn das Ding schwankte und wollte nicht zum Stehen kommen. So stellte sich einer der Sklaven zwischen die zwei Pferde, um sie und die Sänfte zur Ruhe zu bringen; zwei nahmen Wilcok an den Armen und zogen ihn rückwärts, während der vierte von vorn nachhalf.

»Jetzt!« riefen die Männer und schafften ihren Herrn mit beachtlicher Ge-schicklichkeit in sein Beförderungsmittel. Grunzend und trotz des kalten

Morgens schwitzend rief der Pfarrherr: »Vorwärts!«, und einer der Sklaven schritt voran und führte die beiden Pferde, während zwei andere von hinten nachschoben; der vierte Mann ging mit, um im Notfall eingreifen und verhindern zu können, daß der fette Mensch aus seiner Sänfte fiel.

Auf diese Weise erreichten sie den Fluß, wo der Kahn des geistlichen Würdenträgers wartete, und dort gab es neue Schwierigkeiten, denn nun mußte dieser Koloß von einem Kirchenmann aus seiner Liegesänfte herausgehoben, über eine glitschige Pier geführt und in das Boot hinuntergelassen werden. Von wohlmeinenden Zurufen der Umstehenden begleitet, wurde schließlich auch dies vollbracht, und sobald der Pfarrherr sicher in dem Kahn gelandet war, machte er es sich bequem, lehnte sich auf sieben Kissen zurück und brüllte: »Auf nach Patamoke!«

Als er an diesem blühenden Handelsplatz eintraf, verbreiteten Kinder und Müßiggänger die Kunde: »Der Pfarrherr von Wrentham ist da!« Und alle liefen zum Kai hinunter, um wieder einmal das außergewöhnliche Schauspiel zu genießen, wie er an Land gehievt wurde. Es bedurfte der Hilfe von sechs Männern: Die vier Sklaven schoben stöhnend vom Kahn aus, während zwei andere am Ufer ein Seil hinunterwarfen, das um den Rücken und unter die Arme des Fettwanstes gelegt wurde, wobei jeder der Männer ein Ende festhielt. Auf das Kommando »eins, zwei, drei!« wurde mit äußerster Kraft gestemmt und gezogen, und wie auf Flügeln erhob sich der Pfarrherr aus dem Kahn und schwebte an Land.

Sobald er festen Boden unter den Füßen spürte, wurde er wieder ruhig, gelassen und würdevoll, die traditionelle Gestalt eines gütigen Priesters. Er warf sich seinen Mantel um, nickte den Bürgern huldvoll zu und schritt, während ein herablassendes Lächeln seine Lippen kräuselte, auf das Gerichtsgebäude zu. Als er das niedrige steinerne Haus betrat, stellte er befriedigt fest, daß alles bereit war: Auf der Richterbank saßen Richter, die seiner Sache gewogen waren, und die drei Beschuldigten warteten darauf, ihre gerechte Strafe zu erhalten.

Die Angeklagten waren ein ungleiches Trio, und nur ihre gemeinsame Schuld bildete ein Band zwischen ihnen. Sie unterschieden sich sogar in ihrer Kleidung. Der dreiundvierzigjährige Simon Steed war ein hochgewachsener, nüchterner, schmalschultriger Mann, der den Gerichtshof, die Zuschauer und seine Mitangeklagten gleichermaßen mit Geringschätzung behandelte. Er kleidete sich nach der französischen Mode, die er in Saint Omer kennengelernt hatte. Seine Perücke war gepudert, seine Halsbinde gestärkt; sein Hemd hatte vierzehn Knöpfe und war mit Spitzen gesäumt; sein blauer Samtrock reichte ihm fast bis zu den Knien; seine Hose endete knapp darunter und war mit kleinen silbernen Spangen geschlossen. An seinen Handgelenken ragte ein Besatz von grauer Spitze hervor, was ihm ein elegantes Aussehen verlieh, wenn er seinen Arm bewegte. Er war ein Gentleman, der wohlhabendste Mann in der Gemeinde, und ihn wie einen gemeinen Verbrecher auf der Anklagebank sitzen zu sehen war für die Bürger ein aufregendes Erlebnis, obwohl ihre Sympathien ganz offensichtlich bei ihm und nicht bei seinem Ankläger lagen.

Neben ihm saß ein Mann, der gerade vierzig war und dadurch auffiel, daß er einen breitkrempigen flachen Hut trug, den abzunehmen er sich selbst dann noch weigerte, als der Gerichtsdiener ihn anstieß. Das war Levin Paxmore, eine der bedeutendsten Stützen der Quäkergemeinde von Patamoke und Eigentümer der Paxmore-Werft, deren Arbeiter in diesen Jahren der Spannung Überstunden machten. Er war ein schwermütiger Mann, gekleidet in einen langen grauen Rock mit neun Verschnürungen. Keine Spitzen säumten seine Manschetten, und keine silbernen Spangen schmückten seine Schuhe, doch auch er zeigte eine gewisse Eleganz, denn das Tuch seiner Jacke und seiner Hose war von bester Qualität. Er fühlte sich offensichtlich verletzt, weil man ihn vor Gericht gestellt hatte, und lehnte es ab, die wohlwollenden Gesten, die man ihm entgegenbrachte, zur Kenntnis zu nehmen.

Der dritte Mann hatte schon oft vor diesem Gericht gestanden. Hager, schnell in seinen Bewegungen, mit schelmischen Augen segelte er eine abgetakelte alte Schlup, mit der er an der Chesapeake Bay Handel trieb. Er kam aus dem Sumpfland und war dementsprechend gekleidet: plumpe, aus Tierhaut gefertigte Schuhe; keine Strümpfe; eine ausgebeulte Hose, die von einem zerschlissenen Strick um den Bund festgehalten wurde; ein dickes Wollhemd aber keine Jacke; kein Hut; und ein dunkler Bart. Das war Teach Turlock, und schon sein Name war eine Beleidigung für die Gemeinde, denn sein Lump von Vater hatte ihn so nach dem Piraten Schwarzbart genannt, nach einem Mann, »der wußte, was er tat«. Vor einundvierzig Jahren, als der Angeklagte seinen Namen erhielt, war Schwarzbart, die Geißel der Meere, noch lebhaft in Erinnerung. Zwei Bürger waren damals vor Gericht gegangen, um den alten Turlock zu zwingen, seinem Sohn einen anständigen Namen zu geben. Das Gericht hatte ihrem Begehren stattgegeben: Im Register war er als Jeremiah Turlock eingetragen, aber man kannte ihn allgemein nur als Teach – zu Recht, wie selbst seine Feinde zugeben mußten, da er viele hervorstechende Eigenschaften jenes Seeräubers in sich vereinte.

Die gesellschaftlichen und moralischen Prinzipien der drei Beschuldigten waren ebenso unterschiedlich wie ihre Kleidung. Simon Steed war ein erklärter Anhänger des Königs; er hatte nichts übrig für diese Aufrührer, die in Massachusetts und Virginia verräterische Reden führten, und er hoffte aufrichtig, daß die übel gesinnten Leute in England und Amerika bald zur Vernunft gebracht würden. Levin Paxmore hielt sich von politischen Debatten fern. Nach seiner Überzeugung setzte Gott die Regierungen ein, und die Menschen hatten kein Recht, ein Urteil abzugeben, geschweige denn zu protestieren. Teach Turlock aber verkörperte den neuen Geist, der sich in den Kolonien ausbreitete; er war ein potentieller Revoluzzer – nicht aus Prinzip, sondern aus dem Wunsch heraus, mit allen abzurechnen, die über ihm standen. Wo Menschen flüsternd über Rebellion sprachen, fingerte er an seiner Flinte herum.

Nur das Eingreifen einer an diesem Ort fremden Kraft von der Machtfülle des Pfarrherrn von Wrentham hatte diese drei ungleichen Gesellen zu einer gemeinschaftlichen Sache vereinen können, und nun watschelte dieser riesenhafte, vor Fettleibigkeit schnaufende Diener der Kirche nach vorn, ließ sich vorsichtig in einem breiten Lehnsessel nieder und wies die Richter mit einem Zeichen an, die Verhandlung zu eröffnen.

Der Steuereinnehmer sagte als erster aus: »Seit undenklichen Zeiten haben mir alle rechtschaffenen Bürger dieses Bezirks vor Jahresende dreißig Pfund ausgesuchten Tabaks abgeliefert. Dieser Tabak gebührt dem Pfarrherrn von Wrentham als Entgelt dafür, daß er die englische Staatskirche in diesem Bezirk betreut.«

»War das schon immer Gesetz in dieser Kolonie?« fragte der Vorsitzende.

»Seit Eures und meines Vaters Zeiten. Euer Ehren haben mir den Tabak angeliefert, wie es eines jeden guten Christenmenschen Pflicht ist.«

Die drei Richter nickten selbstgefällig.

»Hat sich irgend jemand geweigert zu bezahlen?« wollte der Vorsitzende wissen.

»Diese drei.«

»Ihr seid der Steuereinnehmer. Warum seid Ihr nicht gegen sie vorgegangen?«

Der Steuereinnehmer errötete verlegen, starrte auf seine Füße und antwortete dann mit hoher, winselnder Stimme: »Der frühere Pfarrer hat immer gesagt: ›Laßt sie zufrieden, diese verdammten Papisten und Quäker. Gott wird sie noch strafen.‹ Aber unser neuer Pfarrherr« – und er warf dem Dicken einen anerkennenden Blick zu, »der will die Dinge ins Lot bringen.«

»Wie?« fragte der Richter.

»Jeder von den dreien muß zehn Jahre Zehnt zahlen. Unser Pfarrherr erhebt Anspruch darauf.«

»Und habt Ihr diese Männer aufgefordert, ihren Tabak zu liefern?«

»Das habe ich.«

»Und hat Simon Steed sich geweigert, seine dreihundert Pfund abzuliefern?«

»Das hat er. Hat gesagt, er sei Katholik, und weigerte sich zu zahlen.«

»Hat Levin Paxmore sich geweigert zu liefern?«

»Das hat er. Hat gesagt, er sei Quäker.«

»Und hat auch Teach Turlock sich geweigert?«

»Das hat er.«

»Und habt Ihr jeden dieser drei Männer, wie das Gesetz es vorsieht, zu drei verschiedenen Gelegenheiten aufgefordert, ihre Abgaben zu bezahlen?«

»Das habe ich.«

»Und haben sie sich dreimal geweigert?«

»Das haben sie.«

Der Konstabler sagte aus, daß er persönlich daraufhin sein Bestes getan habe, um die dreihundert Pfund einzutreiben, er sei jedoch abgewiesen worden. »Mister Steed zeigte sich hochnäsig und unbekümmert … hörte mir kaum zu … und sagte zu einem seiner Dienstboten: ›Schafft den Kerl fort!‹ Freund Paxmore, der mit dem Hut auf dem Kopf, benahm sich ganz anders. Ich mußte ihn schon einmal verhaften, weil er nicht bei der Miliz dienen wollte, und als er mich kommen sah, fragte er mich leise: ›Was willst du diesmal?‹ Und als ich ihm antwortete: ›Dreihundert Pfund für die Kirche‹, sagte er: ›Du weißt, daß ich das nicht zahlen kann.‹«

»Und was habt Ihr darauf gesagt?«

»Ich sagte: ›Du weißt, daß du dann ins Kittchen mußt.‹«

Die Zuschauer lachten, und selbst Paxmore ließ ein leises Lächeln um seine Lippen spielen.

»Hat Turlock sich bereit erklärt zu zahlen?« fragte der Richter.

»Er hat sich bereit erklärt, mich zu erschießen.« Auch dies rief Heiterkeit hervor, aber der Konstabler fügte hinzu: »Er hatte keine Waffe, und deshalb hielt ich es auch nur für eine leere Drohung.«

»Aber er hat Euch bedroht?«

»In Worten, ja.«

Nun war die Reihe am Pfarrherrn, seine Aussage zu machen. Er kämpfte sich schwerfällig aus seinem Sessel hoch, zupfte sich die weiße Halsbinde unter seiner schlaffen Gurgel zurecht und begann in steifem, gemessenem Ton: »Seit undenklichen Zeiten ist es in dieser Kolonie Brauch, daß jeder Mann, jede Frau und jedes Kind über sechzehn Jahre mithilft, das Gehalt des Pfarrherrn zu bezahlen. Dieses Gehalt dient zur Bereitstellung von Mitteln für die Armen, zur Erhaltung der Andachtstätten und stellt überdies einen greifbaren Beweis dafür dar, daß alle Bürger der Kirche angehören und willens sind, sie zu verteidigen. Wenn auch nur ein einziger sich weigert zu zahlen, bringt er das ganze Gefüge unseres christlichen Glaubens in Gefahr – eine Tatsache, die noch jedes Gericht anerkannt hat. Diese drei Männer haben der Kirche beharrlich das Recht auf diese wohlbegründete Vergütung abgesprochen, und ich verlange daher, daß sie zur Zahlung von zehnmal dreißig Pfund verurteilt werden und für ihre Schmähungen ins Gefängnis kommen.«

»Ihr habt die Beschuldigungen gehört«, sagte der Richter. »Turlock, habt Ihr etwas zu erwidern?«

Der Schiffer zuckte die Achseln.

»Freund Paxmore, habt Ihr jetzt etwas zu Eurer Rechtfertigung vorzubringen?« Der Quäker schüttelte den Kopf.

Dann fragte der Richter auch Steed, aber noch bevor der Pflanzer antworten konnte, mischte sich der Pfarrer ein: »Euer Ehren, ich glaube, es wäre klüger, diesen Mann nicht in einem öffentlichen Verfahren sprechen zu lassen. Er wurde in Frankreich erzogen, wo er sich die verderblichen und entkräftigenden Doktrinen des Atheismus zu eigen machte. Er hat Bücher von Voltaire und Montesquieu ins Land gebracht und sie jedem geliehen, der der französischen Sprache mächtig ist. Er hat sogar eine englische Übersetzung des ›Candide‹ aufgetrieben und auch diese umgehen lassen. Was immer er zu sagen gedenkt, es wird aufwieglerisch und von der Sache ablenkend sein.«

Die Richter aber entschieden, Steed das Wort zu erteilen, und in der ruhigen und eindrucksvollen Art, in der er an Probleme heranging, begann Steed nun, dem Pfarrherrn Fragen zu stellen.

»Seid Ihr der Meinung, daß auch Katholiken und Quäker den jährlichen Zehnt zu zahlen haben?«

»Dieser Meinung bin ich.«

»Obwohl Tabak so schwer zu bekommen ist?« Und noch bevor Wilcok die Frage beantworten konnte, fügte Steed hinzu: »Wo sollte Teach Turlock Tabak herbekommen?«

»Auch andere Leute wissen sich Tabak zu beschaffen.«

»Ihr habt meine Frage nicht beantwortet. Woher?«

»Teach Turlocks wirtschaftliche Probleme sind meine Sorge nicht.« Und der von Abscheu geprägte Blick, den er dem Schiffer zuwarf, ließ deutlich erkennen, daß er sich auch für Teach Turlocks seelische Probleme nicht interessierte.

»Zu einer Zeit, da Tabak kaum aufzutreiben ist, haben sich alle anderen Regierungsstellen bereit erklärt, die Steuern in Flachs oder Mais entgegenzunehmen. Nur ihr besteht auf Tabak. Warum?«

»Weil die Lords Baltimore einen feierlichen Bund mit Gott eingegangen sind, Ihm pro Kopf und Jahr dreißig Pfund ausgesuchten Tabaks zu geben.«

In einer der hinteren Reihen saßen ein Farmer und seine Frau. Steed ging auf sie zu und blieb neben ihnen stehen.

»Habt ihr von diesem Mann einen Teil seines Landes anstelle der Zahlung angenommen?«

»Er hat es mir angeboten.«

»Wie viele Morgen?«

»Siebenundsechzig.«

»Besitzt Ihr jetzt«, wandte sich Steed an Wilcok, »in Eurem, nicht in der Kirche Namen insgesamt dreihundertsiebzig Morgen des besten Ackerlandes am Choptank?«

»Der Pfarrherr hat das Recht, in einem behaglichen Haus zu wohnen und sein Land zu bestellen.«

»Land im Ausmaß von dreihundertsiebzig Morgen?«

»Es ist auf redliche Weise in meinen Besitz gelangt.«

»Habt ihr mir im letzten Jahr vorgeschlagen, ich solle Euch dreiundfünfzig Morgen westlich des sich teilenden Wasserstranges überlassen?«

»Ihr wart es mir schuldig.«

»Und wie groß wird Euer Besitz Ende dieses Jahres sein?«

Der Pfarrherr erhob Einspruch, und die Richter pflichteten ihm bei, daß dies ketzerisch sei, worauf Steed eine neue Richtung einschlug: »Welche Gaben habt Ihr in den vergangenen zwölf Monaten verteilt?«

»Wenn einer zu mir gekommen wäre …«

»Ist Peter Willis nicht zu Euch gekommen?«

»Er war übel beleumdet. Ihm zu helfen, wäre …«

»Wem habt Ihr geholfen?« Die Art, wie Steed das Wort »wem« betonte, reizte den Kirchenmann.

»Wem? Wem?« äffte er Steed nach. »Wer seid Ihr, daß Ihr mich auf diese Weise befragt?«

»Ich wollte nur wissen, welche Gaben Ihr verteilt habt.«

Wieder erhob der fette Kirchenmann Einspruch, und wieder wurde dem Einspruch stattgegeben.

»Mister Steed, nicht der Pfarrer von Wrentham steht vor Gericht, sondern Ihr.«

»Ich bitte um Vergebung«, entschuldigte sich Steed demütig, »aber ich muß noch eine Frage stellen, die vielleicht noch indiskreter ist als die vorangegangenen.«

»Gebt acht auf Euer Betragen!« warnte der vorsitzende Richter.

»Pfarrherr Wilcok, wir leben in schwierigen Zeiten. Im Land werden ungewohnte Stimmen laut …«

»Das ist aufrührerische Agitation!« warnte der Pfarrherr.

»Vielleicht ist die Zeit nicht fern, da England jeden Kämpfer bitter nötig haben wird …«

»Agitation, von den Franzosen bezahlt!«

»Meint Ihr nicht, es wäre klug, wenn Ihr, der Ihr schon so viel Land besitzt ...«

»Aufruhr! Aufwiegelung! Ich höre mir solche Fragen nicht länger an!«

Die Richter stimmten zu. »Ihr habt die Grenzen des Anstands weit überschritten, Mister Steed. Ihr habt Fragen von großer Bösartigkeit gestellt und damit versucht, in diesem Saal Leidenschaften zu schüren, die geeignet sind, die Menge auf der Straße aufzurühren. Ihr müßt Euch setzen.«

»Diese Leidenschaften, Sir ...«

»Konstabler, bringt ihn an seinen Platz.«

Der Beamte brauchte nicht einzugreifen. Steed verneigte sich vor den Richtern, verneigte sich vor dem Pfarrherrn, drehte sich um und verneigte sich mit vollendeter Grazie vor dem Farmer und seiner Frau, denen man ihr Land gestohlen hatte. Dann kehrte er auf die Anklagebank zurück, wo Levin Paxmore ihm die Hand schüttelte.

»Die Angeklagten mögen sich erheben«, begann der vorsitzende Richter, und als sie vor ihm standen, sagte er in ernstem Ton: »Es ist gerade in diesen bewegten Zeiten nötig, daß die Traditionen, auf welchen unsere Kolonie beruht, mit besonderer Sorgfalt gehütet werden. Seit undenklichen Zeiten haben rechtschaffene Bürger einen Teil ihrer Einkünfte an die Kirche abgegeben, die sie schützt und leitet. Mehr denn je brauchen wir jetzt Schutz und Führung, und jedermann, ob Katholik oder Quäker, der diese Schuldigkeit in Abrede stellt, verletzt seine Bürgerpflicht auf das gröblichste. Jeder von Euch, Simon Steed und Levin Paxmore, wird angewiesen, an die Kirche zu Wrentham dreihundert Pfund Tabak, ordnungsgemäß in Fässer gefüllt, zu übergeben.«

Die Dissenter nickten.

»Was Euch angeht, Teach Turlock ...« Diese unheilverkündende Einleitung veranlaßte den struppigen Schiffer, sich grinsend den Zuhörern zuzuwenden, als wolle er sagen: »Jetzt reden sie von mir!« Der Richter fuhr fort: »Ihr habt keinen Tabak und auch keine Möglichkeit, Euch solchen zu verschaffen. Ihr besitzt keine persönliche Habe, die es wert wäre, Euch genommen zu werden, und deshalb verfügt das Gericht, daß Ihr dem Pfarrherrn von Wrentham achtzig Morgen des Festlandes abtretet, das ihr nördlich des Sumpfes in Besitz habt.«

Das Grinsen erstarb. In stummer Verzweiflung gegen dieses schändliche Urteil aufbegehrend, blickte der dürre Schiffer zu den Richtern hinauf. Sie entrangen ihm Land, das er liebte, das seine Vorfahren von den Indianern erworben und unter Einsatz ihres Lebens gegen Wölfe und Moskitos und Steuereinnehmer verteidigt hatten – und gegen die Steeds, die darauf Tabak pflanzen wollten. Er stieß einen erstickten Schrei aus. »Nein!« rief er und stürmte auf die Richterbank zu. Der Konstabler zerrte ihn fort, drängte ihn aber dabei in die Richtung, wo der Pfarrherr eben seine massige Gestalt aus dem Lehnsessel hochstemmte.

Ohne einen Gedanken an die Unrechtmäßigkeit seines Handelns zu verlieren, stürzte er sich auf den Dicken und fing an, ihn ins Gesicht zu schlagen. Der Gerichtssaal geriet in Aufruhr, und nachdem der Konstabler und zwei Farmer den wütenden Schiffer gebändigt hatten, sagte der vorsitzende Richter bekümmert: »Ins Gefängnis, sechs Wochen.« Und der Schiffer wurde abgeführt.

Nachdem der Saal geräumt war, begleiteten die Richter den Pfarrherrn zum Kai, wo er mit Hilfe von sechs Männern wieder in seinen Kahn verladen wurde. Der Oberrichter ging am Ufer entlang und entbot ihm unterwürfige Abschiedsgrüße, aber seine zwei Kollegen blieben an der Pier stehen, und der eine von ihnen sagte: »Nächstes Jahr, das könnt Ihr mir glauben, werde ich diesen frömmelnden Wicht nicht mehr unterstützen.«

»Aber er hat das Gesetz auf seiner Seite.«

»Dann muß das Gesetz geändert werden.«

»Das sind gefährliche Gedanken, Edward«, murmelte der andere und sah sich um, ob jemand diese verräterische Äußerung mitgehört hatte.

»Wir leben in gefährlichen Zeiten. Ich bin mit Leib und Seele Engländer, aber nun fürchte ich langsam, daß London ...«

»Seid vernünftig. Teach Turlock hat das Gefängnis verdient ... aus vielen Gründen.«

»Aber nicht, daß ihm sein Land genommen wird.«

»Was liegt ihm an Land?«

»Habt Ihr ihn beobachtet, als Arthur das Urteil verkündete? Und Steed und Paxmore? Es sind anständige Leute.«

»Es sind Dissenter. Die Zeit kommt, da wir alle zusammenhalten müssen.«

Der Richter, der als erster gesprochen hatte, blickte zur Hauptstraße von Patamoke hinüber und bedeutete seinem Kollegen, das gleiche zu tun. Sie sahen Simon Steed und Levin Paxmore in ein Gespräch vertieft, Arm in Arm die Straße hinuntergehen. »Seid Ihr Euch darüber im klaren«, sagte der erste Richter, »daß wir heute ein Wunder bewirkt haben?«

»Wunder?«

»Ja, denn jetzt läßt es sich nicht mehr vermeiden, daß drei so verschiedene Männer wie Steed, Paxmore und Turlock gemeinsame Sache machen werden. Ich sage Euch, wir werden den Tag erleben, da diese drei und andere wie sie dem fetten Pfarrherrn seine Ländereien wieder abnehmen werden, und dann ...«

»Edward! Ich bitte Euch, führt diesen Satz nicht zu Ende!« Der zweite Richter hielt sich die Ohren zu, um die abschließenden Worte seines Kollegen nicht hören zu müssen.

»Die Ideen werden in Taten umgesetzt werden, und alle Richter dieses Landes werden sie nicht aufhalten können.«

Drei Patrioten

Die zwei Richter irrten, wenn sie annahmen, daß Steed und Paxmore auf Verrat sannen. Sie sprachen über Geschäfte, und als sie zur Werft kamen, lud Paxmore seinen Mitangeklagten in sein nüchternes, holzgetäfeltes Kontor ein, von wo aus er seinen Betrieb leitete.

»Wie kommst du auf den Gedanken, daß Seefahrzeuge hoch im Kurs stehen werden?« fragte Paxmore, als sie auf den Stühlen Platz nahmen, die er aus Eiche geschnitzt hatte.

»Der Haß, den ich in Turlocks Augen sah … als die Richter ihm sein Land nahmen.«

»Die Turlocks waren immer wilde Gesellen.«

»Aber das war etwas anderes. Das war eine Kriegserklärung, und offen gestanden, Levin, ich habe Angst.«

»Wovor? Turlock kann doch nichts …«

»Vor dem Geist. Es ist ein gefährlicher Geist, der im Land umgeht, Levin, und früher oder später wird er uns alle ins Verderben stürzen.«

»Und deshalb willst du Seefahrzeuge? Um dich für die Tage des Aufruhrs zu wappnen?«

»So ist es. Ich glaube, daß der Tag kommen wird, da Leute wie Ihr und ich, die die Verbindungen zu England aufrechterhalten wollen, vom Mob an die Wand gedrängt werden.«

»Du bist mir gegenüber im Vorteil. Ich habe nicht in Frankreich studiert.«

»Diese Wahnsinnigen … die Turlocks. Es wird nicht lange dauern, und sie werden verlangen, daß die Kolonien von England abfallen. England wird und darf das nicht hinnehmen. Ich fürchte, es könnte sogar zum Krieg kommen.« Er unterbrach sich, blickte nervös zu Boden und flüsterte: »Wenn es Krieg gibt, werden wir Schiffe brauchen.«

In seinem Bestreben, das Gewicht dieser Worte von sich abzuwälzen, rettete sich Paxmore in nautische Pedanterie. »Freund Steed, du gehst sorglos mit

Benennungen um. Ein Schiff ist ein großes Seefahrzeug mit drei oder mehr Masten. Nationen besitzen Schiffe. Kaufleute besitzen Briggs und Schaluppen.«

Auch Steed wollte nicht über den Krieg sprechen. »Wofür sollte ich mich entscheiden?« fragte er.

»Weder für das eine noch für das andere. Du brauchst einen Schoner. Der kommt schnell voran.«

Beide Männer holten tief Luft, denn beide wußten, daß ein Auftrag angeboten und angenommen worden war, und es ging dabei nicht um eine Lappalie. Wenn Steed bereit war, für einen Schoner zu zahlen, mußte er einen erheblichen Teil seines Vermögens dafür aufbieten, und wenn Paxmore die Aufgabe übernahm, ihn zu bauen, mußte er die kleineren Aufträge zurückstellen, die sein geregeltes Einkommen sicherten.

Schweigend saßen die zwei Männer zusammen und überdachten die Verpflichtungen, die zu übernehmen sie im Begriff waren. Doch dann sprang Steed auf, kam zum Schreibtisch, schlug mit dem Zeigefinger auf die Platte und sagte: »Schnelligkeit, Levin, vor allem brauchen wir Schnelligkeit.«

Nun war es an Paxmore, eine Entscheidung zu fällen, und das war bei ihm ein Prozeß von starker Anspannung. Ohne sich zu erheben, begann er zu zucken, Schultern und Ellbogen vor- und zurückzuschieben in einer Weise, die jedem, der ihn nicht kannte, grotesk erschienen wäre. Schon vor Jahren hatte Steed im Laden einmal zu Freunden gesagt: »Wenn Levin Paxmore an einen Schoner denkt, wird er selbst zum Schoner.« Und jetzt kämpfte Paxmore mit Problemen, die schon die ältesten Schiffbauer bewegt hatten. »Du kannst Schnelligkeit haben«, sagte er, als er mit seinen Verrenkungen zu Ende war, »aber nicht Schnelligkeit und gleichzeitig ein Maximum an Laderaum. Ich kann die Linien so auseinanderziehen« – und er deutete die Länge des geplanten Fahrzeugs an, »aber dann muß ich hier verengen, genau da, wo du deine Fässer verstauen willst.«

»Vergeßt die Fässer. Dieser Schoner wird gepreßtes Frachtgut befördern von dreimal so hohem Wert.«

»Wir sollten das Freibord niedrig halten, aber die Masten müssen besonders hoch sein.«

»Ich werde einen festen Deckaufbau benötigen.«

»Das wird die Schnelligkeit mindern.«

»Aber ich muß ihn haben. Wegen der Geschütze.«

Auf diese Worte hin legte Paxmore beide Hände flach auf seinen Schreibtisch. »Ich kann mich nicht bereit erklären, eines meiner Seefahrzeuge mit Geschützen auszurüsten.«

»Das würde ich auch gar nicht von Euch verlangen. Aber Ihr müßt stabil bauen, und wenn Ihr fertig seid, kümmere ich mich um die Kanonen.«

»Ich könnte mich nicht ...«

»Ihr macht die Geschützpforten – vier Stück.«

»Aber das würde Topplastigkeit zur Folge haben«, warnte Paxmore und begriff, kaum daß ihm diese Worte entfahren waren, daß Steed ihn mit einem Trick zur stillschweigenden Duldung eines militärischen Vorgangs gebracht hatte. Er richtete sich auf. »Ich baue kein großes Kriegsschiff«, erklärte er fest, und Steed stimmte ihm rasch zu: »Niemals! Wir sprechen von einem kleinen Friedens-schoner.«

Zwei Tage lang planten die beiden Männer jenes Seefahrzeug, das zum Proto-typ der Paxmoreschen Werften werden sollte: geschmeidig, schnell, ein Maxi-mum an Segelfläche, minimale Breiten, scharf geschnittener Boden, gut schwimmfähige Ruderpinne, phantastisch vorschießender Bugspriet. Es sollte ein Schoner werden, wie ein Kaufmann sich ihn vorstellte und ein Poet ihn baute, und immer wenn sie einen kniffligen Punkt erreichten, trafen die beiden Männer ihre Entscheidungen mit einem Blick in die Zukunft, wie sie sich ihnen nach sorgfältiger Analyse der Vorgänge in den Kolonien darstellte.

Simon Steed sah voraus, daß Hitzköpfe wie Teach Turlock die Kolonien einer Konfrontation mit dem Mutterland immer näherbrachten und daß Erschütte-rungen von großer Tragweite Handel und Seefahrt zerrütten würden. Ihm war klar, daß wagemutige Kaufleute in Zeiten der Unruhe ausgesprochen erfolg-reich waren, denn sie waren zu kaufen und verkaufen bereit, wo andere vor Angst nur noch zitterten. Auch die Erinnerung an den hartnäckigen Kampf, den seine Großmutter gegen die Piraten geführt hatte, spornte ihn zu gewagten Unternehmungen an; wie sie war auch er der Überzeugung, daß die Meere frei bleiben mußten. Er war deshalb willens, Risiken auf sich zu nehmen und nicht nur das Schiff zu bezahlen, das er jetzt zusammen mit Paxmore plante, sondern auch gleich drei weitere, denn er begriff, daß er in diesen bewegten Zeiten mit einer Flotte von vier Einheiten einen blühenden Handel treiben konnte. Daß er dies jedoch heute und in alle Zukunft unter der britischen Flagge tun würde, daran zweifelte er keinen Augenblick.

In seinen vierzig Lebensjahren hatte Levin Paxmore viele ozeantüchtige See-fahrzeuge gebaut, aber das waren schwerfällige Kähne gewesen: Schnauen mit lächerlichen paarigen Masten und Briggs mit Masten wie Stümpfe. Er hatte immer gewußt, daß in den Eichen und Kiefern seiner Wälder größere Schiffe nur auf ihren Bau warteten. Zuweilen, wenn ein großes englisches Schiff vor seiner Werft in den Hafen eingefahren war, hatte er das schmerzliche Bedauern eines Künstlers empfunden: Ich könnte bessere bauen, wenn sie mir jemand abkaufen würde. Jetzt aber hatte er einen Kunden, einen Mann, zumindest so einsichtsvoll wie er selbst, und er brannte darauf, anzufangen. Er wollte es als friedliebender Quäker tun, der den Krieg verabscheute, und nie kam ihm der Gedanke, daß seine Zusammenarbeit mit Steed ihn Schritt für Schritt dazu bringen würde, seinen Überzeugungen untreu zu werden.

So begannen also diese zwei wohlgesonnenen Männer ihr Projekt in dem Glauben, ihre Untertanenpflichten dadurch nicht verletzten zu müssen. Noch hatten sie sich nicht über die Größe ihres Schoners geeinigt, aber am Ende des zweiten Tages beschlossen sie, die genauen Maße am nächsten Morgen festzulegen. Kurz nach Tagesanbruch jedoch kamen zwei Sklaven mit der aufregenden Neuigkeit zur Werft gesegelt, daß ein Handelsschiff aus London auf Devon angekommen sei und mit ihm Guy Fithian und seine Frau, die auf Inspektionsreise waren.

»Hat man sie willkommen geheißen?«

»Master Ishams Frau, sie ließ sie reinkommen.«

Simon Steed hatte nie geheiratet und war auch mit seinen dreiundvierzig Jahren nicht willens, es zu tun. Er kümmerte sich um das Geschäft, las anregende Bücher, die man ihm aus Paris schickte, und überließ es seinem jüngeren Bruder Isham und dessen Frau, dem gesellschaftlichen Leben der Steeds vorzustehen. Da Isham die Besucher freundlich empfangen hatte, war es nicht nötig, die aufregende Planung des großen Schoners zu unterbrechen. »Segelt zurück«, befahl er seinen Sklaven, »und richtet Fithian aus, ich würde noch vor Einbruch der Dunkelheit zu Hause sein.«

»Nein, Master. Er sagt, komm jetzt.« Einer der Sklaven reichte Steed ein kurzes Schreiben seines Bruders, wonach gewichtige Nachrichten aus London eingetroffen seien. Seine Anwesenheit sei unbedingt nötig.

»Wir haben zwei Stunden für die Arbeit von zwei Tagen«, wandte sich Steed an Paxmore. »Wie groß soll unser Schoner sein?«

Die zwei Männer, trotz des frischen Januartages in Hemdsärmeln, begannen die vorgesehenen Maße abzuschreiten. »Ich will ihn länger haben«, meinte Paxmore. »Ich glaube, wir müssen auf fünfundzwanzig Meter gehen und vielleicht noch ein paar Handbreit mehr.« Und er trieb zwei Pflöcke in den Boden, um diese beträchtliche Distanz abzustecken.

»Lieber länger als kürzer«, sagte Steed und versetzte die Pflöcke ein wenig.

»Nicht breiter als sechseinhalb Meter«, und Paxmore trieb weitere Pflöcke in den Boden. »Das gefällt mir«, sagte Steed. »So erhalten wir gerade genug Raum, um die Kanonen zu schwenken.«

Auf Fragen der militärischen Ausrüstung ging der Quäker nicht ein, aber während er in der Mitte des Grundrisses stand, sagte er: »Im Laderaum werden wir bis zu einer Tiefe von zweieinhalb Meter gehen müssen. Damit kannst du die seichten Gewässer der Bucht natürlich nicht befahren.«

»Wir bleiben im tiefen Wasser … und auf dem Meer. Macht den Boden so, wie Ihr wollt.«

»Ich schätze, er wird auf hundertsechzig Tonnen kommen.«

In den verbleibenden zwei Stunden gingen die beiden Männer noch einmal das ganze Projekt durch, und als sie überzeugt waren, trotz vieler einander widersprechender Wünsche einen vernünftigen Kompromiß gefunden zu haben, rief Paxmore einen seiner Neffen. »Die große Eiche, die wir uns aufgespart haben, leg sie auf Kiel, Martin!« Und noch bevor Steed die Werft verließ, hörte er befriedigt die ersten Schläge eines Breitbeils.

Auf der angenehm frischen Heimfahrt nach Devon überlegte er, welche Nachricht seinen Bruder wohl veranlaßt haben könnte, ihm ein so dringendes Schreiben zu schicken. Da sie von den Fithians kam, mußte sie ihren Ursprung in London haben. Und da der Krieg mit Frankreich zu Ende war, mußte es etwas mit den Kolonien zu tun haben. Etwas Politisches. Er runzelte die Stirn. War es vielleicht etwas Geschäftliches? Das Parlament wird jedenfalls nicht irgendwelche Gesetze verabschiedet haben, die sich nachteilig auf unseren Handel auswirken.

Er war überzeugt, daß London nicht so töricht sein würde: Der eine Stab, auf den der König sich stützen muß, das sind Männer wie Paxmore und ich. Nur wir können das Pack im Zaum halten. Und bei diesem Gedanken zuckte er zusammen, denn die Schaluppe segelte gerade am Turlock-Moor vorbei, und im Geist sah er den zornigen Radikalen im Gefängnis sitzen und auf Rache sinnen. Dieses Bild brachte ihn dazu, Ideen, die ihn schon seit einigen Monaten beschäftigten, nun zusammenzufassen: Die Gesellschaft muß ein Ausgleich sein zwischen den neuen, unerfahrenen Männern wie Turlock, die hergebrachte Formen zerstören wollen, und den alten, erfahrenen Männern wie Paxmore und mir, die dazu neigen, zu lange an Formen festzuhalten, die wir zu schützen versuchen.

Ein paar Minuten grübelte er darüber nach und begann dabei – wie immer, wenn er sich mit weitreichenden Begriffen wie Gesellschaft, Menschheit und Veränderung beschäftigte – in Französisch zu denken. Das war der fatale Krebsschaden in seinem Charakter: Alle äußeren Zeichen stempelten ihn zum englischen Gentleman, aber er war korrumpiert durch die französischen Bücher, die er gelesen hatte.

Montesquieu fesselte ihn. Einen ganzen Sommer lang hatte er sich mit der provozierenden Theorie des Franzosen kritisch auseinandergesetzt, wonach die Staatsgewalt in drei untereinander unabhängige Organe aufgeteilt werden sollte: in Legislative, Exekutive und Justiz. Nie war ihm in den Sinn gekommen, daß dies Regierungsfunktionen waren, aber unter Montesquieus geistvoller Führung erkannte er, daß es so war.

Doch sobald er zu dieser Überzeugung kam, verdrängte er die logischen Folgerungen, die sich daraus ergaben: Am ehesten erhält man dieses Gleichgewicht, indem man sich an das englische System hält. Ein gerechter König, ein starkes Parlament, weise Richter. Es war ein innerer Widerspruch: In allen sachbezogenen Bereichen war er Engländer; in seiner grundlegenden Einstellung zu den Werten des Lebens war er Franzose. Und nun dachte er praktisch: Es wäre tragisch, wenn unsere Kolonien sich jemals dazu verleiten ließen, von England abzufallen, und als das Boot am Steedschen Landungssteg anlegte, hastete er in großen Sprüngen den Weg hinauf, äußerst gespannt zu erfahren, welche Krise Guy Fithian bewogen hatte, den Atlantik zu überqueren.

Im Haus hatte man ihn kommen hören und eilte zur Tür, um ihn zu begrüßen. Zum erstenmal sah er Jane Fithian, um viele Jahre jünger als er selbst, fröhlich, blond und liebreizend am Arm ihres tüchtigen Gatten. So unwiderstehlich wirkte sie in ihrem hellblauen Kleid aus indischer Seide mit einem breiten spitzenbesetzten Gürtel, daß sie auf ihn zuzuschweben schien.

»Guten Tag«, sagte sie mit sanfter Stimme und streckte ihm ihre Hand entgegen. »Ich bin Jane Fithian.«

»Willkommen auf Devon, Mistress Fithian.«

»O nein!« lachte sie hell. »Ich bin seine Schwester, nicht seine Frau.«

Er errötete so tief, daß alle, selbst die Sklaven, merkten, wie sehr ihn dieses elfenhafte englische Mädchen beeindruckte. »Wozu habt ihr sie mitgebracht?« fragte er, sobald er mit Guy allein war, und Fithian erwiderte ohne jede Verlegenheit: »Weil es höchste Zeit ist, daß Ihr heiratet, Simon.« Diese Worte und die dahinterstehende Absicht waren so dreist, daß Steed abermals errötete und protestieren wollte. Fithian aber fuhr fort: »Der eigentliche Grund meines Kommens ist … eine sich anbahnende Katastrophe. Besser gesagt, zwei Katastrophen.« Und er begann, Steed die sich ständig verschlimmernde Lage zu schildern, die seine Überfahrt nötig gemacht hatte.

»Das Fallen der Tabakpreise hat zur Folge, daß viele der großen Plantagen, mit denen wir in Geschäftsverbindung stehen … nun, sie sind bankrott. Und wenn wir ihnen Kreditverlängerung gewähren, sind wir es auch.«

»Wir sind solide«, sagte Steed abwehrend.

»Wollte Gott, alle amerikanischen Plantagen wären so gesund wie die Eure. Ihr und Isham, ihr versteht das Geschäft!« Er schüttelte bekümmert den Kopf.

»Wärt Ihr unter Umständen interessiert, den Besitz der Janneys zu übernehmen – die große Plantage am Rappahannock?«

»Nein!« antwortete Steed, ohne einen Augenblick zu zögern.

»Seid ihr nicht irgendwie verwandt?«

»Entfernt. Aber wir sind nicht interessiert. Seid Ihr deswegen gekommen?«

»Die Janney-Plantage ist nur eine von vielen. Seid ihr Euch darüber im klaren, daß Kommissionäre wie wir den größten Teil Virginias in Besitz haben? Ich vertrete ein Konsortium. Sechs Londoner Kommissionäre und wir sollen amerikanische Schulden in Millionenhöhe schlucken. Ihr nennt diese Gebiete Virginia und Maryland; sie könnten ebensogut Fithian und Goodenough heißen.« Heftig erregt lief er im Zimmer umher und schüttelte immer wieder den Kopf. »Uns gehören diese verdammten Plantagen, und wir wollen sie gar nicht. Kommt doch wenigstens mit, Simon, und laßt uns sehen, was wir mit dem Land der Janneys anfangen könnten. Das seid Ihr mir schuldig.«

Wieder hielt Steed ihm entgegen, daß es für einen Mann vom Ostufer reiner Wahnwitz wäre, mit einer Plantage in Virginia zu kokettieren, aber Fithian schnitt ihm das Wort ab. »Ob es Euch nun gefällt oder nicht, Simon, wir alle sind in Wahnwitz verstrickt.« Und der Ernst, mit dem der vertraute alte Freund diese Worte sprach, zwang Steed, ihm zuzuhören.

»Ihr fühlt Euch sicher, weil Ihr Eure Plantage und Eure Lager gut verwaltet. Nun, die Regierung in London scheint entschlossen, Euch das Geschäft kaputtzumachen. Euch genauso wie den faulen Janneys.«

»Wieso denn das?«

»Tee. Sie werden Euch mit Tee die Gurgel abschneiden. Und wenn sie damit durchkommen, auch mit allem anderen.«

»Wieso Tee?«

»Weil die East India Company …«

»Ich weiß. Ich weiß. Eine der am schlechtesten geführten Gesellschaften der Welt. Aber sie hat eben dieses Regierungsmonopol.«

»Und wird es ausüben, und zwar folgendermaßen: Wenn Ihr amerikanischen Händler in London Tee kaufen wollt, werdet Ihr eine hohe Steuer zahlen müssen. Die India Company nicht. Ihr werdet nicht konkurrenzfähig sein. Die Company wird den Tee auf Euren Docks ausschiffen und Euch unterbieten.«

Als ihm die Kniffligkeit und das Unrecht dieses Plans klar war, ließ Steed sich in seinem Sitz zurückfallen und schlug sich die Hände an die Stirn: »Mir scheint, das Parlament legt es darauf an, gerade die Leute in den Kolonien zu ruinieren, auf die England sich stützen muß«, sagte er und zählte sichtlich verbittert all die Erlasse und Verfügungen auf, die sich gegen die Kaufleute in Maryland richteten: die Handelsrestriktionen, die ungerechtfertigten Steuern, die Vorteile, die Londoner Monopolfirmen auf Kosten der kolonialen Geschäftsleute gewährt wurden, die absurden Schiffahrtsgesetze, die anmaßenden Steuereinnehmer.

»Habt Ihr vor, Eure Freunde zu vernichten?« stieß er hervor.

»Ich fürchte, ja«, antwortete Fithian mit gesenkter Stimme, und damit beendeten sie ihr Gespräch über kaufmännische Angelegenheiten, bei denen ihnen beiden schwere Verluste drohten, und wandten sich Fragen zu, die ihr Herz bewegte. »Jetzt gleich, Simon, noch vor dem Sommer, sollte England lächelnd mit gutem Willen zu den Kolonien sagen: ›Geht eurer Wege, Kinder. Werdet stark, damit später einmal eure Freigebigkeit uns zugute kommt.‹«

Steed wußte nichts zu erwidern. Der Gedanke war so radikal, so gegensätzlich zu seinen eigenen Ansichten, daß er ihn kaum verkraften konnte. »Wenn wir das tun«, fuhr Fithian fort, »binden wir Euch für immer an uns. Ihr werdet mit einer Bank in London arbeiten, dort Eure Waren kaufen und Eure Söhne nach Oxford schicken. Glaubt mir, eine solche Union könnte zu einer mächtigen Kraft in der Welt werden.«

»Gibt es viele, die so denken wie Ihr?« fragte Steed.

»Es würde Euch weh tun, diese Idioten zu hören. Sie können sich keine Zukunft vorstellen, die anders ist als die Vergangenheit. Ich trete für die Zukunft des atlantischen Handels ein, und sie verschließen ihre Ohren. Dieser Burke spricht über Verfassungsfragen, und auch auf ihn hören sie nicht.«

»Sind keine Konzessionen möglich?«

»Alle wären möglich, wenn man es mit vernünftigen Leuten zu tun hätte. Ja, wir werden Konzessionen machen – unerhebliche. Aber wesentliche, die die Welt verändern könnten? Unmöglich.«

»Also wird man uns Pflanzer immer weiter zurückdrängen?«

»Ja. Weil ihr im Blickfeld steht.«

»Es wäre erschreckend falsch, wenn das Parlament weiterhin mit uns Kaufleuten Schindluder treiben wollte. Aus uns spricht die Stimme der Vernunft. Wir sind loyal bis zum letzten Mann. Ich liebe England, aber wir werden uns nicht ewig mißbrauchen lassen.«

Und so ging die Debatte weiter, der Engländer trat für Trennung ein, der Kolonist betonte immer aufs neue seine Untertanentreue. Zu Ende ging es damit, daß Fithian unvermittelt sagte: »Genug davon. Ihr müßt Janneys Plantage mit mir besuchen.«

»Ich habe Euch gewarnt. Ich will von der Plantage nichts wissen.«

»Aber in Eurem eigenen Interesse, Ihr müßt das Problem begreifen. Im übrigen möchte ich Jane die Küste von Virginia zeigen.«

»Kommt sie denn mit?«

»Selbstverständlich. Ich möchte, daß sie Euch kennenlernt. Ich möchte, daß sie Euch heiratet.«

»Ihr schockiert mich.«

»Sie ist meine kleine Schwester. Ein wunderbares Mädchen und mir unendlich teuer. Und unser Leben ist seit so vielen Generationen mit den Kolonien verbunden, daß ich dachte, es sei an der Zeit, die Bande enger zu knüpfen.«

»Ich bin Katholik.«

»Wir haben schon genug Protestanten in der Familie. Wir alle brauchen frisches Blut, frische Ideen – und Ihr braucht eine Frau.« Steed wollte protestieren, aber Fithian ließ ihn nicht zu Wort kommen. »Ich sitze in London, lese Briefe aus aller Welt, und mit der Zeit mache ich mir ein Bild von den Schreibern. Und das Bild, das ich von Euch habe, Simon, ist das eines phlegmatischen, rechtschaffenen, langweiligen Rechners. Was in der Welt geschieht, bewegt Euch zuweilen, aber Euer Herz bleibt kalt. Versäumt nicht Euer Leben, indem Ihr es nur aus der Ferne betrachtet.«

Die Fahrt zum Rappahannock war ein friedliches winterliches Idyll: In dichten Scharen flogen die Wildgänse über die Köpfe der Reisenden dahin, und der Himmel glänzte in sanftem Grau. Hin und wieder begegnete ihnen, die neun Segel kaum gefüllt, ein Schiff, das nach Baltimore unterwegs war, und nach einer kleinen Weile wieder im feinen Dunst verschwand. Die Luft war frisch, und Jane Fithians Wangen schimmerten in heller englischer Röte. »Sicher sehe ich aus wie eine Kuhmagd«, entschuldigte sie sich.

Sie war ein geistreiches Mädchen und sehr wohl imstande, an den gelehrten Gesprächen teilzunehmen, die ihr Bruder führte. »Ich finde, der König sollte zwei Armeen in die Kolonien entsenden; die eine sollte von New York nach Süden und die andere von New York nach Norden marschieren. Dann würden wir ja sehen, was diese dickköpfigen Rebellen ausrichten können.« Sie sagte solche Dinge, um Simon, der einundzwanzig Jahre älter war als sie, zu necken, aber es gelang ihr nicht.

»Eure Armeen, meine liebe Miss Fithian, würden nie bis Boston oder Philadelphia vordringen. Wir sind keine Kinder.«

»Barbaren seid Ihr, jawohl, das seid Ihr, und wenn wir unsere Schiffe auch nur sechs Monate zurückhielten ... ihr würdet zugrunde gehen ... aus Mangel an Lebensmitteln ... und Ideen.«

»Aber auch Fithian würde zugrunde gehen ... aus Mangel an Geld.«

»Ja, wir wären allesamt Dummköpfe, wenn wir so töricht handelten«, gab sie zu, »und ich bin sicher, wir werden das nicht tun.«

Doch als sie zur Janneyschen Plantage kamen und Jane sah, in welch traurigem Zustand sie sich befand, war sie erschüttert. »Was sind das doch für

Versager! Oh, Guy, wenn wir doch ein oder zwei Jahre hierbleiben und alles in Ordnung bringen könnten!« Ihr Bruder gab zu bedenken, daß die Schuld nicht allein bei diesen Pechvögeln lag, sondern auch bei den Politikern in London. »Und mir selbst kann ich den Vorwurf nicht ersparen, ihnen Kredit gewährt zu haben.«

Nur Steed ließ der rasche Niedergang der Janneys ungerührt. »Sie waren immer schon unfähig, und jetzt hat sie das Schicksal in Form von zehnprozentigen Zinsen überrollt.«

Er vertrat die Meinung, die Fithians sollten pfänden, den ganzen großen Besitz übernehmen und billig an fähigere Leute verkaufen.

»Das können wir nicht«, widersprach der Engländer, »denn wenn wir die Janneys in den Konkurs treiben, müßten wir das gleiche auch noch in mindestens neunzehn anderen Fällen tun. Das Resultat? Panik in Virginia. Und die Fithians mit mehr Plantagen am Hals, als sie überwachen könnten.«

»Was werdet Ihr tun?« fragte Steed.

Guy Fithian, ideeller und gesetzlicher Vertreter vieler englischer Geschäftsleute, ließ den Kopf sinken, kratzte sich am Kinn und sagte: »Beten. Das werden wir tun, beten.«

»Wofür?«

»Nun, zuerst habe ich gebetet, ich könnte jemanden wie Euch finden, der die Plantage der Janneys verwalten würde. Und die neunzehn anderen. Um uns über die Zeit hinwegzuhelfen, bis der Krieg beginnt.« Das Wort Krieg ließ Simon zusammenzucken. »Und dann möchte ich darum beten, daß die freien Kolonien nach dem Krieg ihre Schulden bezahlen.«

»Redet nicht, als ob der Krieg unvermeidlich wäre«, protestierte Steed.

»Er ist unvermeidlich«, sagte Fithian.

Nachdem sie eine Anzahl von Plantagen besucht hatten, die dahintaumelten, am Rande von Abgründen, die die Eigentümer selbst kaum verstanden, fragte Jane ihren Bruder: »Können wir denn gar nichts tun?«

»Wie gesagt, wir können beten.«

»Dann wird es also wirklich Krieg geben?«

»Ich fürchte, ja«, antwortete ihr Bruder.

Die Besuche auf den großen Plantagen waren traumhafte Erlebnisse: Langsam segelte die Schaluppe die Flüsse hinauf; am Ufer warteten Sklaven, um die Leinen aufzufangen. Vor den Besuchern erstreckte sich ein gepflegter Rasen, seitwärts befanden sich die Hütten der Sklaven, und in der Mitte erhob sich das verschuldete Herrenhaus, manchmal mit Säulen, die in der winterlichen Sonne schimmerten. Der Empfang war gleichermaßen großzügig, mit ausgezeichneten Getränken und lässigem Geplauder über London, doch in Gegenwart dieses Kommissionärs, dem praktisch schon alles gehörte, zeigte sich eine stumme Angst in den Augen der verschuldeten Eigentümer.

Guy Fithian war kein Zerstörer; er wollte vielmehr sehen, ob sich eine Herrschaft des Verstandes errichten ließ, um die scheinbaren Eigentümer ebenso wie sich selbst zu retten, aber es fehlte an vernünftigen Plänen. »Die Sklaven müssen ernährt werden, Mister Fithian. Der Tabak wird sich sicher erholen. Von Mais oder Weizenanbau verstehen wir ja nichts. Es war die Rede davon, Apfelbäume zu pflanzen, aber nur für Apfelwein. Und mit jedem Monat scheinen die Schulden zu wachsen.«

Und doch waren es gerade diese braven, von London so schändlich behandelten Leute, die mit größter Begeisterung für England und den König eintraten. »Hier wird es nie eine Rebellion geben. In Richmond und Williamsburg redet man dummes Zeug. Jefferson ist unverläßlich und Patrick Henry ein geborener Unruhestifter, der nicht ernst zu nehmen ist. Nein, Sir, Virginia steht fest zum König.«

»Ich persönlich wäre da etwas vorsichtiger«, sagte Fithian zu Steed, als sie die Rückfahrt nach Devon antraten. Steed aber antwortete nicht, und Fithian wechselte abrupt das Thema: »Und was ist mit Jane?«

»In diesen unsicheren Zeiten …«

»… muß man seine persönlichen Angelegenheiten in Ordnung bringen. Habt Ihr die Absicht, sie zu heiraten?«

»Du lieber Himmel!«

»Seit sechs Wochen besuchen wir Leute, die zu keiner Entscheidung fähig sind. Wollt Ihr auf Eure alten Tage auch dazugehören?«

Vom Alter zu sprechen war ungeschickt; damit gab er Simon eine Ausrede.

»Schließlich bin ich dreiundvierzig, und sie ist erst zweiundzwanzig. Ich bin alt genug, um …«

»Eine gute Ausrede«, konterte Guy. »Und es gibt noch ein Dutzend andere, und keine ist stichhaltig.«

»Wieso denn nicht?« entgegnete Simon verdrießlich; er ließ sich nicht gern lächerlich machen.

»Weil wir in einer Zeit der Spannungen leben, in einer Zeit der Unsicherheit, in der kluge Leute grundlegende Entscheidungen treffen – wie etwa die, sich zu verehelichen.«

»Ich werde auf der Heimfahrt darüber nachdenken«, sagte Steed, und als weit vorne im Osten die Insel im Nebel des Flusses sichtbar wurde, rief Guy ihn in einen Winkel der Schaluppe und fragte: »Wie habt Ihr Euch entschieden?« Zögernd antwortete Steed: »Warum eigentlich nicht?« Und Guy rief. »Jane, komm her!« Rotwangig und heiter trat sie zu den zwei Männern, und der Bruder sagte: »Simon möchte dich heiraten.« Sie küßte Steed, stieß ihn in die Rippen und meinte: »Du hättest nicht um meine Hand anhalten brauchen. Nach der Rückkehr auf die Insel hätte ich dir einen Antrag gemacht.«

Steed war froh, eine so wichtige Entscheidung so schmerzlos getroffen zu haben; er hatte Jane während der Fahrt zu den Plantagen in Virginia lieben gelernt. Sie war eine reizende, verführerische junge Frau mit einem scharfen Verstand und lebhaftem Interesse an den Geschäften der Fithians. Er war sicher, daß sie einen jüngeren Mann hätte heiraten können – in Virginia schienen schon einige ihr Augenmerk auf sie gerichtet zu haben –, und es schmeichelte ihm, daß sie ihm den Vorzug gegeben hatte. »Du hättest jede dieser Plantagen in Ordnung bringen können«, sagte er zu ihr, als sie zusammen den Weg vom Landungssteg zum Haus hinaufgingen. »Ich möchte, daß du diese hier verwaltest.« Aber aus einem tiefen Anstandsgefühl heraus erwiderte sie: »Ich bin nicht gekommen, um zu verwalten. Ich bin gekommen, um zu lieben.«

Abgesehen von solchen praktischen, ihrem Wesen nach englischen Erwägungen, fühlte sich Steed auch sexuell zu Jane hingezogen, und es war ihm weder peinlich noch widerstrebte es ihm, seinem Verlangen Ausdruck zu geben – eine Tatsache, die er seinem französischen Erbe zuschrieb. Jane erschien ihm zunehmend begehrenswerter, wenn sie zu Bett gingen in dem großen quadratischen Raum, den einst Rosalind Janney Steed in bitterer Einsamkeit bewohnt hatte. »Du dachtest schon, dein Leben sei zu Ende, nicht wahr, Simon?« fragte sie ihn eines Nachts, während die Flammen im Kamin niederbrannten. »Aber es fängt erst richtig an«, sagte sie und lachte.

Während Simon Steed in Virginia seine zurückhaltende Werbung betrieben hatte, wütete Teach Turlock im Kerker und führte aufrührerische Reden mit seinen Mitgefangenen. »Vielleicht müssen wir einfach diesen fetten Herrn aus Maryland verjagen. Er stiehlt uns das Land.« Er gab zu verstehen, daß er auch die Richter für Diebe hielt, und wann immer die Sprache auf einen Engländer kam, den König nicht ausgenommen, gebrauchte er harte Worte.

Einige seiner Mitgefangenen erkannten, wohin seine Gedanken führten; sie versuchten, ihn zu beschwichtigen und ihm seine Maßlosigkeit auszureden, aber er wies sie ab. »Die Zeit kommt …« sagte er, und wenn er erst wieder aus dem Gefängnis heraus wäre, sollten sich die Engländer bloß in acht nehmen.

Der Gefängniswärter bekam seine unnachgiebige Einstellung zu spüren, als die Urkunden kamen, die Turlock unterzeichnen sollte; achtzig Morgen Land sollte er damit an den Pfarrherrn von Wrentham abtreten. Teach weigerte sich: »Kein Pfarrherr bekommt mein Land.«

»Aber das Gericht verlangt, daß ihr unterschreibt«, sagte der Gefängniswärter geduldig, und der Schriftführer nickte.

»Zum Teufel mit dem Gericht!«

Die zwei Beamten rangen nach Luft, denn in Patamoke gebrauchte man nicht solche Worte. Das Gesetz war in diesen Dingen sehr präzise: Gefängnis für jeden, der sich despektierlich über ein Gericht äußerte; im Wiederholungsfall war ihm mit einem glühenden Eisen ein Brandzeichen in die Zunge einzubrennen; beim dritten Mal wurde er gehängt.

»Sagt den Richtern nichts davon«, bat der Gefängniswärter, als er mit dem Schreiber allein war. »Er ist ein Wahnsinniger, der sein Land liebt.«

Aber natürlich mußte dem Richter mitgeteilt werden, daß Turlock sich weigerte zu unterschreiben, und sie wurden ärgerlich. Zwei kamen ins Gefängnis, um ihn auf die Gefahren hinzuweisen, denen er sich damit aussetzte. Er aber saß nur schmutzig und mit grimmig zusammengepreßten Lippen da, die Hände unter dem Hintern, um ja nicht in Versuchung zu geraten, nach dem Federkiel zu greifen. »Wir können Eure Strafe verlängern. Oder Euch Eure Schaluppe wegnehmen«, warnten sie ihn.

Er aber blieb halsstarrig, und weder gutes Zureden noch Drohungen konnten ihn dazu bewegen, den Federkiel zur Hand zu nehmen. Die Richter zogen sich zurück, bald darauf aber wurde ihm mitgeteilt, daß man seine Strafe verdoppelt habe; er müsse bis April im Gefängnis bleiben.

Er lachte: über die Richter, über den Pfarrherrn und über sich selbst. Er begriff, daß alles furchtbar schief gelaufen war und daß er nicht viel dagegen tun konnte. Zu diesem Zeitpunkt hätte man ihn noch von einer Rebellion zurückhalten können: Eine einzige versöhnliche Geste hätte ihn besänftigt. Statt dessen besuchte ihn seine Frau im Gefängnis und brachte die Nachricht, daß die Landvermesser die achtzig Morgen abgesteckt hatten. »Nicht das Sumpfland. Das beste Land. Mit den großen Bäumen.«

Überraschenderweise bekam er keinen Wutanfall und wurde auch nicht beleidigend. Nachdem seine Frau gegangen war, saß er wie betäubt auf seinem Stuhl, innerlich aber kochte er, und einer der Gefangenen meinte: »Wenn sie ihm sein Land wegnehmen, reißen sie ihm seine Eingeweide heraus.« Als zwei Richter, begleitet vom Konstabler, mit den Dokumenten erschienen, die er unterschreiben sollte, ließ er es zu, daß sie ihn fesselten, seinen rechten Arm festhielten und seine Finger zwangen, die Kreuze hinzumalen, die ihm sein Land nahmen. Doch als die Richter später noch einmal durchsprachen, was an diesem Tag in der Zelle geschehen war, erinnerten sie sich, daß Turlock während der erzwungenen Unterschriftleistung die zwei Papiere mit animalischer Verbissenheit betrachtet hatte.

»Er konnte es nicht lesen, aber er hat sich genau eingeprägt, wie die Papiere aussehen.«

Am sechsten April 1773 ließ man ihn laufen, und am siebenten April wurde das Pfarrhaus zu Wrentham durchstöbert – nicht geplündert. Der fette Priester konnte anfangs nicht angeben, was man ihm gestohlen hatte, denn von seinen Kerzenleuchtern und seinem Silbergeschirr fehlte nichts. Erst mehrere Tage später entdeckte er, daß die Abtretungsurkunde über die achtzig Morgen Sumpfland verschwunden war. Er rief seine Sklaven zusammen und ließ sich in aller Eile nach Patamoke bringen. Prustend und schnaufend informierte er die Richter, daß die Urkunde gestohlen worden war, und als die Richter ihn beruhigten – »wir werden den Schreiber beauftragen, Euch eine Abschrift anzufertigen« –, stellte sich heraus, daß auch das Original fehlte.

»Es war Turlock«, erinnerte sich der Schreiber. »Am Tage nach seiner Entlassung war er hier. Er wollte die Urkunde sehen, die er unterschrieben hatte.«

»Ihr wißt doch, daß er nicht lesen kann.«

»Das hatte ich vergessen. Ich wurde weggerufen …« Er verstummte, während er versuchte, sich diesen Tag in Erinnerung zu rufen, und plötzlich begriff er, wie man ihn überlistet hatte. »Es war Mistress Turlock! Sie kam zur anderen Tür herein. Sie fragte, ob ihr Mann hier sei.«

»Und Ihr habt nicht nachgesehen, ob er die Urkunde wieder zurückgelegt hat?«

»Wer stiehlt schon Urkunden!«

Genau das hatte Turlock offenbar getan, und so ließen die Richter Duplikate anfertigen. Doch als sich der Konstabler ins Sumpfland begab, um Turlock mitzuteilen, daß das Gericht ihn wegen des Diebstahls dazu verurteilt hatte, weitere zwanzig Morgen an den Pfarrherrn abzutreten, geriet Turlock in solchen Zorn, daß jeder Versuch scheiterte, ihn zum Unterschreiben der neuen Papiere zu bewegen. »Ich hatte Glück, daß ich mit dem nackten Leben davonkam«, berichtete der Beamte, und so blieb dem Richter nichts anderes übrig, als die Übertragungsurkunden selbst zu unterzeichnen. Turlock wurde um einen weiteren Teil seines Landes betrogen.

Voller Zorn zog er sich auf seine Schaluppe zurück, die das Ende ihrer Tage erreicht zu haben schien: Ihr Kielbalken krümmte sich nach oben, die Bodenplanken waren von Würmern durchlöchert, die Segel zerfetzt, aber Turlock hatte gelernt, das Schiff außerordentlich geschickt zu steuern. Er hatte sogar Rum aus Barbados und Salz aus Sal Tortuga mit ihr geschmuggelt. Die Schaluppe konnte zehn Mann Besatzung aufnehmen, aber es waren oft nur zwei an Bord, denn Turlock besaß die Gabe, tagelang wach oder fast wach zu bleiben und so das alte Wrack über Wasser zu halten. Jetzt hatte er achtzehn Mann bei sich, denn er hatte weit mehr im Sinn als eine

Schmuggelfahrt nach Barbados. In der Nacht stahl er sich aus dem Moor, an Devon vorbei, in das offene Gewässer der Bucht, wo er einige Zeit zu bleiben gedachte.

Ein Seefahrzeug von ganz anderer Art hatte die gleiche Absicht. Leutnant Copperdam von der königlich britischen Marine hatte einige Monate lang die Küste von Massachusetts beherrscht und mehrere amerikanische Schiffe bei dem Versuch überrascht, den Zoll zu umgehen. Es war seine Gewohnheit, das Fahrzeug zu entern, die Schmuggelware zu konfiszieren und die Matrosen in Ketten nach London zu schicken. Dieses willkürliche Vorgehen hatte die Bürger von Massachusetts so erzürnt, daß Copperdam sich entschlossen hatte, sein Glück in der Chesapeake Bay zu erproben.

Das erste Fahrzeug, das seinen Weg kreuzte, war eine ramponierte Schaluppe mit nach oben gekrümmtem Kielbalken, die sich nur mühsam vorwärts bewegte und allem Anschein nach Schmuggelware an Bord hatte. Zuerst wollte Copperdam sie vorbeilassen, denn so wie der Kahn aussah, konnte da nicht viel zu holen sein, doch weil sich sonst nichts am Horizont zeigte, machte er sich heran, um einen leichten Fang zu tun.

Doch als er sich dem treibenden Wrack näherte, öffneten sich plötzlich die Pforten und sechs Kanonen blitzten auf. Sie feuerten nicht, und Copperdam sah zu seiner Überraschung, daß der Feind die Absicht hatte, zu entern und Mann gegen Mann zu kämpfen. Zu spät versuchte er, sich zu entfernen, lief dabei auf Grund, worauf die flach gebaute Schaluppe sich näherte und ihre Männer an Bord kamen.

Und nun geschah ein Wunder! Statt das englische Schiff aufzubringen und die Besatzung gefangenzunehmen, beschränkten sich die Eindringlinge darauf, alles Wertvolle zu plündern; dann segelte die Schaluppe lärmend und ausgelassen in den Atlantik hinaus. Leutnant Copperdam berichtete den englischen Behörden in New York über sein demütigendes Erlebnis:

»Es war, als wollte man mit bloßen Händen gegen ein Stachelschwein kämpfen. Es hieß, sie hätten nur achtzehn Mann Besatzung an Bord, aber mir kam es vor, als wären es achthundert.« Nach dem Kapitän befragt, lautete seine Auskunft: »Bärtig, barfuß und hat nicht den Mund aufgemacht.«

Noch während seines Berichts kam ein anderes englisches Schiff mit einer ähnlichen Geschichte nach New York. »Eine schwarze Schaluppe. Sie schien zu sinken und rief uns. Dann räumten sie uns aus und segelten davon.«

»War der Kapitän barfuß? Trug er einen starken Bart?«

»Jawohl.«

Als sich diese Beschreibung in der Bucht herumsprach, begriffen kluge Seeleute, daß Teach Turlock den Engländern einen Privatkrieg erklärt hatte, und sie fragten sich, wie schnell sich dieser Krieg ausweiten würde. Die Vorstellung von einem offenen Bruch mit England erschreckte die Pflanzer. »Was hat dieser verdammte Narr da angestellt?« murrten sie. »Hat sich seinen eigenen Kaper-brief ausgestellt. Hängen sollte man den Kerl!« In einer dunklen Nacht aber kam die schwarze Schaluppe den Choptank heraufgekrochen, und noch vor Tagesanbruch hatten die dort ansässigen Schiffer die Beute ausgeladen, die Masten gestutzt und den Kahn im Sumpf versteckt. Turlock war ihr Held und Anführer.

Das Jahr 1773 ging zu Ende, und Levin Paxmore arbeitete vierzehn und fünfzehn Stunden am Tag. Schon war der Heckspiegel des Schoners ge-schnitzt und mit der Aufschrift »Whisper« versehen, schon war das Kiel-schwein am Kiel befestigt. Die zwei großen Masten hatten ihre endgültige Form erhalten – vom quadratischen Querschnitt über einen achteckigen zum runden, und die Mastspuren, in welchen sie sitzen sollten, waren ge-zimmert. Nur mit der Beplankung war Paxmore stark in Verzug. Das hatte seinen guten Grund: Es kostete viel Zeit und war nicht leicht, Kiefernbretter in der richtigen Stärke zu schneiden, sie dem eigenwilligen Fluß der Sil-houette des Schoners einzufügen oder eine Backbordplanke einer bereits für Steuerbord geschnittenen anzupassen. Die tägliche Arbeitsleistung der Säger hatte ihre Grenzen, und für ein Schiff dieser Größe brauchte man etwa sechsmal soviel Holz wie für die kleinen Schiffe, die Paxmore bisher gebaut hatte.

Und dennoch, die Nachrichten, die Patamoke erreichten, bestärkten Steed in seiner ursprünglichen Überzeugung, daß die Sache eilte. »Die Vorzeichen sind sehr bedenklich«, vertraute Paxmore seiner Gattin an. »Gestern kam ein englisches Kriegsschiff bis nach Patamoke herauf. Sie wollten wissen, ob es eines von unseren Schiffen war, das Leutnant Copperdam angegriffen hat. Sie wollten wissen, wozu ich die »Whisper« baue. Ununterbrochen machten sie sich Notizen.«

»Was glaubst du, was geschehen wird?« fragte Ellen.

»Mein Kopf ist leer. Ich arbeite den ganzen Tag. Nur eines weiß ich mit Sicherheit. Wenn ich mit dem da fertig bin, wird schon das nächste gebraucht werden.« Und nach kurzem Zögern fügte er hinzu: »Ich habe meine Leute in den Wald geschickt. Sie haben noch drei Kiele und sechs Masten ge-schnitten.«

»Rechnest du mit Krieg?«

»Ich rechne mit Aufruhr«, antwortete Paxmore, nachdem er sich vergewissert hatte, daß keines der Kinder zuhörte.

»Warum werden dann so viele Schiffe gebraucht?«

»Ich weiß es nicht. Aber in Zeiten der Verwirrung ...«

»Levin, gerade in solchen Zeiten läßt der Herr oft Gutes geschehen.«

»Nein!« rief er, sprang von seinem Stuhl und ging gestikulierend in der Küche umher, so als wollte er Ellen daran hindern, das, was sie zu sagen im Begriff war, auch auszusprechen. »Ich kann mich heute abend nicht mit deiner Besorgnis abgeben.«

»Levin, jetzt ist es soweit. Gott bringt uns schwere Zeiten, auf daß wir Zeugnis für ihn ablegen.«

Sie sprach mit solch gutherziger Festigkeit und Logik, daß er sich in sein Schicksal ergab. »Also, was willst du?«

»In der Versammlung in Patamoke im vorigen Jahr fehlten nur dreizehn Stimmen, und der Antrag wäre durchgegangen. Bei der Jahresversammlung in Baltimore waren es weniger als hundert. Gott hat uns die Verpflichtung auferlegt, die Sache zu Ende zu bringen.«

»Ich werde keinen Antrag stellen.«

»Ich habe ihn schon dreimal gestellt, Levin. Die Leute erwarten es von mir. Aber wenn diesmal auch du aufstehst, wäre das eine frische ... eine neue Stimme ... deine Unterstützung allein würde die Hälfte der Gegner überzeugen.«

»Ellen, ich bin zu müde. Ich arbeite den ganzen Tag auf der Werft und die ganze Nacht an meinen Plänen. Diese Diskussionen mit dir machen mich krank.«

»Aber Levin, die Zeit ist da. Die große Trommel mahnt zum Aufbruch, und wir müssen in den Kampf ziehen ...«

»Du klingst sehr militaristisch.«

Sie ging nicht darauf ein und fuhr fort. »Als Ruth Brinton von Edward Paxmore verlangte, er müsse seine Sklaven entlassen, protestierte er und meinte, damit würde er sein Geschäft ruinieren. Das Gegenteil war der Fall.

Als Thomas Slavin seine Sklaven freiließ, sagten ihm seine Nachbarn voraus, er würde bankrott gehen. Jetzt hat er seinen Grundbesitz verdoppelt.«

»Ich kann niemandem Vorschriften machen.«

»Aber genau darum geht es doch«, gab Ellen mit tiefer Überzeugung zurück. »Ich lege nicht Zeugnis ab, um meine Nachbarn zu beschämen. Ich lege Zeugnis ab, weil Gott mir diesen Weg weist. Für einen Quäker ist es Unrecht, Sklaven zu halten. Es ist Unrecht, Neger in Unwissenheit leben zu lassen. Es ist Unrecht, Familien zu trennen. Es ist Unrecht, menschliche Wesen zu kaufen und zu verkaufen. Und wenn du dich weigerst, dich dieser Bewegung anzuschließen, billigst du das Unrecht.«

»Ich werde nicht deine Arbeit in der Versammlung tun«, erklärte er, und als Ellen nicht aufhörte, ihm zuzusetzen, stolperte er aus dem Haus und suchte Zuflucht auf der Werft, wo er sich mit Problemen auseinandersetzen konnte, für die es bestimmte Lösungen gab. Dort blieb er mehrere Stunden und betrachtete mit Wohlgefallen den massiven Schoner, der seine endgültige Form annahm. Er sah ihn aus dem Schatten aufragen und stellte sich vor, wie er mit aufrechten Masten im Wasser lag. Wenn Geschwindigkeit das wichtigste war, überlegte er, dann müßte man sich von der starren Konvention lösen, einen Schoner mit großen dreieckigen Schratsegeln auszurüsten, und sie durch eine besser durchdachte Anordnung ersetzen: die Schratsegel so anschlagen, daß auch noch auf jedem Topp ein Paar Rahsegel angebracht werden konnten, und dazu ein zweites Vorsegel. Mit dieser Kombination … Mit einem Holzpflock skizzierte er eine solche Takelage auf den Erdboden, und sie sah gut aus, aber erst als er sich vorstellte, er selbst sei im Innern dieses Schoners, begriff er, wo die Grenzen lagen.

So justierte er dann seine Geistersegel und versetzte sie auf unsichtbare Spieren: Dieser Schoner soll bei jedem Wind manövrierfähig sein, und da gibt es nichts Besseres als Rahsegel. Aber ich will auch hart am Wind segeln, dafür brauche ich größere Schratsegel. Er grübelte und grübelte, stellte theoretische Überlegungen über die einzelnen Eigenschaften der Segel an, aber je länger er überlegte, desto schwerer lag ihm die Sache im Magen. Dieses Problem bedrückte ihn so sehr, daß er schließlich am ganzen Körper zitterte.

»Ich will nicht Zeugnis ablegen in der Versammlung!« rief er plötzlich laut aus, doch noch während er diese ausweichenden Worte hervorstieß, mußte er sich eingestehen, daß es nicht Ellens Betrübnis über die Sklaven war, die seiner moralischen Verwirrung zugrunde lag. Diese entsprang sonderbarerweise seinen Spekulationen über die Takelage – eine Unruhe des Gemütes, wie sie nur einen Quäker plagen konnte. Geschwindigkeit und Manövrierfähigkeit! Kein Reeder würde beides verlangen, wenn er bloß Waren aus London importierte. Beide Eigenschaften gleichzeitig brauchte man nur dann, wenn man das Fahrzeug in einem Krieg einsetzen wollte. Was ich baue, ist ein Kriegsschiff!

Von dieser Erkenntnis überwältigt, sank er auf die Knie, faltete die Hände und begann zu beten: »Ich baue keine Kriegsschiffe. Ich baue keine Geschützpforten. Allmächtiger Gott, ich bin ein armer Mann, der nur versucht, nach Deinen Geboten mit seinen Nachbarn in Frieden zu leben. Entfalte Deine ganze Macht, uns diesen Frieden zu bewahren.« Er betete lange Zeit und flehte um Erleuchtung, was er mit diesem Schoner tun solle und mit den drei anderen, die diesem folgen sollten. Er wollte nicht für den Krieg bauen, und doch, alle Verbesserungen, die er schon für die »Whisper« entwickelt hatte, machten sie kriegstüchtiger.

Er lag noch auf den Knien, als sich die Tür des großen Schuppens öffnete und ein Mann mit einem Arm voller Werkzeuge eintrat. Wäre er in die andere Richtung gegangen, hätte Paxmore ihn des Diebstahls verdächtigt, aber offenbar brachte er die Werkzeuge zurück – und das war erstaunlich. Zu seiner Überraschung erkannte Paxmore in dem Mann Gideon Hull, einen seiner besten Arbeiter und einen Quäker, der sein Vertrauen verdiente. »Was machst du da, Gideon?« fragte er mit ruhiger Stimme.

Der Arbeiter ließ die Werkzeuge fallen, drehte sich erschrocken um und sah Paxmore auf den Knien. Keiner sprach, und Paxmore fing an, die Werkzeuge aufzuheben. »Wofür hast du sie gebraucht, Gideon?«

»Ich habe sie zurückgebracht.«

»Ich hätte sie dir geliehen, wenn du mich darum gebeten hättest.«

»Sie waren nicht für mich, Levin.«

»Für wen denn sonst?«

Hull blieb stumm. Wenn er nur ein Wort sagte, das wußte er, würde die ganze Geschichte herauskommen, und das wollte er nicht, denn es waren auch andere darin verwickelt. Aber gleich seiner Frau war auch Levin Paxmore hartnäckig, und nach vielen Fragen gab Hull klein bei. »Teach Turlock. Er ist wieder im Moor mit einer Kanonenkugel im Plankengang. Wir haben ihm geholfen, den Schaden auszubessern.«

»Wir?«

»Leeds und Mott.«

Paxmore war schockiert. Drei seiner besten Leute hatten einem Geächteten Hilfe geleistet! Die möglichen rechtlichen Konsequenzen solch frevelhaften Handelns klar erkennend, wollte er Hull schon Vorwürfe machen, als ihm einfiel, daß er selbst ebenso schuldig war, wenn nicht noch schuldiger: Auf dieser Werft bauen wir Kriegsschiffe. Wir handeln in verräterischer Absicht, und wenn wir einem Piraten helfen, seine Schaluppe auszubessern, ist das fürwahr das geringste unserer Vergehen.

Hull prahlte jetzt schon. »Alle wissen, daß Turlock es war, der Copperdam das Fürchten gelehrt hat. Er hat schon zwei Ladungen Beutegut in Baltimore verkauft.«

»Wie hat er denn die Kugel in den Plankengang bekommen?«

Hull weigerte sich, weitere Einzelheiten preiszugeben, und Paxmore hielt es für das Beste, nicht auf einer Antwort zu bestehen. »Hast du das Boot zusammengeflickt?«

»Es ist jetzt schon wieder raus in die Bucht«, sagte Hull mit grimmiger Befriedigung. »Ich werde das Zeug jetzt verwahren.« Und ohne weiteren Kommentar legte er das wertvolle Werkzeug auf seinen Platz zurück, verneigte sich vor Paxmore und verließ den Schuppen.

Von Hulls Mißachtung der Gesetze tief beunruhigt, blieb Paxmore bis zum Morgengrauen in seinem Schuppen. Sein Blick fiel auf die drei großen Eichen, die nur darauf warteten, zu Kielen gehauen zu werden, und er entsann sich der Maxime seiner Ahnen: Ein Paxmore-Schiff hat einen makellosen Kiel. Alle von ihm gebauten Fahrzeuge hatten solche Kiele, schwer und maßgerecht, und deshalb wurden sie auch nicht vor der Zeit alt und höckerig.

Doch der Kiel seines persönlichen Lebens lag alles andere als ebenmäßig; sein Schiff war stark ins Schwanken geraten. Was die Frage der Sklaverei betraf, wußte er, seine Frau hatte recht, und es war jetzt an den Quäkern, offen zu erklären, daß das Halten von Sklaven einen Mann oder eine Frau für die Mitgliedschaft in der Gemeinde disqualifizierte. Klar war ihm aber auch, daß jeder seine Grenzen hatte, und seine Aufgabe war es nun mal, Schoner zu bauen und sich so für die drohende Krise zu rüsten. Damit allerdings billigte er stillschweigend den Krieg, den er für beklagenswert und dennoch unvermeidlich hielt. Die Patrioten waren unverantwortliche Leute wie Teach Turlock; sie suchten den großen Haufen aufzuhetzen zu Handlungen, die man später bereuen würde. Anständige Menschen wie Steed und Levin Paxmore vermieden solche Exzesse, und er konnte nur hoffen, daß es so bleiben würde.

In dieser Nacht jedoch hatte er erfahren, wie leicht man dazu verführt werden konnte, die Rebellion aktiv zu unterstützen, und das verwirrte ihn. Er beendete seine lange Nachtwache mit einem weiteren Gebet: »Allmächtiger Gott, halte diese Kolonien auf ebenem Kiel.«

Im milden Frühling des Jahres 1774 ging das ohnehin empfindliche Gleichgewicht in die Brüche. Mit den besten Absichten und in dem Streben nach kommerziellem Gewinn schrieb Guy Fithian seinem Schwager Simon diesen begeisterten Brief:

> Endlich Licht in der Finsternis! Wie ich Dir anläßlich meines Besuches in Virginia sagte, war ich sehr beunruhigt über die Entscheidung des Parlaments, der East India Company ein Teemonopol zu gewähren. Die Company betreibt ihre Geschäfte auf höchst unbefriedigende Weise und sehr zum Nachteil redlicher Kaufleute, wie wir es sind. Ich freue mich, Dir mitteilen zu können, daß ich einen Weg gefunden habe, das Monopol der Company zu umgehen. Du wirst jetzt in der Lage sein, den Tee in Deinem Teil Marylands mit einer wesentlich niedrigeren Steuer als

bisher und mit beträchtlichem Gewinn für uns beide verkaufen zu können. Ich habe mir daher die Freiheit genommen, Deine alte Schnau »Holde Rosalind« mit dreitausendzweihundert Pfund ausgesucht guter Teeblätter zu beladen. Da Deine Schnau kein schnelles Schiff ist, wird sie zweifellos erst nach diesem Brief eintreffen, aber ich zweifle nicht daran, daß Du die Ware zu diesen günstigen Preisen leicht absetzen wirst können.

Steed sah keine Schwierigkeiten beim Verkauf dieser Ware. Fithian würde nur Blätter bester Qualität schicken: die Kunden warteten schon ungeduldig, und wie aus London richtig angekündigt worden war, kostete der Tee tatsächlich weniger als der aus Holland oder Frankreich. Mittlerweile allerdings stieß er daheim auf Schwierigkeiten.

Jane Steed erwies sich als eine noch weitaus bewundernswertere Frau, als er sich erhofft hatte; sie war eine bezaubernde Gefährtin und eine reizende Gastgeberin. Welches Kleid ihr auch in die Hände fiel, sie gab ihm erst den rechten Glanz, und ihren drei Sklavinnen schien es eine Freude zu sein, aus alter Kleidung neue Modelle zu fertigen oder sie mit Spitzen und Seide herauszuputzen. Auch in der Küche sorgte sie für Neuerungen, bereitete Enten und Wild nach neuen delikaten Rezepten und erfand köstliche Verwendungsmöglichkeiten für Maisbrei. Sie fabrizierte wohlschmeckende Soßen und verwendete Nüsse und Früchte in ausgesucht vorteilhafter Weise. Nie zuvor hatte man auf Devon besser getafelt, und wenn Besucher aus Europa ein paar Wochen auf »Rosalinds Rache« verbrachten, beglückwünschten sie die Steeds zu ihrer exzellenten Küche. »Simon ist es, dem Ihr zu danken habt«, sagte Jane dann bescheiden. »Ihr wißt ja, daß er in Frankreich gelebt und dort die Geheimnisse einer guten Küche erlernt hat.« Dem war nicht so, denn Simon hatte die traditionelle Einstellung des Amerikaners zum Essen: »Nimm reichlich von allem, und koche es, bis es gar ist.«

In den ersten Tagen ihrer Bekanntschaft hatte sich Jane zuweilen über das koloniale Streben ihres zukünftigen Mannes nach Gelehrsamkeit lustig gemacht. Nachdem sie aber eine Weile mit ihm zusammengelebt hatte, stellte sie fest, daß er tatsächlich fünf Sprachen beherrschte: Englisch, Französisch, Deutsch, Lateinisch und Griechisch. Seine Bibliothek umfaßte die besten Bücher, die es in jeder dieser Sprachen gab, und er hatte sie alle gelesen. Er verfügte über ein außerordentlich großes Wissen, und es freute sie, daß seine Lektüre ihn nicht zu einem Radikalen gemacht hatte; in seinen Ansichten war er konservativ, und wann immer sie nachdrücklich für England eintrat, konnte sie seiner Unterstützung sicher sein.

Eine Tatsache aber, die sie in der kurzen Zeit vor ihrer Heirat außer acht gelassen hatte, bereitete ihr zunehmend Kummer: Simon war Kaufmann. Er hatte Läden. In Patamoke, Edentown, Oxford und Saint Michaels. Er und seine Brüder hatten in diesen Läden tatkräftig gearbeitet und Kunden bedient, und jetzt waren andere Angehörige der Familie dort tätig, um all die Kenntnisse zu erwerben, die es den Steeds seit mehr als eineinhalb Jahrhunderten erlaubten, in Wohlstand zu leben.

Die Steeds besaßen nicht nur Läden, sie verkauften auch die handwerklichen Erzeugnisse ihrer Sklaven. Die Steedschen Sklaven machten Fässer, wie das die Schwarzen auf allen Plantagen taten, aber wenn der Bedarf der Familie gedeckt war, wurde munter weiterproduziert, und die jungen Steeds fuhren die Bucht hinauf und hinunter, um sie zu verhökern. Sie verkauften auch Schnittholz und besonderes Tuch, das die Sklavinnen auf Devon gewebt hatten. Noch erniedrigender fand es Jane, daß Steed schon zweimal eines seiner Schiffe, vollgeladen bis zum Schandeck, nach Martinique gesegelt und dort mitsamt dem Frachtgut an einen unternehmungslustigen Franzosen verkauft hatte, der so mit einem Schlag in den Besitz einiger Oxhofte voll Tabak, verschiedener auf der Insel sehr gesuchter Schiffsvorräte und dazu noch eines gediegenen Paxmore-Schiffes gelangt war. Mit der ersten dieser ungewöhnlichen Transaktionen hatte Steed einen Gewinn von tausend Pfund erzielt, ausgezahlt in spanischer Münze, bei der zweiten sogar fünfzehnhundert Pfund.

Jane fand solche Geschäfte widerlich. Ein Gentleman betrieb keinen Handel; er überließ die Führung eines Ladens und das Feilschen um Waren Leuten von niederem Stand. Ein wahrer Gentleman hatte überhaupt nur selten Geld bei sich und sprach nie mit anderen darüber. Der bloße Umgang mit Geld – die Weitergabe der Münzen von einer Person zur anderen – kam einer Verunreinigung gleich, und sie fand es abstoßend, daß ihr Mann solch schmutzigen Geschäften nachging.

»Fithian tut auch nichts anderes«, verteidigte sich Simon.

»Ja, aber wir machen es, wo es nur geht und nicht nur in einzelnen Fällen.«

»Ich sehe da keinen Unterschied.«

»Du würdest ihn sehen, wenn du in England erzogen wärst. Der Handel ist widerwärtig. Ein Gentleman beschränkt sich auf die Durchführung großer Geschäfte.«

In diesem Punkt war sie starrköpfig, und Steed erfuhr, daß die besitzenden Stände Englands den Einzelverkauf eines Produktes als entwürdigend ansahen; akzeptabel erschien ihnen nur eine Transaktion, bei der es um Tausende

Exemplare dieses Produktes ging. »Es geht um eine ganz einfache Frage«, sagte seine Frau. »Mußt du vor jedem, der einen Schilling in der Tasche hat, ein Dutzend Kratzfüße machen, oder tätigst du deine Geschäfte wie ein Gentleman ... mit jährlichen Abrechnungen?«

»Arbeitet dein Bruder so?« fragte Simon.

»Selbstverständlich. Ich bezweifle, daß er in seinem ganzen Leben eine Münze in der Hand hatte. Es gibt Geschäftsbücher und jährliche Abrechnungen, und das machen Angestellte, die die entsprechenden Briefe schreiben.«

Steed lachte. »Als wir in Virginia waren, hast du da nicht diese feinen Leute gesehen, die ständig Gefahr laufen, ihre Plantagen zu verlieren, weil sie nichts vom Geschäft verstehen? Und daß wir Steeds unsere gerettet haben, weil wir es verstehen? Wir wissen, wie man Läden führt und Sklaven einsetzt, so daß ein Gewinn herauskommt. Jeder einzelne meiner Neffen kann Fässer machen, genauso wie ich, als ich in ihrem Alter war.«

»Fühlst du dich nicht« – sie suchte nach einem passenden Wort – »schmutzig, erniedrigt, wenn du im Laden stehst?«

»Nein, nicht wenn wir dadurch zahlungsfähig bleiben und mir das ermöglicht, Bücher zu kaufen.«

Wenn sich Jane auch, wie sie ihm vorwarf, »von den schmutzigen Fingern des Handels besudelt« fühlte, mußte sie andererseits doch zugeben, daß es kein Kleinhandel war. Gewiß, das Vermögen der Familie beruhte auf den Lagerhäusern am Ostufer und zusätzlichen Handwerksbetrieben, aber das Ausmaß der Gewinne wurde bestimmt von den Exporten nach Europa: Tabak, Schiffsvorräte und Schnittholz nach England; Fisch, Mehl und Fleisch in andere Länder. Es war nicht ungewöhnlich, daß ein Handelsschiff in der Bucht einlief mit Kaufordern für Steedsche Waren aus nicht weniger als fünfzig verschiedenen europäischen Städten. Die Aufträge kamen aus Orten wie Oxford, Cambridge, Edinburgh in England; aus Barcelona, Cadiz, Sevilla in Spanien; aus Lissabon oder der Salzstadt São Ubes in Portugal; aus Gent, Ostende, Ypres in Belgien; aus Amsterdam, Utrecht, Haarlem in Holland; aus Bergerac, Dünkirchen, Metz, Besançon in Frankreich und vor allem aus Nantes, wo Simon studiert hatte. Im Jahre 1774 auf Devon zu leben, hieß mit den geistig höchstentwickelten Zentren Europas in Verbindung zu stehen.

Im Frühling dieses Jahres aber stellte ein kommerzielles Ereignis alle anderen in den Schatten: die Ankunft der knarrenden, mit Wasser vollgesogenen alten Schnau »Holde Rosalind« an der Mündung der Bucht. Ihr Laderaum war gefüllt mit Teeblättern, die der in London üblichen Steuer entzogen worden waren. Zur Erfüllung der gesetzlichen Vorschriften war nun weiter nichts nötig, als eine kleine, vom Parlament festgesetzte Steuer zu entrichten als Anerkennung der Tatsache, daß die Kolonien sich diesem nach wie vor unterordneten. Im Dezember des Vorjahres hatte es wegen dieser geringfügigen Abgabe in Boston Streitigkeiten gegeben, und eine Ladung Tee war tatsächlich ins Wasser geworfen worden. Inzwischen aber hatten sich die erhitzten Gemüter wieder beruhigt, und die dem König treuergebenen Bürger von Maryland hofften, daß es in ihrer Kolonie zu keinen Ausschreitungen kommen würde.

In der Tat begrüßten die verantwortungsbewußten Pflanzer, mit denen Steed sprach, das Eintreffen dieses billigen Tees. Die Richter machten aus ihrer probritischen Einstellung keinen Hehl: »Höchste Zeit, daß das Mutterland seine Autorität geltend macht. Eine gute Sache, Steed, daß Ihr den Tee importiert habt.«

Die Paxmores waren verwirrt. Sie liebten ihren Tee, und da sie nichts Stärkeres tranken, hatten sie sich ihrer Rechte beraubt gefühlt, als es keinen gab. Aber wie alle Quäker brüteten sie über die möglichen Folgen jedes auch noch so leicht durchschaubaren Tuns, und diese Teesteuer war alles andere als durchschaubar. »Ich will meinen Tee haben«, sagte Levin Paxmore, »aber daß ich gezwungen werde, eine Steuer zu zahlen, über die ich nicht zu Rate gezogen wurde, das verletzt meine republikanischen Prinzipien.« Er kam zu dem Schluß, daß er am besten die Steuer zahlte, den Tee trank und mit Zittern und Zagen abwartete, wie es weitergehen würde. »Ich weiß, was Steed tun wird. Ich weiß, was wir tun werden. Aber wer kann sagen, was sich die Turlocks einfallen lassen?«

Wer konnte das wirklich? Seit jenem schicksalsschweren Tag des Jahres 1765, als das Parlament ganz willkürlich die Stamp Act erlassen hatte, jenes Gesetz über die Einführung einer wenn auch geringfügigen Steuer auf Geschäftspapiere, sämtliche Dokumente, Zeitungen und Jahrbücher, fühlten Teach Turlock und Leute seines Schlags in Maryland intuitiv, daß England versuchte, die Kolonisten an die Leine zu legen, und Turlock wehrte sich dagegen wie ein ungezähmter Hund. Nie hatte er eines dieser besteuerten Dinge gebraucht – wie sollte er auch als Analphabet? –, hatte aber gleichwohl die Gefahr erkannt: »Es ist nicht recht.« Er hatte sich gegen jede weitere Parlamentsentscheidung gewehrt, die seine Freiheit verletzte. Wenn London mit dem Tee durchkam, das sagte ihm seine primitive Logik, würde es diese Strategie auf alle anderen Bereiche ausdehnen, bis den Kolonisten alle Rechte genommen waren.

Turlock hätte auch nicht *eine* seiner Schlußfolgerungen in einem vernünftigen Satz ausdrücken können, doch sein pfiffiger und analytischer Verstand erkannte die Tyrannei selbst in ihrer subtilsten Form. »Der Pfarrherr, der König ganz genauso. Der stiehlt mein Land. Der stiehlt meine Steuer. Zusammen stehlen sie mir meine Freiheit.«

Wie er dachten die meisten Kolonisten, und wenn er jetzt in seinem schwarzen Schoner dreist den Choptank hinaufsegelte, jubelten sie ihm zu, denn er war ihr geistiger Anführer, auch wenn sein Mangel an Bildung ihn daran hinderte, als ihr Sprecher aufzutreten. Er folgte der »Holden Rosalind« bis zu ihrem Liegeplatz in Patamoke, lief aber nicht in den inneren Hafen ein. Er ging im Choptank vor Anker, von wo aus er beobachten konnte, wie das Teeschiff anlegte, wie der Kapitän den Beamten seine Papiere vorzeigte und den Steuereinnehmer an Bord begrüßte, der den Tee inspizierte, seinen Wert errechnete und Simon Steed als dem Frachtempfänger eine Rechnung vorlegte. Erst als die Steuer bezahlt und die Unterordnung unter England amtlich beglaubigt war, ruderte Turlock an Land.

Seine Ankunft verursachte einen Tumult, denn seine Kühnheit auf See hatte ihm den Rang eines Helden eingebracht, sein Aussehen aber entsprach nicht dieser Rolle. Er war zweiundvierzig Jahre alt, außerordentlich mager, barfuß und bärtig. Er trug zwei derb geschnittene Kleidungsstücke, die ihm kaum paßten, und war nach den langen Monaten auf See recht schmutzig. Er trug keinen Gürtel, an dem Strick aber, der seine Hose zusammenhielt, hingen zwei Pistolen. Er trug keinen Hut, aber da er größer war als die meisten Männer, ragte sein struppiger Schädel hoch genug über die anderen hinaus, um eine Art Führerschaft anzudeuten.

»Wo ist Steed?« fragte er, als er das Zollhaus erreichte.

»In seinem Laden.«

Mit dem lockeren Gang eines Menschen, der durch Sümpfe und Wälder gestreift war, schlenderte er, gefolgt von dreien seiner Männer, auf das Steedsche Warenlager zu, doch als er den Laden erreicht hatte, hieß er die anderen draußen warten. Von Steed war nichts zu sehen. »Wo ist er?« fragte er, und der Neffe, der das Geschäft führte, deutete auf den Eingang zu einem Hinterzimmer.

»Hallo, Simon.«

»Turlock! Ist es nicht gewagt von Euch, in die Stadt zu kommen?«

»Der Tee.«

»Was ist damit?«

»Habt Ihr die Steuer gezahlt?«

»Wie das Gesetz es verlangt.«

»Verkauft ihn nicht!«

»Aber er ist bezahlt! Die Leute wollen ihn haben.«

»Simon, verkauft ihn nicht.«

So ging das Gespräch eine Weile hin und her: eine Aufforderung Turlocks, nicht zu verkaufen, eine Antwort Steeds, daß es sich um eine normale geschäftliche Transaktion handle. Sie konnten sich nicht einigen; Turlock zuckte die Achseln, und verließ das Zimmer, doch als Steeds Angestellte den Tee löschen und ins Lagerhaus schaffen wollten, hielten Turlocks Matrosen sie zurück. Es gab eine Balgerei, nichts Ernstes, und der junge Steed ließ die Besatzung der »Holden Rosalind« rufen, um die Unruhestifter zu verjagen. Als aber die Männer kamen, um den Tee abladen zu helfen, stellte sich ihnen Teach Turlocks hagere Gestalt entgegen.

»Rührt den Tee nicht an«, sagte er ruhig. Er griff nicht nach seinen Pistolen. Er stand nur barfuß an der Laufplanke und gab Steeds Matrosen die Anweisung, die Bündel fallen zu lassen und zu gehen. Das taten sie.

Turlock stand den ganzen Tag Wache, und bei Einbruch der Dämmerung kam ein Ruderboot von der Schaluppe mit weiteren neun seiner Männer an Land, die sich rund um die Laufplanke postierten.

In den folgenden zwei Tagen nahm die Spannung zu. Die Richter kamen zur Pier und warnten Turlock davor, das Abladen einer ordnungsgemäß bezahlten und besteuerten Ware zu behindern, aber der resolute Kapitän sagte nur: »Kein Tee.« In Patamoke waren keine Armee-Einheiten stationiert, und der Konstabler hatte gegen diese Banditen keine Chance, aber wenn sich die Bevölkerung mobilisieren ließ, würde man die Freibeuter bestrafen und den Tee ins Lagerhaus bringen können.

So wandten sich also die Richter an die Bevölkerung von Patamoke – und nun geschah etwas Seltsames: Die Leute hörten ehrfürchtig zu, bedachten, was die gelehrten Herren ihnen zu sagen hatten – und kamen zu dem Schluß, daß sie unrecht hatten und daß Turlock im Recht war. Einer der Zuhörer drückte es so aus: »Sie haben ihm sein Land genommen, und dafür nimmt er ihnen den Tee.«

»Wir reden hier nicht über Grund und Boden«, wandten die Richter ein. »Wir reden über Tee.«

Dazu sagte Turlock: »Kein Tee. Keine Steuern. Sonst verlieren wir alles.« Die parlamentarischen Feinheiten gingen den einfachen Leuten über ihren Verstand, aber sie begriffen die Gefahren, die in dieser heimtückischen Steuer lagen, und die Versuche der Richter, sie für ihre Sache zu gewinnen, schlugen fehl.

Turlock weidete sich nicht an deren Niederlage. Er ging ganz ruhig zu Steeds Warenhaus hinüber und begann dort eine Diskussion, die das Verhalten aller, die am Choptank lebten, beeinflussen sollte. Steed und Turlock führten keine hitzige Debatte, und wenn sie Drohungen ausstießen, dann in der gedämpften Sprache zweier seit langem aufeinander eingespielter Gegner, denen es um eine vernünftige Lösung für ihre Differenzen geht.

»Der Tee wird gelöscht werden«, warnte Steed. »Aus Annapolis kommen Soldaten.«

»Sie werden keinen Tee finden.«

»Wieso nicht?«

»Wir reden heute. Wir reden morgen. Morgen abend verbrennen wir Eure Schnau.«

»Das ist reine Zerstörungswut.«

»Sie ist alt. Siebzig Jahre. Alles Flickwerk.«

»Ihr würdet die ›Rosalind‹ verbrennen?«

»Simon, wir haben Krieg. Auf Barbados haben es mir Leute aus Massachusetts erzählt.«

»England wird uns vernichten. Teach, wenn Ihr meine Schnau verbrennt, wird England Euch von den Meeren vertreiben.«

Zum erstenmal lächelte Turlock, ein grimmiges, widerborstiges, selbstbewußtes Lächeln. Viermal war er mit den Engländern ins Gefecht gekommen, dreimal hatten sie ihn in die Flucht geschlagen, ihm aber war klar, wenn erst hundert Kaperschiffe wie das seine auf See sein würden, hätten die Engländer keine Chance, sie alle zu verjagen. Er versuchte nicht, Steeds Argumente zu entkräften; er lächelte.

Und mit dieser einsilbigen Kühnheit vermittelte er dem Kaufmann eine Botschaft, die er mit Worten nie hätte ausdrücken können. »Meint Ihr, der Krieg ist unvermeidbar?« fragte Steed.

»Mhm.«

»Meint Ihr, wir können gewinnen?«

»Mhm.«

»Meint Ihr, wir können die Seewege offenhalten?«

»Mhm.«

Wieder und wieder sprachen sie die Lage durch, diese beiden Männer, die gemeinsam bisher nur als Angeklagte im Verfahren um den Zehnten vor Gericht gestanden hatten, und nach zwei Stunden sagte Steed: »Ich möchte gern Paxmore dabeihaben«, und Turlock nickte. Man schickte nach dem Quäker, und Paxmore kam, grau und stets auf der Hut.

»Turlock meint, der Krieg ist nicht mehr aufzuhalten«, begann Steed.

Angst malte sich auf Paxmores Zügen. »Oh, ich hoffe doch«, sagte er.

»Habt Ihr Angst?« knurrte Turlock.

»Ja, denn England wird uns vernichten.«

»Was aber, wenn wir keinen richtigen Krieg haben?« fragte Steed. »Nur Scharmützel? Können wir die Seewege offenhalten?«

Nun war es an Paxmore, als stolzer Schiffbauer seine Meinung zu äußern. »Die ›Whisper‹ bekommen sie nicht. Ihre Geschwindigkeit wird jeden überraschen.«

»Wann wird sie fertig?«

»In drei Wochen.«

»Und dann fangt ihr an mit den anderen?«

»Das habe ich schon.« Und Paxmore wußte, daß er sich mit diesem Eingeständnis zum Krieg bekannt hatte. Er trocknete sich die Stirne.

Schweigend saßen die drei Männer in dem kleinen Kontor. Die Fliegen summten, und Turlock verfolgte ihren Flug vom Fenster zur Tür und weiter zur Decke. Er wartete auf eine vernünftige Äußerung seiner verängstigten Gefährten. Schließlich ergriff Steed das Wort: »Was meint ihr, Paxmore, wenn ein Krieg kommt, können wir ihn gewinnen?«

»Nein.«

»Aber Ihr scheint Euch damit abgefunden zu haben, daß er kommt?«

»England wird ihn gewinnen, aber dabei die Erfahrung machen, daß es uns besser behandeln muß.«

»Das ist auch genau meine Meinung«, sagte Steed. »Der Krieg kommt. Dafür wird Turlock sorgen. Aber wir haben keine Chance, ihn zu gewinnen. Vielleicht können wir einige unwesentliche Zugeständnisse erlangen.«

»Wir werden gewinnen«, sagte Turlock mit Nachdruck.

»Wie denn?« fragten die anderen beiden.

»Indem wir durchhalten. Morgen fangen wir an. Wir verbrennen die ›Rosalind‹.«

»Ihr tut was?« rief Paxmore.

Turlock reckte sich zu seiner ganzen Höhe empor und blickte gelassen auf seine zwei verschreckten Nachbarn herunter. »Als wir vor Gericht standen, wußten wir, daß es so kommen würde. Baut Eure Schoner, Levin. Rüstet sie aus, Simon. Es ist Krieg. Morgen erreicht er Patamoke.« Er drehte sich um und ging.

»Hat er das ernst gemeint?« fragte Paxmore, erschüttert durch die Vorstellung, die »Holde Rosalind« könne vorsätzlich in Brand gesteckt werden.

»Ja. Es ist eine symbolische Tat, und ich werde nichts unternehmen, ihn daran zu hindern.« Steed gab Paxmore Zeit, die Worte aufzunehmen und fügte dann hinzu: »Und auch Ihr solltet nichts tun, Levin. Wir segeln zur Friedensklippe ... jetzt ... um uns nach Spieren umzusehen.«

Und um gegebenenfalls ein glaubhaftes Alibi nachweisen zu können, teilte er mehreren Leuten im Laden mit, er und Paxmore wollten in den Wäldern hinter der Friedensklippe nach hohen Bäumen suchen. Sie saßen auf der Veranda des Teleskophauses und sahen die nächtlichen Schatten über dem Fluß niedersinken, als sich der Himmel am östlichen Horizont rötete. Paxmore neigte sein Haupt in stummem Gebet, Steed aber beobachtete die aufschießenden Funken, bis das Feuer erstarb.

»Wir haben etwas von außerordentlich großer Tragweite begonnen«, sagte er, aber Paxmore fürchtete die Folgen und schwieg.

Für die Steeds auf Devon war es charakteristisch, daß sie den einmal eingeschlagenen Weg bis zum Ende verfolgten, und in den bewegten Wochen nach der Verbrennung der »Holden Rosalind« festigte sich Simons Einstellung gegenüber der Kriegsgefahr. »Ich werde dem König immer treu sein«, sagte er zu seiner Frau.

»Das möchte ich auch hoffen«, erwiderte sie, als ob es keine Alternative gebe. »Aber wenn das Parlament auch weiterhin unsere natürlichen Rechte beschneidet ...«

»Welche natürlichen Rechte sollen denn Kolonisten haben?«

»Du redest wie jenes Parlamentsmitglied, das einmal sagte: ›In London der denkende Kopf, in Amerika die arbeitenden Hände und Füße.‹«

»Selbstverständlich! Der Zweck einer Kolonie besteht doch darin, den Besitz des Mutterlandes zu mehren, und ich finde es schändlich, daß du diesem schmutzigen Piraten erlaubt hast, deinen Tee zu verbrennen.« Sie fand keine Worte, die stark genug gewesen wären, um seine beschämende Kapitulation zu verurteilen.

»Die Leute wollten den Tee nicht.«

»Sie hätten ihn genommen, wenn du dich zur Wehr gesetzt hättest.« Sie schimpfte auf den Kleinmut der Behörden und meinte, drei englische Soldaten in Uniform hätten dem ganzen Spuk ein Ende machen können. »Und noch eines«, fügte sie hinzu, »ich glaube, daß Turlock euch von seiner Absicht schon vorher in Kenntnis gesetzt hat. Damit ihr euch verkriechen konntet, du und dieser Schwächling Paxmore.«

Ohne auf diese kluge Schlußfolgerung einzugehen, antwortete er: »Ich bin über die Tatsache verärgert, daß die Kolonien nicht gerecht behandelt werden. Die einzig mögliche Rechtfertigung für den Besitz einer Kolonie in einem neuen Land sieht England darin, hier mit Methoden zu experimentieren, die im Mutterland nicht anwendbar sind.«

»Du redest fürchterlichen Unsinn, Simon.«

»Ich möchte, daß Maryland ein Teil Englands bleibt, aber nur, wenn wir das Recht auf unsere eigenständige Entwicklung behalten.«

»Maryland entwickelt sich, wie England sich entwickelt, und das ist alles. Deine Pflicht ist es, dem König zu dienen.«

Eine Gelegenheit zu dienen ergab sich im Sommer 1774, als ein Komitee von elf führenden Bürgern aus Patamoke und den umliegenden Gebieten zusammentrat, um Vorfälle an verschiedenen Orten der Kolonien zu diskutieren. Zwei der Mitglieder hatten sich schon vor einiger Zeit bereit erklärt, als örtliche Berichterstatter den Korrespondenzausschuß von Maryland zu unterstützen, dessen Aufgabe es ja war, mit Ausschüssen gleicher Zielsetzung in anderen Gebieten Kontakt zu halten. Aufrührerische Schriften waren aus Boston nach South Carolina geschickt worden, und die Vertreter dieses Staates berichteten, wie auch sie sich dem Import von Tee widersetzt hatten.

Im Juli entsandte das Patamokesche Komitee eine Abordnung zur Insel Devon, um zu klären, ob Steed den Vorsitz übernehmen würde in einer Zusammenkunft, in der die Lage der Kolonien untersucht und eine Willenserklärung abgefaßt werden sollte. Zwei Boote segelten den Choptank hinauf, und als die ernst blickenden Männer den von Ziegeln gesäumten Pfad zum Herrenhaus heraufkamen, empfing Jane Steed sie mit steifer Höflichkeit. Früher hatte sie diese Männer bei fröhlicheren Anlässen bewirtet, und sie kannte sie beim Namen, jetzt aber konnte sie sich denken, was sie herführte, und das stieß sie ab. »Kommt herein, meine Herren«, sagte sie sichtlich reserviert. »Legt Eure Hüte ab. Mein Mann wird in Kürze hier sein.«

Die Männer waren erfreut, wieder einmal den stattlichsten Besitz ihres Bezirkes in Augenschein nehmen zu können, und ergingen sich in schönen Worten über die elegante Einrichtung. Jane leistete ihnen kurz Gesellschaft und entschuldigte sich dann bald, weil sie an dieser aufrührerischen Zusammenkunft nicht teilnehmen wollte; ihr Mann aber kam gleich zur Sache, als er erschien.

»Ihr habt gewiß nicht den weiten Weg auf Euch genommen wegen einer belanglosen Angelegenheit.«

»In der Tat, das haben wir nicht«, bestätigte ihr Sprecher und bat die zwei Berichterstatter, die gegenwärtige Lage der Kolonien zu schildern.

»In Massachusetts gibt es ständig Probleme mit dem Gouverneur, in South Carolina fehlt nicht viel zu einem Aufstand. In New York herrscht Verwirrung. Und in Virginia …« Hier unterbrach sich der Berichterstatter, um nach einer kleinen Pause hinzuzufügen: »Wir können Gott danken, daß es Virginia gibt, meine Herren. In dieser Kolonie leben bemerkenswerte Patrioten.«

»Was tun sie?«

»Sie schreiben. Sie argumentieren. Mit ihrer Überzeugungskraft verteidigen sie uns alle.«

»Wer?«

»Jefferson ...«

»Von dem halte ich nicht viel«, sagte Steed.

»Madison, Wythe.«

»Hat Byrd sich geäußert?«

»Nein. Er scheint Angst zu haben.«

»Das verspricht nichts Gutes. Die Byrds sind die besten von allen.«

»Und die Furchtsamsten.«

»Und was schlagt Ihr vor, daß das Ostufer unternehmen sollte?«

»Das Ostufer, gar nichts. Patamoke, alles.«

Diese ruhigen, konservativen Kaufleute, in ihrer Mehrzahl Autodidakten, sprachen über ihre Ängste und Hoffnungen. Die Lage verschlimmerte sich fortwährend. Überall, nicht nur in New York, herrschte Verwirrung. Die Kolonien glichen einem steuerlosen Schiff, das in den Wellentälern schlingerte, und es war die Pflicht aller gutgesinnten Bürger, ihre Einstellung klarzulegen. Die Männer von Patamoke waren dazu bereit.

»Wir werden für nächsten Donnerstag eine Versammlung im Gerichtsgebäude einberufen«, sagte einer der Kaufleute. »Ihr sollt den Vorsitz übernehmen, Steed, und wir sollten eine Resolution abfassen.«

»Das ist eine schwerwiegende Entscheidung«, meinte Steed. »Wenn wir eine Erklärung unterschreiben und veröffentlichen ...«

»... gehen wir ein Risiko ein«, ergänzte der Sprecher.

»Aber schon Donnerstag abend könnte unsere Resolution in alle Kolonien hinausgehen«, unterbrach ihn einer der Berichterstatter. »Man würde in New Hampshire wissen, wo wir stehen, und auch in Georgia.«

Er will Briefe schreiben, dachte Steed, weil Briefschreiben sein Metier ist. Laut aber warnte er: »Damit legen wir unsere Köpfe auf den Richtblock, das ist Euch doch wohl klar.«

Dem Vorsitzenden war nicht entgangen, daß Steed die Worte »wir« und »unser« gebrauchte. »Dann schließt Ihr Euch uns also an?«

»Das tue ich.«

»Gott sei Dank! Ohne Euch hätten wir nichts unternehmen wollen.«

Als die elf Patrioten gegangen waren – vielleicht ermutigt von Steeds Zusage, sicher aber auch verschreckt über das Wort »Richtblock« –, wollte Jane wissen, zu welchem Ergebnis sie gekommen waren, und als Steed es ihr sagte, war sie wütend. »Was tut ihr da, ihr erbärmlichen kleinen Krämer? Wollt ihr den König herausfordern?«

»So habe ich die Sache nicht gesehen«, gab Steed ruhig zurück.

»Das solltest du aber! Ein Haufen törichter, unwissender Flegel und Tölpel aus Patamoke will den König von England belehren, was er zu tun hat? Soll das euer Vorschlag sein?«

»So etwas habe ich nicht gesagt.«

»Was sagst du denn für Verrat?«

Simon überlegte einen Augenblick und antwortete dann: »Ich hatte es lieber so gesehen, daß eine Gruppe von Männern am Ort des Geschehens das Parlament über gewisse Fakten zu informieren wünscht, die es sonst vielleicht übersehen könnte.«

»Welche Anmaßung!« ereiferte sich Jane. »Ihr! Ihr wollt dem Parlament Ratschläge erteilen!«

»Wenn ich in England lebte, würde ich dem Parlament angehören. Es gibt niemanden im Parlament, Jane, der auch nur annähernd so viel über Maryland weiß wie ich.«

»Das ist reine Einbildung, Simon.«

»Dann will ich es anders ausdrücken. Jeder einzelne der elf Männer, die heute hier waren, weiß besser als jedes Parlamentsmitglied, was in Maryland zu tun ist.«

»John Digges zum Beispiel! Er sammelt Bisamrattenfelle!«

»Und er versteht etwas vom Bisam, wie man die Felle gerbt und sie verkauft, und er weiß, was für Leute seiner Art gut ist.«

»Simon, wenn du die Absicht hast, dich diesen Männern anzuschließen und dem König beleidigende Resolutionen zu schicken, rechne ich damit, daß Soldaten kommen werden, um dich zu verhaften und vielleicht sogar zu hängen.«

»Genau dieses Risiko gehe ich ein«, bestätigte Simon, und sosehr sie ihm auch zusetzte, er blieb bei seiner Entscheidung.

Donnerstag morgen ließ er sich von zwei Sklaven nach Patamoke segeln und traf dort gegen Mittag ein. Er besuchte sein Warenlager, um sich zu vergewissern, daß kein Tee auf den Regalen zu finden war, und begab sich anschließend auf die Werft, wo Paxmore die letzten Vorbereitungen traf für den Stapellauf der »Whisper«. Doch als er ihn fragte, ob er an der Versammlung im Gerichtsgebäude teilnehmen werde, antwortete Paxmore mit fester Stimme: »Nein. Du steuerst Gewässer an, in die ich dir nicht folgen kann!«

»Ich hätte gern Eure Unterschrift«, drängte Steed.

»Meine Frau wollte, daß ich teilnehme, aber Petitionen zu unterzeichnen ist nicht meine Sache. Ich weiß wirklich nicht, wo das alles noch hinführen soll.«

»Ihr habt Turlock gehört. Es kommt zum Krieg. Und der Krieg führt zu nichts. Aber wir befinden uns auf einem Kurs, der sich nicht mehr ändern läßt.«

Paxmore wiederholte, daß er nicht an der Versammlung teilnehmen werde, zeigte aber Steed zu dessen Überraschung drei Eichenkiele und einen Haufen Spieren an einer Seite des Schuppens. An dem Tag, da die »Whisper« von Stapel lief, würde er mit einem zweiten Schiff beginnen.

Vierzehn Männer kamen zusammen. Simon sprach nicht; er saß allein auf einem erhöhten Platz, und als der Schreiber anfing aufzuzeichnen, was die einzelnen Redner vorbrachten, schüttelte er streng den Kopf; um einem möglichen späteren Mißbrauch vorzubeugen, erklärte er, solle nicht schriftlich festgehalten werden, wer welche Vorschläge machte.

Die Versammlung war eine lächerliche Affäre – so wie Jane es vorausgesagt hatte. Eine Gruppe halbgebildeter Krämer und Bauern, die sich das Recht anmaßten, einem König Ratschläge zu erteilen, aber sie rangen mit äußerst brisanten Ideen, und die einfachen Wahrheiten, die sie herausschälten, sollten zu einem der richtungweisendsten Kompendien über die Mißstände Amerikas führen. Nachdem alle zu Wort gekommen waren, erhob sich Steed: »Wir sind hier, um den König feierlich unserer Untertanentreue zu versichern und ihn für eine verständnisvolle Mitarbeit zu gewinnen. Ich unterschreibe nicht, wenn wir nicht eine Loyalitätserklärung einschließen.«

Man stimmte ihm einmütig zu, die Erklärung wurde eingefügt und das Dokument verlesen:

> Über die gegenwärtige Lage in Amerika beunruhigt und in Sorge über die fortwährenden Verletzungen unserer Freiheiten, sind wir entschlossen, nicht nur Klage zu führen, sondern auch all unsere äußersten Bemühungen daranzusetzen, die Erzwingung solcher Maßnahmen zu verhindern, die uns unseres angeborenen Rechts als Engländer berauben. In unwandelbarer Treue zu unserem Herrscher und in rückhaltloser Hingabe an unseren allergnädigsten König sind wir entschlossen, im Einvernehmen mit unseren Brüdern in den Kolonien alle gesetz- und verfassungsmäßigen Maßnahmen zu ergreifen, um den Verlust oder die Einschränkung unserer Freiheit zu verhindern und eine immer engere Einheit und Harmonie mit dem Mutterland zu fördern, wovon letzten Endes die Erhaltung beider Seiten abhängen muß.

Dreizehn Männer traten vor, um einer nach dem anderen zu unterschreiben, und dann gab man die Feder dem Vorsitzenden, der klar und deutlich an der für ihn vorgesehenen Stelle unterzeichnete: Steed auf Devon. Und noch vor

Sonnenuntergang waren die zwei tatkräftigen Berichterstatter mit dem Dokument, das die Aufschrift trug »Die Erklärung von Patamoke«, unterwegs nach Annapolis.

In den ersten Monaten des Jahres 1775 kam Teach Turlocks Privatkrieg gegen England zu einem abrupten Stillstand. Er verlor seine Schaluppe.

Von Barbados segelte er mit einer den gesetzlichen Vorschriften genügenden Fracht von Zucker, Salz und Sklaven gemächlich zurück in den Choptank, als er von einer englischen Zollfregatte angerufen wurde, deren Kapitän eine Routineuntersuchung durchzuführen wünschte. Da Turlock keine verbotene Ware an Bord hatte, hätte er sich fügen sollen, doch war er jeder Autorität so feindselig gesinnt, daß er Widerstand leistete. Als der englische Kapitän seine Kanonen ausfuhr, floh Turlock.

Mit einem Fahrzeug in gutem Zustand wäre er entkommen, denn er war der bessere Seemann, aber die schnelle englische Fregatte hatte die alte, höckerige Schaluppe bald eingeholt und begann zu feuern. Eine Kugel traf Turlocks Großmast und zerschmetterte ihn; die Marssegel flatterten im Wind. Dadurch konnte der englische Kapitän näher herankommen, doch statt eines demütigen Händlers fand er ein kleines Schlachtschiff vor, das sich auf den Kampf Mann gegen Mann vorbereitete. »Legt Eure Waffen nieder!« rief der englische Kapitän, als die Schiffe sich gerade berührten, aber noch bevor er seine Aufforderung wiederholen konnte, wurden Schüsse gewechselt, und ein richtiges Seegefecht war im Gang.

Die Engländer trugen den Sieg davon. Drei von Turlocks Männern fanden den Tod, und als die übrigen auf der Fregatte zusammengetrieben waren, wurde die alte schwarze Piratenschaluppe in Brand gesetzt. Als Gefangener mußte Turlock zusehen, wie sie im Atlantik versank, während er und der Rest seiner Besatzung die Fahrt nach London antraten. »Piraterie, Meuterei, Beschießen eines Schiffes Seiner Majestät«, wütete der Kapitän. »Dafür werdet ihr hängen.«

Doch als die Fregatte in den Nordatlantik steuerte, wurde sie von einem schnellen Kaperschiff aus Boston überholt. Es kam zu einem zweiten Gefecht, und diesmal verloren die Engländer. Die amerikanischen Gefangenen wurden losgekettet, das Schiff abgetakelt und Turlock und seinen Leuten übergeben. Damit verfügten sie nun über eine schnittige Londoner Fregatte, mit der sie kurz darauf ein englisches Handelsschiff aufbrachten, das nach Plymouth unterwegs war.

Als sie aber siegesbewußt in die Bucht einfuhren, wurden sie von einem virginischen Patrouillenboot empfangen; es führte sie nach Jamestown, wo ihr

Gewinn von der Regierung konfisziert wurde. Sie wurden nach Patamoke zurückgebracht, und dort verkündete Turlock: »Zwei Gefechte geliefert. Zwei Schiffe verloren. Jetzt lieg' ich auf'm Arsch.«

Mehrere Wochen versuchte er, ein Schiff aufzutreiben, aber wenn ihn der Mob auch als Helden feierte, für die angesehenen Bürger war er ein Pirat, und sie besaßen die Schiffe. Er zog sich zurück ins Sumpfland, und als er eines Tages beim Eichhörnchenjagen zufällig über das wogende Gras hinwegblickte, sah er den schönsten Schoner, auf den je sein Auge gefallen war. Es war Mr. Steeds »Whisper«, lang und schlank, mit vollen Segeln, die von einer heimlichen Fahrt aus Jamaica zurückkehrte. Als schwebe sie über den Wassern, schoß sie am Sumpf vorbei, und als sie in Richtung Patamoke verschwand, sagte Turlock: »Das ist mein nächstes Schiff!«

Noch am gleichen Tag begann er seinen Feldzug. Als Simon Steed zum Pier herunterkam, um seinen Schoner zu inspizieren, stand Teach Turlock da, verneigte sich korrekt und sagte: »Ein ausgezeichneter Schoner, Sir. Wenn ihr ihn mir anvertraut … Gewinne … Gewinne.«

Der Gedanke war so absurd, daß Steed gar nicht darauf einging, doch als die »Whisper« leer war, flüsterte Turlock ihm zu: »Damit erwischen sie mich nie.« Steed dachte nicht daran, seine nicht gerade geringe Investition einem barfüßigen Strolch anzuvertrauen, doch als er eines Tages sein Warenlager in Patamoke besuchte, lieferte ihm Turlock eine handfeste Begründung: »Bald gibt es Krieg – einen richtigen Krieg –, und meint Ihr wirklich, er könnte die ›Whisper‹ befehligen?« Dabei deutete er mit dem Daumen auf Captain Allworthy.

Diese Frage gab Steed zu denken. Allworthy war zuverlässig und ein guter Seemann, aber kaum der Richtige, um ein wichtiges Schiff zu befehligen, wenn Krieg drohte. Er würde nicht den Mut haben, Blockaden zu brechen – und so war der erste Samen gesät.

Er keimte schon einige Tage später, als die »Whisper« mit Rundholz für Frankreich beladen wurde. Während Steed am Ufer stand und zusah, machte sich Turlock an ihn heran. »Laßt mich nach Frankreich fahren, das weite Meer und die Strömungen kennenlernen. Dann gebt Captain Allworthy den neuen Schoner, den Paxmore jetzt baut.«

Der Gedanke war so einleuchtend, daß Steed kurz zögerte und Turlock in die Augen sah. Die Hingabe, die er darin erblickte, war so gewaltig, daß er spontan kapitulierte. »In Ordnung. Geht als Bestmann an Bord. Seht zu, was Ihr lernen könnt!«

Bärtig und barfuß war Teach Turlock an Bord, als die »Whisper« den Choptank zur Bucht hinuntersegelte. Er spürte die Schwingungen und fühlte die Kraft des Schiffes, aber auch seine Probleme. Während sie an der Insel Devon vorbeiglitten, grüßte er und murmelte: »Simon Steed, Ihr werdet stolz sein auf das, was dieser Schoner zuwege bringt.« Nachts lag er in seiner Hängematte, zeichnete aus dem Gedächtnis die Takelage der »Whisper« nach und prägte sich ein, wie jedes einzelne Seil über die Blöcke lief und wo es festgemacht war.

Äußerst interessant war seine Beziehung zu Captain Allworthy, über den er so abschätzig gesprochen hatte. Er zollte ihm großen Respekt, folgte ihm überall-hin und horchte auf alles, was er zu sagen hatte, denn er begriff, daß dieser Mann die See kannte. Lange bevor die ersten Worte der Bibel geschrieben wurden, hatten Männer wie Allworthy durch Studium und Erfahrung ein Gefühl dafür entwickelt, was ein aus Holz gezimmertes Schiff leisten konnte. Dieses Wissen, von einer Generation an die andere weitergegeben – von den Phöniziern über die Griechen an die Gallier, die Angelsachsen bis zu den Heringsfischern vor der Küste Neufundlands –, war die Lehre vom Meer, und wenn man deren Erfahrungen folgte, kamen die Schiffe durch; wenn nicht, zerschellten sie an den Klippen. Und kein Kapitän in dieser ununterbrochenen Aufeinanderfolge hätte sagen können, was er eigentlich wußte. Auf dieser Fahrt schloß sich Teach Turlock der langen Reihe an.

Als die »Whisper« nach Patamoke zurückkehrte, stand er neben dem Steuer, und sein Herz raste vor Erregung, denn er sah, daß Paxmore den zweiten Schoner vom Stapel gelassen hatte. Er sagte nichts, aber er beobachtete mit Adleraugen, wie Captain Allworthy die Laufplanke hinunterging, um Mr. Steed Bericht zu erstatten, und er hielt den Atem an, als der Schiffseigner an Bord kam.

»Nun, Mister Turlock, seid Ihr bereit?«

»Ich bin bereit.«

»Die ›Whisper‹ gehört Euch.«

»Man wird Euch nur Gutes von ihr berichten«, versprach Turlock.

Doch als Steed später mit einem kleinen Boot zur Insel Devon segelte, bekam er Schwierigkeiten, denn Jane war empört, daß ihr Mann einem solchen Kerl einen großen Schoner anvertraut hatte. »Sieh ihn dir doch nur einmal an! Er kann weder lesen noch schreiben! Kaum daß er zwei zusammenhängende Worte herausbringt! Er ist die übelste Ausgabe eines Amerikaners!«

Als Simon ihr zu erklären versuchte, wieso Turlock genau der Mann war, der in diesen unsicheren Zeiten gebraucht wurde, reagierte sie mit Ent-rüstung: »Kannst du dir vorstellen, wie dieser Kerl in London ankommt und mit dem Kapitän eines anständigen englischen Schiffes zusammentrifft? Lachhaft!«

»In den nächsten Jahren werden meine Kapitäne nicht nach London kommen, Jane.«

»Willst du noch immer dein Land verraten?«

»Ich muß den Tatsachen ins Auge sehen. Teach Turlock ist der Mann, den wir brauchen.«

»Dann sei Gott uns gnädig!«

»Uns und England.«

Das kam so tief von innen, daß selbst sie erkannte, daß er auf der Bahn, die er in seiner Vorstellung beschritten hatte, an einem Scheideweg angelangt war. Einen Augenblick lang wollte sie dieses Erlebnis mit ihm teilen, doch dann sagte sie: »Turlock mit einem bewaffneten Schoner auf den Atlantik hinauszuschicken ist genauso, wie eine gezündete Bombe in König Georges Bettlaken zu schleudern.«

Je mehr er über diese Bemerkung nachdachte, desto treffender erschien sie ihm. Aber selbst er war nicht auf alles vorbereitet, was sein unberechenbarer Kapitän zu tun fähig war. Als es so weit war, daß Turlock in See stechen sollte, ging Steed zu einer letzten Inspektion an Bord, und was er da sah, gefiel ihm. Die Matrosen freuten sich, unter einem Helden wie Turlock zu dienen, und hatten die »Whisper« dank seiner Anleitung blitzblank herausgeputzt. Die Oxhofte waren mit besonderer Sorgfalt festgezurrt, und alles war sauber und ordentlich, doch als Steed schon gehen wollte, entdeckte er in einer Ecke der Kapitänskajüte einen rothaarigen Jungen, der nicht älter als sieben Jahre sein konnte.

»Wer ist das?«

»Matt.«

»Und wer ist Matt?«

»Mein Sohn.«

»Er segelt doch nicht mit?«

»Einmal muß er anfangen«, erklärte Turlock und sagte zu dem Jungen: »Begleite Mister Steed zum Laufsteg.« Der kleine Kerl bewegte sich mit einer Gewandtheit durch die Gänge, die erkennen ließ, daß er auf der »Whisper« schon zu Hause war.

Wenn Jane Steed auch mit ihrem Mann über das Verhältnis zwischen England und seinen Kolonien haderte, hieß das nicht, daß ihr Eheleben verkrampft oder ungemütlich gewesen wäre. Sie liebte ihren wichtigtuerischen Mann, und sein Bemühen, als englischer Gentleman aufzutreten, belustigte sie. Er war großzügig und gutherzig und gönnte ihr die kleinen Extravaganzen, die ihr so viel Freude machten. Von Anfang an hatte sie sich eine Sklavin gewünscht, die in französischer Manier nähen konnte; er war nach Annapolis gefahren, um ihr eine zu kaufen. Als sie erfuhr, daß man dort ein richtiges Theater erbaut hatte, wollte sie die Bucht überqueren, um es selbst zu sehen; er tat ihr den Gefallen. Und wenn sie dagegen protestierte, daß man sie als Amerikanerin oder Einwohnerin von Maryland ansprach, unterstützte er sie: »Jane kommt aus London. Sie ist eine geborene Fithian – das sind unsere Kommissionäre.« Immer wenn er das sagte, schien sie zu strahlen und sich wohl zu fühlen, denn sie betrachtete sich stets als englische Dame.

Was ihn betraf, liebte er sie mehr als damals, als sie zusammen Virginia bereist hatten. Ihr Lächeln war so natürlich und erhellte ihr Gesicht so vollkommen, daß es ihn bezauberte. Sie war liebenswürdig und heiter; und er sah es gern, wie die bewundernden Blicke der Männer ihr verstohlen folgten. Unter ihrer sorgenden Hand wurde Rosalinds Rache, was großzügige Gastlichkeit anging, das angesehenste Haus am Ostufer. Als es offensichtlich wurde, daß sie schwanger war, bewegten sich beide mit würdevollem Stolz, und seine Liebe zu ihr wurde noch stärker.

»Wenn ich an die Jahre denke, die wir schon verheiratet sein könnten«, sagte er eines Tages wehmütig, und ihre Antwort lautete: »Wir hätten auch nicht einen Tag früher heiraten können. Ich war noch nicht reif genug.«

Als er sie fragte, wieso eine so reizende Dame ungebunden war, als sie nach Amerika reiste – »ich meine, wieso warst du noch nicht verheiratet?« –, erwiderte sie: »Ich war noch ein kleines Mädchen, als Guy mir sagte, es wäre mein Schicksal, nach Amerika zu gehen und dich zu heiraten. Er hat mir immer deine Briefe nach Hause gebracht und sie mir vorgelesen … Tabak und Eisenbarren … ich wußte über alles Bescheid, was auf der Plantage in Maryland vorging.« Sie glättete die Schürze über ihrem vorstehenden Bauch. »Er hat mir auch gesagt, du seist reich und gütig.« Sie hob die Hand und strich ihm mit dem Daumennagel über das Kinn. »Und er sagte, du hättest dir in Frankreich ausgezeichnete Manieren angeeignet. Es klang alles unwiderstehlich. Deshalb habe ich gewartet.«

»Du hast mir das Leben gerettet«, sagte er schlicht, und das ließ sie gelten, denn ihr war nicht entgangen, wie er sich seit ihrer Ankunft verändert hatte. Sie wußte, daß sein Leben sich zuvor in strenger Routine verfangen hatte: Tag für Tag war er morgens aufgestanden, hatte klassische Bücher gelesen, seine Briefe nach Europa geschrieben, gefrühstückt und war seinen Geschäften nachgegangen – den Geschäften eines Mannes, der eine große Plantage betrieb. Er hatte sich damit abgefunden, daß dies nun einmal sein Los war und daß er, wenn er den Besitz der Familie erhalten konnte, ihn an seine Neffen weitergeben würde, die mehr oder weniger das gleiche Leben führen würden wie er. Jane hatte diese erstarrte Routine aus den Angeln gehoben. Sie hatte ihm neue Beschäftigungen schmackhaft gemacht, wie etwa zum Vergnügen Boot zu fahren oder benachbarte Pflanzerfamilien für sechs oder sieben Tage zu Gast zu haben. Es waren jetzt auch andere Aufträge, die den Steedschen Kapitänen nach London mitgegeben wurden, und als die geschmackvollen Möbel eintrafen, stand die Einrichtung von Rosalinds Rache dem Äußeren an Eleganz nicht nach.

»Du hast eine Revolution in Gang gesetzt«, sagte er eines Morgens im Februar beifällig zu ihr, doch statt ein Kompliment von ihm wie sonst freundlich aufzunehmen, wies sie ihn mit einer schroffen Abfuhr zurück: »Gebrauche dieses Wort nicht mir gegenüber! Diese verdammten Kolonien wollen alle nur die Revolution.«

Er wollte sie zuversichtlich stimmen und versicherte ihr, auch wenn Maryland sich möglicherweise ungebärdig zeige, so werde es sich dennoch niemals vom König lossagen. »Kann sein, daß es Streitigkeiten gibt«, meinte er, »vielleicht auch einmal ein paar Schüsse, aber wir werden unserem König immer die Treue halten.« Diese Argumentation wies sie zurück. Alles Tun der Kolonisten, erklärte sie, verrate Treulosigkeit gegenüber dem Herrscher, aber er erinnerte sie daran, daß er es gewesen war, der darauf gedrungen hatte, jene Sätze, die ihre Untertanentreue bekräftigten, in die »Erklärung von Patamoke« aufzunehmen.

»Worte!« sagte sie, und der Nachdruck, mit dem sie sprach, ließ ihn erkennen, daß sie sich schon seit geraumer Zeit Gedanken über die Haltung der Kolonien machte. Wenige Tage später wurde Steed ein nicht verschlossener, für London bestimmter Brief übergeben. Er war an Guy Fithian adressiert. Da es zwischen Jane und Simon zur Gewohnheit geworden war, ihren Briefen an Guy gegenseitig ein Postskriptum anzufügen, entfaltete er den Bogen, ohne sich etwas dabei zu denken. Der Inhalt der Nachschrift seiner Frau aber war ein Schock für ihn:

> Das Leben hier ist unerträglich geworden. Der durchschnittliche Einwohner von Maryland ist ein Bauer ohne jedes Verständnis für Umgangsformen und ohne den Wunsch, sie sich anzueignen. Die Konversation ist so langweilig, daß ich in die Luft gehen könnte. Nichts von Politik, nichts von Mode, keinen Klatsch, keine Äußerung zu Fragen des städtischen Lebens. Ich fuhr über die Bucht, um mir anzusehen, was sie hier Theater nennen. Ein Stück von Sheridan. Kein Mensch auf der Bühne konnte sich bewegen, und die Violinen waren verstimmt. Seit zwei Jahren habe ich kein anständiges Stück Rindfleisch mehr gesehen, und wer mir noch einmal Austern anbietet, dem werfe ich sie ins Gesicht. Ein entsetzlicher Fraß. Aber das könnte ich ertragen, wenn die Leute brave

Bürger wären, aber es wird immerfort nur von Krieg gegen England getuschelt und von Gefechten auf See. Simon ist ein guter Mann und versicherte mir, daß dieses sein erbärmliches Land unserem geliebten König die Treue halten wird, aber ich kann einfach nicht begreifen, weshalb der König überhaupt darauf Wert legen könnte. Soll es doch in seinem eigenen Saft schmoren und zum Teufel gehen!

Vielleicht kannst Du mir erklären, Guy, wie es möglich ist, daß wir Engländer 1715 und 1745 die schottischen Rebellen und 1763 die Franzosen niedergeworfen haben, jetzt aber zulassen, daß diese lächerlichen Kolonisten ohne Flotte, ohne Heer, ohne Städte und ohne eine einheitliche Führung uns solche Schwierigkeiten machen? Warum schickt der König nicht einfach Truppen, wie damals nach Schottland, und haut diesen dummen Menschen ein paar hinter die Ohren? Ich warne Dich, wenn diese aufrührerischen Narren – und Du solltest den Idioten sehen, dem Simon das Kommando eines seiner Schiffe anvertraut hat! –, wenn sie sich gegen den König erheben, nehme ich das erste englische Schiff, das hier anlegt, komme heim und bleibe so lange, bis man diese Idioten zur Vernunft gebracht hat. Ich werde bald ein Kind bekommen, und das werde ich mitnehmen.

Ernüchtert, mit zuckendem Kinn, trug er den Brief zum Schreibtisch, zündete eine Kerze an, schmolz den Lack und versiegelte das Schreiben, ohne das übliche Postskriptum anzufügen. Er legte den Brief zuoberst auf den stattlichen Stoß der für Europa bestimmten Korrespondenz; Jane sollte sich überzeugen können, daß ihr Schreiben abgehen würde. Er sprach nicht mit ihr darüber, wurde aber nun ein vielfaches aufmerksamer, hörte geduldig zu, wenn sie über ihre Nachbarn herzog, und erfüllte alle ihre kleinen Wünsche.

Als in der Chesapeake Bay bekannt wurde, wie sich nach Lexington die Lage in Massachusetts verschlimmert hatte, und daß die Rebellen weiterhin auf des Königs Soldaten schossen, fiel Jane in einen Zustand der Verzagtheit, aus dem Simon sie nicht herauszuholen vermochte. Sie begann offen über die Eintönigkeit des Lebens in Maryland herzuziehen: »Kein Benehmen, keine Leute von Stand. Und diese verdammten, ewig dauernden Besuche langweiliger Pflanzer! Und was ich nicht einen Tag länger ertragen kann: diese fade und fette Kost!« Steed hielt es für ratsam, sie nicht daran zu erinnern, daß sie erst vor einem Monat die Art gelobt hatte, wie man in Maryland kochte. Statt dessen tat er sein Bestes, sie zu besänftigen, aber nichts wog die Tatsache auf, daß unverschämte Kolonisten auf die Soldaten des Königs geschossen hatten. Ihre Stimmung verschlechterte sich noch, als Captain Turlock mit der »Whisper« siegesfroh nach Patamoke zurückkehrte. In einem Augenblick der Gedankenlosigkeit lud Steed ihn auf die Insel ein, wo sein linkisches Benehmen und sein tölpelhafter Stolz Jane in Wut versetzten. »Dieser Schoner kann alles!« sagte Turlock. »Schratsegel, hart am Wind. Mit dem großen oben ist er vor dem Wind wie ein Falke.« Begeistert erzählte er von einem kurzen Scharmützel mit einer englischen Fregatte und wie die »Whisper« sich aus dem Staub gemacht hatte.

»Habt Ihr auf das Schiff des Königs gefeuert?« fragte Jane.

»War gar nicht nötig.« Er lachte, als er an den Zusammenstoß zurückdachte, und dabei sah man durch den Bart seine abgebrochenen Zähne. »Matt stand achtern und lachte den Engländer aus, als wir davonzogen.«

»Wer ist Matt?« wollte Jane wissen.

»Mein Sohn.«

»Wie alt ist er?«

»Bald acht.«

Jane zuckte zusammen und verließ das Zimmer.

»Ich denke, Ihr kehrt jetzt besser auf die ›Whisper‹ zurück«, sagte Steed. Der schlaksige Captain – er hatte ein Abendessen erwartet – war etwas verwirrt und ging, aber unten am Landungssteg versicherte er Steed: »Ich kann jederzeit unter Segel gehen.« Sie standen noch eine Weile neben dem Schoner und schmiedeten Pläne.

»Es sind immer die gleichen Probleme«, klagte Steed, einen Fuß auf dem Schandeckel. »Kein Salz – kein Geld.«

»In Jamaica sagen sie, in São Ubes gäbe es reichlich Salz.«

»Diesen Hafen haben unsere Schiffe nie angelaufen. Zu nahe bei England.«

»Ich würde es gern einmal versuchen. Viel Fracht, viel Gewinn.«

»Ihr würdet es riskieren?«

»Mit der ›Whisper‹, ja.« Und so kamen sie überein, daß Turlock die riskante Passage nach dem neuen Hafen übernehmen würde, dessen Salzgruben nach jenen in Polen und Österreich angeblich die reichsten waren.

Wenn Steed davon sprach, daß Geld das eigentliche Problem war, meinte er damit nicht, daß sich die Plantage in finanziellen Schwierigkeiten befand; er hatte zwei weitere Überseeschoner in Auftrag gegeben, und die Werkstätten brachten gute Erträge. Das Problem war: Die reichen Männer der englischen Regierung weigerten sich, genügend Münzen prägen zu lassen, die die Kolonien funktionstüchtig erhalten würden. Ein Jahrhundert lang war Tabak als Münzsystem verwendet worden, doch seit den schweren Preisstürzen der letzten Jahre war Tabak als Zahlungsmittel nicht mehr zu gebrauchen. Statt dessen wickelte man jetzt seine Geschäfte mit einer unglaublichen Mischung aus Dokumenten und europäischen Münzen ab. Kreditbriefe von einem Kaufmann an den anderen zirkulierten wie Pfundnoten, und keine waren so gesucht wie die von John Hancock, Robert Morris und Simon Steed. Aber sie reichten natürlich nicht aus, um einem aufblühenden Handel gerecht zu werden, und deshalb nahmen die Kolonisten Zuflucht zu allen möglichen Tricks, um gutes Geld in die Hand zu bekommen. »Habt Ihr Münzen auftreiben können?« fragte Steed.

»Deshalb bin ich heute zu Euch gekommen«, sagte Turlock und führte Steed zu einer Bank am Fluß. Als sie allein waren, lüftete er sein Geheimnis. »Wir haben ein Handelsschiff aufgebracht. Einen Spanier. Seht nur.« Sorgsam wickelte er einen Tuchbeutel aus, den er in seiner Jacke verborgen hatte. Er schlug die Enden zurück, und ein Haufen Goldmünzen glitzerte im Sonnenlicht.

»Ihr habt Big-Joes!« rief Steed erfreut, denn es war einige Zeit her, daß er diese prächtigen portugiesischen Goldmünzen gesehen hatte. Sie waren 1723 unter der Herrschaft König Joãos geprägt worden und trugen sein mit einer Perücke geschmücktes Konterfei und seinen Namen auf lateinisch Johannes, von dem sich die amerikanische Bezeichnung herleitete. Die ganze schwere Münze, die etwa dreißig Dollar wert war, hieß allgemein Big-Joe; in die Hälfte geschnitten, wie es oft geschah, nannte man sie Half-Joe.

»Und solche«, sagte Turlock stolz und durchstöberte den Haufen, um Steed die spanischen Dublonen, die englischen Sovereigns und die große Anzahl von Livres Tournois zu zeigen, die in der ganzen Welt zirkulierten.

»Es war eine lohnende Fahrt«, bemerkte Steed, während er das Bündel wieder zusammenschnürte und es seinem Kapitän übergab, der es ins Kontor nach Patamoke bringen sollte. Und er dachte dabei, wie seltsam es doch war, daß sie jetzt auf Devon das Kapern eines Handelsschiffes feierten: Was unsere Familie stets als Piraterie verurteilte, preisen wir jetzt als patriotische Tat.

Die lange Reise, die Captain Turlock Ende 1775 antrat, war gekennzeichnet durch eine verworrene Kette von Ereignissen. Die riesigen Gewinne, die mit portugiesischem Salz erzielt wurden, das Rückzugsgefecht mit der englischen Fregatte »Chancery«, die zwei Monate in einem Lissaboner Gefängnis wegen fehlender Frachtpapiere, das Aufbringen eines vollbeladenen Handelsschiffes auf dem Rückweg von Peru und schließlich der Beginn von Matts Erziehung.

Sein Lehrer war der Bestmann, ein gewisser Mr. Semmes vom Choptank, den der dicke Pfarrherr von Wrentham lesen gelehrt hatte. Als Captain Turlock erfuhr, daß sein Bestmann beim Pfarrherrn studiert hatte, entspann sich eine gepfefferte Diskussion über die Verhaltensweise dieses Kirchenmannes. »Er hat mich lesen gelehrt«, erzählte Mr. Semmes, »und hoffte, auf diese Weise zu einem Diener zu kommen, dem er nichts zu zahlen brauchte. Als ich ihm sagte, daß ich zur See gehen würde, versuchte er, mich als Unfreien verhaften zu lassen, der seinen Vertrag nicht erfüllen wollte.«

»Habt Ihr ihm in die Fresse gehauen?«

»Nein.«

»Schade.«

Mr. Semmes fühlte sich mit der See verbunden, und als der kleine Matt ihm eines Tages sein Frühstück brachte, hielt er ihn am Arm fest und fragte ihn: »Willst du mal Kapitän werden?« – »Ja, will ich«, antwortete Matt, und Mr. Semmes sagte: »Dann mußt du lesen und schreiben lernen.« Darauf der Junge: »Der Captain kann's ja auch nicht.« Captain Turlock gab ihm eins hinter die Ohren und sagte: »Ich wäre ein besserer Kapitän, wenn ich es könnte.«

Also fing der Unterricht an. Auf einem Brett zeichnete Mr. Semmes die Zahlen und das Alphabet auf, und in drei Tagen lernte Matt alles auswendig. Es dauerte nicht lange, und er konnte nicht nur seinen eigenen, sondern auch die Namen der Besatzung schreiben; er legte sich auf einen Lukendeckel und notierte den Namen jedes Matrosen, der vorbeikam.

Was ihn aber wirklich faszinierte, war das Logbuch, denn er begriff, daß die aufgezeichneten Fakten viel wichtiger waren als Namen. »Das Leben eines Schiffes ist hier niedergeschrieben«, sagte Mr. Semmes, während er seine Eintragungen machte, und wenn irgend möglich, war Matt immer dabei, wenn die Beobachtungen zu Papier gebracht wurden. »Kurs Ostnordost. Ruhiger Tag. Alle Segel aufgezogen.« Er lernte, mit dem Kompaß umzugehen, um besser zu verstehen, was die Worte bedeuteten, und bald konnte er die hundertachtundzwanzig Punkte schneller aufzählen als ein Matrose. »Hört mir zu, Mister Semmes, ich mache jetzt den zweiten Quadranten.« In Habacht-Stellung stand er da und rezitierte monoton: »Ost, Ost-einviertel-Süd, Ost-einhalb-Süd, Ost-dreiviertel-Süd, Ost zu Süd. Und jetzt das Schwierigste! Ostsüdost-dreiviertel-Ost.« Und als er mit allen Himmelsrichtungen fertig war, applaudierte Mr. Semmes.

Es kam der Tag, da Captain Turlock die Mittagssonne genoß, sich an den Ort begab, an dem das Logbuch aufbewahrt wurde, und statt Mr. Semmes die Worte hinzublaffen, richtete er sie an Matt und beobachtete mit leuchtenden Augen, wie sein rothaariger Sohn mit großen kindlichen Buchstaben eintrug: BREITE 39°10' NORD. LÄNGE CA. 29°15' WEST. Turlock sagte »circa«, weil er zwar – dank eines guten Sextanten, den er einem spanischen Kauffahrer abgenommen hatte – die Breite sicher bestimmen konnte, nicht aber die Länge, denn er besaß keine verläßliche Uhr.

Als er dann die fertige Eintragung sah, die auch Mr. Semmes nicht hätte besser machen können, mußte er sich abwenden, um seine Rührung zu verbergen, denn Matt war der erste Turlock überhaupt, der schreiben konnte.

Er klopfte an die Tore des Wissens, ähnlich wie die Kolonien an die Pforten ihrer Unabhängigkeit pochten: Unbegrenzte Möglichkeiten taten sich auf.

Im Frühjahr 1776 wurde es offenbar, daß die streitsüchtigen Juristen von Massachusetts und die philosophischen Patrioten Virginias entschlossen waren, die dreizehn Kolonien aus dem britischen Empire herauszulösen. Die Warnungen besonnener Loyalisten in Pennsylvania und Maryland wurden in den Wind geschlagen. Von Versammlungen in Philadelphia, in denen so charakterfeste Männer wie Charles Carroll aus Maryland wahrhaftig die Revolution predigten, hörte man bis hin zum Ostufer, aber man schenkte solchen Nachrichten wenig Glauben, denn die Mehrheit der Bürger in Städten wie Patamoke oder auf Plantagen wie Devon wollten bei England bleiben. In ihren Augen sprach alles dafür; sie zogen alle Vorteile in ihre Überlegungen ein.

Und ein solcher Bürger war auch Levin Paxmore. Als Quäker konnte er seine Religion ohne nennenswerte Beschränkungen ausüben; gewiß, er mußte Strafe zahlen, weil er sich weigerte, bei der Miliz Dienst zu tun, und er hatte immer noch dreißig Pfund Tabak an die englische Staatskirche abzuführen, aber darin sah er nur ärgerliche Belästigungen. Er konnte beten, wie es ihm beliebte, in der Versammlung offen seine Meinung sagen, seine Kinder in seinem Glauben erziehen, und das waren Freiheiten, die er schätzte. Auch sein Geschäft blühte auf unter der englischen Herrschaft; seit neunzehn Jahren erwartete ihn jeden Morgen mehr Arbeit, als er bewältigen konnte; zwar mußte er oft auf Bezahlung warten, weil kein Geld in Umlauf war, aber er war noch nie betrogen worden. Seit langem war es ihm nicht mehr so gut gegangen; er hatte zwei Schoner für Simon Steed fertiggestellt und Aufträge für zwei weitere; dazu kamen noch offizielle Anfragen aus Philadelphia. Daß Gefechte mit den Engländern nicht zu vermeiden waren, wußte er, hoffte aber immer noch, daß alles ohne ernsthafte Konsequenzen vorübergehen würde. Jetzt aber hörte er Gerüchte, wonach eine endgültige Trennung angestrebt wurde, und einige furchtsame Nachbarn sprachen offen davon, nach England, in die Heimat, zurückkehren zu wollen, wenn sich die Lage weiter verschlimmern sollte. Als zwei Quäker aus der Gemeinde ihm einen Repatriierungsplan vorlegten, versammelte er seine Familie in jenem Gastzimmer auf der Friedensklippe, in dem Ruth Brinton Paxmore damals die Prinzipien festgelegt hatte, nach denen ihre Kinder leben sollten. »Ich meine, wir sollten auf unserem Land bleiben«, sagte Levin. »Unsere Aufgabe ist es, hier den Gottesstaat zu errichten.«

»Auch wenn Maryland von England abfällt?« fragte Ellen.

»Es wird keine Trennung geben«, sagte er mit Überzeugung. »Wirren und Unruhen, ja, aber wir werden immer Engländer bleiben.« Er hob seine linke Hand, gleichsam um jeden weiteren Einwurf auszuschließen, und kam damit der Frage seiner Frau zuvor, wozu er, wenn er doch Engländer bleiben wolle, Schiffe baue, die gegen England eingesetzt werden sollten.

Für Simon Steed waren solche Entscheidungen schwieriger. Seinem Wesen nach war er an Europa gebunden; seine geschäftlichen Interessen konzentrierten sich auf England, dem er sich zutiefst verbunden fühlte. In London verwaltete Fithian sein Vermögen; in Berkshire hatten seine Vorfahren für ihren Glauben gekämpft; und wenn er auch in Frankreich studiert hatte, so war doch England sein Leitstern. An der Atlantikküste lebten Tausende wie er, die den geistigen Wert bemaßen und am Ende beschlossen, dem König die Treue zu bewahren. Bei Steed freilich war der Anstoß dazu noch stärker, denn er war mit einer Engländerin verheiratet, die sich nichts sehnlicher wünschte, als in ihre Heimat zurückzukehren.

Es betrübte Steed, daß sie ihre feindselige Haltung gegenüber den Kolonien beibehielt; sie verabscheute jetzt das Ostufer mit seinem Provinzialismus, wie sie es bezeichnete. Ihr Mann behauptete immer wieder, sie könne von hier aus mit der ganzen Welt in Verbindung stehen, aber das genügte ihr nicht. Die Amerikaner, die sie zu Gesicht bekam, waren langweilige Tölpel und dazu noch auf dem besten Weg, Verräter zu werden. Dieser schreckliche Captain Turlock, der die Big-Joes in ihr Kontor brachte, gab nie zu, wie viele englische Schiffe er dafür beraubt hatte, und diese elenden Idioten in Virginia, die sich anmaßten, eine neue Nation zu regieren ... der bloße Gedanke war absurd, der reine Wahnsinn.

Die Geburt ihrer Tochter war nicht leicht gewesen, und das Kind erwies sich als schwierig. Jane war überzeugt, daß das Wasser des Choptank dem Baby nicht gut bekam, und begann den Namen dieses Flusses zu hassen, der sie von allen Seiten umgab. »Themse, Avon, Derwent, das sind richtige Flüsse. Wer hat schon je von einem Fluß, der Salzwasser führt, gehört?«

»Bei Edentown ist das Wasser frisch«, hielt Steed ihr entgegen.

»Und wer hat schon je von Moskitos auf der Themse gehört?« schäumte sie. »Ich warne dich, Simon. Wenn diese Narren in Philadelphia auch nur ein Wort gegen den König sagen, fahre ich heim.«

Im Juli erreichte sie die erschütternde Nachricht, daß in Philadelphia eine Handvoll Leute, eingeschlossen Charles Carroll und Samuel Chase aus Maryland, nicht nur ihre Unabhängigkeit von England erklärt, sondern auch noch gewagt hatten, eine beleidigende Liste von Beschuldigungen gegen den König zu veröffentlichen. »Diese Unverschämtheit!« wütete sie los. »Diese protzigen Emporkömmlinge!« Als ihre Wut verraucht war, drohte sie ihrem Mann: »Paß nur auf, Simon! Wir werden euch bestrafen, so wie wir die Schotten bestraft haben!« Und nun wendete sie all ihre Energie darauf, Vorbereitungen zur Flucht zu treffen. Sie weigerte sich, länger in dieser rebellischen Kolonie zu bleiben, und genoß die Vorstellung, daß englische Kriegsschiffe die Chesapeake Bay heraufkommen und die Kolonisten zur Räson bringen würden.

Teach Turlock hörte erst Ende August von der Unabhängigkeitserklärung, und sie bedeutete ihm auch nicht viel, denn er führte seinen Privatkrieg schon länger als ein Jahr. In der Annahme, daß die »Whisper« noch nicht als Kaperschiff identifiziert war, hatte er sich im Januar sogar die Themse hinaufgewagt, aber der Handel mit den Kolonien lag so danieder, daß er keine gewinnbringende Fracht finden konnte und England mit leerem Laderaum wieder verlassen mußte. In São Ubes erfuhr er, daß Handelsschiffe ihm alles vorrätige Salz weggeschnappt hatten, und ihm wurde klar, daß sich der Gewinn auf dieser Fahrt auf das beschränken würde, was er französischen oder spanischen Handelsschiffen stehlen konnte.

Aber es begegneten ihm keine, und so segelte die »Whisper« kreuz und quer durch das Karibische Meer, und als sie Martinique anlief, um vielleicht doch noch eine auch nur armselige Fracht aufzutreiben, erfuhr er von französischen Kapitänen, daß sich die dreizehn Kolonien zu den Vereinigten Staaten von Amerika zusammengeschlossen hatten und sich im offenen Krieg gegen das Mutterland befanden.

»Vereinigt!« schnaubte Turlock, der sich der ständigen Streitereien zwischen Maryland und Virginia entsann. »Wir werden nie vereinigt sein. Aber jetzt haben wir einen richtigen Krieg!« freute er sich und eilte zurück auf seinen Schoner.

Nördlich von Barbados kaperte er ein kleines englisches Handelsschiff, versenkte es und setzte die Mannschaft in Rettungsbooten aus. Dann kreuzte er nach Nordosten, in der Hoffnung, englische Schiffe, die nach Martinique oder Guadeloupe unterwegs waren, abfangen zu können. Er brachte ein zweites kleines Handelsschiff auf und setzte auch dessen Besatzung nahe der Küste aus.

Seinen dritten Erfolg erzielte er unweit von Caracas; diesmal war es ein spanisches Schiff mit reicher Ladung. Er raubte es aus und ließ es dann weiterfahren. Sein viertes Opfer war ein stattliches englisches Handelsschiff, auf der Fahrt von Panama nach Jamaica. An diesem Abend schrieb der junge

Matt Turlock folgende Worte in das Logbuch, die dem Kaperschiff zur Ehre gereichten: »Für jede Kanone ein Schiff.« Die »Whisper« war mit vier Geschützen ausgerüstet und hatte viermal Beute errungen. Kein Kaperschiff hätte mehr leisten können.

Voller Siegesfreude segelte Turlock zur Chesapeake Bay zurück, und seine Heldentaten wurden von Küste zu Küste triumphierend weitergetragen. Er hatte ein kleines Fäßchen voll Big-Joes und Livres Tournois, doch als er sie auf dem Tisch des Kontors ausbreitete, machte ihm sein Dienstgeber eine ernüchternde Mitteilung: »Captain, der Sicherheitsrat in Annapolis hat die ›Whisper‹ requiriert. Ihr habt den Auftrag, die Familien nach England zurückzubringen.«

»Welche Familien?«

Steed versuchte, es ihm zu erklären, aber seine Stimme brach, und er wandte sich ab, um seine Fassung wiederzuerlangen, und als er weitersprechen wollte, wurde sein Gesicht vor Erregung flammendrot, und er verließ eilig das Kontor.

»Was ist denn passiert?« fragte Turlock den Mann, der kam, um die Münzen zu zählen.,

»Die königstreuen Familien werden nach England zurückgebracht.«

»Steed auch?«

»Nein, aber seine Frau … und das Baby.«

Das konnte Turlock nicht begreifen. In seiner Welt bestimmte der Mann, was die Frau zu tun hatte, und das tat sie dann auch, wenn sie keine Prügel beziehen wollte. Daß eine Frau ihren Mann verließ, um in ein anderes Land zu reisen, und auch noch ihr Kind mitnahm, das war unerhört. »Das ist nicht recht«, murmelte er, während die Münzen weggeschlossen wurden.

Und doch war es so. Die »Whisper« segelte nach Baltimore und nahm zwei Familien an Bord. Eine Frau kniete nieder und küßte das Deck. »Es ist eine Gnade Gottes, auf einem englischen Schiff zu sein«, rief sie aus, doch dann sah sie Captain Turlock und fragte mit weinerlicher Stimme: »Bringt der uns nach England?«

In Annapolis schlossen sich neun Familien an, und von den Schwemmland-Plantagen weitere sechs; in Patamoke dann wurden zwei Gruppen an Bord genommen. Als der schnittige Schoner den Choptank hinuntersegelte, kam ein Kahn von der Insel Devon herüber; er brachte Jane Fithian Steed, ihr Töchterchen und ihren Gatten. Die »Whisper« ließ eine Strickleiter herab, aber noch bevor Mrs. Steed hinaufklettern konnte, ergriff ihr Mann sie bei der Hand und sagte: »Ich werde dir nach England folgen. Bis auf weiteres muß ich mich noch um die Plantage kümmern.« Sie aber erwiderte düster: »Du wirst nie nach England kommen, und ich werde Maryland nie wiedersehen.«

»Was aber …« Doch noch bevor er seine Frage formulieren konnte, kletterte sie die Strickleiter hinauf, und als sie das Deck erreicht hatte, hob Simon das Baby in die Höhe und reichte es den Matrosen, die sich über die Reeling beugten. Sklaven warfen das Gepäck hinauf; die »Whisper« setzte ihre Fahrt fort und ließ den im Fluß dahintreibenden Kahn hinter sich zurück. Die Passagierliste aber war noch immer nicht vollständig. Als die »Whisper« auf die Bucht zusteuerte, erschien von Patamoke her eine Schaluppe und feuerte, um auf sich aufmerksam zu machen, eine kleine Kanone ab: Der dicke Pfarrherr von Wrentham wollte an Bord genommen werden. »Ich habe diese schmutzigen Kolonien satt. Ich bin Engländer.« Seile wurden heruntergelassen, damit zwölf Mann ihn heraufziehen konnten, ihn und neunzehn Kisten und Bündel. Erst als er sicher an Bord war und es kein Zurück für ihn gab, erkannte er, daß der Eigentümer des Schoners Simon Steed war und Teach Turlock, den er bestohlen hatte, der Kapitän. Er eilte nach unten und ward auf Deck nicht mehr gesehen.

Der junge Matt erhielt den Auftrag, sich auf der Fahrt nach London um Janes Baby zu kümmern. Statt Essen und Tee in die Messe zu bringen, versorgte er jetzt das Kind mit Milch und Keksen und wurde zu dessen Kinderfrau und Wächter. Es gab Frauen, die diese Aufgaben hätten übernehmen können, aber einige wurden seekrank, und die anderen hatten alle Hände voll zu tun, Mrs. Steed zu pflegen, die in der Kajüte des Kapitäns zusammengebrochen war, als die »Whisper« die Gewässer der Bucht verließ; und keiner hätte das Baby besser betreuen können, als Matt es tat.

Er fütterte die Kleine, trug sie auf dem Deck umher und unterhielt sie mit kleinen Spielen. Sie war noch kein Jahr alt, und wenn sie auf die Schotten zukroch, beobachtete er sie sorgsam. Er nutzte die Zeit, da sie in ihrem Körbchen schlief, um sein Studium bei Mr. Semmes fortzusetzen. Der aber konnte ihm bald nichts mehr beibringen, und er hatte das Glück, einen Herrn zu finden, der nach fünfzig Jahren in Annapolis jetzt in seine Heimat Sussex zurückkehrte; und diesem Mann machte es große Freude, den Jungen in Mathematik und Grammatik zu unterrichten.

Meist verbrachte Matt die Tage mit dem Baby am Bug. Es waren Tage, die er nie vergessen würde. Ein weites Gebiet neuer Erfahrungen erschloß sich ihm, als er zu begreifen begann, welch tragisches Geschick diese guten Leute getroffen hatte, während er die Kleine betreute, die nur selten weinte und sich bei ihm wohl zu fühlen schien.

Mehr als an alles andere aber würde Matt sich an das erinnern, was sich nicht auf, sondern unter Deck abspielte. Eines Tages, als er bei Penny Wache hielt, fiel ihm auf, daß sein Vater nirgends zu sehen war, und nach einer

Weile kam Mr. Semmes auf ihn zu und fragte leise: »Will der junge Herr mich begleiten?« Matt ging nach unten, wo sich gurgelnde Geräusche vernehmen ließen.

Sie kamen aus der Kajüte des Pfarrherrn von Wrentham, und als er eintrat, sah er den dicken Kirchenmann schweißtriefend an seinem Tisch sitzen, sein Vater neben ihm. Vor dem unglücklichen Priester lag ein Dokument, das Mr. Semmes vorbereitet hatte, und Captain Turlock sagte drohend: »Unterschreibt, oder ich werfe Euch den Haien vor.«

»Mein rechtmäßig erworbenes Land gebe ich nicht her«, winselte der fette Kleriker.

Ein derber Hieb auf den Kopf führte zu neuem Stöhnen und Ächzen, der Pfarrherr jammerte: »Ihr tötet mich!«, und Turlock sagte: »Unterzeichnet, es ist Eure einzige Rettung.« Mit der linken Hand hielt er ihm den Federkiel hin und wiederholte: »Unterschreibt, oder ich werfe Euch den Haien zum Fraß vor!«

»Ich unterschreibe!« Er nahm den Federkiel aus Turlocks Hand und setzte seine Unterschrift unter das Dokument:

> An Bord der »Whisper«
> 10. August 1776
> Aus freiem Willen und ohne jede Nötigung erkenne ich an, daß ich mich durch arglistige Täuschung und Tücke, Amtsmißbrauch und Diebstahl in den Besitz von hundert Morgen des besten Landes von Captain Teach Turlock aus Patamoke gebracht habe, und ich erkläre hiermit, daß ich es ihm als Ganzes zurückgebe.
> Jonathan Wilcok
> Pfarrherr zu Wrentham
> Zeugen: John Semmes
> Matthew Turlock

Sie verließen die Kajüte und kletterten auf Deck. Captain Turlock führte seinen Sohn zum Steuerrad und zeigte ihm einen Kasten, in dem die Schiffspapiere aufbewahrt wurden. »Das da verteidigen wir mit unserem Leben«, ermahnte er seinen Sohn.

Für Levin Paxmore waren die Jahre 1776 und 1777 eine Katastrophe. Auf Simon Steeds Drängen stellte er vier Nachbildungen der »Whisper« fertig, erfuhr aber dann zu seinem Entsetzen, daß drei davon bald darauf von den Engländern aufgebracht und in britische Kriegsschiffe umgewandelt worden waren, die auf die Schiffe der Kolonisten Jagd machen sollten. Die vierte wurde mit einer Besatzung aus ungeschulten Farmern auf den Atlantik geschickt und prompt versenkt. Für die spitzzüngige Ellen Paxmore war das ein Anlaß, ihrem Mann vorzuhalten: »Ich habe dich gewarnt, Kriegsschiffe zu bauen. Du hast einen ganzen Schwarm losgesandt und alle verloren.«

»Turlocks Schiff ausgenommen«, erwiderte er, worauf sie ihn in ätzendem Ton erinnerte: »Aber das hast du auch nicht als Kriegsschiff gebaut!«

Sie setzte ihm zu, den aussichtslosen Kampf nicht länger zu unterstützen, die Briten siegten ja doch an allen Fronten. Den Verlust der Schoner wertete sie als Beweis, daß Gott die Rebellion verurteile, und sie prophezeite, daß der Aufstand bald zusammenbrechen würde.

Aber ihr Mann arbeitete weiter. »Es ist meine Aufgabe«, sagte er, als er seinen sechsten Schoner auf Kiel legte, den Isham Steed schon jetzt auf den Namen »Victory« getauft hatte.

»Erwartest du einen Sieg?« fragte ihn Paxmore, als der Heckspiegel geschnitten wurde.

»Keinen militärischen. Aber ich glaube, wir werden dem König beweisen können, daß unsere Forderungen berechtigt sind, und am Ende werden wir uns größerer Freiheiten erfreuen.«

In diesen ersten Jahren der Revolution sah sich Simon Steed vor quälenden Entscheidungen. Sowohl die Regierung von Maryland als auch der Kontinentalkongreß gaben Papiergeld aus, um den Krieg bezahlen zu können; die Patrioten wurden aufgefordert, ihr Metallgeld gegen diese Schuldscheine einzutauschen, und viele taten es auch. Einfache Leute mit nur wenigen Shillings Hartgeld in den Taschen kamen zum Zollhaus gepilgert, tauschten gutes Geld gegen schlechtes und wurden für ihre Vaterlandsliebe behördlich belobigt.

»Sollen wir wirklich unser Metallgeld abliefern?« fragte Isham eines Tages, als sie von den Richtern und Behörden in Annapolis gedrängt wurden. »Noch nicht«, antwortete Simon und widersetzte sich hartnäckig allen Versuchen, ihn umzustimmen. »Das Papiergeld ist nichts wert«, versicherte er Isham. »Wir behalten unsere Münzen und sehen zu, wie das Papier seinen Wert verliert.«

Und er hatte recht. Wenige Monate später war das Papiergeld entwertet: zuerst auf eineinhalb Dollar, dann auf zweieinhalb Dollar und bald auf zehn Dollar Papiergeld für einen Dollar in Münze. Als dieser Stand erreicht war, und der Druck der Patrioten anhielt, fragte Isham: »Könnten wir nicht jetzt kaufen?« Simon starrte ihn bloß an und prophezeite: »Das Papier wird noch auf dreißig zu eins fallen«, und noch bevor das Jahr um war, stand der Dollar auf vierzig.

»Jetzt?« fragte Isham, und wieder schüttelte Simon den Kopf. Eines Tages aber kam er ganz aufgeregt ins Kontor: »Das Papier ist auf achtzig zu eins gefallen. Das ist der richtige Moment, um zu kaufen.«

»Aber wird die Währung nicht ganz zusammenbrechen?« fragte Isham. »Fünfhundert zu eins?«

»Nein«, erklärte Simon. »Maryland ist ein stolzer Staat. Wir werden unser Papiergeld einlösen. Kauf, soviel du kriegst.« Achtzig zu eins tauschten die Steeds ihre Dollars in Papiergeld, und Simon behielt recht. Maryland war stolz und löste sein Papier im Verhältnis von vierzig zu eins ein, und damit hatte Steed das Familienvermögen verdoppelt. Daß er das auf Kosten sentimentaler Patrioten erreicht hatte, störte ihn nicht. »Der Umgang mit Geld«, sagte er, »ist eine Kunst und muß als solche praktiziert werden.«

Die ersten Jahre der Revolution waren für Captain Turlock ein einziges Kaleidoskop: ein tropischer Morgen vor Panama in Erwartung eines englischen Kauffahrers; eine schnelle Fahrt nach New York mit Vorräten; lange gemächliche Ausflüge nach São Ubes, um Salz zu holen; ein Ausflug in den englischen Kanal, um einer Schaluppe der Briten nachzujagen; ein Besuch in Nantes, um Metall- und Seilerwaren zu laden, die dringend in Baltimore gebraucht wurden. Die »Whisper« wurde als »der Schoner mit dem rothaarigen Jungen« bekannt, denn mehrere Kapitäne berichteten, daß, sooft die amerikanischen Freibeuter an Bord stürmten, ein junger Bursche bei ihnen war und sie anstachelte. »Er trägt eine Wollmütze und spricht mit einer für ein Kind seines Alters ungewöhnlich tiefen Stimme. Erst hielt ich ihn für einen Zwerg, doch als er sich vor mir aufpflanzte und sagte: ›Gebt Euch gefangen, Captain‹, sah ich, daß es ein Kind war. Beachtlich!«

Captain Turlock hatte nur eine sehr vage Vorstellung von der militärischen Lage. Er wußte, daß General Washington irgendwo im Norden eingeschlossen war und daß die Amerikaner, wie es schien, mehr Schlachten verloren als sie gewannen. Als ein gefangener englischer Matrose trotzig sagte: »Wenn der Krieg zu Ende ist, werden Verräter wie Ihr und Ben Franklin hängen«, fragte er: »Welches Schiff befehligt Ben Franklin?«

Der Krieg lehrte ihn Vorsicht – zum Erstaunen seiner Mannschaft. Tollkühne Beutezüge in feindliche Häfen oder aussichtslose Gefechte gegen überlegene Kräfte waren nicht seine Sache. Die »Whisper« zeichnete sich durch Geschwindigkeit und Manövrierfähigkeit aus, und diese Eigenschaften waren ideale Voraussetzungen für kurze Überraschungsangriffe. Er scheute sich nicht zu fliehen und vervollkommnete auf See die gleiche Taktik, welche die amerikanischen Generäle zu Lande anwandten: unerwarteter Vorstoß, schneller Rückzug, Abwarten, vorsichtige Entscheidung.

Denn bei all seinen Vorhaben mußte er einkalkulieren, daß die »Whisper« zwar dank ihrer Geschwindigkeit jedem durchschnittlichen englischen Schiff entwischen konnte, daß jedoch der Feind drei Duplikate mit identischen Eigenschaften erobert hatte, die jetzt unter englischer Flagge fuhren. Er war ständig in Angst, daß die drei anderen Paxmore-Schoner ihn eines Tages in der Karibik jagen und einkreisen könnten. Daher seine Vorsicht, und deshalb kehrte er auch hin und wieder leer und manchmal sogar mit beträchtlichen Schäden in die Bucht zurück.

Im Frühjahr 1777, als die Lage aussichtslos schien, hatte Mr. Steed Gelegenheit, die seemännische Fertigkeit eines barfüßigen Kapitäns aus nächster Nähe zu beobachten.

Ein gewisser Leutnant Cadwallader war aus New York in den Süden gekommen, um eine dringende Botschaft von General Washington zu überbringen; die Chancen, sich gegen die Engländer behaupten zu können, standen nicht zum besten. »Der General ist überzeugt, daß wir kein Jahr mehr durchhalten können, wenn Frankreich uns nicht zu Hilfe kommt, mit beträchtlicher Unterstützung, versteht sich. Steed, Ihr müßt nach Frankreich fahren!«

»Ich dachte, Franklin wäre schon drüben.«

»Ist er auch. Und leistet ganz ausgezeichnete Arbeit in Paris. Aber die führenden Geschäftsleute – die großen Kaufherren in den Häfen wie etwa Nantes –, die sind überzeugt, daß wir keine Chance haben, den Krieg zu gewinnen.«

»Ich würde nichts ausrichten«, sagte Steed und dachte daran, wie sehr er selbst an einem Sieg zweifelte.

»Aber Ihr könntet mit ihnen reden. Ihr müßt fahren!«

»Ich will es versuchen.« Und nachdem Cadwallader wieder abgereist war, dachte er: Welche Ironie! Die englischen Protestanten in Philadelphia und New York haben sich über uns Katholiken, die wir in Saint Omer studiert haben, immer nur lustig gemacht. »Warum geht ihr nicht an eine richtige Universität wie Oxford?« Und jetzt sind es die Franzosen, von denen alles abhängt. Er hatte keine Lust, diese Mission zu übernehmen, und glaubte auch nicht an einen Erfolg. Seiner Meinung nach war das Schicksal der Kolonien besiegelt, und er fragte sich nur noch, unter welchen Bedingungen England ihnen den Frieden anbieten würde. Sein Pflichtgefühl aber war sehr ausgeprägt, und da man ihm nun einmal diese heikle Aufgabe übertragen hatte, wollte er auch sein Bestes tun.

Fahrt nach Frankreich! Cadwallader hatte leicht reden, für Captain Turlock aber war es nicht so einfach, dorthin zu gelangen, denn als die »Whisper« die

Mündung der Chesapeake Bay erreichte, traf sie auf einen Schwarm englischer Patrouillenboote, jedes einzelne mit zwei schweren Geschützen bestückt.

»Sieben Stück!« rief der junge Matt vom Bug herüber.

»Ich seh' sie«, erwiderte sein Vater.

»Was sollen wir machen?« fragte Steed.

»Wir warten.«

»Worauf?«

»Auf den richtigen Augenblick«, antwortete Turlock, und sie warteten. Fünf lange Tage segelte die »Whisper« im Schutz des Festlandes tatenlos umher, während die britischen Fahrzeuge auf offener See kreuzten. Zweimal tauchten amerikanische Kaperschiffe vom Osten her auf; sie entdeckten die Patrouillenboote und zogen sich zurück, um ihr Glück in anderen Häfen der Küste zu versuchen. Die »Whisper« aber konnte ihnen nicht gleichtun. Sie war in der Bucht gefangen und würde so lange gefangen bleiben, bis sich der Kapitän einen Trick einfallen ließ.

Während dieser ermüdenden Wartezeit erwies sich Simon Steed als der geduldige Unterhändler, für den General Washington ihn hielt. Er war siebenundvierzig Jahre alt, steif, aufrecht, korrekt, tief verletzt durch die Flucht seiner Frau und verzweifelt über den Verlust seines Töchterchens. Nie aber beklagte er sich. Bei Antritt der Fahrt hatte er seinen Kapitän auf die gebotene Eile hingewiesen, und er nahm an, daß Turlock sich dessen bewußt war. Jetzt war es am Seemann, die Blockade zu durchbrechen, und wie das zu bewerkstelligen war, wußte an Bord der »Whisper« keiner besser als er.

»Wir warten auf einen steifen Westwind, Mister Steed, einen, der gegen zwei Uhr früh aufkommt.«

»Und was soll der nützen?«

»Ihr werdet sehen.«

Und als am siebenten Tag die Sonne in Virginia unterging, besprach sich Captain Turlock mit Mr. Semmes. Sie beobachteten die Wolken, und Turlock meinte: »Heute nacht, denke ich.« Dann gingen sie zu ihrem Reeder und sagten: »Vielleicht heute nacht. Es wird riskant sein.«

»Geschützfeuer?«

»Jede Menge«, antwortete Turlock, und als es dunkel wurde, rief er seine Kanoniere zusammen und ließ sie noch mehr Kugeln und Pulver bereitstellen. Bis Mitternacht konnte Steed keine Veränderung der Windverhältnisse bemerken, aber um eins, als der abnehmende Mond im Osten stand, spürte er eine leise Bewegung über die stillen Wasser der Bucht gleiten, dann einen mit verstreuten Böen einhergehenden Ostwind, auf den eine völlige Flaute folgte. Er nahm an, der lang erwartete Nachtwind habe sich wieder gelegt, aber

Captain Turlock, mit der Chesapeake Bay seit langem vertraut, trat unter seine Männer und sagte: »Noch vor Tagesanbruch sind wir mittendrin.«

Er rechnete damit, daß der Wind, wenn er sich ganz plötzlich erhob – und daran zweifelte er nicht –, dreißig oder vierzig Minuten früher über die Bucht hinwegbrausen würde, bevor er noch den Atlantik erreichte. Wenn die Briten nicht wetterkundiger waren als er selbst – und das hielt er für unwahrscheinlich –, würden sie in der Finsternis gar nicht wissen, daß eine starke Luftströmung auf sie zukam. In dieser halben Stunde bei einem vortrefflichen Wind gedachte Turlock, seinen Schoner auf Höchstgeschwindigkeit zu bringen und direkt ins Zentrum der Blockadeschiffe zu steuern. Wenn er dabei mit einem feindlichen Fahrzeug zusammenstieß, würde es dort zum Kampf kommen, und von dort aus hatte er immer die Möglichkeit zu entwischen.

Um Viertel vor zwei nahm der Wind stark zu, und Turlock sagte seinen Männern: »Um vier haben wir Sturm. Es geht los!«

Alle verwendbaren Segel wurden gehißt: die drei Klüver, die zwei Staksegel und die zwei unteren Rahsegel. Die zwei Gaffelsegel an der Piek sollten in Reserve bleiben, bis zur letzten Minute, wenn höchste Geschwindigkeit vonnöten war; sie in einem so starken Wind zu hissen, wie er gerade aufzukommen schien, konnte gefährlich werden, und dieses Risiko wollte Turlock erst im Augenblick der Flucht eingehen. Dann würde er alles aufs Spiel setzen.

Um halb vier lag der Schoner knapp westlich von der Mündung der Bucht versteckt hinter den niedrigen Hügeln Virginias, dann aber schwenkte Turlock die »Whisper« direkt nach Osten, und während sie in der mondhellen Nacht ihr Tempo beschleunigte, rief er: »Volles Zeug, Mister Semmes.« Und der junge Matt holte die Leinen ein, und die Marssegel stiegen krachend in majestätische Höhen auf.

»An die Geschütze, Männer!« schrie Turlock und schoß mit seinem Schiff in voller Kampfbereitschaft auf das offene Meer.

Es war vier Uhr zwanzig, als die britischen Blockadeschiffe merkten, daß ein größerer Schoner auf sie zusteuerte. Hornsignale ertönten, Befehle wurden gebrüllt, doch die Patrouillenboote, die ihre Segel gerefft hatten, konnten nicht so schnell reagieren; es entstand allgemeine Verwirrung. Mit neun prallen Segeln vor dem Wind kam das amerikanische Schiff auf sie zugeschossen, das Deck von Wasser bespült, der Bug durchschnitt die schäumenden Wellen.

»Feuer!« brüllten die englischen Kapitäne, und die Kanonen donnerten – ohne ihr Ziel zu treffen.

»Feuer einstellen!« schrie Turlock. Es war nicht seine Aufgabe, Blockadeschiffe zu versenken oder zu beschädigen; er wollte ihnen nur ausweichen, und dies tat er mit unwahrscheinlichem Geschick bis zu dem Augenblick, da der Kapitän des siebenten englischen Schiffes merkte, daß dieser tollkühne Narr entwischen wollte. Er befahl seinem Rudergast, das Steuer herumzuwerfen und dem fliehenden Schiff den Weg abzuschneiden.

»Captain!« schrie Matthew.

Captain Turlock blieb nichts anderes übrig, als seine Fahrt mit aller Kraft fortzusetzen und zu hoffen, daß sein größeres Gewicht und die größere Fläche seiner geblähten Segel mehr Schaden anrichten würden, als er selbst erlitt. »Auf Bruch!« schrie er, und Simon Steed, der Eigner des schönen Schiffes, krümmte sich.

Doch im letzten Moment, als sich der Bugspriet der »Whisper« schon fast in die Backbordflanke des englischen Schiffes hineinbohrte, warf Turlock das Steuerrad so hart er konnte nach steuerbord herum – womit er in Anbetracht seiner großen Segelspanne und des starken Windes auf offener See den Schoner unweigerlich zum Kentern gebracht haben würde. Hier aber, so hatte er es vorausberechnet, krachte sein schneller Schoner, backbord an backbord, seitlich an das kleinere englische Fahrzeug; Holz knirschte auf Holz, aber das Blockadeschiff hielt die »Whisper« aufrecht. Der Aufprall kam so plötzlich und war von so kurzer Dauer, daß die »Whisper« wegzuhüpfen schien, ohne größeren Schaden genommen zu haben.

Wieder warf Captain Turlock das Steuer herum, diesmal nach backbord, und als sein Schiff sich von dem arg mitgenommenen Feind trennte, drehte sich der Bug in majestätischem Bogen, der Druck auf die Segel ließ nach, das Schiff richtete sich auf, und Turlock bat Mr. Semmes, seinen Sohn zu holen. Als Matt gelaufen kam, die Wangen von Stolz gerötet, sagte sein Vater: »Als der Kampf begann, dachte ich, mein Sohn ist ein Tölpel.«

»Wieso?«

»Wie so eine Galionsfigur hast du am Bug gestanden. Aber als es Zeit war, die Segel zu heißen, warst du da und hast die Leinen gezogen.« Matt lächelte. »Und als die Kanonenkugeln geflogen kamen, hast du dich nicht verdrückt.« Captain Turlock zauste das rote Haar seines Sohnes. »Du wirst ein rechter Seemann werden.«

Gegen Ende der Reise erlebte Steed einen schlechten Tag. Müßig betrachtete er eine Karte, welche die Mündung der Loire zeigte. Nantes lag an diesem Fluß, und es fiel ihm ein, daß er sich nicht allzu weit südlich von England befand. Er sah all die freundlichen Bilder, die dieser Name in ihm wachrief: seine englische Frau, seine Tochter, die rechtschaffenen Fithians, die heitere Ruhe. Wie überrascht wäre Captain Turlock, dachte er, wenn er ihm sagte: »Laßt uns zwei Tage nach Norden segeln, und wir sind in England.« Und er verfolgte den Gedanken weiter: Vielleicht übersiedle ich nach England, wenn der Krieg vorbei ist. Jane wäre dort glücklich, und Isham könnte sich um die Plantage kümmern.

Sobald er diese Vorstellung konkretisiert hatte, wurde ihm klar, daß er nicht den vollen Sieg herbeisehnte, wie er Leutnant Cadwallader vorschwebte oder wie ihn General Washington anstrebte, sondern Waffenstillstandsverhandlungen, auf Grund derer die Beziehungen wiederhergestellt werden könnten, wie sie vor dem Krieg bestanden hatten. Das möchte ich haben. England und die Kolonien wieder vereint, aber in einem freundschaftlicheren Verhältnis. Und dann gestand er sich ein, warum er das wollte: Weil wir England nicht besiegen können. Es ist unser Schicksal, mit England zu leben. Ich wünschte, dieser verdammte Krieg wäre schon zu Ende.

Mittlerweile fühlte er sich verpflichtet, Frankreich so viel Hilfe wie möglich abzuschwatzen, damit die Kolonisten ein paar Schlachten gewinnen und aus einer günstigen Position verhandeln konnten. Ich werde meine Aufgabe erfüllen, gelobte er sich, und merkte gar nicht, daß er selbst in diesem Augenblick an die »Kolonien« dachte und nicht an seine neue Nation. Ein kläglicher Botschafter, fürwahr!

Fern von den anderen, in Einsamkeit versponnen, stand er da, als der junge Matt Turlock seinen Beobachtungsposten verließ und auf ihn zutrat, um mit ihm zu reden. »Bald kommt Frankreich in Sicht«, sagte der Junge, und als Steed sich nicht dazu äußerte, fragte er ohne Umschweife: »Habt Ihr nicht in Frankreich gelebt?«

»Ja.«

»Diese kühle Antwort brachte den rothaarigen Jungen nicht in Verlegenheit. »Dort oben ist England«, sagte er, und als der Angesprochene schwieg, fuhr Matt fort: »Sie würden gern wissen, wo wir sind. Sie würden uns gern fangen.« Immer noch keine Reaktion, und der Knabe plapperte weiter: »Ich war schon einmal in England, Mister Steed.« Schweigen – nur der Schrei einer Möwe. »Erinnern Sie sich nicht? Ich bin mit Mistress Steed und Penny nach London gefahren.«

Der Name seiner Tochter riß Steed aus seiner Teilnahmslosigkeit. »Hat sie die Reise gut überstanden?« fragte er.

»Sie lag immer in ihrem Körbchen. Ich habe auf sie aufgepaßt.«

»Soso. Das hat mir keiner gesagt.«

»Ja. Mistress Steed blieb in ihrer Kajüte. Ich glaube, sie fühlte sich nicht wohl. Aber Penny und ich waren den ganzen Tag hier oben. Das Meer hat ihr gut gefallen.«

»Und du hast dich um sie gekümmert?« Steed schüttelte den Kopf, griff in seine Tasche und holte einen blanken Half-Joe hervor. »Das möchte ich dir für deine Mühe geben«, sagte er und reichte Matt die Münze. Der Junge zierte sich nicht; er kannte den Wert eines portugiesischen Joes und steckte ihn mit einem respektvollen »Danke sehr, Mister Steed« ein.

»Wo hat sie immer gelegen?« fragte Steed.

»Das Körbchen stand hier. Ich brachte es jeden Morgen herauf.«

Den ganzen Tag über blieb Simon Steed auf dem Vorderdeck und blickte abwechselnd nach Norden, wo England lag, und auf die Stelle, wo das Körbchen gestanden hatte.

Sie fuhren bei Saint Nazaire in die Loire ein, wo ein französischer Lotse an Bord kam, um das Schiff flußaufwärts zu leiten. »Wir geben den Kolonien wenig Chancen«, meinte er und verstärkte damit Steeds Pessimismus. »Die Schiffe werden den Ausschlag geben, und England hat eine ganze Menge.« Als sie in Nantes anlegten, stellten sie fest, daß die Kaufleute zwar lebhaftes Interesse für den Kaviar bekundeten, den sie mitbrachten, aber über Steeds hauptsächliche Mission ziemlich geringschätzig urteilten. »Wir sehen keine Hoffnung für die Amerikaner. Unserer Meinung nach tätet ihr besser daran, bei England zu bleiben, Steed.«

»Warum aber kämpft Ihr dann, Eure Unabhängigkeit zu verteidigen? Ein Krieg nach dem anderen, und immer gegen England.«

»Wir sind eine Nation. Mit einem Heer. Mit Schiffen. Euer Schicksal ist es, eine Kolonie zu sein.«

Wo er auch hinging, überall war es das gleiche. Kein französischer Kaufmann, der nicht hoffte, daß den Engländern jedes beliebige Übel schaden möge, und wenn es die Kolonien sein sollten, die das Empire in seinen Grundfesten erschütterten, um so besser. Steed hörte viele Äußerungen brüderlichen Mitgefühls und guten Willens, gefolgt von realistischen Einschätzungen, wonach England den Krieg einfach gewinnen mußte. Bei einem Diner im Hause der Montaudoins, die in der Wirtschaft der Region eine führende Rolle spielten, äußerte sich ein Neffe der Montaudoins, der mit Steed studiert hatte, voller Lob für die südlichen Kolonien: »Ein begnadetes Land, prächtige Menschen. Wir sind so froh, Euch bei uns zu sehen, Simon.«

»Werdet Ihr Eure Begeisterung auch in Paris kundtun?« fragte Steed geradeheraus.

»Gesellschaftlich, natürlich. Politisch? Lieber Freund, ich fürchte, Ihr habt keine Chance.«

Pflichtgetreu besuchte Steed alle Firmen, mit denen er schon in geschäftlicher Verbindung gestanden hatte – die Baillys, die Brisard du Marthres, die Pucet

Fils –, und immer wieder bekam er das gleiche zu hören: »Die Kolonien können nicht gewinnen. Versucht, den bestmöglichen Frieden herauszuschlagen, und macht einen neuen Anfang.«

Er unternahm die mühselige Überlandfahrt nach Lorient, einem Hafen, in dem die wagemutigeren Firmen ihren Sitz hatten, aber auch diese äußerten Zweifel: »Wir Franzosen denken praktisch. Wenn es eine Chance gäbe, daß Ihr Eure Unabhängigkeit von England bewahren könntet, würden wir Euch mit allem, was wir haben, unterstützen, aber wir sehen keine Chance.« Die Firma Berard, mit der Steed geschäftlich oft schon zusammengearbeitet hatte, gab ihm zu Ehren ein offizielles Diner; aber sie empfingen ihn als geschätzten Kunden und nicht als politischen Unterhändler, und als sich alle bedeutenden Persönlichkeiten dieser Region eingefunden hatten, faßte der Seniorchef, Monsieur Coutelux, ihrer aller Meinung in folgenden Worten zusammen.

Wir haben die Ereignisse in den Kolonien mit größter Aufmerksamkeit verfolgt und Euren vor drei Jahren gefaßten Entschluß, die wirtschaftliche Willkürherrschaft Londons abzuschütteln, gebilligt und begrüßt. Euer Widerstand gegen die Steuern, die Beharrlichkeit, mit der Ihr um die Freiheit gekämpft habt, Tabak direkt nach Frankreich verschiffen zu dürfen und nicht auf dem Umweg über Bristol, Eure starke Neigung zu einer Selbstverwaltung nach französischem Muster – all dies ermutigt uns. Ihr seid auf dem rechten Weg, Steed. Aber wenn Ihr die militärische Macht Englands herausfordert, insbesondere seine überlegene Flotte, handelt Ihr geradezu töricht, und Ihr dürft nicht erwarten, daß wir Euch in Eurer Torheit unterstützen.

Versteht mich recht, Steed; wir stehen England so ablehnend gegenüber wie von jeher. Wir warten nur auf den Moment, da wir London den *coup de grâce* versetzen können. Das mag in Spanien sein oder in Italien oder auch an einem so fremden Ort wie Indien, aber irgendwo und irgendwie sind wir dazu auserwählt, Europa zu beherrschen; und England ist eine weniger bedeutende Rolle bestimmt. Nie aber können die Kolonien diese Wende herbeiführen. Ihr habt nicht die notwendigen Kampfeinheiten, kein Heer, keine Flotte, keine Rüstungsbetriebe. Eure beste Chance besteht darin – und das sage ich Euch aus tiefster Überzeugung –, heimzufahren, mit London Frieden zu schließen und auf den Tag zu warten, da Frankreich England den Todesstoß versetzen wird. Dann erst – und nicht früher – werdet Ihr frei sein.

Enttäuscht kehrte Steed nach Nantes zurück und besprach sich an Bord der »Whisper« mit seiner Mannschaft. »Ich muß in Frankreich bleiben, bis man uns Hilfe zusichert. Ihr aber könnt die Meere durchfahren. Captain Turlock, wollt Ihr es riskieren, die Blockade noch einmal zu durchbrechen?«

»Jederzeit.«

»Das Glück könnte Euch untreu werden.«

»Ich habe noch ein paar Trümpfe in der Hand.« So kam es, daß Captain Turlock den Auftrag erhielt, die »Whisper« vollzuladen mit Stoffen, Messinggeräten, Schiffskompassen und allen Waren, die sich die ausgehungerten Kolonisten ersehnten, eilends heimzusegeln und dann zurückzukehren, um Steed abzuholen. Und so segelte Turlock eines schönen Tages die Loire hinunter und in den Atlantik hinaus.

Nun begann Steed, sich ins Zeug zu legen. Geduldig kehrte er zu jedem einzelnen Kaufmann zurück und erklärte mit umgänglichen Worten, warum die Kolonien in ihrem Widerstand gegen England Hilfe verdienten. »Ich weiß, wir kämpfen seit 1775 ohne Erfolg, aber wir sind noch immer im Feld, und wir werden stärker. Glaubt mir, lieber Freund, wir werden stärker.« Und wenn sie lachten, fragte er: »Warum habt Ihr dann meinem Kapitän Eure Waren anvertraut? Weil Ihr wißt, daß er die Blockade durchbrechen wird! In sieben Monaten wird er wieder hier sein, um eine neue Ladung zu holen. Das wißt ihr.«

Er kehrte nach Lorient zurück, fuhr entlang der Küste nach La Rochelle hinunter, und je mehr er redete, desto weniger erreichte er. Vielleicht war er zu sehr Franzose, um die Sache der Kolonien im rechten Licht darzustellen; er konnte seinen Zuhörern das Leben eines Farmers in den Blauen Bergen oder eines Webers in Massachusetts nicht lebendig genug vor Augen führen. Schließlich aber, als seine Stimmung ihren Tiefpunkt erreicht hatte, fand er die Unterstützung eines Landsmanns, der eine deutliche Ausdrucksweise nicht scheute.

Benjamin Franklin, der prominenteste Vertreter der Kolonien in Frankreich, kam nach Nantes herunter, um mit den führenden Bürgern von Nantes, Lorient und La Rochelle zu verhandeln. Die Montaudoins stellten ihm ein kleines Palais zur Verfügung, wo er hofhalten konnte, und dort traf ihn auch Steed.

Franklin war gut über siebzig, kahl, beleibt und so quicklebendig wie eine Kastanie auf einem heißen Rost. In seiner Art sich zu kleiden kehrte er bewußt den Amerikaner heraus und verzichtete auch nicht auf seine Waschbärpelzmütze und seinen knorrigen Spazierstock aus Kirschholz. Er sprach ein gräßliches Französisch, aber mit einer solchen Eindringlichkeit, daß all seine Ausführungen frisch und herausfordernd klangen. Bei seinen großen Diners enthielt er sich jedweder Sentimentalität und sprach nie von Amerikas heldenhaftem Kampf; er verwies stets auf die fundamentalen Interessen Frankreichs, und je weltlicher er seine Darlegungen formulierte, desto besser kamen sie an. »Wir machen für Euch die niedere Arbeit, und alles, was wir von Euch dafür haben wollen, ist greifbare Unterstützung. Wir möchten mit Euren Häfen uneingeschränkt Handel treiben, auch zu Eurem Nutzen. Wir möchten in der Neuen Welt ein Gegengewicht zur Alten schaffen, und dies wird vornehmlich für Euch von Vorteil sein.«

Er war ein erstaunlicher Mann. Aus Paris hatte er eine geheimnisumwitterte Dame mitgebracht, die er lediglich als Madame de Segonzac vorstellte; über ihre Identität und ihr Verhältnis zu Franklin wurden im übrigen keine Auskünfte gegeben, aber er ließ ihr gegenüber Ehrerbietung erkennen und überließ es ihrem Charme, seine Gäste zu becircen. Es machte ihm großen Spaß, die Straßen von Nantes zu durchwandern und jene Krämer zu besuchen, die anläßlich seines Aufenthaltes in der Stadt all die merkwürdigen Andenken ausgestellt hatten, die gegenwärtig Paris überschwemmten: Porzellantassen mit Franklins Porträt; Schnupftabakdosen mit aufgemalten Waschbärpelzmützen; seidene Kissen mit seinem bebrillten Konterfei auf der einen und Zitaten aus »Poor Richard« auf der anderen Seite. Seine hausbackenen, lehrhaften Aphorismen waren es, die diesen ungeschlachten Amerikaner bei den Franzosen so beliebt machten; in seiner barbarischen Art sprach er doch ihre Sprache. Doch was er auch in Nantes zuwege brachte, nichts übertraf seine Darbietung an jenem schönen Nachmittag, als er durch eine belebte Straße in der Nähe des Hafens flanierte. Ein unternehmungslustiger Kaufmann aus Korsika hatte sich drei der großen Porzellannachttöpfe kommen lassen, die an der Außenseite mit Franklins Porträt geschmückt waren und innen mit einer Abbildung seiner Waschbärpelzmütze. In ganz Frankreich hatte man schon Hunderte davon verkauft, jedoch bisher keine in Nantes, und als Franklin sie sah, blieb er stehen, sprach mit dem Korsen und nickte beifällig, als dieser einen der Nachttöpfe mitten auf die Straße stellte. Unter dröhnendem Gelächter der umstehenden Seeleute führte er dann vor, wie er, auf seinem irdenen Geschirr sitzend, aussehen würde. Die Leute jubelten ihm zu, und zwei Tage später hatte sich die Geschichte in den meisten Häfen des Westens herumgesprochen.

Bei den großen Versammlungen schien er nie ganz ernst, aber er war es. Er übermittelte nur eine einzige Botschaft: Die Vereinigten Staaten werden sich behaupten. Und noch bevor er nur eine Woche an der Küste geweilt hatte, wuchs in diesen störrischen Kaufleuten mehr und mehr die Überzeugung, daß es in ihrem eigenen Interesse lag, das eben erst flügge gewordene Land zu unterstützen – nicht etwa weil die Vereinigten Staaten sich auf philosophische Prinzipien stützten, die ihren Ursprung in Frankreich hatten, auch nicht etwa wegen einer angeborenen Bruderschaft zwischen den beiden Ländern, sondern allein deshalb, weil die Franzosen England einen Tritt in den Hintern geben und sich dabei zugleich einen Scheffel Livres Tournois verdienen konnten.

Mehrere Monate lang arbeiteten Franklin und Steed zusammen, und nachdem Turlock mit der »Whisper« nach Nantes zurückgekehrt und die Zeit zum Abschied gekommen war, sagte der ältere der beiden: »Simon, Eure Hilfe war unbezahlbar.«

»Ich habe nichts erreicht«, murmelte Steed, sich der Tatsache wohl bewußt, daß er, der nicht an einen entschiedenen amerikanischen Sieg glaubte, Franklin nur halbherzig unterstützt hatte. »Ihr wart es, den sie hören wollten.«

»Ich war der Clown, der ihre Aufmerksamkeit erregt hat. Eure Anwesenheit aber war unerläßlich, um ihnen die Kehrseite unseres Kampfes zu zeigen.« Er lachte und faßte Steed aufmunternd unter das Kinn, als sei er ein kleiner Junge. »Ihr habt das ehrbare Element vertreten, und, glaubt mir, Steed, der französische Geschäftsmann hungert nach Ehrbarkeit. Von Banken, die an windigen Ecken stehen, wollen die nichts wissen.« Dann wurde er ernst. Mit festem Griff drehte er Steed herum, so daß sie einander Auge in Auge gegenüberstanden. »Als wir unsere Arbeit anfingen, habt Ihr nicht geglaubt, daß wir gewinnen könnten. Das habe ich gemerkt. Glaubt ihr es jetzt?«

»Ich bin verwirrt. Mir ist, als sollten wir bei England bleiben.«

Franklin widersprach nicht. »Begeben wir uns auf Euren Schoner«, schlug er vor, und als sie in Captain Turlocks Kajüte saßen, sprach er voller Eindringlichkeit: »Der Sieg ist uns vorausbestimmt, Simon. Ich weiß, daß unsere Armeen überall auf dem Rückzug sind und daß wir keine Flotte haben. Auf unserer Seite aber kämpft die Kraft menschlichen Verlangens, wir sind nicht zu schlagen.« Er deutete zur Tür und fuhr fort: »Seht ihn Euch an. Der neue Amerikaner.« Und da stand Captain Turlock, barfuß, schmutzig von der Arbeit auf seinem Schiff, seine Kleidung fast in Fetzen, aber bereit, den Hafen von Bristol zu stürmen, wenn es darauf ankam. »Warum habt Ihr ihm das Kommando über Euer Schiff übertragen?« fragte Franklin.

»Er weiß ... er weiß, was ein Schiff leisten kann.«

»Und General Washington hat Euch diese Aufgabe übertragen, weil er weiß, was Ihr leisten könnt. Macht Eure Augen auf, mein Sohn, und seht, was Männer wie Ihr und Captain Turlock zustande bringen können.« Er geriet in einen euphorischen Zustand und redete, als gelte es, die Kaufleute von Nantes zu überzeugen. »Wir können eine neue Welt schaffen, Simon, wir werden siegen!« Und von diesem Augenblick an, im Hafen von Nantes, zweifelte Simon Steed nie mehr; er warf seine heimliche Liebe zu England über Bord, auch sein romantisches Sehnen nach Sicherheit und Sorglosigkeit vergangener Tage, und sprang mit beiden Beinen in die vorwärtsdrängende Flut der Revolution.

Als Ergebnis seiner und Franklins Bemühungen erwachte in der gesamten Geschäftswelt der französischen Küste der zuversichtliche Gedanke, daß die Vereinigten Staaten tatsächlich ihren Zermürbungskrieg gewinnen und zu einer bedeutenden Handelsmacht werden könnten. Der Widerstand gegen eine Verwicklung Frankreichs in das, was man bisher lediglich als einen weiteren idealistischen Aufstand angesehen hatte, ließ merklich nach, und damit war der Weg frei für die tatkräftige Intervention jenes bemerkenswerten Trios französischer militärischer Genies, die zusammen mit Lafayette den Vereinigten Staaten helfen sollten, ihre Unabhängigkeit zu bewahren: Rochambeau, Bougainville und, vor allem, de Grasse.

Als es an der Zeit war, daß Steed nach Devon zurückkehrte, machte Franklin ihm eine Mitteilung: »Ich habe dem Kongreß vorgeschlagen, Euch das Amt eines Agenten für die südlichen Staaten zu übertragen.«

»Wozu das?«

»Zur Beschaffung von Nachschub.«

»Das verstehe ich nicht.«

»Schiffe. Männer wie Captain Turlock. Schickt sie auf die Weltmeere. Bringt Musketen und Pulver, Meßketten und Stoff für Uniformen. Eine Armee braucht solche Dinge … wie Hühner und Geschütze. Beschafft sie.«

Simon Steed war ein Mensch, der eine so eindeutige Anregung als Befehl auffaßte, und einer momentanen Eingebung folgend, fragte er Franklin. »Was sollte ich denn von hier mitnehmen?« Die Antwort überraschte ihn:

»Nichts. Verlaßt Nantes mit leerem Laderaum.«

»Aber das hieße doch …«

»Eilt so schnell wie möglich nach Saint Eustatius.«

»Nach dieser winzigen Insel?«

»Winzig, aber außerordentlich wichtig. Sie gehört den Holländern, und wir haben dort Kriegsvorräte angehäuft, die Euch erstaunen werden.«

»Und wie bezahlen wir?«

»Kredit. Euer Kredit.«

»Scheint mir sehr riskant.«

»Mich schaudert, wenn ich an die Risiken denke, die wir bereits eingegangen sind. Euer Risiko kommt erst in Saint Eustatius.«

So trennten sie sich, beide verstrickt in ein Wagnis von atemberaubenden Ausmaßen: Scheitern bedeutete Ruin und des Henkers Schlinge; Sieg bedeutete die Gründung einer Nation auf der Grundlage neuer Prinzipien, deren Möglichkeiten noch kaum erkannt waren. Im Hafen von Nantes, wo kein

Mensch an Amerikas Überlebenschancen glaubte, hatte sich Simon Steed zu diesen neuen Prinzipien bekannt und war willens, sich mit seinem Vermögen und mit seinem Leben dafür einzusetzen.

»Wir fahren heute abend«, wies er Captain Turlock an.

»Leer?«

»Ja. Nach Saint Eustatius.«

»Da war ich noch nie«, sagte Turlock, war aber zur Abfahrt bereit.

Daß auch nur irgendein Seemann Saint Eustatius finden konnte, war ein Wunder, aber ein noch größeres Wunder erwartete den, der es dann tatsächlich fand. Denn es war eine der kleinsten Inseln der Welt, eine vulkanische, felsige Spitze inmitten einer Inselgruppe nördlich von Guadeloupe. Captain Turlock, der sie in einem dichten Wolkenmeer suchte, wollte schon nicht mehr glauben, daß es sie überhaupt gab, als sein Sohn ihn eines Besseren belehrte. »Steuerbord Land in Sicht!« rief der Junge, und gleich einem geheimnisvollen Wachtposten erhob sich die zerklüftete Küste von Saint Eustatius aus den Fluten.

Während die »Whisper« manövrierte, um in den kleinen Hafen einzufahren, war Simon Steed überwältigt von dem, was er sah: eine Uferlinie, gedrängt voll mit großen Lagerhäusern; so viel Tauwerk und Baumwollzeug, daß zahlreiche Ballen unverpackt umherstanden; keine Polizei, keine Soldaten, keine Kanonen, die den Kai schützten; und in den engen Gewässern der Bucht nicht weniger als sechzig Seefahrzeuge. Erst später erfuhr er, daß jeden Tag fünf oder sechs Schiffe einliefen, schwer beladen mit Waren aus Europa und Afrika, und eine ebenso große Zahl Schiffe brachte diese Waren in amerikanische Kolonien, die sich für den Kampf rüsteten. »Das ist die reichste kleine Insel, die es je auf Erden gab«, empörte sich ein britischer Admiral über die Unverfrorenheit, mit der hier Handel getrieben wurde.

Auf Saint Eustatius herrschte eine unwirkliche Atmosphäre. Die Insel gehörte den Holländern, die mit niemandem Krieg führten, die ankommenden Waren aber stammten aus aller Herren Länder: aus Rußland, Schweden, Portugal und vor allem aus Frankreich und England. Und das war den Briten ein besonderes Ärgernis: Englische Schiffslieferanten weigerten sich, englische Kriegsschiffe in Plymouth auszurüsten, und verschickten statt dessen heimlich und unerlaubt ihre besten Waren nach Saint Eustatius, wo sie an amerikanische Schiffe verkauft wurden, die gegen England kämpften. Auch so manches ehrenwerte Handelsschiff, das London mit Papieren für Italien oder Griechenland verließ, änderte südlich des Kanals seinen Kurs und drehte nach Saint Eustatius ab, wo sich die Gewinne verdreifachen ließen.

Kein Pier war frei, an dem Captain Turlock hätte anlegen können; dreißig Schiffe warteten schon vor ihm. Von seinem Ankerplatz aus ruderte er an Land, um das Kriegsmaterial einzukaufen, das entlang der Chesapeake Bay gebraucht wurde: die stärksten englischen Taue, dicke Messingbleche, Musketen aus Österreich und Salz aus Polen. Er kaufte mit Überlegung bei einem Dutzend verschiedener Kaufleute, die verschiedene Sprachen sprachen, und als die Rechnungen ausgestellt waren, ließ er Mr. Steed Kreditbriefe ausstellen. So schwer beladen, wie es die Spanten nur irgend zuließen, stach die »Whisper« in See mit Kurs auf Amerika. Turlock hatte keine Ahnung, wie er die Blockade durchbrechen würde, falls überhaupt, und welchen Hafen er dann anlaufen konnte.

Es war eine schöne sonnige Fahrt vor dem Wind, aber sie nahm ein jähes Ende, denn ein englisches Großgeschwader patrouillierte entlang der Chesapeake Bay, und da durchzuschlüpfen war selbst einem so gewieften Roßtäuscher wie Turlock unmöglich. Er segelte nach Norden in Richtung Boston, wurde jedoch von einer amerikanischen Fregatte aufgehalten – ein klägliches Fahrzeug mit einer ungeschulten Mannschaft und wenig Geschützen –, deren Kapitän ihnen durch einen Sprachtrichter zurief: »Kehrt um! Ihr könnt nicht nach Boston rein!« So steuerte Turlock die ›Whisper‹ mit ihrer unbezahlbaren Fracht nach Süden, in der Hoffnung, irgendwo in den Karolinen anlegen zu können. Aber auch dort lauerten englische Kriegsschiffe, und schließlich riet Turlock seinem Reeder: »Mister Steed, ich weiß keine bessere Lösung, als die ›Whisper‹ irgendwo an der Küste von Delaware auf Strand zu setzen und die Fracht auf dem Landweg zu transportieren.« Auch Mr. Semmes hatte nichts Besseres vorzuschlagen, und so mußte Steed zustimmen. »Aber zwanzig Prozent werden unterwegs gestohlen werden«, sagte er, und Turlock antwortete darauf: »Dann werdet Ihr vierzig Prozent auf die Preise aufschlagen.«

Die »Whisper« segelte vorsichtig nach Norden – weitab vom Land, wo das vor der Chesapeake Bay kreuzende Geschwader sie nicht entdecken konnte –, und auf der Höhe von Lewes in Delaware drehte sie scharf nach Westen und steuerte auf die Küste zu. An der Mündung eines kleinen Flusses ging sie vor Anker; man ließ Boote zu Wasser und begann auszuladen. Noch bevor die erste Partie an Land war, erschienen Männer aus Delaware, die es übernahmen, diesen kriegswichtigen Nachschub über die Halbinsel ans Ostufer der Bucht zu befördern, von wo er mit der Fähre nach Baltimore gebracht werden sollte.

»Man wird Euch bezahlen«, versicherte Steed den Männern aus Delaware.

»Ob man uns bezahlt oder nicht, wir schaffen das Zeug nach Baltimore.«

Es waren Männer, die seit drei langen Jahren gegen die Engländer kämpften. Der Sieg schien ferner denn je, doch das Wort »aufgeben« kannten sie nicht. Als die Fracht gelöscht war, sagte Steed zu seinem Kapitän: »Kehrt nach Saint Eustatius zurück. Macht so viele Fahrten wie nur möglich.« So begann der segensreiche Fährdienst zwischen dem holländischen Umschlaghafen und den Kolonien. Wann immer in den folgenden Jahren eine Schiffsladung durch die englische Blockade gebracht wurde, Simon Steed überwachte sie. Er registrierte jeden einzelnen Posten, erkannte ihm den höchstmöglichen Wert zu, leitete die Güter an die noch unerfahrene Regierung weiter und berechnete für sich eine Handelsspanne von dreißig Prozent auf die ohnehin schon aufgeblähten Preise. Wenn der Krieg weiter andauerte und Captain Turlock seine mutigen Eskapaden fortsetzte, würden die Steeds Millionäre werden – in Pfund Sterling, nicht in Dollars.

Ende 1777 jedoch trat eine verhängnisvolle Wende ein. Kühne englische Kapitäne machten die Chesapeake Bay zu einer britischen Domäne. Sie segelten dreist ans obere Ende der Bucht und setzten dort eine riesige Armee an Land. Die Truppen marschierten nach Philadelphia, in der Hoffnung, die Kolonien in zwei Teile spalten und zuerst die nördliche, dann die südliche Hälfte unterwerfen zu können.

Am Choptank verbreitete sich die Nachricht, daß an den Ufern eines Flusses mit dem Namen Brandywine eine entscheidende Schlacht geschlagen worden sei; Philadelphia sei gefallen, und General Washington sei seiner Vernichtung nur dadurch entgangen, daß er sich in die Umgebung einer Eisenhütte namens Valley Forge zurückgezogen habe. Ob er sich von seiner Niederlage erholen würde und den Engländern weiterhin Widerstand leisten könnte, wurde allgemein bezweifelt. Der Zusammenbruch der Revolution schien unmittelbar bevorzustehen.

Ein englisches Geschwader kam ungehindert den Choptank herauf, ankerte vor Patamoke und beschoß die Stadt. Als sich kein Widerstand zeigte, rückten Landungskommandos an, und ein Leutnant in schmuckem Gold und Blau verkündigte: »Wir sind gekommen, um diese berüchtigte Brutstätte des Verrats, die Paxmore-Werft, niederzubrennen.« Mit Fackeln setzten die Männer die Holzschuppen in Brand und zogen ab.

Zu diesem Zeitpunkt lag die »Victory« nahezu fertig auf der Helling; noch waren die Spieren nicht an ihrem Platz, und einige Stellen mußten noch abgedichtet werden, aber es war schon fast ein einsatzbereiter Schoner und wurde dringend gebraucht. Als das Feuer in hellen Flammen aufloderte und es schon aussah, als werde dieses kostbare Fahrzeug zu Asche verbrennen, stürzte Levin Paxmore auf seine dem Untergang geweihte Werft, schlug die Spreizen weg, mit denen die »Victory« auf der Helling festgemacht war, und hatte nur den einen hoffnungsvollen Gedanken, daß sie, von ihren Fesseln befreit, die Gleise hinunter ins Wasser gleiten würde, wo die zerstörerischen Flammen gelöscht würden.

Als deutlich wurde, was Paxmore vorhatte, kamen die Leute aus der Stadt herbei, um ihn anzufeuern. Sie ließen sich von den letzten Salven der englischen Schiffe, die sich bereits zurückzogen, nicht zurückschrecken, aber sie halfen ihm auch nicht beim Wegschlagen der Spreizen, denn die Hitze war mörderisch.

Wütend über die Beschießung und alarmiert durch das Feuer, das den Himmel blutrot gefärbt hatte, war nun auch Ellen Paxmore auf die Werft geeilt und hatte schnell begriffen, was ihr Mann beabsichtigte. Die Vorstellung, daß dieses schöne Schiff verbrennen sollte, entsetzte auch sie, und als keiner der anderen Anstalten machte, Levin zu helfen, ergriff sie eine Axt und verschwand in den Flammen. Aber gerade da, wo sie war, hätte sich keiner behaupten können; das Feuer wütete, und sie mußte aufgeben.

Pompey, ein Sklave, hatte Mrs. Paxmores kühnes Verhalten beobachtet und erstickte nun mit bloßen Händen die Funken, die ihr graues Kleid in Brand zu setzen drohten. Dann ergriff er ihre Axt, stürzte selbst in die Flammen und schlug gleich zwei der Spreizen weg.

»Es bewegt sich!« brüllte die Menge, und die »Victory« glitt langsam die Helling hinunter, wurde schneller und platschte zischend in das Hafenwasser. Jetzt konnte es den Leuten ringsum nicht schnell genug gehen, kleine Boote zu besteigen und sich um das vorzeitig zu Wasser gelassene Schiff zu drängen, Wasser auf die noch flackernden Flammen zu spritzen und den Rumpf am Ufer festzumachen. Nun, da er seinen neuen Schoner in Sicherheit wußte, auch wenn seine Werft in Asche lag, ging Levin Paxmore unter schmerzhaften Qualen nach Hause, in der Erwartung, daß seine Verbrennungen nun gleich behandelt würden. Statt dessen aber sah er sich in eines der inhaltsschwersten Gespräche seines Lebens gezogen, denn seine Frau erwartete ihn, und auch ihre Verbrennungen waren noch nicht behandelt.

Ellen: Hast du gesehen, Levin? Der einzige Mensch, der den Mut hatte, dir zu helfen, war der Sklave Pompey.

Levin: Ich habe nichts gesehen.

Ellen: Du siehst ja nie etwas. Pompey sprang ins Feuer. Pompey hat mir geholfen, die Flammen an meinem Kleid zu ersticken. Pompey hat die Spreizen abgeschlagen. Bedeutet dir das nichts?

Levin: Es bedeutet, daß wir die »Victory« gerettet haben.

Ellen: Es bedeutet, daß er ein Mensch ist, ein guter Mensch. Bist du dir nicht darüber im klaren, daß es ein Unrecht ist, einen solchen Mann als Sklaven zu halten?

Levin: Meine Hände schmerzen.

Ellen: Mein Herz schmerzt, Levin, und ich kann keinen Tag länger so leben. Die Kolonisten kämpfen um ihre Freiheit. Männer wie Simon Steed vollbringen Wunder im Namen der Freiheit, aber sie nehmen überhaupt keine Notiz von unserem schwerwiegendsten Problem. Und sie haben es Tag für Tag vor Augen.

Levin: Pompey ist ein guter Sklave. Ich habe ihn immer gerecht behandelt.

Ellen: Wer hat dir das Recht gegeben, einen Menschen gerecht oder ungerecht zu behandeln? Bist du ein Gott, weil du weiß bist?

Levin: Was willst du von mir?

Ellen (ihre Stimme senkend und ihren Mann an seinen verbrannten Händen fassend): Ich will, daß du am Ersten Tag aufstehst und einen Antrag einbringst, wonach in Zukunft kein Quäker, der Sklaven hält, Mitglied unserer Gemeinde bleiben kann.

Levin: Das hast du jetzt schon dutzendmal versucht.

Ellen: Aber du hast nichts getan, und dein Wort hat großes Gewicht.

Levin: Ich bin voll beschäftigt mit dem Bau der Schoner. Steed hat gesagt – wahrscheinlich aber hat er übertrieben –, daß ich damit unsere Freiheit zu bewahren helfe.

Ellen: Es gibt einen wichtigeren Krieg als den an der Bucht.

Levin: Was meinst du damit?

Ellen: Die Kolonien werden ihre Freiheit bekommen, so oder so. England oder eine Konföderation, was ist denn da der Unterschied? Aber die Freiheit der Menschen …

Levin: Auch sie wird kommen … zu gegebener Zeit.

Ellen: Das wird sie nicht! (Jetzt erhebt sie wieder ihre Stimme.) Vor mehr als hundert Jahren hat Ruth Brinton Paxmore in dieser Stadt die Quäker gebeten, ihren Sklaven die Freiheit zu geben, und nichts ist geschehen. Vor fünfzig Jahren hat deine Großmutter die gleiche Bitte ausgesprochen – mit dem gleichen Ergebnis. In fünfzig Jahren wird meine Enkelin die gleichen Worte in die Wildnis schreien, wenn wir nicht …

Levin: Die Sklaverei wird von selbst aufhören, das weißt du doch.

Ellen: Ich weiß, daß sie ewig bestehen wird, wenn nicht gute Menschen dagegen ankämpfen. Am Ersten Tag mußt du Zeugnis ablegen, Levin!

Levin: Ich kann nicht Partei ergreifen in einer Kontroverse, die mich überhaupt nichts …

Ellen: Levin! Heute hat mich ein Schwarzer gerettet, wie ein Salamander sprang er in die Flammen. Würdest du ihn dem Feuer überlassen?

Levin: Ich kann dir nicht folgen, wenn du in solch überspitzten Worten sprichst.

Ellen: Und ich kann nicht länger in diesem Hause bleiben, wenn auch nur ein Angehöriger der Familie sich für die Sklaverei ausspricht, Levin. Ich muß mein Lager anderswo aufschlagen.

Levin (läßt seinen Kopf auf den Tisch sinken): Ich habe meine Werft verloren, meine Werkzeuge. Und meine Hände brennen wie Feuer. Ich brauche Hilfe, Ellen.

Ellen: Und du wirst auch noch deine unsterbliche Seele verlieren, wenn du Pompey den Rücken kehrst. Auch er braucht Hilfe.

Levin (springt auf): Was verlangst du von mir?

Ellen: Dein Zeugnis … vor allen … am Ersten Tag. (Schweigen, dann mit sanfter Stimme.) Du hast dich doch schon auf diesen Tag vorbereitet, Levin. Ich habe gesehen, mit welchen Augen du die Schwarzen in unserer Stadt gemustert hast. Die Zeit ist gekommen. Ich glaube, das Feuer war ein Zeichen … es weist in die Zukunft.

Levin: Kannst du mir etwas Bärenfett auf die Hände streichen? Sie brennen. Sie brennen ganz schrecklich.

Ellen (streicht das Fett auf): Heißt das, daß du sprechen wirst?

Levin: Ich wollte nicht. Gott läßt sich Zeit in solchen Dingen. Aber Pompey ist ein anständiger Mensch. Du hast gesagt, er hat die Spreizen weggeschlagen?

Ellen: Ja, das hat er. Aber nicht deswegen verdient er deine Unterstützung. Er verdient sie, weil er ein Mensch ist.

Levin: Ich nehme an, die Zeit ist gekommen. Ich werde für dich Zeugnis ablegen.

Ellen: Nicht für mich und nicht für Pompey, weil er geholfen hat. Für die große Zukunft dieser Nation – die Zukunft, die Ruth Brinton vor sich sah.

Und so fanden sich an einem Ersten Tag gegen Ende des Jahres 1777 die Quäker zu ihrer Überraschung inmitten einer Auseinandersetzung, die zur Spaltung der Kirche führen sollte. Die Gemeindemitglieder waren in das alte Bethaus gekommen in der Erwartung, daß man Levin Paxmore mit geziemenden Worten über den Verlust seiner Werft hinwegtrösten oder mit Dankgebeten die Befreiung der Stadt von den Engländern feiern würde. Statt dessen, nach neun kurzen Minuten der Ruhe, erhob sich Levin Paxmore; seine Hände waren verbrannt, seine Haare angesengt:

> In der Bibel steht, daß wir zuweilen durch ein helles Glas ins Dunkel sehen. Bei mir bedurfte es eines großen Feuers, das meiner Hände Arbeit zerstörte, aber in seinen Flammen bewegte sich eine Gestalt, vergleichbar mit Schadrach, Meschach und Abednego. Es war der Sklave Pompey,

Eigentum eines Mitglieds dieser Gemeinde, das ihn an andere verpachtet. Ich habe nicht gesehen, was Pompey geleistet hat, aber mir wurde gesagt, er sei sehr tapfer gewesen, und ihm sei es zu danken, daß mein Schoner gerettet wurde.

In den Tagen nach dem Feuer habe ich mich gefragt, warum eigentlich ein Sklave, der nichts zu gewinnen und alles zu verlieren hatte, sich, um meinen Schoner zu retten, ins Feuer stürzte? Und die einzige vernünftige Antwort auf diese Frage ist: Pompey ist ein Mensch wie ich. Er atmet wie ich, ißt und arbeitet wie ich und schläft, wenn er müde ist. Woher ich das weiß? Weil ich ihn gestern am Kai sah, und seine Hände waren verbunden wie die meinen. Das Feuer hat ihn ebenso verbrannt, wie es mich verbrannt hat. (Er hob seine Hände hoch, und viele begannen sich unbehaglich zu fühlen.)

Deshalb stoße ich heute alles um, wofür ich bisher in dieser Versammlung eingetreten bin. Die Sklaven müssen freigelassen werden! Sie müssen freigelassen werden im Namen Gottes und Jesu Christi, und keiner, der Sklaven hält, soll es fortan wagen, sich Quäker zu nennen.

Die Versammlung schloß in Bestürzung. Levin Paxmore war das wohlhabendste Mitglied der Gemeinde und auch das weiseste. All jene, die eine Änderung ablehnten, hatten immer mit seiner Unterstützung rechnen können: »Überstürzen wir nichts. Lassen wir die Sache ruhen bis zur nächsten Jahresversammlung.« Und nun hatte er die Vereinbarung gebrochen und offen zur sofortigen Freilassung der Sklaven aufgerufen – und dies unter Androhung des Ausschlusses aus der Gemeinde.

Bei der Vierteljahresversammlung im Dezember 1777 wurden die Quäker vom Choptank zur ersten bedeutenden religiösen Gruppe im Süden, die die Sklaverei unter ihren Mitgliedern ächtete. Trotz Levin Paxmores unerschütterlicher Standfestigkeit kam es innerhalb der Gemeinde zu einem erbitterten Kampf, und der Schreiber brauchte zwei Tage, um die Mehrheitsentscheidung zu ermitteln, und auch dann noch stürzten sieben besonders halsstarrige Männer aus dem Saal und schworen, eher ihr Quäkertum aufzugeben als ihre Sklaven. Mehr als hundert Jahre hatte es gedauert, bis diese liberalste aller christlichen Sekten des Südens zu der Überzeugung gekommen war, daß Sklavenhalterei mit christlichen Prinzipien unvereinbar sei; bei den konservativeren Sekten dauerte es noch weitere hundert Jahre.

Als die Entscheidung bekanntgegeben wurde, blickte Levin Paxmore auf seine verbundenen Hände und sagte zu seiner Frau: »Das Brennen hat aufgehört.« Und sie wußte, warum.

Für die Amerikaner an der Chesapeake Bay erreichte die kritische Phase der Revolution 1781 ihren Höhepunkt. Die Zukunft Amerikas und vielleicht der ganzen Welt war in Gefahr, denn es hatte den Anschein, als würde der Kampf um die Selbstbestimmung scheitern und damit auch die Hoffnung von Millionen Europäern auf ein besseres Leben.

In diesem Jahr begann die englische Armee unter der Führung einiger entschlossener Generäle, den Süden auseinanderzureißen. In einer Reihe von Siegen wurden General Washingtons Truppen in Georgia und South Carolina überwältigt, und es wurde immer klarer, daß ein paar Farmer, so tapfer sie auch sein mochten, nichts ausrichten konnten gegen Hunderte gut trainierter englischer Berufssoldaten, die mit Geschützen ausgestattet waren.

Als General Cornwallis Virginia zu verwüsten anfing und Admiral Rodney eine Flotte von Schlachtschiffen im Karibischen Meer zusammenzog, die nur auf den Befehl wartete, in die Bucht einzudringen, schien das Schicksal der Revolution besiegelt. New York war in englischer Hand, Philadelphia kampfunfähig, und aus Boston und Newport war keine Hilfe zu erwarten. Kein Hafen an der atlantischen Küste war amerikanischen Schiffen zugänglich, selbst wenn sie die Blockade hätten durchbrechen können.

Die Leute sprachen offen über die bevorstehende Niederlage und stellten Überlegungen an, welche Friedensbedingungen man den siegreichen Engländern wohl überhaupt noch abschwatzen konnte. Selbst der stets so optimistische General Washington wurde wankend. In einem Brief an Steed von Devon faßte er die Lage zusammen:

Wo um Christi willen bleibt die französische Flotte, von der Ihr und Franklin mir versichert habt, daß sie uns beistehen würde? Ich fürchte, ohne deren Hilfe – und baldige Hilfe – werden wir verloren sein. Meine Männer meutern. Mehr Deserteure verlassen die Truppe als neue Rekruten zu ihr stoßen. Sie haben keine Verpflegung, keine Gewehre, keine Uniformen, die ihnen moralischen Rückhalt geben würden, und vor allem – keine Löhnung. Nur der eiserne Wille unserer subalternen Offiziere hält diese Armee zusammen, und es besteht wenig Hoffnung, daß dieses Wunder auch noch den Rest dieses Jahres anhalten kann. Freund Steed, wir brauchen sofortige Hilfe von Frankreich. Seht Ihr irgendeine Möglichkeit, diese dringende Botschaft der französischen Regierung in Paris zu übermitteln? Wenn ja, reist sofort ab und sagt ihnen, daß am Ausgang des Krieges nicht mehr zu zweifeln ist, wenn uns auch weiterhin ihr Beistand versagt bleibt. Wir brauchen Waffen und Proviant, Tuch und Geld und insbesondere eine französische Flotte, um der uns drohenden Strangulierung zu begegnen. Ich flehe Euch an, Steed, tut etwas!

Aber er konnte nichts tun. Er konnte keine beschwörenden Briefe nach Nantes schicken, denn die Post konnte nicht durch die Blockade gebracht werden. Auch konnte er nicht versuchen, selbst die Blockade zu durchbrechen, denn Captain Turlock kreuzte im Karibischen Meer. Er konnte nicht einmal mit einer Schaluppe nach Virginia übersetzen und sich am Kampf gegen Cornwallis beteiligen, denn in der Bucht wimmelte es von englischen Patrouillenbooten. Ohnmächtig mußte er von Devon aus zusehen, wie die Katastrophe ihren Lauf nahm; er erfuhr nicht einmal von dem Unglück, das seine zwei Schoner in Saint Eustatius betroffen hatte.

Captain Turlock auf der »Whisper« war mit dem jungen Norman Steed – einem Neffen von Simon Steed – als Kapitän der neuen »Victory« äußerst zufrieden. Er war waghalsig, achtete aber auf alle Signale, kühn, dabei aber stets bedacht, sein Schiff zu schützen.

Drei Fahrten hatten sie zusammen nach Saint Eustatius unternommen und dabei riesige Frachten befördert, die Simon Steed mit Gewinn an die hungrigen Armeen General Washingtons verkaufte. Jetzt standen sie vor ihrer vierten Fahrt, und wenn es ihnen gelang, die zwei Schoner irgendwie nach Boston oder Savannah zu schmuggeln, würden sie ein Vermögen verdienen. Während sie gemächlich nach Süden segelten, immer auf der Hut vor beutehungrigen Engländern, bat Captain Turlock seinen Kollegen zu einer abschließenden Besprechung auf die »Whisper«. – »Diesmal kommt es darauf an, so schnell wie möglich zu laden und gleich wieder zu verschwinden.«

»Bisher haben wir uns immer Zeit gelassen.«

»Ich hab' so ein Gefühl, daß sich die Dinge geändert haben«, sagte Turlock.

»Wie denn?« fragte der junge Steed.

»England will uns den Rest geben. Es herrscht zu viel Bewegung.«

»Aber ich hab' gar keine Schiffe gesehen.«

»Ich auch nicht«, knurrte Turlock. »Trotzdem. Schnell rein. Schnell raus.«

Norman Steed begriff nicht, wie ein Mensch nichts sah und keine Nachricht empfing und doch spürte, daß die Welt sich irgendwie verändert hatte. Er verabschiedete sich von Captain Turlock und ruderte zur »Victory« zurück, und als die zwei Schoner Saint Maarten passierten, jene merkwürdige Insel, halb französisch und halb holländisch, sah er, daß Captain Turlock ein Boot zu Wasser gelassen hatte, das ihm einen Befehl überbrachte: »Die ›Whisper‹ fährt als erste in den Hafen von Saint Eustatius ein. Bleibt nahe und beobachtet uns aufmerksam.«

Sie näherten sich der goldenen Insel, aber von einer Veränderung war nichts zu merken: der gleiche Wald von Masten, die geschäftigen Lastträger, die vertraute holländische Flagge, die schlaff in der stillen Luft hing. Es gab so wenig Wind, daß Captain Steed die günstigen Bedingungen nach der Einfahrt für einen Schlag nach steuerbord nützen wollte und mit der »Victory« eine Wendung machte, die ihn in einiger Entfernung vor die »Whisper« brachte. Als aber der schnittige neue Schoner nun ankern wollte – die Kais waren noch immer besetzt –, brach plötzlich mörderisches Geschützfeuer los. Der Mast der »Victory« zersplitterte, und ihr junger Kapitän lag, zwei Musketenkugeln in seiner Brust, in seinem Blut.

Captain Turlock wollte in den Hafen stürmen und diesen feigen Überfall rächen, doch kaum hatte er seine vier Kanonen ausgefahren, als Mr. Semmes rief: »Captain! Das sind alles englische Schiffe!«

Und so war es. Die Unverfrorenheit der Holländer, diesen Umschlaghafen den Verrätern zur Verfügung zu stellen, hatte Admiral Rodney, Kommandeur des karibischen Geschwaders, die Galle hochgetrieben, und schließlich hatte er Saint Eustatius besetzt – mit einem Geschwader, das groß genug gewesen wäre, die ganze Insel in die Luft zu jagen. Der schlaue Fuchs ließ die holländische Flagge am Mast, um so Freibeuter wie den jungen Norman Steed in Schußweite seiner Geschütze zu locken.

Voller Zorn drehte Teach Turlock mit der »Whisper« ab. Der junge Steed war tot, die »Victory« verloren und ihre Besatzung auf dem Weg ins Old-Mill-Gefängnis in Plymouth. Zutiefst empört über diesen schändlichen Hinterhalt, stürmte er durch die Karibik und stellte jedes englische Schiff, das seinen Weg kreuzte. Vor Jahren hatte er auf einer ruhmreichen Kaperfahrt für jede seiner vier Kanonen eine Prise genommen – das höchste, was ein Freibeuter erhoffen konnte. Jetzt nahm er zwei für jedes Geschütz, und die Beute im Innern des Schoners wuchs zu einem ungeheuren Umfang an – und wurde zur quälenden Sorge. Er konnte sie nirgends an Land bringen. Daß er sich so ungehindert zwischen den Hunderten von Inseln austoben konnte, war darauf zurückzuführen, daß die Engländer ihre großen Schlachtschiffe nach Nordwesten verlegt hatten, um die Kolonien in einem eisernen Ring einzuschließen. Die Strangulierung, die General Washington befürchtet hatte, war in vollem Gang, und Teach Turlock sah keine Möglichkeit, seine Beute an Land zu bringen.

Ende August jedoch, als er in der Hoffnung, einen Schlupfwinkel zu finden, vor den Karolinen kreuzte, überholte er eines Tages ein kleines Fischerboot mit amerikanischen Schiffern, die eine gewaltige Neuigkeit zu berichten wußten: »Die Franzosen sind da!«

Sie erzählten von General Lafayette, diesem eingebildeten, aber tapferen Mann, der in Virginia einmarschiert war, die Ordnung wiederhergestellt hatte und so brillant taktierte, daß jetzt General Cornwallis auf der Halbinsel York eingeschlossen war. Sie sprachen von den mächtigen Anstrengungen in allen Kolonien, Lafayettes Truppen zu stärken und den Krieg zum Abschluß zu bringen. Und schließlich berichteten sie noch, was mehr als alles vorige Begeisterung hervorrief:»Die Leute sagen, eine französische Flotte sei gekommen, um die Bucht von den Engländern zu befreien!«

»Das heißt, wir können heimfahren!« rief Turlock, und fünf Minuten später war das Deck klar für einen raschen Schwung nach Norden.

Wie schön die »Whisper« war, als sie so schnell dahinglitt in Richtung Cape Hatteras, hart am Wind und mit schrägem Deck, am Bug der junge Matt, der nach Cape Henry Ausschau hielt. Kreisend zogen die Möwen hinten nach, und auf den Leinen glitzerte die Sonne. Es war ein gutes Gefühl, in schweren Zeiten heimkehren zu können, um mit den Seinen gegen den Feind zu kämpfen.

Vor Hatteras begegneten sie einem weiteren Boot, und auch dessen Insassen bestätigten die unglaublichen Nachrichten:»Französische Schiffe schützen die Bucht! Ihr werdet keine Schwierigkeiten bei der Einfahrt haben!«

Als sie an den Sandbänken von Hatteras vorüber waren, zog Captain Turlock noch mehr Segel auf, und die »Whisper« schoß über das Wasser dahin mit einer Geschwindigkeit, wie Levin Paxmore sie vorausberechnet hatte. Doch da die Fahrt sich ihrem Abschluß näherte, wurde Turlock wieder bewußt, daß er keineswegs einen triumphalen Einzug halten würde, denn er hatte sein Schwesterschiff verloren. Er verfluchte die Engländer und hoffte, die Franzosen würden sie vernichten.

Dann kam der Schrei vom Vorderdeck vom jungen Matt: »Captain! Schlachtschiffe! Alles englische!«

Majestätisch zuhaltend auf die Mündung der Bucht, näherten sich vier große Schlachtschiffe: die »Royal Oak«, vierundsiebzig Kanonen; die »London«, neunzig Kanonen; die »Invincible«, vierundsiebzig Kanonen; die »Intrepid«, vierundsechzig Kanonen. Unbezwingbar, gnadenlos, mit erschreckender Gleichgültigkeit durchschnitten sie die Dünung. Sie sahen die »Whisper« und ignorierten sie; sie wußten, auf offener See konnten sie sie nicht einholen. Ihre Aufgabe war es vielmehr, die französischen Eindringlinge zu vernichten; war dies erst getan, würden sie mit lästigen Fahrzeugen wie der »Whisper« leicht fertig werden.

»Captain! Noch mehr!« schrie Matt. Am Horizont tauchten weitere sieben gigantische Schiffe auf, die gewaltigsten Einheiten der englischen Flotte.

»Captain! Immer noch mehr!« Weitere acht riesenhafte Schiffe kamen in Sicht und versetzten die Besatzung der kleinen »Whisper« in Angst und Schrecken: »Monarch«, »Centaur«, »Montagu«, »Ajax«. Gleich dämonischen Todesrampen kamen die mächtigen Kriegsmaschinen daher, wie große Wale die kleinen Fische ringsum nicht beachtend. Als sie vorüber waren, ließ Captain Turlock Mr. Semmes eine Eintragung im Logbuch vornehmen:

> 4. September 1781. Ein gutes Stück westlich von Cape Henry wurden wir bei Einbruch der Dämmerung von neunzehn englischen Großkampfschiffen überholt, die sich auf die Chesapeake Bay zu bewegten. Möge Gott in seiner Barmherzigkeit die Franzosen stärken, denn morgen werden wir mit ihren Schiffen siegen oder untergehen.

Die Franzosen hätten sich für den Kampf mit dem englischen Geschwader kaum in einer schwächeren Ausgangsposition befinden können. Admiral de Grasse war erst vor wenigen Tagen mit vierundzwanzig Schiffen an der Mündung der Chesapeake Bay eingetroffen, hatte aber seine Flottille unklugerweise innerhalb der Bucht geankert; dazu kam noch, daß er seiner halben Besatzung Landurlaub gegeben hatte, um sich an der Küste mit Proviant und Wasser zu versorgen. Schlimmer noch, keines seiner Schiffe war mit Kupfer beschlagen wie die englischen, und die Böden waren voller Würmer. Das schlimmste aber war, daß er in seiner Position keinen Raum hatte zu manövrieren. Er saß in der Falle, und als Aufklärungsboote ihm die Nachricht überbrachten, daß Admiral Rodney mit seinem ganzen karibischen Geschwader auf die Bucht zusteuerte, war ihm klar, in welcher Gefahr er sich befand.

Wäre de Grasse ein besonnener Mann gewesen, hätte er sich wahrscheinlich unverzüglich ergeben, denn der Feind hatte alle Vorteile auf seiner Seite bis auf einen: Die britischen Schiffe waren wurmfrei und ihre Böden glatt; ihre Besatzungen waren vollständig und kampferprobt; sie hatten den günstigeren Wind und genügend Raum zu manövrieren; und sie hatten starke Geschütze, die von den besten Seeleuten der Welt bedient wurden. Der einzige Nachteil der Engländer bestand darin, daß Admiral Rodney, ein erfahrener Kommandeur, nicht an Bord seiner Schiffe war; seinen Platz hatte ein unschlüssiger und nicht sehr erfahrener Gentleman namens Gatch eingenommen.

Wie es zu dieser Umbesetzung gekommen war, war eines jener Mißgeschicke, wie sie von Zeit zu Zeit vorkommen, so als solle damit bewiesen werden, daß Geschichte niemals eine exakte Wissenschaft sein kann: Die englische Regierung hatte Rodney, ihren besten Admiral, mit einem Übermaß ihrer besten Schiffe in das Karibische Meer entsandt. Der Sieg über de Grasse war eine ausgemachte Sache. Doch dann eroberte Rodney Saint Eustatius, und die Reichtümer, die er dort vorfand, blendeten ihn so sehr, und die Versuchung, die Gelegenheit wahrzunehmen und an die vier Millionen Pfund in die eigene Tasche abzuzweigen, war so groß, daß er zwischen den Warenhäusern umhertrödelte, in den überquellenden Läden kostbare Zeit verlor und schließlich sogar ein kleines Geschwader der besten Kriegsschiffe in Anspruch nahm, um sich in großem Stil nach London zurückbringen zu lassen.

Seine Abwesenheit und insbesondere die abgezogenen Schiffe waren für die eingeschlossenen französischen Geschwader eine kleine Chance, sich retten zu können.

Captain Turlock wußte natürlich nichts von Rodneys Abwesenheit, und als der Morgen des fünften September heraufdämmerte, schauderte ihn. Aus sicherer Entfernung im Osten beobachtete er – »wie eine Mücke den Adler« sagte er –, wie die großen englischen Kampfschiffe einen Pfeil bildeten und auf die Mündung der Bucht zusteuerten, um die eingeschlossenen französischen Einheiten eine nach der anderen zu vernichten. »Das wird ein Massaker«, sagte er zu Mr. Semmes, und zu seinem Sohn: »Wenn du einmal Kapitän bist, laß dich nie in der Mündung einer Bucht erwischen.« Dann erinnerte er sich der Katastrophe vor Saint Eustatius und fügte hinzu: »Und auch nie in der Einfahrt zu einem Hafen.«

»Sieh mal, Captain!« rief Matt, und in der Ferne, kaum noch sichtbar, tauchte das erste französische Kriegsschiff auf.

»Mein Gott!« rief Mr. Semmes, »sie wollen durchbrechen!«

Da kamen sie, eine lange Reihe von Schiffen, so gut wie ohne Chance, ohne Raum zu manövrieren und ihre Kriegskunst zu entfalten. Ziellos, wie es schien, verließen sie ihre Falle, im Vertrauen auf eine Chance, die offene See zu erreichen: die »Languedoc« mit achtzig Kanonen, die »Saint Esprit« mit achtzig Kanonen, die »Marseillais« mit vierundsiebzig Kanonen.

»Sieh doch!« schrie Matt, als das mächtigste der Schiffe auftauchte, die riesige »Ville de Paris« mit einhundertzehn Kanonen.

»Sie schaffen es!« rief Mr. Semmes und klopfte Captain Turlock begeistert auf die Schulter, aber der Kapitän blieb stumm. Über eine Stunde lang stand er nur da und starrte auf diese unglaubliche Szene. Vierundzwanzig französische Kriegsschiffe in solch unglücklicher Lage gaben dem Kampf eine einschneidende Wendung durch einen Akt höchsten Heldentums. Als das letzte Schlachtschiff aus der Bucht heraus war und sich in eine auf die englischen Schiffe gerichtete Gefechtsordnung einreihte, wandte sich Turlock an Mr. Semmes und sagte: »Wir haben es gesehen. Niemand wird uns glauben, aber wir haben es gesehen.« Gleich einem Reh, das sich von den Hunden befreit, hatte de Grasse seine Schranken übersprungen und Raum gewonnen.

Der englische Admiral reagierte zu spät. Sein Gegner war ausgebrochen, aber es gab bewährte Methoden für einen Gegenschlag: »Alle Schiffe halsen!« signalisierte er, und die Männer an Bord der »Whisper« betrachteten voll widerwilliger Bewunderung, wie die schweren englischen Kriegsschiffe den Befehl durchführten. Eben noch hatten sie auf die Mündung der Bucht zugesteuert, eine Minute später ließen sie die Segel übergehen, und vier Minuten später hatten sie sich in ihrem eigenen Kielwasser herumgedreht, schlugen die entgegengesetzte Richtung ein und steuerten einen Kurs, der zu einer Kollision mit den französischen Schiffen führen mußte, wenn diese nicht abdrehten.

Mit diesem Manöver stellten die Engländer ihren Vorteil wieder her. Sie hatten den Wind backbord, ihre schweren Geschütze waren auf die Franzosen gerichtet, und bei ihnen lagen auch die Angriffsmöglichkeiten. »Schau genau hin«, flüsterte Captain Turlock seinem Sohn zu. »So etwas wirst du nie wieder sehen.«

Majestätisch und schwerfällig bewegten sich die zwei Linien aufeinander zu. Ihre Höchstgeschwindigkeit betrug weniger als drei Meilen in der Stunde, aber ihr Gewicht war so furchterregend, daß Matt das Knirschen der Spieren zu hören glaubte.

Beide Linien waren etwa fünf Meilen lang. Die Einheiten der Nachhut waren vier Meilen voneinander entfernt, und damit würden diese Schiffe nicht schnell genug heranrücken, um an der Schlacht teilnehmen zu können.

Aber die Leitschiffe kamen immer näher aufeinander zu … sie waren vierhundert Meter voneinander entfernt … zweihundert … hundert … und schließlich nahe genug für Pistolenschüsse.

»Wann werden sie feuern?« fragte Matt.

»Schon bald«, antwortete sein Vater, und plötzlich fuhren dicke Feuerstrahlen aus den englischen Rohren, und Kanonenkugeln rikoschettierten mit entsetzlicher Auswirkung über die Hecks der französischen Schiffe. Die Schlacht um die Zukunft Amerikas hatte begonnen.

Nie würde Matt den Einschlag dieser ersten englischen Salve vergessen. Man hatte hölzerne Kanonenkugeln verwendet, um damit scharfkantige Splitter in die Leiber der französischen Matrosen zu jagen, und genau das geschah auch. Noch bevor sich der Rauch verzogen hatte, waren die Decks der französischen Schiffe rot gefärbt; junge Matrosen schleppten Sandkübel heran, um den Kanonieren einen festen Stand zu ermöglichen, aber diese hatten kaum Zeit, ihre Geschütze vorzubereiten, als bereits eine zweite Ladung hölzerner Kugeln explodierte und die Zerstörung noch vergrößerte.

»Warum schießen sie nicht zurück?« fragte Matt enttäuscht.

»Sie haben eine andere Strategie«, erklärte ihm sein Vater. »Achte auf die englischen Masten.« Und Matt sah, daß die Franzosen zwar auf den Decks ihrer Feinde nur wenig Schaden anrichteten, statt dessen aber nun anfingen, deren Masten und Segel zu zerstören.

»Wer wird gewinnen?« wollte Matt nun wissen.

»Das kann man nicht sagen«, erwiderte sein Vater, und lange quälende Stunden donnerten die Geschütze unter einer sinkenden Spätsommersonne, und die unversöhnlichen Gegner kamen einander näher. Die englischen Leitschiffe richteten eine unvorstellbare Zerstörung auf den Decks der Franzosen an, und eine Weile schien es, als seien die Franzosen am Ende. Doch bei Sonnenuntergang begann die erschreckende Genauigkeit ihres Geschützfeuers Wirkung zu zeigen: Krachend zersplitterten die hoch aufragenden Masten, die prächtigen Segel flatterten in Fetzen herab. Die englischen Schiffe konnten sich nur noch mühsam fortbewegen, unsicher schwankten sie dahin und gerieten immer mehr ins Hintertreffen.

Eine merkwürdige Tatsache war es, daß an diesem ausschlaggebenden Kampf kein einziger Amerikaner teilnahm, an dieser Schlacht, von der General Washington prophezeit hatte, daß sie alles entscheiden würde. Kanoniere aus Marseille und Bordeaux waren dabei und junge Offiziere aus Kent und Sussex, aber keine Amerikaner. Weder Matrosen aus Nantucket noch Scharfschützen aus New Hampshire, noch Schoner oder Fregatten aus Boston hatten sich beteiligt. Das Schicksal Amerikas wurde von Franzosen entschieden, in einem Kampf auf Leben und Tod mit den Engländern. Als der Tag zur Neige ging, hatte keine der beiden Flotten gesiegt. Keine Flagge wurde gestrichen. Kein Schiff wurde versenkt. Gewiß, die englischen Admirale hatten beschlossen, die schwer beschädigte »Terrible« zu versenken, was später als feige Tat gewertet wurde. Captain Turlock, der nahe genug war, um das sich dahinwälzende Schiff zu beobachten, hielt mit seiner Meinung nicht zurück. »Sechs Schiffer vom Choptank hätten dieses Schiff durch den Kanal segeln und unterwegs noch vier Prisen nehmen können.« Aber sie wurde verbrannt.

Dieser Kampf war eine der entscheidenden Schlachten der Geschichte, denn als er zu Ende ging und die französische Kampflinie immer noch nicht bezwungen war, mußten sich die Engländer zurückziehen und den Choptank der französischen Flotte überlassen. Jetzt konnte Rochambeau Tausende seiner französischen Soldaten nach Süden bringen für einen letzten Schlag gegen Cornwallis; die eiserne Blockade der atlantischen Häfen war gebrochen.

Diese Schlacht blieb ohne Namen, der Sieg wurde nicht gefeiert. Nichts anderes war die Folge als die Freiheit Amerikas, die Bildung einer neuen Regierungsform, mit der sich später alle anderen vergleichen würden, und schließlich die Überprüfung bestehender Theorien über Weltreiche. Der einzige Amerikaner, der in der Lage war, diese Folgen zu begreifen, war ein barfüßiger Schiffer vom Choptank, der am Morgen des 6. September 1781 beobachtete, wie die großen englischen Kampfschiffe sich langsam nach Norden zurückzogen.

»Jetzt können wir heimfahren«, sagte er zu Mr. Semmes. »Die kommen nicht mehr zurück.«

Unter den französischen Soldaten auf der Flotte von Admiral de Grasse befand sich ein junger Oberst mit dem illustren Namen Vauban, ein entfernter Verwandter jenes Marschalls Vauban, der 1705 die Richtlinien für den Belagerungskrieg festgelegt hatte. Der junge Vauban war nach Amerika gekommen, um seinem Namen neuen Glanz zu verleihen, und entdeckte zu seiner großen Freude, daß General Cornwallis sich in eine befestigte Stellung zurückgezogen hatte, aus der er nur durch langwierige Belagerung vertrieben werden konnte. »Mon General«, bestürmte er General Washington, »ich werde Euch zeigen, wie wir diesen Engländer kleinkriegen!« Und ohne dessen Erlaubnis abzuwarten, stellte der energische junge Mann eine bunt zusammengewürfelte Kampftruppe auf, deren Bibel die »Richtlinien der Belagerung« sein sollte, ein nach den Prinzipien des großen Vauban von ihm selbst geschriebenes und in Paris gedrucktes Handbuch. Sobald er sah, wo Cornwallis sich verkrochen hatte, wußte er, was zu tun war. »General Washington, es ist wirklich ganz einfach. Eine klassische Belagerung.«

Von sich und seiner Sendung überzeugt, durchquerte er die Bucht, um Simon Steed für seine Sache zu gewinnen. »Ich brauche einen Dolmetscher, damit ich mit den Leuten reden kann, und Ihr sprecht doch Französisch. Ich brauche auch noch hundert arbeitsfähige Männer, die außerdem mit einem Gewehr umgehen können, und man hat mir gesagt, die Männer vom Choptank seien die besten.« Steed wies darauf hin, daß er einundfünfzig Jahre alt und für einen Kampf Mann gegen Mann wohl kaum geeignet sei. »Mein Ururgroßvater hat noch mit siebzig an wichtigen Belagerungen teilgenommen«, erwiderte der junge Vauban leichten Sinnes. »Ihr braucht nichts weiter zu tun, als für mich zu übersetzen und mir hundert Mann anzumustern.«

Um die Scharfschützen anzuwerben, suchte Steed Hilfe bei Captain Turlock. »Teufel«, sagte der, »wir haben hundert Turlocks, denen das Kämpfen Spaß macht.« Als er dann Männer und Munition auf die »Whisper« verlud, waren elf Turlocks an Bord, ein Gelichter so räudig, daß Oberst Vauban entsetzt ausrief: »Was bringt ihr mir da für Ratten!« Als Steed diese Worte übersetzte, sagte Turlock: »Bisamratten. Wartet nur, bis Ihr sie wühlen seht.«

Aus allen Teilen des Ostufers machten sich ähnliche Trupps nach Yorktown auf den Weg, und als Vauban sie um sich versammelte, verkündete er mit blumenreicher Überschwenglichkeit: »Männer, jetzt werden wir Amerika zeigen, was eine Belagerung ist.«

Er trug eine weiß-goldene Uniform und war sehr darauf bedacht, sie nicht zu beschmutzen, so daß die zerlumpten und oft barfüßigen Schiffer sich über ihn lustig machten, überrascht aber waren sie, als sie nach seinen Plänen die Gräben ausgehoben hatten: Die Zugänge zu der englischen Befestigung waren so geschickt angelegt, daß sie sich ungestraft darin bewegen konnten, denn die englischen Soldaten hätten um die Ecke schießen müssen, um sie zu treffen.

Für Simon Steed bestand kein Zweifel, daß General Cornwallis verloren war; die französischen Soldaten beherrschten die Lage und brauchten nur einzumarschieren, und diese Meinung vertrat er auch gegenüber General Washington. Oberst Vauban war wütend. »Meine Herren! Wir müssen die Belagerung zu Ende führen, wie es sich gehört!« Er holte sein Handbuch aus der Tasche, um damit zu erklären, wie sich ein Gentleman im Endstadium einer Belagerung zu verhalten habe. »Wir müssen unsere Stärke demonstrieren«, sagte er, »und dann die Wand durchbrechen.«

»Wir müssen keinen Durchbruch machen«, wandte einer von Washingtons Leutnants ein. »Wir können sie aushungern.«

»Aushungern!« rief Vauban entgeistert. »Meine Herren, das ist eine Belagerung!« Sogleich ging er daran, die Schiffer vor den Mauern des englischen Forts zu postieren, wo er sie nach einem von ihm erdachten System Waffenübungen machen ließ. Die Männer waren bärtig, dreckig, zerlumpt und frech, aber sie taten der Form Genüge, denn »der Bursche versteht etwas«. Die englischen Scharfschützen fingen an, von der Brüstung herunterzuschießen, aber Vauban ignorierte sie und setzte den Drill fort. »Jetzt haben wir unsere Stärke demonstriert«, sagte er. »Sie haben Respekt vor uns.« Er setzte dem Generalstab auseinander, daß nun, den Vorschriften entsprechend, gewisse Entwicklungen zu erwarten seien. »General Cornwallis ist verpflichtet, einen Ausfall zu machen. Heute nacht.«

»Das wäre reiner Selbstmord!« protestierte ein hemdsärmeliger amerikanischer General.

»Aber er muß«, sagte Vauban. Er blätterte in seinem Handbuch, bis er das Kapitel fand, das das Betragen eines belagerten Kommandanten behandelte.

Die Waffenehre erfordert, daß der belagerte Offizier zumindest einen redlichen Versuch unternimmt, die Linien des belagernden Feindes zu durchbrechen und seinen Belagerungsanlagen so viel Schaden wie möglich zuzufügen. Wer solche Ausfälle unterläßt, hat keinen Anspruch darauf, als Mann von Ehre zu gelten.

»Aber damit würde er sich ans Messer liefern«, wandte der Amerikaner ein.

»Das darf seine Sorge nicht sein!« entgegnete Vauban entsetzt. »Es geht um seine Ehre.«

»Zum Teufel mit der Ehre! Er hat die Hosen gestrichen voll«, antwortete der Amerikaner.

Eine Bemerkung wie diese lag jenseits der Grenzen des Erlaubten, und Vauban ignorierte sie. »Die zweite Verpflichtung liegt dann bei uns. Wir müssen versuchen, einen Durchbruch in die Befestigungen zu schlagen. Morgen früh fange ich damit an.«

»Wir brauchen keinen Durchbruch«, meinten die Amerikaner, und sie hatten recht. Jetzt, da die Flotte von Admiral de Grasse die Bucht beherrschte, war Cornwallis verloren. In spätestens einer Woche mußte er sich ergeben, und ein Durchbruch war ein sinnloses Unternehmen, wieder aber holte Vauban seine »Richtlinien der Belagerung« heraus:

> Unterläßt es der angreifende General, die feindlichen Befestigungen zu durchbrechen, beziehungsweise auch nur den Versuch zu machen, läßt er einen Mangel an Ehre erkennen. Um die Belagerung mit Würde zu Ende zu führen, muß er die Mauern stürmen.

So wie Vauban es vorausgesagt hatte, machte General Cornwallis in dieser Nacht einen Ausfall. Seine Männer marschierten durch das amerikanische Feuer und blieben erst stehen, als sie eine Geschützstellung erreichten, die sie vernagelten. Dann kehrten sie in ihre Festung zurück, und die Belagerung nahm ihren Fortgang. Gegen Mittag des folgenden Tages hatten die Belagerer ihre Kanonen wieder schußbereit, und nur elf Engländer und vier Kolonisten waren tot.

Zu Vaubans Mißfallen erwies sich ein Ansturm auf die Befestigung als unnötig. Er hatte seine Männer instruiert, alle elf Turlocks standen mit Pulver bereit, die klug geplanten Gräben waren ausgehoben, aber noch bevor die Männer ans Werk gehen konnten, ergab sich General Cornwallis. Jetzt kam Vaubans große Stunde.

Es erhob sich die Frage, in welcher Form die Engländer den Siegern das Fort und ihre Waffen übergeben sollten. Es entspann sich eine hitzige Debatte, und Oberst Vauban, unterstützt von seinem Dolmetscher Simon Steed, stand im Mittelpunkt der Auseinandersetzung. General Cornwallis forderte volle militärische Ehren, einschließlich des traditionellen Rechts, seine Männer mit wehenden Fahnen und geschulterten Musketen abziehen zu lassen, während das englische Musikkorps eine amerikanische Weise spielen sollte, um denen Respekt zu bezeugen, die die Übergabe erzwungen hatten.

»Nein! Nein!« protestierte Vauban, holte sein Buch heraus und verwies auf eines seiner inhaltsschweren Kapitel:

> Am Ende einer erfolgreichen Belagerung hat der besiegte General Anspruch darauf, seine Männer in Waffen und mit stolz wehenden Fahnen abziehen zu lassen. Es entspricht der Tradition, daß das Musikkorps der Besiegten während des Abmarsches eine von den Siegern in Ehre gehaltene Weise spielt und damit der Tapferkeit der Angreifer Respekt erweist.

Darin freilich erblickten die anwesenden Engländer die Rechtfertigung der von General Cornwallis gestellten Ansprüche, doch Vauban bat Steed weiterzulesen:

> Jedoch wird diese Tradition nur dann gewürdigt, wenn die besiegte Armee durch einen Durchbruch in der Mauer marschieren kann, die zu schlagen sie die Angreifer genötigt hat. Wenn die Übergabe zu einem Zeitpunkt erfolgt, da die Mauern noch nicht durchbrochen wurden, kann das nur bedeuten, daß die Eingeschlossenen nicht entschlossen genug waren, ihre Stellung zu verteidigen, und damit haben sie jeden Anspruch auf militärische Ehren verloren. Sie marschieren unbewaffnet, mit aufgerollten Fahnen hinaus. Ihrem Musikkorps ist es nicht gestattet, eine Weise der Sieger zu spielen, denn sie haben Mangel an militärischer Ehre bekundet.

Kaum waren diese harten Worte gesprochen, sprang einer der englischen Generäle auf und schlug Steed das Buch aus der Hand. »Ein Mangel an Ehre ist uns nicht vorzuwerfen, Sir.«

Oberst Vauban legte sich ins Mittel. Auf den Engländer zugehend, sagte er: »Ich habe mein möglichstes getan, um für Euch die Mauern zu stürmen. Aber sie wollten mich nicht unterstützen.« Dabei deutete er auf die Amerikaner. »Und Euer General Cornwallis war zu schnell mit der weißen Fahne. Ein Tag noch, und ich hätte den Ansturm veranlaßt.« Er küßte den General und trat zurück. Er hatte Tränen in den Augen, aber er gestattete den Engländern nicht, mit militärischen Ehren durch die unversehrten Tore der Festung zu marschieren. Die Gewehre der Engländer wurden zusammengestellt, ihre Fahnen aufgerollt, und ihr Musikkorps mußte eine ihrer eigenen Weisen spielen: »Die Welt auf den Kopf gestellt.«

Aber die englischen Generäle revanchierten sich. An diesem Abend lehnten sie es ab, mit den amerikanischen Siegern, wie es die militärische Ehre gebot, zu dinieren. »Die Amerikaner haben uns nicht geschlagen. Die Franzosen haben uns besiegt.« Sie dinierten mit Rochambeau und seinem Stab, doch während sie dann ihren Wein tranken, ergriff Oberst Vauban das Wort: »Die barfüßigen Männer, die ich über die Bucht gebracht habe, bieten einen traurigen Anblick, Sie sind allesamt verlaust, und keiner von ihnen kann lesen. Aber auf ihre Art sind sie rechtschaffene Leute. Ich bezweifle, daß das Leben in einem freien Amerika sehr erfreulich sein wird. Aber es wird seine eigenen Tugenden entwickeln.«

Der Sieg hätte Simon Steed Ehre und Anerkennung bringen sollen. Aber so war es nicht.

In Nantes hatte er den Kolonien gute Dienste geleistet, hatte den dringend benötigten Nachschub mit viel Findigkeit ins Land geschmuggelt und dabei vier seiner Schiffe geopfert. Er hatte mehr als hundert Männer zur letzten Belagerung herangeschafft, und als nach dem Krieg Ämter vergeben wurden, glaubte er Anspruch zu haben auf eines, das ihm zumindest die Kosten seiner vier Schiffe wieder einbringen würde. Er bekam nichts.

Es waren zu viele Gerüchte in Umlauf, daß er sich am Krieg schändlich bereichert habe. Man wußte von seinen Spekulationen mit dem Papiergeld und bewunderte ihn insgeheim, weil er mit seinen Vermutungen immer richtig gelegen und jedesmal sein Vermögen verdoppelt hatte. Anders verhielt es sich mit den Soldbriefen der Soldaten, denn hier zog er seine Gewinne aus dem Heldenmut anderer.

In Wahrheit war dieser Vorwurf ungerecht, wie der Fall Wilmer Turlock bewies. Der junge Mann hatte fünf Jahre im Krieg gekämpft, sich oft beklagt, aber immer seinen Mann gestanden. Er hatte sich freiwillig zur Belagerung von Yorktown gemeldet und vom Kontinentalkongreß einen Schuldschein bekommen, wonach er zu einem späteren Zeitpunkt vierhundertachtzig Dollar erhalten würde. Das Problem fing damit an, daß er seinem Onkel Teach anvertraute: »Ich brauche das Geld jetzt.«

»Sie zahlen's aber jetzt nicht aus.«

»Wo soll ich's dann hernehmen?«

»Es gibt Leute, die kaufen diese Scheine auf Spekulation.«

»Wer?«

»Sam Deats, oben am Fluß.«

Turlock ging zu Deats, einem erbärmlichen Wicht, der ihn kurz abfertigte: »Ich zahle eins zu acht.«

»Was heißt das?«

»Für deine vierhundertachtzig gebe ich dir sechzig.«

»Das ist reiner Diebstahl!«

»Ich hab' dich ja nicht gebeten herzukommen. Das Risiko geh' ich ein, nicht du.«

»Aber der Kongreß wird zahlen.«

»Dann warte auf den Kongreß, und laß mich in Frieden!« Und als Wilmer andere Spekulanten aufsuchte, boten sie ihm gar nur eins zu zehn.

»Geh nach Devon«, schlug sein Onkel ihm vor. »Simon Steed ist ein schwieriger Mann, aber er ist anständig.« Der junge Soldat segelte zur Insel hinunter, wo Mr. Steed ihm ein Papier vorlegte, auf das Wilmer seine Kreuze hinmalte:

> Am 19. Januar 1785 kam ich zu Simon Steed und ersuchte ihn, meinen Zahlschein zu kaufen. Dreimal empfahl mir Mr. Steed, ihn zu behalten, und versicherte mir, daß der Kongreß zahlen würde. Als ich ihm aber sagte, daß ich das Geld jetzt benötigte, erklärte er mir, daß er nur im Verhältnis eins zu sechs auszahlen könne. Ich sagte ihm, daß andere nur eins zu acht oder eins zu zehn zahlten. Daraufhin akzeptierte er meinen Schuldschein über vierhundertachtzig Dollar und gab mir achtzig Dollar dafür, die ich gern annahm.

Simon Steed besaß eine ganze Menge solcher Empfangsbestätigungen, und sie bewiesen, daß er den jungen Soldaten immer wieder geraten hatte, ihre Soldbriefe zu behalten, und im übrigen mehr bezahlte als den handelsüblichen Preis. Letzten Endes aber blieb eines unbestritten: Weil er Bargeld hatte und die Soldaten nicht, war es ihm möglich, ihre Soldbriefe um ein Sechstel des Wertes zu erwerben. Als der Kongreß dann, wie versprochen, die Soldbriefe zum Nennwert einlöste, hatte er für Darlehen auf die Dauer von vierzehn Monaten sechshundert Prozent Zinsen verdient.

Doch selbst dieses dubiose Geschäft hätte ihn nicht disqualifiziert; in ganz Maryland und auch in den anderen neuen Staaten hatten viele Finanziers auf die gleiche Weise Gewinne gemacht. Was man ihm anlastete, waren seine großen Transaktionen mit der Regierung selbst. Im Jahre 1777 in Nantes hatte Benjamin Franklin Steed als Einkäufer für die junge Republik vorgeschlagen, und er war auch daraufhin zu diesem Amt bestellt worden. Niemand bestritt, daß er gute Arbeit geleistet und den nötigen Nachschub auf seinen Schiffen ins

Land geschmuggelt hatte. Seine »Whisper« mit ihren kühnen Fahrten nach Saint Eustatius war schon zur Legende geworden; ihr Einsatz war heldenhaft, und ohne die Verstärkung durch das Kriegsmaterial, das sie nach Baltimore und Bristol transportierte, hätte der Krieg vielleicht einen anderen Verlauf genommen.

Jetzt aber kam an den Tag, daß, sooft einer von Steeds Schonern Saint Eustatius anlief, Transaktionen abgewickelt wurden wie diese: zwei Ballen Seilerwaren erster Qualität aus den Niederlanden, erworben für fünfzig Pfund Sterling, verkauft in Baltimore für einhundertzwanzig Pfund Sterling. Provision an Simon Steed für Beschaffung und Transport dreiunddreißig ein Drittel Prozent oder vierzig Pfund Sterling. Auf diese Weise erzielte Steed bei einem Posten Seilerwaren, der fünfzig Pfund Sterling gekostet hatte, einen Gewinn von insgesamt einhundertzehn Pfund Sterling. Zugegeben, er ging Risiken ein und mußte davon Kapitän und Mannschaft bezahlen, aber auch wenn man dies in Rechnung stellte, war sein Gewinn immer noch horrend.

Als alles berechnet war, kam der Kongreß zu dem Schluß, daß dieser unauffällige Herr vom Ostufer die Regierung um mehr als vierhunderttausend Pfund Sterling geschröpft hatte, und sein Name kam einem Fluch gleich: »Reicher als Simon Steed.« Oder: »Vaterlandsliebe zu verkaufen … um sechs Cents den Dollar.« Und damit schwand für ihn jede Hoffnung auf ein hohes Amt in der Regierung.

Er zog sich nach Devon zurück, lebte dort allein in dem großen Haus und verbrachte seine Nachmittage mit Spaziergängen in dem weitläufigen, bewaldeten Garten, den seine Großmutter Rosalind angelegt hatte. Die Eiche wurde mit jedem Jahr edler, und im Herbst blühte der Feuerdorn. Die Stechpalmen waren jetzt stattliche Bäume, teils voll mit roten Beeren, teils streng und reserviert wie ihr Herr. Und wenn im Frühsommer das gleißende Gold der Taglilien die Ufer überschwemmte, war Simon überzeugt, daß es in ganz Maryland keinen schöneren Fleck geben konnte.

In solchen Zeiten, wenn sich die Natur so gütig zeigte, dachte er an seine Frau und seine Tochter. Seine Einsamkeit hatte ihn nicht zu einem bitteren Mann gemacht, denn er verstand, warum das ländliche Amerika Jane Fithian so angewidert hatte, zuweilen aber verlor er sich in leicht wirr amüsierten Gedankengängen: Sie hat uns verachtet, hat mich immer wieder gefragt, wie Bauerntölpel von der Art eines Washington oder Jefferson sich erfrechen könnten, mit einem König verhandeln zu wollen. Nun, wir haben verhandelt. Penny fehlte ihm. Während dieses langen Krieges – neun von zehn Jahren, von 1775 bis 1783 – war es ihm in jedem Jahr irgendwie geglückt, einen Wechsel nach England zu schicken, den seine Frau einlösen konnte, und alles, was er dafür bekommen hatte, war die Silhouette eines fünfjährigen Mädchens, das Zöpfe trug. Er hatte sie in Annapolis in einen goldenen Rahmen fassen lassen, und jetzt hing sie an einer Kette neben seinem Bett. Nach Kriegsende hatte er in Erwägung gezogen, Maryland für immer zu verlassen und mit seiner Familie in England zu leben oder vielleicht in Frankreich, aber nachdem er Guy Fithian brieflich um seine Meinung gebeten hatte, gab er diesen Plan wieder auf, denn der Kommissionär hatte geantwortet:

> Ich werde Dir am ehesten helfen können, indem ich offen zu Dir bin. Meine Schwester ist nicht ganz bei sich, obwohl wir ihr die beste Pflege angedeihen ließen, die England zu bieten hat. Sie läßt solche wütenden Tiraden gegen die Verräter in Amerika vom Stapel, daß ein Wiedersehen mit Dir katastrophal werden könnte. Penny gedeiht und läßt keine Anzeichen erkennen, ihrer Mutter in ihr gelegentliches, aber darum nicht weniger herzzerreißendes Irresein folgen zu wollen. Für das Geld, das Du alljährlich schickst, ist sie Dir unendlich dankbar.

Wenn er über diese schmerzliche Situation nachsann, meinte er manchmal, er habe seinen Patriotismus zu teuer bezahlt: Er hatte seine Frau verloren, seine Tochter, seine Flotte und seine Ehre.

Er wurde ein einsamer Mann, der mehr als zweihunderttausend Pfund Sterling und Gott weiß wie viele Livres Tournois, spanische Dublonen und portugiesische Big-Joes besaß. Zwei- oder dreimal im Jahr empfing er Gäste auf Rosalinds Rache, und dann versammelten sich Boote aus allen Teilen der Bucht auf Devon, Sklaven trugen Manteltaschen in die großen Zimmer, und die beiden Flügel des Gebäudes füllten sich. Vierzig Menschen fanden sich zum Dinner in dem prächtigen Speisesaal zusammen, den Rosalind Janney Steed erbaut hatte. Steed nahm seinen Platz am Kopfende der Tafel ein und lauschte dem Geplauder der Gäste, ohne daran teilzunehmen.

Am frühen Morgen des 15. April 1789 – es war ein Mittwoch – eilte ein Gentleman in Uniform, ein gewisser Major Lee, zum Pier von Mount Vernon in Virginia, wo ihn zwei Ruderer erwarteten, um ihn über den Potomac zu bringen.

Sobald er die Küste Marylands erreicht hatte, lief er auf zwei Soldaten zu, die mit ausgeruhten Pferden dort warteten, sprang in den Sattel und eilte im Galopp nach Annapolis. Bei jeder Schenke, jeder Kirche und jeder Wegkreuzung, wo Leute zusammenstanden, verbreitete er die freudige Nachricht: »General Washington wird unser Präsident!« Gleichermaßen brachen die Leute in Jubel aus, und im Davonreiten sah Lee noch, wie sie forteilten, um ihren Nachbarn die gute Nachricht zu überbringen. Eine wirklich gute Nachricht, denn wer außer Washington hatte das Format und die nötige Sachkenntnis, um die neue Verfassung in Gang zu bringen? Im Parlamentsgebäude in Annapolis erfuhr Major Lee zu seinem Ärger, daß die Nachricht von der Wahl hier schon bekannt war, aber es freute ihn, die jubelnden Menschen zu beobachten, die ihn als einen Boten begrüßten, der Washington tatsächlich in Mount Vernon gesehen hatte.

»Auf dem Weg in die Hauptstadt kommt er morgen hier vorbei«, versicherte Lee. »Sobald er in New York den Amtseid abgelegt hat, beginnt seine Regierungszeit.«

Aber Major Lee war nicht den weiten Weg von Mount Vernon gekommen, um mit den Politikern in Annapolis zu schwatzen. Er gab seinem Pferd die Sporen und galoppierte zum Kai hinunter, wo eine Zille mit vier Matrosen wartete. Er sprang hinein und befahl: »Nach Devon Island. Rasch!«

Die Matrosen zogen an den zwei kleinen Masten die Segel auf und setzten vorne einen Klüver, aber der Wind flaute immer wieder ab, und selbst als sie schon die Mole, die den Hafen umschloß, hinter sich hatten, kamen sie nur langsam voran. Die Nacht brach herein, und sie trieben immer noch sinnlos in der Weite der Bucht. Undeutlich und fern leuchteten Sterne über den flatternden Segeln, aber kein Wind kam auf.

Um vier Uhr morgens fragte Major Lee den Kapitän der Zille: »Werden wir rudern?« Der Kapitän blickte nach allen Seiten ins Dunkle und überlegte, und bevor er seine Männer zu einer so widerwärtigen Tätigkeit verdammte, fragte er zurück: »Segeln wir gleich wieder zurück?«

»Wir bleiben nur ein paar Stunden auf Devon. Dann geht es wieder nach Norden.«

»Dann werde ich die Männer nicht rudern lassen. Der Wind wird auffrischen.«

»Aber wann?« fragte Lee.

»Der Wind wird auffrischen.«

Und so unterdrückte Lee seinen Ärger die lange Nacht hindurch, und um halb sechs, als sich im Osten der erste Lichtschein zeigte, schlief er ein. Es war schon Tag, als er erwachte, und von Nordwesten her blies ein kräftiger Wind, und der Kapitän der Zille war es zufrieden, daß er seinen Männern erspart hatte, das schwere Boot aus einer windstillen Zone herauszurudern.

Es war acht Uhr früh, als Devon in Sicht kam, und als sie am Steedschen Landeplatz anlegten, warteten an die dreißig Menschen darauf, den Major zu begrüßen. Dieser aber drängte sich durch die Menge, lief auf Simon Steed zu und umarmte ihn. »General Washington läßt Euch grüßen. Er wird unser neuer Präsident sein!«

Die beruhigende Nachricht wurde von Weißen und Schwarzen gleichermaßen mit Freude aufgenommen, und Steed nickte bedeutsam, als habe der Beifall ihm selbst gegolten. »Wie hätten wir einen anderen wählen können?« sprach er zu der Menge, worauf abermals allgemein großer Jubel ausbrach.

»Der General reist von Annapolis nach Chestertown«, wandte sich Major Lee an Steed, und hofft, Euch dort sprechen zu können, bevor er nach New York aufbricht, um seine neuen Pflichten zu übernehmen.« Diese Worte weckten neue Hoffnungen in Steed; zweifellos hatte der Präsident nun doch beschlossen, seinen Vertreter am Ostufer auf eine Position von Bedeutung zu berufen. Und während die Menge noch um Major Lee herumstand, zog Steed, wie in Trance, sich zurück und grübelte, welches Amt man ihm wohl anbieten würde: Ich habe mein Leben lang mit Schiffen zu tun gehabt und könnte das Marineministerium übernehmen. Aber ich wäre auch der richtige Mann, mich mit dem Handel oder den Finanzen der Nation zu befassen.

Lee zupfte ihn am Ärmel und riß ihn aus seinen Träumen. »Der General möchte sich auch mit Paxmore und Turlock unterhalten.«

Das freilich nahm der vorgesehenen Begegnung viel von ihrer Vertraulichkeit. »Fahren wir mit Eurem Boot?« fragte Steed ernüchtert, und Lees Antwort deprimierte ihn noch mehr: »Nein, ich muß unterwegs noch ein paar andere Herren abholen.« Das ist keine Begegnung, dachte Steed im stillen, das ist ein Konvent.

»Ich werde sofort meine Schaluppe klar machen lassen«, versicherte er Lee, der ihn nochmals erinnerte: »Vergeßt nicht, Paxmore und Turlock mitzubringen.«

Steed stieg in ein kleines Boot und segelte auf dem schnellsten Wege zur Friedensklippe, überbrachte Paxmore die Einladung, und zusammen fuhren sie weiter zum Moorland. Anfangs hatten sie Schwierigkeiten, sich in den unzähligen Wasserläufen zurechtzufinden, die die Sümpfe durchzogen, aber Paxmore erinnerte sich an bestimmte Landmarken, die zum Wasserlauf der Turlocks führten. Sie fuhren langsam hindurch, so als fürchteten sie, in einen Hinterhalt zu geraten. In all den Jahren hatten die Männer am Ostufer gelernt, sich diesem Ort mit Vorsicht zu nähern.

»Hallo!« rief einer von Steeds Matrosen. Keine Antwort.

»Ruf noch einmal!« befahl Steed, aber der Sklave fürchtete, die Leute zu verärgern, die sich in diesem Moorland versteckt hielten. »Na los, ruf schon!« drängte Steed.

»Hallo!« trompetete der Sklave, und das Echo war kaum verhallt, als ein Schuß fiel. Die Männer im Boot hörten die Schrotkörner durch das trockene Gras zischen.

»Bleibt, wo ihr seid!« warnte eine gespenstische Stimme aus dem Sumpf.

»Captain Turlock!« rief Steed zurück. »Ich bin es, Steed.«

Ein zweiter Schuß schwirrte durch das Gras, und Steed wurde böse. »Verdammt noch mal! Präsident Washington will Euch sehen. In Chestertown.«

»Capt'n Turlock is' nicht hier«, antwortete die Stimme.

»Wo ist er?«

»Auf seiner Veranda.« Und aus dem Gras tauchte ein schlaksiger junger Mann von neunzehn Jahren auf; er trug eine Muskete und hatte einen Flachmoorhund bei sich. Er war ein kratzbürstiger Moorlandbewohner, doch als er Steed sah, überzog ein breites Lächeln sein schmutziges Gesicht.

»Ich hab' Euch in Yorktown gesehn.«

»Habt Ihr dort gekämpft?«

»Nicht gekämpft. Hab' mir 'n Arsch aufgerissen mit 'm Gräben ausheben.«

»Wo ist Teach?« fragte Steed, und der junge Mann brachte sie auf Umwegen zur Hütte.

Barfuß, in geflicktes, grob gesponnenes Tuch gekleidet, saß der Schrecken der Karibik da und kratzte sich den Bart. »Schön, Euch zu sehen, Mister Steed!«

»Präsident Washington wünscht, daß wir ihn in Chestertown besuchen.«

»Wann?«

»Heute abend.«

»Dann gehen wir besser«, sagte der ergraute Kapitän, verschwand von der Veranda, blieb ein paar Minuten in seiner Hütte und erschien kurz darauf wieder in passabler Kleidung: Ausgebeulte Hosen aus grobem Tuch, dickes, aus Flachs und Baumwolle gewebtes Hemd, Schuhe aus Bisamfellen und eine Waschbärpelzmütze.

Er zeigte den Sklaven eine Abkürzung durch das Moorland, und schon eine Stunde später waren die drei Männer an Bord der Schaluppe. Sie hofften, am nächsten Abend in Chestertown zu etwa der gleichen Zeit einzutreffen, da auch General Washington an Land gehen würde, um dort über Nacht zu bleiben.

Doch auf der Windschattenseite von Kent Island verließ sie das Glück; der scharfe Wind verfing sich in den Bäumen, und der ganze Nachmittag ging verloren. Steed wurde immer ungeduldiger. »Könnt ihr das Boot nicht von der Stelle bringen?«

»Die Männer könnten es mit Rudern versuchen.«

»Dann laßt sie rudern.« Aber damit war nicht viel getan, und als der Tag zu Ende ging, hatten die Männer vom Choptank unnütz ihre Zeit an der Mündung des Chester vertan, während der neue Präsident mit Freunden in Chestertown feierte.

Als der nächste Morgen heraufdämmerte, war Steed außer sich vor Ärger.

»Gibt es hier Pferde?« frage er seinen Kapitän.

»Keine Pferde, keine Straßen.«

»Dieser verdammte Wind!«

Es war bereits zehn Uhr, als die drei schließlich überhaupt noch in Chestertown eintrafen. Wie Steed befürchtet hatte, war Washington schon bei Tagesanbruch nach Warwick aufgebrochen, der nächsten Station auf dem Weg nach New York. Steed fragte den Gastwirt, ob sich drei Pferde auftreiben ließen.

»Washingtons Leute haben alle mitgenommen«, antwortete der Mann.

»Findet uns welche!« forderte Steed ihn auf.

»Wer wird dafür zahlen?«

»Ich.«

»Und wer seid Ihr?«

»Simon Steed von der Insel Devon.«

Der Gastwirt nickte. »In diesem Fall könnte es sein, daß die Farmer welche haben.«

»Holt sie her.«

Der Gastwirt schickte zwei Knechte aus, um Pferde aufzutreiben, aber die Farmer kamen selbst mit zurück und forderten den vollen Preis für die unzuverlässigen Tiere. Vermieten wollten sie sie nicht. »Ich kaufe sie«, sagte Steed, aber Levin Paxmore ließ das nicht zu. »Eure Preise sind unverschämt«, warf er den zwei Farmern vor, die ihn nur anstarrten. »Mister Steed braucht diese Pferde, um General Washington einzuholen ... ein außerordentlich wichtiges Treffen.«

Einer der Farmer zeigte auf Teach Turlock und lachte. »Der da soll mit Washington sprechen?«

»Das wird er«, sagte Paxmore ruhig. »Er war ein berühmter Kämpfer im Krieg.«

»Wie heißt er?«

»Teach Turlock.«

Die Farmer sperrten Mund und Augen auf. »He, das ist Teach Turlock!« schrien sie einander zu. Sie schüttelten dem Kapitän die Hand und riefen aufgeregt: »Um ein Haar hättet Ihr mit Eurer ›Whisper‹ unsere Bucht niedergebrannt. Ihr wart ein mächtiger Mann, Captain Turlock!«

»Wenn Ihr Pferde von uns mieten wollt, Turlock«, sagte ein anderer Farmer, »Ihr könnt sie gern haben«, und die drei Männer vom Choptank machten sich auf, ihrem Präsidenten nachzujagen. Bei Georgetown überquerten sie den Sassafras, galoppierten nordwärts nach Cecilton und gelangten schließlich über eine holprige, staubige Straße nach Warwick, wo eine Gruppe von Farmern an der Wegkreuzung stand.

»Wo ist der General?« fragte Steed.

»Er ist bei den Heaths abgestiegen.«

»Ich habe gesehen, wie er angeritten kam«, berichtete eine Frau ehrfürchtig, und ein Kind rief: »Dort schläft er.«

Auf der Straße stand Major Lee mit verschränkten Armen und bewachte das Anwesen, in dem der General schlief. Als Steed vor ihm anhielt, bedeutete ihm der Major, er müsse absteigen und sein Pferd zurücklassen. »Wir haben Euch vermißt«, sagte er.

»Der verdammte Wind!«

»Der General wird sich freuen, Euch zu sehen. Er hat wiederholt nach Euch gefragt.« Steed strahlte bei dieser erfreulichen Mitteilung, aber nicht lange, denn Lee fügte hinzu: »Der General sehnt sich nach einem Spielchen, und wenn er aufsteht, wird er gleich spielen wollen. Schlaft doch ein wenig dort auf der Ofenbank, Steed. Er wird vielleicht die ganze Nacht durchspielen wollen.«

Das war nun nicht gerade die Art von Besuch, die Steed sich vorgestellt hatte. In der vorangegangenen windstillen Nacht hatte er sich zurechtgelegt, was alles er mit dem neuen Präsidenten durchsprechen wollte, an Kartenspielen hatte er nicht im geringsten gedacht. Aber er war entschlossen, auf dieser Reise zwei Punkte bis zum Ende zu verfolgen: sich selbst in bestem Licht zu zeigen und gewisse Zusicherungen zu bekommen in der Frage, wie das Ostufer regiert werden sollte.

Er lehnte also die ihm angebotene Ofenbank ab und ging statt dessen mit seiner Segeltuchtasche zum Waschhaus hinüber, wusch und kämmte sich, benetzte sich mit Parfüm und legte frische Kleider an. Und nun bot er den Anblick eines stattlichen neunundfünfzigjährigen Patrioten, bereit, seinem Land in jeder Stellung zu dienen, die der neue Präsident ihm anbieten mochte.

Washington erhob sich erst gegen halb sieben Uhr abends, und Major Lee setzte ihn von der Ankunft der Männer vom Choptank in Kenntnis. Ohne auf seine Kleidung zu achten, kam Washington aus seinem Schlafgemach gestürzt, sah Steed erwartungsvoll dastehen, begrüßte ihn kurz und eilte sodann auf Levin Paxmore, den Schiffbauer, zu. »Was baut Ihr doch für feste Schiffe!« sagte er und ergriff seine narbigen Hände.

»Vier davon haben am Ende für die Engländer gekämpft.«

»Ja, aber die ›Whisper‹ hat für uns gekämpft und den Kampf mitentschieden. Behaltet Euren Hut auf, Freund Paxmore, Ihr habt Euch dieses Privileg verdient.«

Dann fiel sein Blick auf Captain Turlock. Die Hände in die Hüften gestützt, blieb er vor ihm stehen und musterte ihn bewundernd. Schließlich packte er den Schiffer an den Schultern und drückte ihn an seine Brust. »Ich muß zugeben«, sagte er, »daß ich eine besondere Vorliebe für tapfere Männer habe.« Und er fing an, die Abenteuer aufzuzählen, die Turlock durchgestanden hatte. »Bei Saint Eustatius wärt Ihr ihnen beinahe in die Falle gegangen, nicht wahr?«

»Sie haben mein Schwesterschiff erwischt. Das war eine schmähliche Niederlage.«

»Das ist uns allen nicht erspart geblieben«, entgegnete Washington. »Ihr solltet Admiral sein, Sir.«

»Ich kann weder lesen noch schreiben«, entgegnete Turlock.

Washington lachte und fragte: »Was habt Ihr jetzt vor?«

»Ein bißchen fischen«, antwortete Turlock, und Washington lachte schallend. »Major Lee!« rief er mit laut tönender Stimme. »Seht Euch diesen Mann an, und seht Ihn Euch gut an! Der einzige in ganz Amerika, der sich um kein Amt bewirbt.« Er lachte wieder, verneigte sich tief und sagte: »Ihr habt uns außerordentlich geholfen, Captain.«

Dann kehrte er zu Steed zurück. »Ich bin verdammt froh, daß ihr uns eingeholt habt, Steed. Mich hungert's nach Karten.« Er führte seine Gäste in einen kleinen Raum, den Major Lee für diese Nacht hergerichtet hatte. Es gab da einen Tisch, sechs Stühle, zwei Stehlampen und drei Spucknäpfe. Zwei Pflanzer aus der Gegend warteten schon seit fünf Uhr und wollten gleich anfangen. Ein Oberst Witherspoon aus Washingtons Begleitung setzte sich ebenfalls an den Tisch, und auch der General und Steed nahmen Platz, aber noch immer blieb ein Platz leer.

»Ich spiele gern zu sechst«, sagte Washington. »Freund Paxmore, wollt Ihr nicht mitmachen?«

»Nein, ich möchte nicht«, entschuldigte sich der Quäker.

»Wie wäre es mit Major Lee?« schlug Steed vor.

»Er hat schon zu viel verloren«, sagte Washington.

Oberst Witherspoon deutete auf Captain Turlock. »Spielt Ihr?«

»Ein bißchen.«

»Setzt Euch«, und Turlock setzte sich auf den sechsten Stuhl. Die erste Hand war ausgeteilt, Turlock betrachtete seine Karten und murmelte: »Allmächtiger Gott!« Washington hörte auf, seine Karten zu ordnen, und starrte den Mann aus den Sümpfen an, und Oberst Witherspoon bemerkte tadelnd: »Wir fluchen nicht, Captain Turlock!«

»Auch Ihr würdet fluchen, wenn Ihr meine Karten hättet«, gab Turlock zurück, und Washington lächelte.

»Steed«, sagte der General freundlich, nachdem sie die dritte Hand gespielt hatten, »mir fehlen die Worte, um auszudrücken, wie froh ich bin, daß Ihr uns besucht habt. Es wird eine meiner ersten Handlungen in New York sein, den Kongreß zu ersuchen, Euch für die vier verlorenen Schiffe zu entschädigen.«

»Dafür wäre ich sehr dankbar«, sagte Steed und wartete, denn er wußte, daß dies der Augenblick war, da sich der neue Präsident zu einem Amt in der zu bildenden Regierung äußern müßte, aber er wartete vergeblich, und dann brach Turlock das Schweigen, indem er brummte: »Ihr seid dran, General.«

Gegen Mitternacht verließ Major Lee mit Levin Paxmore das Haus und ging mit ihm auf die Straße. Sie sprachen mehrere Stunden lang miteinander, während die Dorfbewohner am Straßenrand saßen und das Haus im Auge behielten, in dem ihr verehrter Held sich zu wichtigen Beratungen mit den führenden Persönlichkeiten der Region zusammengesetzt hatte.

»Mein Gott, wie gern würde ich an diesem Spiel teilnehmen«, seufzte Lee.

»Liebst du die Karten so sehr?«

»Ich bin ein passionierter Spieler, aber ich verliere immer, und der General hat mir verboten, auch nur eine Karte anzurühren.« Und nach einer Weile fügte Lee hinzu: »Er verliert natürlich auch immer. Aber er meint, der Unterschied sei, daß er es sich leisten kann.«

»Spielt er denn so viel?«

»Vor dem Krieg fast jeden Abend. Er führte Buch darüber, und daraus ist ersichtlich, daß er viel verloren hat. Während des Krieges habe ich ihn nur einmal spielen sehen, in den bitteren Tagen von Valley Forge. Und natürlich hat er verloren. Auch heute nacht wird er verlieren, da könnt Ihr sicher sein, und morgen werde ich in das Buch eintragen: ›Chestertown, drei Pfund, sechzehn Shilling und neun Pence verloren.‹ «

»Wir sind hier in Warwick.«

»Eine Stadt ist wie die andere. Wir kommen an, die Leute strömen herbei und können sich vor Lobhudeleien gar nicht fassen. Dieses Land hat noch nie einen Helden wie Washington gesehen und wird auch nie wieder einen sehen.«

»Ist er denn ein so großer Mann?«

»Ihr habt ihn gesehen. Sechs Fuß, vier Zoll. Er überragt alle.«

»Ich meine moralisch.«

»Er gibt mir Rätsel auf. Er legt sein Geschick in Gottes Hand und dient ihm hingebungsvoll. Aber wie ein Soldat, nicht wie ein winselnder Kirchenmann.« Major Lee verstummte, und sein Schweigen ließ seine Verwirrung erahnen.

»Wird er ein guter Präsident sein?«

»Der beste, der sich denken läßt. Keiner kommt ihm gleich. Ein einzigartiger Mann und die Rechtschaffenheit in Person.« Und nach kurzer Pause:

»Aber es gibt Widersprüchliches. Ihr wißt ja, daß er großen Beifall fand, als er sich weigerte, als Armeegeneral eine Besoldung anzunehmen. Ja, es ist richtig, er hat nie auch nur einen Shilling Sold erhalten. Immer wieder hat er die Meinung vertreten, in Zeiten der Gefahr müsse ein Patriot seinem Land dienen, ohne an Bezahlung zu denken.«

»Bewundernswert«, sagte Paxmore und verlor kein Wort darüber, daß er selbst in den dunklen Tagen des Krieges außer den von Steed in Auftrag gegebenen Schiffen drei weitere für die amerikanische Marine gebaut und den Großteil der Kosten selbst getragen hatte, da die Revolutionäre ja über keine Mittel verfügten; und seine Werft war niedergebrannt und seine besten Arbeiter waren eingezogen worden.

Selbst wenn er gern Karten gespielt hätte, jetzt hätte er es nicht gewagt, denn der Krieg hatte ihn arm gemacht; aber daß auch General Washington ohne Sold gedient hatte, munterte ihn auf. Major Lee aber fuhr fort. »Ja, Washington lehnte eine Besoldung ab, forderte aber, seine Auslagen abzurechnen. Ich half ihm bei seinen Aufstellungen, und er setzte alle Posten ein – die Ausgaben seines Sohnes, Wein für die Offiziersmesse, einen Wagen für sich und vier weitere Wagen für seine Freunde, Verpflegung, Gewehre, Tressen für seine Waffenröcke, Äxte für den Wald. Wenn ich so zurückdenke, diese Spesenabrechnungen waren ungeheuerlich.«

»So eine Aufstellung könnte ich für meine Werft machen«, sagte Paxmore, »und würde es auch tun, wenn ich dazu aufgefordert würde.«

»Ja, ja«, räumte Lee ein, »jeder einzelne Posten war korrekt. Aber ob es recht war, alle auf das Spesenkonto zu setzen, scheint mir doch zweifelhaft. Ich weiß nur soviel: Als die Rede davon war, daß Washington Präsident werden sollte, wollte er wieder sein Amt ohne Gehalt ausüben – nur die Auslagen. Und der Ausschuß schlug es ihm mit einiger Bestimmtheit ab: ›O nein, Sir! Diesmal müßt Ihr ein Gehalt annehmen!‹ Später sagten sie mir: ›Schluß mit diesen verdammten Spesenabrechnungen!‹

Sie kehrten um und gingen die Straße zurück, vorbei an dem Haus, wo die Spieler noch immer ernsthaft mit ihren Karten beschäftigt waren. Sie sahen, wie General Washington mißmutig sein Blatt studierte, das Kapitän Turlock eben gegeben hatte, und Paxmore fragte: »Kann er überhaupt regieren? Ich meine, Soldaten sind manchmal recht dickköpfig, auch wenn es ihnen an Wissen mangelt.«

»Er hat nicht viel gelesen«, erwiderte Lee. »Ich habe ihn nur selten mit einem Buch gesehen. Ganz gewiß ist er kein Adams und kein Jefferson, aber vielleicht haben die zuviel gelesen.«

Wie ausgestorben lag die Straße, auf der sie auf- und abwanderten und über all die Aufgaben des Amtes sprachen, das Washington jetzt übernehmen sollte: die Ernennung hoher Militärs, die Finanzen, die Besetzung der Richterämter, der

Ausbau einer Handelsflotte, die Eingliederung der neuen Staaten im Westen, die ganze Palette der Regierungstätigkeit – und der General spielte weiter Karten drin im Haus.

»Ich habe meinen Vater nie gekannt«, erzählte Lee gegen zwei Uhr früh. »Vielleicht ist das ein Grund für meine gute Meinung vom General. Ich diene bei ihm seit 1774, als ich noch ein Junge war, und für mich hat es auf diesem Kontinent nie einen hervorragenderen Menschen gegeben. Vielleicht wird er kein tüchtiger, bestimmt aber ein gerechter Präsident. Und er wird für alle ein Symbol werden, kräftiger und leuchtender von Jahr zu Jahr.«

Als sie wieder an den Kartenspielern vorbeikamen, sagte er: »Bei den Versammlungen in Zusammenhang mit der Revolution gab es viele gute Redner, und ich habe die meisten von ihnen gehört. Keiner hatte einen schärferen Intellekt als dieser dicke kleine Rechtsanwalt aus Philadelphia, James Wilson. Auch Ben Franklin wußte handfeste Argumente vorzubringen, und John Adams wirkte ungeheuer überzeugend. Und doch hielt General Washington die besten Reden, die ich je gehört habe – und er war nie ein Schwätzer.

Es war 1774, meine ich, als die Engländer Boston beschossen und wir im Süden nicht wußten, was wir dagegen unternehmen sollten. Es gab wortreiche Ergüsse voller Leidenschaft und Verwirrung, und als keiner mehr weiter wußte, ergriff Washington – er war damals erst Oberst ...« Er überlegte. »Die Miliz von Virginia muß es gewesen sein ... jedenfalls, es schien, als müßten wir Boston allein kämpfen lassen. Da stand dieser Mann auf und sprach einen einzigen Satz, und als er sich wieder setzte, hatte er der Geschichte der Kolonien eine neue Richtung gegeben.«

»Was hat er denn gesagt?«

»›Meine Herren, ich werde tausend Mann aufstellen, ausrüsten, aus eigener Tasche bezahlen und an ihrer Spitze für Boston kämpfen!‹«

»Ich brauche jetzt Schlaf«, sagte Paxmore. »Ich gehe hinein.«

»Ich werde hier draußen Wache stehn«, sagte Major Lee.

Als Paxmore das Spielzimmer betrat, war es nach halb vier, und Teach Turlock hatte nur noch ein paar Shilling auf dem Tisch. »Wenn Ihr so gut regieren könnt, wie ihr Karten spielt«, sagte er voll Bewunderung zu Washington, »brauche ich mir über unser Land keine Sorgen zu machen.«

Turlock verlor auch dieses Spiel und beschloß aufzuhören. »Kommt, Freund Paxmore«, sagte er, »wir legen uns schlafen.« Er selbst legte sich vor der Tür auf den Boden, während der Quäker in eines der hinteren Zimmer ging, wo sich schon ein Dutzend Männer ausgestreckt hatten.

Jetzt kam der Teil des Abends, den General Washington am meisten genoß. Es war vier Uhr früh, totenstill in allen Räumen, nur in seinem nicht, wo die

Kerzen flackerten. Nur vier Männer saßen noch um den Tisch, denn auch einer der Farmer war schon ausgeschieden, und jeder der übriggebliebenen Spieler kannte die besonderen Eigenheiten der anderen. Simon Steed spielte ein offenes Spiel, ohne zu bluffen. Oberst Witherspoon ließ keinen Vorteil ungenutzt, studierte Karten und Gegner peinlich genau und gewann mehr, als ihm eigentlich zustand. Der Pflanzer war ein guter Spieler, risikobereit, sobald er auch nur die geringste Chance zu haben glaubte. Und General Washington erwies sich als der, der er immer war: ein vorsichtiger, unnachgiebiger Verteidiger seines Geldes, knauserig, wenn es zu wetten galt, wagemutig, wenn er die Chance auf einen großen Pott sah, aber so transparent in Ausdruck und Haltung, daß er einfach verlieren mußte, wenn das Spiel lange genug andauerte.

»Majestät«, sagte Steed um fünf Uhr früh, »ich habe das bessere Blatt.«

»Dieser Titel ist nicht nach meinem Geschmack«, erwiderte Washington und hielt die Verliererkarten an sein schweißnasses Hemd.

»Unser Volk sehnt sich nach königlichem Aufputz, Sire«, beharrte Steed.

»Mir ist ›Mister‹ lieber.«

»Das Volk wird es nicht zulassen, glaubt mir, Sire. Wir haben zwar eine königliche Garnitur hinausgeworfen, aber wir sind mehr als hungrig nach einer anderen, einer besseren. Und Ihr seid besser.«

Washington klopfte sich mit den Karten ans Kinn. »Das haben mir schon andere vor Euch gesagt, Steed, und Euer Ratschlag verrät gesunden Menschenverstand. Es mag schon sein, daß unserem Land ein königlicher Herrscher bestimmt ist, aber in diesem Spiel solltet Ihr einen Mann nicht als Sire anreden, wenn Ihr drauf und dran seid, ihm die Gurgel durchzuschneiden. Laßt mich Euer Blatt sehen, Steed von Devon!«

Um Viertel vor sechs war das Spiel zu Ende. Major Lee hatte das Rücken der Stühle gehört und kam ins Zimmer: »Die Pferde sind gesattelt, Sir.«

»Wir machen uns besser auf den Weg nach Wilmington«, sagte Washington. »Wird eine halbe Stunde reichen, um uns frisch zu machen, Witherspoon?«

»Habt Ihr wieder verloren?« fragte Lee boshaft.

»Ihr könnt es ins Buch eintragen«, antwortete Washington. »Zwei Pfund, zwölf Shilling und drei Pence verloren.«

»Warwick war teuer«, bemerkte Lee.

»Das war es mir wert, noch einmal mit den Männern zusammenzutreffen, die vor Yorktown meine Waffenkameraden waren«, erwiderte Washington und legte seinen langen Arm um Steeds Schultern. Dann zog er sich ins Waschhaus zurück. Von einem vertraulichen Gespräch über ein Regierungsamt konnte keine Rede sein, aber Washington war kein gefühlloser Mensch, und als er seine

Toilette beendet hatte und den traurigen Ausdruck auf Steeds Gesicht sah, ging er auf ihn zu, nahm ihn bei der Hand und sagte offen und ungeziert: »Mein lieber Freund, ich würde einen Arm darum geben, Euch an meiner Seite zu haben.« Er hielt ein. »Aber die Skandale! Unmöglich. Unmöglich.« Und damit schritt er auf die Pferde zu.

Teach Turlock aber schnitt ihm den Weg ab. Aus einem schmutzigen Beutel zog er ein Dokument, das er seit 1776 wie einen Schatz gehütet hatte: Es war die Verzichterklärung des Pfarrherrn von Wrentham über Turlocks hundert Morgen. »Bitte, General, gebt mir mein Land zurück.«

Der Präsident studierte das Papier, stellte Turlock und Steed ein paar Fragen und ersuchte Major Lee, ihm einen Federkiel zu bringen. Dann setzte er sich auf eine Bank vor dem Haus und fügte folgenden Vermerk auf das kostbare Dokument hinzu:

> An meinen alten Waffengefährten, Gouverneur John Eager Howard
>
> Noch selten habe ich ein Dokument zu Gesicht bekommen, hinter dem sich so viel rohe Gewalt, falsches Spiel und Betrug verbergen, selten auch von so glaubwürdigen Zeugen Bestätigungen erhalten, die diesen Anspruch untermauern. Ich bitte Euch, leiht dem Ersuchen des Patrioten Teach Turlock Euer Ohr und sorgt dafür, daß ihm sein Land zurückerstattet wird.
>
> George Washington

Hunderte warteten auf der Straße, um ihrem Heiden zuzujubeln, der in seinem rotblauen Reitrock eine ausgezeichnete Figur machte. Würdevoll verneigte er sich nach allen Seiten. Major Lee brachte ihm einen kleinen Schemel, um ihm das Aufsteigen zu erleichtern, und als er auf seinem großen dunklen Fuchs saß, sah er edler aus als je zuvor.

»Unsere besten Wünsche, Sire«, rief Steed, und Tränen verschleierten seine Augen.

»Wir alle haben schwere Aufgaben vor uns«, sagte Washington und ritt los, begleitet von Jubelrufen, die bis nach New York kein Ende nahmen.

Ohne ein Wort der Absprache, wie von einem mächtigen Magnet angezogen, bestiegen auch die drei Männer vom Choptank ihre Pferde und folgten ihm einige Meilen. Als es Zeit war umzukehren, kam Major Lee, um sich zu verabschieden. »Der General läßt Euch sagen«, sprach er zu Steed, »daß Ihr, solang Ihr lebt, stets ein offenes Ohr bei ihm finden werdet. Er sieht in Euch einen der treuesten Diener unserer Nation.«

Zu Levin Paxmore dann sagte er im Flüsterton, während ihre Pferde in den frühen Morgen hinaustrabten: »Ich habe wohl zu offen mit Euch gesprochen, dort unter den Sternen. Ihr werdet es als vertraulich ansehen, was ich Euch sagte?«

»Ich werde mich daran halten«, erwiderte Paxmore, worauf Lee dem Quäker eine persönliche Mitteilung Washingtons in die Hand drückte. Paxmore öffnete das Schreiben erst später an seinem Schreibtisch auf der Werft. Er faltete es sorgfältig auseinander, glättete es und las:

Freund Paxmore

Ihr müßt mir so bald als möglich eine getreue Aufstellung der Kosten vorlegen, die Ihr auf Euch genommen habt beim Bau der Schiffe für unseren Kampf, abzüglich der Mittel, die der Kongreß Euch möglicherweise bereits angewiesen hat. Ich werde alles dazu tun, daß ihr voll und ganz bezahlt werdet, denn alle freien Menschen stehen in Eurer Schuld.

George Washington

Noch am gleichen Tag legte Levin Paxmore Rechnung über jeden Shilling, den er für die Revolution ausgegeben hatte, einschließlich der Kosten für den Wiederaufbau seiner Schuppen und der Entlohnung seiner Frau. Präsident Washington unterzeichnete die Genehmigungsvorlage, Paxmore wurde voll ausbezahlt, und dieses Geld war es, das den Grundstock zum Vermögen der Paxmores bildete.

SIEBENTE REISE:

1811

Die Winter am Ostufer waren üblicherweise mild. Gelegentlich fror einer der Süßwasser führenden Flüsse zu, oder es fiel etwas Schnee, der aber gleich wieder schmolz, aber durch den mäßigenden Einfluß des Atlantik und der Chesapeake Bay fielen die Temperaturen nie sehr tief.

Der Januar 1811 brachte jedoch plötzlich ein paar Zentimeter Schnee, und die Farmer entlang der Küste blieben in den Häusern und warteten das Ende der Schneefälle ab. Thomas Applegarth, der siebenundzwanzigjährige Bewohner einer den Steeds gehörenden Farm bei Patamoke, nützte diese Tage erzwungener Muße, um ein Buch zu lesen, das ihm Elizabeth Paxmore geliehen hatte, für die er gelegentlich arbeitete. Es war eine Geographie der Staaten im Osten des Kontinents, und was ihn daran so interessierte, war, auf welche charakteristische Weise die Berge von Pennsylvanien von Nordost nach Südwest verliefen. Selbst der Einfältigste mußte aus dieser neuen Landkarte ableiten, daß irgendeine außergewöhnliche Kraft den Verlauf dieses Gebirgszuges bestimmt hatte, aber Applegarth war nicht gebildet genug, um zu erkennen, welche Kraft dies war.

Und doch erinnerte er sich vage beim Studium der Karte, daß er erst kürzlich etwas über Ereignisse gelesen hatte, die vor langer Zeit in Europa stattgefunden hatten; an Genaueres konnte er sich jedoch nicht mehr erinnern. Später, gegen Abend, als es Zeit wurde, das Vieh zu versorgen, legte er sein Buch hin, verließ das Haus und ging den vereisten Fußweg zur Scheune hinüber. Dabei kam er an einem Eisgebilde unter einem Baum vorbei, und schlagartig enthüllte sich ihm das Geheimnis der Berge Pennsylvaniens und der Entstehung des Chesapeake. Eis! Eis hatte die Berge Europas ausgeschrammt, und durch Eis waren auch die Täler Amerikas entstanden!

Er wußte zwar nicht, was die Eiszeit war, konnte auch nicht erfassen, welche riesige Eisdecke einstmals auf Pennsylvanien lastete, aber eines erkannte er klar: Als diese ungeheuren Eismengen schließlich schmolzen, mußte das Schmelzwasser einen gigantischen Fluß gebildet haben, den Vorläufer des gegenwärtigen Susquehanna. Und dieser Fluß, nur er, hatte die große Bucht ausgewaschen und mit der Zeit das Ostufer gebildet.

Diese Vorstellung war so großartig, und Applegarths Überlegungen paßten so lückenlos zusammen, daß ihn ein großes Glücksgefühl erfüllte, als er im Laternenschein die Kühe molk. »So muß es gewesen sein!« flüsterte er. »Der ganze Norden war unter einer Eisdecke begraben, und als sie schmolz, schrammte sie die Berge aus, und die Täler füllte sie mit riesigen Flüssen.«

Der Gedanke beschäftigte ihn so stark, daß er am ersten klaren Tag zur Friedensklippe hinunterfuhr, um Mrs. Paxmore das Buch zurückzugeben und sie zu fragen, ob sie es für möglich hielt, daß Amerika eine Eiszeit erlebt habe.

»Eine – was?« fragte sie.

»Ich habe gelesen, daß Nordeuropa – vor sehr langer Zeit – über und über voll Eis war.«

»Ich glaube, in Rußland kommt das jedes Jahr vor«, sagte sie.

»Nein, in diesem Buch stand, daß der ganze Erdteil Hunderte Fuß hoch mit Eis bedeckt war.«

»Dann hätte dort nichts leben können«, widersprach sie.

»Genau das ist es«, sagte Applegarth. »Das Eis mußte sehr dick sein … um die Täler ausschrammen zu können.«

»Um – was?«

»Habt Ihr jemals die Berge von Pennsylvanien gesehen?« fragte er.

»Ich war nie in Pennsylvanien.«

»Ich meine auf der Landkarte.«

»Ich habe nie eine Karte von Pennsylvanien gesehen.«

»Hier in Ihrem Buch ist eine.«

»Tatsächlich?« Der Gedanke, daß es Karten oder auch nur Vorstellungen geben konnte, die ihr nicht vertraut waren, irritierte die Quäkerin. Sie riß Applegarth das Buch aus der Hand und blätterte es durch. »Wirklich! Da ist sie«, sagte sie und begann, aufmerksam die Landkarte zu studieren. »Sehen Sie, wie die Gebirgszüge alle in derselben Richtung verlaufen?« sagte der Farmer.

»Was soll das bedeuten?«

»Sie wurden von einer schweren Eisdecke herausgemeißelt, die sich hier nach Süden bewegte.«

Die Idee war so neuartig, daß Mrs. Paxmore jede Erfahrung abging, sie zu beurteilen. Aber sie war eine jener Quäkerfrauen, denen Wissen alles bedeutete. So stand sie nun da, auf dem linken Bein, das rechte seitlich abgestützt, und überlegte, welche bemerkenswerte These ihr Gelegenheitsarbeiter vorgebracht hatte. Je mehr sie über seine Worte nachdachte, um so vernünftiger klangen sie. »So könnte es gewesen sein«, sagte sie.

»Und wenn es so war«, fuhr Applegarth fort, »dann muß das gesamte Flußtal des Susquehanna, wie wir es heute kennen ... dann muß es selbst ein einziger ungeheurer Fluß gewesen sein. Hundertmal breiter als heute.«

Mit dem Finger zeichnete er auf der Landkarte die Grundzüge seiner Theorie nach. So zeigte er schließlich auch auf den Chesapeake. »Unsere Bucht muß die Mündung dieses großen Flusses gewesen sein. Was meinen Sie dazu?«

In den folgenden Wochen, während der langen Winternächte, lasen Thomas Applegarth und Elizabeth Paxmore, was immer sie über Eiszeiten und Berge finden konnten: Sie fanden aber nur wenig. In den Vereinigten Staaten hatte man eben erst begonnen, über die Bildung der Erdformationen Vermutungen anzustellen; die faszinierenden Enthüllungen, die man in Europa gemacht hatte, waren in Patamoke unbekannt. Aber eines Tages stieß Mrs. Paxmore auf eine interessante Information.

An der Universität Yale dilettierte ein Professor der Moralphilosophie auch auf naturwissenschaftlichem Gebiet. Er hatte die faszinierende These vorgebracht, daß ein Fluß wie der Hudson in New York am besten als »ertrunkenes Flußtal« verstanden werden konnte. Diese Bezeichnung ließ Mrs. Paxmore nicht mehr los, und sie sprach darüber mit ihrem Mann.

»Ist das nicht eine wunderbare Vorstellung? Ein Flußtal ertrinkt, wird vom Meer überflutet!«

»Mir klingt das eher nach einem Mißbrauch von Worten«, sagte er. »Ein Schwein kann ertrinken. Oder ein kleiner Junge, der aus seinem Kanu fällt. Sie können nicht mehr atmen und ertrinken. Aber wie sollte ein Fluß ertrinken? Erklär mir das!«

»Er ertrinkt nicht«, antwortete sie, »er wird ertränkt.«

George Paxmore lehnte sich zurück, um diesen Vorstoß in die höhere Logik besser bedenken zu können. Dann wischte er mit einer brüsken Handbewegung den Professor aus Yale, den Hudson und den Chesapeake vom Tisch. »Einer solchen Grammatik kann kein gebildeter Mensch zustimmen.«

Aber als Mrs. Paxmore ihrem Gelegenheitsarbeiter die neue Theorie vorlegte, wußte er sie sofort anzuwenden: »So ist es geschehen!« sagte er erregt. »Zuletzt, als das Eis schon zum Großteil geschmolzen war, verlor der Fluß allmählich an Kraft. Der Ozean begann, ihn zu überwältigen, und die Flußmündung ertrank unter dem Ansturm des Salzwassers.« Die These war von intellektueller Schönheit und entsprach so sehr den beobachtbaren Tatsachen, daß sie alle bisherigen Spekulationen zu bestätigen schien. Nun konnte er sich das Flußsystem des Susquehanna in größeren Zusammenhängen vorstellen: als Überbleibsel eines Flusses, der einst große Teile des eisbedeckten Kontinents entwässert hatte, ein majestätischer Fluß, der aber zuletzt doch dem steten

Ansturm des Meeres unterliegen mußte. Applegarth war entschlossen, diese Überlegungen im Frühjahr weiterzuverfolgen.

Mrs. Paxmore, deren Geographiebuch den Anstoß zu all diesen Spekulationen gegeben hatte, führte ihre eigenen Untersuchungen fort. Sie blickte in jedes Buch, dessen sie habhaft werden konnte, und drängte sich jenen Mitgliedern der Gemeinde geradezu auf, die mehr wußten als sie. Eines Abends überraschte sie ihr Mann mit einer Bemerkung. Er lehnte sich vom Tisch zurück und sagte: »Du magst recht haben, Elizabeth. Ich habe unsere Bucht betrachtet ... Oder eher: Ich habe mich bemüht, das, was ich sehen konnte, mit der interessanten These zu vergleichen, die du vor einigen Wochen aufgestellt hast. Und je länger ich drüber nachdenke, um so mehr komme ich zu dem Schluß, daß du da auf etwas gestoßen bist.«

Und er entwickelte seinen Gedankengang: Wenn in der Vorzeit der Fluß tatsächlich überflutet worden sei und daraus die Bucht entstand, mußte sie zu einem Teil vom Fluß und zu einem anderen Teil vom Meer beherrscht werden, nicht aber von letzterem allein. Das bedeutete, daß es einen allmählichen Übergang geben mußte vom Süßwasser, das an der Mündung des Susquehanna in die Bucht einströmte, bis zum reinen Salzwasser am Ausgang der Bucht in das Meer. »Und das«, schloß er, »finde ich äußerst interessant.«

»Thomas Applegarth hat erwähnt, daß er eine Expedition zu den Quellen des Susquehanna unternehmen möchte«, sagte sie. »Ich meine, wir sollten ihn unterstützen.«

»Wir können ihm die Zeit freigeben. Suche dir einen anderen Gelegenheitsarbeiter!«

»Ich dachte an Geld.«

George Paxmore formte aus seinen Händen eine kleine Kathedrale und betrachtete sie eine Zeitlang. Geld wurde am Ostufer nicht leichtfertig ausgegeben, am wenigsten von einem Quäker. Seine Frau hatte einen beachtenswerten Vorschlag gemacht; er schien vernünftig: Wissen mußte stets erweitert werden. »Ich glaube, wir können ihm fünfundzwanzig Dollar zur Verfügung stellen«, sagte er.

»Möchtest du es ihm sagen?«

»Ich glaube, das solltest du tun. Du hast ihn ja zu seinem Tun ermutigt.« Elizabeth entschied, sie sollten gemeinsam ihrem Arbeiter sagen, daß sie seine wissenschaftliche Forschungsarbeit mit einem Betrag von fünfundzwanzig Dollar unterstützen. Das Angebot traf Thomas unvorbereitet, und zunächst vermochte er nicht zu antworten. Dann sagte er: »Fünfzehn besitze ich selbst, und weitere zehn kann ich bis Ende Februar zur Seite legen. Ich wäre gern noch vor der Schneeschmelze am Oberlauf des Flusses.« Und so brach am 1. März

1811 Thomas Applegarth, ein Farmer aus Patamoke am Ostufer, in einer kleinen Schaluppe auf, um bis zur Mündung des Susquehanna zu segeln. Der Wind war nicht günstig, und er benötigte drei Tage, um Havre de Grace zu erreichen. Dort übergab er sein Boot dem Besitzer einer Schiffswerft, und mit dreiundsechzig Dollar in der Tasche machte er sich an die Erkundung des Flusses.

Für fünfzig Cent stellte er einen Mann an, der ihn nordwärts mit dem Kanu bis zu den Fällen bei Conowingo brachte. Dort entließ er den Kanufahrer und begann seinen Fußmarsch am linken, also am östlichen Ufer des Flusses. Häufig war er gezwungen, den Wasserlauf zu verlassen, wenn das Gelände unwegsam wurde, und so manche Nacht verbrachte er einige Meilen landeinwärts.

Sooft er aber direkt am Flußufer entlangziehen konnte oder in seinem eiskalten Wasser ein Bad nahm, fühlte er sich auf seltsame Weise geläutert und den Geheimnissen der Vergangenheit näher. Gelegentlich stieß er auf ein Fährboot. Er bat dann, beim Rudern mithelfen zu dürfen, verbrachte ganze Tage damit, von einem Ufer zum anderen überzusetzen, und als er bei Columbia auf die erste größere Fähre traf, war er ein erfahrener Flußschiffer.

Aber erst als er auf seiner Wanderung Harrisburg hinter sich gelassen und den gebirgigen Teil Pennsylvaniens erreicht hatte, stieß er auf die gesuchten Anzeichen. Es war ihm klar, daß der mächtige Fluß der Vorzeit zehn bis fünfzehnmal breiter gewesen sein mußte als der heutige; dies bewiesen die flachen Landstreifen, die sich im Osten und Westen entlang seiner Ufer hinzogen. Sie hatten zweifellos einmal das Flußbett jenes mächtigen Stroms gebildet, der bis zu seinem Verkümmern das Schmelzwasser der Eisdecke transportiert hatte. Jeder Tag brachte eine Erleuchtung, einen neuen Beweis.

Als er Sunbury erreichte, zweihundertfünfzehn Meilen von Patamoke entfernt, stand er vor einer schwierigen Entscheidung, denn nördlich dieser Siedlung teilte sich der Susquehanna. Ein Flußlauf führte nach Westen, nach Williamsport, der andere nach Osten, nach Wilkes-Barre, und niemand konnte ihm eindeutig sagen, welcher der beiden der Hauptfluß war. Zu seiner Überraschung hatte keiner der Siedler in Sunbury je versucht, den Oberlauf zu erkunden.

»Welcher führt mehr Wasser?« fragte er.

»Hochwasser führen beide ziemlich gleich«, antwortete der Siedler mit der größten Erfahrung.

»Wenn Sie zum Oberlauf wollten, welchen Arm würden Sie wählen?«

»Ich will dort nicht hin.«

»Aber für welchen würden Sie sich entscheiden?«

»Das ist mir gleich.«

Eine Frau sagte: »Bei Hochwasser führt der östliche Arm die stärkeren Baumstämme mit sich – als ob er sie von weiter herbrächte.«

»Oder er führt durch eine waldreichere Gegend.«

»Daran habe ich auch gedacht«, sagte sie.

Da dies der einzige brauchbare Hinweis war, den er erhalten konnte, sagte er: »Das klingt vernünftig. Ich werde Richtung Osten gehen.«

So begann Applegarth am letzten Märztag den langen, beschwerlichen Marsch nach Wilkes-Barre und von dort weiter nach Norden bis zur Indianersiedlung Tunkhannock. Er kam nur mühsam voran; mit dem Boot konnte man nicht stromaufwärts fahren, und auf weite Strecken gab es keinen Fußweg entlang des Flusses. Drei Tage kämpfte er sich durch unwegsame Wälder, weil er sich entschlossen hatte, hart am Fluß zu bleiben; doch schließlich mußte er diesen Vorsatz aufgeben und auf die vorhandenen Wege ausweichen, ohne Rücksicht darauf, wie weit sie ihn von seinem eigentlichen Kurs abbrachten.

Ihm war, als erforsche er jungfräuliches Land, und manchmal, wenn er einige Tage lang den Fluß aus den Augen verloren hatte, dann aber plötzlich an seinen Ufern stand und ihn nach Süden strömen sah, begrüßte er ihn, als sei er ein alter Freund: »Da bist du ja! Du herrlicher, geheimnisvoller Fluß!«

Dann zog er Schuhe und Strümpfe aus und stieg ins Wasser. Manchmal war es so verlockend, daß er ganz untertauchte, ohne auf seine Kleidung zu achten. Er marschierte dann am Ufer weiter, bis Hemd und Hose am Leib getrocknet waren. Gelegentlich nahm ihn ein Bauer mit, der zum Markt fuhr; meist aber ging er allein, Tag für Tag – und jeder brachte ihn dem Ursprung seines Flusses näher.

Auf dem beinahe vierzig Meilen langen und windungsreichen Abschnitt von Tunkhannock nach Towanda begegnete er keinem Menschen. Gelegentlich stapfte er, da es keine Wege gab, in Ufernähe durch den Fluß. Er aß wenig, ein Stück Brot und etwas Käse, und nahm sieben Pfund ab. In diesen einsamen Tagen faßte er den Plan, seine Spekulationen über den Susquehanna und dessen Verflechtung mit der Bucht, die er so liebte, zu Papier zu bringen. Ganze Tage verbrachte er damit, einen einzigen Satz zu formulieren, weil dieser so bedeutend klingen sollte wie die Texte der Bücher, die er im Winter gelesen hatte. Er ahnte, daß es für die Abfassung eines Expeditionsberichts bestimmte Richtlinien gab: Man durfte nie zu viel behaupten, mußte alle Schlüsse als Mutmaßungen präsentieren, damit andere sie zu einem späteren Zeitpunkt zurückweisen konnten, falls die von ihnen entdeckten Fakten wichtiger waren. Vor allem war ihm bewußt, daß er mit bloßen Vermutungen operierte, und er nahm an, daß seriöse Forscher Mutmaßungen als solche kennzeichneten und sie von den Tatsachen abgrenzten.

Er platschte durch den Fluß, daß ihm das kalte Wasser bis in die Haare spritzte, und rief in die Wälder: »Ich bin auf der Suche nach der Seele dieses Flusses!« Die letzten Meilen in Pennsylvanien legte er in einem Zustand der Entrücktheit zurück, mit jenem Glücksgefühl, das Menschen manchmal empfinden, wenn sie sich auf die Suche nach einem Ursprung begeben. Er war schon einige Meilen im Staate New York, ehe er jemanden traf, den er um Rat fragen konnte; auch dieser Mann wußte nicht, woher das kleine Flüßchen kam, das er als Susquehanna kannte. »Ein Jäger könnte das wissen«, meinte ein Farmer, und dessen Frau schlug vor, den alten Grizzer zu fragen. Applegarth fand ihn auf einer schäbigen Farm: ein Mann Ende sechzig, zahnlos; was ihm an Haaren auf dem Kopf fehlte, machte sein wilder Bartwuchs wieder wett.

»Du lieber Gott, mein Junge! Ich wollte selbst schon immer wissen, woher dieser verrückte Fluß kommt! – Für zwei Dollar bringe ich Sie so weit hinauf, wie ich ihn kenne, und geben Sie mir noch zwei Dollar dazu, komme ich mit bis an die Quelle; wenn's sein muß, bis hinauf nach Kanada.«

So machten sie sich gemeinsam auf die beschwerliche Fahrt: ein alter Mann, der das Land kannte, und ein junger, der mit dem Fluß vertraut war. Sie kamen an Maisfeldern vorbei, die noch nicht für die Frühjahrsaussaat gepflügt waren, und sie durchquerten Wälder, in die sich bisher nur Rotwild und so ein verrückter Kerl wie der alte Grizzer gewagt hatten. Immer noch lag herausfordernd der Susquehanna vor ihnen, wurde schmaler und schmaler, bis er nur noch ein Bach war, der aber zäh entschlossen schien weiterzubestehen.

»Bei Gott, Junge, das ist ein verflucht hartnäckiges Wässerchen«, sagte der alte Mann, und am vierten Tag meinte er: »Junge, ich habe mich da auf einen schlechten Handel eingelassen. Der verfluchte Fluß hat ja gar keinen Anfang. Ich geb's auf.« Als ihm aber dämmerte, daß er dann auch die zwei Dollar zurückgeben mußte, die er als Führer kassiert hatte, fügte er sich in sein Schicksal. »Ein Stückchen komme ich noch mit. Irgendwo muß es ja eine Quelle geben.«

Sie zogen also noch einen Tag lang weiter, bis sie an einen Ort kamen, den man mit einigem guten Willen für die Quelle halten konnte. »Würden Sie sagen, daß sie es ist?« fragte der alte Mann.

»Das würde ich«, sagte Applegarth, »wenn es dieses Bächlein nicht gäbe, das hier einmündet.«

»Verflucht«, sagte der alte Mann, »ich hatte gehofft, daß Sie es nicht sehen.«

»Ich würde ihm gern ein Stück nachgehen«, sagte Applegarth.

»Tun Sie das, mein Junge. Was mich betrifft, so erkläre ich feierlich, daß der Susquehanna hier entspringt. Genau hier.«

»Warten Sie auf mich! Wir gehen gemeinsam zurück.«

Der alte Mann machte es sich an der vorgeblichen Quelle bequem, während der junge Applegarth weiter nach Norden marschierte und dem schmalen Wasserlauf folgte. Die Nacht verbrachte er unter einer Eiche, und noch vor Mittag des folgenden Tages, des 4. Mai 1811, erreichte er den tatsächlichen Ursprung des Flusses: wiesenähnliches Land, auf dem sich nichts ereignete – kein Vieh weidete hier, kein geheimnisvoller Wasserstrahl quoll aus der Erde. Hier sammelte sich lediglich Feuchtigkeit aus zahlreichen unsichtbaren und unbedeutenden Quellen. Tropfen entstanden, rannen ineinander, verbanden sich. Etwas entstand wie zufällig aus dem Nichts, unscheinbar und gab sich eine Bestimmung.

Die Sonne schien voll auf die Wiese, und wo der Dunst lastete, brachen sich ihre Strahlen, bis alles golden erglänzte und geheiligt schien, als sei hier der Ursprung des Lebens selbst. Thomas Applegarth betrachtete dieses nasse, trächtige Land und dachte: So beginnt alles: die Berge, die Ozeane, das Leben. Allmählich kommt eins zum anderen – und so entstehen Sinn und Bedeutung.

Den Namen Thomas Applegarth müssen wir uns nicht merken. Weder er noch seine Nachkommen werden in diesem Bericht weiterhin erwähnt. Er war nur einer von Tausenden Amerikanern seiner Zeit, die sich bemühten, das Wesen der Dinge zu erfassen: Forscher, Konstrukteure von Maschinen, Landwirte, Schiffbauer, Gründer von Universitäten, Zeitungsredakteure und Prediger. Eins hatten sie alle gemeinsam: Irgendwo und irgendwie hatten sie gelernt zu lesen, und die harten Anforderungen des Lebens im Grenzland regten sie zum Denken an. Dieses fruchtbare Zusammentreffen war der Ursprung aller Entwicklungen, die Amerika groß machen sollten, aller Erfindungen und radikal neuer Methoden, die Dinge anzupacken, all der Ideen, welche die Welt erneuerten.

Die Schwarzen waren von dieser Herausforderung an die Kreativität natürlich ausgeschlossen. Nur wenige von ihnen konnten lesen lernen, sich mit Mathematik beschäftigen oder ihrem Erfindungsreichtum nachgehen. Der gesellschaftliche Verlust jedoch, den die Nation durch diese willkürliche Einschränkung erlitt, läßt sich nicht ermessen.

Als 1976 eine Studiengruppe zur Zweihundertjahrfeier der Vereinigten Staaten versuchte, den Beitrag jener kleinen Schar unbekannter Philosophen, wie Thomas Applegarth einer war, zu würdigen, schrieb sie:

So entsteht ein sogenannter kleiner Klassiker: Das Buch erregt wenig Aufmerksamkeit, wenn es erscheint, und versetzt die Käuferschaft nicht in Verzückung. Es kommt in einer kleinen Auflage heraus, erlebt vielleicht eine zweite, wenn die Familie des Autors genügend viele Exemplare kauft, und stirbt einen raschen und natürlichen Tod. Im Laufe der Zeit zeigt sich jedoch, daß überall auf der Welt jeder, der das Buch kennen sollte, es gelesen hat. Es besteht sozusagen im Untergrund weiter; Gelehrte und Laien schließen es ins Herz und halten es am Leben. Einer flüstert dem anderen zu: »Dieses kleine Buch von einem gewissen Soundso sollte man eigentlich gelesen haben. Es ist eine Fundgrube.« Und hundert Jahre später erleben wir, daß mehr Menschen das kleine Buch dieses Soundso gelesen haben als die Erfolgsbücher seiner Zeitgenossen, die man damals für eine Sensation gehalten hatte. Noch bedeutsamer ist, daß die Leser dieses kleinen Buches jene sind, die der Welt dienen: Sie unterrichten die Jugend, sie treffen Entscheidungen von nationaler Bedeutung oder sie streben danach, ihre eigene Forschung voranzutreiben.

Ein treffliches Beispiel für einen solchen kleinen Klassiker ist »Die Eiszeit« von Thomas Applegarth, erschienen 1813 in Patamoke in einer Auflage von dreihundert Exemplaren. Soweit sich feststellen läßt, hatte Applegarth keine reguläre Bildung genossen. Elizabeth Paxmore, eine Quäkerin, die nahe Patamoke lebte, unterrichtete ihn im Lesen. Sie weckte auch sein Interesse für wissenschaftliche Fragen.

Als Siebenundzwanzigjähriger brach dieser Farmer aus Maryland mit rund sechzig Dollar auf, um den Susquehanna zu erkunden. Seine Absicht war, ausführlich seine Vermutung zu belegen, daß der Norden Pennsylvaniens in der Vorzeit von Eis bedeckt gewesen sein mußte. Seine allgemeinen Beobachtungen sind außergewöhnlich für seine Zeit. Es scheint, daß er Theorien vorweggenommen hat, die sich erst viel später durchsetzten, und daß er in klarer Voraussicht erkannte, was erst spätere Entdeckungen belegten. Seine speziellen Schlußfolgerungen sind natürlich schon längst überholt – aber auch diese Entwicklung sagte er in einer beachtenswerten Passage über das Wesen der Entdeckungen voraus:

Der Forschungsgeist des Menschen schreitet in großen Umwälzungen vorwärts – wie ein Punkt am Rande eines sich drehenden Rades. Bewegt er sich auch voran, kann es doch nicht lange so bleiben, denn das Rad und das Fahrzeug, zu dem es gehört, streben weiter, und auf diesem Weg dreht sich auch der Punkt am Rande des Rades schließlich zurück. Diese pendelnde Bewegung, bei der jede Position nur vorübergehend gültig ist und kaum fixiert werden kann, nennen wir den Zivilisationsprozeß.

Das Zeitlose an Applegarths Überlegungen ist, daß er das Flußsystem des Susquehanna über alle Zeiten hinweg als ein ökologisches Ganzes sah. Zu seiner Zeit kannte man diesen Begriff noch nicht, aber das Konzept stammt von ihm, und kein Team heutiger Techniker oder Umweltforscher könnte ein klareres Bild der Funktionen und der Bedeutung des Susquehanna zeichnen. Applegarth hat Generationen amerikanischer Wissenschaftler inspiriert, und niemand, der seine Sechzig-Dollar-Expedition bis zu jenem letzten Tag verfolgte, an dem er an den Quellwassern des Susquehanna stand, wird seine Beschreibung dieses Augenblicks vergessen:

Ich stand auf jener Wiese, die Sonne spiegelte sich glitzernd in jedem einzelnen Wassertropfen, und ich erkannte, daß ein Fluß wie der Susquehanna keinen Anfang haben kann. Er ist einfach da, ein unergründlicher Wasserlauf, einmal breit, dann wieder schmal, hier wildschäumend, dort schläfrig und träge; so wird er zu einem mächtigen Strom, dann zu einer weiträumigen Bucht und schließlich sogar zu einem Ozean – eine ununterbrochene Kette, deren Glieder so eng miteinander verbunden sind, daß sie ewig bestehen und selbst eine neue Eiszeit überdauern werden.

Das Duell

Im Krieg von 1812 errangen die amerikanischen Truppen glänzende Siege auf dem offenen Meer, in Kanada, auf dem Eriesee und in New Orleans; in der Chesapeake Bay wurden sie jedoch beinahe zur Gänze aufgerieben. Eine Schar waghalsiger und gerissener britischer Kapitäne beherrschte schließlich die Bucht und machte sie zu einem englischen Gewässer, in dem sich zu manchen Zeiten bis zu tausend Schiffe aller Größen aufhielten und nur darauf warteten, »die Amerikaner zu züchtigen und ihnen gute Manieren beizubringen«.

Einer der ungestümen Anführer der britischen Vorstöße von 1813 war ein junger Mann von achtundzwanzig Jahren. Für die ehemaligen Kolonien hatte er nur Verachtung übrig, und er war entschlossen, jenen Sieg zu rächen, den sie 1781 bei der Schlacht am Chesapeake über seinen Vater davongetragen hatten. Es war Sir Trevor Gatch, der Sohn, Enkel und Großenkel von Admiralen.

Wie bei einem jungen Mann von solcher Herkunft nicht anders zu erwarten, verlief sein Aufstieg kometenhaft. Mit elf schon fuhr er auf dem Flaggschiff seines Vaters zur See; mit fünfzehn übernahm er als regulärer Leutnant das Kommando über ein Patrouillenboot; mit neunzehn wurde ihm die Kapitänswürde verliehen – was in der brititschen Marine eine hohe Auszeichnung bedeutete. Er war von schlanker Statur, maß knapp einen Meter sechzig und wog kaum hundertzwanzig Pfund. Sein Haar war hellblond, seine Gesichtszüge wirkten etwas weibisch, und seine Stimme klang hoch und schrill. Trotz dieser nichtssagenden äußeren Erscheinung machte er dank seiner stocksteifen Haltung und seines gebieterischen Kommandotons einen durchaus militärischen Eindruck. Er hielt sehr auf strenge Disziplin und war bekannt dafür, daß er seine Männer auspeitschen ließ; und doch waren diese stolz, unter ihm zu dienen, denn man kannte ihn als einen Kapitän, dem stets das Glück lachte und der dank seines Könnens schon manches Schiff durchgebracht hatte, das andere verloren hätten. Seine Männer sagten, mit dem Schlaukopf Trevor würden sie selbst zur Hölle fahren, und seine Beförderung zum Admiral war so gut wie sicher.

Sein feuriges Temperament läßt sich am ehesten aus der Herkunft seiner Familie erklären. Die Gatchs stammten ursprünglich aus Cornwall, »jener Halbinsel, die lieber ein Meer geworden wäre«, und Generationen hindurch waren sie von Plymouth losgezogen, um die wohlwollende Beachtung der Könige zu erregen. Gegen Ende des sechzehnten Jahrhunderts wollte Königin Elizabeth in Nordirland eine Gruppe von Familien ansiedeln, die loyal zu ihrem protestantischen Glauben hielten, und ihre erste Wahl fiel auf die streitlustigen Gatchs. Auf ihrem irischen Schloß befanden sie sich in Sicherheit. Sie wurden von König James 1. mit der Baronetwürde bedacht – später sollten aus der Familie zwei Lords hervorgehen – und kämpften weiterhin auf See: Sie unterstützten Marlborough vor Flandern, bei der Einnahme von Jamaica und gegen Admiral de Grasse in der Schlacht vor der Chesapeake Bay.

1805 nahm man allgemein an, Sir Trevor werde neben Nelson bei Trafalgar kämpfen, und so geschah es auch. Der zwanzigjährige Kapitän kommandierte ein Linienschiff mit zweiundsiebzig Kanonen. Als man ihm den Fockmast und die Spieren weggeschossen hatte, wehrte er sich, indem er mit Enterhaken ein beschädigtes französisches Schlachtschiff kaperte und es aus einer Distanz von wenigen Handbreit in Stücke schoß. Und nun lag er in der Bucht, dürstete nach dem Anblick irgendeines amerikanischen Schiffes und war entschlossen, Admiral und Lord zu werden.

Ende August 1813 ankerte er in der Nähe des ehemaligen Jamestown vor Virginia, als ein Spion über die Bucht kam und eine Nachricht brachte, die ihn vor Erregung einen Luftsprung machen ließ: »Die ›Whisper‹ hat in ihrem letzten Kampf schwere Beschädigungen hinnehmen müssen und befindet sich nun zur Reparatur in der Paxmore-Werft in Patamoke.«

»Die ›Whisper‹!« rief Gatch leidenschaftlich. »Wir werden sie finden und zerstören!«

Er rief nach seiner Rudermannschaft, eilte in einem Beiboot zum Flaggschiff des Admirals und bat um die Bewilligung, in den Choptank vordringen zu dürfen, um die »Whisper« zu zerstören und ihren Kapitän zu hängen. Die britische Führung hatte schon seit zwei Generationen nach diesem raschen Schoner Ausschau gehalten. Begeistert erteilte sie ihre Zustimmung, und der Admiral, den die Zerstörung zahlreicher Plantagen entlang der Küste keck gemacht hatte, gab seinen Segen dazu: »Gott möge Sie beflügeln, Gatch; und lassen Sie die Musik spielen, wenn der Kerl baumelt!« So machte sich Captain Gatch auf der »Dartmoor«, einem Schiff mit acht Kanonen, und in Begleitung von sieben kleineren Booten auf, die Amerikaner zu bestrafen und die »Whisper« zu versenken.

Der Spion, der die Briten über die Zwangslage der »Whisper« informiert hatte, hinterließ Spuren, als er den Rückweg über die Bucht antrat, und ein pfiffiger Siedler am Wicomico südlich von Patamoke durchschaute das Spiel. Er eilte nach Norden, um die Amerikaner am Choptank zu warnen: »Die britische Flotte hat herausgefunden, daß die ›Whisper‹ sich in der Werft befindet.«

Diese Schreckensmeldung war für zwei an sich recht unterschiedliche Männer von gleich entscheidender Bedeutung:

Captain Matthew Turlock, der Besitzer der »Whisper«, war ein rothaariger, rotbärtiger Seefahrer, dessen rauhe Art seinem Aussehen entsprach. Er war jetzt fünfundvierzig, hatte seit seinem siebenten Lebensjahr auf See gekämpft und in all dieser Zeit eine grundsätzliche Überzeugung gewonnen: daß es die wesentlichste Aufgabe des Kapitäns war, sein Schiff zu retten; Ladung, Gewinn, Zeitpläne, ja selbst Menschenleben waren dieser einen großen Aufgabe unterzuordnen: »Rette dein Schiff!« Unter den widrigsten Umständen und bei jedem Wetter hatte er nach diesem Grundsatz gehandelt. Er sah viele Schiffe zugrunde gehen, aber nie eines unter seinem Kommando. Nun war die »Whisper« an Land, in der Falle, in Gefahr – und er war entschlossen, sie zu retten.

Der andere Amerikaner, dem die Nachricht Sorge bereitete, war George Paxmore, der junge Quäker, dem mittlerweile die Werft seiner Familie unterstand. Er sah voraus, daß die Briten, sollten sie tatsächlich den Choptank erreichen und die »Whisper« aufgedockt finden, nicht nur das Schiff, sondern auch die Werft niederbrennen würden. Als Kind hatte er oft erzählen hören, daß 1781, zwei Jahre vor seiner Geburt, ein britischer Stoßtrupp in den Fluß eingedrungen war und die Werft der Paxmores in Flammen gesetzt hatte. Dies durfte nicht noch einmal geschehen.

Sobald der loyale Siedler die Nachricht über den Spion hinterbracht hatte, machten sich diese beiden Männer ans Werk. »Vor allem müssen wir das Schiff verschwinden lassen«, sagte Paxmore. Er war ein hagerer junger Mann, ernst, entschlossen und überaus energisch. Mit einem schweren Schlegel ging er die Planken entlang und schlug die kleineren Stützen weg; dann kletterte er auf die Helling und überwachte die Entfernung der großen Stützpfeiler.

Mittlerweile hatte Captain Turlock seine Mannschaft zusammengetrommelt und ließ sie eine Nottakelung improvisieren, mit der man die »Whisper« voranbringen konnte, obwohl ihre Masten und Spieren noch nicht in richtiger Position waren. Sobald er seine Anweisungen erteilt hatte, half er Paxmore, das

Schiff freizusetzen, und sah voll Befriedigung zu, wie es in den Hafen glitt. Es schwamm noch kaum auf dem Wasser, da befahl er schon achtundzwanzig seiner Männer in zwei Beiboote; sie begannen zu rudern, und langsam schleppten sie den Schiffsrumpf hinaus in den Choptank, wo man in aller Eile kleine Masten einsetzte, um den schweren Schoner zu den Sümpfen bringen zu können.

Nun folgte die Kriegslist, von der der Erfolg der Unternehmung abhängen sollte. Während die »Whisper« langsam flußabwärts glitt, führte George Paxmore vierzig Männer in den Wald, wo ihre Äxte bald in die Stämme der Weymouthskiefern schlugen. Er vergewisserte sich, daß sie ausreichend viele grüne Bäume fällen würden und eilte dann zur Werft zurück, wo er zwei Dutzend Männer damit beauftragte, eine Ladung Bretter zu einem rohgezimmerten Lagerhaus zu schaffen, das etwa zweihundert Meter flußaufwärts von den Hauptgebäuden entfernt stand. Dann sprang Paxmore in eine kleine Schaluppe und segelte auf den Fluß hinaus.

Immer wieder fuhr er hin und her, um aufmerksam die Arbeit der beiden Gruppen zu überwachen. Am späten Nachmittag trafen die ersten Männer mit den gefällten Weymouthskiefern bei der Werft ein und begannen, die Stämme an die Wand des großen Bootsschuppens zu nageln. So versteckten sie ihn hinter einem künstlichen Wald: »Das sieht noch nicht recht natürlich aus, wir werden doppelt so viele Bäume brauchen.« Dann fuhr Paxmore näher an das rohgezimmerte Lagerhaus heran, dessen Stirnseite so umgestaltet wurde, daß es einem Bootsschuppen gleichsah: »Mit diesen Brettern täuschen wir niemanden. Sie wirken noch viel zu neu.«

So fuhr er wieder in den Hafen zurück und überwachte die ganze Nacht lang die Arbeiten: Er ließ noch mehr Bäume fällen und veranlaßte, daß die Bretter des vorgeblichen Bootsschuppens mit verdünnter Farbe beschmiert wurden. In der Morgendämmerung fuhr er auf den Choptank hinaus, um sich aus der Ferne davon zu überzeugen, die bestmögliche Arbeit geleistet zu haben: »Vielleicht täuschen wir sie, vielleicht nicht. Mehr kann ich nicht tun.«

Dann aber kam ihm ein entscheidender Gedanke: »Zurück ans Ufer! Rasch! Rasch!« Als die Schaluppe die Werft erreichte, sprang er an Land, rannte zum Bootsschuppen hinüber und befahl den Holzfällern: »Lauft zurück und bringt möglichst viele dürre Äste!« Den Zimmerleuten rief er zu: »Helft mir mit dem Terpentin!« Sie schwitzten in der heißen Augustsonne wie die Schweine; und schon riefen die Wachtposten: »Sie kommen den Fluß herauf!«

Die Beschießung Patamokes durch die Briten am 24. August 1813 war ein wilder Überfall. Captain Gatch hatte ursprünglich knapp vor der Stadt an Land gehen und sie mit Fußtruppen erobern wollen, um den verhaßten Ort in Muße zerstören zu können. Eine Abordnung von Einwohnern, die ihr Leben lang Hasen gejagt hatte – darunter etwa dreißig Turlocks aus den Sümpfen –, eröffnete aber ein so resolutes Abwehrfeuer, daß Sir Trevor zugeben mußte: »Verflucht, die kämpfen ja wie Napoleons Garde!« Entgegen seinem Vorsatz mußte er ziemlich weit draußen im Fluß bleiben und den Ort mit weitreichenden Kanonen bombardieren, denn die Schützen am Ufer begannen schon, die Reihen seiner Matrosen zu lichten.

»Setzt die ganze Stadt in Flammen!« rief er mit seiner hohen Stimme, und Brandbomben wurden auf die wichtigsten Gebäude abgefeuert. Der Erfolg war allerdings mäßig, weshalb Captain Gatch seinen Männern Order gab, alle Angriffe auf die Schiffswerft zu konzentrieren, in der seiner Meinung nach die »Whisper« lag. Als die rotglühenden Kanonenkugeln dort einschlugen, brach ein ungeheures Feuer aus. Die britischen Seeleute jubelten, und Captain Gatch rief: »Ich will verdammt sein, wenn wir's ihnen diesmal nicht gezeigt haben!« Er war sicher, daß seine Brandgeschosse Terpentin und Öllager getroffen hatten, die zur Reparatur der »Whisper« angelegt worden waren.

Als die riesigen Flammenwände aufstiegen und den Schuppen samt allem, was sich darin befand, zerstörten, stand Sir Trevor aufrecht und lächelte grimmig. Zu seinem Adjutanten sagte er: »Mein Vater wurde bei der Schlacht vor der Chesapeake Bay gedemütigt. Eine ganze Generation unserer Leute hat versucht, der »Whisper« beizukommen; aber nun, bei Gott, nun ist es mit ihr vorbei!« Gegen Mittag ließ er seine kleine Flotte wieder den Choptank hinuntersegeln, wobei er sich in gebührendem Abstand von den immer noch gefährlich aktiven Verteidigern hielt.

»Sollen wir zum Abschied noch ein paar Kugeln in die Stadt knallen?« fragte der Adjutant.

»Das werden wir tun!« antwortete Sir Trevor, und neunzehn schwere Kugeln wurden gegen die Stadt geschleudert und verursachten dort schwere Verwüstungen.

Während die britischen Seeleute ihren Sieg feierten und sich zurückzogen, hielt jener Spion, der sie hierhergebracht hatte, seinen Blick fest auf die Sümpfe gerichtet, denn er kannte die trickreichen Einfälle der Leute vom Choptank, vor allem der Turlocks. Während Captain Gatch mit seinen Kanonieren eine Flasche Rum leerte, rief der Spion: »Captain, dort ist die ›Whisper‹!« und Gatch verschlug es den Atem.

Es war tatsächlich die »Whisper«. Sie lag hinter den Sumpfgräsern versteckt, wo kein Engländer sie entdeckt hätte. Plötzlich, um zwei Uhr nachmittags, fand sich Sir Trevor dem Ebenbild jenes Schoners gegenüber, den er nur wenige Stunden zuvor versenkt hatte.

»Bemannt alle Kanonen!« kommandierte er, und die gesamte Flottille nahm in einer Linie Aufstellung. Vom Ufer her drohte kaum Gefahr, und langsam wurden die schweren Geschütze in Position gebracht.

Schon die erste Salve riß Planken aus dem Deck. Die nächste Salve traf den verankerten Schoner mittschiffs, genau auf halber Höhe, und richtete verheerende Schäden an. Nach der fünften Salve rief ein Ausguck: »Sie nimmt Wasser auf! Schwere Schlagseite nach Backbord.«

Und dann, während die Engländer ihr Zerstörungswerk an der »Whisper« noch mit leichteren Geschützen fortsetzten, rief der Ausguck: »Dort ist ein Mann an Bord! Rotes Haar, roter Bart!« Die Schützen konzentrierten sich nun auf die große, sich duckende Gestalt. Schließlich traf eine Kanonenkugel Turlock am linken Arm und schmetterte ihn gegen ein Schott. Der Ausguck konnte das Blut aufspritzen sehen und rief: »Er ist getroffen, Sir! Es hat ihn erwischt!« Als Captain Gatch das Glas nahm, sah er den schwer nach Backbord geneigten Schoner, zersplitterte Spanten, Blutlachen und auf den Planken eine abgetrennte Hand.

»Er ist tot!« rief er der Mannschaft zu, und er ließ Boote aussetzen, in denen seine Männer ans Ufer ruderten, um die »Whisper« zu verbrennen: Nie wieder sollte sie die Meere beherrschen. Die Matrosen legten Feuer und nahmen den geborstenen Mast sowie die abgetrennte Hand als Beweisstücke mit. Alles Unheil, das dieser gefährliche Schoner gestiftet hatte, war endlich gerächt.

Als am nächsten Morgen die siegreiche britische Abordnung durch die Wasserstraße nördlich der Insel Devon fuhr, sagte der Spion: »Dort leben die Steeds. Ihnen gehörte die ›Whisper‹.« Captain Gatch rief: »Es ist zwar eine große Distanz, aber ich gebe eine Prämie aus für jeden, der trifft!« Wieder wurden die Kanonen abgefeuert, aber nur zwei Kugeln trafen das Haus. Sie landeten in der Ziegelmauer auf der Höhe des zweiten Stockwerks nahe dem Dach, wo sie steckenblieben, ohne Schaden anzurichten.

Der Angriff der Briten auf Patamoke hat drei Siedler besonders getroffen. Paul Steed, der Enkel Ishams und Großneffe Simons, beaufsichtigte nun die Großplantage, wobei ihn einige ältere Neffen der Refugium-Steeds unterstützten. Mit zweiundzwanzig war er jung genug, um sogar am Beschuß von Rosalinds Rache seinen Spaß zu haben. Noch während der Beschießung führte er einen Freudentanz auf, als er sah, daß die Kugeln zu hoch lagen und ihr Ziel verfehlten. Als die letzten zwei doch noch einschlugen, ohne Schaden anzurichten, rief er triumphierend: »Sie können uns nichts anhaben! Seht nur, wie sie sich davonmachen!« Und er packte eine Muskete, rannte zum Nordufer und feuerte der Flottille nach. Seine Gewehrkugeln fielen zwar gut eine Meile vor den englischen Schiffen ins Wasser, doch brüstete er sich später vor der Gemeinde: »Wir haben die Kerle in die Flucht geschlagen.«

Paul war der erste Steed, der nicht zumindest einen Teil seiner Ausbildung in Europa – bei den Katholiken von Saint Omer – genossen, sondern mit unterschiedlichem Erfolg das neue College in Princeton in New Jersey besucht hatte, wo mittlerweile eine Vielzahl junger Männer aus dem Süden studierte. Die stark presbyterianische Tendenz dieser Anstalt wirkte sich schädlich auf den reinen Katholizismus aus, den die Steeds bisher hochgehalten hatten, und der junge Paul litt dadurch stark in seiner charakterlichen Entwicklung. Er war in seinem Glauben nicht mehr gefestigt; selbst von den einfachsten Grundsätzen war er nicht voll überzeugt, und diese Unentschlossenheit zeigte sich auch an seinem Zögern, zu heiraten oder endgültig die Verantwortung für die Verwaltung der Plantage zu übernehmen.

So waren auch die Steeds auf Devon ernsthaft in Gefahr, eine jener ehedem einflußreichen Familien zu werden, mit denen es nun allmählich bergab ging; und Paul schien keineswegs der Mann zu sein, diese bedauerliche Entwicklung aufzuhalten. Es war eine Frage der Intelligenz: Paul und seine Generation mußten sich als erste ohne die raschen Transportverbindungen mit Europa zurechtfinden. Es war nicht mehr so wie früher, als jede Familie mit dem eigenen Schiff und von der eigenen Pier aus verhältnismäßig rasch England oder Frankreich erreichte; die Kinder konnten nicht mehr einfach zum Ufer hinunterlaufen, wenn sie nach London fahren wollten, und dieser große Verlust eines gesellschaftsbildenden Einflusses wirkte sich nachteilig auf das Wesen der jungen Generation aus. Nicht daß Europa eine überlegene Kultur anzubieten gehabt hätte oder eine Ausbildung, die jene übertraf, die ein kluger Kopf mittlerweile in Yale oder im William and Mary College erhalten konnte; Europa war vielmehr eine ganz allgemeine Herausforderung gewesen: Menschen, die in anderen Traditionen aufgewachsen waren, vertraten dort andere Ansichten und drückten sich in anderen Sprachen aus. An Paul Steed zeigte sich beispielhaft, wie nachteilig sich der Mangel einer solchen Konfrontation auf die Bildung und das Heranwachsen eines jungen Menschen auswirkte. Von nun an drohte den großen Familien an der Chesapeake Bay das Spießbürgertum.

Immerhin bewies der junge Herr Tatendrang. Als die Briten außer Sicht waren, ließ er Leitern holen, um die beiden Kanonenkugeln, welche die Nordseite seines Hauses getroffen hatten, zu untersuchen. Als er sah, daß sie in der Ziegelmauer festen Halt gefunden hatten, beauftragte er einige Sklaven, die Einschlagstellen mit Gips zu verputzen, damit die Kugeln für immer dort bleiben konnten. Im Laufe der Jahre wurde es zum Ritual, daß Paul alle Gäste, die in Rosalinds Rache abstiegen, die Treppe hinauf in sein Schlafzimmer führte, um ihnen dort jene Relikte des britischen Angriffs zu zeigen, die halb aus der Mauer ragten.

»Gatch, dieser Teufelskerl, wollte mich im Bett umbringen«, sagte er dann lachend, »aber der Fuchs hat sich verrechnet und die Salve zu hoch angelegt. Einen Meter tiefer, und die Kanonenkugeln wären dort drüben beim Fenster hereingekommen und hätten mich im Schlaf getötet.« Daß er den Raum erst nach dem Angriff bezogen hatte, verschwieg er dabei.

George Paxmore war sehr erleichtert, daß die Engländer ihre Munition auf sein baufälliges Lagerhaus abgefeuert hatten, dessen Verlust sich leicht verschmerzen ließ, und daß seine getarnte Schiffswerft dafür unversehrt geblieben war. Er war darüber so glücklich, daß er jedem Mann, der mitgeholfen hatte, die Bäume zu fällen oder den Schuppen zu verkleiden, einen Wochenlohn als Belohnung gab. »Ihr habt ein Wunder vollbracht«, sagte er. »Ohne eure Hilfe wäre es mit uns Paxmores aus und vorbei gewesen.« Er hatte aber auch eine psychologische Niederlage erlitten, denn die »Dartmoor«, die Patamoke angegriffen und die »Whisper« zerstört hatte, war ebenfalls von den Paxmores geliefert worden. Sein Großvater, Levin Paxmore, ein erfolgreicher Konstrukteur, hatte sie um 1770 gebaut und all sein Können in sie investiert; es war nun das letzte Schiff der hochgeschätzten »Whisper«-Klasse, die sich so hervorragend bewährt hatte.

Ursprünglich hatte das Schiff »Victory« geheißen, und es war in Saint Eustatius Admiral Rodney in die Falle gegangen. Captain Norman Steed wurde damals von Musketen getroffen und getötet. Unter dem neuen Namen »Dartmoor« und mit sechs starken Kanonen ausgerüstet, bewährte sich die »Victory« dann viele Jahre in der britischen Flotte, und sie war sogar am Sieg über die Franzosen bei Trafalgar beteiligt.

Schon seit Jahren hatte Sir Trevor Gatch dieses Schiff bevorzugt, denn es war überaus schnell, was ihm ermöglichte, sich an größere Fahrzeuge heranzumachen und sie zu überwältigen, noch ehe sie ihre Kanonen zur Verteidigung in Position bringen konnten. Die »Dartmoor« war zudem glänzend bewaffnet; erst vor kurzem hatte Captain Gatch auf dem Vorderdeck zwei weitere schwere Kanonen aufstellen lassen, so daß er insgesamt über acht verfügte, und er hatte seine Leute wochenlang in der Handhabung der Geschütze unterrichtet.

Während des Angriffs der Flottille auf Patamoke sah sich Paxmore in einer Zwangslage: Zum einen empörte es ihn, daß Captain Gatch den Versuch unternahm, die Werft niederzubrennen; andererseits aber hatte er Gelegenheit, die »Dartmoor« in Aktion zu beobachten, und er mußte zugeben, daß viele der

Änderungen, die Gatch an dem Schiff vorgenommen hatte, wirkliche Verbesserungen waren: Er hatte die Verschanzung über den Bordwänden höhergezogen, um seinen Kanonieren zusätzlichen Schutz zu geben. Auch hatte er die schweren Geschütze auf das Vorderdeck verlagert. Das drückte den Bug des Schiffes tiefer ins Wasser und verhalf den Kanonieren zu einem stabileren Stand. Schnell aber erkannte Paxmore die mögliche Gefahr: Ich glaube, er hat sie zu buglastig gemacht. Er muß auf der Hut sein! Schließlich konzidierte er dem Schiff, daß es sich in der Schlacht hervorragend halten würde. Doch dann zögerte er: Als Kampfschiff war es natürlich nicht gebaut worden.

Er hatte sich mit seinen Überlegungen in jene Position argumentiert, die jedem droht, der ein Schiff konstruieren oder überhaupt eine Entscheidung treffen will: Jede Verbesserung trägt in sich den Samen der Selbstzerstörung; irgendwo wird eine Harmonie durchbrochen, und die Konsequenzen lassen sich nicht voraussehen. Und dennoch sind Veränderungen notwendig, ja unerläßlich. Wer plant, trägt die Bürde, die zu erwartenden Vorzüge gegenüber den möglichen Nachteilen abzuwägen und dann zu entscheiden, ob die Veränderung das Risiko wert ist. Captain Gatch hatte darauf gesetzt, daß die Vorverlagerung des Gewichts ihm bessere Feuerkraft geben würde, und die Präzision der Treffer bestätigte diese Entscheidung.

Auf dem Höhepunkt des Infernos und der Vernichtung überlegte George Paxmore: Ich könnte mir ein Schiff vorstellen, das die Vorteile der »Whisper« bei weitem übertrifft und doch das Risiko nur wenig erhöht. Und er begann laut darum zu beten, Captain Gatch möge die getarnte Schiffswerft verschonen, damit er sich an den Bau eines solchen Schiffs machen könne. Und als die Flottille sich zurückzog, fiel er, ohne sich zu schämen, auf die Knie, um sich für die Rettung der Werft zu bedanken.

Dann wurde Patamoke von Gerüchten überschwemmt: »Die ›Whisper‹ wurde doch entdeckt!« – »Der Spion hat ihr Versteck ausfindig gemacht!« – »Sie wurde aus nächster Entfernung beschossen und zerstört!« – »In Brand gesetzt hat man sie auch!«

Als Paxmore dies hörte, erregte er sich so sehr, daß seine Frau fragte: »George, was ist geschehen? Die Werft ist doch gerettet!« Und er antwortete: »Sie haben die ›Whisper‹ versenkt!«

»Nein!« rief sie und rannte zum Ufer hinunter, als könne sie von dort das Schiff sehen, aber nur der große, breite Fluß lag grau und unbeteiligt vor ihr da.

Dann trafen Arbeiter ein, welche die Gerüchte bestätigen konnten: »Captain Turlock wurde getötet. Er ist mit seinem Schiff verbrannt.« Da trauerten alle, denn wer an einem Schiff gearbeitet hat und seine Qualitäten kennt, hängt an ihm und betrauert seinen vorzeitigen Tod. Sie begannen die Vorzüge des

Schiffes zu preisen; Elizabeth Paxmore öffnete die erste Flasche Apfelwein in diesem Jahr; und George Paxmore schneuzte sich, biß sich auf die Lippen und sagte: »Matthew Turlock war der beste Schiffer, den dieser Fluß jemals hervorgebracht hat.« Und sie erinnerten sich gemeinsam seiner Taten.

Matthew Turlock war jedoch nicht mit seinem Schiff verbrannt. Als ihm die linke Hand abgerissen wurde, verlor er vor Schmerzen und beim Anblick seines eigenen Blutes beinahe die Besinnung. Wahrscheinlich war dies seine Rettung, denn solange er auf dem Deck lag und versuchte, das Blut zu stillen, konnten ihn die britischen Scharfschützen nicht sehen.

Als er erkannte, daß die »Whisper« nicht mehr zu retten war, kroch er auf die dem Land zugewandte Seite des Schiffes und ließ sich ins Moorwasser fallen. Immer noch versuchte er, einen Hemdzipfel um seine Wunde zu binden. Als die Engländer landeten und das Schiff verbrannten, versteckte er sich zwischen den Grasbüscheln. Später schleppte er sich auf festen Boden, wo zwei junge Turlocks, die das Feuer beobachtet hatten, ihn entdeckten. Sie holten Verstärkung und wollten Matthew in Sicherheit bringen; der aber verharrte am Ufer und sah zu, wie der herrliche Schoner bis zur Wasserlinie niederbrannte.

Die »Whisper«! Das stolzeste Schiff des amerikanischen Widerstands gegen den König, der mobile Kommandoplatz seines Vaters, sein eigenes Heim seit seinem siebenten Lebensjahr, der Verfolger der Piraten, der so unerschrocken die englischen Admirale verhöhnt hatte! Wie schrecklich, daß dieses herrliche Schiff in einem Sumpf zugrunde gehen mußte, daß es ohne die Möglichkeit eines Widerstandes zusammengeschossen wurde! Salzige Tränen netzten seinen Bart; er verlor das Bewußtsein. Nun endlich konnten seine Gefährten ihn in Sicherheit bringen.

Rachel Turlock, mit siebenundsiebzig Jahren die Anführerin der Sippe, brauchte nur einen Blick auf den blutenden Stumpf zu werfen und sagte sofort: »Einen heißen Spaten!« Kein Arzt war in Reichweite, und die Wunde blutete zu stark, um mit herkömmlichen Mitteln versorgt zu werden. »Einen heißen Spaten!« wiederholte Rachel. Ein Feuer wurde angefacht, in das man den Spaten hielt, bis das Eisen rot zu glühen begann. Dann packten fünf Turlocks Matthew und drückten ihn auf den Lehmboden der Hütte, während Rachel einem ihrer Enkel die weiteren Anweisungen gab. Dieser nahm den Spaten vom Feuer, spuckte auf ihn, um die Temperatur zu prüfen, und preßte das glühende Metall dann mit aller Kraft gegen den zitternden Stumpf. Matthew fühlte den Schmerz durch seinen Körper fluten und verlor erneut die Besinnung. Als er wieder zu sich kam, war der Stumpf bereits mit Bärenfett versorgt und mit schmutzigen Lappen umwickelt.

Während noch die dumpfen Schmerzen seinen Arm durchzuckten, brachte ihm ein Turlock aus Patamoke die allerschlimmste Nachricht: »Mit der letzten Salve haben sie euer Heim getroffen.« »Ist Mary verwundet?«

»Sie ist tot.«

Und in der plötzlichen Erkenntnis, daß er nun alles verloren hatte, sein Weib, sein Schiff und seine linke Hand, schwor Matt Turlock Rache – und das Duell begann.

Während der Stumpf heilte, trug ihn Matt in Leinen, und er schlug ihn von Zeit zu Zeit gegen Tische und Stühle, um ihn zu härten. Nach einiger Zeit war die Narbe knochenfest; Matt hielt die Zeit für gekommen.

Er öffnete die Truhe, in der er alle seine Schätze aufbewahrte: die Schenkungsurkunde für sein Land, die Verzichtserklärung, die vom Pfarrherrn von Wrentham und Präsident Washington unterzeichnet war, und den Beutel mit den europäischen Silbermünzen. Das Silber nahm er heraus. Er brachte es zu einem Schmied nach Patamoke und forderte ihn auf: »Schmelzt es ein!« Als das Silber im Kessel flüssig war, beschrieb Matt, was er daraus angefertigt haben wollte: »Macht mir eine schwere Kuppe – schwer muß sie sein! –, die über diesen Stumpf paßt. Laßt an der Stulpe zwei Löcher frei für Riemen, die ich am Ellbogen befestigen kann.« Als das Gußstück fertig war, entsprach es zwar exakt Turlocks Vorstellungen, aber noch hatte er zusätzliche Wünsche: »An jedem Punkt der Windrose einen Stern, auf die flache Seite einen Adler.« So schmiedete der Handwerker mit schweren Hämmern vier Sterne an die Stulpe, und das flache Ende, hinter dem sich der Stumpf verbarg, bedeckte er mit einem Adler. Nun, als Matt die Riemen durch die Löcher gezogen und über dem Ellbogen befestigt hatte, war er mit einer schweren Metallkuppe ausgerüstet, die im Kampf lebensgefährlich sein konnte.

Die Seeleute in Patamoke nannten ihn »Die Silberfaust«, und sie vermieden jede Herausforderung, die ihn hätte veranlassen können, seinen linken Arm zu gebrauchen.

Matthew war fünfundvierzig, als er sein Schiff verlor, ein hünenhafter, rauher, rotbärtiger Seemann mit tiefliegenden Augen, die sich hinter struppigen Brauen versteckten. Er war von Geburt an auf den Wassern der Bucht gefahren; schon im Alter von vier Jahren hatte er allein die Fluten durchpflügt, und er hatte die Absicht, dies auch weiterhin zu tun. Nur fehlte ihm dazu ein Schiff.

Als er George Paxmore in seinem Kontor besuchte, merkte er, daß der Quäker unbedingt die »Whisper« ersetzen wollte. Der junge Mann war so betroffen vom Verlust des Prunkstücks seiner Familie, daß er sogar bereit schien, ohne einen besonderen Auftrag ans Werk zu gehen – oder doch nicht ganz.

Sobald er seine Begeisterung unter Kontrolle gebracht hatte, fragte er: »Hast du Geld, um das Schiff zu bezahlen?« Und er war erleichtert, als Turlock sagte: »Genug.«

Paxmore mochte vom Kapitän keine Anweisungen entgegennehmen; sein einziger Wunsch war, ein Schiff zu bauen, das alle anderen übertraf. Nur widerwillig deckte er seine Pläne auf und fragte zwischendurch immer wieder: »Verstehst du auch, was ich im Auge habe?«

Zu seiner Überraschung ließ ihm Turlock freie Hand, wohl weil er von seinem Vater gelernt hatte, daß die vielgerühmten Vorzüge der »Whisper« zwar zu einem Viertel auf den Navigationskünsten der Turlocks beruhten, aber zu drei Vierteln auf der Kunstfertigkeit, mit der Levin Paxmore das Schiff gebaut hatte.

»Ich will nur eins«, sagte er zu dem jungen Paxmore, »das beste Schiff, das Ihre Familie je gebaut hat.«

»Das wirst du bekommen; aber die Kosten werden beträchtlich sein«, und George legte ihm eine Aufstellung vor, die bis zum letzten Nagel eine vollständige Kalkulation enthielt. »Das läuft auf 2863,47 Dollar hinaus.«

»Welche Maße?« fragte Turlock.

»Länge insgesamt fünfundzwanzig Meter, Breite gut sieben Meter, Tiefgang drei Meter am Bug und etwas über vier Meter am Heck.«

»Gut. Ich möchte nicht, daß das Schiff buglastig wird.«

»Ich auch nicht«, sagte Paxmore. Dann wartete er auf einen förmlichen Auftrag, aber Matt Turlock zog nur wortlos einen Leinenbeutel hervor, der mit Silbermünzen gefüllt war, und begann zu zählen. Mit seiner silbernen Linken häufte er glänzende Säulen auf, und als der Betrag tausend amerikanischen Dollars entsprach, sagte er: »Baut das Schiff! Ich verfüge auch über das restliche Geld!« Und dann ging er.

Zu Beginn des Jahres 1814 war das Werk vollendet, und Paxmore sagte: »Dieses Schiff segelt unter jeder Brise. Aber unter einer Backstagsbrise schießt es nur so dahin.« Seine Arbeiter hatten es immer nur den »Klipper« genannt, und diesen Namen malte Paxmore schließlich auf das Heck. Als aber Turlock dies sah, sagte er nur: »Mein eigenes Schiff taufe ich selbst«, und er ließ den Namen mit »Ariel« übermalen: »Der Geist der Meere. Er und mein Schiff, sie kennen den Herzschlag der See.«

Turlock heuerte vierunddreißig erfahrene Männer an, und an einem kalten Januartag sagte er zu ihnen: »Wir machen eine Probefahrt auf dem Choptank.« Sobald sich das Schiff aber bewegte, lenkte er es auf die Bucht hinaus, stahl sich die Ostküste entlang, vorbei an den britischen Kriegsschiffen, und als sie Cape Henry erreichten, segelte er zur Überraschung seiner Leute geradewegs in den Atlantik hinaus und rief: »Seht nur, wie sie die Wellen annimmt!«

Erst drei Monate später kehrte er in die Bucht zurück, und nun war seine Mannschaft gerüstet für jeden Kampf. Er kam ohne Beute. Die »Ariel« hatte zwar zwei kleine englische Handelsschiffe gekapert, aber nur wenig dabei gewonnen; kaum, daß Turlock damit die Mannschaft ernähren konnte. In Patamoke ließ er von Paxmore einige kleinere Verbesserungen durchführen. Von Paul Steed übernahm er einen Auftrag und brach unverzüglich wieder auf. Sie segelten rasch die Bucht hinunter, als der Mann im Ausguck rief: »Zwei britische Schiffe voraus, drei Strich Steuerbord!« Als Matt das Glas ansetzte, stockte ihm der Atem, denn er erkannte, daß das Führungsschiff die »Dartmoor« war, das Flaggschiff seines Todfeindes Captain Gatch. »Er hat acht Kanonen, wir haben zwei«, rief er seinen Männern zu. »Und auf dem Begleitboot sind vielleicht ebenfalls zwei oder drei. Aber wir holen ihn uns!«

Er ließ seinen Matrosen keine Gelegenheit, sich auszurechnen, welchen ungeheuren Vorteil Gatch für sich buchen konnte. Ein schneller Blick auf die Karte überzeugte Matt davon, daß sich die Schlacht auf einen breiten Abschnitt der Bucht zwischen dem York im Westen und Cape Charles im Osten beschränken ließ. Die Mündung des James-Flusses lag so weit im Süden, daß eine Verstärkung durch britische Schiffe nicht zu befürchten war. Das Schicksal hatte ihm Spielraum, einen guten Wind aus dem Westen und eine verläßliche Mannschaft geschenkt. Mehr konnte er nicht verlangen. Entschlossen rief er seinen Leuten zu: »Wir nehmen uns zuerst das kleine Boot vor und versenken es!« Dabei wies er auf die Schaluppe mit den vier Kanonen. Sobald er das Kommando gegeben hatte, schwang er die »Ariel« hart nach Steuerbord, so daß sie geradewegs Kurs auf die beiden britischen Schiffe nahm. Knapp vor der Schaluppe kreuzte sie deren Kurs, hielt aber von dem weitaus gefährlicheren Flaggschiff genügend Abstand. Seiner Berechnung nach mußte es möglich sein, die Schaluppe zu erledigen, noch ehe Captain Gatch die »Dartmoor« wenden und die Geschütze ausrichten konnte.

Nun schoß die »Ariel« durch die Wellen. Das Vorschiff war überflutet; die Masten ächzten unter dem Druck der Segel. Der Klipper ließ sich so gut manövrieren, daß Turlock die erste Stufe seines Planes verwirklichen konnte: Die beiden Kanonen der »Ariel« trafen das kleine Schiff, das seine Fahrt unterbrechen mußte, worauf Turlock beidrehte und sich über die Schaluppe hermachte. Neun seiner Männer gingen an Bord. Sie kämpften, töteten, wenn es sein mußte, und setzten das Schiff in Brand.

Es war unmöglich, sie wieder an Bord zu bekommen, ohne alle Fahrt wegzunehmen und damit der »Dartmoor« freies Ziel zu bieten. Turlock winkte den Männern nur zu und nickte zustimmend, als sie Ruderboote aussetzten. Für sie war der Kampf vorbei.

Als Captain Gatch die »Dartmoor« wendete, um den vorwitzigen Amerikaner zu verfolgen, erkannte er überrascht, daß das Schiff von einem Mann befehligt wurde, den er schon lange getötet zu haben glaubte. »Du lieber Himmel! Das ist ja Turlock!« Er hatte aber auch auf den ersten Blick festgestellt, daß Turlock im Gegensatz zur »Dartmoor« nur über zwei Kanonen verfügte, und rief: »Das ist dieses neue Schiff, das sie einen Klipper nennen! Wir werden es versenken.« Alle Vorteile lagen bei Gatch. Da er nach Norden gedreht hatte, stand der Wind für ihn günstig; seine acht Kanoniere waren vorzüglich ausgebildet, und seine Mannschaft glaubte an seine Unfehlbarkeit. Noch wichtiger aber war: Bei der Beschießung von Patamoke war er Turlock an Klugheit überlegen gewesen, und so würde es auch diesmal sein. Er konnte einfach nicht verlieren, und das ließ er auch seine Männer wissen.

Noch ehe sich Turlock von dem kleineren britischen Schiff gelöst hatte, griff ihn Captain Gatch vom Norden her an: unter vollen Segeln, die vier Kanonen backbords exakt ausgerichtet. Das Manöver gelang vorzüglich, und während die »Dartmoor« vorbeischoß, verwüsteten ihre Geschosse das Deck der »Ariel«. Sie trafen aber keinen der beiden Maste, so daß Turlock nach Osten abdrehen und sich auf den nächsten Angriff vorbereiten konnte. Bestürzt hatte er registrieren müssen, daß seine Kanoniere bei dieser ersten Begegnung nicht einen einzigen Schuß auf das britische Schiff abgegeben hatten. Das durfte sich nicht wiederholen; den genauen Zeitpunkt und die Umstände des nächsten Aufeinandertreffens mußte er selbst wählen können.

Dementsprechend manövrierte er im Osten der Bucht und ließ die »Dartmoor« nicht aus den Augen. Er beobachtete dabei mit Befriedigung, wie die kleine britische Schaluppe bis auf die Wasserlinie herunterbrannte: Eine Hälfte deines Kommandos hast du schon verloren, Gatch. Nun folgt die andere!

Während er auf eine Gelegenheit wartete, die »Dartmoor« von Backbord her angreifen zu können, gab er seinen Kanonieren Anweisung, ihre Geschütze herumzudrehen, und er beschwor sie: »Diesmal müssen wir sie schwer treffen!« Den Matrosen sagte er: »Wir empfangen sie mit vollem Musketenfeuer!« Wie er beabsichtigt hatte, segelte die »Ariel« mit größter Geschwindigkeit über Backbordbug und warf sich Gatch direkt entgegen. Ganz knapp ging sie vor dem Briten durch, und dabei eröffnete sie aus allen Rohren ein verheerendes Feuer. Eine Kanonenkugel traf den Fockmast der »Dartmoor«, einige Segel begannen zu flattern, aber das Geschoß glitt ab; die Projektile aus den Musketen hagelten auf das Deck. Es war ein beachtlicher Schlagabtausch, doch die Amerikaner hatten keine Verluste zu beklagen.

Nun wäre es für Turlock vorteilhaft gewesen, sich zurückzuziehen: Er hatte seinem Gegner Schaden zugefügt, und mit seinem nur leicht bewaffneten

Klipper bei Fortsetzung der Schlacht die »Dartmoor« vollends zu besiegen, konnte er ohnedies nicht hoffen. Aber Turlock konnte nicht vernünftig denken; ihn dürstete so sehr nach Rache, daß für ein sicheres Entkommen in seinem Plan kein Platz war. »Wollen wir sie fertigmachen?« rief er seinen Männern zu, und sie brüllten ihre Zustimmung. So wechselte er den Kurs und glitt am Westufer der Bucht entlang in der Absicht, die Backstagsbrise zu nützen und die »Dartmoor« direkt anzugreifen.

Aber Gatch durchschaute den Plan. Da er wegen des beschädigten Fockmasts vorübergehend das langsamere Schiff hatte, bereitete er sich darauf vor, daß die beiden Schiffe Steuerbord an Steuerbord aneinander vorbeigehen würden. Dabei wollte er den unverschämten Amerikaner mit einem Feuerhagel empfangen, den dieser nicht so rasch vergessen würde. Turlocks Männer erkannten aber rasch die Taktik, und sie begriffen, daß alles davon abhing, ohne Schaden durch diese Feuerwand zu kommen. Sie brachten ihre beiden Kanonen in die günstigste Position und alle Musketen nach Steuerbord. Nun würde sich zeigen, wer die stärkeren Nerven hatte.

Und auch, wer der bessere Kapitän war. Gatch hatte den Vorteil, über mehr Waffen zu verfügen; Turlock hatte für sich den Wind, die größere Geschwindigkeit sowie die Zuversicht dessen, der bereits einen Teilsieg erringen konnte. Und jeder hatte seine Mannschaft hinter sich: Die Engländer wußten, daß das Glück immer auf der Seite des klugen Sir Trevor war; die Amerikaner verließen sich wie stets auf den Wagemut der »Silberfaust«. Sie boten einen herrlichen Anblick, als sie in der Bucht manövrierten, diese beiden Schoner aus der Paxmore-Werft: Die alte »Dartmoor« repräsentierte das Beste, was in der Bucht jemals produziert worden war; die neue »Ariel« ließ ahnen, daß Klipper dieser Bauklasse schon bald von China bis Murmansk die Meere beherrschen würden. Sie schossen über die Wellen wie jene seltsamen Insekten, die im Sommer über dem Wasser tanzen, ohne mit ihren wundersamen Beinen jemals die Oberfläche zu berühren. Die beiden Schiffe stürmten aufeinander zu, entschlossen, ihre Stärke zu beweisen, und einen furchtbaren Augenblick lang dachte Gatch: Er wird mich doch nicht rammen wollen? Er traute dem Amerikaner jede Dummheit zu.

Im letzten Augenblick warf Matt Turlock das Ruder herum, ging längsseits an der »Dartmoor« vorbei, und der Feuerwechsel begann. Die amerikanischen Kanoniere hielten sich ausgezeichnet, sie waren wild entschlossen und töteten zwei englische Matrosen. Die schweren Kanonen der »Dartmoor« richteten jedoch verheerenden Schaden an und rissen die »Ariel« beinahe in Stücke.

Das Holz splitterte. Die Männer wurden durcheinandergewirbelt. Ein Zittern durchlief den Klipper. Und eine Rahe stürzte mit Getöse herab. Die leichte

»Ariel« konnte diesmal dem Feuer des Engländers nicht standhalten, und ihr Schicksal war besiegelt.

Das heißt, es wäre besiegelt gewesen, hätte Turlock die Dummheit besessen, einen dritten Zusammenstoß abzuwarten. Darauf ließ er sich jedoch nicht ein. Eine rasche Bestandsaufnahme ergab, daß sein Schiff schwer beschädigt war und sich bei einer Fortsetzung des Kampfes weder auf die höhere Geschwindigkeit noch auf die bessere Manövrierfähigkeit hätte verlassen dürfen. Ohne Zögern machte er sich deshalb auf die Flucht.

»Jetzt haben wir sie!« rief Gatch unter dem Jubel seiner Männer. Und er bereitete sich darauf vor, die angeschlagene »Ariel« bis zu ihrem Versteck im Choptank zu verfolgen, um sie wie ihren Vorgänger zu vernichten.

Captain Turlock hatte aber nicht die Absicht, sich irgendwo zu verstecken. Ohne zu wissen, wo und wie er sein Schiff wieder instand setzen würde, versuchte er, den Eingang der Bucht zu erreichen. Wie sein Vater es vierzig Jahre früher getan hätte, vertraute er darauf, daß die »Ariel« irgendwo auf dem großen Ozean Zuflucht finden würde. Schwer gezeichnet, die Spieren beschädigt, die Decks mit Splittern übersät, schleppte sich das Schiff hinaus aufs offene Meer, wo selbst die rasche »Dartmoor« es nicht mehr erreichen würde.

»Dort draußen wird sie sinken«, prophezeite Sir Trevor, als er ihr nachblickte, aber er glaubte selbst nicht an seine Voraussage. Er war sicher, daß Matt Turlock diesen Klipper irgendwie reparieren würde und daß den beiden Schiffen irgendwo auf einem der Weltmeere eine neue Begegnung bevorstand. Nichtsdestoweniger meldete er der Admiralität, in der Schlacht den Sieg davongetragen zu haben. »Wir verloren zwar eine Schaluppe, aber das ist ohne Bedeutung; wichtig ist, daß die ›Ariel‹ schwer beschädigt wurde, denn die Amerikaner waren bereits so vermessen, in ihren neuen Klipper alles Vertrauen zu setzen. Wir haben sie von den Meeren vertrieben.«

Zweimal hatte er nun über Captain Turlock gesiegt, nie war er ihm unterlegen, und als sich seine Männer der Flotte von Admiral Cockburn anschlossen, um Washington anzugreifen, prahlten sie: »Unser schlauer Sir Trevor weiß, wie man mit den Amerikanern umgeht: Er vernichtet sie!«

Von allen Häfen im Atlantik, die Matt Turlock anlaufen konnte, um sein Schiff reparieren zu lassen, wählte er jenen, den man am wenigsten erwartet hätte: Er segelte nach Saint Eustatius, der unbedeutenden niederländischen Insel in der nördlichen Karibik. Sie war längst nicht mehr das Zentrum sichtbaren Wohlstands; in einem der Friedensverträge, wie sie in periodischen Zeitabständen das Bild Europas änderten, war die Insel an die Holländer zurückgefallen und wieder zu dem geworden, was sie durch all die Jahrhunderte gewesen war: ein schläfriger, unwichtiger kleiner Hafen, dessen zwei, drei Läden nur wenig Geschäft machten. Zwar standen entlang der Küste immer noch jene riesigen Lagerhäuser, die während der kurzen, erregenden Periode um 177o die Reichtümer der Welt beherbergt hatten; nun aber waren sie leer, und die Mäuse nagten an ihren Balken.

Die wenigen Handwerker auf der Insel waren froh, Arbeit zu finden. Sie brachten die »Ariel« schon nach drei Wochen wieder in einen brauchbaren Zustand. Die Frage war nur, was nun mit dem Schiff geschehen sollte. Es konnte nicht zurück zur Chesapeake Bay, denn Mitte 1814 war die Bucht so mit englischen Schlachtschiffen gespickt, daß kein amerikanisches Fahrzeug sich frei bewegen konnte, und daran sollte sich mehr als ein Jahr lang nichts ändern. Die anderen Häfen, die sich angeboten hätten, waren von der Blockade betroffen, und so machte er sich auf den mühseligen Weg über den Ozean und zurück, stets in der Hoffnung, gewinnträchtige Geschäfte abzuschließen.

Captain Turlock hatte eine erfolgreiche Überfahrt von der französischen Insel Martinique zu dem spanischen Hafen Vera Cruz in Mexiko hinter sich; nun lud er Holz, das für Halifax bestimmt war, aber ein britisches Kanonenboot identifizierte ihn als Amerikaner und vereitelte die Landung. Es gelang ihm, die unbearbeiteten Stämme jenseits des Ozeans in Portugal loszuwerden, aber dort fand er keine Ladung nach einem der Häfen, die er noch anlaufen konnte. Mit einem schnellen Klipper und einer Mannschaft von vierunddreißig Mann, die ernährt werden wollten, war er vom Seehandel ausgeschlossen.

Als er wieder einmal ziellos über den Atlantik trieb, erinnerte er sich an seine letzte Fahrt mit der »Whisper«: Er hatte in Havanna eine Ladung Fleisch abgeliefert und war schon im Begriff gewesen, den Hafen zu verlassen, als ein Schiffskrämer gerudert kam und von drei Sklaven erzählte, die darauf warteten, nach Virginia geschmuggelt zu werden. Wer sie dort ablieferte, hatte mit einem beachtlichen Frachtlohn rechnen können. Turlock hatte den Auftrag übernommen und ein beträchtliches Geschäft gemacht. Also begann er, sich unauffällig über den Sklavenhandel zu informieren, und er lernte bald dessen einfachste Grundsätze kennen: Fülle das Schiff mit irgendeiner Ware, segle nach Afrika, hole dort die Sklaven aus den Sammellagern, schaffe sie nach Brasilien, nimm dort an jedem beliebigen Zielpunkt Rum und Zucker auf, und beginne dann von vorn.

Da die britische Blockade ehrlichen Handel beinahe unmöglich machte, lockte ihn das leichte Geld, das man in Afrika verdienen konnte, immer stärker. Nur die Furcht vor dem Gesetz hatte ihn bisher davon abgehalten, einfach hinzusegeln. Seit 1792 war es Kapitänen amerikanischer Schiffe untersagt, Sklaven in den neuen Staat zu importieren, und wer es doch versuchte, wurde wegen Piraterie belangt. 1808 wurde die Einfuhr von Sklaven allgemein als ungesetzlich erklärt, unabhängig von der Nationalität des Schiffes. Maryland, das einen Überschuß an Sklaven aufzuweisen hatte, untersagte sogar den Einkauf aus den Nachbarstaaten, etwa aus Virginia. Und doch blühte das Geschäft weiter. Waghalsige Kapitäne strichen enorme Profite ein, indem sie sich nach Afrika stahlen und ihre Ladung in Cuba oder Brasilien wieder von Bord brachten oder die Sklaven sogar an geheimen Plätzen in den Sümpfen von Georgia ablieferten. Schließlich entschloß sich Matt Turlock, ebenfalls in dieses schändliche Gewerbe einzusteigen.

»Nicht für immer«, versicherte er seinem Bestmann Mr. Goodbarn, als sie Kurs nach Afrika nahmen. »Nur hin und wieder einmal eine Fahrt, bis es wieder Frieden gibt.« Und als sie den portugiesischen Hafen Luanda in Angola erreichten, erklärte er den ansässigen Vermittlern: »Ich bin kein Sklavenhändler. Ich mache nur diese eine Fahrt nach Brasilien«, und ein gewisser Senhor Gonçalves antwortete: »Ausgezeichnet! Ich habe zweihundertsechzehn, die auf die Überfahrt warten.«

Als aber Gonçalves die Lagerräume der »Ariel« inspizierte, lachte er: »Wenn Sie Sklaven aufnehmen wollen, müssen Sie auch die erforderlichen Unterkünfte bereitstellen!« Gonçalves heuerte eine Gruppe portugiesischer Zimmerleute an, und die schwärmten in den Eingeweiden des Schiffes aus und zogen in den Frachträumen massive Trennwände ein. Eines Nachmittags, als der Klang der Hämmer durch das Schiff dröhnte, beschlich Turlock eine Vorahnung: Hier wird mein Schicksal festgenagelt. Es war ihm klar geworden, daß der Drang weiterzumachen, unwiderstehlich sein würde, sobald sein Schiff einmal für den Sklavenhandel umgerüstet war: Für eine einzige Überfahrt läßt man nicht den gesamten Laderaum umbauen. Trotzdem schwor er ohne Rücksicht auf die investierten Beträge: Sobald der Krieg zu Ende ist, werden diese Trennwände wieder entfernt; dann wenden wir uns wieder dem ehrlichen Handel zu.

Als die Arbeiten abgeschlossen waren, forderte ihn Senhor Gonçalves auf, unter Deck zu kommen, um das Werk der Zimmerleute gutzuheißen. Turlock war bestürzt, als er sah, wie massiv das Gebälk ausgeführt war und welch geringer Platz für die Sklaven zur Verfügung stand. Wo der Fockmast durch das Deck stieß und auf dem Kielschwein lagerte, war eine mächtige Wand errichtet worden. In Höhe des Hauptmastes befand sich ein starkes Gitter, und in einigem Abstand davon schloß eine weitere Wand den Raum ab. Zu Turlocks Überraschung hatte man zwischen dem Boden des Frachtraums und dem Deck ein völlig neues Zwischendeck eingezogen, was die Raumhöhe unglaublich

gering machte: »Im unteren Verschlag sind das ja kaum eineinhalb Meter!«
(»Etwas weniger«, sagte Gonçalves.) »Und hier oben sind es gewiß nicht mehr
als ein Meter fünfzig.« (»Eins vierzig«, sagte Gonçalves, und er zeigte Matt,
daß man gerade noch aufrecht darin stehen konnte, wenn man nur in den Hüften
etwas einknickte.)

»Sie haben hier«, sagte er, »vier Abteilungen: zwei oben, zwei unten. Alles in
allem Platz für einhundertsechzig Sklaven. Die Kräftigeren und die Widerspenstigen kommen nach unten, die anderen bleiben oben.«

Turlock fühlte sich bedrängt, als hätte er für sich selbst ein Gefängnis errichtet;
er war erschüttert darüber, was die Zimmerleute aus seinem Schiff gemacht
hatten. Am liebsten hätte er den Sklavenhandel gleich hier und jetzt bleiben
lassen, aber Senhor Gonçalves sagte besänftigend: »Captain, sie mußten den
Raum teilen, damit Sie mehr Sklaven laden können, sonst gibt es keinen
Gewinn. Und die Arbeit muß solide sein. Vergessen Sie nicht, daß nun hundert-
fünfzehn Tage lang kräftige Neger hinter diesen Gittern stehen und Sie ver-
fluchen werden. Die Schwarzen werden alles versuchen, aus ihrem Gefängnis
auszubrechen und Ihr Schiff in ihre Gewalt zu bringen. Eines haben wir in
unserem Geschäft gelernt: Wenn ihnen das gelingt – und früher oder später
reißen sie sogar diese festen Gitter nieder –, gibt es nur eine Hilfe: sie sofort
erschießen.«

Als die Sklaven auf Turlocks Schiff getrieben und unter Deck in die vier
Abteilungen gepfercht wurden, litt er erneut. Er dachte daran, daß keiner der
stolzen Siedler am Choptank sich eine solche Demütigung gefallen ließe und
es innerhalb weniger Minuten zum Aufstand käme. »Aber dies sind keine
Siedler«, sagte er sich dann, und als die Riegel zugeschlagen wurden und die
Verschläge bis auf kleine Öffnungen, durch die man Essen und Wasser reichen
konnte, hermetisch abgeschlossen waren, lichtete er die Anker und setzte die
Segel. Das Ziel war der brasilianische Hafen Belém, etwas östlich vom Amazonas. Dort landete er im Januar 1815. Die portugiesischen Plantagenbesitzer
übernahmen die Sklaven mit Freuden und versicherten ihm, sein Gewinn werde
über alle Maßen zufriedenstellend sein; aber wie so oft in solchen Fällen
verzögerte sich die Bezahlung, und er war zum Warten verurteilt.

Je genauer er diese geschäftige Tropenstadt kennenlernte, um so besser gefiel
sie ihm. Er wurde Stammgast in einer Taverne, die Inferno hieß. Ihr Eingang
wurde von zwei schwarzen Teufeln bewacht, und jedesmal, wenn er das Lokal
betrat, schienen sie ihm zuzublinzeln, als wollten sie ihm einen Vorgeschmack
dessen geben, was Sklavenhändler im Jenseits erwartet. Im Inferno hörte er
auch die unglaublichsten Geschichten über den Amazonas: »Dreißig Prozent
des Wassers aller Weltmeere stammen von ihm. Sein frisches Wasser dringt

sechzig Meilen hinaus auf den Ozean. Werfen Sie nur einen Eimer aus, und trinken Sie! Keiner ist jemals zum Ursprung dieses Flusses vorgedrungen! Sein Reichtum an Tieren und Vögeln würde Sie in Erstaunen versetzen.«

Als er wieder einmal solchen Erzählungen lauschte, platzte ein englischer Seemann mit einer unglaublichen Behauptung dazwischen: »Unsere Leute sind nach Washington gezogen, haben die Stadt in Brand gesetzt und die gesamte amerikanische Regierung gefangengenommen. Die Vereinigten Staaten gibt es nicht mehr!« Als Turlock ungläubig protestierte, sagte der Matrose: »Schiffe wie Ihres werden bald für immer von den Meeren verjagt sein. Und Kapitäne wie Ihresgleichen werden aufgeknüpft.«

Auch als er seinen Frachtlohn bereits kassiert hatte, saß Turlock Tag für Tag im Infierno, um weitere Nachrichten aufzufangen. Er wollte nicht glauben, daß eine so vielversprechende Nation zusammenbrechen konnte, aber knapp vor Beginn seiner dritten Fahrt nach Afrika traf ein französischer Offizier in Belém ein und bestätigte die Gerüchte: »Ihr Amerikaner hättet wissen müssen, daß ihr England nicht ohne unsere Unterstützung angreifen dürft. Nun habt ihr alles verloren.«

Zum erstenmal in seinem Leben war Turlock verwirrt. Er war hinter dem leichtverdienten Geld im Sklavenhandel her, wartete aber ebenso dringend auf Nachrichten aus seiner Heimat. Sollte sich Amerika den Briten unterworfen haben, war er verpflichtet, sich der neuen Verwaltung – wer immer sie auch bilden mochte – zur Verfügung zu stellen. Er wußte, daß das schwer getroffene Land erfahrene Männer und sturmerprobte Schiffe brauchen würde, um seinen Handel erweitern zu können.

Ungeachtet der attraktiven Angebote brasilianischer Sklavenhändler fuhr er daher nicht nach Afrika, sondern zurück zur Chesapeake Bay. Als er dort im April 1815 eintraf, begegneten ihm weder englische Kriegsschiffe auf Patrouille, noch stieß er bei der Einfahrt auf irgendwelche Hindernisse. Unbeschwert segelte er in die Bucht, und dann erkundigte er sich beim Kapitän des ersten Schiffes, das ihm begegnete.

»Geschlagen? Niemals! Wir haben die Rotröcke nach London zurückgetrieben!«

»Ich habe gehört, Washington sei niedergebrannt worden.«

»Das schon, aber wir haben dabei kaum etwas verloren. Wir haben es schöner als zuvor wieder aufgebaut!«

»Wir werden nicht von England beherrscht?«

»Nicht jetzt und auch in Zukunft nicht!«

Die Schiffe fuhren aneinander vorbei. Turlock stand an der Reling, das Sprachrohr in der Rechten; seine Silberfaust hämmerte rhythmisch gegen die Planken.

Als er in Patamoke ankam, empfing man ihn gleich einem Helden, als den Mann, der die amerikanische Flagge hochgehalten hatte. Er seinerseits erwähnte weder seine zweite Niederlage gegen Captain Gatch noch seine unehrenhafte Tätigkeit als Sklavenhändler. Er war glücklich darüber, daß Amerika seine Freiheit bewahrt hatte und nahm den Beifall dankbar entgegen.

Im Triumph war er heimgekehrt, mit siebenundvierzig Jahren so erfolgreich wie nie zuvor, und doch wurde er bald launenhaft und mißmutig: Er hatte kein Weib, kein wirkliches Zuhause, keine Arbeit – und er konnte die Erinnerung an jene Monate nicht aus seinem Gedächtnis tilgen, in denen er auf dem Atlantik dahingetrieben war und keinen Heimathafen gefunden hatte. Er überlegte: Ich werde noch eine Weile in Patamoke bleiben und die »Ariel« gründlich überholen lassen, dann wird sich schon etwas ergeben. Mittlerweile fand er interessante Abwechslung auf der Insel Devon, wo er immer häufiger anzutreffen war.

Unmittelbar nach Kriegsende ließ Penelope Steed Grimes ihre Londoner Freunde wissen, daß sie ihre hübsche Tochter Susan nach Amerika, nach Maryland, bringen würde, um sie dort zu verheiraten. Noch immer hielt sie über alle Distanz hinweg die Verbindung mit ihrer Familie, den Steeds auf Devon, aufrecht, und so erfuhr sie auch vom Tod ihres Vaters. Bei den Fithians, ihrer Londoner Verwandtschaft, hatte Simon Steed in hohem Ansehen gestanden, da er seine Tochter stets großzügig unterstützte. Zu ihrer Heirat mit Captain Grimes hatte Simon fünftausend Pfund geschickt. Mit diesem hohen Betrag konnte sich ihr Mann bei einem guten Regiment eine Oberstenstelle erkaufen. Er war dann im Kampf gegen Napoleon gefallen, aber das war bereits nach Simons Tod gewesen.

Ihr Briefpartner auf Devon war Isham Steed, der Bruder ihres Großvaters, ein überaus netter alter Mann, der 1794 nach London gekommen war, um an Penelopes Heirat mit Captain Grimes teilzunehmen. Als witziger Gentleman mit ausgezeichneten Manieren hatte er alle für sich gewonnen, da er selbst über die amerikanischen Dünkel noch lachen konnte. Er mochte Penelope und hielt sie nun schon seit Jahren über die Entwicklung der Steeds auf dem laufenden.

Er hatte in seinen Briefen auch den Vorschlag gemacht, die junge Susan möge nach Amerika kommen und seinen Enkel Paul heiraten. Penelope hielt diesen Gedanken zunächst für absurd. »Sie sind ja gewissermaßen Cousin und Cousine. Und Paul hat sicherlich eine dieser komischen Schulen in Amerika besucht, wo man absolut nichts lernt.« In dieser Tonart redete sie weiter, wie es ihre Art war, bis sie schließlich den Vorschlag des Großonkels doch noch ernsthaft in Erwägung zog.

Die Fithians versicherten ihr, daß die Steeds eine der ersten Familien Amerikas seien und daß Simon – sofern man den Gerüchten trauen konnte – während des Aufstands sein Vermögen verdoppelt habe. Wie sich an Onkel Isham zeigte, konnte man der Familie vertrauen, und da nun wieder Friede im Lande herrschte, war ein Leben in Maryland recht gut vorstellbar. Ein Porträtmaler hatte ein Bildnis des jungen Paul angefertigt und nach London gebracht, und wenn man alle Faktoren in Betracht zog, erschien eine Verbindung der Steeds mit den Grimes trotz der Blutsverwandtschaft durchaus möglich.

Und so buchte im Sommer 1816 Penelope Grimes, eine lebhafte Witwe von einundvierzig Jahren, für sich und ihre zwanzigjährige Tochter Susan eine Passage auf einem der Schiffe der Steeds. Nach der Überfahrt, die so friedlich war wie nunmehr die Beziehungen zwischen England und Amerika, ging das Schiff in Devon vor Anker. Susan stand an der Reling und war entzückt darüber, daß Rosalinds Rache als Plantage und als zukünftiges Heim allen ihren Vorstellungen entsprach. »Es ist ein herrlicher Ort, von hundert Bäumen geschützt!« Als sie Paul entgegenging, war er von ihrem gemessenen Betragen und der Schönheit ihrer Züge nicht weniger bezaubert.

Es folgten Tage der Freude und der Entdeckungen. Penelope und ihre Tochter waren gleichermaßen eingenommen von der unerwarteten Anmut der Insel. »Man könnte sie geradewegs nach England verpflanzen, und niemand würde einen Unterschied bemerken! Susan, wir sind in ein kleines Paradies gekommen!«

Beide Damen waren fasziniert von der Vorstellung, Dienstboten im wahrsten Sinn des Wortes zu besitzen, Menschen, denen man alles gebieten konnte, ohne befürchten zu müssen, daß sie einem gleich davonliefen. Doch waren beide nicht auf die Wirklichkeit der Sklaverei vorbereitet, als eines Tages der alte Isham und der junge Paul mit einem schüchternen dreizehnjährigen Negermädchen eintrafen.

Paul stieß das Mädchen, das nur mit einem Hemd bekleidet war, vor Susan und sagte mit offensichtlichem Stolz: »Sie gehört Ihnen. Sie heißt Eden.«

»Eden – und weiter?«

»Nur Eden. Sklaven haben keine Familiennamen.« Dann fügte Isham hinzu: »Sie kann ausgezeichnet nähen. Und sie ist jung genug, um nach Ihren Vorstellungen angeleitet zu werden.« Eden stand schweigend da, ließ sich von den beiden Damen betrachten und verriet mit keinem noch so geringen Zeichen, daß sie etwas verstand.

»Sie ist ein Schatz!« sagte Penny. Ihre Tochter fragte sich verwirrt, wie man wohl mit einem Sklaven umzugehen habe. »Wie kann ich …«

»Sie gehört Ihnen. Sie schläft vor Ihrer Tür«, sagte Paul. »Sie gehorcht jedem Ihrer Befehle. Weil sie Ihnen gehört.« Dann wandte er sich an das schwarze Mädchen und sagte abrupt: »Zurück in die Küche!« Und das Mädchen verschwand.

»Paul!« sagte Susan, als das Mädchen gegangen war. »Welch großzügiges Geschenk! Und die wunderbaren Gesellschaften, die Sie gegeben haben!«

»Und die ich weiterhin geben werde«, versicherte er ihr. Schon am selben Abend traf Susan zum erstenmal einige von Steeds Kapitänen. Unter ihnen war auch Matthew Turlock, der zwar augenblicklich nicht für die Steeds arbeitete, in der Gemeinde aber beträchtliches Ansehen genoß.

»Das ist unser Lokalheld!« sagte Paul mit einem Anflug von Amüsiertheit.

»Er hat gegen die Engländer gekämpft.«

»Und ich bin sicher, er hat gut gekämpft«, sagte Penelope, als sie seine Rechte ergriff. »Es heißt, so manche Ihrer Seeleute hätten sich wirklich heldenhaft geschlagen.«

»Ja!« platzte Susan heraus. »Meine Cousine ist mit Sir Trevor Gatch vermählt, und sie hat uns erzählt …«

Bei der Erwähnung des Namens Gatch erstarrte Captain Turlock. »Er war ein formidabler Gegner«, sagte er. »Er war es, der auf dieses Haus mit Kanonen geschossen hat.«

»Auf dieses Haus?« sagte Penelope ungläubig. »Ist denn der Krieg bis hierher gekommen?«

»In der Tat«, antwortete Turlock.

»Seht doch, was Sir Trevor, Ihr Freund, uns angetan hat!« rief Paul aufgeregter, als er eigentlich wollte, ergriff eine Lampe und schritt voran die Treppe hinauf zu seinem Zimmer, wo die beiden Kanonenkugeln über seinem Bett in der Wand steckten. »Hätte Captain Gatch sein Ziel nur einen Meter tiefer genommen, wäre ich getötet worden.«

»Oh, wie schrecklich!« rief Susan. »Mitten ins Zimmer! Kann ich die Kugeln sehen?«

Sie blickte sich nach einem Stuhl um, auf den sie hätte steigen können, wandte sich dann aber abrupt an Captain Turlock und sagte: »Heben Sie mich bitte hoch! Ich möchte sie sehen.« Noch ehe die anderen protestieren konnten, hatte sie die Arme des bärtigen Kapitäns ergriffen und um ihre Hüften gelegt. Mit einem einzigen Ruck stemmte er sie zur Decke, hielt sie mühelos, und während sie mit den Fingern die Form der Eisenkugeln nachzeichnete, rief sie: »O Paul! Sie hätten tatsächlich getötet werden können.«

Als Captain Turlock sie wieder absetzte, wandte er sich an Mrs. Grimes und sagte entschuldigend: »Es lag nicht in meiner Absicht …«

»Schon gut«, sagte Penelope. »Susan tut, was ihr gefällt. Nehmt es ihr nicht übel!«

»Wir sind entzückt, daß sie eine der Unseren werden wird«, sagte er galant, und er wirkte so höflich, so naturverbunden und unverdorben, daß Mrs. Grimes sich für ihn zu interessieren begann. Beim anschließenden Dinner sprach sie fast ausschließlich mit ihm, über seine Jahre auf See und seine Abenteuer, von denen Paul andeutungsweise gesprochen hatte. Bei ihrem dritten gemeinsamen Dinner stellte sie bereits einige sehr persönliche Fragen; dennoch überraschte sie sein erstaunliches Bekenntnis: »Ich habe Sie nie vergessen, Mistress Grimes. Als Sie Devon verließen, um nach London ins Exil zu gehen …«

»Ich würde es kaum ein Exil nennen, Captain.«

»Sie haben Ihre Heimat verlassen. Das nennt man ›ins Exil gehen‹.«

»Ich habe eine neue Heimat gefunden. Das nennt man ›den Lauf der Dinge‹. Aber wann sollten Sie und ich einander jemals getroffen haben?«

»Das Schiff meines Vaters hat Sie nach London gebracht. Mich ebenfalls. Ich hatte den Auftrag, für Sie zu sorgen.« Er verstummte und erinnerte sich an jene aufregenden Tage, als er und Amerika noch in den Kinderschuhen steckten und alles neu war. »Ich trug Sie in einem Körbchen auf das Vorderdeck. Ich gab Ihnen zu essen, und wenn Sie zu weinen begannen, brachte ich Sie zu den Damen.« Er sagte dies so schlicht und mit solcher Zuneigung, daß Mrs. Grimes nicht unbewegt bleiben konnte. »Wir nannten Sie damals Penny. Ich war acht.«

»Und so vieles ist uns beiden seitdem widerfahren«, sagte sie impulsiv.

»Wie haben Sie eigentlich Ihre Hand verloren?«

»Captain Gatch hat sie mir weggeschossen. Es war an jenem Tag, an dem er auch die beiden Eier dort oben in das Nest legte.«

Sie lachte über diesen Ausdruck und fragte dann: »So haben Sie also Ihr Leben lang gegen die Engländer gekämpft?«

»Nicht aus Haß«, sagte er. »Es hat sich mit der Zeit ergeben … mit den Jahren …«

»Aber Captain Gatch haßt Ihr leidenschaftlich, nicht wahr?«

»Das allerdings. Dieser Krieg ist noch nicht beendet.«

Er nahm sie mit hinaus auf die Bucht, zeigte ihr die Plantagen am sich teilenden Wasserlauf, die den anderen Steeds gehörten, und dann segelte er mit ihr nach Patamoke, wo sein Klipper, die »Ariel«, in Paxmores Schiffswerft aufgeblockt lag. »Beachten Sie die herrliche Linienführung! Dieses Schiff gleitet durch die See wie der Graureiher durch die Lüfte.«

»Was ist ein Graureiher?«

Er setzte zu einer Erklärung an, wurde aber von George Paxmore unterbrochen, der, den flachen Hut auf dem Kopf, mit besorgter Miene von der Werft herüberkam und ein offensichtlich schwerwiegendes Problem wälzte.

»Ich muß mit dir sprechen, Matthew.«

»Sobald ich Mistress Grimes den Fluß gezeigt habe«, antwortete Turlock.

»Ihre Tochter wird die neue Herrin auf Devon werden.«

»Ein glückliches Mädchen«, sagte Paxmore, ohne den Hut abzunehmen oder die Hand auszustrecken. »Du kommst also zurück?«

»Bestimmt.«

»Was ist ein Graureiher?« fragte Penelope erneut, sobald der Quäker sie verlassen hatte.

»Waren Sie schon einmal in einem Sumpf?«

»Nein, aber man hat mir gesagt, daß Sie in einem leben. Ich würde ihn gern einmal sehen.«

So machte er auf dem Rückweg nach Devon einen Abstecher zum Turlock-Moor und lenkte die Schaluppe durch die bezaubernden engen Wasserläufe, wo das Schilf mannshoch stand. Als sie durch dieses Wunderland glitten, flog auch wirklich ein Graureiher vorbei, die Beine weit hinter die Schwanzfedern gestreckt, und Matthew sagte: »Da zieht er dahin, der große Fischer. Unsere Indianer nannten ihn ›Stelzfuß‹.«

»Gab es hier Indianer?«

»Es gibt sie auch heute noch.«

»Wie soll ich das verstehen?«

»Ich selbst bin ein halber Indianer. Dreimal hat meine Familie – wenn auch vor langer Zeit …«

»Sie sind beinahe ein Indianer!« Diese exotische Enthüllung faszinierte sie, und sie nahm sich vor, dies gleich nach ihrer Rückkunft auf Devon ihrer Tochter zu berichten.

Zuvor stand ihr aber noch eine andere Überraschung bevor.

»Dort oben habe ich lange Zeit gelebt«, sagte Matthew und zeigte zu dem Blockhaus hinauf, das die Turlocks seit zwei Jahrhunderten bewohnten.

»Ich würde es gerne sehen. Können wir hingehen?«

»Wenn Ihnen Ihre Schuhe nicht zu schade sind.«

»Überhaupt nicht!« Und sie sprang noch vor ihm aus der Schaluppe, um den Pfad hinaufzulaufen, der zu dem schäbigen Haus am Waldrand führte.

Eine unscheinbare Frau tauchte auf, als die Stimmen sich der Hütte näherten, und zwei Kinder klammerten sich an ihren Röcken fest. »Ach, du bist's, Matt«, sagte sie. »Was führt denn dich her?«

»Dies ist Mistress Grimes. Ihre Tochter wird Paul Steed heiraten.«

»Ein glückliches Kind.«

»Mistress Grimes, dies ist Bertha, eine meiner Cousinen.«

Penelope bemühte sich, einige freundliche Worte zu sagen, aber der Anblick der Hütte und ihrer Bewohner traf sie zutiefst. Ja, dies war jenes Amerika, das die Briten so spöttisch dargestellt hatten, und es war abstoßend. »Ich glaube, wir sollten wieder umkehren.«

»Wollen Sie reinkommen?« fragte Bertha und stieß mit dem Fuß die Tür auf.

»Nein, vielen Dank! Man erwartet uns.« Und sie beeilte sich fortzukommen.

Dieser Zwischenfall hätte Turlock als Warnung dienen können. Da Mrs. Grimes darauf bestand, blieb er drei Tage auf Devon, was ihm Gelegenheit bot, Penelope und ihre Tochter näher kennenzulernen. Die junge Susan war noch ein unfertiges Kind; ein guter Gatte konnte aus ihr wohl eine tüchtige Frau machen; neben einem Schwächling wie Paul Steed würde sie sich aber wahrscheinlich gehenlassen und recht gewöhnlich werden. Mit ihren zwanzig Jahren war sie schön und lebhaft. Matthew wünschte ihr das Beste.

Penelope war eine reife Frau. Sie strahlte den leichten Charme jener aus, denen zum Leben viertausend Pfund im Jahr zur Verfügung stehen. Ihr Haar war gepflegt; ihre Zähne waren tadellos; ihre Haut war zart; und sie war einigermaßen gebildet. Vor allem stand sie dem Neuen aufgeschlossen gegenüber, und sie war abenteuerlustig. Wenn auch manches in der Neuen Welt sie abstieß, etwa das Blockhaus der Turlocks, erkannte sie doch die Vorzüge des Lebens am Choptank, und sie begriff, welche Umstände und Entwicklungen die verschiedenen Steeds zu dem gemacht hatten, was sie waren. Keiner von ihnen machte einen besseren Eindruck auf sie als Matthew Turlock, und dies gab sie ihm bei verschiedenen Gelegenheiten zu verstehen.

Folgerichtig begab sich der Kapitän am Ende des dritten Tags auf sein Zimmer, wusch sich sorgfältig, säuberte seine Fingernägel und trat dann vor Mrs. Grimes hin. Seine Worte waren schlicht: »Ich dachte, Sie könnten sich vielleicht mit der Absicht tragen, in Amerika zu bleiben … Sie mögen vielleicht sogar daran gedacht haben … Nun, die ›Ariel‹ gehört mir … Ich bin mit meinem Geld stets sorgsam umgegangen … «

Mrs. Grimes brach in nervöses, wenn auch nicht gerade spöttisches Lachen aus. »Soll dies ein Antrag sein, Captain Turlock?« »Allerdings.«

Als Dame von guter Herkunft versuchte sie, ihr unsicheres Lachen zu unterdrücken, was die Sache aber nur verschlimmerte, denn ihr Kichern klang nun wirklich kränkend. »Ich? Ich soll in Maryland leben? Für den Rest meines Lebens?« Sie fand ihre Beherrschung wieder, legte ihre Hand auf seinen Arm und sagte beinahe flüsternd: »Ich komme aus London, Captain.« Dann fügte sie hinzu, was sie unter anderen Voraussetzungen nie gesagt hätte: »Können Sie sich mich in einer Blockhütte vorstellen? Mit Bertha?«

»Ich lebe längst nicht mehr in einem Blockhaus«, sagte er steif, und er versteckte seine Silberfaust hinter dem Rücken, um Penelope nicht auch damit zu belästigen.

»Mein lieber Captain Turlock«, begann sie, vermochte aber ihr nervöses Kichern nicht mehr zu unterdrücken. Das war ihr unangenehm; zweimal versuchte sie, sich wieder zu beruhigen, dann erhob sie sich und küßte ihn auf die Wange. »Es wäre einfach unmöglich … ein Indianer … in London …«

Mit einer flatternden Handbewegung deutete sie an, daß er entlassen war, und mit einer tiefen Verbeugung verließ er sie.

Sobald er gegangen war, teilte sie den Steeds mit, daß sie unverzüglich nach London zurücksegeln werde. »Ich habe mich erbärmlich benommen, und ich schäme mich meiner selbst.«

»Hat dieser Turlock Sie in Verlegenheit gebracht?« fragte Paul Steed mit spöttischem Unterton, als sei er jederzeit bereit, dem Kapitän nachzurennen und ihn zu bestrafen.

»Nein. Er war so freundlich, mich mit einem Antrag auszuzeichnen.«

»Er? Mit einem Antrag?« Als die Nachricht von dieser Taktlosigkeit im Haus die Runde machte, stieß sie auf allgemeines Gelächter. Nur Susan sagte: »Ich hätte ihn gern zum Vater gehabt. Diese große Silberfaust, die auf den Tisch schlägt und für Ordnung sorgt!«

»Er ist ein gewöhnlicher Wassermensch«, sagte Paul.

Das große Packen begann, aber noch ehe Mrs. Grimes aufbrechen konnte, starb der alte Isham Steed, und nach der Beerdigung, als Paul seine Papiere durchstöberte, um nicht irgendwelche Wechsel zu übersehen, stieß er auf die Kopie eines Schreibens Ishams an Präsident Jefferson. Als dieses Schriftstück von Hand zu Hand ging, gewann Mrs. Grimes ein besseres Bild von den Indianern, mit denen ihre Familie in der Vergangenheit in Verbindung gestanden hatte:

Insel Devon, Maryland
13. Juli 1803

Mister President,
Unverzüglich nach Erhalt Ihres Begehrens, ich solle Ihnen einen Bericht über den Stamm der Choptanks senden, berief ich ein Komitee ein, dem die gebildetsten Bürger dieses Landstrichs angehörten und das die von Ihnen aufgeworfene Frage zu behandeln suchte. Keiner von uns ist Experte, und keiner beherrscht die Sprache der Indianer, aber wir und

unsere Vorfahren leben seit Generationen mit diesem Stamm, und wenn daher unsere Auskunft auch nicht mit wissenschaftlicher Akribie erfolgt, so ist sie doch die beste, die Sie bekommen können. Nachdem ich diese Einschränkung vorgebracht habe, will ich beginnen.

Zum heutigen Datum kennen wir auf der ganzen weiten Erde nur noch einen einzigen überlebenden Indianer vom Stamme der Choptanks. Das ist Mrs. Molly Muskrat, ein Weib von etwa fünfundachtzig Jahren, von geschwächter körperlicher Konstitution, aber bestechender geistiger Frische. Sie lebt auf sechzehn Morgen einigermaßen brauchbaren Landes am linken Ufer des Choptank gegenüber unserer Hauptstadt Patamoke. Sie ist, soweit wir dies feststellen können, eine Vollblut-Choptank. Als Tochter eines wohlgeachteten Handwerkers stammt sie von Häuptlingsfamilien ab. Sie besitzt noch fast alle Zähne sowie ihr bemerkenswert dichtes Haar, und sie nimmt an allen Vorgängen regen Anteil. Sie gab uns bereitwillig Auskunft, denn sie ist sich des Umstandes bewußt, die Letzte ihres Stammes zu sein. Ihr Alter ist verständlicherweise ungewiß, aber bestimmte Vorgänge, denen sie persönlich beigewohnt hatte, ereigneten sich vor etwa achtzig Jahren, so daß wir ihr Alter ohne Zögern mit ungefähr fünfundachtzig angeben können.

Dem Vernehmen nach erlebten die Choptanks ihre Blütezeit in der ersten Dekade des 17. Jahrhunderts. Damals zählte der Stamm etwa zweihundertsechzig Seelen, von denen einhundertvierzig in einem Dorf an der Stelle des heutigen Patamoke lebten, einhundertzwanzig weiter flußaufwärts, unweit unserem heutigen Denton. Sie waren an Zahl, Fähigkeiten und Bedeutung den weiter südlich lebenden Nanticokes unterlegen und standen mit den Stämmen am Westufer der Bucht in Fehde.

Einer alten Überlieferung der Choptanks zufolge, war ihr größter Anführer ein gewisser Pentaquod, eine mythische Gestalt, die angeblich aus dem Norden zu ihnen gestoßen ist. Mrs. Muskrat ist davon überzeugt, es müsse ein Susquehannock gewesen sein, aber dies ist unwahrscheinlich; denn Captain Smith kam mit einem wirklichen Häuptling namens Pintakood in Berührung, und zweifellos hat sie diese beiden Namen miteinander verwechselt.

Die Choptanks waren ein friedliebender Stamm und kämpften nie gegen die Weißen. Eines der bedeutendsten Ereignisse ihrer Stammesgeschichte belegt dies. Im Jahre 1698 beschuldigte sie die Regierung von Maryland, in einem Streit um eine Kuh einen weißen Farmer getötet zu haben. Obwohl sich später zweifelsfrei ergab, daß in diese Auseinandersetzung nicht Choptanks, sondern Nanticokes verwickelt waren, wurde eine Stammesversammlung einberufen, und der damalige Häuptling sprach zu seinem Volk: »Es ist erforderlich, daß einer der Unseren sich des Verbrechens schuldig bekennt und sich hängen läßt, damit uns anderen der Frieden erhalten bleibt.« Zwei junge Männer traten daraufhin vor, bestiegen ihre Kanus, paddelten den Fluß hinunter und lieferten sich freiwillig aus.

Die Choptanks vermochten kaum, sich unserer Zivilisation anzupassen. Ursprünglich besaßen sie den besten Boden in Maryland; sie wurden aber unentwegt zurückgedrängt, bis unsere Vorfahren ihnen armselige Enklaven zuweisen mußten, wo sie dahinlebten. Ein Mann namens Turlock, dessen ausgedehnte Familie sich im Laufe der Zeit dreimal mitdem Blute der Choptanks verband, faßt das Vorgehen des weißen Mannes gegen diesen Stamm folgendermaßen zusammen: »Einige haben wir geheiratet, einige haben wir erschossen, den Rest ließen wir verhungern.«

Zoll um Zoll verloren sie ihr Land, denn sie vermochten nicht zu erfassen, was ein Pachtbrief, eine Hypothek oder der Verkauf eines Grundstücks bedeuten, und als sie sich in Flußnähe niederließen, kam es zu argen Zerwürfnissen. Die weißen Farmer forderten sie auf, ihre Felder einzuzäunen, aber als die Indianer dem nachkamen, rissen andere Farmer die Zäune immer wieder nieder und ließen ihr Vieh auf den Weiden der Indianer grasen. Gelegentlich erschossen die aufgebrachten Indianer eine Kuh, und die Folge war langwieriger Streit. Es ließ sich nicht erreichen, daß Weiße und Indianer Seite an Seite lebten.

Sie wurden nicht im Krieg dahingerafft, denn die Choptanks führten keine Kriege. Sie verloren einfach die Lust am Leben. Ihre Familien wurden kleiner. Die Männer heirateten später und später, da sie keine Jagdgründe besaßen. Am Ende überlebten nur noch einige alte Weiber. Es scheint, daß sie sich besser als die Männer anzupassen verstanden. Und nun gibt es nur noch Mrs. Muskrat.

Auf das Geschick zurückblickend, dem ihr Volk unterlegen war, erklärte sie uns: »So schlecht das Land auch war, das ihr uns gelassen habt, es gab immer noch andere, die es haben wollten.« Sie zeigte uns sieben verschiedene Kaufgesuche für ihre sechzehn Morgen, sagte aber: »Ich verkaufe nicht. Ich werde am Ufer meines Flusses sterben.« Am Anhang fügen wir eine Liste aller jener Begriffe in der Choptanksprache an, deren sich Mrs. Muskrat erinnern konnte, sowie einige, die wir in unsere englische Sprache übernommen haben. Sie berichtete uns, daß das Wort

Choptank bedeutet: »Wo die mächtigen Wasser zurückfließen«, aber sie konnte dem keine Erklärung anfügen, und ich gestatte mir den Hinweis, daß sich die Gezeiten in Patamoke nur wenig auswirken. Wir haben zu der Herkunft dieses Begriffes nichts hinzuzufügen.

Und nun muß ich bekennen, Tom, ohne unsere Freundschaft anmaßend zu mißbrauchen, daß wir alle, die mit Ihnen unter George Wythe am William and Mary College das Rechtswesen studierten, Ihre Erfolge mit Stolz verfolgen. Sollte das Schicksal Sie dazu bestimmen, ein zweites Mal unser Präsident zu werden – eine Möglichkeit, die nicht unbegründet scheint –, sind wir davon überzeugt, daß Sie Ihre Pflichten weiterhin wie bisher mit großer Hingabe erfüllen werden.

Ihr gehorsamer Diener
Isham Steed

Postskriptum: Ich ließ mir, Ihrer Anregung folgend, aus Amsterdam ein Teleskop kommen und verbrachte damit, wie Sie vorausgesagt haben, Stunden der Erbauung bei der Erforschung des Himmels.

War Matt Turlock nur verstimmt gewesen, als er Penelope Grimes verließ, ihr nervöses Lachen noch immer in den Ohren, so war er vollends wütend, als er George Paxmore verließ. Er war geradewegs zur Schiffswerft gesegelt, um die Reparatur der »Ariel« zu überwachen, fand aber den Klipper unberührt auf dem Wasser schwimmen.

»Was ist hier geschehen?« fragte er schroff.

»Nichts«, sagte Paxmore, und als er zu weiteren Erklärungen nicht bereit schien, packte ihn Matt grob und rief: »Wo sind die Zimmerleute?«

»Nicht an ihrer Arbeit. Und sie werden auch nicht arbeiten.«

»Und warum nicht?«

»Weil sie unter Deck waren, Matt. Wir alle sind unter Deck gegangen.«

»Und was war unter Deck?«

Paxmore rief einen seiner Arbeiter, einen Quäker, dessen handwerkliches Geschick und dessen Frömmigkeit gleichermaßen bekannt waren. »Sag Captain Turlock, was du gesehen hast, Lippincott!«

»Die engen Verschläge eines Sklavenschiffs«, sagte Lippincott. Er blickte den Kapitän vorwurfsvoll an und schritt davon.

»Matthew, du bist ein Sklavenhändler geworden.« Noch ehe Turlock antworten konnte, sagte Paxmore mit tiefer Entrüstung: »Du hast dazu den besten Klipper genommen, den ich jemals gebaut habe …«

»Und was läßt sich jetzt noch daran ändern?« fragte Turlock, als wolle er Streit heraufbeschwören.

»Ich will dir etwas vorschlagen, Matthew. Wenn du zustimmst, gehen meine Männer auf deinen Klipper und reißen alle diese Sklavenkäfige wieder heraus. Wir tun dies ohne Bezahlung und machen uns dann an die anderen Reparaturen. Wenn du dich aber weigerst, den Sklavenhandel aufzugeben, rühren wir dieses Schiff nie wieder an und überlassen sein Schicksal den Würmern.«

Zweimal innerhalb von zwei Tagen so zurückgewiesen zu werden, das war zuviel für Turlock. Er stieß Paxmore zur Seite und knurrte: »Dann werde ich das Schiff eben von Zimmerleuten reparieren lassen, die mehr Courage haben und die die Welt besser kennen und wissen, wie verflucht schwer es ist, Frachtgut und einen offenen Hafen zu finden.«

Aber Paxmore ließ sich nicht so einfach abweisen. Erneut trat er auf Turlock zu, der düster auf die »Ariel« starrte, und sagte leise: »Matthew, ich bitte dich, mit mir zu beten. Mit mir und mit Elizabeth. Komm in unser Haus!«

»Ich brauche kein Gebet. Ich brauche Zimmerleute.«

»Wir alle brauchen das Gebet.«

»Gehn Sie, Paxmore, Sie machen mich krank!«

»Dann werde ich allein beten.«

»Ersparen Sie sich die Mühe, für mich zu beten. Ich bin auf derlei nicht mehr angewiesen.«

»Ich werde nicht für dich beten, sondern für mich. Ich werde um Vergebung bitten, diesen Klipper gebaut zu haben. Du hast ihn entehrt … das ist nicht länger eines meiner Schiffe.« Betrübt betrachtete er das herrliche Fahrzeug, das alle Überlieferung seiner Familie in sich vereinigte, und mit einer linkischen Handbewegung verbannte er es aus seinem Gedächtnis. Es war geschändet und durfte niemals wieder in die Werft der Paxmores einlaufen.

Mit dem Sklavenschiff, dem jederzeit die Gefahr der Konfiszierung drohte, stahl sich Matt Turlock über den Atlantik. Er wollte nur irgendwie Saint Eustatius erreichen, um dort die dringend notwendig gewordene Überholung vornehmen zu lassen. Als er schließlich dort einlief, mußte er selbst die Arbeiten überwachen und kräftig mit anpacken. Aber nachdem die holländischen Zimmerleute und er das Werk vollbracht hatten, war die »Ariel« wieder in hervorragendem Zustand, mit einer dritten Lafette auf dem Deck und verstärkten Verschlägen, von denen jeder mit fest verankerten Eisenringen zur sicheren Befestigung der Ketten ausgerüstet war.

Als die Arbeiten abgeschlossen waren, sagte Matt zu seinem holländischen Handelspartner: »Mit diesem Schiff können wir hundertmal nach Afrika segeln.«

»Sie können von Glück reden, wenn Sie eine Fahrt überleben. Die britischen Kriegsschiffe sind wieder auf der Lauer.«

»Diese Dummköpfe! Sie werden den Handel nie unterbinden können. Nicht, solange Brasilien und Amerika uns die Sklaven aus der Hand reißen.«

»Sie haben bereits vier oder fünf Schiffe aufgebracht. Eines davon wurde von einem Captain Gatch gekapert …«

»Von wem?«

»Captain Gatch … Die ›Dartmoor‹ … acht Kanonen.« »Er war hier?«

»Er brachte ein spanisches Sklavenschiff auf und schleppte es zu uns, um die Schäden beheben zu lassen, die seine Kanonen angerichtet hatten. Vergeblich. Wir konnten nichts mehr für das Schiff tun.« Turlock lächelte.

»Also schleppte Gatch das Schiff wieder aus dem Hafen und steckte es auf offener See in Brand.«

»Er ist hier, in dieser Gegend?«

»Ja. Und er wird Sie hängen, selbst wenn Ihre Frachträume leer sind … da Sie ein Sklavenhändler sind.«

»Wird er nach Saint Eustatius zurückkehren?«

»Er ist überall. Sie beherrschen das ganze Meer.«

Als Turlock abreiste, trieb er sich noch eine Zeitlang vor der Küste umher und hoffte, Sir Trevor würde von einem Beutezug zurückkehren – vergeblich. Schließlich segelte Matt nach Luanda, ging knapp vor der Küste vor Anker und nahm zweihundert Sklaven auf, die er nach Georgia schmuggelte. Auf der nächsten Überfahrt brachte er mehr als dreihundert nach Havanna.

Dort traf er Spratley, einen kleinen, übelriechenden, von Gehässigkeit und Zahnlücken strotzenden britischen Seemann, der zum Abschaum Londons gehörte. Spratley hatte in Haiti heimlich sein Schiff verlassen und sich mit außergewöhnlichem Geschick nach Cuba durchgeschlagen. Matt befand sich in einer Hafenkneipe, als der Mann plötzlich an seiner Seite auftauchte, ihn an der Manschette zupfte, die seine Silberfaust bedeckte, und flüsterte:

»Sie sind Captain Turlock, ja?«

»Der bin ich«, sagte Matt und blickte auf den widerlichen Kerl hinab.

»Ich möchte mit Ihnen fahren.«

»Ich brauche niemanden.«

»Sie brauchen mich.«

Matt lehnte sich zurück musterte den seltsamen Bittsteller und lachte. »Jedes Schiff, das Sie aufnimmt, würde Schaden davontragen.«

Der Matrose erwiderte das Lachen und murmelte dann: »Das sagte auch Captain Gatch.«

»Sir Trevor Gatch?«

»Der schlaue Trevor. Sie suchen ihn. Ich suche ihn.«

»Woher wissen Sie, daß ich ihn suche?«

»Jeder weiß das.«

»Und Sie?«

»Ich möchte ihn umbringen. Ich möchte über seinen Kopf einen Eimer voll Dreck ausleeren und seine Augen sehen, wenn er um Luft ringt.«

»Wohl, weil er Sie auspeitschen ließ«, sagte Turlock, ohne seine Verachtung zu verbergen. »Wie heißen Sie?«

»Spratley.«

»Schön, Spratley« – und er packte den Mann am Hemd und zog ihn nahe zu sich heran –, »ich würde Sie ebenfalls auspeitschen lassen, denn Sie sind ein Taugenichts. Und nun verschwinden Sie!«

Aber Spratley war nicht entgangen, wie Captain Turlock reagiert hatte, als er den Namen seines Feindes hörte, und er war sicher, seinen nächsten Dienstgeber gefunden zu haben.

»Ich weiß etwas, was Sie nicht wissen, Captain.«

»Und das wäre?«

»Ich weiß, wo sich Captain Gatch gegenwärtig aufhält.«

»Wirklich?«

»Captain, ich sterbe für einen Drink.« Sie setzten sich an den Tresen, und Spratley begann von seinen Erfahrungen mit Gatch zu berichten. »An Land oder in der Schlacht gibt er sich wohlüberlegt und besonnen. Immer aufrecht und standhaft. Aber auf den langen Fahrten zeigt sich, daß er ein Teufel ist. Wollen Sie meinen Rücken sehen?«

»Ich sagte doch schon, ich würde Sie ebenfalls auspeitschen lassen«, erwiderte Turlock. Die Erfahrung hatte ihn gelehrt, Berichten über Grausamkeiten auf See keinen Glauben zu schenken. Die davon sprachen, waren unweigerlich Halunken und hatten die Bestrafung verdient. Als aber Spratley erzählte, daß Captain Gatch höchstpersönlich die kleine Landgruppe angeführt hatte, von der er in den Straßen Londons aufgegriffen worden war, als er berichtete, wie Gatch sich weigerte, seine Mannen zu bezahlen – nach dem Grundsatz: Behalte die Heuer, und du behältst den Mann! –, und als Matt von den Schimpftiraden hörte, die Sir Trevor von sich zu geben pflegte, war sein Appetit geweckt, und wider besseres Wissen heuerte er den aufdringlichen Schurken an.

Er verachtete ihn, und doch ließ er ihn wiederholt auf der Rückfahrt von Cuba nach Luanda zu sich kommen, nur um stets mehr über den Mann zu hören, den zu vernichten er sich geschworen hatte. Und als Spratley eiferte: »Wenn wir ihn erwischen, laßt mich als ersten entern! Ich möchte mein Messer tief in diesen Kerl hineinstoßen«, erkannte Turlock, daß diese kleine Hafenratte ebenso wild entschlossen war wie er.

Außerdem erwies sich, daß der Engländer ein guter Seemann war; er kannte seine Pflichten und erfüllte sie hervorragend. Auch konnte er ein Geschütz bedienen, und so drang er in Turlock, ihn an die dritte Kanone zu lassen: »Ich möchte diesem Kerl die Augen ausschießen!«

»Haben Sie nicht gesagt, Sie wollten die Entermannschaft anführen?«

»Ich möchte ihn töten«, sagte Spratley, und es klang so überzeugend, daß Turlock seinen Grundsätzen untreu wurde und Mitgefühl für diesen Menschen empfand. Nun wollte er den Rücken sehen, dessen Narben herzuzeigen der Kleine wiederholt angeboten hatte, und als das Netzwerk der Striemen vor ihm lag, wurde Turlock beinahe übel.

»Wie ist das geschehen?« fragte er.

»Zehn Streiche beim ersten Mal. Dann zwanzig. Dann einhundert.«

»Hundert kann niemand überleben.«

»Das hat der Bestmann auch gesagt, aber der schlaue Trevor brüllte nur: ›Entweder ich kuriere ihn, oder ich bringe ihn um.‹«

»Kurieren – wovon?«

Spratleys Blick wurde leer, und er sagte mit allem Anschein aufrichtiger Bestürzung: »Ich weiß es nicht! Es war wohl eine seiner Launen.« Dann überlegte er nochmals und fügte hinzu: »Nach dem neunzehnten Hieb gab der Bestmann auf.«

Turlock nickte. »Niemand kann …«

»Er ist in der Bucht von Benin.«

»Warum haben Sie mir das nicht früher gesagt?«

»Früher hätten Sie es mir nicht geglaubt.«

»Wie lange bleibt er dort?«

»Das ist sein Revier. Ein Jahr in der Bucht, dann zurück nach England.«

»Ist er viel unterwegs?«

»Immer. Ich bin ihm in Haiti entkommen. Sieben Wochen lang hatten wir ein amerikanisches Schiff verfolgt.« Dann fügte er, wie um seine Aufrichtigkeit endgültig zu bestätigen, hinzu: »Wissen Sie, er verachtet euch Amerikaner. Er nennt euch undankbare Rebellen.«

»Hat er jemals von mir gesprochen?«

Spratley lachte. »Er sagte, er habe Sie zweimal besiegt und würde Sie noch zweimal besiegen, falls er Sie nicht schon zuvor umbringt.« Und wieder lachte er. »Daraufhin begann ich, nach Ihnen Ausschau zu halten. Man erzählte mir von Ihrer Silberfaust – und daß Sie kein leichtfertiger Mörder sind.«

Als sich jedoch die »Ariel« der Küste Afrikas näherte, hatte Captain Turlock einen furchtbaren Alptraum. Er schlief nicht wirklich, döste nur in seiner Hängematte vor sich hin, als ihm ein vager Gedanke kam: Der schlaue Trevor selbst hatte Spratley in Havanna an Land gesetzt, und alles, was sich seitdem begeben hatte, war Teil dieser Verschwörung! Man lockte ihn mit üblen Tricks in die Bucht von Benin, wo Gatch mit seiner ganzen Flotte auf ihn warten würde: Hundert Kanonen gegen seine drei!

Ohne zu überlegen, eilte er zum Vorschiff, wo Spratley schlief, riß ihn aus seiner Hängematte und hämmerte mit der Silberfaust auf ihn ein. Erst als der überraschte Matrose sich befreien konnte und schrie: »Captain! Captain!« kam Turlock zur Besinnung.

Spratley war damit nicht geholfen, denn Turlock packte ihn im Nacken und schlug seinen Kopf immer wieder gegen das Schott, bis Mr. Goodbarn herbeieilte, um nach dem Rechten zu sehen. »Lassen Sie uns allein!« brüllte Turlock, und in der Dunkelheit der Back beschuldigte er den Engländer: »Gatch hat dich an Land gesetzt, du Schurke, nicht wahr? Er hat dir jedes einzelne Wort eingetrichtert, wie?« Er sagte Spratley seine Doppelrolle auf den Kopf zu, aber der Mann war vollkommen verwirrt und unfähig, die Anschuldigungen zu begreifen.

Trotzdem hatte Turlock Grund zur Annahme, daß dieser Alptraum eine Warnung war, und er weigerte sich, weiter nordwärts nach Benin zu segeln. Dreist ging er in Luanda vor Anker, womit er jedes britische Patrouillenboot herausforderte, das zur Unterbindung des Sklavenhandels in der Nähe sein mochte. Mit derselben Dreistigkeit ging er an Land und begann, mit den Portugiesen um die Sklaven zu schachern, die sie im Landesinneren aufgegriffen hatten. Als er etwa fünfhundert günstig gekauft hatte, überwachte er persönlich ihre Einschiffung. Dann lichtete er die Anker für eine rasche Überfahrt nach Havanna. Er wußte, daß er Spratley eigentlich hätte an den Strand setzen sollen, aber er behielt ihn, und je länger er den Erzählungen über die Ungeheuerlichkeiten lauschte, die Gatch begangen hatte, um so sicherer wurde er, daß Spratley genau das war, was er von Anfang an behauptet hatte: eine Londoner Straßenratte, die man zur Marine gezwungen und bis zur Stunde der Desertion ausgenutzt hatte. Daß Spratley danach dürstete, sich an seinem grausamen Kapitän zu rächen, stand über allen Zweifeln fest.

Von Havanna segelte Turlock nicht nach Luanda zurück, sondern nach Benin, und da Belém auf der direkten Route lag, lief er dort ein, um zusätzlichen Vorrat an Pulver und Kugeln zu laden. Mit dem dritten Geschütz, das die »Ariel« nun trug, konnten die üblichen Mengen bei einer Schlacht bald aufgebraucht sein. Spratley war über die zusätzliche Munition begeistert und erzählte allen, wie er sie verwenden wollte. »Eins: Fort ist der Mast von Sir Trevor. Zwei: Fort sind die Segel von Sir Trevor. Drei: Fort ist Sir Trevor.«

Um die Munition aufnehmen zu können, mußte Turlock in einiger Distanz zum Hafen vor Anker gehen, abseits vom üblichen Verkehr. An einem stickig-heißen Nachmittag und nachdem er sich überzeugt hatte, daß seine Mannen mit dem Laden allein fertig werden konnten, ruderte er an Land, um seine Bekanntschaft mit dem Infierno zu erneuern. Die beiden schwarzen Teufel am Eingang blinzelten ihm wieder zu, als wäre er ihr Bruder. Er blinzelte zurück und blickte dann, wie es seine Gewohnheit war, prüfend zum Himmel, ehe er eintrat. »Es sieht ganz nach Sturm aus. Wir werden einige Tage bleiben und warten, bis er abzieht.« Entspannt saß er hinter seinem Krug Würzbier, als am Eingang Unruhe entstand. Matt hörte laute Stimmen, es klang beinahe nach einem Handgemenge, und als er aufblickte, sah er, daß Sir Trevor Gatch in Begleitung von fünf Offizieren eingetreten war. Seine erste Überlegung war, zu fliehen, noch ehe der Engländer ihn entdeckt hatte. Aber sofort wies er diesen Gedanken von sich. Er richtete sich vielmehr in seinem Sessel auf und legte seine Silberfaust auf den Tisch, wo sie nicht übersehen werden konnte.

Die Offiziere schwankten herein, blickten anmaßend in die Runde, ohne jedoch Matt Turlock zu erkennen. Erst als sie Platz genommen hatten, vermutete einer von ihnen, ein junger Mann, daß der einsame Trinker ein Amerikaner sein könnte, und er sagte mit lauter Stimme zu seinen Freunden: »Wo man auch hinkommt, Amerikaner.«

Captain Gatch hatte Turlock den Rücken zugewandt, und als die Gruppe bedient wurde, fragte er unverschämt: »Haben Sie gesagt, Compton, daß wir diesen Raum mit Amerikanern teilen müssen?«

»In der Tat, Sir.«

»Wie unangenehm.« Turlock ignorierte die Bemerkung, aber Gatch kam bald wieder auf das Thema zurück. »Man sollte doch meinen, daß sich die Amerikaner nach all den Prügeln, die sie von uns bezogen haben, nun von den Weltmeeren fernhalten würden.« Er erhielt immer noch keine Antwort, und so fuhr er fort: »Vor allem nun, da wir allein in der vergangenen Woche zwei amerikanische Sklavenhändler aufgebracht und an den Mast geknüpft haben.«

Die Offiziere lachten, und dies stachelte ihren Kapitän noch mehr an. Seine Stimme wurde so hoch und schrill, daß man die Worte einfach nicht mehr überhören konnte. »Sie sind alle bloß Sklavenhändler und schmierige Krämer.«

»Wer?« fragte Matt ruhig.

Gatch erstarrte, seine Schultern strafften sich. In etwas leiserem Tonfall sagte er nun: »Die Amerikaner. Sie sind für nichts zu gebrauchen außer …«

Er konnte seinen Satz nicht mehr zu Ende führen, denn Turlock unterbrach ihn mit aller Schärfe: »Und Sie, Sir, sind ein verdammter Narr!«

Gatch sprang auf, wirbelte herum – und fand sich Angesicht zu Angesicht mit Captain Turlock. Er verriet kein Zeichen von Überraschung, noch wich er zurück. Er starrte nur auf den roten Bart und dann auf die Silberfaust. Seine Leute waren Turlock überlegen, es stand sechs gegen einen, also war ein gewisser Großmut geboten. Andererseits aber haßte er diesen Mann und hatte alle Kontrolle über sich verloren: »Ich sehe, Captain Turlock, daß Sie darauf aus sind, zum drittenmal Prügel zu beziehen.«

Turlock holte mit der Linken aus, ließ seinen schweren Armstumpf herumschwingen und versetzte Sir Trevor einen vollen Hieb gegen die Schulter und den Kopf. Vier Offiziere sprangen auf und hätten Turlock getötet, wären sie nicht von Captain Gatch, der zu Boden gestürzt war, zurückgerufen worden: »Laßt den Lümmel laufen! Was liegt uns denn an ihm! Wir wollen sein dreckiges Sklavenschiff.«

Die jungen Offiziere gaben Turlock frei, so daß er zu seinem Tisch zurückkehren und seine Mütze nehmen konnte. Er beglich seine Rechnung und zog sich dann langsam, mit dem Rücken voran zur Tür zurück, während Captain Gatch dem Kneipenwirt zurief: »Heute nacht vertreiben wir einen Sklavenhändler mehr vom Atlantik!« Turlock warf die Tür zu, rannte zum Anlegeplatz zurück, sprang in sein Boot und begann wie wild zu rudern. Gegen den sich verdunkelnden Himmel konnte er die sechs Engländer sehen, wie sie zur »Dartmoor« eilten, die wohl auf der gegenüberliegenden Seite des Hafens hinter einer Biegung versteckt lag.

Seine Arme schmerzten, aber schon vom Boot aus begann er zu rufen: » ›Ariel‹! Die Segel auf! Den Anker hoch! Wir fahren!«

»Unmöglich!« rief eine Stimme zurück. »Steve Turlock und drei andere sind noch an Land!«

Matt ruderte schneller als je zuvor in seinem Leben und brüllte: »Wir fahren ohne sie!« Sobald sein Boot gegen die Planken der »Ariel« schlug, kamen die Leinen herunter, und die Matrosen hievten das Boot samt ihrem Kapitän an Bord. Er sprang an Deck und rief: »Macht das Schiff klar! Aufs Meer!«

Mr. Goodbarn, umsichtig wie immer, kam gelaufen und fragte: »Was ist geschehen, Sir?«

»Gatch! Die ›Dartmoor‹ liegt hier im Versteck!«

Mr. Goodbarn erschrak, sagte aber dann: »Sir, wozu sollten wir den Hafen verlassen? Die brasilianische Regierung würde Gatch nicht erlauben, uns anzugreifen, solange wir hier liegen.«

»Ich will ihn draußen haben!« sagte Turlock, während das Schiff langsam Fahrt aufnahm.

»Hallo, ›Ariel‹!« drangen Stimmen vom Ufer herüber, und Turlock brüllte zurück: »Schwimmt!«, worauf Steve Turlock, gefolgt von seinen drei Gefährten, ins Wasser sprang.

»Unsere Papiere sind noch nicht abgefertigt!« warnte Mr. Goodbarn.

»Ich pfeife auf die Papiere.« Allmählich fing die »Ariel« die leichte Abendbrise und bewegte sich rascher. Ein brasilianisches Wachboot näherte sich, um gegen die Ausfahrt zu protestieren; seine Aufmerksamkeit wurde aber durch den Umstand abgelenkt, daß auch das englische Kriegsschiff ohne ordnungsgemäße Freigabe den Hafen verließ.

Die »Ariel« hatte einen guten Start und setzte rasch Fahrt zu, sobald sie von der Küste abkam, aber die »Dartmoor«, die auf raschere Geschwindigkeit bei aufkommendem Wind hoffte, hatte nicht die Absicht, den Gegner ungehindert abziehen zu lassen. Im letzten Tageslicht versuchte sie, mit einer gutgezielten Salve die Takelage der »Ariel« zu treffen. Die Kugeln lagen aber zu kurz. Noch ehe die Kanoniere nachgeladen hatten, war die »Ariel« außerhalb der Reichweite der Geschütze, und sie behielt diese Position die lange Nacht hindurch bei.

Im Morgengrauen lag die »Ariel« noch immer voran; so schnell sie auch war, der zunehmende Wind ermöglichte es jedoch der »Dartmoor«, Schritt zu halten. Mr. Goodbarn war beunruhigt und rief seinem Kapitän zu: »Sir, sie holen auf!«

»Genau das will ich.«

»Aber bei diesem schweren Wind könnten sie uns überholen.«

»Das soll sie ja«, sagte Turlock, und Mr. Goodbarn, dessen Kopf ebenfalls in Gefahr war, falls die »Ariel« aufgebracht wurde, wandte sich nach der aufrückenden »Dartmoor« um und begann zu zittern.

»Setzen Sie die Toppsegel, Mr. Goodbarn!« sagte Turlock.

»Sir der Wind frischt auf!«

»Darauf haben wir gewartet.« Turlock beobachtete mit Befriedigung, wie die beiden rechteckigen Segel auf die Mastspitzen kletterten. »Jetzt wird sich zeigen, ob Gatch ein Seemann ist.«

Der Himmel war finster und bedeckt, eine steife Brise wehte vom Ufer her, und neun Stunden lang schossen die Schiffe nach Osten; die Decks waren unter Wasser und der Wind begann, immer lauter zu heulen. Bei Einbruch der

Dämmerung war ihre Distanz immer noch unverändert, und die ganze Nacht blieb Captain Turlock unter vollen Segeln, obwohl die »Ariel« gefährlich schwer nach Steuerbord lag. Zweimal fragte Mr. Goodbarn, ob der Kapitän nicht die Toppsegel wieder niederholen lassen wolle, und zweimal erhielt er zur Antwort: »Hat Sir Trevor die seinen gestrichen?«

In der Dunkelheit begann die »Ariel« unter der Last der vollen Segel und der schweren See zu beben. Einige Matrosen bekamen es mit der Angst zu tun: »Turlock bringt uns noch alle auf den Meeresgrund!«

»Er weiß schon, was er tut«, antwortete einer der Männer vom Choptank, aber noch während er sprach, sackte der Schoner tief nach Steuerbord ab, tauchte wild durch das Wellental und schlingerte dann mit einem plötzlichen Ruck nach Backbord wieder hoch. »Jesus!« schrie der Mann vom Choptank.

Der einzige an Bord, der die Verfolgungsjagd wirklich genoß, war Spratley. Er harrte bei seiner Kanone aus, als müsse er jederzeit abfeuern, starrte hinaus in die Dunkelheit und versuchte, die »Dartmoor« auszumachen. Als es hinter fliehenden Wolken Tag wurde, für einen kurzen Augenblick sogar die Sonne durchbrach und die beiden Verfolger in goldenes Licht tauchte, rief er; »wir haben sie noch!«, als sei er ein Fischer, der seinen Fang näher ans Boot locken will, um das Netz auswerfen zu können. Später kam Captain Turlock vorbei, um das Deck zu inspizieren. Spratley blinzelte ihm zu und sagte: »Heute holen wir ihn uns«, und Matt nickte.

Den ganzen Tag lang ging die Verfolgungsjagd weiter. Immer wenn es so aussah, als würde die »Ariel« sich auf Grund ihrer ausgezeichneten Segelmanöver absetzen können, ließ Turlock das Schiff einen Strich oder zwei aus dem Wind fallen, so daß die »Dartmoor« aufholen konnte. Einer seiner Matrosen beklagte sich: »Verdammt, wir könnten ihnen bereits einen halben Tag voraus sein!« Aber Spratley wies ihn zurecht: »Wir wollen Gatch gar nicht abschütteln. Wir locken den Bastard geradewegs in den Rachen der Hölle!« Und er blieb hinter seinem Geschütz hocken.

In der dritten Nacht mußte Turlock sich ein wenig Schlaf gönnen. Er übergab das Kommando Mr. Goodbarn: »Ich nehme an, Sie wissen, was zu geschehen hat.« Der Bestmann nickte.

Im Morgengrauen war die »Dartmoor« wieder etwas näher gekommen. Als Turlock dies sah, war er zufrieden. Den ganzen Tag segelte er so durch den aufziehenden Sturm, daß der britische Schoner stets knapp außerhalb der Schußweite blieb; und da Turlock keines seiner Segel niederholte, konnte auch Captain Gatch dies nicht tun.

Gegen Mittag beobachtete Turlock die »Dartmoor« durchs Glas und fragte Mr. Goodbarn: »Hat sie ihre Kanonen nach vorn gebracht?«

»Zwei. Die anderen sind fest montiert.«

»Aber sie sind vorn?«

»Das sind sie, Sir.«

»Gut. Wirkt sie nicht ein wenig buglastig?«

»Das war sie schon immer, seit die Briten sie aufgebracht haben.«

»Sie sehen es also auch?«

»Sie liegt vorn tief, Sir.«

»Dachte ich es mir doch! Gatch ist ein Narr.« Und er gab den Befehl, Spratleys Geschütz ganz nach achtern zu schaffen. Dann schwang er seinen Klipper besser in den Wind, so daß er volle Fahrt aufnahm.

Schiffe geben wie Menschen ihr Bestes, wenn der Wind ein wenig seitlich einfällt: So läßt sich noch unter vollen Segeln der Kurs einhalten. Für Schiffe – und Menschen – ist es schlecht, wenn sie den Wind direkt im Rücken haben und alles wie von selbst geschieht, so daß man weder dem Ruder noch den Segeln besondere Aufmerksamkeit schenken muß. Der Wind scheint günstig, bläst er doch in die Richtung, in die man will – in Wirklichkeit aber ist er gefährlich, denn er hat ein Nachlassen der Wachsamkeit und der Vernunft zur Folge. Ein wenig Gegenwind, der dem Schiff leichten Widerstand entgegensetzt, ist also notwendig; dann bleiben die Sinne wach, dann muß man denken und handeln, denn Schiffe reagieren wie Menschen auf Herausforderungen.

Um drei Uhr an jenem Nachmittag fuhr Captain Turlocks Schiff unter vollen Segeln, ungeachtet der Anzeichen, daß bald ein schwerer Sturm über den Atlantik fegen würde. Den Kurs hatte er so gesetzt, daß sie den Wind zwar im Rücken hatten, aber nur zwei Strich achterlicher als dwars. Er hielt das Schiff ein wenig auf Backbordhalsen, denn wie jeder Segler lag auch die »Ariel« auf einem Bug besser als auf dem anderen. Aus seiner langen Erfahrung mit der »Whisper« schloß er, daß auch die »Dartmoor« besser auf Backbordbug lag. Beide Schiffe waren also aufs äußerste beansprucht.

Das Duell hatte begonnen. Kein Schuß wurde abgegeben, denn Captain Turlock hielt sich provozierend stets ganz knapp außer Reichweite. Aus seinen Segelmanövern mußte man aber auf der »Dartmoor« schließen, daß er Gefahr lief zurückzubleiben, was bedeutet hätte, von den acht schweren Kanonen durchlöchert zu werden. Jedenfalls hielt die »Dartmoor« die Verfolgung aufrecht, und als Captain Turlock beobachtete, wie sie mit ihrem schweren Bug durch immer höhere See pflügte, sagte er zu Mr. Goodbarn: »Noch vor Sonnenuntergang.«

Um vier Uhr kam der Wind in so heftigen Böen auf, daß der Bestmann eindringlich sagte: »Wir müssen jetzt die Toppsegel niederholen!«

»Kein Wort davon«, bellte Turlock.

»Sie bringen unser Schiff in große Gefahr, Sir.«

»Und das seine«, sagte Turlock.

Um fünf verfinsterte sich plötzlich der Himmel, und um halb sechs tobte der schlimmste Sturm, den die »Ariel« jemals erlebt hatte. Spratley, der davon überzeugt war, daß die beiden Schiffe noch vor Einbruch der Dunkelheit aufeinandertreffen mußten, hatte seinen Hilfskräften Anordnung gegeben, sechs weitere Kanonenkugeln an Deck zu bringen, und die anderen beiden Kanoniere folgten seinem Beispiel. Als Turlock dies entdeckte, geriet er außer sich. »Alle Kugeln wieder in die untersten Laderäume! Ebenso alle anderen schweren Gegenstände!« In den darauffolgenden fünfzehn Minuten verstaute die Mannschaft alles, was sich bewegen ließ, unter Deck, und Captain Turlock rief immer wieder in den Frachtraum: »Schafft das Zeug nach achtern! Alles nach achtern!« Während die Männer seinen, Befehlen folgten, sagte er zu Mr. Goodbarn: »Wir bleiben hecklastig. Ihm lassen wir den Bug.«

Es reichte nicht aus. Turlock fühlte mit den Beinen die Bewegungen des Decks und spürte, daß sein Schiff in Gefahr war. Nun rief er: »Spratleys Kanone! Werft sie über Bord!«

»Sir!« protestierte der kleine Engländer, aber Mr. Goodbarn und seine Männer schleppten das schwere Geschütz an die Reling, und stießen es ins Wasser. Spratley stöhnte, als seine Kanone ungenützt versank.

Knapp bevor es mit jener Unmittelbarkeit dunkel wurde, mit der in den Tropen der Übergang vom Tag zur Nacht erfolgt, brach die Sonne noch einmal durch die Wolkendecke und tauchte die »Dartmoor« in helles Licht ihre Masten, ihre Segel, ihre Decks –, als sei sie ein goldgemaltes Schiff auf dem Porzellanteller einer Königin. Nur einen Augenblick lang hielt sich dieses Licht; dann, als die Dämmerung einsetzte und schwere Böen über das Meer fegten, tauchte der herrliche Schoner mit seinem schweren Bug in eine turmhohe Welle und drang tiefer und tiefer in sie hinein, bis er völlig unter ihr begraben lag.

Nicht einmal eine Mütze trieb auf dem dunklen Atlantik. Die Sonne war untergegangen, das goldene Licht verschwunden.

Vom Deck der »Ariel« erklangen spontane Rufe, dann erscholl großes Siegesgeschrei, und Spratley tanzte um die beiden verbliebenen Kanonen herum und rief dem Kapitän zu: »Er ist ersoffen!« Aber Turlock, der maßlos erregt war, schwang seinen linken Arm wild herum und schlug den Mann zu Boden. »Sie wären zu gering gewesen, ihm das Schuhband zu lösen!« Doch Spratley ließ sich seinen Sieg nicht nehmen. Er raffte sich auf und feuerte, ohne den Kapitän zu beachten, eins der Geschütze ab. Eine Kanonenkugel schoß über die aufgepeitschten Wellen, hüpfte noch einmal kurz auf ihnen – und versank dann an der Seite der »Dartmoor« in den ungeheuren dunklen Tiefen der See.

»Sie können nun die Segel runterholen lassen, Mister Goodbarn«, sagte Turlock. »Heute nacht reiten wir den Sturm ab.«

ACHTE REISE:

1822

In der Fernen Wildnis Nordkanadas, wohin kaum jemals ein Mensch den Fuß setzte, es sei denn, er hatte sich hoffnungslos verirrt, siedelte sich im Spätsommer des Jahres 1822 auf einem einsamen Streifen arktischen Moorlandes eine Familie großer Gänse an. Mutter, Vater und sechs Junge: Eine Laune der Natur brachte sie zu diesem Zeitpunkt in höchste Gefahr. Die beiden erwachsenen Vögel, prächtige, starke Geschöpfe, beinahe zehn Pfund schwer, mit Flügeln, die sie normalerweise fünftausend Meilen weit trugen, können nicht von der Erde loskommen. Ausgerechnet jetzt, das sie ihre Jungen füttern und beschützen mußten, hatten sie nicht die Kraft, zu fliegen. Das war kein Zufall und auch nicht die Folge eines Unfalls, etwa einer verhängnisvollen Begegnung mit Wölfen; wie alle ihre Artgenossen verloren sie in diesem Sommer ihre mächtigen Schwungfedern und blieben ungefähr sechs Wochen lang an den Boden gefesselt. Sie konnten sich nur vor ihren Feinden verstecken, sich unzulänglich in der Tundra fortbewegen und warteten darauf, daß ihre Federn nachwuchsen. Auch hatten sie ihre Eier an einem so abgeschiedenen Ort abgelegt, weil sie während der Mauser nahezu wehrlos waren.

Onk-or, der Vater in dieser Familie, durchstreifte das Buschwerk auf der Suche nach Körnern, und seine Gefährtin blieb beim Nest, um die Jungen zu hüten, deren Appetit unersättlich war. Manchmal, wenn Onk-or mit Futter zum Nest zurückkam, lief das Weibchen ein Stück weit, so als wäre es froh, der Last ihrer Brut zu entkommen. Doch an diesem Tag, als es die Kuppe eines Grashügels erreichte, lief es schneller, schlug mit den Flügeln, die es sechs Wochen lang nicht benutzt hatte, und flog laut schreiend zum Nest zurück.

Onk-or hob den Kopf, sah sie fliegen und ahnte, daß in ein, zwei Tagen auch er sich emporschwingen würde; ihre Federn wuchsen jedesmal schneller nach als seine. Als sie über ihm war, verständigte er sich mit ihr.

Sie hielt eine mittlere Höhe und flog nach Norden, wo sich ein Meeresarm hereinschob; und dort landete sie auf dem Wasser, das vor ihr ausspritzte, als ihre Füße aufprallten, um abzubremsen. Auch andere Gänse ließen sich nieder, um die Samen zu fressen, die auf den Wellen trieben, und nach Wochen der Einsamkeit freute sie sich an ihrer Gesellschaft. Doch schon bald erhob sie sich wieder vom Wasser, die weiten Schwingen langsam auf- und niederschlagend, wurde unter großem Gespritze schneller und stieg dann in die Luft, um zu ihrem Nest zurückzufliegen. Aus alter Gewohnheit ließ sie sich in einiger Entfernung von ihren Jungen nieder, streifte scheinbar sorglos umher, um etwaige Füchse zu täuschen, die sie beobachteten, sammelte Futterbissen und brachte sie dann ihren Kindern. Sobald sie erschien, entfernte sich Onk-or, immer noch unfähig zu fliegen, um weiter nach Futter zu suchen.

Er und seine Gefährtin waren schöne, stattliche Vögel, groß und geschmeidig. Sie hatten wie ihre Kinder lange, pechschwarz gefiederte Hälse mit einem breiten, schneeweißen Latz, der sich bis zu den Ohren hinauszog. Wenn sie wie üblich die Flügel angelegt hatten, war der mächtige Körper fest und wohlproportioniert, und sie schritten würdevoll, nicht watschelnd wie Enten. Sie hatten einen edel geformten Kopf mit einem spitzen, doch nicht grotesk langen Schnabel, und die Zeichnung ihres Körpers, die von den verschiedenen Grauschattierungen gebildet wurde, kleidete sie gut. Ihre gedämpfte Färbung war so an die arktische Tundra angepaßt, daß ein Beobachter, falls einer dagewesen wäre, bis dicht an das Nest hätte herankommen können, ohne die großen Vögel zu bemerken.

An diesem Tag gab es einen Beobachter, einen Polarfuchs, der schon seit einer Weile nichts mehr gefressen hatte und in dem der Hunger zu nagen begann. Als er auch einiger Entfernung das rohe Nest auf dem Boden erspähte mit den sechs jungen Vögeln darin, die umherhüpften und offensichtlich noch nicht fliegen konnten, tat er nichts Voreiliges, weil er vor den scharfen Schnäbeln und kraftvollen Flügeln ausgewachsener Gänse wie Onk-or Respekt hatte.

Statt dessen zog er sich zurück und zog weite Kreise um das Nest, bis er einen zweiten Fuchs aufstöberte, der mit ihm zusammen die Jagd aufnahm. Gemeinsam schnürten sie lautlos durch die Tundra zurück, von einem Grasbüschel zum nächsten, um dahinter Deckung zu suchen, lugten wachsam voraus und planten die Strategie, wie sich diese jungen Gänse schnappen könnten. Solange die Sonne hoch stand, lagen sie auf der Lauer, denn vor langer Zeit hatten sie gelernt, daß es leichter war, in der Nacht anzugreifen, wenn sie sich nicht so deutlich vom Gras der Tundra abhoben. Natürlich wurde es während der Nestlingszeit der Gänse nicht wirklich Nacht; denn die Sonne blieb immerzu am Himmel, selbst wenn sie ihren tiefsten Stadt erreicht hatte, ging sie nicht unter. Statt schwarzer Finsternis, die den ganzen Winter über herrschte, breitete sich jetzt in den Stunden des Übergangs ein diffuses Grau aus, ein geisterhaftes

Zwielicht, in dem die Gänse, junge wie alte, wie im Halbschlaf dasaßen. Das war die Zeit zum Angriff.

Als sich die Sonne im Westen neigte, in einer langen abwärtsgleitenden Bahn, die jedoch nie unter den Horizont tauchte, und als das grelle Licht des Sommers in einem sanften Dämmergrau verschwamm, dem gleichen, aus dem auch das Gefieder der Gänse gemacht schien, schlichen sich die zwei Füchse an das Nest heran, in dem die sechs jungen Vögel unter den weit ausgebreiteten Flügeln ihrer Mutter verborgen waren. Onk-or saß ein Stück abseits, den Kopf unter seinen linken Flügel gesteckt.

Der Plan der Füchse war, daß der stärkere von beiden Onk-or von einer Seite angreifen sollte, um den großen Gänserich noch weiter vom Nest wegzulocken. Während dieser Kampf im Gange war, sollte der andere Fuchs das Weibchen überrumpeln und, wenn dieses unbeholfen versuchte, sich selbst zu verteidigen, einen der Nestlinge packen um mit ihm das Weite suchen. In der darauffolgenden Verwirrung könnte sich der erste Fuchs wahrscheinlich leicht einen weiteren Nestling schnappen. Falls nicht, wollten sie sich den einen miteinander teilen.

Als die Füchse einen strategisch günstigen Punkt erreicht hatten, sprang der erste Onk-or an. Er führte seinen Angriff von der Seite aus, an der der Gänserich seinen Kopf unter den Flügel gesteckt hatte, in der logischen Annahme, daß er die große Gans, wenn sie nicht sofort kampfbereit war, mit ein wenig Glück an der Kehle packen könnte, womit dieses Problem auf Anhieb gelöst wäre. Aber sobald der Fuchs seinen Lauf beschleunigte und eine Schneise durch das Gras zog, war Onk-or hellwach und wußte, was los war. Er versuchte nicht, auszuweichen, und machte keine ungewöhnliche Bewegung, um seinen Hals zu schützen. Er hob sich mit einer halben Drehung auf das linke Bein, schwang seinen halbnackten Flügel in einem engen, gezielten Bogen und streckte mit dessen harter Kante den Angreifer zu Boden.

Onk-or wußte, daß der Fuchs versuchen würde, ihn vom Nest wegzulocken. Anstatt also seinem ersten Schlag einen zweiten folgen zu lassen, bewegte er sich rückwärts auf das niedrige Nest aus Zweigen und Grashalmen zu und stieß dabei scharfe Schnalzlaute aus, um seinen Familie zu wecken. Seine Gefährtin wurde des Angriffs gewahr, schubste ihre Jungen tiefer unter ihre Flügel und spähte wachsam in die unheilvolle graue Nacht.

Sie mußte nicht lange warten. Als der erste Fuchs Onk-or abermals ansprang, fegte der zweite heran um das Nest anzufallen. Blitzschnell mußte sie orten, aus welcher Richtung der Angriff kam. Sie erfaßte es richtig, erhob sich, breitete die Flügel aus und drehte sich herum, um dem Fuchs zu begegnen. Als er sie ansprang, versetzte sie ihm mit ihrem kräftigen Schnabel einen Hieb an den Kopf, der ihn für einen Augenblick betäubte.

Er erholte sich jedoch rasch und ging zu einem zweiten Angriff über. Dieses Mal war sie vorbereitet, und mit einem kräftigen Schlag ihrer Flügelkante schickte sie ihn zu Boden. Aber sie hatte Angst. Ihr Instinkt warnte sie, daß er den Sturz nur vorgetäuscht haben könnte, um sie abzulenken. Wenn sie jetzt nach ihm schlug, konnte er mit einem Sprung hinter ihr her sein und einen der Nestlinge packen. Also wirbelte sie, als der Fuchs fiel, auf ihrem rechten Fuß herum und stellte sich mit ausgebreiteten Flügeln zwischen den Angreifer und das Nest. Nun mußte sie sich Onk-or verlassen, daß er die Rückseite des Nestes vor dem Zugriff des zweiten Fuchses schützte.

Das tat er auch. In dem dämmerigen Zwielicht wehrte er den schlauen Fuchs ab, schlug ihn mit wütenden Schnabelhieben zurück, warf ihn mit kräftigen Flügelschlägen nieder und erfüllte die arktische Luft mit kurzen stoßartigen Schreien, zornig und herausfordernd. Der Fuchs, der nie zuversichtlich angenommen hatte, er könne eine ausgewachsene männliche Gans besiegen, hatte Mühe, vor diesem wütenden Vogel seine eigene Haut zu retten. Überdies sah er, daß sein Gefährte beim Nest nichts erreicht und eine ähnliche Niederlage erlitten hatte.

Beide Füchse hofften vergeblich, daß die zwei Gänse einen verhängnisvollen Fehler machen würden. Sie kämpften noch eine Weile fort, sahen schließlich den Fehlschlag ihres Angriffs ein und zogen sich, heisere Laute ausstoßend, zurück.

Als der Tag anbrach, wußten die beiden Elterngänse, daß ihre sechs Kinder schleunigst fliegen lernen mußten. Onk-or verließ daher das Nest an diesem Tag nicht, um Futter für seine Familie zu beschaffen. Er blieb bei dieser unordentlichen Ansammlung aus Zweigen und Gräsern, stupste seine Kinder hinaus in das Sumpfgras und beobachtete, wie sie unbeholfen ihre Flügel ausprobierten.

Sie waren ein tolpatschiges Häuflein, sie stolperten, fielen und flatterten erfolglos mit ihren langen Flügeln; aber nach und nach gewannen sie die Herrschaft über diese Körperteile, die sie befähigen sollten, nach Süden zu den Gewässern Marylands zu fliegen. Zwei der jungen Vögel hoben sich wirklich vom Boden ab, hielten sich über ein kurzes Stück oben und landeten dann so ungeschickt wie nur möglich, hatten aber das größte Vergnügen dabei.

Ein drittes – weibliches – Gänschen, das den erfolgreichen Versuch seiner Geschwister beobachtete, flatterte mühsam, lief über den felsigen Boden und hob mit großer Anstrengung ab. In diesem Moment bekam Onk-or jedoch einen furchtbaren Schreck, denn er sah etwas, was das Kleine nicht gesehen hatte.

Zu spät! Das Gänschen, unfähig, an Höhe zu gewinnen, plumpste zur Erde und landete genau dort, wo die beiden Füchse nur auf ein solches Mißgeschick gelauert hatten. Aber gerade als sie zum Sprung ansetzten, bewegte Onk-or mit riesiger Kraftanstrengung seine Flügel, die noch nicht flugtauglich waren, erhob sich in die Luft und versuchte, von oben auf die Füchse einzuschlagen. Seine Flügel trugen ihn nicht, und auch er stürzte ab, er war aber sogleich wieder auf den Füßen, noch bevor sich der aufgewirbelte Staub vor seinen Augen gelegt hatte, und rannte verzweifelt gegen die beiden Füchse an. Der erste Fuchs schnappte dreist nach dem Gänschen, tötete es mit einem erbarmungslosen Biß und setzte mit seiner Beute davon. Der zweite Fuchs lief ein paarmal im Kreis, was Onk-or Marterqualen bereitete, und verschwand dann, um sich zu seinem Kumpan zu gesellen und mit ihm das Festmahl zu teilen.

Was ging in dieser siebenköpfigen Familie vor, als sie sich wieder versammelten? Onk-or und seine Gefährtin bildeten eine seltene Ausnahme im Tierreich, wo sie sich fürs Leben verbunden hatten. Sie waren so fest und unwiderruflich gepaart wie irgendein Ehepaar in Patamoke; jeder war aufs äußerste um den anderen besorgt, und Onk-or hätte, ohne zu zögern, sein Leben geopfert, um das seiner Gefährtin zu retten. Viermal waren sie zusammen aus der Arktis hinunter zur Südküste geflogen und ebensooft zurück. Gemeinsam hatten sie sichere Rastplätze gesucht und gefunden, landauf und landab, in Ostkanada und in allen Küstenstaaten Amerikas. In der Luft verständigten sie sich instinktiv, der eine wußte, was der andere beabsichtigte; und am Boden, wenn sie entweder in der Arktis nisteten oder entlang dem Choptank Futter suchten, fühlte sich stets einer für die Sicherheit des anderen verantwortlich.

Durch dieses Verhalten und die Dauerhaftigkeit ihrer Beziehung unterscheiden sie sich von den meisten anderen Vögeln, ganz gewiß von den niedrigeren Enten, die sich von Fall zu Fall paarten und jeweils nur so lange zusammenblieben, wie ihre Jungen beschützt werden mußten. Dies war eine Besonderheit speziell der großen Gänse. Biber paarten sich ebenfalls fürs Leben – vielleicht weil sie den Winter über in ihrem Bau eingefroren und daher gezwungen waren, zusammenzubleiben –, aber nur wenige andere Tiere. Onk-or war für ewig mit seiner Gefährtin verbunden.

Als erste Reaktion – nachdem die Füchse mit einem seiner Jungen verschwunden waren – überzeugte er sich daher instinktiv, daß seine Gefährtin in Sicherheit war. Beruhigt, was diesen allerwesentlichsten Punkt betraf, wandte er sodann seine Aufmerksamkeit seinen restlichen fünf Kindern zu. Sie mußten fliegen lernen: jetzt sofort.

Seiner Gefährtin, die sich die ganze Zeit nicht vom Platz gerührt hatte, war die unselige Szene verborgen geblieben, weil sich alles hinter hohen Grasbüscheln abgespielt hatte; und einen schrecklichen Augenblick lang fürchtete sie, die Füchse hätten Onk-or genommen. Sie war erleichtert, als sie ihn zurücktorkeln sah, denn er war ihr halbes Leben, der prächtige furchtlose Vogel, von dem sie abhängig war.

Aber es beherrschte sie noch ein anderer mächtiger Trieb, der Wunsch, ihre Jungen zu beschützen; sie war bereit, auch dafür ihr eigenes Leben auf Spiel zu setzen, und nun war das erste von ihnen geraubt worden. Sie trauerte nicht, wie sie es um Onk-or getan hätte, aber sie empfand ein schreckliches Gefühl des Verlustes, und wie ihr Gefährte beschloß sie, daß die fünf anderen so schnell wie möglich fliegen lernen mußten. An den folgenden Tagen wurde sie zur erbarmungslosen Lehrmeisterin.

Die Junggänse selbst wußten, daß ein Fuchs das fehlende Geschwister geraubt hatte. Jeder der Nestlinge wußte, daß das Unheil, vor dem ihre Eltern sie stets zu bewahren suchten, zugeschlagen hatte, und der angeborene Trieb, der sie zu ihrem ersten Flugversuch gedrängt hatte, wurde stärker. Sie hatten nie die weite Reise zu den Futterplätzen Marylands gemacht, aber instinktiv wußten sie, daß es irgendwo solche Plätze gab und daß sie sich auf diesen unglaublich langen Flug vorbereiten mußten. Sie waren entschlossen, die Herrschaft über ihre Flügel zu gewinnen; und sie waren entschlossen, sich vor Füchsen zu schützen. Diese kleinen Vögel waren natürlich zu jung für eine Partnerwahl, wie waren auch noch nie in Gesellschaft anderer Gänse gewesen. Aber selbst in diesem frühen Stadium gewahrten sie den Unterschied der Geschlechter, so daß die drei jungen Männchen etwas gänzlich anderes erwarteten als die zwei übriggebliebenen Weibchen; und als andere Gänsefamilien über ihre Köpfe flogen, konnte jeder Nestling deren Kinder bei ihrem Probeflug unterscheiden. Sie wußten es. Es war unglaublich, was diese sieben Wochen alten Gänse alles wußten. Falls ihren beiden Eltern irgendein tödliches Unglück zugestoßen und die Kinder als Waisen in der Arktis zurückgeblieben wären – sie hätten gewußt, wie sie nach Maryland fliegen mußten und wie sie die Bucht an der Mündung des Choptank finden konnten, die ihnen zur Heimat bestimmt war. Alles, was sie zum Erwachsenwerden brauchten, war die Kraft ihrer Flügel und die Wahl eines Gefährten unter den anderen Junggänsen, die in diesem Jahr ausgeschlüpft waren. Sie gehörten einer vortrefflichen Art an, einer Spezies der großen Vögel der Welt, und sie verhielten sich entsprechend.

Mitte September jeden Jahres überkam Onk-or und seine Gefährtin ein unwiderstehliches Drängen. Sie beobachteten den Himmel und besonders das Kürzerwerden der Tage. Sie stellten mit Genugtuung fest, daß ihre fünf Jungen große und kraftvolle Vögel geworden waren, mit einer beachtlichen Flügelspannweite und wohlgepolstert mit Fett; sie waren für jeden noch so großen

Flug bereit. Die Eltern merkten auch, daß das Gras braun wurde und bestimmte Samen reiften, unmißverständliche Anzeichen, daß die Abreise bevorstand.

Sämtliche Nester in der Arktis wurden von dieser Rastlosigkeit erfaßt. Es gab Streitigkeiten unter den Vögeln. Männliche Artgenossen erhoben sich plötzlich in die Luft, legten ohne ersichtlichen Grund weite Strecken zurück und landeten schließlich in Wolken aus Staub. Es wurden keine Versammlungen abgehalten; nichts ließ darauf schließen, daß sich die Familien untereinander verständigten. Aber eines Tages, aus einem geheimnisvollen, unerklärlichen Grund, stiegen riesige Vogelschwärme in die Luft, kreisten scheinbar planlos, formierten sich dann und flogen nach Süden.

Dieser Zug nach Süden war eines der Wunder der Natur: Hunderte, Tausende, Millionen jener großen Gänse flogen staffelweise, in perfekter V-Formation, in unterschiedlichen Höhen und zu verschiedenen Tageszeiten. Aber sie alle verließen Kanada auf einer der sieben Hauptflugrouten, die zu bestimmten Zielorten des amerikanischen Kontinents führten. Einige flogen in neuntausend Meter Höhe, andere nicht höher als tausend Meter, aber sie alle trachteten danach, dem gefrierenden Sumpfboden der Arktis zu entfliehen und Futterplätze in milderen Gegenden wie Maryland aufzusuchen. Über weite Strecken folgen sie lautlos, viel häufiger aber geschah es, daß sie sich durch laute Rufe verständigten, sich zankten, jubelten; insbesondere nachts stießen sie Schreie aus, die ihren unvergeßlichen Widerhall im Gedächtnis jener Menschen fanden, die sie hörten., Das Geschrei der Gänse durchschnitt die frostige Herbstluft: *Onk-or, Onk-or!*

Das keilförmige Geschwader, in dem Onk-or und seine Familie in diesem Jahr nach Süden aufbrachen, bestand aus neunundachtzig Vögeln. Sie bildeten jedoch keine unzertrennliche Einheit; hin und wieder gesellten sich andere Gruppen zu ihnen, bis die fliegende Formation mehrere hundert Vögel umfaßte; dann wieder lösten sich einzelne Glieder, um mit einer anderen Einheit zu fliegen. Aber, und das war das Bemerkenswerte: Der Keil selbst veränderte sich nicht.

Die Gänse flogen mit einer Geschwindigkeit von ungefähr fünfundvierzig Meilen in der Stunde, was bedeutete, daß sie, wenn sie einen ganzen Tag in der Luft blieben, tausend Meilen zurücklegen könnten. Aber sie mußten zwischendurch rasten, und im Lauf der Jahrhunderte, während der sie dieselbe Route nach Süden und nach Norden geflogen waren, hatte sich das Wissen um diese und jene Teiche und Seen und Flußufer in ihnen vererbt, wußten sie instinktiv, wo sie sichere Rastplätze und Futter fanden. Seen im oberen Quebec und kleinere Flüsse, die in den Sankt-Lorenz-Strom mündeten, Hunderte guter Plätze zur Wahl in Maine, Massachusetts und überall im Staate

New York, und die älteren Gänse wie Onk-or kannten sie alle. Manchmal gegen Mittag, wenn die Herbstsonne hoch stand, ließen sich die Gänse plötzlich nieder und wasserten auf einem See, den ihre Vorfahren seit tausend Jahren dafür ausersehen hatten. Die Bäume entlang dem Ufer waren anderen gewichen, und die Gewässer bevölkerten immer wieder neu Generationen von Fischen, aber die Samen waren stets von der gleichen Art und ebenso die saftigen Gräser. Hier rasteten die Vögel, sechs oder sieben Stunden lang. Wenn dann die Dämmerung hereinbrach, stießen die Anführer Signale aus, und der Schwarm jagte über die Oberfläche des Sees, hob sich flügelschlagend ab und stieg in die Luft. Oben formierten sie sich automatisch zu einem langgestreckten V, mit einem erfahrenen alten Vogel an der Spitze, und sie flogen durch die Nacht gen Süden.

Maine, New Hampshire, Massachusetts, Connecticut, New York, Pennsylvanien! Die Staaten drunten schliefen, nur ein paar trübe Lampen verrieten ihre Existenz, und hoch oben zogen die Gänse dahin und schrien *Onk-or, Onk-or!* durch die Nacht; und manchmal – am Rande eines Dorfes oder einer Farm – öffnete sich eine Tür, Licht flutete heraus und erhellte für eine Weile die Umgebung, und Eltern hielten ihre Kinder fest, schauten in den dunklen Himmel und lauschten dem unvergänglichen Zug der Gänse. Und in seltenen Augenblicken in solch einer Nacht, wenn Vollmond war, sahen die Kinder tatsächlich den fliegenden Keil zwischen sich und dem Mond über den Himmel ziehen, und dieses Erlebnis lieferte ihnen Gesprächsstoff bis ans Ende ihrer Tage.

Kein einziger Vogel, nicht einmal ein so starker wie Onk-or, konnte über lange Strecken an der Spitze des Keiles fliegen. Der Anprall der Böen war zu heftig, wenn er eine Schneise durch die Luftturbulenzen schnitt. Eine geübte Gans schaffte höchstens vierzig Minuten lang, derart gewaltige Schläge auszuhalten. Nach einer Zeitspanne in der Führungsposition fiel der erschöpfte Vogel in einen der beiden Schenkel des Keiles zurück, wo die schwächeren Vögel eingegliedert waren, und glitt nun hier in der vorgegebenen Bahn durch die Luft, die andere schon vor ihm geteilt hatten; hier sammelte er Kraft, bis die Reihe wieder an ihm war, die Führung zu übernehmen. Weibchen und Männchen übernahmen ohne Unterschied diese Verantwortung, und am Ende jeder Tagesreise ließen sich alle zufrieden nieder, um auszuruhen. An Seen, die besonders zur Rast einluden und reichlich Nahrung boten, blieben sie mitunter eine Woche lang.

In den ersten Oktobertagen hielten sich die Gänse für gewöhnlich irgendwo im Staate New York oder in Pennsylvanien auf, und sie waren zufrieden dort; die Sonne schien warm, und die Seen waren es auch, aber sobald die Nordwestwinde einsetzten und den ersten Nachtfrost brachten, wurden die älteren Vögel unruhig. Ein plötzlicher Frosteinfall könnte problematisch werden, und irgend etwas sagte ihnen, daß das Schwächerwerden der Sonnenstrahlen ein deutliches Zeichen für sie war, weiter nach Süden zu ziehen, wo sie sicher waren. Aber sie warteten bis zu dem Tag, an dem die Luft von Frost klirrte, dann erst stiegen sie auf, um sich zum letztenmal zu formieren. Gleichgültig, wo und an welchen Seen sie gerastet hatten, schwenkten die Gänse ostwärts zum Susquehanna, und sobald sie seine breite gewundene Bahn sahen, fühlten sie sich in Sicherheit. Dies war ihr stets gegenwärtiger Wegweiser, und sie folgen ihm voller Zuversicht, um schließlich die Chesapeake Bay zu erreichen, die größte Wasserfläche, die sie auf ihrer Reise zu Gesicht bekamen. Die Bucht gleißte in der Herbstsonne und sagte ihnen, daß sie zu Hause waren. Ihre tausend Buchten und Flußmündungen versprachen Futter und Zuflucht für den langen Winter, und ihr Anblick erfüllte sie mit Freude.

Sobald die Chesapeake Bay erreicht war, begannen die Gänse scharenweise auszubrechen. Viertausend landeten bei Havre de Grace, zwanzigtausend am Sassafras. Der Chester lockte über hunderttausend an und der Miles ebenso viele. Riesige Schwärme wählten den Tred Avon, aber die gewaltigste Zusammenballung erwartete den Choptank, über eine viertel Million Vögel, und sie füllten jedes Feld und jede kleine Bucht aus.

Seit über fünftausend Jahren hatten die Vorfahren Onk-ors in direkter Linie das Sumpfgebiet am Nordufer des Choptank gewählt, ein weites Areal, reich an samentragenden Pflanzen und verzweigten Flußarmen, die ein gutes Versteck boten. Die Felder lagen bequem zur Futtersuche und ebenso der Fluß, wo die Gänse leicht landen und aufsteigen konnten. Es war in jeder Hinsicht ein idealer Aufenthaltsort für den Winter – außer in einer: Das Land gehörte den Turlocks, den leidenschaftlichsten Jägern Marylands, die alle mit einem unersättlichen Appetit auf Gänsebraten zur Welt zu kommen schienen.

»Gebraten oder kleingehackt mit Zwiebeln und Pfefferkörnern oder in dünne Scheiben mit Pilzen – es geht nichts über eine Gans«, erklärte Lafe Turlock den Männern im Laden. »Ich schenk' euch alle anderen Monate im Jahr, laßt mir bloß den November und dreimal die Woche 'ne fette Gans im Herd.«

Lafe hatte das Geheimnis der Gänsejagd von seinem Vater gelernt wie dieser vor ihm ebenfalls von seinem Vater. »Die gescheitesten Vögel auf der Welt. Sie haben einen sechsten Sinn und einen siebten und achten noch dazu. Ich hatt' da mal einen klugen alten Gänserich beobachtet, der ist immer wieder auf mein Land gekommen; er führte seinen Schwarm direkt in meinen Hinterhalt, glatt vor den Lauf; da halten sie an, stehn reglos in der Luft, drehn sich so blitzartig rum, und ich komm' nicht ein einziges Mal zum Schuß.« Er trat gegen den Ofen und faßte die Situation kurz und prägnant zusammen: »Eine Gans schmeckt so gut, weil sie so verdammt schwer zu schießen ist.«

»Warum eigentlich?« fragte ein jüngerer Jäger.

Lafe drehte sich zu ihm um, sah ihn verächtlich von oben bis unten an und erklärte: »Ich will dir mal was sagen, Kleiner, ich kenn' deine Farm weiter unten am Fluß. Ein guter Platz, um Gänse zu jagen. An die hunderttausend fliegen dort im Laufe einer Woche vorbei, vielleicht zweihunderttausend. Aber das nützt dir überhaupt nichts, denn wenn's dir nicht gelingt, auch nur eine einzige von diesen Gänsen auf Schußweite runterzulocken, wirst du nie im Leben eine Gans schießen. Sie fliegen hierhin« – er schwang seine langen Arme – »und dorthin und da hinunter, hunderttausend Gänse in Sicht …« Er erschreckte den jungen Mann, indem er vom Stuhl aufsprang und mit seinen Fäusten gegen die Wand trommelte. »Aber nie fliegt eine gottverdammte Gans dahin, wo du sie haben willst.«

Er setzte sich wieder, räusperte sich und sprach nun wie ein Rechtsanwalt, der einen schwierigen Fall erläutert. »Was du also tun mußt, Kleiner, ist, dir einen Platz auszusuchen, wo sie höchstwahrscheinlich landen werden, und einen Hinterhalt bauen …«

»Das hab' ich getan.«

Lafe überging den Einwurf: »… und ihn mit Zweigen tarnen, damit es natürlich wirkt, und rundrum postierst du holzgeschnitzte Lockvögel in mindestens acht verschiedenen Stellungen, so daß es ganz echt aussieht, und dann lernst du den Schrei der Gänse, bis du damit auch die klügste Gans, die jemals gelebt hat, täuschen kannst. Und wenn du's nicht haargenau so machst, Kleiner, wirst du nie im Leben wissen, wie Gänsebraten schmeckt, weil sie an dir vorbeifliegen, Tag und Nacht.«

Das Hinreißende an Lafe war seine unversiegbare Begeisterung. Jeden Oktober, so wie gerade jetzt wieder, war er überzeugt, daß er in diesem Jahr die Gänse überlisten würde, und er scheute sich nicht, seine Prognosen öffentlich im Laden zu verkünden. »Diese Jahr, meine Herren, werdet ihr alle Gänsebraten essen. Ich werd' so viel schießen, daß ihr Schwielen an den Fingern kriegt vom Rupfen.«

»Das hast du voriges Jahr auch gesagt«, grunzte ein respektloser Schiffer.

»Aber dieses Jahr hab' ich mir einen Plan zurechtgelegt.« Und während er seinen Finger in den Sirup tauchte, eröffnete er seine Strategie. »Ihr kennt meinen Hinterhalt im Fluß draußen.«

»Ich bin oft genug dort gestanden und hab' keine einzige erwischt«, sagte einer der Männer.

»Und ihr kennt diesen Hinterhalt am Teich am westlichen Ende des Sumpf-
gebietes.«

»Ich hab' dort tagelang gewartet und nichts als einen nassen Arsch gekriegt.«

»Und genau das wirst du dort wieder kriegen. Weil ich sie nämlich beide wieder
aufbauen werde, genau wie sonst, samt Lockvögeln und allem. Ich möchte, daß
der schlaue alte Leitgänserich sie sieht und mit seinen Damen weiterzieht.«

»Wohin?« fragte der Zweifler.

Lafe grinste, und sein Gesicht strahlte vor Zufriedenheit. »Jetzt kommt mein
Plan. Dort drüben, am Rand des Maisfelds, wo alles so vollkommen harmlos
aussieht, bau' ich mir einen dritten Hinterhalt – mit den besten Lockvögeln, die
ich und mein Pa je geschnitzt haben.« Und er rührte mit dem Finger im Sirup
und baute einen neuen Hinterhalt.

»Ich glaub' nicht, daß das funktioniert«, stichelte der Zyniker.

»Ich werd' mir so viele Gänse holen …«

»… wie voriges Jahr. Wieviel hast du dir voriges Jahr geholt, sag's einmal
ganz ehrlich.«

»Neun Stück …« In sechs Monaten hatte er neun Gänse erlegt, aber dieses Jahr,
mit seiner neuen Taktik, war er überzeugt, daß er sie scharenweise abknallen
würde.

Als Onk-or also seinen Schwarm von neunundachtzig Vögeln ins Sumpfland
des Choptank zurückführte, warteten dort gefährliche Neuerungen auf sie.
Natürlich erspähte er beim ersten Erkundungsflug über dem Turlock-Moor
den gewohnten Hinterhalt im Fluß und den schlecht getarnten am Teich.
Generationen seiner Familie waren diesen kümmerlichen Attrappen ausgewichen. Er sah auch die alten Lockvögel wieder, die am Ufer aufgestellt waren,
die Boote, die darauf warteten, die Jäger hinaus auf den Fluß zu tragen, und
die Hunde bei den Booten. Das alles war ihm vertraut.

Er gab ein Signal, ging in einer engen Spirale nieder, wobei sein linker Flügel
fast unbewegt blieb, und landete dann in einer Lichtung inmitten des Sumpflandes; als er aufsetzte, plätscherte es leicht. Er zeigte seinen fünf Kindern, wie
sie sich zurechtfinden konnten, und bahnte sich dann einen Weg durch das
Sumpfgras, um auf den Feldern die Möglichkeiten zur Futtersuche zu prüfen.
Seine Gefährtin folge ihm, und nach wenigen Minuten konnten sie beruhigt
dem Winter entgegensehen. Auf dem Rückweg zu den Sümpfen inspizierten
sie die Hütte. Alles wie immer: die üblichen Abfälle hinter der Küche.

Während sich die Gänse im Sumpfland heimisch einrichteten, hörten die
jungen Vögel zum erstenmal den Widerhall eines Gewehrfeuers, und Onk-or
verbrachte viel Zeit damit, sie auf die Gefahren aufmerksam zu machen, die in
diesen reichen Futtergründen lauerten. Er und die anderen Gänseriche lehrten

die Neulinge, das Aufblitzen von Metall oder das Knacken eines Zweiges unter dem Stiefel eines Jägers zu erkennen. Und kein Schwarm dürfte auf Futtersuche gehen, ohne drei Wachtposten aufzustellen, den Hals hochgereckt, so daß ihre Augen und Ohren jede verdächtige Bewegung wahrnehmen konnten.

Ewige Wachsamkeit war der Schlüssel zum Überleben, und keine andere Vogelart übertraf die Gänse in ihrer Geschicklichkeit, sich selbst zu schützen. Kleinere Vogelarten wie zum Beispiel Tauben, die für einen Jäger ein schwieriges Ziel darstellten, konnten oft darauf vertrauen, daß ein Mensch, der sich unbemerkt mit der Flinte näherte, danebenschoß. Eine große Gans jedoch gab sowohl von vorn als auch von der Breitseite ein prächtiges Ziel ab, das ein Schütze kaum verfehlen konnte, wenn es ihm gelang, sich auf Schußweite heranzupirschen. Der Trick der Gänse bestand deshalb darin, sich stets außer Schußweite zu halten, wann immer Menschen in der Nähe waren, und kein Schwarm war darin so ausdauernd geübt wie derjenige, der immer wieder das Turlock-Moor aufsuchte. Er *mußte* es sein, denn er war von den passioniertesten Jägern des Ostufers bedroht.

Gegen Mitte Dezember war es offensichtlich, daß die Gänse Lafe Turlock wieder überlistet hatten; keine war bei dem Hinterhalt im Fluß gelandet, und nur ein paar Streuner hatten auf dem Teich gewassert. Schon am Ende der ersten Woche hatte Onk-or den Maisfeldtrick durchschaut, und Lafe hatte nur drei Gänse geschossen.

»Diese verdammten Gänse müssen sich in Kanada Brillen zugelegt haben«, erklärte er den Männern im Laden.

»Du wolltest uns den ganzen Winter durchfüttern«, erinnerte ihn einer.

»Das werd' ich auch. Ich muß an meinem Plan eben einiges ändern, das ist's.« Er ließ seine fünf Söhne kommen und dazu noch vier weitere Meisterschützen und erklärte ihnen: »Wir werden uns so viele Gänse holen, daß ihr euch den ganzen Winter das Gesicht mit Gänseschmalz einschmieren könnt. Wir machen es so ...«

Eine Stunde vor Einbruch der Dämmerung ruderte er seinen jüngeren Sohn zu dem Hinterhalt im Fluß hinaus, und dort banden sie, zwanglos verteilt, ein Dutzend Lockvögel fest. Er erklärte seinem Jungen: »Die Gänse sollen dich sehen. Zeig dich und mach, daß sie weiterziehen!«

Einen Sohn setzte er am Teich ab. Wieder wurden Lockvögel aufgestellt, und die Anweisung war die gleiche. »Natürlich – wenn dir eine Ganz gut vor den Schuß kommt, dann laß dir die Gelegenheit nicht entgehen, mein Sohn. Aber wir verlassen uns nicht auf dich.«

Beim Maisfeld postierte er sodann seinen dritten Sohn, ebenfalls mit dem Auftrag, sich zu zeigen. Die sechs übrigen Männer folgten ihm auf einem langen Marsch durch Weymouthskieferngehölz, das bei einer kleinen Bucht endete. Hier, so meinte er, müßten die klugen Gänse landen. »Der Trick ist, wie eine Gans zu denken. Sie werden das Maisfeld verlassen, einen Halbkreis ziehen, die Lockvögel jenseits der Kiefern sehen und hier herunterkommen.«

Ja, und dann sollten sie in einem Kreuzfeuer aus den vier schnellsten Gewehren landen, unmittelbar gefolgt von einer zweiten Salve aus den drei langsameren Gewehren; inzwischen sollten die vier ersten wieder laden, um den verwundeten Vögeln den Rest zu geben, und zugleich konnten auch die langsamen Gewehre wieder geladen werden, falls es nötig war.

»Auf diese Art kriegen wir sie todsicher«, versprach Lafe, »wenn's dieser große Gänserich bloß nicht durchschaut.«

Die Gänse ließen sich an diesem Morgen Zeit, zu den Futterplätzen zu kommen. Unter den jüngeren Vögeln machte sich eine zänkische Gereiztheit bemerkbar, aber die älteren mischten sich nicht ein, denn es nahte die Paarungszeit, und unter den zweijährigen Gänsen hatten viele noch keinen Partner gewählt, was der Grund der Unruhe war. Aber gegen halb sieben gaben Onk-or und ein anderer alter Gänserich das Zeichen zum Aufbruch. Die Unruhe legte sich, und über achtzig Vögel gingen in Startposition, um sich in die Luft zu erheben.

Onk-or führte den Schwarm an, und binnen Sekunden hatten die Gänse sich in zwei getrennte Keile formiert, die sich im gleichen Flügelschlag bewegten. Sie strebten dem Fluß im Süden des Sumpflandes zu, und Onk-or sah, daß dort ein Jäger noch immer vergeblich versuchte, Gänse in den alten Hinterhalt zu locken. Die großen Vögel ließen sich weiter stromaufwärts nieder, ästen eine Zeitlang auf dem Grasland und brachen dann zu besseren Futtergründen auf. Sie flogen zum Teich, wo es unnützes Gewehrfeuer gab, und dann weiter zum Maisfeld, wo Onk-or rasch den einsamen Schützen erspähte, der dort postiert war. Der Gänserich bog von dem Maisfeld nach links ab und sichtete ein paar Gänse, die auf einem von Kiefern gesäumten Wasserlauf schwammen. Die Gegend mußte also sicher sein. Hier wollte Onk-or mit seinem Schwarm landen.

Die Gänse kamen herunter, mit weit ausgebreiteten Flügeln, die Füße zum Aufsetzen bereit, doch gerade als Onk-or zur Landung ansetzen wollte, nahm er zwischen den Kiefern eine Bewegung wahr, und mit einer brillanten Drehung schwang er sich nordwärts außer Schußweite, laute Warnschreie ausstoßend. Er entkam, und diejenigen, die knapp hinter ihm waren, ebenfalls, aber unter den Nachzüglern reagierten viele nicht schnell genug; sie flogen direkt in die Schußlinie, und wütende Feuergarben streckten sie nieder.

Sieben Gänse fanden den Tod, darunter zwei von Onk-ors Kindern. Es war eine Katastrophe, und er trug die Verantwortung. So etwas würde nicht wieder geschehen.

Im Laden brüstete sich Lafe mit seinem Erfolg. »Um eine Gans zu kriegen, mußt du denken wie eine Gans«, erklärte er seinen Zuhörern. Aber sein Triumph währte nicht lange, denn danach erwischte er auf seinem eigenen Land keine einzige Gans mehr und nur zwei auf einer Expedition stromaufwärts, die er anführte.

»Ich hab' noch nie so verdammt schlaue Gänse gesehn«, knurrte er. »Ich werd' mir dieseKödergänse von Amos Todkill mieten.« Also segelte er im Januar 1823 hinauf nach Patamoke, um mit Todkill zu verhandeln. Der Mann hatte sich darauf spezialisiert, das Sumpfland nach verwundeten Gänsen durchzukämmen, die er dann zähmte, um sie als lebende Köder verwenden zu können.

Todkill erklärte sich bereit, Turlock fünfzehn von seinen zahmen Gänsen drei Tage lang für eineinhalb Dollar zu vermieten. »Hübsch gepfeffert«, ächzte Lafe.

»Aber sie sind eine todsichere Sache, wissen Sie. Idiotensicher, wenn Sie so wollen.«

Turlock band den Gänsen die Beine zusammen, warf sie ins Boot und segelte zurück zu den Sümpfen. »Ich brauch' fünfzehn oder sechzehn verläßlich Gewehre«, verkündete er im Laden. »Ich hab' hartes Geld für die verdammten Köder bezahlt, und ich will mir dafür ein paar Gänse holen.«

Er stellte einen richtigen Trupp zusammen und verteilte ihn auf strategisch wichtige Punkte, um das Kreuzfeuer aus den Vorderladern undurchdringlich zu machen. Dann verteilte er vier Dutzend seiner überaus lebensecht wirkenden Holzvögel und ließ schließlich Todkills fünfzehn zahme Vögel frei. »Der hübscheste Anblick, den 'ne Gans je gesehen hat, und der tödlichste«, sagte er befriedigt, als alles an seinem Platz war.

Dann warteten sie, Turlock selbst und sechzehn Jäger. Nichts geschah. Hin und wieder flogen ein paar Gänse, die aus den Sümpfen kamen, vorbei, ohne sich um die lebenden Köder zu kümmern, die sie mit ihrem Schnattern herunterlocken sollten. Ein- oder zweimal kam ein ganzer Schwarm – angeführt von dem alten Gänserich – verdammt nahe und drehte dann wie auf ein Zeichen ab, und die drei Tage vergingen ohne einen einzigen Treffer. Onk-or hatte sofort die seltsame Versammlung hölzerner Lockvögel und lebender Köder erspäht und im nächsten Moment auch die zwischen den Binsen versteckten Gewehre. Er hielt nicht nur die Gänse seine eigenen Schwarms von der todbringenden Gegend fern; er warnte auch andere, so daß Lafe und seine

Artillerie gar keine Chance hatten, sich die Gänse zu holen, die er versprochen hatte.

Später im Laden erzählte einer der Jäger: »Diese Köder haben mich gefoppt, und sie haben Lafe gefoppt, aber so sicher wie nur irgendwas haben sie den alten Gänserich nicht gefoppt.«

»Sie haben mich um meine eineinhalb Dollar geprellt. Jawohl!« sagte Lafe. »Ich war nahe daran, ihnen den Hals umzudrehn, bevor ich sie Todkill zurück-brachte.«

Die Männer lachten. Die Idee, daß Lafe Turlock einer Gans etwas zuleide tun könnte, außer indem er auf sie schoß, war absurd. Er liebte die großen Vögel, streute ihnen zerplatzten Mais, wenn Schnee die Erde bedeckte und rettete bis zum Ende der Paarungszeit Verwundete, um sie Todkill zu bringen. Einmal nach einer großen Rettungsaktion sagte er: »Im Leben gibt es nur zwei Jahreszeiten: In der einen gibt's Gänse, in der andern keine.« Die Männer machten sich über seinen kostspieligen Mißerfolg lustig und waren überrascht, daß er sich nicht wehrte.

Er hielt sich aus dem Grund zurück: Er war bereit, in die dritte Phase seines großen Planes einzutreten. Als er in den ersten Märztagen seine Söhne um sich versammelte, erklärte er ihnen: »Die Turlocks essen Gänsebraten, weil sie schlauer sind als die Gänse. Und verdammt schlauer als die Dummköpfe im Laden. Weil ich es weiß, was sie verdammt ärgern würde, wenn sie'n Verstand hätten, um's zu kapieren.«

Seine Söhne warteten. Er schaute zur Tür hinaus in den Märzhimmel und gestand: »Ich bin durch die Wälder gestreift, und ich glaub', ich hab' ihren Balzplatz gefunden.« Er sprach von jenen wenigen Gänsen, die entweder durch Streifschüsse verwundet worden waren oder sich vom milden Klima des Choptank verleiten ließen; sie würden nicht mit den anderen nach Norden fliegen, sondern hierbleiben und ihre in Maryland geschlüpften Jungen im südlichen Sumpfland aufziehen. Und wenn sie sich paarten, waren sie leichter zu erwischen. »Denn«, so erklärte Lafe seinen Söhnen, »Gänse sind genau wie Menschen. Wenn ihr Verstand in den Hintern rutscht, fliegt die Vorsicht zum Fenster raus, und nächste Woche holen wir uns sie, viele unvorsichtige Gänse, daß wir uns bis zum Juli die Bäuche vollhauen können.«

Es lag tief in der Natur der Turlocks, ins Schwärmen zu geraten, wenn es um die Jagd oder ums Fischen ging: Die Austern waren unten auf dem Grund, aber man konnte sie heraufholen. Die Krabben mochten sich noch so gut verstecken, man würde sie schon fangen.

»Wie wollen wir's machen, Pa?«

»Strategie ist alles«, sagte Lafe.

Auch Onk-or dachte strategisch. Er mußte seinen Schwarm unversehrt durch diese stürmische Jahreszeit bringen, und dazu mußte er sie von den Balzplätzen fernhalten; denn er hatte gelernt, daß junge Gänseriche, wenn sie balzen, und ihre Paarungstänze aufführen, um damit um ein Weibchen zu werben, unachtsam wurden; und ihre Eltern waren um nichts besser, denn auch sie standen schnatternd herum und sahen verzückt zu, blind und taub für lauernde Gewehre.

Also wurden sowohl für Lafe als auch für Onk-or die letzten Tage des Winters kritisch. Der Mann mußte den Balzplatz finden, und der Gänserich mußte seine Familie davon fernhalten. Neun Tage vergingen, ohne daß auch nur eine Gans das Opfer von Turlocks Flinte geworden wäre.

Lafe hatte – beinahe besser als die jungen Gänse – vorausgesehen, wo sie ihre Paarungsspiele austragen würden, und dort, am Rande einer grasigen Lichtung tief in den Wäldern, legte er sich mit seinen Söhnen in den Hinterhalt, jeder mit drei Musketen bewaffnet. Die jungen Gänse zog es, ihrem inneren Drang folgend, zu diesem Platz, und hier begannen sie ihre Tänze. Jeweils zwei Männchen warben um ein Weibchen, das seitwärts stand und sich scheu putzte. Es hielt die Augen gesenkt und tat so, als kümmerten es die Vorgänge nicht, die ihr zukünftiges Leben bestimmen sollten.

Die Männchen wurden unterdessen immer aktiver, schnappten nach ihrem Rivalen, zischten, bewegten sich vor und zurück und zogen eine große, leidenschaftliche Schau ab. Schließlich griff eines tatsächlich das andere an, schlug mit den Flügeln, trat mit den Füßen, als wären es sechs oder sieben, und hieb nach dem Kopf und den Schultern des Gegners. Jetzt wurde der Kampf ernst, und jeder der beiden mächtigen Vögel versuchte, den Kopf des andern mit seinem Schnabel zu fassen.

Nach komplizierten, genau festgelegten Regeln wurde es schließlich für beide Gegner offenbar und ebenso für den Rest des Schwarmes, insbesondere für das wartende Weibchen, daß einer der zwei kämpferischen Vögel gesiegt hatte. Der andere zog sich zurück, und nun folgte der rührendste Teil des Tanzes.

Der siegreiche Gänserich näherte sich mit gezierten Schritten dem Weibchen, verlagerte dabei sein Gewicht von einer Seite zur andern, und während er so auf das Weibchen zukam, streckte er seinen Hals vor. Er streckte ihn vor und wieder zurück und rückte jedesmal ein Stück näher an die Auserwählte heran; und sie reckte ihm ebenfalls ihren Hals entgegen, sie umschlagen sich, fast ohne einander zu berühren, uns so standen sie und verflochten und drehten ihre Hälse in einem der zartesten und schönsten Liebesspiele, das die Natur kennt. Als sich der Tanz seinem Höhepunkt näherte, strebten die jungen Gänse aus Onk-ors Schwarm instinktiv dem Balzplatz zu, und obwohl Onk-or und seine

Gefährtin sie verzweifelt daran zu hindern suchten, entschlüpften sie ihnen und liefen auf das offene Gelände hinaus.

»Jetzt!« gab Turlock das Zeichen, und die Gewehre blitzten auf. Ehe sich die erschreckten Vögel in die Luft aufschwingen konnten, legten die sechs Turlocks das Gewehr beiseite, griffen nach dem nächsten, feuerten, legten es weg, ergriffen das dritte. Bevor Onk-or seinen Schwarm in der Luft hatte, waren so viele Gänse erlegt, daß damit das Eishaus gefüllt werden konnte.

Als sich die Überlebenden in den Sümpfen wieder versammelten, entdeckte Onk-or, daß einer von seinen Söhnen tot war, und als er gerade zu klagen anheben wollte, stellte er zu seinem Entsetzen fest, daß auch seine Gefährtin fehlte. Er hatte die Gänse taumeln und landeinwärts vom Fluß ins Gras stürzen sehen, und instinktiv wußte er, daß die Männer jetzt das Randgebiet durchkämmten, um die angeschossenen Vögel zu finden.

Ohne zu zögern, verließ er seinen Schwarm und eilte zurück zum Balzplatz. Sein Auftauchen verwirrte die Männer, die, wie er erwartet hatte, nach verwundeten Vögeln suchten. Er flog direkt über ihre Köpfe hinweg, ließ sich auf dem Gelände nieder, wo er die Gänse fallen gesehen hatte, und hier fand er tatsächlich seine Gefährtin, mit einer schweren Wunde am linken Flügel. Sie konnte unmöglich fliegen, und binnen Sekunden würde die Hunde und die Männer sie finden.

Mit kräftigen Schnabelstößen schob er sie vor sich her durch verschlungene Wasserläufe in die Sicherheit der tiefer gelegenen, versteckten Sümpfe. Wenn sie strauchelte, hackte er nach ihren Federn, in keinem Moment ließ er zu, daß sie aufgab.

Sie hatten ungefähr neunzig Meter zurückgelegt, als ein gelber Hund, ein Mischling mit besonders guter Nase, ihre Fährte aufnahm und merkte, daß irgendwo vor ihm in den Büschen eine verwundete Gans sein mußte. Lautlos pirschte er sich immer näher heran und war dann mit einem Sprung über ihr.

Er hatte nicht damit gerechnet, daß ein ausgewachsener Gänserich in ihrer Nähe war, entschlossen, sie zu beschützen. Plötzlich erhob sich Onk-or unweit der Verwundeten vom Wasser und schlug mit dem kräftigen Schnabel auf den Hund ein. Das überraschte Tier wich im ersten Schreck zurück, erfaßte dann die Situation und griff den Gänserich an.

Ein tödlicher Kampf entbrannte. Das Wasser spritzte hoch auf, und aller Vorteil war auf seiten des Hundes. Aber Onk-or bot seine ganze Kraft auf; er kämpfte nicht allein um sein eigenes Leben, sondern auch und vor allem darum, das seiner verwundeten Gefährtin zu retten; und tief im Dickicht der Sümpfe attackierte er den Hund mit blitzartigen Flügel- und Schnabelhieben. Der Hund zog sich zurück.

»Dort drinnen ist eine verwundete Gans!« rief Turlock seinen Söhnen zu.
»Tiger hat eine verwundete Gans aufgestöbert.«

Aber der Hund erschien nur mit einer blutenden Schnittwunde am Kopf.

»He! Tiger ist von einer Gans angefallen worden. Seht zu, daß ihr sie findet – da drinnen.«

Drei junge Männer und ihre Hunde platschten in den Sumpf, aber unterdessen hatte Onk-or seine Gefährtin in Sicherheit gebracht. Sie hielten sich im Sumpfgras versteckt, während die Männer sich spritzend und lärmend ihren Weg bahnten und die Hunde, durch Tigers Erfahrung gewitzigt, wenig Eifer zeigten, die Gänse zu suchen.

Eine Woche später, als der verwundete Flügel geheilt war, trieb Onk-or seinen Schwarm zusammen, und sie brachen zu ihrem gewohnten Flug in die Arktis auf: Pennsylvanien, Connecticut, Maine und dann das arktische Sumpfland Kanadas. Eines Nachts, als sie über einer kleinen Stadt im Herzen des Staates New York flogen, machten sie ein großes Geschrei, und die Menschen strömten aus ihren Häusern und verfolgten den geheimnisvollen Zug der Gänse. Unter ihnen war ein acht Jahre alter Junge. Er starrte auf die schattenhafte Umrisse und lauschte ihrer weit entfernten Unterhaltung. Dieses Erlebnis weckte seine Liebe zu Vögeln, so daß er alles über sie erfahren wollte, und später, als er erwachsen war, malte er sie. Er schrieb über sie und unternahm die ersten Schritte, um Reservate für sie zu schaffen. Und das alles nur, weil er in einer mondhellen Nacht den Zug der Gänse gehört und gesehen hatte.

»Sie fliegen schrecklich langsam«, erklärte er seiner Mutter.

Er hatte recht. Ihre Fluggeschwindigkeit war langsamer als gewöhnlich, weil Onk-or nicht an der Spitze des Keiles fliegen konnte; er mußte hinten bleiben, um über den Flug seiner verwundeten Gefährtin zu wachen.

Witwenpromenade

Rosalinds Rache hatte keine echte Witwenpromenade. Diese liebenswürdige architektonische Erfindung war hauptsächlich in Neuengland sehr verbreitet, wo es bei Seemannsfamilien Brauch war, auf dem Dach ihres Hauses eine quadratische, mit einem Geländer versehene Plattform zu errichten, von der aus die Ehefrau die Bucht überblicken konnte, um das Schiff ihres heimkehrenden Gatten zu erspähen, der Jahre im südlichen Pazifik beim Walfang zugebracht hatte. Der Name Witwenpromenade leitete sich aus romantischen Erzählungen her von jenen treuen Frauen, die bis ans Ende ihrer Tage nach einem Schiff ausschauten, das längst versunken war und am Grund irgendeines Korallenmeeres lag.

Aber das große Wohnhaus auf der Plantage der Steeds verfügte nur über eine behelfsmäßige Witwenpromenade. Im Jahre 1791, als Isham Steed, dem Rat seines College-Kameraden Tom Jefferson folgend, ein Amsterdamer Teleskop kaufte, wollte er es an einem Platz aufstellen, von dem aus er die Sterne besonders gut beobachten konnte. Also schlug er ein Loch in das Dach und errichtete hier eine Plattform, umgab sie mit einem niedrigen Geländer aus Holzpfählen und hatte nun einen angenehmen Ort, von dem aus er nicht nur den Himmel, sondern auch die Schiffe beobachten konnte, die die Bucht hinauf- und hinuntersegelten.

An eine für die Jahreszeit ungewöhnlich warmen Tag Ende März 1823 trat Susan Grimes Steed auf diese eingefriedete Plattform hinaus und ließ sich in den Korbsessel fallen, den sie dort aufgestellt hatte. Fast eine Viertelstunde lang starrte sie auf die Bucht hinunter – in der Hoffnung, irgendein großes Schiff zu entdecken, das aus Baltimore heimkehrte. Dann wurde ihre Aufmerksamkeit von einem Rauschen abgelenkt, das sie über sich in der Luft hörte. Sie hob den Kopf und sah, wie sich zahllose Gänse zu einem langgezogenen V formierten; von allen Buchten und Winkeln des Choptank erhoben sie sich, um ihren weiten Flug nach Kanada anzutreten.

Sie wußte, daß die Gänse diese Mal wirklich fortzogen, um sich bis zu den kühlen Herbsttagen nicht wieder blicken zu lassen, und sie stand auf und preßte ihre Hände gegen das Holzgeländer. »Mein Gott! Wenn ich doch nur mit euch fliegen könnte!« Sie hob ihre rechte Hand, winkte den Vögeln zu und sah ihnen nach, bis sie am Horizont verschwanden.

Sie sank in den Sessel zurück und starrte mit ausdruckslosem Gesicht auf die Bucht. Keine Boote waren zu sehen; keine Schiffe kamen von Spanien; nur die weite Wasserfläche, gegen das Westufer spiegelglatt und von keiner Welle gekräuselt, dehnte sich vor ihr aus, und die Langeweile, die sie seit Monaten erfüllte, wuchs.

Doch dann gewahrte sie an der südlichsten vom Dach aus sichtbaren Wasserlinie etwas, was ein Schiff sein konnte – jedenfalls war es ein Punkt, der sich bewegte, und eine gute halbe Stunde lang hielt sie ihre kleines Fernrohr darauf gerichtet.

Es könnte ein Fischerboot sein, überlegte sie – froh über jedes Gedankenspiel, das sich anbot, um ihre Phantasie zu beschäftigen. Nein, es ist ein Schiff. Ein Schiff mit drei Masten. Und als sie das Wort Masten dachte, kehrten ihre sexuellen Phantasien wieder zurück, die sie verfolgten.

Das Schiff wurde für sie zu einem Mann, der die Bucht heraufkam, um mit ihr zu schlafen, wild mit ihr zu ringen, der ihr die Kleider vom Leib riß und sie durch die Wälder der Insel jagte. Während sie ihre Phantasien weiterspann, wurden ihre Lippen trocken, und als das heimwärts fahrende Schiff auf der Höhe von Devon war – seine Segel in Richtung Baltimore gesetzt –, erhob sie sich aus dem Sessel und stand am Geländer, ihre Augen auf die hohen Masten fixiert, und ihr Körper schmerzte vor Verlangen.

Wäre ich doch nur auf diesem Schiff, lamentierte sie, und als es sich entfernte, seine aufragenden Masten grau vor der Sonne, stellte sie sich vor, sie wäre in der Kajüte des Kapitäns und er nackt und gierig, sie zu besitzen.

»Das ist Wahnsinn!« dachte sie und schüttelte heftig den Kopf. Sie schob ihre zerzausten Locken vor die Augen, so als ob sie damit ihre scheußlichen Visionen verbannen wollte, aber es gelang ihr nicht, und sie lehnte sich mit ihrem ganzen Gewicht gegen die Holzpfähle, wobei sich die Pfahlspitzen in ihre Handflächen bohrten.

Sie blieb in dieser Stellung, bis das Schiff verschwand und ihre phallischen Phantasievorstellungen mit sich nahm. Dann erst kletterte sie die Leiter hinunter und ging langsam in ihr Schlafzimmer, wo sie sich auf die seidene Bettdecke legte und auf zwei Kanonenkugel starrte, die in der Wand steckten: Wenn sie nur tiefer eingeschlagen wären und ihn in seinem Bett getroffen hätten …

Dennoch war sie über ihren heimlichen Wunsch, daß ihr Mann bereits tot sein sollte, entsetzt. Sie warf die Arme über ihr Gesicht und schrie laut:

»Was für eine elende Frau bin ich nur geworden!«

»Sie haben gerufen, Ma'am?« fragte Eden vor der Tür her.

»Nein. Verschwinde!« Das schwarze Mädchen zog sich zurück, und sie blieb mit ihren Phantasien allein.

Sie hatten ihren Ursprung in der bitteren Enttäuschung, die sie durch ihren Mann erfahren hatte. Sie sah in Paul Steed einen Versager, der es nie zu etwas bringen würde. Er war das genaue Gegenteil von ihr, denn sie hatte den voll und ganz aufs Praktische ausgerichteten Sinn ihres Großvaters Simon geerbt. Als sie zum erstenmal nach Devon gekommen war, mochte sie vielleicht den Eindruck eines dummen kleinen Mädchens erweckt haben, aber sie hatte niemals die Absicht, das lange zu bleiben. Sie vermutete, daß diese Veränderung ihren Mann überrascht und gewissermaßen enttäuscht hatten, denn kurz nach ihrer Hochzeit hatte er ihr gesagt: »Als wir uns zum erstenmal unten am Landungssteg sahen, warst du ein schönes, unschuldiges Kind. Die Jahre sollen uns nicht verändern.« Aber sie hatte sich verändert und er nicht.

Und doch mußte sie zugeben, daß er in der ersten Zeit ihrer Ehe beinahe aufregend gewesen war. Er zeigte ihr seine Liebe sehr deutlich und machte sie schon sehr bald schwanger. Anfänglich hatten sie ihr großes Bett voll genossen, aber nach einiger Zeit war es zu einem Schauplatz für Routineveranstaltungen geworden. Zwei weitere Schwangerschaften folgen – sie fragte sich manchmal, wie es dazu gekommen war –, und am Ende des fünften Jahres war ihre Ehe nichts mehr als Gewohnheit: schal und entsetzlich langweilig.

Seine moralische Schwäche war ihr bewußt geworden, als er anfing, die Kinder zu verziehen, weil er zuwenig streng war, und seine familiären Pflichten überhaupt zu vernachlässigen. Sie hatte versucht, eine gute Mutter zu sein, den Kindern Gehorsam beizubringen, als er sich nicht mehr um sie kümmerte, aber die Folge war, daß sie in ihr die alleinige Erziehungsperson sahen: Paul müßte sich mehr mit ihnen abgeben. Verdammt, wir haben drei prächtige Kinder in Maryland, und er macht sich nichts aus ihnen. Da waren ein Sohn mit sechs und eine Tochter mit vier Jahren und noch ein Sohn, ein zweijähriger Wildfang, und alle drei schienen über jede Erwartung intelligent zu sein. Sie hatte Mark, den ältesten, schon Lesen und Rechnen gelehrt, und das Mädchen machte ihm mit verblüffender Leichtigkeit alles nach.

»Wir sollten eine glückliche Familie sein«, murmelte sie eines Tages. »Es ist alles vorhanden, was dazu gehört.« Aber Paul nahm ihr Interesse und ihre Fähigkeiten so wenig in Anspruch, daß sie sich nutzlos fühlte. Paul war schlicht und einfach dumm, und sie fragte sich oft, was ihn die Professoren in Princeton hätten lehren können, falls sie sich überhaupt die Mühe gemacht hätten, sich mit ihm abzugeben. Seine Ideen waren unausgereift; er hatte kein festes Ziel und noch weniger eine feste Meinung. Er war unter den Steeds wenig geachtet und hatte kaum Aussicht, die Leitung der Plantage zu behalten.

Susan war fast dreißig Jahre alt, stand also an der Schwelle zum reifen Alter, und die Vorstellung, ihr Leben mit einem Mann zu verbringen, der seine Talente vergeudete, erschreckte sie. Nicht etwa, daß sie sich fern von London nicht wohl gefühlt hätte, wie es bei ihrer Mutter der Fall gewesen war. Sie liebte Maryland. Vor ihrer Abreise aus England hatte ihre gesamte Familie sie vor diesem Schritt gewarnt, mit dem sie in die Fußstapfen der unglücklichen Jane Fithian Steed trete. Der alte Carstairs Fithian hatte ihr erklärt: »Deine Großmutter war meine Schwester, und wir beide, Guy und ich, versuchten sie auf das Leben in den Kolonien vorzubereiten. Wir machten ihr klar, daß sie die Zugeständnisse machen mußte und nicht ihr Mann. Sie sollte dort kein London erwarten und auch nicht, daß ihr Mann sich wie ein Pariser Dandy betragen würde. Deine Großmutter war ein eigensinniges Mädchen, sie kämpfte gegen Amerika an, wo es nur ging, und am Ende verlor sie darüber den Verstand. Wenn du den jungen Steed heiratest, mußt du bereit sein, deine Anprüche nach ihm zu richten.«

Nichts von alldem war notwendig, jedenfalls nicht von den Dingen, die Großmutter Jane in den Wahnsinn getrieben hatten. Susan liebte die Freiheit Marylands, die verschiedenartigen Menschen, die ihr entlang dem Choptank begegneten, die neuen Speisen, das Vergnügen, Annapolis zu besuchen. Insbesondere liebte sie die Bucht und die wilden Tiere, die es an ihren Ufern noch im Überfluß gab. Die Insel Devon hatte noch immer einen reichen Bestand an Rotwild; und wenn die Gänse den Fluß bevölkerten, war sie entzückt: eine Gesellschaft alter Klatschtanten, die im Sonnenlicht schnatterten.

Ihr Unbehagen beruhte nicht auf Selbstsucht oder zu geringer Toleranz. Sie war eine gute Gastgeberin, und wenn Besucher von benachbarten Plantagen kamen, gab sie ihnen das Gefühl, daß sie durch ihre Anwesenheit geehrt war. Sie sorgte dafür, daß deren Kinder ihren Zeitvertreib hatten, und organisierte Eselritte und Bootsfahrten unter der Aufsicht von Sklaven. Unter ihrer Leitung gab es glückliche Zeiten auf Rosalinds Rache; sie war eine ausgezeichnete Herrin, und wäre sie fünfundfünfzig oder sechzig gewesen, hätte es keine Probleme gegeben. Leider war sie erst neunundzwanzig.

Im Februar dieses Jahres war sie in eine gefährliche Gewohnheit verfallen. Eines Nachts, als sie im Bett lag, verärgert über die Gleichgültigkeit ihres Mannes, passierte es, daß sie den linken Fuß unter der Bettdecke hervorstreckte, als wollte sie das Bett verlassen, und das Gefühl der Freiheit, das dieses einfache Spiel in ihr erweckte, erstaunte sie: Wenn ich wollte, könnte ich mit dem zweiten Fuß folgen und diesen Ort für immer verlassen.

Also gewöhnte sie sich an, mit einem Fuß im Freien zu schlafen. Eines Morgens ertappte Eden sie dabei und ermahnte sie: »Ma'am, Sie werden sich verkühlen«, aber sie suchte nach keiner Erklärung, und Eden bemerkte, daß sie weiterhin einen Fuß unbedeckt ließ.

Die Kanonenkugeln bereiteten ihr ebenfalls Kopfzerbrechen. Aus verschiedenen Brocken, die sie von den Sklaven aufgeschnappt hatte, konnte sie sich zusammenreimen, daß Paul zur Zeit jener frühmorgendlichen Beschießung nicht in diesem Zimmer geschlafen hatte, und als er, seine Muskete schwingend, ans Ufer gerannt war, war Captain Gatch mit seiner Flotte längst fort gewesen. Dennoch blieben die zwei Kugeln hier in der Wand, an Ort und Stelle säuberlich einzementiert, damit die Nachbarn sie bewundern konnten, zur Verherrlichung seinen Heldenmutes.

Sie erinnerte sich, wie sie die Kugeln zum erstenmal betrachtet hatte. »Gibt es hier einen Stuhl, auf den ich steigen könnte?« hatte sie gefragt, doch bevor noch jemand antworten konnte, hatte sie sich umgedreht, und Captain Turlock hatte sie hochgehoben, und sie hatte seine Silberfaust gespürt, die sich gegen ihr Bein preßte …

Schluß damit! Aber ihre Gedanken ließen sich nicht zwingen.

Mit dem Aufbruch der Gänse wurden die Tage länger, und in der Bucht wurde es wärmer. Jetzt ging Susan beinahe täglich aufs Dach hinauf, entspannte sich in ihrem Korbsessel wie ein Kapitän, verfolgte durch ihr Fernrohr die Schiffe, die nach Norden und Süden fuhren, und versuchte vergeblich zu entdecken, was am Westufer geschah. Sie konnte die Umrisse von Bäumen sehen, und an klaren Tagen konnte sie sogar bestimmte Gebäude erkennen, aber ihre Bewohner blieben unsichtbar, zwei bis drei Grad zu klein, um sie auszumachen.

»Verdammt, so kommt doch heraus!« rief sie manchmal, als würden sich die Farmer böswillig vor ihr verstecken. Dann lehnte sie sich zurück und starrte in den Himmel – kein Vogel, keine Wolke, unendlich fern –, und sie dachte: Ich bin genauso unsichtbar für die dort oben wie die Leute jenseits der Bucht für mich.

Doch sobald sie spürte, wie Selbstmitleid in ihr aufstieg, eilte sie vom Dach hinunter und begann im Garten zu arbeiten – diesem halb verwilderten Flecken mit seinen Bäumen und blühenden Sträuchern. Nach dem ersten Sommer des Jahres 1816, als die bernsteinfarbenen Taglilien überall auf dem Rasen aufgebrochen waren, hatte sie geduldig gearbeitet, um sie auf genau festgelegten Flächen zu beschränken, hatte die wildwuchernden ausgegraben und all jene, die sie erhalten wollte, büschelweise mit einem Kiesstreifen umsäumt.

Das war eine schwere Arbeit, die normalerweise Sklaven übertragen wurde, aber sie liebte Blumen, besonders die robusten Taglilien, und an manchen Tagen arbeitete sie bis in die Dämmerung, jätete und grub und ergänzte die Kieselsteine. Sie versuchte nicht, den Ort zu veschönern. Die alte Rosalind Janney Steed hatte schriftliche Anweisungen für alle Steed-Frauen hinterlassen, die nach ihr diesen Garten betreuen sollten:

> Ich bitte Euch – keine Rosen, keine Buchsbaum-Labyrinthe, keine regelmäßigen Fußpfade, keine Marmorstatuen aus Italien und um Gottes Willen keine Laube!

Aber Bäume sterben ab, und sofern sie nicht durch andere, neu gepflanzte ersetzt werden, ist ein mit Bäumen bestandener Garten nach zwei, drei Generationen kaum noch wiederzuerkennen. Susan war entschlossen, ihren Garten so zu hinterlassen, daß er nach ihr noch fünfzig Jahre fortbestehen konnte.

Eines Tages, als sie wieder einmal an den Rabatten arbeitete, entdeckte sie im Stamm einer der Zedern, die den Garten auf der einen Seite begrenzten, eine große Aushöhlung, und als sie mit ihrer kleinen Harke hineinstocherte, mußte sie feststellen, daß der Baum zum Absterben verurteilt war. Sie ging daher in den nördlich vom Haus gelegenen Wald und sah sich nach jungen Bäumen um, die die alten ersetzen könnten. Sie näherte sich schon dem Nordufer der Insel, als sie draußen auf dem Wasser etwas sah, was ihr zugleich Freude und Kummer bereitete: Es war der Klipper »Ariel«, der endlich heimgekehrt war. Sie freute sich, daß sie Captain Turlock wiedersehen würde; und sie war traurig, daß sie nicht auf ihrem Dach war, um dort seine Ankunft feiern zu können. Denn dies war das Schiff, auf das sie so lange gewartet hatte.

Sie stand im Schatten der Kiefern und versuchte sich vorzustellen, welche Meere »Ariel« befahren hatte, mit welcher Fracht sie beladen war und welche fernen Häfen das Schiff angelaufen hatte – Häfen, in denen Englisch eine unbekannte Sprache war.

Sie verfolgte den Kurs der »Ariel« über eine Stunde lang – vorbei an der Friedensklippe, vorbei am Turlock-Moor, wo die Gänse überwintert hatten, und weiter nach Patamoke. Sie hatte etwas Tröstliches gesehen: Die »Ariel« war mit Schmutz verschmiert und würde ein paar Tage zur Reinigung im Hafen bleiben müssen.

Captain Turlock war aus zwei Gründen nach Devon zurückgesegelt: Er wollte wissen, ob Paul Steed Weizen gelagert hatte, der nach Frankreich verschifft werden könnte; und er wollte seine Bekanntschaft mit Mrs. Steed auffrischen.

Bei seinem letzten Besuch hatte sie ihm mit ihrer Aufmerksamkeit geschmeichelt. Ihr Interesse war mehr als beiläufig gewesen, dessen war er gewiß; und oft; während er den weiten Atlantik überquerte oder vor der afrikanischen Küste vor Anker lag, gingen ihm zwei Verszeilen durch den Kopf und beschworen die Erinnerung an ihre verführerischen Blicke, als wollte sie ihn auffordern, sich ihr zu nähern.

> So mancher tiefer Blick entbrennt,
> aus Himmeln, die die Lieb' nur kennt.

Die Vorstellungen, die diese Blicke in ihm erweckten, quälten ihn, und meist verscheuchte er sie, indem er sich sagte: Du bist fünfundfünfzig Jahre alt. Sie ist ein Kind. Aber der Gedanke, daß sie seine letzte Hoffnung war, die Frau, die sein Verlangen hätte stillen können, blieb. Er konnte es kaum erwarten, sie wiederzusehen.

Deshalb sprang er, als der Klipper anlegte, mit ungewohntem Schwung an Land und eilte in das Kontor, von dem aus Paul Steed die Plantage leitete; aber seine Aufmerksamkeit galt einzig und allein dem Garten, wo er Susan zu sehen hoffte. Sie war nicht da, und das verwirrte ihn, denn sie mußte gewußt haben, daß er kam.

Und dann, gerade als er Pauls Kontor betreten wollte, hob er zufällig den Blick, und da stand Susan oben auf dem Dach, hinter dem Holzgeländer, in einem graublauen Kleid und mit einem Schal, den sie über ihr Haar gebreitet hatte. Sie gab kein Zeichen des Wiedererkennens; sie stand einfach nur, etwas vorgebeugt, stützte die Hände auf das niedrige Geländer und starrte hinunter. Auch er gab kein Zeichen, da er nicht wissen konnte, ob sie beobachtet wurden, aber bevor er in Kontor trat, kratzte er sich nachdenklich die Nase, und zwar mit seiner Silberfaust.

Paul hatte keine Fracht für Paris. »Weizen verkauft sich dort nicht besser als in England. Aber ich will Ihnen sagen, was ich brauchen könnte, Captain Turlock. Zwanzig Fässer Salz.«

»Ich bringe sie bei meiner nächsten Reise.«

»Wann wird das sein?«

»Wir segeln nächste Woche los.«

»So früh?«

»Wir überholen die »Ariel« und brechen dann auf.«

»Ich hoffe, wir sehen Sie noch vor Ihrer Abreise?«

»Es wird mir ein Vergnügen sein.«

»Und natürlich sind Sie heute unser Gast.«

»Sehr gerne.«

Paul erledigte noch einigen Papierkram und ging dann voraus zur vorderen Veranda, wo Tiberius, ein ältlicher Sklave in Livree, den beiden Männern die Tür öffnete. »Ist Mistress Steed im Haus?« fragte Paul, und der Diener antwortete: »Sie ist auf dem Dach.«

»Zum Teufel mit dem Dach. Schick Eden hinauf, um sie zu holen.« Und kurz darauf kam Susan die Treppe herunter, ohne Schal, mit glänzenden Augen.

»Captain Turlock ist wieder im Land«, sagte Paul, und sie meinte, indem sie Turlock anblickte: »Ich hoffe sehr, Sie hatten eine gute Reise.«

Sie speisten nicht in dem großen Zimmer, sondern in einem der Verbindungsgänge, die Rosalind Steed vor über hundert Jahren hatte anlegen lassen. Er erfüllte noch immer den gleichen Zweck. Die Sonne fiel auf einen kleinen Tisch mit drei Stühlen, und wenn man dort saß, konnte man die Bäume des Gartens sehen, so nahe, als könne man sie berühren.

»Ich liebe es, hier zu essen«, sagte Susan, als vier Sklaven die Speisen auftrugen, und dann sagte sie nichts mehr, denn die Männer begannen zu reden; und Captain Turlock erzählte von seinen jüngsten Abenteuern, und nachdem er ein Dutzend Orte genannt hatte, vor denen sie keinen einzigen jemals sehen würde, erlaubte sie sich eine Frage. »Sagten Sie nicht vor Jahren, als wir uns zum erstenmal begegnet sind, Sie wären in eine Art Duell mit Captain Gatch verwickelt gewesen, der mit einer meiner Cousinen verheiratet war? Sie haben mir nie erzählt, was damals passiert ist.«

Captain Turlock räusperte sich, rückte auf seinem Stuhl und sagte: »Wir haben einander jahrelang bekämpft. Und am Ende siegte keiner.«

»Aber ich hörte, er sei gestorben ..., auf See.«

»Er starb tapfer, Mistress Steed, bei dem Versuch, Unmögliches möglich zu machen.«

»Wie meinen Sie das?«

»Er versuchte aus seinem Schoner mehr herauszuholen, als drin war.«

»Was für eine wunderliche Art zu sterben. Hast du das gehört, Paul?«

»Sein Schoner ist gesunken«, gab Paul unwillig zurück. »So habe ich es vor Jahren gehört.« Er dachte einen Moment nach und fügte dann hinzu: »Mitsamt seiner Mannschaft.«

»Hing das mit dem Duell zusammen?«

Turlock räusperte sich unbehaglich. »Es lag an seinem Charakter, Ma'am. Er konnte nicht anders.«

Ein Sklave kam mit der Mitteilung, daß Mr. Paul im Konto gebraucht werden. Paul entschuldigte sich, aber Susan und der Kapitän blieben im sonnenhellen Korridor zurück. Susan setzte ihre Worte sehr vorsichtig, um das Ausmaß ihres Interesses nicht zu verraten, gleichzeitig aber wollte sie, daß ihm dieses Interesse nicht verborgen blieb. »Ein Mann aus Patamoke, der auf der »Ariel« war, erzählte mir, Sie hätten Captain Gatch ein Rückzugsgefecht geliefert, irgendwo hier in der Gegend, und er habe Sie unter viel Blutvergießen geschlagen.«

»Das stimmt.«

»Aber zuletzt ...«

»... blieb ich am Leben.«

»Und er nicht. War es, weil Sie klüger waren als er ... kühner?«

»Es war ein Duell, Ma'am.«

»Ich wünschte, ich wäre auf dem Schiff gewesen.«

»Frauen dürfen bei uns nicht an Bord, Ma'am.«

»Ich meine auf seinem. Als er Sie jagte. Und Sie ihn wieder fort lockten.«

»Was sagen Sie da?«

Susan lachte nervös. »Captain Turlock, ich weiß alles über das Gefecht. Als Sie ins Hintertreffen gerieten, machten Sie sich aus dem Staub.«

Turlock grinste breit. »Richtig.«

»Aber Sie warteten in Brasilien auf ihn ...« Sie war sich nicht darüber im klaren, was sie noch sagen wollte, aber dann sprudelte es aus ihr heraus.

»Als Sie uns diese belanglosen Dinge über den Amazonas erzählten – seine Größe, die Vögel –, da versuchten Sie, mich zu beeindrucken ... nicht mit dem Amazonas, sondern mit dem Gefecht.«

»Warum hätte ich das tun sollen?« fragte er gleichmütig.

»Weil Sie wissen, daß ich ...« Sie sah ihn ruhig an, doch dann wurde sie von einer Bewegung draußen auf dem Rasen abgelenkt. »Sehen Sie! Paul muß ans andere Ufer fahren.« Und sie saßen Seite an Seite und blickten über den Garten, während Paul zum Anlegeplatz hinunterging. Nachdem die Schaluppe abgelegt hatte, kam ein Sklave gelaufen und redete mit Ned, der seiner Herrin mitteilte: »Master muß zum weiten Steg fahren.«

»Der Tisch kann abgeräumt werden«, sagte sie ruhig, und als es im Zimmer still geworden war, dachte sie lange nach, was sie als nächstes sagen sollte.

»Erinnern Sie sich, wie wir uns zum erstenmal begegnet sind?«

»Auf der Veranda, nicht wahr? Mit ihrer Mutter.«

»Ich mein, wann wir einander gewahr wurden.«

»Ich erinnere mich nicht genau ...«

»O doch. Ich weiß, daß Sie sich erinnern, genauso lebhaft wie ich ...« Sie zögerte, und er war es, der antwortete: »Die Kanonenkugel. Sie wollten sie sehen, und ich hob Sie hoch ... und seitdem muß ich immer an Sie denken.«

»Ich möchte sie wiedersehen«, sagte sie leise, und dann nahm sie seine Hand und führte ihn aus dem Korridor hinaus in die leere Halle und die Treppe hinaus in ihr Schlafzimmer. Dort zog sie seine Arme an sich, stellte sich auf die Zehenspitzen und sagte: »Heben Sie mich hoch!«

Seine Arme schlossen sich, und als er sie hob, drückte sie sich noch fester an ihn, und dann warf sie ihre Arme über seinen zerfurchten Schädel und flüsterte: »Laß mich nicht mehr los, Matt!« Und als er sie herunterließ, fielen sie engumschlungen aufs Bett.

Unglücklicherweise blieb dem Sklavenmädchen Eden nicht verborgen, was im Schlafzimmer vorgegangen war. Am späten Nachmittag, zu ihrer gewohnten Zeit, kam sie, um die Betten aufzudecken – sie platzte herein und fand die beiden nackt. Ohne eine Spur von Verlegenheit nickte sie ihrer Herrin ernst zu, drehte sich um und ging.

In den folgenden Monaten, als Captain Matt unter den fadenscheinigsten Vorwänden nach Devon kam und Mrs. Steed nach Patamoke fuhr, vorgeblich, um einzukaufen und bei Freunden zu übernachten, wurde es Eden klar, wie leidenschaftlich diese Affäre geworden war. Und sie vermutete, daß Mr. Steed wußte, was seine Frau tat.

Den ganzen Juni hindurch stellte sich Paul ahnungslos und führe sein Leben wie immer. Aber als Captain Turlock die Frechheit hatte, die »Ariel« unter dem Kommando des Bestmanns Goodbarn nach Afrika zu schicken, so daß er an Land bleiben und Liebesfreuden genießen konnte, mußte Paul der Wahrheit ins Gesicht sehen. Er wurde launenhaft und vernachlässigte seine geschäftlichen Verpflichtungen; Sklaven, die zu ihm kamen, um sich Anweisungen von ihm zu holen, fertigte er mit bissigen Bemerkungen ab. Er unterließ es, Susan oder den Kapitän direkt zur Rede zu stellen; er fraß seine Bitterkeit in sich hinein, und das machte ihn immer schwieriger.

Dies äußerte sich in einer Weise, die niemand erwartet hätte, am wenigsten er selbst. Die Steeds waren am ganzen Ostufer stets für die gute Behandlung ihrer Sklaven bekannt gewesen, war doch seit jeher ein Grundsatz der Familie: »Sklaven auf Devon essen gut und tragen warme Kleidung.« Sie wurden selten bestraft und nie ausgepeitscht. Diese Tradition wurde sogar von den Steeds im entfernten Refugium in Ehren gehalten, denn wenn dort irgend jemand seine Sklaven mißhandelte, wurde er nach Rosalinds Rache zitiert und verwarnt: »Steeds tun das nicht, und wenn ihr nicht davon ablaßt, müßt ihr den Choptank verlassen.«

Paul Steed aber, der Herr auf Devon, das Oberhaupt der Familie, gewöhnte sich an, Eden zu schlagen, wenn er meinte, daß sie etwas angestellt hatte. Seine Wut gegen sie steigerte sich von Mal zu Mal, wenn Susan nicht zu Hause war. Er verlangte von Eden eine Erklärung, und wenn sie nur trotzig und stumm den Kopf senkte, verlor er die Beherrschung und ohrfeigte sie, bis ihn ihr heftiges Schluchzen wieder zur Vernunft brachte. Aber eines Morgens, als Susan wieder einmal nicht in ihrem Bett war, rief er Eden zu sich, und als sie beharrlich schwieg, wurde er so rasend, daß er zum erstenmal einen starken Riemen hervorzog und damit wütend auf sie einschlug.

»Master, ich weiß nicht, was sie tut.«

»Du weißt es, du elendes Weibsstück!« Und er schlug weiter auf sie ein, um die Wahrheit herauszuprügeln, vor der er sich fürchtete.

Von diesem Tag an spielte er dieses grausame Spiel regelmäßig, um zu erfahren, wo seine Frau war und was sie tat; und er verhörte und schlug Eden immer in Angst, daß sie es ihm tatsächlich sagen könnte. Eden war zwanzig Jahre alt, und ihr Gesicht war so zart und ihre Haut so glatt wie an jenem Tag, als Großvater Isham sie Susan als Familienpräsent geschenkt hatte. Sie hatte zwar noch keine Kinder geboren – eine verdächtigte Tatsache –, aber sie hatte die Schwierigkeiten des Plantagenlebens besser gemeistert als irgendein anderer Sklave. Sie konnte nähen, war ein gutes Stubenmädchen und paßte auf die Kinder auf, wenn das schwarze Kindermädchen anderweitig beschäftigt war. Sie hatte sich zu einem wertvollen Bestandteil des großen Hauses entwickelt, und sie auszupeitschen war für Paul Steed eine Erniedrigung.

Aber sie konnte nichts dagegen tun. Sie war lebenslängliches Eigentum der Steeds, und wenn er mit ihr unzufrieden war, erlaubte ihm die Gesellschaft, sie zu prügeln, bis sie zusammenbrach.

Es war ein trauriges Los, und die Tatsache, daß sie wußte, was ihre Herrin tat, und es guthieß, machte die Sache noch schlimmer. Wenn Paul sie schlug, bereitete ihr der Gedanke, daß seine Frau ihn heimlich zum Hahnrei machte und die anderen Sklaven das wußten, heimlichen Trost. Wenn er sie, außer sich vor Wut, besonders heftig auspeitschte, konnte sie die Zähne zusammenbeißen und denken: Er weiß, warum er das tut. Und sie leistete dem Ehebruch ihrer Herrin Vorschub und sah in Captain Matt einen Helden, der Abenteuer und Liebe nach Rosalinds Rache brachte.

Schließlich kam Susan dahinter, was mit ihrem Mädchen geschah. Eines Tages sah sie, wie Eden zusammenzuckte, als sie einen Koffer hob, voll mit Kleidern für einen längeren Aufenthalt in Patamoke, und sie fragte: »Was ist, Eden?« Als das Mädchen nicht antwortete, zog Susan ihm den Arbeitskittel ein Stück von den Schultern und sah die Striemen. »Mein Gott! Was ist passiert?« Und die unglückselige Geschichte kam heraus. Susan war bitterböse auf ihren Mann und stellte ihn augenblicklich zur Rede. »Was fällt dir ein, mein Mädchen zu schlagen?«

Er gab keine vernünftige Antwort, sondern redete irgend etwas von ihrer Unverschämtheit, und keiner von beiden nannte die Dinge beim Namen. Aber Susan hatte Charakter. Sie nahm Eden mit nach Patamoke und verkaufte sie an einen Pflanzer, der sie gut behandeln würde; doch sobald Paul davon gehört hatte, fuhr er ihnen nach, suchte den neuen Besitzer auf und schrie ihn an, er habe kein Recht, seine Sklavin zu kaufen; sie gehöre auf die Insel Devon, und er verlange sie auf der Stelle zurück. Als der Mann stotterte: »Aber ich habe … vierhundert … für sie bezahlt«, knallte ihm Paul das Geld hin, und Eden war sein Eigentum.

Auf der Rückfahrt nach Devon erklärte er Eden immer wieder, daß er ihr nie habe weh tun wollen, daß er sie vielmehr gern habe und unter seinen Dienstboten besonders schätze. Er versprach ihr, sie nie wieder zu quälen und über das Tun von Mrs. Steed auszufragen, und er versicherte ihr, daß er in Zukunft ein rücksichtsvoller Herr sein werde. Aber es waren noch kein paar Tage seit ihrer Rückkehr nach Devon vergangen, als er wütend in das große Zimmer im oberen Stock gestürzt kam und wissen wollte, wo Susan sei; und als Eden stumm blieb, begann er, sie mit einem Riemen zu schlagen. Kein Laut kam über ihre Lippen, bis er den Riemen fallen ließ und wimmerte: »Eden, ich will dir nicht weh tun, aber wo ist meine Frau?« Und als sie ihn ansah, ohne Spott, ohne Verachtung, nur traurig, da versuchte er das Geschehene wiedergutzumachen, aber sie schauderte, da es ihr heiß den Rücken hinunterlief, und er bemerkte es und nahm sie in seine Arme und flüsterte: »Ich wollte es nicht. Ich wollte es nicht …« Und er fiel mit ihr aufs Bett und riß ihr die Kleider vom Körper, wischte ihren zerschundenen Rücken ab, tröstete sie und blieb bei ihr – Tag für Tag.

Es war Sommer. Kardinalsvögel leuchteten zwischen den Bäumen, und Graureiher stelzten gelassen umher, wo sich einst die Gänse lautstark versammelt hatten. Die Sklaven fingen reichlich Weichschalenkrabben, und Insekten summten in der Nachmittagssonne. Die Moskitos wurden zu einem Hauptproblem, aber Paul hatte einen Sack aus Segeltuch erfunden, in den Männer wie Frauen ihre Füße steckten –samt Schuhen – und der sodann eng um die Hüften gezogen wurde. Mit diesem Schutzanzug brauchte man nur noch auf Hände und Gesicht zu achten, und in den Räumen, in denen man sich traf, mußten zwei Sklaven mit Fächern die bösartigen Insekten vertreiben.

Im Juli wurde es grausam heiß. Tagelang wehte kein Lüftchen, die Schiffe lagen in der Bucht in einer Flaute, und ihre Kapitäne fluchten und wünschten sich

eine Brise herbei. Wenn die Schiffe auf Fahrt gingen, zogen sie Kielwasser-
spuren hinter sich her, die meilenweit sichtbar blieben. Über dem Fluß lag ein
flimmernder Dunst, und ganz selten nur wagten sich Vögel in die Glut, die vom
Fluß zurückstrahlte. Manchmal, vor Sonnenuntergang, konnte man sie in der
schwülen Hitze auf der Suche nach Würmern umhertrippeln sehen.

Die Weymouthskiefern standen reglos da, es vergingen Stunden, ehe eine
Nadel zu Boden fiel, und auch das menschliche Leben schien zum Stillstand
gekommen zu sein. Tiberius, der am Eingangstor Wache hielt, döste in seinem
Sessel und wollte keine Mutmaßungen darüber anstellen, wo seine Herrin
diesmal sein mochte. Er liebte Susan und hatte sie von ihrer guten Seite
kennengelernt, die sich darin zeigte, wie sie die Sklaven behandelte. Er hatte
beobachtet, wie freundlich sie zu Eden war und wie sie sich um die schwarzen
Kinder kümmerte, wenn sie krank waren. Was Eden betrag, so hatte er sie
immer als etwas Besonderes betrachtet, besser als die meisten Sklaven dafür
geschaffen, sich selbst zu schützen; und wenn sie sich ihren eigenen Weg
gewählt hatte, um den Prügeln zu entkommen, so konnte er ihr das nicht
verübeln. Manchmal, wenn sie über eine lange Zeit mit dem Herrn in dem
großen Schlafzimmer blieb, wünschte er, sie wäre auf den Feldern geblieben
und führte ein normales Leben, mit einem Mann und Kindern, aber zum
Vorwurf machen konnte er es ihr nicht.

»Mädchen haben nicht viele Chancen«, sagte er ihr einmal, als er Essen in das
große Zimmer trug und sie allein dort fand. »Sie sollten jede nützen.« Wenn
sich ihre Wege kreuzten, was jetzt selten der Fall war, erwies er ihr Respekt.

Matt und Susan verbrachten den langen Sommer in einer Traumwelt von
Glückseligkeit. Oft waren sie in dem kleinen Haus in Patamoke, und in ihrer
ersten Nacht dort fragte Susan: »Captain Gatch hat dieses Haus wirklich unter
Beschuß genommen, nicht wahr? Stimmt es, daß eine der Kanonenkugeln
deine Frau getötet hat?«

»Wer hat dir das gesagt?«

»Eden.«

»Fünf trafen. Man kann noch sehen, wo sie die Wand zerfetzt haben.«

»Du hast es nicht für nötig befunden, sie an derselben Stelle einzumauern, um
zu zeigen, wie tapfer du warst?«

»Vergiß ihn, Susan.«

Die letzten Augusttage hindurch schwelgten sie in einer schier unerschöpf-
lichen Leidenschaft. Nach wilden Ringkämpfen und erholsamem Schlaf
weckte Susan ihn unsanft, indem sie ihm mit ihrem Daumennagel über Stirn
und Nase bis hinunter an die Oberlippe strich. »Aufwachen, Matthew! Du
läßt ungenutzt Zeit verstreichen!«

Eines Nachmittags sah er sie schläfrig und unsicher an. »Hat dir das deine Mutter je erzählt … Es klingt lächerlich, aber ich habe um ihre Hand angehalten.«

Susan quietschte vor Vergnügen und bearbeitete mit den Fäusten seine Brust. »Du schrecklicher, schrecklich alter Mann! Du hast mit meiner Mutter geschlafen?«

»Gott, nein! Du kannst dir nicht vorstellen, wie anständig wir waren.«

»Ist sie nie hierher gekommen? So …?«

»Du bist ein ungezogenes Mädchen. Ich wollte deine Mutter heiraten. Sie war sehr hübsch, weißt du.« Er begann zu kichern. »Hat dir noch keiner erzählt, daß ich sie gehütet habe, als sie ein Baby war?« Dann überwältigte ihn der Gedanke, daß er wirklich mit Penny Steeds Tochter im Bett lag, und es verschlug ihm die Sprache.

Susan ahnte, was in seinem Kopf vorging. »Du wurdest für mich aufgespart. Meine Mutter hat dich aufgespürt wie eine Indianerin. Lieber Gott, ich wünschte, wir wären beide noch ganz jung und hätten ein ganzes Leben vor uns.«

Wenn sie auch in der Liebe hemmungslos waren, so achteten sie doch tunlichst darauf, in der Gesellschaft den Schein des Anstandes zu wahren. Sie verhielten sich diskret, trugen ihr Verhältnis nie in der Öffentlichkeit zur Schau und gaben so den Leuten in der Stadt Gelegenheit, es zu übersehen, wenn sie wollten. Tatsächlich glich Susan äußerlich mehr einer biederen Hausfrau als einer Geliebten, und nach fünf, sechs lustvollen Tagen im Haus in Patamoke kehrte sie unauffällig auf die Insel Devon zurück und nahm ihre Rolle als treusorgende Mutter wieder auf.

Pauls spektakulärer Auftritt, als er Eden zurückkaufte, war bisher der einzige Vorfall, der beinahe zu einem öffentlichen Skandal geführt hätte. Aber Matts würdevolle Haltung brachte ihn rasch zum Schweigen. Es war eine merkwürdige Affäre, die sich immer noch in überschaubaren Grenzen hielt. Wie eine allwissende Hausfrau in Patamoke prophezeite: »Der Sommer wird vorübergehen, und die »Ariel« wird zurückkommen, und Captain Matt wird an Bord gehen; das wird das Ende davon sein.«

Das Gewicht der doppelten Mesalliance lastete schwer auf Paul. Er, der sich noch nie durch besondere Charakterfestigkeit ausgezeichnet hatte, wirkte in dieser Situation besonders hilflos. Die Gerüchte verbreiteten sich rasch, daß er ein dauerhaftes Verhältnis mit dem schwarzen Dienstmädchen seiner Frau unterhalte, und man belächelte es milde. Auch die wirtschaftliche Gesundheit der Plantage begann darunter zu leiden, und sein ganzes Interesse, das er an Devon bekundete, äußerte sich darin, daß er ins Kontor stürmte, das Personal anschnauzte und dumme Entscheidungen traf. Die jungen Steeds aus dem Refugium, die den Großteil der Arbeit machten, begannen in heimlichen Beratungen die Möglichkeit zu erwägen, ihn durch einen anderen zu ersetzen. »Er wirtschaftet nicht nur die Plantage herunter. Er beginnt auch unsere zu ruinieren.«

Sein größtes Problem war natürlich Eden. Im Bett konnte sie wunderbar wild und aufregend sein; sonst aber wurde sie immer rätselhafter; und oft, wenn sie im Zimmer umherging und Susans Kleiderschrank aufräumte, hatte er das Gefühl, daß sie ihn auslachte. Einmal, als Susan fünf Tage lang fort gewesen war, stürzte er in einen Abgrund des Trübsinns und schrie Eden an: »Meine Frau gehört hierher, nicht du«, und er hob die Hand, um sie zu schlagen. Aber diesmal packte sie kühn sein Handgelenk und sagte: » Schluß damit Master.« Und sie starrte ihn an, bis er aufgab und seinen Arm langsam zurückzog. Auch in anderer Hinsicht setzte sie sich stärker durch und verlangte Vorrechte. Aber in der körperlichen Liebe war sie kaum zu übertreffen. »Du möchtest noch länger bleiben, Liebster? Gut, bleiben wir, und du wirst gleich wieder gut schlafen.«

Als er erwachte, saß sie auf dem Bettrand, die Hände im Schoß gefaltet. Es fiel ihm auf, daß sie sich nie erlaubte, eines von Susans Kleidern zu tragen, obwohl er sie dazu aufforderte. »Dieses Kleid ist aus Paris. Probier es mal, Eden.«

»Nein, es gehört Missy.«

»Es könnte dir passen.«

»Schlaf wieder!« Er verschlief die meiste Zeit in dieser Hitzeperiode. Doch gelegentlich überkam ihn die Lust zu lesen: John Locke, Alexander Pope und David Hume. Dann redete er von großen Plänen – einer neuen Theorie zur Plantagenverwaltung –, aber bald darauf schlief er wieder ein. Er bewunderte Pope und wollte Eden einige Stellen aus seinen Schriften vorlesen. Er wählte einzelne, aus dem Zusammenhang herausgerissene Zeilen, in denen sehr konzentriert viel von der englischen Alltagsmoral zu lesen war:

> Dummköpfe trampeln, wo Engel kaum zu schreiten wagen …
> Das Herz des Menschen ist ein ew'ger Quell der Hoffnung …
> Das eigentliche Studium der Menschheit ist der Mensch …

Eden hörte aufmerksam zu, aber ob sie etwas von dem, was der Dichter damit ausdrücken wollte, wirklich begriff, konnte Paul nicht sagen. Sie war ein gutes Publikum, und wenn Tiberius mit einem Krug Limonade an die Tür kam, bedeutete sie ihm, sich schnell wieder zu verziehen und nicht zu stören.

Aber eines Nachmittags im August, als die Hitze beinahe unerträglich war, las ihr Paul wieder einmal aus Pope vor und stieß dabei auf einen Vierzeiler, den er forsch begann, stolpernd fortsetzte und betroffen beschloß:

> Gewalt ist ein Monster mit gräßlicher Fratze,
> Ein Blick ist genug, daß man ewig sie hasse;
> Doch oftmals geschaut, so vertraut und bekannt,
> Man duldet, bedauert – und reicht ihr die Hand.

Er ließ das Buch sinken, sah Eden an, als erblicke er sie zum erstenmal, und zugleich ging eine heftige, sichtbare Sinnesänderung in ihm vor. »Hinaus! Verschwinde! Verlaß dieses Zimmer, augenblicklich!« Und er griff nach dem Riemen, um ihn ihr übers Gesicht und den Rücken zu ziehen, aber wieder hielt sie ihm stand. Langsam, mit einem Blick grausamster Verachtung, ging sie rückwärts zur Tür, öffnete sie ruhig, trat in die Halle hinaus, und sämtliche Sklaven, die im Haus beschäftigt waren, konnten die Wutschreie ihres Herrn hören. »Untersteh dich, noch einmal hierherzukommen, du Hure!« Er verfolgte sie durch die Halle und holte mit dem Riemen aus, aber so, daß er sie mit Sicherheit verfehlte. Als sie die Haupttreppe erreichte, die den Weißen vorbehalten war, schritt sie langsam hinab, und Tiberius rief so laut, daß der Herr es hören konnte: »Diese Treppe … nicht für dich, Sassy …« Und er tat so, als ohrfeige er sie, und drängte sie in den hinteren Teil des Hauses.

Wie so oft in Patamoke waren es die Quäler, die eine Spur gesunden Menschenverstandes in die eigenartigen Vorgänge brachten, welche sich entlang des Flusses abspielten. Eines Morgens gegen Ende des Sommers klopfte George Paxmore an Captain Turlocks Tür und sagte: »Matthew, meine Frau und ich möchten mit dir reden.«

»Also, reden Sie«, sagte Turlock ungeduldig und hielt die Tür so, daß Paxmore nicht hineinsehen konnte.

»Bei uns zu Hause. Elizabeth erwartet uns.«

»Glauben Sie nicht, daß ich darauf großen Wert lege. Elizabeth redet und hört nie zu.«

»Als Freund bitte ich dich, mit mir zu kommen«, und er nahm Turlock am Arm und zog ihn mit sich fort.

Der Weg zu Paxmores Haus, nahe an der Bootswerft vorbei, verlief eher peinlich. Keiner der beiden Männer wollte irgendwelche wesentlichen Dinge sagen, weil man sich ja doch nicht darauf konzentrieren konnte, und so begnügte sich Paxmore mit der Feststellung, daß neuerdings viel mehr

Schiffe Baltimore anliefen als früher; und er führte es darauf zurück, daß der neue Hafen dort Annapolis den Rang abgelaufen hatte. »Und Patamoke ebenfalls. Schiffe wie deines werden wir in Zukunft hier nicht mehr oft sehen.«

»Solange ich das Kommando habe, schon.«

»Warum hast du Mister Goodbarn erlaubt …« Aber da kam er schon zu nahe an des Pudels Kern heran, und Paxmore beendete den Satz nicht. Als sie Paxmores Stadthaus erreichten, ein kleines weißes Gebäude in der Nähe des Hafens, überließ er George dem Kapitän den Vortritt; immerhin war Turlock fünfzehn Jahre älter als er. »Bitte, tritt ein. Wir schätzen uns glücklich, dich als Gast bei uns zu haben.«

Elizabeth Paxmore, ganz in Grau, hatte ihre jugendfrische Gesichtsfarbe bewahrt, unberührt von Puder und Rouge. Sie war eine attraktive Frau von neununddreißig, und Turlock ertappte sich bei dem Gedanken: Verdammt, wenn ich nicht mit der anderen liiert wäre, hätte ich gegen die da nichts einzuwenden. Er verbeugte sich und nahm auf dem Stuhl Platz, den sie ihm anbot, und er stellte fest, daß die Wohnung zwar einfach, aber gemütlich war; es waren gerade genug Stühle vorhanden, die der Hausherr geschnitzt, und zahlreichen Stickereien, die die Hausfrau angefertigt hatte.

George: Wir möchten dich noch einmal bitten, Matthew, deinen abscheulichen Handel aufzugeben.

Matt: Welchen Handel?

George: Den Sklavenhandel. Dein Schiff dient zu nichts anderem.

Matt: Ich habe soeben Paul Steed gedrängt, mir eine Ladung Weizen zu geben.

George: Wir wissen, daß du eine kleine Menge Weizen für eine große Menge Sklaven verschacherst. Wir wissen über deine Aufenthalte in Afrika und Brasilien Bescheid.

Matt: Was geht das …

Elizabeth: Wir sind Nachbarn, Matthew. Was du tust, betrifft uns auch.

Matt: Das geht Sie nichts an.

Elizabeth: Es ist unausweichlich. Du bist mein Bruder. Dein Schiff ist mein Schiff. Du bringst deine Sklaven unter mein Dach.

Matt: Ich würde sagen, Sie stecken nur Ihre Nase in meine Angelegenheiten.

Elizabeth: Ja, das tue ich. Wenn du dich nicht um deine unsterbliche Seele kümmerst, muß ich es für dich tun.

Matt: Und hat Ihnen das Gott befohlen?

Elizabeth: Ja, Matthew. Er befiehlt es auch dir, aber du hörst nicht auf ihn.

Matt: Wie können Sie nur so gottverdammt sicher sein …

George: Wenn dein Argument schwach ist, stärkst du es nicht, indem du lästerst.

Matt: Verzeihen Sie, Ma'am.

Elizabeth: Möchtest du einen Schluck Tee?

Matt: Gerne.

George: Die Sklaverei ist ein schreckliches Unrecht. Sie richtet in den Menschen furchtbare Dinge an und bringt sie völlig aus dem Gleichgewicht. (Bei diesen Worten blickte Matt Turlock auf seine Hände und dachte an das, was ihm Susan über das seltsame Verhalten ihres Mannes gesagt hatte.)

Elizabeth: Wir können nicht vernünftig mit dir reden, Matthew, solange du nicht zugibst, daß die Sklaverei ein großes Übel ist. Du siehst das ein, nicht wahr?

Matt: Ich sehe, daß für die Arbeit auf den Feldern Leute gebraucht werden, und die besten Hände, die dafür geschaffen wurden, sind die der afrikanischen Nigger. Wenn Gott es nicht gewollt hätte …

Elizabeth: Seine Wege sind geheimnisvoll. Manchmal denke ich mir, daß er diese heutige Generation nur bestehen läßt, um uns bereit zu machen, mehr Liebe und Menschlichkeit zu üben.

George: Dein Geschäft verdirbt dich, Matthew. Du bist nicht der Mann, für den ich die »Ariel« gebaut habe. Die Zeit …

Matt: Sie verdirbt jeden von uns. Sie, Mister Paxmore, ebenso wie Mistress Paxmore.

George: Wir streben nach den Grundsätzen der Menschlichkeit.

Matt: Was Sie darunter verstehen. Sagen Sie, glauben Sie wirklich, daß Sie den Tag erleben werden, an dem die Sklaverei in Maryland verboten wird?

George: Sie wurde es bereits auf See. Früher oder später werden dich die britischen Patrouillen aufgreifen und hängen.

Matt: Nie im Leben. Und nie im Leben werden Sie das Ende der Sklaverei erleben.

Elizabeth (sie rückte auf ihrem Stuhl, um einen Themawechsel anzukündigen): Wenn George sagt, daß sein Beruf dich verdirbt, so bezieht er das auf dein bedauerliches Verhalten gegenüber den Steeds.

Matt: Was hat das damit zu tun?

Elizabeth: Sehr viel sogar. Im Leben eines Menschen ist eins vom andern nicht zu trennen. Was du in Afrika tust, bestimmt, was du in Patamoke tun wirst.

Matt: Ich finde, Sie sind verdammt verkorkste Narren.

George: Wir sehen, wie eine Menschenseele sich selbst zerstört. Unsere Qual ist nicht geringer als deine.

Matt: Ich fühle keine Qual. Weder in Afrika noch in Patamoke.

George: O doch, Matthew. Weil ich deine Unrast spüre, denn du bist mein Bruder. Elizabeth und ich, wir lieben dich. Wir lieben deine Kraft und deinen guten Willen. Wir bitten dich als Freunde und Verbündete, von diesem Übel abzulassen. Mach Schluß mit alledem. Geh zurück auf See. Verbrenne die »Ariel«, denn sie ist besudelt. Ich werde dir ein neues Schiff bauen, ein besseres. Matthew …

Elizabeth: Willst du mit uns beten?

Matt: Beten Sie, wenn ich fort bin.

Elizabeth: Wann wird das sein?

Matt: Ungefähr in einer Minute.

Elizabeth: Ich meine aus Patamoke.

Matt: Das ist meine Sache.

Elizabeth: Ganz und gar nicht. Siehst du nicht, was du den Steeds antust?

Matt: Ich habe nicht gefragt …

Elizabeth: Aber du kannst nicht wissentlich zwei Menschen in ihr Verderben treiben, Matthew. Es geht hier um zwei unsterbliche Seelen.

Matt: Kümmern Sie sich um ihre Seele, Mistress Paxmore. Ich kümmere mich um meine.

Elizabeth: Ich werde darum beten, daß Gott dich erleuchtet. Ich werden beten.

Matt: Wissen Sie was, Mistress Paxmore? Ich finde, Sie sind eine gottverdammte Wichtigtuerin. Beten Sie für sich selbst und lassen sie mich aus dem Spiel.

Er stampfte hinaus aus dem sauberen, ordentlichen Haus 196 angewidert von seinen Bewohnern. Aber auf dem Weg zu seiner Wohnung, wo Susan auf ihn wartete, dachte er über die langwährende Bekanntschaft seiner Familie mit den Paxmores nach. Die Geschichten, die er über die Quäker gehört hatte, fielen ihm ein, und es wurde ihm klar, daß Quäkermänner mitunter mit den scharfzüngigsten, aufgeblasensten Weibsbildern gesegnet waren, die Gott je geschaffen hatte. Gerüchtehalber wußte er, daß sie sogar in der Kirche aufstanden und ihre Meinung sagten, aber in seinen Augen waren diese Frauen nichts als scheinheilige Betschwestern. Dennoch kam es ihm seltsam vor, daß Generationen hindurch diese sanften Frauen mit ihrer spröden Haltung und furchtlosen Intelligenz die beständigsten Ehefrauen zu sein schienen. Ihre Männer liebten sie offensichtlich mit siebzig noch genauso wie mit siebzehn. Ich frage mich, ob an der Art, wie sie erzogen wurden, etwas dran ist? Immer zu sagen, was man sich denkt, und an allen Dingen Anteil nehmen? Verglichen mit den Steedschen und den Turlockschen Frauen schienen die Quäkerinnen bis zum letzten Atemzug voll und ganz da zu sein.

Ein Anflug von Zuneigung zu den Quäkern, der bei Turlock aufzukommen schien, wurde schnell wieder durch eine unangenehme Szene, die sich im Hafen ereignete, im Keine erstickt. Während er verreist war, um die Witwe eines anderen Turlocks zu besuchen, der auf See gestorben war, traf George Paxmore zufällig Mrs. Steed, die aus einem Geschäft kam, und sein Bekehrungseifer erfüllte ihn so tief, daß er sie ansprach. »Susan, würdest du mit die Ehre eines kurzen Besuches erweisen?«

»Ich lege keinen Wert darauf, Ihr Haus zu betreten, nach dem, was Sie über Captain Turlock gesagt haben.«

»Ich habe dich nicht in mein Haus eingeladen, sondern auf meinen Klipper.«
Das überraschte sie so, daß sie halb zustimmte. Aber als sie zum Hafen kamen und sie an dem bereitliegenden Ruderboot erkannte, daß es sie zur »Ariel« bringen wollte, weigerte sie sich einzusteigen. »Das ist nicht Ihr Schiff. Es ist das von Captain Turlock.«

»Ich habe es gebaut«, sagte Paxmore, und er nahm ihren Arm und überredete sie mitzukommen. Auf der kurzen Fahrt zur »Ariel« sagte er nichts, aber als der diensthabende Matrose nach dem Auftrag fragte, sagte er nur:

»Meinen Klipper besichtigen«, und er half Susan die Leiter hinauf. Er ließ ihr nur einen kurzen Moment Zeit an Deck, während der sie die Sauberkeit des Schiffes bewunderte, dann führte er sie zur Luke und bat um eine Leiter. Der Matrose brachte sie, Susan kletterte hinunter, und als sie im Zwischendeck stand, folgte er ihr.

Sie brauchte eine Weile, um sich an die Finsternis zu gewöhnen; dann, als ihre Augen das Dunkel durchdringen konnte, hörte sie Paxmore sagen:

»In diesem Raum, vor dem Mast, wo man nicht einmal aufrecht stehen kann, werden einhundertsechzig Sklaven untergebracht.«

»Nein!«. Vage hatte sie gewußt, daß Matt ein Sklavenhändler war, genauso vage, wie sie wußte, daß er während der Revolution an großen Schlachten teilgenommen hatte, aber das eine war so nebulos wie das andere. Für sie war er einfach Matt Turlock, der die Ozeane befuhr. Sklaverei auf See war ihr ebenso fremd wie Sklaverei auf der Insel Devon. Die hätte Paxmore in diesem Moment nicht sagen können, wie die Steedschen Sklaven lebten; es gab sie, aber sie spielten keine Rolle in ihrem Bewußtsein.

»Und hinter dem Hauptmast ist Platz für weitere achtzig.«

»Mein Gott!«

»Ja, nur indem wir die Gnade Gottes anrufen, können wir ermessen, was dieses Schiff bedeutet.« Und er zwang sie, sich auf den Bauch zu legen und in den darunterliegenden Frachtraum zu blicken. »Vorn hundertzwanzig Mann, hinten weitere hundert.« Sie wollte sich aufrichten, aber er hielt sie nieder. »Sieh dir die Höhe an, in der eine Frau mit einem Kind zu stehen versuchen muß.«

Ehe sie antworten konnte, hörte sie von oben eine dröhnende Stimme: »Was, zum Teufel, tun Sie da unten?«

George Paxmore entgegnete ruhig: »Ich zeige deiner Dame, wie du dein Brot verdienst.«

Mit einem deftigen Fluch sprang Matt Turlock in den Frachtraum hinunter, packte Paxmore am Kragen und beförderte ihn zur Leiter. »Hinaus! Sie salbadernder Gauner!« Und als er den Quäker, der keinerlei Widerstand leitete, aufs Deck bugsiert hatte, schwang er sich selbst hinaus und stieß ihn auf die Laufplanke. »Kommen Sie mir nur nie wieder auf dieses Schiff!«

»Es ist auch meines, Matthew.«

Die Selbstgerechtigkeit, mit der er das sagte, erboste Turlock dermaßen, daß er den Kopf verlor und dem Bootsbauer Paxmore einen Fußtritt nachschickte. Er verfehlte ihn, und Paxmore sagte nur: »Gott verdamme dich und dein Sklavenschiff.« Und er ruderte ans Ufer.

Zwei Matrosen halfen Susan aufs Deck hinaus, und Turlock rechnete damit, daß sie von dem, was sie gesehen hatte, erschüttert sein würde. Aber wie sich zeigte, glühte sie vor erotischer Erregung.

»Ich habe mir schon immer gewünscht, einmal die »Ariel« zu besuchen. Es ist ein gewaltiges Erlebnis.« Und sie ließ sich von ihm in seine Kajüte führen und konnte sich nicht satt sehen an den Seekarten, den Elfenbeinschnitzereien, dem frei aufgehängten Bett. Das gehörte eben zur Wesensart von Matt Turlock.

»Paxmore hat mir einen Gefallen getan, indem er mich in den Laderaum führte.« Sie saß auf seinem Bett und betrachtete ihn, als sähe ihn zum erstenmal.

»Er sagte mir heute morgen, daß ich dich zerstöre.«

»Nein! Du hast einen neuen Menschen aus mir gemacht, Matt! Es ist sieben Jahre her, seit du mich hochgehoben hast, damit dich die Kanonenkugeln sehen konnte. Jeden Tag habe ich seitdem den Druck deiner Arme gefühlt, weil du mich länger hieltest als nötig. Du hieltest mich, weil du mich wolltest ... und ich habe dich immer gewollt.«

An jenem ersten Nachmittag auf Devon, in dem großen Bett, hatte er sie gefragt: »Soll ich die Riemen aufbinden und die Faust abnehmen?«, Und sie hatte protestiert: »nein! Ich will sie auf meinem Körper fühlen ... überall.« Von da an küßte sie jedesmal, wenn sie sich zu lieben begannen, den Silberadler als eine Art Willkommensgruß; er wurde zum Symbol ihrer Leidenschaft.

Jetzt küßte sie ihn wieder und flüsterte: »Armer Paxmore, er muß geglaubt haben, es würde meine Liebe zu dir zerstören, wenn er mir die Räume für die

Sklaven zeigt. Ich liebe dich sogar noch mehr wegen des gefährlichen Lebens, das du führst. Nun weiß ich, warum du eine Silberfaust brauchst.« Später, als sie sich in dem frei aufgehängten Bett ausruhten, hörten sie auf Deck ein Geräusch, ein lautes Klirren; und bevor Susan in ihre Kleider schlüpfen konnte, wurde die Tür aufgerissen – und da stand ihr Mann, vor Wut ganz von Sinnen. Er schwang eine Axt und stieß laute Morddrohungen aus.

Eine wilde Rauferei entstand – Von Gebrüll begleitet, das bis ans Ufer zu hören war. Es war ihr später völlig unmöglich zu sagen, was im einzelnen geschehen war. Matt, soviel wußte sie, warf sich übers Bett und schlug Paul die Waffe aus der Hand. Zum Schluß packte Matt, der nur mit einem Handtuch bekleidet war, Paul und warf ihn über Bord, und als er ans Ufer schwamm, war die halbe Stadt im Hafen versammelt. Eine Frau, welche die Szene von einem Ruderboot aus beobachtet hatte, faßte sie kurz und bündig zusammen: »Beide waren nackt.« Der Skandal war publik geworden.

Als dieser schmähliche Vorfall den jungen Steeds zu Ohren kam, die im Kontor auf Devon arbeiteten – sogar die Sklaven machten sich darüber lustig –, wußten sie, daß es nun zu handeln galt. Sie trugen einem der Schwarzen auf, Paul von ihrer Abreise zu unterrichten, gingen mit finsterer Miene zum Anlegeplatz hinunter, bestiegen eine Schaluppe und machten sich auf zum Refugium. Während sie die Friedensklippe passierten, rekapitulierten sie, was zu sagen war, und als sie in den sich teilenden Wasserlauf einfuhren, waren sie bestens vorbereitet.

Bei jeder einzelnen Plantage im Refugium hielten sie formell an und baten die Familienältesten, sich unverzüglich in das große Haus von Herbert Steed zu begeben. Dort enthüllten sie schließlich die skandalöse Geschichte.

»Wenn ich euch nun berichte, was gestern in Patamoke geschehen ist, so setze ich voraus, daß ihr wißt, wie es um Paul Steed steht.«

»Ich weiß es nicht«, sagte Herbert Steed verdrießlich – ein rundlicher, aufgeblasener Mann, der vor jedem Satz schnaufte.

»Er hat es sich zur Gewohnheit gemacht, Eden zu schlagen, das schwarze Mädchen seiner Frau – mit einem festen Riemen.«

»Eine Sklavin schlagen!«

»Und danach schläft er mit ihr.«

»Ihr habt hoffentlich den Frauen nichts davon gesagt?« keuchte Herbert heiser.

»Jeder weiß es. Dazu muß gesagt werden, daß Tante Susan praktisch mit Captain Turlock zusammenlebt.«

Dieses Gerücht war schon bis ins Refugium gedrungen, und Herbert Steed hatte sich bereits seine Meinung darüber gebildet: »Weißes Gesindel.«

»Gestern gab es einen neuen Höhepunkt. Paul, der die Affäre drei Monate lang so gut wie gebilligt hatte, raste nach Patamoke, versuchte Turlock zu ermorden und flog schließlich im hohen Bogen über Bord und in den Hafen.«

Zur Überraschung aller brach Herbert in Lachen aus. »Paul Steed meint, er könne einen Mord begehen! Er wäre nicht einmal imstande, eine Fliege zu zerquetschen. Es wundert mich, daß sich das Mädchen – wie heißt es doch gleich? – von ihm verprügeln läßt.«

»Jetzt nicht mehr. Ein Sklave hat mir erzählt, daß sie ihn einfach am Handgelenk gepackt hat: »Schluß damit«, und er es dann nicht wieder gewagt hat.

Die jungen Männer kamen nun wieder zur Sache. »Den Skandal könnten wir schlucken. Aber Paul ruiniert die Plantagen auf Devon. Und es wird nicht lange dauern, bis sich seine stümperhaften Entscheidungen auch auf euren Besitz auswirken.«

»Wie meinst du das?« fragte Herbert scharf; wenn es um Geld ging, wurde auch für ihn die Sache ernst.

»Nehmt nur die Lagerhäuser. Niemand fühlt sich wirklich für sie verantwortlich. Die Gehilfen treffen teilweise erst um neun Uhr ein. Letzten Monat habe ich die Niederlassungen besichtigt, alle vier, von Flöhen verseucht, verdreckt, alles andere, als was man sich unter Steedschen Besitz vorstellt.«

Der zweite Neffe warf ein: »Könnt ihr euch vorstellen, daß der Rodungstrupp in diesem Jahr noch keinen einzigen Morgen Land abgebrannt hat? Niemand ist mit wirklichem Nachdruck dahinter.‹

»Genug damit!« sagte Herbert. Seine Schultern strafften sich; seine Augen blickten scharf; und sein Mund nahm einen grimmigen Zug an. Er war dreiundfünfzig Jahre alt und seit einiger Zeit der Meinung, er hätte genug getan und könne sich von den täglichen Verpflichtungen zurückziehen, aber die Gefahr, daß die Steedschen Plantagen vor die Hunde gehen könnten, erweckte in ihm neue Aktivitäten. Er sprang von seinem Stuhl auf und verkündete: »Ich übernehme die Plantagen auf Devon – heute nachmittag.« Er ließ sich mit seinen Cousins in keine Diskussion ein, packte ein paar Sachen in eine Reisetasche, ging zur Schaluppe und war schon im Begriff mit seinen Neffen abzusegeln, als ihm ein kluger Gedanke kam: »Timothy, lauf zurück und hol uns drei Gewehre!« Und als sie eintrafen, setzten sie Segel nach Devon.

Erst spät am Nachmittag dieses Tages erhob sich Paul Steed von seinem Bett, verließ Eden und schlenderte lustlos von Rosalinds Rache hinunter ins Kontor, wo er zu seiner Überraschung jenen Mann vorfand, den sie Onkel Herbert nannten – ein aufgeblasener, nichtssagender Typ, der breit in seinem Sessel saß.

»Was tust du hier?« fragte Paul mit zitternder Stimme.

»Ich bin gekommen, um die Dinge hier in die Hand zu nehmen.«

»Welche Dinge?«

»Paul, geh hinaus zu deiner Hure. Und laß nicht zu, daß Captain Turlock je wieder die Insel Devon betritt.«

»Du willst mir etwas befehlen?«

»Paul, mach daß du rauskommst. Du hast hier nichts mehr zu sagen.« Instinktiv stellten sich die zwei jüngeren Steeds hinter ihren Onkel und bildeten eine Mauer gegen ihn, so daß Paul nicht die Kraft fand, dagegen anzukämpfen.

»Es wird euch nicht gelingen …« begann er drohend, aber Herbert Steed erhob sich hinter seinem Schreibtisch, ging wortlos auf den vormaligen Prinzipal zu und geleitete ihn zur Tür. »Geh hinaus zu deinem Mädchen, Paul. Das ist von jetzt an dein Leben.«

Aus seinem Amt verdrängt, stolperte Paul hinaus zu Rosalinds Rache, quer durch den herrlichen Garten, von dem er keine Notiz nahm. Er hegte die unnütze Hoffnung, daß Eden ihn irgendwie beflügeln könnte, sich gegen seine Ausbootung zur Wehr zu setzen. Aber als Tiberius mit den üblichen freundlichen Worten die Tür öffnete: »Treten Sie ein, Master«, stieß er sie mit einem Fußtritt zu und lief davon.

Er ging nicht zum Anlegeplatz, wo er nicht mehr willkommen war, sondern westwärts, zu jenen Weizenfeldern, die stets besonders ertragreich gewesen waren; vor Generationen hatten die Steeds gelernt, daß ein Tabakfeld, sollte es guten Ertrag liefern, hin und wieder ein paar Jahre Ruhe brauchte oder, statt brach zu liegen, die Anpflanzung stickstoffreicher Getreidesorten, und diese Felder waren fruchtbar geblieben. Während er sie durchstreifte, erfüllte ihn Stolz, daß er sie am Leben erhalten hatte: Vielleicht die besten Felder in Maryland.

Aber als er das westliche Ende der Insel erreichte, stellte er erstaunt fest, daß die Felder viel kleiner zu sein schienen als zur Zeit seiner Kindheit. Da er das kaum glauben konnte, rief er nach dem Aufseher, aber niemand ließ sich blicken. Er ging bis an das Ufer, stocherte mit dem Fuß in der Erde und prüfte die Wasserstandslinie, wo die Wellen der Bucht die Insel berührten. In diesem Moment erblickte er einen seiner Sklaven, der fischte. Der Mann glaubte, sein Herr wäre gekommen, um ihn nachzuspionieren, und rannte aus Furcht vor Bestrafung weg, aber Paul rief: »Halt, halt!« Als der Mann weiterlief, setzte Paul ihm nach, aber der Sklave war schneller, und Paul konnte ihn nicht mehr einholen.

Er setzte seine einsame Wanderung fort und kam zu dem Kieferngehölz, wo er und seine Cousins als Kinder kampiert und dem Tosen der Brandung gelauscht hatten, während die Sterne am Himmel erschienen. Mein Gott! So viele Bäume sind verschwunden! Und unter ihm, in den Wassern der Bucht, lagen verrottende Kiefern.

Wieder rief er nach dem Aufseher, und diesmal tauchte ein älterer Sklave auf.

»Ja, was brauchen Sie, Master?«

»Was ist mit diesem Ufer? Bröckelt es ab?«

»Ja, Master, jedes Jahr mehr und mehr.«

»Diese Bäume. Da war früher ein kleiner Wald, nicht wahr?«

»Ja, als ich jung war, standen die Bäume bis dort.« Und er wies auf einen Punkt weit draußen in der Bucht – Paul seufzte.

»Tust du nichts dagegen?«

»Nein, man kann nichts dagegen tun.«

Paul entließ den Sklaven und setzte seinen Spaziergang fort. Auf Schritt und Tritt überzeugte er sich vom Vordringen des Wassers, und es schien ihm so, als wäre in der kurzen Zeit, die er auf der Welt war, ein beträchtliches Stück von der Insel verschwunden. Ich muß irgendwas dagegen tun. Ich muß mit den Leuten reden, die sich um diese Felder kümmern.

Als er ins Zentrum zurückkehrte, herrschte dort große Aufregung. Captain Turlock war in einem kleinen Boot den Choptank heruntergekommen, aber Herbert Steed hatte ihn abgefangen und wollte ihn daran hindern, an Land zu gehen. Die beiden jüngeren Steeds leisteten ihrem Onkel Hilfe. Turlock versetzte einem von ihnen einen Schlag mit seiner Silberfaust und warf ihn in den Fluß. Sodann schritt er würdevoll den Weg zum großen Haus hinauf und traf dort gleichzeitig mit Paul Steed ein.

»Guten Abend, Paul«, sagte Turlock.

Die wirren Ereignisse dieser letzten Stunden waren zu viel für Steed – seine Absetzung, das Abbröckeln des Landes und jetzt diese Arroganz. Er begann um sich zu schlagen, als wäre er nicht ganz bei Verstand. »Warte, du Mistkerl, dich verdresch' ich grün und blau …«

»Was willst du tun?« fragte Turlock.

Steed stürzte sich noch einmal auf ihn und fuchtelte hilflos mit seinen Armen umher. Der Kapitän schob ihn zweimal weg, und als Steed sein lächerliches Angriffsgetue nicht aufgab, holte Turlock – beinahe sanft – mit seinem rechten Arm aus und drückte Steed, mehr als er ihn schlug, mit seiner Silberfaust auf die Knie. Paul verlor das Gleichgewicht, und Turlock wollte ihm wieder auf die Beine helfen, als er hinter sich einen drohenden Befehl vernahm. »Halt, keine Bewegung, Turlock!«

Er drehte sich um und sah Herbert Steed mitten auf dem Kiesweg stehen, flankiert von seinen zwei Neffen, alle drei mit einem Gewehr im Anschlag.

»Was, zum Teufel …«

»Verlassen Sie unseren Besitz«, befahl Herbert Steed ruhig.

»Nehmen Sie die Gewehre weg«, sagte Turlock scharf. »Was fällt Ihnen ein? Wissen Sie überhaupt …«

»Ich weiß, was ich tue, Turlock. Ich zähle jetzt bis fünf, und wenn Sie dann immer noch auf dieser Veranda stehen, blas' ich Ihnen die Eingeweide aus dem Leib. Und ihr«, sagte er zu seinen Neffen, »macht euch bereit, abzufeuern.«

Und er begann zu zählen: »Eins, zwei drei …«

»Steed!« brüllte Turlock. »Sie benehmen sich wie ein …»

Herbert Steed unterbrach das Zählen – vollkommen ruhig. »Glauben Sie, irgendein Gericht würde uns für schuldig erklären? Nach *dem?*« Und mit einem ekelerfüllten Blick wies er mit seinem Gewehr auf Susan. »… vier. Zielt auf seinen Bauch.«

Ehe Herbert Steed den Befehl zum Feuern geben konnte, verließ Captain Turlock rückwärtsgehend die Veranda, sah Paul verächtlich an und machte sich dann langsam auf den Weg, den kiesbestreuten Pfad hinunter. Er war noch nicht weit gekommen, als Susan einen Schrei ausstieß und ihm nachlaufen wollte, aber die drei Steeds aus dem Refugium pflanzten sich mit ihren Gewehren vor ihr auf. »Du bleibst!« befahl Herbert. »Der Zirkus ist aus.«

Als Turlock seine Schaluppe erreichte, stieg er ein und steuerte sie langsam auf den Fluß hinaus. Aber drei Tage später kam er zurück, mit dem Salz, das Paul Steed bestellt hatte. Herbert erschien mit der Kaufsumme am Anlegeplatz, aber Turlock beachtete ihn nicht und ließ Mr. Goodbarn das Geschäftliche erledigen.

»Ich gehe ins Haus hinauf«, sagte Turlock.

»Nein, das werden Sie nicht«, entgegnete Herbert Steed gelassen.

»O doch, das werde ich«, sagte Turlock, und drei von seinen Matrosen legten Musketen in Anschlag und hielten die Männer im Kontorgebäude in Schach. Währenddessen ging Matt Turlock gemessenen Schrittes den Weg hinauf und bemerkte die letzten Taglilien, die auf ihren braungrünen Stengeln zu welken begannen. An der Tür klopfte er höflich an und teilte Tiberius mit, daß er gekommen sei, um Mrs. Steed seine Aufwartung zu mache.

Als Susan die Stimme durch den Flur hörte, rannte sie die Treppe hinunter in seine Arme. Ihr Mann folgte ihr.

Matt drückte Susan an sich und schob sie dann halb von sich weg. »Ich segle nach Afrika. Es wird Jahre dauern, bis ich zurückkomme.«

»O nein!« rief sie und preßte sich wieder an ihn.

»Ich muß. Wir sind in einer Sackgasse gelandet, wir alle. Es führt kein Weg mehr heraus.«

»Matt! Nein!« Sie umklammerte seine Arme, sie flehte ihn an, aber er blieb hart. Zu Paul sagte er: »Es tut mir leid. Ich hoffe, die Dinge werden sich in Zukunft günstiger entwickeln, für jeden von uns.«

Paul antwortete nicht. Aber Susan wollte sich nicht damit abfinden, daß der Sommer auf diese Weise endete, der Sommer und alles, was sie sich so sehnsüchtig erträumt hatte. »Du kannst nicht fortgehen, Matt«, beschwor sie ihn. Dann kam ihr eine bestechende Idee. »Ich komme mit, Eden, pack die Koffer!« Sie ließ die beiden Männer stehen und rannte die Treppe wieder hinauf.

»Ich muß sie aufhalten«, sagte Matt und stürmte hinter ihr her. Im Schlafzimmer holte er sie ein. Eden stand in einer Ecke und beobachtete das Tohuwabohu – schmal, still und ohne zu lächeln.

»Susan!« sagte Matt rauh. »Es ist zu Ende. Du kannst nicht an Bord kommen, auf keinen Fall.«

»Aber ich …«

»Ausgeschlossen.« Er hielt sie an den Schultern fest. Ohne Rücksicht auf Edens Anwesenheit sagte er weich: »Susan, du warst mir das Kostbarste in meinem Leben.«

»Ich muß bei dir bleiben«, flüsterte sie. »Das Leben ist nichts ohne dich, Matt. Nichts. Diese letzten drei Tage …« Sie schauderte.

»Wir beginnen von vorn, wir alle.«

»Es gibt keinen neuen Anfang mehr.«

»Du könntest Paul helfen, die Leitung der Plantage zurückzu …«

»Ihm?« Der bittere Hohn zeugte von größerem Unglück, als es das Ende des Sommers war. Aber Matt ließ sich nicht erweichen. Er wandte sich zur Tür, doch nun schrie sie so jämmerlich auf, daß er es nicht über sich brachte zu gehen. Sie warf sich ihm entgegen und wimmerte: »Matt, heb mich hoch – wie an jenem ersten Tag!« Sie ergriff seine Hand, zog ihn zum Bett und wartete, daß er die Arme um sie legte, wie er es einst getan hatte.

Langsam hob er sie hoch, bis ihre Schultern auf gleicher Höhe waren wie die eingemauerten Kanonenkugeln. »Halte mich, so lange wie damals«, bettelte sie, aber er begann, sie langsam herunterzulassen. Sie umklammerte ihn verzweifelt, konnte ihn aber nicht daran hindern und fühlte, wie sie herabglitt. Ihre Füße waren wieder am Boden – ihr Leben vorbei.

Sie wehrte sich nicht, als er ging, und hörte, wie er zu Eden sage: »Gib auf sie acht. Sie ist es wert, geliebt zu werden.«

Mit schweren Schritten ging er die Treppe hinunter, verneigte sich vor Paul und kehrte zu seiner Schluppe zurück. »Zur ›Ariel‹!« gebot er Mr. Goobbarn. »Wir stechen morgen früh in See.« Die Matrosen ließen die Musketen sinken, während Matt die drei Steeds grüßte, die im Türrahmen des Kontors standen.

Die »Ariel« verließ Patamoke tags darauf im Morgengrauen, Richtung London-Luanda-Belém. Sie hatte Lieferaufträge, die sie vier Jahr lang auf See festhalten würden, und während sie langsam die Bucht hinabsegelte, nahm Captain Turlock zum letztenmal, wie er meinte, all die vertrauten Ding in sich auf – die Seezeichen, die sein Leben gelenkt hatte. Querab lagen die Werften der Paxmores, in denen sein Klipper das Licht der Welt erblickt hatte; wie betrübte es ihn, daß sein Verhältnis zu diesen ehrlichen Quäkern, die es gebaut hatten, in die Brüche gegangen war; niemand sonst nahm sich so um die Schiffe an.

Dort der vertraute Sumpf. Cousin Lafe mochte im hohen Gras die Fährten des Rotwildes verfolgen, und in den seichten Gewässern würden Reiher fischen. Auf der Anhöhe sah er die Friedensklippe, jenen stattlichen, stillen Ort, so verschieden von dem eitlen Schauplatz auf Devon. Er erinnerte sich, wie ihn George Paxmores Mutter während des Krieges in das Teleskophaus eingeladen und ihm ein Buch mit auf die Reise gegeben hatte. »Du mußt nicht zur Schule gehen, um zu lernen. Auch ein Schiff kann eine Schule sein. Aber wenn du gar nichts lernst, stirbst du jung.«

Er war entschlossen, nicht nach Rosalinds Rache zurückzuschauen, damit ihn das Haus nicht bis in seine Träume hinein verfolgte. Aber als die Insel Devon Backbord lag, zog das große Haus doch seine Blicke an, und er sah, was er befürchtet hatte. Auf der Witwenpromenade stand Susan – ihr blaues Kleid im Wind gebläht, ihr Gesicht war auf die Entfernung nicht zu erkennen, aber ihr schöne Gestalt unverkennbar. Solange die »Ariel« auf der Höhe der Insel Devon war, starrte er hinüber. Es würde für ihn nie wieder eine wie sie geben – eine Frau von außergewöhnlicher Leidenschaft und Liebesfähigkeit. Unabsichtlich schweifte sein Blick für einen Moment zu seiner Kajüte. »Gott, wie sehr wünschte ich, daß Susan da drinnen wäre.«

Er schüttelte den Kopf und blickte noch einmal zur Insel Devon hinüber – sie war verschwunden! Enttäuscht zuckte er die Schultern. Ich hätte nicht gedacht, daß sie hinuntergeht, bevor wir außer Sicht sind.

Aber so war es nicht. Nachdem sie erfahren hatte, daß die »Ariel« im Morgendämmern aus Patamoke auslaufen würde, hatte sie unruhig geschlafen, ihren rechten Fuß unter der Bettdecke hervorgestreckt und jederzeit gewärtig, diesem verhaßten Bett zu entfliehen. Als der Morgen graute, hatte sie nach Eden gerufen und nach dem blauen Kleid verlangt, das Captain Turlock bei ihrer ersten bedeutungsvollen Begegnung bewundert hatte. Eden, die mühelos von der Zofe zur Herrin und wieder zur Zofe gewechselt hatte, suchte das duftige Kleid heraus und half Susan hinein, kämmte ihr das Haar und flocht blaue Bänder dazwischen, denn sie wußte, daß Mrs. Steed sich für einen Abschied zurechtmachte.

Susan brachte kein Frühstück hinunter, und als es hellichter Tag war, ging sie aufs Dach hinaus, saß dort in der heißen Septembersonne und blickte nach Osten, den Choptank hinaus nach Patamoke. An dem Korbsessel war in einer regensicheren Tasche ihr kleines Fernrohr festgebunden, damit es der Wind nicht fortwehen konnte. Sie nahm es heraus und beobachtete den Fluß. Als sie die »Ariel« erstmals sichten konnte, war sie nicht größer als ein Punkt. Dann wurde sie deutlicher – mit Segeln und erkennbarem Schiffsrumpf. Nun konnte sie das Fernrohr sinken lassen und den schönen Klipper betrachten, samt seinen fünf gesetzten Segeln, während er näher kam. Mit freiem Auge konnte sie die Gestalten nicht unterscheiden, die sich auf Deck bewegten, aber durch das Fernrohr sah sie Captain Turlock, dessen linke Hand hin und wieder in der Sonne blitzte. Was für ein unwiderstehlicher Mann er doch war – mit seiner roten Mähne, dem Bart, der mächtigen Faust. Im Verlauf ihres letzten, leidenschaftlichen Zusammenseins in seinem Haus in Patamoke hatte er ihr gesagt, daß er sich langsam als alternder Mann fühle. »Als ich jung war, hätte ich mich vier Tage lang mit dir austoben können, ohne einen Bissen zu essen.«

Während er sich immer weiter die Meerenge hinunter entfernte, erinnerte sie sich jedes ermutigenden Wortes, das sie aus seinem Munde gehört hatte.

»Du bist wie ein unerschöpflicher Frühling am Rande einer Wüste.«

Und da fuhr er nun dahin. Die »Ariel« verließ jetzt die Durchfahrt und segelte in die Bucht hinaus, aber ihre Umrisse waren noch immer erkennbar.

»O Gott! Nimm ihn nicht fort!« rief sie laut.

»Er ist fort!« sagte eine Stimme hinter ihr, und als sie sich umdrehte, sah sie in das Gesicht ihres Mannes.

Mit wütender Geste schlug ihr Paul Steed das Fernrohr aus der Hand und beobachtete dann, wie es polternd und sich überschlagend das abschüssige Dach hinuntersauste und schließlich zu Boden klirrte.

»Du Hure!« sagte er. »Nach so einem Mann schreist du dir die Seele aus dem Leib.« Er zeigte auf das sich entfernende Sklavenschiff und sagte verächtlich: »Ein großer Held! Ein Mann, der Menschen aus Fleisch und Blut verhökert.« Gedemütigt von seinem Hohn und außer sich über den Verlust ihres Fernrohrs, holte sie aus, um ihn zu schlagen. Sie wollte ihm weh tun, irgendwie, um sich für diesen Hohn zu revanchieren. Paul sah die Bewegung, und wiewohl er nicht den Mut gehabt hatte, Matt Turlock und Onkel Herbert entgegenzutreten, war er gewillt, mit Susan zu kämpfen. Er packte sie mit beiden Händen und schleuderte sie gegen das niedrige Geländer; sie wankte, verlor das Gleichgewicht und drohte über das Dach hinabzustürzen.

Glücklicherweise verfing sich ihr rechter Fuß zwischen den Pfählen des Holzgeländers – und das war ihre Rettung. Aber als Paul sie so baumeln sah, den Fuß eingeklemmt, den Kopf unten am Dachrand, verlor er den letzten spärlichen Funken Verstand und befreite mit einem Ruck ihren Fuß. Er hielt ihn fest und schrie: »Geh doch zu deinem Captain Turlock!« Dann schubste er sie das abschüssige Dach hinunter und beobachtete, wie sie über den Rand glitt und aus seinem Blickfeld verschwand. Sie schrie auf, als sie ins Leere stürzte, und ihr Schrei endete in einem gellenden Kreischen, als sie am Boden aufschlug.

Paul lauschte dem Aufprall, ohne sich seiner entsetzlichen Tat voll bewußt zu sein, und versuchte dann mit wildem Aufbrüllen hinterherzuspringen. Es gelang ihm aber nicht sogleich, über das Geländer zu kommen. Seine Schuhkappe verfing sich zunächst; er stolperte, stürzte hart auf das abschüssige Dach, überschlug sich ein paarmal, glitt dann über den Rand und fiel hinunter.

Es ist kein leichtes, einen Menschen zu töten. Ein Mörder sticht sechsmal zu, ohne ein lebenswichtiges Organ seines Opfers zu treffen. Eine Wahnsinnige, die Amok läuft, schießt dreimal aus nächster Nähe auf einen Mann und durchlöchert ihn an verschiedensten Stellen mit Geschossen, ohne ihn schwer zu verletzen. Die beiden Steeds wurden, als sie von der Witwenpromenade abstürzten, durch die Regenrinne, die das Dach begrenzte, im Sturz gebremst und fielen ins Blumenbeet.

Herbert Steed, der kurz nach Arbeitsbeginn den Tumult hörte, rannte aus seinem Kontor und rief seinen beiden Neffen zu: »Was tun diese verdammten Narren jetzt?«

Dann kam Tiberius von der Veranda gestürzt und brüllte: »Sir, Sir, sie haben sich umgebracht!«

Im Nu liefen sämtliche Sklaven zusammen, und als Onkel Herbert und seine Neffen den Schauplatz erreichten, wiegte Eden ihre Herrin in den Armen und sagte sanft: »Sie werden nicht sterben. Ihre Zeit ist noch nicht gekommen.«

Als die Lage geklärt war und kein Zweifel bestand, daß weder Paul noch Susan lebensgefährlich verletzt war, stellte man sich die Frage, was mit ihnen nun geschehen sollte. Herbert Steed faßte es kurz und bündig zusammen: »Dieser verdammte Narr hat noch nie irgend etwas richtig gemacht. Jetzt überläßt er es uns, dafür zu sorgen, daß sie wieder auf die Beine kommen.« Er überwachte ihren Transport in das große Schlafzimmer, wo eine Sklavin sie pflegte, bis ein Arzt aufgetrieben werden konnte. Als er mit einer Schaluppe aus Patamoke eintraf, stellte er fest, daß man die Knochen bereits eingerenkt und die Wunden mit Seifenwasser ausgewaschen hatte.

»Viel mehr kann auch ich nicht tun«, sagte er, aber er gab Onkel Herbert zu verstehen, daß er sich um Paul nicht zu sorgen brauche. »Seine Hüfte wird heilen. Das eine Bein wird etwas kürzer blieben, aber das ist nicht so schlimm. Bei Mistress Steed ist die Sache bedenklicher. Wahrscheinlich ist ihre Wirbelsäule verletzt.«

Seine Prognosen erwiesen sich als richtig. Paul genas, aber es blieben ihm ein kürzeres Bein und ein verrenkter Hals, so daß er fortan immer etwas seitwärts gucken mußte. Susan blieb ein Krüppel; einige Wirbel waren für immer beschädigt, und selbst wenn sie es schaffte, ein paar Schritte durchs Zimmer zu gehen, war sie doch unfähig, sich längere Zeit aufrecht zu halten.

Onkel Herbert hatte sich, zur Überraschung der Familie, zu weitreichenden Entscheidungen durchgerungen. »Die beiden können unmöglich ihre Kinder aufziehen. Ich werde die zwei ältesten in die Schule auf der Friedensklippe schicken, die Mistress Paxmore leitet.« Als Susan protestierte, sagte er unerbittlich: »Die Quäker sind zwar ein Haufen Jammerlappen, aber sie verstehen sich aufs Unterrichten. Dein Mark scheint Verstand zu haben, und die Paxmore wird ihn formen, so wahr ihm Gott helfe.«

Susan verlangte nichts, aber sie bedurfte ständiger Betreuung, und Eden sorgte für sie. Aber sie kümmerte sich auch um Paul, und je schrulliger das Paar wurde, desto verständnisvoller wurde sie. Sie hatte noch immer keinen Mann, keine Kinder; sie sah die beiden verkrüppelten Steeds als ihre Familie an und brachte jedem das gleiche Mitgefühl entgegen. Paul konnte mitunter ziemlich ekelhaft werden und sie mit unsinnigen Forderungen bedrängen, aber sie nahm es nicht übel, im Bewußtsein dessen, was für eine schwache, traurige Kreatur er doch war, und wenn er sie quälte, ließ sie ihn einfach stehen und ging an ihre Arbeit. Ihre ganze Zärtlichkeit konzentrierte sich auf Susan, die sie behutsam an- und auskleidete und mit der nachsichtigen Liebe umfing, mit der eine Mutter ein krankes Kind umsorgt. Sie war es, die darauf bestand, daß Susan aufs Dach zurückkehrte. »Das sollten Sie, auch wenn es Ihnen nicht mehr so viel Freude wie früher macht, genießen. Wir können Sie tragen.«

»Ich will nicht, daß meine Frau auf dieses Dach geht ... nie wieder«, brauste Paul auf. Aber Eden sagte nur beschwichtigend: »Still!« Sie rief zwei Sklaven. Die trugen die verkrüppelte Frau auf die Witwenpromenade, und da verbrachte sie drei Viertel des Jahres, und sogar an milden Wintertagen saß sie dort oben in ihrem Korbsessel und beobachtete durch ihr neues Fernrohr, das Onkel Herbert ihr gekauft hatte, die Schiffe, welche die Bucht hinauf- und hinuntersegelten.

An manchen Tagen, wenn sie sich stark fühlte, richtete sie sich auf, packte die Holzpfähle des Geländers und verfolgte mit gespannter Aufmerksamkeit die Schiffe. Wie vor langer Zeit suchte sie den südlichen Horizont ab und rief: »Bringt ihn zurück!«

An einem Tag im Oktober 1825, als sie in solch einer Stimmung war und ihre Augen unverwandt nach Süden richtete, hörte sie über ihrer Schulter ein fernes Rauschen; und ohne den Blick zu wenden, flüsterte sie: »Sie kehren zurück. Die Gänse sind wieder da.« Und sie stand da und schaute nach dem fernen Süden, während droben der erste Schwarm über sie hinwegflog und die Gänse freudig mit lautem Geschnatter verkündeten, daß sie heimgekehrt waren.

NEUNTE REISE:

1832

Gegen Ende der dritten Dekade des neunzehnten Jahrhunderts waren die schwarzen Stämme am Golf von Guinea bereits sehr hoch entwickelt. Die Ibo, Benin, Yoruba und Fanti hatten begriffen, was Sklaverei bedeutet, und es war ihnen gelungen, ihre Leute durch kluge Maßnahmen vor dieser Tragödie zu bewahren. Die alten Zeiten, als skrupellose Banden über ein friedliches Dorf herfallen und die besten jungen Männer und Frauen verschleppen konnten, waren im großen und ganzen dahin.

Da der Menschenhandel aber trotzdem sehr einträglich blieb, gab es auch weiterhin Sklavenjäger, die das Risiko eingingen, von speziell auf sie angesetzten britischen Marinepatrouillen aufgebracht zu werden. Solche Menschenräuber waren nun gezwungen, ihre Neger in entlegenen Dörfern weit südlich des Kongo zusammenzutreiben, wo die Häuptlinge der Eingeborenen ahnungslos und bestechlich waren. Dort durchstreiften Banden grausamer Händler den Dschungel und stießen stromaufwärts bis zu den Oberläufen kaum bekannter Flüsse vor, um ihre Beute aufzustöbern.

Einer von ihnen war ein gerissener Kerl namens Abu Hassan. Auf Sklavenfang folgte er einer komplizierten Route: Tief unten im Süden des Golfs von Guinea fuhr er bei der Mündung in den Kongo ein. Ohne sich um die Grenzgebiete zu kümmern – denn sie gehörten zu Kongonegern, die ebenso genau Bescheid wußten wie die Ibo oder Yoruba –, zog er dreihundertsechzig Meilen den Kongo aufwärts, bis zu dem Punkt, wo die gewaltigen Wassermassen des Kasai vom Süden herankamen. Aber auch dort fing er keine Sklaven, da in diesem Land die klugen Kuba siedelten. Nach weiteren dreihundertfünfzig Meilen den Kasai hinauf erreichte er einen gigantischen Strom, der Sankuru hieß. Nicht einmal dort versuchte er, Neger zu fangen, denn dieses Gebiet bewachte der Stamm der Luba. Doch nach einer Reise von über fünfhundert Meilen den Sankuru aufwärts fand er sein Ziel: den Xanga. Ein enormer Strom und so weltabgeschieden, daß noch kein Kapitän eines Sklavenschiffes je von ihm gehört hatte. Den Oberlauf des Xanga säumten viele kleine Dörfer, deren Bewohner von Sklavenmärkten keine Ahnung hatten.

Diese Ansiedlungen erreichte Abu Hassan im Frühling 1832. Es war ein großer, melancholischer Mann, vom siebenundvierzigjährigen aufreibenden und gefährlichen Afrikahandel erschöpft. Er kleidete sich in arabische Gewänder, trug einen leuchtend weißen Burnus und war stets der große Herr, von dem alles Widrige abglitt. Er beherrschte viele Sprachen – Arabisch, Französisch, Englisch und vor allem Portugiesisch, dazu die verschiedenen Kongo-Dialekte – und war in der Lage, mit einem Xanga-Häuptling Geschäfte abzuwickeln wie mit einem Sklavenhändler aus Boston. Er stammt von der Ostküste Afrikas, aus einer arabischen Siedlung nördlich von Mocambique; begonnen hatte er mit dem Sklaventransport Richtung Indischer Ozean zur Verschiffung nach Arabien, wo ständig Bedarf bestand, doch als der Negerfang immer schwieriger wurde, mußte er immer tiefer in das Innere des Kontinents vordringen; bis zu dem Tag, an dem er entdeckte, daß es einfacher und rentabler war, seine Sklaven westwärts zum portugiesischen Hafen Luanda zu treiben, wo ganze Geschwader von Schiffen ankerten, die nach Cuba, Brasilien und den Vereinigten Staaten ausliefen.

Im Jahr 1832, als er mit Booten, die ein Sammelsurium billiger Tauschware enthielten, langsam die Flüsse stromaufwärts zog, wußte er nicht, daß er bald auf einen begabten jungen Anwohner des Xanga namens Cudjo treffen würde, der in einem Dorf nahe der Einmündung dieses Wasserlaufs in den breiteren Sankuru lebte. Cudjo hatte Schwierigkeiten.

Seit einiger Zeit schon begegneten ihm seine eigenen Stammesgenossen voller Mißtrauen. Aufpasser hatten sein Tun überwacht und alles Ungewöhnliche dem Dorfältesten gemeldet, und im Stammesrat blieben seine Vorschläge unbeachtet. Noch beunruhigender aber war, daß die Familie des Mädchens Luta, das er zur Frau nehmen wollte, ihm plötzlich die Erlaubnis verweigerte, sie zu kaufen.

Die Erwägung zwang sich ihm auf, daß er vielleicht diesen Stamm verlassen müsse, der alles gegen ihn unternommen hatte, außer ihn öffentlich zu verstoßen. Oft hatte Cudjo mit angesehen, was Männern widerfuhr, die zu Geächteten erklärt wurden, und er war entschlossen, sich den Sanktionen zu entziehen, welche sie zu erdulden hatten: die Isolation, den Hohn, die bittere Einsamkeit.

Trotz seiner bedrängten Lage hatte er keine Lust, den schönen Fluß zu verlassen, an dessen Ufern seine Vorfahren so glücklich gewesen waren. Ungenau wußte er, daß der Xanga in größere Ströme mündete und diese wiederum in noch größere. In seinem Dorf zu leben hieß, am ruhigen Gleichmaß des Fernhandels teilzuhaben und mit allen möglichen Stämmen aus dem Süden und dem Norden in Berührung zu kommen.

Und abgesehen vom Fluß gab es die Bindungen an das Dorf selbst. So weit die Überlieferung zurückreichte, waren Cudjos Vorfahren wichtige Stammesmitglieder gewesen, hart im Kampf und heiter im Frieden. Sie hatten ihren Uferstreifen beherrscht, ihrem Stamm Recht gesprochen und ausreichende Nahrungsvorräte gesichert. Üblicherweise wäre er dazu bestimmt gewesen, denselben Platz wie sie einzunehmen.

Die unerklärlichen Beschränkungen und Drohungen begannen nicht mit Widrigkeiten in seinem eigenen Dorf, sondern hatten ganz andere Ursachen. In früheren Zeiten waren arabische Händler den Xanga heraufgekommen und vielleicht einige Tage geblieben, um Waren und Neuigkeiten auszutauschen, doch seit kurzem trat ein neuer Typ von Fremdlingen in Erscheinung wie zum Beispiel der Mann namens Abu Hassan. Er tauchte mit Booten auf, führte leise Gespräche mit dem Dorfältesten, tätigte seine Geschäfte rasch und verschwand wieder. Auch brachte er ungewöhnliche Waren ins Land: Gewehre, Getränke und verschiedene Gewebe. Er war hochfahrend und befehlshaberisch, und jene Träger, die sich meldeten, um mit ihm seine Güter zu den Märkten zu befördern, kehrten nicht in ihre Heimatdörfer zurück.

Sehr schnell hatte Cudjo eine heftige Abneigung gegen Abu Hassan gefaßt. Die früheren Händler nahmen alles, was die Dorfbewohner feilboten, aber dieser neue erklärte in scharfem Ton, was er brauchte, und die Neger fühlten sich verpflichtet, es zu beschaffen. Cudjo versuchte, seine Leute zu überreden, daß sie sich solchen Ansprüchen widersetzen müßten, doch er war erst vierundzwanzig Jahre alt, und die Weiseren hörten nicht auf ihn. Manchmal fragte er sich, warum sie Hassan so starrsinnig verteidigten, und es blieb bei seiner feindseligen Haltung.

Er machte sich sogar recht unbeliebt als ein Unruhestifter, den man bald davonjagt, und vor einigen Monaten, als Abu Hassan mit seinen Booten den Sankuru heraufkam, wollte ihm Cudjo entgegentreten, sobald die Verhandlungen begannen. Doch zu seiner Überraschung hielt sich der Araber nicht auf. Er blieb nur lange genug, um in aller Stille mit den drei Häuptlingen zu reden und ihnen Geschenke auszuhändigen, dann fuhr er gleich weiter zu den Quellgebieten des Xanga.

»Auf dem Rückweg wird er mit uns Tauschgeschäfte machen«, erklärten die Dorfältesten, als die Boote verschwanden.

»Darauf sollten wir verzichten«, wandte Cudjo ein. Die Häuptlinge blickten einander vielsagend an.

Nun merkte er, daß ein Komplott gegen ihn geschmiedet wurde. Die Stammesführer begannen sich geheim zu treffen, holten ihn nicht zu ihren Beratungen, und besonders beunruhigte ihn, daß Akko, ein junger Mann nicht älter als er selbst, ihm vorgezogen wurde.

Dieser Akko war ein durchtriebener Bursche, der eher zu Winkelzügen als zu ernsthafter Arbeit geneigt war, und Cudjo wußte, daß der Stamm in Schwierigkeiten geraten würde, wenn er den Ratschlägen dieses Kerls folgte. Aber Akko verstand es sehr geschickt, alles zu seinem Vorteil zu nutzen, und jedem im Dorf wurde klar, daß die Ältesten entschlossen waren, ihm eine Führungsrolle zu übertragen, die eigentlich Cudjo zugestanden hätte.

Als die Nachricht kam, Hassan komme mit einer Gruppe wieder an den Xanga herab, erkannte Cudjo, daß die Entscheidung gefallen war: Akko wurde dazu bestimmt, die Handelsgüter des Fordes zu sammeln. Das war ein Vertrauensauftrag; Cudjo dagegen blieb von jeder wichtigen Aufgabe ausgeschlossen. Er mußte müßig zusehen, während Akko alles herbeischaffen ließ: das Elfenbein, die Federn, die gegerbten Häute und die pulverisierten Rhinozeroshörner, die so wertvoll im Handel mit dem Osten waren, weil sie alte Männer in die Lage versetzten, junge Mädchen zu heiraten.

In seiner Untätigkeit verfiel Cudjo auf einen seltsamen Plan. Er wollte auf eigene Faust zum Oberlauf des Xanga ziehen, um zu erkunden, welche Waren denn Abu Hassan diesmal verlangte. Dann wollte er zurückkommen und seinen Stammesbrüdern melden, welche Dinge besonders gefragt seien, damit sie große Vorräte davon anbieten konnten, sobald der Araber eintraf. Auf diese Weise konnte er den Seinigen dienen, auch wenn sie Akko bevorzugt hatten.

Er war ein starker junger Mann, der durchaus sein Boot alleine den Xanga hinaufpaddeln oder weite Strecken laufen konnte. Er hatte muskulöse Beine, einen sehr breiten Nacken und kräftigere Schultern als die meisten anderen. Wenn es darauf angekommen wäre, den Wettstreit zwischen ihm und Akko als Mutprobe oder Ringkampf auszutragen, hätte er leicht gewonnen.

So fiel es ihm nicht schwer, gegen die Strömung anzukämpfen; am sechsten Tag verbarg er sein Boot, schlug sich tief in den Urwald und spähte, vom Laubwerk gedeckt, auf das Dorf, in dem die Araber gerade Geschäfte machten. Da standen die Hütten, davor die Elfenbeinstapel und die gestreiften Zelte der Händler.

Das erste, was ihm auffiel, war die ungewöhnlich große Zahl von Arabern, welche die Expedition begleiteten. Früher brachte ein Wanderhändler höchstens einen Helfer mit, und er verließ sich darauf, daß schwarze Träger die Elefantenzähne beförderten. Selbst Abu Hassan hatte auf seinen beiden früheren Reisen nur zwei Begleiter gehabt. Diesmal waren es neun. Cudjo spähte umher, welche Riesenmengen an Waren solch ein Aufgebot nötig machten, konnte aber nichts entdecken.

Das zweite, was ihm unerklärlich blieb, war ein großes Feuer, das vor einem Zelt brannte. Daneben saßen zwei hellhäutige Männer mit dunkel beschmierten Gesichtern, als spielten sie Neger. Aus diesem seltsamen Verhalten wurde er nicht klug.

Da er sich solche Vorgänge nicht erklären konnte, schlief er jene Nacht im Dschungel, und als er bei Tagesanbruch erwachte, sah er zu seiner Überraschung, daß man das Feuer hatte ausgehen lassen. Während er das Lager beobachtete, traten die Araber aus den gestreiften Zelten, um das Feuer wieder anzufachen. Das war wirklich rätselhaft. In seinem Heimatdorf wurde das Feuer nachts unterhalten, um Raubtiere abzuschrecken, und am Morgen ließ man es verlöschen.

Bei Sonnenaufgang geschahen Schlag auf Schlag zwei Dinge – und Cudjos friedliche Welt zerbrach. Aus dem Süden, wo es nur sehr ärmliche Ansiedlungen gab, die kaum etwas zu bieten hatten, kam ein kläglicher Zug von zweiundzwanzig Negern. Jeder war mit einem eisernen Halsring und mit Ketten an den anderen gefesselt. Schweigend trotteten sie heran, von drei Arabern mit langläufigen Gewehren und Peitschen bewacht.

Als die Kolonne das Dorf erreichte, ertönte ein Signal, und die schwarzen Häuptlinge versperrten, von Handlangern unterstützt, die Fluchtwege.

Dann ließen sie einige kräftige junge Männer und Frauen binden. Fassungslos sah Cudjo zu, wie die Dorfältesten ihre eigenen Leute den Arabern übergaben, die sie zu dem Zelt trieben, vor dem das Feuer gebrannt hatte. Dort legten ihnen zwei Araber mit Hilfe schwarzer Helfer Halseisen um. Mit den daran befestigten Ketten verbanden sie dann die Gefangenen, indem sie die Endglieder zuhämmerten.

Ein junger Mann, sichtlich so stark wie Cudjo, merkte, daß ihm Schlimmes drohte, wenn die Häuptlinge ihn aufriefen. Deshalb riß er sich los, und er wäre wohl in den Dschungel entkommen, hätte Abu Hassan nicht sein Gewehr gehoben, genau gezielt und den Flüchtenden erschossen. Eine junge Frau begann, laut zu schreien; solang sie stehen blieb, beachteten die Araber sie nicht, doch als sie versuchte, zu der Leiche ihres Gefährten zu laufen, schwang Abu Hassan den Gewehrkolben und streckte sie mit einem wuchtigen Hieb nieder. Auch sie kam ins Eisen, während sie bewußtlos im Staub lag.

Neunzehn der gesündesten jungen Menschen des Dorfes wurden so zusammengetrieben und angekettet. Die Häuptlinge wollten noch sechs weitere verkaufen, aber diese waren nicht so kräftig, und die Araber wiesen sie zurück.

Eine dieser Verschonten, eine Frau mit Kind, versuchte, bei ihrem gefesselten Gatten zu blieben, und als sie sich nicht wegscheuchen ließ, knallte Abu Hassan kurzerhand auch sie nieder.

Nun wurden die neunzehn Gefangenen an die Kette der zweiundzwanzig geschmiedet, die aus den verarmten Dörfern nach Norden gebracht worden waren, und eine Kolonne von einundvierzig künftigen Sklaven begann ihren langen Marsch westwärts zum Atlantik nach Luanda, wo Riesenscharen von Sklaven in Pferche gesperrt wurden, bis eine Schiffsladung voll für Haiti beisammen war.

Cudjo, der mitansehen mußte, wie die arabischen Aufseher die angeketteten Neger peitschten, um sie in Bewegung zu setzen, zitterte vor Wut. Die Blüte der Jugend dieses Stammes wurde verschleppt, und dieses Schicksal hatte sie ihren eigenen Anführern zu verdanken, die nun für ihr Doppelspiel mit wertlosen Glasperlen, Stoffen und Eisenäxten belohnt wurden. Der Araber hatte seine neuen Begleiter nicht als Helfer beim Tauschhandel mitgebracht, sondern zum Anschmieden der Halseisen und um lange Reihen von Sklaven zur Küste zu treiben. Als der Zug abmarschiert war, beluden Abu Hassan und einige seiner Leute die Boote und bereiteten sich darauf vor, Cudjos Dorf heimzusuchen.

Er selber lief zu Fuß durch den Dschungel und hoffte, sein verstecktes Boot flottzumachen, bevor die Araber diese Stelle passierten, denn wenn sie zuerst losfuhren, dann konnte er sie auf dem Fluß nicht mehr überholen, um seine Stammesgenossen zu warnen. Deshalb gönnte er sich keine Rast, er rannte, bis ihn die Lungen schmerzten.

Rechtzeitig erreichte er das Ufer, schob sein Boot ins Wasser und begann wild zu paddeln. Nie zuvor hatte er den Xanga so genau gesehen: die über die Fluten geneigten Bäume und die pfeilschnellen durch die Luft fliegenden Vögel. Es war ein Fluß, den man lieben mußte, und alle, die an ihm wohnten, waren nun in Gefahr.

Unablässig arbeiteten seine starken Schultern, bis er schließlich um die Biegung fuhr, die sein Dorf abschirmte. Einige Kinder sahen ihn, wie von bösen Geistern gehetzt, heranrudern und riefen, daß Cudjo zurückkehre. Die alten Männer des Stammesrates eilten daraufhin zum Strand, mißtrauisch, welche Nachricht er bringen würde.

»Abu Hassan …!« schrie er, aber ehe er weitersprechen konnte, bemerkte er eine Gestalt – es mußte Akko gewesen sein –, die sich von hinten anschlich. In diesem Moment, da er sich nach dem Gegner umwenden wollte, ließ der Kerl eine schwere Keule auf seinen Kopf niedersausen, und Cudjo verlor das Bewußtsein.

Als er erwachte, fand er sich geknebelt und mit einem schweren Halseisen und einer Kette an einem Baum gefesselt. Ein Araber mit Gewehr bewachte ihn. Es war unmöglich, sich mit den anderen Dorfbewohnern zu verständigen. Wenn er zu rufen versuchte, erstickte der Knebel seine Stimme, wenn er sich regte, würgte ihn das Halseisen. Aber irgendwie mußte er seine Altersgenossen vor der Gefahr warnen, die ihnen drohte.

Bevor er einen Ausweg fand, mußte er mit Schrecken zusehen, wie die Dorfältesten die Bewohner versammelten, während die Araber und sogar sein Wächter sich mit schußbereiten Gewehren aufstellten. Er bemühte sich, seine Warnung auszustoßen, brachte aber keinen Laut heraus. Dann zog er prüfend an der Kette, doch selbst er vermochte sie nicht zu sprengen. Hilflos verfolgte er, wie die Häuptlinge die jungen Leute aufriefen, die sie verschachern wollten. Diesen stämmigen Burschen, jenes hoffnungsvolle Mädchen, den jungen Mann, der die Kuh gestohlen hatte – alle, die das Dorf loswerden wollte. Und dann stockte ihm der Atem. Die Alten wählten auch Luta aus, jenes Mädchen, das er sich als Frau ausgesucht hatte. Sie schrie, aber Abu Hassan brachte sie mit einem Hieb zum Schweigen.

In diesem Moment gelang es Cudjo, den Knebel auszuspucken, und mit lauter, metallischer Stimme rief er: »Wehrt euch! Laßt euch nicht in Ketten legen!«

Abu Hassan, der dieses gefährliche Aufbegehren bemerkte, befahl einem seiner Begleiter, dem Schwarzen den Mund zu stopfen, doch als der Araber herankam, riß Cudjo mit übermenschlicher Anstrengung seine Kette vom Baum. Das freie Ende über den Kopf schwingend, sprang er den Mann an und warf ihn zu Boden. Dann rannte er auf die unglücklichen Gefangenen zu, um sie zum Widerstand aufzurufen, aber schon bei den ersten Schritten des Rasenden hob Abu Hassan sein Gewehr, um ihn zu erschießen. Das war unnötig, denn zum zweitenmal schlug Akko Cudjo nieder; er brach in die Knie, und rasch wurde seine herabhängende Kette an die eines Mannes geschmiedet, den er seit seiner Kindheit kannte. Gemeinsam würden sie nun den langen Weg bis zum Meer zurücklegen.

Dreiundzwanzig Männer und Frauen waren gefesselt, aber die Schmiede hatten siebenundzwanzig Halseisen bereit. Als sich die Kolonne formierte, um nach Westen zu ziehen, schob Abu Hassan die Dorfältesten, die er für ihre Hilfe schon bezahlt hatte, beiseite und deutete auf drei tauglich erscheinende junge Männer und eine kerngesund wirkende Frau.

»Kettet die auch an!« befahl er. Die Wächter packten die vier und fesselten sie, damit ihnen Halseisen angelegt werden konnte. Der erst, der gebunden wurde, war Akko.

»Ihn nicht!« schrie einer der schurkischen Häuptlinge. »Das ist mein Sohn!«

»Nehmt ihn!« gebot Hassan, und die Schmiede machten sich an die Arbeit. Doch als der Alte seinen Sohn in Ketten sah, bestimmt für ein Land, von dem man nichts wußte, als daß es weit entfernt war, da begann er zu heulen und wollte Hassan in den Arm fallen.

Der Sklavenhändler stieß ihn weg, aber nun erhoben sich die Eltern der drei anderen so jählings ihrer Freiheit Beraubten in ihrer Verwirrung ein solches Gezeter, daß Hassan die Geduld verlor und einen ungewöhnlichen Entschluß faßte.

»Nehmt alle nach Luanda mit!«

»Das ganze Dorf?« fragte einer der Schmiede.

»Alle.«

»Das sind sechzig Meilen. Die überleben das nicht.«

»Ein paar schon.«

So wurde die gesamte Dorfbevölkerung mit Peitschenhieben gezwungen, hinter den zusammengeketteten jungen Leuten anzutreten. Einhundertneunzehn Kinder und ältere Menschen begannen den unvorstellbaren Marsch durch den Kongo-Dschungel, einem Ziel entgegen, das sie meisten vor ihnen nie erreichen sollten. An der Spitze gingen zwei bewaffnete Araber und hinter den Angeketteten zwei andere mit schußbereiten Gewehren. Dann kam die Masse der Dorfbewohner, von Abu Hassan persönlich bewacht. Zwei Begleiter liefen als Nachhut hin und her, um jeden niederzumachen, der zu flüchten versuchte. Die beiden übrigen Araber waren mit Bootsladungen von Elfenbein und Rhinozeroshörnern den Xanga in Richtung Kongo hinuntergefahren.

Es war ein grauenhafter Zug, ein Akt kleinlicher Rache, aber nichts Ungewöhnliches in jenen letzten Tagen des Sklavenhandels. Im Jahr 1832 war jeder Schritt in diesem üblen Gewerbe von Zynismus, Erbarmungslosigkeit und Faustrecht geprägt. Schwarze Häuptlinge verkauften ihre Gefolgsleute für nichtiges Zeug. Araber, die den Koran hersagten, organisierten die Transporte. Christen, immer darauf bedacht, Seelen zu retten, stellten die Unterkünfte zur Verfügung. Verräterische Kapitäne beförderten die Neger auf längst aus den Listen gestrichenen Schiffen. Und auf Cuba riskierten gewissenlose Händler den Kauf der Sklaven in der Hoffnung, sie vielleicht in den Süden der Vereinigten Staaten schmuggeln zu können, wo die Einfuhr neuer Sklaven verboten war.

Natürlich hatten die Großmächte den Menschenraub von Schwarzen schon seit langem in Acht und Bann getan. Die Vereinigten Staaten im Jahr 1792, Großbritannien 1807 und Frankreich 1815. Aber solche Einschränkungen hatten nur den Effekt, daß der Lohn für Konterbande besonders verlockend wurde. Plantagenbesitzer in der Karibik, in Brasilien und in den Südstaaten boten weiterhin enorme Beträge für erstklassige Sklaven, und es fanden sich immer erbärmliche Kapitäne, die bereit waren, die Blockade zu durchbrechen. Abu Hassan erfüllte seine Rolle in diesem großen Spiel. Mit siebenundzwanzig volltauglichen Negern in Ketten und hundertneunzehn minderwertigen als Troß war er vom Ufer des Xanga aufgebrochen. Er hoffte, zumindest zweiundzwanzig Kettensklaven und nicht weniger als dreißig von den übrigen bis nach Luanda durchzubringen. Wenn ihm dies gelang, konnte er mit erklecklichen Profit abschließen, zu dem auch die Transporte gerechnet werden mußten, die er aus weiter südlich gelegenen Ansiedlungen zur Küste geschickt hatte. Wenn keine außergewöhnlichen Schwierigkeiten auftauchten, hatte er alle Aussicht, mit seinen Sklaven ein ganzes Schiff zu füllen. In diesem Fall konnte er mit dem Kapitän um den Höchstpreis feilschen.

Daher störte es ihn wenig, als die älteren Gefangenen wegzusterben begannen. Aus praktischen Gründen war er sogar bereit, die ohnedies Todgeweihten zurückzulassen, und als die Kolonne einen Fluß nach dem anderen durchwatete, wurde sie immer kleiner und dichter. Es war ein guter Transport, einer seiner besten, denn er hatte noch keinen einzigen Kettensklaven verloren, und von diesen hing sein eigentlicher Gewinn ab.

Für die gefesselten Schwarzen war der Marsch fürchterlich. Länger als vierzig Tage in Hitze und Tropenregen mußte jeder von ihnen dauernd mit zwei anderen zusammengeketteten gehen, schlafen und seine Notdurft verrichten. Für eine junge Frau zwischen zwei Männern war der Zug zur Küste fast unerträglich, aber immer wieder hieß es: Weiter!

Cudjo, der ungefähr in der Mitte der Kolonne eingeteilt war, ertrug die Strapazen besser als die meisten seiner Leidensgenossen, doch die Bewacher merkten rasch, daß er trotz seiner Ketten ständig an den Verräter Akko heranzukommen versuchte, um ihn zu töten. Der erbärmliche Kerl flehte die Araber an, ihn zu beschützen. Sie hätten Cudjo am liebsten einfach niedergeschossen, aber als Ware war er zu wertvoll, weshalb sie sich damit begnügten, ihn zu peitschen oder ihm mit dem Gewehrkolben ins Gesicht zu schlagen, sobald er sich seinem Feind einen Schritt zu nähern schien.

Aber er konnte auch Luta nicht helfen, die an Akko gefesselt war, denn jede Bewegung in ihre Richtung faßten die Bewacher als einen Angriff auf Akko auf. Einmal schlug ein Araber Cudjo mit dem Gewehr gegen den Rist, und eine Weile schien es, als müsse Abu Hassan ihn erschießen, denn er lahmte so stark, daß er nicht Schritt halten konnte. Doch unter Aufbietung aller Kräfte schleppte er den schmerzenden Fuß nach.

Seine Eltern starben fast gleichzeitig am dreißigsten Tag. Abu Hassan warf nur einen kurzen Blick auf die ausgemergelten Leichen. Diesen Verlust bedauerte er nicht. Einundfünfzig Personen waren schon umgekommen, nur die Stärksten blieben übrig, und es war durchaus denkbar, daß er in Luanda mit weitaus mehr als bloß jenen dreißig Überlebenden ankommen würde, mit denen er gerechnet hatte.

Doch am vierzigsten Tag setzten schwere Regengüsse ein, und das Sumpffieber forderte seine Opfer. Zwei Frauen in Ketten und zwölf der anderen blieben auf der Strecke, so daß Abu Hassans Gewinnaussichten sanken. Das machte ihn wütend, und als die Fesseln der beiden toten Frauen entfernt werden mußten, beschimpfte er den Schmied so arg, daß der arme Teufel die Halseisen einfach abriß und dabei die Leichen abscheulich verstümmelte. Die Kolonne zog weiter.

Am zehnten Juni, dem neunundfünfzigsten Tag, erreichten Abu Hassans Gefangene die ersten Häuser von Luanda, jener aufstrebenden portugiesischen Kolonialstadt an der Atlantikküste. Er ließ die Neger in einem improvisierten Lager außerhalb der Stadt und begab sich allein nach Luanda, um den Verkauf in die Wege zu leiten. Zu seinem heftigen Mißvergnügen mußte er feststellen, daß im Moment keine Sklavenschiffe im Hafen ankerten, dafür aber auf See zwei britische Kriegsschiffe patrouillierten, um alle Kapitäne fernzuhalten, die vielleicht eine rasche, gewinnbringende Fahrt zu den Sklavenhäfen der Karibik im Auge haben mochten. Abu Hassan sah sich deshalb gezwungen, sein Kontingent in einen der Pferche zu stecken, die unter der Leitung von Jesuiten standen. Er versuchte festzustellen, in welcher der riesigen Einfriedungen seine früher abgegangenen Transporte vom Xanga einquartiert waren, und fand sie schließlich.

»Wir hatten Glück«, meldeten seine Aufseher. Da sie von den ganz im Süden gelegenen Dörfern losgezogen waren, wo die Nebenflüsse des Kongo seichter waren, hatte sie keine schweren Einbußen erlitten. Zudem hatten sie nur jüngere, körperlich robuste Neger aufgegriffen, deren Überlebenschancen sehr hoch waren.

»Weniger als zehn Prozent Verluste«, meldeten sie voller Stolz.

»Holt die Neuankömmlinge!« befahl Hassan. Die Aufseher begleiteten ihn in das Zwischenlager, wo sie die zusammengedrängten Schwarzen mit geübtem Blick begutachteten.

»Die fünfundzwanzig in Ketten sehen brauchbar aus«, sagten sie zu Hassan. »Aber diese anderen einundvierzig? Nicht viel wert.«

»Dann füllen sie wenigstens das Schiff«, entgegnete Hassan.

»Die machen es in Cuba nicht lange«, erklärten die Sklavenfänger ganz nüchtern. »Von denen wird man nicht viele nach Amerika schmuggeln können.«

»Immerhin: Sie füllen das Schiff«, wiederholte Hassan.

»Sollen wir ihnen die Ketten abnehmen?« fragte einer der Männer.

»Nein. Es kann Wochen dauern, bis ein Schiff einläuft«, antwortete Hassan ernst. » Diese verdammten Briten!«

Er behielt recht mit der Befürchtung, daß die Briten die Ausfuhr seiner Sklaven empfindlich verzögern würden, aber er wäre empört gewesen, wenn er den Grund dafür gewußt hätte. Unter den Priestern, welche die Pferche betrieben, war ein junger portugiesischer Bauernsohn. Er hieß Pater João und hatte nur den einen unausrottbaren Fehler: Er nahm das Wort Gottes ernst. Was er vom Sklavenhandel zu sehen und zu hören bekam, erfüllte ihn mit Abscheu. Unter großen Gefahren hatte er deshalb ein Signalsystem entwickelt, um immer, wenn die Quartiere voll waren oder ein besonders verwegenes Sklavenschiff einzulaufen versuchte, die britischen Schiffe zu alarmieren.

Am Abend jenes Tages, an dem die erste Kolonne vom Xanga eintrag, legte Pater João ein weißes Tuch in die Zweige eines Baumes, worauf der Auslugposten der Fregatte »Bristol« seinem Kommandeur meldete: »Sir, Sklaven sind im Quartier eingetroffen!« Keine internationalen Kommission hatte die »Bristol« zum Wachhund der Meere bestimmt, aber die öffentliche Meinung hatte empört verlangt, dem Sklavenhandel Einhalt zu gebieten, und genau dies war die Absicht des Kapitäns.

Seit zwei Wochen kreuzte sein schwer bestücktes Schiff vor der Küste von Angola und erzwang sich den Respekt der Kapitäne mehrerer rascher Segler, die am Horizont auf eine Chance lauerten. Wenn die »Bristol« sie aufforderte, zur Durchsuchung zu stoppen, dann gehorchten sie, denn sie wußten: Solange sie keine Sklaven an Bord hatten, konnte ihnen der Wächter nichts anhaben. Auf dem Schiff mochte es Halteringe für die Ketten geben und ein Zwischendeck, um Schwarze hineinzupferchen, so daß selbst der Dümmste auf den Zweck schließen konnte – wenn kein Sklave auf dem Schiff war, lag kein Verstoß vor, und die englischen Offiziere mochten wohl voll Verachtung auf die amerikanische Mannschaft herabsehen, aber sie scharf anzupacken war ihnen verwehrt.

Die Blockade dauerte an; die Briten ließen nicht locker, die Amerikaner fluchten, die arabischen Händler verzweifelten ob der Kosten, ihre Sklaven durchzufüttern, und die Neger in den Quartieren versuchten vergeblich, sich gegen die Witterung zu schützen. Da diese großen Gelasse keine Dächer hatten, konnten sich die Sklaven bei den häufigen Regengüssen nur zusammendrängen und warten bis das Unwetter aufhörte. Und wenn es dann endlich soweit war, brannte die Tropensonne herab, und für Abu Hassan begannen die Sorgen. Nun starben nicht nur einige der älteren Leute, auch unter den Widerstandfähigsten in Ketten gab es erste Krankheitsfälle.

Niemand litt unter den entwürdigenden Verhältnissen schwerer als Luta. Seit mehr als dreizehn Wochen war sie zwischen zwei junge Männer gekettet, die kaum älter waren als sie. Jeder mußte alle körperlichen Funktionen des anderen mitansehen. Mißhandlungen hatte Luta allerdings nicht zu befürchten. Zwar konnten die arabischen Bewacher manchmal die Langeweile und das Jammern nicht mehr ertragen und wurden für kurze Zeit zu Berserkern, die auf jeden eindroschen, aber intelligentere Sklaven lernten schnell, bei solch jähen Wutanfällen auszuweichen.

Gegen die schreckliche Demütigung, gefesselt in diesem Pferch zu warten und elend zu verkommen, konnte sich Luta jedoch nicht wehren. Sie wäre vielleicht aus Verzweiflung gestorben, hätte Cudjo sie nicht aus der Entfernung beobachtet und ihr immer wieder Mut und Kraft gegeben. Manchmal rief er ihr über die Köpfe der anderen hinweg aufmunternde und beruhigende Worte zu, bis ihn einer der Wächter mit der Muskete stieß, um ihn zum Schweigen zu bringen. Oft, während des langen Regens, blickte er sie einfach an, und allmählich gab sie ihm zu verstehen, sie habe den festen Willen, diese Schrecknisse zu überleben. Er rief ihr dann zu, er liebe sie, und alle konnten es hören.

Sechs Wochen waren nun verstrichen, seit die verschiedenen Gruppen von Xanga-Sklaven in den Quartieren eingetroffen waren, und Abu Hassan begann, die Unterhaltskosten seines Eigentums empfindlich zu spüren. Er stand vor dem Dilemma: die Neger schlechter zu ernähren und dabei Geld zu sparen oder wie weiterhin so zu verpflegen, daß sie bei der Versteigerung in Cuba einen guten Eindruck machten. Er verwarf beide Möglichkeiten und entschied sich für eine Taktik, die er schon einmal angewandt hatte: er verkaufte sein gesamtes Kontingent an die Jesuitenpatres, welche die Quartiere besaßen. »Sollen sie das Risiko übernehmen!« sagte er zu seinen Helfern.

So trennten sich die Araber von den Xanga-Sklaven, steckten einen ansehnlichen Gewinn ein und gingen in die Basare, um Waren für die Korrumpierung weiterer Stämme südlich des Kongo zu beschaffen. Abu Hassan hatte von neunzehn anderen Flüssen gehört, die in den Sankure mündeten, und jeder war von kümmerlichen kleinen Stämmen dicht besiedelt, deren betagte Häuptlinge wohl mit billigen Lockmitteln dazu gebracht werden konnten, ihre besten jungen Leute zu verschachern.

»Wir kommen wieder«, versicherte er den Jesuiten. Er vertraute darauf, daß dieser lukrative Handel bis in die fernste Zukunft weitergehen würde. Die Briten mochten – aus Gründen, die ihm schleierhaft blieben – Störmanöver versuchen, aber es würde immer wieder wagemutige Kapitäne geben, die angesichts der Aussicht auf enorme Gewinne keine Gefahren scheuten. »Ich wollte, einer von ihnen hätte sich besser beeilt«, sagte er bedauernd, als er mit seinem Trupp Luanda verließ. »Dann könnten wir mehr Gold mitnehmen.«

Die Jesuiten, denen er seine Neger verkauft hatte, wollten sich nicht am Sklavenhandel beteiligen. Sie besaßen nur die Quartiere und hatten die Erfahrung gemacht, daß es sehr oft für alle Beteiligten günstig war, wenn sie als Mittelsmänner auftraten, den arabischen Sklavenjägern einen annehmbaren Preis bezahlten und selbst die Verpflichtung eingingen, die Schwarzen zu ernähren, um sie schließlich mit einer kleinen, aber angemessenen Gewinnspanne an irgendeinen Kapitän zu veräußern.

Es war nicht der Profit, den die Patres im Auge hatten. Während die Heiden unter ihrer Obhut standen, bekehrten sie diese zum Christentum, und das war in ihren Augen verdienstvoll, denn es bedeutete, daß jeder Neger, der auf der langen Überfahrt nach Cuba starb, in Gott ruhte. Seine Seele war gerettet.

Nun gab es keine Schläge mehr, dafür suchten freundliche junge Priester, die in Portugal auf dem Lande aufgewachsen waren, täglich die Quartiere auf. Sie erklärten mühsam in den afrikanischen Dialekten, wie Jesus über jeden Menschen wache, selbst über jene, die Ketten trugen, und wie die Sklaven in einem späteren besseren Leben Ihn selbst in Seiner Herrlichkeit erblicken würden. Cudjo sträubte sich gegen den Einfluß der ernsten jungen Portugiesen, doch Luta kam mit Pater João ins Gespräch, und das ehrliche Mitgefühl, das aus seinen Augen leuchtete, machte seine Worte tröstlich. Wenn sie alles recht bedachte, was Pater João verhieß, fand sie einen tiefen Sinn darin. Schon immer hatte sie geglaubt, daß es einen Gott geben müsse, der den Lauf der Sterne, das Tun der Menschen und sogar die Wege der Tiere im Dschungel lenkt. Und daß dieser Gott oder diese Gemeinschaft von Gottheiten einen auserwählten Sohn als Vermittler auf die Erde entsandt haben sollte, war nicht schwer zu verstehen. Daß der Sohn von einer Jungfrau geboren wurde, dieser Glaubenssatz stellte Luta vor kein unüberwindliches Problem. In den vergangenen Wochen, an ihre beiden Gefährten gekettet, hatte sie oft gewünscht, körperlos zu sein.

Sie hörte dem jungen Priester so aufmerksam zu, daß er seinen Ordensoberen begeistert berichtete: »Wir bekehren viele in den Quartieren. Das Mädchen namens Luta ist bereit, eine Tochter der heiligen Kirche zu werden.«

So geschah es, daß eines Tages, nach Unwettern und greller Hitze, gegen Abend zwei ältere Jesuiten im Sklavenquartier erschienen und vorsichtig über die matt hingestreckten Leiber stiegen, bis zu jener Stelle, wo Luta in Ketten lag. Sacht schoben die Priester die beiden jungen Männer beiseite, so weit es der Spielraum der Ketten zuließ, dann fragten sie Luta, ob sie Willens sei, Christus als ihren Herrn anzuerkennen. Als sie nickte, äußerten die Priester ehrliche Freude, und sie sagten, der Heiland werden sie unter Seinen persönlichen Schutz nehmen und sie werde das ewige Leben erlangen. Ihre Prüfungen auf Erden werde sie leichter ertragen, weil danach das Paradies folge, und in dieser Heimstatt werde sie Gottes Güte und Milde erfahren.

Dann segneten die Priester das Mädchen und hießen sie niederknien, was Luta unter Mühen tat, denn ihre Kettengefährten mußten mit ihr knien. Die Bewegung pflanzte sich fort, bis schließlich alle überlebenden Schwarzen der Kolonne auf den Knien lagen, während Luta in die katholische Kirche aufgenommen wurde. Cudjo, der mit den übrigen auf die Knie mußte, hätte aufbegehrt, wäre die Empfängerin dieser Gnade jemand anderer gewesen als Luta. Er dachte nur, wenn sie diesen Halt brauchte, würde er nichts tun, um ihren Seelenfrieden zu stören.

»Du bist nun ein Kind Gottes«, sagte der eine Jesuit feierlich, und als er gegangen war, erhoben sich die fünfundzwanzig Sklaven und die beiden Männer, die an Luta gekettet waren, und musterten sie aufmerksam, ob der Segen des Priesters sie irgendwie verändert habe. Doch sie entdeckten nur jene stille Resignation, die das Mädchen schon immer gezeigt hatte.

Nun ging mit den Negern in den Quartieren ein sonderbarer Wandel vor.

Sei hatten das Einerlei von Regen und Sonne so satt, daß sie zu hoffen begannen, das Ding, das die Priester ein Schiff nannten, möge bald nach Luanda kommen. Niemand in der Schar hatte eine Ahnung, welch neue Schrecknisse damit verbunden waren, aber sie warteten auf eine Wendung. Auch Cudjo wünschte sich eine Änderung herbei.

In der Morgendämmerung des zweiten August traf endlich ein Schiff vor Luanda ein. Niederbordig und schnittig, als Schoner getakelt: vier große Klüversegel am langen Bugspriet, vier Rahsegel am Fockmast und zwei Gaffelsegel am Großmast – das bedeutete, daß bei jedem Wind ein Maximum an Fahrt zu erreichen war. »Nun wird etwas geschehen«, sagten die Sklavenhändler am Strand zueinander.

Um acht Uhr morgens tauchte ein zügig gerudertes Beiboot in der Bucht auf, und an Land stieg ein älterer Mann mit gebeugten Schultern und schwerfälligem Gang. Seine Ankunft beruhigte die Sklavenhändler. »Der will kaufen«, sagten sie, als er energisch den Strand entlangschritt.

»Hallo«, sagte er, als er auf den Platz kam, »ich bin Goodbarn von der ›Ariel‹, im Dienst von Captain Turlock.«

»Wir haben Sie erkannt«, erwiderte der Hauptagent.

Der Besucher ließ sich in einen Rohrstuhl fallen und bat um einen Drink. Er schien müde und sehr gealtert, seit sie ihn zuletzt gesehen hatten, deshalb waren sie nicht überrascht, als er sagte: »Das ist unsere letzte Fahrt. Wir verladen, was hineingeht, damit es sich richtig lohnt.«

»Die Quartiere sind voll.«

»Wir wollen keine Alten und keine Kranken.«

»Für Sie, Mister Goodbarn, haben wir Hunderte starke junge Nigger.«

»Wir werden vierhundertsechzig unter Deck stecken und siebenundfünfzig auf das Vorschiff. Eine riskante Sache, sie oben zu halten. Sie müssen an der Kette liegen, damit wir sie festhalten können.«

»Eine Mordsladung«, sagte der Agent.

»Wir möchten uns als reiche Leute zurückziehen.«

»Wie alt ist die ›Silberfaust‹?«

»Hoch in die Sechzig, aber man sieht es ihm nicht an.«

»Wann wollen Sie verladen?«

»Heute.«

»Das ist unmöglich.«

»Wieso? Sie sagen doch, daß genug Nigger da sind.«

»Ja, aber wir können den roten Stuhl nicht rechtzeitig aufstellen.«

»Zum Teufel mit dem roten Stuhl!« sagte Goodbarn. Er war verbraucht und noch mehr als der Kapitän darauf erpicht, dieses letzte Abenteuer hinter sich zu bringen.

»Ohne den roten Stuhl gibt es keine Ausfuhr von Sklaven aus diesem Hafen, das können Sie mir glauben!«

»Na schön. Wann dann?«

»Morgen, aber wie wollen Sie unbemerkt einlaufen?«

Goodbarn nahm einen großen Schluck vom lauwarmen Bier und blickte versonnen zur Bucht hinaus. »Wir sind 1814 hierhergekommen, um die ›Ariel‹ für den Sklaventransport auszurüsten ... bloß für eine Fahrt – dachten wir. Achtzehn Jahre später sind wir noch immer dabei und reden uns ein, diesmal sei es wirklich die letzte Fahrt ...« Mißtrauisch äugte er um sich und bedeutete dem Agenten, daß er mit ihm allein sprechen wolle. »sie haben gefragt, wie wir den Kahn hereinbugsieren. Captain Turlock vermutet, daß ein Wachtposten an der Küste sitzt und dem britischen Schiff Signale gibt. Lachen Sie nicht! Es gibt keine andere Erklärung dafür, daß die Briten so prompt reagieren, so oft wir eine Landung versuchen.«

»Ganz unmöglich«, wandte der Agent ein. »Die Portugiesen ...«

»Deshalb haben wir einen spanischen Kapitän für ein Täuschungsmanöver gedungen, ein paar Meilen weiter oben an der Küste. Die ›Bristol‹ wird die Verfolgung aufnehmen, und inzwischen rauschen wir herein.«

»Der britische Kommandeur ist zu klug, um auf dieses Scheinmanöver hereinzufallen.«

»Es wird kein Scheinmanöver sein. Denn heute werdet ihr dreihundert Sklaven nordwärts dorthin marschieren lassen, wo der Spanier landen könnte. Und wenn die ›Bristol‹ ihn nicht verfolgt, verlädt er die Nigger, verkauft sie in Havanna und teilt mit uns. Aber wir werden alles so echt machen, mein Freund, daß die ›Bristol‹ einfach nach Norden segeln muß.«

»Wer bezahlt den Landtransport der Sklaven … falls die ›Bristol‹ ihnen auf der Spur bleibt.«

»Ich. Bei dieser Fahrt haben wir zwar ein großes Risiko, aber große Gewinnchancen. Captain Turlock ist immer bereit, Geld auszugeben, wenn er dabei Geld verdienen kann.« Damit schüttete er einen kleinen Haufen Silbermünzen auf den Tisch.

Als der Händler sie geprüft, gezählt und den komplizierten Vorschlag überdacht hatte, nickte er und rief den anderen zu: »Wir können morgen den roten Stuhl herausholen. Die »Ariel« wird um neun Uhr fünfhundertsiebzehn Stück verladen.«

Mittags machten sich dreihundert andere Sklaven wie verabredet auf den Marsch gen Norden. Um ein Uhr entdeckte Pater João die Kolonne und gab den Briten ein Signal. Um zwei Uhr segelte die »Bristol« nordwärts.

In den Quartieren wurden die Sklavenkontingente, aus denen der Kapitän der »Ariel« seine Fracht wählen sollte, sorgfältig für die Verschiffung vorbereitet. Jeder bekam einen Eimer voll brackigen Wassers ins Gesicht und einen zweiten über den Rücken geschüttet. Andere Eimer wurden in die Mitte gestellt für jene, die sich gründlicher säubern wollten. Das taten Cudjo und Luta. Während sie sich wuschen, brachten Priester eigenhändig große Schüsseln mit Essen herein, was noch nie zuvor geschehen war, und Cudjo flüsterte: »Sie wollen, daß wir sauber und gesund wirken. Morgen werden wir verkauft!« An jenem Abend legten sich die Sklaven mit dem Bewußtsein schlafen, daß der nächste Tag höchst bedeutsame Ereignisse bringen würde.

Schon in der Dämmerung mußten sie zum Landeplatz marschieren, wo Cudjo dann zum erstenmal den vierschrötigen, rotbärtigen alten Mann erblickte, der statt der linken Hand einen Silberknauf hatte. Seine trotz der gebeugten Schultern gebieterische Haltung und seine blitzenden Augen zeigten, daß er der Herr war. Als Cudjo sah, welchen Respekt die anderen Weißen diesem Fremden erwiesen, raunte er seinen Kettengefährten zu: »Auf den gebt acht!« Nun schritt der alte Mann sehr straff die lange Reihe der ungefesselten Sklaven ab, akzeptierte diesen, lehnte jene ab: »Ja, ja, den auch, nein, den nicht.« Die

Sicherheit, mit der er seine Entscheidungen traf, ließ Cudjo darauf schließen, daß er schon öfter solche Musterungen gehalten hat.

Als er etwa vierhundert Neger für tauglich befunden hatte, wandte er sich mit einem energischen Ruck den Angeketteten zu, doch bevor er sich näher mit Ihnen beschäftigte, rief er einen anderen älteren Mann in schwarzem Anzug, »Goodbarn«, hörte ihn Cudjo sagen –, und gemeinsam inspizierten sie die kräftigen Sklaven. Die meisten fanden Anklang, aber als der große Mann zu dem Sklaven neben Cudjo trat, einem Riesenkerl, der jedoch seit der Einlieferung im Quartier kränkelte, sah er sofort, daß mit dem nichts zu holen war, und er wollte ihn von der Kette entfernen lassen, doch Goodbarn, wenn er wirklich so hieß, erklärte, warum dies nicht möglich sei.

Nun kam er zu Cudjo, und aus einem unerfindlichen Grund packte er diesen am Kinn, starrte in seine dunklen Augen und sage etwas zu seinem Begleiter. Offenbar mißfiel ihm der Ausdruck von Cudjos Gesicht, und wieder fragte er, ob dieser Kerl und der kränkelnde losgekettet werden könnten, aber Goodbarn verneinte. Mit der Hand noch immer an Cudjos Kinn knurrte der Kapitän irgendeine Warnung und stieß ihn dann hart zurück.

Nachdem er die Kettensklaven begutachtet hatte, befahl er Mr. Goodbarn, die Ausgewählten antreten zu lassen. Dann ging er ein paar Schritte zurück, überblickte die Schar und nickte. Der Handel war perfekt.

Nun begann das religiöse Zwischenspiel auf dem langen Weg von den Dörfern am Xanga in die rätselhaften Fernen. Die fünfhundertsiebzehn verkauften Sklaven wurden auf einem kleinen Platz zusammengetrieben, wo sie sich mit dem Rücken zum Meer aufstellen mußten, vor ihnen stand ein schöner roter Stuhl. Ihm näherte sich eine Prozession von Priestern, die einen hochgewachsenen, ernsten, in Purpur gekleideten Mann geleiteten. Als er, von den anderen gestützt, die Plattform bestiegen hatte, auf welcher der Stuhl stand, hob er die Hand und die Menge verstummte.

»Ihr macht euch auf zu einer Reise in ein unbekanntes Land«, sagte er auf portugiesisch. »Aber wohin euch das Schicksal auch führt, Gott wird über euch wachen, denn ihr seid Seine Kinder. Er wird euch leiten und trösten.«

Er sprach einige Minuten weiter, während Mr. Goodbarn innerlich schäumte und ständig aufs Meer hinausblickte. Der Bischof äußerste die Meinung, die Reise sei für die Neger eigentlich ein Glück, denn sie würden in Gebiete kommen, wo Gott herrsche, und dort würden sie Seiner grenzenlosen Barmherzigkeit teilhaftig sein.

Und damit kam er zum wichtigsten Teil der feierlichen Handlung, jenem symbolischen Moment, der die Errichtung der Sklavenquartiere und deren mehr oder weniger humanen Betrieb rechtfertigte. Der Bischof öffnete weit die Arme und rief: »Im Namen Jesu Christi taufe ich euch als Kinder der heiligen christlichen Kirche. Falls ihr auf der Fahrt, die ihr antretet, sterben solltet, werdet ihr in den Himmel eingehen und zur rechten Hand Gottes sitzen.«

Er machte das Kreuzzeichen, und nun gingen sieben Priester eilig durch die Scharen der Sklaven, besprengten sie mit Weihwasser und verhießen ihnen das ewige Leben. Danach spendete der Bischof allen Versammelten seinen Segen, wünschte der Schiffsbesatzung eine gute Überfahrt und stieg von dem Schaugerüst herab. Als er sich entfernt hatte, schrie Mr. Goodbarn: »Jetzt bringt dieses schwarze Pack an Bord, aber rasch!«

«Die Sklaven mußten sich zum Meer umwenden, und zum erstenmal sahen sie das Schiff, das sie den Freuden entgegenbringen sollte, von denen der Bischof gesprochen hatte, aber sie konnten es nur kurz betrachten, denn schon stießen die Matrosen sie in den Rücken. »Los, weiter, weiter!«

Alle Seeleute waren im Einsatz, um die Neger aufs Schiff zu treiben. Hastig mußten diese über den steilen Landungssteg hinaufsteigen, und an Deck stand Captain Turlock; sein fuchsroter Bart war von grauen Fäden durchzogen, die Silberfaust blinkte in der grellen Sonne. Mit sicherem Blick musterte er die Sklaven, um zu prüfen, ob vielleicht minder Taugliche untergeschoben wurden, und mit einer wuchtigen Geste seiner Metallprothese wies er die nicht angeketteten Sklaven zum Laderaum.

Dort teilte ihnen Mr. Goodbarn ihre Plätze in einem der vier Gelasse zu, wobei er darauf achtete, daß die kräftigsten Männer und mögliche Unruhestifter in den tiefstgelegenen Raum kamen. Unter Deck beaufsichtigte ein Mr. Jenkins das Festmachen der Kettensklaven, und schließlich waren vierhundertsechzig Neger in Räumen zusammengepfercht, die sonst zur Not für sechzig Mann gereicht hätten. Das Gitter beim Großmast wurde verriegelt, der Niedergang zwischen den beiden Laderäumen verschlossen. Die Weißen stiegen über eine Leiter hinauf, die sie hinter sich hochzogen. Und die Luke zum Deck wurde ebenfalls von außen verriegelt. In Dämmerlicht, Schmutz und von der Seekrankheit geplagt, mußten die Schwarzen den Atlantik überqueren.

An Deck versuchte Captain Turlock mittlerweile etwas, das er noch nie getan hatte: im Freien Platz für siebenundfünfzig Männer und Frauen zu finden, die überwiegend in Ketten waren. Diese Fesseln ließ er backbords und steuerbords ans Schanzkleid schlagen. Den restlichen Sklaven befahl er, sich auf dem Vorschiff zu lagern, und er stellte einen Posten dazu, der schießen sollte, falls sie Schwierigkeiten machten.

»Das ist unsere letzte Fahrt«, sagte er zu Goodbarn. »Sorgen Sie dafür, daß sie gut abläuft.«

Aber sie begann schlimm. Auf Pater Joãos Signal war die »Bristol« nach Norden gejagt, doch sobald der Priester merkte, daß er getäuscht worden und die »Ariel« heimlich eingelaufen war, entrollte er kühn ein großes Tuch, das der »Bristol« eine illegale Landung signalisierte. Nun pflügte sie in voller Fahrt zurück, um den Sklavenfahrer anzuhalten, ehe er auf hoher See war.

»Schiff ahoi! Die ›Bristol‹!« rief Captain Turlocks Mann im Auslug. »Alle Mann an Deck!« schrie Turlock, und kein weiteres Wort war nötig, denn jeder amerikanische Matrose wußte, daß sie den Briten ausmanövrieren mußten oder jahrelange Haft in einem Londoner Gefängnis riskierten.

Erstaunlich schnell hatte die Besatzung daher die »Ariel« segelfertig, und während portugiesische Hafenarbeiter die Leinen loswarfen, überwachte Mr. Goodbarn das Setzen der Segel; das »Entzücken des Sklavenfahrers«, wie die Schonertakelage genannt wurde, funktionierte prächtig.

Die »Bristol«, bereits in Fahrt, wäre im Vorteil gewesen, vor allem dank ihrer schwereren Bestückung, aber die »Ariel« ließ sie nicht auf Schußweite heran, und in den ersten Phasen des Wettrennens machte sie den Vorteil des Gegners wett, indem sie eine ablandige Brise erfaßte, die sie weit aufs offene Meer hinaustrieb. Pater João, der die beiden Schiffe beobachtete, betete, daß der Wind abflauen möge, damit der Sklavenfahrer aufgebracht würde. Aber sein Flehen wurde nicht erhört. Die Brise hielt an, und Captain Turlock lief glatt aus.

»Toppsegel setzen!« sagte er zu Mr. Goodbarn, und als dies geschehen war, schoß die »Ariel« dahin, doch mußte sie einen Kurs halten, der sie nahe an der feuerbereiten »Bristol« vorbeiführte.

Unter den am Schanzkleid angeketteten Sklaven befanden sich Luta und Cudjo, der alle Vorgänge genau und gespannt beobachtete. Aus dem disziplinierten Verhalten der amerikanischen Besatzung schloß er, daß ihr irgendeine Gefahr drohte. Deshalb reckte er sich, soweit es seine Fessel zuließ, um über den Rand des Schanzkleides zu spähen. »Oh!« stöhnte er, denn drüben, nicht weit weg, sah er ein viel größeres Schiff.

Bis zu jenem Tag hatte er noch nie ein richtiges Schiff erblickt, und er wußte natürlich nichts von den unterschiedlichen Typen, aber instinktiv begriff er, daß es dieses andere schwimmende Riesending war, das seinen Häschern sichtlich solche Furcht einjagte. Nur einen Moment lang konnte er die Position der beiden Segler überschauen, denn Captain Turlock brüllte: »Mister Jenkins, der Große soll sich ducken!« Und Mr. Jenkins versetzte Cudjo einen Hieb mit dem Belegnagel. Doch als der Neger auf die Planken stürzte, konnte er seinen Gefährten noch zurufen: »Der dort will diesen fangen!«

In beiden Gruppen richteten sich Sklaven auf, um nachzusehen, was Cudjo meinte, und diese plötzliche Massenbewegung schreckte die weißen Seeleute, denn vom ersten Tag an Bord der »Ariel« hatte man ihnen eingeschärft: »Nicht Stürme oder britische Fregatten sind gefährlich, sondern Revolten. Sofort niederschlagen, bevor sie richtig beginnen!«

»Mister Jenkins, schaffen Sie Ordnung!« rief Mr. Goodbarn.

Mit Belegnägeln, die an Tauenden festgebunden waren, fegten die Seeleute über den Rand des Schanzkleides, schlugen die Sklaven nieder und prügelten sie dann, wenn sie auf den Planken lagen. Den Matrosen machte es nichts aus, dem oder jenem den Schädel einzudreschen, denn sie wußten, daß mit einer bestimmten Quote von Ausfällen gerechnet wurde, und vielleicht hätten sie auch Cudjo erledigt, doch da rief Captain Turlock: »Mister Jenkins, zurück an die Brassen!«

Die brutalen Hiebe brachten die Schwarzen zum Schweigen, aber Cudjo beobachtete weiterhin das britische Schiff, während die »Ariel« die offene See gewann. Hin und wieder konnte er verstohlen den Kopf heben, dann sah er voll Freude, daß der andere Segler in der Nähe war. Aber nun ereignete sich Verblüffendes: Dank einer Reihe kluger Manöver gelang es dem Mann mit der Silberfaust, seinen Verfolger abzuschütteln. Ein britisches Geschütz wurde abgefeuert, und eine – dem Rauschen nach zu schließen – großkalibrige Kugel pfiff durch die Takelage der »Ariel«.

Einer der an Luta geketteten Sklaven blickte über das Schanzkleid und sah, was geschah. »Sie schießen mit einem großen Gewehr auf uns!« rief er. »Runter mit dem Kerl!« schrie der Kapitän.

Ohne ihren Späher konnten die zusammengedrängt kauernden Neger das Geschehen nicht mehr abschätzen, und die Ungewißheit quälte sie sehr, bis Cudjo trotzig aufstand – gerade rechtzeitig, um zu sehen, daß das britische Schiff die Verfolgung aufgab. Es feuerte noch zwei Schüsse auf die flüchtende »Ariel«, aber die Kugeln klatschten wirkungslos ins Meer, und die amerikanischen Seeleute riefen hurra.

Cudjo wußte, daß die Jagd vorüber war. Er wußte, daß dieser rotbärtige Mann ungewöhnliche Kräfte besaß. Und vor allem wußte er, daß jede Hoffnung auf ein Entkommen geschwunden war.

Kaum hatte die »Ariel« Afrika und die lauernden britischen Fregatten hinter sich gebracht, begann der Alltag zu regieren. In der Morgendämmerung übergoß ein Matrose die angeketteten Schwarzen mit mehreren Eimern Salzwasser. Etwa eine Stunde später wurden Kübel mit einer Art Schweinefutter an einen Platz gestellt, wo die Schwarzen das Zeug verschlingen konnten. Gegen Mittag öffnete man die Lukendeckel zu den stinkenden Laderäumen, und eine Arbeitsgruppe, die aus ungefesselten Sklaven vom Vorschiff bestand, wurde hinuntergeschickt, um die Leichen jener Schwarzen zu holen, die in den vergangenen vierundzwanzig Stunden gestorben waren. Diese wurden in einen geflochtenen Korb geworfen, den die Matrosen hochhievten und über die Seite entleerten. Nicht selten erkannten dabei junge Männer und Frauen, die achtern angekettet waren, unter den Toten ihre Eltern.

Gegen Abend wurden wieder Eimer mit gräßlicher Brühe gebracht, aber das dauernde Schlingern des Schiffes wirkte auf die Sklaven so verheerend, daß den meisten von ihnen wie Cudjo schon beim bloßen Anblick dieses Essens sterbensübel wurde. Sie erbrachen sich, hatten Durchfall und lagen dann im Unrat, bis der morgendliche Wasserguß zumindest einiges davon wegspülte. Cudjo, der immer mehr abmagerte, grübelte nach, wie die Verhältnisse unter Deck sein mochten. Er fand nur zwei Hinweise: Mittags, wenn die Lukendeckel entfernt wurden, drang heißer Gestank herauf, so schrecklich, daß die weißen Matrosen nasse Tücher vor die Nase hielten, und einmal, als die Vorschiffsklaven Leichen heraufholten und an Cudjo vorbeigingen, fragte er: »Wie ist es?« Ein alter Mann sagte darauf! »Sei froh, wenn du hier oben krepieren kannst.«

So elend sich Cudjo auch fühlte, so verfolgte er doch alle Vorgänge an Deck mit gespanntem Interesse. Captain Turlocks Fähigkeiten und das Geschick, mit dem dieser Mann seine Segelmanöver durchführte, begannen ihm zu imponieren. Langsam lernte er die Seeleute nach ihren Funktionen und Rängen zu unterscheiden, und er wußte, wer das Kommando übernahm, wenn der Kapitän schlief. Er prägte sich den Ablauf des Glasens ein und verbrachte viele Stunden mit dem ergebnislosen Versuch, zu ergründen, was in dem schwarzen Kästchen vor der Ruderpinne sein mochte, das der Kapitän und der Bestmann so aufmerksam betrachteten. Cudjo konnte nicht wissen, daß dieses Ding etwas mit der Richtungsbestimmung zu tun hatte, denn er selber wußte immer, wo Norden war, solange sich nicht Nebel über das Meer legte. Aber ihm fiel auf, daß die Weißen immer dann viel häufiger nachsahen, wenn er selbst keine Orientierung hatte, und seine Beobachtungen führten ihn schließlich zu dem Schluß: Das schwarze Kästchen diente irgendwie dem Zweck, zu verhindern, daß das Schiff vom Weg abwich. Abu Hassan hatte einmal zum Entzücken und Erstaunen der Bewohner in den Xanga-Dörfern ein sonderbares Spielzeug vorgezeigt: einen Magneten mit Eisenspänen. Cudjo hatte nur kurz damit hantieren dürfen, bevor die Eisenspäne verlorengingen, aber das Geheimnis war ihm im Gedächtnis geblieben. Nun vermutete er, daß in dem rätselhaften Kästchen ein solcher Magnet stecken müsse, der das Schiff in die gewünschte Richtung zog.

Während er auf diese Weise immer mehr über die Führung eines Seglers erfuhr, ließ ihn der eine Gedanke nicht los: Was geschieht unter Deck? Und einmal, als die Luken geöffnet wurden, damit sechs Leichen herausgehoben werden konnten, zerrte er an seinen Ketten, um zumindest einen flüchtigen Eindruck von den entsetzlichen Zuständen zu erhalten, die, wie er wußte, dort unten herrschten, aber er sah nichts. Doch sein Versuch blieb nicht unbemerkt. Captain Turlock sah, was der Schwarze tat, und befahl Mr. Jenkins, diesem Kerl eins über den Schädel zu geben.

Als Cudjo bewußtlos auf den Planken lag, stellte sich Turlock über ihn und sagte zu den zitternden Sklaven. Ihr wollt wissen, was da unten vorgeht, wie? Na gut, ihr sollt es gleich sehen.«

Er wies seine Leute an, die vordere Luke zu öffnen und alle nicht angeketteten Sklaven hinunterzuwerfen. Wenn sie sich das Rückgrat brachen, zum Teufel mit ihnen. Wenn ihre Leidensgenossen sie auffingen, um so besser. Dann ließ er von einem Zimmermann die beiden achtern angeketteten Gruppen losmachen, und als das geschehen war, befahl er, auch sie hinunterzustoßen. Die beiden Männer, die an Cudjo gekettet waren, rissen ihn mit in die Tiefe.

Er kam im Bauch des Schiffes zu sich. Dort war es stockfinster und grauenhaft, und als sich auch noch ein Sturm erhob, rollte die wirre Masse aus Armen, Beinen und Rümpfen vor und zurück. Die älteren Sklaven vom Vorderdeck verteilten sich, so gut es ging, in dem Raum, der so vollgepfercht war, daß man darin unmöglich aufrecht stehen konnte. Die Insassen mußten Tag für Tag flach auf den Bohlen liegen.

Für die Kettensklaven war es noch viel schwieriger, Platz zu finden. Da sie sich immer alle zusammen bewegen mußten, konnten sie nur elend in Ecken kriechen, aus denen die vielen Toten hinausgeschafft worden waren. Während der ersten Nacht unter Deck gelang es Cudjo jedoch, sich nahe an Luta heranzuschieben, und zum erstenmal seit ihrer Gefangennahme hatten sie Gelegenheit, miteinander zu reden.

»Ich wollte hierher«, sagte er zu ihr.

»Warum?«

»Weil ich weiß, wie man mit diesem Schiff umgeht.«

»Wozu?«

»Wir werden ihnen das Schiff wegnehmen und heimfahren.«

»Wie denn?« Sie deutete auf den stickigen Laderaum, der mit ausgemergelten Schatten überfüllt war.

»Wir werden dieses Schiff erobern«, wiederholte er hartnäckig, und während der langen scheußlichen Nacht kroch er zwischen den anderen umher und sprach leise mit ihnen. Einer wußte etwas, was Cudjo aufhorchen ließ: »Im unteren Raum, wo es noch schlimmer ist, hat ein Mann aus einem anderen Dorf das gleiche gesagt. Er heißt Rutak.« Der Informant zeigte ihm eine Spalte in den Planken. Cudjo legte sich flach auf den Boden und zog dabei seine beiden Cefährten mit. »Ist Rutak da?« zischte er.

Nach einer Weile antwortete eine tiefe Stimme. »Ja, ich bin Rutak.«

Sie sprachen fast eine halbe Stunde miteinander, und im oberen Raum konnten mindestens sechs Sklaven hören, was Cudjo sagte, während unten ebenso viele Rutak zuhörten, so daß, noch ehe die Nacht um war, alle Schwarzen wußten: Cudjo und Rutak führen etwas im Schilde.

Unter denen in Cudjos Gefolgschaft, die jedes Wort mit anhören konnten, war Akko, der Verräter. Als Sohn des Dorfhäuptlings war er immer bevorzugt worden, weshalb die Erlebnisse als Kettensklave auf dem Marsch vom Xanga, das Elend in den Quartieren von Luanda und nun die Schrecknisse dieses Schiffes auf ihn viel tiefer wirkten als auf die meisten anderen. Er war gebrochen, bis ins Innerste aufgewühlt und wollte sich für alle erlittene Schmach rächen.

Seine Ketten nachschleifend und seine beiden Gefährten mitzerrend, näherte er sich Cudjo. Im Dunkel sagte er: »Wir müssen das Schiff erobern.« Solch ein völlig unerwartetes Angebot brachte Cudjo in argen Zwiespalt. Vor zwei Monaten noch hatte er diesen Mann töten wollen. Nun war durch schlimme Qualen jeder Gedanke an Vergeltung für persönliches Unrecht ausgetilgt. Aber konnte er einem Mann vertrauen, der ihn verraten hatte? In der Finsternis konnte er Akko nicht sehen, und er hatte keine Ahnung, ob es dieser ehrlich meinte. Aber aus eigener Erfahrung wußte er, daß das Schicksal der Sklaverei eine Gewalt ist, die jeden Menschen verändert. Er riß an seinen Ketten und ergriff Akkos Hände. »Wir werden dich brauchen«, sagte er.

Als am nächsten Mittag die Luken geöffnet wurden, erhellte das grelle Sonnenlicht den oberen Raum, in dem sich Cudjo mit seinen Gefährten drängte. Dieses Zwischendeck war nicht einmal eineinhalb Meter hoch und ohne Entlüftung. Eine Ecke war als Latrine abgeteilt, doch der Urin sickerte durch, auf die Köpfe der Neger im unteren Gelaß. Alle, die im Verlauf von vierundzwanzig Stunden starben, wurden übereinander in eine andere Ecke gelegt. Als die Klappe zum unteren Raum geöffnet wurde, sah Cudjo endlich, was sich dort abspielte. Ihn schauderte. Es war die Hölle.

Und dann blickte Kapitän Turlock – wachsam wie immer – zufällig in den Laderaum und sah zu seinem Entsetzen, daß die Kettensklaven, die am Vortag hinuntergeworfen worden waren, nicht festgemacht waren. »Die Kerle konnten durch den ganzen Schiffsbauch kriechen!« schrie er. Sofort wurde der Zimmermann geholt.

»Steigen Sie mit dem Schmied rein, und ketten Sie diese Nigger fest!« brüllte Turlock, und als die beiden Handwerker, beschützt von vier Matrosen mit Belegnägeln, bereits am Werk waren, schimpfte er noch weiter. »Ihr laßt die Nigger, die hier oben alles gesehen haben, sich da unten zusammentun – wer weiß, was die aushecken!«

Er blickte wieder hinunter, um zu kontrollieren, wie die Arbeit vonstatten ging, und da starrte ihm das große drohende Gesicht seines Todfeindes Cudjo entgegen. »Nein!« rief der Kapitän. »Den laßt nicht im oberen Raum mit den anderen, die an Deck waren. ihn und seine Gesellen ganz runter! Und kettet sie kurz an!«

So wurden Cudjo, Luta und Akko ins tiefste Gelaß jenes Schiffes gesteckt, das sie erobern wollten, und ein Schmied befestigte die losen Enden ihrer Kette an den beiden äußersten Ringen, so daß die Kette selbst gespannt blieb. Sie würden nun nicht mehr imstande sein, sich wegen der Läuse zu kratzen, sich die Augen zu reiben, allein zu essen oder sich einigermaßen frei zu bewegen. Die Lukendeckel fielen zu. Nun herrschte undurchdringliches Dunkel.

In dieser Finsternis berieten Cudjo, Akko und Rutak ihre Revolte. Rutak war ein bärenstarker Kerl, der sich bereits ausgedacht hatte, auf welche Art er seine Kette von der Wandung losreißen könnte, und als es ihm mit Hilfe aller ungefesselten Männer im Laderaum gelang, zeigte er Cudjo und Akko, wie auch sie sich befreien konnten. Nun hätten die drei sich aller Fesseln entledigen müssen, aber es war unmöglich, die Verbindungsketten zu brechen. Daher verfielen sie darauf, bei ihrem Ausbruchsversuch das Hindernis in einen Vorteil zu verwandeln. Sie wollten die beiden losen Kettenenden als Waffe verwenden, und sie schärften ihren Kameraden ein, immer in gebückter Haltung, nie aufrecht stehend, den schwierigen Kampf zu führen, bei dem ihnen die anderen Sklaven zu Hilfe kommen sollten.

Als ihr Plan perfekt war, saßen Cudjo und Rutak stundenlang da und gaben, die Lippen dicht an die Ritzen der Deckenbohlen gepreßt, den Gefährten im oberen Raum die nötigen Weisungen.

An dem Tag, an dem sie losschlagen wollten, erhob sich ein schwerer Sturm, und unter Deck grassierte die Seekrankheit. Selbst Cudjo und Rutak litten an Übelkeitsanfällen. Sie konnten nichts erbrechen, weil sie so wenig gegessen hatten, und plötzlich erschien ihnen ihr Vorhaben als aussichtslos.

Es war Akko, der dürre, drahtige Mann, der nicht aufgab. »Die Weißen werden sich genauso hundeelend fühlen wie wir«, betonte er. »Sie werden unaufmerksam sein. Diesen Tag haben uns die Götter geschickt.« Seine Argumente waren so überzeugend, daß Cudjo und die übrigen allmählich einsahen, daß ein Sturm die günstigste Gelegenheit für ihren Plan bot. Deshalb lockerten Cudjo und seine Kettengefährten vorsichtig die Lukenklappe, bis sie sich öffnen ließ. Geräuschlos kletterten die beiden Gruppen in den oberen Laderaum. Dort standen vier kräftige Männer für ihre Aufgaben bei diesem Unternehmen bereit.

Wie sie da in der undurchdringlichen Finsternis warteten, bildeten sie eine sonderbare Streitmacht: vierhundertneunundsiebzig unbewaffnete Neger, die Stärksten von Ketten behindert, aber entschlossen, vier ausgekochte Schiffsoffiziere und zweiunddreißig mit Gewehren, Messern und Belegnägeln ausgerüstete Matrosen zu überwältigen. Die Sklaven wußten, daß viele von ihnen sterben mußten, wenn das Schiff erobert werden sollte, doch waren sie sicher, daß dabei auch viele ihrer Peiniger umkommen würden.

Wegen des Sturms verzögerte sich an jenem Tag die Entfernung der Toten. Erst nach zwei Uhr befahl Captain Turlock seinen Leuten, die Luken zu öffnen. Da keine Sklaven an Deck waren, die als Leichenholer hätten dienen können, war es üblich, daß zwei Matrosen sich in dem geflochtenen Korb abseilen ließen, der später zum Hieven der Leichen verwendet wurde. Unten mußten die Matrosen zudem in allen Laderäumen die Sicherheitsverhältnisse überprüfen. Wegen des penetranten Gestanks war diese Verrichtung alles andere als geschätzt.

Nun ließen sich zwei mißmutige Seeleute im Korb hinab, inspizierten den oberen Laderaum und entdeckten, daß zwei Kettengruppen von unten heraufgestiegen waren. Sie konnten diese alarmierende Beobachtung nicht melden, denn als sie den Mund öffnen wollten, legten sich riesige Pranken über ihre Gesichter, und es dauerte nicht lange, und sie waren erstickt. Mit bemerkenswerter Disziplin stiegen Rutak und seine Gruppe in den Korb, warteten genau die Zeitspanne, die es immer gedauert hatte, die Leichen einzusammeln, und gaben dann den Matrosen an Deck auf gewohnte Art das Signal, den Korb hochzuwinden. Im selben Moment, als Rutaks Gruppe aus dem Laderaum auftauchte und noch ehe irgend jemand an Deck Alarm schlagen konnte, packten Cudjo und die beiden anderen die herabhängenden Tauschlingen des Korbs und schwangen sich auf die Deckplanken. Knapp zehn Sekunden später schwärmten die zwei Kerngruppen des Aufruhrs über das Deck aus.

Ein Sieg wäre unmöglich gewesen, hätten sie nicht ihre Ketten so wirksam eingesetzt. Mit ihnen trafen sie die Matrosen; sie köpften manche und verwundeten andere, die auf die Planken fielen, wo sie von den ungefesselten Sklaven erdrosselt wurden.

Der geschickteste Anführer war Akko, der instinktiv wußte, was man mit den Ketten anrichten konnte. Er und Luta töteten drei Seeleute. Es war auch Akko, der als erster Captain Turlock mit einer Pistole in der Hand auf das sturmgepeitschte Deck eilen sah. Er beobachtete, wie »Die Silberfaust« kaltblütig die Szene überblickte, um zu entscheiden, wo er am dringendsten gebraucht werde. Der Riese Rutak wütete wie ein Berserker, doch Turlock meinte offenbar, daß andere mit ihm fertigwerden könnten. Denn er entdeckte Cudjo, den Mann, den er von Anfang an gefürchtet hatte, und er wußte, daß er diesen Gegner erledigen mußte, wenn er sein Schiff nicht verlieren wollte.

»Cudjo!« schrie Akko, als der Kapitän zielte, und da der Bedrohte nicht hörte, fielen Akko und Luta den Rotbart von hinten an.

Sie verwickelten ihn in ihre Ketten und versuchten, ihn zu erwürgen, was aber nicht gelang. Krachend stürzte Turlock auf das Deck und schrie: »Mister Goodbarn! Hilfe!« Doch den Bestmann hatte man bereits erschlagen.

So rollten Akko, Luta und Turlock über die Planken, und der Kapitän erwehrte sich mit geschwungener Pistole und seiner Silberfaust der Angreifer. Krampfhaft versuchte er, festen Halt zu gewinnen, rappelte sich halb hoch, richtete seine Pistole direkt auf Akkos Brust und drückte ab. Dann hieb er den Silberknauf immer wieder in Lutas Gesicht und zermalmte es. Kaum hatte er die beiden Leichen beiseite geschoben, rannte er über das Deck, um seine Leute zu sammeln. Das wäre ihm vielleicht tatsächlich gelungen, hätte sich Cudjo nicht umgewandt und gesehen, wie Luta starb. Mit einem lauten Aufschrei riß er seine Kettengefährten vorwärts. Gemeinsam sprangen sie Turlock an und warfen ihn zu Boden. Cudjo stemmte seine Knie gegen die Brust des Kapitäns und drückte, bis er die Knochen brechen hörte.

Das hätte reichen müssen, um Turlock zu töten, aber mit ungeheurer Kraft stieß er Cudjo zurück, kam wieder auf die Beine und begann, seinen linken Arm mit todbringender Wucht zu schwingen. Doch als er über das Deck stampfte, um die Besatzung um sich zu scharen, brach plötzlich ein Blutschwall aus seinem Mund. Rasch preßte er den rechten Handrücken an die Lippen, merkte aber, daß die Blutung nicht zu stillen war. »Mister Goodbarn!« rief er mit versagender Stimme. »Laßt ihnen … nicht das Schiff!« Nun kam Cudjo wieder mit seinen Gefährten heran, und der Kapitän wartete, bis sein Feind nahe genug war. Dann schlug er mit der Silberfaust zu und ließ den Pistolenknauf auf Cudjos Schädel niedersausen. Doch der Neger packte ihn, stieß einen Siegesschrei aus umschlang Captain Turlock mit den Ketten, riß ihn zu Boden und erwürgte ihn.

Wild schlug er Turlocks blutigen Kopf gegen die Deckplanken, da brüllte Rutak: »Cudjo, das Ruder!«

Seit der ersten Stunde der Verschwörung war abgesprochen, daß Cudjo sich des Steuers bemächtigen sollte, aber Lutas Tod und die Rache an Turlock hatten ihn abgelenkt. Als er sich benommen umsah, feuerte der Steuermann sein Gewehr fast direkt ins Gesicht eines Sklaven ab, der an Cudjos Kette hing. Der tödlich Getroffene wurde nach vorne geschleudert, umfing den Amerikaner mit seinen gefesselten Armen, warf ihn nieder und starb an seiner Brust. Der Steuermann versuchte, sich zu befreien, aber drei ungefesselte Frauen fielen über ihn her und zerfleischten ihm mit den Fingernägeln den Hals.

Der Anblick dieser Greuel machte Cudjo hellwach, er sprang auf, so weit ihm seine Ketten Bewegungsfreiheit ließen, um das Ruder zu übernehmen. Nun waren alle Schwarzen aus den Laderäumen geklettert, und durch ihre bloße Übermacht besiegten sie die Seeleute. Dem Zimmermann, der sie an die Wandungen gekettet hatte, rissen sie den Kopf ab. Der Schmied, der den Verstorbenen die Ketten abmontiert hatte, damit die Leichen über Bord geworfen werden konnten, wurde nun selbst mit Ketten umwickelt, mit rasch zusammengerafften Gewichten beschwert und ins Meer gestoßen.

Es war Rutak, der dem Gemetzel Einhalt gebot und befahl: »Steckt alle Weißen in die Laderäume! Eine Hälfte in die oberen, die andere in die unteren.« Dann gab er die Weisung, die Opfer unter der Besatzung in die sturmgepeitschten Fluten zu werfen. Als aber vier Schwarze Captain Turlock an Händen und Füßen packten, trat Cudjo hinzu. »Er war tapfer«, sagte er, blickte in die gebrochenen Augen des Toten und stützte mit beiden Händen den Rücken der Leiche. Sachte versenkten sie den müden alten Leib im Atlantik, dem Meer, mit dem Turlock so viele Jahre seine Kräfte gemessen hatte. Die silberne Faust, so wertvoll, daß man mit ihr viele Sklaven hätte freikaufen können, verschwand in der Tiefe.

Dann kam der traurige Abschied von den achtundvierzig Sklaven, die sich für die Freiheit geopfert hatten. Jeder der Überlebenden beklagte unter den Gefallenen mindestens einen Freund, aber keiner durchlitt solche Seelenqualen wie Cudjo, als Akko und Luta aus den Ketten gelöst wurden, in denen sie Seite an Seite einhundertvierundsechzig Tage verbracht hatten. Der tote junge Mann hatte viel Unheil heraufbeschworen, ehe er sich gewandelt hatte, ehe er zum klug planenden Verschwörer und in der Entscheidungsstunde schließlich zum heroischen Kämpfer geworden war. Das tote Mädchen ... sie würde für immer die Erinnerung an jenes friedliche Dorf am Xanga sein. Cudjo blickte weg, als die Leichen dieser beiden Menschen zur Ruhe gebettet wurden, in einem Meer, das sie nie gekannt hatten.

Er ging zum Ruder zurück, fest entschlossen, dieses Schiff irgendwie durchzubringen. Im dunklen Laderaum hatte er seinen Leidensgenossen versichert, er könne es steuern, falls sie es in ihre Gewalt bekämen.

Und er konnte es. Als der Sturm zunahm, ließ er die gerefften Segel wieder setzen, und da seine schwarze Mannschaft die Befehle nicht sofort verstand, führte er vor, was er meinte. Das Ruder übergab er dem Mann, der ihn in jener ersten schicksalhaften Nacht unter Deck zu Rutak geführt hatte.

Sobald das Schiff auf Kurs war, und während Rutak mit seinen rührigen Helfern alle Quartiere durchstöberte und die verschiedenen aufgefundenen Nahrungsvorräte auf ihre Verwendbarkeit prüfte, wandte Cudjo seine Aufmerksamkeit dem geheimnisvollen Kästchen zu, mit dem er, wie er wußte, umgehen können mußte, wenn dieses Abenteuer gut ausgehen sollte. Doch konnte er nichts damit anfangen. Rund um das schwarze Blatt in der bogenförmigen Abschirmung erschienen weiße Zeichen, aber sie waren ihm rätselhaft. In der Mitte des mysteriösen Dings lag eine lange, sacht pendelnde Nadel.

Cudjo vermutete, daß es irgendeine Beziehung zwischen der Bewegung in dem Kästchen und dem Wind oder den Segeln geben müsse oder vielleicht mit dem Schlingern des Schiffes. Erst in der Nacht darauf, als der Sturm abgeflaut war und die Sterne ungewöhnlich klar leuchteten, gelang es ihm, das Rätsel zu lösen. Er ließ Rutak mit nur einem gesetzten Segel ein unbekanntes Ziel ansteuern, während er selbst sich mit dem Apparat beschäftigte, und zu später Stunde, nachdem er keinerlei Zusammenhänge zwischen der Bewegung der Nadel und den Naturerscheinungen feststellen konnte, blickte er zufällig zu den Sternen empor, die ihm vom Dschungel her so vertraut waren. Als er den guten Stern fand, der die Nachtwanderer leitet, erkannte er plötzlich, daß dieser die tanzende Nadel beeinflußte. Sie zeigte immer in seine Richtung. Wie er diese Erkenntnis nutzen sollte, war ihm völlig schleierhaft, denn er hatte weder einen Begriff von der Welt noch ein Ziel auf diesem großen Ozean.

Rutak und die anderen befreiten Sklaven kamen nun zu ihm, um die Frage zu erörtern: Wohin? Er konnte ihnen keine Antwort geben, und auch ihre gemeinsamen Beratungen brachten kein Ergebnis.

Sie wußten, daß die Araber ihre Todfeinde waren, die sie tückisch in die Falle lockten, um sie in die Sklaverei zu treiben. Sie wußten, daß auch portugiesisch sprechende Menschen ihre Feinde waren, die darauf erpicht waren, sie an die Sklavenfahrer zu verkaufen. Die Rolle der Priester blieb ihnen völlig unklar. Manche hatten geholfen und sogar in den Quartieren ausgeharrt, wenn einer krank wurde, doch andere wieder hatten die Einschiffung veranlaßt. Und was den Häuptling im Purpur betraf, der ihnen so viele letzte Worte entgegengeschleudert und sie dann mit Wasser besprengt hatte, wußten sie überhaupt nicht, was sie von ihm halten sollten. Das einzig Sichere war Cudjos Beobachtung: Auf dem Meer gab es zumindest ein Schiff, das versucht hatte, sich ihnen freundlich zu nähern. Dieses Schiff galt es zu finden.

Deshalb blieben sie auf dem Kurs, den Cudjo in jener ersten Sternennacht einschlagen hatte lassen. Sie fuhren nordwärts, immer geradeaus nordwärts, und im Laufe der Wochen erlangten sie Übung im Setzen und Reffen der Segel. Sie ergründeten, was ein Anker war und wie man ihn verwendete, und sie holten drei weiße Matrosen aus dem Laderaum, um sich den Umgang mit den Tauen zeigen zu lassen. Diese Seeleute, von denen jeder fünf oder sechs Sklaventransporte hinter sich hatte, staunten darüber, welche Ordnung die Neger halten konnten. Ihnen hatte man immer gesagt, die Sklaven seien nicht anders als Tiere.

Aber die Matrosen halfen den Schwarzen nicht beim Navigieren. Da es kälter wurde, schlossen sie daraus, daß sie nördlichen Kurs hielten, doch da sie nie die Sterne sahen, konnten sie nicht abschätzen, welchen Grad. Sie vermuteten auch, daß nur die unter Deck eingesperrten Besatzungsmitglieder überlebt hatten, was bedeutete, daß die Aufrührer mindestens neunzehn Amerikaner getötet hatten. Die Gefangenen stiegen wieder hinunter und waren fest entschlossen, das Schiff zurückzuerobern und alle verdammten Nigger zu hängen. Aber Rutak, der den Handstreich selbst so klug geplant hatte, war nicht gesonnen, sich überrumpeln zu lassen. Deshalb quartierte er vierzig Schwarze, Männer und Frauen, unter Deck ein, damit sie die Laderäume überwachten, und diese mißtrauischen, eben erst den Qualen entronnenen Aufseher sorgten dafür, daß sich ihr Los nicht wiederholen würde.

Es war gegen Ende Oktober 1832, als der Baltimore-Klipper »Ariel« vor der Küste Marokkos von der französischen Korvette »Bordeaux« gestellt wurde. Cudjo wußte natürlich nicht, was es bedeutete, von einem Kriegsschiff angehalten zu werden, und er hatte keine Ahnung, wie er reagieren sollte. Er meinte, das beste sei, weiterzufahren und eine Kollision zu vermeiden. Schließlich geschah folgendes. Die Korvette feuerte der »Ariel« einen Schuß vor den Bug, gleich darauf einen zweiten, dann fuhr sie nahe heran, und ein Offizier gab auf französisch und englisch einige Anweisungen. Man ließ zwei Ruderboote mit zwanzig schwerbewaffneten Matrosen zu Wasser, und als diese an Bord des sonderbaren Seglers gingen, riefen sie auf französisch zurück: »Mit Negern bemannt! Sie sprechen keine zivilisierte Sprache!«

Als auch Offiziere an Bord kamen, stellten sie binnen weniger Minuten fest, daß sie auf einem Schiff waren, das eine Meuterei hinter sich hatte. Unter Deck fanden sie die siebzehn Gefangenen, die ihnen ein Lügenmärchen auftischten. »Wir sind friedlich westwärts gesegelt.«

»Wohin?«

»In Richtung Cuba.«

»Mit den Laderäumen voller Sklaven?«

»Nun – ja.«

»Wo gekauft?«

»Arabische Sklavenhändler haben sie nach Luanda gebracht.«

»Ich glaube, ihr habt Landungstrupps in Afrika abgesetzt, um sie zu fangen.«

»O nein, Sir! Auf Ehre! Die Portugiesen haben sie uns verkauft. Der Bischof auf dem roten Stuhl, er segnet sie, bevor wir sie an Bord nehmen.«

»Wie viele?«

»Fünfhundertsiebzehn.«

»Gütiger Gott! Wir haben nur vierhunderteinunddreißig gezählt.«

»Sie kennen die Nigger, Sir. Die sterben enorm rasch weg.«

Der Sprecher merkte, daß diese Äußerung, wenn man sie falsch auffaßte, einen ungünstigen Eindruck erweckte, deshalb fügte er schnell hinzu: »Und vergessen Sie nicht, viele wurden während der Meuterei getötet.«

Ja, ein Schiff mittlerer Größe war auf hoher See durch Meuterei genommen worden, wobei alle Offiziere niedergemetzelt wurden. Das war ein schwerer Fall. Die Folgen konnte nur ein Gerichtshof beurteilen. Deshalb detachierte der Kapitän der »Bordeaux« ein Prisenkommando auf die »Ariel«, um sie zu kontrollieren, bis beide Schiffe einen französischen Hafen erreichen würden, aber nach zwei Tagesfahrten kam die britische Fregatte »Bristol« in Sicht; sie identifizierte die »Ariel« als den Sklavenfahrer, den die Flotte seit vielen Jahren aufzubringen versuchte, und forderte die Franzosen zur Herausgabe auf.

Ein internationaler Zwischenfall schien sich anzubahnen, aber die beiden Kapitäne, die einander in früheren Kriegen gegenübergestanden hatten, erkannten, daß man in dieser Situation einen Kompromiß schließen mußte, und an Bord der »Bristol« wurde bei Portwein und Pudding eine vernünftige Lösung ausgehandelt. Die Franzosen hatten das Schiff gekapert, es war eindeutig ihre Prise, und wenn es ihnen der Gerichtshof, der sich mit der Meuterei zu befassen hatte, zusprach, würde der schnittige Klipper der französischen Kriegsflotte eingegliedert werden. Die meuternden Sklaven, die nicht weniger als neunzehn amerikanische Seeleute, darunter den Kapitän und drei Offiziere, ermordet hatten, würden an die Briten ausgeliefert werden, die seit geraumer Zeit energisch für die Unterdrückung des Sklavenhandels eintraten und denen man zutrauen dürfte, daß sie in diesem komplizierten Fall richtig entscheiden würden. Die siebzehn amerikanischen Überlebenden sollten von den Franzosen nicht auf freien Fuß gesetzt, sondern von den Briten in Gewahrsam genommen werden, als Zeugen in dem Prozeß gegen die rebellischen Neger und später als Angeklagte in einem Verfahren wegen Sklavenhandels.

Die »Ariel« wurde tatsächlich in die französische Marine übernommen, und ihre Schnelligkeit und die einfache Handhabung begeisterten alle, die auf ihr dienten. Das berüchtigte Zwischendeck wurde entfernt und das Hauptdeck etwas angehoben, um Platz für die Bestückung mit acht Kanonen zu schaffen. Jahrelang befuhr sie den Atlantik, war oft auf Station, um Sklaventransporte zu verhindern, und schließlich kehrte sie sogar in jene Stadt zurück, in der sie gebaut worden war.

Die Sklaven wurden wieder in Ketten gelegt und auf der »Bristol« nach Plymouth gebracht, wo am 13. Juni 1833 ein außerordentliches Tribunal ein außerordentliches Urteil fällte.

Die Ermittlung ergab, daß der Klipper »Ariel«, in den amerikanischen Schiffslisten registriert, viele Jahre mit beträchtlichem Gewinn für die Besitzer und die Besatzung Sklavenhandel betrieb. Im übrigen wurde das Schiff nach den besten Traditionen der Seefahrt geführt. Dem Gericht liegen keine Beweise für ungebührliche Grausamkeit oder ein dauerndes übertrieben strenges Regiment vor. Die Besatzung, von Captain Matthew Turlock bis zum letzten Schiffsjungen, verhielt sich korrekt.

Am oder um den 1. August 1832 lief die »Ariel« Luanda in Portugiesisch-Afrika an, zu dem offenkundigen Zweck, eine Schiffsladung Sklaven aus den Quartieren jener Stadt zu übernehmen. Diese Sklaven, in der unglaublich hohen Zahl von fünfhundertsiebzehn Köpfen, stammten aus den Ansiedlungen am Xanga, einem der kleineren Nebenflüsse des Sankuru, der in den Kongo mündet. Sie waren Eigentum des arabischen Sklavenhändler Abu Hassan, dessen Tätigkeit britischen Gerichten bereits dargelegt wurde.

Die »Ariel« lud ihre verbotene Fracht trotz der Bemühungen von H. M. Fregatte »Bristol«, einen solchen Sklaventransport zu verhindern, und flüchtete dann unter dem Geschützhagel der »Bristol« in voller Kenntnis ihres illegalen Verhaltens. Am 22. September meuterten die im Laderaum gefangenen Sklaven und eroberten das Schiff. Mehr als einen Monat später, am 24. Oktober, wurde dieses von der französischen Korvette »Bordeaux« aufgebracht; bemerkenswert erscheint die Tatsache, daß die Segel richtig gesetzt waren und die »Ariel« seemännisch einwandfrei geführt wurde.

Dieser Gerichtshof erklärt den besagten Klipper »Ariel« für verfallen und gratuliert der »Bordeaux« zu ihrer Prise.

Nun zu den beteiligten Einzelpersonen: Die siebzehn überlebenden amerikanischen Matrosen werden des Verbrechens des Sklavenhandels für mitschuldig befunden. Nach eigenem Geständnis hätten sie bei erfolgreichem Abschluß der Fahrt je einen Anteil des Erlöses aus dem Verkauf der Sklaven in Cuba erhalten. Jeder der Angeklagten wird zu einer Gefängnisstrafe von zwei Jahren verurteilt.

Im Fall der Sklaven stellt sich ein schwieriges Problem. Es wird in diesem Land und anderswo viele Menschen geben, die meinen, daß ihr Versuch, sich der Knechtschaft zu entziehen, lobenswert war. Indes, dies ändert nichts an dem Tatbestand, daß sie dabei einen Akt der Meuterei auf hoher See begingen; sie bemächtigten sich eines ordnungsgemäß registrierten Schiffes und ermordeten vier Offiziere und fünfzehn Mann. Können die seefahrenden Nationen der Welt ein Verhalten billigen, das die Marinetraditionen an der Wurzel trifft? Dieser Gerichtshof meint: nein. Der Sklave namens Rutak soll als Rädelsführer der Meuterei gehängt werden. Der Sklave namens Coboto soll gehängt werden … (Hier folgt eine Liste von insgesamt neunzehn zum Tode verurteilten Sklaven.)

Der Sklave namens Cudjo, der eine der Schlüsselfiguren der Meuterei gewesen zu sein scheint, beteiligte sich auch entscheidend an der Rettung des Schiffes. Er und alle übrigen sollen nach Havanna transportiert und ihren rechtmäßigen Besitzern übergeben werden.

Am 15. Juni 1833 wurden Cudjo und vierhundertelf andere Neger aus dem Gefängnis von Plymouth in den Hafen eskortiert und auf ein britisches Schiff nach Cuba verladen, wo sie in einem großen Schuppen im Hafengelände zum Verkauf angeboten wurden.

Natürlich war bereits allgemein bekannt, daß dies die Meuterer waren, welche die Besatzung der »Ariel« hingemetzelt hatten, und deshalb lief die Versteigerung unter den Vorzeichen übler Sensationsmacherei ab. Mehr Interessenten als sonst drängten sich um den Auktionator, aber sie waren gekommen, um die Schwarzen anzuglotzen, und nicht, um zu kaufen. Die Pflanzer scheuten sich, Unruhestifter auf ihre Plantagen zu bringen, und Spekulanten befürchteten, daß sie keine Neger aus diesem Kontingent in die USA schmuggeln konnten, wo eine Sklavenerhebung unter Führung des Predigers Nat Turner mit der Niedermetzelung von fünfundfünfzig Bürgern Virginias geendet hatte. Dieser Schrecken war amerikanischen Sklavenhaltern in die Glieder gefahren. Bei der Versteigerung kauften brasilianische Händler die gesamte Gruppe bis auf sechs der kräftigsten jungen Männer. Nach sorgfältiger Begutachtung wurden diese von einem dürren Amerikaner ausgesucht, der einen fast bis zum Kinn zugeknöpften weißen Leinenanzug trug. Er knabberte dauernd an einem silbernen Zahnstocher und sprach leise, im Ton eines Gentleman: »Ich bin T. T. Arbigost aus Savannah in Georgia, und ich zahle in bar.« Als der Auktionator nach dem Verkauf fragte, warum Arbigost gerade die sechs gewählt hatte, die bestimmt arge Schwierigkeiten machen würden, sagte der Amerikaner: »Ich habe Methoden, um sie kleinzukriegen. Und ich glaube, daß ich sie nach Georgia schmuggeln und in den Markt einschleusen kann, jeweils nur einen ... in verschiedenen Teilen des Landes ... Niemand braucht je zu erfahren, daß sie Meuterer waren.« Er zählte den Betrag hin, ließ die sechs Sklaven, darunter Cudjo, zu seiner Schaluppe marschieren, trieb sie unter Deck und befahl seinem Zimmermann, sie zu verwahren. Dieser Mann war ein Riesenkerl aus dem Inneren von Georgia, der hoffte, eines Tages seine eigene Plantage zu besitzen, und der bestimmten Theorien über die Behandlung von Schwarzen anhing. Mit Hilfe von vier stämmigen Matrosen warf er Cudjo, im tiefsten Gelaß der Schaluppe, wo der Abstand zwischen Kopf und Decke nur drei Handbreit betrug, mit gespreizten Gliedmaßen auf den Boden. Er wies seine Leute an, Hand- und Fußgelenke zu fesseln, die Beine und die Arme so weit als möglich auseinander. Dann legte er ihm ein schweres Halseisen um, dessen Ketten er an den Planken befestigte. Und als der starke Sklave völlig wehrlos war, begann ihn der Zimmermann zu treten und zu schlagen, beschimpfte ihn und drohte ihm Fürchterliches an, falls er es wagen sollte, auf diesem Schiff eine Revolte zu versuchen. Er ließ nicht ab, bis Cudjo das Bewußtsein verlor. Bei den letzten Hieben knurrte er, zu den übrigen fünf Negern gewandt, die er auf ähnliche Weise fesselte: »So, jetzt probiert eine Meuterei!«

In dieser Zwangslage wurde Cudjo, fünfundzwanzig Jahre alt, heimlich nach Amerika gebracht.

Der Sklavenzähmer

Die meisten Völker haben in irgendeiner Epoche die Sklaverei gebilligt und auch betrieben. Griechenland und Rom gründeten ihre Gesellschaftsordnung darauf, Indien und Japan schufen die Kasten der Unberührbaren und Entrechteten, die es bis heute gibt. Arabien hielt länger als die meisten anderen an der Sklaverei fest, und auch schwarze Länder wie Äthiopien und Burundi waren dafür berüchtigt. In der Neuen Welt entwickelte jede Kolonialmacht ein eigenes System, das genau ihren bestimmten Erfordernissen und dem Nationalcharakter angepaßt war.

Am praktischsten funktionierte dieses System in Brasilien. Da Portugiesinnen wegen ihres katholischen Glaubens davon abgeschreckt wurden, in ein wildes tropisches Land auszuwandern, holten sich die portugiesischen Männer ihre Frauen aus der Sklavenbevölkerung, und so entstand eine seltsame, starke, lebhafte Mischrasse. Sklaven waren Sklaven und wurden als solche behandelt, bis sie schöne Töchter hatten; dann wurden sie plötzlich zu Brauteltern. Mit Vierzehn bekam der Sohn des Herrn seine eigene Sklavin, die hübscheste schwarze Achtzehnjährige auf der Plantage, und sie hatte die erfreuliche Aufgabe, den Jungen in einen wesentlichen Punkt der Sklaverei einzuweihen. Das vernünftigste System hatten die Engländer. Da vielen der hoffnungsvollen jungen Männer vom Schicksal ein Leben in Übersee bestimmt war, wurde es für zahlreiche hoffnungsvolle junge Frauen zur Tradition, ihnen zu folgen. Ehen mit Sklaven waren zwar unvorstellbar, aber der Moralkodex schrieb eine menschenwürdige Behandlung der Sklaven vor, und es ist daher nicht verwunderlich, daß England die erste Großmacht war, welche die Sklaverei in ihren Besitzungen verbot und weltweit dagegen auftrat.

Die Franzosen wickelten vielleicht ihr Sklavensystem am besten ab. Dieses war ein Mittelding zwischen der totalen Assimilation in Brasilien und dem britischen Prinzip der strengen Trennung, und es führte auf Guadeloupe und Martinique zu einem heiteren Kreolenvolk mit aufgelockertem Gesellschaftsgefüge. Dort konnte es vorkommen, daß eine Familie von einigem Rang einen Cousin hatte, der mit einer ehemaligen Sklavin verheiratet war. Und bis heute vermutet man, daß Josphine Beauharnais, jenes anmutige Mädchen aus Martinique, das Napoleons Gattin und schließlich Kaiserin der Franzosen wurde, von ihren Ahnen auch Negerblut in den Adern hatte. Das Los der französischen Sklaven war aber keineswegs angenehm, und es kam auch auf jenen Inseln zu Aufständen, aber nie regierte die eiserne Faust.

Das starrste System wandten die Holländer an. Sie behandelten ihre Sklaven nicht schlechter als die anderen, doch sie hielten ohne jegliches Einfühlungsvermögen die Schwarzen unter stetigem Druck, so daß Sklavenrevolten in ihren Kolonien nicht selten waren. Sklave auf einer von Holländern beherrschten Insel zu sein, hieß, ohne Hoffnung zu leben. Tag für Tag drehte sich unablässig die Zuckerrohrmühle, und im ewigen Trott wurden die Schwarzen selber zu Bestandteilen dieser Maschinerie, bis sie diese völlige Unterjochung nicht mehr ertrugen. Dann folgte eine flammende Erhebung, diese rief krasse Strafsanktionen hervor und schließlich wieder, immer wieder das Mahlen der Mühle.

Das System der Spanier wich vom üblichen Bild ab. In Mexiko und Peru bestand das Gros der Sklaven aus Indianern, die sie tauften und ausrotteten. Negern erging es in manchen der spanischen Besitzungen verhältnismäßig gut; sie dienten oft als Lehrer, als Gehilfen des Verwalters oder als Familienfaktotum. Auf den spanisch beherrschten Inseln aber war ihr Leben auf den Zuckerrohrfeldern schrecklich und kurz. Viele Schwarze, welche die Knechtschaft etwa auf Cuba überstanden hatten, dankten ihren vergessenen Göttern, wenn das Schicksal sie in die Vereinigten Staaten führte.

Nach allgemeiner Übereinkunft und einhelliger Meinung war die Insel, auf der die menschliche Sklaverei ihren absoluten Tiefpunkt erreichte, Haiti. Dort, unter einer französischen Administration, die im Grund keiner höheren Instanz verantwortlich war, nahm eine Bande brutaler Ausbeuter jene widerspenstigen Schwarzen, die niemand anderer bändigen konnte, ließ sie wie Tiere sechzehn Stunden pro Tag arbeiten, prügelte sie dauernd und scharrte sie nach vier oder fünf Jahren ein. Haiti bedeutete für einen Sklaven ein lediglich aufgeschobenes Todesurteil.

Die amerikanische Sklaverei war über ein so riesiges Gebiet verbreitet, daß man die Situation kaum auf einen gemeinsamen Nenner bringen konnte. In den nördlichen Tabakstaaten mit gemäßigtem Klima wie Virginia entsprach sie den besten Formen des englischen Systems. In den tiefer südlich gelegenen Staaten wie Mississippi und Louisiana mit ihren dampfend heißen Zuckerrohr- und Indigopflanzungen herrschten die schlechtesten Verhältnisse nach holländischem und haitischem Muster. Und in den Baumwollstaaten wie Alabama und Georgia hielt sich Negatives und Positives so ziemlich die Waage.

Maryland war eine Kategorie für sich. Sie schloß sogar zwei getrennte Gruppierungen ein: das Westufer, wo die Plantagen unter dem Druck der Sklavereigegner Pennsylvaniens human geführt wurden, und das Ostufer, das von derartigen Einflüssen frei war und an die Bindung an North und South Carolina gemahnte. Im Jahr 1833 dominierten unter den Sklavenhaltern des Ostufers die Steeds mit ihren fast grenzenlos weiten Besitzungen. Man zählte vier Hauptplantagen: die große auf der Insel Devon samt den dazugehörenden Gebieten nördlich des Choptank und die drei fruchtbaren Domänen beim Refugium, mit Feldern, die sich bis zum Miles erstreckten. Zusammen bildeten sie einen Grundbesitz von mehr als dreißigtausend Morgen, den sechshundertdreiundneunzig Sklaven bestellten. Und diese Neger, deren Gesamtzahl sich bald auf über achthundert erhöhte, wurden von achtzehn Weißen beaufsichtigt.

Niemand konnte alle Steed-Sklaven auf einmal zu sehen bekommen. Manche arbeiteten auf so entlegenen Pflanzungen, daß sie selten einem weißen Aufseher begegneten. Andere betrieben die verschiedenen Läden. Wer Glück hatte, was Nahrung und Kleidung betraf, diente in den vier Herrenhäusern. Wieder andere spezialisierten sich auf Sparten, welche außerordentliches Geschick erforderten. Sie verbrachten ihr ganzes Leben in abgelegenen Werkstätten. Aber die meisten waren in der Landwirtschaft im Einsatz: Weizen, Mais, Gemüse, geringe Mengen an Tabak. Sie pflügten, jäteten, schnitten, pflückten – und das taten sie, bis sie starben.

Zum Großteil wohnten sie in kleinen Ansiedlungen aus primitiven Holzhütten mit gestampftem Boden, deren Bohlenwände undicht waren, so daß der Winterwind hindurchpfiff. Sie erhielten etwas Brennholz, aber nicht viel. Sie bekamen zu essen, aber nicht viel. Sie wurden versorgt, wenn sie erkrankten, doch nur vom Aufseher oder dessen Frau. Und man gab ihnen Kleidung: einen halbwegs guten Anzug für besondere Gelegenheiten und eine Arbeitsgarnitur für die übrige Zeit des Jahres. Sie hatten keine Kirche, kein Krankenhaus und vor allem keine Schule.

Die ersten Neger waren anno 1670 auf der Insel Devon ausgeschifft worden. Und nun, einhundertdreiundsechzig Jahre später, hatte sich fast gar nichts verändert. Genaugenommen waren seit mehr als achtzig Jahren keine Sklaven direkt aus Afrika auf Devon eingetroffen. Neuankömmlinge waren bereits in Amerika geboren, in vielen Fällen auf Plantagen, die für ihren Nachwuchs an Schwarzen berühmt waren.

Auf Devon wurde ihr Dasein von den Aufsehern bestimmt. Auf entlegenen Pflanzungen konnte ein Steed-Sklave drei Jahre lang neue Felder bestellen, ohne je ein Mitglied der Familie des Besitzers zu erblicken. Als Aufseher fungierten gewöhnlich Deutsche oder Schotten. Sie vertraten eine pragmatische Lebensauffassung, und als Lutheraner oder Calvinisten glaubten sie, daß Sünder bestraft werden müßten. Deshalb waren sie immer bereit, säumige Sklaven zu züchtigen und die Landarbeiter auf Trab zu halten. Auch waren sie von Haus aus ehrliche Leute.

Auf der Insel selbst versah diesen Dienst im Jahre 1833 ein Mr. Beasley, ein Schotte mit dem untadeligen Ruf der Pflichttreue und Fairneß. Er kannte jeden seiner Sklaven beim Namen und bemühte sich, jedem von ihnen Aufgaben zuzuteilen, für die sie besonders geeignet waren. In seiner ersten Zeit auf einer Plantage in Virginia hatte er oft Sklaven ausgepeitscht, weil es sein Herr verlangte. Doch seit er unter dem Einfluß der Steeds stand, schlug er nie wieder einen Neger. Er forderte allerdings strikte Unterordnung, und wenn sich ein Sklave als renitent erwies, empfahl Mr. Beasley den Verkauf auf eine andere Pflanzung. Er sah es auch gern, wenn die Schwarzen an den Gebetsstunden teilnahmen, die er leitete: »Das Wort Gottes besänftigt einen verstörten Geist.« Auf manchen der entlegenen Plantagen hatte es Unteraufseher ganz anderen Gepräges gegeben. Einige waren wahre Henkersknechte, die wüst drauflosprügelten. Aber wenn Mr. Beasley Meldungen von solchen Übergriffen erhielt, entließ er diese Schinder auf der Stelle, so daß die Steeds sich zu Recht und bei jeder Gelegenheit rühmten: »Nirgends in ganz Maryland geht es den Sklaven so gut wie bei uns. Sie werden weder geschlagen noch schikaniert.«

Das Traurige an der Sklaverei, wie sie auf den Steedschen Besitzungen bestand, war ihre Banalität. Die Last der Gewohnheit drückte Weiße und Schwarze gleicherweise auf eine Stufe trister Abstumpfung hinab, in der die schlimmsten Situationen als unvermeidlich hingenommen wurden. In ununterbrochener Folge wurden schwarze Männer und Frauen für die Plantagen gekauft oder dort aufgezogen; Jahrhunderte hindurch existierten sie ohne Familiennamen und eigene Überlieferungen, ohne Aufstiegsmöglichkeiten, ohne Abwechslung, ohne Hoffnung. Die männlichen Arbeiter bildeten eine endlose Reihe von Toms, Jims und Joes. Im Herrenhaus wurden klassische Namen vorgezogen, denn sie paßten besser zu dem angestrebten gehobenen Stil: Pompey, Caesar, Hannibal, Napoleon, Brutus. Die Frauen draußen auf den Feldern trugen vielfach Namen, welche die Aufseher gar nicht aussprachen: Pansy, Petty, Prissy, Pammy oder Puss. Generation um Generation wurde eine wie die andere gehalten: eine wie die andere behandelt … eine wie die andere gekleidet … eine wie die andere mißachtet … und eine wie die andere begraben.

Auch die Weißen, die dieses System aufrechterhielten, wurden in ihrer Art gleich. Die meisten Ehefrauen waren freundlich und herablassend, aber auch darauf bedacht, daß in den Sklavenquartieren neue Scharen von Näherinnen heranwuchsen. Die Pflanzer waren distanziert, aber dennoch rücksichtsvoll. Sie hätten sich geschämt, wäre verbreitet worden, daß sie ihre Sklaven schlecht behandelten. »Wir bemühen uns, gute Herren zu sein, und entlassen jeden Aufseher, der einen Schwarzen anrührt.« Der eigentliche Makel, mit dem die Plantagenbesitzer lebten, war psychologischer Natur: Sie kamen zu der Überzeugung, daß sie aufgrund ihrer Geburt überlegen und deshalb dazu berufen waren, das Schicksal der weniger Begünstigten in die Hand zu nehmen.

Die Aufseher nahmen eine sonderbare Zwitterstellung ein: Sie waren halb Sklaven und halb freie Männer. In hundert Jahren hatte keiner von ihnen je an der Tafel der Steeds gesessen oder in Gegenwart eines Steed sich auf einen Stuhl gesetzt, ohne dazu eingeladen worden zu sein. Für Mr. Beasley wäre es undenkbar gewesen, mit einer dieser Gepflogenheiten zu brechen. Am Choptank gab es fünf Ebenen des Gemeinschaftslebens, und jede Gruppe kannte genau ihren Platz. Zuerst kamen die Steeds und ihnen annähernd ebenbürtige Pflanzer. Unendlich tiefer standen die Sklaven. In der Stadt gab es die Kaufleute und die Handwerker wie die Paxmores; von dem Land lebten die soliden Farmer, die eigentlichen Stützen des Gemeinwesens.

Und überall tauchte das entsetzliche weiße Gesindel auf, wie etwa die Turlocks, von denen man oft sagte: »Ach, die!«

Aber ein Aspekt dieser Verhältnisse spottet jeder vernunftgemäßen Erklärung: Am Choptank besaß nur eine von acht Familien Sklaven, doch alle glaubten, daß ihre Existenz von der Beibehaltung der Sklaverei abhinge. Es war, als hätten die Steeds die anderen Farmer behext, ein System zu verteidigen, das nicht allen, sondern bloß den Reichen nützte, und als George Paxmore das Argument vorbrachte, daß sich das Wirtschaftsleben am Strom heben würde, wenn die Schwarzen frei wären und sich gegen Lohn verdingten, hielten ihn nicht nur die als Sklavenbesitzer davon betroffenen Steeds, sondern vor allem die Turlocks, die keinen einzigen Neger hatten und deren relativ niedrige Position davon herrührte, daß die ganze Region auf dem Status der Sklavenarbeit beharrte, für einen verantwortungslosen Spinner.

Als die Meuterei auf der »Ariel« in Patamoke bekannt wurde, sagte Lafe: »Alles, was ich über Nigger zu wissen brauche, ist, daß sie meinen Vetter Matt abgeschlachtet haben. Wenn mich einer nur schief anschaut, ist's mit ihm aus.«

Das Steedsche System der Sklaverei war von einer Milde gekennzeichnet, die ihre Früchte trug. Am besten sah man dies zur Weihnachtszeit. Da bekamen die Schwarzen nach alter Tradition eine Woche Urlaub, und Mr. Beasley tat sein möglichstes, damit jede Gruppe ein Schwein braten konnte, neben dem am

Spieß Dutzende von Hühnern brutzelten. Im Herrenhaus wurden Süßigkeiten und Pasteten zubereitet. Man buk Hunderte Brotlaibe, und die Steed-Frauen sorgten dafür, daß jeder Sklave neue Arbeitskleidung erhielt. Junge Männer, die im Verlauf des Jahres achtzehn geworden waren, bekamen ihren ersten Anzug und gleichaltrige Mädchen zwei Kleider.

Mr. Beasley, obgleich selber strenger Alkoholgegner, ließ Flaschen und sogar Whiskyfässer heranschaffen, und dann begannen endlose Feiern: Hahnenkämpfe, Wettrennen, Ringkämpfe, Nähkonkurrenzen, Wettbacken und für die Kinder Spiele aller Art. Auf jeder Plantage gab es mindestens einen Mann, der Geige spielen konnte, und manchmal fiedelte dieser neun Stunden ohne Unterbrechung. Oft kamen die Weißen aus den großen Häusern, um dem Tanz zuzusehen. Stühle wurden herbeigeschafft, und die Herrschaft saß wohlwollend dabei, wenn sich ihre Sklaven vergnügten.

Während der Festwoche ruhte die Arbeit bis auf die unbedingt nötigen alltäglichen Vorrichtungen. Es war eine fröhliche Zeit, und fünfzig Jahre später sagten die Schwarzen da oder dort, wenn sie sich an das Plantagenleben erinnerten: »Ohne Weihnachten wäre ich wohl gestorben."

Die Steeds genossen die Festtage fast noch mehr als ihre Sklaven. Dies förderte die Illusion, daß sie gute Herren waren. Die Heiterkeit auf den dunklen Gesichtern bewies, daß das Leben in den Hütten erträglich sein mußte, und das offenkundige Entzücken, wenn die neuen Kleider und die Festspeisen verteilt wurden, bewies, daß wenigstens auf diesen Pflanzungen die Sklaven ihre Gebieter liebten.

Es gab nur eine einzige Wolke, die diese Idylle verdunkelte. Elizabeth Paxmore, die Quäkerfrau, war dabei ertappt worden, wie sie schwarze Kinder Lesen und Schreiben lehrte. Natürlich nahm sie diese nicht in die private Schule auf, die sie auf der Friedensklippe für die Weißen der Plantage unterhielt, sondern sie ging mit ihnen in den Schuppen hinter dem Teleskophaus, obwohl solches Verhalten den lokalen Gepflogenheiten zuwiderlief. Noch schlimmer: Mrs. Paxmore hatte auch zwei erwachsenen Negern erlaubt, heimlich am Unterricht teilzunehmen; sie brachte ihnen das Bibellesen bei – und diese beiden späten Schüler gehörten den Steeds.

Als Onkel Herbert, der nun das gesamte Steed-Unternehmen leitete, von diesen Ungeheuerlichkeiten erfuhr, war er entsetzt. Er fragte seine Neffen, ob er in der Vermutung recht gehe, daß Sklaven niemals im Lesen der Bibel unterwiesen wurden, und sie versicherten ihm, daß das stimme. Daraufhin ließ er Mr. Beasley holen. Der stand mit dem Hut in der Hand vor ihm, um seine Befehle zu empfangen. »Sie müssen mit dieser schwierigen Person Fraktur reden. Wir wollen keinen Skandal ... Gott weiß, wir haben unsere eigenen

Kinder zu ihr geschickt. Aber wir müssen darauf dringen, daß sie mit diesem gefährlichen Unfug Schluß macht!«

Also setzte sich Mr. Beasley in seine Schaluppe und fuhr zur Friedensklippe hinüber. Mit einer höflichen Verbeugung sagte er: »Mistress Paxmore, ich komme in einer heiklen Angelegenheit.«

»Das bin ich von Euch gewöhnt«, erwiderte sie spitz, aber mit einem Anflug trockenen Humors. Sie war nun neunundvierzig, straff und aufrecht wie ein kräftiger Baum und ebenso gesund anzusehen. Ihre Züge hatten den Ausdruck schönen Gleichmuts angenommen, als stünden sie im Einklang mit den grauen Kleidern, die sie trug, und sie war sanfter geworden: eine Frau mittleren Alters mit der Munterkeit eines Mädchens. Mit freundlichem Lächeln bat sie Mr. Beasley in die Stube, bot ihm Platz an und setzte sich ihm gegenüber in einen hochlehnigen Stuhl. »Was für ein Problem hast du?«

»Ma'm, es geht um diese beiden Sklaven, denen Sie das Bibellesen beibringen …«

»Dafür berechne ich nichts, Mr. Beasley.«

»Aber es sind unsere Sklaven.«

»Ich weiß. Ich helfe ihnen, weil du immer so gut warst.«

»Aber Sklaven zu unterrichten, das widerspricht der Vernunft, Mistress Paxmore.«

»Wie, ein menschliches Geschöpf zu lehren, in der Bibel zu lesen, sollte …?«

»Sie könnten verhaftet werden, ins Gefängnis kommen!«

»Das klingt sehr unsinnig, Mister Beasley. Hat Herbert Steed dich hergeschickt?«

»Mistress Paxmore, Sie scheinen nicht zu begreifen, daß seit dem Zwischenfall mit Nat Turner drüben in Virginia … Es ist nicht mehr so wie früher, und dieses Getue mit den Sklaven muß aufhören.«

Elizabeth Paxmore faltete die Hände im Schoß und sagte mit fester Stimme: »Es wird nicht aufhören.«

Mr. Beasley ignorierte diese Herausforderung und sagte bittend: »Sie dürfen die Niggerkinder nicht mehr unterrichten!«

Mrs. Paxmore wollte etwas erwidern, aber der Aufseher sprach rasch weiter, als habe er seine Argumente auswendig gelernt: »Alle Staaten sind sich einig, daß Sklaven nicht die Bibel lesen dürfen. Sie konzentrieren sich auf bestimmte Verse, und das schafft Unruhe unter ihnen. Es ist deshalb besser, wenn ein weißer Priester den Bibeltext erklärt … oder der Herr der Plantage.«

»Und diese Leute heben gewisse Stellen nicht hervor?«

»Schon, aber sie geben eine ausgewogene Auslegung. Daß Gott die Weltordnung schuf. Und daß manche Menschen zu Sklaven bestimmt sind.«

»Und daß der Sklave seinem Herrn gehorchen muß?«

»Natürlich. Das steht ausdrücklich in der Bibel.«

Mrs. Paxmore blickte den Aufseher mitleidig an und fragte »Glaubst du wirklich, daß ich aufhören werde, das Wort Gottes zu verbreiten?«

»Es wäre besser. Das Wort Gottes darf nur von solchen gelehrt werden, die imstande sind, seine wahre Bedeutung zu erklären.«

Sie fanden keinen Ausweg. Mr. Beasley hatte nichts mehr zu sagen. Höflich entschuldigte er sich für die Störung, setzte den Hut auf und ging zu seiner Schaluppe. Zuerst dachte Mrs. Paxmore, sie habe gesiegt, doch letztlich triumphierte er, denn sie sah keinen ihrer Schüler wieder, ob Junge oder Mann. Sie wartete im Schuppen hinter dem Haus, aber die Neger kamen nicht. Eines Tages hielt sie in Patamoke eine Sklavin der Steeds an und fragte sie, wo denn die Lernbegierigen blieben, aber die Frau scheute sich, auf der Straße zu antworten, wo sie vom Personal des Steedschen Ladens gesehen werden konnte. Mit einem Blick gab sie Mrs. Paxmore zu verstehen, sie werde sie später hinter einer Mauer treffen.

»Sie wurden nach dem Süden verkauft.«

Diese Worte bedeuteten unter Sklaven die Schrecken einer Verdammnis die Zuckerrohrplantagen Louisianas, die Baumwollfelder am Mississippi, und in einer jähen Schwäche lehnte sich Mrs. Paxmore an die Mauer und bedeckte die Augen mit den Händen. Diese beiden so hoffnungsvollen jungen Männer, all die Kinder, für die gerade das Leben begann …

»Sie wurden alle nach dem Süden verkauft.«

In dieses Gesellschaftsgefüge kam Cudjo Mitte Dezember 1833, und seine Ankunft war eine Sensation, denn er war der erste richtige Afrikaner, den die Bewohner der Insel Devon zu sehen bekamen.

Er kam illegal zum Choptank. Mr. Beasley hatte die beiden Bibelschüler abgestoßen und zusammen mit vier von ihren Eltern getrennten Kindern rasch nach Baltimore gebracht. Er wollte sie alle nach dem Süden verkaufen. Doch als er sich der Auktionshalle näherte, wurde er von einem Sklavenhändler aus Savannah aufgehalten, der sich als T. T. Arbigost vorstellte, »mit einem sehr interessanten Vorschlag«. Mr. Beasley mochte solche Leute und ihre anbiedernde Art nicht, aber Arbigost flüsterte: »Warum soll man dem Auktionator unnötig eine Provision bezahlen?«

»Woran dachten Sie denn?«

»Verkaufen Sie Ihre Sklaven direkt an mich privat.«

»Sie würden nicht so viel bieten.« Mr. Beasley hatte gute Gründe, Händlern aus Georgia zu mißtrauen, und Mr. Arbigost in seinem weißen Leinenanzug

und dem aus einem Mundwinkel hängenden Zahnstocher erschien ihm besonders verdächtig. Doch er bot äußerst günstige Bedingungen für einen Tausch.
»Ich weiß, daß die Nigger, die Sie loswerden wollen, Unruhestifter sind. Das
sehe ich. Aber ich nehme sie Ihnen ab, und zwar so, daß Sie gut dabei
wegkommen. Für die beiden Männer gebe ich Ihnen einen der prächtigsten
Nigger, den Sie je gesehen haben: äußerst gelehrig, technisch talentiert. Und
für die vier Kinder gebe ich Ihnen die zwei Frauen, die ich habe.«
»Das scheint kaum …«
»Obendrein noch vierhundert Dollar in bar.«
Sie wurden handelseinig, und nachdem Mr. Arbigost seinen Zahnstocher in den
anderen Mundwinkel geschoben hatte, gestand er: »Offen gesagt, Mr. Beasley,
ich würde die beiden Weiber aufs Feld schicken, fürs Haus sind sie ein wenig
zu keck.«
»Gibt's mit dem Kerl auch Ärger?«
»Nein, Sir!« Arbigost beugte sich nahe zu dem Aufseher und verriet ihm im
Flüsterton: »Den habe ich persönlich eingeschmuggelt. Geradewegs von einem
Schiff aus Afrika!«
Mr. Beasley hatte noch nie einen direkt aus Afrika importierten Sklaven
gesehen und fragte: »Ist das ein Vorteil?«
»Und ob!« rief Mr. Arbigost begeistert. »Denn der ist noch nicht verdorben.«
Verlockt von der Aussicht, mit einem Sklaven ganz neuer Art arbeiten zu
können, begutachtete Mr. Beasley den offerierten Mann. Dem Äußeren nach
war er etwa fünfundzwanzig. Tadelloses Gebiß, kräftige Muskeln. Sein Gesicht
zeigte jenen sanften, stumpfen Ausdruck völliger Ergebenheit in sein Schicksal,
den die Aufseher so schätzten. »Soll ich ihn im Boot anketten?«
»Anketten, Mr. Beasley? Glauben Sie denn, so ein Prachtkerl wird aufbegehren? Schauen Sie nur, er ist lammfromm.« Mr. Arbigost versetzte Cudjo
einen Rippenstoß, den der Neger ruhig hinnahm.
Die drei Sklaven wurden zum Landeplatz geführt, und die lange, ruhige Fahrt
nach Devon begann. Cudjo sollte sich später an jede Einzelheit erinnern: an
die Größe des Hafens von Baltimore, die vielen dort ankernden Schiffe, an die
Weite der Bucht, die Schönheit des Ostufers, als es langsam am Horizont
auftauchte, an die Stille der Insel Devon. Er beobachtete auch die vier halbnackten Schwarzen, die an Bord arbeiteten, und dachte: Ich habe ein viel
größeres Schiff befehligt! Doch er bemerkte, daß die Männer ganz gelassen
wirkten und ihre Rücken keine Striemen zeigten wie sein eigener.
Beider Ankunft auf Devon wurde er für eine der entlegenen Plantagen eingeteilt, von der die beiden heimlichen Bibelschüler gekommen waren, und dort,
weit vom mäßigenden Einfluß der Steeds, wurde er einem Mr. Starch unter-

stellt, dem schärfsten aller Aufseher. Jeder Neuling diente seine erste Zeit bei Starch ab, der den richtigen Kniff kannte, um aus ihm einen echten Steed-Sklaven zu machen. Als er den prachtvoll gebauten Cudjo zum erstenmal erblickte, befürchtete er, daß dieser Kerl schwierig sein könnte, doch während der Wochen in Georgia hatte der hünenhafte Xanga sehr gut gelernt, wie sich ein Sklave verhalten mußte.

Er gehorchte. Da er Situationen rascher erfaßte als die meisten anderen, bemühte er sich, herauszufinden, was einen reizbaren Aufseher freute, und danach richtete er sich. Und das aus einem sehr gewichtigen Grund: Er war entschlossen zu lernen. Während der dreiunddreißig Tage als Kapitän der »Ariel« hatte er die Erfahrungen eines ganzen Lebens gesammelt: Daß er imstande war, einen komplizierten Apparat zu lenken, daß er Menschen behandeln konnte und – daß er lesen lernen, daß er die Fähigkeit erlangen mußte, Schlüsse zu ziehen, da sein Leben sinnlos war, wenn er nicht lernte, um irgendwie frei zu werden. Vor allem aber hatte er jenes innere Selbstvertrauen gewonnen, das einen Menschen ungleich mächtiger machen kann, als es die Zufälle der Geburt normalerweise ermöglichten. Keine noch so große vorübergehende Drangsal konnte ihn von seinen beiden Zielen abbringen: zu lernen und seine Freiheit zu erringen.

Von der Sklaverei selbst begriff er nichts außer der fundamentalen Wahrheit, daß die Schwarzen Sklaven waren und die Weißen nicht und was immer ein Weißer sagte, richtig war. Schon während seines Zwischenaufenthalts in Savannah hatte er staunend beobachtet, wie die Weißen den Schwarzen die denkbar mangelhaftesten und unbrauchbarsten Anweisungen für bestimmte Arbeiten gaben. Sogar der dümmste Schwarze sah ein, daß es auf diese Weise nicht ging, aber selbst der klügste Schwarze durfte den weißen Herrn nicht korrigieren. »Yassah! Yassah!« (Yes, Sir) waren die ersten englischen Worte, die Cudjo gelernt hatte, und er verwendete sie dauernd ohne irgendein Gefühl der Erniedrigung. Wenn »Yassah« das Losungswort zu einer erträglichen Existenz war, sollte es ihm recht sein.

Weiße und Schwarze waren von diesem Fremden aus Afrika fasziniert; die Weißen hofften den Beweis zu finden, daß Neger eben Wilde waren und durch die Sklaverei gerettet wurden, die Schwarzen aber versuchten, nun etwas über ihre Ursprünge, ihre eigentliche Herkunft zu erfahren. Cudjo enttäuschte beide Gruppen, denn er war kein Wilder und Afrika interessierte ihn nicht. Sein Problem hieß Amerika. Während seiner Lehrzeit in Georgia hatte er genug Englisch aufgeschnappt, um sich verständigen zu können, und sobald er bei Mr. Starch auf den Feldern eingesetzt wurde, begann er zu fragen: »Wer ist der Big Boss?« – »Wo wohnt er?« – »Kann hier jemand lesen?«

Als er diese Frage stellte, erschraken die anderen Sklaven. Sie erklärten, daß Cudjos Vorgänger beim Lesen ertappt und nach dem Süden verkauft worden seien. Mit hunderterlei Geschichten schärften sie ihm ein, das Ärgste, was einem Sklaven passieren kann, sei der Verkauf nach dem Süden. Er hörte sich diese Schilderungen geduldig an, dann sagte er bloß: »Ich war im Süden.« Und er deutete an, daß es noch Schlimmeres gab.

Sooft er irgend etwas Geschriebenes sah, betrachtete er die Zeichen genau, und er versuchte, ihr Geheimnis zu enträtseln. Erste wirkliche Fortschritte machte er, als Kisten mit Waren für London abgefertigt wurden. Da tauchte immer ein Sklave aus der Küferei auf, mit einem Eisenstempel und einem Sack voll Hobelspänen. Der Mann entzündete ein kleines Feuer und warf die Späne hinein, bis es schön loderte. In die Flammen hielt er den Stempel. Sobald dieser rot glühte, drückte er ihn auf die Bretter der Kiste, und es blieb die eingebrannte Aufschrift: DEVON PLNT FITHIANS LONDON 280 LB.

Cudjo prägte sie sich ein, ohne auch nur das mindeste davon entziffern zu können. Dennoch konnte er Buchstabe für Buchstabe nachschreiben, er versuchte es im Sand, wenn niemand ihm zusah. Dann schloß er aus einer beiläufigen Äußerung von Mr. Starch, daß diese Kiste für London bestimmt war, und das gab ihm ein merkwürdiges Gefühl des Triumphes, denn er selber war einmal in London gewesen. Soviel wußte er also schon.

Auch hörte er den Aufseher einer anderen Plantage sagen: »Starch, ich möchte wissen, ob die Kiste dort wirklich volle zweihundertachtzig Pfund enthält.« Mr. Starch war hingegangen und hatte, auf die Ziffern tippend, geantwortet: »Wenn wir zweihundertachtzig draufbrennen, dann heißt das zweihundertachtzig!« Cudjo blickte rasch weg, doch als die beiden Männer verschwunden waren, lief er zu der Kiste, studierte die Zeichen, auf die Mr. Starch gezeigt hatte, und lernte wieder etwas: daß 280 zweihundertachtzig hieß. In den nächsten Tagen schrieb er diese Symbole oftmals in den Staub und sprach dabei das Wort aus. Es war ein Schlüssel.

Als die nächste Kiste gefüllt wurde und der Deckel festgenagelt werden sollte, stand er dabei und fragte, so daß es Mr. Starch hören konnte: »Hat das zweihundertachtzig?«

Ohne nachzudenken, erwiderte der Aufseher: »Na hoffentlich!« Dann schien er zu überlegen, blickte Cudjo an und schüttelte verwundert den Kopf. Diesen Mann wollte er sich merken.

Das Gefühl der Macht aus der Kenntnis, daß die Kiste nach London geschickt wurde und zweihundertachtzig enthielt, war so aufregend, daß Cudjo nach anderen Schriften zum Entziffern suchte. Es gab keine. Deshalb begann er nachzufragen, wie die beiden verbannten Sklaven lesen gelernt hätten, und vagen Äußerungen entnahm er, daß eine weiße Frau namens Mrs. Paxmore sie unterrichtet hatte. Rasch gab er alle weiteren Nachforschungen auf, damit nicht irgendein schlauer Sklave seine Absichten erriet, aber in einem ganz anderen Winkel der Pflanzung erkundigte er sich sehr vorsichtig, wer denn diese Mrs. Paxmore sei, und er erfuhr es.

Eines Tages Anfang Dezember 1834 schlich er sich von der Arbeit fort, lief zum Ufer des sich teilenden Wasserlaufs, schwamm hinüber und rannte bis zur Friedensklippe. Ohne zu zögern, erstieg er rasch den Hang, kam zur Hintertür, klopfte an und wartete.

Eine Frau öffnete – sie war in den mittleren Jahren, mager, in strenges Grau gekleidet. Später sollte sich Cudjo immer daran erinnern, daß sie weder überrascht noch erschrocken war, so als sei sie die Begegnung mit ungehorsamen Sklaven gewohnt. »Ja?«

»Ich möchte lesen lernen!«

»Natürlich.«

Behutsam schloß sie die Küchentür und führte ihn in den Schuppen, wo sie früher unterrichtet hatte. Dort ließ sie ihn sich setzen. »Von welcher Plantage kommst du?« Das war zu schwierig, darum fragte sie: »Wer ist dein Big Boss?«

»Mastah Starch.«

Sie lehnte sich zurück, faltete die Hände und sagte ruhig: »Kennst du die Worte ›Nach dem Süden verkauft‹?«

»Ich war im Süden.«

Sie senkte den Kopf, und als sie ihn wieder hob, sah Cudjo Tränen in ihren Augen. »Willst du trotzdem lernen?«

Er nickte, und ohne weiteren Kommentar holte sie eine Schrifttafel – eine Dachschindel, in die das Alphabet eingebrannt war, doch bevor sie etwas sagen konnte, zeichnete Cudjo mit dem Finger die auf die Tabakkisten gestempelten Worte in die Luft. Sie verstand ihn nicht, brachte Bleistift und Papier und sagte: »Schreibe!«

Zum erstenmal in seinem Leben setzte Cudjo Worte auf ein Blatt: DEVON PLNT FITHIANS LONDON 280 LB. Mrs. Paxmore lächelte. Sie konnte sich vorstellen, mit welcher Mühe dieser völlig ungeschulte Sklave sich die Buchstaben eingeprägt hatte, und wollte sie ihm erklären, da unterbrach er sie und zeigte auf die Ziffer. »Zweihundertachtzig«, sagte er. Sie lobte ihn. Dann ging sie auf jede Buchstabengruppe genau ein, und er jubelte, als er entdeckte, welche Zeichen London bedeuteten. Mehrmals wiederholte er das Wort, sah sie an und lachte. »Ich war in London!« Das erschien ihr kaum glaublich, und sie dachte, er verwechsle den Namen mit dem eines Ortes im Süden. Geduldig erklärte sie, was und wo London war, doch er rief: »Ja, ja. Ich war in London!«

Mit einigen Worten und Gesten überzeugte er sie, daß er tatsächlich in jener großen Stadt gewesen war, die Mrs. Paxmore nie gesehen hatte. Doch als sie ihn fragte, wie er denn dorthin gekommen sei, warnte ihn eine innere Stimme, dies zu verraten, und er tat, als verstehe er ihre Frage nicht.

Sie zuckte die Achseln und setzte die Lektion fort, zeigte auf die fünf N und erläuterte, daß dieses Zeichen in jedem der vier Wörter gleich ausgesprochen wurde. Cudjo wiederholte die Instruktionen, und beim zweitenmal begann er zu strahlen. Das also war das Geheimnis! Alle diese Zeichen hatten ihre eigene Bedeutung, und Lesen war nichts anderes als das Entschlüsseln dieses Sinns. Den ganzen Nachmittag arbeitete Mrs. Paxmore mit ihm die Buchstaben des Brandstempels durch, bis er jeden einzelnen erfaßt hatte. Intuitiv wußte sie, daß dies wichtiger war, als mit dem Alphabet anzufangen, denn Cudjo selbst hatte diese Wörter vorgeschlagen. Sie entstammten seiner persönlichen Welt, deshalb würde ihre Aufschlüsselung eine dreifache Bedeutung haben.

Gegen Abend griff sie wieder zur Schrifttafel und sagte ihm die Buchstaben vor. Nun kannte er bereits das D in »Devon« und das F in »Fithians«, doch als Sie zum L kam, war er verwirrt. Bei LONDON wurde es so ausgesprochen wie sie es ihm vorsagte, doch bei LB klang es wie ein P. Er wiederholte »Pfund, Pfund …«

Sie hielt inne, las die Aufschrift und begriff, daß man eine Abkürzung dieser Art nicht so einfach erklären konnte. »Weißt du …« Sie beschränkte sich auf PLNT und setzte ihm auseinander, daß dies eine Möglichkeit sei, das Wort »Plantage« kürzer zu schreiben; das verstand er sofort. Doch blieb die Schwierigkeit, ihm klarzumachen, wieso LB in diesem Fall »Pfund« hieß.

»Lerne die Buchstaben«, sagte Mrs. Paxmore und schob ihm die Schrifttafel zu. Bevor er ging, ließ sie ihn das Alphabet lesen, und er konnte einundzwanzig Schriftzeichen richtig wiedergeben. Cudjo war, so beteuerte sie ihrem Mann an jenem Abend, einer der klügsten Menschen, denen sie als Lehrerin je begegnet war.

Weihnachten kam, und die Sklaven hatten ihre freie Woche. Während die anderen Schweinebraten verschlangen und ihren Whisky tranken, schlich sich Cudjo zur Friedensklippe und saß stundenlang mit Mrs. Paxmore beim Unterricht. Er lernte auch Mr. Paxmore und den hübschen Sohn Bartley kennen und wurde zum Weihnachtsmahl der Familie eingeladen. Dieses verlief sehr nüchtern, mit Schweigepausen, die Cudjo befremdeten, aber die Atmosphäre war herzlich, und es gab genug zu essen. Bartley, ein Fünfzehnjähriger, begierig, etwas über die Welt zu erfahren, war besonders aufmerksam.

»Du warst im Süden?«

»Ja.«

»Wie war es dort?«

»Viel Arbeit, kein Essen, Mastah mit Peitsche.«

»Ist es hier besser?«

»Ja.«

»Willst du eines Tages heiraten?«

Das überstieg Cudjos Begriffsvermögen. Er blickte auf seinen Teller nieder, den ersten, den er je gesehen hatte. »Gib ihm noch ein Stück vom Truthahn«, sagte Mrs. Paxmore, und als das Mahl beendet war, wollte Cudjo wieder in den Schuppen, um weiterzulernen.

»Bartley geht mit dir«, sagte Mrs. Paxmore, und der junge erwies sich als ebenso guter Lehrer wie seine Mutter. Er fand Spaß daran, Cudjo das Alphabet so rasch wie möglich hersagen zu lassen. Die beiden schnurrten es um die Wette herunter, und es zeigte sich klar, daß Cudjo nun jeden Buchstaben kannte. Als sie aber zu den Zahlen kamen, tappte er im dunkeln. Bartley war ein guter Mathematiker. Er hatte seinem Vater oft auf der Werft geholfen, die Tonnagen zu errechnen; deshalb konnte er den Stoff leicht faßlich erklären, und hatte Cudjo schon die Fähigkeit besessen, die Buchstaben erstaunlich rasch zu erlernen, so übertraf er sich nun selbst bei den Zahlen. Binnen drei Tagen intensiver Arbeit, während der er Mrs. Paxmore kaum zu Gesicht bekam, hatte er sich die Grundzüge einfacher Rechenaufgaben angeeignet.

»Er ist ein ganz ungewöhnlicher Mensch«, sagte Bartley zu seinen Eltern, als der Schwarze am Ende der Ferien wieder auf die Plantage zurückkehrte. Ungewöhnlich war auch, daß Cudjo weiterlernen konnte, obwohl er so wenig, Gelegenheit dazu hatte. Die Schrifttafel kannte er auswendig, bis auf den letzten Strich, im Schlaf hätte er den Satz schreiben können, der auf die Rückseite eingebrannt war: »Pack my box with five dozen liquor jugs.« Mrs. Paxmore hatte ihm erklärt, dieses seltsame Satzgebilde sei deshalb ausgewählt worden, weil in ihm alle Buchstaben des Alphabets vorkamen. Er sagte sich diese Wörter zu allen Stunden vor und sah dabei im Geist der Reihe nach die sechsundzwanzig Schriftzeichen.

Bald brauchte er etwas Gehaltvolleres. Im März, bei einer ihrer seltenen Zusammenkünfte – denn Mr. Starch war mißtrauisch geworden und behielt den neuen Feldarbeiter schärfer im Auge , sagte Mrs. Paxmore zu Cudjo: »Jetzt kannst du die Schrifttafel zurückgeben. Du bist reif für ein Buch.« Sie gab ihm einen kleinen, schlecht gedruckten Band mit dem Titel »Des fleißigen Knaben Vademekum«.

Cudjo hielt das Buch in beiden Händen, starrte es an und las den Titel fast fehlerfrei. Dann hob er es und drückte es fest an die Wange. »Ich werde jedes Wort lernen!« Er deutete auf »fleißigen«, und Mrs. Paxmore sagte, er selber sei fleißig, da er so gut und emsig lerne. Dann wies er auf »Vademekum«. Sie wollte ihm erklären, daß dies Latein sei, aber vom Unterricht bei Kindern wußte sie, daß dies überflüssig war. Er brauchte nur den Sinn zu kennen. »Das heißt: Geh mit mir. Es ist dein Helfer.« Als er das Buch aufschlug, traf er auf eine Seite mit Rechenbeispielen, von denen Bartley bereits viele mit ihm durchgenommen hatte, und er begann, die Lösungen so rasch aufzusagen, daß ihm Mrs. Paxmore nicht mehr folgen konnte.

»In diesem Schuppen ist ein Wunder geschehen«, sagte sie an jenem Abend zu ihrem Mann. Dann lächelte sie ihrem Sohn zu. »Du bist ein besserer Lehrer als ich.« Plötzlich brach sie in Tränen aus. »Da predigen sie den Leuten, daß Neger nicht imstande sind, zu lernen!« Einige Zeit saß sie still, dann begann sie mit einem Finger nervös auf den Tisch zu klopfen. »Das werde ich nie verstehen …«

Gerade dieses Buch sollte Cudjo in böse Verwicklungen stürzen. Es war so klein, daß er es in seiner Hose verstecken konnte; nicht in der Tasche, denn eine solche gab es nicht, sondern links am Körper, an einer Schnur befestigt, die durch den Buchrücken gezogen war. Sein Geheimnis teilte er mit niemandem, da er wußte, daß ihm der Abschub nach dem Süden drohte, falls er ertappt wurde. Deshalb blätterte er nur dann in seinem Buch, wenn er ein paar Minuten allein war.

Der Band war für etwa neun bis zehnjährige Jungen geschrieben und erzählte von Helden, die sie sich zum Vorbild nehmen sollten: Robert Bruce und die Spinne, Roland in der letzten Schlacht, George Washington bei Valley Forge etc. Der Schwierigkeitsgrad paßte genau für Cudjo, und sein wacher Geist erfaßte sehr rasch die Inhalte und ihre moralische Aussage. Bald drängte es ihn, mit irgendeinem Menschen über Robert Bruce zu sprechen, zu erörtern, warum dieser in den Kampf gezogen war. Aber er hatte niemanden. Deshalb lernte er manche der Texte auswendig.

Doch eines Morgens, als die Kisten von der Plantage zum Landeplatz gebracht wurden, hörte Mr. Starch zufällig, wie Cudjo den Brandstempel ablas: »Devon Plantage für Fithians in London. Zweihundertachtzig Pfund.« Der Aufseher sprang vom Pferd und packte den Sklaven. »Wo hast du lesen gelernt?«

»Kann nicht lesen, Mastah.«

»Du hast doch gerade die Beschriftung gelesen!«

»Hab' ich von Ihnen gehört, Mastah.«

»Du lügst! Bleib hier stehen!« Starch ritt zwischen den Sklaven umher, stellte Fragen, kam zurück und brüllte: »Du warst bei Mrs. Paxmore!«

»Nein, Mastah.«

»Du verdammtes Lügenmaul!« Er beugte sich im Sattel vor und hieb Cudjo mit der Peitsche über die Schultern. Der wich natürlich zurück, was den Aufseher noch mehr in Wut brachte. Vom Pferd springend, ergriff er den Sklaven und befahl ihm, das Hemd auszuziehen, um die verdienten Hiebe zu empfangen. Als Cudjo zögerte, riß ihm Mr. Starch das Hemd vom Leib und entdeckte dabei das Ende der Schnur, das aus dem Hosenbund hervorlugte.

»Was ist das?« schrie er. Mit einem festen Ruck zog er die Hose herunter, und das versteckte Buch fiel zu Boden.

»Das wirst du mir büßen!« brüllte er und peitschte Cudjo, bis sein Arm erlahmte. Dann stieß er den Sklaven in die Plantagen-Schaluppe und fuhr zur Insel Devon, um Mr. Beasley die Verfehlung zu melden. Aber auf dem Landungssteg kam ihm gerade Onkel Herbert entgegen und fragte: »Was führt Sie denn hierher?«

»Ich habe diesen Sklaven beim Lesen erwischt. Er war bei Mrs. Paxmore.«

»Du meine Güte!« seufzte Steed. »Wir müssen wirklich etwas gegen diese verdammten Quäker unternehmen.«

»Wo ist Beasley?« fragte Starch.

»Im Ruhestand. Wenn Sie sich weiterhin bewähren, können Sie seinen Platz einnehmen.« Onkel Herbert machte eine gewichtige Kunstpause und fügte hinzu: »Und vielleicht werden Sie zu gegebener Zeit auch mich ablösen.«

Durch diese Andeutung ermutigt, sagte Starch brüsk: »Zuerst müssen wir diesen Kerl Mores lehren.«

»Verkaufen Sie ihn in den Süden. Ich will hier keine Nigger, die lesen können.«

»Ich wäre auch dafür«, erwiderte Mr. Starch zögernd. »Aber …«

»Was aber?«

»Er kann sehr gut mit Maschinen umgehen, hat wirklich Talent dazu.«

»Was schlagen Sie dann vor?«

»Man sollte ihn behalten, Mr. Steed. Er ist es wirklich wert.« Mr. Starch hüstelte. »Ich meine, vermieten wir ihn auf ein Jahr an Cline.«

Onkel Herbert legte die Fingerspitzen aneinander. Einen Sklaven zu Herman Cline zu schicken, das war eine sehr bedenkliche Entscheidung, nur für den Notfall. »Wir Steeds möchten uns von Leuten wie Cline fernhalten.«

»Aber er macht die Nigger zahm.«

»Glauben Sie, daß es ihm auch bei diesem gelingt?« Bevor Mr. Starch antworten konnte, sprach Herbert Steed weiter: »Mir sind Nigger, die lesen können, ein Greuel.«

»Cline wird mit ihm fertig, dafür verbürge ich mich.« Und so fuhr Starch in Richtung Süden, um den Mann zu holen.

Dieser Cline lebte am Little Choptank südlich der Insel Devon. Dort besaß er zusammen mit seiner Frau einen flachen feuchten Landstrich, halb Feld, halb Sumpf. Da er sehr sparsam war, hatte er genug erübrigt, um zu Gelegenheitspreisen vier Sklaven zu kaufen, die niemand anderer bändigen konnte. Da er sie mit eiserner Faust völlig einschüchterte, hatte er aus ihnen brauchbare Arbeitskräfte gemacht. Sie legten Sumpfland trocken, schufen eine halbwegs produktive Farm, und der Erfolg mit diesen schweren Burschen brachte Cline einen Titel ein, der sich in klingende Münze umsetzen ließ: der Sklavenzähmer. Die Pflanzer der Region glaubten allmählich, daß dieser Mann für einhundertfünfzig Dollar den Starrsinn auch des schwierigsten Sklaven brechen und ihn in einen gelehrigen, willfährigen Knecht verwandeln konnte.

Eines Morgens tauchte er auf dem Landungssteg auf, siebenundvierzig Jahre alt, nicht übermäßig groß oder besonders stark. Als er mit verbeultem Hut, in einem hausgewebten, sackartigen Hemd, mit zerrissenen Hosen und ausgetretenen Schuhen zum Kontor schlurfte, hatte er in der linken Backe einen Klumpen Kautabak und in der rechten Hand einen geschnitzten Knüppel, ein ungewöhnliches Ding, das in eine fast zwei Meter lange lederne Reitpeitsche auslief. Cline schwenkte den Knüppel locker, so daß sich die Peitsche in eine doppelte Schlinge legte, und beim Reden deutete er mit dem Stock auf den Zuhörer und ließ dabei den Lederriemen durch die Luft sausen. Er war ungewaschen, unrasiert und hohlwangig, aber seine Augen bewegten sich so flink und erfaßten eine Situation in allen Einzelheiten, was den Eindruck außerordentlicher Energie und grenzenloser Willenskraft hervorrief.

»Hier bin ich«, sagte er.

Onkel Herbert fand ihn so widerlich, daß er ihn gar nicht begrüßte, aber das störte den Sklavenzähmer keineswegs. Er wollte rasch zu einem Geschäftsabschluß kommen. »Dieselben Bedingungen wie früher. Ich nehme Ihren Kerl für ein Jahr in die Kur. Sie zahlen mir fünfzig Dollar, wenn ich ihn zurückbringe. Nach sechs Monaten Probezeit schulden Sie mir weitere hundert, falls er wirklich gefügig geblieben ist.« Steed nickte, und Cline fügte hinzu: »Wenn er nicht aus der Hand frißt, behalten Sie Ihr Geld.«

Onkel Herbert wollte mit diesem üblen Handel nichts zu tun haben, deshalb sagte Mr. Starch: »Einverstanden, Cline. Aber diesmal kriegen Sie einen harten Burschen.«

»Gerade solche mag ich.« Cline lächelte in Erwartung der Herausforderung.

»Und es ist Ihnen recht, wie früher: Wenn ich ihn umbringe, machen Sie mir keinen Vorwurf.«

»Dieses Risiko übernehmen wir«, sagte Starch. Als Cudjo herbeigeschleppt wurde, musterte ihn Cline, und er sah voraus, daß es ein schwieriges Jahr werden würde. Aber er sagte nichts, sondern trieb den großen Xanga einfach zum Landungssteg, bedeutete ihm, in die Schaluppe zu steigen und kletterte auch an Bord. Doch bevor er ablegte, schwang er plötzlich seinen Knüppel und schlug Cudjo damit über den Kopf. Der erste Hieb warf den Neger um. Cline peitschte ihn weiter, als er schon auf dem Boden lag, und traf ihn vor allem ins Gesicht.

Mr. Steed und Mr. Starch waren über diesen Gewaltakt entsetzt, doch Starch sagte: »So fängt er immer an.«

»Scheußlich«, knurrte Steed, aber sein Aufseher stieß ihn an. »Schauen Sie sich um. Es ist gut, wenn unsere Nigger daran erinnert werden, was ihnen passieren kann. «

Im Gras hinter dem Landeplatz standen sieben oder acht Sklaven aus dem Herrenhaus. Schweigend beobachteten sie alles. Mr. Starch, der das Mädchen Eden sah, ging auf sie zu und packte sie beim Arm. »Sei nicht so frech zu Mister Paul, sonst kommst du auch auf ein Jahr zu Mister Cline!«

Eden versuchte nicht, sich seinem Zugriff zu entziehen, und reagierte nicht auf seine Drohung. Sie blickte nur dem abfahrenden Boot nach, als es südwärts in Richtung des Little Choptank steuerte.

Herman Cline war ein guter Farmer. Er hatte neunhundert Morgen flaches Land in Besitz genommen, das sonst keiner wollte, hatte unverdrossen gerodet und damit eine Anzahl weit verstreuter Felder geschaffen. Durch sorgfältige Bewirtschaftung und beharrliche Mühe hatte er schließlich ergiebige Ernten erzielt, und wenn er in den nächsten zwanzig Jahren ebensoviel erreichen würde wie in den vergangenen, konnte er eines Tages eine Farm sein eigen nennen, die erkleckliche Gewinne abwarf.

Als Helfer hatte er seine Frau, seine beiden grobknochigen Töchter, die vier selbst gekauften Sklaven und dazu fünf andere, die ihm zur »Erziehung« übergeben worden waren. Diese neun Schwarzen hausten in einem kleinen schuppenartigen Bau ohne Fenster, ohne Holzboden und ohne jegliche Einrichtung bis auf eine Reihe von Nägeln, an die sie ihre Kleider hängten. Es gab keinen Herd, kein Kochgeschirr. Ihre Verpflegung wurde in einem Eimer gebracht, aus dem sie mit den Händen aßen.

Auf der Cline-Farm gab es keinen Sonntag. An dreihundertfünfundsechzig Tagen des Jahres, auch an Weihnachten, schlug Mrs. Cline eine halbe Stunde vor der Morgendämmerung an einen Eisenstab, zum Zeichen, daß die Sklaven in dreißig Minuten zur Arbeit anzutreten hatten. Sie schufteten bis zum

Sonnenuntergang, mit einer Mittagspause von nur zehn Minuten, und nach Einbruch der Dunkelheit hatte jeder noch Zusätzliches zu verrichten wie Holz zu spalten oder den Schweinestall zu säubern.

Die fünf angenommenen Schwarzen wurden noch ärger geschunden als die selbst gekauften. An jedem Morgen des Jahres fand Cline irgendeinen willkürlichen Vorwand, um zumindest einen von ihnen zu prügeln. Am dritten Tag war Cudjo an der Reihe: »Ich hab' dich erwischt, wie du meine Tochter angeglotzt hast. Wenn sie vorbeigeht, hast du auf den Boden zu schauen!«

Mit seinem Peitschenstock zählte er Cudjo zwanzig Hiebe auf, dann fragte er: »Was wirst du tun, wenn meine Tochter vorbeigeht?«

»Zu Boden schauen.«

»Sag gefälligst Mastah, wenn du mit mir redest!« Und schon setzte es noch zehn Hiebe.

Verköstigt wurden die Sklaven tagaus, tagein mit einem Eimer voll Maisbrei. Jeden dritten Tag bekamen sie einen Streifen Speck, den sie an einen Nagel hängten und von dem sie immer nur so viel wegknabberten, daß bis zur nächsten Ration noch etwas da war.

Die morgendliche Züchtigung war nur der Anfang. Den ganzen Tag durchstreifte Mr. Cline seine Felder, fiel jählings unversehens über seine Sklaven her oder lauerte ihnen hinter Wegbiegungen auf; er stürzte sich auf sie und verdrosch sie »wegen ihrer Faulheit« bis aufs Blut. Sie mußten jede Minute arbeiten und auf jeden Gegenstand auf der Farm so sorgsam achten, als wäre er ihr Eigentum. Mr. Cline hatte eine Gewohnheit, die man oft bei Sklavenhaltern feststellen konnte: Nachmittags legte er eine lange Ruhepause ein, und eine Stunde vor Arbeitsschluß war er wieder frisch und munter auf den Beinen. Dann kratzte er sich, sprang hinzu und packte an, was gerade getan werden mußte. Er werkte zwanzig Minuten wie der Teufel, bis ihm der Schweiß von der Stirn rann. Schließlich richtete er sich auf und sagte: »So arbeitet ein richtiger Mann!« Dann suchte er irgendeinen Sklaven, der im Verzug war, gab ihm zehn oder zwölf Hiebe und brüllte: Ich habe dir gezeigt, wie man arbeitet, jetzt halt dich ran, du Dreckskerl!«

Zur Weihnachtszeit zeigte sich das Cline-System von seiner schlimmsten Seite. Die neun Neger wußten, daß andernorts am Choptank die Sklaven eine Woche feiern durften, sie selber aber mußten in die Fron wie eh und je. Am Weihnachtsmorgen, eine halbe Stunde vor Tagesanbruch, erklang wie gewöhnlich der Eisengong. Die Sklaven traten aus ihrer Hütte und wurden zu irgendeiner besonders widerwärtigen Arbeit gerufen. Mittags schlug Mrs. Cline wieder den Gong, ihr Gatte kam und sagte zu den Schwarzen:

»Ihr habt zwar gar nichts geleistet, aber heute ist Weihnachten.« Wenn sie ihre elende Behausung erreichten, fanden sie dort einen Eimer voll Brei und auf einem fettigen Stück Papier ein gebratenes Huhn.

Als Cudjo dies am Weihnachtsnachmittag sah, mußte er sich sehr beherrschen, um nicht in ein bitteres Gelächter auszubrechen. »Auf der Steed-Plantage kriegen wir ganze Schweine und Berge von Hühnern!« Er war so empört, daß er darauf verzichtete, sich um seinen kärglichen Anteil zu balgen. Er aß seinen Brei und sah zu, wie die anderen acht Sklaven das kleine gebratene Federvieh zerrissen.

Mr. Cline gab zu Weihnachten auch keine neuen Kleider aus. Jeder seiner neun Sklaven hatte ein einziges Gewand, sonst nichts. Das trug er täglich, bis es ihm in Fetzen vom Leib hing. Dann schrie Mr. Cline: »Du stinkst wie ein Ochse. Paß doch auf deine Sachen auf!« Nach einer Tracht Prügel warf er dem Übeltäter murrend neue Kleider zu.

Den Jahreszeiten war man am Choptank fürchterlich preisgegeben. Im Sommer gab es so viele Moskitos, daß sich Hunderte zwischen Ellbogen und Handgelenk setzten, die alle zugleich stachen. Im Winter wehte ein scharfer Wind von der Bucht herein. In der ungeschützten Hütte drängten sich die Sklaven zusammen, während der Sturm schneidend durch die Ritzen in der Wand pfiff. Bei Temperaturen von zwei Grad unter Null schliefen die Neger auf dem Boden, jeder nur mit einer dünnen Decke ausgerüstet. Auf den Feldern arbeiteten sie barfuß. Ihre Fußsohlen hatten tiefe Schrunden.

Warum ließen es neun kräftige Männer zu, daß Herman Cline, der jedem von ihnen körperlich unterlegen war, sie so brutal mißhandelte? Diese Frage kann nur im größeren Zusammenhang beantwortet werden. Aus Afrika wurden etwa elf Millionen Sklaven exportiert, und mehr als die Hälfte von ihnen fand grausame Herren. Die Gründe für die Unterwürfigkeit der Neger sind vielschichtig und erschreckend. Vor allem konnten sie deshalb beherrscht werden, weil sie nie als eine Einheit von elf Millionen Menschen in Aktion traten. Sie wurden aufgeteilt, hundert dahin, sechzig dorthin. Und nachdem sie aus dem Gesichtskreis verschwunden waren, verbanden sich alle Machtgruppen der Gesellschaft, um den Zustand der Hörigkeit aufrechtzuerhalten.

Die Weißen von Patamoke waren bereit, ja sogar darauf erpicht, jeden Schwarzen zu züchtigen, der gegen seinen Herrn aufbegehrte. Die Gesetze Marylands billigten solch drakonische Disziplin, und die Sheriffs halfen mit, sie durchzusetzen. Jeder Priester im Sklavengebiet predigte den alten Leitsatz aus der Bibel: »Der Knecht, der seines Herrn Willen weiß und sich nicht dazu anschickt, noch seinen Willen befolgt, wird viele Streiche bekommen.« Weiße Männer, die in den Läden herumlungerten, Frauen, die in ihren Nähzirkeln schwatzten, Kinder in der Schule und besonders Richter, welche das Gesetz wahrten – sie alle stützten dieses System und waren völlig einmütig, wenn es galt, den Sklaven einzuschärfen, daß sie gehorchen mußten.

Mit diesen Ausführungen ist noch immer nicht erklärt, wieso die neun Schwarzen in der eisigen Hütte Clines Brutalität duldeten. Seine vier eigenen Sklaven hatten vorher unter anderen, etwas weniger grausamen Herren gedient und waren überzeugt, daß es ihnen auf irgendeiner anderen ähnlichen Farm wohl genauso schlecht ergehen würde. Deshalb hielten sie aus. Die fünf zur »Besserung« eingelieferten Plantagensklaven litten fürchterlich unter Clines Schreckensregiment, aber sie wußten, daß ihre Leidenszeit begrenzt war. Wenn sie dieses grauenvolle Jahr überlebten, konnten sie auf eine bessere Zukunft hoffen. Deshalb hielten auch sie durch. Doch der wichtigste Grund, warum Cline sich allein gefahrlos unter den kräftigen Schwarzen bewegen konnte, war der, daß allen außer Cudjo von Geburt an eine fundamentale Tatsache eingebleut worden war: Wenn sie ihm Schwierigkeiten machten, hatte er das Recht, sie zu töten.

Natürlich gab es Gesetze, die dies verboten. Auf sie wurde in allen Sklavenstaaten voll Stolz verwiesen, und der Kodex von Maryland war einer der humansten: Kein Sklave durfte nach ihm mißhandelt werden. Jeder Sklave mußte entsprechende Nahrung, Kleidung und Obdach erhalten. Keiner durfte verstümmelt werden. Und wenn ein Sklave dennoch gewaltsam umkam, wurde der Täter zur Verantwortung gezogen. Auf den großen Plantagen wurden die Sklavengesetze im allgemeinen respektiert, aber da jedermann zur Kenntnis nahm, daß Mr. Clines Farm eine Art Strafanstalt war, galten die Gesetze hier nicht.

Der Beweis dafür ergab sich an einem Aprilmorgen des Jahres 1836, als Cudjos Zeit bei dem Sklavenzähmer zu zwei Drittel um war. Ein kleiner widerspenstiger Schwarzer von einer Pflanzung am Miles wurde von Mrs. Cline, die ihm befohlen hatte, den Hühnerhof zu fegen, so drangsaliert, daß er schließlich herausplatzte: »Aber Missy, ich habe doch alles rein gemacht!«

»Werd nicht frech!« kreischte sie, packte einen festen Stock und begann, ihn zu prügeln. Bei dem Heidenlärm kam Mr. Cline gelaufen, und seine Frau schrie: »Er hat mich bedroht!« Ihr Gatte brüllte: »Ich werde dich lehren, eine weiße Frau zu schlagen!« Er holte seine Lederpeitsche und ließ die Schläge so hageldicht auf den Sklaven niederprasseln, daß dieser in seiner Verzweiflung in den Little Choptank sprang. Sofort röhrte Mr. Cline: »Fluchtversuch, wie?«

Er griff nach seinem Gewehr, zielte und zerschmetterte mit dem ersten Schuß den Kopf des Mannes.

Nun mußte eine Untersuchung durchgeführt werden. Ein Richter und ein Sheriff aus Patamoke studierten die Fakten, hörten von Mrs. Cline, daß der Sklave sie bedroht habe, und gelangten rasch zu dem Urteil, das dem Schreiber nicht einmal die Mühe wert war, es im Protokoll zu verzeichnen: »Mister Cline tat nur, was nötig war.«

In den folgenden Tagen ließ er seine Wut besonders an Cudjo aus, weil er spürte, daß er den großen Xanga wohl terrorisiert, aber nicht wirklich gebrochen hatte. Die Steeds besaßen viele Pflanzungen, und wenn Cline bei Cudjo gute Arbeit leistete, konnte er auf weitere Geschäfte hoffen. Deshalb überwachte er ihn dauernd, schlug ihn ohne Grund, entzog ihm seine Ration und teilte ihm die ärgsten Plackereien zu. An einem Juniabend gegen elf, als Cudjo seit fünf Uhr morgens mit nur zehn Minuten Mittagspause gearbeitet hatte, ertappte ihn Mr. Cline dabei, wie er beim Waschen des Farmbootes, einer zusätzlichen Verrichtung, einnickte. Sofort ging Cline mit seiner Peitsche auf ihn los und drosch ihn wegen seiner Faulheit. Cudjo fiel schließlich auf die Knie, unfähig, noch mehr zu ertragen, und als er im Schlamm des Landeplatzes lag, sagte Mr. Cline: »Jetzt wirst du vielleicht tun, was ich dir befehle.« Cudjo mußte sich zum Schuppen zurückschleppen, auf dem nackten Boden schlafen und bei Tagesanbruch wieder zur Arbeit bereit sein.

Welche Wirkung hatte diese elf Monate dauernde Schinderei? Jeden Morgen stand Cudjo mit dem Vorsatz auf, bis zum Mittag in Gedanken zur Übung ein Dutzend Sätze mit möglichst vielen schwierigen Buchstaben zu bilden. Und nachdem er aus dem Eimer eine tüchtige Portion Maisbrei geschöpft und am Ende seiner Speckseite gekaut hatte, dachte er sich Zahlen aus, um im Kopf lange Kolonnen zu addieren.

An einem Septemberabend, als er auf dem kalten Boden der Hütte lag, stellte er sich vor, die Erde unter ihm höbe und senke sich, und er wäre wieder auf dem rollenden Schiff. Er erinnerte sich der herrlichen Tage mit Rutak, ihrer Begegnung und wie sie so viele schwierige Aufgaben gelöst hatten. Sein altes Selbstvertrauen kehrte zurück, er tröstete sich mit dem Gedanken, daß er ein fähiger Mann war, und laut sagte er: »Das wird enden. Ich werde wieder frei sein.«

Kaum hatte er diese Worte ausgesprochen, da erwiderte aus der Dunkelheit die Stimme eines neu eingelieferten Sklaven: »Es gibt nur einen Staat, wenn man Glück hat: Pennsylvanien.«

Diesen Namen hatte Cudjo schon früher gehört. Unter allen Sklaven im Süden war er ein Symbol, denn wer Pennsylvanien erreichte, das im Norden lag, durfte hoffen. Cudjo erzählte dem neuen Kameraden von Mrs. Paxmore, und der Mann versicherte ihm: »In Pennsylvanien gibt es viele solche Leute.«

»Wieso weißt du das?«

»Ich war dort.«

»Und warum bist du jetzt hier?«

»Weiße haben mich eingefangen. Zurückverkauft.«

Auf diese bestürzende Mitteilung wußte Cudjo nichts zu sagen. Endlich die Freiheit errungen zu haben und dann verraten zu werden, das mußte das allerschlimmste Erlebnis sein. Aber er begann, sich leise vorzusagen, wie Tausende Sklaven es nachts taten: »Pennsylvanien!« Er versuchte den Namen in den Staub zu schreiben, wenn niemand zusah, und die meisten Buchstaben stimmten. Die Freiheit lag im Norden. Man kam nach Pennsylvanien, wenn man nordwärts flüchtete.

Immer wenn er das Wort aussprach, fiel es ihm schwer einzuschlafen, so erschöpft er auch sein mochte, weil er stets an die Zeiten dachte, als er Kapitän eines Schiffes gewesen war. Auch damals führte der Fluchtweg nach Norden. Manchmal stand Cudjo von seinem Erdlager auf, blickte zum Polarstern hinauf und fühlte, wie dieser ihn lockte.

Im November 1836 steckte Mr. Cline Cudjo in sein Boot und fuhr nordwärts nach Devon, wo er ihn, offensichtlich völlig eingeschüchtert, im Kontor ablieferte. »Mister Steed, ich bringe Ihnen einen gezähmten Nigger.«

»War er schwierig?«

»Einer der Ärgsten. Ganz gewiß.«

»Aber Sie haben ihn kirre gemacht?«

»Ja.« Cline stand verlegen da; in Gegenwart eines Pflanzer-Aristokraten war er immer befangen. Er wartete, daß Mr. Steed aufs Geld zu sprechen käme, aber Onkel Herbert bereitete es ein perverses Vergnügen, diese weiße Kanaille zu demütigen. Er tat so, als wolle er sich wieder mit seinen Schriftstücken beschäftigen und blickte dann auf, scheinbar erstaunt, daß Cline noch immer vor ihm stand.

»Was wünschen Sie noch?«

»Das Geld ... Mister Starch sagte ...«

»Ja, natürlich! Aber Mister Starch ist im Moment nicht hier.«

Cline faßte das als einen Versuch auf, einer Verpflichtung auszuweichen. Daß Steed ihn bloß aufzog, kam ihm gar nicht in den Sinn. Sein Gesicht wurde dunkel, und er ballte die Fäuste, als hätte er es mit einem widerspenstigen Sklaven zu tun. Doch bevor er sich zu einer Dummheit hinreißen ließ, rief Onkel Herbert schon: »Mister Starch!« Und während er wartete, bis sich sein

Hauptaufseher meldete, lächelte er Cline herablassend zu. Als Starch erschien, fragte Steed: »Welche Vereinbarung haben wir über Clines Bezahlung getroffen?«

»Fünfzig jetzt. Und hundert später, wenn der Nigger gefügig bleibt.«

Der Sklavenzähmer seufzte und entkrampfte die Fäuste. Verächtlich zählte Mr. Steed fünfzig Dollar ab und schob die Münzen mit einem Lineal Cline zu, der sie einstrich, nickte und zu seinem Boot zurückging.

»Schrecklicher Kerl«, sagte Onkel Herbert, als er verschwunden war.»

»Aber notwendig«, ergänzte Mr. Starch. Dann fiel ihm ein, daß er etwas Wichtiges vergessen hatte; er lief zur Tür und rief: »Cline, wofür ist der Nigger zu gebrauchen?« Und der Sklavenzähmer rief zurück: »Für Maschinen!«

Mr. Starch hatte Cudjos Eignung für technische Arbeiten bereits ein Jahr früher entdeckt, und es freute ihn, daß Cline nun sein Urteil bestätigte. »Wir könnten ihn draußen auf der entlegenen Plantage einsetzen«, sagte er zu Onkel Herbert. »Dort brauchen wir Mechaniker.« Doch dieser Plan wurde durch einen Vorfall vereitelt, den keiner der beiden erwartet hatte.

Paul Steed, der sich des fortgeschrittenen Alters und der schwindenden Energien seines Onkels immer deutlicher bewußt wurde und der erkannte, daß er selbst bald wieder die Leitung des riesigen Besitzes übernehmen müsse, hatte sich für diverse Entscheidungen zu interessieren begonnen. Und als Eden eines Morgens sagte: »Ich habe gehört, sie haben diesen Cudjo zurückgebracht. Es heißt, er ist gut im Reparieren«, humpelte Paul ins Kontor hinunter und fragte: »Haben wir einen Sklaven namens Cudjo?«

Onkel Herbert bejahte. »Aber Starch nimmt ihn mit hinüber.«

»Nein«, sagte Paul sehr bestimmt. »Ich brauche ihn in der Schmiede.« Und nachdem man den Sklaven aus Starchs Schaluppe zurückgeholt hatte, führte ihn Paul zu einem kleinen dunklen Bau westlich vom Herrenhaus. Dort betrieb ein sehr alter Neger namens Hannibal eine Schmiede; er schärfte Sensen, reparierte Räder und beschlug Pferde. In einer Ecke war eine solide niedere Esse mit einem großen Balg aus zwei Rindshäuten. Zur Feuerung diente Holzkohle, die in einer anderen Ecke geschichtet lag. Es war ein enger Raum, glühendheiß im Sommer, aber geschützt im Winter. Rasch meisterte Cudjo die Schwierigkeiten der Eisenbearbeitung. Als er eines Tages am Eisenband für ein Rad hämmerte, blickte er zufällig auf und sah in der Tür der Schmiede eine hübsche schwarze Frau. Sie war älter als er selbst und lächelte.

»Ich heiße Eden«, sagte sie. Als er nicht antwortete, fügte sie hinzu: »Du kannst lesen. Mistress Paxmore hat es mir gesagt.« Aus ihrem Rock zog sie ein Buch und hielt es ihm hin.

Das erschreckte ihn. Ein solches Buch hatte ihm ein Jahr in der Hölle eingetragen. Mit knapper Not war er lebend davongekommen. Aber sie streckte es ihm entgegen, ein Geschenk von ihr und Mrs. Paxmore. Mit zitternden Händen nahm er es, und nach einem Moment des Zögerns drückte er es an die Wange; seine Tränen liefen über den Einband.

»Was ist das für ein Buch?« fragte sie.

Er buchstabierte: »Lektionen von Plutarch.« Mit großer, schmerzlicher Überwindung gab er es zurück. »Nein.«

»Cudjo, du kannst es haben. Mastah sagt, das ist in Ordnung.«

»Mastah Herbert?«

»Nein, Mastah Paul. Er möchte dich sehen – jetzt gleich.«

Sie ging mit ihm zum Herrenhaus, dem sich zu nähern ihm nie gestattet gewesen war. Am Portal sagte ihm Tiberius, nun schon ein alter Mann, aber in seiner blaugoldenen Livree noch immer eindrucksvoll: »Junge, halte die Hände an den Seiten und stoß nirgends an!« Er führte Cudjo durch die prächtige Halle und den eleganten westlichen Korridor, den vor Generationen Rosalind Janney Steed hatte erbauen lassen.

An der Schwelle eines schön gegliederten Raumes, in den, durch Spitzenvorhänge gefiltert, Sonnenlicht flutete, verkündete der alte Türsteher: »Mastah Paul, Missy Susan! Ich habe die Ehre, zwei Sklaven anzumelden, Eden und Cudjo.« Mit einer großartigen Verbeugung zog er sich zurück. Im Zimmer saßen zwei magere, gesittet wirkende Personen. Auf einem Tisch neben dem Ellbogen des Mannes lag ein Stapel Bücher. Auf dem anderen, an dem Susan Steed in ihrem wuchtigen Stuhl ruhte, stand ein Teeservice. »Mastah Paul, das ist Cudjo«, sagte Eden. »Er ist der, der lesen kann.«

»Komm herein, Cudjo!« Der schmächtige Mann hielt den Kopf schief. Mit seiner blassen Hand zeigte er, wo der Sklave sich hinstellen sollte. »Ich bin dein Herr, Cudjo. Von nun an wirst du tun, was ich dir sage.«

»Ja, Mastah.«

»Stimmt es, was mir Eden erzählte? Du kannst lesen?«

Das war ein qualvoller Moment. Schon einmal hatte ein Weißer entdeckt, daß Cudjo lesen konnte, und deshalb war er auf ein Jahr zu Mr. Cline geschickt worden. Wenn er nun alles eingestand, würde er vielleicht wieder verbannt werden, mit geringen Aussichten zu überleben. Er blieb stumm. Der schmächtige Mann im Stuhl nahm das Buch, das Eden ihm reichte, und drückte es dem Sklaven in die Hand. »Lies den Titel!« sagte er und deutete auf die Schrift.

Lesen zu können war ein Geschenk, fast so kostbar wie die Freiheit selbst, und es drängte Cudjo, seine Kenntnisse zu beweisen, aber die namenlose Angst vor Mr. Cline versiegelte ihm die Lippen. »Es ist schon gut«, sagte

Eden ermutigend, und schließlich las Cudjo voller Stolz den Titel: »Lektionen von Plutarch.«

»Weißt du, wer Plutarch war?« fragte Susan, und erst jetzt sah Cudjo, daß sie verkrüppelt war, denn sie bewegte sich in ihrem Stuhl nur mit Mühe und schien die Beine nicht gebrauchen zu können.

»Nein, Ma'am.«

»Bist du ein guter Arbeiter?« Bevor er antworten konnte, fügte sie hinzu: »Ich meine, mit Werkzeug – mit Maschinen?«

»Ja, Ma'am.«

»Ich möchte, daß du mir einen Stuhl machst …« Sie setzte ihm ihren seit langem gehegten Wunschtraum auseinander: Ein Stuhl müsse es sein, in dem sie sich mit den Händen im Zimmer umherrollen könne und der auch eine Stütze beim Aufstehen sei, wenn sie sich stark genug dazu fühle. Kaum hatte sie erklärt, wie sie sich dieses Möbel vorstellte, da kniete Cudjo schon auf dem Boden, schaute unter den Stuhl, auf dem sie saß, und hatte gleich Vorschläge, wie ihre Wünsche zu erfüllen wären.

»Mein Gott, Paul«, rief Susan strahlend, »er ist der erste, der versteht, was ich will!« Dann lachte sie und sagte in einem nicht ganz echten zärtlichen Ton: »Nein, Paul, tu doch nicht so. Du hast es ja auch nicht begriffen.«

Paul wurde rot, er wandte sich zu Eden: »Du hast mir die Wahrheit gesagt. Dieser Mann ist tüchtig.« Und zu Cudjo sagte er: »Du darfst das Buch behalten. Meine Frau wird dir noch andere geben, wenn du ihr den Stuhl machen kannst.« Doch auf dem Rückweg zur Schmiede war kein Gedanke mehr an Bücher. Eden, die rasch und mit großem Nachdruck sprach, sagte leise und vorsichtig: »Cudjo, ich weiß über dich Bescheid.«

Er bekam Angst; er vermutete, daß sie irgendwie von seiner Beteiligung an der Meuterei erfahren hatte. Nein, sie redete davon, wie es ihm gelungen war, Clines Torturen zu überstehen. »Sklaven erzählen es. Du hast einen eisernen Schädel.«

Er antwortete nicht. Da spürte er zu seiner Überraschung, wie sie seine Hand nahm und drückte. »Cudjo, du und ich, wir werden davonlaufen.«

Er blickte starr geradeaus, denn das waren todbringende Worte, wenn sie von der unrechten Person ausgesprochen wurden. Eden war offenbar so vertraut mit dem Herrenhaus, daß sie eine Spionin sein konnte, eine von denen, die fluchtbereite Schwarze verrieten. Doch sie sprach weiter, mit dieser leisen, eindringlichen Stimme: »Schau dir alles im großen Haus genau an! Merk dir alles! Du und ich, wir werden nach Pennsylvanien gehen.«

Die Worte hallten durch den schattigen Nachmittag. Pennsylvanien! Wie oft hatte er selbst diesen magischen Namen geflüstert!

Nun sagte sie rasch, wie gehetzt: »Wir geben nicht auf, Cudjo! Wir müssen frei sein! Ich habe Geld gespart … Auch eine Pistole habe ich … und ein Messer. Ich komme nie mehr hierher zurück!« Eden sprach mit heftigem Grimm; so hatte er noch nie zuvor eine Frau reden gehört. Sie war wie der große Rutak beim Aufruhr an Bord, eine unwiderstehliche moralische Gewalt. Sie war bereit zu töten – sich selbst oder andere. Sie wirkte wie ein gereizter, wildes Tier, das entschlossen war, sich nicht länger in einen Käfig sperren zu lassen.

»Ich habe auf dich gewartet, Cudjo. Ich habe gesehen, wie dich Cline im Boot fast erschlagen hat. Ich habe zugesehen und wußte: Wenn er lebendig zurückkommt, ist er der Richtige.« Sie verstummte und begann vor Erregung zu zittern, da sie ihre geheimsten Vorsätze jemandem mitteilen konnte. Dann drückte sie seine Hand fester und flüsterte: »Ich brauche einen, der mir hilft … der sich umsieht … und mir sagt, wann es soweit ist«, sie zögerte, »und der bist du, Cudjo.«

Nun fand er die Sprache wieder. »Ich kenne Clines Farm. Schau dir meinen Rücken an! Ich habe Angst.« Er hatte keine Angst davor, zu fliehen oder bestraft zu werden, wenn die Flucht mißlang. Wovor er aber zurückschreckte, das war, einen anderen Menschen ins Vertrauen zu ziehen. Er durfte niemandem vertrauen, denn noch immer hörte er jenen Sklaven in der Nacht auf Clines Farm: »Die Weißen haben mich gefangen und zurückverkauft.« Es gab nur eine Macht der Welt, auf die er sich verlassen konnte: ihn selbst.

Deshalb lehnte er Edens Vorschlag rundweg ab. Wütend warf sie den Plutarch-Band auf die Erde und verhöhnte Cudjo, als er sich bückte, um das Buch aufzuheben. »Wozu hast du lesen gelernt? Was nützt es dir, wenn du nicht frei bist?«

Die erste Begegnung endete mit diesem Zerwürfnis, aber am nächsten Abend, als sich Cudjo nach der Arbeit in der Schmiede wusch, kam Eden zur Tür und fragte kühn: »Hannibal, warst du da drüben schon fischen?«

»O ja, manchmal,«

»Dann geh jetzt wieder!« Als der alte Mann verschwunden war, trat sie auf Cudjo zu, zog ihn auf die Strohschütte nieder, auf der er schlief, und begann ihn zu küssen und an seiner Kleidung zu fingern. Und als sich ihm zum erstenmal in seinem von Qualen erfüllten Leben das Geheimnis offenbarte, was eine Frau sein konnte, führte sie seine Hände über ihren nackten Rücken, so daß er ihre Narben spürte, und ruhig fragte sie: »Glaubst du, nur du bist ausgepeitscht worden?« Als er ihre Striemen betastete, begann sie wieder mit ihrer Litanei: »Wir gehen nach Norden. Wenn uns Mastah Paul und Mastah Starch aufhalten wollen, bringen wir sie um.«

So reifte der Fluchtplan, und als Hannibal ohne einen Fisch vom Fluß zurückkam, blickte er auf das Paar nieder und sagte: »Das ist schön, Miss Eden. Alle
haben schon gefragt, wann du dir einen Mann holen wirst. Ich bin heute abend
sehr froh. Wirklich froh.«

Auch Paul und Susan sahen es gern, daß ihre hübsche Sklavin immer wieder
in die Schmiede ging, wo der neue Arbeiter Cudjo wohnte. Sie hatten sich schon
oft gewundert, warum dieses Prachtweib nie heiratete. Mit ihren vierunddreißig
Jahren war sie sogar noch reizvoller als in ihrer Mädchenzeit. Ihr zurück-
haltendes, würdiges Auftreten machte stets Eindruck, wenn sie bei einem
Dinner Mrs. Steed bediente.

Jedem fiel auf, wie sanft sie mit ihrer behinderten Herrin umging und wie gern
sie alles tat, um ihr das Leben zu erleichtern. Und man nahm lächelnd zur
Kenntnis, wie gut Eden mit Paul Steed auskam. Im Lauf der Jahre war seine
Querköpfigkeit geschwunden, und er hatte sich mit den Folgen seines Bravour-
stücks auf dem Dach abgefunden. Sein linkes Bein war verkürzt, aber mit einem
dicksohligen Schuh war ihm beim Gehen nur ein leichtes Hinken anzumerken.
Obwohl sich sein Hals stark nach rechts neigte, wie um dem Körper das
Gleichgewicht zu geben, hinderte dies Gebrechen Paul nicht daran, das zu tun,
was er am liebsten tat: Er las die vielen bedeutenden Bücher, die er in Princeton
erworben hatte: Thukydides, Plato, Plutarch, Montesquieu, Rousseau, Locke,
Adam Smith – er war mit der Gedankenwelt dieser Männer so vertraut
geworden, als lebten sie in seiner Nähe am Choptank und würden sich mit ihm
an sonnigen Nachmittagen treffen. Die Theologen hielt er für schlechte Schrift-
steller, und er bezeichnete die typischen Predigtensammlungen als Geschwätz.
Eine gute Predigt gefiel ihm zwar, doch da es im Umkreis der Insel keine
katholische Pfarrei gab, hatte er selten Gelegenheit, eine zu hören. Die Familie
Steed pflegte natürlich ihre jahrhundertealte Tradition: Sie lud Priester zum
Aufenthalt auf der Insel ein, um den Nachwuchs im römisch-katholischen
Glauben zu erziehen – und in einem Sommer rief Paul bei den konservativeren
Verwandten einiges Befremden hervor, als er einen wandernden methodisti-
schen Eiferer bewog, fünf Tage auf Devon zu verbringen, um bei Tag den
Sklaven zu predigen und abends mit den Steeds lange Gespräche zu führen. Es
war eine aufschlußreiche Begegnung, und als der Mann, ein hagerer Kerl aus
Ohio, weiterzog, nahm er hundert Dollar als Spende von Paul mit.

Der Invalide Steed hatte sich, kurz gesagt, zu einem Südstaaten-Gentleman
besten Gepräges entwickelt: Er leistete keine Arbeit, las unablässig und verbrachte viel Zeit mit der Betrachtung der Probleme des Südens. Und mit
wachsendem Groll beurteilte er die auffallend unfairen Taktiken im Verhältnis

zwischen Nord und Süd. »Diese Verbrecher in Norden zwingen uns, unseren Weizen und unsere Baumwolle billig nach Europa zu verkaufen, aber sie gestatten uns nicht, Fabrikwaren preisgünstig aus England zu beziehen. Nein, sie erheben hohe Zölle, halten billige europäische Güter von uns fern und zwingen uns, zu extrem hohen Preisen aus Massachusetts und New York zu kaufen. Die Nordstaatler würgen unsere Entwicklung ab, und wenn das so weitergeht, werden sie die Union in Gefahr bringen.«

Susan glich nun den lieblichen Frauenbildnissen auf englischen Kaminen: eine stille kleine Lady, anmutig in ihrem Stuhl sitzend, allen gegenüber von einer ruhigen, sanften Freundlichkeit. Viel Sorgfalt verwendete sie auf ihre Kleidung, sie wollte immer möglichst hübsch aussehen. Eden bestärkte sie darin und sagte: »Lassen Sie sich sechs neue Kleider aus Baltimore schicken.« Und wenn Susan die Lieferung nicht bestellte, tat Eden es für sie. Diese Handlungsfreiheit sollte die Sklavin in Schwierigkeiten bringen. Eines Morgens, als sie nach einer Nacht bei Cudjo ins Herrenhaus zurückkam, tadelte Susan sie im Scherz: »Leg es darauf an, daß er dich heiratet, Eden! Mädchen haben es immer zu bereuen, wenn sie es den Männern zu leicht machen.« Und aus ehrlicher Sympathie fügte sie hinzu: »Eden, nimm die zwei Kleider, die wir aus London bekommen haben! Trenn die Säume auf, und trage sie selbst!«

»Meinen Sie das im Ernst, Ma'am?«

»Ja. Du warst so gut zu mir, und wenn dich Cudjo in einem neuen Kleid sieht, gehen ihm vielleicht die Augen auf.«

Also nahm Eden die teure Garderobe und paßte sie ihrer tadellosen Figur an. Zu ihrem Unglück war der erste, der ihr begegnete, als sie das aus Ekrüseide, dessen apartes Gelbbraun ihren Teint hervorhob, zum erstenmal trug, ausgerechnet Mr. Starch, und der lebte sich bereits in seine künftige Machtposition als Leiter der Steed-Plantagen ein.

Niemand auf der Insel war ihm gewogen. Man hielt ihn für geeigneter, eine der entlegenen Pflanzungen zu führen, wo niemand mit seiner rüden Art in Berührung kam. Auch fürchtete man die Änderungen, die er anstreben mochte. Er war sich dieser Abneigung bewußt und entschlossen, sie in den letzten Tagen auf seinem untergeordneten Posten auszumerzen. Als er nun die kecke Eden in ihrer neuen Pracht den Weg herunterkommen sah, vermutete er, sie habe das Kleid irgendwie ihrer Herrin gestohlen. »Freches Ding«, murmelte er, während sie vorbeiging. Er unterbrach seine Arbeit, um zu beobachten, wie sie zur Schmiede stolzierte, und ihr Selbstvertrauen erbitterte ihn dermaßen, daß er sich schwor: »Die schaff' ich mir als erste vom Hals.«

Am 1. April 1837 kam Herman Cline wieder, um seine restlichen hundert Dollar für die Zähmung Cudjos zu beheben. Als er das Kontor betrat, ließ ihn Onkel

Herbert mit seiner Peitsche unter dem Arm warten, ehe er aufblickte und fragte: »Ja, was ist denn?«

»Ich komme wegen meiner hundert.« Onkel Herbert schwieg, deshalb fragte Cline beklommen: »Ich nehme an, Sie haben sich davon überzeugt, daß der Sklave jetzt fügsam ist?«

»Ja, ja.«

»Kann ich also mein Geld haben?«

»Natürlich.« Steed zählte den Betrag ab und schob ihn wieder mit dem Lineal hin, als würde er sich durch eine persönliche Übergabe mit Cline und dessen schmutzigen Geschäften gemein machen. Der Sklavenzähmer zählte die Summe nach, was Steed irritierte, dann blieb er verlegen vor dem Schreibtisch stehen und traf keine Anstalten zu verschwinden.

»Noch was?« fragte Steed unwirsch.

Cline trat von einem Bein auf das andere. »Ich habe ein besonderes Problem.« Mit einem Schlag war Onkel Herbert wie verwandelt. Er beugte sich fast beflissen vor und sagte: »Vielleicht kann ich Ihnen helfen.« So hatten die Steeds stets reagiert, seit sie das Leben von Pflanzern führten. Schon seit Edmunds Zeiten waren sie immer für Probleme der Menschen am Choptank aufgeschlossen, und je älter Onkel Herbert wurde, desto mehr interessierte er sich für diese immer wiederkehrenden Schwierigkeiten. Er vermutete, Cline wolle einen Rat, wie er seine Farm, die zum Großteil aus Sumpfland bestand, am besten ausbauen könne, und dazu hatte Herbert viele Ideen.

»Sagen Sie mir Ihr Anliegen, Cline.«

»Nun … es ist so: Ich habe vier Kerle, schwierige Nigger, die niemand anderer richtig anpacken konnte. Habe sie billig gekauft und aus ihnen tüchtige Sklaven gemacht.«

»Jeder weiß, daß Sie sich darauf verstehen. Wo liegt nun das Problem?«

»Na ja … gestern ist mir und meiner Alten erst so richtig aufgefallen, daß wir ihren halben Wert eigentlich ungenützt lassen.«

Herbert Steed glaubte zu wissen, was nun kommen würde, und er wollte dieses Ansinnen sofort von sich weisen. »Nein, wir werden die Sklaven nicht mieten, Cline. Die arbeiten bei Ihnen ordentlich, aber ich bezweifle, daß sie es auch bei uns tun.«

»Augenblick, Sir! Daran habe ich gar nicht gedacht. Ich meine nur, ob Sie vielleicht Niggerweiber haben, die Sie verkaufen wollen? Solche, die Ihnen Ärger machen. Ich brauche ein paar … na ja, Zuchtstuten.«

»Wie war das?« fragte eine Stimme hinter dem Sklavenzähmer.

»Oh, Mister Starch! Ich bin hier, um mein Geld zu holen.«

»Das haben Sie auch verdient. Cudjo ist jetzt recht gehorsam, das verdanken wir Ihnen.«

»Er hat angefragt, ob wir junge Frauen haben, die wir ihm verkaufen könnten … zu Zuchtzwecken«, sagte Onkel Herbert.

Starch nickte. »Ich habe mich schon gefragt, wann Sie endlich draufkommen würden. Sonst nützen Sie Ihre Nigger nicht voll aus.«

»Das haben wir uns auch gedacht, meine Frau und ich. Haben Sie ein paar Unruhestifterinnen, die Sie loswerden wollen?«

»Nein …« Mr. Starch überlegte. Plötzlich sah er diese freche Eden in ihrem offensichtlich gestohlenen Kleid vor sich. Langsam sagte er: »Aber Sie können am 1. Juni wiederkommen. Vielleicht werden wir dann ein Geschäft machen.«

Als Cline gegangen war, fragte Onkel Herbert: »Was haben Sie vor, Starch?«

»Auf der Plantage drüben am Festland gibt es ein aufsässiges Miststück, und hier auf Devon, diese Eden, die gehört schon längst weg.«

Herbert Steed schnippte mit den Fingern. »Meine Worte! Dieses Niggerweib wird immer unverschämter.« Er trommelte auf der Schreibtischplatte und fragte: »Wieso ist sie Ihnen aufgefallen?«

»Als ich herkam, ging sie gerade vorbei, aufgedonnert, in einem Kleid, das sie Miss Susan gestohlen hat. Da bin ich sicher.«

»Her mit ihr!«

Sklaven wurden ausgeschickt, um Eden zu holen, sie fanden sie in der Schmiede, wo sie Hannibal und Cudjo bei der Arbeit aufhielt.

»Woher hast du dieses Kleid?« fragte Herbert streng, als sie das Kontor betrat.

»Miss Susan hat es mir geschenkt.«

»Niemals«, fuhr Starch sie an. »Du hast es gestohlen!«

Ohne den Aufseher zu beachten, sagte Eden sehr entschieden, indem sie Onkel Herbert fest anblickte: »Ich stehle nicht. Das wissen Sie.«

Starch riß sie zu sich herum und schrie: »Sprich nicht in diesem Ton! Und jetzt raus hier, und zieh das Kleid aus!«

Als sie fort war, sagte Onkel Herbert: »Sie haben recht, diese freche Schlampe kommt zu Cline. Der wird sie kurieren.«

Aber Eden ging nicht in ihre Hütte und zog auch das Kleid nicht aus. Sie wandte sich vielmehr an Miss Susan, und bald darauf klopfte ein Sklave an die Kontortür. Er überbrachte die energische Botschaft: »Miss Susan wünscht die Herren zu sprechen.« Und als sie ins Herrenhaus kamen, erklärte die gebrechliche Dame in scharfem Ton: »Ich habe Eden die Kleider geschenkt, und sie wird sie behalten!«

Auf dem Rückweg zum Kontor sagte Starch verdrossen: »Sie wird nie zulassen, daß wir Eden an Cline verkaufen.« Doch Onkel Herbert erwiderte sanft: »Eden gehört ihr gar nicht mehr. Miss Susan hat sie verkauft, um sie von Paul zu trennen, und er hat sie zurückgekauft. Also gehört sie Paul und nicht Susan.« Bei dieser Eröffnung lachte Starch in sich hinein, und die beiden vereinbarten, Eden rasch zu Cline abzuschieben, bevor Paul es verhindern konnte.

Cudjo, der nicht ahnte, was geschehen war, widmete seine ganze Aufmerksamkeit Miss Susans Rollstuhl. Er machte die Räder so groß, daß sie leicht über Unebenheiten hinwegrollen konnten, und versah sie mit einem Eisenreifen. Die Achsen hämmerte er aus seinen besten Eisenstangen, und die quadratischen Enden paßten gut in die Radnaben. Die Lehne fertigte er aus einfachem und den Sitz aus doppeltem Rohrgeflecht, doch seine Erfindungsgabe zeigte sich daran, wie er den Hebelmechanismus löste, der, nach vorn geschoben, den Stuhl kippte, so daß Miss Susan bequem aufstehen konnte. Es war eine sinnreiche Konstruktion, und als die Arbeit fortschritt, kamen viele Besucher in die Werkstatt, um sich dieses ungewöhnliche Möbel anzusehen.

Herbert Steed erklärte: »Es war die hundertfünfzig wert, die wir Cline für die Zähmung dieses Niggers bezahlten. Mit diesem einen Stuhl hat er das Geld wieder hereingebracht.« Später sagte Mr. Starch zu seinem Boß: »Nur eines gefällt mir nicht an Cudjo – er hält es mit Eden. Wir müssen sie schnell verschwinden lassen.«

»Cline kommt um den 1. Juni.«

Aber Starch, der darauf erpicht war, die Ungebärdige loszuwerden, bevor er die Leitung der Plantagen übernehmen würde, schickte heimlich eine Schaluppe zum Little Choptank und ließ dem Sklavenzähmer sagen, wenn er etwa in der ersten Maiwoche käme, könne er sich gute »Zuchtstuten« aussuchen, noch dazu billige.

Gegen Mitte April war der Wunderstuhl fertig, und am 15. wurde er Miss Susan im Sonnenzimmer des Westtrakts übergeben. Stolz rollte Cudjo sein Werk herein, die Politur der Holzteile glänzte in der Sonne. Sachte hob er die gelähmte Herrin auf den sorgfältig vorbereiteten Sitz. »Sehr stabil, aber weich wie ein Katzenfell.«

Sie setzte sich zurecht und spürte, wie bequem alles war.

»Zum Fahren dieses Rad.« Er zeigte ihr, wie sie in dem schönen Korridor hin und her rollen konnte, der den Westflügel mit dem Mitteltrakt verband. Sehnlichst hatte sie sich solch einen Stuhl gewünscht, sehr geschickt setzte sie ihn in Bewegung, ihr Gesicht strahlte. Auch Cudjo war selig. »Wie gut Sie das können, Missy Susan. Aber jetzt das Beste!«

Er schob den Stuhl zum Fenster, durch das man in den Garten sah, und erklärte das Geheimnis: »Diesen Griff nach vorn drücken, dann stellt Sie der Stuhl auf die Füße.« Als sich das Möbel neigte, so daß sie automatisch aufstehen konnte, malte sich Erstaunen in ihren Zügen, doch sie sagte nichts, nahm nur Cudjos Hände zum Zeichen, daß er seine Anweisungen wiederholen müsse, und auch beim zweitenmal wurde sie aufgerichtet.

»Laß es jetzt mich versuchen!« flüsterte sie. Er schob sie zu dem Tisch zurück, an dem sie vierzehn Jahre ihrer Leidenszeit unbeweglich gesessen war. Etwas unsicher brachte sie die großen Räder in Gang und rollte sich zum Fenster. Den Stuhl bremsend, stemmte sie sich gegen den Hebel, und da fühlte sie, wie sie behutsam ganz von selbst vorwärtsbewegt wurde. Sie stützte sich auf den Sims, und aufrecht ging sie die wenigen Schritte zum Fenster mit dem Ausblick in den Garten, in dem sie einst so emsig gearbeitet hatte. Niemand sprach. Tränen stiegen ihr in die Augen, schließlich wandte sie sich an ihren Gatten. »Diesen Stuhl hätte ich schon vor zwölf Jahren haben sollen.« Sie dankte Cudjo und sagte zu Eden: »Geh in die Küche, Mammy soll heute abend etwas Besonderes in die Schmiede schicken.« Und sie tanzten, als die beiden gebratenen Hühner gebracht wurden.

Aber am Morgen schlich sich ein Sklave, der einige Tage fort gewesen war, mit einer Schreckensnachricht zur Schmiede. »Ich war unten, auf der Cline-Farm am Little Choptank.« Unwillkürlich schauderte Cudjo bei der Erwähnung dieses Infernos. Der Mann sprach weiter: »Eden, du bist an Mister Cline verkauft.«

»Was?« schrie Cudjo.

»Ja, Cline kommt nächste Woche.«

Kaum war der Sklave gegangen, erzählte Cudjo Eden, was er noch niemandem anvertraut hatte. Er schilderte die unbarmherzige Wirklichkeit der Farm des Sklavenzähmers, die elende Hütte, in der sie hausen würde, die fürchterlichen Cline-Weiber, eine ärger als die andere, die Lederpeitsche, den abscheulichen Fraß, all die Monate ohne Ruhepause, nicht einmal zu Weihnachten. »Ein Mann kann kaum ein Jahr so leben. Du wirst dich eher umbringen.«

Er preßte die Lippen zusammen, denn er wagte nicht weiterzusprechen, als er sich die andere Möglichkeit ausmalte: Eden würde zu einer entsetzlichen Tat getrieben werden, für die sie an den Galgen käme.

»Sie dürfen dich nicht verschleppen«, sagte er ruhig. Und die beiden begannen wieder, Pläne zu schmieden.

Daß er letzte Feineinstellungen an der Mechanik des Rollstuhls vornehmen müsse, war ein glaubhafter Vorwand Cudjos, in das Herrenhaus zu kommen. Einmal, als Paul und Susan sich zum Mittagsschlaf in das Obergeschoß zurückgezogen hatten, führte Eden ihren Freund Cudjo nicht in das Sonnenzimmer, wo sie gewöhnlich arbeitete, sondern in den selten betretenen Osttrakt.

Dort hatte sie schon vor langem in einer kleinen Kammer eine leere Lade entdeckt, die ihr als Versteck für jene Dinge diente, die sie am Tag der Flucht brauchen würde. Darin lagen eine Pistole, zwei Messer, ein Seil und eine erkleckliche Zahl von Münzen in einem Segeltuchbeutel.

Cudjo war entsetzt. »Eden, wenn Mister Cline bei einem Sklaven ein Messer gefunden hätte, dann hätte er ihn windelweich geprügelt. Dafür geht's dir hier sicher auch an den Kragen.«

»Wenn mich einer aufhalten will, bringe ich ihn um. Wenn Mastah Paul mich anfaßt, ist er ein toter Mann!«

»Eden, sag so was nicht! Mastah Paul ist gut zu uns.«

»Jetzt ist er gut. Aber wie lange?« Sie schob seine Hand unter ihre Bluse, so daß er die wohlbekannten harten Rillen auf ihrem Rücken spürte. »Was meinst du, wer das getan hat?«

Ungläubig fragte Cudjo: »Mastah Paul?«

»Vor langer Zeit …«

»Eden, jeder weiß, daß auf Devon Schwarze nicht gepeitscht werden.«

»Ich wurde ausgepeitscht«, erwiderte sie schlicht, und ihre Äußerungen ließen keinen Zweifel, daß sie jeden Menschen, der versuchen sollte, sie noch länger in Knechtschaft zu halten, töten würde. Jeden, sogar Miss Susan.

»Aber Miss Susan, die ist doch deine Freundin! Sie hat dir das Kleid geschenkt, das du trägst.«

»Niemand ist mein Freund. Nicht einmal du, wenn du so redest.«

Die beiden beschlossen, die Schönwetterperiode im Mai abzuwarten, wenn es warm genug sein würde, um auf den Feldern zu übernachten. Sie wollten sich an das Ostufer der Bucht halten, denn sie hatten erfahren, daß es leichter sei, Wilmington unbemerkt zu umgehen als Baltimore. Mit einigem Glück konnten sie binnen zwei Wochen in Pennsylvanien sein. Hatten Sie erst dieses Ziel erreicht, dann konnten sie getrost in die Zukunft blicken. Sie würden genug verdienen, denn Eden war eine gute Haushälterin und Cudjo taugte zu fast jeder Arbeit.

Sie rechneten damit, daß Mr. Cline am 1. Mai kommen würde, um Eden abzuholen, da die Pflanzer oft an solchen Tagen ihre Geschäfte tätigten. Deshalb setzten sie während der letzten Aprilwoche einen Termin für ihre Flucht fest. »ln fünf Tagen gehen wir«, sagte Eden, und von dieser Entscheidung an sollte es kein Zurück mehr geben.

Am Morgen des vierten Tages, als Cudjo zerstreut in der Schmiede arbeitete, trat Hannibal nahe heran und flüsterte: »Ich meine, du verschwindest nach Norden, nachts, je früher, desto besser.« Cudjo hämmerte weiter an einem Hufeisen, und Hannibal sagte.: »Ich meine, du nimmst Miss Eden mit.« Wieder keine Antwort, und so trollte sich der Alte, blieb aber noch einmal stehen. »Ich bete für dich, Junge. Du tust das Richtige.«

Die Vorbereitungen erschwerte es, daß weder Cudjo noch Eden irgendeinen Menschen fragen konnten, wo eigentlich dieses Pennsylvanien lag und was sie dort erwarten würde. Jeder Sklave wußte ein Dutzend trauriger Geschichten über Flüchtlinge zu erzählen, die von angeblichen Freunden verraten worden waren.

Jene, welche die Freiheit suchten, scheiterten – durch Zufall, durch gemeine Racheakte, wegen ihrer eigenen Unfähigkeit. Sich vom Süden Marylands bis zur Grenze von Pennsylvanien durchzuschlagen, das erforderte höchsten Mut und äußerste Widerstandskraft. Die gesamte Strecke von Alabama oder Louisiana zu flüchten, dazu brauchte es eine kaum vorstellbare Zähigkeit. Für den gemeinsamen Versuch eines Mannes und einer Frau war nicht nur Mut nötig, sondern zudem auch sehr viel Glück.

Eden war fünf Jahre älter als Cudjo, und die wesentlichen Entscheidungen blieben ihr überlassen, aber sie war von Cudjos angeborener Kraft beeindruckt. Sie wußte noch nicht, daß er ein vollgetakeltes Schiff übernommen und mehr als einen Monat seemännisch richtig geführt hatte, aber aus manchen Andeutungen schloß sie, daß er in früheren Zeiten ein sehr tapferer Mann gewesen sein mußte. Ihm fiel die Aufgabe zu, alle notwendigen Kleinigkeiten zu beschaffen: die Feile, den Proviantsack, die Wanderstäbe.

Am 28. April bei Sonnenuntergang war alles bereit, und die beiden aßen in der Schmiede. Der alte Hannibal war dabei, und am Ende des einfachen Mahles traten ihm Tränen in die Augen. Cudjo schickte ihn hinaus, um Holzkohle zu holen, damit Eden nicht argwöhnte, daß der Alte ihr Geheimnis kannte. Er kam mit einem Armvoll Kohle zurück und hatte sich inzwischen wieder gefaßt.

Dann aber stieß er plötzlich hervor: »Bis Pennsylvanien sind es zehn Tage, immer nach Norden.« Niemand sprach. Während er das Feuer schürte, fügte Hannibal hinzu: »Geht nicht nach Wilmington. Im Westen sind viele Quäker.« Wieder Schweigen. Nach einer langen Pause beugte sich Eden vor, gab Cudjo einen Kuß und ging langsam zum Herrenhaus, in dem Bewußtsein, daß sie beide morgen um diese Zeit in einem gestohlenen Boot bereits eine weite Strecke auf dem Tred Avon gefahren sein würden, bis zu einem Versteck bei Easton. Als sie sich umwandte und den Garten und den friedlich daliegenden Landeplatz überblickte, schwor sie sich: Nichts wird uns aufhalten. Keine Hunde, keine Todesdrohung. Als sie gemächlich das Haus betrat, sah sie, daß Miss Susan bereits im Obergeschoß war und Mr. Paul wie gewöhnlich in seinem Arbeitszimmer bei der Lektüre saß.

Er hörte sie hereinkommen, schaute von seinen Büchern auf und fragte. »Bist du es, Eden?« Dann drehte er sich mit seinem schiefen Hals um und blickte sie seltsam an. Es war wie vor vierzehn Jahren, als wolle er sie wieder mit der Peitsche schlagen. Und doch war es nicht der gleiche Ausdruck. Er war ihr unheimlich. Sie lief in ihr Zimmer hinauf, heilfroh, daß sie diesen verkrüppelten kleinen Mann nie mehr sehen würde.

Am letzten Morgen gingen Cudjo und Eden betont harmlos an ihre täglichen Verrichtungen. Sie bemühten sich, ganz ungezwungen zu wirken, aber Eden sprach so leise, daß Miss Susan ihr mehrmals sagen mußte, sie solle doch lauter reden. Der Mittag verging ohne Zwischenfall, ebenso die Siesta, doch gegen fünf Uhr kam Cudjo zitternd zum Herrenhaus gerannt. »Was willst du?« fragte Tiberius, der die Tür bewachte.

»Ich muß mit Eden reden.«

»Die ist mit Miss Susan im Osttrakt, sie probieren deinen Stuhl aus.«

Das war die denkbar schlechteste Auskunft, denn gerade dort war alles versteckt, was sie zur Flucht brauchten. Ohne zu wissen, was er tun sollte, eilte Cudjo in den Ostkorridor, und als er das Zimmer betrat, sah er Miss Susan eben auf das Kästchen zurollen, in dem die Pistole und die Messer lagen. »Miss Susan«, platzte er los, »ich muß mit Eden reden.«

»Ja. komm nur«, sagte sie fast fröhlich und zeigte ihm, wie gut sie schon im Rollstuhl fahren konnte. Dann verließ sie den Raum. Als sie fort war, flüsterte Cudjo mit aufgeregter Stimme: »Mister Cline ist schon da, er will dich holen. «Sie spähten durch eines der kleinen Fenster. Am Landungssteg lag eine Schaluppe, und der Sklavenzähmer kam den Weg herauf, um mit Onkel Herbert und Mr. Starch zu sprechen.

Eden verlor die Nerven nicht. Sie packte Cudjo nur am Arm und flüsterte: »Mich kriegen sie nicht!«

»Laß mich nachdenken«, sagte Cudjo. »Sei still! Ich muß nachdenken.«

Eden glaubte fast zu sehen, wie ihm die vielen Ideen durch den Kopf schossen, und zum erstenmal erkannte sie, daß er über sein technisches Geschick hinaus noch andere Fähigkeiten besaß. »Keiner darf die Pistole anrühren, denn vielleicht durchsuchen sie uns. Keiner darf davonlaufen, denn wir müssen gut überlegen.« Seine rechte Faust zitterte, als er seine Argumente mit energischen Gesten unterstrich. Dann, während er zu der bedrohlichen Schaluppe hinausstarrte, glaubte er, eine Lösung gefunden zu haben. »Eden, die Sonne wird bald untergehen. Cline wird heute abend nicht zurückfahren. Er wird hier schlafen. Du und ich, wir warten. Wenn die Dunkelheit kommt, warten wir eine Stunde. Dann stehlen wir das Boot und verschwinden.«

Ohne auf den Rat zu achten, ja keinen Verdacht zu erregen, trat Eden zu dem Kästchen und nahm eines der Messer heraus. »Wir versuchen es. Aber wenn es nicht gelingt, wird mich niemand kriegen.«

Tief atmend, um seine Furcht zu meistern, küßte Cudjo seine Freundin und ging zur Schmiede. Er hatte recht. Mr. Cline hatte den Kauf Edens und zweier widerspenstiger Mädchen zwar abgeschlossen, doch da es bereits dunkelte, lud man ihn ein, die Nacht bei Mr. Starch zu verbringen. Den beiden Fluchtbereiten blieb eine letzte Frist. Aber kurz vor Sonnenuntergang sagte Mr. Cline zu Onkel Herbert: »Ich würde mich gern überzeugen, ob diese Eden noch im Alter zum Kinderkriegen ist. Denn ich möchte keine mitnehmen, bei der's nicht mehr klappt.« Deshalb sandte Onkel Herbert zwei Sklaven zum Herrenhaus, um Eden zu holen.

Doch als die Boten zum Portal kamen, hielt Tiberius sie auf: »Stehenbleiben! Mastah Paul hat eben einen Mann zu Cudjo geschickt, und ich rühre mich nicht von der Stelle, bevor er zurückkommt.«

Als Cudjo hörte, er müsse ins Herrenhaus, begann er zu zittern. Nicht weil er für sich selbst fürchtete, sondern weil er die blutigen Ereignisse voraussah, die sich bald abspielen konnten. Daß er Eden auf dem Weg zum Galgen begleiten würde, stand für ihn außer Zweifel. Er steckte eine scharfe Feile ins Hosenbein und ging gefaßt hinüber.

Am Portal schimpfte der alte Tiberius mit den zwei Sklaven, die Eden holen sollten. »Wo bleibst du so lange, Cudjo?« murrte er. »Jetzt setzt es was! Hinein mit dir!« Er führte ihn zum Sonnenzimmer, öffnete die Tür und schob ihn in den Raum.

Da saßen Mr. Paul und Miss Susan und neben ihnen stand Eden. Als Cudjo sie mit einem Blick streifte, berührte sie wie von ungefähr ihr Mieder, um ihm zu zeigen, daß sie das Messer griffbereit hatte. Er ließ die Finger der rechten Hand zu der Feile gleiten. Sie nickte und wartete auf ein Zeichen.

Es kam keines. Sich räuspernd, sagte Paul Steed milde: »Meine Frau und ich freuen uns sehr, euch zu sehen.« Mit einer Geste fügte er hinzu: »Ihr könnt euch setzen.« Cudjo zögerte. Er war selten auf einem Stuhl gesessen, geschweige denn auf einem Sessel mit Brokatbezug. Paul lachte. »Setzt euch nur! Er beißt nicht.« Also ließen sich die beiden Sklaven auf die weichen Polster nieder.

»Meine Frau und ich, wir haben über euch nachgedacht«, sagte Paul ruhig.

»Wir kennen niemanden, der freundlicher wäre als Eden.« Er nickte ihr zu.

»Und letzte Woche schlug Miss Susan vor ...«

»Ja, ich habe vorgeschlagen ...«, begann Susan Steed, dann wendete sie rasch, rollte auf ihrem Stuhl durch den Raum, hielt an und richtete sich vor dem

Sklaven auf. Im Stehen sagte sie: »Wir haben die Absicht, Eden freizulassen. Und dir werden wir ermöglichen, deine Freiheit zu erkaufen.«

Freiheit! Das Wort dröhnte ihm wie ein Donnerschlag in den Ohren, obwohl es so sanft ausgesprochen worden war – von jenen Menschen, die sie beide im Notfall getötet hätten. In tiefer Verwirrung blickte er Eden an; sie saß mit im Schoß gefalteten Händen und gesenkten Augen da.

»Das geht folgendermaßen vor sich«, erklärte Paul in seiner langsamen, professoralen Art. »Wir bestätigen Edens Freilassung mit diesem Schriftstück, das wir beide heute abend unterschreiben werden. Sie ist frei, in dankbarer Anerkennung der außerordentlichen Dienste, die sie meiner Frau geleistet hat.«

»Ich bin frei?« fragte Eden ruhig.

»Ja, du bist frei.« Paul hustete, denn was er nun zu sagen hatte, war ihm peinlich. »Wir beide stehen tief in deiner Schuld, Eden. In dunklen Zeiten unseres Lebens …«

»Mister Steed meint«, fiel seine Frau ein, »daß wir dich für deine Güte belohnen wollen.« Und bevor Eden etwas erwidern konnte, fügte Susan hinzu: »Natürlich wünsche ich mir, daß du bleibst und mir weiterhin behilflich bist. Ich brauche dich noch immer, selbst mit Cudjos neuem Stuhl.«

Paul hatte sich wieder gefaßt und sagte sachlich: »Wir werden dir ein kleines Gehalt bezahlen, das wir für dich verwahren. Wenn die Summe die Höhe von dreihundert Dollar erreicht hat, kannst du Cudjo freikaufen.«

»Ich habe schon zwanzig Dollar«, sagte Eden.

Paul war erstaunt. »Wie, du hast zwanzig Dollar?«

»Ja. Von Kind auf habe ich jeden Penny gespart.«

»Ich würde dir raten, dieses Geld zu behalten. Du wirst es brauchen, wenn Cudjo sich einrichtet.«

»Was meinen Sie damit?« fragte Eden.

»Sobald er frei ist, werdet ihr wohl nach Patamoke ziehen, und er wird in der Werft arbeiten oder als selbständiger Schreiner.«

»Wann werde ich frei sein?« fragte Eden mit fester Stimme.

»Du bist schon jetzt frei«, entgegnete Paul. »Und Cudjo wird auch bald frei sein … sobald du die Loskaufsumme verdient hast.«

Mit diesen Worten zog er ein Dokument hervor, das er gemeinsam mit seiner Frau aufgesetzt hatte, doch ehe die beiden unterzeichnen konnten, hörten sie plötzlich vom Portal her einen Heidenlärm. Von Mr. Starch begleitet, betrat Onkel Herbert das Haus und wollte von Tiberius wissen, wo Eden sei. Man hörte erregte Stimmen, und gleich darauf polterte Onkel Herbert ins Sonnenzimmer, dicht gefolgt von Mr. Starch. »Da bist du!« rief Herbert Steed verdrießlich. »Warum hast du dich nicht gemeldet, als dich die Sklaven suchten?«

Paul und Susan waren über diese Störung verärgert, und Paul sagte: »Nein, wirklich, Onkel Herbert, meine Frau und ich haben …«

»Wir sind nicht wegen dir oder deiner Frau hier«, erwiderte der alte Steed hochfahrend. »Wir wollen dieses Weibsstück da.«

»Zu welchem Zweck?« fragte Paul und wandte mit Mühe den Kopf, um ihn anzublicken.

»Mister Cline möchte sie ansehen. Ob sie noch Kinder kriegen kann.«

»Was?«fragte Susan in ihrem Rollstuhl.

»Eden ist an Mister Cline verkauft worden. Morgen nimmt er sie mit.«

»Du unterstehst dich, meine Sklavin zu verschachern?«

»Susan, diese Frau ist nicht mehr dein Eigentum; schon seit Jahren. Sie gehört Paul, und ich habe beschlossen, sie zu verkaufen.«

Bevor Susan gegen diese verblüffende Eröffnung protestieren konnte, sagte Paul ruhig: »Niemand hat mich über meine Meinung dazu befragt.«

»Natürlich nicht«, sagte Onkel Herbert herablassend. Mister Starch und ich, wir behelligen dich nie mit Einzelheiten. Wir leiten den Laden und tun, was wir für das Beste halten.«

Paul erhob sich, und plötzlich strafften sich seine Schultern und seine Stimme gewann Festigkeit. Dem Älteren frei ins Auge blickend, sagte er: »Onkel Herbert, du und Mister Starch, ihr beide leitet die Plantage nicht mehr, eure Verpflichtung endet mit dem heutigen Abend.«

»Aber Paul, ich habe Mister Starch gezeigt, wie er alles machen muß, wenn ich …«

»Wenn du was?«

»Wenn ich mich zurückziehe. Du weißt, ich bin siebenundsechzig.«

»Du hast dich soeben zurückgezogen.« Sehr sicher trat er auf seinen Onkel zu und faßte dessen Hände. »Du warst eine große Hilfe in den Tagen meiner Krise. Ohne dich wäre Devon zugrunde gegangen. Aber nun sind die Zeiten der Wirrnis vorbei und damit auch deine Tätigkeit. Ich bitte dich, morgen die Insel zu verlassen.«

»Aber Mister Starch braucht …«

»Er braucht nichts. Glaubst du, ich gebe Devon in die Hände eines solchen Menschen? Mister Starch, Sie stehen nicht mehr in meinem Dienst. Ich bin sicher, Mister Herbert wird einen Posten für Sie auf der Refugium-Plantage finden.«

»Aber Mister Paul …«, begann Starch fast weinerlich.

»Ich habe keine Verwendung für Sie oder Leute Ihres Schlages, Mister Starch.«

»Wer soll die Plantage leiten … und die Läden?« fragte Onkel Herbert, der dicke aufgeblasene alte Mann, der plötzlich merkte, wie ihm die Luft ausging.

»Ich«, sagte Paul. »Mit Hilfe meiner Frau.«

»Deiner Frau?« Wie ein Magnet zog die zarte Gestalt im Rollstuhl die Blicke der beiden an; Susan betätigte die Bremse, drückte auf den Hebel, und zur Verblüffung der Männer erhob sie sich und ging ohne Stütze auf sie zu. »Ja«, sagte sie. »Wir haben uns zu lange nicht um diesen wunderbaren Besitz gekümmert.«

Onkel Herbert wollte etwas entgegnen, doch die Worte blieben ihm in der Kehle stecken. Schließlich fiel sein Blick auf Eden. »Aber die da ist verkauft, der Handel ist perfekt. Mister Starch, stellen Sie die Sklavin für heute nacht unter Bewachung.«

Doch als der Aufseher sich ihr nähern wollte, rief Paul: »Zurück, Starch! Ich habe gesagt, daß Sie entlassen sind.«

»Was hast du mit ihr vor?« fragte Onkel Herbert.

»Wir sind eben dabei, sie in aller Form freizulassen«, sagte Paul, während Susan sich langsam auf den Schreibtisch zu bewegte.

»Aber wir haben Eden bereits verkauft! Sie ist eine Unruhestifterin.«

»Ich weiß, daß sie das nicht ist«, sagte Paul gleichmütig. Nun verlor Herbert Steed die Beherrschung. »Ja, du kennst sie besser als jeder andere – und solltest dich deswegen schämen.«

»Das tue ich«, erwiderte Paul. »Schon seit vierzehn Jahren.«

Susan ergriff seine Hand und sagte: »Jetzt werden wir das Dokument unterschreiben. Onkel Herbert, da du Herr auf Devon warst, als dieses Schriftstück vor drei Tagen abgefaßt wurde, halte ich es für richtig, daß du als Zeuge fungierst.«

Sie bat Eden, den Stuhl heranzurollen, setzte sich sichtlich ermüdet, nahm einen Federkiel und bestätigte den Verzicht auf die Eigentumsrechte an der Sklavin. Auch Paul tauchte die Feder ein und unterschrieb. Dann winkte er seinem Onkel. Der räusperte sich verlegen und brummte vor sich hin, bis Paul ziemlich scharf sagte: »Wir brauchen deine Unterschrift, Herbert. Deine letzte offizielle Handlung auf Devon.« Und als der alte Mann mit fahlem Gesicht widerstrebend seinen Namen hinkritzelte, sagte Paul: »Du wirkst sehr angegriffen. Ich hätte dir diese Bürde schon vor drei Jahren abnehmen sollen.«

Mr. Starch, den all diese Vorgänge empörten, konnte nicht länger schweigen. »Ein solches Verhalten vor zwei Sklaven … bei Gott, Sir, das ist ein Skandal!« Damit stampfte er aus dem Zimmer.

»Er hat recht«, sagte Herbert Steed mit einem angewiderten Blick auf Eden und Cudjo. Dann kehrte er den beiden Sklaven den Rücken und wandte sich wieder Paul und Susan zu. »Ich habe mein Bestes getan, um eure Plantage zu erhalten.«

»Du wurdest dringend gebraucht. Doch nun braucht Devon eine neue Leitung«, antwortete Paul.

»Und du glaubst, daß du dazu imstande bist?«

»Ja. Mit Hilfe meiner Frau.«

Höhnisch sah Herbert Susan an. »Er hat dich gewiß gut geleitet, wie? Kopfüber das Dach hinunter.«

»Die Jahre vergehen«, sagte Susan ruhig. »Die Leidenschaft schwindet, und die Vernunft behauptet sich. Wir werden Devon noch größer machen.«

»Nicht, wenn er an der Spitze steht!« rief Herbert gehässig, und voll ohnmächtiger Wut über die Schwachheit seiner Verwandten verließ er dröhnend den Raum.

Als er die Tür zugeschlagen hatte, herrschte betretenes Schweigen. Paul wußte, daß er in Gegenwart von Sklaven nie so mit einem Weißen hätte sprechen dürfen, aber es war geschehen, und Eden, die seine Gedanken erriet, begann, im Zimmer aufzuräumen wie an jedem anderen Tag. »Cudjo, ordne die Bücher.« Während die beiden Schwarzen geschäftig umhergingen, sagte Paul: »Morgen fängt unsere Arbeit an.«

»Könnten wir morgen auch das Geschriebene zum Gericht bringen, damit es ins Buch eingetragen wird«, fragte Eden.

»O ja!« rief Mrs. Steed. »Ich fahre mit dir hin.« Als ihr Gatte sie erstaunt ansah, sagte sie: »Ich fühle mich schon viel besser. Und ich will diese beiden verheiratet sehen. Ich bestehe darauf, daß Eden ihr neues Leben so beginnt, daß alles seine Richtigkeit hat.«

Paul nickte, und als Eden ihn mit einem kurzen Blick streifte, sah sie in seinen Augen den gleichen rätselhaften Ausdruck, der sie am Abend zuvor so sehr geängstigt hatte. Und sie erkannte, daß dieses Geheimnis unergründlich blieb: Er hatte sie geschlagen, geliebt und nun freigegeben.

Sie dankte ihm nicht für seine Großmut. Als sie das letzte Kissen aufgeschüttelt hatte, ging sie aus dem Zimmer, aber Cudjo trat vor jeden seiner Wohltäter hin, beugte den wuchtigen Oberkörper und sagte: »Wir danken Ihnen.«

Diese Nacht schliefen sie in der Schmiede, verwirrt, von widerstreitenden Gefühlen bedrängt, die sie selbst kaum verstanden. Gegen Morgen sagte Cudjo: »Bevor wir nach Patamoke fahren, gehe ich besser in die Kammer und lasse die Pistole und die Messer verschwinden.«

Doch Eden dachte bereits weiter. »Nein, eines Tages werden wir sie brauchen.«

ZEHNTE REISE:

1837

Es war eine Fahrt, an die Bartley Paxmore den Rest seines Lebens denken sollte. 1837 verbanden unebene, unzulängliche Straßen die kleinen Städte des Ostufers; jetzt war es möglich, wenn auch nicht sehr bequem, mit einem Wagen von Patamoke nach Easton zu fahren, wo die Kreisbehörden ihren Sitz hatten. Jene abgeschiedenen Herrenhäuser aber an den Spitzen der Halbinseln ließen sich noch immer am besten mit dem Boot erreichen. Freilich führten verwachsene Pfade zu den einzelnen Plantagen, aber ein Pferd kam da nur schwer hindurch. Vom Haus der Paxmores auf der Friedensklippe bis nach Patamoke war es eine bequeme Segeltour von sieben Meilen; über die verschlungenen Landwege betrug die Entfernung dreizehn holprige Meilen.

Als der junge Paxmore, damals achtzehn Jahre alt und mit starkem Selbstvertrauen ausgerüstet, eine Siedlung am Oberlauf des Miles besuchen wollte, nahm er natürlich das mit Schaluppentakelung ausgestattete kleine Boot seiner Familie. Er erzählte niemandem von seinen Plänen und seiner Reise. An einem Donnerstag morgen ging er einfach zum Pier hinunter und machte sich auf den Weg.

Erst beim Mittagessen wurde er vermißt. Die jüngeren Kinder wurden zum Anlegeplatz hinuntergeschickt und brachten kurz darauf die erwartete Nachricht. »Die ‹Emerald› ist fort!« schrien sie und fragten immer wieder, wo Bartley denn hingefahren sei. Die grauhaarigen Eltern äußerten sich nicht dazu, doch als die Mahlzeit fast beendet war, konnte George Paxmore sich nicht länger halten. »Hol mich der Kuckuck!« rief er, knallte seine Pranke auf den Tisch, daß die Teller hüpften, und verließ eilig den Tisch, um nicht vor Lachen zu platzen.

Elizabeth Paxmore versuchte die Kinder zu beruhigen, die sie mit neuen Fragen bestürmten. Amy, die jüngste, meinte, er sei nach Oxford gefahren, um Schweine zu kaufen, und ihre Mutter lächelte über diese Vorstellung. Aber sie verriet den Kindern nicht, wohin Bartley ihrer Meinung nach wirklich hingefahren war.

In diesem Augenblick umfuhr er die Südspitze von Tilghman Island bei Blackwalnut Point und setzte Klüver und Großsegel für die lange Fahrt nach Norden. Die Ruderpinne unter den linken Arm geklemmt, die Segelleinen festgezurrt, lag er lässig im Boot. Der Wind kam so kräftig von backbordachtern, daß er die »Emerald« ohne Schwierigkeiten auf Kurs halten konnte. Und so blieb er den ganzen langen Nachmittag sitzen.

Von der Friedensklippe zum Oberlauf des Miles waren es siebenundvierzig Meilen, die er bis zum Dunkelwerden nicht hinter sich bringen konnte, denn am Ostufer war es immer notwendig, verschiedene Richtungen einzuschlagen; um nach Norden zu gelangen, mußte er über eine beträchtliche Strecke geradewegs nach Süden steuern. Wie sich allerdings der Wind entwickeln würde, ließ sich nicht abschätzen.

Er würde die Nacht in seinem Boot verbringen müssen, aber das störte ihn nicht. Er würde einfach küsteneinwärts steuern, den Bug an einem hervorstehenden Baum festmachen und schlafen, so gut es eben ging. Hungrig war er nicht, denn seine Sinne waren so erregt, daß ihm der bloße Gedanke an Essen zuwider war.

Er hatte Rachel Starbuck nur einmal gesehen, bei der Jahresversammlung der Quäker in der Dritten Zuflucht, dem ehrwürdigen alten Bethaus in Easton. Die Paxmores hatten gar nicht erst versucht, mit dem Karren zur Versammlung zu kommen; sie waren in ihre Schaluppe gestiegen, bei Oxford vom Choptank abgebogen und den herrlichen Third Haven Creek zum Papermill Pond hinaufgesegelt, wo sie an Mordecai Swains Landeplatz anlegten. Sie gingen zum Bethaus, und als sie eintraten, stöhnte Bartley auf. Die verwirrten Quäker debattierten noch immer über die Sklaverei, denn die abgelegenen Gemeinden waren in dieser Hinsicht weit hinter Patamoke zurückgeblieben, und Familien wie die Paxmores mußten sich in Geduld fassen, bis auch die anderen sich zu dem durchgerungen hatten, was für sie bereits selbstverständliche Erkenntnisse waren. Bartley aber war erstaunt, als er Swain predigen hörte, daß die Quäker die großen Pflanzer, die immer noch Sklaven hielten, nicht vergrämen dürften:

> Es wird uns auch in ferner Zukunft nicht gelingen, die Sklaverei abzuschaffen, solange wir nicht auch jene guten Christen, die Sklaven besitzen, für eine aufrichtige Mitarbeit gewinnen. Wir haben uns selbst überzeugt. Nun müssen wir auch sie überzeugen, und das werden wir nicht erreichen, wenn wir ihre Eigentumsrechte angreifen!

Indem er von Eigentumsrechten sprach, hatte sich Swain unbewußt das Vokabular jener zu eigen gemacht, die für die Sklaverei eintraten – »Dieser Sklave ist mein gesetzlich anerkanntes Eigentum, und niemand kann mich seiner Arbeitskraft berauben« – und die Gemeinde wies ihn zurecht. Drei verschiedene Redner tadelten ihn, und als er sich abermals erhob, erklärte er in mildem und versöhnlichem Ton:

> Gerade weil die Sklaverei als unverletzbares Eigentumsrecht gesetzlich geschützt ist, sehen wir uns bei ihrer Bekämpfung so schwierigen Problemen gegenüber. Daß sie eine unmoralische Einrichtung ist, darüber sind sich alle vernünftigen Menschen im Norden und Süden einig. Aber sie ist auch gesetzmäßig, und es ist diese aus dem Gesetz abgeleitete Rechtfertigung, die ihre Erhaltung gewährleistet. Daher müssen wir, um sie zu bekämpfen, uns streng rechtlicher Mittel bedienen. Und dazu ist es notwendig, die Sklavenhalter davon zu überzeugen, daß sich die Gesellschaft verändert hat und daß das, was jetzt noch gesetzlich ist, ungesetzlich werden sollte. Es ist daher, und darauf muß ich bestehen, eine Frage der friedlichen Überredung.

Noch bevor Swain wieder seinen Sitz einnehmen konnte, sprang mit einem so gar nicht quäkerhaften Schwung ein Mann auf, den Bartley noch nie gesehen hatte. Mit großem Nachdruck trat er dafür ein, die Gemeinde solle sich auf einen Kurs festlegen, der der Meinung von Mordecai genau entgegengesetzt war. Die Quäker, meinte er, sollten die Sklaven dazu überreden, ihren Herren davonzulaufen, und ihnen dann bei der Flucht in die Freiheit nach Pennsylvanien helfen. Seine Worte lösten große Bewegung unter den Zuhörern aus, und flüsternd fragte Bartley seinen Vater: »Wer ist er?«

»Ein sehr willensstarker Mann vom Miles. Er heißt Starbuck.«

Als Bartley den heftig erregten Redner genauer ansah, erblickte er in der gegenüberliegenden Reihe auf der Seite, die den Frauen vorbehalten war, ein außerordentlich schönes junges Mädchen. Sie hatte große dunkle Augen, hellbraunes Haar und trug ein graues Kleid mit einem weißen Kragen und dazu eine blaugelbe Haube. Sie und ihre Mutter blickten so unverwandt und stolz auf den Redner, daß Bartley annahm, daß sie zu ihm gehörten; er konnte den Blick nicht von der Tochter wenden.

Sie war wohl jünger als er, aber ihre Züge verrieten ungewöhnliche Reife und große Charakterfestigkeit. Während sie ihrem Vater zuhörte, beugte sie sich vor, wie um ihn anzutreiben, aber ihre Mutter, die fast ebenso hübsch war wie sie, legte eine zügelnde Hand auf ihren Arm und zog sie zurück in eine etwas damenhaftere Haltung.

Von der Diskussion hörte er nichts mehr. Gleichgültig, was sie redeten, dachte er, die Debatte würde sich in einförmigen Wiederholungen noch weitere zwanzig Jahre hinziehen. Er hatte nur Augen und Ohren für die junge Starbuck und glaubte, sie atmen hören zu können. Sie schien ihm als das bezauberndste Wesen, dem er je begegnet war, und bei ihrem Anblick ergriff ihn ein süßer Schwindel.

In der Mittagspause überraschte er sich selbst, als er dreist auf sie zutrat und fragte: »Bist du Starbucks Tochter?«

»Ja.«

»Ich bin Bartley Paxmore. Aus Patamoke.«

»Ich weiß«, entgegnete sie, und die Tatsache, daß dieses strahlende Mädchen sich die Mühe gemacht hatte, sich nach ihm zu erkundigen, lähmte ihn. Da stand er nun in der Sonne auf den Stufen des Bethauses und wußte nichts zu sagen.

»Möchtest du mit uns zu Mittag essen?« fragte sie, und als er linkisch nach einer Antwort suchte, aus der hervorgehen sollte, daß er kein Eßpäckchen mitgebracht hatte, fügte sie hinzu: »Wir nehmen immer mehr als genug mit.« Und er nahm ihre Einladung an.

Es war ein Festmahl. Die Starbucks hatten fünf Kinder, zwei davon verheiratet, und nach den gegenseitigen Vorstellungen mußte Bartley in höchster Verlegenheit gestehen: »Niemand hat mir deinen Namen gesagt.«

»Rachel.«

Und um Rachel kreisten nun seine Gedanken auf dieser langen Fahrt nach Norden. Seit jenem Tag vor drei Monaten ging sie ihm nicht mehr aus dem Kopf; er konnte an nichts anderes mehr denken als an ihre anmutige Gestalt, wie sie, das hübsche Gesicht unter der blaugelben Haube, zwischen den Bäumen im Garten der Dritten Zuflucht dahinschritt. Die Erinnerung an sie nahm ihn gefangen; er sah sie in den Wellen, über die sein Boot dahintrieb, er fühlte ihr Lächeln in den Leinen, die zu den Segeln führten. Noch nie hatte er einen so wohlklingenden Namen gehört wie Rachel Starbuck.

Er verbrachte diese Sommernacht in seinem Boot. Er konnte nicht einschlafen und beobachtete die unsteten Lichter des kleinen Fischerdorfes am anderen Ufer, das Kommen und Gehen der Männer mit ihren Laternen. Bald werde ich mein eigenes Haus haben, dachte er, und nachts werde ich in die Scheune gehen, um für Rachel die Eier zu holen. Die Vorstellung machte ihn so glücklich, daß er zu singen anfing:

> S' ist das schönste Mädchen weit und breit.
> Bin ein Kämpfer so hart wie Stein.

Sie wird mich küssen alle Zeit.
Die Drossel singt: »Heut nacht ist sie dein!

Er kicherte in sich hinein: Vater würde mich schelten, wenn er mich solchen Unsinn singen hörte. Und dann erloschen die unsteten Lichter am anderen Ufer des breiten Flusses, und alle schliefen außer ihm. Sein Herz pochte wie hundert Hämmer, denn bevor der nächste Tag zu Ende ging, würde er sein Boot vor Rachel Starbucks Haus festgemacht haben.

Um elf Uhr vormittag kam er an, und die zwei jüngsten Starbucks entdeckten ihn gleich, als er sein Boot ans Ufer zog. »Es ist Paxmore!« schrien sie, und ihre Rufe lockten ihre Schwester zur Tür. Als sie ihn sah, wußte sie sofort, was er im Sinn hatte. Ohne ihre Schürze zu glätten oder sich sonst irgendwie zurechtzumachen, schritt sie den Pfad hinunter und streckte ihm ihre Hand entgegen, um ihn willkommen zu heißen.

Ihm war ganz flau vor Erregung, und er brachte kaum ein Wort heraus. »Ist dein Vater daheim?« stammelte er.

»Er ist daheim.«

Ohne weitere Worte schritt Bartley Paxmore auf das Haus zu, trat ein und stand vor Micah Starbuck. Nach Quäkerart sprach er den älteren Mann mit dem Vornamen an: »Micah«, sagte er, »ich bin gekommen, dich um die Hand deiner Tochter zu bitten.«

Der Verfechter der Sklavenbefreiung legte die Fingerspitzen aneinander, spitzte die Lippen, als wolle er pfeifen: »Nun ja«, sagte er zu Paxmores Überraschung, »einmal muß sie uns ja verlassen. Was sagst du dazu, Kleines?«

Rachel nahm Bartleys Hand in die ihre. »Ich denke, ich bin bereit.«

»Wir werden es nächsten Sonntag der Gemeinde bekanntgeben«, sagte Starbuck, und damit war die Sache erledigt. Prudence Starbuck kam herunter und erfuhr gleich von der Verlobung ihrer Tochter. »Wir haben viel Gutes von dir gehört, Bartley«, sagte sie. »Ich danke dir, Prudence.«

»Und jetzt darfst du sie küssen«, schmunzelte Micah, und Bartley zitterte, beugte sich linkisch vor und küßte Rachel auf die Wange. »Du wirst es schon noch lernen«, lachte Micah, und Bartley fühlte seine Knie wanken. »Darf ich mich setzen?« fragte er.

Was immer in den folgenden Jahren geschah, Bartley Paxmore vergaß nie, daß er mit achtzehn Jahren so in Rachel Starbuck verliebt war, daß er beinahe ohnmächtig wurde, als er sie mit seinen Lippen berührte. Wie von Magneten angezogen, war er, ohne jede Ankündigung, siebenundvierzig Meilen gesegelt, um bei ihrem Vater um ihre Hand anzuhalten, und nie sollte die Glut dieses Tages zu schwarzer Asche verbrennen.

Am nächsten Tag trafen die Starbucks alle Vorbereitungen, um das Aufgebot in zwei aufeinanderfolgenden Versammlungen verlesen zu lassen. Dann sollte so bald wie möglich Hochzeit gefeiert werden. Es empfahl sich daher, daß Bartley diese elf oder zwölf Tage auf dem Hof blieb; was aber ganz zufällig am folgenden Tag geschah, veränderte sein ganzes Leben.

Wenige Stunden vor Einbruch der Dunkelheit, die Familie saß gerade beim Abendessen, hörte Micah in der Nähe des Hühnerstalls ungewöhnliche Geräusche und schickte seinen Jüngsten nachzusehen. Der Knabe kam zurück und blieb, Hände an der Hosennaht, als habe er einem König oder General eine bedeutsame Mitteilung zu machen, in der Türöffnung stehen.

»Wieder ein schwarzer Mann. Er hat sich in den Binsen versteckt.«

Keiner sprach ein Wort, aber alle erhoben sich und blickten Micah nach, der den Raum verließ. Bald darauf kam er zurück und sagte nur: »Ihr wißt, was zu tun ist.«

Das Abendessen war vergessen, und jedes Mitglied der Familie machte sich ruhig an die ihm zugewiesene Aufgabe. Mutter Prudence wischte alle Speisen von den Tellern in eine Schüssel und gab sie Rachel. »Er wird hungrig sein«, sagte sie, und Rachel ging. Mrs. Starbuck und die andere Tochter richteten alles her, um einen zwanglosen Eindruck entstehen zu lassen, denn sie wußten, daß ihr Haus an diesem Abend einer scharfen Untersuchung unterzogen würde. Als ihr alles in Ordnung zu sein schien, richtete sie sich in fast strengem Ton an Bartley: »Jetzt hängt alles von dir ab.«

»Was habe ich zu tun?«

»Du mußt dich beherrschen. Es kann sein, daß du ungewohnte Beleidigungen hinnehmen mußt, Bartley. Glaubst du, du wirst das schaffen?«

»Ich werde es versuchen.«

»Versuchen reicht nicht«, und sie sagte zu Rachel: »Paß auf ihn auf.«

Nach einer Weile kam Micah ins Haus zurück. »Er ist schrecklich geschlagen worden.« Seine Frau fragte, ob sie ihm Breiumschläge machen solle. »Nein, er kann es aushalten. Wir bringen ihn in den anderen Wald.«

Bartley wußte nicht, was das bedeutete, aber was dann geschah, überraschte ihn. Starbuck wandte sich an seinen Jüngsten, den zehnjährigen Comly. »Du bleibst bei ihm. Im Morgengrauen bringst du ihn dann über Waldwege zu Pidcocks Farm bei Wye Mills.«

»Und du«, forderte Starbuck seinen zukünftigen Schwiegersohn auf, »du nimmst eine Schaufel und vergräbst diese elenden Fetzen. Streu Kuhmist darüber wegen der Witterung.«

Auf diese Weise kam Bartley Paxmore zum erstermal in die Lage, der Flucht eines entsprungenen Sklaven Vorschub zu leisten. Seine Familie auf der

Friedensklippe beharrte ganz philosophisch auf dem Standpunkt, daß die Sklaverei abgeschafft werden müsse; die Starbucks aber riskierten ihr Leben, um einem einzigen Schwarzen zu helfen. Den Sklaven selbst bekam Bartley nur ganz kurz zu sehen. Starbuck hatte ihm seine Lumpen weggenommen und ihm eine feste Hose und ein wollenes Hemd gebracht. Nackt stand der Sklave jetzt im Dämmerlicht, ein kräftiger Bursche Anfang Zwanzig; Lenden und Rücken waren von Peitschenhieben zerschunden. Einen Augenblick lang sahen sie sich an, und dann wies Starbuck seinen Sohn an: »Führe ihn in den anderen Wald.« Und der Knabe erwiderte: »Ich wate mit ihm durch den Fluß, um die Fährte zu vermischen – für den Fall, daß sie mit Hunden kommen.« Und fort waren sie.

Die Starbucks versammelten sich in der Küche und warteten ab. Steif und schweigend saßen sie um den Tisch. Eine Quäkerversammlung wie im Bethaus, dachte Bartley. Bald hörten sie die Stimme des Sheriffs und Schritte, die sich dem Haus näherten. Die Sklavenjäger stießen die Tür auf. »Wo ist der Nigger?«

Drei knurrende Hunde zerrten an ihren Leinen, und Bartley sah bekümmert, daß sie einem Mann aus Patamoke gehörten, der ihn kannte: dem zahnlosen, hageren, alten Lafe Turlock aus den Sümpfen, der auf die Belohnung aus war, die ihm zustand, wenn er den Flüchtigen einfing. Er haßte die Sklaven, seit einer von ihnen seinen Vetter Matt bei der Meuterei auf der »Ariel« erschlagen hatte. »Für Nigger habe ich die besten Spürhunde am Ostufer«, pflegte er zu prahlen. »Gebt den Hunden einen Schuh oder ein Hemd, und sie spüren so einen Kerl auch noch in Kanada auf.« Um von Lafe nicht erkannt zu werden, schob sich Bartley instinktiv hinter Rachel. »Wir wissen genau, daß Sie Niggern zur Flucht nach Pennsylvania helfen, Starbuck«, sagte der Sheriff. »Aber diesmal kriegen wir unseren Mann. Er gehört diesem Gentleman hier. Hat vierhundert Dollar für den Bock bezahlt und hat ein Recht darauf, ihn wiederzubekommen.«

Jetzt trat der Besitzer vor, ein drahtiger Mann in abgetragenen und zerlumpten Kleidern. In seiner Linken hielt er eine Rindslederpeitsche, die ungegerbten Lederstreifen doppelt zusammengefaltet. Seine Zähne waren schwarz vom Tabakkauen, und seinen Schlapphut hatte er tief ins Gesicht gedrückt. »Ich bin Herman Cline vom Little Choptank und, Sie, verdammt noch mal, Sie halten meinen Nigger versteckt.«

»Beschreiben Sie ihn«, forderte der Sheriff ihn auf.

Starbuck nicht aus den Augen lassend, sagte Cline: »Hört auf den Namen Joe. Ein großer Mann mit Narben auf dem Rücken.«

»Das mit den Narben glaube ich gern«, warf Prudence ein.

Die drei Männer wandten sich Mrs. Starbuck zu, und in ihren Augen loderte der Haß: »Wo haben Sie ihn versteckt?«

»Ich habe keinen Sklaven gesehen«, antwortete Prudence.

»Können Sie das beschwören?« fragte der Sheriff.

»Das kann ich.«

Der Sheriff lachte. »Natürlich können Sie. Weil Sie den Nigger draußen bei den Hühnern haben.«

»Gehen wir«, sagte Lafe, und im schwindenden Tageslicht durchstöberten die Sklavenjäger den Hühnerstall, den Schuppen und die Felder und suchten beharrlich nach Spuren. Eimnal kamen die Hunde direkt an der Stelle vorbei, wo die Kleider vergraben waren, sie witterten aber nichts.

Plötzlich sprang der Sheriff auf Bartley zu, packte ihn am Arm und brüllte: »Wer, zum Teufel, bist du? Ein Agitator aus dem Norden?« Micah wollte erklären: »Er ist gekommen, um meine Tochter zu heiraten …«, aber Lafe Turlock fiel ihm ins Wort: »Den kenne ich. Ein Paxmore. übles Pack.«

»Auch so ein verdammter Quäker«, knurrte der Sheriff und schüttelte Bartley wie ein ungehorsames Kind. »Wo ist er?«

»Wer?« fragte Bartley und versuchte sich zu befreien.

»Weich mir nicht aus!« schrie der Sheriff. »Ich bin das Gesetz!« Und er schlug Bartley ins Gesicht.

Das war zuviel. Bartley ballte die Hand zur Faust und wollte gerade dem Sheriff einen Schlag versetzen, Micah aber hielt den jungen Mann am Arm zurück.

»Dein Glück, Bursche«, sagte der Sheriff drohend. »Rühr' mich bloß an, und ich knall dich über den Haufen. Und wo ist jetzt der Nigger?«

»Mister Starbuck«, winselte Cline, »wir sind vernünftige Männer. Wir wissen, der Nigger ist hier auf Ihrem Land. Ich habe ihn selbst den Little Choptank durchschwimmen sehen, und Lafe hier hat ihn beobachtet, wie er in einem gestohlenen Boot über den Big Choptank gerudert ist.«

»Das stimmt«, bekräftigte Lafe. »Meine Hunde haben seine Spur gefunden und uns geradenwegs zu Ihrer Tür geführt. Sie haben diesen Nigger, das wissen wir.«

»Der Geflohene gehört Mister Cline«, wiederholte der Sheriff. »Und ich habe einen Gerichtsbeschluß, der Sie und jeden anderen ordentlichen Bürger verpflichtet, mir zu helfen, Mister Clines Eigentum wieder 'beizuschaffen. Wenn Sie die Gesetze unseres Landes mißachten wollen …«

»Was tust du da?« schrie Micah, und als Bartley sich umdrehte, sah er, daß Lafe Turlock gerade eine brennende Fackel in den Schuppen werfen wollte. »Rückt den Nigger raus«, drohte er, »oder der Schuppen brennt.«

Der Anblick der Fackel und die Vorstellung, der solide gebaute Schuppen könne niederbrennen, empörte den jungen Paxmore. Mit einem Ruck riß er sich vom Sheriff los, stürzte sich auf Turlock, warf ihn zu Boden und schleuderte die Fackel zur Seite. Das erzürnte den Sheriff derartig, daß er an seinem Gürtel herumfingerte, um seine Pistole zu ziehen, aber Micah hinderte ihn daran.

»Auf meinem Land ist kein Sklave«, sagte er in ruhigem Ton.

»Sie beschwören alles wie Ihr altes Weib«, höhnte der Sheriff, irgendwie froh, daß Micah ihn zurückgehalten hatte, seine Waffe zu ziehen; er war nicht darauf aus, junge Weiße zu töten.

»Ich glaube, er ist da hinten in den Wäldern«, sagte Turlock, brachte seine Kleidung in Ordnung und nahm seine unruhigen Hunde wieder an die Leine.

»Und warum finden ihn dann Ihre verdammten Hunde nicht?« fuhr Cline ihn verdrießlich an.

»Weil man den Nigger vermutlich durch den Fluß hat waten lassen. Um die Spuren zu vermischen.«

»Dann schicken Sie die verdammten Hunde so lange durch den Fluß, bis sie die Fährte wiedergefunden haben«, murrte Cline. Turlock ignorierte diesen törichten Rat; noch nie war er mit einem so unangenehmen Zeitgenossen auf Sklavenjagd gewesen. Üblicherweise war so eine Jagd eine geradezu festliche Angelegenheit – man aß und trank, einer feuerte den anderen an und alle zusammen die Hunde. Aber Cline – das war ein gemeiner Bursche.

Es war schon dunkel, und die Sklavenjäger hatten die Nase voll. »Gehn wir zurück nach Patamoke«, schlug Lafe vor, aber der Sheriff wollte noch nicht aufgeben. »Alle in die Küche«, befahl er, und als die Starbucks um den Tisch saßen, knurrte er: »Verdammt noch mal, wir wissen, daß der Nigger irgendwo in dieser Gegend ist. Ich selbst habe gesehen, wie er auf euren Hof zulief, so als hätte er gewußt, daß er in Sicherheit ist, sobald er das Haus erreicht. In der Zwischenzeit, bis wir hier ankamen, habt ihr ihn versteckt. Und, bei Gott, wir werden ihn finden!«

Sie durchstöberten das ganze Haus und kehrten alles von unterst zu oberst. Einmal packte der Sheriff sogar die kleinste von Starbucks Töchtern und schrie sie an: »Du hast ihm Essen gebracht, nicht wahr?«

»Nein«, antwortete sie, »es war niemand da.«

Schließlich mußten sich die Verfolger geschlagen geben, aber der Sheriff warnte Micah: »Ich werde Sie im Auge behalten. Ich weiß, daß Sie Niggern helfen, nach dem Norden zu entkommen. Das ist gegen das Gesetz – gegen das Gesetz von Maryland, das Gesetz der Vereinigten Staaten und das Gesetz von Sitte und Anstand.«

Bittend blickte Cline Mr. Starbuck an, und als er merkte, daß er damit nicht weiter kam, fuhr er Lafe an. »Sie und Ihre verdammten Hunde!« Er hatte Turlock schon zehn Dollar gezahlt – und seinen Sklaven nicht wiederbekommen.

Als die drei abzogen, nahm der Sheriff Paxmore am Arm. »Um ein Haar wärst du heute abend dran gewesen. Du läßt dich mit einem üblen Pack ein. Irgendwann einmal wird es mir schon noch gelingen, dich ins Gefängnis zu werfen.«

Die Hochzeit fand zwei Wochen später an einem Montagnachmittag statt. Aus zahlreichen umliegenden Anwesen versammelten sich die Quäker in der Dritten Zuflucht, die Frauen links, die Männer rechts. Je zwei Bankreihen standen einander gegenüber; auf den oberen saßen zwei bejahrte Männer und zwei Frauen in etwa dem gleichen Alter. Sie waren nicht miteinander verwandt. Die Männer trugen Hüte. In der unteren Reihe saßen Bartley Paxmore, Jüngling von der Friedensklippe, achtzehn Jahre alt, und Rachel Starbuck, Jungfrau vom Miles, sechzehn Jahre alt. Er trug seinen Hut, sie ihre blaugelbe Haube.

Während der ersten zwanzig Minuten der Zeremonie herrschte Stillschweigen. Ein paar Fliegen, im Bethaus eingeschlossen, summten träge, störten aber nicht weiter. Draußen zwitscherten die Sommervögel, aber so weit entfernt, daß man sie kaum hörte, und auch sie störten nicht. Männer und Frauen blickten starr geradeaus und dachten an frühere Eheschließungen, an denen sie teilgenommen hatten, aber keiner rührte sich.

Schließlich erhob sich Bartley Paxmore und sprach diese schicksalschweren Worte, die jedem Quäker einen Schauer über den Rücken rieseln lassen: »Vor Gott und in Gegenwart unserer hier versammelten Freunde nehme ich, Bartley Paxmore, dich, Rachel Starbuck, zur Frau, um dich zu lieben, Freud und Leid mit dir zu teilen, treu und unverbrüchlich den Bund der Ehe mit dir zu halten in guten und in bösen Tagen, bis daß der Tod uns scheide.« Zitternd am ganzen Leib, setzte er sich.

Nach einer langen Pause stand auch Rachel auf und sagte mit klarer Stimme: »Vor Gott und in Gegenwart unserer hier versammelten Freunde nehme ich, Rachel, dich, Bartley …« Sie formulierte ihr Versprechen ein wenig anders, und als sie fertig war, setzte sie sich. Wieder herrschte Schweigen. Dann erhob sich das junge Paar, und Paxmore steckte Rachel einen goldenen Ring an den Finger und küßte sie. Sie setzten sich, und abermals war Stille.

Zwanzig Minuten vergingen. Eine der alten Frauen in der oberen Bankreihe erhob sich und sagte mit fester Stimme.

Die Ehe ist ein von Gott verfügtes heiliges Sakrament und eine Gnade vor Ihm. Sie ist aber auch die Vereinigung zweier lebensvoller junger Körper, und wenn wir das vergessen, mißachten wir eine Botschaft Gottes. Rachel und Bartley, habt Freude aneinander. Habt Kinder. Habt frohes Lachen in eurem Haus. Steigert eure Liebe zueinander, denn wenn die Glut der Jugend erloschen ist, wird die Erinnerung an eure große Liebe fortdauern und alle Jahre eures Lebens verklären. In diesem Bethaus befinden sich heute viele alte Ehepaare; die Leidenschaft, die sie füreinander empfanden, hat ihrer aller Leben erträglich und fruchtbar gemacht – und so wird es auch euch ergehen, wenn ihr in fünfzig Jahren zurückblickt.

Sie nahm wieder Platz, und keiner der Gläubigen ließ erkennen, ob er ihre bemerkenswerten Worte billigte oder mißbilligte. Sie hatte damit zusammengefaßt, woraus ihrer Meinung nach eine Ehe bestand, und sie hatte sich von Gott erleuchtet gefühlt, dieses junge Paar daran teilhaben zu lassen. Nach einigen Minuten des Schweigens erhob sich ein Greis, viel älter als die Frau, die zuvor gesprochen hatte, und sagte mit heller klarer Stimme:

Kluge Leute aller Nationen und Religionen haben es für falsch erachtet, daß ein Ehepaar mehr als zwanzig Prozent seines Einkommens für Miete aufwendet. Nehmt nie eine Hypothek auf, es sei denn für den Ankauf einer Farm, und zahlt nie mehr als fünf Prozent Zinsen. Vor allem aber unterschreibt nie den Schuldschein eines Freundes. Seit sechzig Jahren sehe ich Leute, die für ihre Freunde bürgen, und es bringt immer nur Kummer. Der Schuldschein geht verloren, der Freund geht verloren, das Geld geht verloren, und was bleibt, ist Kummer. Laß deinen Mann nie einen Schuldschein für einen Freund unterschreiben, Rachel. Wenn der Freund das Geld braucht und es zu haben verdient, gebt es ihm. Aber unterschreibt nie einen Schuldschein für ihn.

Nachdem der Greis sich gesetzt hatte, flüsterte ein Nachbar ihm etwas zu. Der Alte erhob sich abermals und fügte seinen Ausführungen noch einen Satz hinzu: »Zulässig wäre es auch, eine Hypothek aufzunehmen, um eine Liegenschaft in der Stadt zu erwerben, aber nur, wenn dies für das Geschäft erforderlich ist, und nie zu einem Zinssatz, der fünf Prozent übersteigt.« Als wieder Stille eingetreten war, ließ sich eine jüngere Frau mit schwankender Stimme vernehmen: »Wenn ihr Kinder habt, und das ist ja der Sinn einer Ehe, achtet darauf, daß sie im Wissen um Gott aufwachsen. Es ist furchtbar, wenn Kinder ohne christlichen Glauben heranwachsen.«

Schließlich erhoben sich die zwei alten Männer in der obersten Bankreihe und schüttelten sich die Hände. Dann schüttelten alle Quäker ihrem Nachbarn die Hände und kamen nach vorn, um die Heiratsurkunde zu unterzeichnen, die später im Register in Easton verwahrt würde. Als alle ihre Unterschriften geleistet hatten, waren Bartley Paxmore und Rachel Starbuck ordnungsgemäß verheiratet.

Die Eisenbahn

Um die Mitte der vierziger Jahre des neunzehnten Jahrhunderts hatten sich die Bürger am Choptank in zwei klar voneinander abgegrenzte Gruppen geteilt, die ihre Sprecher in den zwei führenden Familien der Gegend hatten. Paul und Susan Steed waren die von allen anerkannten Fürsprecher jener wohlhabenden Pflanzer, die den Standpunkt einnahmen, Maryland müsse sich der Führung von Georgia und Carolina anvertrauen, selbst wenn dies eine Auflösung der Union zur Folge haben sollte. George und Elizabeth Paxmore waren die Sprecher für die große Schar von Farmern und Geschäftsleuten der Mittelklasse, die in der Union etwas Einzigartiges und Kostbares sahen, das unter allen Umständen erhalten werden mußte. Geistig und finanziell war die von den Steeds angeführte Partei der anderen überlegen; hinsichtlich der moralischen Stärke sollte die Paxmore-Gruppe größere Bedeutung erlangen.

Größtenteils waren die Wege der Steeds und der Paxmores getrennt; die einen bewirtschafteten ihre Pflanzungen, die anderen bauten ihre Schiffe, aber gelegentlich liefen ihre Interessen einander zuwider, und dann gab es Ärger.

In diesen Jahren war Devon eine der höchstgeschätzten Plantagen Amerikas geworden. Dafür gab es drei Gründe. Erstens die staatsmännische Verwaltung Paul Steeds, der die besten Aufseher aus Maryland und Virginia einstellte und gut bezahlte. Er besaß jetzt nahezu neunhundert Sklaven und zog den größtmöglichen Nutzen aus ihnen. Es gab keine Prügelstrafen, keine Grausamkeiten; nachdem er erfahren hatte, wie es auf Mr. Clines Straffarm am Little Choptank zuging, kamen keine Devon-Sklaven mehr hin. Seinen weisen Entscheidungen war es zu danken, daß die Plantage florierte; er baute in regelmäßigem Wechsel Halm und Blattfrüchte an, hielt seine Schiffe ausgelastet und erhöhte die Zahl und das Warenangebot seiner Läden. Sein jahrelanges Studium hatte ihn zum Fachmann gemacht, und man sah ihn oft über die entlegensten Teile seiner Pflanzungen auf dem Festland humpeln. Er beschäftigte sich mit allen nur erdenklichen Problemen, die zu lösen ihm große Freude bereitete.

Zweitens: Als er 1842 eines Tages die Bucht überquerte, sah er die Baltimore-and-Ohio-Eisenbahn in Betrieb. Ihn begeisterte die Aussicht auf eine durch Schienen verbundene Nation so sehr, daß er aus rein sachkundigem Interesse mit dem Zug einen Ausflug nach Harpers Ferry und zurück machte. Dieses Erlebnis überzeugte ihn, daß es für die Halbinsel, die ja ein Teil des Ostufers war, nur eine Hoffnung gab: Ihre drei Teile mußten durch ein umfassendes Schienensystem miteinander verbunden werden.

Seit den frühesten Tagen der Nation war sich jeder darüber im klaren, daß die Halbinsel logischerweise zu einem einzigen Staat zusammengefaßt sein sollte, doch der historische Zufall hatte es anders gefügt: Ein Teil gehörte zu Maryland, dessen Bürger das Ostufer als hinterwäldlerisch verachteten; ein zweiter Teil wurde dem sogenannten Staat Delaware zugerechnet, in dem kein Mensch eine Existenzberechtigung sah; und der dritte gehörte zu Virginia, wodurch der südlichste Zipfel des Ostufers zum Waisenkind Amerikas wurde.

Alle, die in dieser dreigeteilten Travestie lebten, hofften, daß man im kommenden Jahr die drei Segmente zu einem lebensfähigen Staat mit seiner eigenen Geschichte, seinen eigenen Interessen, Traditionen und Vorstellungen zusammenschließen würde. Doch die Jahre vergingen, und nichts geschah. Im Kongreß warb Paul für eine vernünftige Neuordnung, und alle, die er auf dieses Thema ansprach, stimmten ihm zu, ja, es müsse etwas geschehen, aber es geschah nichts. »Mein lieber Steed«, sagte Senator Clay einmal zu ihm, »es gibt nichts Dauerhafteres auf der Welt als provisorische Lösungen.«

Jetzt aber bestand die Möglichkeit, ein Schienennetz über die ganze Länge der Halbinsel zu spannen und es in Philadelphia mit dem Norden und über Norfolk mit dem Süden zu verbinden. Damit ließ sich dem Ostufer eine glänzende Zukunft voraussagen, und der Organisator und Herold dieser Zukunft würde Paul Steed sein. Um dieses große Ziel zu erreichen, begannen Paul und Susan, die führenden Persönlichkeiten des Landes nach Devon einzuladen. Die Steedsche Schaluppe überquerte die Bucht, segelte den Potomac nach Washington hinauf und brachte von dort namhafte Senatoren und Abgeordnete nach Rosalinds Rache, um sie eine Woche oder gar zehn Tage lang gastlich zu bewirten und ihnen allerlei Vergnügungen und Unterhaltung zu bieten. Während die Besucher sich angeregt unterhielten, lud Paul angesehene Bürger vom Choptank ins Haus, die so Gelegenheit hatten, die Gäste von der Angemessenheit ihrer Wünsche zu überzeugen.

Die Einheimischen führten alle Argumente an, die ein logisch denkender Mensch nur geltend machen konnte, aber sie erreichten nichts. Sie genossen das Vergnügen, bedeutende Männer kennenzulernen und ihnen zuzuhören. Wie oft geschah es in den ersten Jahren dieser Union, daß die Senatoren gerade zwei

Minuten lang über die Notwendigkeit sprachen, das Ostufer zu vereinen, und sich dann fünf Stunden über das unlösbare Problem der Sklaverei auslassen! Der dritte Grund war folgender: Die Diskussionen um die Sklaverei wuchsen, und gerade auf diesem Gebiet betätigte sich Steed jetzt am meisten, um wohlwollende Aufmerksamkeit auf Devon zu lenken. Es begann ganz harmlos mit einem langen Brief an die Fithians in London, in dem Paul darlegte, daß es für England wohl richtig sein mochte, die Sklaverei abzuschaffen, für den amerikanischen Süden jedoch selbstmörderisch. Noel Fithian antwortete mit einer professoralen Analyse gewisser Ungereimtheiten in der Beweisführung seines Freundes, worauf wiederum Paul ihn widerlegte.

Er fing an mit einigen Herrn in Massachusetts, Ohio, Louisiana und insbesondere South Carolina zu korrespondieren. Seine Briefe waren so geistvoll abgefaßt und logisch aufgebaut, daß sie unter den Freunden der Empfänger zirkulierten, und man legte ihm nahe, er möge seine Briefe doch sammeln und sie als Bekenntnis eines Realisten aus dem Süden der Öffentlichkeit zugänglich machen, aber Steed wurde erst aktiv, als Senator Calhoun aus South Carolina ihn dazu aufforderte:

> Nur selten bin ich auf einige Ihrer Briefe gestoßen, die die moralische Position des Südens in so bündiger Form darlegen. Ihre Rechtfertigung unserer Position zeichnet sich durch überzeugende Argumente und triftige Gründe aus, und es wäre zu begrüßen, wenn Sie diese wie auch die anderen Briefe, die Sie geschrieben haben, veröffentlichen könnten, um den Menschen im Norden, die unsere Denkweise zu begreifen wünschen, Gelegenheit zu geben, sie auf so anschauliche Weise dargestellt zu finden.«

Unter dem Titel »Überlegungen eines Pflanzers, in Maryland« gab Paul im Jahre 1847 eine Sammlung von zwanzig seiner Briefe heraus. Sie riefen so begeisterte Zustimmung im Süden und so bitteren Widerspruch im Norden hervor, daß viele Leser wissen wollten, wie ein provinzlerischer Pflanzer wie Steed, der in einem der verlorensten Winkel des Landes steckte, sich eine solche Gelehrsamkeit angeeignet haben konnte. Dafür gab es allerdings eine einfache Erklärung.

In den düsteren Jahren, da seine Seele in der Abgeschiedenheit Zuflucht gesucht hatte, da die Leute am Choptank über ihn gelacht hatten wegen seiner Beziehung zu dem Sklavenmädchen Eden, und weil er sich weigerte, das skandalöse Betragen seiner Frau zu verurteilen, damals hatte er Trost gefunden in den Werken dreier Schriftsteller, die seinen Geist formten. Jean Jacques

Rousseau erinnerte ihn von neuem an die glückhaften Verhältnisse, in denen die Menschen leben könnten, wenn sie sich auf ihren natürlichen Urzustand besinnten. Auch seine leidenschaftliche Liebe zur menschlichen Freiheit und seine Entschlossenheit, sie im Süden ebenso wie im Norden zu verteidigen, hatten in Rousseau ihren Ursprung. Plato wiederum brachte ihm jene Kardinaltugenden in Erinnerung, auf die sich jede geordnete Gesellschaft gründen muß. Am meisten aber lernte er aus den Romanen von Sir Walter Scott.

Wie viele andere Herren des Südens fand er in Scotts Werken eine Rechtfertigung jener Prinzipien, auf denen die Vornehmheit des Lebens im Süden beruhte: der kühne, unerschrockene Herr mit seinem gerechten Sinn, das keusche Weib, das ihn anregt und das er beschützt, der treue Leibeigene, dessen bereitwillige Arbeit den Herrn in die Lage versetzt, sein Land zu nutzen, und die Hingabe aller an die Ideale einer selbstlosen Ritterlichkeit. Eines denkwürdigen Nachmittags im Jahre 1841, als er in seinem mit Spitzenvorhängen ausgestatteten Studierzimmer saß und »Das Herz von Midlothian« las, stand er plötzlich auf und gelobte sich: Auf dieser Insel hier will ich ein neuer Guy Mannering sein, ein amerikanischer Quentin Durward!

Von diesem feierlichen Augenblick an strebte er nach Platos großen Lebensidealen, Rousseaus Freiheit und Walter Scotts Ritterlichkeit. Natürlich spiegelten seine Briefe all dies wider, und schon in seinem ersten Schreiben an Noel Fithian, in dem er die heikelsten Fragen angeschnitten hatte, die das Land in Unruhe versetzten, hatte er sich nicht gescheut, seine persönlichen Überzeugungen offen darzulegen.

... Der Neger ist ein entwicklungsgeschichtlich zweitklassiges Wesen, bedarf eines Herrn, hat viele gute Eigenschaften, wenn er richtig geführt wird, und kann nur innerhalb einer Sklavenhaltergesellschaft existieren.
... Entgegen der Meinung gewisser übel gesinnter Leute ist die Sklaverei, wirtschaftlich gesehen, ein Aktivposten, denn sie versetzt Grundbesitzer in die Lage, Land zu bebauen, das sonst nicht verwertbar wäre. Auf den Karolinen, in Alabama, Louisiana und ähnlichen Gegenden kann ein Weißer unmöglich im Freien arbeiten.
... Nichts spricht dagegen, daß ein auf Sklaverei beruhendes Wirtschaftssystem im Süden bestehen kann neben einem durch freie Arbeitskräfte eekennzeichneten System im Norden, immer vorausgesetzt, daß der Norden davon abgeht, niedrige Preise für unsere Rohprodukte und hohe Preise für die eigenen Fertigwaren zu fordern.
... Die Sklaverei kann auch neben einem System stufenweiser Freilassung von Sklaven existieren, wie dies bereits mit großem Erfolg

demonstriert wurde. Der logische Endzweck würde sein, die Neger in Berufen auszubilden, in welchen sie überall in Amerika arbeiten können. Allerdings werden sie vermutlich zweihundert Jahre brauchen, um das nötige Bildungsniveau zu erreichen.

… Um ein reibungsloses Funktionieren des Systems zu gewährleisten, ist es unerläßlich, daß alle Neger, die ihren rechtmäßigen Herren davonlaufen, diesen wieder zurückgegeben werden, ganz gleich, von welchem Ort der Vereinigten Staaten sie geflohen sind. Das Eigentumsrecht ist heilig, und dem muß durch entsprechende Gesetze sowohl des Bundes wie auch der Gliedstaaten Rechnung getragen werden.

… Es war die Rede davon, die Union zu verlassen, aber dazu wird es nur kommen, wenn die Nordstaaten nicht davon ablassen, hohe Zölle zu erzwingen, sich für die Abschaffung der Sklaverei einzusetzen und entflohenen Sklaven Zuflucht zu gewähren. Wenn sich diese Antagonismen beseitigen lassen, können die zwei Systeme nebeneinander und zu beiderseitigem Nutzen bestehen und beruhigt einer glänzenden Zukunft entgegensehen.

In seinen zwanzig Briefen sprach Paul dem Süden unweigerlich eine ihrer Natur nach einheitliche Lebensform zu, während er im Norden eine eher zufällig zustande gekommene Verbindung verschiedenartiger Interessen erblickte. Niemals aber zog er die Position des Nordens ins Lächerliche, im achten Brief umriß er sie fast noch besser als einige ihrer eigenen Befürworter. Die größte Verbreitung aber fand der dreizehnte Brief, in dem er in aller Offenheit auf den Vorwurf reagierte, die Sklaven würden im Süden grausam behandelt. In den Zeitungen des Südens wurde der Brief unzählige Male abgedruckt, im Norden wurden unzählige Gegenschriften in den Zeitungen veröffentlicht. Ein Absatz machte besonders von sich reden:

Es gab brutale Handlungsweisen, aber nie auf Plantagen meiner Familie oder meiner Freunde. Es gab Fälle, wo man dem Bedarf an Nahrung, Kleidung und Schutz vor der Natur zu wenig oder gar keine Aufmerksamkeit gewidmet hat, aber auf keiner Plantage, die ich kenne. Und es gab gewissenlose Züchtigungen störrischer Sklaven, aber ein Pflanzer, der sich eines solchen Unrechts schuldig macht, wird von Gleichgestellten verachtet, von seinen Mitarbeitern gemieden und von seinem eigenen Gewissen verfolgt. Er wird von seinesgleichen geächtet und von der Allgemeinheit verabscheut. Er kann seine Fehler nur wiedergutmachen, indem er über lange Zeit hin Beweise erbringt, daß er sein übles Betragen

aufgegeben hat, denn sollte er damit fortfahren, würde ihn die Gesamt-
heit aller Gentlemen verfemen.

In diesem Brief gab er auch zu, daß es entsetzliche Typen gab wie Mr. Cline
und daß es auf deren Farmen gelegentlich zu schändlichen Zwischenfällen
gekommen war. Die Brutalität dieser Leute tat er aber mit einem für die Neger,
die unter deren Peitsche zu leiden hatten, nur wenig tröstlichen Satz ab: »Sie
wagen es nicht, die Gesellschaft von Gentlemen aufzusuchen.« Damit wollte
er sagen, daß das allein Strafe genug wäre, und er fügte hinzu, daß die Staaten
des Südens strenge Gesetze für die Haltung von Sklaven hatten, die »von allen
beachtet wurden, ausgenommen nur einige wenige moralisch Verderbte«.
Maryland nannte er als Beispiel, daß die Sklaven unter dem wohlwollenden
Schutz dieses Staates zwar hart arbeiten mußten, jedoch gut genährt wurden,
mit warmer Kleidung versorgt, in bequemen Quartieren untergebracht und vor
Mißhandlungen behütet vrurden.
Der Zufall wollte es, daß Paul seinen neunten Brief, der ebenfalls großes
Aufsehen erregte, in einigermaßen gereizter Stimmung geschrieben hatte. Der
Sklave Frederick Douglass, der auf einer Plantage unweit des Choptank
geboren war und auf Feldern, die an den Steedschen Besitz angrenzten,
gearbeitet hatte, war nach Norden geflohen und von einer eher verrufenen
Gruppe von Gegnern der Sklaverei aufgenommen worden. Im Jahre 1845
veröffentlichte er ein skurriles Buch mit einem angeblich wahren Bericht über
die Sklaverei am Choptank und brachte es damit als Redner in den Kirchen
des Nordens zu einer traurigen Berühmtheit. Dem Süden entstanden aus
diesem Buch großer Ärger und Schaden, denn Douglass schrieb sehr überzeugend; in Patamoke zweifelte man nicht daran, daß ein Weißer es für ihn
verfaßt hatte. In einem Brief an einen Freund in Ohio zerpflückte Paul Steed
die Behauptungen dieses Hetzers. Gleich am Anfang seines Briefes griff er ihn
scharf an:

> Erstens dürft ihr nicht glauben, seine schriftstellerische Tätigkeit sei
> ein Beweis, daß Schwarze einen hohen Bildungsgrad erreichen können,
> denn er ist überwiegend weiß, wie er selbst zugibt: »Mein Vater war
> ein Weißer. Man hielt meinen Herrn für meinen Vater.« Somit leite sich
> seine intellektuellen Gaben offensichtlich von seinem weißen Elternteil
> her.
> Zweitens ist er ein Betrüger, denn er ist stets unter falschem Name
> gesegelt. Erst nannte er sich Bailey, dann Stanley, dann Johnson und
> schließlich Douglass. Welchen Namen wird er sich wohl als nächste

zulegen? »Der echte Mr. Johnson hatte ‹Die Dame vom See› gelesen und kam auf die Idee, mich Douglass zu nennen. Seit dieser Zeit wurde ich Frederick Douglass gerufen, bis zum heutigen Tag.«

Drittens ist er ein Atheist, und damit erübrigt es sich, seine Berichte über Mißhandlungen ernst zu nehmen. Wer hat je eine schändlichere Lästerung ausgesprochen als diese: »Die Religion des Südens ist nichts als ein Deckmantel für die entsetzlichsten Verbrechen, eine Rechtfertigung für die abstoßendste Brutalität, die Heiligung der hassenswertesten Täuschungen und ein Obdach, unter dem die finstersten, stinkendsten, ungeheuerlichsten und teuflischsten Taten der Sklavenhalter Schutz finden.« Spricht hier nicht der Antichrist?

Viertens ist er nach eigenem Eingeständnis ein Fälscher: »In der Woche, bevor wir uns, auf den Weg machen wollten, schrieb ich für jeden von uns mehrere Schutzbriefe.« Damit meinte er, daß er fünf Reisepapiere fälschte, um die Behörden zu täuschen, und sie mit dem Namen des ehrenwerten William Hambleton von Saint Michaels unterschrieb, wobei er in seiner Unwissenheit den Namen falsch buchstabierte.

Was Steeds Briefen nachhaltigen Wert gab, waren seine Untersuchungen über Fragen der Wirtschaft und Verwaltung. Er zeigte sich als Pflanzer vornehmster Geisteshaltung, informiert und von dem Wunsch beseelt, seinen großen Besitz so zu führen, daß alle Gewinn daraus ziehen konnten. Auf verschiedene Arten gab er zu erkennen, daß er seinen Sklaven eine anständige Lebensweise bieten und sie in sorgsam berechnetem Maß an allem Guten teilhaben lassen wollte, was die Früchte seiner Verwaltung waren. Alle Sklaven erhielten mehr Kleidung und reichlichere Kost als auf anderen Pflanzungen. Die Unverletzlichkeit der Familie lag ihm besonders am Herzen, und er schaffte den alten, noch von Onkel Herbert geübten Brauch ab, einen störrischen Ehemann ohne Rücksicht auf Frau und Kinder nach Süden zu verkaufen. Und das war seine Begründung:

Ein gesunder Sklave stellt sowohl eine beträchtliche Investition dar als auch eine gute Gelegenheit, Gewinn zu erzielen. Aber diese Investition geht verloren und der Gewinn bleibt aus, wenn der Sklave durch schlechte Behandlung gleich welcher Art seine Tauglichkeit einbüßt, und damit meine ich nicht nur körperliche Roheit, sondern auch die geistige Verletzung, die dem Sklaven durch Trennung von seiner Frau und seinen Kindern zugefügt werden kann. Wenn die Gebote der Menschlichkeit den Sklaven nicht schützen, sollten es die Prinzipien vorsorglicher Wirtschaftsführung.

Den neunten Brief zu verdauen fiel den Analytikern des Nordens am schwersten, denn darin setzte Steed Noel Fithian seine Theorie auseinander, wonach die Freiheit der Vereinigten Staaten vom Fortbestand der Sklaverei abhing. Er führte etwa fünfzehn triftige Gründe an und griff zurück auf Griechenland, Rom und das frühere Amerika. Er war überzeugt, daß freie Menschen nur mit Unterstützung einer Sklavenklasse ein angemessenes Leben führen konnten, und er betonte, daß es nicht die Freiheit des weißen Gentleman war, die er verteidigte, sondern das Wohlergehen des Sklaven. Nie gab er seine Überzeugung auf und machte auch nicht das geringste Zugeständnis. Eine seiner Anführungen war besonders weit verbreitet:

> Die Freiheit, wie sie die Bürger der Vereinigten Staaten genießen und worum sie die restliche Welt beneidet, verdanken sie vornehmlich den Sklaven haltenden Herren des Südens. Unter den Männern, die die Unabhängigkeitserklärung schrieben, waren es die Sklavenhalter, die den größten Beitrag leisteten. Die überragendsten Geister unter jenen, die unsere Verfassung in Kraft setzten, kamen aus dem Süden. Unter den zwölf Präsidenten, die unsere Nation auf die hohe Ebene beneidenswerter Erfolge gelenkt haben, waren neun Sklavenhalter. Sie waren unsere vernünftigsten Führer, und das ganze Volk hat sie als solche anerkannt.

Nur wenn der Gentleman dank der harten Arbeit seiner Sklaven den Kopf frei habe von weltlichem Denken und Fühlen, so argumentierte Steed, könne er die Entwicklung der Gesellschaft richtig einschätzen, könne er gut von böse unterscheiden. Es seien auch die Frauen jener Gentlemen gewesen, meinte er, die die Gesellschaft für höhere Werte empfänglich gemacht hätten:

> Es waren die Frauen des Südens, die die Fanale unserer Nation setzten: christliche Nächstenliebe, Ritterlichkeit, Mitgefühl, Schicklichkeit und all die anderen Tugenden. Sie konnten es, weil sie – dank ihrer Haussklaven – den Kopf frei hatten, sich mit Dingen zu beschäftigen, die von größerer Bedeutung sind als Wäsche waschen, fegen und putzen. Nicht die Frauen des Nordens sind es, die die Normen für unser aller Lebensweise aufgestellt haben, denn sie mußten ihre Zeit mit unwichtigen

Dingen vertun. Es sind unsere anmutigen Damen des Südens, die unser Leben geformt haben.

Und immer wieder kehrte er zu seiner Grundthese zurück, daß es die Sklaverei sei, die schwarze Männer und Frauen frei mache:

> Wir kommen also zu der Erkenntnis, daß die schwarze Frau des Südens sich in einer besseren Lage befindet, ihre wahren Interessen als treusorgende Mutter und Frau wahrzunehmen, als die sogenannte freie Frau des Nordens, die in einer Fabrik arbeitet, unter Bedingungen, die es ihr unmöglich machen, ihr Leben zu genießen. Wahre Freiheit findet sich nur in einer disziplinierten Gesellschaft, in der jedes Mitglied seinen Platz hat und diesen Platz kennt.

Der Athener Perikles, der Römer Mark Aurel und George Washington aus Virginia, das waren die Männer, als deren Nachfolger er sich sah, und er bemühte sich, den von ihnen gesetzten strengen Maßstäben gerecht zu werden. »Sie konnten sich frei entfalten«, pflegte er zu sagen, »weil es Sklaven gab, die die niedrigen Arbeiten verrichteten.« Aber er war nicht unempfindlich gegenüber der bohrenden Frage der Gegner der Sklaverei: »Muß der Sklave sein ganzes Leben ohne Hoffnung führen?« Und zu diesem Punkt äußerte er sich am Ende des zehnten Briefes folgendermaßen:

> Sie werden sich an das hübsche Sklavenmädchen Eden erinnern, Noel, das Sie bei Ihrem letzten Besuch hier bedient hat. Sie ist ein in jeder Beziehung überdurchschnittlicher Mensch, und wenn meine Frau unseren Unfall überlebt hat, so in erster Linie dank der liebevollen Fürsorge, mit der Eden sie umgab. Wir haben Eden freigelassen und ihr einen Lohn gezahlt, den sie zum Kauf ihres Mannes sparen konnte – jener nette Mechaniker aus dem Xanga-Stamm, über den Ihr bei der Schmiede spracht. Es mag Sie interessieren zu erfahren, daß Eden freiwillig weiter auf Devon dienen und Mrs. Steed betreuen wollte, die sich dank ihrer Pflege bereits wieder sehr geschickt bewegen kann. Ich erlaube mir die Vermutung, daß Eden und ihr Mann hier in Maryland glücklicher sind, als sie es je in Afrika hätten sein können.

In der Tat redete Paul Steed sich ein, daß er die Freiheit aller Menschen verteidige, insbesondere die Freiheit seiner Sklaven. »Ich diene als ihr Herr, zu ihrem Besten«, erklärte er und propagierte diese Theorie so anschaulich, daß die Leute am Choptank bald tatsächlich überzeugt waren: »Unter unserer sorgenden Aufsicht sind unsere Sklaven glücklicher, als sie es wären, wenn wir sie freiließen.« Alle glaubten das, ausgenommen die Sklaven selbst und Handwerker wie George Paxmore.

Paul Steed fürchtete seit langem, daß er wegen der Sklaverei mit den Paxmores einmal Ärger bekommen würde, und Ende 1847 schließlich besuchte ihn der Postmeister von Patamoke, Thomas Cater. In seinem dunklen Anzug und mit düsterem Gesichtsausdruck kam er nach Devon gesegelt, um Mr. Steed den Beweis vorzulegen, daß die Quäker auf der Friedensklippe aufrührerische Schriften verbreiteten. »Hätte ich es nicht mit meinen eigenen Augen gesehen, ich hätte es nicht geglaubt«, sagte er und warf einen dicken Umschlag auf den Tisch; der Umschlag kam aus dem Norden und enthielt ein Exemplar der »New York Tribune«, eines provokatorischen Blattes, das immer aufs neue Unruhe stiftete.

»Das ist es«, sagte Mr. Cater vorsichtig.

Steed wollte nichts damit zu tun haben, denn ein in Maryland erlassenes Gesetz verbot die Verbreitung jeglichen Materials, das »Unzufriedenheit unter den Schwarzen erregen« könnte, und schon so mancher war deswegen auf zehn Jahre ins Gefängnis gesteckt worden. Anfangs waren nur Schmierblätter wie »The Liberator« unter das Gesetz gefallen, die zu Gewalttaten aufhetzten. Jetzt aber wurde das Gesetz selbst gegen seriöse Zeitungen angewendet, die, in welcher Form auch immer, Moral und Wirtschaftlichkeit der Sklaverei in Frage stellten.

»Was soll ich damit machen?« fragte Mr. Cater.

»Das Gesetz sagt, daß Sie es verbrennen müssen.«

»Jedesmal, wenn etwas kommt?«

»Sie sind nicht verpflichtet, die Schwarzen zum Aufstand zu ermutigen.« Mr. Cater, der das anstößige Journal nicht nach Patamoke zurückbringen wollte, bat den Hausherrn um ein Streichholz, ging hinaus auf den Rasen, kniete nieder und zündete die Zeitung an. Dann kam er ins Haus zurück. »Ich werde alles notieren, was sie bekommen, und Sie auf dem laufenden halten.«

Steeds Sorge um Paxmores möglicherweise gesetzwidriges Verhalten verflog, als er Nachricht erhielt, daß Senator Clay endlich doch Zeit gefunden habe, über die Bucht zu kommen zu einem Gespräch über die geplante Eisenbahnlinie. Man wollte ihm einen bequemen Aufenthalt bieten und traf umfangreiche Vorbereitungen, denn er war schon ein alter Herr, und das Reisen fiel ihm sicher schwer. Eigentlich war er nicht mehr Senator, führte aber noch immer diesen Titel und besaß noch solche Macht, daß seine früheren Kollegen im Senat ihn vermutlich unterstützen würden, wenn er sich für eine Eisenbahn am Ostufer aussprach. Das große Gastzimmer im Westflügel wurde mit Blumen geschmückt; Sklaven erhielten genaue Instruktionen, wie sie den berühmten Gast aus Kentucky bedienen sollten; an die bedeutenden Bewohner der Gegend wurden Einladungen ausgeschickt, und Susan rollte mit ihrem Stuhl durch das ganze Haus und kümmerte sich um all die kleinen Details, auf denen der gesellschaftliche Rang der Steeds beruhte.

Der frühe Nachmittag war schon vorüber, als die Schaluppe mit dem Senator eintraf. Er war ein großgewachsener, magerer, distinguierter Mann von einundsiebzig Jahren mit wehendem weißen Haar und einem breiten, kräftigen Mund, und seine würdevolle Erscheinung zeugte von den langen Jahren, die er seinem Land gedient hatte. In der für ihn charakteristischen Art verharrte er auf der Pier, überblickte den Besitz und versuchte rasch, sich ein Bild zu machen, wie die Plantage geführt war. Dann ging er mit festem ja sogar lebhaftem Schritt den kiesbedeckten Pfad hinauf.

»Eine prächtige Anlage haben Sie da«, äußerte er sich beifällig zu Paul, der mit seinem kurzen Bein kaum mit ihm Schritt halten konnte. »Ich vermisse meine Farm in Kentucky – vor allem die Tiere. Ich schätze eine gute Wirtschaftsführung. Sie ist das Zeichen einer gesunden Denkweise.«

Als er sich dem Haus näherte, trat der alte Tiberius in seiner blauen Uniform und weißen Handschuhen vor und verbeugte sich tief. »Willkommen auf Rosalinds Rache.«

»Worin bestand ihre Rache?« fragte Clay und blieb auf der Türschwelle stehen, um die Plantage aus dieser Perspektive zu betrachten.

»Es war nicht nur eine«, antwortete Paul. »Sie ließ den Seeräuber Henry Bonfleur hängen.«

»Ich habe von ihm gehört«, sagte Clay und bewunderte währenddessen, wie sich der Garten zum Creek hinuntersenkte.

»Und es war ihr Schiff, das Schwarzbart gefangennahm. Sie haben ihm den Kopf abgeschnitten, müßt Ihr wissen. Sie war ein wahrer Schrecken.«

»Und sie hat dieses schöne Haus gebaut?«

»Ja.«

»Im flämischen Verband gelegt, wie ich sehe.« Nichts entging den Augen dieses großen Mannes. Als Susan Steed in ihrem Rollstuhl auf ihn zukam, bewies er seinen ganzen Charme. Er eilte auf sie zu und ergriff ihre Hand. »Wie überaus freundlich von Ihnen, mich einzuladen«, sagte er mit der warmen Herzlichkeit des Farmers aus Kentucky, dem es eine Freude war, eine gut ausgestattete Plantage zu sehen.

»Wir haben einige führende Persönlichkeiten unseres Bezirks zu uns gebeten«, sagte Steed. »Die Boote werden bald kommen.«

»Das freut mich.«

»Vielleicht möchten Sie sich von den Anstrengungen der Reise ein wenig erholen?« fragte Steed.

»Nein. Reisen strengt mich nicht an. Aber ich würde gern von Ihnen hören, wie Sie zu den Dingen stehen, über die zu sprechen ich ja gekommen bin.« Während des Gesprächs hatte er instinktiv den Weg zur Glasveranda gefunden, wo das Licht des Spätnachmittags durch die Spitzenvorhänge dämmerte und den Raum mit behaglicher Gastlichkeit erfüllte. Er ließ sich in einem bequemen Lehnsessel nieder, trank zwei Whiskys und stellte seine erste Frage: »Was ist also mit dieser Eisenbahn?«

Steed hatte eine Karte vom Ostufer bereitgelegt, und wie immer, wenn er sie betrachtete, ereiferte er sich. »Es sollte doch jedem einleuchten, Sir, daß diese Halbinsel ein einziger Staat sein müßte.«

»Ich habe mich vergeblich bemüht«, erwiderte Clay und mußte innerlich lachen, als er sich der Halsstarrigkeit entsann, auf die er gestoßen war, als er eine Gesetzesvorlage eingebracht hatte, wonach die drei Teile der Halbinsel zu einem Staat vereinigt werden sollten. »Haben Sie jemals versucht, einen souveränen Staat von etwas zu überzeugen? Und gar drei?« Er schüttelte den Kopf und betrachtete die Karte. »Was sind Ihre Vorstellungen?«

»Ganz einfach.« In groben und kühnen Zügen umriß Paul, was seiner Meinung nach getan werden sollte: »Die Bundesregierung müßte eine Eisenbahnlinie von Wilmington nach Süden bis zum Cape Charles bauen. Damit wäre eine Verbindung mit Norfolk jenseits der Bucht geschaffen. Dann könnten die einzelnen Städte Nebenbahnen zur Hauptlinie bauen. Und hier oben wäre ein Fährdienst nach Baltimore einzurichten.«

»Das klingt alles sehr vernünftig, Steed, aber Sie übersehen den springenden Punkt. Baltimore soll das Zentrum dieser Region werden, und da nun der Weizen den Tabak als Hauptkultur hier in Ihrer Gegend verdrängt hat, wird Baltimore sich voll und ganz auf den Westen konzentrieren, nicht auf den Süden. Sobald die Hauptlinie nach Chicago fertiggestellt ist, wird der Westen eine unwiderstehliche Anziehungskraft ausüben. Richten Sie Ihre Blicke nach Baltimore, nicht nach Norfolk.« Er wollte noch näher darauf eingehen, aber schon kamen die Gäste, solide Geschäftsleute aus verschiedenen Teilen des Choptank, und Clay begrüßte sie mit höflicher Ehrerbietung und hörte aufmerksam zu, als Steed ihm jeden einzelnen vorstellte.

Nach einem üppigen Abendessen rollte Mrs. Steed ihren Stuhl vom Tisch weg und sagte: »Meine Damen, wir sollten die Herren ihren Zigarren überlassen.« Die Damen begaben sich in den Salon.

»Mister Steed hat mir von seinen – Verzeihung, von Ihren Hoffnungen auf eine Eisenbahn erzählt«, begann Clay in einem Ton, der anzudeuten schien, daß er ihre Wünsche zu befürworten bereit war.

»Ja!« rief man von verschiedenen Seiten, und als die Karte auf dem Tisch lag, erläuterte jeder der Gäste, was er und seine Gruppe zu diesem großen Plan beisteuern wollten.

»Über den Choptank kann man aber doch keine Gleise legen«, gab Clay zu bedenken.

»Ganz recht, Sir«, bestätigte ein Kaufmann aus Dorchester. »Wir wollen diese Nebenlinie bis Patamoke führen. Das soll die Endstation sein. Am Südufer bauen wir nach Osten bis zur Hauptlinie.«

»Über den Choptank würden wir einen Fährdienst einrichten«, unterbrach ein Mann aus Patamoke. »Wir haben ja schon jetzt eine Fähre«, meinte er und deutete in die Richtung, wo das kleine Fährschiff verkehrte.

»Das scheint mir vorzüglich geplant«, sagte Clay.

»Werden Sie uns unterstützen?«

»Gewiß werde ich das.«

Dies freute die Männer vom Ostufer ganz besonders, denn auf Clays Wort war Verlaß. Er war ein Politiker, der die Dinge in Fahrt brachte und schnell ausführte, ein Sklavenhalter, der den Norden verstand, ein Mann, der die Nation als Ganzes sah.

Aber die Männer vom Choptank wollten sichergehen, daß Clay auch in der Lage sein würde, sein Versprechen zu halten. »Stimmt es, daß man Sie wieder in den Senat schicken wird?«

Die Offenheit, mit der diese Frage ausgesprochen war – eine heikle Frage, die an seiner ungewissen Zukunft rührte –, mußte Clay in Verlegenheit bringen, aber er ließ sich nichts anmerken. »Seit dem Tag, da ich zum erstenmal in Kentucky gewählt wurde, habe ich meinem Land immer zur Verfügung gestanden, und obwohl ich schon ein alter Mann bin, ich werde das Meine tun, wenn Kentucky mich braucht. Wenn man mich in den Senat entsendet, werde ich für Ihre Eisenbahn eintreten. Dabei denke ich nicht nur an Ihre verhältnismäßig kurzen Nebenlinien. Ich denke an ein ganzes Netz von Schienen, das unsere Nation vereint. Es soll sich von Norden nach Süden und von Osten nach Westen erstrecken. Ganz besonders liegt mir am Herzen, unsere Auseinandersetzung über die Sklaverei zu beenden.«

Über die Eisenbahn wurde nicht mehr gesprochen. »Sie hier in Maryland stehen zwischen den streitenden Parteien. Einige von Ihnen wie Steed sind Pflanzer. Ich nehme an, die meisten von Ihnen haben keine Sklaven.« Er bat um Handzeichen, und zwei Drittel der Anwesenden gaben an, daß sie keine Sklaven hielten.

»Dann sagen Sie mir doch, Sie als Männer der Mitte, was zu tun ist, um die Nation zusammenzuschließen.« Der alte Mann beugte sich vor und sprach jeden einzelnen Gast an; er suchte Rat.

Die Antworten der Männer waren verschieden. Die einen meinten, die Sklavenhalter sollten das Recht erhalten, ihre Sklaven auf die neuen Territorien zu bringen, die im Westen erschlossen wurden. Andere drängten darauf, die von den Abgeordneten Neuenglands vorgeschriebenen Zölle zu senken. Zwei Kaufleute schlugen vor, eine Frist festzulegen, nach deren Ablauf alle Sklaven freizulassen wären – eine Frist von hundert Jahren zum Beispiel. In einem Punkt aber stimmten alle überein: Die gegenwärtigen Differenzen zwischen Nord und Süd mußten in jedem Fall beigelegt werden,

Nun stellte Clay gezielte Fragen. »Angenommen, ein Sklave, der auf dieser Plantage beschäftigt ist, läuft davon.«

»Das passiert schon mal«, gab Paul zu und beugte sich vor, um besser zu hören, wie Clay dieses knifflige Problem angehen würde.

»Nehmen wir weiter an, der betreffende Sklave kommt bis nach Boston.«

»Manche schaffen es sogar bis nach Kanada«, bemerkte einer der Sklavenhalter.

»Sollte man Mister Steed ermutigen – besser noch –, sollte es ihm von Gesetz wegen zustehen – nach Boston zu fahren, um seinen Sklaven zurückzuholen?« Man war sich einig, daß er nach dem gegenwärtigen Gesetz dazu berechtigt war. »Aber jetzt wird es schwierig«, sagte Clay. »Wenn Mister Steed in Boston ankommt, darf er die Hilfe der dort stationierten Vollzugsbeamten in Anspruch nehmen? Oder die der Polizei? Oder die Dienste irgendeines zufällig vorbeikommenden Bürgers?«

Diese Fragen wurden von allen einstimmig bejaht, aber noch bevor der Senator selbst dazu Stellung nehmen konnte, meldete einer der Herren Bedenken an: »Ich möchte meine Antwort auf die letzte Frage noch einmal überdenken. Einen Vorüberkommenden um Hilfe bitten – hieße das nicht provozieren? Ich meine, das wäre doch sichtbar … in aller Öffentlichkeit …?«

Clay lehnte sich zurück und hörte sich die verschiedenen Meinungen der Männer zu diesem hypothetischen Fall an. Es beeindruckte ihn, daß sie am Ende alle zu demselben Schluß kamen: Die Rückgabe rechtmäßigen Eigentums war verbindlich. Dreimal stellte Clay veranschaulichende Fälle mit leichten

Abwandlungen zur Diskussion, und bei allen drei Fällen bekräftigten die Männer ihre erste Aussage: Das Eigentum eines Menschen war unverletzlich, und wenn dieses Eigentum sich davonmachte, sollte die Gesellschaft als Ganzes herangezogen werden, um es zurückzubringen.

Nun öffnete sich die Tür zum Speisesaal, und der alte Tiberius stand auf der Schwelle. »Meine Herren, die Damen kommen zurück.« Er trat zur Seite, als Susan, eine Frau von unzerstörbarem Charme, in ihrem Stuhl ins Zimmer rollte. Binnen weniger Minuten stellte sie unter Beweis, daß sie über die Probleme des Partikularismus ebenso gut informiert war wie die Herren, ausgenommen der Senator, doch der Brauch erforderte es, daß sie dem ernsten Teil der Gespräche fernblieb.

Die Gäste blieben über Nacht, und zum Frühstück begann Senator Clay von neuem, die Honoratioren zu befragen. Er sprach den ganzen Vormittag mit ihnen, während des Mittagessens und den ganzen Nachmittag. Eine Stunde vor Einbruch der Dämmerung wollte er die Plantage inspizieren. Er legte volle zwei Meilen zurück und sah sich alles an, während Steed neben ihm herhumpelte. »Rinder aus England zu importieren«, sagte der Senator, »war eine der besten Ideen, die ich je hatte. Nichts gibt einer Nation mehr Kraft als eine gesunde Landwirtschaft.« Über Steeds Verwaltung war er voll des Lobs. »Ich habe Ihre ‹Reflexionen› gelesen, Steed, und ich freue mich zu sehen, daß Sie das, was Sie empfehlen, auch selbst praktizieren.« Auch am Abend war Clay zu einer weiteren dreistündigen Gesprächsrunde bereit, aber die Eisenbahn wurde nur noch einmal erwähnt. »Wenn wir diese Bahn tatsächlich bauen, meine Herren, wohin ziehen Sie Ihre Sympathien: in den Süden nach Norfolk, in den Norden nach Philadelphia oder in den Westen nach Baltimore und Chicago?«

»Wir werden immer Südstaatler sein, Sir«, antwortete Steed.

Clay wollte etwas erwidern, aber Tiberius öffnete die Tür, und die Damen kamen herein. An diesem Abend sagte Susan: »Sie wissen ja wohl, Senator, daß ich Engländerin bin, nicht wahr?«

Clay stand auf und verneigte sich. »Ihr Land schickt uns tapfere Generäle und schöne Frauen.«

»Und ich habe manchmal das Gefühl, daß die Rivalität zwischen Süden und Norden reiner Wahnsinn ist.«

»So denke ich auch, Madam. Es ist das gleiche wie mit Irland und England.«

»Aber das sind doch zwei verschiedene Staaten.«

»Und wir müssen alles tun, daß Süden und Norden nicht auch zwei verschiedene Staaten werden.«

»Das müssen wir!« bestätigte einer der Kaufleute.

Clay langte nach der silbernen Tischglocke und läutete. Tiberius erschien, und der Senator bat: »Guter Tiberius, bring bitte Gläser für die Damen.« Und als der Wein eingeschenkt war, sprach Clay einen Toast: »Selten habe ich mit vernünftigeren Leuten gesprochen als mit den hier versammelten.« Und nach einer kleinen Pause fügte er hinzu: »Seid Ihr Amerikanerin, Mistress Steed?«

»Schon seit vielen Jahren«, gab sie zur Antwort.

»Meine Damen und Herren: auf die Union!«

Sie tranken schweigend, aber über die Ränder ihrer Gläser hinweg blickten sie alle auf diesen außergewöhnlichen Mann, der für sie ein Symbol aller jener Kräfte war, die die Nation zusammenzuhalten versuchten. Clay, der Kompromißler, Clay, der Mann, der kam, sie anzuhören.

»Es wird nicht leicht sein, diese Eisenbahn für Sie durchzusetzen«, sagte er zu Steed, als er am nächsten Morgen zum Landeplatz hinunterging. »Die Strecke nach Chicago hat absoluten Vorrang.«

»Und dann?«

»Ich kann nicht mehr als ein Jahr überblicken, Steed. Ich habe immer schreckliche Angst vor den nächsten zwölf Monaten.«

Die Paxmores wurden natürlich nie zu gesellschaftlichen Veranstaltungen nach Rosalinds Rache eingeladen, und das war auch verständlich. Ihr Standpunkt hinsichtlich der Sklaverei war so unvereinbar mit dem der Pflanzer, daß ein Zusammentreffen für beide Teile peinlich gewesen wäre. Als Gentlemen wollten die Sklavenhalter die Quäker nicht provozieren, indem sie dieses Problem zur Sprache brachten. Die Quäker wiederum, die keine Gentlemen waren, würden sich scheuen, die Nutznießer der Sklaverei auf die inneren Widersprüche des Systems hinzuweisen.

»Fast ist es so, als widersetzen sie sich einem geltenden Gesetz«, murrte Paul, und Susan sagte: »Es sind diese gemeinen Schriften, die sie sich aus Boston und New York schicken lassen; sie nähren ihre Vorurteile. Sie weigern sich einfach, ihren eigenen Augen zu trauen.«

»Wie meinst du das?«

»Ich meine die neunhundert Sklaven, die so harmonisch mit uns zusammenleben.«

Damit nannte sie den tragischen Unterschied, der die beiden Familien trennte: Die Steeds verwiesen auf ihre gut geführte Plantage, die ihrer Meinung nach solche schrecklichen Verhältnisse wie etwa die bei Herman Cline bei weitem aufwogen, während die Paxmores auf diese schrecklichen Verhältnisse am Little Choptank immer wieder hinwiesen.

Zu dem Ärger, den Paul Steed erwartet hatte, kam es, als die Paxmores »The Liberator« abonnierten und Mr. Cater aufforderten, ihnen das Blatt auszuhändigen, was ihm aber doch verboten war. Immer wenn das Schiff aus Baltimore mit den neuen Ausgaben der »New York Tribune« oder des »Liberator« eintraf, verbrannte er sie – »Keine Agitation in Patamoke!«

Nachdem George Paxmore sich vergewissert hatte, daß Postsendungen vernichtet wurden, protestierte er, aber Cater warnte ihn: »Freund Paxmore, Sie scheinen nicht zu begreifen, daß ich Ihre Interessen im Auge habe. Nehmen Sie an, ich gebe Ihnen die Zeitungen. Ich müßte es dem Sheriff melden. Und schon sitzen Sie im Gefängnis.«

Die Paxmores brachten in Annapolis eine Beschwerde vor und erhielten folgenden Bescheid: »Postmeister Cater hält sich an das Gesetz.« Daraufhin schrieben sie an den Postminister in Washington, der den Brief zur Beantwortung an einen Untergebenen weitergab: »Die Leute im Norden können darauf bestehen, daß wir ihre Post nach Süden befördern, und das tun wir auch, aber wir haben Verständnis dafür, daß die Postmeister im Süden die Gesetze ihres Staates befolgen und die Postsendung verbrennen.«

Dieser Bescheid empörte die Paxmores derartig, daß sie John Quincy Adams, diesen unerschrockenen Vertreter neuenglischer Redlichkeit, früher Präsident der Union und jetzt ihr bedeutendster Verfechter im Kongreß, um seinen Schiedsspruch ersuchten. Adams hatte nur darauf gewartet, einen solchen Fall ausschlachten zu können, und beauftragte einen Ermittlungsbeamten, einen Herrn aus Illinois und erklärten Gegner der Sklaverei, den Fall Paxmore an Ort und Stelle zu untersuchen. Der Beamte kehrte mit Beweisen nach Washington zurück, daß der Postmeister in der Tat Sendungen der amerikanischen Post verbrannt hatte.

Es hätte leicht zu einem Skandal kommen können, denn Adams, ein backenbärtiger, einundachtzigjähriger Streithammel, war entschlossen zu kämpfen. Aber das erwies sich als unnötig. Man handelte einen Kompromiß aus, wonach Postmeister Cater aus seiner Stellung in Patamoke entlassen wurde. Gute Patrioten verschafften ihm eine weitaus bessere Stellung in South Carolina, wo er auch weiterhin alle Postsendungen verbrannte, die er für aufrührerisch hielt.

Caters Abgang hatte ein seltsames Nachspiel. Als Cudjo seine Freilassung erwirkte, siedelte er sich in Patamoke an und arbeitete auf eigene Rechnung. Er war Zimmermann, Mechaniker, Schiffbauer, Gärtner, Austernfischer und Gelegenheitsarbeiter. Paxmore bot ihm eine Stellung auf seiner Werft an, aber sein Freiheitsdrang war zu unbezähmbar. Er wollte sein eigener Herr sein, auch wenn das bedeutete, daß es in seinem Geldbeutel zuweilen flau aussah.

Da Eden auch weiterhin auf Rosalinds Rache arbeitete, um die gelähmte Susan zu betreuen, entwickelte sich ein ungewöhnlicher Zustand. Etwa zwei Wochen im Monat lebte Eden zusammen mit Cudjo in seiner Hütte in Patamoke und versorgte ihre beiden Söhne, dann kehrte sie auf ein paar Wochen nach Devon zurück. »Jetzt, da ihr frei seid, Cudjo und du«, riet ihr Paul Steed eines Tages, »solltet ihr euch einen Familiennamen zulegen.« Es war eine vernünftige Empfehlung, denn der Besitz eines Familiennamens war eines der Rechte freigelassener Sklaven.

»Ich habe keine Ahnung, wo ich einen hernehmen soll«, antwortete Eden.

Pauls Blick fiel in diesem Moment zufällig auf einen Brief, und verärgert dachte er daran zurück, daß die Paxmores es geschafft hatten, einem so tüchtigen Postmeister Unannehmlichkeiten zu bereiten. Dann aber hatte er eine Idee: »Eden, Mister Cater wurde nach dem Süden versetzt. Sein Name wird nicht mehr gebraucht.«

Aus Eden und Cudjo wurden die Caters, und sooft der Name fiel, erinnerte er die Steeds an ihre Meinungsverschiedenheiten mit den Paxmores.

Dreimal schon hatte Paul Steed versucht, Daniel Webster nach Devon zu locken, denn in seinem Kampf um die Eisenbahn hätte er die Unterstützung dieses bedeutenden Mannes aus Neuengland gut gebrauchen können. Er war eines der mächtigsten Mitglieder des Senats und verfügte über eine große Anhängerschaft unter den Industriellen.

Zu sehr, hieß es, nahmen ihn die Regierungsgeschäfte in Anspruch, als daß er Zeit gehabt hätte, die lange Reise von Washington nach Devon zu machen, doch dann erschien eines Tages unangemeldet ein Mr. Walgrave aus New Hampshire mit einer erregenden Nachricht auf der Insel: »Wenn Sie es einrichten können, diese Herren zu einem Treffen einzuladen ...« Und er reichte Paul eine Liste mit den Namen der wohlhabendsten Geschäftsleute vom Ostufer, aus Delaware und Baltimore.

»Ich wäre glücklich, solche Leute einzuladen«, erwiderte Steed, »aber würden sie auch kommen?« Worauf Mr. Walgrave, ein geschäftiger kleiner Mann, der im Flüsterton sprach, antwortete: »Ich könnte mir schon vorstellen, daß sie daran interessiert wären, direkt mit dem Senator zu verhandeln. Ich glaube, sie werden Ihre Einladung gern annehmen.«

»Wenn Sie dessen so sicher sind« entgegnete Paul ein wenig verwirrt, »wie kommt es, daß Senator Webster nicht selbst ...?«

»O nein!« flüsterte Walgrave. »Das wäre höchst unpassend. Aber wenn die Einladung von Ihnen ausginge ...«

»Ich will es gern versuchen«, sagte Paul. »Diese Eisenbahn ...«

»Oh!« unterbrach ihn der Mann aus New Hampshire, »der Senator interessiert sich sehr für die Eisenbahn. Sie werden sehen.«

Die Einladungen wurden verschickt, und so gut wie alle Geladenen antworteten, daß sie die Gelegenheit, den großen Senator kennenzulernen, gerne wahrnehmen würden. Man traf die nötigen Vorbereitungen, um alle Gäste im Haus unterzubringen, und schon zwei Tage, bevor die Konferenz stattfinden sollte, trafen die ersten Besucher ein. Es wurde viel über eine Nebenlinie gesprochen, die bis zum Anlegeplatz des Fährschiffes nach Baltimore führen sollte, und die Herren, die aus dieser Stadt kamen, gaben ihrem Wunsch Ausdruck, den Handel dann über diese Route laufen zu lassen, statt über Philadelphia. Über gegenseitige Konzessionen war man sich bald einig.

Am Tag vor der Zusammenkunft erschien Mr. Walgrave, freundlich und höflich und mit vertraulichem Gewisper. Er versicherte jedem einzelnen, daß Daniel Webster die Bucht überquere, um ganz persönlich mit ihm zu sprechen, denn der Senator halte ganz besonders viel von dem wirtschaftlichen Urteilsvermögen eben dieses Herrn. Den ganzen Abend verbrachte er damit, Begeisterung für den Empfang des großen Mannes zu entfachen. Beim Frühstück erläuterte er mit seiner sanften Stimme, wie der Ablauf des Tages geplant sei, und als das Schiff um zehn Uhr früh den Fluß heraufkam, stand er an der Pier, um die Jubelrufe zu dirigieren. »Hipp, hipp, hurra!« brüllte er und ermunterte die Sklaven, die die Leinen einzuholen hatten, mit einzustimmen.

Als das Schiff angelegt hatte, ging Mr. Walgrave als erster an Bord, und nachdem einige Matrosen das Gepäck an Land gebracht hatten, rief er – nun nicht mehr im Flüsterton –: »Da ist Senator Webster!« Aus der Kajüte trat ein stämmiger Mann mit einem großen, schon ein wenig kahlen Schädel, durchdringenden Augen und dunklen Höhlen unter seinen Backenknochen. Einem Herrscher gleich schritt er zum Fallreep, kletterte zur Pier hinunter und trat auf seinen Gastgeber zu, um ihm die Hand zu schütteln.

»Mein guter Freund Steed«, begrüßte er den Mann, den er in seinem Leben noch nie gesehen hatte, »wie nett von Ihnen, uns schon hier unten zu erwarten!« Er schüttelte jedem einzelnen Mitglied des Empfangskomitees feierlich die Hand, bewunderte einen Augenblick lang die Landschaft und verkündete dann mit seiner tiefen, rollenden Stimme: »Meine Herren, ich brenne darauf, über die Eisenbahn zu sprechen.«

Schon in der ersten Sitzung vor dem Mittagessen zeigte er eine bezwingende Persönlichkeit; es lag nicht an seiner Stimme und nicht an seiner massigen Gestalt, sondern an seiner überragenden Intelligenz. Als ein Pflanzer vom anderen Ufer des Choptank fast demütig auf die Vorteile hinwies, die eine Eisenbahn mit sich bringen würde, fiel er ihm ins Wort:

»Bei mir brauchen Sie keine Bedenken zu hegen, Mister Stallworthy. In meinem Wahlbezirk in Massachusetts gibt es keinen Geschäftsmann, der durch die Eisenbahn nicht profitieren würde. Ich glaube, daß jede amerikanische Industrie …« Prächtige und überzeugende Worte flossen ihm von den Lippen und erquickten die Herzen seiner Zuhörer.

Alle Fakten und Einzelheiten waren ihm bekannt. Wenn jemand auf die rechtmäßigen Interessen Baltimores zu sprechen kam, hatte Daniel Webster die Zahlen zur Hand, die diese Rechtmäßigkeit belegten, und er verteidigte sie geschickter als ein Bürger aus Baltimore es selbst hätte tun können. Er war selbst Geschäftsmann und gut vertraut mit den Listen und Tücken des Kaufens und Verkaufens. Nach dem Mittagessen legte er den anderen Aspekt seiner Politik offen: »Ich halte es für besonders wichtig, daß wir jede nur mögliche Eisenbahnlinie in Richtung Süden bauen, denn diese Linien werden die Lebensnerven sein, die unsere Nation zusammenschließen.«

Wenn er sich über die Probleme der Union ausließ, sprach er wie ein Gott, und Steed verglich die Überzeugungskraft seines persönlichen Engagements mit Henry Clays zurückhaltendem Intellektualismus. »Wir brauchen beide«, murmelte er vor sich hin, während Webster mit voller Kraft dahinfuhr und Schwierigkeiten vom Tisch wischte, die, wie Steed wußte, keineswegs so leicht abzutun waren.

Von seiner eindrucksvollsten Seite aber zeigte er sich, zu Susans Rechten sitzend, beim Abendessen. Er sprach von seiner Vision einer mächtigen Union, die sich über den ganzen Kontinent erstrecken würde, von den Südstaaten mit Lebensmitteln versehen, von den Nordstaaten mit Fertigwaren beliefert und von den westlichen Staaten mit Rohmaterialien versorgt. Inmitten seiner blumenreichen Rede ließ er seine Serviette fallen, stützte beide Hände auf den Tisch und sagte mit volltönender Stimme: »Ich bin hierhergekommen, meine Herren aus dem Süden, um von Ihnen zu erfahren, welche Anliegen Sie an diese Union haben.«

Der alte Tiberius erschien, um die Damen zum Kaffee abzuholen, aber Webster unterbrach ihn: »Ich meine, die Damen sollten bleiben.« Und er ließ es sich nicht nehmen, Susans Rollstuhl persönlich zurechtzuschieben.

Es kam zu einer umfassenden Diskussion. Anders als Henry Clay war er nicht gekommen, um sich Meinungen und Vorstellungen anzuhören, sondern eher, um Augenblicksbilder von Problemen einzufangen, die er zu einem späteren Zeitpunkt wieder aufgreifen, neu formulieren und seinem eigenen Rüstzeug einverleiben würde. Er zeigte volles Verständnis für das Dilemma der Sklavenhalter und versicherte ihnen, er werde sein Bestes tun, sie aus ihrer Zwangslage zu befreien. Die bohrende Frage, die Henry Clay seinerzeit aufgebracht hatte – was soll mit einem entlaufenen Sklaven geschehen? –, tat Webster mit fünf festen, eindeutigen Worten ab: »Er muß selbstverständlich zurückgegeben werden.« Wie, unter welchen Umständen und mit welchen Folgen für den Rechtsvollzug, darüber machte er sich keine Gedanken.

Sein massiges Haupt, gebeugt gleichsam unter der Last seines Amtes, wie ein Wirbelsturm, der sich ausgetobt hatte, zog er sich schon frühzeitig zurück. An der Tür wandte er sich um, lächelte Susan zu und ließ dann seine Blicke von einem zum anderen wandern. »Meine Damen, meine Herren, heute abend ist Ihre Eisenbahn Patamoke näher als je zuvor.« Als er, eine spürbare Leere hinterlassend, gegangen war und die übrigen Gäste sich zum Aufbruch rüsteten, gab Mr. Walgrave Paul eindringliche Zeichen, er möge Tiberius anweisen, die Damen in den Salon zu führen. Die Türen wurden geschlossen, und Mr. Walgrave verkündete mit Flüsterstimme: »Und jetzt wollen wir vom Geschäft reden, meine Herren!«

»Geschäft? Woran denken Sie da?« erkundigte sich ein Kaufmann aus Patamoke.

»Ich denke an Senator Webster, meine Herren. An ihn denke ich.« Worauf er eine Rede vom Stapel ließ, die alle im Raum, ausgenommen einen Herrn aus Baltimore, in Erstaunen versetzte. Steed beobachtete, wie dieser Mann ruhig seine Zigarre paffte, gelangweilt zur Decke starrte und überhaupt so tat, als ginge ihn das alles nichts an.

> Wir wollen kein Blatt vor den Mund nehmen, meine Herren. Wir alle wissen, daß Daniel Webster der einzige ist, der im Senat der Vereinigten Staaten unsere Interessen vertritt. Sage mir keiner, als Befürworter hoher Zölle könne er nicht die Interessen der Südstaatler vertreten. Er allein hat die Zölle in vernünftigen Grenzen gehalten. Und was noch wichtiger ist: In den achtunddreißig Jahren, die er nun schon für Sie politisch tätig ist, hat er keiner handels- und gewerbefreundlichen Gesetzesvorlage im Kongreß je seine Unterstützung versagt.

Ein Zuhörer wandte ein, daß er für Massachusetts und nicht für Maryland tätig gewesen sei und daß er de facto gegen die Gesetze gestimmt habe, die die Pflanzer begünstigten. Diesen Vorwurf aber strafte Mr. Walgrave mit Geringachtung:

> Eine unschickliche Kritik, Sir. Mag sein, daß Senator Webster als guter Neuengländer gegen das eine oder andere Ihrer Gesetze stimmen mußte,

aber hat er nicht ständig die Interessen der Geschäftsleute im Auge gehabt? Sind Sie nicht alle besser dran, weil er Ihr Wachhund im Senat war und stets alle Vorlagen zu Fall gebracht hat, die nur den Pöbel gegen den Geschäftsmann aufgehetzt hätten?

Er ging von einem zum andern, sprach mit jedem einzelnen und wies nach, daß Webster seine Pflicht erfüllt hatte. Er zählte die verschiedenen Gesetze auf, die, von Webster eingebracht, diesem oder jenem unter den Anwesenden geschäftliche Vorteile verschafft hatten. Und alle mußten zugeben, daß Daniel Webster der Schutzengel der Pflanzer ebenso wie auch der Fabrikbesitzer sei. Daraufhin nun kam Mr. Walgrave zur Sache:

Nun wende ich mich an Sie, meine Herren, um Ihre Unterstützung zu gewinnen für den Mann, der Sie so zuverlässig unterstützt hat. Ich will Sie um finanzielle Zuwendungen ersuchen, die es Daniel Webster möglich machen sollen, einige seiner persönlichen Schulden zu bezahlen, so daß er auch weiterhin als Ihr Fürsprecher im Senat wirken kann. Jeder von Ihnen soll sich fragen: »Was sind mir die Bemühungen dieses großen Mannes im Senat wert?« Und dementsprechend soll er die Höhe seines Beitrags festlegen.

»Welche Summe stellen Sie sich denn vor?« fragte ein Pflanzer. »Fünfhunderttausend Dollar«, erwiderte Mr. Walgrave ohne zu zögern, und als die Herren nach Luft schnappten, fügte er rasch hinzu: »Wie Sie alle wissen, führt Senator Webster ein aufwendiges Leben. Er hat mehrere Anwesen und zahlreiche Verwandte und empfängt viele Gäste in Boston und New York. Und wenn Sie nach Washington kommen, er wird Sie festlich bewirten. Seine Spesen sind groß, denn er hat ein großes Herz.«

Nun bildeten sich kleine Gruppen, in denen lebhaft diskutiert wurde, und Mr. Walgrave unternahm keinen Versuch, diesen Prozeß der Meinungsbildung, wie er es nannte, zu beeinflussen. Er hatte zahlreiche Versammlungen dieser Art in allen Teilen des Landes abgehalten und nie wirklich beträchtliche Mittel zugesagt bekommen, wenn die ortsansässigen Geschäftsleute nicht reichlich Zeit hatten, die Sache untereinander durchzusprechen. Und in dieser Nacht hoffte er aufgrund seiner Erfahrungen auf große Zuwendungen.

»Eine halbe Million Dollar wollen Sie von uns?« fragte ein Pflanzer.

»Um Himmels willen, nein! Im ganzen Land leisten verständnisvolle Anhänger des Senators ihre Beiträge.«

»Sind solche Sammlungen nicht durch die Verfassung verboten?« erkundigte sich ein Rechtsanwalt aus Patamoke.

»Selbstverständlich!« bestätigte Mr. Walgrave sogleich. Er hatte gelernt, daß das die richtige Antwort auf diese Frage war, die bei solchen Sammelaktionen immer wieder gestellt wurde.

»Wieso verlangen Sie dann von uns …«

»Mein lieber Freund, wenn Sie heute abend – na, sagen wir, zweitausend Dollar beisteuern und dafür erwarten, daß Senator Webster für oder gegen ein Gesetz stimmt, das Ihre Interessen berührt, ja, das wäre Bestechung, Annahme von Bestechungsgeldern und ohne Zweifel gesetzlich strafbar. Senator Webster aber läßt sich nicht bestechen und hat sich nie bestechen lassen; seine Stimme ist nicht käuflich. Ich kann Ihnen heute nur eines versprechen: Wenn Sie es für richtig halten, diesen großen Mann zu unterstützen, und es ihm ermöglichen, in seinem Amt zu verbleiben …«

»Er hat doch gar keinen Gegenkandidaten!«

»Gott sei Dank. Nein, er braucht nicht zur Wiederwahl anzutreten, und wenn er es müßte, niemand in Massachusetts könnte ihn schlagen.«

»Wozu braucht er dann …?«

»Sir, er dient als Senator der ganzen Nation. Seine Lebenshaltungskosten …«

»Müssen ziemlich hoch sei, wenn er so dringend eine halbe Million Dollar braucht.«

»Das sind sie auch«, entgegnete Mr. Walgrave heftig, um gleich wieder in seinen Flüsterton zu verfallen. »Sie sind es, weil er außerordentlich hart arbeiten muß, um Leute von Format zu schützen. Wenn Sie Daniel Webster nicht unterstützen, meine Herren, werden Sie bald in der Klemme sitzen.«

Das war der Augenblick, da diese potentiellen Beitragszahlenden an die Kandare genommen werden mußten. Um den Tisch herumhastend, legte er jedem eine gedruckte Verpflichtungserklärung vor, in die er die Summe einzusetzen hatte, die beizusteuern er bereit war. Und so eindrucksvoll war Websters Auftritt, so groß sein Verständnis für die Probleme dieser Leute, daß sie alle bis auf einen die Erklärung unterzeichneten. Paul Steed gab dreitausend Dollar.

»Sie haben noch nicht unterschrieben«, mahnte Mr. Walgrave den Mann, der zur Decke gestarrt hatte. »Nein«, erwiderte der Mann. »Ich habe es schon vor drei Jahren getan, in Pittsburgh … erinnern Sie sich?«

»Nein, ich erinnere mich nicht«, erwiderte Mr. Walgrave ein wenig schroff.

»Damals haben Sie die Eisen- und Stahlleute abgesahnt. Vierhunderttausend Dollar kamen zusammen.«

Mr. Walgrave prägte sich den Mann ein. Nie wieder würde man ihn zu einer gesellschaftlichen Veranstaltung mit Daniel Webster einladen.

Für Eden Cater waren die vierziger Jahre eine Zeit der Verwirrung. Sie war eine Freigelassene mit einem guten Mann, zwei braven Söhnen und einer bemitleidenswerten Herrin, die sie brauchte. Mit Hilfe verschiedener Geräte, die Cudjo Cater gezimmert hat, konnte sich Miss Susan recht gut im Haus bewegen, und je älter sie wurde, desto gütiger und verständnisvoller wurde sie auch. »Ich bin Engländerin, weißt du. Von unseren Damen erwartet man, daß sie sich einen gewissen Liebreiz zu eigen machen.« Sie sprach oft von den Frauen der Fithians in London und von der drolligen Art, mit der sie sie in ihrer Kindheit betreut hatten. »Wir hatten Kindermädchen, weißt du, und sie haben immer französisch mit uns gesprochen und uns heimlich Romane zugesteckt. ›Damit ihr auch wißt, wie man einen Mann liebt … wenn die Zeit kommt.‹« Nie vergaß sie hinzuzufügen: »Zur Hälfte bin ich natürlich auch Amerikanerin. Und von Amerikanerinnen, wenn sie auf Inseln leben, erwartet man ein gewisses Maß an Mut.« An manchen Tagen begab sie sich sogar in den Garten hinaus; da saß sie dann in ihrem Rollstuhl und sah den Sklaven zu, wie sie die Wege säuberten. Sie war eine gütige Herrin, und die Sklaven behandelten sie mit Nachsicht. »Ja, Ma'am. Jawohl, Ma'am.« Die Schwarzen pflegten den Garten auf ihre Weise: Der drohend aufragende Feuerdorn schien jeden, der vorbeikam, festhalten zu wollen, und die lohfarbenen Taglilien verharrten hinter den eisernen Rahmen, die jetzt die Beete umschlossen, damit sie nicht ins Uferlose wucherten.

Paul und Susan hatten zahlreiche Stechpalmen setzen lassen, und diese einschmeichelnden Bäume, rot im Herbst und grün im Winter, gaben dem Rasen eine neue Note. Paul hatte sogar eine Stechpalme gezüchtet, die richtige Büschel leuchtendroter Beeren hervorbrachte. Er gab ihr den Namen Susan Fithian und verkaufte sie an seine Nachbarn. Bald waren die Ufer des Choptank von Susan-Fithian-Stechpalmen übersät. »Ein kräftiger Baum. Hält alles aus.« Eigentlich benötigte man Eden nicht mehr im Herrenhaus – zwei jüngere Sklavinnen waren ausgebildet worden, um Miss Susan zu betreuen –, und doch vermißte man sie, sobald sie in Patamoke war, um einige Zeit bei ihrer Familie zu verbringen. »Sie ist so verständnisvoll«, erklärte Miss Susan den anderen Mädchen. »Man möchte manchmal meinen, dies sei ihr Haus und nicht meines.« Sie überlegte eine kleine Weile und fügte dann hinzu: »Das ist begreiflich. Sie wurde ja auf dieser Insel geboren. Sie hat ihr Leben hier zur gleichen Zeit begonnen wie ich.«

Es war nicht nur ihre Familie, die Eden nach Patamoke zog. Sie spürte, daß sich Dinge anbahnten, die sie und Cudjo in einen Abgrund reißen konnten. Sie saß gern abends auf einer Bank vor ihrer Hütte und sprach mit ihm darüber, denn sie hörte vieles im Herrenhaus, und er erfuhr einiges auf der Werft.

»Wenn diese berühmten Senatoren und die großen Herren aus der Gegend nach Rosalinds Rache kommen«, sagte Eden einmal zu ihrem Mann, »reden sie zehn Minuten über die Eisenbahn und zehn Stunden über die Sklaverei. Cudjo, diese Leute sind hoffnungslos verwirrt.«

»Und was meinst du?«

»Die guten Weißen, wie Mister Steed und dieser Clay und dieser Webster, die haben schon die richtige Einstellung. Man hört das in ihren Stimmen. Aber sie verstehen nichts, Cudjo. Ich glaub', die wissen noch weniger als du und ich.«

»Und die anderen?«

»Die großen Pflanzer, die am Choptank, die sind einfach dumm. Sie glauben, daß sich nie was ändert. Die Schlimmsten sind Lafe Turlock und Herman Cline. Sklavenjäger. Nimm dich in acht vor ihnen, Cudjo. Irgendwann mal versuchen sie, uns umzubringen.«

»Wieso uns? Wir hab'n doch nichts getan.«

»Weil wir frei sind. Sie hassen alle Schwarzen, aber uns freie Schwarze hassen sie am meisten.«

Cudjo fragte sie, was sie von den Paxmores halte. »Sie tun ihr Bestes«, antwortete Eden, »aber sie wissen nicht recht, wie's weitergeht.«

»Mir haben sie geholfen.«

»Die glauben, sie können was ändern, wenn sie freundlich sind. Miss Elizabeth und Mister George, die wollen keinem weh tun. Turlock und Cline, die wollen allen weh tun.«

»Aber Mister Bartley und Miss Rachel, das sind feine Menschen. Erinnerst du dich noch an den Abend, wie der Sklave zu uns gekommen ist?«

Und ob sie sich erinnerte! Es war eine aufregende Nacht für die Caters gewesen. Dieser Sklave hatte den Choptank durchschwommen, eine großartige Leistung. Tropfnaß hatte er dann an ihre Tür geklopft. Cudjo wollte ihn abweisen; ihm war klar, daß man ihn abermals als Sklaven verkaufen würde, wenn man ihn erwischte. Eden aber hatte ihn schnell umgestimmt. »Ich denk immer dran, was passiert wäre ... an dem Abend, als wir fortlaufen wollten und Miss Susan meine Freilassung unterschrieben hat. Ich sehe die Hunde ... sehe uns in den Sümpfen, allein und hilflos ...« Sie hatte den Sklaven in die Hütte gezogen und zu Cudjo gesagt: »Kein Sklave wird je an diese Tür klopfen und nicht Hilfe bei uns finden.«

»Dieser Bartley«, fuhr Cudjo fort, »mag sein, daß er keinen Streit sucht, aber er hat vor nichts Angst. Ich und der Sklave, wir laufen also nach Norden, Lafe Turlock und seine Hunde hinter uns her. Lafe schießt auf mich. Bartley kommt hinter einem Baum hervor. Sie schlagen sich. Lafe hetzt seine Hunde auf

Bartley. Da kommt Rachel raus und haut mit einem Ruder auf die Hunde los. Außer mir und dem Sklaven werden alle festgenommen. Wir schaffen es nach Pennsylvanien. Bartley muß für zwei Wochen ins Gefängnis.«

»Ja«, nickte Eden nachdenklich. »Wenn es um kleine Sachen geht, haben sie Mut. Aber wenn große Entscheidungen anstehen, fallen sie um.«

»Aber nicht die alte Mistress Paxmore. Sie hat mich lesen gelehrt. Alle haben sie gewarnt: ›Wenn Sie Nigger lesen lehren, bekommen Sie Ärger.‹ Sie hat es mich trotzdem gelehrt.«

Eden wollte nichts über diese einzigartige Frau sagen, diese stille Frau, die so viel gewagt hatte. Aber all die andern Weißen, sie stolperten im Dunkel auf einen Konflikt zu, den Eden als unvermeidlich betrachtete. »Nach allem, was ich im Herrenhaus höre, Cudjo, wissen nicht mal die Senatoren, was da kommt.« Aber Eden wußte es.

Es ging drunter und drüber in diesen letzten Wochen des Jahres 1849. Unter der Führung von Daniel Webster und Henry Clay, der erneut in den Senat entsandt worden war, bereitete diese ehrenwerte Körperschaft eine umfassende Kompromißlösung vor, die für den Süden, den Norden und den Westen gleichermaßen annehmbar sein und die die Differenzen unter den einzelnen Landesteilen beilegen sollte, um die drohende Sezession abzuwenden und die Gefahr eines Krieges zu bannen. Noch selten hatten zwei große Führer so erstrebenswerte Ziele verfolgt.

Im Repräsentantenhaus jedoch herrschte völliges Durcheinander. In achtundfünfzig Abstimmungen, die sich über Wochen hinzogen, war es nicht möglich gewesen, einen Sprecher zu wählen. Die Abgeordneten knurrten einander an wie Straßenköter, keine Lösung war in Sicht. Wie in den folgenden zehn Jahren ging es auch jetzt um die Sklaverei. In seiner Geisteshaltung weniger philosophisch als der Senat, war das Haus einfach nicht in der Lage, die herrschenden Differenzen zu überbrücken, und erging sich in endlosen nichtigen Debatten.

In dieser ausweglosen Situation ließ einer der führenden Köpfe des Senats Paul Steed wissen, daß er trotz seiner angegriffenen Gesundheit die Bucht überqueren wolle, da er schon seit langem den Autor der »Reflexionen« kennenzulernen wünsche. An einem sonnigen Tag Ende Dezember legte der Dampfer aus Baltimore an der Pier an und setzte eine der majestätischsten Gestalten der amerikanischen Geschichte an Land.

In seiner Erscheinung allerdings wirkte er keineswegs majestätisch. Auf zwei Matrosen gestützt, kam er langsam aus seiner Kabine. Er trug einen langen schwarzer Umhang mit dreifachem Schulterkragen, und sein dichtes weißes Haar stand nach allen Seiten vom Kopf weg; aber sein eingefallenes Gesicht und seine brennenden Augen hinterließen den nachhaltigsten Eindruck, denn sie erinnerten an eine Totenmaske.

»Mein Gott!« murmelte Paul, als er das Fallreep herunterkam. »Der Mann ist todkrank!«

Es war John C. Calhoun, Senator aus South Carolina und glühender Verteidiger des Südens. Er war fünf Jahre jünger als Henry Clay und sah aus, als sei er fünfundneunzig Jahre alt. Doch sobald er festen Boden unter den Füßen hatte, eilte er beschwingt auf Paul zu und schüttelte ihm die Hand. »Mein lieber Steed«, begrüßte er ihn in vorsichtig gedämpftem Ton, so als wisse er, daß er sparsam mit seinen Kräften umgehen mußte. »Ich freue mich, einem Mann zu begegnen, den ich immer bewundert habe.« Gefolgt von den Pflanzern, die gekommen waren, um den Verfechter ihrer Sache zu ehren, schritt er auf das Haus zu.

Es war schon fast Mittag, als die Gesellschaft das Haus erreichte, aber Calhoun wollte gleich anfangen, und so versammelten sich die Herren im großen Salon, während die Damen sich erfrischten. Kaum hatten die Herren Platz genommen, als Calhoun Steed zu dessen Erstaunen schroff anfuhr:

> Ich wünsche, daß Sie diese unsinnigen Pläne mit der Eisenbahn fallenlassen, Steed. Sie sind nichts weiter als eine Erfindung des Nordens, die den Süden dazu bringen soll, seine ehrwürdigen Tugenden zu vergessen. Wenn erst eine Bahn diese Halbinsel durchfährt, werden bald schmutzige Hütten und Buden, wie man sie im Norden kennt, auf der guten Erde der Südstaaten wuchern. Die Zukunft des Südens aber liegt im Ackerbau und einer stabilisierten Wirtschaft auf der Grundlage der Sklavenhaltung.

Er erwähnte die Eisenbahn mit keinem weiteren Wort, und bevor Steed noch etwas sagen konnte, musterte Calhoun die versammelten Pflanzer, als wolle er ihre Loyalität auf die Probe stellen. Dann erst, in der Gewißheit, unter Freunden zu sein, legte er ihnen seine Ansichten dar.

> Wir aus dem Süden gehen in der kommenden Sitzungsperiode des Kongresses einer schweren Belastungsprobe entgegen. Clay und Webster schmieden eifrig Pläne, um – dessen bin ich ganz sicher – ein monströses Gesetzeskonglomerat vorzulegen, das dem Norden alles und dem Süden nichts einbringen wird. Man will uns unserer unveräußerlichen Rechte berauben. Man will uns von den Territorien ausschließen. Texas wird geteilt werden, nur weil die Bewohner dieses Staates Sklaven halten. Man spricht davon, den Verkauf von Sklaven in Washington zu

verbieten. Es sei eine Erniedrigung für die Hauptstadt des Landes, heißt es. Wir sind auf der ganzen Linie auf dem Rückzug.

Als die Sklavenhalter wissen wollten, was sie tun sollten, musterte er jeden einzelnen mit seinen tiefliegenden, blitzenden Augen und fragte, ob sie entschlossen seien, ihre Rechte zu verteidigen. »Das sind wir!« antworteten sie im Chor, und er legte ihnen daraufhin sein Verteidigungsprogramm dar:

> Wir müssen auf dem Recht bestehen, unsere Sklaven in alle Teile des Landes mitnehmen zu können. Wir müssen dafür sorgen, daß Texas in seiner ganzen Größe erhalten bleibt. Wir dürfen, was Washington betrifft, nicht in die Knie gehen, denn es ist auch unsere Hauptstadt. Und vor allem müssen wir vom Kongreß verlangen, daß er ein rigoroses Sklavenfluchtgesetz verabschiedet. Wenn einer von Ihren Sklaven, oder von meinen, nach Norden flieht, muß diesen Sklaven die ganze Schwere des Gesetzes treffen und er muß seinem rechtmäßigen Herrn zurückgegeben werden.

Ein Pflanzer nach dem andern beglückwünschte Calhoun voller Bewunderung für seine zukunftsweisenden Ansichten, Calhoun aber tat die Lobreden mit einer Handbewegung ab und ging zum Kernstück seines Programms über:

> Ich spreche zu Ihnen nicht als Südstaatler, sondern als ein Mann, dem das Schicksal seines Landes am Herzen liegt. Wir unterscheiden uns von anderen Nationen. Wir sind eine Minorität, und der Tag wird kommen, da die anderen Nationen der Welt sich gegen uns zusammenschließen werden – einfach, weil wir eine Minorität sind, die sich der Freiheit verschrieben hat, während sie ihre Herrschaft auf der grausamen Unterdrückung ihrer Völker errichtet haben. Dann wird sich eine langatmige philosophische Debatte entspinnen über die Frage, wie die Rechte einer Minderheit am besten gegen den übermächtigen Druck einer Mehrheit verteidigt werden können. Die Vereinigten Staaten, meine Herren, werden allein bleiben und vor dem gleichen Problem stehen, vor dem wir heute stehen. Wie kann sich eine aufrechte Minderheit vor der rücksichtslosen Tyrannei der Mehrheit schützen?

Eine halbe Stunde lang beschäftigte er sich umfassend mit dieser These: Jetzt, im Jahr 1849, sehe sich der Süden mit einem Problem konfrontiert, dem 1949 die ganze Nation gegenüberstehen werde. Er glänzte mit der Brillanz seiner

Argumente und seiner Kenntnis klassischer Präzedenzfälle. Er war der unbeirrbare Schutzherr der Freiheit, der Mann, dem sich die Zukunft offenbarte. Schließlich stützte er seine zitternden Hände auf die Armlehnen seines Sessels und sagte: »Das, meine Herren, ist das Problem, das uns gestellt ist.«

Der alte Tiberius trat ein und meldete, daß das Essen serviert war, und die Gäste begaben sich in den Saal, um Schildkröte, Austern und Wild zu verspeisen. Es herrschte eine entspannte und harmonische Atmosphäre, und die Politik kam erst zur Sprache, als eine der Damen dem Senator die leidige Geschichte von Postmeister Cater erzählte. »Dabei hat er nichts anderes getan, als uns vor dem Schmutz bewahrt, mit dem New York und Boston uns überschütten.«

»Hat der gute Mann anderswo einen Posten gefunden?« fragte Calhoun.

»Ja, in South Carolina.«

»Wir sind schon immer die letzte Zuflucht freier Männer gewesen«, sagte Calhoun.

Die Gespräche dauerten den Nachmittag und den ganzen folgenden Tag an. Calhoun bekannte seinen Zuhörern, daß die Vereinigten Staaten seinem Gefühl nach einen gefährlichen Punkt erreicht hatten. Man müsse, meinte er, mit der Möglichkeit rechnen, daß der Süden aus der Union austrete, weil der Norden sich weigere, die Rechte des Südens anzuerkennen. Und während er so sprach, war allen Zuhörern klar, daß sie einen Senator vor sich hatten, der sich in seinen letzten Lebenstagen mit den tiefgehendsten Problemen auseinandersetzte; er lebte in einer Welt, die anders war als die ihre, einer Welt, in der Tatsachen auf Konzepte einwirkten und Konzepte auf die Struktur des Lebens in der Nation. Er lebte mit einer Intensität der Gefühle, an die keiner von ihnen herankam, und ein Pflanzer aus dem Bezirk Dorchester meinte, als er seine Schaluppe über den Choptank steuerte: »Er ist wie ein Vulkan, der so lange Feuer gespien hat, daß seine Seiten aufgerissen sind.«

Die Gäste waren abgefahren, und Paul nahm an, der ermattete Greis werde sich einige Tage ausruhen wollen, aber das war nicht Calhouns Art. »Sie haben mir nur Südstaatler eingeladen, Steed, Leute, die auf unserer Seite stehen. Ich möchte ein paar Menschen kennenlernen, die dem Norden das Wort reden, ich muß wissen, was sie denken.«

»Sie meinen, jetzt gleich?«

»Ich meine, heute nachmittag. Wenn ich nach Washington zurückkehre und wenn das Hohe Haus überhaupt noch zusammentrifft, werde ich eine große Debatte über die Zukunft der Nation eröffnen. Ich möchte wissen, was die Leute auf der anderen Seite zu sagen haben.«

»Die einzigen …« Ein kühner Gedanke schoß Paul durch den Kopf. »Es gibt eine Quäkerfamilie, gleich da drüben …«

»Lassen Sie sie kommen. Ich habe noch nie mit Quäkern gesprochen.«

Eine Schaluppe wurde zur Friedensklippe geschickt, und um zwei Uhr nachmittags kam sie mit vier Paxmores zurück: George, der Schiffbauer, Elizabeth, die stille Fürsprecherin, der junge, von Gedanken sprühende Bartley und Rachel, die Tochter Starbucks, dieses erklärten Gegners der Sklaverei. Die Frauen in Grau, mit Hauben auf dem Kopf, die Männer schwarz gekleidet, die flachkrempigen Hüte hoch über ihren ernsten Gesichtern, wirkten sie recht steif, als sie den Kiesweg zu dem Haus hinaufschritten, das sie nicht mehr besuchten. Alle vier aber ließen eine lebhafte Ungeduld erkennen, die Calhoun gut gefiel. »Sie sehen aus wie die ersten Christen auf dem Weg zu den Löwen«, lächelte der Senator. »Nun gut, heute werde ich ihr Löwe sein.«

In seinem Dankbrief an Steed schrieb Calhoun einige Tage später: »Noch selten bin ich einer Frau begegnet, die mir so imponiert hat wie Ihre Elizabeth Paxmore. Anfangs schien sie mir geziert und gouvernantenhaft, doch als ich ihre liebenswürdigen Erklärungen hörte, so eindrucksvoll und intelligent vorgetragen, da wünschte ich, sie stünde auf unserer Seite. Sie sagten, Sie hätten nur wenig Kontakt mit dieser Familie. Wenn Sie aber Elizabeth sehen, grüßen Sie sie von mir.«

Es war ein bemerkenswertes Gespräch über die entscheidenden Streitpunkte der zwei Landeshälften, so als stimmten alle Teilnehmer darin überein, daß der Nachmittag für Belanglosigkeiten zu kostbar sei:

Calhoun: Ich denke, wir fangen am besten damit an, daß wir uns über eines einigen: Der Neger ist ein minderwertiges menschliches Wesen, dazu bestimmt, dem weißen Mann in untergeordneter Stellung zu dienen.

Elizabeth: Dem kann ich nicht zustimmen. Ich unterrichte Neger. Ich weiß, daß ich gegen das Gesetz verstoße. Aber ich unterrichte sie, und ich versichere dir, Senator, sie lernen genauso gut wie dein Sohn.

Calhoun: Es bekümmert mich zu hören, daß Sie sich außerhalb des Gesetzes stellen, Mistress Paxmore, so als wüßten Sie mehr als der Kongreß.

Rachel: Was diesen Punkt angeht, wissen wir mehr.

Calhoun: So jung und schon so selbstsicher?

Rachel: Und gequält, Mister Calhoun. Der Gedanke an die Unvermeidlichkeit eines Konflikts scheint mich in letzter Zeit zu verfolgen.

Calhoun: Wie alt sind Sie, Ma'am?

Rachel: Achtundzwanzig.

Calhoun: Sie sollten sich um Ihre Babys kümmern. Wenn nun – und darauf bestehe ich – der Neger ein minderwertiges Wesen ist, stellt die Sklaverei die beste Methode für ein sinnvolles Zusammenleben mit ihm dar. Sie sichert ihm seine Freiheit.

Bartley: Wie kann ein vernünftiger Mann so denken?

Calhoun: Weil es die besten Köpfe seit Anbeginn der Zeit gelehrt haben: Jesus Christus, Plato, George Washington. Die Sklaverei wurde von den Weisen des Altertums ersonnen, und man hat bis heute nichts Besseres gefunden!

Bartley: Bist du mit der Art zufrieden, wie die Sklaverei in South Carolina funktioniert?

Calhoun: Sie ist die Rettung South Carolinas, die Grundlage unseres Fortschritts.

Elizabeth: Lehrst du deine Sklaven, die Bibel zu lesen?

Calhoun: Der Sklave braucht nicht zu lernen. Man muß ihm die Bibel auslegen. Habe ich nicht recht, Steed?

Elizabeth: Bevor Paul diese Frage beantwortet, sollte ich wohl darauf hinweisen, daß mir bekannt ist, wie er die Bibel auslegt, wenn er sie seinen Sklaven vorliest. »Sklaven, gehorcht euren Herren!«

Calhoun: So steht es in der Bibel geschrieben.

Rachel: Aber es steht noch sehr viel mehr in der Bibel geschrieben.

Calhoun: Die unbeschränkte Verbreitung dieses mehr führt dazu, daß man die Sklaven beunruhigt und verwirrt. In den letzten zweihundert Jahren haben wir gelernt, wie man die Neger am besten behandelt. Es sind Kinder, reizende Kinder, wenn sie nicht von halbgebildeten Predigern wie Nat Turner auf Irrwege geführt werden.

Elizabeth: Es sind Menschen. Männer und Frauen, und nicht weniger fähig, die Bibel zu verstehen wie du oder ich.

Calhoun: Da befinden Sie sich im Irrtum. Ich sehe den Tag kommen, heute in hundert Jahren vielleicht, etwa 1949, da sich die Neger eine Art Freiheit erkämpft haben, aber ich versichere Ihnen, Mistress Paxmore, daß der Neger an diesem Tag, den Sie so sehnlich herbeiwünschen, in seinem eigenen Geist unfrei sein wird. Er wird nicht mehr von der Mildtätigkeit der Plantagen leben, sondern von den Almosen der Regierung. Er wird nie imstande sein, sich selbst zu regieren, Geld zu sparen und sein Leben in geordneten Bahnen zu führen. Er wird in Ihren Städten hocken und seine milden Gaben beziehen und der Sklave sein, der er immer war.

Elizabeth: Er wird in Harvard und Princeton studieren, zusammen mit den Enkelkindern deiner Enkelkinder, Senator, und es wird, wenn überhaupt, nur wenige Unterschiede zwischen ihnen geben.

Calhoun: Kein Schwarzer wird je über genügend Wissen verfügen, um nach Yale zu gehen, wo ich studiert habe.

Rachel: Und was hältst du von Frederick Douglass? Hast du sein Buch gelesen?

Calhoun (das Wort an George richtend): Ist es bei Quäkern üblich ... Er hat nachgewiesen, daß Weiße dieses Buch geschrieben haben.

Rachel: Ist es deine Gewohnheit, Sir, Beweise zu verwerfen, wenn sie deinen Vorurteilen widersprechen?

Calhoun (das Wort an George richtend): Ist es bei Quäkern üblich ... ich bin noch nie einem Quäker begegnet, müssen Sie wissen – ist es bei Ihnen üblich, den Ehefrauen zu gestatten, bei einer Diskussion mitzureden?

George: Es ist sehr schwer, sie daran zu hindern. Insbesondere, wenn sie recht haben.

Calhoun: Sind Sie einer Meinung mit diesen Frauen?

George: Völlig.

Calhoun: Dann muß ich fürchten, daß wir bösen Zeiten entgegengehen. In den letzten zwei Tagen habe ich mit einigen Plantagenbesitzern dieses Bezirks gesprochen. Sie stimmen mir aus ganzem Herzen zu. Sehen Sie nicht den Konflikt, den Sie heraufbeschwören? Man hat mir versichert, daß die Quäker den Frieden lieben.

Elizabeth: Wir lieben den Frieden, aber er wird uns dauernd verwehrt. Durch die Sklaverei.

Calhoun: Sie wissen natürlich, daß Sie in einigen Staaten ins Gefängnis kämen, wenn Sie Sklaven unterrichten. Das wissen Sie doch auch, Steed. (Bevor noch einer der Paxmores dazu Stellung nehmen konnte, wechselte er rasch das Thema.) Hat einer von Ihnen Mister Steeds ausgezeichnetes Buch zu diesem Thema gelesen?

Rachel: Wir haben es alle gelesen. Aus Hochachtung für einen berühmten Nachbarn.

Calhoun: Und wie hat Sie seine eindrucksvolle Logik berührt?

Rachel: Wie das Gebrumm eines gutherzigen, völlig verwirrten Herrn, der nicht wissen wird, wie ihm geschieht, wenn der Sturm losbricht.

Calhoun: Sind Sie alle vier Gegner der Sklaverei?

Rachel: Ich bin es. Die anderen ...

Calhoun: Ich bitte Sie, junge Dame. Lassen Sie jeden für sich sprechen.

Elizabeth: Wir lassen uns nicht in Kategorien einteilen.

Calhoun: Aber Sie waren es doch, die diese aufwieglerischen Schriften zugeschickt bekam.

Elizabeth: Freiheit hat nichts zu tun mit Aufwiegelung, Senator.

Calhoun: O doch, wenn etwa Steed dadurch seines rechtmäßigen Besitzes beraubt wird.

Elizabeth: Paul Steed kann keine Menschen besitzen.

Calhoun: Nach dem Gesetz kann er es. Und nach dem Beschluß des Kongresses kann er es.

Rachel: Dann muß das Gesetz weggefegt werden, so wie der Herbstwind die dürren Blätter wegfegt. Einst waren sie grün und haben einen guten Zweck erfüllt, aber jetzt ist es Winter, und sie sind gefallen.

Calhoun: Erklären Sie mir doch … wenn der Kongreß ein strenges Gesetz erläßt, das die Bürger in allen Teilen des Landes verpflichtet … ich spreche von Boston, Philadelphia und Chicago … nach einem solchen Gesetz müßten alle entflohenen Sklaven ihren rechtmäßigen Eigentümern zurückgegeben werden.

Rachel: Mein Gott!

Calhoun: Es macht Ihnen nichts aus, den Namen Gottes zu mißbrauchen?

Rachel: Erwägst du, ein solches Gesetz einzubringen?

Calhoun: Noch vor Jahresende wird es verabschiedet sein. Und wie werden Sie Paxmores sich dazu stellen? Ich muß das wissen.

George: Wir werden es bis aufs Messer bekämpfen. Ich sage das als Bürger von Patamoke. Du kannst dir vorstellen, wie die Städte, etwa Boston, darauf reagieren werden. Die ganze …

Calhoun: Auch wenn es ein Gesetz ist?

George: Wenn du ein solches Gesetz verabschiedest, Senator, wird es noch am selben Tag unter seinem eigenen Gewicht ad absurdum geführt werden.

Calhoun: Man wird Gefängnisstrafen über alle verhängen, die dagegen verstoßen.

George: Bau recht große Gefängnisse, Senator!

Calhoun: Ich kann mir vorstellen, daß es ein Schock sein könnte für gewisse … nun ja, für Quäker, wie Sie es sind. Aber mit der Zeit …

George: Mit jedem Tag wird der Widerstand zunehmen. Ich versichere dir, Senator, du kannst die Durchführung eines solchen Gesetzes nicht erzwingen.

Calhoun: Dann sehen Sie voraus, was auch ich sehe? Die Möglichkeit eines Krieges zwischen zwei Landeshälften?

Rachel: Ja.

Calhoun: Aber ich dachte, die Quäker …

Elizabeth: Wie du, Senator, leben auch wir in Verwirrung. Wir wissen von deiner großen Vaterlandsliebe im Jahr 1812. Und von deinen starken Sympathien für die Union in den Jahren darauf. Damals warst du ein anderer Mensch.

Calhoun: Die Unnachgiebigkeit des Nordens hat mich geändert. Elizabeth: Dabei muß viel deines moralischen Empfindens verlorengegangen sein. (Calhoun zuckte die Achseln.)

George: Bei uns war es das gleiche. Unsere Familie hat stets nur Frieden gepredigt. Aber wir mußten gegen die Piraten Krieg führen. Im Jahre 1777 mußten wir Schiffe bauen, um gegen die Engländer zu kämpfen. Auch 1814 nahmen unsere Schiffe am Krieg teil. Und jetzt sind die Aussichten noch entsetzlicher. Es ist nicht leicht, ein Quäker zu sein, und wohl auch nicht leicht, Senator zu sein.

Calhoun: Sie werden keine Konzessionen machen?

Rachel: Keine.

Calhoun: Und Sie, junger Mann. Sie haben nicht viel zu unserem Gespräch beigetragen.

Bartley: Ich muß mich vorsehen. Es gibt auch für mich nicht viel zu sagen. (Damit deutete er an, daß er es vorzog, in Anwesenheit von Paul Steed zu schweigen.)

Calhoun: Damit wollen Sie mir zu verstehen geben, daß Sie Ihre heimliche Betätigung bereits aufgenommen haben – etwa indem Sie Sklaven verschwinden lassen.

Bartley: Wenn ein Flüchtiger an meine Tür klopft, werde ich ihm immer zu helfen versuchen.

Calhoun (an Elizabeth gerichtet): Wenn Sie den von Ihnen selbst aufgestellten Prinzipien treu bleiben, werden Sie Flüchtige doch gewiß nicht ermutigen – oder sie gar unterstützen?

Elizabeth: Meine Religion erlaubt mir nicht, fremdes Eigentum zu stehlen. Aber ich würde den Sklaven erziehen, um ihm die Möglichkeit zu geben, sich seine Freiheit selbst zu erkämpfen.

Calhoun: Ich freue mich, daß es hier wenigstens einen Menschen gibt, der das Eigentum verteidigt.

Rachel: Glaubst du wirklich, Senator, du kannst Millionen Neger auf ewige Zeiten in Leibeigenschaft halten?

Calhoun: Es ist ein Naturgesetz, Ma'am, kein Gesetz der Union.

Rachel: Dann ist der Krieg unvermeidbar.

Calhoun: Nehmen Sie es als Jüngste unter uns auf sich, den Krieg zu erklären?

Rachel: Nein, Sir. Das hast du schon getan.

Calhoun: Wie meinen Sie das?

Rachel: Als du sagtest, die Sklaverei sei nicht abzuschaffen.

Calhoun: Aber es ist so, meine verehrte junge Dame. Es ist das Gesetz Gottes, das Gesetz jedes vernünftigen Menschen. Der Neger muß behütet und geführt werden, und jemand muß ihn mit Nahrung und Kleidung versorgen.

Elizabeth: Ich könnte dir jetzt und hier einen Neger nennen, der es wert wäre, mit dir im Senat der Vereinigten Staaten zu sitzen.

Calhoun: Einen solchen Neger gibt es nicht und wird es nie geben. Sagen Sie mir, Mister Paxmore, wie sehen Sie die Entwicklung in den kommenden zehn Jahren?

George: Als Daniel Webster hier war, hörte ich auf meiner Werft in Patamoke ...

Calhoun: Hat er Sie besucht, Steed?

George: Er soll auf eine direkte Frage geantwortet haben, daß er ein eindeutiges Sklavenfluchtgesetz befürworten würde. Er hat das gesagt. Daniel Webster.

Calhoun: Zur Abwechslung etwas Vernünftiges.

George: Als ich das hörte, war mir klar, daß ein solches Gesetz kommen und daß es einen Krieg zwischen Norden und Süden zur Folge haben würde.

Calhoun: Sie denken, die Südstaaten werden abfallen?

George: Alles, was du heute gesagt hast, deutet darauf hin.

Calhoun: Was könnte der Süden Ihrer Meinung nach tun, Mister Paxmore, um den Druck zu mildern, der uns alle in diese Richtung zu treiben scheint?

Rachel (deren Einmischung den Senator irritierte): Legt einen Plan vor, der die gesicherte Freigabe aller Sklaven vorsieht. Vielleicht nicht in unmittelbarer Zukunft, aber gesichert.

Calhoun: Ich nehme an, daß Sie den »Liberator« lesen.

Rachel: Wenn der Postmeister die Güte hat, mir ein Exemplar auszuhändigen.

Calhoun: Was, wie ich hoffe, nicht allzu oft geschieht. Sie wollen also, daß wir auf unser Eigentum verzichten? Auf die Früchte unserer Arbeit? Freund Steed hat neunhundert Sklaven, für die er im Schweiß seines Angesichts bezahlt hat. Die muß er alle gehen lassen?

Rachel: Es kann keinen dauerhaften Frieden geben, solange er das nicht getan hat.

Calhoun: Und wohin sollen sie gehen? In die Freiheit, wie Sie und ich sie kennen? Niemals. Wenn sie jemals gehen, was Gott verhüten möge, so um sich in eine neue Form von Sklaverei zu verkaufen – Ausbeutung, Unwissenheit, eine andere Art von Mildtätigkeit. (Hier unterbrach er sich und richtete dann das Wort an Elizabeth.) Wenn Sie so viel davon wissen, wie hart das Gewissen eines Quäkers sich mit dem Problem des Krieges auseinandersetzen muß, dann müssen Sie auch wissen, mit welcher Zielstrebigkeit eine Minorität ihre Rechte verteidigen muß. Im großen und ganzen haben die Bürger dieses Landes die Quäker nicht gemocht. Ihr Pazifismus, während wir 1812 die Union zu schützen versuchten, hat mich sehr verärgert. Aber Sie haben hartnäckig daran festgehalten, weil Sie wußten, daß sich eine kluge Minderheit gegen die Tyrannei einer Mehrheit verteidigen muß. Habe ich recht?

George: Wir waren bemüht, uns zu behaupten, ohne die anderen zu verdrießen. Das mag unsere Stärke gewesen sein.

Calhoun: Genau. Der Süden ist eine Minorität und will seine Rechte verteidigen. Das konnten wir, weil wir im Senat die Mehrheit haben. Und ich sehe eine Zeit kommen, da die Vereinigten Staaten eine Minderheit unter den Nationen darstellen werden, und an diesem Tag werden sie sich aller Listen und Tricks bedienen, derer sich jetzt der Süden bedient, um ihre Existenzberechtigung zu verteidigen. Ich kämpfe für die Zukunft, Mister Paxmore. Ich habe eine Vision …

Rachel: Schließt diese Vision die Fortdauer der Sklaverei für den Schwarzen ein?

Calhoun: Der Neger wird immer versklavt sein. Ich ziehe die südliche Spielart jener vor, die der Norden ihm aufzwingen wird.

Sie aßen schon früh zu abend, lauschten dem Wind, der heulend von der Bucht herüberfegte, und gingen zu Bett. Am Morgen versammelten sich alle vier, als John Calhoun die Rückreise antrat, zurück in den Senat, zu den großen Schlachten, die ihn dort erwarteten, und zu seinem nahe bevorstehenden Tod. Als der dunkle Mantel und das buschige Haupt in der Kabine verschwanden, sagte Rachel Starbuck Paxmore: »Einer der größten, die dieses Land hervorgebracht hat – und auf alles die verkehrte Antwort.«

Erst in der ersten Oktoberwoche des Jahres 1850 brachte der Dampfer den ersten Abdruck des abscheulichen Gesetzes nach Patamoke, und als es am Schwarzen Brett des Kreisgerichts angeschlagen war, konnten alle mit eigenen Augen sehen, was Daniel Webster getan hatte. George Paxmore wollte nichts dazu sagen, bevor er nicht mit seiner Frau darüber gesprochen hatte. Mittags stand er von seinem Schreibtisch auf, überließ die Werft der Aufsicht seiner Arbeiter – die meisten von ihnen befürworteten das Gesetz – und segelte heim zur Friedensklippe, wo er seine Familie in der Küche um sich versammelte.

»Es ist noch schlimmer, als wir dachten«, berichtete er und zog das Notizbuch heraus, in dem er die wichtigsten Punkte des Gesetzes notiert hatte.

»Das Gesetz?« fragte Rachel.

»Ein Bundesgesetz. Von jetzt an können alle Sklavenhalter in allen Teilen der Vereinigten Staaten die Auslieferung von Schwarzen verlangen. Sie brauchen nur zu erklären, daß es Flüchtige sind.«

»Überall? Auch in Städten wie Boston?«

»Überall. In allen Bundesstaaten, allen Territorien, im Distrikt Columbia. Oder auch Land, das noch nicht einmal Territorium ist. Und der Schwarze kann weder für sich sprechen noch die Ladung von Zeugen verlangen.«

»Was kann er tun?«

»Er kann schweigend zuhören, wenn der Richter das Urteil spricht, das ihn erneut zum Sklaven macht. Selbst Freigelassene können zurückgeholt werden. Jeder Sheriff ist verpflichtet, das Gesetz anzuwenden. Und etwas ganz Schreckliches ist noch dazugekommen. Gefängnisstrafe droht jedem Bürger, der einem Sheriff nicht hilft, einen Flüchtigen einzufangen, oder sich weigert, auf Befehl des Sheriffs einen Freigelassenen zu verhaften.«

»Ein solches Gesetz ist undenkbar«, sagte Elizabeth; mit gefalteten Händen saß sie neben dem Ofen und schüttelte ungläubig den Kopf.

»Es ist offensichtlich nicht undenkbar«, entgegnete ihr Mann zornig. »Sie haben das Gesetz verabschiedet. Aber wir können es undurchführbar machen!«

»George! Wir dürfen nichts überstürzen!« warnte Elizabeth. »Wir müssen um Erleuchtung beten.«

»Was hast du vor?« fragte Bartley seinen Vater.

»Wir werden ihnen entgegenarbeiten«, mischte Rachel sich ein. »Mit allen Kräften werden wir Widerstand leisten.«

»Das werden wir«, versprach George. Sein Körper spannte sich, und sein weißes Haar flatterte.

»Wir wollen beten«, sagte Elizabeth, und einige Minuten verbrachten sie schweigend. »Eines müßt ihr mir versprechen«, sagte sie dann. »Keine Gewaltanwendung. Mit Gewalt können wir das Problem nicht lösen.«

»Aber wenn ein Sklave an unsere Tür klopft, wirst du ihm doch helfen?« fragte Rachel.

»Ich werde niemanden seines rechtmäßigen Eigentums berauben.«

»Aber du wirst dich zurückziehen, während Bartley und ich …«

Damit erklärte sie sich einverstanden, und ihr Haus wurde zu einer Zufluchtsstätte für die Unterdrückten. Selbst im tiefsten Süden wußte man Bescheid: »Ihr schlagt euch durch zum Choptank, große weiße Klippe, Paxmore.« Wenn der Sklave so weit kam, schafften ihn Bartley und Rachel irgendwie zu den Starbucks, und von dort führte ihn der junge Comly nach Norden.

Einstellung und Denkweise der fünf an diesem Fluchtweg beteiligten Quäker waren unterschiedlich. Elizabeth, die seit einem halben Jahrhundert unermüdlich gegen die Sklaverei ankämpfte, hielt gütliches Zureden für ausreichend; sie unterrichtete Sklaven und ging damit ein großes persönliches Risiko ein; sie verpflegte sie ungeachtet der Kosten; sie schenkte ihnen Hemden, die sie selbst genäht hatte; sie gab ihnen Arzneimittel und verband ihre Wunden. Aber sie ermutigte sie niemals, ihren Herren davonzulaufen, denn damit hätte sie ein gesetzlich verbrieftes Recht verletzt. Sie blieb, was sie immer gewesen war: die stille, traditionsbewußte Quäkerin, Lehrerin, Freundin und Trösterin, aber nicht mehr.

George Paxmore leistete finanzielle Hilfe, versteckte Flüchtlinge und brachte sie gelegentlich auch selbst zu den Starbucks. Aber auch er verabscheute jede Art von Gewalt und lehnte es sogar ab, die Nacht bei den Starbucks zu verbringen, denn in dieser Beziehung waren sie weniger zimperlich.

Mit seinen einunddreißig Jahren war Bartley Paxmore ein Quäker der neuen Generation, ein aktiver Kämpfer gegen die Sklaverei und stets bereit, sein eigenes oder auch das Leben der Flüchtlinge zu riskieren. Er war über die Maßen wagemutig und hatte einen Fluchtweg ausfindig gemacht, der über die ganze Halbinsel mitten durch die Refugium-Plantagen führte. Er hatte schon sieben Fußmärsche zu den Starbucks hinter sich und wußte, daß es immer mehr würden, aber gleich seinem Vater vermied er jede Gewaltanwendung und ging unbewaffnet.

Seine Frau Rachel war ganz anders. Wie alle Starbucks sah auch sie in der Sklaverei die größte aller Schändlichkeiten und war zu keinen Konzessionen bereit. Wenn sie Sklaven nach Norden führte und ein Sklavenhalter sie einholte, würde sie ihn töten, und deshalb ließ Bartley es nie zu, daß sie sich einer solchen Gefahr aussetzte. Sie war die treibende Kraft, die unversöhnliche Feindin der Sklavenfänger, und oft war es ihre Furchtlosigkeit, die den Flüchtlingen den Mut gab, die letzten hundert Meilen bis zur Grenze zu wagen.

Comly Starbuck lehnte Gewalt keineswegs ab. Er suchte sie geradezu und war immer bereit, sich den Weg freizukämpfen, wenn Sklavenfänger ihm in die Quere kamen. Er war ein robuster junger Mann, größer und kräftiger als Bartley und verfolgte ganz andere Ziele. »Wenn der Süden abfällt – und er wird abfallen –, muß es zu einem gewaltigen Aufstand der Sklaven kommen. Dann erst werden wir dieses Übel niederzwingen.« Er hoffte, sich eines Tages zum Dienst in einer Armee der Nordstaaten melden zu können. Die Hauptgegner der Befreiungsbewegung ließen sich in drei Gruppen gliedern. Die eine bestand aus den großen Plantagenbesitzern, deren Vermögen in den Negern steckte; auf ihre Hilfe konnte man immer zählen, wenn eine Jagd zu finanzieren war. Sie waren nicht brutal, wohl aber zutiefst verunsichert und konnten nicht begreifen, warum eine Horde von Agitatoren aus dem Norden so versessen darauf war, sie ihres rechtmäßigen Eigentums zu berauben. Sie wollten mit dem Norden in Frieden leben, wollten weiter Handel treiben und ihn ausbauen. Es waren vernünftige Leute, mit denen man über alles reden konnte, ausgenommen die Sklaverei; wie Paul Steed, ihr Sprecher, glaubten sie, für die Freiheit aller Menschen müßten sich die Schwarzen mit der Sklaverei abfinden.

Auf der untersten Stufe derer, die für die Sklaverei eintraten, standen berufsmäßige Sklavenjäger wie Lafe Turlock mit seinen Hunden und Herman Cline mit seiner Peitsche. Sie haßten die Schwarzen. Es gab nicht viele wie diese, aber es gab sie in jeder Stadt des Ostufers. Kein Freizeitsport war leichter zu planen als eine Niggerjagd. Hunderte nahmen daran teil.

Zwischen diesen beiden Extremen stand die große Mehrheit, eine nur schwer zu beschreibende Gruppe. Es waren Weiße; sie hatten nur wenig Land oder sonstiges Vermögen und, wenn überhaupt, höchstens einen oder zwei Sklaven. Aber die Geistesakrobaten des Südens hatten ihnen eingeredet, ihr Wohlergehen hinge vom Fortbestehen der Sklaverei ab, und sie nahmen es kühl auf, wenn sich einer aus dem Norden dagegen aussprach. Es war nicht die Angst vor Sklaven, die ihrer Einstellung zugrunde lag, sondern ihre Abneigung gegen freigelassene Schwarze: In ihren Augen waren diese Leute schlapp, liederlich und lasterhaft. Ein Farmer sprach für alle, wenn er sagte: »Ich habe nichts gegen einen Sklaven, der seine Grenzen kennt, aber einen freigelassenen Nigger, der lesen gelernt hat, kann ich nicht ausstehen. Mit dem hat man nur Ärger.« Für diese Mittelgruppe war es ein Schock, wenn Leute wie die Paxmores, die im Süden lebten, gegen die Sklaverei ankämpften und sich darüber freuten, wenn ein Schwarzer entkam. Zwar ließen sich die Angehörigen dieser Gruppe nicht als Sklavenfänger verdingen, aber wenn es zu einer Jagd kam, machten sie mit, und sobald der Schwarze in die Enge getrieben war und die Hunde anschlugen, hatten sie genausoviel Spaß an der Sache, als wäre ein Waschbär in die Falle gegangen. Wenn man aber auf die Möglichkeit hinwies, daß das Ostufer zur Erhaltung der Sklaverei aus der Union austreten könnte, wurden diese Leute nachdenklich und sagten: »Wir halten es mit Daniel Webster. An der Union darf nicht gerüttelt werden.«

In den fünfziger Jahren jenes Jahrhunderts, im Anschluß an die Verabschiedung des Sklavenfluchtgesetzes, das die Senatoren Clay und Webster eingebracht hatten – für Calhoun war es nicht bindend genug gewesen –, brach ohne jede Kriegserklärung ein kaum bemerkbarer Krieg zwischen den Sklavenhaltern und den Feinden dieser eigenartigen Institution aus. Es war ein ständiger Kampf: Ein Sklave flüchtete von irgendeiner Plantage im südlichen Dorchester, schlug sich zum Choptank durch, kannte den Ort, wo die Paxmores lebten, überquerte nachts den breiten Strom, ging unterhalb der weißen, im Mondlicht grau schimmernden Klippe an Land und kletterte zur Küchentür hinauf.

In späteren Jahren fragten sich weiße Männer und Frauen oft ungläubig: Warum eigentlich ertrugen die Schwarzen die Sklaverei? In dem Jahrzehnt zwischen

1851 und 1860 gelangten mehr als zweitausend von ihnen ans Ostufer; gegen unvorhersehbare Schwierigkeiten ankämpfend, suchten sie den Weg in die Freiheit. Da sagte eine siebzig Jahre alte Frau eines Morgens: »Ich will in Freiheit sterben.« Und sie marschierte los. Man warnte die Kinder: »Wenn du nur einen Laut von dir gibst, bringen sie uns alle um.« Sie starben in den Sümpfen; sie ertranken in den Flüssen, man erhängte sie an den Bäumen, man verbrannte sie auf Scheiterhaufen. Aber es kamen immer mehr, und einige von ihnen tauchten kurz bei den Paxmores auf.

Zum zweitenmal in der Geschichte lernte ein Turlock lesen. Der junge Jake, elf Jahre alt, stand jeden Morgen auf, wusch sich auf der Bank hinter der Hütte am Stadtrand das Gesicht und marschierte in die Schule. Die Existenz dieser Bildungsanstalt und insbesondere ihres bemerkenswerten Lehrers war einer jener Zufälle, die den Lauf der Geschichte verändern – nicht der großen Geschichte, die sich an Kriegen oder Wahlen festmacht, wohl aber der kleinen Geschichte einer Stadt wie Patamoke oder eines Flusses wie des Choptank.

Paul Steed hatte sich zu einem Mann von beherrschender Persönlichkeit entwickelt, und trotz der aufreizenden Gleichgültigkeit der Bundesregierung hielt er an seiner Überzeugung fest, daß eine Eisenbahn über das Rückgrat der Halbinsel gebaut werden mußte. Er überlegte, wie die Baufirmen, wenn es einmal soweit war, die notwendigen Facharbeiter finden würden. Sklaven mit Maultieren konnten das Planieren besorgen, aber für den Bau selbst wurden geschulte Leute gebraucht.

Dieses Problem schien ihm gelöst, als in den Zeitungen von Baltimore Berichte erschienen über die Hungersnot in Irland und die damit verbundene Auswanderung aus diesem unglücklichen Land. »Verdammt!« rief er eines Abends, als er mit Susan in seinem Arbeitszimmer saß. »Wir könnten nach Irland fahren und uns tausend Mann holen!« Diese Vorstellung erregte ihn so sehr, daß er nicht einschlafen konnte. Die ganze Nacht lief er, unverständliches Zeug vor sich hinmurmelnd, ruhelos auf und ab.

Am andern Morgen ging er an Bord eines seiner Schiffe, das gerade Weizen lud, und befahl dem Kapitän, das Schiff, ohne Rücksicht auf die Fracht, bis zum Mittag klarzumachen. Am Abend war er bereits an der Mündung der Bucht. Vor seiner Abfahrt hatte er noch Auftrag gegeben, in Patamoke Hütten zu errichten für die Emigranten, die er mitbringen würde.

Als er in Cork landete, bot sich ihm ein Anblick, den er für den Rest seines Lebens nicht mehr vergessen konnte: In langen Reihen warteten halbverhungerte Familien auf Nahrung oder einfach nur darauf, irgendwohin gebracht zu werden. »Die würden auch in die Hölle segeln«, sagte der englische Hafen-kapitän zu Steed.

»Ich hätte Platz für dreihundert Mann.«

»Sie müssen Familien nehmen.«

»Ich wollte keine Frauen und Kinder.«

»Die will keiner, aber wenn Sie sie zurücklassen, sterben sie.«

So stand Paul nun am Fallreep, während siebenundsiebzig Familien mit glasi-gen Augen und einer Unzahl abgezehrter Kinder an ihm vorbeitrotteten. Er hatte versucht, Familien mit erwachsenen Söhnen auszusuchen, aber der Dock-meister ließ ihm kaum eine Wahl, und am Ende hatte Steed eine bunte Mischung von Männern, die möglicherweise eine Eisenbahn bauen konnten, und viele Abhängige, die möglicherweise davon leben konnten, was ihre Väter zu verdienen imstande waren.

»Schnell nach Hause!« wies Steed seinen Kapitän an, und sobald das Schiff die Anker gelichtet hatte, sorgte er dafür, daß die halbverhungerten Menschen zu essen bekamen. Zwölf bis fünfzehn Stunden stand er jeden Tag in der Küche, half bei der Zubereitung der Speisen und achtete darauf, daß die Portionen so bemessen waren, daß keiner sich zu Tode schlingen konnte. Für die Iren wurde sein Humpeln und sein verkrümmtes Genick zum Symbol ihrer Rettung, und schon am ersten Sonntag organisierte er einen Gottesdienst für die dreihundert-sieben Katholiken, die er in seine Heimat brachte.

Es war kein Priester an Bord, und Steed fühlte sich nicht berufen, eine Andacht zu halten, aber er fand einen spindeldürren, zungenfertigen Mann namens Michael Caveny, der zum Beten und Fluchen die gleiche natürliche Begabung besaß:

> Allmächtiger Gott, der Du Ägypten schlugst mit der Plage und eine Hungersnot kommen ließest unter die Hebräer, so daß die Säulen des Himmels erzitterten und erbebten, wir wissen, daß Du auch reichlich von allen Gütern gabst, so daß Dein Volk gedieh. Dank Deiner Gnade befinden wir uns jetzt auf diesem Schiff, das uns in ein ungeahntes Paradies führen wird, wo es Speise gibt im Überfluß und wo unsere Kinder umherstreifen können auf grünen Weiden, ohne Entbehrungen fürchten zu müssen.

Er predigte und predigte, ein honigsüßer Gefühlserguß aus Bildern und Bibel-brocken, aber so voller Hoffnung, daß Steed von allen Seiten des überfüllten Decks tiefe Seufzer hörte. Am Ende seiner salbungsvollen Predigt, in der sich Gott und Babys, Lämmchen und Erntedank vermischten, mußte selbst Paul sich die Augen wischen, und an diesem Tag ließ er doppelte Rationen ausgeben.

Michael Caveny war ein ungewöhnlicher Mann. Neununddreißig Jahre alt und Vater von drei Kindern, hatte er die Qualen des Hungers gelitten, aber nie verzagt. Um seine Kinder zu ernähren, hat er Dinge getan, die er in späteren Jahren aus seiner Erinnerung verbannte, denn er wollte seine Familie nicht mit solchen Bildern belasten. Er hatte sie unter Umständen am Leben erhalten, denen Dutzende seiner Nachbarn zum Opfer gefallen waren.

Er war ein gefühlvoller Mann, und die geringste Berührung mit der Natur war ihm Anlaß zu ausschweifenden Prosagedichten: »Seht die Fische durch die Lüfte fliegen! Gott hebt sie himmelwärts, aber der Teufel holt sie in seine heiße Bratpfanne zurück!« Je näher Steed ihn kennenlernte, desto mehr Gefallen fand er an ihm, und als das Schiff Patamoke erreichte, war Michael Caveny zum Werkführer der Bautrupps für die Eisenbahn ernannt worden.

Ein Titel ohne Mittel, wie sich zeigte, denn es gab keine Eisenbahn. Die Nation war zu sehr damit beschäftigt, die wirklich wichtigen Strecken nach Westen zu legen, und hatte keine Mittel für eine unbedeutende Linie über die ganze Länge der Halbinsel Delmarva – ein Name, der sich an die Anfangssilben der drei Staaten anlehnte, die auf der Halbinsel aneinandergrenzten. Erst 1853 erreichten die Eisenbahnschienen Chicago, und nun mußten sie auch nach Süden weitergeführt werden, denn ungeachtet Senator Calhouns Befürchtungen, sie könne die Irrlehren des Nordens mit sich bringen, bestanden die Kaufleute des Südens darauf, auch ihre Güter über eiserne Schienen befördern zu können. So wurde das Ostufer abermals links liegengelassen. Das aber war keineswegs ein reiner Verlust, denn in dieser Isolierung konnte das Ostufer seine einzigartige Lebensweise bewahren und vertiefen.

Nun mußte Paul Steed sich um seine Horde stellungsloser irischer Katholiken kümmern, die in elenden Hütten am Nordrand der Stadt untergebracht waren. Sie hatten keinen Priester, keine Beschäftigung, keine Ersparnisse und an Kleidung nur das, was die Pflanzer in der Umgebung ihnen gaben, aber es war erstaunlich, wie viele von ihnen schon nach wenigen Wochen Arbeit gefunden hatten. Elf verließen die Stadt und arbeiteten als Aufseher, und schon sagte man ihnen nach, daß zwei Dinge sie kennzeichneten: Sie hatten ein Auge auf die hübschesten Sklavermädchen und von Zeit zu Zeit betranken sie sich grenzenlos. Aber im Grunde waren sie gute Kerle, und wenn sie von einer Plantage gefeuert wurden, fanden sie schnell wieder Arbeit in einer anderen. »McFee schwört, daß er diesmal nüchtern bleiben wird, und ich finde, wir sollten ihm eine Chance geben.«

Paul Steed bot Michael Caveny selbstverständlich eine gute Stellung auf Devon an, aber zu seiner Überraschung lehnte der wackere kleine Ire ab. »Ich glaube, selbst dem heiligen Matthäus wäre es eine Ehre, für Sie arbeiten zu dürfen, Mister Steed, aber ich gehöre in die Stadt, zu meinen Leuten. Wir müssen eine Kirche bauen und uns einen Priester suchen, und ich muß auch an die Kleinen denken.«

»Sie haben schon wahre Wunder mit ihnen vollbracht.«

»Da haben Sie wohl recht, Mister Steed, aber jetzt geht es mir um ihre Erziehung. Die Schule in Patamoke braucht einen Lehrer, und ich will mich um dieses Amt bewerben.« Steed gab ihm zu bedenken, daß die Methodisten in der Stadt es möglicherweise ablehnen würden, einen Katholiken anzustellen. »Wahr gesprochen«, erwiderte Caveny lächelnd, »aber sicher werden Sie mir eine gute Empfehlung geben.« Und so kam es daß der junge Jake Turlock sich eines Morgens bei Lehrer Caveny zu melden hatte.

»Wenn diese Baptistenkinder lesen lernen, kannst du das auch«, sagte Großvater Lafe.

Was allerdings Jake am längsten im Gedächtnis haften blieb, war nicht der Unterricht im Lesen, sondern die Geographiestunde. Mr. Caveny hatte fünfzehn Exemplare eines großartigen Büchleins erworben; es hieß »Moderne Geographie« und war 1835 in New York erschienen. Ein gewisser Professor Olney hatte es geschrieben und darin die neuesten Informationen aus allen Teilen der Welt zusammengefaßt. Das Werk war mit fesselnden Holzschnitten ausgestattet, auf denen etwa in Indien ein Tiger einen Menschen frißt oder Eskimohunde in Sibirien einen Schlitten ziehen.

Der wertvollste Beitrag war auf der letzten Seite jedes Kapitels zu finden. »Charakter« lautete die Überschrift, und hier schilderte Professor Olney, der britischer Herkunft war, seinen Schülern in knappen Worten, was sie von den Bewohnern der einzelnen Länder zu erwarten hatten:

> Engländer: Intelligent, tapfer, fleißig und unternehmungslustig.
> Schotten: Maßvoll, fleißig, ausdauernd und unternehmungslustig. Zeichnen sich durch Allgemeinbildung und hohe Moral aus.
> Waliser: Leidenschaftlich, redlich, tapfer und gastfreundlich.

Jake begriff, daß sich diese lobenswerten Eigenschaften auf die Leute in Patamoke bezogen, die er kannte, und als er seinem Großvater die Beschreibungen vorlas, brummte Lafe: »Der Professor weiß, wovon er redet.« Wo allerdings Olney sich mit nichtbritischen Völkern befaßte, legte er einen strengeren Maßstab an:

Iren: Von schneller Auffassungsgabe, flink, tapfer und gastfreundlich. Aber jähzornig, einfältig, eitel und abergläubisch.
Spanier: Zurückhaltend, gesetzt, höflich, und sie stehen zu ihrem Wort. Aber ungebildet, stolz, abergläubisch und rachsüchtig.
Italiener: Umgänglich und höflich. Tun sich in Musik, Malerei und Bildhauerei hervor. Aber weibisch, abergläubisch und rachsüchtig.

Jake fand an diesen Beschreibungen nichts auszusetzen. Die Iren, die am nördlichen Stadtrand lebten, waren zweifellos leidenschaftlich, ungebildet und gastfreundlich, aber Mr. Caveny war anderer Ansicht. »Nehmt jetzt eure Federn und streicht die Worte nach Iren aus, denn davon hat der Autor recht wenig Ahnung. Statt dessen schreibt hin: ›Geistreich, fromm, fast schon zu großzügig, schlagfertig, treu bis in den Tod. Aber auch schrecklich jähzornig, insbesonders dann, wenn von den Engländern schlecht behandelt.‹« Bei den Italienern und Spaniern war nichts auszubessern. Aber erst, wo Olney auf die unbedeutenderen Rassen zu sprechen kam, verspritzte er so ganz sein Gift:

Araber: Ungebildet, wild und barbarisch. Die an der Küste sind Piraten, die im Landesinneren Räuber.
Perser: Höflich, heiter, weltgewandt und gastfreundlich. Aber indolent, eitel, habgierig und heimtückisch.
Hindus: Träg, mutlos und abergläubisch. Sanft und knechtisch gegen Vorgesetzte, hochmütig und grausam zu Untergebenen.
Sibirier: Ungebildet, schmutzig und barbarisch.

Mr. Cavenys Schüler mußten diese scharfsinnigen Definitionen auswendig lernen, und bei jeder Prüfung stellte er Aufgaben wie etwa diese: »Vergleiche einen Engländer mit einem Sibirier.« Und Jake leierte herunter: »Engländer sind tapfer, intelligent, fleißig und großzügig, die Sibirier aber ungebildet, schmutzig und barbarisch.« Er hatte natürlich noch nie einen Sibirier gesehen, aber er zweifelte nicht daran, daß er sie sofort erkennen würde, wenn er einmal nach Sibirien kam. Sie fuhren in Schlitten, die von Hunden gezogen wurden. In seinem Buch zeigte Professor Olney nicht die charakteristischen Merkmale der in Amerika lebenden Neger auf, sondern nur die der afrikanischen Neger. »Ein ungebildetes, schmutziges und dummes Volk.« Dazu meinte Mr. Caveny: »Diese Beschreibung trifft gewiß auf Afrika zu, aber es wäre wünschenswert, daß wir uns unsere eigene Darstellung der Neger hier in Patamoke suchen.« Er ging zur Tafel und schrieb all die Wörter auf, mit denen die Knaben die Schwarzen beschrieben, die sie kannten, und wenn Caveny später bei Prüfungen seine Schüler fragte: »Was für einen Charakter hat der Neger?«, erwartete er von Jake und seinen Kameraden eine Antwort, die sich auf diese Beschreibung stützte:

Neger: Faul, abergläubisch, rachsüchtig, dumm, verantwortungslos. Laufen gern davon, aber sie lieben den Gesang.

Solange Mr. Cavenys Schüler lebten, galten die britischen Turlocks für sie als tapfer, rechtschaffen, gastfreundlich, fleißig, maßvoll, ausdauernd und unternehmungslustig, die schwarzen Caters hingegen als rettungslos verloren – ausgenommen ihre Liebe zum Gesang.

Die Stadt Patamoke hatte ihre endgültige Form gefunden. Den Mittelpunkt bildete der Hafen, der sowohl ein guter Ankerplatz als auch das Zentrum der Stadt war, die jetzt 1836 Bürger hatte. Geschäftshäuser säumten den nördlichen Kai. In der Straße dahinter standen drei imposante Regierungsgebäude – das Gerichtshaus, das Gefängnis, und dazwischen der neue Sklavenmarkt, eine geräumige überdachte Anlage ohne Seitenmauern.

Am östlichen Rand des Hafenbeckens erhoben sich die unregelmäßig angelegten Bauten der Paxmore-Werft, und im Westen, wie so oft in amerikanischen Städten, hatten sich die wohlhabenderen weißen Bürger, angelockt von der herrlichen Aussicht auf den Fluß und den frischen Brisen aus dem Süden, ihre Villen hingebaut. Dazwischen standen die kleinen Häuser von Handwerkern, Seeleuten, Gastwirten und in Ruhestand lebenden Farmern.

In großen Zügen war diese Einteilung schon vor hundert Jahren angelegt worden. Zwei neue kraftvolle Elemente aber hatten der Stadt Patamoke des Jahres 1855 ein anderes Aussehen gegeben. Nach Norden zu, jenseits des Geschäftsviertels, wohnten die irischen Familien, die die Unverschämtheit oder den Mut gezeigt hatten, sich eine vergleichsweise große Kirche zu bauen, in der ein auffälliger Priester aus Dublin sein Amt versah. »Früher einmal«, bemerkte so mancher Bürger, »waren die Katholiken feine Herren, die bei Kerzenlicht auf Devon Island dinierten. Jetzt sind es erdgebundene Leute, die eine Menge Lärm machen.« Die Steeds verfolgten diese Entwicklung nicht gerade mit offenem Abscheu, wohl aber mit beträchtlicher Verwirrung. Kein Mitglied der Familie hatte ein besonders gutes Verhältnis zu dem draufgängerischen jungen Priester, der einen Katholizismus predigte, der ihnen fremd in den Ohren klang.

Die zweite Neubildung befand sich auf sumpfigem Boden östlich der Werft, wo mehrere Schuppen und Bretterbuden standen. Sie hieß Frog's Neck, Froschhals, und wurde vorwiegend von freigelassenen Schwarzen bewohnt. Daneben gab es auch noch ein paar Hütten für die Sklaven, die tageweise an Geschäftsleute in Patamoke vermietet wurden. Manchmal arbeitete ein Schwarzer zwei oder drei Jahre hintereinander an einem fremden Ort und nicht auf seiner Heimatplantage. Er bekam aber nie einen Lohn zu sehen, denn der wurde direkt an seinen Besitzer bezahlt. Wenn allerdings ein einsichtiger Sklavenhalter wie Paul Steed einen Sklaven vermietete, sorgte er dafür, daß der Mann einen Teil seines Lohnes selbst erhielt, und schon einige hatten sich auf diese Weise genug verdient, um ihre Freiheit kaufen zu können. Es gab formelle Kontakte zwischen den schwarzen Siedlern und der Werft, einige wenige mit den Geschäftsleuten, eine ganze Menge mit den Wohnvierteln, wo viele der Sklaven arbeiteten, und ganz und gar keine mit den Iren.

Schließlich gab es auch noch einen letzten Bereich, dessen Grenzen sich jedoch nicht genau festlegen ließen. Diese Bewohner lebten, wo sie konnten: die einen bei den Iren, die anderen bei den Schwarzen und einige in Hütten inmitten des Geschäftsviertels. Das war das weiße Gesindel. Einundvierzig Turlocks lebten über ganz Patamoke verstreut, und niemand war imstande, die zwischen ihnen bestehenden verwandtschaftlichen Beziehungen zu durchschauen.

Es war eine gute Stadt, und just in den Jahren, da die ganze übrige Nation von entfesselten Leidenschaften zerrissen wurde, blühte sie in friedlicher Eintracht. Und das war nicht zuletzt das Verdienst ihrer zwei prominentesten Bürger. Paul Steed betrieb eine gute Plantage auf Devon und einen noch besseren Laden in Patamoke; er gab vielen Iren Arbeit und berechnete seinen Kunden niedrige Preise. Unbekehrbar befürwortete er noch immer die Sklaverei als Lebensprinzip und sah in der Whig-Partei die Rettung des Landes; vor allem aber war er eine ausgleichende Kraft. Wenn er das Wochenende in der Stadt verbrachte, besuchte er die Messe. Ein einfacher und korrekter kleiner Mann, saß er allein in der zweiten Bankreihe, den Kopf zur Seite geneigt, so als wäge er ab, was der Priester sagte.

Die andere führende Persönlichkeit war George Paxmore, nun schon ein alter Mann von zweiundsiebzig Jahren, weißhaarig, aber immer noch aufrecht. Er arbeitete nicht mehr jeden Tag auf der Werft und kam nur hin und wieder von der Friedensklippe herunter, um sich zu überzeugen, daß beim Schiffbau alles seine Ordnung hatte. Er stellte lieber Schwarze als Iren an, hatte aber die Kirche für die Emigranten gebaut und erwies sich auch als großzügig bei deren Sammlungen für ihre zahlreichen guten Werke. Er beklagte ihre Trunkenheit und beneidete sie um ihre Unbeschwertheit. Er hatte Michael Caveny das Amt eines Stadtpolizisten verschafft und hatte auch nie Anlaß, dies zu bereuen, denn Caveny erwies sich als hemdsärmeliger Kauz, der einem Mann lieber ins

Gewissen redete als daß er seine Waffe gezogen hätte: »Ein Mann wie Sie, der seine Frau prügelt, sollte sich einen dichten Bart wachsen lassen, Mister Simpson. Wie kann er es sonst ertragen, am nächsten Morgen sein Gesicht im Spiegel zu sehen?«

Die geordneten Verhältnisse in dieser kleinen Stadt erfuhren eine arge Störung, als eines heißen Nachmittags T. T. Arbigost – gekleidet in einen weißen Leinenanzug und seinen silbernen Zahnstocher im Mund – mit einem schmutzigen Dampfer aus Baltimore eintraf. Er ließ siebzehn Sklaven ausladen und in Verschlägen auf den Markt bringen. Dann bürstete er sich ab, warf einen verächtlichen Blick auf das armselige Schiff, mit dem er gekommen war, und sandte einen Boten nach Devon mit der Nachricht, daß er einen ausgezeichneten Posten von Sklaven auf den Plantagen im südlichen Maryland erstanden habe. Da Steed stets Bedarf an Arbeitskräften hatte, segelte er nach Patamoke, um gleich den ganzen Posten zu kaufen, und als er die Sklaven inspizierte, stellte er fest, daß die Männer sich tatsächlich in ausgezeichnetem Zustand befanden. Er konnte sich nicht erklären, warum Arbigost sie hierher gebracht hatte, statt auf die einträglicheren Märkte in Louisiana.

»Na ja«, erklärte der schmierige Händler und wiegte sich in seinem Schaukelstuhl mitten auf dem Marktplatz, »genau diese scharfsinnige Frage hätte ich auch gestellt, wenn man mir so erstklassige Exemplare anbieten würde.«

Mit seiner Reitpeitsche deutete er lässig auf die Schwarzen in ihren Pferchen.

»Sicher haben sie sich als unlenksam erwiesen«, hakte Steed nach.

»Da irren Sie sich gewaltig«, erwiderte Arbigost mit einschmeichelndem Lächeln. »Hätte ich sonst eine Fahrt über die Bucht riskiert und noch dazu mit diesem …« Mit dem Zahnstocher deutete er auf das Schiff.

»Worin also besteht Ihr Geheimnis?«

»Geld, Mister Steed. Schlicht und einfach Geld.«

»In Louisiana würden Sie mehr bekommen.«

»Und ich müßte von dem Mehrerlös die Reise und Transportkosten abziehen. Wen ich auch in Baltimore gefragt habe, alle haben das gleiche gesagt: ›Steed von Devon, der braucht Sklaven.‹ Man kennt Sie, Sir.«

Paul wollte kaufen, aber er traute Arbigost nicht. »Das sind unlenksame Kerle, die Sie aus Georgia herausgeschmuggelt haben.«

»Mister Steed!« protestierte der gerissene Händler, wich der Frage nach der Herkunft der Sklaven geschickt aus und betonte vielmehr deren Gefügigkeit. »Habe ich Ihnen in meinem ganzen Leben jemals einen störrischen Nigger verkauft?« Er machte eine dramatische Pause, um Steed Gelegenheit zu geben, seine beispiellose Rechtschaffenheit dankbar anzuerkennen, und fügte dann noch hinzu: »Erinnern Sie sich noch, wie ich Ihrem Mister Beasley diesen prächtigen Xanga verkauft habe, der auf den Namen Cudjo hörte und sich so gut mit Maschinen auskannte? Mister Beasley hatte die gleichen Zweifel, aber ich habe ihm damals versichert, so wie ich es jetzt Ihnen versichere, daß dieser Cudjo gezähmt war und daß er sich als guter Sklave erweisen würde.« Er lächelte, stieß Paul in die Rippen und fügte hinzu: »Eines habe ich Mister Beasley damals nicht erzählt – und wozu sollte ich auch –, daß nämlich dieser Cudjo die berühmte Meuterei auf der ›Ariel‹ angeführt hat. Sie erinnern sich doch?«

»Auf der ›Ariel‹?«

Mr. Arbigost nickte. »Eine verteufelte Geschichte war das. Sie bekamen das ganze Schiff in ihre Gewalt.«

Steed ließ sich schwer auf den Block fallen, von dem aus die Sklaven versteigert werden würden, wenn er nicht vorher einen Kaufvertrag mit Arbigost abschloß. »Das Schiff wurde hier gebaut. Der getötete Kapitän war aus dieser Stadt.« Es war unglaublich! Cudjo Cater hatte diese Meuterei angeführt, und Paul Steed hatte ihn freigelassen.

»Aber hat er sich nicht als ausgezeichneter Sklave erwiesen?« drängte der Händler. »Und ich versichere Ihnen, Steed, daß Sie auch mit diesen Sklaven hier nicht schlechter fahren werden, denn auf meiner Farm weiß man, wie man Sklaven schult.«

Paul hätte vor diesem hinterhältigen Mann davonlaufen mögen, aber er brauchte Sklaven, und nun schob Mr. Arbigost seinen silbernen Zahnstocher von einem Mundwinkel in den anderen und machte ihm ein reizvolles Angebot: »Wir könnten um jeden einzelnen feilschen – ein bißchen mehr für den einen, ein bißchen weniger für den anderen –, aber unter Gentlemen wäre das geschmacklos. Zweitausendeinhundert Dollar pro Kopf, und sie gehören Ihnen.«

Nachdem die Sklaven zur Verschiffung nach den entlegeneren Plantagen gekennzeichnet waren, gab Steed Arbigost den Rat, besser nichts über Cudjo und die »Ariel« verlauten zu lassen.

»Ich habe es schon den Männern erzählt, die auf die Sklaven aufpassen.«

»Dann bekommen wir Ärger«, sagte Steed und beschloß, in Patamoke zu schlafen und an diesem Abend nicht nach Devon zurückzukehren. Er befand sich in dem Haus neben seinem Laden, als Lafe Turlock, begleitet von seinen schon erwachsenen fünf Söhnen, zur Tür gestürmt kam und ihn zu sprechen verlangte.

Lafe war ein alter Mann mit hängenden Schultern und schlaffem Mund, aber noch brannte das Feuer der Marsch in ihm. »Steed, man hat mir erzählt, daß Ihr Nigger Cudjo die ‹Ariel› gekapert hat.«

»Das sagt Mister Arbigost.«

»Wir hängen ihn! Er hat meinen Vetter Matt umgebracht.«

»Wozu erzählen Sie mir das?«

»Weil Sie mitkommen sollen und den Konstabler zurückhalten.«

»Ich denke, Mister Caveny wird seine Pflicht tun.«

»Das denken wir auch, und wir wollen keinen Ärger.«

»Sind Sie nicht gerade dabei, eine ganze Menge Ärger zu machen?«

»Wir wollen den Nigger hängen, sonst nichts. Wir wollen nicht die ganze Stadt hochgehen lassen.«

»Ich fürchte, Sie werden damit die ganze Stadt in Aufruhr versetzen.«

»Nicht, wenn wir. den Leuten sagen, was er gemacht hat.«

Paul zog sich in sein Haus zurück und bat die Turlocks, ihm zu folgen. Er ging in die Küche und flüsterte dem Dienstmädchen zu, sie solle zu Mr. Paxmore und zu Cudjo laufen und ihnen sagen, was im Gange war. Dann kehrte er zu den Turlocks zurück und sprach mit ihnen, erreichte aber nichts. Lafe erklärte, er persönlich werde den Strick um Cudjos Hals legen, und seine Söhne stachelten ihn noch weiter an.

Das Gespräch endete ergebnislos, und Steed weigerte sich, an einem Lynchverfahren teilzunehmen. Er konnte nur noch sehen, wie die sechs Männer auseinanderstoben, um ihre Freunde zusammenzurufen.

Paul dachte kurz darüber nach, was zu tun sei, und entschloß sich dann, Mr. Caveny aufzusuchen. Der Stadtpolizist wußte bereits, was die Turlocks vorhatten, und hatte sofort begriffen, daß sich nun erweisen würde, wie groß seine Autorität in der Stadt war. Für ihn war die »Ariel« ein Schiff wie andere auch, und die Meuterei eine banale Episode von weit geringerer Bedeutung als die Hungersnot, die er in Irland miterlebt hatte. Er rechnete damit, daß die meisten Bürger Patamokes auch so denken würden und daß man ihm bei der Auseinandersetzung mit dieser streitsüchtigen Familie mehr oder minder freie Hand lassen würde.

Doch als Mr. Steed mit schreckensbleichem Gesicht zu ihm kam, übertrug sich die Unruhe des Pflanzers auf den Konstabler. Und kurz darauf erschien, ruhig und Achtung gebietend, Mr. Paxmore.

»Wir wollen keine Unruhe«, sagte er. »Bist du bereit, diesen Mob zu zerstreuen, Mister Caveny?«

»Es sind ja nur sechs«, antwortete Caveny.

»Es werden mehr sein«, gab Paxmore zurück. »Wir sollten uns nach Frog's Neck auf den Weg machen.«

So wanderten die drei Männer langsam und ohne sichtbare Erregung durch die Straßen zum Moorland hinunter und mußten dort feststellen, daß bis auf Cudjo und Eden Cater alle geflohen waren.

»Wir bleiben«, sagte Eden, als die drei Weißen bei ihnen anlangten.

»Du darfst keine Waffen sehen lassen«, warnte Mr. Paxmore.

»Wir bleiben«, wiederholte die Negerin, und ihre Haltung verriet, daß sie ausreichend bewaffnet war. Cudjo stand stumm neben der Tür seiner Hütte.

»Warst du auf der ‹Ariel›?« fragte Steed.

»Ja.«

»Oh, mein Gott!« Steed schüttelte besorgt den Kopf.

Dann tauchten die Turlocks auf, und es schien, als halte es die halbe Stadt mit dieser unfügsamen Familie. Doch als sie näher kamen, sah Paul etwas, das ihn noch zorniger machte. In der ersten Reihe, Seite an Seite mit Lafe Turlock, marschierte Mr. Arbigost, offenbar von dem festen Glauben beseelt, daß die Bestrafung von Schwarzen, wann immer und wo immer, zu seinen Obliegenheiten gehörte.

»Arbigost!« schrie Steed. »Was zum Teufel …?«

»Wir wollen diesen Nigger haben!« brüllte Lafe, aber Mr. Steed achtete nicht auf ihn. »Arbigost! Was machen Sie hier mit diesen Männern?«

Damit rückte der Fremde im weißen Anzug anstelle Lafe Turlocks ins Zentrum des Geschehens, und es entspann sich ein kurzer, erregter Wortwechsel, durch den die Gemüter sich beruhigten.

»Meine Herren!« rief Mr. Caveny, als der erste Schlagabtausch beendet war. »Es wäre doch wirklich schade, uns einen so schönen Sommerabend auf diese Weise zu verderben. Ich schlage vor, wir gehen alle in die Stadt zurück und lassen uns von Mister Steed zu einem Drink einladen.«

»Ich will diesen Nigger haben!«

»Lafe«, sagte Mr. Caveny beschwichtigend, »das ist doch schon so lange her. Cudjo hat sich bewährt …«

»Ich will diesen Nigger hängen! Er hat meinen Vetter Matt umgebracht!«

Es war dieser Name, der dem Aufruhr ein Ende setzte, denn als er ausgesprochen war, richteten sich alle Blicke auf Paul Steed, und viele entsannen sich seiner Schmach. Matt! Wie deutlich erinnerten sie sich dieses Namens und seines lebensvollen und schlagkräftigen Trägers. Matt, der große, laute, rothaarige Mann, der Steed seinerzeit in Patamoke ins Wasser geworfen hatte.

»Wir gehen in die Stadt zurück und genehmigen uns einen Whisky«, sagte der Konstabler und nahm Lafe am Arm. »Klar, Lafe, es gab so manchen Engländer, den ich gern gehängt hätte. Nur gut, daß ich es nicht getan habe; sie hatten alle ihre Bulldoggen dabei. «

Als die Menge sich verlaufen hatte, ging Eden zurück in die Hütte, nahm das Messer aus ihrem Busen und den Revolver aus ihrem Kleid und legte beides auf den Tisch. In dem Raum gab es zwei Stühle, ein Bett und sonst kaum mehr, aber es war ihr Heim, und es war gerettet. Cudjo erschrak, als er die Waffen sah und wollte sie vom Tisch fegen, aber Eden bedeckte sie mit ihren Armen.

1857 lebten alle Amerikaner noch in dem Gefühl, der von Henry Clay und Daniel Webster noch vor deren Tod ausgearbeitete Kompromiß könne die Nation retten. Nur die unbekehrbaren Gegner der Sklaverei schreckten, um ihre Ziele durchzusetzen, selbst vor der Zerschlagung der Union nicht zurück. Im März dieses Jahres traf nun Oberrichter Roger Brooke Taney, ein Mann aus Maryland, im Obersten Gerichtshof eine Entscheidung, die die schwankende Fassade zerstörte, hinter der die Friedensstifter agiert hatten. Es war ein verwickelter Fall – wie alle Fälle, die zu folgenschweren Urteilen führen. In einem Sklavenstaat geboren, kam der Sklave Scott später in einen sklavenfreien Staat, dann auf ein Territorium, wo die Sklaverei verboten war, anschließend wieder zurück in einen Staat, wo sie erlaubt war, und schließlich nach Massachusetts, wo Sklaven automatisch frei waren. Was war nun sein Status? Das Gericht hätte praktisch jede denkbare Entscheidung treffen können.

Oberrichter Taney und seine Kollegen fanden einen bequemen, wenn auch ausweichenden Ausweg: Sie verkündeten, daß Dred Scott ein Schwarzer und somit kein Bürger der Vereinigten Staaten sei und demzufolge nicht das Recht habe, sich vor einem Bundesgericht zu verantworten. Sein Status war damit derselbe wie vor dreißig Jahren. Er war als Sklave geboren und mußte es sein Leben lang bleiben.

Hätte Taney es dabei bewenden lassen, wäre damit nur ein Neger seiner Freiheit beraubt gewesen, aber in den achtzig Jahren seines Lebens hatte dieser alte Eisenfresser immer im Zentrum politischer Stürme gestanden und es entsprach nicht seinem Charakter, sich zu verstecken. Er wollte sich mit der explosivsten Streitfrage seiner Zeit offen auseinandersetzen und dieses verflixte Sklavenproblem ein für alle Male lösen. Unterstützt von Richtern, die ebenso wie er selbst Sklaven hielten, verzierte der alte Mann seine grundlegende Entscheidung mit einer Anzahl persönlicher Meinungen, die, obgleich ohne gesetzmäßige Kraft, das Land aufschreckten: Keine Regierungsbehörde in den Vereinigten Staaten war befugt, einen Bürger seines rechtmäßigen Eigentums zu berauben; der in Missouri erzielte Kompromiß war null und nichtig; der Kongreß konnte der Sklaverei in den Territorien keinen Einhalt gebieten; und die einzelnen Bundesstaaten hatten kein Recht, Schwarze freizulassen. Die Plantagenbesitzer am Choptank waren entzückt, als sie von dieser Entscheidung erfuhren; ihnen war damit alles gegeben, was sie sich schon immer von der Bundesregierung erwartet hatten. Jetzt war Schluß mit dem ewigen Hin und Her, meinte Paul Steed; er ließ die Entscheidung in allen seinen Läden anschlagen und erklärte seinen Aufsehern: »Endlich haben wir eine Waffe in der Hand, um das Problem der Ausreißer richtig anzupacken. Macht es den Sklaven klar: Selbst wenn sie ein paar Tage in Freiheit sind, früher oder später bekommen wir sie zurück. Die Sache ist ein für alle Male ausgestanden, und jetzt werden wir mit unserer Arbeit gut vorankommen.«

Die Bürger der Mitte waren mit der Entscheidung zufrieden; sie würde den Hader nun beenden. Die Iren fühlten sich nicht angesprochen. Freigelassene Neger wie Eden und Cudjo Cater begriffen, daß sie sich äußerst vorsichtig verhalten mußten. Jeden Augenblick konnte sie jemand als Sklaven für sich beanspruchen, dem Gericht gefälschte Papiere vorlegen und sie auf einer entlegenen Baumwollplantage verschwinden lassen. Sorgfältig überprüfte Eden ihre Freilassungspapiere, noch sorgfältiger aber überprüfte sie ihre Schußwaffen und Messer.

Die Paxmores waren von dieser außergewöhnlichen Entscheidung erschüttert, und als sie den Text genau durchlasen, stießen sie auf jene erstaunliche Passage, in der Oberrichter Taney folgendes niedergeschrieben hatte:

> Seit mehr als hundert Jahren werden Sklaven als ihrem Wesen nach tieferstehend angesehen, so tief, daß sie niemals irgendwelche Rechte besäßen, die der weiße Mann hätte respektieren müssen.

Als George Paxmore diese entsetzlichen Worte las, senkte er sein weißes Haupt und wußte nicht, was er dazu sagen sollte. Wiederholt setzte er zum Sprechen an, aber es war zwecklos. Wenn das höchste Gericht der Nation urteilte, daß ein Schwarzer keine Rechte besaß, die ein weißer Mann zu respektieren hatte, dann gab es keine Hoffnung mehr für dieses Land. Es mußte in Barbarei versinken.

Rachel Starbuck Paxmore war die Anführerin im Kampf gegen die Entscheidung im Dred-Scott-Prozeß. Bei jeder Gelegenheit sprach sie sich offen gegen die Unmenschlichkeit dieses Urteils aus. In leidenschaftlicher Rede öffnete sie auch jenen Quäkern die Augen, die geglaubt hatten, mit dem seinerzeit erzielten Kompromiß sei eine Art Frieden hergestellt worden. Sie diskutierte mit Kunden in Steeds Laden. Sie schrieb Briefe. Sie zitierte Taneys böse Worte als Beweis, daß die Union bald aufgelöst werden müsse – »Wir können eine solche Erklärung nicht hinnehmen. Wer noch ein Gewissen hat, muß aufstehen und dagegen ankämpfen.«

Betrüblich an ihrem Kreuzzug war nur, daß Oberrichter Taney diese Worte nie als seine eigenen ausgesprochen hatte. Er hatte sie nur nach einer Äußerung früherer Generationen zitiert; doch als man Rachel darauf hinwies, schnaubte sie verächtlich. »Mag sein, daß es nicht seine eigenen Worte sind, aber er hat sein Urteil darauf gegründet.«

Im Oktober des Jahres bot sich ihr Gelegenheit, einen Gegenschlag gegen die Dred-Scott-Entscheidung zu führen. Mit ihrem Mann und den älteren Paxmores saß sie daheim auf der Friedensklippe. Zusammen hatten sie Schriften von Horace Greeley gelesen, die aus New York gekommen waren, und George Paxmore bezog aus diesen Berichten neue Hoffnung. »Greeley meint, die Gemüter hätten sich beruhigt.« Und Elizabeth sagte ruhig: »Das möchte ich hoffen. «

Rachel wollte gerade die Lampen löschen und als erste zu Bett gehen, als es an die Tür klopfte. Schweigend stellte sie die Lampe auf den Tisch zurück, drehte den Docht wieder hoch und sagte dann: »Wir bekommen Arbeit.« Mutig öffnete sie die Tür, und fürwahr, sie fand Arbeit in einem Ausmaß, wie es die Paxmores bisher nicht gekannt hatten. Neun riesenhafte Schwarze standen vor Rachel im Dunkel. »Wir sind von Clines Farm«, begann der erste, und als Elizabeth seinen zerfetzten, blutigen Rücken sah, stieß sie einen leisen Schrei aus und fiel in Ohnmacht.

»Ich wollte sie nicht erschrecken«, murmelte der verwundete Schwarze, aber Rachel nahm ihn bei der Hand und führte ihn ins Haus. Mit einer Geste wies sie George an, sich um seine hingestreckte Frau zu kümmern; dann führte sie die anderen acht Sklaven in die Küche. Bestürzt betrachteten sie die am Boden liegende Frau; sie war alt und gebrechlich, doch gleich nachdem sie ihr Bewußtsein wiedererlangt hatte, stützte sie sich auf den Tisch, drehte den ersten Schwarzen mit schwacher Hand herum und untersuchte seinen zerfleischten Rücken.

»Lieber Gott«, flüsterte sie, »wir müssen diese Männer in Sicherheit bringen.« Ihr Leben lang hatte sie es abgelehnt, Flüchtigen zu helfen; ihre religiöse Überzeugung hatte sie in dem Glauben bestärkt, daß allein die Kraft des Wortes ausreiche, die Sklaverei zu beseitigen. Jetzt, beim Anblick eines so unmenschlich gezüchtigten Sklaven, gewann sie neue Erkenntnisse.

»Wir haben's nicht mehr ausgehalten«, sagte der Anführer der Sklaven.

»Du hast ihn doch nicht umgebracht?« fragte George vorsichtig.

»Das spielt doch keine Rolle«, konterte Elizabeth in scharfem Ton und fing an, in der Küche herumzuhantieren, um Essen zuzubereiten. Während die Sklaven das Essen verschlangen, eilte sie nach oben, um die Kleider zu holen, die Rachel für einen solchen Notfall gesammelt hatte. »Wir wollen nach Norden«, sagte einer der Sklaven.

»Selbstverständlich«, nickte Rachel, »aber wie? Neun ausgewachsene Männer! Wie sollen sie an den Wachen vorbeikommen, die auf den Straßen herumstreichen?«

Bartley entwarf einen Plan, der alle überzeugte. »Wir können unmöglich so viele auf einmal an den Wachen vorbeischmuggeln. Wir können es aber auch nicht riskieren, sie hierzubehalten und dann einzeln durchzuschleusen. Also machen wir folgendes: Rachel, hol deinen Bruder Comly und fahr mit ihm nach Philadelphia, um alles für unsere Ankunft vorzubereiten. George, du segelst zur Stadt hinüber und läßt von Parrish einen Handzettel für eine Versteigerung auf dem Sklavenmarkt von Patamoke drucken. Darauf müssen diese neun Männer und Eden Cater beschrieben sein.«

»Wieso Eden?« fragte sein Vater.

»Weil ich diese Männer als mein Eigentum nach Norden führen werde. Ganz offen. Bei einer öffentlichen Versteigerung erworben, wie es im Kaufvertrag heißen wird. Ich bringe sie auf meine Plantage am Sassafras, und wenn auch eine Frau dabei ist, sieht es natürlicher aus.«

»Dann mußt du noch heute nacht los«, drängte Rachel. »Cline wird hinter dir her sein.«

»Mister Cline glaubt, wir haben die Bucht überquert«, sagte der erste der Sklaven. »Cline ist in Virginia.«

Diese falsche Spur gab Bartleys List eine gewisse Erfolgschance. Noch vor Tagesanbruch war Rachel auf dem Weg zu den Starbucks, und George segelte nach Patamoke, um die Papiere drucken zu lassen. Bartley wollte alle Sklaven im Wald hinter dem Haus schlafen lassen, doch seine Mutter ließ nicht zu, daß er den Verwundeten mitnahm, bevor sie nicht seinen blutigen Rücken mit einem Breiumschlag behandelt hatte. Der Hüne legte sich auf den Boden, und sie kniete nieder, seine Wunden zu reinigen, eine weißhaarige Dame von dreiundsiebzig Jahren, tief empört über die gewaltige Grausamkeit eines Systems, das sie zu verstehen geglaubt hatte.

In Patamoke angelangt, suchte ihr Mann den Quäker und Drucker John Parrish auf und weihte ihn in den Plan ein. In fliegender Eile setzte Parrish den Text für eine öffentliche Versteigerung, die vor vier Tagen abgehalten worden sein sollte. Er benutzte dazu den Holzschnitt eines Sklaven, der sich auf eine Haue stützte. Der Verkäufer war T. T. Arbigost aus Georgia, und unter den angebotenen Sklaven befand sich auch eine ältere Frau, die auf den Namen Bessie hörte und mit verschiedenen Einzelheiten beschrieben war.

Während Parrish den Handzettel druckte und den Kaufvertrag ausschrieb, wanderte George leise zur Hütte der Caters hinauf, klopfte ans Fenster und wartete, bis Cudjo die Tür einen Spaltbreit öffnete. »Clines Sklaven sind weggelaufen.«

Cudjo sagte nichts, aber seine mächtigen Halsmuskeln spannten sich. Paxmore setzte ihm das Vorhaben seines Sohnes auseinander, Cudjo hörte aufmerksam zu und sagte dann begeistert: »Ich erwarte Eden heute nacht. Wir kommen beide.«

»Nein. Bartley fürchtet, das könnte auffallen. Jemand würde deine Abwesenheit bemerken. Du mußt da sein, wenn Cline in zwei oder drei Tagen vorbeikommt.«

Cudjo schwieg, aber Paxmore sah, wie er die Fäuste ballte. »Lieber Freund, du darfst Mister Cline nicht anrühren. Das einzig wichtige ist, daß wir seine Sklaven nach Pennsylvanien bringen.«

»Soll Eden zur Klippe kommen?«

»So schnell wie möglich.«

»Sie wird da sein. Diese Sklaven werden Pennsylvanien erreichen.«

So wurden alle Vorbereitungen getroffen. Rachel war unterwegs nach Philadelphia. Elizabeth spendete das Geld, das sie für Samen gespart hatte, und Bartley blieb bei den Sklaven und hämmerte ihnen ein, daß sie auf alle Fragen immer nur mit »Ja, Sir« antworten mußten. Und dann kam Eden. Wie eine Dienstmagd gekleidet, war sie mit ihrem eigenen Skiff den Fluß heruntergesegelt. Sie war nervös und wollte gleich losziehen. »Wir kommen nach Pennsylvanien«, versicherte sie den Flüchtlingen, aber ihr Verhalten war so aggressiv, daß Bartley sie nicht mitnehmen wollte, bevor Elizabeth sie nicht durchsucht und ihr die im Busen verborgene Pistole und das ans Bein geschnallte Messer abgenommen hatte.

»Es darf keine Gewalt angewendet werden«, ermahnte Bartley die Sklaven. »Gott in Seiner Gnade wird uns beschützen.« Elizabeth aber, die an der Küchentür stand, als die Sklaven herauskamen, gab jedem von ihnen den gleichen Rat: »Laß dich nicht erwischen!«

Verbunden durch ihr leidenschaftliches Verlangen nach Freiheit, marschierten die Sklaven schweigend zum Fluß hinunter, wo Bartley einen großen Zweimaster vor Anker liegen hatte. Damit segelten sie den Choptank hinauf, und nachdem sie schon ein großes Stück vorangekommen waren, ließ Bartley den Zweimaster auf den Strand auflaufen. »Jetzt beginnt der gefährliche Teil«, warnte er die Sklaven.

Es war ein gewagtes Unternehmen. Ein Weißer, neun Schwarze und eine freigelassene Sklavin. Im Gänsemarsch gingen sie hintereinander her, mit der

Absicht, den Städten und allen peinlichen Fragen auszuweichen. Gegen Mittag des ersten Tages – an Easton waren sie schon vorbei – wurden sie von einem Farmer aufgehalten und gefragt, wo sie hinwollten. »Zum Sassafras«, antwortete Bartley, und der Farmer meinte: »Ich hoffe, Sie können diesen Niggern vertrauen«, und Bartley sagte: »Tom und Nero sind brave Burschen.« Sie schliefen auf offenem Feld, doch da, wo die Halbinsel schmaler wurde, konnten sie den Städten nicht mehr ausweichen, und nachdem er seine Schützlinge noch einmal genau instruiert hatte, führte er sie mitten durch eine Gemeinde. Hin und wieder drehte er sich nach ihnen um, so als ob er auf seine Schwarzen aufpassen müsse.

»Wo geht die Reise hin?« fragte ein Polizist.

»Nach Head of Elk«, antwortete Bartley, denn sie befanden sich bereits nördlich vom Sassafras. »Hab' ne Menge zu pflügen.«

Der Beamte musterte die Sklaven. »Haben Sie Papiere für diese Nigger?« fragte er.

»Aber sicher«, und während die Schwarzen steif dastanden, bemüht, ihre Angst nicht merken zu lassen, holte Bartley die Dokumente heraus, die John Parrish gefälscht hatte. »Sieht gut aus, das Weibsstück«, sagte der Polizist. »Und kochen kann sie auch«, sagte Bartley.

»Wir sehen eine Menge Entlaufene hier oben. Passen Sie gut auf Ihren Haufen auf!« Aus reiner Willkür versetzte er dem letzten Sklaven in der Reihe einen heftigen Schlag mit seinem Stock, und einen Augenblick lang befürchtete Bartley, die ganze Täuschung würde ans Licht kommen, aber der Sklave griff sich mit der Hand an die Stirn, verbeugte sich mehrmals und murmelte: »Ja, Sir. Ja, Sir.«

Jetzt kam der nervenaufreibendste Teil. Sie waren bereits nördlich vom Head of Elk, nicht weit von der Grenze nach Pennsylvanien. Aber gerade hier patrouillierten gewerbsmäßige Sklavenjäger die Wege in der Hoffnung, Flüchtige zu erwischen, die so kurz vor der Grenze, die langersehnte Freiheit endlich vor Augen, unachtsam waren. Wie Bartley erwartet hatte, wollten sich einige der Männer selbständig machen, um jeder für sich sein Glück zu versuchen.

Er warnte sie, wenn sie sich jetzt zerstreuten, würden sie alles aufs Spiel setzen, was er für sie gewagt hatte. Zu seiner Überraschung war es Eden, die ihn energisch unterstützte. »Seid doch nicht dumm«, ermahnte sie die Männer. »Ihr seid nur noch fünf Meilen von der Freiheit entfernt. Bleibt tapfer.«

Aber ein Sklave namens Pandy weigerte sich, das gemeinsame Risiko mitzutragen. Eine so große Gruppe, prophezeite er, würde bestimmt auffallen. Das letzte Stück werde er allein schaffen, sagte er, und fort war er.

Bartley wußte nicht recht, wie er sich verhalten sollte, wenn er auf diesen letzten paar Meilen angehalten wurde, und so fuhr ihm ein gewaltiger Schrecken durch die Glieder, als er drei Reiter, offensichtlich Sklavenjäger, auf sich zupreschen sah. »Wohin wollen Sie mit den Sklaven«, fragte ihn der Anführer.

»Ich bringe sie auf meinen Hof bei Risin' Sun.«

»Was machen Sie so weit im Osten?«

»Hab' sie in Patamoke gekauft. Da sind sie viel billiger als in Baltimore.«

»Das stimmt«, sagte einer der Männer.

»Haben Sie Papiere, die beweisen, daß sie Ihnen gehören?«

»Alles in Ordnung«, erwiderte Bartley. Er zitterte, denn er wußte, diese acht Sklaven würden sich nicht gefangennehmen lassen, und er fürchtete Edens gewalttätiges Eingreifen, falls die Reiter versuchen sollten, sie zu fassen. Während die Männer die Dokumente studierten, scharrte Bartley, Unbekümmertheit mimend, mit der Stiefelspitze im Sand: Mein Gott, wollte dieser Augenblick niemals vorübergehen?

»Die sehen mir aber nicht aus wie Nigger aus Georgia. Eher wie gewöhnliche Feldarbeiter aus Maryland.«

»Die sind gezähmt«, sagte Bartley und schob dem Sklaven das Hemd hoch, der als letzter gepeitscht worden war. Als die Sklavenjäger die Striemen sahen, war ihnen klar, daß sie einen gefährlichen Mann vor sich hatten. Mit einem gewaltigen Tritt schlug der Anführer den Sklaven zu Boden, während die zwei anderen Reiter sich am liebsten die ganze Reihe vorgenommen hätten. Hätte der gefallene Sklave aufgemuckt, wäre es zu einem erbitterten Kampf gekommen, aber der Mann blieb im Staub liegen, und die Reiter machten sich davon.

»So schnell wie möglich nach Norden«, rief Bartley, als sie verschwunden waren. Sie waren ein gutes Stück weiter, als sie hinter sich Hufgeklapper hörten; die Jäger kamen auf sie zugaloppiert.

»Wir haben es ja gewußt, daß ihr Entlaufene seid!« brüllten sie, als sie den letzten Sklaven der Reihe erreicht hatten.

Jetzt übernahm Eden das Kommando. Mit einem wilden Sprung warf sie sich auf den Anführer und riß ihn mit sich zu Boden, Sie bekam einen Stein zu fassen und schlug ihm damit über den Schädel. Als sie aufblickte, sah sie, daß die Sklaven auch die anderen zwei Reiter von ihren Pferden gezerrt hatten, und noch bevor Bartley eingreifen konnte, waren die Männer gefesselt.

»Nehmt ihre Pferde«, rief Eden, aber Bartley redete beschwörend auf die Sklaven ein: Wenn sie die Pferde nach Pennsylvanien mitnahmen, würde man sie hängen.

»Pferdediebstahl ist ein schreckliches Verbrechen«, sagte er, und Eden lachte, aber Bartley ließ nicht locker. »Man wird es euch nie verzeihen. Einen Pferdedieb verfolgen sie bis ans Ende der Welt.«

»Schafft sie in den Wald!« befahl Eden, und die drei Jäger wurden weggeschleift. Eden ließ es nicht zu, daß Bartley ihnen folgte, unruhig mußte er warten, bis die Sklaven wiederkamen. Die Pferde aber ließ er sie nicht mitnehmen.

»Laßt sie laufen«, befahl er, und sie taten es und eilten dann alle auf die Grenze zu. Doch ein herzzerreißender Anblick brachte sie bald wieder zum Stehen. Zwei Sklavenjäger kamen auf sie zu; mit der Peitsche schlugen sie auf einen Schwarzen ein. Er hatte einen Strick um den Hals und die Hände auf dem Rücken zusammengebunden. Es war Pandy, den Mr. Cline sieben Jahre lang gequält hatte. Nur eine Meile lag noch zwischen ihm und der Freiheit, als er in genau die Falle gestolpert war, die Bartley und Eden vorausgesehen hatten.

Mit gesenkten Augen kam er an seinen Gefährten vorbei. Niemals würde er sie verraten, obwohl er sich selbst verraten hatte. »Was haben Sie denn da?« fragte Bartley lässig.

»So einen verdammten Entlaufenen. Aber uns bringt der Kopf fünfzig Kröten.«

»Scheint ein gefährlicher Bursche zu sein.«

»Wo wollen Sie denn hin?«

»Nach Risin' Sun.«

»Das ist nicht mehr weit, aber passen Sie auf Ihre Nigger auf. Die laufen hier gern davon.«

»Ich habe zwei Wächter«, sagte Bartley.

»Wächter!« Die Männer lachten. »Einem Nigger kann man nicht trauen.« Und damit gingen sie weiter, zurück zur Farm von Herman Cline.

Auf dieser letzten Meile sprach keiner der Sklaven ein Wort, aber Bartley sah, daß fast alle Tränen in den Augen hatten, und als sie schon ein gutes Stück innerhalb von Pennsylvanien waren, stimmte einer der Männer ein Lied an:

> O gütiger Jesus, beschütze ihn.
> Gütiger Jesus, rette unseren Bruder.
> Gütiger Jesus, laß uns im Schlaf dahingehen.
> Gütiger Jesus, bring uns heim.

Alle Gegner der Sklaverei in Philadelphia, die selbst Zeit und Geld aufbrachten, um Sklaven zu befreien, waren über die Maßen gespannt. In einer Depesche hatten die Behörden in Wilmington von einer verbrecherischen Flucht berichtet: Ein weißer Mann und eine schwarze Frau hatten acht Sklaven in die Freiheit geführt, indem sie drei Sklavenjäger unweit der Grenze von Pennsylvanien überwältigten und mit dem Kopf nach unten an eine große Eiche hängten. Die Sklavenjäger seien erst gefunden worden, als ihre Pferde in den Stall zurückkehrten und daraufhin Suchtrupps ausgeschickt worden seien. Ungeduldig erwarteten die Menschen im Norden Nachricht, wer die Flüchtigen waren.

Bartley hatte eine solche Verwirrung vorausgeahnt, und sobald er die acht Männer auf den Weg zum Kennet Square gebracht hatte, wo schon Quäker warteten, um für sie zu sorgen, verzog er sich mit Eden nach Westen in das Städtchen Nottingham. Dort vertrauten sie sich einer Quäkerfamilie namens Hicks an: »Es wäre furchtbar, wenn bekannt würde, wie wir die Dokumente gefälscht haben. Mistress Cater und ich brauchen neue Kleider, neue Papiere und gerade so viel Geld, daß wir über Baltimore wieder nach Hause können.« Daraufhin wurden Papiere besorgt und Fahrkarten gekauft für einen Gentleman, der mit der Zofe seiner Frau nach Richmond zurückkehrte. Und ab ging es nach Süden.

Jetzt waren Rachel und ihr Bruder an der Reihe. Sie waren ein resolutes Paar, und als die Sklaven in Philadelphia eintrafen, brachten die Geschwister sie rasch in verschiedenen Verstecken unter, so daß niemandem der Gedanke kommen konnte, dies wären die Männer, die die Sklavenjäger so gedemütigt hatten. Rachel, die immer mit Schwierigkeiten rechnete, setzte ein Gerücht in Umlauf, wonach die acht Sklaven Lancaster erreicht hatten – und ein weiteres, wonach sie sich bereits in New York befanden; sie hatte sogar veranlaßt, daß die dortigen Gegner der Sklaverei eine Party ankündigten, bei der die acht zur Schau gestellt werden sollten.

Aber sie hatte den Feind unterschätzt, denn als sie die Einkaufsstraße hinunterging – sie hatte gerade die nötigen Vorkehrungen getroffen, um drei der Männer nach Boston zu verfrachten –, sah sie zu ihrem Entsetzen, daß Lafe Turlock und Herman Cline, zwei Polizisten im Gefolge, die Straße heraufkamen. Schnell drehte sie sich um, drückte sich gegen ein Auslagenfenster und blickte ihnen nach, bis sie außer Sichtweite waren. Noch am Abend las sie deren Anzeige in der Zeitung:

ENTFLOHEN

Acht hervorragende Sklaven, davon vier mit Narben auf Gesicht und Rücken.

Hundert Dollar Belohnung für jeden, der zurückgestellt wird an Herman Cline vom Little Choptank, Maryland, zu erreichen in Mrs. Demsons Logierhaus in der Arch Street.

Nach dem Gesetz waren alle Bürger Pennsylvaniens verpflichtet, Herman Cline bei der Suche nach seinen Sklaven zu unterstützen. Von einem Denunzianten war ihm zugetragen worden, daß die Entflohenen, entgegen den umlaufenden Gerüchten, Philadelphia erreicht hatten und sich dort versteckt hielten. Schon durchsuchten Vollzugsbeamte die Logierhäuser, und eine Gruppe von Südstaatlern, Anhänger der Sklaverei, die in der Stadt wohnten, hatten die von Cline ausgesetzte Belohnung verdoppelt. Es konnte nur noch eine Frage von Tagen sein, bis die Flüchtlinge gefaßt waren, und man sprach schon davon, daß sie zuerst nach dem nördlichen Maryland überstellt werden sollten, um dort dafür bestraft zu werden, daß sie die drei Sklavenjäger aufgehängt hatten.

Aber die Gegner der Sklaverei, von Rachel Paxmore angetrieben, blieben nicht untätig. Unter den Quäkern war ein Drucker, der geradezu begierig war zu helfen. Er druckte vierhundert große Handzettel mit der Nachricht, daß sich die berüchtigten Sklaventreiber Lafe Turlock und Herman Cline, einer der grausamsten Sklavenhalter Marylands, in Philadelphia aufhielten. Das Plakat zeigte Holzschnittkarikaturen der verhaßten Männer, und der Text schloß mit diesem Aufruf:

> Bürger! Haltet Ausschau nach diesen Ungeheuern, diesen Menschenräubern! Wenn ihr sie auf der Straße gehen seht, warnt alle Vorübergehenden! Wo immer sie sich zum Essen setzen, sagt allen in Hörweite, wer sie sind! Stellt fest, wo sie schlafen, und benachrichtigt uns. Und wenn sie einem schwarzen Bürger auch nur in die Nähe kommen, schreit laut um Hilfe, denn wenn diese Männer ihre früheren Sklaven nicht finden, werden sie sich freigelassene Neger schnappen.

Dieses Flugblatt wurde an alle Gasthöfe und Restaurants verteilt, an Pfosten genagelt und an Schaufenster geklebt. Die Mitglieder der Sklavenbefreiungsbewegung erhielten jeder vier Exemplare, die sie überall dort anbringen sollten, wo sie ins Auge fielen.

Später erzählten Rachel und ihr Bruder Comly ihrer Mutter, was in den folgenden Tagen geschah. »Wir wußten, wo sie übernachteten, nämlich in Mistress Demsons Logierhaus, und wir hatten Gruppen von Jugendlichen organisiert, die auf der Straße auf sie warteten und, sobald sie herauskamen, um sie herumtanzten und dabei ›Sklaventreiber! Sklaventreiber!‹ schrien. Wenn sie sich irgendwo zum Essen setzten, standen wir ganz in ihrer Nähe und starrten sie an. Wenn sie ein Bier haben wollten, bekamen sie es erst, nachdem alle im Lokal erfahren hatten, wer sie waren, und viele Gäste spuckten vor ihnen aus und weigerten sich zu trinken, solange die beiden sich im gleichen Raum aufhielten. Wir machten sie fertig.«

Lafe Turlock und Herman Cline! Drei Tage lang erduldeten sie diese Qual, dann verließen sie die Stadt. Anfangs hatten sie ihre Sklaven noch in New York suchen wollen, aber als sie beim Abendessen saßen, brüllte ein Gegner der Sklaverei zu ihnen hinüber: »Glauben Sie ja nicht, Sie können uns loswerden! Die Komitees in Lancaster und in New York sind schon benachrichtigt! «

Es blieb ihnen nichts anderes übrig, als sich zurück nach Baltimore einzuschiffen. Als der Dampfer ablegte, blickte Cline zurück über die Silhouette der Stadt; ihm war zum Heulen zumute. »Denk doch mal, Lafe! Wie ich geschuftet, mich geschunden habe in den Sümpfen! Aber ich habe es zu etwas gebracht! Und dann läuft mir mein Eigentum davon. Neun erstklassige Sklaven. Über zwanzigtausend Dollar. Diese verdammten Nigger halten sich irgendwo in dieser Stadt versteckt.«

»'s war'n die Flugblätter«, seufzte Lafe. »Die haben die Leute gegen uns aufgebracht. «

»Meine ganzen Ersparnisse – einfach weg. Das ist verdammt unfair!«

Aber die Belohnung für die acht Sklaven war noch ausgeschrieben, und Rachel wußte, daß es zahlreiche Abenteurer gab, die auf dieses Geld begierig waren. »Was können wir tun?« richtete sie fragend an verschiedene Mitglieder des Hilfskomitees.

»Es gibt nur einen sicheren Weg«, antwortete ihr ein weiser alter Quäker. »Du mußt sie nach Kanada bringen.«

»Aber ich dachte, Boston …«

»Nicht einmal dort sind sie sicher. In diesem Land findet ein Schwarzer nirgendwo mehr Sicherheit. Er muß nach Kanada.«

Rachel Paxmore und ihr Bruder trafen alle Vorbereitungen, um die acht Sklaven aus dem Land zu schaffen. Es kostete Zeit und Geld und erforderte viel Mut. Aber es gab eine improvisierte Route, die ohne bewußtes Dazutun entstanden war: »Da ist also dieser Arzt in Doylestown. Die nächste Station ist dann Scranton, und wenn ihr New York geschafft habt, findet ihr bei Frederick Douglass in Rochester sichere Zuflucht.« Rachel begleitete die Männer bis zur kanadischen Grenze, und als sie gegangen waren, ließ die junge Frau zum erstenmal die Spannung erkennen, unter der sie drei Wochen lang gestanden hatte. Sie setzte sich auf einen umgefallenen Baumstamm und weinte, und ihre Schultern zuckten vor Erschütterung. »Schwester«, sagte Comly und setzte sich zu ihr, »es ist vorbei. Sie sind in Sicherheit.«

»Wie grauenhaft«, meinte sie. »Daß Menschen in den Vereinigten Staaten, die frei sein wollen, nach Kanada fliehen müssen!«

Die Flucht der neun Sklaven von Herman Clines Farm am Little Choptank verdroß die anderen Landbesitzer der Gegend derartig, daß sie auf Devon Island zu einer Beratung zusammenkamen, wie ähnliche Kapitaleinbußen künftig zu vermeiden seien.

»In einer Nacht hat Cline zwanzigtausend Dollar verloren«, sagte ein Pflanzer aus Saint Michaels. »Für kleine Leute wie uns wäre es das Ende, wenn sich solche Dinge wiederholen.«

»Hat man eigentlich schon ernstlich daran gedacht, die Paxmores von hier zu vertreiben?« fragte ein untersetzter Mann, der selbst schon einmal zweien seiner Sklaven bis zur Grenze von Pennsylvanien hatte nachjagen müssen, bevor er sie wieder einfangen konnte. »Am Miles hat sich die Lage bedeutend gebessert, seit David Baker …« Er verstummte, denn er wollte doch nicht in aller Offenheit anregen, man solle die Paxmores niederknallen.

»Wir könnten es mit der Religion versuchen«, schlug einer der Steeds vom Refugium vor. »Die Sklaven an ihre moralische Verpflichtung uns gegenüber zu erinnern.«

Der Gedanke fand uneingeschränkte Zustimmung, und viele der Pflanzer wandten sich an Paul Steed. »Paul«, fragte einer, »können Sie nicht ein paar Reden halten? Es wäre mir eine große Freude, wenn Sie in mein Haus kommen und zu meinen Arbeitern sprechen wollten.«

Steed aber äußerte Bedenken. »Ich bin kein guter Redner. Die Zuhörer starren auf meinen verwachsenen Hals und hören nicht auf das, was ich sage.«

»Da ist was Wahres dran«, gab der Mann aus Saint Michaels zu. »Aber trotzdem, das mit der Religion wäre eine gute Sache.«

Und dann entsann sich jemand eines großgewachsenen, hageren, hartgesottenen Methodistenpredigers auf der anderen Seite der Bucht; er galt als der Mann, der »weit und breit die besten Niggerpredigten hält …«

»Denken Sie an Reverend Buford?« fragte Paul. Die Pflanzer nickten. »Ich kenne ihn. Er war schon einmal hier auf Devon zu Besuch.«

»Aber er ist kein Katholik«, wandte ein Pflanzer ein.

»Ich wollte über religiöse Fragen mit ihm diskutieren. Er weiß überzeugende Argumente vorzubringen.«

Es wurde beschlossen, daß zwei Herren vom Choptank die Bucht überqueren und Reverend Buford für ihre Sache gewinnen sollten, und als sie ihm in der kleinen Stadt Hopewell am James-Fluß gegenüberstanden, wußten sie sofort, daß er der richtige Mann für sie war. Mit seinem Leichenbittergehaben, seinem Wust von schwarzen Haaren und seinem gewaltigen Adamsapfel, der seine banalsten Bemerkungen unterstrich und sie treffender erscheinen ließ, als sie es in Wirklichkeit waren, schien er fürwahr der glühende Mensch zu sein, als den man ihn geschildert hatte. »Was wir von Ihnen brauchen«, erklärten sie ihm, »ist Ihre beste Niggerpredigt.«

Er schien wenig geneigt, Virginia zu verlassen, wo er viel zu tun fand, doch als er hörte, daß die Einladung von Paul Steed stammte, sagte er fast schon begierig zu. »Ich komme. Steed ist der intelligenteste Katholik, der mir je begegnet ist.«

»Nun ja, er braucht Sie. Wir alle brauchen Sie.«

»Schwierigkeiten mit den Niggern?«

»Herman Cline sind seine neun besten Sklaven davongelaufen. Von achten führte die Spur nach Pennsylvanien.«

»Hat man sie erwischt?«

»Nein. Die Gegner der Sklaverei, diese Abolitionisten, haben Cline und Turlock aus der Stadt gejagt. Die Sklaven sind weiter nach Kanada. Cline hat zwanzigtausend Dollar in einer Nacht verloren.«

»Ich habe von Cline gehört«, sagte Buford. »Ein paar von unseren Leuten schicken ihre Sklaven zu ihm, und ich denke nicht daran, die Bucht zu überqueren, um einem Ungeheuer zu helfen. Wahrscheinlich hat er es verdient, seine Sklaven zu verlieren.«

»Über Cline machen wir uns keine Sorgen, Reverend. Es geht um uns selbst. Anständige Leute wie Paul Steed laufen Gefahr, ihre ganze Investition zu verlieren. Wir brauchen Hilfe. Befriedung.«

»Die brauchen wir alle«, versetzte Buford überraschend angstvoll. »Wer weiß, wo die Leidenschaften dieser Tage uns noch hinführen? Ich bete jeden Abend um Erleuchtung.«

»Und wir beten um Ihre Erleuchtung«, sagte einer der Pflanzer. »Kommen Sie mit uns und helfen Sie, ein Klima der Beruhigung zu schaffen.«

»Wenn Sie meinen, es wäre sinnvoll, bin ich bereit, meine Predigt ›Diebstahl an sich selbst‹ zu halten.«

»Das ist genau, was wir hören wollen. Sie haben sie vor drei Jahren in Somers Cove gehalten. Sehr überzeugend.«

Mit seinem »Diebstahl an sich selbst« begann Reverend Buford auf den kleineren Plantagen östlich von Patamoke. Er war bemüht, Erwartungen zu wecken, während er den dichter besiedelten Ortschaften immer näher kam. Er brachte immer die gleiche Darbietung. Spät am Nachmittag, wenn die Tagesarbeit so gut wie getan war, versammelten sich die Sklaven auf einem mit Bäumen gesäumten offenen Platz. Buford bestand darauf, daß auch alle Weißen anwesend waren, die auf der Plantage lebten. Sie waren sonntäglich gekleidet und saßen auf Stühlen im Schatten. Er begann seinen Vortrag von einer Art Kanzel herunter, doch in dem Maß, wie er sich in Begeisterung hineinsteigerte, bewegte er sich frei zwischen den Reihen seiner Zuhörer, schlug beschwörende Töne an und begleitete seine Predigt mit eindringlichen Gesten.

Seine Botschaft war einfach und wirksam, und er wich auch dem Thema nicht aus, das ihn ans Ostufer gebracht hatte:

> Ich weiß, und ihr wißt, daß vorige Woche neun Sklaven ihrem Herrn entlaufen sind, um in den Städten des Nordens das zu finden, was sie Freiheit nennen. Ich könnte mir vorstellen, daß es sogar unter euch, die ihr hier vor mir steht, welche gibt, die sich mit solchen Gedanken tragen. Ich gebe zu, daß selbst ich, wäre ich einer der Euren, vielleicht nicht ganz frei davon wäre. Was aber sagt Gott zu solchem Betragen?

Mit gewaltiger Entschiedenheit brachte er die Bibelworte, die auf die Sklaverei Bezug hatten, in Übereinstimmung. Gott bestimmte sie; Jesus billigte sie; für Paulus war sie das Tor zum Himmelreich. Besonders nachhaltigen Eindruck machte er, sobald er auf die Bestrafung zu sprechen kam, denn mancher Sklave fragte schon, wie es sein konnte, daß Gott, der doch barmherzig und gnädig war, das Prügeln gutheißen konnte. Wie alle auf Niggerpredigten spezialisierten Prediger verweilte er lange beim Kapitel neunundzwanzig, Vers hundertneunzehn der Sprüche Salomons, denn dort hieß es wörtlich: »Durch Worte läßt der Sklave sich nicht erziehen; wenn er es auch versteht, so folgt er doch nicht.«

Darüber hinaus entwickelte er die These, daß ein Herr, der seinen Sklaven züchtigte, ein gottgefälliges Werk verrichte: »Gott heißt den Herrn, euch mit Peitschenhieben zu bestrafen, wenn ihr nicht gehorcht.« Viel Zeit verwandte er für jenen absonderlichen, bei den Predigern im Süden so hochgeschätzten, Vers achtzehn aus dem zweiten Kapitel des ersten Sendschreibens von Petrus. Das war eines der banalsten Bücher der Heiligen Schrift, und aus dem Zusammenhang gerissene Textstellen verurteilten eine ganze Rasse.

> Was sagt die Bibel? Daß ihr euren Herren gehorchen müßt, und nicht nur euren guten Herren, sondern auch und ganz besonders den schlechten, denn wenn ihr euch ihrer Zuchtrute unterwerft, erwerbt ihr die Gnade im Himmel. Und weiter sagt die Bibel: Wenn ihr unverdient leidet, weil ihr nicht sündhaft gehandelt habt – ich weiß, daß das vorkommt und große Erbitterung hervorruft –, müßt ihr die Züchtigung frohen Herzens erdulden, denn Gott sieht alles und wird

euch dereinst im Himmel dafür entschädigen. Das ist das Gesetz der Bibel.

Ihr Leben lang hatten die Sklaven die Sprüche Salomons und das Sendschreiben des Petrus zu hören bekommen, und obwohl Reverend Buford sie jetzt mit großer Beredsamkeit erläuterte, wurden sie unruhig. Einige starrten auf seinen auf- und abhüpfenden Adamsapfel und flüsterten: »Der wird noch ersticken!« Andere wieder zappelten nervös hin und her. Buford wußte dem zu begegnen; er hatte noch zwei Pfeile im Köcher, und als er sie abschoß, lauschten ihm die Sklaven mit höchster Aufmerksamkeit, denn der erste war eine kaum verhüllte Drohung.

> Ihr seht dort Mister Sanford sitzen, und ihr denkt euch, der hat's leicht! Aber ihr wißt nicht, daß er Verpflichtungen gegenüber seiner Bank hat, daß er hart arbeiten muß, das Geld Dollar für Dollar zusammentragen und es dem Bankier bezahlen, weil er sonst seine Plantage verliert. Dann kommt der Bankier hierher und nimmt sie ihm weg und verkauft euch alle nach Louisiana oder Mississippi.

Er nannte weitere drückende Verpflichtungen der weißen Herrschaften, die im Schatten saßen; der eine hatte Prüfungen in Princeton zu bestehen, die junge Dame dort mußte die Kranken pflegen, und er, Reverend Buford, hatte diesen guten Menschen zu danken, die seine Kirche unterstützten. Die Welt war voll von Pflichten, und die den Sklaven auferlegten waren noch die leichtesten.

Der zweite Pfeil war Bufords besondere Stärke bei der Befriedung der Sklaven, und nach ihm war diese berühmte Predigt benannt:

> Mister Sanford berichtete mir heute beim Essen, daß er noch nie bessere Sklaven hatte als euch. »Sie leisten schwere Arbeit«, sagte er zu mir. »Sie bebauen gewissenhaft die Felder. Und sie kämen nie auf den Gedanken, mir eines meiner Hühner zu stehlen.« Ja, so hat Mister Sanford zu mir gesprochen. Er sagte, ihr wärt die ehrlichsten Sklaven in ganz Maryland, doch dann fügte er etwas hinzu, das mich stutzig machte. Einige von euch, sagte er, hätten sich mit dem Gedanken getragen davonzulaufen. Und was heißt das eigentlich, davonlaufen? Ich will es euch sagen: Es ist Diebstahl an sich selbst. Ja, ihr stehlt euch selbst und beraubt damit euren rechtmäßigen Besitzer, und in Gottes Augen ist das eine Sünde. Es ist sogar eine noch größere Sünde,

als ein Huhn zu stehlen oder eine Kuh oder ein Boot, weil nämlich der Wert des gestohlenen Gutes ungleich größer ist. Mister Sanford ist euer Besitzer. Ihr gehört ihm. Ihr seid sein Eigentum, und wenn ihr davonlauft, stehlt ihr euch ihm. Und das ist eine schreckliche Sünde. Wenn ihr diese Sünde begeht, werdet ihr in der Hölle schmoren.

War er soweit gekommen, beschrieb Reverend Buford voller Freude fünfzehn Minuten lang die Hölle. Sie war vornehmlich von Schwarzen bevölkert, die gegen ihren Herrn gesündigt hatten; hier und dort gab es auch mal einen Weißen, der seine Frau ermordet hatte, aber nie einen wie Herman Cline, der zwei seiner Sklaven getötet hatte. Die Hölle war ein grauenhafter Ort, viel schlimmer noch als jedes Sklavenlager, aber man würde nie dahingelangen, wenn man eine Regel befolgte: Gehorsam. Dann kam der Prediger zum Schluß seiner Rede, und nun wurde klar, warum er auf der Anwesenheit der weißen Herrschaften bestand.

Seht euren Herrn dort sitzen, diesen gütigen Mann mit seiner lieben Familie. Viele Jahre lang hat er gearbeitet und gespart, bis er endlich genug Geld hatte, um euch zu kaufen. Damit ihr hier an diesem schönen Fluß leben könnt, statt in einem übelriechenden Sumpf. Seht seine liebe Frau, die nachts in eure Hütten kommt, um euch Arznei zu bringen. Und diese hübschen Kinder; ihr habt mitgeholfen, sie aufzuziehen, damit ihr in späteren Jahren gute Herren an ihnen habt. Das sind die guten Menschen, deren Eigentum ihr seid. Wollt ihr ihnen wirklich weh tun, indem ihr euch selbst wegstehlt und euch im Norden versteckt, wo sie euch nicht finden können? Wollt ihr Mister Sanford des Besitzes berauben, für den er gezahlt hat? Wollt ihr Gottes Wort mißachten und die Gebote Jesu Christi, und wollt ihr der Grund sein, daß diese braven Leute ihre Plantage verlieren?

Er sah es gern, wenn die Pflanzer an dieser Stelle zu weinen anfingen, denn dann weinten auch ein paar der älteren Sklaven, und das gab ihm Gelegenheit für einen glänzenden Abschluß: die Weißen in Tränen aufgelöst, die Schwarzen »Amen! Amen!« schreiend, und zu guter Letzt das nochmalige Gelöbnis treuer Pflichterfüllung.

Es war eine feine Sache, Reverend Buford reden zu hören; er hielt seine Diebstahl-an-sich-selbst-Predigt auf acht größeren Plantagen, die letzte auf

Devon Island, wo Paul Steed ihn vor seinem Auftritt gastlich bewirtete. »Sie sind reifer geworden«, schmeichelte ihm Steed.

»Und Sie sind ein mächtiger Verwalter vor dem Herrn geworden«, gab Buford zurück. »Das letztemal waren Sie von Büchern umgeben, diesmal von Arbeit.«

»Was hören Sie in Virginia?« fragte Steed.

Buford war kein Dummkopf. Er verkehrte in den besten Kreisen und hielt die Ohren offen. »Wir müssen uns gegen Agitatoren von beiden Seiten zur Wehr setzen.«

»Was meinen Sie damit?«

»Die Abolitionisten drängen uns vom Norden her, unsere Sklaven zu befreien, und die Sezessionisten drängen uns von South Carolina her, aus der Union auszutreten.«

»Was werden Sie tun?«

»Wir in Virginia? Wir werden uns entscheiden.«

»Wofür entscheiden?«

Zum erstenmal auf seinem Streifzug durch die Bezirke des Ostufers war Reverend Buford um Worte verlegen. Er lehnte sich zurück, ließ seinen Blick über den prächtigen Rasen schweifen und antwortete nach langem Zögern: »Wenn Leute wie Sie und ich die Dinge nur noch ein kleines Weilchen in Ruhe erhalten können, werden wir diesen Agitatoren den Wind aus den Segeln nehmen. Wir werden zwischen Norden und Süden ein Gleichgewicht herstellen. So werden wir …«

»Und die Sklaverei?« fiel Steed ihm ins Wort.

»In hundert Jahren wird sie sich überlebt haben.«

»Haben Sie Hinton Helper gelesen?«

»Ja, und auch Ihre Entgegnung.«

»Und wem stimmen Sie zu?«

Wieder verfiel der hagere Reverend in Schweigen, brachte dann aber doch genügend Mut zu einer Antwort auf: »Helper. Ohne Sklaven werden wir alle glücklicher sein.«

»Ich habe mehr als eine Million Dollar in meinen Sklaven festgelegt.«

»Festgelegt ist das richtige Wort.«

»Warum halten Sie aber dann noch immer Ihre Predigten?«

»Weil wir alle Zeit gewinnen müssen, Mister Steed. Wir müssen das Gleichgewicht der Kräfte bewahren, und, glauben Sie mir, wenn erst Millionen früherer Sklaven frei in der Gegend herumlaufen, wird dieses Gleichgewicht nicht erhalten bleiben.«

»Geben Sie mir eine klare Antwort. Haben die Quäker recht? Sollte ich meine Sklaven jetzt freilassen?«

»Auf keinen Fall.«

»Wann dann?«

»In etwa vierzig Jahren. Ihr Sohn Mark scheint mir ein solider junger Mann. Er wird sie freilassen wollen, dessen bin ich sicher.«

»Und meine Million Dollar?«

»Haben Sie sie wirklich je besessen? Ich predige oft auf Janneys großer Plantage am Rappahannock …«

Unter meinen Vorfahren gab es Janneys.«

»Ich meine, davon gehört zu haben. Nun, auch sie besitzen angeblich eine Million Dollar. Und es fällt ihnen schwer, ein paar Dollar für mich locker zu machen. Sie sind reich, aber gleichzeitig sind sie arm. Und es liegt im Wesen der Geschichte, daß sie von Zeit zu Zeit das Apfelbäumchen schüttelt, und dann fallen die nicht lebensfähigen Früchte ab, und der Eigentümer entdeckt, daß er von Anfang an gar nicht so viele Äpfel hatte. Nicht wirklich hatte.«

»Hier werden Sie bezahlt«, sagte Steed und holte ein Bündel Geldscheine hervor. »Es ist so erfrischend, mit Ihnen zu plaudern. Ich kann nur nicht verstehen, wie Sie so predigen können.«

»Ich bin ein alter Mann, einer alten Tradition verhaftet.«

»Sie sind doch kaum sechzig!«

»Ich entstamme einem anderen Jahrhundert. Und mir graut vor dem Kommenden.«

Seine Predigt auf Devon Island war die beste von allen, die er bisher auf seiner Rundfahrt gehalten hatte, und sie unterschied sich von den anderen, denn Paul und Susan Steed erklärten sich nur unter der Bedingung bereit dabeizusein, wenn er versprach, sich in keiner Weise auf ihre Personen zu beziehen. Deshalb mußte er auf allen pathetischen Überschwang verzichten und sich auf logische Folgerungen beschränken; dennoch pries er in den höchsten Tönen die Sklaverei als ein wohlgeordnetes System im Sinne Gottes. Auf Steeds Wunsch betonte er die Pflichten des Herrn gegenüber seinen Dienern, wobei er Bibelverse zitierte, die er üblicherweise nicht in seine Predigt einbezog, aber der Schluß seiner Rede hatte das gleiche Feuer wie bisher, und als er von der Kanzel stieg, waren seine Zuhörer in Tränen ausgebrochen, und viele Schwarze drängten sich um ihn und versicherten ihm, daß er das Predigen wahrhaftig verstünde. Doch als er zur Pier hinunterging, wo ein Schiff wartete, um ihn nach Virginia zu bringen, sprachen ihn zwei Weiße an, die ihm während seiner Predigt nicht aufgefallen waren.

»Ich bin Bartley Paxmore«, sagte der Mann und streckte ihm seine Hand entgegen. »Das ist meine Frau Rachel.«

»Ich habe von Ihnen gehört«, sagte Buford vorsichtig.

»Wie kannst du das Wort Gottes so gröblich verdrehen?« fragte Bartley.

»Meine Freunde«, erwiderte Buford, ohne in Zorn zu geraten, »wir alle brauchen Zeit, Sie so gut wie ich. Wollen Sie die große Zerstörung heraufbeschwören?« Ich würde mich schämen, es mit deinen Mitteln hinauszuzögern.«

»Dann wird es sich auch nicht hinauszögern lassen«, sagte Buford. »Sie werden das Nötige dazu tun.« Und er hatte es so eilig, sich aus dem wirren Knäuel entfesselter Leidenschaften am Ostufer zu lösen, daß er seinem Boot im Laufschritt zueilte und hineinsprang.

Als Elizabeth Paxmore auf ihrem Krankenlager Bartleys Bericht über Reverend Bufords Predigt »Diebstahl an sich selbst« hörte, verlangte sie nach der Bibel. Immer wieder abgelenkt, wenn sie auf Stellen stieß, die sie in ihrer Jugend auswendig gelernt hatte, blätterte sie lange in dem schweren Buch. »Ich habe es gefunden!« rief sie endlich und so laut, daß alle im Zimmer sie hörten. Und als sich ihre ganze Familie um sie versammelt hatte, auch die Enkelkinder, fragte sie: »Warum mißachten sie so hartnäckig gerade die Verse, die doch zu den wichtigsten zu gehören scheinen?« Und aus dem fünften Buch Moses las sie die Verse fünfzehn und sechzehn des dreiundzwanzigsten Kapitels:

> Du sollst den Knecht nicht seinem Herrn überantworten, der von ihm zu dir sich entwandt hat … und sollst ihn nicht schinden.

Ihr Wunsch sei es, erklärte sie, daß ihre Familie den Flüchtigen auch weiterhin Hilfe leiste, auch wenn sie sich deshalb während ihrer Krankheit von der Friedensklippe entfernen müßten – und alle wußten, daß es ihre letzte Krankheit sein würde. »Ich komme schon zurecht«, versicherte sie ihnen.

Es waren zwei ganz gegensätzliche Ereignisse im Jahr 1859, die Paul Steed veranlaßten, sich an seinen Schreibtisch zu setzen, um die wirtschaftliche Basis zu untersuchen, auf der die Plantagen auf Devon ruhten. Das eine hatte seinen Ursprung in dem in ganz Amerika Aufsehen erregenden Buch von Hinton Helper, einem Bürger North Carolinas, der die Kühnheit besaß, seinem Werk den Titel »Die drohende Krise« zu geben – so als sei die Sklaverei inzwischen ein massives Problem. In diesem kompromißlosen Buch vertrat der Südstaatler Helper die Ansicht, der Süden werde gegenüber dem Norden nie konkurrenzfähig sein, wenn er weiterhin Sklaven statt freie Arbeiter beschäftige. Er führte Statistiken an als Beweis, daß die Pflanzer davon profitieren würden, wenn sie alle ihre Sklaven freiließen und anschließend als freie Arbeiter wieder einstellten.

In Maryland rief das Buch große Aufregung hervor, denn in diesen Jahren mußten die Bürger Stellung beziehen, und im Norden zitierten die Propagandisten Helper, um die Richtigkeit ihrer Behauptungen nachzuweisen, wonach die Grenzstaaten gut daran täten, in der Union zu verbleiben. Es wurden Gesetze erlassen, die das Weitergeben von Büchern wie »Die drohende Krise« von Helper oder »Onkel Toms Hütte« mit schweren Strafen belegten, und als man einen Freigelassenen, der neben den Caters wohnte, dabei erwischte, als er das letztgenannte las, wurde er zu zehn Jahren Gefängnis verurteilt.

Viele Südstaatler schrieben Steed und erinnerten ihn daran, daß seine »Briefe« ihn zum Fürsprecher der Sklavenhalter gemacht hatten; es sei daher auch seine Pflicht, Helpers Thesen zu widerlegen. »Wir wissen«, argumentierten die Schreiber, »daß Helper entstellte Tatsachen verwendet hat, um seine trügerischen Schlußfolgerungen zu rechtfertigen, und es ist Ihre Aufgabe, die Wahrheit aufzuzeigen.«

Er wäre lieber einer Auseinandersetzung aus dem Weg gegangen, doch dann kam ein zweites Ereignis, das ihn genau das zu tun zwang, was auch seine Briefpartner von ihm forderten: das Pro und Contra der Sklavenhaltung leidenschaftslos abzuwägen. Was war geschehen? In der anhaltenden Depression der vierziger Jahre hatte die Landwirtschaft des Südens stark gelitten, und viele Pflanzungen waren in jener Zeit dem Zusammenbruch nahe. Die Zahlen aus dieser Periode hatte Helper für seine Statistiken verwendet, und sie ließen keinen Zweifel daran, daß die Sklaverei tatsächlich eine Last darstellte; aber schon 1851 setzte ein gewaltiger Aufschwung ein, und in Jahren wie 1854 und 1856 verdienten die Produzenten des Südens mit Tabak, Baumwolle, Zucker, Reis und Indigo Millionen.

Jetzt stieg der Wert der Sklaven; als Paul sich einige von Nachbarn ausleihen wollte, stellte er zu seiner Überraschung fest, daß er für ihren Dienst bis zu einem Dollar pro Tag bezahlen und auch noch für Verpflegung, Kleidung und Arzneien sorgen mußte. In der Erntezeit stiegen die Preise gar bis zu ein Dollar fünfzig, und nun kamen ihm Zweifel, ob die Erträge aus seinen Ernten solche Ausgaben rechtfertigten:

> Ich zog mich also in mein Arbeitszimmer zurück und versuchte aus allen verfügbaren Zahlen die Ergebnisse der Steedschen Pflanzungen zu errechnen, in schlechten wie in guten Jahren. Zu Beginn des Jahres 1857 besaß ich insgesamt 914 Sklaven, aufgeschlüsselt nach Alter, Geschlecht und Wert wie folgt:

DIE SKLAVEN DER STEEDS

Einteilung	Männlich		Weiblich		Gesamtwert
	Zahl	Wert pro Kopf	Zahl	Wert pro Kopf	
Kleinkinder, 0–5	44	0	47	0	0
Kinder, 6–13	135	300	138	250	75 000
Vollwertige, 14–52	215	2000	161	1800	719 800
Ältere, 53–66	72	1200	65	300	105 900
Sehr Alte, über 67	16	0	21	0	0
	482		432		900 700

Jeder Sklavenhalter wird mir zustimmen, daß meine Zahlen veraltet sind, und ich habe sie ganz bewußt so gewählt. In dieser Analyse möchte ich von einem möglichst niedrigen Wert meiner Sklaven und von möglichst hohen Unterhaltskosten ausgehen, denn wenn sie unter diesen Voraussetzungen immer noch einen Gewinn für die Plantage erbringen, kann als erwiesen gelten, daß die Sklaverei wirtschaftlich vertretbar ist. Hier einige Anmerkungen zu obiger Tabelle anfügen.

Kleinkinder. Sie haben natürlich einen beträchtlichen Wert, und es ist lächerlich, ihn mit Null zu beziffern, aber vielfach sterben sie, werden zu Krüppeln, erweisen sich in anderer Hinsicht als nutzlos, und es erscheint daher angebracht, sie in den Büchern der Plantage ohne Wertangabe zu führen.

Kinder. Gesunde Kinder bringen in den letzten Jahren weit höhere Preise als die hier angegebenen, insbesondere die älteren. Wäre mir danach, könnte ich die Kinder zu wesentlich höheren Preisen nach Süden verkaufen, aber hier auf Devon verkaufen wir keine Kinder.

Vollwertige. Bei den Versteigerungen in Patamoke wurden beständig höhere Zahlen erreicht, wie die Mietpreise der letzten Jahre beweisen. Wenn ein Eigentümer in Alabama eine vollwertige Arbeitskraft für bis zu vierhundert Dollar im Jahr vermieten kann, und wenn der Sklave vierzig gute Jahre hat, würde sein tatsächlicher Wert astronomische Höhen erreichen.

Ältere. Die Zahlen mögen zu hoch gegriffen sein. Ich könnte unsere älteren Sklaven nicht zu diesen Preisen nach Süden verkaufen, denn auf den Reis und Zuckerfeldern würden sie nicht lange leben, aber bei einem Verkauf zur Verwendung für häusliche Dienstleistungen in einer Stadt wie Baltimore wären sogar noch höhere Preise zu erzielen, als die von mir angegebenen.

Sehr Alte. Jeder Sklavenhalter wird sich an alte Neger erinnern, die auch noch mit achtzig und mehr Jahren zur allgemeinen Zufriedenheit ihren Dienst versehen. Wir haben hier auf unserer Plantage einen Türsteher namens Tiberius, der der ganzen Insel zur Zierde gereicht. Abreisende Gäste loben ausnahmslos seine zuvorkommende Art, und Besucher erwähnen nach ihrer Heimkehr in ihren Briefen für gewöhnlich auch den alten Tiberius. Sklaven, die in der Zeit ihrer Vollwertigkeit gut behandelt worden sind, leisten auch als Alte schätzenswerte Dienste, aber bei Versteigerungen würden sie nichts einbringen, und deshalb habe ich ihren Wert mit Null angesetzt.

Kunsthandwerker. Die fachlich hervorragend ausgebildeten Handwerker habe ich in meiner Analyse nicht gesondert angeführt. Wir haben hier vielleicht zwei Dutzend Männer, die, zum Verkauf angeboten, jeder mindestens dreitausendfünfhundert Dollar einbringen würden, und drei oder vier, für die auch das Doppelte zu erzielen wäre. Nachlässigkeit ist jedem Leiter einer Plantage vorzuwerfen, der nicht ständig auf die Entwicklung solcher Arbeitskräfte bedacht ist, denn auf dem freien Markt sind sie teuer, falls sie überhaupt angeboten werden.

So beträgt der Wert unserer Sklaven also bei sehr veralteter Einschätzung rund neunhunderttausend Dollar, und etwa eineinviertel Million Dollar unter günstigsten Voraussetzungen. Aber was bedeutet diese Zahl? Könnte ich morgen auf den Markt gehen und neunhunderttausend Dollar Bargeld für meine Sklaven erzielen? Ganz gewiß nicht. So viele gleichzeitig zur Versteigerung nach Patamoke zu bringen, hieße alle Wertvorstellungen über den Haufen werfen. Was ich an meinen Sklaven tatsächlich besitze, ist nicht eine Million Dollar, sondern die Möglichkeit, aus ihrer Arbeit einen Ertrag von etwa dreizehn Prozent zu erzielen.

Die Kriegführung kennt einen Begriff, der diese Situation treffend umreißt: die stehende Flotte. Eine solche Flotte befindet sich nicht de facto auf See, sie ist auch nicht voll aufgerüstet oder bemannt, und niemand kennt ihren genauen Zustand, aber der Feind muß sie in seine Überlegungen einbeziehen, denn die Schiffe existieren und können sich jederzeit zu einer voll kampffähigen Flotte vereinigen. Solange die Einheiten zerstreut und verwundbar sind, stellen sie keine Flotte im üblichen Sinn dar, wohl aber eine stehende. Meine 914 Sklaven sind stehendes Vermögen, und oft denke ich, daß sie mich besitzen, und nicht ich sie, denn, wie schon gesagt, ich kann sie nicht verkaufen. Es ist sogar durchaus möglich, daß die Steeds niemals imstande sein werden, diese 914 Sklaven zu Geld zu machen; wir können sie nur zur Arbeit antreiben und aus dieser ihrer Arbeit einen guten Gewinn ziehen. Dreizehn Prozent von neunhunderttausend Dollar entsprechen einem jährlichen Einkommen von einhundertsiebzehntausend Dollar. Ich gebe zu, daß wir dieses Ziel nur selten erreichen, aber es geht uns nicht schlecht.

Im folgenden führte er seine Auslagen an – etwa einhundertzwölf Dollar für jeden Sklaven, denn er ernährte und kleidete sie überdurchschnittlich gut –, die Verluste durch Unfälle und anderes. Schließlich führte er den Beweis, daß man die Sklaven bei sorgsamster Bewirtschaftung – und dazu gehörte, daß man den Sklaven zumindest die gleiche Pflege angedeihen ließ wie den Mastschweinen – gewinnbringender einsetzen konnte als Lohnarbeiter. Er entkräftete jedes einzelne von Hinton Helpers Argumenten und fügte selbst noch ein entscheidendes an:

> Eines will ich Mr. Helper zugestehen: Ist ein Pflanzer faul, nachlässig oder grausam gegen seine Sklaven und achtet er nicht auf jedes noch so geringe und lästige Detail in seiner Betriebsführung, mag es wohl besser für ihn sein, seine Arbeitskräfte anzustellen, statt sie zu besitzen. Doch der wahre Gentleman des Südens ist nicht nur auf seinen Profit bedacht, sondern auch auf seine Pflicht, für einen harmonischen Lebensstil auf seiner Pflanzung zu sorgen, bei dem jedermann seinen Obliegenheiten nachkommen und die Früchte seiner Arbeit genießen soll. Er hat es gern, wenn seine Sklaven in seiner Nähe wohnen, und es macht ihm Freude, ihre Familien wachsen zu sehen und an ihren Spielen teilzunehmen. Er ist stolz darauf, daß sie stolz auf den Mann sind, für den sie arbeiten, und oft hört er, wie seine Sklaven sich vor Negern aus anderen Pflanzungen großtun: »Wir haben den besten Arbeitsplatz!« Ich leite meine Plantage mit dem Ziel, dieser Anerkennung gerecht zu werden, und erziele dabei für alle Beteiligten einen guten Gewinn.
>
> Ohne Vorbehalte würde ich jedermann meine Plantagen zugänglich machen, um sie mit den Fabriken des Nordens zu vergleichen. Meine Sklaven leben frei in frischer Luft, essen gut, haben es im Winter warm und werden von meinen Ärzten betreut. Es geht ihnen in jeder Beziehung besser als den sogenannten freien Arbeitern im Norden, die im Morgengrauen aufstehen, unter menschenunwürdigen Bedingungen schuften und nach Sonnenuntergang in ihre übelriechende Behausung zurückkehren. Wenn vorurteilsfreie Leute die zwei Systeme miteinander vergleichen, müssen sie zugeben, daß das unsere das bessere ist.

Im Mai 1860 waren die Wirrnisse in den Vereinigten Staaten schon so groß, daß die europäischen Nationen zu spekulieren anfingen, wann der Krieg ausbrechen würde und auf welche Seite sie sich schlagen sollten. In Paris und

London trafen beunruhigende Nachrichten ein; der französische Botschafter schrieb:

> Die Präsidentschaftswahlen im Herbst müssen zum Chaos führen. Möglicherweise werden sich nicht weniger als fünf Kandidaten gegenüberstehen, denn die Demokraten befinden sich in einer jämmerlichen Verwirrung und werden sich nicht auf einen Mann einigen können. Sie werden vermutlich zwei Kandidaten nominieren – einen im Norden, einen im Süden – und damit die Wahl verlieren. Die Whigs nennen sich jetzt konstitutionelle Unionisten und haben keine Chance. Aber auch die Republikaner sind zerspalten und werden möglicherweise ebenfalls zwei Kandidaten nominieren, und so mag es wohl sein, daß 1860 in die Geschichte eingehen wird als ein Jahr, in dem keiner gewonnen hat.

Aus verschiedenen, einander sich widersprechenden Gründen sympathisierten die meisten europäischen Nationen mit dem Süden und hofften auf seinen Sieg. Die Engländer betrachteten die Nordstaaten als die legitimen Nachfolger der Kolonialherrschaft und ließen daher an ihnen allen Groll aus, den sie noch von 1776 und 1812 her hegten. Dazu kam, daß die britischen Industriellen auf die Baumwolle des Südens angewiesen waren und ihre Regierung drängten, sich offen zu diesen Staaten zu bekennen. Österreich unterstützte den Süden, weil er als die Heimat der Gentlemen und der edlen Pferde galt. Frankreich wieder ergriff für den Süden Partei, weil dort zivilisierte Menschen lebten und im Norden nicht. Rußland und Deutschland wollten irgendwie dem Emporkömmling unter den Nationen eine Lektion erteilen.

Als Europa zu der Ansicht kam, daß der Krieg, unvermeidlich war, hielt man es für nötig, sich über die Siegeschancen des Südens ein Bild zu machen, und spät im Mai schickte die französische Regierung eines ihrer kleineren Seefahrzeuge zu einem Freundschafts- und Informationsbesuch in sieben Häfen des Südens, die so ausgewählt waren, daß sich mit einer breiten Meinungsvielfalt rechnen ließ: Im Hinblick auf die freundschaftlichen Beziehungen, die Frankreich einst mit den Steeds unterhalten hatte, deren Söhne in Saint Omer studiert hatten, richteten die Offiziere es so ein, daß das kleine Schiff seine Fahrt im Hafen von Patamoke beendete, um die dort ansässige gute Gesellschaft gastlich zu bewirten und auszufragen.

Das Schiff war die »Ariel«; 1832 bei einer Meuterei der Sklaven gekapert und später zu einer mit acht Kanonen bestückten Korvette umgestaltet, war sie jetzt zwar schon ein altes Schiff, aber ihre Spanten waren noch immer solide und ihr Kiel war noch makellos. Der derzeitige Kommandant der »Ariel«, Kapitän de Villiers, kannte die Chesapeake Bay nicht, sein Großonkel aber hatte unter de Grasse gedient.

Seine Ankunft in Patamoke erfolgte unangemeldet. Paul Steed schob den Rollstuhl seiner Gemahlin durch den Nordgarten, als die »Ariel« den Kanal heraufkam, und obwohl beide Steeds vor langer Zeit mit diesem Schiff schicksalhaft verbunden waren, erkannten sie es jetzt nicht wieder. Das französische Marineministerium hatte die Verschanzung erhöht, um die Geschütze unterzubringen, und die alte wittrige Takelage durch Rahen am Fock und Großmast ersetzt.

Doch als sich das Schiff der Friedensklippe näherte, nahm der alte George Paxmore, der es gebaut hatte, sein Glas zur Hand und musterte es, wie er alle größeren Schiffe musterte, die diesen Fluß heraufkamen. »Bartley«, rief er seinem Sohn zu, »ich glaube, es ist die ‹Ariel›. Schau nur, was sie mit ihr gemacht haben!« Bartley gesellte sich zu seinem Vater auf die Veranda, als das schnittige Schiff vorbeisegelte. Bei seinem Stapellauf im Jahre 1817 war er noch nicht geboren, aber im Familienkreis hatte man oft von ihm gesprochen.

Als die »Ariel« dann am Kai festgemacht hatte, erregte sie erst richtig Aufsehen, denn ihr Name allein verkündete ihre Geschichte, und aus allen Teilen der Stadt strömten die Bürger zum Hafen hinunter, um dieses legendäre Schiff zu sehen. Zwei Dutzend Turlocks kamen; ihre Familie war einst Eigner der »Ariel« gewesen. Und junge Männer, deren Väter an ihr gearbeitet hatten, kamen herbei, um ihre Linien zu studieren, und während sie alle umherstanden, drängte sich ein schrulliger Greis durch die Menge und blieb am Rand des Hafenbeckens stehen.

Es war der jetzt siebenundsiebzigjährige Lafe Turlock, der inzwischen längst aufgehört hatte, flüchtige Sklaven zu jagen; Spürhunde und Stiefel hatte er seinem Enkel vermacht. Als er jetzt die »Ariel« sah, leuchteten seine Augen. »Sie hat meinem Vetter gehört. Der beste Kapitän, den es an diesem Fluß je gab. Nigger haben ihn getötet, aber ich will keine Namen nennen.« Den ganzen langen Nachmittag bis spät in den Abend bestaunten die Bewohner der Stadt mit offenem Mund das schmucke kleine Schiff und entsannen sich ihrer Eskapaden. Als der junge Captain de Villiers an Land kam, um den Steeds Grüße zu übermitteln, musterten sie ihn mit bewundernden Blicken. Er wollte auch die Paxmores aufsuchen, aber die jungen Männer, die die Werft leiteten, warnten ihn: »Die Steeds und die Paxmores begegnen sich nicht auf gesellschaftlichen Veranstaltungen.« Doch weil dies genau jene Art von Hintergrundinformation war, die einzuholen er gekommen war, erwiderte er freundlich: »Oh, ich hatte die Absicht, Ihren verehrten Onkel auf das Schiff zu bitten, nicht nach Devon.«

»Er kommt bestimmt gern«, sagte der junge Mann.

»Und Sie natürlich auch. Und Ihre Damen.«

So einigte man sich. Am ersten Abend waren die Schiffsoffiziere zu einem Galadiner mit den führenden Pflanzern nach Devon geladen. Am zweiten Abend würden die Paxmores und ihre Freunde an Bord des Schiffes empfangen werden, das der alte George gebaut hatte. Und am letzten Abend würden die Steeds und ein paar ihrer ausgesuchten Freunde zu einer Abschiedsfeier an Bord kommen. Bis dahin wollte Captain de Villiers schon einiges über die Stimmung am Choptank wissen.

An den Nachmittagen stand das Schiff dem breiten Publikum offen, und ein Schwarm von Turlocks marschierte über das Deck, das Vetter Matt einst befehligt hatte. Noch einmal durchlebten sie seine Abenteuer und staunten mit offenem Mund, als Lafe ihnen die Stelle zeigte, wo der tapfere Rotschopf gefallen war. »Die Nigger waren so dumm, daß sie ihm nicht einmal seine Silberfaust abschnitten.«

Eine Familie aber ging nicht an Bord. Cudjo Carter und seine Kinder blieben am Kai. »Die wollen bestimmt nicht, daß wir uns dieses Schiff ansehen«, meinte Eden. Cudjo führte seine Söhne zu einer Stelle am Ufer, von wo aus sie die Spieren sehen konnten, und während sie dort standen, erzählte er ihnen von seinen Erlebnissen.

»Du warst gefesselt?« fragten sie.

»Angekettet.«

»Du meinst, die Decke war nur so hoch?«

»Niedriger. Halt die Hand noch ein wenig tiefer!«

»Aber so kann man doch nicht leben.«

»Wir haben so gelebt.«

»Und dann kamst du die Treppe herauf?«

»Auf Deck. Rutak war unser Anführer. Vergeßt niemals seinen Namen. Er war der tapferste Mann, den ich kannte. Ohne Rutak wärt ihr nicht auf der Welt.«

Die Jungen sahen, wie die Bürger von Patamoke auf das Schiff strömten. »Wenn wir doch auch gehen könnten!« sagten sie sehnsüchtig.

»Ihr könnt unmöglich an Bord«, sagte Cudjo und führte die Kinder zu Eden zurück. »Ich will, daß sie im Haus bleiben«, sagte er. »Wenn sich alle ruhig verhalten, wird nichts passieren.«

Über das Galadiner auf Devon wurde noch jahrelang gesprochen. Die französischen Offiziere waren prächtig anzusehen mit ihren goldenen Uniformen und blitzenden Schwertern. Paul und Susan waren aufmerksame Gastgeber, unterhielten sich mit den Besuchern auf französisch und übersetzten für ihre Gäste vom Choptank. Susan war so blendender Laune, daß sie ganz ohne ihren Rollstuhl auskam und sich, nur auf den Arm ihres Gatten gestützt, stolz auf ihren Platz am Kopfende der Tafel begab. Der alte Tiberius, der nun schon über achtzig war, waltete seines Amtes mit einer Eleganz, mit der es nur wenige französische Haushofmeister hätten aufnehmen können, und man brachte überschwengliche Toasts auf die Größe Frankreichs aus.

»Bekennt sich Maryland zum Süden?« forschte Captain de Villiers.

»Alle, auf die es ankommt.«

»Und wenn ... wenn es Schwierigkeiten gibt?«

»Wir alle hier in diesem Raum ... fragen Sie meinen Sohn Mark. Er leitet jetzt die Plantagen.«

Mark Steed war dreiundvierzig und in seiner stillen Art nicht weniger stattlich als der schmucke Kapitän. »Wir alle würden dem Beispiel South Carolinas folgen.«

Die anderen nickten. »Schön und gut«, wandte de Villiers ein, »aber sie alle sind Männer von Format. Wie steht es mit der großen Masse?«

Mit seinem gewohnten Hang, die Mittelklasse zu ignorieren – jene dickköpfigen Methodisten, die ihm klar zu verstehen gegeben hatten, daß sie an der Union festhalten würden –, versprach Paul Steed dem Kapitän: »In Patamoke würden fünfundneunzig Prozent der Bevölkerung gemeinsam mit dem Süden kämpfen – für die Freiheit!«

Ein Gang folgte auf den anderen, serviert auf silbernen Schüsseln von Sklaven, die weiße Handschuhe trugen. Im Verlauf des Abends stellte Captain de Villiers dann die Frage: »Wenn ich mich genötigt sehen sollte, meinen Onkel im Ministerium zu beraten, wie könnte ich ihm erklären, worin die Überlegenheit des Südens besteht?«

»In der Tapferkeit seiner Männer«, erwiderte Paul Steed. »Sie speisen heute mit Gentlemen, Captain, und diese Männer stehen zu ihrem Wort. Wenn sie gegen den Norden in den Krieg ziehen, werden sie bis zum letzten Atemzug kämpfen.«

Der Kapitän erhob sein Glas und brachte den letzten Trinkspruch aus. »Auf die Gentlemen des Südens!«

In den Paxmores fand er weniger geistesverwandte Gesprächspartner. Nachdem der alte George vom Bau der »Ariel« berichtet hatte, schien der Vorrat an unterhaltsamen Themen auch schon erschöpft. Captain de Villiers gewann den Eindruck, daß Quäker – er war ihnen nie zuvor begegnet – keinen Sinn für leichte Unterhaltung hatten. Der Abend schleppte sich dahin, und schließlich räusperte sich de Villiers und fragte: »Wenn die Lage sich verschlechtern sollte ... ich meine, wenn es zum Krieg kommt ...«

Rachel Starbuck Paxmore, nun eine anmutige Frau von Mitte Vierzig, unterbrach ihn: »Dann würden wir mit aller Kraft den Norden unterstützen.«

»Aber die Allgemeinheit?«

»Ich glaube, mehr als die Hälfte würden auf unserer Seite stehen. Die guten Methodisten sind von ganzem Herzen für die Union.«

»Auf Devon habe ich anderes gehört.«

»Auf Devon gibt man sich Träumen hin. Lassen Sie sich nicht von Träumen irreführen.«

»Aber die Geschäftsleute, selbst solche, die keine Sklaven halten, sind der gleichen Meinung.«

»Darum wäre ja ein Krieg so schrecklich. Träumer, die gegen die Wirklichkeit kämpfen.«

»Falls es zum Krieg kommt, könnte der Norden den Süden zwingen, in der Union zu bleiben?«

Wir können nur beten, daß es nicht dazu kommt«, antwortete Bartley.

»Das wollen wir alle«, sagte de Villiers. Er fühlte sich erleichtert, als der Abend zu Ende ging, doch als sich die entschlossenen Paxmores zum Fallreep begaben, mußte er ihre beherrschte Körperhaltung bewundern, und jetzt begriff er, daß er ein angeregteres Gespräch mit diesen Leuten hätte führen können, wenn er den richtigen Ton gefunden hätte. Aber wie sollte man das mit Männern, die nicht tranken, und mit Frauen, die nicht flirteten?

»Sie kommen doch morgen wieder?« fragte er an der Reling, und Rachel antwortete: »Nein, aber es war sehr freundlich von dir, uns einzuladen.«

Der dritte Abend stellte die Steeds vor ein schweres Problem. Die französischen Offiziere aus festlichem Anlaß nach Devon einzuladen, dagegen war nichts einzuwenden; nach Patamoke zu segeln und in aller Öffentlichkeit jenes Schiff zu besteigen, das einst mit ihrer beider Leben so verflochten war, das war etwas anderes. Dort hatte Susans, stadtbekannte Liebesaffäre ihren Höhepunkt erreicht; vom Deck der »Ariel« war Paul vor den Augen der Menge ins Wasser geworfen worden.

Mit jenem Feingefühl, das ihrer beider Leben seit der Szene auf der Witwenpromenade bestimmte, sah Paul davon ab, die Frage aufzuwerfen, ob es passend sei, an diesem letzten Diner teilzunehmen, Susan aber war nicht so zurückhaltend. »Ich würde das Schiff sehr gern wiedersehen, Paul.«

»Meinst du nicht, das wäre unpassend?«

»Paul!« Lachend legte sie ihre Hand auf seinen Arm. »In diesen letzten siebenunddreißig Jahren war unser Benehmen mehr als einwandfrei, und ich bezweifle, daß es in Patamoke noch einen Menschen gibt … Nein«, sagte sie trotzig, »es ist mir völlig gleichgültig, ob sich jemand in Patamoke noch an uns oder an die ‹Ariel› erinnert. Ich will das Schiff sehen!«

Und so packten sie ihre feinsten Kleider ein und bestiegen die Steedsche Schaluppe, und während das kleine Schiff den Choptank hinaufsegelte, sah Paul seine Frau immer munterer und heiterer werden. Sie war wie ein Schulmädchen auf dem Weg zum ersten Rendezvous. »Ganz sicher ist es richtig, daß wir fahren. Das Schiff hatte eine große Bedeutung für uns, und jetzt bin ich eine alte Frau, und es ist mein innigster Wunsch, die Vergangenheit zu bewältigen.«

Sie gleicht einem feingestimmten Instrument, dachte Paul, lebhaft, nicht unterzukriegen, ein wertvoller Gefährte. Diese Fahrt war ein Hochzeitslied, eine Bestätigung der beständigen Liebe, die die letzten Jahre ihres Lebens geprägt hatte, und als die »Ariel« in Sicht kam, vermochten beide das, was geschehen war, als ein Zwischenspiel zu sehen – wichtig zwar, aber nicht zerschmetternd.

Das festliche Diner begann nicht verheißungsvoll. Der Wind hatte sich gelegt, mit wildem Grimm griffen die Moskitos an, aber Captain de Villiers hatte seine Vorbereitungen getroffen. Sobald die Gäste an Bord waren, ließ er die Anker lichten und die »Ariel« in die Flußmitte steuern, wo die Insektenplage merklich nachließ. »Für Sie, meine Damen, habe ich gute Nachrichten«, verkündete er dann. »Französische Chemiker haben etwas Wunderbares geschaffen. Sie nennen es ‹essence de citronelle›. Sie werden den Duft der Orangen und Zitronen angenehm finden, die Moskitos aber werden dadurch vernichtet.« Er ließ den Umkreis besprühen, wo die Gäste sitzen würden, und so wurde der Abend zu einem denkwürdigen Ereignis, dem letzten dieser Art, das die Pflanzer in diesen Jahren erleben sollten. Die Damen waren schön und benahmen sich, als würden sie auf ewig von Sklaven bedient; die Herren sprachen mit Respekt von ihren Gegnern im Norden und sagten zu de Villiers: »Wir müssen darum beten, daß der gesunde Menschenverstand obsiegt.« Und der silberne Mond schien in vollem Glanz auf den Choptank.

Doch weder die Besatzung noch die Gäste sahen jenen Mann, der mehr Gewinn als irgendeiner sonst aus diesem letzten Abend zog. Er stand am Ufer, im Schatten eines Baumes, und betrachtete das Schiff, das er so gut kannte. Als er es das erstemal in Ketten betreten hatte, war das Fallreep auf der anderen Seite gewesen. Angekettet an das Schanzkleid hatte er seine Lehrzeit verbracht. Sein erster Pferch unter Deck mußte dort hinten gewesen sein. Der zweite, wo er mit Rutak Pläne geschmiedet hatte, darunter.

Dort war der Laderaum, aus dem er mit Luta ausgebrochen war … Als er an sie dachte, sie, die immer in Ketten war, bis man ihrer Leiche die Fesseln abstreifte, konnte er nicht weiterdenken. Nur seine Augen hielten die Erinnerung aufrecht. Über diese Reling hatte er sie ins Meer geworfen. Er mußte sich setzen. Sein Kopf sank herab, und er konnte das Schiff nicht mehr sehen.

Nach langer Zeit blickte er wieder empor, sah die Ruderpinne, die er erobert, den Kompaß, dessen Geheimnis er entwirrt hatte. Was hatten sie für herrliche Tage erlebt, als sie nach Norden gesegelt waren! In größter Erregung stand er auf und erlebte noch einmal im Geist, wie die Segel auf sein Kommando hin aufgezogen wurden. Rutak! Die anderen! Und die obersten Segel wurden gesetzt, und er hatte dieses Schiff gesteuert.

Gebannt von der Schönheit seines Schiffes blieb er, bis die Anker gelichtet wurden. Er wartete, bis die »Ariel« zum Kai zurückgekehrt war; er kannte jeden Gast, der das Fallreep herunterkam. Nächtliche Stille breitete sich aus, jede halbe Stunde von der Schiffsglocke unterbrochen. Wie gut kannte er sie! In den düstersten Stunden, an den Schiffsboden gekettet, hatte er ihr gelauscht; ihr erhabener Rhythmus, hatte sein Leben bestimmt.

Es schlug Mitternacht, und dann zwei und vier Uhr, und das Schiff lag schlafend am Kai. Er sah, wie hinten, über dem Choptank, die Sommersonne aufging und ihre Strahlen tiefer und tiefer in den Fluß senkte. Sanfte Stimmen wehten über das Wasser, und die Bürger versammelten sich nach und nach am Ufer, um das Schiff ablegen zu sehen.

Lafe Turlock kam, um seine unzähligen Enkelkinder daran zu erinnern, daß dieses Schiff einmal ihnen gehört hatte. Zum letztenmal wurde der Anker eingeholt, Captain de Villiers erschien auf Deck, und langsam segelte die schöne Korvette davon. Doch der Mann, der sich einst durch einen Aufstand zum Eigner gemacht hatte, blieb im Schatten und blickte der »Ariel« nach, bis ihre Mastspitzen verschwunden waren.

Captain de Villiers verließ Patamoke, er hatte sich bei allen informiert, die in die bevorstehende Auseinandersetzung hineingezogen würden – ausgenommen die Sklaven und die freigelassenen Schwarzen. Sie zu fragen, wie sie die Lage beurteilten, war ihm nie in den Sinn gekommen.

Zwei Gäste blieben an Bord. Captain de Villiers bestand darauf, daß Paul und Susan die Nacht in seiner Kajüte verbrachten. »Ich setze Sie auf Devon ab und nehme dann Kurs auf Frankreich.« Und die beiden begaben sich noch einmal in die Kajüte, die seinerzeit Schauplatz ihres Skandals war.

»Es scheint eine Ewigkeit her«, sagte Susan und schloß die Tür hinter sich. »Aber wir haben unser Leben nicht vergeudet.«

Paul wußte keine passende Antwort, war aber so unruhig, daß er noch nicht zu Bett gehen wollte. »Ich war so stolz, als du sagtest, du würdest den Rollstuhl heute abend nicht benötigen.«

»Ich hätte dieses Schiff nicht betreten wollen …« Sie verstummte.

»Ich fand die Konversation an diesen zwei Abenden ... Kein Wunder, daß meine Vorfahren eine Vorliebe für Frankreich hatten.«

»Du bist eben antibritisch, Paul. Bist es immer gewesen.«

»Es ist schon etwas Besonderes, ein Franzose in seiner Uniform.«

Susan sank auf das Bett nieder, das sie einst so gut gekannt hatte, und starrte zur Tür. »Wieviel Schrecken hat dieses Schiff gekannt!« Sie dachte darüber nach und sagte: »Mir ist gerade etwas eingefallen, Paul. Ich habe weder Cudjo noch Eden an der Pier gesehen.«

»Vermutlich wußten sie gar nicht, daß das Schiff im Hafen lag.«

»Glaubst du, er hat es wirklich in seine Gewalt gebracht? Und tötete ...«

»Jemand muß es wohl getan haben.«

»Ist es vorstellbar, daß eine Handvoll ungebildeter Sklaven imstande ist ...?«

»Sie sind mit ihr gesegelt, nicht wahr?«

»Ich nehme an, du hast auch gemerkt, daß Captain de Villiers uns auf den Zahn gefühlt hat?«

»Seine Regierung wollte sich informieren. Vor hundert Jahren war Frankreich an der Chesapeake Bay entscheidend. Das könnte sich wiederholen.« Er überlegte eine kleine Weile und fügte dann hinzu: »Ich glaube, wir Pflanzer haben ihm unseren Standpunkt klargemacht.«

»Er hat geredet, als wäre der Krieg unvermeidlich.«

»Ich glaube, er läßt sich umgehen. Wenn wir nur Agitatoren wie den Paxmores das Handwerk legen könnten.«

»Was sie ihm wohl erzählt haben? Du weißt, daß er sie gestern abend empfangen hat?«

»Er hat eine Bemerkung fallenlassen, der ich entnehme, daß sie ihn zu Tode gelangweilt haben. Du weißt ja, sie trinken nichts.«

Susan konnte nicht einschlafen. Im Dunkel der Nacht ging sie allein zur Tür, öffnete sie einen Spalt und spähte zu der Stelle hinüber, wo nach Aussage eines der Matrosen Matt überwältigt worden war. Sie hatte das Verlangen, die Planke zu berühren, aber sie trug nur ihr Nachtgewand, und sie wollte auch die Wache nicht erschrecken.

»Was tust du, Sue?«

»Sobald sie uns morgen auf Devon abgesetzt haben, brauche ich deine Hilfe, Paul. Veranlasse bitte, daß Eden und die Jungen mich aufs Dach bringen. Ich möchte sehen, wie das Schiff hinunterfährt.«

»Das läßt sich machen«, sagte Paul, Susan kam ins Bett zurück, und beide schliefen ein.

Am Morgen schickten sie einen Jungen, Eden zu holen; sie könne mit ihnen zur Insel zurückfahren. Stolz bestieg sie das Schiff und prägte sich alles genau ein, um später ihrem Mann davon zu berichten, und als der französische Kapitän sich auf Devon von den Steeds verabschiedete, achtete sie auf sein Verhalten. Er bemerkte es und half ihr galant auf den Kai. Im nächsten Augenblick aber war sie verschwunden; ihre Herrin hatte ihr schon während der Fahrt einen strikten Befehl erteilt: »Sobald wir gelandet sind, läßt du mich von den Jungen aufs Dach hinauftragen.«

Und dort oben stand sie, als die »Ariel« den Kanal hinunter und in die Bucht hinaussegelte. Es war nicht das Schiff von damals, sie konnte die einzelnen Veränderungen an den Segeln nicht feststellen, aber es war noch immer ein Schiff, das sich auf die Weitmeere hinauswagte, und schon seit Jahren hatte nichts mehr sie so stark bewegt wie der Anblick dieses Schiffes, das nun die Bucht hinunterfuhr.

»Wie anmutig!« sagte sie. Aber während die Korvette hinter einer Landzunge verschwand, kam ihr ein gewaltiges neues Schiff entgegen; es fuhr in Richtung Norden nach Baltimore und bezauberte Susan durch seine majestätischen Linien. Es war einer der mit vier Masten ausgerüsteten Klipper, die den Chinahandel betrieben. Er war in New Bedford vom Stapel gelaufen und hatte zweimal soviel Segel wie die Schiffe, die am Choptank gebaut wurden.

»Sieh dir das an!« rief Susan, als das Schiff zielbewußt die Bucht heraufkam, und als Eden sie drängte, das Dach zu verlassen, bestand sie darauf zu bleiben. »Sieh dir dieses phantastische Schiff an, Eden!« Fast eine Stunde lang standen sie so, doch dann flaute der Wind ab, und die Matrosen zogen jene sich blähenden, an den Enden der Spieren festgemachten Leesegel auf, die die Leute vom Choptank »Leise Züge« nannten; zusammen mit einer kompletten Besegelung ließen sie den Eindruck entstehen, das Schiff sei mit Spitzen besetzt, die in einer kaum spürbaren Brise flatterten.

»Es ist so wunderschön«, seufzte Susan, »und so riesengroß.«

»Die bauen sie jetzt im Norden«, sagte Eden.

Auch der Viermaster verschwand, und Susan sagte: »Jetzt kannst du die Jungen rufen.« Als man die Erschöpfte in ihr großes Bett legte, hatte Eden den Eindruck, daß sie es nie wieder verlassen würde, und Tränen verschleierten ihre Augen.

»Was hast du, Eden?« fragte die gebrechliche alte Dame. Als sie keine Antwort erhielt, meinte sie: »Ein Schiff zu sehen wie dieses ... zwei Schiffe wie diese beiden ... das reicht für ein ganzes Leben.«

Als South Carolina seine Bereitwilligkeit, gegen den Norden zu kämpfen, damit unter Beweis stellte, daß es das Bundesfort Sumter im Hafen von Charleston beschoß, wurde das Ostufer von heftiger Erregung gepackt, und achtbare Bürger waren der Meinung, Maryland werde sich bald der Rebellion zur Verteidigung der Freiheit anschließen. »Der Gouverneur ist aus einer Stadt nicht weit vom Little Choptank«, vertraute Paul Steed anderen Pflanzern an. »Er hat sein Herz auf dem rechten Fleck.« Und Patamoke wartete auf die Kriegserklärung.

Sie erfolgte nicht. Die Bezirke, in denen Sklaven gehalten wurden, erkannten, daß ihr Schicksal mit dem des Südens verbunden war, aber der größere Teil Marylands grenzte an Pennsylvanien und war von der Gesinnung des Nordens angesteckt. Auch war es für die Sache des Nordens zwingend nötig, Maryland in der Union zu halten, denn Washington, die Hauptstadt, war von Virginia und Maryland zur Gänze eingeschlossen; von allen Seiten, insbesondere von Lincoln, dem neuen Präsidenten, wurde starker Druck ausgeübt, und eine Zeitlang sah es so aus, als würde der Staat in zwei Teile zerrissen.

Doch das geschah nicht. Von Paul Steed mit Sorge beobachtet, neigte sich Maryland erst in diese, dann in jene Richtung, um sich am Ende auf die Seite des Nordens zu schlagen.

Das war zumindest der offizielle Status, und ein Regiment vom Ostufer kämpfte sogar in blauer Uniform – »Zu ihrer ewigen Schande«, sagte Paul Steed –, aber rechtschaffene Pflanzer und ihre Anhänger hielten es wie die Bewohner der Sümpfe mit dem Süden. Maryland war nämlich gefühlsmäßig ein Südstaat wie eh und je; seine Traditionen, Sympathien und seine wirtschaftlichen Interessen waren auf den Süden ausgerichtet.

Der Norden stellte Regimenter auf; nur verständlich, daß die Parteigegner im Süden als Vergeltung heimlich Freiwillige nach Virginia schmuggelten, wo diese sich stolz zur Armee der Konföderierten meldeten, und in einer Mission dieser Art machte sich Oberst Rupert Janney vom Rappahannock auf, um sich mit seinem entfernten Vetter Paul Steed auf Devon zu beratschlagen.

Es war eine geheime Fahrt auf seinem eigenen Einhundertzehn-Tonnen-Schiff, denn schon patrouillierten Kanonenboote der Unionisten auf der Bucht, und man fürchtete, daß im kommenden Krieg viele Schlachten hier ausgefochten würden. Mit der Seekarte auf den Knien wies er seinen Kapitän an, wie er den Choptank finden und wo er in die Durchfahrt zum Devon-Fluß einfahren konnte. Kaum war das Fallreep herabgelassen, sprang er in voller Uniform an Land. »Wo ist Steed?« rief er.

Oberst Janney war ein gut aussehender, etwa fünfundvierzig Jahre alter Mann, schlank, glatt rasiert und von bestechenden Umgangsformen. »Eigentlich bin ich in der Kavallerie, Paul. Wie viele meiner Vorfahren. Du weißt ja, ich bin nach Prinz Rupert benannt, der auch dein Ahne war. Er hat nie gezaudert, und sicher tust du das auch nicht.«

Janney war aber auch ein stark emotionell ausgerichteter Mann, der den kommenden Schlachten schon ungeduldig entgegensah. »Ich diene bei einem Mann namens Jeb Stuart, dem Prinzen Rupert unserer Tage. Er versteht sich auf Pferde, Paul. Ein ausgezeichneter Taktiker. Wir werden die Yankees in Fetzen reißen und auf und davon sein, bevor sie sich noch von ihrer Überraschung erholt haben.«

Es war schwer, Oberst Janney auf ein Thema festzunageln; er hatte Steeds Buch gelesen und seine Schrift über die Wirtschaftlichkeit der Sklavenhaltung. »Ich bin stolz, mich deinen Vetter nennen zu dürfen. Du siehst die Dinge so klar. Behauptet doch dieser Renegat Helper tatsächlich, die Sklaverei wäre ein finanzielles Handikap! Aber du und ich, wir wissen, daß unsere Plantagen … Ist es wahr, daß du fast tausend Sklaven hast? Unglaublich!« Er ging im großen Speisesaal auf und ab und fragte dann abrupt: »Was wirst du jetzt tun … mit dem großen Haus und allem, was dazu gehört … ohne Susan?«

»Mein Sohn Mark …«

»Um ihn zu sehen, bin ich gekommen.«

»Du willst Mark mitnehmen?« Paul stellte die Frage, ohne die Beklemmung zu zeigen, in die sie ihn stürzte.

»Er gehört zu der Sorte, die wir brauchen. Wenn nicht Gentlemen vorangehen, zieht das Pack nicht mit.«

»Sicher wird Mark der Sache der Freiheit dienen wollen.«

»Ganz recht. Was du da geschrieben hast, Paul … das war ein verdammt gutes Buch, Paul. Alles sauber zusammengefaßt, fand ich. Du und ich, wir kämpfen für die menschliche Freiheit. Es steht viel auf dem Spiel – ein gutes Leben, eine anständige Verwaltung … Wann kann ich Mark sprechen?«

»Er wird im Kontor sein.«

»Da war er nicht, als ich an Land ging.«

»Wahrscheinlich inspiziert er die Unterkünfte der Sklaven.«

»Auf die mußt du aufpassen.« Er marschierte im Saal umher, bis er die zweite wichtige Frage stellte: »Was glaubst du, wie viele diensttaugliche Soldaten kann ich gleich mitnehmen?«

»Meinst du aus unserer Gegend?«

»Genau. Wie ich höre, habt ihr hier ein paar prächtige Scharfschützen. Die will ich alle haben.« Er sprach mit so viel Begeisterung und Kraft, daß Paul sich fragte, wie es möglich sein konnte, daß er seine Plantage in so jämmerlichem Zustand belassen hatte.

»Ich könnte mir vorstellen, daß ein Großteil dieser Wassermenschen hier bereit ist, sich mir anzuschließen. Sie sind ausgezeichnete Schützen, und das Kämpfen ist ihre Leidenschaft.«

»Wirst du mir helfen, sie anzuwerben?«

»Für die gute Sache immer!«

»Gut. Jeb Stuart wird Pferde brauchen.«

»Hundert kann er von mir haben. Schick mir die Papiere.«

»Als ich die Bucht heraufkam, wußte ich schon … Wann können wir die Männer anwerben?«

»Heute.«

»Verdammt noch mal, Paul, wenn du jünger wärst und …« Sein Blick blieb auf dem verrenkten Hals seines Vetters haften. »Was ist passiert?«

»Ich bin vom Dach gefallen.«

»Menschenskind! Reparierst du dein eigenes Dach? Wozu hast du Sklaven?« Er schüttelte den Kopf. »Ein Wunder, daß du dabei nicht draufgegangen bist.«

»Ich blieb mit dem Bein an der Dachrinne hängen.«

»Wie gesagt, ein Wunder.«

Als Mark endlich kam, wollte Janney Ihm gute Gründe anführen, warum er in die Kavallerie der Südstaaten eintreten sollte, aber Mark schnitt ihm das Wort ab: »Ich habe mich schon zur Infanterie gemeldet.«

»Was?« fragte sein Vater.

»Ja, ich habe an Beauregard in Richmond geschrieben. Man hat mich als Major eingestellt, und ich würde die Bucht gern mit Euch überqueren, Sir.«

»Erst müssen wir die Truppen anwerben.« Die drei Herren segelten nach Patamoke, wo Oberst Janney am Kai eine zündende Ansprache hielt: »Die Freiheit der Nation hängt von Euch ab, Männer! Unser Leben in Anstand und Würde wird von Kräften der Finsternis bedroht. Ich fordere Euch auf, an unserem Kreuzzug zum Schutz der Rechte ehrenwerter Männer teilzunehmen.«

Siebenundsechzig Bürger, davon ein Viertel Turlocks, meldeten sich freiwillig, und als sie ihr Zeichen unter die Dienstverträge setzten, entdeckte Janney Bartley Paxmore und zwei junge Starbucks, die interessiert zusahen. »Das sind prächtige junge Männer«, sagte er zu Paul. »Warum melden sie sich nicht?«

»Es sind Quäker«, erklärte Steed.

»Hm!« schnaubte Janney. »Wollen nicht mit uns kämpfen, und haben Angst gegen uns zu kämpfen. Ein übler Haufen.«

Als die Freiwilligen an Bord waren und alles für die an Gefahren reiche Fahrt nach Richmond bereit war, pflanzte sich Oberst Janney vor dem Kapitän auf, salutierte und rief: »Setzt die Segel! Im Schutz der Dunkelheit werden wir die Überfahrt wagen.« Ein stattlicher Mann in seiner perlgrauen Uniform, die leuchtend rote Schärpe um die Mitte, trat er dann an die Reling und salutierte vor Paul, der den Gruß erwiderte. Dann begab er sich zum Bug des Schiffes, wo er, den Wind in seinem schwarzen Haar, aufrecht stehenblieb und sich jedes einzelne Manöver einprägte, um für den Tag vorbereitet zu sein, da er aus irgendwelchen Gründen ein konföderiertes Schiff steuern müßte. Die Abendsonne goß ihr Licht über ihn aus, über einen tüchtigen, wagemutigen Oberst, der es kaum noch erwarten konnte, wieder auf seinem Pferd zu sitzen und gen Norden zu reiten.

Wie alle auf diesem Schiff war auch er überzeugt, daß er eine heilige Mission erfüllte und die menschliche Freiheit verteidigte. Nur zwei von den achtundsechzig Männern, die den Choptank verließen, waren Sklavenhalter, aber alle mitsammen lebten in der Überzeugung, daß die Freiheit der Nation nur durch die Beibehaltung der Sklaverei gewährleistet sei.

Vom Kai aus rief Paul seinem Sohn zu: »Paß auf dich auf, Mark. Wir brauchen dich, wenn alles vorbei ist.«

Am 22. September 1862 gab Präsident Lincoln eine Maßnahme bekannt, die er schon früher ins Auge gefaßt hatte: Zum 1. Januar 1863 sollten alle Sklaven in den gegen die Union kriegführenden Staaten frei sein. »Gott sei Dank«, rief Paul Steed, als er diese schmerzliche Nachricht erhielt, »dieser Idiot ist wenigstens so vernünftig, uns aus dem Spiel zu lassen.«

Damit hatte er recht. Lincoln, der eine persönliche Abneigung gegen Schwarze hegte und fürchtete, daß die weiße Gesellschaft niemals imstande sein würde, sie zu absorbieren, wollte sie irgendwo außer Landes angesiedelt haben, und er hatte klugerweise davon abgesehen, jene zu befreien, die in wichtigen Grenzstaaten lebten wie etwa Kentucky und Maryland, deren Regierungen es mit dem Norden hielten; befreit wurden nur die Sklaven in Staaten wie Alabama und Louisiana. Erleichtert schrieb Paul seinem Sohn, der am Mississippi kämpfte:

> Mit seinem unbeherrschten Tun läuft er Gefahr, die europäischen Mächte gegen sich einzunehmen und sie im Krieg auf unsere Seite zu treiben; sie werden in der Freilassung der Sklaven ein Stimulans für den Aufstand unterdrückter Völker erblicken. Kann Österreich wollen, daß die Freiheit der Schwarzen in Amerika das Feuer des Aufstands in seinem riesigen Imperium entfacht? Ich versichere Dir, Mark: Lincoln hat einen furchtbaren Fehler gemacht, aber Gott sei Dank sind die Sklaven auf Devon nicht von seiner Entscheidung berührt. Dazu war er zu klug.

Lincolns Proklamation befreite zwar keinen einzigen Sklaven, führte aber zu einem starken Verfall der Marktpreise für Sklaven. Die Pflanzer am Choptank stellten sich die Frage: »Wenn er die Macht hat, Sklaven in North und South Carolina zu befreien, warum nicht auch in Maryland?« Innerhalb eines Monats sank der Preis eines vollwertigen Sklaven von zweitausenddreihundert auf neunhundert Dollar. Ende Dezember waren es nur mehr sechshundert. In dieser kurzen Zeitspanne verloren die Steeds siebzig Prozent ihres veräußerbaren Vermögens.

Im Juni kam der Schlag, den die Pflanzer Marylands gefürchtet hatten. Ein schäbiges Unionsschiff legte in Patamoke an, und ein Major aus Connecticut in einer schmutzigen blauen Uniform begann, Sklaven für die Armee des Nordens anzuwerben. Um der Form zu genügen, bat er die Eigentümer um die Erlaubnis. Er überreichte ihnen Zertifikate, die ihnen eine spätere Vergütung von dreihundert Dollar pro Sklave zusicherten, aber nur wenige glaubten daran, daß diese Verpflichtung eingehalten werden würde.

Die Verlockung, der Sklaverei zu entfliehen und gegen den Süden zu kämpfen, war unwiderstehlich. Fast zweihundert seiner Sklaven baten Paul um die Erlaubnis, sich melden zu dürfen, und er hatte keine Möglichkeit, es ihnen zu verweigern. Aber nur die kräftigsten wurden genommen, und als man diese aufs Schiff führte, jubelten sogar die abgewiesenen – als wäre diese Expeditionstruppe dazu auserkoren, allen Schwarzen die Freiheit zu erkämpfen.

Paul Steed sah bestürzt zu, wie seine Neger davonsegelten, und es erfüllte ihn nur mit geringem Trost, als er diesen abgerissenen Major und seine schwarzen Truppen mit der vor einem Jahr auf demselben Kai abgehaltenen Werbung der Konföderierten verglich. »Dieser Major ist eine Katastrophe. Oberst Janney würde ihm nicht einmal sein Pferd anvertrauen.« Und was die Neger anging, die Soldaten werden wollten, meinte er: »Ein einziger Turlock würde sie alle über den Haufen knallen.«

Cudjo Cater, der den Tumult gehört hatte, kam, von Eden und seinen zwei Söhnen begleitet, aus seiner Hütte und meldete sich beim Werbeoffizier. »Ich kenne mich auf einem Schiff gut aus.«

»Opa, du bist zu alt«, sagte der Mann aus dem Norden.

»Ich kann mit Maschinen umgehen.«

»Opa, guck mal da rüber: So sehn die Burschen aus, die wir brauchen.« Als Cudjo nicht aufgeben wollte, zeigte er ihm die Abgewiesenen, die nur halb so alt waren wie Cudjo. »Und jetzt geh zu deinem Herrn zurück!«

»Ich bin frei.«

Damit konnte der Werbeoffizier nichts anfangen, aber dann erspähte er Cudjos zwei Söhne. »Die können wir brauchen. Wollt ihr für die Freiheit kämpfen?« fragte er die Jungen.

Eden schob sie vor den Mann. »Es sind gute Kämpfer«, sagte sie.

Die zwei jungen Caters wurden genommen, und als der Tag zu Ende ging, stand Cudjo immer noch da und wollte Soldat werden. Das belustigte den Werbeoffizier, und er rief den Major herbei. »Dieser Mann will unbedingt mitkommen.«

Der Major sah sich Cudjos Zähne an. »Zum Teufel, der muß ja über fünfzig sein!«

»Ich kann mit Maschinen umgehen.«

»Wir brauchen keine Mechaniker, alter Freund. Wir brauchen Leute, die marschieren können. Geh jetzt zu deinem Herrn zurück.« Als das Schiff ablegte, betrachtete Cudjo die jungen Freiwilligen, die die Reling säumten, und fragte sich, wie viele von ihnen wohl imstande sein würden, sechshundert Meilen mit Ketten um den Hals zu marschieren – und noch die Kraft zu haben, das Kommando eines Schiffs an sich zu reißen.

Paul Steed hatte die kräftigsten Sklaven verloren, und nur die zurückgestellten und die Frauen waren geblieben, um auf seinen ausgedehnten Plantagen zu arbeiten, aber er bemühte sich, den Geist von Devon am Leben zu erhalten. Allabendlich bat er den alten Tiberius, der nun schon auf die neunzig zusteuerte, ihn in den Speisesaal zu führen, wo er so oft Gäste bewirtet hatte. Hoch aufgerichtet saß er allein am Kopfende der Tafel; zwei Diener mit weißen Handschuhen brachten ihm das Essen. Nie vergaß er, einen Blick auf den Sessel zu werfen, auf dem John C. Calhoun einst gesessen hatte; eine mit Troddeln behängte goldene Schnur sonderte diesen Stuhl von den anderen ab.

Welche Ironie, dachte Paul, daß die bedeutendsten Männer, die ich kannte – Clay, Webster, Calhoun –, alle die Präsidentschaft angestrebt und ihr Ziel nie erreicht hatten: Wir haben immer Männer von minderer Qualität gewählt. Schmerzlich bewegt ging er die Liste der Unzähligen durch, die in diesen Jahren der Krise im Weißen Haus gesessen hatten: der charakterlose van Buren; General Harrison, dem es an Geschick ermangelte; John Tyler, o du liebe Güte; Polk, der die Zügel schleifen ließ; General Taylor, der unfähig war, das Land zu regieren; der unqualifizierbare Millard Fillmore; Franklin Pierce, ein lächerlicher Wicht; James Buchanan, der diesen Krieg hätte abwenden können; und jetzt Abraham Lincoln, der Verräter an allen Prinzipien, die er einst selbst hochgehalten hatte.

Mit Anteilnahme rief er sich Clays moralisches Format, Daniel Websters Größe und Calhouns intellektuelle Überlegenheit ins Gedächtnis. Er schüttelte den Kopf: Warum mußten wir immer die Besten abweisen?

Doch dann, als seine Stimmung einen Tiefpunkt erreicht hatte, hefteten die Konföderierten eine Reihe von Siegen an ihre Fahnen, und seine Hoffnungen lebten wieder auf. Dank seiner hervorragenden Fähigkeiten schlug General Lee die weit überlegenen Unionsarmeen, und Mark Steed schrieb vom Schlachtfeld:

> Wir haben uns in unserem Vertrauen bestätigt gesehen, wonach jede Kompanie von fünfzig Männern aus dem Süden jedes dreimal so starke Kontingent Yankees niederkämpfen kann, und diese Tatsache ermutigt uns, nach Norden vorzustoßen, um diesem Krieg ein Ende zu setzen. Dann werden wir unsere alten Freiheiten wiedererlangen, und Du und ich werden die Plantagen neu aufbauen.

Im späten Juni dieses Jahres nahm die freudige Erregung am Choptank zu, denn es verbreitete sich die Kunde, daß sich die konföderierten Armeen auf einem gewaltigen Marsch nach Norden befanden, um den Feind zangenförmig zu umfassen und Philadelphia, Baltimore und Washington einzuschließen. Das Ende des Krieges schien unmittelbar bevorzustehen.

Nun kletterte Paul zur Witwenpromenade hinauf, wo seine Frau einst so gern geweilt hatte, und richtete seinen Blick nach Norden, über die Bucht hinweg, nach jenen unsichtbaren Schlachtfeldern hinter dem Horizont; dort, erklärte er seinen Freunden, schmieden sie unser Schicksal. Er erlebte Tantalusqualen: Ereignisse von allerhöchster Bedeutung überstürzten sich, aber er hörte nur das Echo, als bliebe es dem Ostufer verwehrt, eine lebenswichtige Rolle zu spielen. In den ersten Julitagen senkte sich dumpfe Stille über die Bucht. Moskitoschwärme peinigten die Anwohner, und Sklavenfrauen fischten nach Krabben. Gerüchte verbreiteten sich, daß in Gettysburg, nur wenige Meilen nördlich der Grenze von Maryland, eine entscheidende Schlacht tobte. Und dann fielen die Schläge: »Pickett führte seine Männer, wohin zu führen Wahnsinn war, und sie hätten es beinahe geschafft ... Der Sieg war zum Greifen nahe, aber Lee mußte sich zurückziehen ... Lee sagt, wir können weiterkämpfen, aber die Chance, in den Norden vorzustoßen, ist vertan ... Mark Steed starb den Heldentod ...«

Paul hielt sich auch weiterhin oft auf der Witwenpromenade auf. Er stand am Geländer und überblickte sein Reich, tausend Morgen Land, soweit der Blick reichte. Aber die Sklaven waren fort; Susan war gegangen; Mark würde niemals zurückkehren; die Eisenbahn war noch immer nicht gebaut.

In den ersten kalten Novembertagen des Jahres 1864 saß Lafe Turlock in seiner Hütte unweit des Sumpflandes und hörte die Gänse schnattern. »Ich hole mir so viel Gänse«, versprach er seinen Urenkeln, »daß ihr das ganze Gesicht voll Fett haben werdet.«

Er war einundachtzig Jahre alt und so hager wie der Stamm einer Wey-mouthskiefer. Seine alten Leidenschaften waren erloschen: Er hatte keine Hunde mehr; er ging nachts nicht mehr aus, um zu sehen, wie Häuser abbrann-ten; er fischte wenig; und auch mit dem Austernsammeln hatte er kaum noch zu tun. Doch wenn im Herbst die Gänse zurückkamen, stieg ihm der Saft in die Knochen, und er ölte seine Gewehre.

Nachdem der Großteil der guten Jäger auf den Schlachtfeldern Virginias kämpfte, hatten die Gänse stark zugenommen, aber es war noch genauso schwer wie früher, einen Flug Gänse auf jene Stelle hinunterzulocken, wo man sich versteckt hielt. »Die Alten sagen es den Jungen«, erklärte Turlock seinen Enkeln, »und ihr werdet keine Gans erwischen, wenn ihr nicht mehr auf dem Kasten habt, wie ihr ausseht.«

Es hätte ihm Spaß gemacht, mit seinen Söhnen auf die Jagd zu gehen, aber die waren fast alle weggestorben – und seine Enkel starben jetzt in Virginia. »Was glaubt ihr, wie viele wir verloren haben?« fragte er die Leute im Laden. »Ich habe neunzehn tote Turlocks gezählt. Du lieber Himmel, die Gänse machen ja jetzt, was sie wollen.«

Er war nicht sicher, ob er sich auf die Jungen verlassen konnte; manche waren kaum imstande, ihr Gewehr zu heben. Er war schon im Morgengrauen mit ihnen unterwegs; in der Gänsezeit brauchten sie nicht zur Schule zu gehen. Und als es so aussah, als wären die Gänse im Anflug, bleute er den Kindern noch mal ein: »Auf hundert Meter Entfernung könnt ihr keine Gans treffen. Ihr müßt sie herunterlocken.« Mit großer Kunstfertigkeit blies er seine Pfeife, und die Gänse erlagen der Versuchung. In geringer Höhe flogen sie vorbei, und als sie in Schußweite waren, rief Turlock den Jungen zu: »Jetzt!«

Es war ein schlechtes Jahr, aber die Turlocks hatten ausreichend zu essen.

ELFTE REISE:

1886

Die schlimmsten Stürme in der Bucht sind die Hurrikans, die sich im Südosten, über dem Atlantischen Ozean, zusammenbrauen. Dort drehen und verschlingen sie sich, sammeln Kräfte und saugen aus den Wellen ungeheure Mengen Wasser ab, die sie in wirbelnden Wolken nach Norden tragen.

Zuerst treffen sie auf Kap Henry, am Südende des Ostufers auf; dann explodieren sie mit wütender Gewalt über den Wassern der Bucht und treiben Krabben- und Austernfischer an Land. Die Winde, die oft mit neunzig Meilen in der Stunde dahinbrausen, peitschen die seichten Wasser der Chesapeake Bay zu so gewaltigen Wellen auf, daß sie kleinere Boote leicht zum Kentern bringen. Im August 1886 sammelte ein solcher Hurrikan seine ganze Kraft genau südlich von Norfolk. Doch anstatt die Bucht zu verheeren, ließ er etwas weiter im Norden, über dem Susquehannatal, einen unglaublichen Regenguß niedergehen. Innerhalb eines Tages fielen fünfzig Zentimeter Niederschlag auf gewisse Teil Pennsylvaniens, und die Flut erfaßte sogar den Staat New York. Harrisburg bekam den Wolkenbruch zu spüren, als er die Häuser im Hafenviertel unter Wasser setzte. Sunbury wurde überschwemmt, und selbst Towanda im Norden wurde von den Strömen überspielt, die tags zuvor noch Bäche gewesen waren.

Auf tausend solcher Rinnsale formte sich die große Flut, begrub kleine Dörfer unter sich und brachte große Städte in Gefahr. Immer weiter drang sie nach Süden zur Chesapeake Bay vor, eine verheerende Masse tobenden Wassers, das jede Landsenke erfaßte und überflutete. Sie brauste an Harrisburg und Columbia vorbei und über Ansiedlungen an der Grenze von Pennsylvanien. Im Norden Marylands zerplatzte sie dann mit zerstörerischer Gewalt über der Chesapeake Bay und ließ den Oberlauf des Flusses um bis zu ein Meter sechzig anschwellen.

Drei Tage lang wütete der Sturm – mit seinen recht seltsamen, launenhaften Folgen. Norfolk bekam überhaupt nichts ab: nur einen starken Regen. Crisfield hatte keine Probleme: ein leichter Regen ohne Bedeutung. Die Insel Devon und

Patamoke wurden kaum in Mitleidenschaft gezogen: Die größte Sorge war dort, daß es drei Tage keine Sonne gab. Aber die Bucht wurde fast völlig verwüstet. Beinahe wäre sie in den Fluten abgesoffen, die von Norden her auf sie niederstürzten.

Um zu verstehen, was hier vorging, muß man sich die Bucht als dreidimensionale Struktur vorstellen. Vom Norden nach Süden war das Wasser nach seinem Salzgehalt peinlich genau gestaffelt, und jede Veränderung dieser Salzhaltigkeit brachte große Gefahren mit sich. Bei Havre de Grace, wo der Susquehanna in die Bucht einmündete, betrug der Salzgehalt des Wassers im Herbst drei Promille; jetzt war es salzlos. Um die Schalentiere gesund zu erhalten, wären für die Austernbänke vor der Insel Devon fünfzehn Prozent Salz nötig gewesen; jetzt waren es ganze zwei. Auf den Krabbenbänken weiter im Süden waren die Krustentiere an neunzehn Promille gewöhnt; sie mußten sich mit weniger als sechs begnügen. Alle in der Bucht lebenden Wesen waren in Gefahr, denn die große Flut hatte die Grundlagen ihrer Existenz verändert. Der ihnen vom Salzwasser gewährte Schutz blieb ihnen versagt, und wenn nicht bald Rettung kam, würden Millionen und Abermillionen dieser Geschöpfe sterben.

Die rasche Wiederherstellung des natürlichen Nordsüdgefüges war unbedingt erforderlich, aber die Bucht verfügte auch über eine vertikale Ebene zwischen Wasseroberfläche und Meeresboden. Der tiefste Bereich enthielt kaltes, sehr salziges, oft sauerstoffarmes Wasser, das aus dem Atlantischen Ozean kam und viele lebenserhaltende Substanzen mitbrachte. Es neigte dazu, in nördlicher Richtung zu fließen, und für die Gesundheit der Bucht war sein Vorhandensein von größter Bedeutung. Gegen die Oberfläche zu war das Wasser weniger salzig, leichter und wärmer; es wurde von der Sonne angereichert. Mit einem guten Sauerstoffgehalt neigte es dazu, in südlicher Richtung zu fließen; es führte jene vielen niedrigen Lebensformen aus der Tier- und Pflanzenwelt des Meeres mit, von welchen Krabben und Fische lebten, und es setzte die Nährstoffe ab, wie sie tiefer unten die Austern benötigten.

Es wäre falsch anzunehmen, daß diese zwei gewaltigen Schichten Wasser zueinander in Beziehung standen, da sie, die eine unabhängig von der anderen, wie sich gegenseitig abstoßende Pole eines Magneten in entgegengesetzte Richtung strebten. Von der Sonne erzeugte Konvektionsströme konnten jederzeit die kalte Schicht heraufziehen und die warme nach unten drücken. Ein starker Wind mochte einen solchen Austausch noch fördern; der wirbelnde Propeller eines großen Schiffes konnte die normalen Druckverhältnisse noch verstärken, die ständig von unten und oben auf diese beiden Schichten einwirkten, um sie miteinander zu vermischen.

Im allgemeinen aber war das Wasser in der Tiefe kälter, salziger und langsamer; das an der Oberfläche wärmer, weniger salzig und sauerstoffreicher. Und es gab auch noch einen anderen Unterschied: Das Wasser an der Oberfläche bewegte sich frei über die ganze Bucht; das tiefe aber blieb an den unsichtbaren Kanal haften, den der prähistorische Susquehanna vor hunderttausend Jahren gegraben hatte, als er die Wasser der ersten Eiszeit mit sich fortschwemmte.

Jede drastische Verlagerung der beiden Schichten würde katastrophale Folgen haben, denn in den Jahrtausenden hatte sich die Meeresfauna in der Bucht an die bestehenden Verhältnisse gewöhnt, und es gabe viele Geschöpfe in der oberen Schicht warmen und leichten Wassers, die nicht überleben könnten, wenn plötzlich das kalte, schwere Wasser der unteren Schicht über sie käme.

Schließlich gab es auch noch eine letzte Unterteilung: die zwischen der westlichen und der östlichen Hälfte der Bucht. Erstere wurde von fünf mächtigen Flüssen gespeist – Patuxent, Potomac, Rappahannock, York James –, von welchen einige große Gebiete entwässerten, die sich im Westen bis zu den Blauen Bergen erstreckten. Durch die riesige Menge Frischwasser, die diese Flüsse beitrugen, war die westliche Hälfte der Bucht weit weniger salzhaltig als die östliche, dafür aber schlammiger, reicher an Süßwasservegetation und ganz allgemein biologisch aktiver.

Die sogenannten Flüsse des Ostufers verdienten diesen Namen nicht. Es waren keine Flüsse im üblichen Sinn: Sie entwässerten keine ausgedehnten Hochlandgebiete; sie waren nicht sehr lang; sie hatten keine Wasserfälle; sie brachten kein Frischwasser aus weiten Einzugsgebieten; sie waren fast in ihrem ganzen Bereich den Gezeiten unterworfen; über einen Großteil ihres Laufes waren sie reichlich salzhaltig, und sonst bestanden sie nur aus Brackwasser. Eigentlich handelt es sich um schmale Buchten, die den Gezeiten ausgesetzt waren – Meeresarme war die richtige Bezeichnung für diese Gewässer, die sich spiralförmig landeinwärts wanden und Niederungen und Sumpfgebiete bildeten.

Da sie nur einen Bruchteil des Wassers beisteuerten, das die westlichen Flüsse heranschafften, mußt die östliche Hälfte der Bucht salziger und träger sein, das Entstehen von Sumpfland begünstigen und eine weit höhere Menge jener kleinen Salzwasserpflanzen hervorbringen, die zur Erhaltung der Meerestiere nötig waren. Aber noch eine andere Naturerscheinung trug zur großen Salzhaltigkeit der östlichen Hälfte bei: Die rotierende Bewegung der Erde übte eine gleichbleibende Kraft aus, die das schwere Wasser nach Osten drängte. Wenn also ein Wissenschaftler Isohalinen zog – von Osten nach Westen laufende Verbindungslinien zwischen Orten mit gleicher Salzhaltigkeit des Wassers –, zeigten diese eine deutliche Tendenz, von Südwesten nach Nordosten hinauf auszuschlagen. Das bedeutete: Eine von der Insel Devon mit seinem Anteil von fünfzehn Promille Salz genau nach Westen gezogene Linie würde in der Mitte der Bucht auf weniger salzhaltiges und am Westufer gar auf bedeutend weniger salziges Wasser stoßen. Um am Westufer Wasser mit einem Salzgehalt zu finden, der dem der Insel Devon entsprach, müßte man fünfundzwanzig Meilen weiter nach Süden gegen.

Die im Lesen isogonischer Karten bewanderten Schiffer gingen von der Voraussetzung aus, daß die Chesapeake Bay in Wahrheit aus drei verschiedenen Teilen bestand: aus dem nur mäßig tiefen flußartigen westlichen; aus dem sehr tiefen mittleren Kanal, den auch die Dampfer befuhren, und der dem Lauf des prähistorischen und jetzt überfluteten Susquehanna entsprach; und dem Meeresarmen des östlichen Teils, in welchen Plankton, Heringe, Krabben und Austern reichlich vorhanden waren. Ein Geistlicher der Episkopalkirche in Patamoke, der in Princeton studiert hatte und über viel freie Zeit verfügte, faßte diese Analyse wie folgt zusammen:

> Wir haben drei Dimensionen: Nord-Süd, West-Ost, Oben-Unten. Wenn wir jede Dimension in zehn Abstufungen von 0-9 teilen, können wir ein Zählsystem entwickeln, das uns genau angibt, wo wir uns in diesen mannigfaltigen Gewässern befinden. Der nördlichste, westlichste und höchste Punkt wäre demnach 0-0-0, der südlichste, östlichste und tiefste 9-9-9. Nach dieser Aufteilung haben wir tausend verschiedenartige Formen der Chesapeake Bay. Die Insel Devon, für uns ein Brennpunkt, würde sich ungefähr auf halbem Weg auf der Nordsüdachse befinden und wäre daher mit 4 einzustufen. Die Insel liegt nicht ganz am östlichen Rand und bekommt somit eine 8. Die Austernbänke sind am Meeresgrund angesiedelt, und das ergibt 9. Somit ist die Position, die uns interessiert, mit 4-8-9 zu bestimmen.

Was geschah 1886 in der Chesapeake Bay, Position 4-8-9? Die Sturmstärke schlug alle Rekorde um ein Vielfaches. So hatte zum Beispiel die bisherige größte Ausflußmenge von Frischwasser in der Einmündung des Susquehanna etwa 15 000 Kubikmeter in der Sekunde betragen, und das war eine gewaltige Flut. Jetzt betrug die Wassermenge nie dagewesene 45 000 Kubikmeter. Dadurch erreichte das nichtsalzhaltige Wasser ein so ungeheures Volumen, daß es die Isohalinen dreiundsiebzig Meilen nach Süden verschob; und das bedeutete, daß die Gewässer rund um Devon praktisch salzlos geworden waren.

Als der Sturm losbrach, befand sich auf einem kleinen Schelf am westlichen Rand der Insel Devon – Position 4-8-9 nach der Berechnung des Geistlichen

– eine Ansammlung von Austern, die auf dem felsigen Grund festgewachsen waren. Hier hatten sich einige der größten und schmackhaftesten Austern generationenlang vermehrt, während der winzige Laich in den trägen Strömungen umherschwärmte und sich schließlich am Grund festsetzte, um die Schalen zu produzieren, in welchen sie in den wenigen Jahren ihrer Existenz heranwachsen würden.

Entlang dieses Schelfs, Patomokes Fischern wohlbekannt, aber von ihnen als Geheimnis gehütet, waren die Austern seit Generationen üppig gediehen; wie viele Bänke großer Austern hier auch gesammelt wurden, es kamen immer wieder frische hinzu. Auf dieses Schelf war Verlaß.

In der ersten Phase erzeugte die Flut des Susquehanna keine Veränderungen bei diesen Austern. Gewiß, der Salzgehalt des Wassers fiel, doch in der von ihnen bewohnten Tiefe brachte sie dieser Verlust in den ersten Tagen nicht in Gefahr – die drohte von einer anderen Seite. Der Susquehanna, der von New York herunterströmmte, schlickte eine überraschend große Menge Treibsand. So mochte zum Beispiel ein Haus am Flußufer in Harrisburg nur sieben Stunden unter Wasser gestanden haben, doch als die Bewohner zurückkamen, fanden sie in ihrem im zweiten Stock gelegenen Schlafzimmer eine fünfzehn Zentimeter starke Schlammschicht. Wie kam sie dahin? Nun, jeder Kubikzentimeter einsickernden braunen Wassers führte seinen Anteil an fast unsichtbaren Staub mit, Staub von den Farmern New Yorks und Pennsylvaniens, und es war dieser im Wasser fein verteilte Schwebestoff, der zurückblieb.

Der Schlamm, der das Schlafzimmer eines Metzgers in Harrisburg bedeckte, ließ sich, sobald er trocken war, entfernen; bei dem Schlick, der auf eine Austernbank gefallen war, ging das nicht.

Still, tückisch und sehr langsam senkte er sich. In vier Tagen fiel mehr Schlick als in den vergangenen sechzig Jahren. Bis weit nach Osten färbte der verwirbelte Schlamm den Choptank schokoladebraun, doch sobald das Wasser begann, sich zu beruhigen, setzte es den Schlick frei, der nun anhaltend und unabwendbar auf die Auster herabschwebte.

Anfangs war es nur eine dünne Schicht, wie die Propeller des Fährschiffes ihn in irgendeiner Nacht abgesetzt haben mochten. Diese Menge verursachte keine Probleme und mochte sogar Plankton mitführen, das den Austern als Nahrung diente. Doch dieses feine Häutchen wurde bald merklich stärker, und die Austern in ihren dicken Schalen gerieten in Unruhe. Der Laich war natürlich längst schon erstickt. Die kommende Austerngeneration war zerstört.

Immer noch schwebte der feine Schlick herab, ein nicht endenwollender Regen der Verwüstung. Ein graubraune Ablagerung bedeckte den Grund des Choptank; selbst ganze Sandkörner waren so klein, daß der Schlamm an Zement erinnerte, nur daß er sich nicht verhärtete. Er erstickte nur alles; aber so zart war der Druck, den er ausübte, daß sein Gewicht erst spürbar wurde, nachdem er jeden Hohlraum mit seiner verfeinerten Kraft ausgefüllt hatte, deren Wirkung zerstörerischer war, als es die eines steinernen Turms hätte sein können. Wäre statt Schlick Sand eingedrungen, hätten die Austern standgehalten; dann wären die Partikel so grobkörnig gewesen, daß das Wasser hätte zirkulieren und Plankton herbeischaffen können. Bis zu einem Monat wäre dieser Zustand erträglich gewesen, denn mit der Zeit würde der Sand weggespült werden, ohne den Schalentieren nachhaltigen Schaden zugefügt zu haben. Anders stand es um den von der Flut angeschwemmten Schlamm, und am zehnten Tag, als die braunen Wassermassen immer noch den von den Feldern abgetragenen Schlick über die Bucht wälzten, begannen selbst die reifen Austern auf dem Devon-Schelf zu sterben. Kein lebendes Wasser erreichte sie mehr, kein Plankton. Sie waren eingeschlossen unter einem Berg von Schlamm und konnten sich weder seitwärts noch nach oben treiben lassen. Festgewachsen auf ihrem Schelf, mußten sie auf Strömungen warten, die den Schlamm fortspülen würden. Aber es kamen keine.

Am zwölften Tag erreichte die Chesapeake Bay ihren höchsten Wert an Verschlammung; in einem letzten verheerenden Ansturm kam jetzt der Schlamm aus dem mittleren Teil Pennsylvaniens, und als er die relativ-ruhigen Gewässer des Choptank dazugewann, trennte er sich von den Fluten, die ihn angeschwemmt hatten, und schwebte langsam ins Flußbett hinab. Das gab den Austern den Rest. Sie lagen bereits unter fünf Zentimeter Schlick begraben; jetzt kamen noch weitere fast acht Zentimeter dazu, und so wurde von den reichen Austernbänken der Insel Devon eine nach der anderen unter einer undurchdringlichen Schlammschicht begraben. Die Austern gingen in ihren Schalen zugrunde.

Mit der Zeit, etwa in eineinhalb Jahren, würden die Strömungen des Choptank den Schlamm fortspülen und den Schelf wieder bloßlegen, auf dem dann ungezählte Generationen neuer Austern gedeihen könnten. Zurückbleiben würden die Schalen der toten Austern, knorrig, rauh und einladend für den jungen Laich, der nach einer Felsbank suchte, um sich daran festzusetzen. Der Laich würde eine Heimat finden; das nährende Plankton würde vorübertreiben, und die Austern der Insel Devon würden von neuem entstehen, aber mittlerweile lagen sie zerstört im Schlamm.

Auch ein anderer Bewohner der Chesapeake Bay wurde vom Hurrikan des Jahres 1886 in Mitleidenschaft gezogen. Er war in einer besseren Lage, mit der Katastrophe fertig zu werden, denn er konnte sich bewegen, konnte Vorsichtsmaßnahmen ergreifen und sich den veränderten Umständen anpassen. Das war

Jimmy – so der in der Bucht seit undenklichen Zeiten gebräuchliche Name für die Krabbe der Gattung Callinectes sapidus, jenes köstlichen Krustentiers, das soviel zum Reichtum der Bucht beitrug.

Noch während der Sturm vor Norfolk lag, Wassermassen ansammelte und zum Sprung ansetzte, spürte Jimmy, der in den grasreichen Gewässern am Rand des Turlock-Moors rastete, daß eine radikale Veränderung in der Atmosphäre unmittelbar bevorstand und vermutlich zu einem für ihn besonders ungünstigen Zeitpunkt eintreten würde. Wie konnte er das wissen? Er war überaus empfindlich für Veränderungen des Luftdrucks wie auch auf andere Ursachen, die auf das Wasser der Bucht einwirkten. Wenn ein ungewöhnlich heftiger Sturm im Anzug war, merkte er das an dem scharfen Fall des Luftdrucks und ergriff alle jene Schutzmaßnahmen, die ihn schon in der Vergangenheit vor Schaden bewahrt hatten. Auch wußte er intuitiv, wann er mühsam aus seinem alten Panzer herausklettern mußte, der aus träger Materie bestand und nicht an Größe zunahm, wie er es tat. Er mußte sich seiner erledigen und sich auf den Bau neuer Ringe vorbereiten, die besser zu seinem vergrößerten Körperumfang paßten. Die Zeit für eine solche Häutung war gekommen.

Als der Sturm losbrach und keine große Wassermenge auf dem Choptank fiel, bemerkte Jimmy keinerlei Anzeichen einer Krise. Und er bereitete sich daher darauf vor, seine alten Ringe abzustreifen – eine komplizierte Prozedur, die bis zu vier Stunden mühsamer Verrenkungen und Krümmungen in Anspruch nehmen konnte. Aber noch bevor die Häutung beginnen konnte, wurde er einer erschreckenden Veränderung in der Bucht gewahr. Das Wasser stieg. Die Salzhaltigkeit verminderte sich. Und als diese beiden Phänomene andauerten und sich sogar noch beschleunigten, wurde es ihm unbehaglich.

Für seine Häutung, die er drei- oder viermal im Jahr absolvierte, suchte er sich für gewöhnlich einen sicheren Ort wie das Turlock-Moor; doch wenn dieses Süßwasser überflutet wurde, konnte es sich leicht von einer Zufluchtsstätte in eine Todesfalle verwandeln, und deshalb begann er, mit kräftigen Stößen zielstrebig in Richtung der tiefen Mitte der Bucht zu schwimmen.

Eine erwachsene Krabbe wie Jimmy konnte mit einer Geschwindigkeit von knapp einer Meile in der Stunde schwimmen, doch als er die Insel Devon hinter sich gelassen hatte und große Mengen salzlosen Wassers auf ihn zukamen, sah er sich gezwungen, sein Tempo stark zu beschleunigen. Der erste Zufluß von Süßwasser würde ihn nicht umbringen; er konnte sich für kurze Zeitspannen auf extreme Schwankungen in der Salzhaltigkeit einstellen; aber um auf die Dauer so zu existieren, wie sein Körper gebaut war, brauchte er Wasser mit dem nötigen Salzgehalt.

Wenn er sich aber in das tiefere Wasser wagte, verlor er den Schutz des Turlock-Moors für seine kritische Häutung. Er würde die ganze komplizierte Prozedur in der Bucht durchstehen müssen, wo er sich nicht verteidigen konnte. Es blieb ihm keine andere Wahl.

Der Schlick stellte kein unüberwindliches Problem dar. Gewiß, er beeinträchtigte sein Sehvermögen, aber er blieb nicht an ihm haften und drückte ihn auch nicht zu Boden wie die Austern. Er konnte seine vielen Gliedmaßen flink bewegen und sich freischwimmen, so daß er sich in diesem Stadium der Flut noch nicht in Gefahr befand; aber er fühlte sich wohl, daß er auf das Meer zutreiben mußte, um den für sein Überleben nötigen Salzgehalt zu finden.

Doch angesichts der schwierigen Veränderung, die ihm bevorstand, war diesen Dingen weniger Bedeutung zuzumessen. Er strebte dem Grund der Bucht zu und fand auch einen sandigen Platz, den er normalerweise nie für eine Häutung ins Auge gefaßt hätte. Und hier begann er seine Kreisbewegungen. Zuerst mußte er die Verschmelzungen lösen, die seinen jetzigen Panzer zusammenhielten. Das tat er, indem er seinen Körper zusammenzog und ausdehnte, gleichzeitig Wasser durch Kopfbruststück und Hinterleib preßte und so einen beträchtlichen hydraulischen Druck aufbaute, der langsam, kaum merklich, die Ringe auseinanderdrückte – weit genug, um den schwierigen Teil der Häutung möglich zu machen.

Nun begann er die langwierige und qualvolle Prozedur, seine knochenlosen Gliedmaßen aus ihrer schützenden Hülle zu ziehen und sie dergestalt zu manipulieren, daß sie aus den engen Öffnungen hervortragen. Mit drehenden Bewegungen schob er den Hauptteil seines Körpers auf die Öffnungen zu, die sich nun unter dem Druck seiner Beine erweiterten. Da er ja kein Skelett hatte, konnte er seinen Körper auf die wirksamste Weise verrenken und zusammenpressen, aber er hielt den hydraulischen Druck aufrecht, so daß die Ringe auseinandergezwängt wurden.

Drei Stunden und zwanzig Minuten, nachdem er diesen bizarren Prozeß begonnen hatte, war er seine alten Ringe los und trieb nun, völlig schutzlos, im tiefen Wasser der Bucht.

Er besaß keine Knochen, keine Hülle stärker als das dünnste Seidenpapier und keine Verteidigungswaffe. Jeder vorbeikommende Fisch hätte ihn mit einem Schluck verschlingen können, in seichtem Wasser hätte jeder Vogel ihn schnappen können. In diesen schicksalschweren Stunden konnte er nichts anderes tun, als sich zu verstecken. Doch schon in diesem Augenblick seiner größten Wehrlosigkeit begann sich sein neuer Panzer zu formen. Achtzig Minuten nach der Häutung besaß er bereits eine papierdünne Hülle. Nach drei Stunden verfügte er über eine leichte, solide Schale, und nach weiteren fünf

Stunden war er bereits wieder eine von einem harten Panzer umgebene Krabbe und würde es bis zu seiner nächsten Häutung auch bleiben.

Während er tief in der Bucht auf ein neues Leben wartete, machten sich die Folgen des Sturms bemerkbar. Das Wasser war so salzarm, daß er die zwingende Notwendigkeit verspürte, sich nach Süden zu wenden. Ungestüm und zielbewußt schwamm er los, entlang des Ostrandes der Bucht, wo die nahrhaften Gräser das beste Plankton absonderten; und als der Tag herum war, fühlte er, daß das Wasser beinahe wieder seinen normalen Salzgehalt erreicht hatte.

Es war ihm aber keine Zeit vergönnt, diese neu gefundene Sicherheit, das gute Wasser und die soliden Ringe zu genießen, denn nun bedrängen ihn urtümliche Triebe, und er vergaß seine eigenen Sorgen und schwamm zwischen den Gräsern umher, wo er nach Weibchen suchte, die bei früheren Paarungszeiten übergangen worden waren. Diese übersehenen Weibchen – unterwegs nach Süden, um den Winter in der Nähe des Eingangs zur Bucht zu verbringen, wo sie nach altem Brauch ihre Eier legten – sandten verzweifelte Signale nach irgendwelchen Männchen aus, die sich in der Nachbarschaft aufhalten mochten; denn dies war ihre letzte Chance, sich befruchten zu lassen.

Jimmy entdeckte solche Signale und schwamm mit außerordentlichen Kraftaufwand in das Pflanzengewirr hinein, und ein dankbares Weibchen kam auf ihn zugeschossen. Kaum hatte sie es wahrgenommen, daß es ihr gelungen war, ein Männchen anzulocken, gebärdete sie sich zärtlich passiv und ließ es zu, daß er sie mit seinen Scheren umdrehte und von hinten bestieg. Mit seinen vielen Füßen formte er eine Art Körbchen, in dem er sie an den folgenden drei Tagen wie in einer Wiege schützen würde.

Dies war *ihre* Häutungszeit, und Jimmy ließ ihr den Schutz angedeihen, den er nicht genossen hatte. Er umfaßte sie völlig und konnte so jeden Fisch abwehren, der sie angriff, und jeden Vogel in die Flucht schlagen. Schildkröten konnte man ausweichen und auch Ottern, die mit Vorliebe ringlose Krabben futterten. Drei Tage lang würde er sie verteidigen und sie sanft umschlingen, während sie den mühsamen Prozeß der Häutung absolvierte.

Nachdem es ihr gelungen war, den alten Panzer abzustreifen, ließ sie es zu, daß Jimmy ihn mit seinen Füßen zur Seite stieß. Sie war nun völlig wehrlos, ein Geschöpf ohne Skelett oder sonstige Knochenstruktur, und jetzt erst konnten sich die zwei Krabben paaren, er mit Ringen und sie ohne – ein Akt, der sechs oder sieben Stunden in Anspruch nahm.

Als dies geschehen war, hielt er sie noch zwei Tage fest, bis ihr neuer Harnisch geformt war. Erst dann gab er sie frei, und dann trennten sich die beiden Krabben; sie schwamm ans untere Ende der Bucht, um ihre befruchteten Eier zu legen, und er kehrte nach Norden zurück, um den Winter in der Tiefe zu verbringen.

So einfach war das nicht im Jahre 1886, denn als der Susquehanna über die Ufer trat und das Land viele Meilen weit überflutete, hatte dies auch noch andere tückische und schwere Folgen: Die Flut überschwemmte Aborte, spülte Jauchegruben aus, riß Düngerhaufen mit sich fort und brachte dem riesigen Strom eine unglaubliche Menge Abwasser. Als er sich in den Choptank entleerte, war der Susquehanna nur mehr eine riesige Kloake und führte genügend Giftstoffe mit, um die ganze Bucht zu verseuchen.

Diese Wirkung wurde noch dadurch verstärkt, daß der Fluß in den großen Städten enorme Industrieabfälle aufnahm, besonders die neu entwickelten Öle, die die Gifte über die gesamte Oberfläche der Bucht verbreiteten. Noch nie vorher war die Chesapeake Bay vor die Aufgabe gestellt worden, eine solche Konzentration tödlicher Stoffe zu absorbieren. Sie schaffte es nicht. Ein Dutzend neuer Gifte infizierte die Bucht – von der Mündung des Flusses bis zur Mündung der Bucht. Jene vom Glück begünstigten Austern, denen es gelungen war, dem Schlick zu entwischen, konnten den vernichtenden Bakterien nicht mehr entkommen. Die Menschen, die in diesem Oktober die wenigen Austern aßen, die gesammelt wurden, gerieten in Lebensgefahr, und viele starben. Die Blaufische waren vergiftet, und wo man sie aß, verbreitete sich der Typhus. Die Krabben waren schwer getroffen, denn ihr zartes Fleisch nahm wie Löschpapier die Bakterien auf. In Baltimore und New York starben Familien, die sie aßen.

Die Fischereiindustrie in der Chesapeake Bay war ruiniert, und es mußten zwei Jahre vergehen, bis Frischwasser vom Susquehanna, vom Rappahannock und vom James die Bucht wieder gereinigt und von neuem für Austern und Krabben bewohnbar gemacht hatte.

Jimmy, der am Grund der Bucht Zuflucht suchte, und seine befruchtete Gefährtin, die nach Süden steuerte, um ihre Jungen auszubrüten, hatten ihre Paarung in einem Gewässer vollzogen, das stark von den Jauchen- und Senkgruben verseucht war. Auch sie mußten sterben.

Die Wassermenschen

Das Goldene Zeitalter des Ostufers umspannte die vier Jahrzehnte von 1880 bis 1920, in welchen der Rest der Nation den Bewohnern der Sumpfgebiete erlaubte, ungestört zu schlafen. Gewiß gab es in der Welt auch in diesen Jahren Kriege und Pestepidemien, Revolutionen und erbitterte Wahlkämpfe, aber alle diese Geschehnisse zeigten so gut wie keine Auswirkungen auf die verträumten Meeresarme und die abgeschiedenen Buchten. Straßen verbanden jetzt die wichtigen Städte an den Oberläufen der Flüsse, aber sie waren schmal und staubig, und Fuhrwerke brauchten Tage für eine Strecke, die ein schnelles Boot in einer Stunde bewältigte. Als die Straßen dann gegen Ende dieser glücklichen Zeitspanne mit weißen Austernschalen gepflastert wurden, reichten sie normalerweise gerade für eine Wagenbreite aus und erwiesen sich als völlig untaugliche, höchstens für Selbstmörder einladende Verkehrsverbindungen.

Natürlich fehlte es nicht an aufregenden Vorkommnissen, aber der Einfluß der Außenwelt war gering. Ein schwarzer Diener wurde beschuldigt, eine weiße Frau vergewaltigt zu haben, und ein Lynchmob – vornehmlich Turlocks und Cavenys – brach ins Gefängnis ein, um den Beschuldigten von einer Eiche baumeln zu lassen; aber Richter Hathaway Steed war nicht gewillt, auch nur einen Fleck auf der Ehre seiner Gerichtsbarkeit zu dulden; mit einer alten Pistole bewaffnet, stellte er sich dem Haufen entgegen und gab Order, sich zu zerstreuen. Der angstschlotternde Schwarze wurde in einen Nachbarbezirk abgeschoben und dort dem Gesetz gemäß gehängt.

Die Baseball-Liga des Ostufers, bestehend aus sechs natürlichen Gegnern, einschließlich Easton, Crisfield, Chestertown und Patamoke, gedieh und machte sich damit einen Namen, daß Home Run Baker aus ihren Reihen hervorgegangen war, der in einem Jahr sage und schreibe zwölf vollständige Läufe geschafft hatte. Ein luxuriös ausgestattetes Fährschiff verließ Baltimore um halb acht Uhr früh, um die Teilnehmer an einem Tagesausflug nach

Claiborne zu bringen, wo die Reisenden das Schiff verließen und sich in den Wagen der Baltimore, Chesapeake and Atlantic Railroad zusammendrängten, um in zwei Stunden langer, wilder Fahrt die Halbinsel zu durchqueren und Ocean City am Atlantischen Ozean zu erreichen. Um ein Viertel vor fünf nachmittags füllten sich die Eisenbahnwagen wieder, der Zug zuckelte nach Claiborne zurück, die Passagiere bestiegen abermals das Fährschiff und kamen um halb elf Uhr nachts in Baltimore an – das alles für einen Dollar und fünfzig Cent.

Großes Aufsehen entstand, als 1887 ein Schiff, befehligt von Captain Thomas Lightfood – einem Unruhestifter schlimmster Sorte –, mit einer Ladung Eis aus Labrador in Patamoke anlegte. Nachdem die Sägespäne abgewaschen und die blaugrün schillernden Blöcke in den Eishäusern im Hafen eingelagert waren, brachte Captain Lightfood ein Objekt zum Vorschein, das nicht weniger nachhaltigen Verdruß auslöste als der goldene Apfel, den Paris der schönsten Göttin zusprechen mußte.

»Ich habe noch etwas Besonderes für Sie«, verkündigte Lightfood, während er einen seiner schwarzen Stauer anwies, das gute Stück von unten zu holen. »Und noch bevor Sie es zu sehen bekommen, erlaube ich mir, Ihnen mitzuteilen, daß es verkäuflich ist. Zehn Dollar das Stück.«

Zehn Minuten später erschien der Stauer wieder an Deck, an der Leine einen der schönsten Hunde, die man in Maryland je gesehen hatte. Er war pechschwarz, hatte stämmige Vorderbeine, geschmeidige, kräftige Hinterbeine und ein so intelligentes Gesicht, daß man glauben mußte, er würde im nächsten Augenblick zu sprechen beginnen. Seine Reaktionen waren schnell, und seine dunklen Augen folgten jeder Bewegung in seiner Nähe, aber er schien so ruhig von Gemüt, daß viele meinten, er lächle sie an. »Man nennt ihn Labrador«, sagte Lightfood. »Der feinste Jagdhund, der je gezüchtet wurde.«

»Er ist was?« fuhr Jake Turlock dazwischen.

»Der beste Jagdhund, den es gibt.«

»An einen Chesapeake-Apportierhund kommt er nicht heran«, erklärte Turlock, wobei er sich auf den kräftigen roten Hund bezog, der für das Stellen von Wild gezüchtet wurde.

»Dieser Hund«, konterte Lightfood, »kann Ihrem Chesapeake noch das Abc beibringen.«

»Der Hund ist keinen Pfifferling wert«, meinte Turlock. »Er ist vorn zu pummelig.«

Doch an diesem Vierbeiner war etwas, das auch Tim Caveny für ihn einnahm. Sein roter Chesapeake-Hund war eben eingegangen, ohne je die Erwartungen erfüllt zu haben, zu denen er als junger Hund Anlaß gegeben hatte. »Prima im

Wasser und gut im Aufspüren abgeschossener Vögel, aber nicht sehr helle. Einfach blöde, wenn Sie mich fragen.« Die deutlich erkennbare Intelligenz dieses schwarzen Hundes ließ auf eine vielversprechende Entwicklung schließen, und Caveny sagte: »Ich möchte ihn mir einmal anschauen.«

Captain Lightfood ahnte, daß er in Caveny einen Einfallspinsel gefunden hatte, den er übers Ohr hauen konnte, und ließ den Labrador von der Leine. Mit einem nahezu telepathischen Begreifen, daß seine Zukunft bei diesem Iren lag, lief der Hund auf Caveny zu, lehnte sich an sein Bein und rieb die Nase an seiner Hand.

Es war ein Omen. Tim hatte sein Herz verloren und sagte: »Ich nehme ihn.«

»Mister Caveny, Sie haben soeben den besten Labrador gekauft, der je gezüchtet wurde.« Mit pathetischen Gesten übergab er das Tier seinem neuen Besitzer. Der Hund fühlte, daß er einen ständigen Herrn gefunden hatte. Er blieb in Tims Nähe, scharwenzelte um ihn herum, leckte seine Hand und blicke aus fast vor Liebe überströmenden Augen zu ihm auf.

Tim zahlte seine zehn Dollar, langte nach unten und tätschelte seinen neuen Jagdgefährten. »Komm, Luzifer!« sagte er.

»Ein verrückter Name für einen Hund«, knurrte Turlock.

»Er ist doch schwarz, nicht wahr?«

»Wenn er schwarz ist, nenn ihn Nigger.«

»Es ist eine alttestamentarische Schwärze«, gab Tim zu bedenken, und zu Captain Lightfoods Erstaunen zitierte er: »Wie bist du vom Himmel gefallen, o Luzifer, Sohn des Morgens!« Den anderen kehrte er den Rücken und beugte sich über den Hund, kraulte ihn und flüsterte ihm zu: »Morgen stehen wir schon früh auf, Luzifer, sehr früh.«

Lightfood überraschte die Menge, indem er noch drei weitere Exemplare dieser neuen Rasse aus dem Laderaum holen ließ, ein Männchen und zwei Weibchen, und auch diese an Jäger aus Patamoke verhökerte, wobei er jedem Käufer versicherte: »Wildenten wittern sie sehr gut, und keiner hat jemals einen Knüppel geworfen.«

»Aussehen tun sie wie Pferdescheiße«, bemerkte Jake Turlock.

»Was sagst du da?« empörte sich Caveny.

»Ich sage, daß dein schwarzer Hund wie Pferdescheiße aussieht.«

Ohne Hast reichte Tim einem neben dem Stehenden die Leine und schlug Turlock mit einem gewaltigen Fausthieb nieder, so daß er auf die feuchten und salzigen Planken des Piers fiel. Der Schiffer versuchte wieder auf die Beine zu kommen, glitt aber aus, und Caveny nützte die Chance, um ihn einen Kinnhaken zu versetzen, der ihm um ein Haar ins Wasser befördert hätte. Und weil Caveny nicht der Mann war, der einen gefallenen Gegner respektieren konnte, sprang er über die Planken und trat den Schiffer mit aller Kraft unter die linke Achselhöhle, so daß er hochgeschleudert wurde. Das war ein Fehler: Denn als Turlock krachend landete, fiel seine Hand auf einen Stoß Holzbalken, die auf Captain Lightfoods Schiff geladen werden sollten; und nachdem er rasch drei oder vier Knüppel geprüft hatte, fand er einen, der ihm zusagte, und schlug dem Iren damit so gewaltig auf den Kopf, daß der neue Besitzer des Labradors taumelte, vergeblich versuchte, sein Gleichgewicht zu halten, und in den Choptank fiel.

So begann die Fehde zwischen Tim Caveny, dem Besitzer eines schwarzen Labradors, und Jake Turlock, dem Besitzer eines roten Chesapeakes.

Zur ersten Bewährungsprobe dieser beiden Hunde kam es im Herbst 1888 beim Taubenschießen auf der Farm des alten Lyman Steed, der sein langes Leben damit verbracht hatte, eine der Refugium-Plantagen zu betreiben, und sich jetzt auf ein Stück Land unweit von Patamoke zurückgezogen hatte.

Neunzehn erstklassige Jäger dieser Region versammelten sich in regelmäßigen Abständen während der Taubensaison, um diesen interessantesten der kleinen Jagdvögel zu schießen: feine Herren wie Lyman Steed, Landbesitzer, und rauhe Wassermenschen wie Jake Turlock und Tim Caveny. Weil nämlich das Taubenschießen eine der beliebtesten Sportarten war, die man sich bis dahin ausgedacht hatte. Nur zwei Kriterien bestimmten dabei das Ansehen eines Mannes: Wie er mit seiner Flinte umging und wie er seinen Hund abgerichtet hatte.

Jeder Jäger durfte einen Hund zum Wettschießen mitbringen, und das Tier mußte gut abgerichtet sein, denn die Vögel kamen in niedriger Höhe angeflogen, brachen in unglaublicher Verwirrung nach allen Seiten aus und fielen, wenn sie getroffen wurden, natürlich an den unzugänglichsten Stellen zu Boden. War, wie auf der Steedschen Farm, ein Sumpf in der Nähe, fielen die Tauben in den Sumpf. Gab es Dorngestrüpp, so schienen die verendenden Tauben sich genau diese Gegend auszusuchen, und der Jäger hatte praktisch nur eine Möglichkeit, zu seiner Taube zu kommen, nachdem er sie abgeschossen hatte: Er mußte einen Hund haben, der darauf abgerichtet war loszuspringen, sobald er eine Taube vom Himmel fallen sah, ganz gleich, wohin sie gefallen war. Auch mußte der Hund sie vorsichtig zwischen die Zähne nehmen, sie tragen, ohne sich an den Dornen zu verletzen, und sie zu Füßen seines Hundes niederzulegen. Eine Taubenjagd war mehr eine Prüfung für den Hund als für den Herrn.

Jake Turlock hatte ein gut abgerichtetes Tier, einen großen, rauhen, rothaarigen Chesapeake, der besonders darauf dressiert war, im Herbst und im Winter im eiskalten Wasser der Bucht zu arbeiten. Insofern waren diese Hunde ungewöhnlich, als sie sich ein doppelt so starkes Fell wachsen ließen und die entsprechende Menge Öl absonderten, um es gleitfähig zu machen. Sie konnten den ganzen Tag schwimmen, sprangen mit Begeisterung ins Wasser, um eine geschossene Gans herauszufischen, und stellten es besonders geschickt an, sich einen Weg durch das Gestrüpp zu bahnen. Wie die meisten Hunde seiner Rasse, war Jakes Chesapeake ein bösartiges Biest und arbeitete nur für seinen Herrn. Alle anderen Schützen im Feld waren seine Feinde, und ihre Hunde seiner Beachtung nicht wert, aber er gehorchte Jakes strengem Ruf: »He-du, Fuß!«

Sein Name war He-du. Jake hatte ihn so gerufen, als er bei den Turlocks eintraf – ein störrischer junger Hund, der überall herumsprang und keine Anzeichen erkennen ließ, daß man ihn je abrichten könnte. Jake Turlock hatte so wenig von ihm gehalten, daß er ihm gar keinen richtigen Namen gab. »He-du! Faß die Taube!« Der Hund sah ihn fragend an, wartete, überlegte, ob er gehorchen sollte oder nicht, und lief erst los, wenn Jake ihm einen Tritt gab.

So hieß es denn in seiner nutzlosen Jugend immer nur: »He-du, ins Wasser mit dir und bring die Gans!« Aber nach drei Jahren, nach vielen Tritten und Püffen wurde er ursprünglich zu einem wunderbaren Jagdhund, zu einem Draufgänger wie sein Herr, zu einem harten, rüden, unkultivierten Biest, einem Chesapeake, wie er im Buche steht. »He-du! Lauf da runter und bring die Taube.« Darum galt dieser rote Hund, als er an diesem Oktobertag selbstbewußt auf das Taubenfeld gestelzt kam, als einer der besten, der je in der Gegend von Patamoke abgerichtet worden war.

Luzifer, Tim Cavenys Labrador, war eine unbekannte Größe, da er noch nie an einem Taubenschießen teilgenommen hatte; überdies war er auf eine ganz andere Weise abgerichtet worden als He-du. »Meine Kinder wurden mit Liebe erzogen«, sagte der Ire, »und so habe ich auch meinen Hund abgerichtet.« Von dem Augenblick an, da Luzifer von Captain Lightfoods Eisschiff gekommen war, hatte er nur Liebe gekannt.

Dank der täglichen Ration Fett vom Tisch der Cavenys war sein Fell schimmernd glatt, und seine Nägel wurden regelmäßig gestutzt. Dafür schenkte er der Familie seine ganze Liebe. »Ich glaube, der Hund würde sein Leben für mich geben«, erzählte Mrs. Caveny ihren Nachbarinnen; denn wenn sie ihn fütterte, sah er sie mit seinen großen schwarzen Augen an und rieb sich an ihrer Hand. Einmal kam ein Hausierer zur Tür, unerwartet und von bedrohlichem Gehabe. Luzifers Rücken- und Halshaare standen zu Berge; er beugte sich nervös vor und wartete auf ein Zeichen. Der Anblick des Mannes überraschte Mrs. Caveny, und sie stieß einen angsterfüllten Schrei aus, worauf Luzifer ihm wie ein Blitz an die Kehle sprang.

»Nieder, Luzifer!« schrie sie, und der Hund brach seinen Sprung noch in der Luft ab.

Ob er sich aber dazu abrichten lassen würde, Tauben zu apportieren, das war eine andere Frage. »Dieser dumme Ire hat seinen Hund verzogen, wenn er überhaupt je zu etwas gut war«, sagte Jake Turlock großkotzig. Die Jäger, die ihre Tiere mehr nach Turlocks Methode abgerichtet hatten, teilten seine Meinung. »Mit diesem – wie heißt der doch gleich? – ja richtig, Labrador – wird er nicht viel Ehre erlangen.«

Aber Caveny machte ruhig weiter. Er redete zu Luzifer in weichen, irischen Worten und versuchte, dem stummen Geschöpf zu erklären, daß ihn ein großer Erfolg auf dem Taubenfeld erwartete. »Du und ich, Luke, wir kriegen mehr Tauben, als diese Stadt je gesehen hat. Wenn ich dir sage ›bring‹, läufst du sofort auf die Stelle zu, wo du denkst, daß sie hingefallen ist. Du kreist so lange herum, bis du dort bist.« Ob der Hund das auch tun würde, stand dahin, aber Tim hatte mit aller Schläue versucht, das Tier in eine erfolgversprechende Stimmung zu versetzen. Während er ihn nun zu Lyman Steeds Farm führte, hoffte er, daß seine Lektionen auf fruchtbaren Boden gefallen waren, doch als er um die letzte Ecke bog, flatterte sein Herz, und ihn wurde schwindelig. Begierig zu sehen, was er bei diesem seltsamen Tier erreicht hatte, warteten achtzehn Männer mit ihren Chesapeakes auf ihn. Er zog sanft an der Leine, holte den Hund zu sich heran und kniete neben ihm nieder. »Du und ich, wir müssen uns jetzt bewähren, Luzifer. Wie Luchse passen die alle auf uns auf«, flüsterte er ihm zu. Er strich dem Hund über seinen leuchtenden Hals. »Immer bei mir bleiben, mein Kleiner. Rühr dich nicht, solange ich nicht geschossen habe. Dann aber, um Gottes Gnade willen, bring die Taube. Weiches Maul, Luke, weiches Maul, und laß sie zu meinen Füßen fallen, so wie du es mit den Stoffpuppen gemacht hast.« Als ob er wüßte, was ihm sein Herr da auftrug, drehte Luzifer den Kopf herum, sah Tim ungeduldig an, so als wollte er sagen: »Ich weiß, was ich zu tun habe. Ich bin ein Labrador.«

Das Feld war etwa zwanzig Morgen groß; es war vor kurzem abgeerntet worden, ein großes, flaches, völlig offenes Gelände, eingeschlossen von einem Sumpf auf der einen, einem ausgedehnten Brombeergestrüpp auf der anderen und einem dichten Bestand von Weymouthskiefern auf der dritten Seite. Die Tauben würden über das Kiefernwäldchen herunterstreichen, abwärts gleiten, das Gewehrfeuer hören und zum Brombeergestrüpp abdrehen. Die Aufstellung der Schützen war eine Kunst, die Richter Hathaway Steed vorbehalten war, der in einem teuren, aus London importierten Harris-Tweed seiner Jagdleidenschaft frönte.

Der Richter hatte sein Leben lang gejagt, Chesapeakes gezüchtet und sie seinen Freunden verkauft. Sein Wissen in bezug auf Tauben übertraf seine Gesetzeskenntnisse um ein beträchtliches. Jetzt ging er daran, seine achtzehn Gefährten strategisch zu plazieren, einer vom anderen etwas sechzig Meter entfernt, und in einem Schema, das sich den Gegebenheiten des Terrains recht gut anpaßte. Erst gegen Schluß richtete er auch das Wort an Tim Caveny: »Sie da, mit Ihrem Dingsda von Hund…«

»Es ist ein Labrador«, sagte Caveny und tippte respektvoll an seinen Hut, so wie sein Vater es in der alten Heimat getan hatte, wenn der Gutsherr sprach.

»Da wir nicht sicher sein können, ob so ein Hund auch jagen kann…« Er kann jagen.«

Der Richter ignorierte diese Behauptung. »Nehmen Sie diese Ecke«, sagte er, und Tim wollte sich beklagen, weil die Tauben nur selten diese Ecke aufsuchten, doch da er sich erst bewähren mußte, hielt er den Mund, war aber recht traurig, als er sah, daß Jake Turlock einen der besten Plätze bekam.

Dann trat Stille ein, denn auf der Straße, die zum Feld führte, kam ein von einem Schwarzen kutschierter Wagen. Das war Lyman Steed, der Besitzer des Feldes. Er war siebenundachtzig Jahre alt und so gebrechlich, daß ein Ortsfremder sich gefragt haben würde, wie er es anstellen wollte, sein Gewehr zu heben oder gar abzufeuern. Hinter ihm saß, die Augen scharf, die Ohren gespitzt, ein großer roter Chesapeake.

Der Wagen blieb in der Nähe der Stelle stehen, wo Hathaway Steed die Plätze zuteilte. Der schwarze Kutscher stieg ab, klappte einen Segeltuchfaltstuhl auseinander, hob den Greis herunter und setzte ihn darauf. »Wo sitzen wir heute?« fragte Steed mit hoher, zitternder Stimme.

»Trag ihn zu dem großen Baum da hinüber«, sagte Hathaway, und der Schwarze trug den Sessel samt Inhalt auf den angegebenen Platz. Dort scharrte er mit den Füßen eine Art Plattform zusammen, und darauf stellte er den Besitzer der Farm und einen der besten Schützen dieser Jagdgesellschaft. »Wir sind bereit«, rief der Schwarze, und der Richter gab seine letzten Instruktionen. »Wenn Sie eine Taube sehen, die von Ihrem Nachbarn nicht wahrgenommen wird, rufen Sie ›Ziel!‹ Halten Sie Ihren Hund unter Kontrolle. Und wenn die Tauben niedrig einfallen, unter keinen Umständen in Richtung des Mannes zu Ihrer Linken oder Rechten schießen!«

Die Männer nahmen ihre Positionen ein. Es war halb zwei Uhr nachmittags. Die warme Sonne stand hoch am Himmel: Insekten summten. Die Hunde waren unruhig, bleiben aber alle bei ihren Herren, und die Jäger fingen an, sich zu fragen, ob überhaupt Tauben kommen würden, denn an manchen Tagen ließen sie sich nicht blicken.

Doch jetzt kamen sechs Tauben in wunderbar gestaffelter Formation vom Wald herüber. Niedrig fliegend, stießen sie einmal in diese, dann wieder in jene Richtung hinab. Bei der ersten Gelegenheit feuerte Jake Turlock, ohne zu treffen. »Ziel!« schrie er aus vollem Hals. Tim Caveny feuerte und traf nichts. »Ziel!« brüllte er. Drei andere Jäger schossen, und auch ihnen blieb der Erfolg versagt, doch als die Vögel versuchten, das Feld zu verlassen, war der alte Lyman Steed mit seiner Flinte bereit. Mit einem herrlichen Schuß traf er sein Ziel; sein großer Chesapeake sprang los, noch bevor der Vogel zu Boden gefallen war, und apportierte ihn, noch bevor die Taube flattern konnte. Stolz, mit erhobenem Kopf, die Beute im Fang, aber ohne das Fleisch zu verletzen, trabte er zu seinem Herrn zurück und legte den Vogel zu Füßen des Greises nieder.

»So wird das gemacht«, raunte Tim Caveny seinem Labrador zu. Eine lange Wartezeit folgte, und wieder fragten sich die Jäger, ob sie heute wohl noch Tauben zu sehen bekommen, aber Hathaway Steed, der die Runde machte, um überall nach dem Rechten zu sehen, versicherte jedem, an dem er vorbeikam: »Wir werden noch Flüge sehen.«

Er behielt recht. Gegen halb drei begannen sie einzufallen. »Ziel!« schrie ein Jäger, als sie schon an ihm vorbei waren, bevor er noch schießen konnte. Jake Turlock wartete schon und erlegte eine, worauf He-du auf das offene Feld hinausraste und den gefallenen Vogel stolz apportierte. Jake sah Tim an, aber der Ire hielt den Blick zum Himmel gerichtet. »Auf offenem Feld kann jeder Hund apportieren«, flüsterte er Luzifer zu. »Warte nur, bis eine ins Gestrüpp fällt.«

Beim nächsten Flug hatte Tim keine Möglichkeit zu schießen, wohl aber Turlock, und diesmal traf er einen Vogel, der über das Feld gekommen war, das Schießen gehört hatte und nun zurückfliegen wollte. Diese Taube fiel ins Gestrüpp. »Bring die Taube!« befahl Jake seinem Chesapeake, aber das Gestrüpp war zu dicht. Der Vogel war verloren.

Doch nun kam eine andere Taube in Tims Schußfeld, und als er traf, fiel auch diese ins Gestrüpp. »Bring die Taube!« sagte Tim ganz ruhig und hoffte aus tiefster Seele auf einen guten Apport.

Luzifer stürmte sofort los, konnte aber das dichte und dornige Gestrüpp nicht durchdringen. Anders als Turlocks Chesapeake gab er nicht auf, denn er hörte das leise Rufen seines Herrn: »Kreisen, Luke, kreisen!« In weiten Kreisen lief er weiter, bis er einen Zugang fand. Doch wieder wurde er aufgehalten, und abermals rief sein Herr ihm zu: »Kreisen, Luke!« Und diesmal fand er einen Weg, auf dem er sich frei bewegen konnte; doch mit dem vielen Umherlaufen im Kreis hatte er die genaue Richtung verloren, in der der gefallene Vogel lag.

Immer noch hörte er die flehende Stimme seines Herrn: »Kreisen, Luke!« Und er wußte, was das bedeutete: Er hatte noch eine Chance.

Mitten im Dorngestrüpp, aber unterhalb der Dornen, schlich und kroch er herum und stieß schließlich auf Cavenys Vogel. Er ließ ein leises Bellen vernehmen, und als Tim es hörte, wollte ihm vor Freude schier das Herz zerspringen. Luzifer hatte seine erste große Probe bestanden, und auf dem Weg aus dem Dickicht fand er auch noch Turlocks Vogel und brachte ihn gleich mit. Als er die zwei Tauben zu Tims Füßen niederlegte, hätte der Ire am liebsten seinen schwarzen Schädel geküßt, aber er wußte, daß alle Jäger hin beobachteten, und darum tätschelte er den Hund nur auf männliche Weise und bereitete sich auf seinen Triumph vor.

Beim Taubenschießen war es Brauch, daß, wenn ein Jäger einen Vogel abschoß, den der Hund nicht apportieren konnte, und der Hund eines anderen Schützen ihn fand, dieser zweite Jäger verpflichtet war, die Taube dem Mann zu überreichen, der sie geschossen hatte. Es war eine schöne Tradition, denn sie gestattete es dem zweiten Jäger, mit viel Aufhebens die Taube ihrem rechtmäßigen Besitzer zu bringen, während alle anderen sein sportliches Benehmen anerkannten. Eingeschlossen in diese Geste war natürlich die Herausforderung: »Mein Hund kann apportieren, und deiner kann es nicht.«

Stolz schritt Tim Caveny die etwa hundert Meter auf die Stelle zu, wo Jake Turlock stand. Luzifer wollte ihm folgen, aber Tim gebot ihm in scharfem Ton: »Platz!« Und der Hund gehorchte. Die anderen Jäger nahmen davon Notiz und beobachteten dann, wie Tim würdevoll den Vogel überreichte, doch in diesem Augenblick wurde wieder der Ruf »Ziel!« laut, und ein ganzer Schwarm flog über sie hinweg.

Jake und Tim feuerten automatisch, und zwei Vögle fielen, Jakes He-du war natürlich auf Draht und sauste los, um die Taube zu apportieren, die sein Herr erlegt hatte, Luzifer aber saß zu weit entfernt von der Stelle, von der Caveny geschossen hatte; dennoch gehorchte er dem früheren Kommando »Platz!« und rührte sich nicht vom Fleck. Erst als Tim ihm zurief: »Bring die Taube!« verließ er seine Platz, stürmte geradewegs auf den gefallenen Vogel zu und trug ihn nicht an die Stelle, wo sein Herr stand, sondern zurück zu der ihm angewiesenen Position.

»Ihr Hund ist ein ganzer Kerl, Tim!« rief ihm der Jäger zu, der neben ihm postiert war.

Als Caveny an seinen Platz zurückkehrte und die Taube neben seiner Tasche liegen sah, hätte er am liebsten das dunkelhaarige Tier abgeküßt; statt dessen sagte er nur: »Gutes Tier, Luke.«

»Ziel!« tönte es, und die Schüsse krachten.

Der Tag war ein Triumph. In dem Sumpf bewährte sich Luke genauso gut wie im Gestrüpp. Er bewies, daß er einen weichen Fang hatte. Er kreiste gut im Wald, auf freiem Feld war er hervorragend, und die ganze Zeit über zeigte er die milde, sanfte Gemütsanlage der Labradors und der Cavenys. Es war Tradition, daß einer der Teilnehmer an solchem Taubenschießen, wenn der Tag zu Ende ging, für Erfrischungen sorgte. Um Viertel vor fünf, so wollte es der Brauch, wurde das Schießen eingestellt. Die Hunde wurden wieder an die Leinen gelegt und, wenn ihr Besitzer mit einem Wagen gekommen war, nach hinten verfrachtet, während ihre Herren sich an kalter Ente und Bier aus Baltimore erlabten. Turlock und Caveny, die zu Fuß anmarschiert waren, banden ihre Hunde an Bäume, und während sie das taten, murmelte Jake: »Tauben sind keine große Sache, Caveny. Was ein Hund auf dem Eis zuwege bringt, das zählt.«

»Luzifer wird auch mit dem Eis fertig werden«, erklärte Tim zuversichtlich.

»Draußen in der Bucht wird mein Chesapeake ihn zur Schnecke mache. Dort gibt's nämlich Wasser.«

»Ihr Labrador sieht mir wie ein Hund aus, auf den man stolz sein kann«, bemerkte der alte Lyman Steed, während der Schwarze ihn so hinsetzte, daß er am Festschmaus teilnehmen konnte.

»Möglichkeiten«, äußerte Richter Hathaway Steed. »Aber das werden wir erst wissen, wenn wir gesehen haben, wie er mit den Gänsen zurechtkommt.«

Jeder einzelne Jäger beglückwünschte Tim zu seinem Erfolg mit diesem seltsamen Hund, aber sie sagten ihm auch voraus: »Wahrscheinlich wird in der Bucht nicht allzuviel mit ihm los sein. Das Fell ist nicht dick genug.« Tim ließ sich auf keine Diskussionen ein, aber als er wieder daheim war, schloß er Luzifer in die Arme, gab ihm Hühnerleber zu fressen und flüsterte: »Gänse sind einfach Tauben, nur größer. Das Wasser wird dir gefallen, ob es jetzt kalt ist oder nicht.« Und während der ganzen Taubenzeit, in der dieser edle schwarze Hund sich selbst übertraf, wiederholte Tim seine Prophezeiungen: »Mit den Gänsen wirst du genauso fertig.«

Die große Bewährungsprobe kam im November. Als sie die vier Männer mit ihren Hunden in einem Anstand im Turlock-Moor verkrochen, erinnerte sie Jack: »Die Gänse sind nicht mehr so reichlich vorhanden. Ob Mann oder Hund, wir können uns keine Fehler leisten.« Er hatte recht. Einst waren der Choptank und seine Schwesterflüsse Heimat für eine Million Gänse gewesen; jetzt war die Bevölkerung auf weniger als vierhunderttausend abgesunken, und es wurde immer schwerer, sie zur Strecke zu bringen. Vom Morgengrauen bis zehn Uhr am Vormittag versuchte Jake, der den Gänselockruf meisterhaft beherrschte, vergeblich, die großen Vögel herunterzulocken. Die Jäger nahmen eine bescheidene Mahlzeit ein, und erst spät am Nachmittag, als es schon so aussah, daß es ein verlorener Tag sein würde, fielen neun Gänse ein, senkten sich herab, spreizten die Füße und steuerten geradezu auf den Anstand zu. Büchsen knallten, und noch bevor sich der Rauch verzogen hatte, war Jakes Chesapeake aus dem Anstand ausgebrochen, steuerte mit kräftigen Schwimmstößen auf die Gans zu, die sein Herr geschossen hatte, und apportierte sie. Auch Luzifer sprang ins Wasser, aber erst viele Sekunden nach He-du, und er klatschte aufs Wasser und lärmte beim Apportieren von Tims Gans.

»Kaltes Wasser mag er wohl nicht«, meinte Jake geringschätzige.

»Deiner auch nicht, als er anfing«, gab Tim zurück.

»Ein Chesapeake wird mit Liebe zum Wasser geboren, je kälter, desto besser.« Nach acht Vormittagen im Anstand lag es für die Jäger auf der Hand, daß Tim Cavenys neuer Hund zwar bei den Tauben und bei warmen Wetter Hervorragendes leistete, als wirklicher Jagdhund aber und in der Sportart, auf die es ankam – Gänse aus dem Wasser –, viel zu wünschen übrigließ. Er zeigte eine deutliche Abneigung gegenüber kaltem Wasser, und die Männer fragten sich, ob er überhaupt aufs Eis gehen würde.

Im Laden drehte sich das Gespräch um seine Mängel. »Dieser Labrador ist zu schlapp. Was harte Arbeit angeht, kann er einem Chesapeake nicht das Wasser reichen. Wenn ihr mich fragt, Caveny hat sich einen Versager eingehandelt.« Einige Jäger sagten es Tim ins Gesicht.

Tim hörte sich das an und sagte nicht. In seinem Leben hatte er vier Hunde gehabt, alles Chesapeakes, und er verstand diese Rasse fast ebensogut wie Jake Turlock; aber er hatte noch nie einen Hund mit Luzifers Charme, Wärme und Liebe besessen, und das hieß etwas. – »Wenn ich heimkomme, scheint mir das Haus größer zu sein, wenn der Hund drin ist.«

»Da haben wir es ja«, argumentierten die Männer, »ein Jagdhund gehört nicht ins Haus. Er hat unter freiem Himmel zu sein.«

»Ihr kennt Luzifer nicht. Übrigens hat er den besten Wurf in der ganzen Gegend gezeugt. Diese Rasse wird noch sehr beliebt werden.«

Die Jäger von Patamoke waren ein mißtrauisches Völkchen. Das wichtigste in ihrem Leben, wichtiger als Frau, Kirche oder politische Partei, war die Jagdsaison: »Man muß das richtige Gewehr haben, die richtigen Gefährten, den richtigen Platz, das richtige Auge für das Ziel und vor allem den richtigen Hund. Und was den Labrador betrifft, offen gesagt, ich habe meine Zweifel.« Die Jungen fanden keine Käufer.

Tim hatte Vertrauen. Er redete ständig mit Luzifer und machte ihm Mut, schneller ins kalte Wasser zu springen. Er zeigte ihm, was Eis war und wie der

Hund es mit seinen Vorderpfoten zerbrechen mußte, um sich einen Weg zu der abgeschossenen Gans zu bahnen. Indem er jeden Dressurtrick anwandte, von dem man an der Chesapeake Bay je gehört hatte, versuchte er, sein schönes Tier Schritt für Schritt weiterzubilden.

Es gelang ihm nicht. Wenn sich im Januar richtiges Eis an den Flußrändern bildete, jagten die Männer dort an den Ufern, und als Jake Turlock eine prächtige Gans erlegte, fiel sie etwa zweihundert Meter vom Versteck entfernt aufs Eis. »He-du, bring die Gans!«

Der große Chesapeake zeigte, von welcher herrlichen Rasse er war. Er sprang in das offene Wasser, schwamm schnell auf das Eis zu und bahnte sich durch das Eis seinen Weg bis zur Gans. Stolz nahm er den großen Vogel ins Maul, stieß die Eisbrocken zur Seite und kehrte an den Anstand zurück. »Das nenne ich einen Hund«, sagte Jake selbstbewußt, und die Männer stimmten ihm zu.

Luzifer machte seine Sache nicht so gut. Er apportierte die Gans, aber zögernd und fast unter Protest. Zunächst einmal wollte er nicht ins Wasser springen; er zeigte wenig Geschick beim Aufbrechen des Eises; und als er zum Versteck zurückkehrte, lief er so lange wie möglich am Eis entlang, bevor er sich wieder in das eiskalte Wasser wagte.

»Die Gans hat er ja gebracht«, gab Jake hochnäsig zu; und den Rest dieses langen Tages an der Chesapeake Bay erfüllten die beiden Hunde auf diese Weise ihre Aufgabe; He-du tat alles, was man von einem Wasserhund erwarten konnte, Luzifer tat mit Hängen und Würgen seine Pflicht.

Tim sprach kein böses Wort. Luzifer war sein Hund, ein prächtiges, ihm treu ergebenes, schnell reagierendes Tier, und wenn ihm das kalte Wasser nicht behagte, so war das etwas, das nur ihn und seinen Herrn anging. In der Abenddämmerung fand der Hund Gelegenheit, Tims Vertrauen in ihn zu rechtfertigen. Jake hatte eine große Gans geschossen, und sie war auf einen von Dornengestrüpp überwachsenden Sumpf gefallen, aus der auch He-du sie nicht herausholen konnte. Der Hund versuchte es, schwamm tapfer von einer Seite zur anderen, erreichte aber nichts.

Luzifer zitterte während dieser Zeit in dem Anstand vor Aufregung am ganzen Körper, und Tim ahnte, daß sein Labrador wußte, wo die Gans steckte. Nachdem He-du unverrichteter Dinge zurückgekommen war, flüsterte Tim: »Luke, da draußen liegt ein Vogel. Zeige ihnen, wie man ihn kriegt.«

Wie ein Blitz sprang der schwarze Hund ins Wasser, platschte sich seinen Weg durch die treibenden Eisbrocken zu dem Gestrüpp durch – und fand nichts. »Luke!« brüllte Tim. »Kreisen! Kreisen!« Der Hund rannte und platschte, schwamm lärmend in Kreisen herum und fand immer noch nichts, aber er gab nicht auf, denn sein Herr forderte immer noch: »Luke, kreisen!«

Und dann fand er die Gans tatsächlich, packte sie mit einem weichen Fang und schwamm stolz zum Anstand zurück. Als er sie zu Tims Füßen niederlegen wollte, sagte der Ire ruhig: »Nein!« Und so aufmerksam war der Hund gegenüber seinem Herrn, daß er bewegungslos stehen blieb: Er wollte wissen, was er falsch gemacht hatte.

»Dort hinüber«, sagte Tim, und Luke ging mit der Gans zu Jake und liegte sie ihm zu Füßen.

Die Fehde zwischen den zwei Fischern hielt an. Die Männer im Laden heizten sie mit ihren unfreundlichen Bemerkungen über Luzifers Mängel weiter an, aber hin und wieder konnte Caveny Anzeichen entdecken, daß ihre Feindseligkeit nachließ, denn zu ganz unerwarteten Zeiten entdeckte der eine oder der andere eine Eigenschaft an Tims Hund, die ihm zu denken gab. Nach außen hin waren sich alle einig: »Mein Hund soll rauh sein, er muß jedes Wetter vertragen können und jedem an die Gurgel fahren, der mich angreift.« In ihrem Innersten aber wollten sie auch von ihrem Hund geliebt werden. Die Art, wie Luzifer Tim nicht von der Seite wich, wie er auf jede seiner Stimmungen reagierte, verwirrte die Männer im Laden. »Vielleicht ist dieser schwarze Hund doch etwas Besonderes.« Mehr wollten sie nicht einräumen. Aber Jake Turlock gab nicht einmal das zu. »Ein gutes Schoßhündchen ist er und weiter nichts. Mich interessiert nur die Jagd.« Abgesehen von dieser Meinungsverschiedenheit in bezug auf die Hunde und einer gelegentlichen Balgerei verband eine tiefe Freundschaft die beiden Fischer. Sie jagten zusammen, sie fischten zusammen, und in der Austernzeit sammelten sie die Austernbänke leer. Aber es war das große Gewehr, das ihre Partnerschaft festigte, ihr Inhalt gab und sie gedeihen ließ.

In diesen blühenden Jahrzehnten am Ostufer wurde auch die Stadt Baltimore immer wohlhabender. Einige vorurteilsfreie Kritiker hielten sie für die attraktivste Stadt Nordamerikas, weil sie den neuen Reichtum des Nordens mit der Vornehmheit des alten Südens verband. Die Stadt hatte noch mehr zu bieten: eine Kolonie deutscher Siedler, die ihr einen intellektuellen Rang verschaffte; zahlreiche Italiener, deren warme Herzlichkeit die Besucher entzückte. Für die meisten Beobachter aber lag Baltimores vortrefflichste Eigenschaft in der Art, wie seine Hotels und Restaurants die Tradition einer schmackhaften Küche aufrechterhielten: Spezialitäten des Südens, Fleisch aus dem Norden, italienische Gewürze und deutsches Bier.

Im Jahre 1888 wurde das vornehmste Hotel Baltimores, das Rennert, eröffnet. Es war acht Stockwerke hoch, und drei weitere Geschosse gestatteten die Einrichtung eines Kuppeldachs an dem einen und die eines Belvedere, dieser großartigen Aussichtsplattform, an dem anderen Ende. Es war eine wahre Luxusherberge. »Unsere Köche sind Neger. Unsere Kellner tragen weiße Handschuhe«, strichen seine Besitzer heraus. Vom Tag seiner Eröffnung an war es wegen seiner hervorragenden und reichhaltigen Küche berühmt. »Achtzehn verschiedene Arten von Wild. Vierzehn Austerngerichte. Und die beste Wildente Amerikas.« Im Rennert zu dinieren hieß, das Feinste zu genießen, was die Chesapeake Bay an kulinarischen Köstlichkeiten zu bieten hatte.

Jake Turlock und Tim Caveny hatten das neue Hotel nie gesehen, doch sollte es noch eine bedeutende Rolle in ihrem Leben spielen. Seine schwarzen Küchenchefs legten Wert auf die frischesten Austern, und in der Austernzeit wurden sie täglich von den Fischern am Choptank geliefert; sie verpackten ihren Fang in Jutesäcke und schickten ihn mit schnellen Booten in die Bucht. Aber wenn ein solches Boot mit Austern beladen war, fand der Kapitän gewöhnlich auch noch ein Plätzchen für ein paar in letzter Minute angelieferte Fässer mit Enten: Stockenten, Canvasbackenten, Rotkopfenten und die schmackhaftesten von allen, Rotfußenten. Jake und Tim lieferten diese Enten an das Rennert und verfügten so über zusätzliche Einnahmen; das Geld sparten sie für ein größeres Projekt, das ihnen vorschwebte.

Als sie eines Abends im Laden wieder einmal über die Verdienste ihrer Hunde diskutiert hatten, sagte Jake: »Ich kenne da einen Mann, der besitzt ein langläufiges Gewehr, das er vielleicht verkaufen würde.«

Caveny war Feuer und Flamme. »Wenn du das Gewehr bekommen kannst, sorge ich für ein paar Skiffe.«

»Und wenn wir das Gewehr und die Skiffe hätten«, spann Turlock den Faden weiter, »dann wüßte ich einen Kapitän, der unsere Enten zum Rennert bringen würde. Prima Bursche.«

Caveny führte diese Phantastereien zu Ende: »Sobald wir genug Geld auf der Seite haben, können wir uns von Paxmore unser eigenes Boot bauen lassen. Dann sind wir richtig im Geschäft.«

Die beiden segelten flußaufwärts zum Landeplatz einer Farm, die einem alten Mann namens Greef Twombly gehörte, und ihm machten sie einen Vorschlag: »Sie werden wohl nicht mehr viel Bedarf für Ihr Langlaufgewehr haben, Greef. Wir möchten es Ihnen abkaufen.«

»Und wo wollt ihr die Mäuse hernehmen?« fragte der zahnlose Greis. »Wir geben Ihnen zehn Dollar in bar – Tim Caveny hat sie in der Tasche – und weitere vierzig, sobald wir anfangen, Enten zu schießen.«

»Der Lauf ist aus Schmiedeeisen. Mein Großvater hat es vor zweiundsechzig Jahren aus London mitgebracht.«

»Es ist gebraucht.«

»Jetzt mehr wert als damals.«

»Wir zahlen Ihnen sechzig.«

»Fünfundsechzig, und ich denke darüber nach.«

»Fünfundsechzig, und wir nehmen es gleich mit.«

Twombly wankte leicht vor und zurück und überlegte; dann führte er sie zu einem der stolzesten Gewehre, die je um Mitternacht über das Eis gepeitscht hatten. Es war ein riesiges Ding, drei Meter fünfzig lang, hundertzehn Pfund schwer, mit einem massiven Schaft, der auf keines Mannes Schulter paßte, und das war gut so, denn wenn jemand versucht hätte, diese Kanone beim Abfeuern zu halten, würde ihm der Rückstoß den Arm abgerissen haben.

»Haben Sie je mit so einem Gewehr geschossen?« wollte der Alte wissen.

»Nein, aber ich habe davon gehört«, antwortete Turlock.

»Davon gehört zu haben ist nicht genug, mein Freund. Sie laden es mit einem dreiviertel Pfund Schwarzpulver, da hinein, nicht weniger, sonst trägt es nicht weit genug. Dann schütten sie eineinhalb Pfund Schrotkörner, Größe sechs, hinein und noch eine Handvoll drauf. Sie stopfen sie mit ungewaschenem Füllmaterial zu, so, und es kann losgehen. Der Abzug ist sehr schwierig, damit Sie nicht unabsichtlich die Ladung explodieren lassen können, denn wenn Sie das täten, könnten Sie damit eine Hausmauer wegsprengen.«

Die zwei Fischer bewunderten den langen Lauf, die soliden Beschläge und den massiven Schaft, und während sie noch das gekaufte Gewehr studierten, fragte der Alte: »Wissen Sie überhaupt, wie Sie es in ein Schiff einbauen?« »Ich habe schon zugeschaut«, antwortete Turlock.

Doch Twombly wollte sichergehen, daß die zwei Männer wirklich verstanden, wie kompliziert diese gefährliche Waffe war. Er versuchte sie, das Gewehr zum Landeplatz hinunterzutragen, wo er sein vier Meter zwanzig langes Skiff liegen hatte. Es hatte einen extrem spitzen Bug, fast keine Aufkimmung und Klampen dort, wo sich üblicherweise der Mittelsitz befand; das Heck beherbergte ein merkwürdiges Gebilde aus Sackleinwand. Gewandt ließ sich der alte Jäger in das Skiff hinunter und kniete sich ins Heck. Dann holte er ein Doppelpaddel hervor, wie es die Eskimos benutzen, und zwei ungewöhnlich kurzstielige, einfache Paddel. »Reichen Sie mir das Gewehr herunter«, ersuchte er Jake.

Die zwei Fischer hatten ihre Mühe mit dem enorm schweren Gewehr. »Nichts für Kinder«, meinte der Alte. Er nahm das Gewehr in das Skiff, ließ den Lauf zwischen den Klampen einrasten und schob den gewichtigen Kolben unter mit Kiefernnadeln gefüllte Leinwandsäcke.

»Das Doppelpaddel verwenden Sie, um Ihre Position zu erreichen«, erklärte Twombly, »aber wenn Sie in die Nähe der Enten kommen, legen Sie es weg und bedienen sich der zwei einfachen, etwas so.« Mit den zwei Paddeln, die fast wie Kleiderbesen aussahen, bewegte er das Skiff hin und her.

»Sobald Sie Ihre Position erreicht haben, legen Sie sich auf den Bauch, halten die Paddel griffbereit und visieren. Sie zielen nicht mit dem Gewehr; sie zielen mit dem Skiff. Und wenn Sie siebzig, achtzig Enten in Schußweite haben, drücken Sie fest auf diesen Abzug und …«

Das Gewehr explodierte mit einer Gewalt, die den Himmel zu spalten schien. Es fehlte nicht viel, und der Rückstoß hätte das Heck aus dem Skiff herausgerissen, aber die Kiefernnadeln absorbierten ihn; während eine schwarze Rauchwolke hochstieg.

»Das erstemal, daß ich dieses Gewehr bei Tageslicht abgefeuert habe«, sagte der Alte. »Es ist ja ein tolles Ding.«

»Wollen Sie es uns verkaufen?«

»Sie sind Lafe Turlocks Enkelsohn, nicht wahr?«

»Das bin ich.«

»Ich schätze Lafe sehr. Beim Aufspüren von Niggern war er große Klasse. Das Gewehr gehört Ihnen.«

»Sie bekommen Ihre fünfundsechzig«, versprach Jake.

»Das will ich hoffen«, sagte der Alte in drohendem Ton.

Caveny kam mit den zwei Skiffen an, wie er versprochen hatte, und ihre Arbeitsweise war immer die gleiche: Wenn es Abend wurde, inspizierte Jake sein Skiff, um sicherzugehen, daß er genügend Kiefernnadeln in den Jutesäckchen hatte, um den Rückstoß aufzufangen; dann säuberte er das große Gewehr, bereitete das Pulver vor und sorgte für einen ausreichenden Vorrat an Schrot. Mittlerweile kontrollierte Tim sein eigenes Skiff und fütterte die beiden Hunde.

He-du fraß wie ein Schwein und schlang alles hinunter, was Caveny ihm vorsetzte, aber Luzifer war wählerischer; gewisse Dinge, wie etwa Innereien vom Huhn, verschmähte er. Aber die beiden Tiere hatten gelernt, miteinander zu leben, jedes mit seiner eigenen Futterschüssel, und wenn einer dem anderen zu nahe kam, wurde er mit drohendem Knurren empfangen. Nie hatten sie einen wirklichen Kampf untereinander ausgefochten; wäre es dazu gekommen, hätte He-du Luzifer wahrscheinlich getötet, aber hin und wieder kniffen sie sich; es herrschte eine Art respektvoller Anerkennung zwischen ihnen.

Wenn sie sahen, daß Jake das Gewehr einfettete, waren sie plötzlich ganz erregt, wollten nicht schlafen und ließen kein Auge mehr von ihren Herren.

Sobald ihnen klar war, daß sie auf Entenjagd gehen würden, sprangen sie vor Freude hoch und blieben in der Nähe des Skiffs, mit dem Caveny sie fahren würde.

Das Entenjagen mit einer großen Flinte war eine Kunst, die hohe Anforderungen an die Jäger stellte. Mondlose Nächte im kältesten Winter eigneten sich am besten dazu, denn sie boten den Fischern verschiedene Vorteile: Sie konnten die Skiffe über den größten Teil des Weges über das Eis schieben; sobald sie offenes Wasser erreichten, fanden sie die Enten im großen Haufen zusammengedrängt; und die Dunkelheit versetzte sie in die Lage, sich ihnen zu nähern, ohne gesehen zu werden. Die Taktik erforderte äußerste Stille; schon das Knirschen eines Stiefels auf dem Eis konnte die Enten verscheuchen. Vor allem die Hunde mußten still bleiben, wenn sie von Cavenys Skiff aus in die Nacht hinausspähten.

Sobald die zwei Skiffe gegen ein Uhr nachts, bei zehn Grad minus, das offene Wasser erreichten, beobachtete Tim mit großer Aufmerksamkeit die Hälse der beiden Hunde; wenn sich He-dus Hals- und Rückenhaare sträubten, war das fast immer ein Hinweis, daß Enten in der Nähe waren. Der Chesapeake war so auf die Bucht eingestellt, daß Tim mit etwas Ironie eingestehen mußte: »Auch wenn es stockdunkel ist, kann dein Hund Enten auf hundert Meter sehen.« Aber Turlock hatte eine Antwort parat: »Er ist schließlich ein Jagdhund und kein Schoßhund… wie so manche, die ich kenne.«

Waren die Enten ausgemacht, übernahm Turlock das Kommando. Er ließ sein Skiff in das eisige Wasser gleiten, nahm das Doppelpaddel zur Hand, kniete nieder, um die Schwerkraftverhältnisse etwas zu verändern und machte sich an das scheue Federvieh heran. Manchmal brauchte er eine Stunde für ein paar hundert Meter; nie vergaß er, den Lauf des Gewehrs mit Lampenruß zu schwärzen, um zu verhindern, daß es auch nicht die Spur eines Lichtscheins reflektierte; und so arbeitete er sich Zentimeter für Zentimeter im eisigen Dunkel voran.

Jetzt legte er sein Doppelpaddel zur Seite, streckte sich – die Wange am Schaft des großen Gewehrs – auf dem Bauch aus, und betätigte die kurzen Paddel. Es war ein Augenblick höchster Anspannung, denn das geringste Abschweifen oder das leiseste Geräusch konnte die Enten verjagen.

Ganz, ganz langsam begann er, den Bug des Skiffs auf die Mitte der Entenschar zu richten, und als er überzeugt war, daß die Mündung des Gewehrs in die gewünschte Richtung zeigte, zog er seine Paddel ein und holte ein paarmal tief Luft. Mit der Wange nahe am Schaft, aber ohne ihn zu berühren, die rechte Hand am Abzug, streckte er den Zeigefinger aus – und wartete. Langsam trieb das Skiff voran, kam zur Ruhe, und als alles genau stimmte, drückte er ab.

Nie war er auf diese gewaltige Explosion vorbereitet, die die Nacht zerriß. Sie war ungeheuer, wie das Feuer einer Kanone, aber durch das kurze Aufblitzen konnte er immer sehen, wie die Enten massenweise aus dem Wasser geschleudert wurden, so als ob hundert Scharfschützen auf sie geschossen hätten.

Jetzt wurde Caveny zum Mittelpunkt des Geschehens. Wild darauflospaddelnd flog er über das Wasser, während die zwei Hunde, die vor Erregung zitterten, es kaum erwarten konnten, hineinzuspringen und die Enten zu apportieren. Aber er wollte sie so nahe wie möglich an die Stelle bringen, wo die Vögel lagen, und darum zwang er ihnen seinen Willen auf. »Nein! Nicht!« – das war alles, was er sagte, aber die Hunde gehorchten. Die Vorderpfoten auf die Kimm gestützt, standen sie dann wie zwei Galionsfiguren, die eine rot, die andere schwarz.

»Such!« schrie er, und die Hunde sprangen ins Wasser und begannen mit der Arbeit, die Enten zu den zwei Skiffen zu bringen, He-du zu Turlocks, und Luzifer zu Cavenys Skiff.

Da es Tims Job war, mit der Schrotflinte die angeschweißten Vögel zu erledigen, war er oft zu beschäftigt, um auf seinen Hund zu achten, und deshalb hatte der Labrador eine Technik entwickelt, bei der er besonders kräftig mit den Hinterpfoten herumpaddelte, sich aus dem Wasser hob und die Enten ins Skiff warf.

Auf diese Weise holten sich die zwei Fischer mit einer einzigen Ladung aus ihrem Gewehr bis zu sechzig Canavasbackenten, zehn oder zwölf Rotfußenten und ein paar Dutzend andere. Hin und wieder ergab sich die Möglichkeit, zweimal in einer Nacht zu feuern, und dann erzielten sie einen wahrhaft erstaunlichen Gewinn.

Sobald die zwei Skiffe nach Patamoke zurückgekehrt waren, packten die Fischer ihren Fang in belüftete Fässer, die sie am Kai aufstellten. Von anderen nächtlichen Schützen kauften sie noch genügend zusätzliche Enten, um die Fässer voll zu bekommen, und übergaben sie dann dem Kapitän des Schiffes, das die Austern zum Hotel Rennert brachte. Zum Monatsende erhielten sie dann vom Hotel einen Scheck für ihre Lieferungen.

Nacht für Nacht lauerten Jake und Tim am Rand des Eises und warteten, bis sich die Enten gesammelt hatte, damit sie ihr Gewehr abfeuern konnten; und so wie sich die Fässer mit Canvasback- und Stockenten füllten, füllten sich ihre Taschen mit Dollars. Sie dachten ernsthaft daran, ein richtiges Boot zu erwerben, in dem sie sich nach Herzenslust ausbreiten konnten.

»Auf der Insel Deal gibt es einen Mann mit einem neuartigen Boot«, erwähnte Turlock eines Morgens, als sie gerade ihre Enten verpackten.

»Was ist da so Besonderes dran?«

»Er behauptet, es sei das beste Boot, das je für die Chesapeake Bay gebaut wurde. Speziell für Schleppnetzfang konstruiert.«

Dieses Boot legte eines Tages in Patamoke an, und Turlock lief zur Paxmore-Werft hinauf und bat Gerrit Paxmore, es sich mit ihm anzusehen. »Ein beachtliches Fahrzeug«, meinte der Quäker und versuchte, was die Männer von der Insel Deal bewerkstelligt hatten.

»Sehr geringer Tiefgang, damit kommen Sie gut durch die Niedrigwasser. Weit vorn ein einziger Mast, aber sehn Sie nur, wieviel Fall er hat! Gut für ein Dreiecksegel, als mehr Platz auf Deck. Das Topp steht über dem Laderaum. Sehr niedriger Freibord, damit sie die Austern nicht zu weit hochziehen müssen; und wie es aussieht, gibt es Schlafgelegenheiten für sechs Mann.«

Doch dann sahen seine geschulten Augen etwas, das ihm ganz und gar nicht behagte. »Das Schiff hat keinen herausragenden Kiel, daher der geringe Tiefgang. Dafür hat es ein einziehbares Kielschwert.«

»Das muß es haben«, widersprach Turlock. »Als Gegengewicht zu den Segeln.«

»Ich weiß, aber um ein Kielschwert einzusetzen, muß man den Kiel durchschneiden.«

»Und was besagt das?«

»Auf der Paxmore-Werft rühren wir den Kiel nicht an.« Er deutete auf ein altes, in der Mitte nach oben gekrümmtes Boot, das am Pier lag. »Bei unseren Booten kann das nicht passieren.«

Er wollte über diesen neuen Bootstyp nichts weiter sagen und kehrte zu seiner Werft zurück. Turlock hingegen fragte den Kapitän, ob er beim nächsten Austernfang mitmachen dürfe. »Kommen Sie nur an Bord«, sagte der Mann von der Insel Deal. Sechs Tage lang zog Jake mit dem Schleppnetz Austern heraut, und als er an Land ging, sagte er zu Caveny: »Das ist das feinste Boot, das je gebaut wurde. Es hilft einem bei der Arbeit.«

Sie gingen wieder zu Paxmore, und Tim konnte hören, wie sein Partner das neue Fahrzeug in den Himmel hob. »Mister Paxmore, dieses Boot hilft einem beim Einsammeln der Austern.«

Aber Paxmore blieb hart. »Ich würde mich nie wohl fühlen, wenn ich ein Boot bauen müßte, dessen Kiel geteilt worden ist.«

»Was macht es schon, wenn Sie sich nicht wohl fühlen? Schließlich wollen wir ja das Boot kaufen!«

»Ich bleibe meinen Prinzipien treu«, gab Paxmore zurück. »Wenn jemand mein Boot so gebrauchen kann, wie es gebaut ist, gut. Wenn nicht, warte ich gern, bis der richtige Käufer kommt.«

Jake ging ein paar Schritte zurück und betrachtete den selbstzufriedenen Quäker: »In sechs Monaten können Sie Ihren Laden dichtmachen.«

»Wir sind seit dreihundert Jahren im Geschäft«, erwiderte Paxmore und war nicht bereit, sich weiter über den Bootsbau zu unterhalten.

Die Frage wurde akademisch, als sich die beiden Fischer in einer winterlichen Februarnacht einer großen Lagune im Eis näherten, wo sich an die dreitausend Enten versammelt hatten. Caveny merkte erst, wie kalt es war, als Luzifer seinen Platz auf dem Schandeckel verließ und sich auf dem Boden des Skiffs zusammenrollte. He-du wandte zweimals seinen Kopf dem verweichlichten Kameraden zu und postierte sich dann so, als ob er nun verpflichtet wäre, die Arbeit für zwei zu leisten, in der Bugmitte.

Als Jake dieses phantastische Ziel vor sich sah – mehr Enten auf einen Fleck, als ihnen je vor die Büchse gekommen waren –, beschloß er, fast das Doppelte der üblichen Schrotmenge zu verwenden. »Ich schieße einen Tunnel durch dieses Entenuniversum.« Um aber diese Menge Schrot auf den Weg zu bringen, bedurfte es auch einer entsprechenden Treibladung, und darum schüttete er über ein Pfund Schwarzpulver in das große Gewehr. Gleichzeitig stopfte er die doppelte Menge Füllmaterial hinein. »Das wird ein Schuß, den wir nicht so bald vergessen werden. Dafür wird Rennert uns so viel bezahlen, daß wir ein Boot davon kaufen können.«

Vorsichtig brachte er sein tödliches Skiff in Position, wartete, holte tief Luft und drückte ab.

Bumm! Das Gewehr erzeugte einen Blitz, den man meilenweit sehen konnte, und einen Knall, der über die ganze Bucht zu hören war. Diese riesige Menge Schrot metzelte mehr als einhundertzehn Enten und viele Gänse nieder. Außerdem sprengte sie das Heck von Jakes Skiff auf, betäubte ihn und schleuderte ihn gut zwanzig Meter achteraus in das dunkle, eisige Wasser.

Die nächsten Minuten waren ein einziger Alptraum. Caveny, der während des kurzen Aufblitzens bei der Explosion seinen Partner durch die Luft hatte segeln sehen, paddelte sogleich in die Richtung, wo er ins Wasser gefallen sein mußte; aber die beiden Hunde, die ihr ganzes Leben lang darauf abgerichtet worden waren, gefallene Vögel zu apportieren, sahen sich mit der größten Menge Enten konfrontiert, die ihnen je vor Augen gekommen waren, und dachten keinen Moment daran, nach einem verschollenen Menschen zu suchen.

»Verdammt noch mal!« brüllte Caveny. »Laßt doch die Enten und sucht Jake!« Die Hunde wußten, was sie zu tun hatten. Sie jagten hin und her und sammelten freudig Enten in solch großer Zahl ein, wie sie es sich nicht einmal in ihren kühnsten Hundeträumen vorgestellt hatten.

»Jake! Wo zum Teufel steckst du?«

In der eisigen Dunkelheit gelang es ihm nicht, den Ertrinkenden auszumachen; er hatte nur eine ungefähre Vorstellung von der Richtung, in die Jake geflogen war, und so begann er nun verzweifelt, das Gebiet abzusuchen – so gut wie ohne eine Chance, seinen Partner zu finden.

Doch dann kam Luzifer schnaufend zum Skiff geschwommen, und fast schien es, als wollte er Tim tadeln, weil er das Boot von den gefallenen Enten weggerudert hatte. Luzifer warf zwei Enten ins Skiff, schwamm ein paar Meter weiter und packte dann den bewußtlosen und ertrinkenden Turlock am Arm; schleppte ihn zum Skiff und widmete sich sogleich wieder seiner eigentlichen Aufgabe: die restlichen Enten zu apportieren.

Als es Tim endlich gelungen war, Jake an Bord zu hieven, fiel ihm nichts Besseres ein, als dem Bewußtlosen mit seinem eisigen Handschuh ins Gesicht zu schlagen; schon nach ein paar Minuten erwachte Jake aus seiner Ohnmacht. Triefäugig versuchte er zu ergründen, wo er war, und als er schließlich feststellte, daß er sich auf Cavenys Skiff und nicht auf seinem eigenen befand, brüllte er los: »Was hast du mit dem Gewehr gemacht?« »Ich habe dich gerettet!« schrie Tim zurück, den die ganze Sache arg mitgenommen hatte. Mittlerweile türmten sich die Enten in seinem Skiff zu einem wahren Haufen.

»Zum Teufel mit mir! Rette das Gewehr!«

Wild, aber planlos, paddelten die zwei Fischer los, um das zweite Skiff zu finden, und nach langen Suchen kam Jake auf die Idee, einen Schrei auszustoßen: »He-du! Wo bist du?«

Aus einer Richtung, die sie für völlig unwahrscheinlich gehalten hatten, kam das Bellen eines Hundes, und als sie hinruderten, fanden sie ein schlimm zugerichtetes Skiff, das unter dem Gewicht des großen Gewehrs und der vielen von He-du apportierten Enten beinahe gesunken wäre.

Auf ihrer triumphalen Rückfahrt nach Patamoke konnte Tim Caveny nicht umhin, darauf hinzuweisen, daß es sein Labrador gewesen war, der Turlocks Leben gerettet hatte, aber Jake knurrte nur: »Zugegeben, aber es war He-du, der das Gewehr gerettet hat, und nur das zählt.«

Jetzt hatten die Partner genug Geld, um eine ernstzunehmende Anzahlung auf ein Austernboot zu leisten, aber bevor sie irgendeiner Werft den Auftrag gaben, sollte auch Tim, auf Jakes Wunsch, mit einer dieser neuen Kreationen von der Insel Deal fahren, und so heuerten sie beide bei einem griesgrämigen Herrn von dieser Insel an. Als Tim zurückkam, war er überzeugt, daß nur ein Boot dieses Typs in Frage kam.

Aber er wußte auch, daß es Paxmore war, der in der ganzen Bucht die besten Boote baute und immer schon gebaut hatte, und Tim war nicht bereit, sich mit etwas Zweitklassigem zufriedenzugeben. Darum tat er alles, um seinen Partner davon zu überzeugen, daß sie mit dem Quäker abschließen mußten – ganz gleich, was für Extravaganzen er sich auch leisten mochte. »Soll er das Boot doch bauen, wie er will. Er wird es schon richtig machen.«

Jake war dickköpfig. »Die drei Boote, die ich gesehen habe, sind genau das, was wir brauchen. Ich lasse mich nicht mit einem Quadratschädel von Quäker ein, der glaubt, daß er alles besser machen kann.«

Zwei Wochen lang konnten sich die beiden Fischer nicht einmal darauf einigen, mit ihrem großen Gewehr auf Entenjagd zu gehen, und das Hotel Rennert erhielt keine Fässer. Dann zählte Tim ihre Ersparnisse zusammen. Er kam zu dem Schluß, daß sie ihren Plan verwirklichen konnten. Und da Paxmore sich weigerte, das Boot nach ihren Extrawünschen zu bauen, erklärte sich Caveny widerstrebend bereit, eine andere Werft zu beauftragen. Aber eines Morgens, als sie gerade überlegten, zu welchem Schiffbauer sie gehen sollten, erschien ein Junge mit der Nachricht, daß Mr. Paxmore sie zu sprechen wünsche.

Es war ein sonderbares, aber für den Choptank typisches Trio, das sich da zusammenfand. Gerrit Paxmore war der Jüngste von den dreien. Er trug schwarze Stiefel, Hose und Weste aus schwerem schwarzen Stoff. Sein Gesichtsausdruck wirkte abweisend, und nur selten war seinen Lippen ein Lächeln zu entlocken. Er sprach sehr präzise, so als protokolliere er jedes einzelne Wort, um es bei Bedarf erklären oder sich darauf beziehen zu können. Seine Kunden erkannten sehr schnell, daß Paxmore kein leichter, aber ein zuverlässiger Geschäftspartner war.

Jake Turlock hatte die seiner Familie eigene hagere Gestalt, Körpergröße und griesgrämige Miene. Er trug abgelatschte Stiefel, ausgebeulte Hosen, ein zerrissenes Hemd und einen schäbigen Hut, und er wechselte seine Kleidung nur selten. Der erste Caveny aus Irland hatte ihn lesen und schreiben gelehrt, aber Jake gab sich als Analphabet aus. Er haßte Neger und Katholiken, fand sich aber ständig in ihrer Gesellschaft und mußte zu seiner Überraschung feststellen, daß er sich mit den Personen, mit welchen er arbeitet, gut verstand. So war er zum Beispiel davon überzeugt, daß Tim Caveny als Papist ein hinterhältiger Bursche war, hatte aber noch keinen anderen gefunden, mit dem er bei der Arbeit so gut auskam. Tim hatte ihn gezwungen, Geld zu sparen; hatte ihm das Leben gerettet, als das große Gewehr das Heck aus seinem Skiff heraussprengte; und hatte sich in Notsituationen immer als verläßlich erwiesen. Dennoch war Jake überzeugt, daß es Caveny, wenn es einmal hart auf hart ging, an Durchhaltevermögen fehlen würde.

Tim hatte viel von seinem Vater, dem alten Michael, dem Schullehrer mit seinem unverwüstlichen Optimismus. Er neigte zu Korpulenz und Trägheit und benahm sich zuweilen ein wenig albern. Er liebte seine Kirche und seine Familie; noch mehr aber liebte er das moralische Konzept, daß den Menschen verpflichtete, unbeirrt sein Ziel zu verfolgen und sich selbst treu zu bleiben. Auf seine Art war er genauso ein Puritaner wie Gerrit Paxmore, und darum verstanden sich die beiden Männer so gut. Tim war allezeit bereit, darauf zu wetten, daß *sein* Neger den anderen besiegen, daß *sein* Hund mehr Tauben apportieren, daß *sein* Boot schneller sein würde als jedes andere in der Bucht. Er lebte in einer Welt immerwährender Herausforderung, in der er sich ständig Männern gegenübersah, die stärker waren als er oder mehr Geld hatten. Doch da er Ire war, hing eine Glückssträhne wie eine Aura über seinem Haupt. Er strebte nach dem Besten, und manchmal bekam er es auch.

Er war es, der an diesem Morgen das Gespräch eröffnete. »Mister Paxmore, wir haben beschlossen…«

»Wir haben gar nichts beschlossen«, unterbrach Turlock.

»Vielleicht kann ich euch helfen«, sagte Paxmore mild. »Ich habe mich mit meinen Leuten beraten, und wir möchten versuchen, eines dieser neuen Boote zu bauen. Wie nennt ihr sie doch?«

»Skipjacks«, antwortete Turlock.

»Wie diese springenden Fische«, erläuterte Tim. »Und das tun sie, Mister Paxmore. Dieses Boot hüpft über die Wellen.«

»Wir haben also beschlossen…« Paxmore hüstelte, legte seine Hände flach auf den Schreibtisch, so als ob er alle seine Sünden beichten wollte, und sagte: »Wir werden euer Boot bauen.«

»Das Kielschwert an seinem Platz?« fragte Turlock.

»Selbstverständlich.«

»Wieviel?« fragte Caveny.

»Wir könnten es euch um…« Mit einem fast sichtbaren Schaudern betrachtete er die zwei Bittsteller, die unmöglich diesen Betrag aufbringen konnten, und sagte im Flüsterton: »Wir könnten es euch für zwölfhundert Dollar liefern.«

Kaum hatte er ausgesprochen, als Tim Caveny bereits ein Bündel Banknoten auf den Tisch knallte. »Wir können fünfhundertvierzig Dollar anzahlen.«

Das war mehr als der doppelte Betrag, den Paxmore erwartete hatte. Er konnte sein Erstaunen nicht verbergen. »Woher habt ihr so viel Geld?« fragte er.

Caveny antwortete selbstsicher wie ein Unternehmer: »Wir haben es gespart.«

Jake Turlock fiel es schwerer, soviel Geld aus der Hand zu geben. »Käme es uns billiger, Mister Paxmore, wenn ich und Tim Ihnen das Holz zur Verfügung stellen würden?«

»Ganz gewiß.«

»Um wieviel billiger?«

»Kiel, Mast und Großbaum?«

»Sie geben uns die Maße an – wir beschaffen die Bäume.«

Paxmore studierte das Papier, das eindeutig verriet, daß er das Boot um jeden Preis bauen wollte, ganz gleich, welchen Gewinn er damit erzielte: Er hatte die vollständige Zeichnung des verbesserten Skipjack vor sich liegen. »Der Mast, mindestens zweiundzwanzig Meter hoch, mit einem Durchmesser von sechzig Zentimeter in zehn Meter Höhe.«

»Ich kenne so einen Baum«, sagte Jake.

»Großbaum, achtzehn Meter hoch.«

»Das ist massig viel für einen Großbaum. Er ist ja länger als das ganze Boot.«

»Das ist die Konstruktion. Das Bugspriet ist gute sieben Meter lang.«

»Bei diesen Maßen wird sie scheußlich topplastig sein«, wandte Turlock ein.

»Sie wird ihr Gleichgewicht halten«, versicherte ihm Paxmore, aber noch hatte er nicht auf die Frage geantwortet, wieviel er nachlassen würde, wenn Turlock ihm das Bauholz aus den Wäldern hinter seinem Moor brachte.

»Und wieviel sparen wir« fragte Jake.

»Ihr spart dreihundertfünfzig Dollar.«

»Tim«, sagte der Fischer, »holen wir uns unsere Äxte.«

Die Arbeit, die die zwei Männer in den folgenden Wochen leisteten, war ungeheuer. Sie fällten tagsüber nicht nur Eichen und Weymouthskiefern. Sie fuhren auch jede Nacht mit ihrem Langlaufgewehr aus, denn nur wenn sie das Hotel Rennert laufend mit Fässern voll Enten belieferten, konnten sie den noch ausstehenden Betrag für den Skipjack zusammensparen. Aber damit noch nicht genug: in seiner kärglichen Freizeit konstruierte Tim Caveny etwas, das den Anrainern der Bucht einen Schock versetzen sollte. Er werkelte heimlich mit seinem ältesten Sohn. Er hämmerte Rohre und verbrachte Stunden in einer Schmiede in der Stadt. Das erste Anzeichen, an dem Jake bemerken konnte, daß sein Partner etwas im Schilde führte, gab es eines Tages im Morgengrauen, als er mithalf, Stock- und Canvasbackenten aus Tims Skiff in die Fässer zu packen. »Was machst du denn mit den Faßbändern?«

»Ich habe da so eine Idee«, antwortete der Ire, aber er verriet nichts. Und dann, eines Abends, als die Fischer zu ihren Skiffen hinuntergingen, offenbarte Caveny sein Meisterstück. Aus dem Bug seines Bootes ragten nicht ein, sondern sieben Gewehre heraus, jedes mit einem Lauf von fünf Zentimeter im Durchmesser. Sei waren fächerförmig ausgebreitet wie der Schwanz eines Truthahns und kamen dort zusammen, wo sich normalerweise die Abzüge befinden. Aber es gab keine Abzüge. »Das ist meine Erfindung. Wir laden ganz einfach alle sieben Gewehre – Pulver, Schrot, Besatz, alles wie sonst auch.«

»Und wie feuert man sie?«

»Tja! Siehst du diese kleine Eisenwanne?«

Jake hatte sie gesehen und sich gefragt, wozu sie wohl dienen mochte, aber er hatte nicht ahnen können, was für einen irrwitzigen Vorschlag Tim ihm jetzt machte.

»Die Wanne liegt genau unter den Zündhölzern der sieben Gewehre. Wir füllen sie in ihrer ganzen Länge mit Pulver. An diesem Ende zünden wir es an. Die sieben Gewehre feuern eines nach dem anderen, und wir erlegen so viele Enten, daß wir noch zwei zusätzliche Skiffe benötigen werden.« »Das Feuer wird zurückschlagen und dich verbrennen«, prophezeite Jake.

»Hat es aber bis jetzt noch nicht getan.«

»Du meinst, du hast es schon ausprobiert?«

»Dreimal. Und heute nacht feuern wir damit auf den größten Haufen Enten, den wir finden können.«

Sie paddelten den Choptank hinunter, auf der Suche nach einem dicken Eisfeld, über das sie ihr Arsenal schieben konnten. Im Norden der Insel Devon, wo die Meeresarme sich vereinigten, fanden sie eines, hoben ihre Skiffe hinauf und begaben sich auf den langen Weg landeinwärts. He-du und Luzifer, jeder auf seinen Skiff, gaben keinen Laut von sich, und als die Jäger offenes Wasser erreichten, bewahrten sie eine halbe Stunde lang Stillschweigen, gewöhnten ihre Augen an die Dunkelheit und gaben allen noch wachen Vögeln Gelegenheit, zur Ruhe zu kommen.

He-dus Halshaare sträubten sich, und Tim flüsterte: »Da sind massenweise Enten!«

»Wir rudern zusammen«, schlug Jake vor.

»Aber ich schieße zuerst«, sagte Tim.

»Na sicher. Und ich bin da, um dich aufzufangen, wenn das Ding dich in Stücke zerreißt.«

Es war ausgemacht, daß Tim seine Pulverwanne zünden und Jake, nach der Explosion des ersten Gewehrs, sein Monstrum abfeuern sollte. Sie rechneten damit, daß Tims sieben Gewehre und Jakes Kanone nahezu gleichzeitig feuern und einen Bleihagel über die Bucht schleudern würden, dem nur wenige Vögel entkommen konnten.

Jeder bestieg nun sein Skiff, wies seinen Hund seinen Platz an und arbeitete sich mit den kleinen Paddeln voran. Sie konnten einander kaum sehen, aber ein gelegentliches Handzeichen genügte, um auf Kurs zu bleiben, und langsam näherten sie sich den schlafenden Enten. Es waren so viele, daß Tim ihre Zahl nicht einmal schätzen mochte; er wußte nur, daß sei ein lohnendes Ziel abgaben.

Die Enten schliefen. Die zwei Skiffe nahmen lautlos ihre Positionen ein. Mit zitternden Händen streute Tim Caveny die vorausberechnete Menge Pulver in seine Wanne, überzeugte sich noch einmal, daß es richtig unter den Öffnungen seiner sieben Gewehre lag, und zündete das rechte Ende. Strahlend hell flammte das Pulver auf, sprang von Gewehr zu Gewehr, und als es zum erstenmal knallte, feuerte Jake Turlock sein Monstrum ab.

Die zeitliche Einteilung des Entenmassakers hätte nicht günstiger sein können, denn das Pulver hatte drei von Tims Gewehren gezündet, bevor Jake das seine abfeuern konnte. Das hieß, daß sich Hunderte von Enten beim ersten Aufblitzen in die Luft erhoben, nur um von Jakes großer Kanone heruntergeholt und anschließend von Tims letzten vier Gewehren erledigt zu werden.

Nie zuvor hatte es ein solches Gemetzel in der Bucht gegeben. Die beiden Hunde brachten so viele Enten zu den Skiffen, daß diese zu sinken drohten. Die Fischer beförderten die toten Vögel auf die Eisdecke, stapelten sie auf und fuhren zurück, um den Rest zu holen. Die Hunde waren erschöpft. Als sie am nächsten Morgen nachzählten, hatten Tim und Jake neunundsechzig Canvasbackenten, zweiunddreißig Stockenten, dreißig Rotfußenten, neunundzwanzig Krickenten und dreizehn Gänse, die sie nach Baltimore schicken konnten. Dazu noch zweiundzwanzig Spitzschwanzhühner, die sie für ein paar Pennies pro Kopf an die Neger in Frog's Neck verkaufen konnten, und ein Dutzend Gänsesäger, die keiner aß, weil sie sich von Fischen nährten.

Tims phantastische Waffe hatte ihre Bewährungsprobe bestanden, und so fällten die beiden Fischer weiter tagsüber Bäume, und nachts setzten sie ihre Kanonen in Aktion. Das Geld, das sie aus Baltimore bekamen, geben sie an Paxmore weiter.

Als der Winter zu Ende ging und die Enten nach Norden zogen, beendete Paxmore den Bau seines ersten Skipjacks, und als es vom Stapel lief, sagte er zu den beiden Fischern: »Dieses Boot wird besser segeln als jedes andere in der Bucht.« Turlock und Caveny wollten das gerne glauben und waren bestürzt, als der Quäker hinzufügte: »Ich habe euer Geld in meinem Büro. Ich bin bereit, es euch zurückzugeben, denn ihr braucht mir dieses Boot nicht abzunehmen... wenn ihr nicht wollt.«

»Warum sollten wir es Ihnen nicht abnehmen wollen?« fragte Turlock verwundert.

»Weil ich etwas mit dem Kielschwert getan habe.«

Die drei Männer gingen an Bord und kletterten in den Laderaum hinunter, wo sie den Boden untersuchen konnten, und hier sahen Turlock und Caveny das

Verrückteste, was ihnen je zu Augen gekommen war. Statt das Kielschwert in der Mitte des Kiels einzusetzen – er hätte einen vier Meter zwanzig langen Schlitz mitten durch die Eiche schneiden und dann, um das Wasser abzuhalten, etwas herumbauen müssen, was Leute vom Fach den Stamm nannten –, hatte Paxmore, wie es in seiner Familie Tradition war, den Kiel unberührt gelassen, dafür aber dazu parallel einen Schlitz geschnitten und so das Kielschwert etwa zwanzig Zentimeter nach Steuerbord versetzt.

»Sie verdammter Narr!« brüllte Turlock. »Dieses Boot wird niemals…«

»Freund«, fiel Paxmore ihm sanft ins Wort, »du brauchst nicht zu fluchen. Dein Geld ist da.«

»Aber verdammt noch mal, ich habe Sie doch ausdrücklich wegen des Kielschwertes gefragt. Und Sie haben mir darauf geantwortet… Stimmt's Tim?«

»Na klar stimmt das. Dieses verdammte Ding ist… ist eine Mißgeburt!«

»Bitte, meine Herren. Redet nicht so derb. Euer Geld…«

»Zum Teufel mit unserem Geld! Wir wollen unser Boot haben.«

»Ihr seid nicht verpflichtet…«

Wie drei zornige Gespenster standen die drei Männer im Dunkel des Laderaums. Das Kielschwert saß tatsächlich eigenartig schief. Das Gleichgewicht des Bootes war gestört; und Caveny konnte sich vorstellen, wie es, einem Krebs gleich, die Bucht hinuntersegelte. Er hatte Tränen in den Augen und zeigte Paxmore seine Hände, die seit Monaten mit Blasen bedeckt waren. »Jeden einzelnen Spant in diesem Boot haben wir geschlagen. Und was bekommen wir dafür?«

»Eine beschissene Waschbütte«, sagte Turlock.

Es war dieses letzte Schmutzwort, das Paxmore seine recht mißliche Lage bewußt werden ließ. Er hatte gedacht, es würde genügen, den Männern anzubieten, ihnen ihr Geld wiederzugeben. Damit hatte er gehofft, aus allen Schwierigkeiten heraus zu sein; sicher konnte er dieses ungewöhnliche Fahrzeug an jemand anderen verhökern, wenn auch mit einem kleinen Verlust. Mit den Mitteln aus dem Verkauf konnte er die zwei Fischer für die geleistete Arbeit beim Fällen der Bäume bezahlen.

»Nein!« sagte Turlock grimmig. »Wir wollen unser Boot, und wir wollen es jetzt. Sie nehmen dieses verdammte Kielschwert heraus und setzen es dort ein, wo es hingehört.«

»Das werde ich nicht tun«, gab Paxmore zurück, und während er sprach, fiel seine rechte Hand auf die rauh-glatte Oberfläche der Eiche, und Tim Caveny erinnerte sich, wieviel Mühe es ihn und Jake gekostet hatte, diesen schönen Baum zu fällen und zuzurichten. Er begriff, daß Gerrit Paxmore dieses Boot so liebte, wie er und Jake es liebten.

»Was wir tun könnten«, meinte Tim, »wir könnten eine Probefahrt machen.«
Turlock wollte nichts davon wissen, denn er fürchtete, am Ende doch ja sagen
zu müssen, aber Paxmore unterstützte den Vorschlag. Doch dann hatte Tim
noch eine andere Idee: »Wenn wir das Boot nun nehmen, obwohl es beschädigt
ist? Wieviel lassen Sie uns nach?«

»Nicht einen Penny«, antwortete Paxmore. »Das ist das feinste Boot in der
ganzen Bucht, und eigentlich müßtet ihr noch zweihundert draufzahlen.«

»Ein Hundesohn sind Sie«, knurrte Turlock, während er wieder hinaufkletterte.
»Ich will runter von dem Boot. Ich will mit diesem verdammten Waschzuber
nichts zu tun haben.«

»Versuchen wir's doch mal«, drängte Tim und fing an, die Brassen einzuholen,
und so perfekt funktionierte jede Talje und jedes Tau, daß er es sagen mußte:
»Die sind richtig. So lassen sich die Segel leichter stellen.«

Sie zogen auch den Klüver hoch, und dann schwenkten sie den riesigen Baum,
der zwei Fuß länger war als das Boot, und sie konnten die Kraft der Segel über
ihren Köpfen spüren. Es wehte eine frische Brise, und Caveny und Paxmore
steuerten den Skipjack in die Mitte des Choptank – Turlock weigerte sich, Segel
oder Ruderpinne auch nur anzufassen –, und sie fingen an, nach steuerbord
beizudrehen. Weiß brach das Wasser auf, und Möwen folgten dem neuen Boot,
und nach einiger Zeit drängte sich Turlock nach achtern und schob Caveny
vom Steuerrad weg.

Paxmore saß auf dem Lukendeckel und sprach kein Wort. Er fühlte, wie sein
Boot auf die Wellen reagierte. Als Turlock vom Steuer herüberrief: »Ich glaube,
sie braucht vorn mehr Ballast«, antwortete Paxmore: »Das glaube ich auch.«

Sie tauften sie auf den Namen »Jessie T« nach Turlocks Mutter, und bevor sie
auf ihre erste Austernfahrt ging, wurden all jene Regeln festgelegt, die auf
Skipjacks Anwendung fanden: »Nie etwas Blaues an Bord. Kein roter Ziegel
darf jemals als Ballast verwendet werden. Es dürfen keine Walnüsse gegessen
werden. Kein Lukendeckel darf je verkehrt herum auf Deck liegen.« Und
wegen der extrem niedrigen Reling und des riesenhaften Ladebaums, der um
vieles gewichtiger war als der eines anderen Seefahrzeuges auf der Chesapeake
Bay: »Paßt auf den Baum auf, wenn ihr auf Deck arbeitet!«

Die »Jessie T« hat eine Besatzung von sechs Mann: Captain Jake Turlock,
Kommandant des Fahrzeuges und für seine Sicherheit verantwortlich; erster
Offizier Tim Caveny, der sich um das Geld kümmerte; drei Turlocks, die die
Schleppnetze bedienten, mit welchen die Austern gesammelt wurden; und der
wichtigste Mann an Bord, der Koch. Seit dem Tag, an dem das Boot geplant
wurde, bis zu dem Augenblick, da Jake die drei Turlocks anheuerte, hatte es

immer nur einen Kandidaten für das Amt gegeben: einen bemerkenswerten und am ganzen Choptank wohlbekannten Schwarzen.

Das war Big Jimbo, ein ungewöhnlich hochgewachsener Neger und Sohn von Eden und Cudjo Cater. Von seinem Vater hatte er lesen gelernt und von seiner Mutter, den Kopf hoch zu tragen. Er war ein freundlicher Mann, der den Mißgeschicken des Alltags mit heiterer Gelassenheit begegnete, und wegen seiner seltenen Gabe, mit einem Schiffsherd umgehen zu können, wußte er, daß er in seinem Fach genauso tüchtig war wie der Kapitän und tüchtiger als die Besatzung.

Eine mögliche Schwierigkeit räumte er noch an jenem Tag aus dem Weg, als er an Bord kam. Auf einem Skipjack schliefen die drei Matrosen vorn und zusammengepfercht. Der Kapitän, der Koch und der erste Offizier – in dieser Reihenfolge – teilten sich die drei guten, nach achtern gelegenen Kojen, und es war Tradition geworden, daß der Kapitän die extra lange Koje steuerbords belegte, der Koch sich die zweitbeste backbords nahm und der erste Offizier schließlich die etwas weniger bequeme, quer über das Heck liegende bekam; doch auf der »Jessie T« lief die Sache ein bißchen anders: Einer der Turlocks, der vorn hätte schlafen sollen, meinte als Vetter von Jake achtern schlafen zu können; er mutete dem Neger zu, in der engeren Unterkunft zu liegen.

So fand also Big Jimbo, als er an Bord kam, seine Koje besetzt. Ohne auch nur eine Sekunde zu zögern, hob er höflich die Ausrüstung heraus, legte sie auf Deck und erklärte: »Kein Koch kann kochen, wenn er vorn schläft.« Er hatte einen schweren Fehler gemacht, denn das Seezeug, das er aus der Kajüte achtern entfernt hatte, gehörte nicht dem Eindringling, sondern Tim Caveny, dem Mitbesitzer des Skipjacks. Als der junge Turlock beschloß, nach achteraus umzuziehen, hatte Tim eine Chance gesehen, zu einer besseren Koje zu kommen; er hatte die des Kochs in Beschlag genommen und Jakes Vetter in die kleinere Koje verwiesen. Als Tim sah, wie sein Zeug auf Deck geworfen wurde, wollte er Krach schlagen, aber Big Jimbo kam ihm zuvor: »Wenn das Ihr Zeug ist, Mister Tim, entschuldige ich mich«, sagte er höflich, trug es in die Kajüte zurück und legte es nicht in die Koje, die Tim sich ausgesucht hatte, sondern in die quer zum Heck liegende.

»Ich wollte eigentlich hier schlafen«, sagte der Ire zaghaft und deutete auf die größere Koje des Kochs.

»Der Koch schläft hier«, erwiderte Big Jimbo, und er gebrauchte so honigsüße Worte, daß sogar der von seinem Platz vertriebene Bootseigner bezaubert war. Und noch bevor feindselige Gefühle aufkommen konnten, versammelte Jimbo die Besatzung auf Deck: »Ich habe etwas Milch und Sahne mitgebracht«, sagte er, »und darum werden wir heute den besten Austerntopf der Welt verspeisen. Soll es ein Frauen- oder Männertopf sein?«

»Man kann doch bei Austern nicht das Geschlecht unterscheiden«, antwortete einer der Turlocks.

»Ich rede nicht von Austern. Ich rede von den Essern.« Er lächelte die Fischer freundlich an. »Was soll es sein, Frauentopf oder Männertopf?«

»Worin besteht der Unterschied?« fragte einer der Männer.

»Die Frage steht dir nicht zu.«

»Also Männertopf.«

»Du hast gut gewählt«, sagte Big Jimbo und kletterte zu seinem Holzofen hinunter.

Der Frauentopf war das traditionelle Gericht, wie es in der Bucht serviert wurde: acht Austern pro Kopf, ganz leicht im eigenen Saft, dann in Milch gekocht, mit Mehl eingedickt und mit ein paar Messerspitzen Sellerie, Salz und Pfeffer gewürzt. Es war eine ausgezeichnete Vorspeise, aber für arbeitende Menschen nicht kräftig genug.

Ganz anders ein Männertopf, und Big Jimbo murmelte vor sich hin, als er daranging, das Gericht zuzubereiten: »Zuerst nehmen wir eine Portion Speck und braten ihn, bis er knusprig ist.« Während er das tat, roch er das Aroma und stellte befriedigt fest, daß Steed ihm die beste Qualität verkauft hatte. Als der Speck brutzelte, zerhackte er acht große Zwiebeln und zwei kräftige Stangen Bleichsellerie. Dann wartete er, bis der Speck fertig war, nahm ihn schnell aus der Pfanne und warf das Grünzeug ins siedende Öl, um es zu sautieren. Bald holte er es wieder heraus und legte die achtundvierzig Austern in die Pfanne; er bräunte sie ein wenig an, goß schnell den Saft der Austern dazu und ließ sie kochen, bis ihre Kiemenblätter runzelig wurden.

Andere Schiffsköche waren mit diesem Ergebnis bereits zufrieden, aber jetzt tat Big Jimbo die zwei Dinge, die seinen Austerntopf unvergeßlich machten. Einem Paket, das er bei der McCormick Spice Company in Baltimore erstanden hatte, entnahm er zunächst eine Dose Tapioka. Nach seiner Meinung war Tapioka »das Beste, was man je für Köche erfunden hat«. Er verrührte ein Quentchen des weißen Pulvers in der Milch, und wenige Minuten später hatten Feuchtigkeit und Hitze die feingemahlene Tapioka zu einer großen, durchsichtigen, gallertartigen Masse ausgedehnt. War dieser Punkt erreicht, legte er die Austern und die Gemüsepflanzen in die Milch; dann zerrieb er noch den Speck zwischen den Fingern und streute ihn drüber.

Abschließend nahm er aus dem bei McCormick erstandenen Paket eine Prise Safran und zerstäubte sie über dem Gericht, dem er noch im letzten Augenblick ein halbes Pfund Butter beigemengt hatte. Diese schmolz, als er die Schüssel auf den Tisch stellte: und was die Männer nun vor sich hatten, war einer der schmackhaftesten Austerntöpfe, die ein Schiffskoch je zubereitet hatte.

»Werden wir jeden Tag so gut essen?« fragte Caveny, und Big Jimbos Antwort lautete: »Ihr bringt mir die Zutaten, ich serviere euch feine Speisen.«

Das Austernfischen mit Fangnetzen war harte Arbeit, wie die Geschehnisse im Winter 1892 bewiesen. Die Austernsaison bestand aus zwei Perioden: Oktober bis Weihnachten, wo es reichlich Austern gab, und Januar bis Ende März, wo sie schwerer zu finden waren. Da die Besatzung der »Jessie T« vollständig aus Patamoke stammte, kehrte sie an jedem Sonnabend abends in diesen Hafen zurück und brachte große Mengen Austern mit, um sie an die dort ansässigen Konservenfabriken zu verkaufen; und weil die Männer, die die Skipjacks segelten – selbst die über Gott lästernden Turlocks – gläubige Christen waren, schlichen sie sich nicht schon am späten Sonntagnachmittag aus dem Hafen, wie viele das taten, sondern warteten bis Montagmorgen – ein Akt der Frömmigkeit, für den sie sich von Gott erhofften, daß er sie zu den besten Bänken führen würde.

Captain Jake hatte ein schönes Weihnachtsfest gefeiert und schlief den Schlaf der Gerechten an diesem ersten Montag nach Neujahr, als ihn um drei Uhr früh seine Tochter Nancy an der Schulter schüttelte: »Daddy!« flüsterte sie, »Zeit zum Aufstehen!« Er protestierte zaghaft; dann setzte er sich mit einem Ruck auf. »Wieviel Uhr ist es?« fragte er, und während sie ihr Nachtgewand an der Kehle zusammenhielt, antwortete sie: »Es ist drei Uhr.«

Er sprang aus dem Bett, kletterte in fünf Lagen schützender Bekleidung und ging dann ins Nebenzimmer, wo er seine zwei anderen Kinder küßte, die noch schliefen. Seine Frau stand schon in der Küche und machte Kaffee; gleichzeitig stellte sie einen Liter Milch, ein Stück Speck und eine Handvoll Zwiebeln bereit, die Jake für Big Jimbo mitnehmen sollte, die der Schwarze für den heutigen Austerntopf brauchte.

Durch die dunklen Straßen Patamokes eilte Captain Jake den Kai hinunter, und als er sich den schwankenden Masten der Austernflotte näherte, sah er ein gutes Dutzend Männer, die sich in der Kleidung nicht von ihm unterschieden und von denen jeder auch ein Päckchen mit Lebensmitteln bei sich hatte, dem Hafen zustreben. Wie Schatten bewegten sie sich in der frostigen Luft, begrüßten einander mit einem Brummen, wenn sie sich begegneten; und als Jake die »Jessie T« erreichte, freute er sich, daß Big Jimbo schon an Bord war und Feuer im Herd knisterte.

»Ich habe dir Milch mitgebracht«, sagte er und warf seinen Packen auf den schwankenden Tisch. Der Koch knurrte seinen Dank und langte nach einem Eimer mit ausgesuchten Austern, die für diesen besonderen Anlaß bereitgestellt worden waren. Er zog einen abgetragenen Handschuh über seine linke Hand und begann die Austern aus der Schale zu nehmen, wobei er das Fleisch in eine Pfanne warf und den Saft, so gut es ging, in eine andere goß. »Sieht alles gut aus«, sagte Captain Jake, während er seine Ausrüstung in seine Koje legte und auf Deck ging.

Der erste Offizier Caveny war pünktlich, und während er und der Kapitän das Deck reinigten, kamen die drei Matrosen an Deck und verstauten ihre Ausrüstung in ihren engen Kojen. »Abstoßen!« rief Jake, und als die Taue geklart und die zwei Segel in der Takelung waren, begann sein Skipjack seine langsame, stetige Fahrt in die Flußmitte hinaus und dann westwärts zur Bucht. In drei Stunden würde die Sonne aufgehen, aber bis dahin würde es dunkel bleiben.

Es war sehr kalt auf Deck. Aus Nordwesten, aus Kanada, kam ein frischer Wind. Kapitän Jake blieb am Steuer; er stand davor und betätigte es mit der linken Hand hinter seinem Rücken. Die jungen Turlocks patrouillierten das Deck, während Caveny unten dem Koch half.

Sie segelten an der Friedensklippe vorbei und in den Kanal nördlich der Insel Devon. Im matten Licht tauchte Blackwalnut Point auf, und vor ihnen lag die große Bucht. Es war kalt, finster und feucht, und wenn die Wellenkämme brachen, schnitt die peitschende Gischt den Männern ins Gesicht. Doch nun läutete Big Jimbo seine Glocke, und bis auf den jungen Turlock gingen alle nach unten; er führte das Steuer. Er stand davor wie ein Kapitän.

Big Jimbo hatte einen seiner besten Austerntöpfe zubereitet, und als das köstliche Gericht verteilt war, glühten die Gesichter der Männer. Doch wie auf den meisten Skipjacks, rührte keiner seinen Löffel an, bevor nicht der Koch seinen Platz an dem schmalen Tisch eingenommen und seine großen schwarzen Hände ausgestreckt hatte, um die von Captain Turlock und Tim Caveny zu ergreifen, die ihrerseits nach den Händen der zwei Matrosen suchten. Nun war der Kreis geschlossen, die fünf Wassermenschen neigten ihre Köpfe, und Captain Turlock sprach das protestantische Tischgebet:

> Gott ist groß. Gott ist weise.
> Und wir danken Ihm für unsere Speise.
> Seine Hand hilft aus der Not.
> Dank Dir, o Herr, für täglich Brot.

Als er fertig war, sagten alle Amen, aber sie gaben ihre Hände nicht frei, denn nun war es an Tim Caveny, das katholische Gebet zu sprechen:

> Himmlischer Vater, segne uns und Speise und Trank, die wir von Deiner großen Güte empfangen werden. Durch Jesus Christus, unseren Herrn, Amen.

Wieder sagten die Männer Amen, aber immer noch hielten sie sich an den Händen fest, denn auf der »Jessie T« war es Brauch, daß Caveny zusätzlich zu den offiziellen Gebeten auch noch ein persönliches sprach, und so bat er nun Gott um Seine besondere Aufmerksamkeit:

> Wir haben Deines Tages mit Gebeten gedacht und Deinen Segen auf unsere Familien herabgefleht. Nun bitte ich Dich, Du mögest dieses Boot hinführen, wo die Austern schlafen und unser Kommen erwarten. Gib uns eine reiche Ernte, o Herr. Heiliger Petrus, Schutzpatron der Fischer, beschütze uns. Heiliger Patrick, der Du die Meere durchkreuzt hast, wache über dieses Boot. Heiliger Andreas, der Du am See Genezareth gefischt hast, geleite uns zu unserem Fang.

»Amen«, flüsterten die Wassermenschen, und die Löffel tauchten in die Schüsseln.

Sie brauchten ihre Gebete, denn die Arbeit war hart und gefährlich. Sobald Captain Jake das Gefühl hatte, daß die »Jessie T« über den unsichtbaren Bänken lag, wies er Caveny und die drei Turlocks an, die zwei Schleppnetze auszuwerfen, das eine backbord, das andere steuerbord, und nachdem diese mit eisernen Zinken ausgestatteten Schleppnetze lange genug über den Grund geschleift worden waren, überprüfte er die Trossen, an welchen sie aufgehängt waren, um festzustellen, ob die Menge des Sammelguts ausreichte. War dies der Fall, ließ er die Schleppnetze einholen.

Nun fing die Muskelarbeit an. Backbords und steuerbords standen zwei handbetriebene Winden, um deren Trommeln die Trossen gewickelt wurden, die zu den Schleppnetzen führten. Nun begannen die Männer, je zwei an einer Winde, die schweren eisernen Kurbeln zu drehen, um die Schleppnetze heraufzuholen. Gefährlich wurde die Sache, wenn sich die eisernen Zinken an einem Felsvorsprung festhakten; dann schnellten die Kurbeln zurück, schlugen den Männern die Zähne ein oder brachen ihnen die Arme. Nur wenige Austernfischer kamen ohne Schaden davon; einer der jungen Turlocks hatte eine breite Narbe auf der Stirn – »Beinahe wäre ich verblutet. Hätte ich nicht einen so harten Schädel, wäre ich hopsgegangen.«

Wenn die Schleppnetze endlich an Bord waren – triefend von Schlamm und Algen –, wurden sie auf Deck entladen. Aber war die Ladung zu schmutzig, um damit arbeiten zu können, mußten sich die Männer eines Kunstgriffs bedienen, der ihnen fast die Arme aus den Gelenkpfannen riß. Abwechselnd ließen sie die Schleppnetze ein paar Fuß tief eintauchen und rissen sie wieder hoch; so schwabbten sie die großen Netze auf und nieder, bis der Schlamm fortgespült war. Erst dann durfte die Ladung Austern und Muscheln an Bord. Rasch wurde das Schleppnetz ausgeleert und sogleich wieder ausgeworfen. Sobald es wieder im Wasser war, knieten sich die Fischer auf das Deck, um mit dem Sortieren beginnen zu können. Mit geschickten, von den scharfen Kanten der Austern verschrammten Händen suchten sie aus der Masse von Algen und toten Muscheln die lebenden Austern heraus, die ihren Fang ausmachten. Sie fühlten instinktiv, wenn sie gute Muscheln in die Hände bekamen, und warfen sie hinter sich auf das Deck, wo sie im Laufe des Tages zu beträchtlichen Haufen anwuchsen.

An Bord de Skipjacks war es üblich, daß jeder der vier Männer, die das Sortieren besorgten, seine Austern in die Ecke hinter sich warf; auf diese Weise wurde das Gewicht ihrer Züge gleichmäßig über das Deck verteilt. Wenn der lange Tag zu Ende ging – vom Morgengrauen bis zur Dämmerung, sechs Tage in der Woche –, war die »Jessie T« für gewöhnlich mit Austern hoch beladen, schwamm aber aufgrund der gut geplanten Lagerung dennoch sicher auf den Wellen.

Wenn der Tag zu Ende ging, hielt Captain Jake, der nicht am Sortieren teilnahm, Ausschau nach einem Boot, das einen Fischkorb an seinem Mast hängen hatte. Das war das Kaufboot, und für gewöhnlich befand sich eines in der Nähe. Sobald es längsseits kam, mußten die Männer auf der »Jessie T« doppelt so schnell arbeiten. In den Meßeimer, der von einem Kran des Transportbootes auf ihr Deck heruntergelassen wurde, scheffelten sie ihren Fang, und immer wenn sich der Eimer in die Luft erhob, zum Transportboot zurückkehrte und die Austern in den Laderaum schüttete, rief Tim Caveny an der Reling: »Teil – strich eins!« und dann »Teil – strich zwei!« – und so weiter bis zum fünften Eimer. Dann schrie er: »Marke eins!«, um anschließend wieder mit »Teilstrich eins!« anzufangen.

Am Abend berichtete er seiner Mannschaft: »Zweiundzwanzig und drei.« Das bedeutete zweiundzwanzig Marken und drei Teilstriche oder dreitausendvierhundert Liter. Damit konnte jeder sich ausrechnen, was der Arbeitstag eingebracht hatte.

Auf der »Jessie T« wurde nach Anteilen gearbeitet. Der Skipjack selbst erhielt ein Drittel, das zwischen den zwei Besitzern Jake und Tim aufgeteilt wurde, doch mußten davon der Proviant, das Tauwerk und die Schleppnetze bezahlt werden. Der Kapitän bekam ein Drittel, und auch das mußte er mit Caveny teilen, der ja dieses Amt genauso gut hätte ausfüllen können. Die vier Matrosen der Besatzung erhielten zusammen das letzte Drittel, aber Jimbo wurde von allen als so hervorragender Koch angesehen, daß sie ihm jeder noch etwas draufgaben.

Er nahm eine außergewöhnliche Stellung ein. Die vier Turlocks haßten Neger und machten aus ihrem Ekel nie ein Hehl. »Diese verdammten Nigger haben meinen Vetter, Captain Matt, ermordet – braucht sich einer nur mausig machen, und er ist ein toter Mann.« Sie stießen diese Drohung oft auch in Anwesenheit von Big Jimbo aus, womit sie ihm zu verstehen geben wollten, daß sie verdammt genau wußten, daß er der Sohn eines Mörders war; der Koch selbst aber wurde als Freund geschätzt, als bereitwilliger Helfer auf Deck und als der beste Kombüsen-Artist in der ganzen Flotte. »Wenn du mit der ›Jessie T‹ segelst, Mann, bekommst du etwas Ordentliches zu essen. Unser Küchennigger macht deinen Nigger jederzeit zur Schnecke.« Einen außerordentlichen Beitrag leistete Big Jimbo an einem grauen Februarmorgen, als die Männer beim Frühstück saßen; der jüngste Turlock stand am Steuer. Der Skipjack krängte nach steuerbord, so daß die Schüsseln auf den schmalen Tisch ins Rutschen kamen, und Captain Jake rief durch die Kajütentür: »Alles in Ordnung da oben?«

»Alles in Ordnung!« schrie der Matrose am Steuer zurück, doch bald darauf rief er beunruhigt: »Captain! Sehr dunkle Wolken!« und gleich anschließend: »Ich brauche Hilfe!«

Captain Jake wollte zur Leiter, aber Ned Turlock, einer der Matrosen, war schneller. Der junge Mann sprang die vier Stufen hinauf und erreichte das Deck gerade zu einem Zeitpunkt, als der umschlagende Sturm den Ladebaum über das Deck schwang. Ned wurde vom Ladebaum getroffen, ins Wasser geschleudert und blieb – ohne Rettungsring – rasch achteraus zurück, aber Captain Jake übernahm das Steuer und schwenkte das Boot herum, während die anderen an den Segeln arbeiteten, um es wieder unter Kontrolle zu bekommen.

Als der Skipjack auf einen Kurs ging, der es in die Nähe des wild um sich schlagenden Matrosen bringen sollte, band sich Big Jimbo ein Seil um die Mitte und bat dann Tim Caveny, ihm eine Art Gurtwerk aus dünnerem Seil zu knüpfen, das er sich um die Schultern schlingen konnte und das ihn am Hauptseil festhalten sollte. Nachdem er sich vergewissert hatte, daß dieses sicher an einer Klampe befestigt war, stürzte er sich, ohne zu zögern, in das tiefe, eisige Wasser. Er schlug wild mit den Armen um sich, und einer von den Turlocks rief: »Verdammt, der kann ja auch nicht schwimmen!«, worauf Captain Jake knurrte: »Nigger können nie schwimmen. Haltet den Haken bereit!«

Mit den Beinen stoßend, arbeitete sich Big Jimbo näher an den Ertrinkenden heran, aber mächtige Wellen und der starke Sog des Skipjacks behinderten ihn in seiner Rettungsaktion. Es schien, als wäre es um Ned Turlock geschehen. Doch Captain Jake war willens, große Risiken auf sich zu nehmen. Inmitten einer wütenden Sturmböe, die das Boot fast zum Kentern gebracht hätte, drehte er bei und ging auf einen Kurs, mit dem er seinen Cousin im Wasser abfangen konnte.

Mit einer mächtigen Umarmung bekam Big Jimbo den erschöpften Mann zu fassen, drückte ihn an seine Brust und preßte das Wasser aus seinen Lungen, während die Männer an Bord der »Jessie T« ihre Kameraden mit dem Seil an Bord zerrten. Und beim Abendessen, nachdem die Austern verkauft und die Gewinne berechnet waren, faßten sich die sechs Fischer an den Händen, und im Namen aller sprach Caveny ein Dankgebet:

> Allmächtiger Gott, Du hast einen Sturm gesandt, ähnlich jenem, der die Fischer in Galiläa überkam, und in Deiner Weisheit entrissest Du uns unseren Matrosen Ned, aber so wie Du Jonas gerettet hast nach vierzig Tagen und vierzig Nächten im Bauch des Walfisches, so hast Du unseren Nigger Big Jimbo dazu angehalten, sich in die Fluten zu stürzen, um Ned zu retten. Heiliger Patrick, Schutzpatron der Fischer, wir danken Dir für Deine Vermittlung. Einen größeren Beweis von Liebe kann niemand geben.

Als er mit dem Gebet zu Ende war, hatten alle etwas daran auszusetzen. »Die vierzig Tage und die vierzig Nächte, das ist Noah und die Arche, nicht Jonas.«

»Das ist beides schon lange her«, rechtfertigte sich Caveny. »Ich dachte, mit Ned wäre es vorbei.«

»Vorige Woche hast du gesagt, Sankt Petrus wäre unser Schutzpatron.«

»Ein Fischer braucht alle Hilfe, die er kriegen kann«, meinte Caveny.

»Den letzten Vers hättest du zu Ende sprechen sollen«, und Captain Jake zitierte falsch: »Einen größeren Beweis von Liebe kann niemand geben, als wenn er sein Leben für seinen Bruder läßt.«

»Ich habe es nicht vergessen. Ich dachte, Ned könnte es unfreundlich aufnehmen, wenn er hört, daß er einen Nigger zum Bruder hat.«

Daß Ned Turlock beinahe ertrunken war, nährte den Verdacht, die »Jessie T«
könnte ein Unglücksboot sein, in einem Maß, daß Captain Jake Schwierigkeiten hatte, eine Besatzung anzumustern. »Ich habe es ja schon immer gesagt«,
machte sich ein Zyniker im Laden wichtig, »mit diesem Skipjack ist von
Anfang an alles schiefgelaufen. Das Kielschwert hat den Drehwurm. Da ist
kein Kopf und kein Arsch dran.«

Und einer von den jungen Turlocks, der dabeigewesen war, vertraute seinen
Freunden an: »Captain Jake, auf den muß man ein Auge werfen. Im Herbst,
wenn es jede Menge Austern gibt, zahlt er seinen Leuten eine Löhnung. Im
Winter, wenn sie knapp sind, lächelt er einen an wie ein Engel und sagt: ›Jungs,
diesmal arbeiten wir lieber auf Anteil.‹ Ich fahre nicht mehr mit ihm.«

Wenn am Ostufer ein Skipjack nicht mehr imstande war, eine Besatzung
anzumustern, sah sich der Kapitän genötigt, eine Entscheidung zu treffen, und
das tat jetzt auch Captain Jake: »Caveny, wir segeln nach Baltimore.« Mit nur
Big Jimbo als Helfer überquerten sie die Bucht, vorbei an Lazaretto Light,
vorbei an Fort McHenry, wo in jener unruhigen Nacht das Sternenbanner
flatterte, bis sie einen der feinsten kleinen Ankerplätze der Welt, Balitmores
Innenhafen, erreichten. Er hatte drei Vorzüge: Er lag im Herzen der Stadt; er
war von Hotels, Lagerhäusern und Geschäften umgeben; und er war von diesen
hohen Gebäuden so geschützt, daß kein Sturm ein Schiff, das hier am Kai
festgemacht hatte, ernstlich in Gefahr bringen konnte. Außerdem war es eine
Freude für jeden Schiffskoch, in diesen Hafen einzulaufen, denn hier befand
sich die große McCormick Spice Company; ihre Düfte breiteten sich über das
ganze Viertel aus, und ihre Regale waren gestopft voll mit Gewürzen, die die
Köche benötigten.

Als sich die »Jessie T« ihrem Pier näherte – zwischen Light Street, wo die
meisten Dampfer anlegten, und Pratt Street, wo die Skipjacks festmachten und
die Kneipen aneinanderklebten –, ermahnte Captain Jake seine Begleiter,
besonders auf der Hut zu sein. »Es könnte sein, daß wir schnell abhauen
müssen. Jimbo, du paßt auf das Boot auf, während Tim und ich an Land gehen,
um unser Geschäft zu erledigen.«

»Cap'm«, sagte der große Koch, »ich will gern auf das Boot aufpassen, aber
erst muß ich mir ein paar Gewürze holen«, und kaum hatte die »Jessie T«
festgemacht, war Big Jimbo schon zu McCormick unterwegs, von wo er bald
mit einem kleinen Päckchen zurückkehrte. Nun begaben sich Turlock und
Caveny auf eine Runde durch die Kneipen, und als sie den Pier hinunter-
stolzierten, rief Jimbo ihnen nach: »Viel Glück, Cap'm. Ich warte.«

»Zum besoffenen Pinguin« hieß eine Kneipe, in der Kapitäne, die Leute
brauchten, oft Erfolg hatten, und so war es nur natürlich, daß die zwei Fischer

ihre Schritte dorthin lenkten. »Was für ein schönes Bild!« rief Caveny, als er zum erstenmal den beduselten Pinguin sah, der tückisch nach ihm schielte. Turlock ignorierte diese kunstsinnige Bemerkung, stieß mit seinen Schultern krachend die Schwingtüren auf und blieb einen Augenblick in der verdunkelten Butike stehen, um die vertraute Szene auf sich einwirken zu lassen. Als er auf einen Tisch im Hintergrund zusteuerte, erhoben sich zwei junge Männer, die ihn als einen Schiffer vom Ostufer identifizierten, still von ihren Sitzen und schlüpften durch eine Seitentür ins Freie. Sie konsumierten jeder ein Bier und aßen einen Teller mit allerlei Appetithappen, wie er allen trinkenden Gästen kostenlos serviert wurde. »Kommen viele Leute vorbei?« fragte Jake den Schankkellner.

»Nein«, antwortete der Mann und wischte länger als nötig an einem Glas herum. »Die gehen mehr in die anderen Kneipen.«

»Es werden schon welche kommen«, meinte Jake und machte sich über seinen Teller her. »Tim, hol mir noch ein Pökelei.«

An diesem ersten Nachmittag war nichts los, und Caveny schlug vor, sich in anderen Lokalen umzusehen, aber Jake weigerte sich. »Hier habe ich auch in vergangenen Jahren immer gefunden, was ich suchte. Wir werden es auch diesmal finden.«

Bei Einbruch der Dunkelheit fanden sich Arbeiter aus nahegelegenen Betrieben ein, um ihr abendliches Bier zu schlürfen. »Das erinnert mich an die wunderbaren ersten Zeilen aus Greys ›Energie‹:

> Heimwärts strebt zum Tagesende
> Müd und schlapp der Arbeitsmann,
> Um sich voll mit Rum zu saufen,
> Bis er nicht mehr stehen kann.

Es ging auf Mitternacht zu, und keiner kam. »Ich habe Ihnen ja gesagt, die sind in den anderen Kneipen«, sagte der Schankkellner.

»Ich bin nicht taub«, knurrte Jake, und in dieser Nacht schliefen er und Tim sitzend an ihrem Tisch. Der Morgen dämmerte, und Wagen mit Fahrgästen für die ersten Dampfer kamen die Light Street heruntergefahren, während Rollkutscher Leben in die Pratt Street brachten. Der Alltag in Baltimore hatte begonnen.

Gegen neun Uhr vormittags waren die zwei Fischer hellwach, und Tim machte einen Vorschlag. »Ich habe noch nie das Hotel Rennert gesehen. Laß uns doch mal nachschauen, wo wir unsere Austern hinliefern.« Die zwei Fischer machten sich auf, und in der frischen, reinen Luft wanderten sie ein Dutzend Häuserblocks hinunter durch einen Park und standen schließlich auf den belgischen Steinplatten, mit welchen alle Straßen rund um die Luxusherberge gepflastert waren. »Himmlische Herrlichkeit auf Erden«, murmelte Caveny, und als Turlock stumm blieb, deutete er auf die hoch aufragende Fassade und den betreßten Türsteher. »Es ist eine Ehre, einem solchen Etablissement die Austern zu liefern.« Auch jetzt kam noch kein Wort von Turlock, und Tim zupfte seinen Kapitän am Ärmel.

»Ich glaube, Jake, daß der heilige Petrus, der Schutzpatron von uns Seefahrern, nichts dagegen einzuwenden hätte, wenn wir uns im Rennert ein Bierchen genehmigen würden. Ohne uns müßten die ja schließlich zusperren.« »Mag sein, daß der heilige Petrus nichts einzuwenden hat, aber bei diesem Türhüter bin ich nicht so sicher«, sagte Jake und deutete auf ihre derbe Kleidung und Tims unrasiertes Gesicht.

»Rechtschaffene Arbeitsleute werden immer willkommen geheißen«, entgegnete Caveny und schritt auf den Türsteher zu. »Mein guter Mann«, sagte er, »Kapitän Turlock und ich liefern die Austern für Ihr Etablissement. Würden Sie uns gestatten, daß wir uns mit einem Bier erfrischen?« Bevor der überraschte Mann sich besinnen konnte, fügte Caveny würdevoll hinzu: »Auf unsere Kosten natürlich.«

»Sind Sie wirklich die Austernfischer?« fragte der Türsteher.

»Das sind wir, und zwar die besten in der ganzen Bucht. Darum kauft das Rennert ja auch von uns.«

»Meine Herren, durch diese Tür dort geht es zur Austernbar. Ich bin sicher, daß man Sie willkommen heißen wird.«

Munter betrat Jake Turlock den mit Mahagoni getäfelten Raum. Da waren die glitzernde Theke, von der er gehört hatte, der Schwarze in der Ecke, der die Austern aus der Schale nahm, die Tafel, die die verschiedenen Austernsorten präsentierte, die es zu kaufen gab, und drei Herren in Straßenanzügen, die einen frühen Imbiß verzehrten. Es war ein schöner Raum – bestens für den Zweck geeignet, dem er gewidmet war.

»Mein guter Mann«, wandte sich Caveny an den Büfettier, »mein Freund und ich, wir sammeln die Austern, die Sie hier verkaufen.«

»Ist das wahr?« fragte der Büfettier.

»So wahr, wie ich als ehrlicher Fischer hier vor Ihnen stehe.«

»Und möchten Sie die Austern kosten, die Sie gesammelt haben?«

»Da sei Gott vor. Wir sind nicht den weiten Weg nach Baltimore gekommen, um Austern zu essen. Wir möchten nur gern ein kühles Bier.»

»Und das sollen Sie auch haben«, sagte der Mann hinter der Theke. »Auf Kosten des Rennert.«

»Wir können zahlen«, sagte Caveny.

»Daran zweifle ich nicht, aber wir bekommen unsere Austernlieferanten nur selten zu Gesicht, und dieses Bier spendiert Ihnen das Rennert.«

Wie ein feiner Herr nippte Caveny an seinem Bier und machte schmeichelhafte Bemerkungen über die Qualitäten des Hotels. »Würde es Sie verletzen, Sir«, fragte er, während er das Glas vorsichtig auf die Theke stellte, »wenn wir das Trinkgeld reichlicher bemessen würden, als Sie es gewohnt sind?«

»Von Matrosen wie Sie es sind…«

»Fischer«, verbesserte Caveny ihn und warf eine Anzahl Münzen auf die Theke, die nicht nur für zwei Bier, sondern auch noch für ein großzügiges Trinkgeld gereicht hätten. »Das ist ein prächtiges Hotel«, sagte er, als sie wieder auf die Straße traten, aber Jake erinnerte ihn: »Zurück zum ›Besoffenen Pinguin‹. Man weiß nie, wann einer angetanzt kommt.«

Der erste Kandidat erschien um zwei Uhr am Nachmittag, ein etwa vierundzwanzigjähriger, unterernährter, triefäugiger Engländer. Er hatte noch gerade genug Geld für ein Bier, womit er sich das Recht auf den kostenlosen Imbißteller erkaufte.

Turlock beobachtete, mit welchem Heißhunger der junge Mann das Essen herunterschlang, und gab Caveny ein Zeichen. Tim ging an die Theke. »Sie kommen gewiß aus dem lieblichen Dublin.«

»London«, sagte der Engländer.

»Die schönste Stadt der Welt, wie ich immer sage. Darf ich mir erlauben, Sie zu einem zweiten Glas einzuladen?«

Der junge Mann nahm die Einladung mit Freude an; doch als das Bier bezahlt und das leere Glas auf der Theke stand, entdeckte er, wie teuer ihn dieser Trunk zu stehen kommen sollte, denn plötzlich wurde er von den kräftigen Armen eines Mannes, den er nicht sehen konnte, von hinten gepackt, und sein vermeintlicher Freund Timothy Caveny versetzte ihm einen derben Schlag ins Gesicht. Er verlor das Bewußtsein, und als er wieder erwachte, fand er sich in der Kajüte eines fremden Bootes; vor ihm stand ein hünenhafter Schwarzer und drohte, ihn zu erstechen, wenn er sich rührte. Jake und Tim kehrten in den ›Besoffenen Pinguin‹ zurück, setzten sich wieder an ihren Tisch und warteten. Es war schon dunkel, als ein junger Mann das Lokal betrat und laut verkündete, daß er aus Boston stamme und auf ein Schiff warte, das aus New Orleans kommen solle. Er lungerte eine Weile herum, trank ab und zu ein Bier und stocherte in der gewürzten roten Bete herum; als er fertig war, schleckte er sich die Finger ab. Er war ein stämmiger Bursche, und Caveny glaubte, daß es schwierig sein würde, ihn zu überwältigen. Während sich der Bostoner lässig im Lokal umsah, ging Tim zur Theke, um dem Schankkellner flüsternd ein Angebot zu machen. Das Angebot wurde angenommen, und als sich Tim neben den jungen Mann stellte und ihm vorschlug, auf die schöne Stadt Boston zu trinken, wo Tim schon auf vielen verschiedenen Schiffen gedient hatte, standen die Gläser schon bereit.

Der Bostoner nahm einen Schluck, betrachtete den Schaum, und stellte das Glas auf die Theke zurück. »Austrinken!« forderte Tim ihn fröhlich auf und stürzte einen guten Teil seines eigenen Glases herunter.

»Ich hätte gern noch eine Portion rote Bete«, sagte der junge Matrose. »Paßt am besten zu Bier«, erklärte Tim und schob ihm die Schüssel hin. Der Matrose aß zwei Scheiben rote Bete, nahm drei Schluck von seinem Bier – und lag in der nächsten Sekunde flach am Boden. »Nimm ihn an den Beinen«, befahl Captain Turlock, und die Gäste an der Theke, die Operationen dieser Art schon erlebt hatten, traten respektvoll zurück, als Jake und Tim ihren zweiten Mann auf die »Jessie T« schleppten.

Waren Mitglieder der Besatzung auf diese Weise zwangsverpflichtet worden, konnte es sich der Kapitän nicht leisten, zum Wochenende in den Hafen zurückzukehren; zu groß war die Gefahr, daß sie desertieren würden. Er blieb den ganzen Herbst über in der Chesapeake Bay, verlud seine Austern auf die Kaufboote, kaufte, wenn nötig, auch frische Lebensmittel von ihnen und ließ, um ihre Flucht zu verhindern, die zum Dienst gezwungenen Matrosen keinen Moment aus den Augen.

»Bemitleidet euch nicht«, tröstete Captain Turlock die zwei Männer. »Ihr werdet bezahlt wie alle anderen auch. Bis Weihnachten seid ihr reich.« Die zwei Männer mußten schuften wie Sklaven. Sei warfen die Schleppnetze aus; sie holten sie herauf; stunden- und tagelang lagen sie auf den Knien und sortierten; und wenn das Transportboot kam, waren sie es, die die Austern in die Meßeimer scheffelten.

Austernfischer hatten Hunderte übler Tricks, um die gewaltsam angeheuerten Helfer übers Ohr zu hauen. »Die Zahlen, die ich genannt habe, sind natürlich nicht reiner Gewinn. Ihr müßt für die Kleidung zahlen, die wir bereitstellen, für die Handschuhe und so weiter.« Sie mußten ihr Essen bezahlen. Auch die Spesen für Reparaturen an den Schleppnetzen und die Kosten neuer Taue wurden abgezogen.

Captain Turlock entschied sich für eine einfachere Methode. »Ihr Leute werdet jeden Tag reicher.«

»Wann können wir an Land gehen?« fragte der Engländer.

»Du meinst, wann du unser Boot verlassen kannst?«

»Sozusagen.«

»Zu Weihnachten«, versprach Turlock, und Caveny fügte hinzu: »Diesen geheiligten Tag wollen wir alle bei unseren Familien verbringen.«

In der dritten Dezemberwoche kamen die zwei geshanghaiten Matrosen in die achterliche Kajüte, um mit Turlock zu sprechen.

»Wir wollen Ihre Zusage, daß wir zu Weihnachten von diesem Boot runter sind.«

»Das verspreche ich euch feierlich«, sagte Turlock. »Mister Caveny kann das beeiden, nicht wahr, Tim?«

»So sicher wie der Mond über der Seenkette von Killarney aufgeht«, versicherte ihnen Caveny, »werdet ihr dann von diesem Boot runter sein.« Zwei Tage vor Weihnachten, nachdem das letzte Kaufboot mit Austern beladen worden war, versammelte Captain Turlock seine Besatzung in der Kombüse.

»Jimbo«, sagte er munter, »wenn einer von den Jungs hier auf der Insel Deal etwas Milch beschaffen würde, könntest du uns einen Austerntopf machen?«

»Würde ich gern«, erwiderte der Koch, und Turlock studierte die zwei zwangsverpflichteten Matrosen. »Du gehst«, sagte er zu dem Bostoner. Dann aber, so als ober er es sich aus tiefgründigen Erwägungen heraus überlegt hätte, wandte er sich an den kleineren: »Nimm du den Eimer. Ich will jetzt mit deinem Freund über seine Löhnung reden.« Der Engländer nahm den Eimer und ging an Deck. Caveny, Jimbo und Ned Turlock folgen ihm, um die »Jessie T« zum Pier auf Deal zu steuern, damit der Engländer an Land gehen konnte, um die Milch zu holen. Mittlerweile verwickelte Kapitän Turlock den Bostoner in ein ernstes Gespräch. »Wohin willst du jetzt mit der Löhnung, die du von uns gekommst?«

»Nach Hause. Meine Familie erwartete mich.«

»Die werden stolz auf dich sein, wenn du mit dem vielen Geld ankommst.« Der junge Mann lächelte bitter, und Turlock fügte tröstend hinzu: »Du darfst uns nicht böse sein. So ist das nun mal auf See. Du hast gelernt, wie man Austern fischt, und dir eine Menge Geld gespart.«

Nach Turlocks schroffen Befehlen während dieser Fahrt fand der Bostoner solch moralisierendes Gerede widerlich; er erhob sich zornig, um nach oben zu gehen, doch der Kapitän hielt ihn am Arm fest. »Setz dich, mein Freund. Wir haben eine Masse Austern zusammenbekommen, und du wirst mit einer Menge Geld nach Boston kommen.« Er ließ weitere scheinheilige Platitüden folgen, und als er fertig war, sagte der junge Mann: »Sie sind ein Schwindler, Captain Turlock. Sie sind ein böser Mensch, und das wissen Sie auch.« Angewidert ging er auf die Leiter zu, aber Turlock stellte sich ihm in den Weg. »Ich kann nicht zulassen, daß du im Zorn von uns scheidest… bevor wir über deine Löhnung gesprochen haben.« Und sie redeten weiter.

Die anderen auf Deck wußten, warum ihr Kapitän den Bostoner unten festhielt, denn als der Engländer mit dem Eimer an Land ging, rief Caveny ihm zu: »Das letzte Haus!« Dann gab der Ire ein Zeichen, und Ned Turlock am Steuer schwenkte den Skipjack vom Pier weg.

»He!« schrie der junge Mann, als er sah, wie sein Boot und seine Löhnung davonzogen. »Wartet auf mich!«

Aber es wurde nicht gewartet. Unaufhaltsam entfernte sich das Boot von der Insel und von dem jungen Mann, der mit seinem leeren Eimer dastand. Er war an den Strand gesetzt worden, »mit Sand bezahlt«, wie die Wassermenschen dieses weitverbreiteten Praktiken nannten; und wenn er Glück hatte, konnte er nach zwei oder drei Wochen wieder in Baltimore sein – ohne irgendwelche Ansprüche stellen zu können und ohne jede Chance, für die langen Monate harter Arbeit bezahlt zu werden. Tim Caveny sah ihn am Ufer stehen. »Ich habe ihm versprochen, daß er zu Weihnachten an Land sein wird«, sagte er zu seinen drei Gefährten.

Als die »Jessie T« ein gutes Stück vom Pier entfernt war und man den Mann, den sie zurückgelassen hatte, nicht mehr sehen konnte, rief Captain Turlock von unten herauf: »Mister Caveny, kommen Sie runter und zahlen Sie diesen Mann aus!«

»Dieser Mann«, sagte Turlock, als Caveny in der Kombüse erschien, »hat gerechtfertigte Beschwerden vorgebracht, und wir werden ihnen nachgehen. Rechnen Sie aus, was wir ihm schulden, und zahlen Sie ihm bis auf den letzten Penny alles aus. Ich möchte, daß er mit Dankbarkeit an uns zurückdenkt.« Damit ging er an Deck und übernahm das Steuer.

Mit allem irischen Charme, der ihm zu Gebote stand, langte Caveny nach seinen Geschäftsbüchern, schlug sie auf und versicherte dem Bostoner: »Du hast hart gearbeitet und dir dein Geld ehrlich verdient«, doch als er sich anschickte, ihm sein Geld zu überreichen, erhob sich auf Deck ein wildes Getümmel. Ein unbeschreiblicher Lärm zerriß die Luft, und von oben kam Captain Turlocks verzweifelter Befehl: »Alle Mann an Deck!«

Der junge Matrose aus Boston sprang automatisch den Niedergang hinauf, ohne zu bemerken, daß der Zahlmeister seelenruhig am Tisch sitzen blieb. Als er das Deck erreichte, sah er, wie der massive Ladebaum mit unglaublicher Geschwindigkeit auf ihn zuschoß. Mit einem Aufschrei schlug er die Hände vors Gesicht, vermochte aber das hölzerne Geschoß nicht aufzuhalten, das ihn kopfüber in die schlammigen Fluten schleuderte.

Die vier Männer aus Patamoke standen an der Reling und gaben ihm gute Ratschläge. »Du schaffst es zum Ufer. Du brauchst nur zu gehen. Einfach die Beine runter und gehen!«

Sie waren beunruhigt, als er, von seiner plötzlichen Immersion zu Tode erschrocken, wild um sich schlug. »Geh doch einfach ans Ufer!« brüllte Captain Turlock. »Es ist nicht tief.«

Endlich verstand der junge Mann, was die Männer auf dem entschwindenden Boot ihm zu sagen versuchten. Fluchend setzte er die Füße auf, stellte fest, daß ihm das Wasser nur bis zu den Achseln ging, und trat den langen, kalten Marsch zur Insel Deal an.

»Das ist ein Weihnachtsfest, das er nicht vergessen wird«, sagte Tim Caveny zu den vieren, die sich nun die Früchte dieser Austernfahrt teilen würden; und als sie sich an diesem Abend, zwei Tage vor Weihnachten, zum Essen setzten, faßten sie sich an den Händen und lauschten aufmerksam Tim Cavenys Gebet:

> Allmächtiger und barmherziger Gott, der Du jene beschützest, die sich auf die Gewässer wagen, wir sind nur kleine Fischer und tun unser Bestes. Wir segeln unser Bötchen, damit andere essen können. Wir trotzen den Stürmen, damit andere daheim bleiben können. Wir danken Dir, daß Du auf dieser langen und gefährlichen Fahrt mit uns warst, und wir flehen Deinen Segen auf unsere Frauen und Kinder herab.

Für 1892 war das Austernfischen zu Ende; in dieser Nacht würden die Kaufboote in Baltimore bleiben, und auch die »Jessie T« steuerte heimwärts. Für die Wassermenschen war dies eines der schönsten Weihnachtsfeste ihres Lebens, denn das Wetter war klar und frisch – tagsüber strahlende Sonne und nachts in der mondlosen Nacht ein leichter Dunst. Sie hatten mächtig viel Jagen nachzuholen, denn das Aufpassen auf die zum Dienst gezwungenen Matrosen hatte sie gehindert, im November und Dezember – den besten Monaten – ihre Gewehre zu gebrauchen.

Es war auf dieser Heimfahrt, als Tim Caveny eines Morgens auf die mißliche Lage hinwies, in die sie geraten könnten, wenn Captain Jake auf seiner Absicht beharre, neue Leute für die »Jessie T« anzumustern. Turlock hatte das Problem auch vor Big Jimbo zur Sprache gebracht. »Machen Sei sich keine Sorgen«, meinte der Koch, »ich kenne zwei Männer, die gern Austern fischen.« Doch als Big Jimbo mit den zweien anrückte, sah Tim, daß sie beide sehr groß und sehr schwarz waren.

»Jake«, fragte er seinen Partner, »hältst du es für klug, beide anzuheuern?«

»Sie sehen kräftig aus.«

»Aber mit ihnen würden wir drei Weiße und drei Schwarze sein. Und du weißt ja, wie gern sich Nigger gegen Weiße verschwören.«

Jake musterte die drei Schwarzen. Sie hatten friedliche Gesichter, aber er konnte sich gut vorstellen, daß sie eine Meuterei anzettelten. Und abrupt richtete er die Frage an Big Jimbo: »War es nicht dein Daddy, der den Bruder meines Großvaters ermordet hat?«

»Vielleicht war es Ihr Großvater, der meinen Daddy als Sklaven gestohlen hat«, konterte der Koch gleichmütig.

»Tim hat recht«, sagte Turlock. »Wir nehmen einen. In Baltimore schnappen wir uns einen anderen Weißen.«

So kam es, daß die »Jessie T« am ersten Tag des Austernfangs nicht auf Position war. Sie lieferte eine Ladung Enten an das Hotel Rennert in Baltimore, und nachdem dies geschehen war, kehrten Turlock und Caveny in den ›Besoffenen Pinguin‹ zurück, um zu sehen, was die Hafengegend zu bieten hatte. Sie brauchten nicht lange zu warten. Ein hünenhafter Deutscher kam ins Lokal. Er trug einen dieser grauen Sweater mit einem Rollkragen und Hosen, die so dick waren, daß sie aussahen, als könnten sie selbst einem Hurrikan widerstehen. Er war offensichtlich hungrig, denn er schlang drei Pökeleier herunter, noch bevor der Schankkellner ihm sein Bier einschenken konnte, und während er ein Sandwich verzehrte, gab Captain Turlock ihm mit der Flasche eins über den Schädel. Als er zusammenbrach, lief Caveny hinaus und holte Big Jimbo, der mithelfen sollte, ihn auf die Straße zu zerren.

Er war noch bewußtlos, als die »Jessie T« die Segel setzte, doch als der Skipjack bei Lazaretto von der Küste freikam, rief Jake den jungen Turlock. »Übernimm das Steuer«, sagte er. »Der Bursche könnte uns zu schaffen machen, wenn er aufwacht.«

Mit Tims Hilfe streckte er den bewußtlosen Deutschen auf dem Deck aus, nahm einen Belegnagel zur Hand und rief Caveny, das gleiche zu tun. Nachdem sie Positionen bezogen hatten, die ihnen eine wirksame Verteidigung erlaubten wies er den schwarzen Matrosen an, dem Deutschen einen Kübel Wasser ins Gesicht zu schütten, doch noch bevor er junge Schwarze den Befehl ausführen konnte, rief Jake auch noch Big Jimbo. »Bleib hier bei uns. Mit dem Burschen könnten wir Schwierigkeiten haben.«

Der gefallene Matrose schüttelte den Kopf und wurde allmählich der Tatsache gewahr, daß er sich auf einem fahrenden Boot befand. Er setzte sich auf, wischte sich das Salzwasser aus dem Gesicht und starrte die vier Männer an – zwei Weiße und zwei Schwarze. In der Annahme, daß Turlock der Kapitän war, fragte er mit starkem deutschem Akzent: »Wohin fahre ich?« »Austern fischen«, erwiderte Jake.

Der Deutsche war offensichtlich willens, sich zur Wehr zu setzen, doch dann sah er die Belegnägel und änderte seine Absicht. »Wie lange?« fragte er. »Drei Monate. Wenn wir dich auszahlen, bringen wir dich nach Baltimore zurück.«

Der Deutsche blieb sitzen. »Otto Pflaum, Hamburg«, stellte er sich vor, während er seinen Sweater auswrang.

»Freut uns, dich an Bord zu haben, Otto. Der Kaffee steht auf dem Feuer.« Er war ein hervorragender Zuwachs für die Besatzung, denn er war ein Mann von enormer körperlicher Spannkraft und außergewöhnlich geschickt beim Sortieren der Austern. In Unkenntnis der in der Bucht gepflegten Bräuche erschien es ihm nicht ungewöhnlich, daß die »Jessie T« Woche für Woche auf Station blieb. Er sah es gern, wenn die Transportboote kamen, um den Fang zu übernehmen, denn das bedeutete besonders gutes Essen in den folgenden paar Tagen, und er hatte einen unbändigen Appetit. »Wenn man ihn ließe, würde er jeden Tag vierundzwanzig Stunden bei Tisch sitzen«, erklärte Big Jimbo bewundernd.

»Das einzig Anständige auf diesem Boot ist der Koch«, sagte Pflaum. Im Winter 1893 erkannte die Besatzung der »Jessie T«, wie glücklich sie sich schätzen durfte, Otto Pflaum gefunden zu haben; denn wieder einmal sahen sie sich mit ihren Feinden konfrontiert: mit den Schiffern aus Virginia, die in die Gewässer Marylands eindrangen, obwohl ein Vertrag zwischen den zwei Bundesstaaten diese Austernbänke eindeutig den Fischern des Ostufers zusprach.

Die Virginier hatten drei Vorteile auf ihrer Seite: Ihr Staat war größer, und daher waren sie zahlreicher; ihre Boote waren größer als die Skipjacks; und aus einem unerfindlichen Grund, den niemand erklären konnte, durften sie die Dampfkraft verwenden, während sich die Marylander mit Segeln begnügen mußten. Eines ihrer schnellen Boote konnte eine Austernbank an einem Nachmittag abräumen.

Natürlich versuchten die Männer vom Choptank, sich die Eindringlinge vom Leib zu halten, aber die Virginier waren tüchtige Seeleute und verstanden es, die kleineren Skipjacks zu verdrängen. Auch hatten sie Gewehre und zögerten nicht, sie zu gebrauchen; zwei Männer aus Patamoke waren bereits erschossen worden.

Zunächst hatten die Skipjacks keine Vergeltungsmaßnahmen ergriffen, doch nach einigen frechen Angriffen im vergangenen Jahr fuhren nun auch einige Boote vom Choptank bewaffnet, und es war zu sporadischen Feuergefechten gekommen. Trotz der Tatsache, daß sich die Boote aus Patamoke jetzt der Gefahr eines offenen Krieges ausgesetzt sahen, widerstrebte es Kapitän Turlock, die »Jessie T« zu bewaffnen.

»Unser Geschäft ist es, Austern zu fischen, und nicht, gegen die Virginier zu kämpfen«, sagte er zu den Männern im Laden.

»Aber was werden Sie tun, wenn die Burschen mit Gewehren kommen?«

»Mich raushalten.«

»Aus Ihrem Mund hört sich das komisch an, Jake«, sagte ein anderer Kapitän. »Waren es nicht Ihre Leute, die gegen alle möglichen Feinde in der Bucht gekämpft haben?«

»Jawohl, und wir sind mächtig stolz auf ihre Taten, als es gegen Piraten und Briten ging.«

»Warum bewaffnen Sie sich dann nicht?«

»Weil ein Skipjack kein Kriegsschiff ist.«

Die »Jessie T« blieb unbewaffnet, und Jakes Strategie erwies sich als richtig. Jeden Montag begann er in aller Frühe mit der Arbeit und holte die Schleppnetze mit reichem Fang wieder an Bord. Wenn bewaffnete Boote aus Virginia ihn bedrängten, zog er sich zurück und begnügte sich mit den kleineren Bänken innerhalb des Choptank. Aber indem er klein beigab, ermutigte er die Eindringlinge, und es dauerte nicht lange, bis sie frech auch vor der Mündung des Flusses aufkreuzten.

Die Virginier wurden von einem dreisten Boot angeführt, das sich durch ganz besondere Unverschämtheit auszeichnete. Es war ein großes Langboot mit dem Namen »Sindbad«. Als Galionsfigur trug es den sagenhaften Vogel Rock mit seinen scharfen Krallen. Es war zur Gänze blau gestrichen, eine Farbe, die den Skipjacks verboten war. Die »Sindbad« war ein imponierendes Fahrzeug.

In diesem Winter forderte sie die »Jessie T« heraus. Sie fegte über die Austernbänke dahin und hätte beinahe die »Jessie T« gerammt. »Macht Platz, ihr Idioten!« brüllte der virginische Kapitän, als er auf sie zuschoß.

»Ramm ihn!« schrie Ned Turlock seinem Onkel zu, aber für eine solche Taktik war die »Sindbad« viel zu schwer, und die »Jessie T« blieb besonnen und zog sich zurück.

Diese Geste ermutigte die anderen virginischen Austernschiffer; ungestraft zogen sie über die Bänke Marylands und schabten sie mit ihren dampfgetriebenen Booten ratzekahl. Es war eine traurige Erfahrung für die Männer vom Choptank, und noch beschämender empfanden sie die Tatsache, daß virginische Transportboote hochmütig aufkreuzten, um die gestohlenen Austern zu laden und sie anschließend in Norfolk zu verkaufen.

Da mußte etwas geschehen. Eines Abends versammelten sich vier Skipjacks aus Patamoke bei einer der Bänke, um zu beraten, was getan werden könnte, um die Virginier in Schranken zu halten. Ein Kapitän mit einer sicheren Besatzung – er hatte keine geshanghaiten Matrosen an Bord – sagte, er würde, da er sowieso an Land ging, dem Gouverneur von Maryland ein Telegramm schicken und um die Entsendung einer Streitmacht ersuchen, mit deren Hilfe die Eindringlinge zurückgeschlagen werden könnten. Doch als Pflaum das hörte, begehrte er lauthals auf: »Sie gehen an Land. Warum wir nicht?« Der Kapitän, der sich über Pflaums Status im klaren war, hatte eine Antwort parat: »Weil euer Boot die größten Austern bekommt.« Die Besatzung der »Jessie T« lachte noch lange über den großen Deutschen, wie er allein im Bug stand und versuchte, diese seltsame Erklärung zu begreifen.

Das Telegramm richtete nichts aus, und so legten sich die Skipjacks, die zum Wochenende nach Patamoke gefahren waren, Gewehre zu, die sie auch zu gebrauchen gedachten, und zwei Tage lang überließ es Captain Jake den anderen Skipjacks aus Patamoke, den Choptank zu patrouillieren; er selbst segelte unbewaffnet, doch als die Virginier seine Strategie aufdeckten, verdrängten sie die »Jessie T« von den guten Bänken.

Otto Pflaum hatte genug. Gegen Abend kam er in die Kajüte gestürmt. »Turlock, verdammter Kerl!« schrie er. »Du gehst nicht nach Patamoke, weil du Angst hast, ich könnte abhauen. Du kaufst uns keine Gewehre, hast Angst vor ›Sindbad‹. Bei Gott, ich laß mich nicht einfach abknallen von den anderen! Ich will ein Gewehr!« Er bekam eines. Als die »Jessie T« am Nachmittag darauf an einem Transportboot festmachte, fragte Kapitän Jake, ob sie Gewehre zu verkaufen hätten. Er erwarb fünf Stück, und als am nächsten Morgen die blaugestrichene »Sindbad« mit Volldampf auf sie zuschoß, stand Otto Pflaum am Bug und beschoß sie mit einem Repetiergewehr.

»Er hat sie getroffen!« schrie Ned Turlock, als sie die überraschten Virginier über das Deck zerstreuten.

An den darauffolgenden Tagen ging es beim Austernfischen friedlich zu, und während sie über den Bänken hin und her segelten, hatte Captain Jake Zeit, darüber nachzudenken, was für ausgezeichnete Arbeit die Paxmores bei der »Jessie T« geleistet hatten: Zugegeben, das Kielschwert ist verschoben, aber sie segelt besser als jedes andere Boot in der Bucht. Er erinnerte sich, was er zu Caveny gesagt hatte: »Kein Mann, der seine fünf Sinne beisammen hat, würde den Hauptmast so weit nach vorn stellen, aber es funktioniert. Und weißt du auch, warum? Weil er so weit nach hinten geneigt ist!« Er war ein sonderbarer Mast, und von ihm hing eines der größten Segel, die ein kleines Boot je gesetzt hatte, und die Konstruktion des Mastes brachte es mit sich, daß das Segel anscheinend schwerelos hinauf- und herabglitt. Es ist ein wunderschönes Boot, dachte Jake. Verdammt schade, daß es nicht in Ruhe seiner Aufgabe nachgehen und Austern fischen kann.

Doch unter der Führung der wütenden »Sindbad« unternahmen die Virginier verstärkte Anstrengungen, die Marylander von ihren eigenen Bänken zu vertreiben, und Skipjacks, die sich zu wehren versuchten, wurde übel mitgespielt. Geschützfeuer wurde zu einer alltäglichen Sache. Captain Jake neigte dazu, sich zurückzuziehen, um sein Boot nicht zu gefährden, aber Otto Pflaum und Ned Turlock wollten nicht zulassen, daß die »Jessie T« ihre Stellung aufgab.

Sie wurde zu einer Zielscheibe für die »Sindbad«. »Zieht Leine, ihr Bastarde!« belferte ihr Kapitän, während er sein Boot auf Volldampf brachte. »Kurs halten!« brüllte Pflaum, und die »Jessie T« blieb auf Kurs, während Pflaum und Ned Turlock vom Bug aus den Angreifer beschossen.

Sie erreichten nichts, aber als sich die Besatzung eines Abends zum Gebet zusammensetzte, sagte Ned Turlock: »Onkel Jake, mit diesem Deutschen hast du einen guten Fang gemacht.«

Es war etwas Eigenartiges mit der Kameradschaft an Bord, wie Ned eines Abends zum Ausdruck brachte: »Ich hätte nie gedacht, daß ich jemals mit zwei Niggern zusammenarbeiten könnte, und beide verstehen etwas vom Austernfischen.« Er saß zwischen dem Koch und dem schwarzen Matrosen und aß mit ihnen aus einer Schüssel. »Wo hast du segeln gelernt?« fragte er den Jüngeren.

»Big Jimbo hat es mir beigebracht.«

»Er hat doch gar kein Boot.«

»Auf der ›Jessie T‹. Während ihr alle auf Entenjagd wart.«

»Und du warst vorher nie auf dem Wasser?«

»Nein.«

»Verflixt, du lernst schnell. Du wirst sehen, Jake, diese verdammten Nigger werden noch einmal die Welt beherrschen.«

»Bist du schon früher gesegelt?« fragte Caveny den Deutschen.

»Auf vielen Schiffen«, erwiderte Pflaum.

»In Baltimore bist du abgehauen?«

»Wollte Amerika sehen.«

»Das ist hier der schönste Teil«, bemerkte Ned.

»Und du verdienst dabei noch gutes Geld«, sagte Captain Turlock. Später erinnerten sich alle, die an diesem Gespräch teilnahmen, daß immer, wenn Jake auf die Löhnung zu reden kam, Otto Pflaum – die Hände über seinem Bauch gefaltet – gespannt zuhörte, ohne ein Wort dazu zu sagen.

»Er war besonders aufmerksam«, berichtete Ned Turlock seinen Freunden im Laden.

Er war auch aufmerksam, als die »Sindbad« wieder in Aktion trat, denn als die virginischen Gewehre feuerten und eine Kugel Ned traf und ihn gefährlich nahe an die Reling schleuderte, streckte Pflaum seine massige Hand aus und zerrte

ihn in Sicherheit. Dann eröffnete er aus seinem und Neds Gewehr ein Salven-
feuer auf das virginische Boot.

»Ich glaube, er hat einen getroffen!« rief Caveny, denn in der Hitze des Gefechts
erwies sich Otto als heldenhafter Kämpfer.

Es stellte sich daher ein moralisches Problem, als die Zeit kam, ihn über Bord
zu werfen. Es gab heimliche Beratungen, und Caveny meinte: »Wir dürfen
nicht vergessen, daß er Ned mehr oder weniger das Leben gerettet hat.«

»Das hat damit nichts zu tun«, brummte Captain Turlock. »Die Fahrt ist zu
Ende. Wir müssen ihn loswerden.«

Caveny zog Ned in die Diskussion mit ein und erwartete, daß er dafür stimmen
würde, Pflaum an Bord zu behalten und ihn ehrlich auszuzahlen, aber der junge
Mann war ein echter Turlock und sagte: »Über Bord. Wir brauchen seinen
Anteil.«

Daher wurde beschlossen, daß in der ersten Aprilwoche, wenn die Fahrt zu
Ende ging, Ned das Steuer übernehmen und Caveny den Deutschen in die
Kajüte rufen sollte, um über seine Löhnung zu reden. Captain Turlock und Big
Jimbo würden mit Belegnägeln auf Deck warten, um für den Fall gerüstet zu
sein, daß mit dem Baum, der Otto über Bord schleudern sollte, etwas schief-
ging.

Es war ein grauer Tag, und es blies ein starker Nordostwind. Schlammiger
Gischt sprühte auf, und back- und steuerbords waren die Schleppnetze verstaut,
die drei Monate lang ohne Unterbrechung über den Grund geschleift worden
waren. Alle waren erschöpft, und selbst die Transportboote hatten sich auf
ihre sommerlichen Liegeplätze zurückgezogen. Die lange Fahrt war zu Ende,
und die Austernfischer steuerten ihren Heimathafen an, um die Ausbeute zu
teilen.

Tim Caveny saß in der Kajüte, seine Geschäftsbücher aufgeschlagen auf
dem Tisch, und erklärte Pflaum, wie das Geld aufgeteilt werden würde. »Wir
haben eine gute Saison, Otto, und nicht zuletzt dank deiner Mithilfe. Mit
dem Geld machen wir das so: Ein Drittel für das Boot, das ist ja korrekt.
Ein Drittel für den Kapitän. Und ein Drittel für dich, den jungen Turlock
und die zwei Nigger, wobei jeder von uns dem Koch eine Kleinigkeit dazu-
gibt.«

»Das ist in Ordnung. Der beste Koch, mit dem ich je gefahren bin.«

»Ich gebe dir jetzt also…«

»Alle Mann an Bord!« brüllte Captain Turlock, während vom Deck her ein
fürchterliches Geklapper und Getrampel zu hören war.

Später mußte Caveny zugeben: »Vielleicht war es meine Schuld. Ich wußte
ja, daß Jake das Kommando geben würde, und darum reagierte ich nicht.

Otto merkte sofort, daß ich keine Anstalten traf, an Deck zu gehen, obwohl doch ein Notstand eingetreten sein mußte. Er warf mir einen Blick zu, den ich niemals vergessen werde, schob seine rechte Hand in seinen Gürtel und kletterte langsam den Niedergang hinauf. Ihr wißt ja, was geschah, als er oben ankam.«

Was geschah? Otto wußte genau, daß der Baum auf ihn zuschießen würde. Er war darauf vorbereitet, als der mächtige Balken auf ihn zukam, packte ihn mit seinem linken Arm, ließ sich weit über die Bucht hinaustragen, und holte mit der rechten Hand seine Pistole hervor, die er auf Captain Turlocks Kopf richtete.

»Einer der ausgefallensten Tricks, die mir je untergekommen sind«, gab Turlock später zu, denn als der Baum nach steuerbord zurückschwenkte, kam Otto Pflaum langsam nach vorn, bis er den Mast erreichte. Er ließ sich vorsichtig auf das Deck fallen und ging langsam nach achtern auf die Kajüte zu, die Pistole immer noch auf Captain Turlocks Kopf gerichtet. Als er neben ihm stand, sagte er: »Ich bleibe in der Kajüte. Allein. Ihr bringt das Boot in den Hafen. Schnell.«

Einen Fuß hinter den anderen setzend, bewegte er sich rückwärts auf die Kajütentür zu, öffnete sie und schrie hinunter: »In zwei Sekunden bist du draußen, Caveny, sonst knall' ich dich über den Haufen.« Er wartete, bis der schreckensbleiche Ire an Deck geklettert war, und stieg dann langsam in die Kajüte hinunter, die er hinter sich verschloß.

Eineinhalb Tage lang mußten die fünf Männer an Deck ohne Essen und Wasser auskommen. Sie segelten die »Jessie T«, so schnell es nur ging, nach Patamoke zurück. Sie waren wütend und fluchten über die Falschheit dieses Deutschen, der sich gewaltsam ihr Boot angeeignet hatte. Als sie am Kai festmachten – Caveny war kurz zuvor in die Kajüte eingelassen worden, um Pflaum seine Löhnung auszuzahlen –, kam der große Deutsche mit der Pistole in der Hand den Niedergang heraufgeklettert und begab sich langsam an die Reling. Ohne sich zu verabschieden, verließ er – die Pistole immer noch auf Turlocks Kopf gerichtet – rückwärts gehend das Boot und machte sich auf den Weg in die nächste Hafenkneipe.

»Wo finde ich ein Schiff nach Baltimore?« fragte er das Mädchen, das an seinem Tisch bediente.

»Das ist die ›Queen of Sheba‹«, lautete die Auskunft des Mädchens. »Sie kommt von Denton herunter.«

Sie war ausnehmend hübsch, neunzehn Jahre alt und stolz auf ihr Aussehen. »Wie heißen Sie?« fragte Pflaum, dem das Ausmaß seiner Löhnung zu Kopf gestiegen war.

»Nancy Turlock. Der Skipjack da drüben gehört meinem Vater.«

»Ein braver Kerl«, sagte Pflaum. Zwei Tage lang wartete er an der Theke auf die »Queen of Sheba« und erzählte Captain Turlocks Tochter manch abenteuerliche Geschichte.

Am letzten Nachmittag, als Otto Pflaum, begleitet von Nancy Turlock in einem gelben Umhang, den er ihr gekauft hatte, seine Fahrkarte nach Baltimore löste, erregte ein Tumult auf der zum Kai führenden Straße seine Aufmerksamkeit. Zusammen mit Nancy ging er nachsehen, was da los war.

Es bot sich ihnen ein erstaunliches Bild. Mitten auf der Straße stand ein Fuhrmann – sein Karren mit Fässern beladen – zwischen seinen Pferden, während eine ältere, ganz in Grau gekleidete Frau mit einer sonderbaren Haube auf dem Kopf ihn so heftig ausschalt, daß Pflaum fürchtete, sie würde mit ihrem geschlossenen Regenschirm auf ihn einschlagen. Es war bizarr. Der Fuhrmann duckte sich vor ihrem Angriff, obwohl er doppelt soviel wog wie sie. Die Pferde wieherten nervös. Kinder standen in Gruppen herum und genossen das Schauspiel, denn die alte Dame zeigte eine Energie, um die sie so mancher junge Mann beneidet hätte.

»Was ist denn da los?« fragte Pflaum.

»Das ist nur Rachel«, antwortete Nancy.

»Was für eine Rachel?«

»Rachel Paxmore. Sie hat mich lesen gelehrt. Früher einmal hat sie Reden gehalten gegen die Sklaverei. Die Leute halten sie für bekloppt, aber man läßt sie gewähren.«

Die Sklaven waren frei, und nun fand sie ihre Erfüllung, wenn sie Fuhrleute, die mit ihren Tieren Schindluder trieben, zur Rede stellen konnte.

Der gute Ruf, den sich die »Jessie T« als erfolgreiches Austernboot erworben hatte, war ruiniert, als Otto Pflaum in den Kneipen Patamokes herumerzählte, daß Captain Turlock versucht hatte, ihn zu ertränken, und daß er, Otto Pflaum, sich gezwungen gesehen hatte, diesen Skipjack in seine Gewalt zu bringen, und sich eineinhalb Tage lang gegen fünf Gegner behaupten konnte.

»Jake hat Mist gebaut«, sagten die anderen Wassermenschen, und wieder wollte keiner bei ihm anheuern.

Normalerweise wären Turlock und Caveny nach Baltimore gefahren, um sich eine Besatzung zusammenzufangen, aber sie fürchteten, dort auf Pflaum zu stoßen. Also schluckten sie ihren Stolz herunter und erlaubten Big Jimbo, einen weiteren Schwarzen anzuheuern. So wurde die »Jessie T« das erste Boot in Patamoke mit drei Weißen und drei Schwarzen an Bord; die Mannschaft hielt fest zusammen, denn Big Jimbo hatte seine Rekruten gewarnt: »Wenn ihr eure Sache gut macht, wird es mehr schwarze Fischer geben. Stellt ihr Unfug an, wird kein Nigger je mehr das Innere eines Skipjack zu sehen bekommen.«

Doch die Freude, die Kapitän Jake mit seiner neuen Besatzung hatte, war von kurzer Dauer, denn als die »Jessie T« an einem Sonnabend Ende Dezember in den Hafen einlief, erfuhr er, daß seine Tochter Nancy nach Baltimore durchgebrannt war. »Ich wurde mißtrauisch«, berichtete Mrs. Turlock, »als sie anfing, ihre Kleider zu bügeln. Dann fiel mir auf, daß sie ein Menge Fragen stellte«, so oft die »Queen of Sheba« am Kai anlegte. Ich behielt sie natürlich im Auge, aber vergangenen Dienstag verschaukelte sie mich, indem sie nach Trappe fuhr und dort das Schiff nahm. Sie ist fort, Jake, und weißt du auch, mit wem?«

»Mit Lew?« fragte Jake. Die Mädchen der Familie hatten einen Hang, mit jungen Turlocks durchzubrennen.

»Ich wollte, sie wäre es. Es ist dieser Otto Pflaum.«

»Allmächtiger Gott!« rief Jake aus und wäre am liebsten gleich nach Baltimore gesegelt, um seine Tochter zurückzuholen. Tim Caveny bestärkte ihn in seinem Vorhaben, doch nun trafen bestürzende Nachrichten ein, die es ihnen unmöglich machten, ihre Absichten in die Tat umzusetzen. Zwei Skipjacks waren mit zersplittertem Deckaufbau nach Patamoke gekommen. »Wir fischten ganz friedlich in unseren Gewässern vor Oxford, als die Virginier mit der »Sindbad« an der Spitze daherkamen. Sie schossen uns praktisch aus dem Wasser.«

»Sie sind in unseren Fluß gekommen?«

»Genau das.«

»Hattet ihr Verletzte?«

»Zwei meiner Männer liegen im Krankenhaus.«

»Was sollen wir tun?« fragten die verbitterten Schiffer.

»Tun? Wir werden sie aus dem Choptank vertreiben!«

Montag morgen verließ die »Jessie T« Patamoke mit einer zu allem entschlossenen Besatzung. Ihre sechs Mann waren bewaffnet, und Big Jimbo versicherte Kapitän Jake, daß seine zwei schwarzen Matrosen erstklassige Eichhörnchenjäger seien. Wenn es zu einem Gefecht kommen sollte – der Skipjack war darauf vorbereitet.

Aber er war kaum auf das vorbereitet, was die Virginier ausgeheckt hatte. Vier ihrer maschinenbetriebenen Boote lagen vor der Spitze der Insel Tilghman, und als die »Jessie T« den Choptank herunterkam, drängten die vier, von der »Sindbad« angeführt, auf sie zu. Wenn sie erst mal Jake Turlock aus dem Fluß verjagt hatten, dachten sie, würden sie mit dem Rest der Austernflotte leichtes Spiel haben.

Es war ein sehr ungleicher Kampf. Kapitän Jake bediente das Steuer, während sich seine fünf Mann, einschließlich Big Jimbo, an der Reling postierten. Die Männer aus Patamoke kämpften verbissen, und ihre Schüsse setzten den Virginiern zu, aber die gegnerischen Boote waren zu schnell, und ihr Feuer war zu konzentriert.

Kugeln rissen das Heck der »Jessie T« auf, und Kapitän Jake wäre ein toter Mann gewesen, hätte er sich nicht blitzartig zu Boden fallen lassen. Wütend befahl er Ned, das Steuer zu nehmen, während er sich hinter einem der Schleppnetze kauerte, um die »Sindbad« zu beschießen.

In diesem Augenblick fegte eines der virginischen Boote von backbord heran und ließ einen Kugelhagel über dem Skipjack niedergehen. Jake, der hinter dem Schleppnetz hockte, sah einen von Jimbos Freunden durch die Luft wirbeln, sah sein Gewehr über Bord fallen und ihn selbst in einer Blutlache zusammenbrechen.

»Barmherziger Himmel!« rief Jake, vergaß seine eigene Sicherheit und lief nach vorn; doch in diesen Sekunden feuerten Matrosen von der blauen »Sindbad« auf das Steuer, weil sie dort den Kapitän vermuteten. Statt dessen trafen sie Ned Turlock tödlich. Er riß noch das Steuer herum, so daß sich der Skipjack im Kreis drehte.

Es war eine schreckliche Niederlage, und Captain Jake hatte keine Möglichkeit, Vergeltung zu üben. Ohnmächtig mußte er zusehen, wie das virginische Geschwader vorbeirauschte – auf der Suche nach anderen Skipjacks, die ihm seine Präsenz streitig machen wollten. Aber dazu war keiner imstande.

Als die »Jessie T« bedrückt ihre Heimfahrt nach Patamoke antrat, versammelten sich die vier Überlebenden zum Gebet in der Kajüte, und Caveny blätterte in seiner Bibel, um jene Verse zu finden, die ihn ein alter Matrose gelehrt hatte, mit dem er zum ersten Mal auf der Chesapeake Bay gefahren war.

Auch die Fischer werden trauern, und alle, die in den Bächen ihre Angeln auswerfen, werden klagen, und jene, die Netze ausbringen über den Wassern, werden schmachten.« Allmächtiger Gott, was haben wir getan, um Deinen Zorn auf uns zu laden? Was können wir tun, um Deine Liebe wieder zu gewinnen? Heiliger Andreas, Schutzpatron der Fischer, nimm in Deine Obhut die Seele von Ned und Nathan, die gute Wassermenschen an diesem Fluß waren. Heiliger Patrick, trockne die Tränen ihrer Frauen und beschütze uns.

Die »Jessie T« würde sich eine neue Besatzung suchen müssen, und düstere Stimmung herrschte am Choptank; die Wassermenschen aber überlegten, was sie tun sollten, um den Invasoren aus Virginia Halt zu gebieten.

Heißer Zorn erfüllte Jake Turlock. In seinem Herzen loderte die gleiche Wut, die seinen Vorfahren die Kraft gegeben hatte, gegen Piraten und britische Kriegsschiffe zu kämpfen. Er hatte mitansehen müssen, wie zwei seiner Männer getötet wurden; er hatte hinnehmen müssen, daß die überheblichen Virginier in seinen eigenen Fluß eingefahren waren. Er schwor einen heiligen Eid, Rache zu üben; und so sehr war sein Streben darauf gerichtet, einen solchen Plan zu entwickeln, daß er dabei seinen Hund vergaß, kaum auf die Gänse achtete, die seine Marsch bevölkerten, und sogar sein langläufiges Gewehr vernachlässigte.

Aber es war der schlaue kleine Tim Caveny, der eine Taktik ersann, mit der sie die Untaten der »Sindbad« ahnden konnten, eine Taktik so bizarr und kühn, daß Jake den Mund aufsperrte: »Meinst du, wir schaffen das?«

«Aber sicher«, sagte Tim, und seine Augen leuchteten vor Freude, wenn er an die Überraschung dachte, die er für die Virginier gebastelt hatte. »Aber da sie mit vier Motorbooten operieren, sollten wir uns noch fünf oder sechs Mannschaften vom Choptank suchen, die bereit sind, mit uns mitzumachen.«

Turlock sprach die Männer von den anderen Skipjacks auf den Plan an und stellte fest, daß sie direkt nach einer Kraftprobe dürsteten. »Und ein Entscheidungskampf wird es sein«, versicherte er ihnen. »Sie sollten ihre Motoren haben. Was ich und Tim uns ausgedacht haben, ist besser als Motoren.«

Doch je näher Neujahr und damit der Beginn der winterlichen Austernzeit herankam, desto klarer erkannte Turlock, daß ein wichtiger Mann auf der »Jessie T« noch fehlte. »Für vorne, Tim, brauchen wir einen Mann mit eisernen Nerven.«

Die beiden Fischer verfielen in Schweigen, während sie im Geist noch einmal ihren Plan durchgingen, und schließlich sagte Jake zögernd: »Was wir wirklich brauchten...«

»Ich weiß schon«, fiel Caveny ihm ins Wort. »Wir brauchen Otto Pflaum.«

»Genau. Und verdammt noch mal, ich werde meinen Stolz herunterschlucken und mit ihm reden.«

Sie fuhren nach Baltimore und begaben sich ohne Umwege in den Besoffenen Pinguin. Big Jimbo durfte sie natürlich nicht in das Lokal begleiten, aber er wartete in der Nähe – es könnte ja sein, daß etwas schiefging. Sie saßen ganz unschuldig an ihrem gewohnten Tisch und tranken ihr Bier wie zwei gewöhnliche Wassermenschen vom Ostufer, als Otto Pflaum erschien. Er trug noch immer die gleiche dicke Hose und seinen schweren Sweater mit dem Roll-kragen. Er sah imponierend aus. Sobald er die Männer vom Choptank erblickte, nahm er an, daß sie gekommen waren, um ihm sein Mädel wegzuholen. Und tat, was er für das Richtig hielt: Ohne seine Feinde aus den Augen zu lassen, langte er nach einer Flasche, zerschlug den Boden an einem Tisch und ging weiter, das zersplitterte Ende vor sich hertragend. Dann schlug er mit der linken Hand einer anderen Flasche den Boden aus. So bewaffnet, kam er auf sie zu.

»Otto, lieber Freund«, wurde er von Caveny mit einschmeichelnder Stimme empfangen, »vertraust du uns nicht?«

Der große Deutsche blieb ihm eine Antwort schuldig. Er kam noch näher und nahm eine Stellung ein, aus der er jedem der beiden eine scharfzackige Flasche ins Gesicht stoßen konnte. Dann blieb er stehen und hielt den Männern, die versucht hatten, ihn zu töten, die Flaschen vor die Augen.

»Setz dich, Otto. Wir haben mit dir zu reden«, bat Caveny.

»Wollt ihr mich etwa wieder anheuern?«

»Ganz recht!« nickte der Ire eifrig.

»Gleiche Löhnung wie das letzte Mal? Ein schwingender Großbaum«

»Otto, du hast uns falsch verstanden…« Caveny wollte ihm ausführlich erklä-ren, wie es dazu gekommen war, aber der Deutsche hob die zersplitterte Flasche. »Halt die Schnauze!« knurrte er.

»Wir brauchen deine Hilfe«, sagte Turlock.

»Um was zu tun?«

»Setz dich. Tu die Flaschen weg.« Jake sprach in so gebieterischen Ton, daß der riesenhafte Matrose gehorchte. »Wie geht es Nancy?« fragte Turlock.

»Sie ist schwanger.«

»Seid ihr schon verheiratet?«

»Vielleicht später mal.«

»Otto, wir brauchen deine Hilfe. Du mußt wieder mit uns fahren.«

»Warum ich? – Es gibt genug Matrosen.«

»Die Virginier. Sie vertreiben uns aus der Bucht.«

Turlock hatte die einzigen Worte ausgesprochen, die den Hünen aus seiner Ruhe bringen konnten. Pflaum hatte die überhebliche »Sindbad« gesehen und gegen sie gekämpft, und darum fand er Geschmack an dem Gedanken, diesen Kampf wieder aufzunehmen.

»Diesmal kein Großbaum?«

»Das letzte Mal war es eine Bö«, erklärte Caveny mit ernstem Gesicht.

»Diesmal zahlt ihr, bevor ich Baltimore verlasse.«

»Moment mal!« explodierte Caveny. Eine solche Forderung zu stellen, hieße die Integrität der »Jessie T« in Zweifel ziehen, aber Pflaum ließ nicht mit sich handeln. »Wir geben Nancy das Geld. Aber sie bekommt es, bevor wir an Bord gehen.«

Darauf einigte man sich, und am letzten Tag des alten Jahres kehrte die »Jessie T« nach Patamoke zurück, um so ausgerüstet zu werden, wie Jake und Tim es sich ausgedacht hatten.

Otto Pflaum staunte nicht schlecht, als er das Riesengewehr sah, das Jake am Bug anzubringen gedachte. »Das ist ja eine Kanone!« Jake sagte nichts und deutete nur auf die kleinen Kanonenkugeln; und bevor Pflaum noch einen Kommentar dazu abgeben konnte, zeigte er ihm noch drei weitere langläufige Gewehre, einige Fäßchen Schwarzpulver und größere Fäßchen Schrot.

»Was hast du vor? Willst du die »Sindbad« versenken?«

»Genau das!« erwiderte Jake mit grimmigen Gesicht. Dann forderte er Tim auf, Otto die echte Überraschung zu zeigen, denn der Ire hatte drei seiner tödlichen Streuschußgewehre auf dem Skipjack montiert, jedes mit einer Batterie von sieben Läufen und bestens geeignet, viele Pfund Schrot zu verschießen. Die sinnreiche Art, wie Caveny seine Gewehre zu feuern gedachte, beeindruckte Otto. »Ihr müßt mich auch so ein Ding feuern lassen!« rief er. Und Caveny antwortete: »Wir hatten dir zwei davon zugedacht.« Jake aber meinte: »Nein, Otto sollte lieber die zwei großen Gewehre vorn übernehmen.«

»Soll ich auf die Kajüte zielen?«

»Auf die Wasserlinie. Ich will sie versenken.«

Die ersten zwei Januartage verbrachte Jake damit, seine Komplizen anzulernen; um vor Spionen sicher zu sein, fand das Übungsschießen weit oben am Broad Creek statt, und erst als er sicher war, daß die Männer mit ihrem Arsenal zurechtkamen, kehrte er an den Choptank zurück.

Die Gewehre wurden mit geteertem Segeltuch zugedeckt, und damit sah die »Jessie T« aus wie jeder andere Skipjack aus Maryland, dessen Besatzung versuchte, sich auf redliche Weise ihr tägliches Brot zu verdienen. Auf dem Plan stand, daß zwei relativ unbewaffnete Boote aus Patamoke sich als eine Art Vorhut den umstrittenen Austernbänken nähern und die »Sindbad« provozieren sollten. Wenn dann die »Sindbad« auf die »Jessie T« zukam, wollte Jake sein Boote so nahe wir möglich an den Feind heransteuern, wobei er der blauen »Sindbad« die Backbordseite zukehren mußte, denn auf dieser waren die Gewehre montiert.

Es würde ein riskantes Manöver sein, denn die Matrosen der »Sindbad« hatten bewiesen, daß sie nicht zögern würden, den Gegner zu beschießen, aber Captain Turlock hatte die gefährliche Phase in seine Berechnungen einbezogen: »Die Männer an den Gewehren ducken sich. Es wird schwer sein, euch zu treffen. Ich bleibe am Steuer und lasse es darauf ankommen.« Zwar hatte er sein Risiko ein wenig verringert, indem er um das Steuer herum eine gepanzerte Brustwehr errichtet hatte, sein Kopf aber würde ungeschützt bleiben. »Wenn sie so gute Schützen sind, daß sie aus ihrem schwankenden Boote meinen Kopf treffen, dann haben sie den Sieg verdient.« Es war eine selbstbewußte Besatzung von acht Mann – vier Weiße und vier Schwarze –, die in die Bucht einfuhr und Kurs nach Süden nahm. Zwei Tage vergingen ohne Zwischenfälle, und die »Jessie T« sammelte so viele Austern ein, daß die Fischer in Verlegenheit kamen. »Wir können kein Transportboot an uns herankommen lassen. Sie würden die Gewehre sehen und daß wir zwei Mann mehr als üblich an Bord haben. Andererseits, wenn wir die Austern richtig stapeln, errichten wir damit eine Art Fort.« So wurde das Deck neu aufgebaut, um den Schützen die Möglichkeit zu geben, sich hinter ihrem Fang zu verstecken.

Am dritten Tag fuhr die blaue »Sindbad« in den Choptank ein, strich eine Weile um die Austernflotte aus Patamoke herum und schoß dann direkt auf die zwei von Captain Turlock ausgelegten Köder zu. Wie erwartet, verjagten die Virginier die kleineren Skipjacks und kamen dann unverzüglich auf die »Jessie T« zu. »Gott sei Dank!« rief Turlock seinen Männern zu. »Wir passieren sie backbords.«

Die versteckten Schützen duckten sich, und Jake kauerte hinter seiner eisernen Brustwehr, während die zwei Boote sich näherten.

Die »Sindbad« eröffnete das Feuer. Als die virginische Besatzung merkte, daß die »Jessie T« keine Anstalten traf, sich zurückzuziehen, rief ihr Kapitän: »Gebt ihnen noch eine Prise!« Schüsse rikoschettierten über das Deck und blieben in den Austernhaufen stecken. Die Salve hatte keinen anderen Effekt, als daß sie die Männer vom Choptank noch begieriger macht, ihre Batterien abzufeuern. »Noch nicht!« rief Jake, und seine Männer blieben ruhig, während die »Sindbad« sich sorglos viel näher heranwagte, als sie es hätte tun sollen. »Wartet! Wartet!« rief Jake hinter seiner Brustwehr, während die Kugeln an ihm vorbeipfiffen.

Er duckte sich, und sein Blick fiel auf Otto Pflaum, der den Finger am Abzug des großen Gewehrs hielt, das einst Eigentum des Meisterjägers Greef Twombley gewesen war. Mit Befriedigung sah er, daß Pflaum nicht nur schußbereit war, sondern auch auf dem Sprung, zu dem anderen tödlichen Geschütz hinüberzuwechseln.

»Jetzt!« schrie Jake. Wie eine einzige Riesenfackel loderte das Pulver auf der ganzen Backbordseite des Skipjack auf, überschüttete das Deck der »Sindbad« mit einem Bleihagel und beschädigte sie an der Wasserlinie erheblich. Die Virginier, die nicht getroffen wurden, waren so verwirrt, daß sie sich nicht neu gruppieren konnten, bevor Tim Caveny sie aus einem anderen seiner sieben-

läufigen Ungeheuer beschoß, während Otto Pflaum zum zweiten Langlaufgewehr sprang und es direkt auf das vom ersten aufgerissene, klaffende Lock
richtete.

Tödlich getroffen, begann sich die »Sindbad« auf die Seite zu legen; und die
Besatzung fing an, ins Wasser zu springen und um Hilfe zu rufen. »Laßt sie
alle ersaufen!« knurrte Turlock, und die »Jessie T« verließ in eindrucksvoller
Unbekümmertheit die Kampfstätte.

Es war eine so triumphale Rückkehr, wie sie nur wenige Fischerhäfen erlebt
hatten, denn das siegreiche Boot kam mit Austern beladen zum Kai; und
während Tim Caveny über den Hergang der Schlacht berichtete, zählte Otto
Pflaum die Meßeimer, die an Land geschafft wurden. »Zählstrich drei! Zählstrich vier! Marke eins!«

»Fast ein Rekord!« konnte er seinen Kameraden am Ende mitteilen. »Neununddreißig und drei!« Doch an diesem Tag hatte die »Jessie T« mehr geschafft
als bloß siebentausend Liter Austern. Sie hatte das Recht erworben, behaupten
zu können, daß die Reichtümer des Choptank fortan in verantwortungsvoller
Manier geerntet werden würden.

Der Sieg am Choptank hatte eine Reihe von Geschehnissen zur Folge, die
niemand hätte voraussehen können.

Der Umstand, daß Captain Turlock jetzt in der Lage war, die Wochenenden in
Patamoke zu verbringen, erlaubte es ihm und Caveny, auf Entenjagd zu gehen,
und das mit solchem Erfolg, daß die beiden Fischer ihre Konten bei der
Steedschen Bank mit zusätzlichem Einkommen auffrischen konnten. Da Jake
Turlock es gründlich satt hatte, sich anhören zu müssen, wie die Kerle im Laden
sein Boot heruntermachten, beschloß er, sie abzugeben und für sich und seinen
Partner ein richtiges Boot zu kaufen, dessen Kielschwert sich dort befand, wo
es hingehörte. Als er Gerrit Paxmore auf dieses Vorhaben ansprach, fand er den
Quäker bereit, auf seine Wünsche einzugehen. »Ich habe darüber nachgedacht,
Jakob, und bin zu der Überzeugung gekommen, daß ich halsstarrig war, als ich
mich weigerte, nach dieser neuen Manier zu bauen. Es besteht ein Unterschied
zwischen einem ozeantüchtigen Schoner, dessen Kiel unversehrt bleiben muß,
und einem Skipjack, der nur für die Bucht bestimmt ist, wo es nicht im gleichen
Maß beansprucht wird. Ich würde dir gern ein Boot nach deinen Vorstellungen
bauen.«

Nachdem der Vertrag zwischen Paxmore und der Partnerschaft Turlock-
Caveny unterzeichnet war – »ein erstklassiger Skipjack mit dem Kielschwert
durch den Kiel, zweitausendachthundertfünfzehn Dollar« –, erkundigte sich
Gerrit Paxmore bei den Besitzern der »Jessie T«, was sie mit ihrem gegen-

wärtigen Skipjack anzufangen gedachten. »Irgendwo werden wir schon einen Käufer finden, auch wenn er das Kielschwert am falschen Platz hat«, antwortete Turlock.

»Ich glaube, ich könnte euch dabei helfen.«

»Hätten Sie einen Abnehmer?« fragte Caveny.

»Ich denke schon«, erwiderte Paxmore, wollte aber nicht verraten, wer es war. Der neue Skipjack war der »Jessie T« in jeder Hinsicht überlegen, und nachdem sie einige Probefahrten in der Bucht gemacht hatten, kamen Jake und Tim zu der Überzeugung, daß sie ein Meisterwerk erworben hatten. »Jetzt können wir eine weiße Besatzung anmustern«, sagte Jake mit einiger Erleichterung. »Du, ich, drei Turlock und Big Jimbo in der Kombüse.«

»Diese Nigger waren nicht so schlecht«, meinte Caveny. »Ja, aber eine weiße Besatzung ist besser. Die Wahrscheinlichkeit einer Meuterei ist weit geringer.«

»Diese Nigger haben gut gekämpft.«

»Ja, aber eine weiße Besatzung ist besser. Natürlich würde ich nicht ohne Jimbo fahren. Er ist der beste Koch, den es in dieser Bucht je gegeben hat.« Doch als er nach Frog's Neck kam, um Big Jimbo mitzuteilen, daß der neue Skipjack Montag auslaufen würde, erfuhr er zu seiner Bestürzung, daß der große Koch seinen angestammten Platz nicht mehr einnehmen würde.

»Warum nicht?« donnerte Jake.

»Weil …« Der große Schwarze war zu verlegen, um gleich darauf zu antworten, und Turlock setzte ihm hart zu. Er warf ihm Feigheit vor – er fürchtete neue bewaffnete Auseinandersetzungen, mangelnde Solidarität mit seinen Kameraden und Undankbarkeit. Big Jimbo hörte sich alles ruhig an und sagte dann mit sanfter Stimme: »Captain Jake, ich fahre mit meinem eigenen Skipjack aus.«

»Was tust du?«

»Mr. Paxmore hat mir die ›Jessie T‹ verkauft.«

Diese Mitteilung brachte den Wassermann aus der Fassung. Kopfschüttelnd tat er ein paar Schritte zurück, als wollte er einen bösen Geist abwehren.

»Du kaufst mein Boot?«

»Ja, Sir. Seit ich denken kann, hat mir mein Daddy immer wieder gesagt: ›Leg dir ein Boot zu.‹ Er hatte ein Schiff … eine Weile … aber das wissen Sie ja.«

»Welches Schiff soll das gewesen sein?« fragte Turlock ärgerlich, und Big Jimbo hielt es für angezeigt, nicht bei diesem Thema zu bleiben, und wiederholte: »Er hat es mir immer wieder gesagt: ›Erst wenn ein Mann sein eigenes Boot hat, ist er wirklich frei. Sein einziges Gefängnis ist dann der Horizont.‹«

»Zum Teufel, Jimbo, du verstehst doch nicht genug davon, um mit einem Skipjack umzugehen.«

»Ich habe gut aufgepaßt, Captain Jake. Ich habe Ihnen zugeschaut, und Sie sind einer der Besten.«

»Du verdammter Nigger!« explodierte Jake, aber seine Worte verrieten Erstaunen und nicht Zorn. Er brach in schallendes Gelächter aus und klatschte sich auf die Schenkel. »Immer wenn du auf Deck warst, um den anderen bei der Arbeit zu helfen, hast du aufgepaßt, was ich tue. Verdammt noch mal, ich wußte ja, daß ihr Nigger immer etwas im Schilde führt.« Jake Turlock klopfte seinem Koch auf den Rücken und wünschte ihm alles Gute.

»Aber du mußt den Namen ändern«, sagte Jake.

Big Jimbo war ihm zuvorgekommen. Als die beiden auf die Paxmoresche Werft gingen, um die frisch überholte »Jessie T« zu inspizieren, war der alte Name übermalt, und an seiner Stelle prangte ein neues Brett mit der Aufschrift »Eden«.

»Wo hast du den Namen her?« fragte Jake und bewunderte den Zustand, in dem sich sein altes Boot befand. »Der Name kommt doch aus der Bibel, nicht wahr?«

»Meine Mutter hieß so«, antwortete Jimbo.

»Das ist nett«, sagte Jake. »Ich habe ihn auch nach meiner Mutter genannt. Jetzt benennt ihr Nigger sie nach der euren. Das ist wirklich nett.«

»Von ihr hatte ich das Geld, um sie zu kaufen.«

»Ich dachte, sie wäre tot.«

»Sie ist schon lange tot. Aber sie hat immer gespart … fünfzig Jahre lang. Erst wollte sie ihre Freiheit kaufen, und die Steeds schenkten sie ihr. Dann wollte sie Cudjos Freiheit kaufen, aber er erwarb sie allein. Dann wollte sie ihren Bruder freikaufen, und dann kam die Befreiung. Da gab sie mir das Geld mit den Worten: ›Damit kauf dir einmal ein Boot, und erst dann wirst du wirklich frei sein.‹«

Im Oktober 1895 unternahm die Skipjack »Eden« aus Patamoke seine erste Ausfahrt zu den Austernbänken. Er hieß in der ganzen Flotte immer nur »der Skipjack mit der Niggermanschaft«, wurde aber in keiner Weise behindert, denn Captain Jimbo galt als erstklassiger Seemann. Natürlich gab es viele faule Witze, wenn die anderen Kapitäne im Laden zusammenkamen. »Im letzten Sommer wäre die ›Eden‹ beinahe Pleite gegangen. Captain Jimbo fuhr den Choptank hinauf, um eine Ladung Wassermelonen zu holen und sie nach Baltimore auf den Markt zu bringen, aber als er dort ankam, hatte die Besatzung sie allesamt aufgefressen.«

Aber das Lachen blieb ihnen im Hals stecken, als die schwarze Mannschaft anfing, Massen von Austern auf die Transportboote zu verladen. Und im Herbst

1897 war die ganze Bucht entrüstet, aber eigentlich nicht überrascht, als Randy Turlock, ein entfernter Vetter von Kapitän Jake, zur Besatzung der »Eden« stieß, die nun aus fünf Schwarzen und einem Weißen bestand.

»Warum sollte sich ein anständiger, gottesfürchtiger junger Weißer dazu hergeben, bei einem Nigger in Dienst zu treten?« bedrängten die Männer im Laden den jungen Matrosen.

»Weil er weiß, wie man Austern fischt«, sagte der junge Turlock, und 1899 bestand Big Jimbos Besatzung aus vier Schwarzen und zwei Weißen, und dabei blieb es auch, als das neue Jahrhundert heraufdämmerte.

An Land waren die Beziehungen zwischen Weißen und Schwarzen doch sehr viel anders als auf den Skipjacks. Beim Austernfischen wurde ein Wassermensch allein nach seiner Leistung eingeschätzt. Wenn er behauptete, ein Koch zu sein, nahm man an, daß er gut kochen konnte; von einem Matrosen wurde erwartet, daß er mit den Schleppnetzen umzugehen wußte. Ein Mann wurde einzig und allein nach seinem Können beurteilt; mit seiner Hauptfarbe hatte das nichts zu tun.

Doch wenn der schwarze Austernfischer an Land ging, durfte er nicht den Laden betreten, wo die Weißen zusammensaßen; weder konnte er seine Kinder in die Schule der Weißen schicken, noch durfte er in einer weißen Kirche beten. Sieben Monate lang aß er Schulter an Schulter mit seinen weißen Kameraden, aber an Land war es undenkbar, zusammen mit ihnen auch nur eine Mahlzeit zu verzehren. Er mußte vorsichtig sein in allem, was er sagte, in der Art seines Gehens, ja sogar in der Weise, wie er weiße Menschen ansah, wenn er nicht wollte, daß sie sich beleidigt fühlten und Gerüchte verbreiteten.

Zu Beginn des Jahrhunderts wurde den herrschenden Beziehungen zwischen den beiden Rassen deutlich Ausdruck verliehen, als in Annapolis ein Häuflein käuflicher Politiker der Demokratischen Partei einen Abänderungsantrag zur Verfassung von Maryland einbrachte, der den Schwarzen das Wahlrecht nehmen sollte. Dies geschah aus einem höchst verwerflichen Grund – diebische Funktionäre wollten ihre Pöstchen behalten –, aber hinter einer höchst ehrenwerten und überzeugenden Fassade.

Die Bande brachte den Antrag nicht unter ihrem eigenen, befleckten Namen ein; sie bediente sich der Dienste des Vorstands der juristischen Fakultät der Universität, eines gutaussehenden Mannes mit dem einschmeichelnden Namen John Prentiss Pope; und er fand auch eine einfache Formel, um den Schwarzen für alle Zeiten das Wahlrecht vorzuenthalten: » Jeder Marylander ist wahlberechtigt, sofern er oder seine Vorfahren am 1. Januar 1869 dieses Recht besaßen oder er imstande ist, ein Kapitel aus der Verfassung Marylands zu lesen und zu interpretieren.« Das Besondere an dieser Vorlage war, daß sie den

Gesetzgeber der Notwendigkeit enthob, offen auszusprechen, daß sie gegen die Neger gerichtet war.

»Wir wollen nichts anderes«, erklärten die Demokraten bei ihrem Besuch in Patamoke, »als mit dieser albernen Einrichtung Schluß zu machen, daß Nigger zur Wahl gehen wie anständige Weiße. Ich weiß, Sie alle wissen, daß es noch nie einen Nigger gegeben hat, der dazu qualifiziert gewesen wäre zu wählen, und daß es auch nie einen geben wird.«

Die Kampagne wurde immer bösartiger. Zeitungen, Kirchen und Schulen riefen gemeinsam zu einem Kreuzzug auf, um Maryland seine vormalige Ehre wiederzugeben. »Wir werden dieser Farce ein Ende setzen, daß die Nigger uns einreden wollen, sie hätten den nötigen Verstand, um politische Fragen entscheiden zu können. Kein Wahlrecht mehr für Nigger! Her mit einer anständigen Regierung!«

In Wirklichkeit wählten gar nicht viele Schwarze, und von denen, die es taten, nahmen einige Geld für ihre Stimme; aber vor allem warf man ihnen vor, daß sie die Republikanische Partei unterstützten, weil Abraham Lincoln ihr angehörte und er die Sklaven befreit hatte. Immer wieder hatten die Demokraten versucht, die schwarzen Wähler in ihre Partei zu locken, aber vergeblich; jetzt sollten sie überhaupt nicht mehr wählen dürfen. Je länger die Kampagne andauerte, desto deutlicher war zu erkennen, daß der Antrag durchgehen würde, denn die Redner der Demokratischen Partei predigten im ganzen Staat: »Wenn ein so angesehener Professor wie John Prentiss Pope sagt, daß die Nigger nicht wählen sollten, dann wissen Sie, wie Sie zu stimmen haben.«

Die Steeds bejahten den Abänderungsantrag, denn sie erinnerten sich an John C. Calhoun, den geistigen Führer ihrer Familie. Er hatte die Forderung erhoben, daß freie Menschen nur von Männern regiert werden dürften, denen eine umfassende Bildung zuteil geworden war, die ihren moralischen Prinzipien stets treu blieben und über Grundbesitz verfügten. »Ich habe nichts gegen die Schwarzen«, verkündete Richter Steed bei einer öffentlichen Versammlung in der Methodistenkirche von Patamoke, »aber ich wünsche nicht, daß sie über Fragen entscheiden, die nur die Weißen angehen.«

Die Turlocks waren glühende Verfechter des Abänderungsantrags und setzten sich überall dafür ein. »Nigger haben unseren Vetter Matt ermordet. In ihren Herzen sind sie Sklaven und sollten es auch bleiben.« Sogar jene Turlocks, die mit Big Jimbo an Bord der »Jessie T« oder unter ihm auf der »Eden« gedient hatten, gaben ihrer festen Überzeugung Ausdruck, daß kein Schwarzer intelligent genug sein, um wählen zu können; die eigenen, gegenteiligen Erfahrungen, die sie an Bord eines Skipjack gemacht hatten, verdrängten sie. »Es sind Tiere. Sie haben keine Rechte«, war ihre Überzeugung. Nur Jake Turlock geriet in Verwirrung. Er wußte, daß Big Jimbo der tüchtigste Mann war, der je auf der »Jessie T« gedient hatte, noch zuverlässiger sogar als Tim Caveny, aber wann immer er in Versuchung geriet, es zuzugeben, entsann er sich der Beschreibung der Schwarzen, die er in der Schule auswendig gelernt hatte; im Geist sah er die Worte noch in seinem Heft stehen:

Nigger: Faul, abergläubisch, rachsüchtig, dumm und verantwortungslos. Singen gern.

Kein Schwarzer, der je bei ihm gedient hatte, war faul gewesen, aber in seiner Vorstellung waren sie es alle. Kein Schwarzer war so abergläubisch wie ein Skipjack-Kapitän, der keine blauen Gegenstände, keine Ziegelsteine, keine Frauen und keine Walnüsse auf seinem Boot duldete. Kein Schwarzer war je so rachsüchtig gewesen wir der Deutsche Otto Pflaum, und was Dummheit und Verantwortungslosigkeit anging, ließen sich diese Eigenschaften auch nicht im entferntesten mit Big Jimbo oder den schwarzen Matrosen auf seinem Boot in Verbindung bringen; und doch glaubte Jake, daß alle Schwarzen diese Schwäche aufwiesen – so hatte man es ihn in der Schule gelehrt. Eines Abends, nach einer stürmischen Versammlung, bei der er den Abänderungsantrag verteidigt hatte, sagte er zu Caveny: »Wenn ich es so recht bedenke, Tim, ich habe auf unserem Skipjack nie einen Nigger singen gehört, obwohl es doch allgemein bekannt ist, daß sie gern singen.« Cavenys Antwort: »Sie sind ein übles Pack. Man weiß nie, was sie im Schilde führen.«

Die Cavenys, eine immer größer werdende Sippe am Fluß, hatte die Anwesenheit der Schwarzen in ihrer Gemeinde schon immer als störend empfunden. »In Irland hatten wir keine Neger, hätten auch nie zugelassen, daß sie sich bei uns häuslich niederlassen. Sie sind nicht katholisch. In Wirklichkeit glauben sie nicht an Gott. Es gibt keinen vernünftigen Grund, warum sie so wie gewöhnliche Leute wählen sollten.«

Die anderen Bürger, die am Choptank lebten, lehnten das Wahlrecht für die Schwarzen fast einstimmig ab, und das erklärte einen eigenartigen Vorgang, der die ganze Geschichte des Ostufers teilweise veränderte: Über die Hälfte der Männer aus dieser Gegend hatte im Bürgerkrieg in der Unionsarmee gedient, aber wenn ihre Nachkommen jetzt auf diesen Krieg zurückblickten, behaupteten sie, daß über fünfundneunzig Prozent auf Seiten der Konförderierten gekämpft hatten. Für diese Selbsttäuschung gab es eine einfache Erklärung: »Es kann doch keiner stolz darauf sein, Seite an Seite mit Niggern für den Norden gekämpft zu haben. Mein Daddy war hundertprozentiger Südstaatler.« In Patamoke waren die Familien stolz darauf, wenn sie behaupten konnten, einer von ihnen wäre mit Lee marschiert oder mit Jeb Stuart geritten; und sie schämten sich, wenn er unter Grant gedient hatte. Für diese Familien wurde es zur Gewohnheit, über ihre Einstellung in der Vergangenheit zu lügen.

Aufgrund dieses oppertunen Erinnerungsvermögens wurde das Ostufer zu einer Bastion südstaatlichen Wesens. »Unsere Vorfahren hatten Sklaven und kämpften, um sie zu behalten. Die Freilassung war das Schlimmste, was uns passieren konnte.« Das hörte man immer wieder. Diese verspäteten Südstaatler waren es, die sich jetzt, angestachelt von den Plantagenbesitzern, deren Vorfahren aus Überzeugung auf der Seite der Konförderierten gekämpft hatten, zusammentaten, um die Schwarzen von ihren Schulen und Kirchen fernzuhalten; sie stellten Schlägertrupps auf, um sie zu züchtigen, wenn sie aufmüpfig wurden, und arbeiteten freudig darauf hin, den Antrag durchzubringen, der den Negern das Wahlrecht nehmen sollte. Fast hatte es den Anschein, als wäre dies nur der erste Schritt zu einer Rückkehr in die guten, von Vernunft geprägten Tage der Vergangenheit, als die Schwarzen noch wußten, wie weit sie gehen durften, und man am Ostufer ein friedliches und beschauliches Leben geführt hatte. »Machen wir Schluß mit diesem Unsinn – Wahlrecht für Nigger! –, und wir werden wieder Ruhe und Ordnung in unserer Gemeinde haben.«

Die einzigen Gegner der Vorlage waren die Paxmores und einige wenige Dissidenten wie sie. Aber die Einstimmigkeit ihrer Umgebung hätte sie zum Schweigen verurteilt, wenn es nicht unter ihnen eine imponierende Lehrerin gegeben hätte. Miss Emily Paxmore war eine jener hochaufgeschossenen, dürren Frauen schwer bestimmbaren Alters, für die es von Geburt an feststehen schien, unverheiratet zu bleiben; sie hätte Klavierstunden geben, als Verkäuferin im Laden irgendeines Onkels arbeiten oder ihrer Kirche dienen können, sie aber hatte ihren Platz im Schulzimmer gefunden, wo sie mit einer Ausdauer unterrichtete, die sowohl ihre Schüler als auch deren Eltern in Erstaunen versetzte.

Sie war eine Frau, die schmucklose Kleidung und eine strenge Frisur bevorzugte. Bei der ersten Begegnung mit Eltern wirkte ihr Stirnrunzeln abweisend, aber ihre Züge wurden weich, wenn sie auf die Erziehbarkeit der Kinder zu sprechen kam. Als sie das erste Mal von der Gesetzesvorlage hörte, glaubte sie an einen Scherz des Reporters, denn man wußte ja von ihren Sympathien für die Schwarzen, und sie gab eine leichtfertige Antwort: »Ein solches Gesetz auch nur in Erwägung zu ziehen, heißt den Kalender um zweihundert Jahre zurückdrehen.«

Diese Äußerung wurde zur Parole der Befürworter des Abänderungsantrags. »Genau das streben wir an«, erklärten sie. »So wie die Dinge vor zweihundert

Jahren waren, bevor die Nigger alles auf den Kopf stellten.« Als Miss Paxmore erkannte, daß die Förderer der Vorlage es ernst meinten, bot sie all ihre Energie auf, um dagegen anzukämpfen. Als Quäkerin versuchte sie, ihre Glaubensbrüder für ihre Sache zu gewinnen, mußte aber erfahren, daß eine überraschend große Anzahl Verständnis für den Antrag zeigte; die Neger, meinten sie, wären nicht fähig, die Probleme zu begreifen.

Sie berief öffentliche Versammlungen ein, beging dabei aber den schweren Fehler, Geistliche und Politiker aus den Norden als Redner einzuladen, womit sie mehr Stimmen verlor, als sie gewann. »Wir brauchen keine Leute aus dem Norden, die uns vorschreiben, wie wir stimmen sollen.«

Sie zog unermüdlich durch die Stadt und knöpfte sich jeden vor, der bereit war, sie anzuhören, aber sie erreichte nichts. In ihrer Verzweiflung fuhr sie nach Baltimore, um sich mit Gegnern der Gesetzesvorlage zu beraten, aber auch dort herrschte eine gedrückte Stimmung. »So ist die Lage, Miss Emily. Das ganze Ostufer steht dem Gesetz wohlwollend gegenüber. Die südlichen Bezirke werden dafür stimmen. Der Westen, der sich schon immer für die Freiheit eingesetzt hat, wird das Recht des Negers, wählen zu dürfen, achten, und das gleiche gilt zum großen Teil auch für Baltimore. Aber das wird alles nicht reichen.«

Maryland wurde zu einem Prüfstein für die Rechte der Schwarzen; aus vielen Südstaaten kamen Redner, um die Wähler vor den Gefahren des Wahlrechts für die Schwarzen zu warnen; und wenn von alten Schlachten gesprochen wurde, rasselten die Säbel. Von Woche zu Woche wurde deutlicher erkennbar, daß der Antrag angenommen würde und die Schwarzen, zumindest in Maryland, in jenen Zustand zurückfallen würden, in dem sie sich in den Jahrhunderten ihrer Sklaverei befunden hatten.

Deprimiert kehrte Emily Paxmore nach Patamoke zurück, und die Männer im Laden kicherten, als sie sie mit hängenden Schultern zu ihrem Haus hinaufgehen sahen, das unweit der Schule stand. Doch dann, vier Wochen vor der Abstimmung, hatte sie eine Idee, und ohne sich mit jemandem zu besprechen, bestieg sie die »Queen of Sheba« und fuhr nach Baltimore. Atemlos erklärte sie den Männer und Frauen, die den Kampf gegen die Vorlage führten: »Es ist ganz einfach. Wir können diese arglistige Täuschung mit einer Taktik unterbinden, die sich als unschlagbar erweisen wird.«

»Aber was könnten wir unternehmen, um das Blatt jetzt noch zu wenden?«

»Folgendes: Von heute an erwähnen wir das Wort Neger nicht mehr. Statt dessen hämmern wir den Leuten ein, daß dieses Gesetz die Deutschen, Italiener, Juden und sogar die Iren ihres Wahlrechts berauben würde. Damit erreichen wir, daß sie unseren Kampf führen.«

»Aber davon steht nichts im Abänderungsantrag«, wandte ein in Rechts-
angelegenheiten erfahrener Herr ein.

»Vergessen Sie nicht: Am 1. Januar 1869 waren nur sehr wenige Deutsche oder
Italiener oder russische Juden wahlberechtigt.«

»Aber wir wissen doch alle, daß das Gesetz sich nicht gegen sie richtet.«

»Ich weiß es nicht«, gab sie spitz zurück. »Und ich werde es von allen Dächern
schreien, daß wir es hier mit einer Verschwörung zu tun haben, deren unein-
gestandenes Ziel es ist, den Einwanderern ihr Wahlrecht zu nehmen.«

»Wäre das nicht unehrlich?«

Miss Paxmore faltete die Hände, überlegte und antwortete: »Sollte ich lügen,
wird die Gegenseite Gelegenheit haben, meine Vorwürfe zurückzuweisen –
sechs Wochen nach der Abstimmung.«

Zwanzig Stunden am Tag war sie auf der Straße, eine hochgewachsene, in Grau
gekleidete, temperamentvolle Frau, die im deutschen und im italienischen
Viertel ihre bohrenden Frage stellte: »Findest du richtig, daß anständigen
Leuten, die ihre Steuern bezahlen, das Wahlrecht genommen wird?« Sie
veröffentlichte Anzeigen in den Zeitungen und empfahl jenen Mitgliedern der
gesetzgebenden Versammlung, die deutscher und italienischer Herkunft waren,
ihr Augenmerk auf die Gefahr zu richten, die ihnen und ihren Familien drohte.
Ihre Abende verbrachte sie in Baltimores drittem Bezirk, wo sie beschwörend
auf die russischen Juden einredete. »Sie wollen euch euer Recht nehmen. Ihr
müßt gegen dieses Gesetz Stellung beziehen.«

Die Befürworter des Abänderungsantrags waren entsetzt über den Feuersturm,
den diese temperamentvolle Lehrerin entfachte; sie schickten John Prentiss
Pope los, um allen Emigranten zu versichern, daß das Gesetz sinngemäß
angewendet werde. Parteihengste durchkämmten die Wahlkreise und versicherten allen: »Das Gesetz wird niemals gegen eure Leute angewendet. Es
ist nur gegen *die* gerichtet.« Und dabei zwinkerten sie sich zu. Emily Paxmore
wußte auch eine Antwort darauf: »Sie kommen wie die Schlange im Paradies
und wispern: ›Wir versprechen euch, daß wir dieses neue Gesetz nicht gegen
euch anwenden werden.‹ Aber ich kann euch versichern, daß schon jetzt Pläne
existieren, um jedem Juden, jedem Deutschen und jedem Italiener sein Stimm-
recht zu nehmen. Wenn dieser Antrag durchgeht, ist euer Wahlrecht für immer
verloren.«

Diese Anschuldigung war nahezu kriminell; weder gab es solche Pläne, noch
waren sie jemals ins Auge gefaßt worden. »Mein Gott, es könnte sein, daß
wir es irgendwann einmal gegen diese verdammten Juden im dritten Bezirk
anwenden, damit sie nicht zu überheblich werden. Aber niemals gegen die
Deutschen.« Die Verfechter des Antrags waren außer sich, als Miss Paxmore

Gerüchte in Umlauf setzte, wonach das neue Gesetz unmittelbar nach seiner Verabschiedung dazu benutzt würde, die irischen Stimmen zu eliminieren.

»Dieses verdammte Weib macht uns fertig mit ihren Lügen!« donnerte ein führender Demokrat und beauftragte sechs seiner Parteifreunde, sie in dem kleinen Hotel aufzusuchen, wo sie ihr Hauptquartier aufgeschlagen hatte. Die sechs politischen Bonzen, die ihr in der Halle entgegentraten, waren zum Kampf gerüstet: »Wenn Sie diese Lügen über uns verbreiten, bringen wir Sie vor Gericht. Ins Gefängnis.«

»Was für Lügen?« fragte sie, die Hände im Schoß gefaltet.

»Das den Deutschen das Wahlrecht genommen werden soll.«

»Wird es das nicht? So wie ihr sie abgefaßt habt, ist euere Gesetzesvorlage sehr klar.«

»Aber sie ist nicht gegen die Deutschen gerichtet.«

»Gegen wen denn?«

»Gegen die.«

»Fürchtet ihr euch, ihren Namen auszusprechen? Meint ihr die Juden?«

»Verdammt noch mal, Miss Paxmore, in unserem Antrag sind die Juden mit keinem Wort erwähnt.«

»Meine lieben Freunde, jedes Wort könnte gegen Juden Anwendung finden, die aus Polen, aus dem Baltikum oder aus Rumänien nach Amerika gekommen sind.«

»Aber wir werden es nicht gegen sie verwenden. Wir versprechen Ihnen …«

Nüchtern zählte sie ihnen die Bestimmungen des eingebrachten Antrags auf; es ließ sich leicht gegen Juden und Katholiken ohne ausreichende Bildung – und besonders gegen Ungarn, Litauer, Polen und Italiener anwenden. »Es wäre ein grausames Gesetz, meine Herren, und ihr solltet euch schämen.«

Sie schämten sich nicht. »Sie wissen verdammt gut, Miss Paxmore, wie dieses Gesetz gehandhabt werden wird. Wenn ein Nigger zu wählen versucht, geben wir ihm die Verfassung zu lesen, und ich bin der Richter und sage: »Du hast nicht bestanden.‹ Wenn ein Deutscher sie liest, sage ich: ›Du hast bestanden.‹«

»Einer solchen Doppelzüngigkeit solltet ihr euch doppelt schämen. Wie soll der Schwarze jemals …«

»Verdammt noch mal!« brach es aus einem ihrer Besucher heraus. »Wir werden Sie ins Gefängnis bringen wegen Verleumdung, Meineid und Ehrabschneidung.«

Emily Paxmore ließ sich nicht einschüchtern. »Von welcher Ehre sprecht ihr?«

Ein anderer hielt ihr ein Exemplar des Antrags vor die Nase und sagte fast flehentlich: »Es ist einfach unfair, Miss Paxmore, wenn Sie solche Lügen über uns verbreiten. Sie wissen doch ganz genau, daß wir dieses Gesetz nie gegen anständige Leute anwenden würden … nur gegen Nigger.«

Emily Paxmore riß ihm das Papier aus der Hand und drückte es an ihre Brust. »Wenn dieses Gesetz durchgeht, wird es eines Tages gegen Leute wie mich angewendet werden. Aber ich lese in euren Gesichtern, daß es keine Mehrheit finden wird, und dafür danke ich Gott, denn es ist ein abscheulicher Anschlag.«

Sie behielt recht. Zwar stimmten die Wähler am Choptank mit großer Mehrheit für den Abänderungsantrag, ebenfalls der restliche Teil des Ostufers. Auch die Gebiete südlich des Festlands, wo man Sklaven gehalten hatte, stimmten dafür, aber in den anderen Teilen des Staates wurde über die von Miss Paxmore formulierte prinzipielle Frage entschieden: »Wollt ihr die Einwanderer ihres Wahlrechts berauben?« Von den Schwarzen war nicht die Rede, und in den westlichen Distrikten, wo die Deutschen sich niedergelassen hatten, gab es eine erdrückende Mehrheit gegen das Gesetz – und ebenso auch in dem vielsprachigen Baltimore. Der Antrag wurde abgelehnt. Die Schwarzen konnten auch weiterhin wählen.

Als Emily Paxmore heimkam, verlor sie kein Wort über ihre leidenschaftliche Kampagne und kehrte in den Schuldienst zurück, aber ihrem Bruder Gerrit, der sie eines Nachmittags besuchte, antwortete sie offen auf seine Fragen: »Ich habe gelogen, Gerrit, und das bekümmert mich sehr. Sie hatten nie die Absicht, den Deutschen oder den Juden das Wahlrecht zu nehmen. Und ich erhob diese Anschuldigungen zu einem Zeitpunkt, da ihnen keine Zeit mehr blieb, dagegen anzukämpfen.«

»Warum hast du es getan?«

»Weil jede Menschenseele auf dieser Erde ein Armageddon erlebt, den letzten Kampf zwischen Gut und Böse. Das ist eine große Schlacht, und wenn du dich davor drückst oder davonläufst, verliert dein Leben für alle Zeiten an Kraft.«

»Für eine Quäkerin klingt das recht militant.«

»Diese Armageddon ist noch zwingender, wenn es ein Kampf des Geistes ist. Es wäre ein schlechtes Gesetz gewesen, Gerrit, und ich kam durch Zufall auf diese wohl einzige Möglichkeit, es noch hinwegzufegen. Ich schäme mich der Taktik, der ich mich bedient habe, aber wenn ich noch einmal zu entscheiden hätte …« Sie schwieg. Sie nahm ihr Taschentuch heraus und hielt es sich an die Nase. »Aber es wird nicht wieder passieren. Armageddon kommt nur einmal, und wir dürfen uns nicht davor drücken.«

Im August 1906 – die beiden Wassermenschen waren nun schon Mitte Sechzig und grauhaarig –, kam Caveny aufgeregt in den Laden gestürzt: »Ich glaube,

Jake, wir bekommen einen Auftrag, Wassermelonen von Greef Twomblys Farm nach Baltimore zu transportieren.»« Das war eine große Sache, denn im Sommer mußten die Fischer um Aufträge betteln, um ihre Skipjacks zu beschäftigen; wegen des geringen Tiefgangs dieser Boote lag das Freiborddeck zu niedrig, um ihnen das Befahren des Ozeans zu gestatten; sie hätten sonst Bauholz aus Westindien transportieren können, wie das viele Schoner taten. Außerdem war der Baum so lang, daß die Spitze bei einem Sturmwind in die Wellen tauchte, und das konnte sich katastrophal auswirken.

Darum sehnten sich die Schiffer nach einer Ladung landwirtschaftlicher Produkte für Baltimore, einer Ladung Kunstdünger zurück – oder Kohlen nach Norfolk oder Roheisen von den Hochöfen im Norden von Baltimore. Wassermelonen von irgendwo hoch oben an einem Fluß waren ihnen die liebste Ladung, denn da konnten sie mit einer Besatzung von drei Mann – Turlock, Caveny und ein schwarzer Koch – richtig Geld scheffeln.

Zu Beginn dieser unerwarteten Glückssträhne war Jake so guter Laune, daß er, als sie darangingen, das Boot loszumachen, seinen Hund an Bord rief.

Der Chesapeake sprang über das offene Wasser und kletterte an Bord, und Caveny rief: »Was ist los?« Jake antwortete: »Ich habe einfach Lust, meinen Hund mitzunehmen.« Er hatte dies noch nicht ausgesprochen, und schon sprang Caveny an Land und brüllte: »Nero! Komm her!« So durchdringend war seine Stimme, daß sein Labrador – wild auf neue Abenteuer – in Sekundenschnelle herbeigeschossen kam.

Es war eine angenehme Fahrt. Langsam segelte der Skipjack den Choptank hinauf – zur Farm des alten Twombly, wo Greef und die Wassermelonen sie schon erwarteten. Die erste Frage, die Twombly, von der wackligen Landungsbrücke an sie richtete, betraf das Gewehr: »Wie läuft's denn mit der Kanone?« Und noch bevor er ihm ein Tau zuwarf, brüllte Jake zurück: » Mit einer Ladung schaffen wir im Durchschnitt siebenundsiebzig Enten«, worauf Greef geringschätzig erwiderte: »Sie nehmen wohl nicht genug Schrot.«

Während der Verladung fischte sich der schwarze Koch vom Heck aus eine gute Portion Krabben und briet ein paar knusprige Krabbenfrikadellen. Greef brachte kaltes Bier aus dem Haus, setzte sich zu den Schiffern aufs Deck und gedachte alter Zeiten. Dann machte er den Männern einen Vorschlag: »Vor fünf Jahren habe ich mir eine Reihe Pfirsichbäume gepflanzt. Wollte nur mal sehen, was rauskommt. Sie tragen ganz schön, und ich möchte Ihnen hundert Körbe mitgeben. Von dem, was Sie dafür kriegen, können Sie die Hälfte behalten.« Doch als die Pfirsiche an Bord waren, nahm der alte Mann Jake beiseite: »Mit dem Gewehr«, flüsterte er, »wenn Sie es richtig laden und richtig besetzen, sollten Sie im Durchschnitt neunzig Enten schaffen.«

Der aromatische Duft der Pfirsiche begleitete sie auf der Rückfahrt, und als sie am großen Dock anlegten, warteten die arabischen Händler schon mit ihren Karren. Sie waren froh, frische Melonen zu bekommen, aber absolut begeistert von den überraschend gelieferten Pfirsichen.

Mit ihrem Gewinn in der Tasche leisteten sich die beiden Schiffer ein Enten-Dinner im Rennert. Dann besuchten sie Otto Pflaum und seine Frau, luden Kunstdünger und segelten heim.

Beim Verlassen des Hafens begegneten sie durch Zufall drei mit elektrischer Beleuchtung ausgestatteten Luxusdampfern, die den Verkehr in der Bucht besorgten. Sie bewunderten die glitzernde Eleganz dieser Fahrzeuge, die sich anschickten, die in der Bucht einmündenden Flüsse zu befahren.

»Schau sie dir an!« rief Jake, während die Dampfer vorbeirauschten; von ihren Orchestern wehte gedämpfte Musik über das Wasser.

»Klassische Bauwerke«, schwärmte Caveny, und nahezu eine Stunde lang betrachteten die Männer vom Choptank fast neidisch die schönen Schiffe. Die Austernfischer hätten sich nicht vorstellen können, daß diese stolzen Schiffe eines Tages von der Bucht verschwinden sollten – so wie die Pax-moreschen Schoner und Klipper bereits verschwunden waren. Das klassische Fahrzeug war nicht der protzige Dampfer, sondern der bescheidene kleine Skipjack, der Segler, der an der Chesapeake Bay erdacht und auf seine Erfordernisse zugeschnitten worden war. Ein Produkt der Schleppnetze und Sandbänke – würde er bestehen bleiben, nachdem alles andere bereits Rost angesetzt hatte? Denn die hell beleuchteten Dampfer waren kommerzielle Neuerungen – für den Augenblick nützlich, aber mit nur wenigen Beziehungen zu der zeitlosen Bucht.

»Sie sind schnell«, sagte Caveny, während die Lichter mit den Wellen verschmolzen.

Jetzt waren die Fischer allein in der Bucht, und bald tauchten im Mondlicht die niederen Konturen des Ostufers auf – eine einzigartige Struktur, bestehend aus Sümpfen und wandernden Flußmündungen. »Wir leben wirklich in einem schönen Land«, sinnierte Turlock, während die Skipjack – vom Nachtwind getrieben – dahinglitt; doch als die Insel Devon in Sicht kam, fiel sein Blick auf das Westende der Insel, wo eine große Anzahl von Bäumen in der Strömung trieb.

»Das ist mir noch nie so aufgefallen«, sagte Turlock. »Wenn wieder einmal so ein richtiger Sturm kommt, kann er die ganze Insel wegspülen.«

Die zwei Wassermänner studierten die Auswaschung. »Ich habe in einem Buch gelesen«, sagte Caveny, »daß am Ostufer das ganze Land angeschwemmt ist. Vom Susquehanna angeschwemmtes Land, als er noch fünfzigmal breiter war.

Weißt du, was ich glaube, Jake? Ich glaube, in vielen, vielen Jahren wird es kein Ostufer mehr geben. Das Land, wie wir es kennen, wird im Meer versinken.«

»Wann wird das sein?«

»Vielleicht in zehntausend Jahren.«

Die beiden Partner verstummten. Sie segelten über Austernbänke, um die sie gekämpft hatten, deren eisiger Fang ihre Hände klamm gemacht, ihre Finger zerschnitten und ihre Fäustlinge blutig gefärbt hatte. Jenseits dieser Landzunge, kaum sichtbar in der Finsternis, war die »Laura Turner« mit sechs Mann an Bord gekentert. Dort drüben war die »Wilmer Dodge« gesunken – ein Verlust von sechs Menschenleben. Hinter der nächsten Landspitze, wo sich im Winter die Enten versammelten, hatten sie die Eindringlinge aus Virginia vertrieben.

Lautlos fuhr der Skipjack in den Choptank ein. Jakes Chesapeake saß noch immer am Bug, stets bereit, Angriffe abzuwehren; aber Caventys Labrador lag auf dem Deck – den Kopf zu Tims Füßen blickte er aus seinen dunklen Augen mit grenzenloser Liebe zu dem Iren hinauf.

ZWÖLFTE REISE:

1938

Eine der Grundregeln des Quäkertums besagt: Wenn ein Mann oder eine Frau das göttliche Feuer hütet, das in jeder Menschenbrust brennt, kann auch ohne die Vermittlung eines Priesters oder Rabbiners eine direkte Verbindung mit Gott erreicht werden. Lieder oder laut gesprochene Gebete sind nicht nötig, um die Aufmerksamkeit des Allmächtigen auf sich zu lenken, denn Er wohnt im Inneren, und schon ein Flüstern genügt als Anrufung. Trotzdem bürgerte es sich bei den Versammlungen ein, daß einige fromme Seelen, die sich durch besondere Gottesfurcht auszeichneten, als Geistliche anerkannt wurden. Im herkömmlichen Sinn des Wortes hatten sie kein Anrecht auf diese Position, denn sie hatten kein Seminar besucht und kein Bischof hatte ihnen durch die Weihe das göttliche Amt übertragen, dessen Kraft sich von Jesus Christus herleitet. In allen anderen Religionsgemeinschaften durfte der Priester, da er rechtmäßig eingesetzt war, erwarten, daß die Gemeinde für seinen Lebensunterhalt aufkam, indessen er sich der Seelsorge widmete.

Nach dem Quäkerglauben besaß der Geistliche keine andere Legitimierung als sein vorbildliches Verhalten, und er bezog keine anderen Einkünfte als jene, die er – es konnte auch eine Sie sein – sich im Beruf hart erarbeitete. Ein Quäker erfüllte lediglich die Mission eines Geistlichen, ohne einer zu sein.

Während der Wirtschaftskrise der dreißiger Jahre entdeckten die Quäker von Maryland, Delaware und Pennsylvanien, daß es in ihrer Mitte wieder einen gab, der die stolze Tradition der Prediger fortsetzte: Woolman Paxmore, damals in den Fünfzigern, war eine hochgewachsene, hagere Prophetengestalt mit einem ungewöhnlich großen Adamsapfel, der so weit vorstand, daß es aussah, als habe der Mann zwei Nasen. Zeit seines Lebens war er Farmer, aber seine Bindung an Gott war so übermächtig, daß er schon als junger Mensch durch verschiedene Städte reiste, und wo immer er zum sonntäglichen Gottesdienst erschien, bedeutete man ihm, die versammelte Gemeinde wäre enttäuscht, wenn er nicht das Wort ergriffe.

Seinen beziehungsreichen Vornamen hatte er nach einem der ersten in Amerika geborenen Quäkerprediger. John Woolman war ein erleuchteter Mann, ein schlichter Schneider aus New Jersey, der schon als Siebenjähriger wußte, daß Gott ihn berufen hatte. Jahr für Jahr erbrachte sein einfaches Landleben weitere Beweise seiner außerordendlichen Glaubensstärke. Er kümmerte sich um die Armen, hob den Status der Neger in seiner Gegend, fuhr den Susquehanna hinauf, um sich zu überzeugen, wie die Regierung die Indianer behandelte, und reiste trotz seiner bescheidenen Mittel nach England, um dort die Verhältnisse zu studieren, immer getragen von seinem kindlichen Glauben an die Güte Gottes.

Woolman Paxmore nun führte ein Leben ähnlicher Art. Auch er wirkte für die Bedürftigen und fand Heimstätten für nicht weniger als dreißig Waisen. Er war in andere Staaten wie Oklahoma und Montana gefahren, um zu erkunden, was man für die Indianer tun könne. Und als er sechsundfünfzig Jahre alt war, wandte er seine Aufmerksamkeit Berlin zu, der Hauptstadt Nazi-Deutschlands. Eines Tages bei der Getreideernte am Norduferf des Choptank wurde ihm plötzlich mit der Macht einer Erkenntnis klar: Christus war Jude, ein richtiger jüdischer Rabbi mit langer Nase, und kein Mensch hatte je mehr auf dieser Erde erreicht. Wenn Adolf Hitler die Nachkommen jenes Volkes, aus dem Jesus hervorgegangen ist, verfolgte, dann war das schlecht. Grundschlecht.

In jener Woche begann Paxmore diese einfache Erkenntnis zu predigen: Die Juden auf irgendeine Weise zu diskriminieren, bedeutet, das Erbe Jesu Christi zu verneinen. Er verkündete seine Botschaft bei ländlichen Versammlungen in Pennsylvanien, in New Jersey, wo John Woolman gewirkt hatte, und bei allen Gottesdiensten in Delaware. Er fuhr einen kleinen Chevrolet, und am Samstagnachmittag sahen ihn die Quäker in entlegenen Orten daherkommen, einen großen, ungeschlachten Mann, über das Steuerrad seines Wagens gebeugt und links und rechts die Straße nach einer Anschrift, an die er sich nicht mehr genau erinnerte, absuchend.

Dann hielt er irgendwo, ließ den Motor laufen, kam über die Straße und fragte Leute, die ihm begegneten: »Kannst du mir vielleicht sagen, wo Louis Cadwaller wohnt? Wie? Hier gibt es niemanden, der so heißt? Oder könnte es Thomas Biddle sein?«

Wenn er den Gesuchten fand, wurde er freundlich willkommen geheißen, und der Hausherr lud rasch andere Quäker aus der Nachbarschaft zu einem zwanglosen Essen ein. Manche seiner besten Predigten hielt Paxmore an solchen stillen Samstagabenden, und die Runde war ganz Ohr, bis er seine Erörterungen mit den Worten schloß: »Ich glaube, wenn drei oder vier von uns zu Herrn Hitler gingen und ihm klarmachten, wie verwerflich er handelt, würde er es verstehen. Ich meine, Gott würde uns einen Weg zeigen, um diese armen Menschen aus ihrer Bedrängnis zu retten und aus Deutschland herauszuholen, so wie Er einst ihre Vorfahren aus Ägypten führte.«

»Glaubst du denn, Herr Hitler würde uns anhören?«

»Es ist ihm gelungen, in Deutschland an die Regierung zu kommen, also kann er kein dummer Kerl sein. Und kluge Männer hören zu. Er wird uns seine Aufmerksamkeit schenken, wenn wir ein Zeugnis unseres Glaubens ablegen.«

Immer mehr festigte sich in Paxmores Kopf die Idee, nach Deutschland zu reisen und mit Hitler persönlich zu sprechen. Auf seinen Fahrten durch die Staaten der Ostküste überzeugte er zwei andere Quäker von der Durchführbarkeit seines Vorhabens. Ein Kaufmann in Pittsburgh erklärte sich bereit mitzumachen, und ein angesehener Lehrer aus einer Kleinstadt in North Carolina sagte, er sei sicher, Hitler werde sich die Argumente anhören. So trafen sich diese drei älteren Quäker im Oktober 1938 in Philadelphia und erörterten die Pläne ihrer Reise nach Berlin.

Woolman Paxmore war als der anerkannte Prediger der Spiritus rector. »Wir werden ihm schlicht und offen, aber ohne Erbitterung sagen, daß er Unrecht tut, daß ein solches Vorgehen Deutschland in keiner Weise nützen kann und eine Brüskierung aller Christen der Welt sein muß.«

Der Pittsburger Geschäftsmann nahm die organisatorischen Belange wahr: »Wohlwollende Freunde in Philadelphia haben großzügig die erforderlichen Mittel bereitgestellt. Wir fahren diesen Freitag nach New York und dann auf der ›Queen Mary‹ nach Southampton. Dort werden uns englische Freunde erwarten, und wir werden drei Tage in London verbringen. Dann geht es nach Harwich und über den Ärmelkanal. In Berlin wird uns eine Gruppe deutscher Freunde beherbergen. Wir haben auch bereits um eine Unterredung mit Herrn Hitler gebeten.«

Und so brachen sie auf, drei hochgewachsene Quäker, mit keinem anderen Auftrag als ihrem schlichten Gottesglauben. Der dritte Tag der Schiffsreise war ein Sonntag, und der Lehrer schlug vor, in einer der Kabinen ein Quäkertreffen zu veranstalten, aber Woolman Paxmore hatte etwas dagegen: »Das könnte aussehen, als wollten wir uns aufspielen …«

»Wieso denn, wenn wir privat zusammenkommen?«

»Weil im Salon eine offizielle Morgenfeier stattfindet und wir daran teilnehmen sollten«, erwiderte Paxmore.

Die Anwesenheit der drei schwarz gekleideten alttestamentarischen Gestalten verlieh dem Gottesdienst, den ein Priester der Episkopalkirche aus Boston hielt, noch mehr Würde und Farbe, doch sie waren überrascht, als der Kleriker nach den Gebeten sagte: »Wir haben heute die Ehre, in unserer Mitte eine der bedeutendsten religiösen Führerpersönlichkeiten Amerikas zu sehen, Woolman Paxmore, den Quäkerprediger aus Maryland, und ich würde es als eine Ehre betrachten, wenn er und seine beiden Begleiter nachmittags für uns eine Andachtsstunde abhielten.«

Dieser Vorschlag fand begeisterte Zustimmung. Um die Mittagszeit kamen viele der Erste-Klasse-Passiere in die Touristenklasse herunter, in der die drei reisten, und baten Paxmore inständig, dem Wunsch zu entsprechen. »Wir haben noch nie an einem Quäkertreffen teilgenommen«, sagten sie. »Es wäre eine seltene Auszeichnung.«

So versammelten sich am Spätnachmittag etwa sechzig Personen im Salon. An der Stirnwand des Raumes standen drei Stühle, und man vermutete, daß Woolman Paxmore sich auf den mittleren setzen würde, auf den Ehrenplatz, doch der Prediger war es gewohnt, diesen stets jenem Mann oder jener Frau zu überlassen, der oder die sich um die organisatorischen Fragen der Versammlung kümmerte, und nun bestand er darauf, daß sich der Pittsburgher Kaufmann in die Mitte setzte, denn immerhin hatte er das Reisegeld beschafft.

Zehn Minuten lang saßen die drei Männer schweigend da. Nach zwanzig Minuten war noch immer kein Laut zu hören, und die Passagiere, die noch nie einer Quäkerzusammenkunft beigewohnt hatten, wurden unruhig. Sie begannen zwar nicht zu rücken oder zu scharren, doch ohne Zweifel warteten sie darauf, daß sich irgend etwas ereignen würde. Es gab keinen Gesang, keine Kollekte, kein Gebet, keine Predigt. Dreißig, vierzig Minuten verstrichen. Dann erhob sich der Priester der Episkopalkirch und sagte kurz: »Bruder Paxmore, wir hoffen, Sie fühlen sich aufgerufen, zu uns zu sprechen. Wir haben gehört, wie aufrüttelnd Ihre Botschaften sind.«

Dies war ganz gegen die Gepflogenheiten der Quäker, und Paxmore fühlte sich nicht aufgerufen, sondern eher überrumpelt. Ihn hatte die Last der freiwillig übernommenen hohen Verpflichtung, als christliches Gewissen zu dienen, stumm gemacht. Er empfand es als vermessen, in solch einem geheiligten Augenblick zu sprechen. Sie hatten die Reise angetreten, es gab keine Umkehr. Da brauchte es keine Worte mehr. Doch wenn andere es wünschten, würde er reden.

Dem Priester ernst zunickend, erhob er sich, aber das Schiff schlingerte, und Paxmore ergriff den Stuhl und stellte sich hinter ihn. Hochgewachsen, im schwarzen Gewand, mit grauem Kopf, kantigem Gesicht und knochigen Händen stand er in dem leicht schwankenden Salon und begann: »Frauen und Männer müssen sich der Herausforderung jener Zeit stellen, die ihnen zugemessen ist, und die unausweichliche Herausforderung unserer Zeit ist Hitlers

Haltung gegenüber den Juden in Deutschland.« Er sagte voraus, wenn Hitler ungehindert die deutschen Juden verfolgen könne, werde er solche Aktionen bald auch gegen deren Rassegenossen in Österreich, Polen und Frankreich fortsetzen. »Und dann wird er sich auch mit anderen Minderheiten beschäftigen wie den Adventisten und den Quäkern. Und sehr bald wirst auch du in den Strudel des Bösen gezogen werden und du und du!« Bei diesen Worten deutete er mit seiner sehnigen Hand auf bestimmte Personen unter den Anwesenden, und drei Passagiere deutscher Abstammung, die fanden, Hitler habe viel getan, um Deutschland wieder zu seiner Würde zu verhelfen, standen zornig auf und verließen den Raum.

Woolman Paxmore bemerkte das nicht einmal. Er hatte sich ganz darin versenkt, einen Gedankengang zu entwickeln, an den er als von Gott eingegeben felsenfest glaubte. Deshalb fuhr er fort: »Doch wenn Männer guten Willens zu Hitler gehen und ihn an die Tatsache erinnern, daß die Juden und Jesus der gleichen Herkunft sind, könnte dieses teuflische Abgleiten in die Barbarei vielleicht verhindert werden.«

Dann erörterte er die Vorstellungen, die ihn nun völlig beherrschten. »Ihr müßt euch vor Augen halten, daß Jesus selbst Jude war. Da er in Palästina unter der sengenden Sonne lebte, war er wahrscheinlich dunkler als viele amerikanische Neger. Und seine Gesichtszüge können nicht so lieblich gewesen sein wie in unseren Erbauungskalendern. Er war ein Jude, und bestimmt sah er etwa so aus, wie euer Schneider, euer Arzt oder Lehrer heute aussieht. Juden haben große Nasen – er hatte sicher auch so eine. Sie sind dem Typ nach meist dunkelhaarig – bei ihm wird es nicht anders gewesen sein. Sie reden mit den Händen – das hat er gewiß auch getan. Lange Zeit seines Lebens war Jesus Christus ein jüdischer Rabbi, und wenn wir das vergessen, dann gehen wir am Wesen des Christentums vorbei.«

Daraufhin verschwanden wieder zwei Passagiere. Ohne sie zu beachten, schloß Paxmore: »Wir glauben, wenn es gelingt, Herrn Hitler auf diese einfachen Wahrheiten hinzuweisen, wird er einsehen müssen, daß wir recht haben, und uns beipflichten.« Paxmore ging nicht darauf ein, was dadurch erreicht werden könnte, aber seine Logik war so überzeugend, daß nach dem Ende der Zusammenkunft mehrere Zuhörer herantraten und fragten, welche Vorschläge er zu machen gedenke, falls Hitler ihn wirklich empfangen sollte.

»Ganz einfach«, erklärte er. »Wir werden ihn inständig bitten, die Juden freizugeben und sie auswandern zu lassen.«

»Und wohin?« wollte ein Geschäftsmann wissen.

»Wohin?« lautete Paxmores erstaunte Gegenfrage. »Jedes Land würde sie mit Freunden aufnehmen.«

»Glauben Sie?« bohrte der Geschäftsmann weiter.

»Natürlich. Wären dir solche Menschen nicht willkommen? Gebildete Männer und Frauen? Kinder, die viel gelernt haben? Gar nicht abzusehen, was sie in Amerika alles erreichen könnten. Und ich bin sicher, daß man in Frankreich und in England ebenso denken wird.«

Aus Höflichkeit enthielt sich der Geschäftsmann eines Kommentars, aber er blickte seine Frau an und schüttelte den Kopf. »Diese religiösen Schwärmer«, flüsterte er ihr zu, als sie den Salon verließen, »die gibt es eben immer.«

»Trotzdem war es interessant«, erwiderte seine Frau.

Er nickte. »Faszinierend. Diese Anschauung, man könne mit Gott direkt sprechen, das gefällt mir. Ich habe schon immer gesagt, daß man die Priester nicht braucht.«

Ein anderer Passagier, selbst Jude, ein Händler aus Baltimore, war stehengeblieben und fragte Paxmore: »Nehmen wir einmal an, daß Sie bei Hitler vorgelassen werden, und setzen wir den Fall, er hört Sie an, und gehen wir weiter davon aus, er wäre zu einer Geste bereit – was hätten Sie ihm zu bieten?«

»Wir werden uns um alle Juden, die er abschieben will, kümmern, damit sie sich in einem anderen Land ansiedeln können«, antwortete Paxmore ruhig.

»Glauben Sie wirklich, andere Länder würden die Juden aufnehmen?«

»Alles andere wäre unmenschlich.«

Dazu hatte der Mann aus Baltimore nichts zu sagen. Statt dessen gab er dem Gespräch eine dramatische Wendung. »Haben Sie schon jemals daran gedacht, Hochwürden …«

»Ich bin kein Hochwürden«, berichtigte Paxmore.

»Für mich sind Sie es. Haben Sie je die Möglichkeit erwogen, daß Hitler bereit wäre, die Juden freizugeben – das heißt, eine kleine Anzahl –, und zwar unter der Bedingung, daß die übrige Welt eine bestimmte Geldsumme zur Verfügung stellt?«

»Das wäre Erpressung!«

»Genau. Und gerade darauf müssen Sie gefaßt sein.«

Angesichts dieser ungeheuerlichen Möglichkeit verstummte Woolman Paxmore. Es fiel ihm schwer zu glauben, daß das Oberhaupt irgendeines Staates zu derartigen Druckmitteln greifen könnte. Nach einiger Überlegung wandte er sich an seine beiden Begleiter. »Dieser Herr hat eine sehr beunruhigende Frage aufgeworfen. Willst du meinen Freunden erklären, was du meinst?«

Während die anderen Passagiere den Salon verließen, setzten sich die drei Quäker mit dem Juden aus Baltimore zusammen, und mit grausamer Offenheit erörterte er das Erpressungsmanöver, das er von Hitler gewärtig war.

»Du spricht von ihm wie von einem Monster«, hielt Paxmore ihm entgegen.

»Das ist er, Hochwürden. Eines halte ich für sicher: Wenn ihr guten Männer die deutschen Juden nicht rettet, wird man sie alle beseitigen ... hängen ... erschießen ...«

»Das ist ja niederträchtig!« rief Paxmore. In großer Erregung stand er auf. »Du sprichst, als hätten wir es mit einem Irren zu tun.«

»So ist es«, sagte der Jude. »Und – was wollen Sie ihm bieten?«

Dieser Gedanke war Paxmore völlig fremd. Bieten? Sie kamen, um die Wahrheit zu bieten, einen Lichtstrahl von Gottes ewiger Botschaft der Gerechtigkeit und des Heils.

»Liebe Freunde«, sagte der Jude am Schluß ihrer fruchtlosen Diskussion, »er wird Geld von Ihnen verlangen.«

»Woher sollen wir es nehmen?« fragte der Lehrer.

»Ich könnte die Friedensklippe verkaufen«, sagte Paxmore schlicht, ohne den leisesten Zweifel daran, daß es wichtiger sei, Menschen zu retten, als seinen ererbten Besitz am Choptank zu bewahren.

»Liebe Freunde«, sagte der Jude wieder, »Hitler wird eine viel größere Summe fordern, als Sie je aufbringen können. Wenn er sie fordert, dann denken Sie daran, daß ich und meine Bekannten bereit sind, Lösegeld in jeder Höhe zu sammeln.« Er schüttelte den drei Quäkern die Hand und gab jedem seine Geschäftskarte.

Als die Gruppe in Berlin eintraf, zeigten sich die deutschen Behörden recht arrogant, und in der US-Botschaft gab man sich lächelnd überlegen. »Sie sind also gekommen, um Herrn Hitler zu überreden, daß er die Juden besser behandelt?« fragte ein junger Legationssekretär aus Virginia.

»Gewiß«, erwiderte Paxmore. »Und ich vertraue darauf, du wirst dein möglichstes tun, damit wir unsere Mission rasch erfüllen können.«

»Hören Sie, nicht einmal unser Botschafter wird von ihm empfangen. Die Chancen stehen schlecht für Sie.«

»Wir werden warten«, sagte Paxmore.

Sie blieben in Berlin und versuchten mit den wenigen in der Stadt lebenden Quäkern Kontakt aufzunehmen, aber die deutschen Freunde waren nicht erpicht darauf, sich als Glaubensgenossen dieser drei sonderbaren Amerikaner zu deklarieren. Eine Familie allerdings hatte Beziehungen nach England – eine Tochter war mit einem Londoner Quäker verheiratet –, und trotz möglicher Gefährdung trafen sich diese Leute ganz offen mit Paxmore und seinen Begleitern in deren Hotel.

»Wir heißen Klippstein«, sagte der Vater etwas steif.

»Der Name klingt jüdisch«, meinte Paxmore.

»Das liegt weit zurück.«

»Hast du Schwierigkeiten?«

Herr Klippstein überlegte kurz, dann taute er sichtlich auf. »Wir sind dreifach verdammt«, antwortete er und bedeutete seinen Angehörigen, sich zu setzen. »Wir haben jüdische Ahnen. Wir sind Quäker. Und wir waren immer liberal.«

»›Verdammt‹ ist ein hartes Wort«, wandte Paxmore ein. Nun verschwand Klippsteins Förmlichkeit. »In zwei Jahren sind wir alle tot … wenn Sie uns nicht helfen.«

»Tot? Das ist unmöglich. Wir haben es doch mit Menschen zu tun.«

»Meinen Sie mit Menschen *die* oder uns?«

»Mister Paxmore, das ist kein gewöhnliches Problem«, warf Frau Klippstein in etwas unsicherem Englisch ein und schilderte, wie die Einschränkungen mit jedem Tag drückender würden.

»Deswegen sind wir hier. Eben darüber wollen wir mit Herrn Hitler sprechen«, erklärte Paxmore. »Um ihn zu überzeugen, daß er die Juden auswandern lassen muß …«

Klippstein lachte auf. »Ausgeschlossen!«

»Aber die ausländischen Diplomaten … unternehmen die nichts?«

»Die meisten von ihnen sind *für* Hitler. Sie glauben, er sei der Richtige für Deutschland. Denn die meisten sind Gegner der Juden … und der Quäker … und der Liberalen jeder Schattierung.«

»Der amerikanische Botschafter gewiß nicht.«

»Ich kenne ihn nicht. Aber ich kenne einige seiner Beamten. Die helfen niemandem, der nicht zu den oberen Zehntausend gehört. Sie sind um kein Jota besser als die Engländer.«

»Die britische Botschaft setzt sich nicht für die Juden ein?«

Klippstein riet den Amerikanern dringend, wieder nach Hause zu fahren. Keine der NS-Größen würde sie empfangen, davon war er überzeugt.

Doch in der vierten Woche erschien ein Uniformierter im Hotel, um ihnen mitzuteilen, Hermann Göring erwarte sie um zwei Uhr nachmittags. Diese Eröffnung überraschte Paxmore keineswegs, denn er hatte immer daran geglaubt, daß er und seine beiden Freunde schließlich doch bis zu Hitler vordringen würden. »Heute werden wir mit Göring zusammentreffen, und er wird wahrscheinlich veranlassen, daß wir morgen mit Hitler persönlich reden können«, sagte er zu seinen Begleitern.

Um halb zwei stand ein Mercedes bereit, der sie durch die Prachtstraßen Berlins zu einem großen palastartigen Gebäude brachte. Die drei Quäker wurden in einen Saal geführt, in dem aufwendige Landkarten hingen, die eher Kunstwerken als geographisch exakten Darstellungen glichen. Sie veranschaulichten die Entstehung des Deutschen Reiches mit Beschriftungen in balkendicken

Frakturlettern, die das ganze doppelt eindrucksvoll erscheinen ließen. An der Stirnwand des Saales – stand ein weißer, goldverzierter Schreibtisch. Als sie darauf zugingen, flüsterte der Lehrer: »Sieht sehr unpraktisch aus.«

Etwa zehn Schritte vor dem Möbel mußten sie stehenbleiben, und man bedeutete ihnen zu warten. Paxmore bemerkte, daß sie auf einem weißen Teppich standen, und er dachte, wie schwierig es sein mußte, solch ein heikles Stück sauberzuhalten.

Nach einer Viertelstunde, während der die drei langen Amerikaner leise miteinander sprachen und die Ordonnanzoffiziere zur Decke blickten, öffnete sich eine Tür, und ein sehr dicker Mann in der weißen Sommeruniform der Luftwaffe trat ein.

Ein Dolmetscher nahm stramme Haltung an und erklärte: »Herr Generalfeldmarschall Göring.« Der Mann in Weiß begann mit tiefer, ruhiger Stimme zu sprechen. »Der Herr Generalfeldmarschall sagt, er kenne die Quäker seit langem. Sie haben im Deutschen Reich einen ausgezeichneten Ruf für ihre Fairneß und Ehrlichkeit. Er weiß, wieviel Gutes sie in der ganzen Welt leisten, ohne je für irgendeine Richtung Partei zu ergreifen oder der Obrigkeit Ungelegenheiten zu bereiten. Der Herr Generalfeldmarschall heißt Sie in Deutschland herzlich willkommen.«

»Es gibt auch hier Quäker«, sagte Paxmore. Der Dolmetscher hielt es für klüger, das nicht zu übersetzen. Göring sagte: »Wegen Ihres guten Rufes wird das Dritte Reich immer gern bereit sein, mit Ihnen auf jede nur gangbare Weise zusammenzuarbeiten.«

»Wir haben einige Vorschläge …« begann Paxmore.

Göring unterbrach ihn auf Englisch: »Gentlemen, bitte nehmen Sie doch Platz!« Er führte sie zu einem Tisch in einer Ecke, wo Tee serviert war.

»Wir kommen nicht als Quäker«, sagte Paxmore.

»Aber das sind Sie doch?« fragte der Dolmetscher mit erhobener Stimme. »Deshalb hat der Herr Generalfeldmarschall sich bereit erklärt, Sie zu empfangen.«

Paxmore nickte mit einer Geste zu seinen Begleitern. »Natürlich sind wir Quäker, aber wir kommen als Christen. Herr Generalfeldmarschall, wir sind gekommen, um zu bitten, daß man die deutschen Juden die Auswanderung gestattet.«

Der Koloß lachte auf und sprach dann sehr rasch auf deutsch weiter. In großen Zügen faßte der Dolmetscher zusammen: Juden in Deutschland stehe es frei, mit ihrem gesamten Besitz jederzeit auszureisen und sich in einem Land niederzulassen, das sie aufnimmt. »Aber kein Staat will sie«, schloß Göring.

Woolman Paxmore hüstelte. Er trank einen Schluck Tee und erwiderte ruhig: »Wir haben Beweise, daß fast keine Juden auswandern dürfen oder nur dann, wenn sie dafür beträchtliche Summen bezahlen.«

Ohne mit der Wimper zu zucken, antwortete Göring: »Natürlich erwarten wir eine Entschädigung für die Ausbildung, die ihnen das deutsche Volk ermöglichte. Mister Paxmore, Sie werden von uns doch nicht glauben, daß wir diese tüchtigen, gescheiten Juden ohne irgendeine Form der Abfindung ziehen lassen, damit sie ihre Fähigkeiten, die sie an unseren Schulen erwarben, unseren Feinden nutzbar machen?«

»Deutschland hat keine Feinde«, sagte Paxmore.

Göring begann laut zu wiehern, klatschend schlug er Paxmore aufs Knie. »Ach, ihr friedliebenden Quäker! Ihr seht nichts, gar nichts. Wir sind von Feinden umringt!«

»Man könnte sie zu Freunden machen«, sagte Paxmore ruhig. »Und dann wird er sich auch mit anderen ein Weg dazu wäre eine Geste gegenüber den Juden.«

»Wir haben nicht die Absicht, Gesten gegenüber den Juden an den Tag zu legen«, erwiderte Göring.

»Und wenn es der deutschen Regierung richtig erscheint, eine Forderung …« Paxmore zögerte. Das einzig passende Wort, das ihm einfiel, war »Lösegeld« – Lösegeld für die Juden, aber er wußte, daß er diesen Ausdruck nicht gebrauchen durfte.

»… nach Lösegeld zu stellen«, platzte der Lehrer aus North Carolina heraus. Der Dolmetscher versuchte das Wort bei der Übersetzung abzuschwächen.

»Das war der Ausdruck, nach dem ich gesucht habe«, sagte Paxmore ehrlich. »Und wenn die Emigration der deutschen Juden von einer solchen Bezahlung abhängt, dann kann ich versichern, daß die erforderlichen Beträge flüssig gemacht werden.«

Göring ließ sich diese Mitteilung nochmals übersetzen, und als er sicher war, daß er den Vorschlag der Quäker richtig verstanden hatte, fragte er ohne Umschweife: »Sie sind bereit, das Geld aufzutreiben?«

»Jawohl.«

»Wieviel?«

Dies brachte Paxmore, der noch nie derartige Fragen mit irgend jemandem erörtert hatte, in arge Verlegenheit. »Eine Million Dollar«, sagte er, erstaunt über sich selbst, daß er eine solche Summe nannte.

»Eine Million …« wiederholte Göring, »eine Million … hmm.«

Die Zusammenkunft endete abrupt. »Bitte, bleiben Sie in Ihrem Hotel erreichbar«, sagte der Dolmetscher. Zwei Tage später fuhren zwei schwarze Limousinen beim Hintereingang des Hotels vor, und die drei Amerikaner wurden zu einem Flugplatz gebracht, wo eine kleine Passagiermaschine stand. Der Dolmetscher kam mit, er hüllte sich in Schweigen, bis das Flugzeug gestartet war. Dann sagte er sehr bestimmt: »Sie werden den Führer sehen – in Berchtesgaden.«

Sie landeten auf einer Piste bei einem See und mußten sofort in einen Mercedes umsteigen, der mit ihnen über eine steile prachtvolle Bergstraße davonbrauste.

»Wir fahren zum Adlerhorst«, sagte der Dolmetscher mit gebotener Ehrfurcht, und nach einer langen Fahrt durch die Wälder erreichte der Wagen eine freie Fläche, die einen Ausblick von überwältigender Schönheit bot.

»Du meine Güte, hier möchte wohl jeder gern wohnen!« rief Paxmore. Die gewaltige Bergwelt der Alpen, wie ganz anders war das als das Flachland daheim am Ostufer der Bucht!

Der Dolmetscher führte sie in einen großen Salon. Sie hatten sich noch gar nicht richtig umgeschaut, als zu ihrer Überraschung durch eine Seitentür Göring eintrat. Statt der Uniform trug er diesmal eine etwas opernhaft-romantische Jagdkleidung, ein Lederwams, ein Hemd mit gebauschten Ärmeln und hohe faltige rotbraune Stiefel. Mit großen Schritten kam er auf die drei Quäker zu, um sie zu begrüßen; auf englisch sagte er: »Gentlemen! So bald sehen wir uns wieder!« Paxmore umarmte er sogar und klopfte ihm herzhaft auf den Rücken. Auf deutsch setzte er hinzu: »Der Führer war von Ihrer Idee sehr eingenommen, meine Herren. Er möchte Näheres von Ihnen hören.«

Bevor die Quäker darauf antworten konnten, erschien Hitler selbst in einfacher brauner Uniform ohne Rangabzeichen. Mit seiner etwas spröden Stimme sagte er: »Stimmt es, was mir Herr Generalfeldmarschall Göring sagt? Sie können eine Million Dollar aufbringen, als Entschädigung für die Ausbildungskosten der Juden?«

»Ja«, erwiderte Paxmore fest. In diesem Moment hatte er zwar nicht die geringste Ahnung, wo und wie er diese Summe beschaffen sollte, aber sein ganzes Leben lang hatte er Verpflichtungen übernommen, die später zu erfüllen waren, und dabei hatte er die Erfahrung gemacht, daß Gott für eine würdige Sache immer Mittel und Wege wies, um selbst die kühnsten Zusagen einzulösen. »Wir werden das Geld bekommen.«

»Ich glaube, dann können wir Ihnen die Juden übergeben. Wir haben die Kosten ihrer Schulung geschätzt. In Dollarwährung betragen sie – wieviel?«

»Fünftausend Dollar pro Person«, sagte Göring.

Paxmore war in Mathematik schwach, er hatte Mühe auszurechnen, welche Anzahl von Juden man mit einer Million retten konnte.

»Zweihundert«, sagte da der Lehrer.

»Das ist empörend!« rief Paxmore. »Herr Hitler …«

»Was fällt Ihnen ein!« fuhr ihn der Dolmetscher an.

Paxmore ignorierte die Rüge. Er trat dicht an den Diktator heran. »Es müßten wenigstens fünfzigtausend sein. Menschliches Mitgefühl würde gebieten, mindestens so viele freizulassen.«

Der Dolmetscher weigerte sich, diese kühne Forderung zu übersetzen, aber Hitler sah, welche Wirkung sein Vorschlag auf die Quäker ausgeübt hatte. Als er die Zahl nannte, hatte er sogar vermutet, daß sein Angebot unannehmbar sein würde. Nun beruhigte er den Dolmetscher und ließ ihn fragen: »An welche Zahl hatten Sie gedacht?«

»Fünfzigtausend«, wiederholte Paxmore fest.

»Ich bezweifle, ob es bei uns so viele Juden gibt, die auswandern wollen«, konterte Hitler.

»Deutschland würde sich große Sympathien verdienen, Herr Hitler, wenn es so großzügig wäre«, sagte Paxmore in seiner besonnenen Art.

Und die Tatsache, daß dieser struppige, schlaksige Mann an seine Selbstachtung appellierte, beeindruckte den Diktator. Einer momentanen Regung folgend, sagte er knapp: »Vierzigtausend.« Damit verließ er den Raum.

Göring strahlte. »Sie haben einen großen Erfolg erzielt. Wie Sie selbst gesehen haben, ist der Führer sehr einsichtig und sehr menschlich. Sagen Sie das der Welt. Melden Sie das der Welt!« Mit einem militärischen Gruß, der ganz fehl am Platze schien, ging er mit gewichtigem Schritt Hitler nach. Auf diese Weise kauften Woolman Paxmore und seine beiden Freunde vierzigtausend Juden frei. Sie sammelten die Million Dollar von verschiedenen Spendern, einzig und allein aufgrund ihres eigenen Rufes und der Zusicherung, ihre Zahlungsverpflichtungen zu erfüllen.

Und sein ganzes weiteres Leben lang passierte es Paxmore immer wieder, daß er Männern und Frauen begegnete, die ihn aufsuchten und mit deutlichem Akzent sagten: »Sie haben mir das Leben gerettet. Ich gehörte zu den letzten, die aus Deutschland emigrieren konnte. Die anderen landeten alle in der Gaskammer.« Und oft versuchten diese Menschen, seine Hände zu küssen, aber das ließ er nicht zu.

Sein Einsatz für die deutschen Juden erfüllte Woolman Paxmore keineswegs mit dem Bewußtsein, Großes geleistet zu haben, denn als er und seine beiden Freunde die Summe gesammelt und die Rettung der vierzigtausend in die Wege geleitet hatten, fand sich kein Staat, der sie aufnehmen wollte, und er verbrachte fast ein halbes Jahr auf Reisen von einer Hauptstadt in die andere, um die Regierungen zu beschwören, diesen vor der Ausrottung bewahrten Menschen die Ansiedlung zu gestatten. Schließlich mußte er aufgeben, im eigenen Land und anderswo. Von den vierzigtausend Personen, die aufgrund des Freikaufs zur Auswanderung berechtigt waren, konnten nur fünfundzwanzigtausend in Sicherheit gebracht werden, weil die übrigen nirgends Zuflucht fanden.

Die Feuerprobe

Im Jahr 1938 erschien in Patamoke ein sehr interessantes Buch. Sein Wert lag weder im literarischen Stil, noch war es etwa wegen irgendwelcher philosophischer Offenbarungen beachtlich. Der Text bestand vielmehr aus zusammenhanglosen kleinen Episoden, die willkürlich herausgegriffen und ohne Rücksicht auf die zeitliche Abfolge angeordnet waren.

Es trug den Titel »Wahrhaftige Historie von Patamoke« und wurde verfaßt oder vielleicht bloß zusammengestellt von Richter Hathaway Steeds älterem Sohn Lawton. Da die Entwicklung der Stadt aus dem romantischen Blickwinkel der Tabakpflanzerfamilien gesehen war, war darin vieles über Spukzimmer, schöne junge Damen und Kavaliere zu lesen. Bei der Lektüre dieses Buches gewann man den Eindruck, die Geschichte des Choptank könne nur verstehen, wer die Plantagen des 17. Jahrhunderts kenne.

Was den Band bemerkenswert machte, war die erstaunliche Leistung, daß die Geschichte von dreihundert Jahren aufgezeichnet wurde, ohne eine einzige Erwähnung der Neger, die an deren Ablauf teilhatten und dabei eine wesentliche Rolle spielten. Es gab ganze Kapitel über die reizvollen Frauen der Steeds und die von den unbequemen Paxmores angestrebten Reformen. Es gab sogar herablassend formulierte Absätze über die Turlocks, besonders über jene mit einem Hang zum Piratentum, aber über die Sklaven, die dieses ganze System in Gang hielten, fand sich absolut nichts.

Nur ein Beispiel: Die Caters hatten sich in der Geschichte Patamokes eine beachtliche Position errungen. Cudjos Aufstieg war symptomatisch für eine ganze Ära. Eden hatte vierzehn Flüchtlingsgruppen nach Pennsylvanien geführt. Captain Jimbo steuerte seinen Skipjack zwei Generationen lang und erwarb sich den Ruf des tüchtigsten Schiffers der Fangflotte – aber die Familie wurde nicht einmal genannt. Indes, es wäre unkorrekt zu behaupten, der Name Cater sei in dieser Darstellung unterschlagen worden. Als Beleg ein Zitat von Seite 118:

Im Jahr 1847 geriet der Postmeister Thomas Cater in Schwierigkeiten mit ortsansässigen Fanatikern, die per Bundespost Schrifttum aufrührerischen Inhalts einzuführen trachteten, das er gemäß den Gesetzen beschlagnahmte. Die Agitatoren protestierten so vehement und anhaltend, daß dieser gute Mann 1849 seines Postens enthoben und vertrieben wurde, doch vernünftiger gesinnte Einwohner von Patamoke nahmen mit Genugtuung zur Kenntnis, daß er eine viel bessere Position in South Carolina erhalten hatte, wo er in die Armee der Konförderierten eintrat und es bis zum Majorsrang brachte.

Die Caters zu ignorieren könnte man noch dadurch rechtfertigen, daß keiner der schwarzen Familien Gewicht zukam, aber Lawton Steed überging auch die schwarzen Methodistenpriester, die soviel Gutes für diese Gemeinde getan und ihr wechselvolle Jahrzehnte hindurch oft Halt geboten hatten, wobei sie froh sein mußten, wenn sie ein jährliches Einkommen von hundert Dollar erreichten. Er übersah ferner die kleinen Geschäftsleute, die Arbeiterinnen in den Austernkonservenfabriken, die Neger, die als Vorarbeiter auf den Tomatenpflanzungen dienten, und die Geldverleiher, die als Krisenbankiers dafür sorgten, daß das Gemeinwesen funktionierte.
Kein Wort über die Negerschulen, in denen man sich bemühte, die Kinder einstiger Sklaven zu unterrichten, ebensowenig ein Hinweis auf die Baseballmannschaften, welche die Teams der Weißen so oft schlugen. Kein Bericht über die spätsommerlichen Negerfeste, wenn die Nächte von Musik erfüllt waren, oder über die redegewaltigen schwarzen Prediger, die am Rand der Kieferngehölze solche Beredsamkeit entwickelten, daß man förmlich das höllische Feuer knistern hörte.
Getreu den allgemeinen amerikanischen Gepflogenheiten wurden die Lebensformen der Schwarzen einfach ignoriert, nicht etwa, weil sie unbedeutend waren, sondern weil sie im Weltbild eines Mannes wie Lawton Steed niemals existierten, und Besuchern aus anderen Teilen der Vereinigten Staaten, die nach einem Krabbenpasteten-Dinner im Patamoke House in diesem Buch schmökerten, muß man es nachsehen, wenn sie mit dem Eindruck abreisten, das Choptank-Gebiet sei von weitblickenden Weißen erforscht, besiedelt und kultiviert worden, die alle Arbeit geleistet hatten, bis dann geheimnisvoll aus dem Nichts eine Horde Schwarzer auftauchte. Ohne Geschichte, ohne Überlieferungen, ohne Bedeutung und ohne Rechte. Im Jahr 1938, als die »Wahrhaftige Historie« veröffentlicht wurde, hatte Patamoke 6842 Einwohner, von denen 1984 Neger waren. Im Denken der Stadtväter waren neunundzwanzig Prozent der Bevölkerung einfach nicht vorhanden.

Der »Patamoke Bugle« spiegelte diese Tradition. Monate konnten vergehen ohne eine einzige Erwähnung der schwarzen Minderheit, und wenn von ihr Notiz genommen wurde, dann war es unweigerlich ein erheiternder Artikel über irgendeine Panne bei der African Methodist Episcopal Church oder eine ins Lächerliche gezogene Meldung von einer Rauferei beim Glücksspiel. Es war verpönt, bei der Nennung von Negern je die Höflichkeitsformeln Mr., Mrs. oder Miss zu gebrauchen und von Gerichtsreportagen abgesehen, wurde ihr gesellschaftliches Leben völlig ignoriert.

Die Schwarzen wohnten hinter der Werft im Osten der Stadt und blieben strikt auf dieses Gebiet beschränkt, auf dem sich seit 1700 dann und wann befreite Sklaven niedergelassen hatten. In den Jahren seither hatte sich Frog's Neck kaum verändert: Die kleinen Häuser waren noch immer klein und vielfach fensterlos. Manche waren geweißt, wenn die Herren für ihre treu dienenden Neger einmal einen Kübel voll Tünche übrig hatten. Es gab auch so etwas wie einen Baseballplatz, auf dem die schwarzen Spieler ihr Können vervollständigten. Aber das Ganze war eine Welt für sich, mit eigener Schule, eigener Kirche und eigenen Gebräuchen. In ihr gab es keinen Arzt, keinen Zahnarzt, sehr wohl aber einen schwarzen Polizisten, der bei dem Bestreben eine Art Ordnung aufrechtzuerhalten, unglaublichen Takt zeigte.

In der »Wahrhaftigen Historie« stand zwar nichts über die Neger, aber die Einstellung zu ihnen war aus zwei Absätzen herauszulesen, die bei den Ortsansässigen lebhafte Zustimmung fanden:

> So erfreute sich das Ostufer seit etwa 1800 einige Jahrzehnte lang des glücklichen Zustands, ein gefestigtes Gesellschaftsgefüge zu sein, geprägt von Güte, Stabilität, Patriotismus und Ordnung. Es war möglich, diese edlen englischen Traditionen zu pflegen, weil alle echten, unverfälschten englischen Geblüts waren. Unsere großen Plantagen bestimmten den Stil der Nachfolgenden weniger glanzvollen Epochen. Jeder Mensch kannte den ihm gebührenden Platz und die damit verbundenen Pflichten.

> Diese schöne Idealform wurde durch zwei katastrophale Ereignisse erschüttert: durch die Proklamation der Sklavenbefreiung und durch den Zustrom von Bauern aus Irland und von Juden aus den obskursten Winkeln Europas. Wie Heuschrecken zerstörten sie die Eleganz eines Lebensstils, den sie nicht zu begreifen vermochten, indem sie so gräßlich Neuerungen einführten wie Arbeitskampf, Einkommensteuer, Frauenrecht, Kommunismus, Bolschewismus und den New Deal.

Im Jahr 1938 war Patamoke eine abgeschlossene kleine Welt mit ihren eigenen Sitten, nur lokal verständlichen Redewendungen und Vorzügen, aber Neger konnten in ihr das Leben nur dann halbwegs erträglich fristen, wenn sie Methoden entwickelten, sich irgendwie durchzuschlagen. Das war schwierig, weil man völlig normale menschliche Regungen unterdrücken mußte, um in einer weißen Umgebung nicht aufzufallen. Niemand litt darunter mehr als Jeb Cater, ein magerer, mittelgroßer zweiundvierzigjähriger Mann, der in Frog's Neck eine Hütte mit zwei Räumen bewohnte.

In diesem Jahr hatte Jeb besondere Probleme. Nicht nur, daß sein Arbeitsplatz noch gefährdeter war als sonst, seine Frau war zudem schwanger, so daß das Geld fehlte, das sie normalerweise dazuverdient hatte. Während der letzten Monate des Jahres schuftete Jeb vierzehn bis achtzehn Stunden am Tag bei jedem Job, der sich bot, und selbst dabei konnte er seine vielköpfige Familie kaum durchbringen. »Was wir tun werden, wenn erst unser Sohn da ist, das weiß nur der liebe Gott.«

Er hatte bereits zwei Töchter: die neunjährige Helen – fast schon im arbeitsfähigen Alter – und die siebenjährige Luta Mae, die so ungebärdig war, daß man befürchten mußte, sie würde es später nie lange auf einem Posten aushalten. Während Jeb von morgens bis abends rackerte, nährte er die kühne Hoffnung, daß sein nächstes Kind ein Junge sein müsse. Seine Frau Julia hänselte ihn deswegen. »Du nimmst, was du kriegst, und wirst es gernhaben.«

Julia war in Frog's Neck aufgewachsen und kannte Jeb schon lange. Sie waren im gleichen Alter und zwischen ihnen hatte es schon begonnen, als sie fünfzehn waren. Sie war ein großes energisches Mädchen, und sobald sie wußte, daß sie wahrscheinlich mit Jeb zusammenbleiben würde, tat sie alles, um zu verhindern, daß er sich aus dem Staub machte. Er hatte sein Glück in Baltimore versuchen wollen, aber sie hatte ihn bewogen, daheim zu bleiben. Während der Endphase des Ersten Weltkriegs sprach er davon, Soldat zu werden, doch das hatte sie sofort durch die Drohung vereitelt, mit seinem älteren Bruder durchzugehen.

Nur einmal wurde es für sie gefährlich, damals, als sein Bruder die Stadt verließ, irgendwo Arbeit fand, mit einiger Barschaft zurückkehrte und Jeb aufforderte, mit ihm zu kommen. »Dein Bruder wird es zu nichts bringen, ob er jetzt gerade Geld hat oder nicht«, hatte sie eingewandt, um ihren Mann festzuhalten, und als Jeb sie daran erinnerte, daß sie noch vor einem Jahr gedroht hatte, seinen Bruder zu heiraten, den sie nun so scharf kritisierte, rümpfte sie nur die Nase. »Ich, diesen Tunichtgut heiraten? Jeb, du bist ja so vertrauensselig!«

Das war eine treffende Charakteristik ihres Mannes: Er war tatsächlich sehr vertrauensselig. Er glaubte, daß es morgen besser sein werde, daß er einen Dauerposten mit ordentlichen Lohn finden werde, daß die Töchter höhere Schulen besuchen könnten, und eben auch, daß sein nächstes Kind ein Junge sein werde. Er glaubte auch an die im Grund guten Prinzipien der Vereinigten Staaten, und er wäre bereit gewesen, für sein Land in den Schützengraben zu steigen. Von seinen Ahnen Cudjo Cater hatte er jene Willensstärke geerbt, die Menschen und Nationen zum Überleben befähigt, und von Eden Cater die Zivilcourage, um immer wieder den Kampf aufzunehmen. Er war in vieler Hinsicht der beste Schwarze in Patamoke, und trotzdem gelang es ihm nie, Arbeit auf Dauer zu finden.

Während der Wintermonate heuerte er zum Austernsammeln auf dem Skipjack eines Weißen an. Im Sommer versuchte er sich beim Krabbenfang. Er war weder in dem einen noch in dem anderen Fachmann und verdiente wenig, doch am ärgsten bekam seine Familie im Frühjahr und Herbst zu spüren, was es heißt, wirklich in Armut zu leben. Im Frühling half Jack dem Kapitän eines Skipjack beim Holztransport nach Baltimore, und im Herbst stiefelte er mit seinem Werkzeug in die Wälder der Umgebung, um Brennholz zu spalten. Für eine Klafter Fichte erhielt er fünfundzwanzig Cent, für einen Klafter Eiche fünfzig.

Ganz gleich, was er anpackte, er kam stets erschöpft nach Hause, denn er arbeitete täglich so lange, wie es kein Weißer geschafft hätte, und immer fielen ihm die allerschwierigsten Verrichtungen zu. Wenn die Skipjack mit Holz beladen wurde, war es Jeb, der es an den Landeplätzen an Bord schleppte und in Baltimore auslud. Seine Hände waren schwielig, sein Rücken wurde krumm, aber er rackerte immer weiter, eine Maschine, die mit geringen Kosten lief und beim ersten Anzeichen der Ermattung ausgetauscht werden würde.

Trotz seines unverdrossenen Fleißes wäre er nicht in der Lage gewesen, seine Familie zu erhalten, hätte Julia nicht ebenso hart gearbeitet wie er. Sie beklagte sich nie, denn sie war dankbar, daß sie Jeb bekommen hatte, und das war verständlich. Nicht nur, daß ihn die schwarze Bevölkerung als einen ihrer Führer schätzte, er war auch der beste Gatte in ganz Frog's Neck. Daheim war er von gleichmäßiger Freundlichkeit und anderen gegenüber stets bereit, seine geringen Einkünfte mit jeder in Bedrängnis geratenen Familie zu teilen. Reverend Douglass sagte von ihm: »Ich predige Nächstenliebe, wie sie die Bibel lehrt, aber Jeb beweist, was dieses Wort bedeutet.«

Er war ein guter Vater, widmete seinen Töchtern viel Zeit, und wenn die kleine Luta Mae sich störrisch zeigte, dann gewiß nicht deswegen, weil die Eltern sie vernachlässigten. Sie liebten das Kind zärtlich und taten alles, um die Aufgebrachte zu besänftigen, wenn sie sich von Weißen schlecht behandelt fühlte.

»Luta Mae, du sollst nicht mit weißen Leuten streiten«, sagte ihr Vater oft. »Du mußt ihnen ausweichen.« An eines glaubte Jeb felsenfest: Wenn sich ein Neger klug verhielt, konnte es kaum Schwierigkeiten mit den Weißen geben.

»Die Turlocks hassen uns Farbige«, sagte er zu seinen Töchtern als Warnung. »Also ist es am besten, man kümmert sich gar nicht um sie; um die Cavenys auch nicht. Weicht ihnen einfach aus wie ich, und ihr kriegt keinen Ärger.« Immer wieder versicherte er den Seinen, die bösen alten Zeiten, als die Turlocks und die Cavenys noch im Lande wüten konnten, seien vorbei. »Seit zwanzig Jahren wurde am Choptank keiner mehr gelyncht, und so wird es bleiben, wenn man ihnen nur ausweicht.« Die Turlocks und die Cavenys erkannten Jebs Fähigkeiten an, und oft sagten sie: »Ein guter Nigger. Er kennt seinen Platz.«

Jeb wußte ganz genau, daß die schwerste Bürde in der Familie auf Julia lastete. Sie hatte drei Jobs. Im Winter entschalte sie in den Steed-Betrieben Austern, sie arbeitete in der Nachtschicht, damit in der Morgendämmerung große Dosen voller frischer Ware verschifft werden konnte. Im Sommer war sei eine unentbehrliche Kraft beim Krabbenschälen, und während des Herbstes machte sie Doppelschichten in der Tomatenkonservenfabrik der Steeds; sie schälte von Hand die größten Exemplare für Gefrierpackungen.

Außerdem nähte sie für mehrere weiße Familien, und in der African Methodist Episcopal Church war sie eine der tragenden Säulen. Sie war Reverend Douglass' Hauptstütze und auch eine der ersten Sopranistinnen seines Chors. In ihr lebte die felsenfeste Überzeugung, daß Gott Sein persönliches Augenmerk ihrer Kirche und ihrer Familie zuwende, und obwohl sie dank der überlieferten Geschichten aus den Zeiten Cudjos und Edens nur gut wußte, daß das Christentum oft zu einem Gefängnis für die Neger gemacht wurde, war sie sich dennoch sicher, Gott habe die Sklavenbefreiung erwirkt, indem Er Abraham Lincoln auf die Erde sandte. Und außerdem hatte Er den Sklaven ihre African Methodist Episcopal Church gegeben, als Beweis Seiner Fürsorge.

Von Montag um Mitternacht bis zum Samstagnachmittag um sechs Uhr plagte sich Julia Cater wie kaum ein Mensch auf der Welt, doch wenn der Sonntag herankam und die Holzkirche mit den Blumen, die gerade blühten, geschmückt werden sollte, da wußte Julia, daß Gott selbst darauf wartete, bei der Danksagung gegenwärtig zu sein – dem Dank dafür, daß wieder eine Woche ohne größere Unglücksfälle vergangen war.

Kleinere Katastrophen gab es dauernd. »Jetzt kommen keine Krabben mehr, Jeb. Nächste Woche sind's die letzten.«

»Vielleicht braucht Missus Goldborough irgendwas genäht.«

»Das Tomatenschälen beginnt heuer spät. Aber bis dahin müssen wir trotzdem zu essen haben.«

So ging es bei der Familie Cater jahraus, jahrein, immer durch Engpässe, doch im Herbst 1938, als Julia bis zur Geburt ihres Kindes nicht in der Konservenfabrik arbeiten konnte und Jeb auf dem Skibjack fast gar nichts verdiente, schlitterten sie in eine ernstliche Krise, und in ihrer Verzweiflung beschlossen die Gatten zuletzt, Reverend Douglass um Rat zu bitten.

»Wir haben keinen Penny und keinen Bissen im Haus«, sagte Julia zum Priester. Jeb saß schweigend da und blickte auf seine abgearbeiteten Hände nieder.

Reverend Douglass lehnte sich in seinem Stuhl zurück, wie immer tief betrübt von solchen Geschichten, die man in Frog's Neck so oft hörte. Aber diese ging ihm besonders nahe, denn es handelte sich um die Caters, die so brav und ehrlich rackerten, um die Familie durchzubringen, und die trotz ihres erbärmlichen, schwer verdienten Einkommens stets etwas zu seinem Gehalt beigetragen und sogar ihre Hütte getüncht hatten, um den Eindruck von Ordnung und Menschenwürde zu wahren.

Er sah sie nun vor sich, wie sie seine Kirche betraten, Jeb einige Schritte voraus in seinem sauberen Anzug, dann Julia, bereit zum Lob Gottes zu singen, und die beiden Mädchen, für den Sonntag hübsch zurechtgemacht. Sie waren die Stützen der Gemeine – und nun waren sie am Verhungern.

Reverend Douglass zerbrach sich den Kopf, wie er den Caters helfen könnte. Er wußte, daß es in den Steed-Lagerhäusern und in der Paxmore-Werft keine offenen Stellen für Neger gab. Jeder Betrieb hatte seine gewisse Anzahl von Leuten für die alltäglichen Verrichtungen, aber diese Jobs gingen von einer Generation auf die nächste über, obwohl die Bezahlung minimal war. In Fällen bitterster Not hielt die schwarze Gemeinde meist eisern zusammen, und die Bedrängten wurden irgendwie gerettet. Aber in diesen schweren Zeiten hatten die einzelnen Familien kaum genug für sich selbst, und der Priester wußte, daß es zwecklos gewesen wäre, an sie zu apellieren. Es blieb nur der in Patamoke schon oft beschrittene letzte Ausweg: Die Caters konnten entweder die Steeds oder die Paxmores Hilfe anflehen.

Doch als er dies vorschlug, sagte Julia: »Wir haben unseren Stolz.« Und weil sie den Gedanken an Bettelei nicht ertrug, fügte sie hinzu: »Vielleicht haben sie etwas zum Nähen für mich, und Jeb könnte die Scheunen reparieren. Oder die Mädchen könnten in der Konservenfabrik aushelfen.« Jeb schwieg noch immer.

Schließlich sagte Reverend Douglass: » Ich gehe zu den Steeds und bitte sie um Hilfe.«

»Lieber zu den Paxmores«, sagte Julia, die alle Selbstbeherrschung aufbieten mußte, um die Tränen zurückzuhalten.

Douglass fuhr von Frog's Neck zur Friedensklippe, um mit Woolman Paxmore zu reden, der gerade aus Berlin zurückgekommen war, wo er seine Rettungsaktion für fünfundzwanzigtausend Juden gestartet hatte. Der freundliche Quäker sagte: »John, ich habe wirklich kein Geld übrig.«

»Mister Paxmore, diese braven Leute sind in großen Schwierigkeiten.«

»John, ich bin machtlos.«

»Aber die Frau kriegt demnächst wieder ein Kind. Wir können die Leute nicht hungrig weggehen lassen.« Reverend Douglass, der erkannte, daß keine weiße Familie begriff, in welcher permanenten Not die Schwarzen leben, rief beschwörend: »Diese guten Menschen verhungern!«

Woolman Paxmore drückte die Hände an die Schläfen, und da er Prediger war, gingen ihm Bibelworte durch den Kopf. Er dachte an Jesus, der den Armen half und seinen Anhänger ermahnte, den Erniedrigten beizustehen, und es schmerzte ihn, daß er, dem es gelungen war, sich in Berlin für die Juden einzusetzen, nicht das gleiche für die Neger hier in Patamoke tun konnte. Gequält ließ er die Hände sinken und blickte Douglass an, den er als einen Boten Gottes betrachtete. »Ganz klar, wir müssen etwas tun«, sagte er schließlich ruhig, »aber was?«

Dann fiel ihm eine Konservendose ein, in der seine Frau für Notzeiten einen Betrag in kleinen Münzen hortete; er ging aus dem Zimmer, um den Behälter zu suchen, doch als er danach stöberte, hörte ihn Mrs. Paxmore. »Was ist los, Woolman?« fragte sie. Er antwortete nur: »Die Caters, diese guten, lieben Menschen …« Und sie sagte nichts, als er ihre Münzen nahm.

Das Treffen, bei dem die beiden Prediger beschlossen, die Caters vor dem Schlimmsten zu bewahren, war am Freitag. Am nächsten Tag brachte der »Patamoke Bugle« die letzte einer Reihe »köstlicher« Anekdoten aus der schwarzen Bevölkerung:

Reverend Rastus Smiley von der African Methodist Episcopal Church in Riptank kam ins Büro des Anwaltes Budford: »Sir, Sie müssen mir helfen. Ich bin zu Unrecht angeklagt, und wenn Sie mich nicht ausboxen, lande ich im Knast.«

»Was wird dir denn zur Last gelegt, Rastus?«

»Weiße behaupten, ich hätte zwei Schweine, drei Truthähne und vier Hühner gestohlen.«

»Und du bist bereit, deine Unschuld zu beschwören?«

»Auf die Bibel, Sir.«

»Ich fühle mich immer verpflichtet, wenn es darum geht, einen Kleriker zu verteidigen, aber du hast ja nie Geld, Rastus. Was willst du mir für meine Bemühungen denn geben?«

»Ein Schwein, einen Truthahn und zwei Hühner.«

Amos Turlock war sehr verdrossen. Während er in seiner Hütte nördlich des Sumpfes im Schaukelstuhl saß, brütete er über die traurige Wendung nach, die sein Geschick genommen hatte. Er war erst neunundzwanzig, ein langer, hagerer Wassermensch, der sich nur sonntags rasierte. Vor kurzem war einer seiner Schneidezähne herausgebrochen, und andere drohten zu folgen. Immer wieder an der Lücke saugend, glotzte er stumpf seine vom Wetter gegerbte Frau an, die in der Küche herumwirtschaftete, um sein üppiges Frückstück zu bereiten. »Verdammt, der Kerl ist mein eigener Schwager! Das hätte er nicht tun dürfen.«

»Ist er nicht eher dein Vetter?« knurrte sie. »War's nicht so, daß sein Vater deine Tante geheiratet hat?«

»Das versuche ich ja zu erklären. Hugo Pflaum hat kein Recht ...«

Er schaukelte, in Betrachtungen über die Wechselfälle des Lebens versunken, und es gab vieles, worüber er sich zu beklagen hatte. Eine Zeitlang, um die Jahrhundertwende, war die Linie der Turlocks, der er entstammte, recht geachtet gewesen. »Wir hatten das Haus in der Stadt – Großvater Jake besaß seinen eigenen Skipjack.«

»Gestern hast du behauptet, Sam Turlock war dein Großvater.«

»Stimmt ja, zum Teufel, mütterlicherseits ...« Er schwieg verärgert. Es war unmöglich, mit diesem Frauenzimmer, einer Turlock vom Oberlauf des Choptank, ein ernsthaftes Gespräch zu führen, doch nach ödem Schweigen begann er wieder seine Litanei. »Ja, wir hatten unseren eigenen Skipjack, und weißt du was, Cass, ich glaube, dieser Drecksierl Caveny hat ihn uns gestohlen. Ja, ja, er ist mit irgendwelchen Papieren zum Gericht gerannt, aber ich meine, die hat er gefälscht, und der Richter ließ es durchgehen.«

Kopfschüttelnd trauerte er dem verlorenen Paradies nach. Das Stadthaus mußte durch Zwangsverkauf veräußert werden. Den Skipjack betrieben nun die Cavenys allein. Amos Turlocks Kinder konnten kaum lesen, und wären die wildreichen Sümpfe nicht gewesen, die Familie hätte schwerlich existieren können, nicht einmal mit Unterstützungen der öffentlichen Hand. Und jetzt diese neue Zumutung! Sein eigener Cousin Hugo Pflaum hatte im »Patamoke Bugle« angekündigt, er beabsichtige, alle Jagdgewehre des langläufigen Typs am Choptank zu konfiszieren, und im Laden hatte er sich gebrüstet: »Wenn mir schon nichts anderes gelingt, hole ich mir zumindest die Twombly.«

»Verflucht!« schrie Amos und erhob sich aus seinem Stuhl. »Na, wir sind gewarnt. Cass, hol die Kinder herein, ich habe allen was zu sagen, ernsthaft.« Sie wußte: Immer wenn er aufstand und in einem solchen Ton sprach, meinte er es wirklich ernst. Deshalb ließ sie die Eier in der Pfanne und rief durch die Tür: »Kipper, Betsy, Ben, holt Nelly, und kommt herein!« Alle maulten, aber sie brüllte: »Los, rein jetzt! Euer Paps möchte mit euch reden.«

Vier Rotznasen kamen aus dem verdreckten Hof, und wenn der alte Captain Jake sie hätte sehen können – er, der Herr seines eigenen Skipjack und angesehener Fischer und Jäger am Choptank –, er wäre bestürzt darüber gewesen, wie rasch seine Familie heruntergekommen war, und er hätte sich über die Gründe gewundert. Erstens hatte er seine leibliche Cousine geheiratet, so daß sich fortan alle angeborenen Schwächen im Charakterbild der Turlocks potenzierten. Und er hatte nur verächtlich gelacht, als ihn Miss Paxmore eindringlich gewarnt hatte, weil seine Kinder nicht lesen lernten. Zudem hatte Jake, während Tim Caveny als geiziger Papist jeden Penny hortete, sein Geld in nebulose Familienprojekte investiert. Er hatte die traurige Übergabe des Skipjack an den schlauen Timothy zwar nicht mehr miterlebt, in seinen letzten Jahren aber oft befürchtet, daß dies geschehen könne.

Wie kommt es zum Aufstieg und Niedergang und zuweilen zum neuerlichen Aufschwung einer Familie? Das Glück spielt dabei eine ungemein wichtige Rolle. Wäre Jake Turlock zum Beispiel so alt geworden wie Tim Caveny, hätte er seine weitverzweigte Sippe zusammenhalten und das Stadthaus und den Skipjack retten können, aber er war in einer stürmischen Nacht ertrunken, als er bei einem Superschuß aus der langläufigen Flinte das Gleichgewicht verlor und das Boot kenterte.

Doch eine Familie schafft es oder schafft es nicht, je nachdem, wie sie ihre Erbanlagen nutzbar macht. Keine Sippe am Ufer des Choptank war vitaler als die der Turlocks. Sie waren äußerlich nicht so einnehmend wie die Steeds, auch nicht klug wie die Cavenys, noch so stattliche Hünen wie die zwei Generationen der Pflaums und nicht so vernünftig und gebildet wie die Paxmores, aber sie besaßen einen erstaunlichen Selbsterhaltungstrieb. Sie waren hager, genügsam, von einfach lauterer Denkungsart, mit scharfen Augen und guten Zähnen – hätten sie nur etwas für sie getan. Und alle Familienmitglieder verfügten als wirksamen Schutz über elementare Instinkte. Mit ihren ererbten Eigenschaften hätten sie die Herren des Choptank sein müssen, und Turlocks wie Captain Matthew, der Sklavenfahrer, und Captain Jake, der Austernfischer, waren es tatsächlich gewesen.

Auch Amos hätte diese Position erreichen können, denn er hatte alle Fähigkeiten seiner Ahnen geerbt, doch die fatale Inzucht hatte zur Folge, daß sich die Nachteile verstärkten, während die Vorzüge abnahmen. Amos hatte das Stadthaus zurückkaufen wollen, als der Preis akzeptabel war, doch nie hatte er sich zu dem wirklichen Entschluß aufgerafft, und nun forderte man dafür eintausendeinhundert Dollar. Er hatte die Absicht, den Familienanteil am Skipjack wieder zu erwerben, und das wäre gut möglich gewesen, denn Caveny machte ein Angebot, aber nun kostete ein Skipjack sechstausend Dollar, und damit war der Rückkauf unmöglich. Er hatte auch davon gesprochen, seine Kinder streng zum Schulbesuch anzuhalten, aber bei der ersten Widerrede ließ er es zu, daß sie sich im Sumpf herumtrieben.

Nun standen sie vor ihm, vier Sumpfratten, so verkommen und hoffnungslos wie er selbst. »Eine ernste Sache, also herhören! Keiner von euch – und das geht auch dich an, Cass –, keiner darf je ein Wort über die Twombly sagen. Ihr wißt nicht einmal, ob ich es noch besitze. Und ihr dürft keinem Menschen sagen, daß ich es verwende.« Er starrte die Rangen der Reihe nach drohend an und dann seine Frau: »Denn wenn ihr auch nur ein Wort ausplaudert, kommt Hugo Pflaum her und nimmt uns die Twombly weg, und das heißt, daß wir dann alle keine Enten mehr zu fressen kriegen.«

Im Jahr 1918 hatte die Regierung von Maryland den Besitz von Langlaufgewehren für ungesetzlich erklärt, denn es war nachweisbar, daß mit diesen Waffen der Wildentenbestand durch Massenabschuß fast ausgerottet worden war. Man führte eine Erhebung durch und ermittelte den Eigentümer jedes einzelnen Gewehrs. Jedes hatte seinen eigenen Namen – Cheseldine, Reverdy, Old Blaster, Morgan – gewöhnlich nach der ersten Besitzerfamilie, denn durch wie viele Hände eine solche Riesenwaffe auch gegangen sein mochte, sie wurde stets respektvoll nach dem ursprünglichen Besitzer genannt.

Die Erhebung hatte ergeben, daß es am Choptank siebzehn solche Gewehre gab, und auf eifriges Betreiben der Wildhüter von Maryland, allen voran Hugo Pflaum, war die Wahl auf vier reduziert worden. Die Hermann Cline, die einst dem Sklavenzähmer gehört hatte, war konfisziert worden, ebenso die Bell, ein Prachtsück aus Denton. Die Familie Cripton hatte alles mögliche versucht – bis zur Morddrohung gegen Pflaum, falls er seine Fahndungen nicht einstelle –, um ihr gewaltiges Gewehr Cripton zu retten, doch schließlich stöberte er auch dies auf.

Amos Turlock erinnerte sich mit einem unguten Gefühl an das Foto der Beschlagnahme, das der »Patamoke Bugle« brachte. Darauf sah man Hugo Pflaum, einen stämmigen Mann mit breiten Schultern und auffallend kurzem Hals; in der Rechten hielt er die zweieinhalb Meter lange Cripton, deren Lauf im Sonnenlicht funkelte. Mit der Linken griff er nach Abel Cripton, der den Hut ins Gesicht gezogen hatte, um der Schande zu entgehen, ein Gewehr einzubüßen, das seit mehr als hundert Jahren im Besitz der Familie war.

Turlock hatte das Bild ausgeschnitten und an der Küchenwand befestigt, wo es noch immer in Fetzen hing. Wenn er betrunken war, spuckte er es mit Wonne an, denn der stiernackige Hugo Pflaum war sein Feind, und die Twombly war in Gefahr, solange dieser Kerl herumkrebste.

Die Twombly, das älteste und beste Stück aus dem Arsenal des Choptank-Gebietes, hatte ihren Namen natürlich nach dem alten Greef Twombly, der flußaufwärts lebte und dessen Ahnen sie Anno 1827 aus England importiert hatten. Der Lauf war noch immer so blank, wie er die Londoner Gießerei verlassen hatte. Der Kolben aus Eichenholz war viermal erneuert worden, aber noch immer so breit wie ein Männerschenkel. Hugo Pflaum hatte bei Durchsicht der Liste der Gewehre, die er beschlagnahmen sollte, über die Twombly gesagt: »Sie wird an diesem Strom seit einhundertelf Jahren verwendet. Ich schätze, sie ist durchschnittlich dreimal pro Woche abgefeuert worden, fünfundzwanzig Wochen jährlich. Das macht achttausend Schuß. Wenn jede Schrotladung rund fünfzig Enten traf – und damit nehme ich das Minimum an –, dann heißt das, daß dieses Gewehr unter vierhunderttausend Stück Wildenten aufräumte. Das muß ein Ende haben!«

Hugos Schätzung bewegte sich in der Tat an der unteren Grenze. Wenn ein unersättlicher alter Mann wie Greef Twombly so eine gute Waffe besaß, benützte er sie nicht bloß dreimal wöchentlich, und wenn sie in die Hände eines beschlagenen Jägers wie Jake Turlock überging, dann erlegte dieser mit einem Schuß nicht bloß fünfzig Stück. Eine genauere Rechnung hätte ergeben, daß mit dieser berühmten alten Riesenflinte fast zwei Millionen Wildenten und Wildgänse heruntergeholt worden waren, und damit war zum Teil erklärt, warum das Flugwild in den letzten Jahrzehnten so stark abgenommen hatte.

Darüber schimpfte Amos im Laden. »Letztes Jahr saß ich mit Abel Cripton zwei ganze Wochen im Sumpf – und was glaubt ihr, wie viele Gänse über uns flogen? Nicht einmal zwanzig!«

Er hatte recht. Wo einst am Choptank mehr als eine Million Wildgänse eingefallen waren, tauchten nun nicht einmal zwanzigtausend auf, und die hielten sich im Sumpfland südlich des Stroms. Die Entvölkerung war unglaublich, und viele Herren, die horrende Summen für englische und österreichische Flinten bezahlt hatten, fanden selten Gelegenheit, mit ihnen etwas anderes zu schießen als Tauben. Die Wildgänse waren fort. Die Wildenten waren im Rückzug. Und Hugo Pflaum hatte die Aufgabe, dafür zu sorgen, daß ein vernünftiger, maßvoller Abschuß und die Hege das verlorene Gleichgewicht des Bestandes wiederherstellen halfen.

Und das meinte Amos mit seiner Rede vor versammelter Familie: »Mir sind diese stinkfeinen Fremden scheißegal, die hierherkommen und mit ihren teuren Spritzen unsere Wildenten wegknallen. Wenn diese Pinkel danebenschießen, verhungern sie nicht. Aber wenn wir nicht regelmäßig unsere Enten kriegen, dann haben wir nichts zu fressen.«

Der älteste Sohn, Ben, wußte, wo das Gewehr versteckt war, doch schon bevor der Wildhüter Pflaum Druck auszuüben begann, hatte Ben mit typisch Turlockscher Schlauheit vorausgesehen, daß der Tag kommen würde, an dem irgend jemand versuchen würde, ihnen die Twombly wegzunehmen, und er hatte mit keinem Menschen je darüber gesprochen. Noch bemerkenswerter war, daß er begonnen hatte, Pflaum zu beobachten. Er und die anderen Kinder kannten den Wildhüter als Onkel Hugo und besuchten ihn oft auf seiner Farm, wo ihnen Mrs. Pflaum – Tante Becky – deutsche Bäckerei anbot. Sie hörten gern zu, wenn Hugo Geschichten aus Deutschland erzählte, wo sein Vater auf dem Land gelebt hatte, bevor er durchbrannte um Seemann zu werden.

»Ja, in Deutschland hält man die Wälder so sauber wie ein Park vor dem Gerichtsgebäude«, erklärte Onkel Hugo. »Mein Vater sagte immer, ein Förster wäre erschossen worden, wenn seine Wälder so ausgesehen hätten wie hier. Ein Park, das ist ein deutscher Wald. Und wenn ihr größer seid, solltet ihr aus den Wäldern hinter eurem Haus einen Park machen.«

»Uns gefallen sie so, wie sie sind. Und den Rehen auch«, antwortete Ben.

»Ihr müßt eurem Vater sagen, daß er keine Rehe mehr schießen darf.«

Ben schwieg, doch instinktiv wußte er, daß dieser rauhbeinige, aber freundliche Mann ohne Hals der Feind der Turlocks war, und deshalb paßte er nun genau auf, was der Wildhüter tat.

Eines Abends im Oktober 1938 flüsterte Ben seinem Vater zu: »Onkel Hugo fährt nach Denton. Er sucht das Gewehr, das dort sein soll.«

»Gut«, sagte Amos, als es dunkel war, ging er mit Ben rasch einen Weg, der mitten ins Sumpfgebiet führte, bog ab, ging ein Stück zurück, schlug einen kaum verkennbaren Pfad ein und kam schließlich zu einem Holzgerüst, knapp einen halben Meter hoch und aus der Entfernung überhaupt nicht zu sehen. Es ruhte zum Schutz vor dem Salzwasser auf Holzpfosten und hatte einen Deckel, den Amos schweigend aufhob. Im Inneren lag wie in einem Nest aus Segeltuch gut eingefettet die Twombley, mit blankgeputztem Lauf und wuchtigem Kolben. Fast feierlich hob Amos die Waffe heraus und trug sie zu den bereitstehenden Booten, doch als er behende in das seine stieg und das Gewehr verstaute, hörte er ein Geräusch; er horchte gespannt und lachte dann.

»Komm schon, Rusty!« sagte er, und sein roter Chesapeake sprang in das Boot des Jungen. Sofort machten sie sich davon.

Am 1. Januar 1939 gebar Julia Cater einen Jungen, der in der African Methodist Episcopal Church von Frog's Neck auf den Namen Hiram getauft wurde, auf einen biblischen Namen mit der Bedeutung »Der Höchste lebt noch«. Auf dem Heimweg von der Taufe begegnete der Vater einem geschäftlich erfolgreichen Skipjack-Kapitän, der ihn fragte: »Jeb, wir laufen auf größere Tour aus. Willst du für uns kochen?«

Es war so gekommen, wie Jeb es vorausgesagt hatte: »Bis zum Jahresende wird es schwer sein, Julia. Aber 1939 geht's wieder aufwärts.«

Eigentlich freute er sich gar nicht, gleich nach der Geburt seines Sohnes für längere Zeit wegzufahren, und seine Befürchtungen verdoppelten sich, als Julia einen Job bei der Austernverarbeitung aufnahm. »Meinst du nicht, daß du bei dem Jungen bleiben solltest?« Seine Frau fand das lächerlich. »Wenn wir die Gelegenheit haben, ein bißchen Geld zu verdienen, müssen wir sie nützen.«

Sie arbeitete in der Nachtschicht, dann lief sie heim, sah nach den Töchtern, die sich für die Schule ankleideten, und versorgte den Säugling, damit Helen später auf ihn aufpassen konnte, während sie selbst schlief.

Die Mädchen besuchten eine Negerschule in einer Bruchbude am äußersten Ende von Frog's Neck. Dort gab es für siebenundvierzig Kinder nur zweiundzwanzig Plätze, und die Lehrerin mußte es sehr klug anstellen, um ihre Schüler während der Stunden abwechselnd zum Sitzen und Stehen einzuteilen. Sie unterrichtete sieben Schulstufen, und wenn ein Kind aus ihrer Obhut entlassen wurde, hatte es in den meisten Fällen alles gelernt, was es je lernen konnte. Es war wohl eine gesprungene Schiefertafel vorhanden, aber Monate vergingen, ohne daß Kreide dazu da war. Es gab keine Tinte, doch findige Jungen sammelten Beeren, aus denen man einen blauen Saft pressen konnte. Bleistifte waren kostbar, und manche Schüler hatten wochenlang keinen, aber was Luta Mae am meisten störte, war die Tatsache, daß sie nun bereits in der dritten Klasse war und noch nie ein Lehrbuch erhalten hatte. Die Schule besaß wohl Bücher – veraltete, in den Schulen der Weißen ausgeschiedene Ausgaben –, doch so wenige Exemplare, daß nur ein Teil der Schüler welche bekam, und bei der Auslosung war es Luta Mae bisher nie gelungen, eines zu ergattern.

»Harry kriegt eines und Norma Ellen kriegt eines«, klagte sie ihrer Mutter. »Aber ich kriege nie eines.«

»Vielleicht hast du nächstes Jahr mehr Glück«, sagte Julia. Sie wollte einfach nicht glauben, daß die Lehrerin ihre Tochter benachteiligte, und wenn Luta Mae schimpfte, drohte Julia ihr: »Warte nur bis Daddy im März heimkommt.«

Am Ende der Austernsaison kehrte Jeb Cater zurück, müde von seiner schweren Arbeit, doch wohlgenährt, denn er war ja der Koch gewesen. Sein breites Gesicht strahlte vor Freude, als er Julia seinen Lohn übergab, aber jeder Gedanke daran, mit Luta Mae ein ernstes Wort zu reden, schwand in dem Moment, als er seinen Sohn sah. »Der Junge gedeiht ja prächtig! Der wird der beste.«

Manchmal spielte er stundenlang mit Hiram; er warf ihn nicht in die Luft, wie es Väter gern tun, denn für solche derben Späße war ihm das Kind zu zerbrechlich, vielmehr sprach er mit ihm, als verstehe ihn der Kleine bereits. »Hiram, du wirst zur Schule gehen. Du wirst lernen, damit du in die weite Welt ziehen kannst. Kommt die Zeit, dann gehst du zu den Soldaten. Wer weiß, vielleicht wirst du General in Frankreich.«

Keine Pläne waren ihm für seinen Sprößling zu kühn, und sein Herz schlug höher vor Hoffnung, wenn er sah, wie wohlgestaltet der Junge war, wie strahlend seine Augen glänzten, doch im seligen Vaterstolz merkte er schließlich auch, daß die Existenz eines Sohnes seine eigene Lebensweise auf beunruhigende Weise veränderte.

Solange er nur Töchter hatte, konnte er so tun, als gebe es die Erschwernisse nicht, mit denen sich alle Schwarzen abfinden mußten. Doch der Sohn erinnerte ihn dauernd an die Zurücksetzungen. Er selbst war von Geburt an genötigt gewesen, sich anzupassen, und so gegen Unrecht unempfindlich geworden, nun aber peinigte ihn die Erkenntnis, daß auch sein Sohn genau das gleiche Schicksal erleiden würde. Jeb begann im Geist, eine Liste bestimmter Beobachtungen aufzustellen. Nicht einmal mit seiner Frau sprach er darüber, doch er merkte sich alles ganz genau.

… Es war in Patamoke üblich, daß ein Neger auf dem Gehsteig beiseite trat, wenn ein Weißer vorbeiging; falls nicht anders möglich, mußte der Schwarze eben in den Rinnstein ausweichen.

… Es war Tradition, daß ein Arbeiter wie Jeb an die Mütze tippte, wenn ein Weißer hinzukam, und sie vor einer weißen Frau sogar abnahm. Der so gegrüßte Weiße konnte vorübergehen, ohne die höfliche Geste des Negers auch nur zu beachten.

… Im ganzen Gebiet gab es keine schwarzen Ärzte oder Zahnärzte. Ein Neger wurde von weißen nur notdürftig versorgt, besonders im Fall ansteckender Krankheiten, deren Verbreitung unter der weißen Bevölkerung man befürchtete. Aber das System war schlecht, denn auf beiden Seiten fehlte das Vertrauen.

… Die Neger versammelten sich kaum einmal in einem normal verputzen Gebäude. Die Kirche, die Schule, der Laden an der Ecke, die Wohnhäuser, alles war grau und verwahrlost.

… Wo die Weißen wohnten, waren die Straßen gepflastert, bei den Schwarzen waren sie staubig und unbefestigt.

… Alle Einrichtungen für die Schwarzen waren zahlenmäßig reduziert. In der Schule gab es nur sieben Stufen statt zwölf. Das Schuljahr dauerte hundertzehn Tage statt hundertfünfundsechzig. Auf fünf Blocks im Wohnviertel der Neger kam eine Straßenlampe, bei den Weißen waren es zehn. Und der Kinderspielplatz von Frog's Neck war ein jämmerlicher Flecken statt eines zehn Morgen großen Feldes mit einem perfekten Baseballplatz wie bei den Weißen.

… Von fast allen Annehmlichkeiten des Lebens in Patamoke waren die Neger ausgeschlossen. In der Bibliothek waren sie nicht gern gesehen, ebensowenig in den großen Kirchen, im Kino – außer auf einer verdreckten Galerie ganz hoch oben –, im Gerichtsgebäude, in der neuen Schule, in den Freizeiteinrichtungen, bei Veranstaltungen oder in den vornehmeren Anwaltsbüros. Wenn sie abends als Spaziergänger in den besseren Vierteln angetroffen wurden, mußten sie Rede und Antwort stehen, und im Stadion mußten sie in einem durch Seile streng abgetrennten Sektor in den ungedeckten Reihen sitzen.

… Eines machte die beiden Cater-Mädchen besonders wütend: Wenn sie sich ein paar Pennis zusammengespart hatten und stolz zum Gold and Blue Ice Cream Palor marschierten, nahm der Mann hinter der Theke das Geld, war freundlich und gab ihnen mindestens ebenso große Portionen wie den weißen Kindern. Doch sobald sie die Tüten in der Hand hielten, mußten sie den Laden verlassen, vorbei an den hübschen Eisentischen, an denen die weißen Kinder saßen, und wenn sie im Raum das schmelzende Eis auch nur ein wenig ableckten, tadelte sie der Besitzer sanft: »Nein, nein, ihr dürft nicht hier essen. Nur draußen.« Also trugen die Mädchen ihre Tüten grimmig zur Tür, gingen hinaus und aßen auf der Straße. Luta Mae, die Achtjährige, sträubte sich gegen diese Aussperrung. Dabei erbitterte sie nicht die Tatsache, daß sie draußen essen mußten. »Es sind die Tische, Mom. Alle weiß und so schick mit den sauberen Glasplatten und den Kindern, die dort sitzen.« Einige Jahre lang war das Paradies ihrer Träume eine wolkige Flucht weißer Eisentische, an denen in heiterer Runde Engel saßen, die aber nicht unbedingt Eis essen mußten. »Nur einfach so dasitzen an den sauberen Tischen.«

… Jebs größter Kummer konnte er niemandem erklären, aber gerade dieser verletzte ihn mehr als alle anderen, weit ärgeren Zurücksetzungen. In jedem Sommer löste die Ankunft eines kaum mittelgroßen Weißen aus Baltimore namens Mr. Evans freudige Erwartung aus, die sich mit jedem Tag steigerte. Zuerst ging der Fremde in die Redaktion des »Patamoke Bugle«, worauf auf der Titelseite bald in blumenreichem Stil abgefaßte Artikel erschienen. »Das Show Boat bringt sechs Bomben-Hits!« Dann heuerte Mr. Evans zwei Negerjungen als Helfer an, um überall in der Stadt Plakate anzuschlagen: »Show Boat. Zweiwöchiges Gastspiel, Stimmungskanonen.« Schließlich vereinbarte er mit Steed, daß er eine Wand des Ladens mit großen farbigen Ankündigungen der Stars und der Stücke, die er bringen würde, vollpflastern durfte. Die Eintrittspreise staffelten sich von einem Dollar bis zu fünfzehn Cent für Kinder bei Nachmittagsvorstellungen.

Die Spannung wuchs in der Woche vor den Eintreffen des Bootes, denn nun berichtete der »Patamoke Bugle« über die märchenhaften Erfolge der verschiedenen Mitwirkenden in Europa oder New York, und im Steed-Laden wurde eine Art Billettschalter eingerichtet, wo man Plätze für bestimmte Aufführungen bestellen konnte, Das war die Zeit, in der die Schwarzen in Frog's Neck Pläne zu schmieden begannen. Natürlich durften sie keine Karten reservieren lassen, denn für sie gab es nur eine stickige schmale Galerie, aber es stand ihnen wenigstens frei, sich für ein Stück zu entscheiden.

Am liebsten sahen die Bewohner von Frog's Neck »Stella Dallas« und »Old Time Minstrels«, und alljährlich besorgte Jeb Cater Karten dafür. »Mir gefällt das Stück von dem Mädchen, das einem Mann den Kopf verdreht, aber die ›Minstels‹ sind mir noch lieber.« Er versuchte nicht, diese Vorliebe zu erklären, aber sie hatte nichts damit zu tun, daß Neger in diesem Stück vorkamen, und es lag auch nicht daran, daß der Humor deftig und leicht verständlich war. Ihn freute vielmehr, daß der weiße Manager, der erkannt hatte, daß seinem weißen Ensemble gewisse Fähigkeiten fehlten, für die Bones und zum Tanzen des Shuffle immer Will Nesbitt engagierte, einen ortsansässigen Schwarzen.

Die Bones waren vier gut ausgetrocknete harte Rinderippen, etwa zwei Handbreit lang, je ein Paar für jede Hand. Wenn man sie richtig zwischen Daumen und Finger klemmte, konnte man mit ihnen wie mit Kastagnetten klappern, und ein guter Spieler war imstande, mit diesem Instrument erstaunliche Rhythmen zu schlagen. Will Nesbitt wirbelte die kompliziertesten Folgen herunter, und mit seinem schmissigen Grundrhythmus stand und fiel eine gute »Minstrel«-Show.

So bot sich den Negern von Patamoke die Gelegenheit, an zwei Abenden des Gastspiels einem ihrer eigenen Leute zuzusehen. Nesbitt hatte keinen Text zu sprechen, keine Rolle bei der Handlung, aber er wirkte in der Show mit, und wenn für ihn der Moment kam, vorzutreten um den den Shuffle zu tanzen, eine Parodie auf das linkische Gehabe schwarzer Arbeiter, war das eine reine Freunde.

Warum ärgerte sich Jeb Cater denn so über das Show Boat? Weil es dort für Neger nur wenige Sitze gab und diese weit von der Bühne entfernt waren, auf der heißen Galerie. Außerdem konnte man seinen Platz nicht im voraus bestellen. Um einen zu ergattern, mußte ein Familienmitglied stundenlang vor dem Schalter warten, und selbst dann durften Weiße aus den Herrenhäusern sich vordrängen, um Karten für ihr schwarzes Personal zu besorgen.

Wenn es ein Ereignis im Jahr gab, bei dem die Neger von Patamoke gleichberechtigt hätten Zugang haben sollen, dann war es das Gastspiel des Show Boat, besonders bei »Old Time Minstels«, doch gerade hier bekamen sie die Schikanen zu spüren. Und doch war Jeb Cater im Sommer 1939 bereit, die ganze Misere auf sich zu nehmen und den schwierigen Versuch zu machen, sich zwei Karten zu sichern.

Am frühen Montagmorgen der dritten Juliwoche ertönten auf dem Choptank Pfeifsignale, und hinter Devon tauchte ein tuckernder kleiner Schlepper auf. Er zog ein gewaltiges altes Stromschiff hinter sich her, auf dem ein Theater eingerichtet war. Das ganze Erscheinungsbild weckte nostalgische und romantische Empfindungen: der kleine Schlepper, der sich mit gespannten Trossen ins Zeug legte; der Kapitän, der in seine Signalpfeife blies; das sachte Eintauchen der Schleppleinen in den Wasserspiegel; der stumpfe breite Bug des Show Boat; die kleine Kapelle an Bord, die flotte Melodien spielte; das winkende Ensemble, das alte Freunde wiedererkannte; und die Bühne selbst, die rot und golden in der Morgensonne leuchtete.

Behutsam brachte der Schlepper seine schwere Last in den Hafen. Er drosselte die Fahrt, damit das Show Boat nicht gegen die Mole prallte, und brachte es dann vorsichtig in die richtige Position, damit die Leinen zum Anlegen ausgeworfen und die Gangways herabgelassen werden konnten. Und dann wurden die Fallreeps ausgelegt, eines mittschiffs für die weißen Besucher, ein zweites achtern für die Schwarzen.

Das Management war so klug, beim neunzehnten Gastspiel in Patamoke die »Minstel«-Show nicht für die ersten Abende anzusetzen. Diese waren der neuen Komödie »Skidding«, dem alten Zugstück »Stella Dallas« und der gewagten Farce »Up in Mabel's Room« vorbehalten.

Jeb kam zu spät, um für die erste Vorstellung von »Old Time Minstrels« noch Plätze zu bekommen, doch vor der zweiten schickte er Luta Mae frühzeitig hin, während er auf Krabbenfang ging. Er wollte dann rasch nach Hause laufen, seine Ausbeute verkaufen und warten, bis Julia aus der Konservenfabrik kam, um mit ihr die Show zu besuchen. Aber zu seiner Überraschung erklärte sie sehr entschieden: »Ich habe genug von diesen Klamotten. Wenn du gehen willst, nimm Helen mit!« Er staunte, als auch diese ablehnte: »Zu viele Leute.« Also ging er zum Landeplatz. Luta Mae war schon ziemlich nahe am Kartenschalter, nicht am großen, wo die guten Billets verkauft wurden. sondern am kleinen, hinten, für die Neger. Er stellte sich neben sie und schob sich langsam in der Schlange der Schwarzen vor, legte vierzig Cent auf das Pult am Fenster und erhielt seine beiden Karten: um fünfundzwanzig Cent für ihn und um fünfzehn für Luta Mae. Behutsam erkletterten beide die steile Treppe, betraten die kleine Galerie, begrüßten ihre Freunde und erwarteten das Verlöschen der Lichter.

Es war zauberhaft! Das Warten, die Strapazen und alle Demütigungen hatten sich gelohnt. »Na, ist das nicht schön, Luta Mae?«

»Schau, die Uniformen!«

Die Kapelle bestand aus vier Mann, die mit verblüffender Geschicklichkeit alle möglichen Instrumente spielten. Als sie zum Finale der »Wilhelm Tell«-Ouvertüre kamen, legten sie dermaßen los, daß es wie ein vierzigköpfiges Orchester klang; dann teilte sich der Vorhang, und man sah den wohlbekannten Halbkreis schwarzer Gesichter, in der Mitte einen sehr attraktiven weißen Gentleman, der seine salbungsvollen Fragen stellte:

»Mister Bones, gehe ich recht in der Vermutung, daß Sie Ihrem guten Freund Rastus Johnson mit einem Rasiermesser nachliefen?«

»Das stimmt, Sir.«

»Und was, wenn ich mir die Frage erlauben darf, war der Grund?«

»Er hat sich in mein Haus geschlichen und das Nachthemd meiner Frau gestohlen.«

»Aber, aber, Mister Bones, Sie werden einen Mann doch nicht mit einem Rasiermesser verfolgen, nur weil er das Nachthemd Ihrer Frau gestohlen hat.«

»Na ja, sie hatte es an …«

Eine »Minstrel«-Show bestand aus zwei Teilen. Im ersten gab es einen Kreis von Zuhörern auf der Bühne rund um eine Art Conférencier, der mit seinen beiden Partnern und Stichwortgebern, Mr. Bones und Mr. Sambo, Witze erzählte. In diesem Teil lieferten die verschiedenen Mitwirkenden ihre Glanznummern ab, und kurz vor der Pause hatte auch Will Nesbitt seinen Auftritt.

»Jetzt gib acht, Luta Mae. Das ist das Beste!«

Nesbitt war ein großer, schlanker Mann mit schmalen Hüften, und wenn er hüpfend auf die Bühne kam und mit seinen Bones den Rhythmus dazu klapperte, brüllten die Schwarzen auf der Galerie vor Entzücken. Luta Mae war ganz gebannt vor dem Rasseln und Klicken und Nesbitts komplizierten Schritten, als er, nur von einem Lichtstrahl gejagt, über die dunkle Bühne tanzte.

»Toll!« rief sie und klammerte sich an den Arm ihres Vaters.

»Ja, der versteht's«, flüsterte Jeb.

Doch als der zweite Teil begann – ein kurzes Stück, in dem die weißen Darsteller wieder als Weiße auftraten –, fand sich Luta Mae nicht zurecht. »Wo sind alle Schwarzen, Daddy?«

»Die da waren die Schwarzen«, erklärte Jeb.

»Aber das sind doch Weiße.«

»Sie sind eben Schauspieler«, flüsterte Jeb, doch bevor er eine einleuchtendere Antwort geben konnte, kam der Höhepunkt der Show. Es war der Auftritt eines sehr guten weißen Tänzers in weißem Frack und Zylinder. Er sang »Me and My Shadow«, und während er tanzte, erschien hinter ihm Will Nessbitt, ganz in Schwarz, und machte jeden seiner Schritte nach, wie der im Lied besungene Schatten. Einige Minuten lang bewegten sich die beiden Künstler im gleißenden Licht zu den Worten und der Melodie des Lieblingsschlagers Amerikas völlig synchron, auch den schwierigsten Figuren des Weißen folgte der Schwarze genau.

Dann stellten Bühnenarbeiter eine kurze Treppe auf, und während der Weiße sie flink hinauftanzte, sang er jene wirkungsvolle Passage von seiner Einsamkeit, wenn er um Mitternacht nach Hause kommt und ein leeres Zimmer vorfindet. Hinter ihm stieg sein schwarzer Schatten empor, und auf der schmalen obersten Stufe tanzten die beiden Männer um die Wette, bis zum Schluß Will Nesbitt seinem Temperament mit einer improvisierten tollen Solonummer freien Lauf ließ. Der Weiße sah bewundernd zu, wischte sich beziehungsvoll die Stirn und fragte, zum Publikum gewandt: »Na, kann er's?« Auf der Galerie brach ein Beifallssturm los, in den auch die weißen Zuschauer einstimmten, denn Will Nesbitt mit seinen wirbelnden Füßen mußte man wirklich gesehen haben.

Die Schlußnummer war eine Reprise des Kreises vom Anfang, wobei die Schauspieler teils weiße, teils schwarze Gesichter hatten, und Will Nesbitt, der einzige echte Schwarze, in einer Ecke mit seinen Bones klapperte und nochmals einen Shuffle zeigte.

»Sind die Männer im Kreis wirklich Farbige?« fragte Luta Mae.

»Nein.«

»Aber der Mann, der noch besser getanzt hat als der andere?«

»Ja, der schon.«

Das Mädchen überlegte und fragte: »Wenn der wirkliche Farbige der beste ist, warum nehmen sie dann für die anderen falsche?«

Darauf wußte Jeb keine Erklärung.

Am Ostufer spielte die Luftfahrt nur gefühlsmäßig, aber nicht wirtschaftlich eine Rolle. Als Charles Lindbergh im Mai 1927 allein den Atlantik überquerte, war man im ganzen Gebiet so begeistert, daß es schien, als habe die Chesapeake Bay einen großen Sprung von der Ära des Segelbootes in die Epoche des Flugzeuges getan und überlasse es den übrigen Teilen der Vereinigten Staaten, sich mit Eisenbahn und Autos zu beschäftigen. Die Straßen waren noch immer schlecht, da irgend jemand auf die katastrophale Idee gekommen war, die Fahrbahnen mit Austernschalen zu pflastern, die unter dem Gewicht eines Wagens zerbrachen. Aber das Flugzeug, ja das Flugzeug!

Jefferson Steed revidierte die enthusisastische Überzeugung seines Urgroßvaters Paul, daß das Heil des Ostufers in der Erschließung durch die Eisenbahn liege. »Ich sehe den Tag kommen, an dem unsere Halbinsel dank schneller Flugzeuge mit allen Teilen des Landes verbunden sein wird«, verkündete er tönend bei der Feier des vierten Juli. Prompt verlor er ein Aktienpaket als Geldgeber einer Fluglinie für den Nahverkehr, die schon nach fünf Wochen Pleite machte.

Noch stärker sollte aber das Zeitalter der Luftfahrt zwei andere Personen berühren: Isaac Paxmore, den Bootsbauer, und John Turlock draußen in der Hütte im Sumpfland.

Im Jahr 1938, als Paxmore zusah, wie ein Kunstflieger über die Bucht brauste, sagte er zu seinen Söhnen und Neffen: »Da wir schon immer Boote gebaut haben, bringen wir sicher auch ein Flugboot zustande.« Er war sechzig, als er diese Worte aussprach, aber der Gedanke der Fliegerei faszinierte ihn dermaßen, daß er sofort daranging, Pläne für ein Wasserflugzeug zu zeichnen. Es sollte aus fein poliertem leichtem Holz sein, vom besten Motor, den es in der Branche zu kaufen gab, angetrieben werden und mit einem aus verschiedenen Schichten geleimten Propeller ausgerüstet sein, den er persönlich konstruieren wollte.

Seine vorsichtigen Söhne hielten ihn für unvernünftig, aber sein Neffe Pusey, der Sohn des Predigers Woolman Paxmore, ein sehr beherrschter junger Mann und graduierter Harvard-Jurist, sah Chancen für das Flugboot und bestärkte seinen Onkel bei dem Vorhaben. »Ich meine, wir sollten es versuchen. Die Kriegsmarine wird ein guter Abnehmer für Wasserflugzeuge sein, und ich hatte in Harvard einen Studienkollegen, dessen Vater Flugzeugmotoren herstellt, in Scanderville.«

»Wo ist das?«

»In Pennsylvanien.«

»Dort, wo das Gefängnis ist?«

»Ja. Seine Fabrik gehört zu Lycoming, und die bauen gute Motoren.«

So kam es, daß der junge Pusey Paxmore 1939 seinen besten blauen Anzug anzog und in dem Werk in Scanderville vorsprach, um zwei Lycoming-Motoren zu kaufen und auf einem Lastwagen nach Hause zu bringen. Ein schönes Flugboot wartete schon auf den Einbau, die Stützschwimmer waren fest unter den Flugelenden montiert, der Rumpf war als glatter Bootskörper ausgebildet. Das alles hatten Arbeiter geleistet, die seit langem gewohnt waren, gute Boote zu bauen.

»Damit beginnt ein ganz neues Abenteuer«, sagte Isaac. »Dieser breite Wasserlauf ist für Flugboote wie geschaffen.«

Als es Zeit für den Probeflug war und die Maschine aufgetankt wurde, kam ein Pilot aus Washington. Er betrachtete das Flugboot und erklärte, es sei mindestens ebenso gut wie alle, die man anderswo baue. »Die Kiste scheint die richtige Linienführung zu haben. Jetzt werden wir weitersehen.«

Er fragte, ob Isaac ihn begleiten wolle, aber der alte Quäker sagte: »Pusey möchte mitfliegen. Er hat den Kauf der Motoren getätigt.«

»Da hat er gute Ware gekriegt. Steigen Sie ein!«

Und so kletterte Pusey Paxmore, ein konservativer Quäker im dezenten Büroanzug, in den zweiten Sitz und hielt den Atem an, während die Schöpfung seines Onkels auf dem Choptank in Fahrt kam, einen gewaltigen Wasserschwall aufpflügte, einige Sekunden noch auf den Stützschwimmern dahinglitt und sich schließlich in die Luft erhob.

Doch für Isaac Paxmore und die Werft sollte dieser Flug keine entscheidenden Folgen haben. Der Test verlief ohne Zwischenfall, der Pilot erklärte die Maschine für verwendungsfähig. Er prophezeite Großes für das Paxmore-Flugboot und erwartete, daß das Modell von der Zivil- und der Militärluftfahrt übernommen werden würde. Keine dieser Voraussagen traf jedoch ein, denn den Paxmores fehlten die Mittel und auch die Entschlossenheit, ihre Ziele in der Luftschiffahrt weiterzuverfolgen. Ihr Prototyp blieb ein phantastisches Spielzeug, das sich am Strom großer Beliebtheit erfreute, bis die Motoren dann während des Zweiten Weltkriegs verrosteten.

Aber vor dem dritten Probestart fragte der Pilot aus Washington, ob irgend jemand von den Zuschauern mitfliegen wolle, und zum allgemeinen Erstaunen meldete sich Amos Turlocks jüngerer Bruder John. Er war damals ein junger Mann von siebenundzwanzig Jahren, der sich in verschiedenen Berufen versucht hatte, immer gescheitert war und noch kein Ziel gefunden hatte. Er ging gern auf die Jagd und zum Austernsammeln; das war aber auch alles.

Indes, er war eine Abenteurernatur und wollte das Fliegen einmal ausprobieren; er trat energisch vor und wurde angenommen. Während er den Sicherheitsgurt festschnallte, grinste er die Umstehenden, die ihre Witze über ihn rissen, etwas albern an, dann winkte er einem Mädchen, das er verehrte, und reckte den Kopf seitwärts, um gleich von Anfang an ja nichts zu versäumen.

Die nächste halbe Stunde bescherte ihm ein fast religiöses Erlebnis, das so tiefgehend war, daß es sein Leben veränderte. »Für mich begann alles 1939.

Vorher war nichts, höchstens daß ich ein Stinktier fing. Danach erst gingen mir die Augen auf.«

Was war geschehen? Er hatte zum erstenmal die Ostküste von Maryland gesehen. Vielleicht war er sogar der erste Mensch, der sie in ihrer ganzen Ausdehnung erblickte. »Ich meine, ich war oben in der Luft und schaute auf Land hinunter, das ich zu kennen glaubte, aber es war alles so ganz anders, daß ich meinen Augen nicht traute. Ich glotzte nur immerzu hinunter, und dann sah ich alles ganz klar wie in einem Traum, und ich schrie so laut, daß es der ganze Himmel hören konnte: ›Du lieber Gott! Wir haben ein Paradies und wissen es nicht!‹«

Was er unter sich gesehen hatte, war die zauberhafte Verbindung breiter Meeresarme, sanfter Buchten und langgestreckter Halbinseln, die eine Hunderte Meilen lange Küste bildeten, eine magische Verschmelzung von Land und Wasser, der kein anderes Gebiet der Vereinigten Staaten gleichkam. »Hört zu, ihr Klugscheißer!« sagte John zu den Männern im Laden. »Ihr könnt euer ganzes Leben lang auf den Straßen dahinfahren und wißt doch nicht, wie das Ostufer wirklich ist. Ihr könnt segeln, bis euch die Segel in Fetzen gehen, ohne zu erkennen, was ihr da habt. Nur wenn ihr oben in der Luft gewesen seid wie ich, dann könnt ihr sehen, wie alles zusammen aussieht.« Einmal, als er so redete, sprang er von der Bank auf, warf seinen Hut in die Höhe und rief: »Ich und die Wildgänse! Wir sind die einzigen, die es wissen!«

Doch John Turlock war nicht bloß von seiner Begeisterung hingerissen. Er hatte die Schönheit der Küste gesehen, aber auch die Möglichkeiten, die sie bot, und eines Abends, nachdem er den Skeptikern im Laden die ganze Pracht geschildert hatte, saß er mit seinem Bruder Amos in der Hütte und begann, etwas auf ein Blatt Papier zu kritzeln. Nach einer Weile schob er es über den Tisch. »Wie gefällt dir das, Amos?«

> J. Ruthven Turlock,
> Ihr Berater in Grundstücksangelegenheiten
> Patamoke, Maryland.
> Ein Paradies zu verkaufen!

»Du heißt doch nicht Ruthven«, murrte Amos.
»Es klingt aber besser. Die Leute werden es sich merken.«
»Welche Leute?«
»Reiche Leute.«
»Was hast du mit reichen Leuten im Sinn, John?«

»Ruthven heiße ich. Ich denke an die Flüsse, die ich aus der Luft gesehen habe. Peachblossom, Tred Avon, Miles, Wye – Amos, an diesen Flußufern gibt es so viel unbesiedeltes Land, daß ein einfallsreicher Grundstücksmakler sein ganzes Leben vollauf damit beschäftigt ist.«

»Das Land ist da, gut. Aber wer soll es kaufen?«

»Millionäre. Die werden die Großstädte bald satt haben. Und sie werden solche Orte für ihre Kinder und ihre Jachten haben wollen.«

»Verrückt«, sagte Amos.

»Morgen früh gehen wir beide in die Stadt. Ich werde ein Büro mieten. Mach mit! In zehn Jahren werden auch wir beide Millionäre sein.«

»Nein! Reiche Leute mit Jachten sollen Sumpfland kaufen?« Amos Turlock war zu gewitzt, um sich zu solch einem todsicheren Verlustgeschäft verleiten zu lassen.

Das fehlgeschlagene Abenteuer mit der Fliegerei wirkte sich indirekt auf einen anderen jungen Mann vom Choptank aus, denn nach der Beendigung der Testflüge hatte der Pilot zu Isaac Paxmore gesagt: »Sie haben da eine ausgezeichnete Maschine. Am besten, Sie verkaufen den Vogel der Marine.«

»Wie sollen wir das anfangen?« fragte der vorsichtige Quäker.

»Schicken Sie einen Ihrer Jungen ins Marineministerium nach Washington. Sie müssen an die Admirale herankommen.«

»Ich glaube nicht, daß meine Söhne …«

»Und was ist mit dem Jungen im blauen Anzug? Der versteht etwas von Flugbooten.«

»Der Sohn meines Bruders.« Ja, das war eine blendende Idee. »Er ist Jurist. Ein solider junger Mann. Wir könnten ihn beauftragen.«

Auf diese Weise kam Pusey Paxmore, Jurist, Examensjahrgang 1938, nach Washington. Der überregionale gute Ruf seines Vaters seit dessen Aktion in Deutschland und seine eigenen zahlreichen Verbindungen zu anderen jungen Juristen, die damals in Scharen in Staatsstellungen drängten, sicherten ihm Erfolg, und sehr bald entdeckte er, daß er, wenn schon nicht das Flugboot seines Onkels, so doch sich selbst verkaufen konnte.

Die erste Person, die vermutete, daß Hiram Cater an Mittelohrentzündung litt, war jene Frau, die in Frog's Neck als Hebamme arbeitete. Richtige Ärzte waren für die Neger natürlich nicht verfügbar; erstens weil sie Weiße waren und nicht wollten, daß Schwarze in ihren Wartezimmern herumsaßen, wo weiße Patienten sie hätten sehen können, und zweitens, weil die Honorare zu hoch waren.

»Der Junge hat eine Infektion im Ohr«, sagte die Hebamme, als das Kind schon den zweiten Tag schrie.

»Ich sehe aber keinen Eiter«, antwortete Julia, die vom Krabbenschälen zurückkam.

»Das sieht man nicht wie bei einem gewöhnlichen Furunkel. Es sitzt tief drin.«

»Was sollen wir tun?« fragte Julia müde.

»Meist nimmt man heißes Öl«, sagte die Hebamme. Die beiden Frauen bereiteten einen Balsam, aber sie trafen die richtige Temperatur nicht, und als sie Hiram die Flüssigkeit ins Ohr gossen, brüllte er noch lauter.

Jeb versuchte zu schlafen, denn auch er hatte einen langen Arbeitstag hinter sich, aber auf das Geschrei hin kam er in die Küche. »Was macht ihr denn mit dem Jungen?«

»Wir behandeln sein Ohr«, erklärte seine Frau.

»Es klingt so, als würdet ihr es ihm ausreißen«, sagte Jeb und nahm den Jungen in die Arme.

Entweder verursachte das heiße Öl Schmerz, statt Linderung zu bringen, oder es war gar nicht bis zu der tiefsitzenden Infektion gedrungen, so oder so, Hiram schrie wie am Spieß. Jeb, den dies alles noch mehr quälte als seinen Sohn, trug in in den Hof hinaus und drückte ihn sanft an sich, während er auf und ab ging. Doch als das Gebrüll nicht aufhörte, rief er: »Ich bringe ihn ins Krankenhaus.«

Er trug sein schreiendes Baby über die staubigen Wege von Frog's Neck bis auf die gepflasterten Straßen des Weißenviertels. Dreimal hielten ihn Schwarze auf und fragten, was er vorhabe, und zu jedem sagte er: »Mein Junge stirbt vor Schmerzen. Ich gehe ins Krankenhaus.«

Das Krankenhaus von Patamoke war ein langgestreckter, zweistöckiger Rohziegelkomplex, der im Lauf der Jahrzehnte durch Zubauten erweitert worden war, um auch die Bevölkerung des ziemlich großen Hinterlandes zu versorgen. Tüchtige Ärzte und Schwestern aus der Gegend arbeiteten hier, mit dem ererbten Mitgefühl des Südstaatlers für das Wohl seiner Landsleute. Das Gesundheitswesen war zwar nicht auf Schwarze eingestellt, aber wenn einer so krank wurde, daß er Klinikpflege brauchte, tat man widerstrebend etwas für ihn, selbst wenn der Patient zu arm war, um die Kosten zu vergüten. Das Problem war nur: Wie kam der schwarze Patient in das Krankenhaus?

Jeb Cater zum Beispiel trug sein Kind zu den imposanten weißen Säulen, wo offenbar der Eingang war, aber dort hielt ihn eine weiße Schwester auf. »Hinten rein«, sagte sie.

Sie erklärte aber nicht, wo sich die Hintertür für die Neger befand, und das Gebäude war so unübersichtlich, daß Jeb sich nicht zurechtfand. Ein schwarzer Kutscher, der schmutzige Bettwäsche abholte, wies ihm den Weg, doch als Jeb zu der kleinen Tür kam, wo der Müll gelagert wurde, fand er sie versperrt. Der Kutscher ließ seinen Wagen stehen und half Jeb, sich bemerkbar zu machen; nach einer Weile wurde die Tür geöffnet. Sobald er schließlich eingelassen worden war, geschah doch manches, was Jeb beruhigte und ihm Vertrauen einflößte.

»Das Kind hat eine Infektion im Ohr«, sagte eine weiße Schwester; sie hielt Hiram so behutsam, als wäre es ihr eigener Sohn. »Wie haben Sie ihn bisher behandelt?«

Jeb verstand die Fragen nicht und zögerte. Die Schwester merkte, daß sie wieder einmal einen ahnungslosen Schwarzen vor sich hatte, und fragte sanft: »Haben sie ihm eine Medizin gegeben?«

»Die Frauen haben heißes Öl hineingegossen.«

Sie sah sich das Ohr an und sagte: »Das hat zumindest nicht geschadet. Der Arzt muß ihn untersuchen.«

»Ich möchte den besten Arzt«, sagte Jeb. Mit ein paar Fragen klärte die Schwester, daß dieser schwarze Vater zwar einen kleinen Betrag, aber bestimmt keine richtige Klinikrechnung bezahlen konnte. Sie machte die nötigen Vermerke auf der Aufnahmekarte. Dann rief sie telefonisch einen jungen Arzt. Dieser sondierte mit einem Wattestäbchen im Gehörgang des Kindes.

»Mittelohrentzündung«, konstatierte er.

»Ist das schlimm?« fragte Jeb.

»Wenn wir ihn nicht behandeln, schon.« Ruhig und teilnahmsvoll erklärte der Arzt, man könne auch die fortgeschrittene Infektion bekämpfen, ohne zu schneiden, wenn sie nicht den Schädelknochen angegriffen habe; andernfalls sei eine Operation erforderlich. Seine Worte klangen so schlicht und tröstlich, daß Jeb ihm überschwenglich danken wollte, aber das ließ der junge Mann nicht zu. »Wir sind da, um Ihren Jungen zu heilen. Wir werden alles tun, was nötig ist.« Er sagte nichts von Gebühren oder Zahlungsbedingungen, sondern nahm das Kind einfach in die Arme und ging aus dem Raum.

Doch was Jeb nun erlebte, blieb ihm unauslöslich im Gedächtnis. Als der Arzt die Aufnahmestation für Neger verließ, ging er natürlich nicht in die erste Etage hinauf, wo sich die Abteilung der wohlhabenden Patienten befand, oder auch nur ins Erdgeschoß, wo sozial bedürftige Weiße behandelt wurden. Statt dessen ging er eine Treppe hinunter, die zum Kesselhaus führte; dahinter kam ein kleines, enges Gelaß, über dessen Decke kreuz und quer Rohrleitungen verliefen. Als Beleuchtung gab es nur eine nackte Glühbirne, die am Draht hing. Der Raum hatte keine Fenster.

Dort wurde Hiram in ein Gitterbett gelegt. Der Arzt versicherte, bald würden Schwestern kommen und sich um das Kind kümmern. Als er gegangen war, setzte sich der Vater ans Bett und sah sich um. Dabei bemerkte er, daß auf schmalen Pritschen an der Mauer andere Schwarze lagen, lauter schwere Fälle, und der in diesen vier Wänden aufgestaute Zorn über eine solch erbärmliche Unterbringung erfaßte auch ihn. Je länger er wartete, desto wütender wurde er.

Es dauerte vierzig Minuten, bis eine Schwester auftauchte, und in jeder dieser Minuten wurde Jeb Cater deutlicher bewußt, wie falsch und schlecht dies alles war. Er verlangte für seinen Sohn kein sonniges Zimmer hoch oben. Er wußte, daß ihm dafür das Geld fehlte. Aber er wollte ihn menschenwürdig untergebracht sehen. Er dachte: Mein ganzes Leben arbeite ich für das Geld, das mir der Weiße gibt. Er bestimmt meinen Lohn. Wenn ich nicht genug Geld für ein gutes Zimmer habe, liegt das an ihm. Dieser Keller ist nicht recht.

Die Heizung, die das Krankenhaus mit Heißwasser versorgte, wurde eingeschaltet. Ein dumpfes Grollen erfüllte den Raum, und drückend hing jähe Hitze über den Pritschen, da keine Ventilation sie abzog. Die Schwester, die endlich kam, war eine Schwarze. Sie war natürlich keine richtige Krankenschwester, weil Negermädchen nicht am Ausbildungskurs teilnehmen durften. Sacht hob sie Hiram hoch und sagte zu Jeb: »Bleib hier, wenn du willst. Wir kommen bald zurück, und du wirst beruhigt sein.«

Also wartete er in der Abteilung sprach mit den Patienten. Jeder von ihnen, ob Mann oder Frau, war zu dankbar für die Klinikpflege, um sich zu beklagen. Nach langer Zeit kam die Schwester mit Hiram zurück und teilte Jeb mit: »Wir behalten ihn vier oder fünf Tage hier. Dann wird er wieder gesund sein.«

Jeb wollte irgend jemanden danken, einem Menschen die Hand drücken, doch es gab niemanden. Zögernd stieg er die Treppe hoch, sah sich in der Aufnahmestation um und ging heim.

Vier Ärzte am Krankenhaus von Patamoke waren über solche Bedingungen für schwarze Patienten empört. Sie kamen von den besten Universitäten Amerikas – aus Philadelphia und Massachusetts –, und sie wußten, daß es barbarisch war, was sie taten, aber sie waren machtlos. Als vorgeschlagen wurde, die Neger in die normalen Abteilungen zu legen, erhob sich unter den Weißen von Patamoke solch ein Entrüstungssturm, daß der ordnungsgemäße Krankenhausbetrieb ins Stocken geriet.

»Jeder vernünftige Mensch weiß, daß das Niggerblut verseucht ist«, tobte Amos Turlock im Laden. »Mit Cholera und so was infiziert.«

Der junge Arzt, der Hiram Cater so aufmerksam und freundlich behandelt hatte, versuchte einmal zu erklären, Blut sei Blut, aber Amos war natürlich zu klug, um auf solche Tricks hereinzufallen. »Das Blut von Weißen gerinnt, wenn man es mit Niggerblut mischt.«

Der junge Arzt fragte, wie es dann komme, daß sich im Lauf der Geschichte des Ostufers weißes Blut und weiße Gene mit schwarzen vermischt hätten, was man selbst bei oberflächlicher Betrachtung an den Farbschattierungen der schwarzen Bevölkerung feststellen könne …

»Kommen Sie mir nicht mit solchen Argumenten!« bellte Turlock. »Das weiße Blut wird verdorben. Von der Cholera und all dem Zeug.«

Amos Turlock hatte eine Todesangst vor der Cholera; er und Gleichgesinnte wollten nicht, daß sie ins Krankenhaus von Patamoke eingeschleppt wurde. »Es ist schon in Ordnung, so wie es ist. Kein Grund zu Änderungen. Laßt die Nigger im Keller. Und macht alles dreimal keimfrei, bevor es heraufkommt.«

Es war Dezember, aber Hugo Pflaum schwitzte vor Aufregung. In seinem Zimmer im Gerichtsgebäude von Patamoke rückte er unruhig auf dem Drehstuhl, während er stolz und doch kummervoll die Reihe von fünfzehn Fotos anblickte, die in schwarzen Rahmen an der Wand hingen. »Das sind sie«, murmelte er nervös. »Fünfzehn Gewehre, von denen es hieß, keiner würde sie kriegen. Aber mein Vater und ich, wir haben sie alle geschnappt.«

Die Gewehre bildeten eine Galerie, auf die jeder Wildhüter wirklich stolz sein konnte, fünfzehn langläufige Riesenflinten, die einst der Schrecken des Choptank gewesen waren. »Cheseldine – die haben wir unter einem Schweinestall gefunden, damals, 1922. Die Reverdy hat mein Vater aufgestöbert und dem Besitzer abgenommen, das war 1924.« Auf dem Nächsten Foto ließ Hugo seinen Blick mit ehrlicher Freude ruhen, denn es zeigte die erste Langlaufflinte, die er selbst sichergestellt hatte. »Am Little Choptank erwischt. Die Herman Cline gehörte einst dem Berühmten Sklavenzähmer.«

Doch dann verdüsterte sich seine Miene, denn er kam nun zu den beiden leeren Stellen, die für die Nummern sechzehn und siebzehn reserviert waren, und er hatte noch die boshaften Sticheleien der Männer aus dem Laden im Ohr, Anspielungen, die nicht spaßhaft gemeint waren. »Hugo, du bist sehr aktiv, wenn es darum geht, die Gewehre anderer Leute zu konfiszieren, aber man hat schon bemerkt, daß du Schrotkanonen deiner eigenen Verwandten nicht anrührst. Ja, Hugo, wie kommt es, daß dein Schwager Caveny seine Flinte behalten darf? Und Schwager Turlock schießt mit der Twombly, wann er will.«

Hugo erkannte, daß sein Ruf, integer zu sein, davon abhing, daß er diese Gewehre aufbrachte, und er beklagte sich bei seiner Frau: »Meine eigenen Verwandten tanzen mir auf der Nase herum. Ich stehe wie ein Trottel da. Becky, damit muß Schluß sein! Geh zu deinem Bruder Amos und zu deiner Schwester Nora und sag ihnen, daß ich ihre Gewehre holen muß.«

Er hatte das mit so viel gekränkter Würde gesagt, daß Becky zu Amos gegangen war, der sie aber mit einer gereizten Antwort fortschickte: »Wenn er mir auf den Leib rückt, werden sie ihn dir auf einer Bahre bringen, mit den Füßen voran. Das ist kein leeres Gerede.« Deshalb warnte sie Hugo. »Geh Amos aus dem Weg, er ist ein gemeiner Kerl.«

Mehr Glück hatte sie bei ihrer Schwester Nora Caveny. »Du mußt uns helfen, das große Gewehr zu kriegen. Die alten Zeiten sind vorbei, und es wäre doch schrecklich, wenn dein Sohn Patrick eingesperrt würde.« Die Warnung hatte gewirkt, und nun wartete Hugo in seinem Büro auf die Informationen, die ihm geheim zugesagt waren, um noch in dieser Woche die Caveny beschlagnahmen zu können.

Und da kam auch schon die Informantin persönlich, Nora Caveny, seine Schwägerin und die Mutter jenes Goldjungen, der am Saint Joseph's College in Philadelphia studierte. Sie zitterte. »Ich habe mich ins Gerichtsgebäude geschlichen, als wollte ich meine Steuern bezahlen«, sagte sie atemlos. »Es wäre mir furchtbar peinlich, wenn mich jemand sähe.«

»Du tust das Richtige, Nora. Das Gewehr ist nicht nur nach dem Gesetz der Konfiskation verfallen; du hast selber gesehen, wie dein Mann fast blind wurde, und wie ein ähnliches Gewehr den alten Jake tötete.«

»Es ist eine schreckliche Waffe, sie gehört nicht in die Hände eines jungen Mannes, der Priester werden soll.«

»Wie macht er sich?«

»Er hat mit Auszeichnung bestanden und nach den Weihnachtsferien fängt er in der Saint Charles Borromeo an.«

»In Rom?«

»Nein, in Philadelphia. Aber wenn er sich dort bewährt, schicken sie ihn vielleicht nach Rom.«

»Du mußt sehr stolz auf ihn sein.«

»Ich würde jeder Mutter so einen Sohn wünschen.« Sie senkte die Stimme. »Und ich werde ihn vor Schaden bewahren.«

»Wo hat er das Gewehr versteckt?«

»Das darf ich nicht wissen. Bevor mein Mann ins Gefängnis mußte, hat er Patrick beiseite genommen und ihm gezeigt, wo das wertvolle Stück verborgen ist. Man könnte meinen, es sei aus Gold. Einige der Turlocks vom Oberlauf wissen, wo es ist, und ich glaube, sie benützen es manchmal. Aber Frauen erfahren es nicht.«

»Du glaubst, daß Patrick es heute Abend verwenden will?«

»Da bin ich sicher, Hugo. Ich habe gehört, wie er mit Jimmy Turlock gesprochen hat, und den kennst du ja. Der denkt doch an nichts anderes als an
Bisamratten und Wildenten.«

»Wohin werden sie gehen?«

»Das weiß ich nicht. Es gibt kein Eis, und Jimmy hat kein Sumpfland.«

»Sehr brauchbar sind diese Hinweise nicht.«

»Ich weiß nur noch eines …« Sie zögerte, als überlege sie, ob ihre Mitteilung
auch wirklich wichtig sei. »Ich habe gehört, wie Patrick zu Jimmy sagte, er soll
seinen Chesapeake daheimlassen. Sie werden nicht im tiefen Wasser jagen.«

»Das ist wichtig«, sagte Hugo. »Das heißt, daß sie nicht in die Bucht fahren
werden. Damit vermindern sich meine Schwierigkeiten auf die Hälfte.«

»Nur eines«, sagte Nora und betrachtete die Galerie der Übeltäter. »Du hast
versprochen, daß kein Bild in die Zeitung kommt.«

»Ja, das stimmt, Nora.«

»Es wäre so peinlich, da er doch Priester werden will …«

»Natürlich wird ein Foto gemacht. Das muß sein, um den anderen zu zeigen,
daß es nicht mehr so weitergeht. Aber nur ich werde drauf sein – mit dem
Gewehr. Das Bild wird dort hängen.« Sobald es an seinem Platz war, würde es
nur noch eine einzige leere Stelle geben, reserviert für die Twombly, und als
Hugo Anstalten traf, zu einem ausführlichen Schlaf vor seinem Nachteinsatz
nach Hause zu fahren, freute er sich, daß ein Foto der Caveny bald in der Reihe
hängen würde, aber er befürchtete, die siebzehnte Stelle an der Wand würde
noch lange leer bleiben.

Als die allgemeine Depression abnahm, stand Julia Cater vor einem neuen
Dilemma. Da sie zuverlässig und als gute Hausfrau bekannt war, fragten weiße
Familien an, ob sie nicht bei ihnen eintreten wolle. Hätte sie es getan, würde
sie wohl etwas mehr als in den verschiedenen Konservenfabriken verdient
haben. Die Steeds wollten sie in ihrem Stadthaus beschäftigen, und die Paxmores, welche die Werft betrieben, boten ihr mehrmals einen solchen Posten
an. Sogar die Cavenys mit ihrem Transportunternehmen wollten Julia einstellen, aber sie lehnte immer ab.

Zwei Gründe bewogen sie, bei ihrer schweren Arbeit zu bleiben. Es machte ihr
wirklich Freude, mit den anderen schwarzen Frauen während der langen heißen
Stunden mitten im Dampf singend ihr Tagewerk zu verrichten, und außerdem
war sie am Choptank die anerkannte Spitzenkraft für die Zubereitung der
Krabben.

Fischer wie Jeb legten um die Mittagszeit mit den Krabbenbooten an, und wenn
die lebenden Tiere in Körben an Land gehievt wurden, war der Geschäftsführer

von Julias Firma zur Stelle, um einige Ladungen für die spezielle Verarbeitung zu kaufen, die er erfunden hatte. Immer brachte er mit einem gewissen Stolz die größten Krabben an Julias Tisch. »Wir haben wieder ein paar Prachtstücke!« Seine Leute warfen die lebenden, zappelnden Tiere in die Töpfe mit kochendem Wasser. Wenn Julia sie mit einem Netz herausholte, waren sie schön rot, und mit solchen kapitalen Exemplaren begann sie ihr Werk. Geschickt löste sie den harten Kopfbrustschild, die Schwimmfüße und die Schwanzplatte. Nachdem sie auch die Eingeweide entfernt hatte, legte sie die Krabbe mit ihrem köstlichen Fleisch in einen Kessel voll kochendem Holzapfelessig, und sobald das Krabbenfleisch mit dessen herbem Aroma getränkt war, entnahm Julia einem sorgsam gehüteten Schrank ein kleines gefaltetes Päckchen mit einer Gewürzmischung, deren Bestandteile der Geschäftsführer von McCormick in Baltimore bezog. Nur Julia kannte die Zusammensetzung. Andere Firmen versuchten, das lukrative Geschäft der Krabbenzubereitung an sich zu reißen, aber ihre Ware reichte nicht an Julias Meisterwerke heran.

Nachdem das geheimnisvolle Päckchen in den kochenden Essig entleert worden war, blieben die Krabben nur kurze Zeit in diesem Sud, so daß sie sich nicht vollsogen, sondern ihren frischen, verlockenden, nicht zu intensiven Geschmack behielten. Dann wurden sie herausgehoben und zum Abtropfen auf Holzroste gelegt; nun nahm sich Julia jede einzelne vor, begutachtete sie, ergänzte die Scheren, wenn sie bei Kämpfen verlorengegangen waren, und schlug das Ganze in Pergament ein.

Das Endprodukt war eine marinierte Krabbe, die in den Lokalen von Baltimore und New York äußerst geschätzt wurde. Der Gast bezahlte fünfundsiebzig Cent für diesen Leckerbissen, den er entweder kalt essen konnte, wie er aus dem Pergament kam, oder mit etwas Butter und Pfeffer gegrillt. Immer war das würzige, köstliche Krabbenfleisch eine der erlesensten Delikatessen des Ostufers, und niemand in den Fabriken konnte sie besser zubereiten als Julia Cater. Sie war eine gastronomische Fachkraft ersten Ranges, eine der besten in Amerika, und für ihre Leistung erhielt sie pro zehnstündigen Arbeitstag achtzig Cent.

Mit diesem Geld und den Beträgen, die ihr Mann zulegte, brachte sie die Familie durch. Die Töchter wuchsen nun heran und waren Gott sei Dank zuverlässig. Helen, schon fast elf, sprach bereits davon, sich Arbeit in einer Konservenfabrik zu suchen, und Luta Mae, obwohl erst neun, verrichtete Botengänge für Weiße, womit sie sich ein paar Pennies verdiente. Was Julia an den Mädchen besonders freute, war deren Pflichtgefühl. Der Vater war monatelang von zu Hause fort und die Mutter Tag für Tag bis abends abwesend; wären Helen und Luta Mae leichtsinnig gewesen, hätten sie genug

Gelegenheit gehabt, auf Abwege zu geraten. Statt dessen kümmerten sie sich um den Haushalt und um ihren Bruder, lernten gut und sangen in der Kirche.

Das Singen war wichtig. »Wenn ein farbiges Mädchen nicht singen kann, vertrocknet die Seele«, sagte Julia oft.

Bei der Krabbenverarbeitung und beim Tomatenschälen sang Julia, in der Küche sang sie mit ihren Töchtern, und sonntags und mittwochs in der Kirche verströmte sie ihre Liebe zu Gott und Seiner wundersamen Welt. Ihre Stimme war stark wie ihr Körper. Oft, wenn sie sang, ließ sie den Kopf zurücksinken, als wünsche sie, daß ihr Lied geradewegs zum Himmel emporsteige. Die Augen schließend, faltete sie fest die Hände und sang das Lob des Herrn.

Selbst wenn sie bei den Steeds das Doppelte verdient hätte, sie hätte nicht stumm arbeiten wollen, eine einsame Negerin, die sich durch stille Räume bewegte. Die richtige Art, in einem Zimmer sauberzumachen, war für sie, gemächlich mit beiden Töchtern ans Werk zu gehen. Jede Person hatte ein Wischtuch und jede ihren eigenen Part beim gemeinsamen Gesang. Beim Krabbenzubereiten wollte sie inmitten einer Schar singender Frauen sein, die sich zum Takt der Musik wiegten, diese gleichsam ein- und ausatmeten, um die langen Stunden der Plackerei bei solchen Klängen und Rhythmen besser und tröstlich hinter sich zu bringen.

Es waren keineswegs immer Lieder zur Arbeit. Manchmal, gegen Ende der Saison, wenn Julia sich ausmalte, daß Jeb in den nächsten Tagen heimkommen und Hiram mit seinem geheilten Ohr seinem Vater entgegenlaufen würde, um ihn zu begrüßen, begann sie plötzlich laut zu singen, ob nun jemand einstimmte oder nicht.

Im Frühling des Jahres 1940 packten die Steeds reichlich spät das Problem der versinkenden Insel an. Jefferson Steed, der Kongreßabgeordnete und nunmehrige Besitzer von Rosalinds Rache, wurde sich der Tatsache bewußt, daß nicht nur die im Westen gelegenen Felder ernstlich in Gefahr waren, sondern auch dem Herrenhaus selbst Unterwaschung und Einsturz drohten. In höchster Eile wurde alles Mögliche unternommen, um die Westufer zu festigen, wo sich die Erosion ausbreitete, doch kaum waren mit hohen Kosten Deiche errichtet, begannen die abgelenkten Strömungen den nördlichen und auch den südlichen Küstenstreifen anzunagen.

Die schweren Stürme, die manchmal die Chesapeake Bay heimsuchten, bauten sich meist über dem Atlantik auf, südlich der Bucht, und wenn sie landeinwärts brausten, brachten sie große Wassermassen in Bewegung. Dabei kam es immer zu Überschwemmungen, aber niemals entstand wirkliche Gefahr für die Uferzone. Es waren die leichteren Stürme, die den Schaden anrichteten, die anhaltenden Winde, die ohne Fanfarenstoß aus dem Nordwesten kamen, tage- oder sogar wochenlang wehten und hohe Wellen aufwühlten, welche gegen die Nordwestspitzen der Inseln und Halbinseln brandeten.

Das Ostufer bestand aus einer weiten, flachen Ablagerung der Gletscherschmelze aus den Endphasen der verschiedenen Eiszeitalter. Der höchste Punkt im Gebiet von Patamoke war die Friedensklippe, und in einem Umkreis von zwanzig Meilen rund um die Stadt hätte man keinen einzigen Felsen und kaum einen Kiesel gefunden. Das ganze Terrain war lockerer, sandiger Ton. Natürlich waren darin Pflanzenreste eingeschlossen, auch Austernschalen und feiner Kies, den der Susquehanna mitgeführt hatte. Doch in Wahrheit war das gesamte Gebiet, wie auch die vorgelagerte Insel Devon, äußerst empfindlich gegen den Anprall der Wogen.

Diese verrichteten ihr Zerstörungswerk nicht, indem sie frontal die Küste überfluteten und zerfurchten, sie erhoben sich vielmehr in einiger Entfernung draußen, rollten an der Oberfläche heran und unterwuschen allmählich das Ufer in Höhe der Wasserlinie. An manchen Stellen schnitt die Kerbe fast einen Meter tief in einen scheinbar festen Ufervorsprung mit hohen Bäumen ein, aber dieses Geländestück war verloren, denn die Basis war unterhölt. Wenn dann ein stärkerer Sturm heranfegte, erzitterte der riesige Klumpen sandigen Bodens samt seinen Bäumen und Grasnarben, schwankte einen Moment und sank langsam in die Bucht. Auf der Insel Devon ging diese unerbittliche Erosion auf ihre stille, stetige Art schon vor sich, lange Zeit bevor Captain John Smith Anno 1608 als erster das Gebiet auf eine Landkarte gezeichnet hatte. Weite Teile der Insel waren bereits verschwunden, und heroische Anstrengungen waren erforderlich, wenn der Rest gerettet werden sollte.

»Wir werden im gesamten Nordwestsektor festere Deichpfosten einrammen«, sagte Jefferson Steed. Sein Vorarbeiter wies darauf hin, daß dies äußerst kostpielig sein würde, aber Steed erwiderte: »Wir haben die Plantage am Festland gut verkauft, und überhaupt, wenn wir den Uferstreifen nicht befestigen, verlieren wir das Haus.«

Also wurde ein Ingenieur berufen, der über hunderttausend Dollar für den Schutz der Insel verbrauchte. Aber seine hölzerne Befestigung war kaum fertig, da berannte sie vier Tage lang ein scharfer Nordwest. »Gott sei Dank, sie hält«, sagte Steed, als er mit dem Ingenieur die Anlage inspizierte, und er hatte recht: Die Pfähle waren so tief eingerammt und so geschickt mit Planken verbunden, daß die neue Befestigung dem Sturm widerstand.

»Aber schauen Sie dort hinüber!« sagte der Ingenieur betroffen.

Was Jefferson Steed daraufhin sah, raubte ihm jegliche Zuversicht. Die stürmische See, welche die Abschirmung nicht eindrücken konnte, hatte sie einfach umgangen und dabei einen tiefen Kanal zwischen der Befestigung und der Insel gebildet. Die dadurch geschaffene Strömung war so reißend, daß sie den Sandboden fast ebenso heftig angriff, wie es vorher die Brandung getan hatte, nur aus einer anderen Richtung. An vielen Stellen war es unmöglich, vom verbliebenen Ufer auf die Befestigung zu steigen, so breit war der Kanal geworden.

»Was können wir tun?« fragte Steed

»Wir können versuchen, die ganze Insel mit einer solchen Wand zu umschließen«, antwortete der Ingenieur.

»Und die Kosten?«

Nach kurzer Berechnung im Kopf sagte der Mann: »Zwei Millionen Dollar.«

»Guter Gott!« Zum erstenmal sah sich Steed mit der Möglichkeit konfrontiert, daß seine Familie diese Insel vielleicht verlieren würde. »Der ganze verdammte Flecken könnte plötzlich weg sein ... Rosalinds Rache ... alles ...«

Wie vor den Kopf geschlagen, ging er zum Norduferr und deutete auf die Erosion, die dort begann: »Sieht so aus, als hätten wir es ständig mit neuen Strömungen zu tun.«

»Stimmt«, sagte der Ingenieur.

Diese fatalistische Haltung ärgerte Steed, und in scharfem Ton fragte er: »Was werden Sie dagegen unternehmen?«

»Nichts«, antwortete der Ingenieur.

»Sie meinen, alles, was wir im Vorjahr getan haben, war zwecklos. Und in diesem Jahr ... auch?«

»Es scheint so. Aber ich versichere Ihnen, Mister Steed, das war nicht zu erwarten.«

»Und dazu holen wir uns Spezialisten! Verflucht, wir haben ein Vermögen hinausgeworfen. Was soll nun geschehen?«

Der Ingenieur untersuchte das Norduferr genau; traurig schüttelte er den Kopf, als er feststellte, wie beängstigend rasch es in die Bucht abbröckelte. Mit Steed bestieg er ein kleines Motorboot, um die Insel zu umfahren. Dabei zeigte sich, daß selbst der geringe Wellengang, den das Boot aufwarf, dem Ufer gefährlich wurde, denn die Wogen trafen die wichtige Linie, wo der verfestigte Sand ins Wasser überging.

»Sie können sich vorstellen, welchen Schaden ein großes Schiff anrichtet«, sagte der Ingenieur zu Steed. Jeder Fußbreit des Küstenstreifens war dem Anprall ausgesetzt. Mit jedem Jahr wurde die Insel kleiner, da der ursprünglich angeschwemmte Sand wieder in die Bucht abglitt.

»Was heißt das?« fragte Steed.

»Das heißt, daß Devon schon vom ersten Tag an zum Untergang verurteilt war. Und das ganze Ostufer, wenn wir den Anzeichen Glauben schenken.«

Sie waren nun an der Südostspitze der Insel, an dem Punkt, von dem aus die Firstlinie von Rosalinds Rache am allerschönsten war. Vom Gebäude selbst war nur so viel sichtbar, daß man die Grundstruktur erkannte, doch ins Auge viel die Witwenpromenade, jener rechteckige Aufbau mit der niederen Balustrade. Daß dies alles mit der zerbröckelnden Insel verschwinden sollte, war nicht auszudenken.

Die Rassentrennung, die das Ostufer von jeher geprägt hatte, hielt unverändert bis in die vierziger Jahre und sogar darüber hinaus an, und damit wuchsen auch die Versäumnisse fast ins Unermeßliche. Die Chöre wären mit farbigen Sängern besser gewesen, die Steuern hätten gesenkt werden können, wenn die Löhne der Neger erhöht worden wären, die Baseballteams wären tüchtiger gewesen, hätte man auch schwarze Spieler aufgenommen, und nahezu jedes Vorhaben hätte günstigere Resultate erbracht, wäre die Leistungsfähigkeit der Schwarzen genützt worden.

Aber die Tradition gebot ein Nebeneinander der beiden Gemeinschaften in einer Art bewaffneter Koexistenz, wobei alle Waffen im Besitz der Weißen waren. Die Verfechter dieses politischen Gefüges teilten sich in zwei Gruppen. Die Spitze der gesellschaftlichen Pyramide bildeten die Steeds und andere Pflanzer.

»Wir nennen uns Pflanzer seit den guten alten Zeiten, als unsere Sklaven Tabak zogen; nun bauen wir vor allem Tomaten an, aber wir bleiben bei dem Namen.« Sie glaubten, daß die Neger nur zur körperlichen Arbeit geeignet seien und daß das Gemeinwesen blühe, wenn sie dazu angehalten würden. An der Basis der Pyramide legte die zweite Gruppe – die Turlocks und die Cavenys – die Arbeitsregeln fest und sorgte für die Befolgung.

»Nigger gehören nach Frog's Neck«, sagte Amos Turlock oft. »Sollen sie morgens herauskommen, zur Schicht in den Konservenfabriken, aber abends sollen sie um Gottes willen wieder heimgehen.«

Dabei vertraten die Turlocks ihren Standpunkt nicht völlig uneinsichtig. »Das Klügste, was die Stadt je tat, war, den Niggerpolizisten anzustellen. Einer der besten Burschen in ganz Patamoke. Er schaut darauf, daß die Nigger Raufereien nur unter sich austragen.« Sie meinten auch, daß die Neger eine Schule bräuchten. »Keine richtige Schule, klar. Kein Schwarzer auf der Welt schafft es bis zum College, aber sie haben ein Anrecht auf Unterricht. Sechs oder sieben Klassen. Sie sollen Lesen lernen.«

So lebten die Rassen getrennt in luftleeren Räumen, außer an jenen seltenen geheiligten Abenden, wenn irgend jemand eine Massenversammlung veranstaltete. Das passierte gewöhnlich im Sommer. Dann tauchten im Fenster von Steeds Laden und an den Anschlagsäulen am Kai handgeschriebene Plakate auf:

MONSTER-VERSAMMLUNG
GELÄNDE DER AFRICAN METHODIST EPISCOPAL CHURCH
SAMSTAG ABEND

Im Schwarzenviertel waren keine Ankündigungen nötig, denn dort wußte jeder, daß es vom Erfolg dieses Treffens abhing, wieviel Gutes die eigene Kirchengemeinde in den kommenden Monaten tun konnte. Die Plakate waren für die weiße Bevölkerung gedacht, besonders für die Turlocks und die Cavenys, denn erst wenn diese eine größere Anzahl von Eintrittskarten abnahmen, rentierte sich das ganze Vorhaben. Die Steeds und die Paxmores spendeten jeweils einen gewissen Betrag, ganz gleich, ob sie kamen oder nicht, aber es war lustig, wenn es in Frog's Neck von Turlocks wimmelte, denn – wie Jeb Cater sagte –: »Die verstehen zu feiern.«

Am Samstag, dem 20. Juli 1940, sollte die große Sommerversammlung stattfinden. Am Donnerstag und am Freitag verrichteten alle Familien der African Methodist Episcopal Church ihre dafür nötigen Arbeiten. Jeb Cater hatte die Aufgabe, einen weiten Sektor von Frog's Neck, der nur mit Billetts betreten werden durfte, mit Seilen abzugrenzen. Die Will-Nesbitt-Band probte komplizierte Nummern, da man Gerüchte hörte, Hochwürden Caveny, der eben erst zum Priester geweiht worden war, werde vielleicht teilnehmen. Andere Männer suchten Stühle zusammen, fegten den Boden und hängten die Lampions auf.

Die Frauen der schwarzen Gemeinde waren nach den langen Arbeitsstunden in den Konservenfabriken nun vollauf damit beschäftigt, Hühner zum Braten vorzubereiten, Okraschoten zu hacken, die mit Tomaten und Zwiebeln gekocht werden sollten, und die Plätzchen zu backen, die den weißen Kindern so gut schmeckten. In Julia Caters kleines Haus brachten schwarze Fischer Körbe voll Krabben, Sellerie und Zwiebeln, dazu ganze Säcke Mehl, denn gemäß der Tradition war sie es, welche die wichtigste Delikatesse zubereitete, die Krönung jeder Versammlung, den Krabbenkuchen.

Der Abgeordnete Steed sagte über ihre Kochkünste: »Ich habe an Treffen und politischen Versammlungen am ganzen Ostufer teilgenommen, und ich schätze, daß ich jährlich mindestens zweihundert Krabbenkuchen gegessen habe –

und dies seit vierzig Jahren. Das macht insgesamt achttausend Stück, und Jahr für Jahr habe ich sie nach einer zehnstufigen Punkteskala bewertet. In den meisten Restaurants wird minderes Zeug serviert, dem höchstens zwei Punkte gebühren. Ein Stückchen Krabbenfleisch in einer Teigkruste, in ranzigem Fett gebraten und mit Ketchup übergossen. Welch ein Hohn! Meine Tante Betsy machte Krabbenkuchen, die acht Komma sieben Punkte erreichten. Nur gute Rückenstücke, delikat in Butter angebraten. Davon konnte ich nie genug kriegen.

Aber um richtigen Ostuferkrabbenkuchen zu essen, muß man zu Julia Cater in Frog's Neck gehen. Wenn man ein Plakat für ein Fest sieht, bei dem sie ihre Krabbenkuchen serviert, muß man einfach hingehen nur wegen ihrer Meisterküche. Bewertung? Neun Komma sieben, die höchste Note, die je vergeben wurde.« Als jemand fragte, warum nicht zehn Punkte, wenn Julias Erzeugnisse doch so gut seien, erklärte er: »Der ideale Krabbenkuchen müßte eine Spur Zwiebeln enthalten. Das lehnt Julia ab.«

Einmal erschien auf der Titelseite einer Zeitung in Baltimore ein Foto des Abgeordneten Steed, auf dem er sich über einen Herd beugt, an dem Julia Cater zeigt, wie sie ihre Spezialität bereitet. Im Text dazu stand: »Sie verwendet das beste Krabbenfleisch, nur eine geringe Menge gehackten Sellerie, gut geschlagene Eier, um das Fleisch zu binden, und in der Sonne getrocknete Weißbrotbrösel, um dem ganzen Substanz zu geben. Eine Prise Pfeffer und Salz sowie eine Pulver aus einem braunen Papierbeutel, dessen Inhalt sie nicht verrät. Voilà! Krabbenkuchen nach Art des Ostufers, und besseren habe ich nie gesehen.«

Am Donnerstag und Freitag arbeiteten die drei weiblichen Mitglieder der Familie Cater, bis ihre Finger vom Bohren in den harten Krabbenschalen gefühllos waren. Andere Frauen wollten ihnen helfen, aber Julia fand, dies sei ihre Möglichkeit, dem Herrn so zu dienen, wie sie es am besten vermochte, und die ganze Nacht hindurch lösten sie und ihre Töchter geschickt die Krabben aus. Das war eine ermüdende, schwierige Tätigkeit, ein dauerndes Zupfen nach dem tiefsitzenden Fleisch, das man für Kuchen bester Qualität brauchte. »Ich habe welche gesehen, die waren eine Schande«, sagte Julia. »Lauter dunkles Fleisch in winzigen Stücken. Ich würde sie nie in die Pfanne tun und schon gar nicht essen.«

Bis zum Samstagmorgen hatten die Cater-Frauen Eimer voll weißes Krabbenfleisch, die unter Nesseltuchhüllen an kühlen Stellen des Hauses standen. Während der heißen Stunden des Tages schliefen Julia und ihre Töchter, gegen fünf Uhr nachmittags begannen sie wieder mit der Arbeit, und erst wenn die ersten goldbraunen Kuchen vom Feuer kamen, rund wie kleine Tomaten und dort, wo das gute Krabbenfleisch unter der Kruste aus geriebenen Brotkrumen lag, voller Buckel, waren sie froh.

Bei Einbruch der Dämmerung stellten sich zwei Neger vor dem improvisierten Tor zum Versammlungsplatz auf, und sobald die Besucher auf der Straße aus der Stadt herankamen, kassierten die Männer vierzig Cent von Erwachsenen und zwanzig für Kinder. Von Zeit zu Zeit, wenn ein Weißer erschien, der die Versammlungen seit Jahren durch Zuwendungen förderte, nahm ihn der ältere der beiden beiseite, führte ihn zu einem Gebüsch und bot ihm einen Schluck aus einer Whiskyflasche an.

»Schön, daß Sie kommen«, flüsterte dann der Ordner, und oft trank er mit dem Weißen aus derselben Flasche.

Einer, der kein solches Fest versäumte, war Amos Turlock. »Das beste Essen im ganzen Land, und singen, das können die Nigger!« Für den bescheidenen Eintrittspreis wurden Amos leibliche Genüsse in Hülle und Fülle geboten: Brathühner, Warzenmelonen, Tomatensalat mit Zwiebeln, vielerlei Pasteten, Berge von Sandviches – und natürlich Krabbenkuchen.

Die Besucher schlemmten auch diesmal von fünf Uhr nachmittags bis zum Sonnenuntergang, und dann spielte Will Nesbitt mit seiner Neun-Mann-Band laute, schmissige Musik. Während dieses Teils des Festes brachten sie nur jene Schlager, die sie bei solchen Gelegenheiten seit zehn Jahren spielten; mit den Glanznummern warteten sie, bis Hochwürden Daveny erschien.

In den Pausen sang der Chor unter der Leitung von Reverend Douglass, der selbst eine gute Stimme hatte. Diese Männer und Frauen brachten vor allem Kirchenmusik, geistliche Lieder, die den weißen Gästen oft ziemlich unbekannt waren, aber früher oder später gingen Stimmführer wie Julia Cater zu den populären Spirituals über. Manchmal fielen alle Festteilnehmer in den Gesang ein, und in solchen Augenblicken des Miteinanders verschwand jeder Gedanke an Schwarz und Weiß.

Es war etwa neun Uhr abends, als sich in der Menge rasch herumsprach, daß Hochwürden Caveny komme, und er wußte, was man von ihm erwartete, denn er trug ein kleines schwarzes Kästchen bei sich. Die Weißen staunten darüber, aber die Neger waren entzückt. Leichten Schrittes ging er durch die Menge, ein blonder junger Mann von sechsundzwanzig Jahren in der Soutane, der Junge aus der Gegend, der im College gut vorangekommen war und im Priesterseminar noch besser. Patamoke war auf Patrick Caveny stolz, aber es wunderte sich auch über ihn. Man wußte nie, was er als nächstes aushecken würde.

Den Steeds und seinen anderen weißen Pfarrkindern zunickend, als schreite er durch seine Kirche, ging er eine Weile zwischen den Schwarzen umher, dann ließ er sich sachte zum Podium schieben. Die Leute begannen zu applaudieren, und Will Nesbitt stieg herab, um ihn einzuladen, zur Kapelle hinaufzukommen. Dies bewirkte lauten Jubel. Hochwürden Caveny lächelte dem Publikum unbefangen zu, bat noch um ein Stück Krabbenkuchen und öffnete schließlich sein Kästchen.

Darin lag eine Klarinette, in vier Teile zerlegt. Mit den langsamen dramatischen Gebärden des Iren hob er sie heraus und setzte sie behutsam zusammen: Trichter, Röhre, Mundstück und Rohrblatt. Nachdem er den Sitz der einzelnen Teile überprüft hatte, bat er einen von Nesbitts Musikern, einen Ton anzugeben, auf den er sich einstimmte. Mit dem Zustand seines Instruments zufrieden, nickte er Nesbitt zu. Die Kapelle begann mit einem Lied, das die Schwarzen liebten: »Bye, Bye, Blackbird«. Schon beim Auftakt jubelten die Zuhörer auf.

Hochwürden Caveny spielte anfangs nicht mit. Doch als die Kapelle zum Refrain kam, verstummte sie, und als Solo spielte er nun das Klagelied eines einsamen Schwarzen, der in den Norden verschlagen wurde und sich nach der Heimat sehnt.

Dann fiel die Kapelle wieder ein, und zehn Minuten später ging es beim Fest der African Methodist Episcopal Church wie bei einem wüsten Tumult zu. Die Steeds und andere brave Katholiken waren von solchen Eskapaden ihres Priesters peinlich berührt. Die Tante des Abgeordneten sagte: »Wenn ihr mich fragt, er steht den Niggern viel zu nahe, in jeder Hinsicht.« Und ein anderer aus ihrer Generation fügte hinzu: »Es ist eine Schande für einen geistlichen Herrn, Klarinette zu spielen, als wäre er noch in der Oberschule.«

Doch nach dem Schluß des Festes, als Reverend Douglass die kleinen Münzen zählte, mit denen seine Pfarre in der kommenden Zeit ihren Unterhalt bestreiten mußte, und als das Geschirr gesäubert und die Seilabgrenzung entfernt war, da war es Jeb Cater, der die Quintessenz des Abends in wenige Worte faßte:

»Quäker wie Woolman Paxmore – der beste Mann in der Stadt –, die mögen alle Schwarzen – die Schwarzen in Alabama oder Georgia, aber Hochwürden Caveny, der mag jeden einzelnen von uns … wie wir eben sind … hier im Frog's Neck.«

Am 22. Februar 1941 erschien auf der Titelseite des »Patamoke Bugle« ein Bild Amos Turlocks, aber nicht so, wie es sich Hugo Pflaum ausgemalt hatte: links der struppige Amos, die Twombly in der Mitte und rechts er selbst, der tüchtige Wildhüter, der die letzte und berühmteste der Langlaufflinten endlich konfiszierte.

Nein, es war ein ganz anderes Bild: Unrasiert stand Amos da, mit einer gewöhnlichen Schrotflinte in der einen Hand und einer toten Wildgans in der anderen. Dazu der Text:

> Jagdglück im Sumpf
> Wildgans erlegt

Dann wurde geschildert, wie Amos in der Hoffnung auf einen guten Schuß fünf Monate lang das Sumpfland durchstreift hatte, und mehrere andere Jäger, die seine Beharrlichkeit rühmten, wurden zitiert:

> Wenn es einem Mann aus Patamoke beschieden war, heuer eine Wildgans zu schießen«, sagte Francis X. Caveny, selbst ein Jäger von Gnaden, »dann ist es Amos Turlock, denn er weiß mehr über das Verhalten dieses Wildes als jeder andere Bewohner unseres Gebietes.

Außerdem wurde an die Jahre erinnert, als immer ziemlich viele Wildgänse am Choptank einfielen, und die Redaktion gratulierte Amos, weil er den Patamokern diese guten alten Zeiten ins Gedächtnis brachte:

> Amos Turlock und Männern wie ihm rufen wir ein Bravo zu. Und selbst auf die Gefahr hin, daß man über uns lächelt, möchten wir die Hoffnung aussprechen, daß eines Tage die Scharen von Wildgänsen, die einst unsere Region bevölkerten, zurückkehren. Jedenfalls spenden wir den Bemühungen guter Jäger wie Amos Turlock, die so emsig für die Erhaltung unseres Wildentenbestandes wirken, gebührendes Lob. Laß dir die Gans schmecken, Amos!

Keine Woche verging, in der nicht jeder Schwarze in Patamoke immer wieder zu spüren bekam, in welch einseitig orientiertem Gesellschaftsgefüge er lebte. Das wurde den Caters an dem Tag wieder einmal bewußt, als sie die große Neuigkeit erfuhren, daß Amos Turlock tatsächlich eine Wildgans geschossen hatte.

An jenem Nachmittag war es Julia gelungen, sich einen Termin bei einem wandernden schwarzen Dentisten zu sichern, der aus Baltimore gekommen war. Seit einiger Zeit machten ihr die Zähne ernstlich zu schaffen, und da den schwarzen Familien Vorbeugung unmöglich war – weiße Zahnärzte behandelten sie nicht, und schwarze gab es nicht –, hatte sie ihre Zähne vernachlässigen müssen, obwohl sie wußte, daß sie bei richtiger Behandlung hätten gerettet werden können.

»Schlimme Sache«, sagte der überlastete Mann. »Da gibt's nur eines: alle raus.«

»Aber Doktor …«

»Ja, man hätte was tun können. Vielleicht ginge es jetzt noch, wenn Sie sechs Monate lang einmal wöchentlich kämen. Das klappt aber nicht. Besser, Sie lassen sich alle ziehen.«

»Aber …«

»Lady, wir haben keine Zeit für Debatten. Ich kann die Zähne ziehen und einen Kieferabdruck machen. Dann schicke ich ihnen ein schönes neues Gebiß per Post aus Baltimore. Vierzig Dollar, und Sie haben keinen Kummer mehr.«

»Ich …«

»Lady, entschließen Sie sich. Ich komme heuer nicht wieder hierher.«

»Kann ich später nochmals kommen?«

»Hören Sie, wenn Sie die vierzig Dollar nicht bei sich haben, nehme ich eine Anzahlung und stunde Ihnen den Rest. Reverend Douglass sagte mir …«

»Es ist nicht wegen des Geldes!« fiel sie ihm energisch ins Wort. Dann verließ sie plötzlich aller Mut. Jahraus, jahrein die Bemühungen, ihre Familie durchzubringen und nicht so dick zu werden wie manche andere schwarze Frauen, die Sorgen mit den Zähnen, und – seit neuesten – Luta Maes ewiges Aufbegehren, dazu die Belastung mit der Erziehung ihres Sohnes – es war einfach zuviel. Dieser erbarmungslose, unablässige Existenzkampf ging über ihre Kraft.

Resignierend lehnte sie sich im Stuhl zurück, doch als ihr die erste Schwade des Lachgases in die Nase drang, wehrte sie sich instinktiv. »Ich möchte nicht ohnmächtig werden!«

»Na, na«, sagte der Dentist und streichelte sachte ihre Hand.

Es schmerzte wirklich viel weniger, als sie geglaubt hatte. Der Dentist lachte, als er ihr beim Aufstehen half. »Wissen Sie was? Wenn das Gebiß nicht paßt, trage ich es selber.«

Doch als sie auf die Straße trat und ihre zahnlosen Kiefer spürte, konnte sie die Tränen nicht zurückhalten. »Lieber Gott, ich werde nicht mehr singen können.«

Hätte jemand versucht, die Geschichte Patamokes getreulich dazustellen, er würde sich wahrscheinlich verpflichtet gefühlt haben, einen Abschnitt über die geistige Entwicklung der Region einzufügen. Dabei würde sich ein merkwürdiges Problem ergeben haben: Es wäre schwierig gewesen, unter jenen Persönlichkeiten, die sich besonders hervortaten, jenen Mann oder jene Frau zu bezeichnen, dessen oder deren Wirken für das Gebiet richtungsweisende Bedeutung erlangte.

Zum Beispiel: Ein Verfechter der Tradition wäre wohl geneigt, William Penn zu nennen, den großen Quäker aus Philadelphia. Dieser kam gegen Ende des siebzehnten Jahrhunderts nach Patamoke, entbot den Bewohnern bombastisch seinen Gruß und glänzte vor ihnen mit seinem geistigen Format. Indes, einen Ehrenplatz könnte man ihm kaum zuerkennen, denn für den durchschnittlichen Einwohner Marylands war Penn ein Heuchler, ein diebischer verlogener Schurke, der sein möglichstes getan hatte, um den nördlichen Teil der Kolonie für Pennsylvanien zu usurpieren, was ihm auch gelungen war. Paul Steed etwa schrieb über jene Epoche:

> Der schlimmste Feind, den Maryland je hatte, war William Penn, dieser scheinheilige Quäker und selbsternannte Hohepriester. Wären meine Ahnen nicht wachsam gewesen, Penn hätte den größten Teil unserer Kolonie gestohlen, bis hinunter zur Insel Devon. Er kam einmal nach Patamoke, angeblich, um mit seinen hiesigen Glaubensbrüdern zu beten, doch in Wahrheit offenbar, um zu erkunden, welcher Gebiete man sich demnächst bemächtigen könne. Niemals ließ sich ein tückischerer Mann am Choptank blicken.

Über seinen Tod hinaus blieb Penn in schlechter Erinnerung, weil man mit seiner Person zwei unglückselige Vorfälle in Beziehung brachte: Im Jahr 1765, als Charles Mason und Jeremiah Dixon die Grenzen vermaßen, um das Territorium zwischen Maryland und Pennsylvanien aufzuteilen, begannen sie an einem Punkt unweit des Choptank, und bald ging das Gerücht um, Pennsylvanier hätten sie bestochen, damit sie den Verlauf zugunsten von Penns Anhängern markierten. Und 1931, als ein Professor des Pennsylvania State College ein Buch schrieb, in dem er erklärte, die Chesapeake Bay verdiene diesen Namen gar nicht, da sie bloß eine breitere Mündung des Susquehanna sei, wetterte der »Patamoke Bugle«: »Zuerst stehlen sie unser Land, und nun wollen sie uns die Bucht stehlen. Wir sagen: Zum Teufel mit Pennsylvanien und seinen Winkelzügen!«

Akzeptabler wäre als bedeutende Persönlichkeit vielleicht Francis Asbury gewesen, jener erleuchtete englische Priester von bescheidener Bildung, der sich aber hingebungsvoll für die Ideen von John Wesley einsetzte. Er kam in den siebziger Jahren des achtzehnten Jahrhunderts nach Maryland. Mit unermüdlicher Willenskraft und Ausdauer reiste er jährlich fünftausend Meilen, immer bestrebt, in dem Volk, das eben zur Nation heranreifte, das neue methodistische Glaubensbekenntnis zu verankern. Sein missionarischer Eifer wirkte sich besonders am Ostufer aus, das er von einem Ende zum anderen durchstreifte. Er hielt aufrüttelnde Predigten und warb unter den einfachen Bürgern für eine Religion, die ihnen eher zusagte als die strengen Moralbegriffe der Episkopalkirche, jener Religion der reichen Leute, oder der katholischen Kirche, die im Formalen erstarrte. Asbury weilte dreimal in Patamoke; mit seinen Offenbarungen von Himmel und Hölle rüttelte er die Bewohner auf, und dank seiner mitreißenden Begeisterung wurde das Gebiet um den Choptank in der Folge zu einer Domäne der Methodisten. Über einen Besuch schrieb er in sein Tagebuch:

> Ich kam nach Patamoke, einer lieblichen Stadt an einem lieblichen Strom. Es dürstete mich danach, die Seelen der rohen Gesellen zu retten, die in der Bucht fischten wie die Jünger Jesu im See von Galiläa, aber der erste Mann, den ich kennenlernte, war ein gewisser Turlock, der die Gäste unserer Taverne durch sein Schmatzen beim Essen und Trinken, sein Rauchen und sein lärmendes Gehaben ärgerte. Er schien von der Ewigkeit noch nie etwas gehört zu haben. Der Verworfene hatte die Unverschämtheit, mir mit lauter Stimme zu erzählen, sein Vater sei hundertneun Jahre alt geworden und habe nie eine Brille gebraucht.
>
> Da mir schon zu Beginn solch ein arger Sünder den Gruß entbot, war es mein Bestreben, sogleich etwas für die Rettung des Ortes zu tun, doch merkte ich, daß mir Satan zuvorgekommen war und die guten Leute von Patamoke durch ein Spiel ablenkte, dem sie lärmend und mit sichtlichem Behagen oblagen. Ich war tief betrübt.

George Fox, der Begründer des Quäkertums, besuchte Patamoke Anno 1672, hinterließ aber keinen bleibenden Eindruck, und der tugendreiche Hochwürden Ralph Steed versuchte etwa zur selben Zeit, den katholischen Glauben bis in die fernsten Winkel der Region zu tragen, doch war sein Einfluß am Westufer deutlicher spürbar. Woolman Paxmore wirkte zumeist in entfernteren Gegenden des Ostufers, und in seiner Heimat dachte man nicht oft an ihn.

Nein, der Mann, der dem Leben am Ostufer eine entscheidende Wendung gab, war Jefferson Steed, und seine Leistung bestand darin, daß er den Anbau von Tomaten stoppte.

Gegen Ende der vierziger Jahre unseres Jahrhunderts erkannte er, daß jene Teile des riesigen Grundbesitzes der Steeds, wo seit einem halben Jahrhundert Tomatenkulturen wuchsen, bald einen Verlust ausweisen würden. Die am

Ostufer verstreuten großen Konservenfabriken waren veraltet. Viel aktivere Betriebe in New Jersey und im Westen hatten sie überflügelt. Auch war der Boden durch die Tomatenpflanzen, die ihn ständig Mineralstoffe entzogen, bereits ausgelaugt, und schlechter Boden bedeutete schwache Pflanzen, die anfällig waren für Schädlinge. Und was noch stärker ins Gewicht fiel: Da die Arbeitskräfte von den Farmen scharenweise in die Rüstungsindustrie und zu neuen Projekten wie der geplanten Brücke über die Bucht abwanderten, war es unwirtschaftlich, Tomaten zu ziehen, und deshalb sagte Jefferson Steed an einem Tag, der für die Geschichte des Ostufers schicksalhaft werden sollte, zu seinen Vorarbeitern: »Keine Tomaten mehr.« Als sie einwandten, daß die großen wellblechgedeckten Konservenfabriken, die aus dem Sumpfland an den Meeresarm aufragten, für nichts anderes verwendbar seien, erwiderte er: »Dann sollen sie verrosten. Sie haben ausgedient.« Und damit verschwand eine bestimmte Lebensform.

»Mais«, sagte Steed.

Die Männer, lauter erfahrene Farmer, trauten ihren Ohren nicht. Sie hatten immer kleine Mengen von Getreide für ihre Milchkühe angebaut, doch wenn sie die Felder dazunahmen, auf denen bisher die Tomaten standen, würde man neue Märkte finden müssen. An wen werden wir die Ernten verkaufen?«

Steed antwortete: »Die Leute am Ostufer sind Pferdefreunde. Und über das, was übrigbleibt, werde *ich* mir den Kopf zerbrechen.«

So pflanzte der Abgeordnete Steed mit beträchtlichem finanziellen Risiko auf seinen früheren Tomatenfeldern eine Hybridsorte Mais, welche die Agronomen der Universität von Maryland gezüchtet hatten – und sie gedieh. Aber die außerordendlich hohen Erträge, die er erzielte, hingen nicht von der Qualität des Saatgutes ab; sie waren das Ergebnis seines kühnen Entschlusses beim Anbau. »Seit den Zeiten, als die ersten Engländer in Maryland Mais zogen, haben wir ihn in weiten Abständen gepflanzt. Jeder glaubte, das müsse so sein. Doch wenn ihr mich fragt, war das nur deshalb, damit die Pferde durchkamen. Bei den neuen chemischen Düngemitteln ist diese Form des Anbaus nicht mehr nötig.« Und ohne Bedenken ließ er so dicht säen, daß sogar ein Mann nur schwer zwischen den Schößlingen durchgehen konnte.

Es gelang. Und im Herbst, als schwarze Landarbeiter die dichten Reihen umlegten und die Kolben aufstapelten – dreimal so hoch, wie vorhergesagt –, da wußte Steed, daß er das Richtige getan hatte.

»Nun brauche ich nur noch einen Absatzmarkt«, sagte er zu seinem Verwalter, und als er unter seinen Kollegen im Kongreß herumfragte, entdeckte er Kunden, die sehr gern bereit waren, ihm seinen Überschuß zu dem niedrigen Preis, den er bieten konnte, abzunehmen, und bald stellten auch andere Farmer am Ostufer von Tomaten auf Mais um. Im Spätsommer waren die weiten Felder dicht von zwei bis drei Meter hohen Pflanzen mit schweren vollen Kolben bestanden. Steeds Wagnis war einer der klügsten Schachzüge, die es je in der Landwirtschaft von Maryland gegeben hatte, und Farmer, die ihren Grundbesitz verloren hätten, wenn sie bei den Tomaten geblieben wären, brachten es mit Mais zu einigem Wohlstand.

Doch ein glücklicher agrarpolitischer Wurf macht einen Mann noch nicht höchster Ehrung würdig. Was tat Steed also als nächstes? Gegen Ende der fünfziger Jahre schickte er seine Landarbeiter in Pension und kaufte eine Anzahl riesiger Mähdrescher, die ihm eine große Summe einsparten und ihn in die Lage versetzten, seine eigenen Felder rasch am Montag abzuernten und die seiner Nachbarn am Dienstag. Die Einführung der Mähdrescher bedeutete, daß nun Landwirtschaft auf breiter Basis möglich war, denn mehrscharige Pflüge zogen im Frühling die Furchen, große Scheibeneggen bearbeiteten Ende April den Boden, Kultivatoren hielten die Äcker sauber, und im Herbst krochen metallene Dinosaurier darüber hin und ernteten die reife Frucht.

Worin lag nun die tiefere Bedeutung eines solchen Unternehmens? Die schwarzen Landarbeiter hatten den Mais langsam, aber mit größter Perfektion geerntet. Die Maschinen hingegen fuhren einfach zwischen den Reihen dahin und ließen auf ihrer Bahn etwa drei Prozent des Gesamtertrags ungenützt zurück. Dieser Mais fiel entweder in Form abgebrochener Kolben oder herausgeschütteter Körner zu Boden, oder er blieb an jenen Pflanzen, die zu nahe an Hecken standen, so daß die Maschine sie nicht erreichen konnte. Oft ließ man aber auch ein bis zwei Reihen in der Mitte stehen, da es sich nicht lohnte, daß der Fahrer sein schweres Gerät deswegen wendete.

Steed und sein Verwalter waren nicht leichtsinnig. Sie berücksichtigten die Einbuße, doch als sie kalkulierten, was es kosten würde, die kleinen Mengen ebenfalls einzubringen, kamen sie zu dem Schluß, daß es billiger sei, darauf zu verzichten. »Nehmen wir in Kauf, daß der Verlust bei der maschinellen Ernte drei Prozent beträgt. Doch selbst wenn man die Abnützung und den Treibstoff in Rechnung setzt, ist der Mähdrescher dennoch rentabel. Kümmern wir uns also nicht weiter um die heruntergefallenen Körner.«

Das war eine der glücklichsten Entscheidungen, die ein Steed je für sein Land traf, denn als die hellgelben Körner im Herbst auf der Erde lagen und im milder werdenden Licht der Sonne aufleuchteten, wurden sie von den vorüberstreichenden Wildgänsen entdeckt. Zuerst fielen einige, die auf ihrem Weg zu den gewohnten Winterquartieren in North Carolina waren, ein. Und eine Erregung erfaßte das ganze Ostufer. »Die Wildgänse kommen wieder! Harry hat mindestens vierzig am Rand seines Feldes gesehen.«

Hausfrauen blieben auf dem Weg zum Markt jäh stehen und starrten etwas an, von dem ihre Großmütter erzählt, das sie selbst aber noch nie erblickt hatten. »Ich biege gerade um die Ecke der Glebe Road, und da sind sie im Feld – ja, es müssen hundert fette Wildgänse gewesen sein.«

Einmal im Herbst ließen sich mindestens vierzigtausend Wildgänse auf den Feldern am Choptank nieder. Die alten Geschichten von den Zeiten, als fast eine Million Vögel kamen, gingen wieder von Mund zu Mund, und fünfzig Turlocks machten sich daran, ihre Gewehre zu ölen.

Im Jahre 1960 überwinterten zweihunderttausend Wildgänse an den endlosen Flüssen, die in den Choptank mündeten, und in den folgenden Jahren sollte die Zahl noch weiter ansteigen, bis zu jener Dichte, wie sie Captain John Smith Anno 1698 beobachtet hatte. Riesige Schwärme bildeten sich östlich von Patamoke, zehntausend Wildgänse dösten auf dem Wasser, und wenn irgend etwas die Tiere am äußersten Rand schreckte, erhoben sie sich, und alle anderen folgten ihnen. Sobald diese Wächter merkten, daß keine wirkliche Gefahr bestand, fielen sie wieder am Fluß ein, und abermals folgten ihnen alle anderen. Es sah aus wie ein Zauberteppich irgendwo östlich von Bagdad, der emporstieg, dahinschwebt und sich wieder zu Boden senkt.

Im Laden beredeten die Jäger die Konsequenzen. »Fünf Turlocks bieten ihre Dienste als Führer an, der Schwarze in der Garage rupft die Gänse, das Stück für fünfundzwanzig Cent, und Martin Caveny hat seinen Uferstreifen einem feinen Pinkel aus Pittsburgh für ganze neunhundert Dollar verpachtet.«

Doch immer, wenn die Jäger das faszinierende Thema erörterten, wie diese unvermutete Wendung dem Ostufer neuen Auftrieb geben könne – »alle Motelzimmer sind für diese Saison vermietet« –, kam der Moment, da sie vor Staunen verstummten. Dann schüttelte wohl irgend ein alter Mann den Kopf und sagte: »Die Gänse kommen zurück. Na so was!« Und wieder sprach keiner, denn der Alte hatte kurz und bündig das Beste umrissen, was dem Ostufer seit hundert Jahren widerfahren war.

Als Hiram Cater sieben Jahre alt war, begann für ihn der ernsthafte Unterricht, nicht in Rechnen und Buchstabieren, sondern in den harten Techniken des Überlebens in einer Welt der Weißen. Seine Mutter, die sich an die Lynchjustiz am Choptank erinnerte, als Schwarze wegen angeblicher oder wirklicher Verbrechen kurzerhand gehängt wurden, war seine beste Lehrmeisterin: »Das wichtigste ist: durchkommen! Nur nicht auffallen! Nichts tun, womit man Aufmerksamkeit erregt. Wenn dir ein Turlock oder ein Caveny begegnet, weich ihm aus. Leg dich niemals mit einem Weißen an!« Beim geringsten Anzeichen, daß der kleine Hiram ein hitziges Temperament an den Tag legen könnte, schärfte sie ihm ein: »Schon gut, du hast Oscar vermöbelt. Er ist ein Schwarzer.

Aber prügle dich nie mit einem weißen Kind, denn dann schlägt sein Papa einen furchtbaren Krach.«

Besonders wichtig war es ihr, ihn vor dem Umgang mit weißen Mädchen zu warnen. »Die gibt's gar nicht. Die sind nicht da. Du gehst nicht zur Schule mit ihnen, auch nicht in die Kirche, und in der Stadt hältst du dich von ihnen fern.« Als sie Hiram beobachtete, war sie froh, daß es in Patamoke die Rassentrennung gab. Mit einigem Glück kam er nie mit einem weißen Mädchen in Berührung.

Ihr Leitsatz lautete: »Das gibt's gar nicht.« Alles, was irritierte oder demütigte, wurde verdrängt, und kein Willkürakt der Weißen war Grund genug, von dieser Verhaltensregel abzugehen. Wenn Hiram keine Schulbücher hatte – sich damit abfinden. Wenn er doch eine Fibel bekam, und sie bestand nach langer Verwendung in den Schulen der Weißen nur aus zerfledderten fliegenden Blättern – ignorieren. Wenn es im Klassenzimmer keine Fensterscheiben gab – den Mund halten, da kann man nichts machen. Die natürlichsten menschlichen Reaktionen sollten gebremst werden, und es hieß: alles hinunterschlucken. Die einzige Antwort auf Erniedrigung war ein Grinsen, ein Schritt zur Seite, runter in die Gosse, damit die weiße Lady vorbeigehen konnte; es gab nur eines: sich ducken.

»So wird es dein ganzes Leben lang sein«, sagte Julia Cater zu ihrem Sohn, und sie predigte eine alte Weisheit der Neger, denn seit Generationen bereiteten schwarze Frauen ihre Söhne so auf ein Leben vor, damit sie aufwachsen und schwarze Männer werden konnten.

Hirams spontaner Widerstand, der sich von Tag an äußerte, an dem sie ihn abzurichten begann, fand wenig Unterstützung bei seinem Vater. »Tu was deine Mammy sagt, wenn du am Leben bleiben willst.« Auf den Skipjacks verstand es Jeb bestens, sich mit den weißen Besatzungsmitgliedern gutzustellen. »Ich tu meine Arbeit besser, und wenn es Krach gibt, schau ich weg.« So erwarb er sich den Ruf eines braven Niggers, und nach einer Weile machte es ihm kaum noch etwas aus, diese Rolle zu spielen. »Man muß sich durchschlagen. Man braucht einen Job. Hör auf deine Mammy, Hiram, dann wird ein kluger Mann aus dir werden, und eines Tages wirst du vielleicht deinen eigenen Skipjack haben.«

Diese ständige Unterdrückung menschlicher Regungen wirkte sich bei Hiram kaum aus, denn er fand innerhalb der schwarzen Gemeinschaft immer ein Ventil für seine überschüssigen Kräfte. Wenn er raufen wollte, war Oscar da, der etwas größer und ein etwas besserer Boxer war. Wenn er sich bei Wettkämpfen austoben wollte, gab es auf dem Schulgelände viele Jungen seines Alters, und manchmal arteten ihre Spiele fast in Gewalttätigkeiten aus. Auf keinen Fall machten die Ermahnungen seiner Mutter aus ihm ein schüchternes, gehemmtes Kind, auch scheute er keine sozialen Konflikte. Durch die Abschirmung von den Weißen entwickelte er sich zwangsläufig zu einer um so stärkeren Persönlichkeit im Bereich der Schwarzen. Wie Jeb war er von mittelgroßer, stämmiger Statur. Seine Haus war dunkler als die vieler seiner Spielgefährten und deutete auf rein afrikanische Abstammung hin, aber von jenem Kontinent und Cudjo Caters Abenteuern dort wußte er nichts. Er war ein Kind des Choptank, ohne Kenntnis seiner Ursprünge und der alten Überlieferungen. Alles hatte den Anschein, als würde sein Leben so verlaufen wie das seines Vaters.

Eine der Regeln seiner Mutter ging ihm allerdings nahe: »Putz dir die Zähne, dann verlierst du sie nicht wie ich.« Zähneputzen, zweimal pro Tag, das wurde ein feierliches Ritual, das er freiwillig einhielt, und nicht, weil ihn seine Mutter dazu zwang. Die Folge war, er merkte, daß seine Zähne weißer waren als die seiner Kameraden und viel blanker als die der weißen Kinder, die Unmengen von Süßigkeiten naschen durften.

Er selber durfte fast gar nichts. Seine Schwester Luta Mae sparte ihre und seine Pennies zusammen, und an Festtagen führte sie ihn in den Blue and Gold Ice Cream Parlor, wo sie die Qual der Wahl zwischen neun Sorten hatten. Ihm erschienen diese Tage als die schönsten seines Daseins, und anders als seine Schwester empfand er es keineswegs als Zurücksetzung, daß sie ihre Portionen nicht an den hübschen Eisentischchen essen durften. Er wollte hinaus auf die Straße, wo die kühle Berührung des Eises an den Lippen im heißen Luftzug um so köstlicher war.

Als Luta Mae zwölf Jahre alt war, ein großes, kluges Mädchen, weit energischer und phantasievoller als die ältere Schwester, begann sie, Hiram sonderbare Geschichten zu erzählen: Wie sie eines Tages mit Charles Lindbergh durch die Luft geflogen war, und wie sie einmal einen Chevrolet gesessen hatte, und damit über die mit Austernschalen gepflasterten Straßen gefahren war, und wie sie diesen älteren Jungen, diesen Charley, kennengelernt hatte, mit dem sie auf ihren Wanderungen immer nur das getan hatte, was ihnen Spaß machte. Es war sehr anregend, mit Luta Mae zu reden, denn ihre rege Einbildungskraft lieh ihr Flügel, die sie weit über die Grenzen des Choptank hinaustrugen.

Mit dreizehn gestand sie Hiram, daß sie sich nicht mit dem Abschluß der Negerschule zufriedengeben werde, die mit der siebenten Stufe endete. »Ich gehe nach Salisbury, an die Oberschule für Schwarze, dort werde ich lauter Einser kriegen. Und dann gehe ich ans College.« Sie hatte von ihrer Lehrerin die korrekte Aussprache des Englischen übernommen und las die Werke des Negerautors Langston Hughes und die Biografie des Mulatten Frederick Douglass, der in der Nähe aufgewachsen war. Und immer ließ sie Hiram an allem teilnehmen, was sie bewegte, als sei es seine Erziehung, auf die es ankäme. Doch Julia ärgerte sich, wenn sie davon erfuhr. »Hör nicht auf Luta Mae. Die hat ihre eigenen Probleme.«

Und dann wurde das Ostufer plötzlich von einer Erregung erfaßt, in der sogar Julias Mahnungen zur Vorsicht verhallten. Für die Vereinigten Staaten hatte der Zweite Weltkrieg begonnen, ohne daß man in der Chesapeake Bay etwas davon gespürt hatte, und ebenso war er zu Ende gegangen. Weder waren Munitionsfabriken aus dem Boden gewachsen noch größere militärische Anlagen. Das Leben hatte sich kaum geändert trotz der Umwälzungen, wie sie Berlin und Hiroshima darstellten. Das einzig spannende Ereignis war gewesen, daß sich ein U-Boot an die Virginia Capes herangepirscht und einige Frachter versenkt hatte. Die Leute waren der Meinung gewesen, der eigentliche Kampfauftrag des U-Bootes galt der Beschießung von Patamoke und der Zerstörung der Paxmore-Werft. Wenn Zyniker meinten: »Die werden kaum Schaden anrichten«, erinnerten ältere Männer sie an historische Beispiele. »Genau das sagten sie auch, bevor uns die Briten im Krieg von 1812 bombardierten.«

Der Krieg war ohne die Invasion des Choptank-Gebietes vorübergegangen, und alles lief wieder gemächlich in den gewohnten Geleisen, als die Legislative des Staates Maryland, die sich größtenteils aus Abgeordneten vom westlichen Ufer zusammensetzte, den Bau einer gewaltigen Brücke über die Chesapeake Bay beschloß. Die Phantasie entzündete sich an den neuen Möglichkeiten. »Schafft es der Mensch, eine fünf Meilen lange Brücke über einen breiten Arm des Atlantiks zu bauen? Jawohl, und wir werden es durchführen!«

Die offizielle Begründung lautete, diese Brücke werde eine zweite Verbindung zwischen Washington und New York eröffnen, aber der wirkliche Zweck war, daß Bürokraten aus Washington und Baltimore zum Wochenende rascher ihre Sommerhäuser am Meer erreichen konnten, und dies bedeutete, daß die verträumten Gefilde des Ostufers, die so lange vor Einflüssen von außen bewahrt worden waren, in Rollbahnen für den hektischen Urlauberverkehr verwandelt werden würden. Wo man bisher einen Lebensstil der Geruhsamkeit gepflegt hatte, würden Tankstellen und Schnellimbiß-Gaststätten die Landschaft übersäen.

Fast einmütig opponierte das Ostufer gegen dieses Projekt, es gab hitzige Protestversammlungen, bei denen Lokalpatrioten erklärten, daß für die Brücke in Wahrheit die Fischer und Jäger zu bezahlen hätten, die sie gar nicht wünschten, und Farmer, deren ererbter Grundbesitz nun vergiftet würde. Der »Patamoke Bugle« blies zum Gegenangriff:

Das ist eine Enteignung von der brutalsten Art. Gegen unseren Willen und mit unserem eigenen Geld wird unsere Lebensqualität zerstört. Wo einst auf abseitigen Straßen in lieblicher Natur nur wenige Autos fuhren, werden es nun Tausende sein. Unsere zauberhaftesten Winkel werden überlaufen werden von jedem Niemand aus Baltimore, der einen Gebrauchtwagen besitzt. Lärm, Verpestung, Rowdytum und der Zustrom von Fremden, die kein Verständnis für unsere Wertbegriffe haben, werden die Folge sein. Unser Land, in dem wir friedlich leben, sah sich noch nie einer größeren Katastrophe gegenüber als der Bedrohung durch diese abscheuliche Brücke, und wir wehren uns dagegen mit aller Entschiedenheit.

Die uralte Forderung, daß sich das Ostufer von Maryland lösen und einen neuen Staat bilden solle, erhielt neuen Auftrieb, und in Delaware und Virginia wurde heftig für diesen Plan agitiert. Aber wie immer kam nichts dabei heraus. Maryland hatte kein Interesse am Ostufer und kein Verständnis für die Eigenart dieses Gebietes, wolle auch nicht für die Erhaltung aufkommen, war aber entschlossen, die Angliederung an einen anderen Bundesstaat zu verhindern. So wurde die Errichtung der Brücke genehmigt, die niemand am Ostufer wünschte. Der Preis war die Zerstörung einer Lebensform, die jedermann zu bewahren trachtete, und reiche Nordstaatler, die Besitzungen an den Flüssen gekauft hatten, beklagten den Baubeginn ebenso wie reiche Südstaatler einst das Ende der Sklaverei.

Eine Gruppe von Menschen an den östlichen Flüssen war allerdings von der Aussicht auf eine Brücke begeistert, doch vorerst wartete sie schweigend ab. Es waren die Schwarzen, die beim Brückenbau die Chance für Arbeiten sahen, die ihnen sonst verwehrt waren. »Jetzt werden wir Jobs kriegen. Die werden viele Leute brauche.« Will Nesbitt sagte seinen Musikern, sicherlich werde es Lokale für die Bautrupps geben, und er schlug ihnen vor, dort zu spielen. Reverend Douglass erkundete die Möglichkeiten, Beschäftigung für die meisten seiner arbeitslosen Pfarrkinder zu finden, und kehrte freudig erregt aus Baltimore zurück.

»Ich gebe Ihnen eine Empfehlung mit, daß Sie einer der besten Arbeiter des Gebiets sind«, sagte er zu Cater. »Sie sind erfahren und zuverlässig, und ich bin sicher, Sie finden einen guten Job.«

Also heuerte Jeb von seinem Skipjack ab, teilte seiner Familie mit, daß er von nun an Brückenbauer sei, und fuhr mit Will Nesbitt zur Bauleitung am östlichen Brückenkopf. Während der Bandleader über ein Lokal für die Kapelle verhandelte, meldete sich Cater beim Aufnahmebüro, wo lange Schlangen von

Männern warteten, und mit wachsender Beruhigung sah er, daß viele genommen wurden. Eine Kreideaufschrift besagte, daß Lastwagen- und Bulldozerfahrer, Büroboten, Vorarbeiter und anderes Personal gesucht wurden.

Viele Arbeitsplätze wurden vergeben – aber nicht an Schwarze. Als Jeb das Büro betrat, fragte ein junger Mann brüsk: »Schon beim Brückenbau gearbeitet?« Und als Jeb verneinte, sagte der junge Mann: »Bedaure, nichts zu machen.«

Im Moment, als er diese ablehnende Antwort erhielt, fuhren zwei Busse vor, der eine aus New York, der andere aus Boston, und Jeb sah, daß die Baufirma lieber Weiße aus weit entfernten Städten heranschaffte, als Neger aus der Gegend zu beschäftigen. Und diese Männer kamen nicht für Spezialaufgaben, denen auch er nicht gewachsen gewesen wäre. Er trieb sich noch eine Weile beim Büro herum und hörte, daß sie eben zu jenen Arbeiten eingeteilt wurden, die auch er hätte verrichten können: Als Fahrer, Schaufler, Wächter oder Werkzeugputzer.

Will Nesbitt hatte kein größeres Glück. Es wurden wohl Lokale eröffnet, aber als Unterhalter holte man weiße Talente, und als die beiden Schwarzen nach Hause fuhren, waren sie voller Bitterkeit, die sich schwer verbergen ließ. Will Nesbitt sagte: »Ich habe gesehen, wie sie die Weißen in Bussen herbrachten. Sie wollen uns einfach nicht. Zuerst dürfen wir nicht zur Schule gehen, und dann heißt es: ›Ihr habt nichts gelernt.‹«

Jeb unterdrückte seinen Zorn, dazu hatte er sich erzogen, aber je länger Will über die Diskriminierung sprach, denen sie überall im Leben ausgesetzt waren, desto trauriger wurde er, denn er sah auch seinen Sohn mit diesem ewigen Stigma belastet, später seinen Enkel, alle, durch die Generationen. Die Busse erwähnte er in seiner Familie nicht, aber Will Nesbitt erzählte von ihnen überall in Frog's Neck, und am Donnerstag Abend kam Luta Mae wutschnaubend nach Hause; sie schlug um sich, wie immer, wenn sie empörendes Unrecht erdulden mußte. »Ich wurde informiert, daß beim Brückenbau keine Schwarzen beschäftigt werden«, sagte sie im Ton einer pedantischen Lehrerin.

Jeb schwieg, doch sie ließ nicht locker. »Wurde ich richtig informiert?«

»Na, ja …«

»Verdammt noch mal!« schrie das Mädchen.

»Luta Mae, in diesem Haus wird nicht geflucht«, wies Julia sie zurecht.

»Mutter«, schrie Luta Mae, wirbelte herum und stieß Julia zurück. »Behalt deine Bibelsprüche für dich! Wir sprechen hier über menschliche Gemeinheiten.« Erstaunt verfolgte Julia, wie ihre Tochter den Vater förmlich zur Rede stellte.

»Sag mir die Wahrheit! Haben sie Hilfsarbeiter in Bussen hergebracht?«

»Ja, ja, das haben sie wohl getan …«

»Und diese Weißen bekamen Jobs, die du auch geschafft hättest?«

»Ja, das stimmt.«

»Zum Teufel!« schrie Luta Mae so wild, wie ihre Eltern sie noch nie gesehen hatten. »Diese Brücke gehört niedergebrannt.«

»Sie ist noch gar nicht gebaut«, wandte Jeb ein, aber das Mädchen schob ihn beiseite und ließ sich an diesem Abend nicht mehr sehen. Auch nicht am Freitag oder Samstag.

Am Montag berichteten die Zeitungen, daß das Aufnahmebüro am Ostende der Brückenbaustelle durch Brand zerstört worden war. Offizielle Sprecher meinten, die Ursache sei eine achtlos in eine Mülltonne geworfene glimmende Zigarette gewesen.

Als Jeb und Julia von dem Feuer hörten und den Ausdruck von Genugtuung in Luta Maes dunklen Augen bemerkten – denn sie kehrte endlich zurück –, da konnten sie nur vermuten, was geschehen war. Aber sie hüteten sich, ihre Befürchtungen auszusprechen, denn auf die Tat ihrer Tochter stand Gefängnis. Aber Will Nesbitt, der vorbeikam, sagte beziehungsvoll: »Das verdammte Aufnahmebüro ist abgebrannt. Gut so.« Er wartete, ob Jeb reagieren würde, doch der war zu gewitzt, um sich zu äußern.

Als der Musiker gegangen war, fiel Jeb auf die Knie, senkte den Kopf und begann zu beten, und im selben Moment kniete Julia neben ihm und flehte zu Gott, daß ihre Familie die Jahre der Fährnisse sicher überstehen möge.

Die Rückkehr der Wildgänse an das Ostufer führte zur Konfrontation zweier Männer. Amos Turlock glaubte, die großen Wasservögel seien für ihn persönlich gekommen, und da seine Vorfahren seit mehr als dreihundert Jahren am Choptank Wildgänse gejagt hatten, wollte er es auch so halten. Außerdem hatte er die Absicht, wieder die langläufige Riesenflinte zu verwenden, die schon 1827 über diesen Gewässern gedonnert hatte, und als die ersten Wildgänse in sein Sumpfland einfielen, fand er, es sei an der Zeit, die wie der Knabe Moses im Schilf verborgene Twombly zu überprüfen.

Hugo Pflaum, der für den Choptank zuständige Wildhüter, erhielt Hinweise, daß sein Schwager Amos um die Wege sein könnte. Ein Mann meldete, er habe um Mitternacht einen dröhnenden Knall gehört. »Wie das Echo von Kanonen der Konförderierten bei Chancellorsville.« Ein anderer hatte gegen zwei Uhr morgens geheimnisvolle Lichter gesehen, die sich langsam flußauf und flußab bewegten. Familien im Hinterland bekamen plötzlich regelmäßig mehr Wildgänse, als bei legaler Jagd hätten geliefert werden können, und der und jener sprach von frischen Maiskörnern auf den Feldern, welche die Tiere zwei

Monate früher kahlgefressen hatten. Das Verdächtigste aber war: Immer wenn Amos im Laden erschien, lächelte er. Die gesetzlichen Bestimmungen waren eindeutig, und er verstieß gegen sie in sieben Punkten: Er verwendete eine der Langlaufflinten, die seit 1918 verboten waren; er benützte eine Lampe, um die Gänse zu blenden, was in den letzten hundert Jahren kein anständiger Jäger mehr tat; er jagte nachts, was ebenfalls verboten war; er legte in seinem Sumpf und auf dem Feld hinter seiner Hütte große Mengen reifer Maiskörner als Köder aus; er jagte außerhalb der Schußzeit; er hatte keinen Jagdschein; und er verkaufte die erlegten Wildgänse gewerbsmäßig. Aber er beging all diese Übertretungen mit solch unschuldiger Miene und solch geschickten Finten, daß Pflaum ihn niemals erwischte.

»Der durchschnittliche Wilderer lauert irgendwo im Finstern, hinterläßt Spuren, auf die jeder mit der Nase stößt, und macht Fehler am laufenden Band«, erklärte Hugo seinen Vorgesetzten in Annapolis. »Ich habe alle Langlaufgewehre bis auf das Turlocks beschlagnahmt. Ich habe dreiundzwanzig Farmer wegen Köderauslegens auf den Feldern verhaftet, und ich bezweifle, ob im gesamten Gebiet mehr als drei Blendlampen in Verwendung sind. Doch dieser verfluchte Turlock tut jede Nacht, was er will, und ich kann ihn nicht packen.«

»Die Geschichten, die man aus Patamoke hört, schaden Ihrem Ruf, Hugo«, sagte der Regionalchef. »Möchten Sie Verstärkung?«

»Die könnte ich schon brauchen.«

So wurden zwei außerplanmäßige Aufseher nach Patamoke geschickt, auffällig gekleidet wie irgendwelche Schnösel aus Philadelphia, und sie traten mit dem interessanten Vorschlag an Amos heran, er solle als ihr Führer bei der Wildgänsejagd fungieren.

»Jetzt ist doch Schonzeit!« antwortete er freundlich.

»Das wissen wir. Aber in Chesterton hat man uns hoch und teuer …«

»In Chesterton können sie eine Gans nicht von einer Ente unterscheiden.«

Er ließ die beiden stehen und lief in den Laden, um seine Kumpel zu warnen: »Zwei neue Wildhüter sind auf dem Posten.«

»Wieso weißt du das?«

»So was erkenne ich schon am Gang.«

Also blieb er in Deckung, und zwei Wochen später kehrten die Fremden nach Baltimore zurück und versicherten ihrem Chef, daß sie Amos Turlock das Fürchten beigebracht hätten. In derselben Nacht erlegt die Twombly mit einem einzigen gewaltigen Schuß neunundsechzig Wildgänse, und alle Mitglieder der Turlock-Sippe acht Meilen stromaufwärts fraßen sich voll.

Die Detonation der Waffe war deutlich in mehreren Häusern gegenüber der Insel Devon zu hören. »Es klang so, wie wenn ein Flugzeug in der Luft explodiert. Wir liefen hinaus, aber alles war dunkel. Dann sahen wir dieses Licht am Broad Creek, und mein Mann holte seinen Feldstecher, aber bis dahin war das Licht schon verschwunden.«

Als Hugo in sein Büro im Parterre des Gerichtsgebäudes zurückkehrte, studierte er seine Landkarten und kam zu dem Schluß, daß Amos von seinem eigenen Fluß hinaus in die weiten Bereiche der größeren Wasserläufe ausgewichen war. »Das heißt, er muß mit seiner Kanone einen längeren Weg zurücklegen«, murmelte er vor sich hin. »Das bietet mir eine Chance.«

Eines frühen Morgens fuhr er in seinem Außenbordmotorboot stromabwärts, um sich das Gelände anzusehen, in dem er dem Wildfrevler Fallen stellen wollte, doch auf der Rückfahrt machte er eine Entdeckung, die ihn fast ebenso beunruhigte wie das Wiederauftauchen der Twombly. Auf dem Feld, das von der Hütte der Turlocks zur Böschung herabführte, waren Hunderte und Aberhunderte von Wildgänsen beim Äsen; ihre dicken Leiber regten sich in der Wintersonne, und dann und wann reckten sie ihre langen schwarzen Hälse, um nach Eindringlingen Ausschau zu halten. Offenbar waren sie schon seit geraumer Zeit da, und alles deutete darauf hin, daß sie zu bleiben beabsichtigten. Bestimmt hatte Amos auf seinem Grund Maiskörner als Köder ausgelegt.

Vorsichtig steuerte Hugo sein Boot heran, stieg an Land und ging auf das Feld zu. Die Aufpasser der Gänse erspähten ihn, doch weil er keine Waffe bei sich trug, trieben sie ihre Schar ganz ruhig auf einen anderen Teil des Feldes. Sie hielten eine Distanz von etwa vierzig Metern. Sobald der Wildhüter stehenblieb, verhielten auch sie. Wenn er sich bewegte, ließen sie ihm genügend Spielraum, und das ermöglichte ihm, das Terrain genau zu erkunden.

Kein einziges Maiskorn war zu sehen. Die Gänse fraßen Gras. Falls wirklich Köder auf dem Feld ausgelegt waren, dann zeitlich so abgestimmt, daß zwei Stunden nach Sonnenaufgang das letzte Korn verschwunden war.

Doch gerade, als Hugo verärgert umkehren wollte, beschloß er, doch noch jene Stelle unter die Lupe zu nehmen, wo sich die Wildgänse nun drängten und eifrig ästen. Wie zuvor, wenn er sich ihnen näherte wichen die prächtigen Tiere aus, um außer Reichweite zu bleiben. Wieder fand er keinen Mais, aber etwas anderes, fast ebenso Interessantes: An einem Dornbusch in der Mitte des Platzes, auf dem die Wildgänse am gierigsten geäst hatten, hingen zwei starke Fäden, wie man sie zum Weben von Segeltuch verwendet.

»Verflucht«, stieß Hugo hervor; den dicken Hals in den Kragen gestemmt, starrte er diese Beweisstücke an. Um Mitternacht rollte Amos also hier eine Segeltuchplane aus, bestreute sie mit Mais und lockte damit Tausende Wildgänse an. Vor der Morgendämmerung rollte er das Segeltuch wieder ein und hinterließ keine Spuren außer diesen. Behutsam hob Hugo die Fäden vom Gezweig und nahm sich vor, jede Nacht der nächsten Woche auf diesem Feld nachzusehen, ob wieder Mais auf einem Segeltuch ausgestreut war, das man hinterher entfernen konnte.

»He!« rief eine rauhe Stimme, als Hugo die Beweisstücke in seiner Brieftasche verwahrte.

Es war Amos Turlock mit zweien seiner Söhne. »Was tust du auf meinem Grund und Boden?«

»Ich schau mir an, wie geschickt du die Gänse köderst.«

»Hier gibt es keinen Köder.«

»Das Segeltuch, Amos. Das ist ein alter Trick, und der wird dich ins Gefängnis bringen.«

»Welche Geschworenen ...« Turlock ließ den Satz in der Luft hängen, und Pflaum wußte nichts zu erwidern. Es stimmte, welches Gericht würde einen Turlock vom Choptank auf Grund solcher Beweise wie zwei Segeltuchfäden für schuldig befinden? Mehr noch, welches Gericht, aus Männern zusammengesetzt, die im Laden verkehrten, würde sich gegen Turlock stellen, selbst wenn er mit der Twombly und sechzig erlegten Wildgänsen über den Kai marschierte? Die Hälfte der Geschworenen würde hoffen, in den Genuß eines dieser schmackhaften Tiere zu gelangen, wenn sie den Spruch »Nicht schuldig« fällten.

Hugo wußte: Da Turlock gewarnt war, hatte es keinen Sinn zu versuchen, ihn beim Ködern zu fangen, doch wenn der durchtriebene alte Gauner dazu verleitet werden könnte, sein Gewehr zu verwenden, dann hätte er, Plaum, die Handhabe, es sofort ohne jedes Gerichtsverfahren zu konfiszieren. Deshalb ließ er Amos in dem Glauben, er konzentriere sich auf den Trick mit dem Segeltuch. Er kam sogar zwei Nächte hintereinander hinaus, um den Turlocks zu zeigen, daß er ihr Feld überwacht, aber in Wirklichkeit beobachtete er die Hütte, um zu entdecken, wo die Familie ihre Langlaufflinte versteckt hatte. Er machte aber nicht den geringsten Anhaltspunkt aus.

Am Saint-Patricks-Tag trank Amos Turlock einige Gläser Bier mit dem jungen Martin Caveny, nickte Hugo Plaum kurz zu und ging hinaus, um in seinem achtzehn Jahre alten Ford zur Hütte zurückzufahren. Daheim schlief er von sieben Uhr abends bis Mitternacht. Dann stand er auf, sah sich nach seinem Sohn Ben und dem Hund Rusty um und ging mit ihnen in die Sümpfe. Der Chesapeake-Hund hatte es schon lange gelernt, sich geräuschlos zu bewegen; freudig sprang er in das robustere der beiden Boote, das Ben rudern würde, um die erlegten Gänse herauszuholen. Das Tier war so begierig, seinem Herrn wieder bei der Jagd zu helfen, daß es die schwache Witterung eines Fremden nicht wahrnahm, eines Mannes, der in einem Ruderboot am Rand des Sumpfes lauerte.

Lautlos glitten die drei Boote in den Choptank hinaus und steuerten nach Westen. Die Insassen der beiden Skiffe merkten nichts von dem dritten Kahn, der in sicherer Distanz in ihrem Kielwasser folgte. Etwa um drei Uhr morgens, als der Halbmond verschwunden war, umfuhren die Boote eine Landspitze in der Nähe der Friedensklippe, wo die Quäker-Schiffbauer wohnten, und dort, in der Mitte des Flusses, war der Schlafplatz von einigen Tausend Wildgänsen, die leise in der Nacht schnatterten.

Die Skiffe trennten sich; das mit dem Hund blieb zurück, um den Schuß abzuwarten.

Das größere schob sich an die Tiere heran, geräuschvoller, als es der alte Jake Turlock je getan hätte. Gleich darauf wurde der Grund für solche Achtlosigkeit klar: Amos Turlock drückte auf einen Schalter, und ein großer Bugscheinwerfer in dreieckigem verspiegeltem Gehäuse flammte auf, beleuchtete die Massen von Gänsen und bannte sie fest. Das Licht kam so plötzlich und grell, daß sie sich nicht regen konnten. Amos hielt mit dem Boot direkt auf die unbeweglich verharrenden Gänse zu, holte tief Luft, neigte den Körper zur Seite, um den Rückstoß seiner riesigen Waffe auszuweichen, und drückte ab.

Erst als die beiden Boote mit siebenundsiebzig Wildgänsen beladen waren und Rusty wieder an Bord war, zeigte sich Hugo Pflaum. Nun hatte er sie. Nacht-jagd; Langlaufgewehr; Blendlampe; siebenundsiebzig Stück; und das alles während der Schonzeit. Er konnte die beiden auf Lebenszeit hinter Gittern bringen, doch als er sich näherte, um die Verhaftung vorzunehmen, sah er, daß sein Vetter Amos Turlock eine große Schrotflinte direkt auf seine Brust richtete.

»Hugo, du hast nichts gesehen! Du warst heute nacht nicht hier!«

Unerschrocken beleuchtete Pflaum mit seiner Taschenlampe das Gewehr, das er unbedingt erbeuten wollte. Da war es, aufreizend lag es in der festen Gabel, der wuchtige Kolben war in einen Segeltuchsack voll Kiefernnadeln gerammt; der uralte Flugwildtöter, die Waffe, die so viel Verderben gebracht hatte. Doch sein Schwager Amos verteidigte sie mit einer Flinte und einem zähnefletschen-den Chesakpeake.

»Hugo, sei vernünftig, und fahr nach Hause! Ich und Ben, wir werden dich nicht bloßstellen, wir werden im Laden kein Wort sagen.«

Pflaum holte tief Atem und stützte sich auf die Ruder; der Strahl seiner Taschenlampe blieb auf die Twombly gerichtet. Er was fast nahe genug, um sie zu berühren. Zum Teufel, nichts wünschte er so sehr, als dieses Gewehr in Beschlag zu nehmen und sich in dem Bewußtsein, mit dem Wildfrevel am Fluß endgültig aufgeräumt zu haben, damit fotografieren zu lassen. Aber er hörte

Amos Turlocks plötzlich weiche, eindringliche Stimme: »Denk dir einfach, du hättest es nie gesehen, Hugo. Fahr jetzt nach Hause.«

Resigniert und mit einem Bedauern, dessen Stachel er noch sein ganzes Leben spüren würde, blendete der Wildhüter seine Taschenlampe ab, startete den Außenbordmotor und brauste nach Patamoke zurück.

Im Jahre 1958, als Hiram Cater neunzehn wurde, brachte Will Nesbitt, der Musiker, wie immer voller Anregungen, die seinen Freunden nützen könnten, dem Ehepaar Cater eine interessante Nachricht. »Beim Postamt steht angeschlagen, daß ein Werbeoffizier des Marinekorps Mittwoch und Donnerstag ins Zeughaus von Salisbury kommt.«

»Und was heißt das für uns?« fragte Jeb.

»Das heißt, daß sich euer Sohn Hiram melden sollte.«

»Welche Chancen hätte er denn?« fragte Jeb mit einiger Bitterkeit. Sein Sohn hatte die High School in Salisbury absolviert und war dann zwei Jahre lang von einem elend bezahlten Posten zum anderen gewechselt. »Der einzige ständige Job, den ein farbiger Junge kriegen kann, ist Rasenmähen, von Mai bis September.«

»Mein Freund«, sagte der Musiker großspurig. »Ich weiß zuverlässig, daß sie ein paar Farbige nehmen. Wenn sie welche finden, die was taugen.«

»Keiner taugt mehr als Hiram«, sagte Julia, und damit hatte sie recht. Ihr Sohn war ruhig, gut erzogen, vertrauenswürdig und von rascher Auffassungsgabe. Oft sagte sie zu den Nachbarn: »Wenn der Junge das Glück gehabt hätte, als Weißer zur Welt zu kommen, jeden Posten in der Stadt hätte er bekommen. Und vielleicht auch ein Stipendium fürs College.« Doch wenn sie überlegte, was das Neger-College südlich von Salisbury aus Luta Mae gemacht hatte, dann bezweifelte sie den Wert höherer Bildung. »Wir schicken sie als braves, anständiges Mädchen hin. Und als Radikale kommt sie heraus. Steckt jetzt irgendwo in New York und quatscht davon, alles auf der Welt niederzubrennen.«

Jeb überhörte das Gejammer seiner Frau und fragte Nesbitt: »Bist du sicher, daß Hiram es schaffen würde?« Er wollte seinem Sohn unnötige Demütigungen ersparen.

»Jeb«, sagte Nesbitt, »ich weiß nur eines: Als wir in Salisbury zum Tanz spielten, traf ich einen Jungen, der genommen wurde.«

»Du meinst einen Farbigen?«

»Schwarz wie du und Hiram.«

»Vielleicht ein College-Boy.«

»Nein, von der High School in Salisbury.«

»Das glaube ich nicht.«

»Ach was, ich habe doch gefragt.«

Das war am Montag, und zwei Nächte könnte keiner der Caters schlafen. Hiram im Marinekorps, mit Uniform und regelmäßigem Sold – und mit Selbstachtung, das war wirklich mehr, als man erhoffen durfte. Aber diese Aussicht war so glänzend, daß sie einfach hoffen mußten. Am Mittwochmorgen, als Will Nesbitt kam, um Hiram zur Rekrutierungsstelle zu begleiten, riet Julia: »Bleibe ganze ruhig und locker. Wenn du hineingehst, sag zu dir selber: Ich hatte lauter gute Noten und war obendrein beim Baseball große Klasse.« Auch Jeb wollte ihm einen guten Rat geben, aber er war zu aufgeregt, um Vernünftiges zu sagen, und als Nesbitt fragte, ob er mitfahren wolle, rief er: »Guter Gott, nein!« Den ganzen Tag blieb er im Haus, nicht gerade betend, aber in tiefe, ernste Gedanken verloren.

Um sieben Uhr abends merkte er dann, wie alles ausgefallen war, denn bereits in einiger Entfernung von der der Hütte begann Will Nesbitt zu johlen und auf seiner Trompete zu blasen. Als die drei Caters zum Zaun liefen, saß Hiram stramm geradeaus blickend im Wagen. Er war Rekrut des Marinekorps.

»Allmächtiger«, erzähle Nesbitt jeden in Frog's Neck: »Die sagten, so einen wir Hiram bekommen sie sonst in einem ganzen Monat nicht. Ich habe ihnen seine Zeugnisse gezeigt und von seiner anständigen Familie erzählt – Luta Mae habe ich nicht erwähnt –, und da griffen sie sofort zu, als wäre er aus Silber.«

In den nächsten Tagen kamen die Mädchen, um den Helden zu bewundern, und als es für ihn Zeit war, sich in Baltimore zur Einkleidung und Überstellung ins Ausbildungslager zu melden, gestaltete sich seine Abreise zu einem wahren Fest. Reverend Douglass, nun älter und längst ohne Hoffnung auf ein wichtiges Amt in Wilmington, kam ins Haus, um Hiram vor gewissen Fallstricken zu warnen. »Du wirst eine ganze Gemeinschaft vertreten. Du bist mehr als bloß Hiram Cater. Wenn du dich bewährst, werden andere vielleicht deinem Beispiel folgen können.«

Hiram bewährte sich. Schon nach wenigen Tagen im Camp merkten die Ausbilder, daß sie in Hiram einen jener jungen Männer vor sich hatten, die sich nicht aus Schwäche anpassen, sondern weil ihnen das starke Erbe vieler Generationen inneren Rückhalt gibt. Der Rekrut Cater vertrug Drill oder Schleiferexzesse und trat am nächsten Morgen wieder frisch wie je an. Die lange Gewöhnung daran, Befehle von Weißen zu empfangen, ohne seine eigenen Überzeugungen zu opfern, machten aus ihm einen idealen Soldaten des Marinekorps. Keiner aus seiner Gruppe hielt sich besser als er.

So rasch, daß er selbst staunte, wurde er nach Korea versetzt, nicht mit einer geschlossenen Einheit, sondern zu einer Ergänzungsabteilung und dann zu einer Kompanie, die einen Sektor am achtunddreißigsten Breitengrad bewachte. Dort machte er eine Entdeckung, die sein Leben veränderte: In Asien, so stelle er fest, spielten die Koreaner in vielem die gleiche Rolle wie in Amerika die Neger. Sie waren Bürger zweiter Klasse, verhöhnt von Chinesen und Japanern. die auf sie herabsahen, sie für unzivilisiert, bildungsunfähig und latent kriminell hielten. Aber jene Koreaner, die er im Einsatz sah, warteten ab, steckten Beleidigungen ein und erwiesen sich im Endeffekt als zuverlässiger und klüger als Chinesen und Japaner.

»Sie haben immerhin zweitausend Jahre überlebt«, sagte er zu schwarzen Kameraden, mit denen er das Quartier teilte. »Und sie schauen sogar so aus wie wir.«

Damit hatte er recht. Das breite Koreanergesicht ähnelte der Physiognomie von Negern hellerer Hauttönung, insbesondere wenn die Mongolenfalte der Lidpartie fehlte. Auch in der Wesensart war die Ähnlichkeit deutlich ausgeprägt, denn der Koreaner war langmütig, bei Ausbrüchen aber blindwütig und ungemein ausdauernd.

Korporal Cater durchstöberte die Lagerbibliothek nach Büchern über Korea; die Entschlossenheit, mit der sich dieses kleine Volk, eingezwängt zwischen zwei Giganten, behauptet hatte, begeisterte ihn. Dann suchte er alle abträglichen Darstellungen der Koreaner heraus, und wenn er japanische oder chinesische Beurteilungen las, mußte er oft lachen.

> Der Koreaner ist faul, untüchtig und unzuverlässig, mit einer starken Tendenz zu kriminellem Verhalten. Als junger Mensch tut er in der Schule nicht gut, in späteren Jahren ist kaum von ihm zu erwarten, daß er geregelter Arbeit nachgeht. Selbstbeherrschung kennt er nicht, und er ist vermutlich am glücklichsten, wenn eine starke Macht sein Land besetzt hält. Bei sorgfältiger und stetiger Anleitung kann er manchmal produktive Arbeit leisten, doch ist es am besten, seine Verwendung auf einfache Aufgaben zu beschränken.

Und dennoch hatten die Koreaner eine widerstandsfähige kleine Nation geschaffen und verteidigt und Chinesen und Japaner zurückgeschlagen. In manchen Jahrhunderten hatten sie gesiegt, in anderen waren sie zeitweise unterlegen, und die gegen sie erhobenen Vorwürfe bestätigten nur ihr Beharrungsvermögen.

»Ich mag diese Leute«, sagte Hiram zu seinen Kameraden, und von nun an fuhr er öfter in das Dorf Dok Sing, nicht um dort Bier herunterzugießen, wie die GIs von der Armee, sondern um Menschen kennenzulernen, und als ein

Mädchen aus einem Textilgeschäft sich geneigt zeigte, mit ihm ins Kino zu gehen, konnte er es kaum erwarten, sie nach Hause zu begleiten, um sich der Einwilligung ihrer Eltern zu versichern.

»Dieses Haus ist besser als unseres daheim«, sagte er zu der Koreanerin, und sie übersetzte es ihren Eltern. Das war der Beginn einer schönen Beziehung. Nak Lee glich in vielem Luta Mae; sie war ein selbstbewußtes Mädchen, das über Politik, Religion und die Bedrohung aus dem Norden etwas zu sagen hatte. Während des Gesprächs versuchte sie ständig, ihre Eltern zum Reden zu bringen, indem sie geläufig verdolmetschte und manchmal ein schwieriges Thema auf japanisch erklärte.

Die Lees machten kein Hehl daraus, daß sie ihre Tochter niemals die Heirat mit einem Amerikaner erlauben würden, ebensowenig wie mit einem Japaner, und als diese Frage erörtert wurde, entdeckte Hiram den ausgeprägten Stolz der Koreaner auf ihr Volk, ihre Bereitschaft, zum Schutz ihres Landes den Kampf mit der ganzen Welt aufzunehmen, und er dachte daran, wie verschieden sie von seinen eigenen Vorfahren waren, denen es bloß darum ging, »irgendwie durchzukommen«.

Nak Lee mochte offenbar ihren schwarzen Amerikaner. Sie sah, daß er den anderen Negern und auch den meisten Weißen überlegen war, und sie ging gern mit ihm tanzen. Als sie ihn zum erstenmal küßte, hörte er die beschwörenden Ermahnungen seiner Eltern, niemals eine weiße Frau anzurühren, weil es ihm sonst an den Kragen gehen könne, und prompt versuchte an jenem Abend ein weißer Soldat, den es störte, daß sich ein Neger mit einer Koreanerin traf, Krach zu machen.

Es wäre vielleicht zu einer Schlägerei gekommen, hätte Nak Lee nicht ganz ruhig gesagt: »Geh doch wieder zum Ku-Klux-Klan, Joe!« Der Soldat war so verblüfft, daß er beiseite trat, und die Sache war erledigt.

»Du warst sehr tapfer«, sagte Hiram beim Abschiedskuß.

»Das haben wir beim Widerstand gegen die Japaner gelernt«, antwortete Nak Lee. Anscheinend hatte auch sie manches gelesen, denn plötzlich ergriff sie Hirams Hände, und Auge in Auge fragte sie ihn: »Wann werdet ihr Nigger auch endlich wehren?«

Am Morgen des 11. Juni 1958 stand dem damals dreizehnjährigen Christopher Pflaum ein wichtiges Erlebnis bevor, obwohl er dies kaum vermutet hätte. Er befand sich auf dem Schulweg und war fröhlicher als sonst, denn es war der letzte Tag des Schuljahres. Nun lagen die herrlichen Ferien vor ihm, und Miss Paxmore – es schien immer irgendwo eine Miss Paxmore zu unterrichten – hatte ihren Schülern versprochen, daß an diesem letzten Tag der übliche

Stundenplan ausfallen würde, was zur Folge hatte, daß lebhafte Jungen wie Chris sich dem Klassenzimmer in einer gewissen Hochstimmung näherten.

»Kannst du das Boot deines Vaters bekommen?« flüsterte einer seiner Kameraden, ein Steed. Chris meinte, das glaube er schon, und drei andere Jungen fragten, ob sie beim Fischen auf dem Choptank mitmachen dürften. Ja, das wäre wohl möglich.

»Darf ich eure Beratungen unterbrechen? Heute habe ich nämlich etwas Besonderes vor«, sagte Miss Paxmore. »Das ganze Jahr über habe ich euch Gedichte auswendig lernen lassen. – ›Kein Trommelschlag und kein Klageton …‹ Einige von euch haben das recht gut gemacht … ›Die Wogen schlugen hoch am Bug…‹ Wie hat euch das gefallen?«

Die Jungen rund um Chris stöhnten, und Miss Paxmore sagte: »Später einmal werdet ihr euch an diese Gedichte erinnern und froh sein, daß ihr sie gelernt habt.« Wieder ächzten die Schüler, aber Miss Paxmore lächelte. »Heute könnt ihr faulen Kerle bequem sitzen bleiben und das, was ich vorlesen werde, gelassen anhören, denn ihr braucht es nicht auswendig zu lernen. Doch wenn ihr genau zuhört, werdet ihr etwas sehr Bedeutsames herausfinden, denn dieses Gedicht handelt vom Choptank.«

Chris Pflaum reckte sich. »Natürlich heißt es nicht ›Der Choptank‹«, fuhr Miss Paxmore fort. Chris lehnte sich wieder zurück. »Trotzdem handelt es von unserem Fluß, glaubt mir nur!« Sie sprach mit solcher Überzeugungskraft, daß sogar die Jungen, welche die Fliegen an den Fensterscheiben beobachtet hatten, beiläufig hinblickten. Sie hielt ein kleines Buch in der Hand und beugte sich über die Tischplatte, als sie es öffnete. »Sidney Lanier hat es für uns geschrieben, aber er nannte sein Gedicht nach dem Landstrich, den er am besten kannte – nach den Sümpfen von Glynn weiter im Süden.«

Chris Pflaum wurde wieder aufmerksam. Er liebte das Sumpfland, hätte sich aber nie vorstellen können, daß jemand Gedichte darüber schrieb. Als Miss Paxmore das Gedicht las, das ihr schon seit ihrer Studienzeit am Herzen lag, hörte er plötzlich Wendungen, die bis in sein Innerstes drangen:

> O schimmernd dämmernde Eichen und Schattengeflecht
> des Gestrüpps,
> Während grell die Sonne des hohen Junimittags schien,
> Schlosset ihr mich fest in eure Herzen wie ich euch in
> meines …
> Wie weit der Sumpf, die See und der Himmel!
> Meilen um Meilen von Riedgras, breitblätterig, hoch
> und grün …

Ihr Sümpfe, offen, einfach und frei,
Ihr bietet euch dem Himmel dar und erschließt euch dem
Meer!

Der Dichter, dank Miss Paxmore gehobenen Vortrag nahegebracht, äußerte Gedanken und beschwor Bilder herauf, die den jungen Chris in seinem bisherigen kurzen Leben oft und oft bewegt hatten. Von seinem Vater hatte er manches über das Geheimnis des Flusses erfahren, wie zu Zeiten Gewässer und Ufer eins wurden in Sumpfland, das weder Strom noch fester Boden war. Mit den Turlock-Vettern war er in das Innerste der Choptank-Sümpfe vorgedrungen und hatte darauf auf seine simple Weise begonnen, ihre Geheimnisse aufzuzeichnen. Er kannte das Lager der Weißwedelhirsche und das Versteck der Schildkröten. Er sah Wildentenfedern, die ihm verrieten, wo die Vögel nisteten, und die winzigen Spuren der Wühlmaus auf ihrem Weg durch das Gras voller Insekten.

Aber nun hörte er seine tiefsten Empfindungen von einem Dichter ausgedrückt, der über ein Sumpfgebiet geschrieben hatte, das er nie sehen würde. Dennoch war es seine Landschaft, und der Poet äußerte die geheimsten Gedanken des Jungen. Es war aufregend, und gespannt horchend, beugte er sich vor, um andere flüchtige Bilder zu erfassen. Auf das, was nun mit ihm geschah, war er gewiß nicht vorbereitet gewesen, er erlebte einen wahren Wirbelsturm von Ideen, der so gewaltig war, daß Chris Pflaums kleine Welt in Stücke ging und ihm ein Blick in das riesige Universum gewährt wurde. Der war so strahlend, daß ein ganzes Leben voller Studien nicht ausgereicht hätte, um all die Herrlichkeit zu ergründen. Ihm wurde nichts Geringeres offenbart als die Seele seiner Heimatlandschaft. Nie mehr würde er derselbe sein. Von diesem Moment an hatte er Anteil an der vielgestaltigen Großartigkeit der Welt.

Wie das Sumpfhuhn heimlich im schwimmenden Rasen,
Siehe, so will ich mir ein Nest in der Größe Gottes bauen.
Ich werde in der Größe Gottes fliegen, wie das Sumpfhuhn fliegt.
In der Freiheit, die allen Raum zwischen Sumpf und Himmel erfüllt.

Den mystisch-religiösen Inhalt des Gedichtes erfaßte Chris nicht, und er weihte sein Leben weder Gott noch dem Lob Seiner Größe. Vor ihm lagen die verteufelt schwierigen Jahre des Werdens und des Eintritts in die rauhe Welt der Wassermenschen vom Schlag eines Amos Turlock und Martin Caveny, aber er begriff sehr wohl ein für allemal, daß eine Sumpflandschaft oder ein Fluß, ein Strom oder eine Bucht Schöpfungen der Natur waren, so wunderbar, daß man sie nicht schänden durfte.

Miss Paxmores Vorlesung bewirkte ein Nachspiel, das sie selbst verblüfft hätte. Als Chris Pflaum an jenen Nachmittag heimkam, traf er seinen Vater beim Gewehrputzen vor einer Rundfahrt auf den entlegenen Flußarmen, wo er unter den Jägern für Ordnung sorgen wollte. Und er überraschte den stiernackigen Wildhüter, als er impulsiv auf ihn zuging und stotterte: »Paps … ich finde es prima, was du tust.«

»Was denn?«

Chris konnte nicht einfach ausrufen: »Daß du die Sümpfe schützt, wie Gott sie geschaffen hat.« Statt dessen murmelte er: »Jagen … und das alles …«

Im Jahre 1959 war die Steed-Sippe noch immer in zwei Linien geteilt: die Steeds auf Devon, die auf dem lebten, was von der versinkenden Insel noch übrig war, und die Refugium-Steeds, die eine Reihe viel günstiger gelegener Besitzungen auf dem Festland bewohnten. Die Zeit hatte die ursprünglichen Erbanlagen allmählich verwässert. Nach Richter Hathaway und dem Abgeordneten Jefferson erlahmte die Kraft der Devon-Linie, und nach Lyman Steed stand es um die Refugium-Linie fast ebenso schlecht. Die Gesamtfamilie war noch immer Eigentümer der verschiedenen Läden. Ihr Grundbesitz stieg rasch im Wert. Und wenn sich die Tomatenkonservenfabriken als Verlustgeschäft erwiesen hatten, wurden diese Einbußen nun durch den Maisanbau wettgemacht. Die nüchterne Situation des einst beherrschenden Geschlechts konnte auf einen einfachen Nenner gebracht werden: Niemand hatte etwas gegen die Steeds.

Um die Paxmores war es ebenso still geworden. Woolman, ihre letzte große Leuchte, war gestorben, und eine Gruppe routinierter Handwerker betrieb die Werft, aus der einst schnittige Schoner und schnelle Skipjacks vom Stapel gelaufen waren. Nun baute man dort Außenbordmotorboote nach Plänen, die in Boston gezeichnet wurden. Die moralischen Kämpfe, an denen sich diese Quäker früher beteiligt hatten, waren bereits ausgetragen, und ihr religiöses Bekenntnis hatte inzwischen viel an lebendiger Überzeugungskraft verloren.

Die Turlocks hatten sich irgendwie durchgeschlagen. Während der Wirtschaftskrise hatten ganze Familien des Clans jahrelang unter Arbeitslosigkeit zu leiden gehabt, aber sie hatten sich vom Land ernährt, und solange die Männer Schrotpatronen in die Hände bekamen – eigene oder die anderer Leute –, sicherten sie sich ihren Anteil an Hirschen und Wildenten. Der alte Haß gegen die Obrigkeit, die Steeds und die Neger war ziemlich geschwunden, und infolge zahlreicher Verschwägerungen mit den Cavenys hatte sich sogar ihr Vorurteil gegenüber Katholiken gemildert. Ein Dutzend männlicher Turlocks brachte es im Verlauf von vier Jahren auf drei Dutzend verschiedener Berufe, und manche wurden für kurze Zeit sogar Polizisten. Es war dieser Sippe eigen, daß sie hin und wieder schöne Mädchen hervorbrachte, die in zugewanderte Familien wie die Pflaums einheirateten; außerdem wuchsen immer männliche Turlocks nach; hagere, gerissene Kerle und treffsichere Schützen.

Die Cavenys hatten sich zu den Stützen des Gemeinwesens in den Dörfern entlang des Choptank entwickelt. Sie waren die Polizisten, die Sheriffs, die subalternen Gerichtsbeamten, die Großhändler – in der Rangleiter knapp unter den Steeds – und die Lehrer. Mit Hochwürden Patrick Caveny als nominellem Familienoberhaupt erlebten sie einen geistigen und gesellschaftlichen Aufschwung. Strengen Katholiken wie den Steeds paßte dieser klarinettespielende Priester nicht ganz, aber sie unterstützten ihn großzügig. Man konnte mit einiger Berechtigung sagen, daß die katholische Gemeinde in Patamoke eine aufstrebende Institution war, und während sie an Bedeutung gewann, stieg sie auch in der Achtung der Protestanten, vor allem wegen Hochwürden Patricks vernünftiger Einstellung.

Aber die bezeichnendsten Fortschritte hatten die Caters erzielt. Sie gehörten nun sogar fast zum Establishment, denn Julia hatte drei gute Posten und sang im Chor der African Methodist Episcopal Church. Jeb hatte vier Jobs und Tochter Helen drei. Gewiß, die andere Tochter, Luta Mae, saß wegen Rädelsführerei bei Demonstrationen in Boston wieder im Gefängnis, aber der Sohn Hiram war nun Sergeant im Marinekorps und schickte Geld heim. Das Häuschen war nicht mit Hypotheken belastet, die Familie besaß einen zehn Jahre alten Ford, den Jeb in gutem Zustand hielt, und von Zeit zu Zeit kam Will Nesbitt vorbei, um Banjo zu spielen und sich nach Hiram zu erkundigen.

Nur eines störte die Menschen am Choptank in den ausklingenden fünfziger Jahren. Drei Familien hatten Kinder mit außerordentlichen Fähigkeiten, und ein jedes hatte es richtig gefunden, außerhalb der engeren Heimat seinen Weg zu gehen. Früher einmal hätten sie zu Hause Wesentliches geleistet.

Owen Steed war der letzte aus der Devon-Linie und hatte seit seinem zwölften Lebensjahr nicht mehr ständig am Choptank gelebt. Er war nach Lawrenceville gekommen, auf eine ausgezeichnete Vorschule für Princeton, und als College-Absolvent war er in eine Erdölfirma in Tulsa eingetreten, Wäre er auf die Insel Devon zurückgekehrt, hätte er dem Familienbetrieb gewiß neue Bereiche eröffnet, denn er erwies sich als guter Verwaltungsfachmann und stieg in Oklahoma bis zum Präsidenten eines Unternehmens auf.

Pusey Paxmore, der zunächst wieder nach Hause gekommen war, hatte dank seiner Mitwirkung beim Flugzeugprojekt seines Onkels den Weg nach Washington gefunden, und als er die verlockenden Möglichkeiten dieser Stadt kannte, wollte oder konnte er sie nicht mehr verlassen. Er faßte Fuß und bekleidete nacheinander vier verschiedene wichtige Positionen im Staatsdienst. Nach jeder Vereidigung brachte der »Patamoke Bugle« Fotos, die ihn mit Präsident Eisenhower oder Vizepräsident Nixon zeigten. Pusey sah noch immer so aus wie früher: ein Harvard-Jurist im dunklen Anzug mit Weste. Wäre er daheim geblieben, er hätte wohl Woolman Paxmores Platz als geistiger Führer der Quäker eingenommen, denn er besaß eine ausgeprägte Veranlagung dazu, aber so hatte sein Leben ein anderes Gepräge erhalten. Präsident Eisenhower nannte ihn einmal »das Gewissen des Weißen Hauses«, und dieser Auftrag war ihm anzumerken: ein besonnener Jurist, ein Mann der geraden Linie, die den Paxmores stets das Richtmaß gewesen war, wenn sie Schiffe auf Kiel gelegt hatten.

Auch Luta Mae Cater hatte Patamoke den Rücken gekehrt, um ihr Glück auswärts zu suchen, aber ihre Abreise gestaltete sich etwas turbulenter als die ihrer älteren Generationsgenossen. An einem Sommertag betrat sie den Blue and Gold Ice Cream Parlor, bestellte eine Portion Loganbeereneis und setzte sich kühn an einen der Eisentische.

»Sie können nicht hier bleiben, Miss«, sagte der Besitzer.

»Und warum nicht?« fragte sie herausfordernd.

»Weil wir hier keine Farbigen bedienen.«

»Sie haben mir gerade diese Tüte verkauft.«

»Hier können Sie Ihr Eis kaufen, aber nicht essen.«

»Ab heute kann man es auch essen.«

»Miss, ich gebe Ihnen fünfzehn Sekunden Zeit, den Tisch zu verlassen.«

Renitent blieb sie sitzen, ein großes dunkles Mädchen mit zerzaustem Haar, eine, die Streit suchte. Betont langsam begann sie an ihrer Portion zu lutschen. Der Besitzer sah auf die Uhr, und als die Frist um war, holte er eine Signalpfeife hervor, die er für solche Fälle gekauft hatte, und blies wild hinein. Es gab einen Höllenlärm, und binnen weniger Minuten kamen zwei weiße Polizisten, die bereits instruiert worden waren, wie sie bei solchen Verstößen vorzugehen hatten. Ruhig betraten sie die Eisdiele und sagten sehr höflich: »Miss, hier können Sie nicht essen.«

»Warum nicht?« fauchte sie, als erwarte sie, daß es Hiebe setze.

»Das ist so üblich«, sagte der eine Polizist.

»Nein, jetzt nicht mehr«, eiferte sich Luta Mae. »Wir legen diesem Komiker nicht unser Geld hin und fressen das Zeug draußen.«

»Miss«, besänftigte sie der Polizist, »wir wollen doch keinen Krach.«

»Und ob ich Krach schlagen will!« schrie Luta Mae, und diese Äußerung wurde dann im Prozeß gegen sie verwendet, als Indiz, daß sie sich der Verhaftung widersetzt, den Ladenbesitzer beschimpft und versucht hätte, dem einen der Polizisten, der sie an den Armen zog, in die Hand zu beißen.

»Schämen Sie sich nicht, Schande über Ihre braven Eltern zu bringen, die in dieser Stadt so geachtet sind, als wären sie Weiße?« fragte der Richter.

Doch Luta Mae wollte an diesem Tag keine Reue zeigen, und als sie auch dem Richter selbst unflätige Beschimpfungen entgegenschleuderte, unterließ er alle weiteren Versuche, sie zur Einsicht zu bewegen, sondern verurteilte sie zu dreißig Tagen Arrest. Der Schuldspruch war interessant: »Vorsätzliche Ruhestörung.« Der Richter wies darauf hin, daß sich im Lauf der Jahrhunderte feste Regeln für die guten Beziehungen zwischen Weißen und Schwarzen entwickelt hätten. Diese Regeln seien allgemein bekannt, und wenn man sie befolge, könnten die beiden Rassen in Eintracht nebeneinanderleben.

»Mit dieser Eintracht ist's vorbei«, sagte Luta Mae, als sie abgeführt wurde.

Jeb und Julia verstörte dieser Vorfall tief. Als führende Mitglieder der schwarzen Gemeinde, bei den Weißen sogar noch mehr geschätzt als bei ihren eigenen Leuten, bedauerten sie das Verhalten ihrer Tochter. Sie wußten genau, wie kopflos Luta Mae gehandelt hatte, sie kannten das schreckliche Risiko, mit einer solchen Provokation die seit langem so zahmen Turlocks und Cavenys zu reizen. Luta Maes Betragen vor dem Richter rechtfertigte eine Arreststrafe, und Jeb und Julia hatten Verständnis für das Gericht.

Aber sie lehnten entschieden die Doktrin des Richters ab, uralte Regeln, die dazu bestimmt waren, die Neger zur Unterordnung anzuhalten, hätten irgendeine moralische Sanktion erlangt, die Veränderungen für immer verhindere. Sie wußten, daß Luta Mae in diesem Punkt recht hatte und daß es nicht mehr zumutbar war, einem weißen Kaufmann Geld hinzulegen und dafür wie ein lästiger Eindringling behandelt zu werden. Sie wußten, daß die alten Verhaltensformen auch in Patamoke ihre Geltung verloren hatten. Aber sie selbst, die Caters, wollten nichts mit diesen Unruhe stiftenden Umwälzungen zu tun haben.

»Am besten, Luta Mae sitzt ihre Strafe ab und geht dann von hier fort«, sagte Jeb zu Julia, als sie nach Hause kamen.

»Das meine ich auch«, antwortete seine Frau. »Es wird sich vieles ändern. Aber es soll nicht auf ihrem Rücken ausgetragen werden.«

»Wenn Hiram hier gewesen wäre, ja, der hätte ihr zugeredet. Ich kann mit diesem Mädchen nichts anfangen. Sie hat so einen harten Schädel.«

»Sie ist im Recht«, sagte Julia eigensinnig. »Aber alles wird sich nicht so rasch ändern, wie sie es will. Wie du sagst, Jeb, am besten, sie geht weg von hier.« Luta Mae dachte ebenso, und als sie zehn Tage früher entlassen wurde, gab sie ihrer Mutter einen Abschiedskuß und fuhr nach Norden.

Als die Stadt dieses aufrührerische Element los war, erlebte Patamoke eines der besten Jahre seit der friedlichen Zeit um 1890. Die Leute hatten Arbeit, die Quote des Austernfanges lag weit über dem Durchschnitt, und es gab Krabben in Mengen, sogar die wertvollen weichschaligen Tiere. Im Oktober kamen die Wildgänse in solchen Scharen, daß jeder Farmer, der ein Haus am Wasser zu vermieten hatte, daran ein kleines Vermögen verdiente, und die Weihnachtszeit am Choptank war wie die mildeste Septemberwoche. So gingen die idyllischen, geruhsamen fünfziger Jahre zu Ende.

Ein einziger Mann in Patamoke frohlockte, als die neue Brücke über die Bucht eröffnet wurde: J. Ruthven Turlock. Längst schon war ihm klar, daß nun der Zustrom des Massentourismus ans Ostufer einsetzen würde, aus Baltimore und Washington, gar nicht zu reden von Pittsburgh und Harrisburg. »Und die Chance wird groß sein, Kunden zu werben.« Er vergrößerte sein Büro und bestellte weitere sieben Reklametafeln für die Autostraße.

Doch sein geschäftliches Genie offenbarte sich vor allem in einem Schachzug, der die Bewohner von Patamoke verblüffte. Spontan faßte er diesen Plan eines Morgens, als er in der Hütte der Turlocks zwei Wildgänse abholte, die sein Bruder Amos nachts geschossen hatte. Als Gegenleistung für solche Geschenke erledigte Ruthven für Amos schriftliche Arbeiten und beriet ihn allenfalls in Rechtsfragen. Er wollte gerade mit den hinter dem Reserverreifen im Kofferraum versteckten gerupften Tieren wegfahren, als er zufällig das fast vierhundert Morgen große Turlock-Moor in sehr günstigem Licht sah und auf den Gedanken kam, aus diesem nutzlosen Boden für Amos und die ganze Familie Kapital zu schlagen.

Er erklärte sofort den Verwandten sein Vorhaben: »Wir umgeben das vordere Areal mit Pfählen, schütten an den Seiten etwas Erde auf und machen bekannt, daß wir eine Mülldeponie anlegen.«

»Und was wäre damit erreicht?« fragte Amos.

»Mülltransporter aus der gesamten Umgebung würden den Grund hinter den Palisaden auffüllen, und im Handumdrehen haben wir vierhundert Morgen prima Uferland. Wir nennen es dann Patamoke Gardens und verkaufen es den reichen Leuten aus Chicago und Cleveland für so viel Geld, daß ihr nur so staunen werdet.«

»Könnten wir das wirklich tun?« fragte Amos.

»Na sicher.«

»Aber die Palisaden, die kosten doch was, oder?«

»Ich weiß, wie man Geld beschafft«, sagte Ruthven. Also wurde eine Vereinbarung getroffen, wonach er das Sumpfland aufschütten, planieren und in zweihundert Baugründe aufteilen würde, um die attraktive neue Siedlung Patamoke Gardens zu schaffen. Der besondere Anreiz des Planes bestand darin, daß er einfach durchführbar war. Ruthven wußte, wo man Kapital für vier Prozent aufnehmen konnte. Er kannte Bauunternehmer, die sehr erpicht darauf waren, sich an solch einer Spekulation zu beteiligen, und hatte Beziehungen zu vielen begüterten Ärzten und Zahnärzten, die sich für ein Haus am Wasser oder für eine Kapitalanlage interessierten. Ehe die Stadtplaner von Patamoke noch richtig begriffen, was gespielt wurde, war die Realisierung des Vorhabens schon in vollem Gang. Das Turlock-Moor war von Pfählen eingefaßt, und das wehende Gras, bisher der herrliche Lebensraum für Hirsche, für Wildenten und andere Vögel, wurde unter Müll begraben, über dem neue Wohnstätten entstehen sollten.

Als das Projekt bereits ziemlich weit gediehen war, hörte Chris Pflaum, der eben aus dem College zurückgekommen war, von den großartigen Veränderungen, und er fuhr hinaus, um nachzusehen, was sein Onkel Ruthven im Sinn hatte. Als er, immer wieder den anrollenden Müllwagen ausweichend, am Rand des Geländes stand, das einst Sumpfland gewesen war, erfaßte ihn tiefe Bestürzung. Vergeblich schaute er sich nach einem Bauleiter um. Alles geschah automatisch. Die Rammaschine beendete eben die Arbeit an einem Abschnitt, als habe sie ein eigenes Gehirn: das Gewicht anheben, zentrieren, auf den Holzpfosten niedersausen lassen; und wieder war ein Meter Sumpfterrain abgedämmt. Die Laster rumpelten herbei, hielten an, kippten die Ladefläche und streuten automatisch den Abfall in die Senkung, die bald ausgefüllt sein würde. Andere Laster brachten Erde herbei, um die Müllschicht zu bedecken, und langsam, unaufhaltsam, gewann Patamoke Gardens Gestalt.

Es war niemand da, bei dem Chris hätte protestieren können. Die Natur des Sumpflandes, wurde ausgelöscht und in Baugrund verwandelt, ohne daß ein Mensch am Schaltpult stand, ohne daß jemand diese gewaltigen Umwälzungen kontrolliert hätte. Chris sprang in seinen Wagen, raste in die Stadt zurück, platzte ins Büro seines Onkels und fragte ihn kategorisch: »Was, zum Teufel, tust du eigentlich?«

»Ich schaffe beträchtliche Vermögenswerte«, sagte Ruthven, und an Hand schön beschrifteter Pläne und Diagramme setzte er dem jungen Chris auseinander, daß dieses Unternehmen zweihundert ausgezeichnete Parzellen ergeben würde, Wohnraum für zweihundert Familien, die bis zum Ende dieses Jahrhunderts durchschnittlich je achttausend Dollar dafür aufwenden würden. »Rechne es dir zusammen, Chris. Das ist das beste Geschäft, das man am Choptank je gemacht hat. Eine neue Siedlung, Spitzenklasse!«

Nur vierzig Landungsstege sollten am Fluß zugelassen werden, aber es würde einen Binnenhafen in der kleinen Bucht geben, wo jeder bequem sein Boot festmachen konnte. »Schule? Wir benützen die bereits bestehende ... draußen hinter der Hütte.« Ruthven legte den Arm um die Schultern seines Neffen. »Das Schöne daran ist, daß auch der Grund dahinter im Wert steigt. Das Stück, das deinem Vater gehört. In einem Jahr wird sich der Wert verdreifachen! Dein Vater will es verkaufen, wenn er einen ordentlichen Gewinn herausschlagen kann. Ich kenne da einen Mann aus Baltimore ...«

Wie benommen kehrte Chris in das Sumpfgebiet zurück. Nun war nur mehr ein schmaler Streifen verblieben, aber er kniete darin nieder und ließ das Riedgras durch die Finger gleiten. Diese Landschaft hatte seine Ahnen, die Turlocks, drei Jahrhunderte lang ernährt, und manche von ihnen wären lieber gestorben, als auch nur einen Halm davon herzugeben. Sie hatten gekämpft und ausgehalten und das Ihrige bewahrt – nun sollte alles im Nu fort sein.

»O Gott!« rief er und schlug ins Gras. Auf Grund seiner an der Universität erworbenen Kenntnisse begann er zu berechnen, was die Anlage dieses Freizeitgeländes an Einbußen natürlicher Gegebenheiten kostete: Fünfzig Weißwedelhirsche hatten hier die meiste Zeit des Jahres Einstand, fünfhundert Bisamratten, sechzig Otter, dreißig Nerze, zweihundert Sumpfbiber, zweitausend Wildgänse, viertausend Wildenten und so viele Vögel, daß man sie nicht zählen konnte. Sechzig Schildkröten, fünftausend Krabben, ein ganzer Kosmos von Austern, Klippenbarschen und anderen Meerestieren.

Mit wachsendem Zorn stampfte er mit den Füßen ins Wasser, das aus dem sterbenden Sumpf heraufsickerte. Der schwerste Verlust aber sind die Lebewesen, die wir nicht sehen: Die Wasserpflanzen, von denen die Krabben leben, die winzigen Krabben, die von den Fischen gefressen werden, und das Plankton, das uns alle ernährt. Fort! Ausgerottet! Verdrängt!

»Hallo, Sie, aufpassen!« Ein Lastwagenfahrer, der den Schutt einer aufgelassenen Konservenfabrik transportierte – verbogene Eisenstangen und verrostete Wellblechteile –, bremste dicht neben Chris; mechanisch hob sich die riesige Ladefläche, die Hinterklappe pendelte in den Angeln, und schon ergoß sich die Fracht erstickend über das Gras.

»O Gott!« schrie der junge Pflaum, als der Wagen wegfuhr, um dem nächsten Platz zu machen. »Damit schneiden wir uns ins eigene Fleisch.«

Obwohl die Erlebnisse beim Marinekorps Hiram Cater die Augen geöffnet hatten, würde ihn sein Vater vielleicht doch noch zu sozial passivem Verhalten bestimmt haben, wäre in seiner Erbmasse nicht ein unbeeinflußbarer Charakterzug vorgezeichnet gewesen: Hiram war einer jener glücklichen Männer, die ernst nehmen, was Frauen sagen und tun. Das bedeutete, daß sein Leben eine Dimension dazugewann.

In Korea hatte die kleine Nak Lee die folgenschwere Aufgabe übernommen, ihn zu formen. Sie machte ihm klar, daß er so wertvoll war wie jeder Weiße, aber Angst vor seinen eigenen Fähigkeiten hatte. Nun traten zwei Frauen aus seiner eigenen Familie in Erscheinung – die eine schon längst im Grab, die andere im Gefängnis –, um seine Entwicklung abzurunden.

Es fing damit an, daß Reverend Jackson, der neue Pfarrer, 1965 den Dachboden des African-Methodist-Episcopal-Heims, einer erbärmlichen Hütte, aufräumte und dabei zufällig auf das Manuskript eines schwarzen Priesters stieß, der um 1870 Seelsorger der Negergemeinde von Patamoke gewesen war. Dieser junge Kleriker, tief beeindruckt von den heimlich erzählten Geschichten über entsprungene Sklaven früherer Generationen, hörte mit offenem Mund zu, wenn Greise ihm ihre Erlebnisse schilderten, und er erkannte, daß er das Epos einer Rasse vernahm, das für immer verlorenging, falls es nicht niedergeschrieben wurde. Allmählich konzentrierte sich sein Interesse auf eine alte Negerin namens Eden Cater, die schon siebzig war. Ihr Name tauchte in den verschiedenen Schilderungen der alten Männer auf, und schließlich suchte er sie auf.

Sie wohnte in der Cater-Hütte am Ende von Frog's Neck und sprach so zwingend davon, was Sklaverei bedeutete, daß der Priester sofort wußte: Es war die Geschichte dieser Frau, die er festhalten wollte. »Miss Eden, Sie müssen Ihre Erinnerungen aufschreiben, damit Ihre Enkel das alles begreifen.« Und als sie, wie erwartet, antwortete: »Ich kann nicht schreiben«, sagte er: »Sie erzählen es mir, und ich werde alles niederschreiben.«

Zwei Notizbücher füllten sich mit Edens Rekonstruktionen ihrer Märsche nach Pennsylvanien, und der Priester machte, wo möglich, seine Anmerkungen: »Dieser Abschnitt von Edens Geschichte wurde von John Goldborough, nun in New Bedford, Massachusetts ansässig, inhaltlich bestätigt.«

Auf diese Weise waren mehr als zwei Drittel ihrer Angaben als authentisch ausgewiesen und bezeugt, in manchen Fällen von weißen Zeugen.

Insgesamt ergab sich ein gedrängter Bericht über die Gefahren, denen freiheitsdurstige Sklaven ausgesetzt waren, und über den Mut dieser Flüchtlinge wie auch ihrer Helfer. Als die Schilderungen nach mehreren Monaten zu Papier gebracht waren, wählte der schwarze Priester den Titel »Vierzehn Reisen in den Norden« und nannte als Autorin Eden Cater. Und dieses Manuskript übergab Reverend Jackson an einem Julimorgen des Jahres 1965 Edens Ur-urenkel Hiram.

Hiram nahm die Aufzeichnungen zu einer Bank an der Landspitze von Frog's Neck, wo er sie beiläufig durchzublättern begann. Er war viel weniger an der Erzählung interessiert, als Reverend Jackson annahm. Oft hatte Hiram von Eden Cater gehört, doch im Grund wußte er von ihr nur, daß sie ihren Gatten freikaufen wollte, aber das Geld schließlich für den Kauf eines Skipjack verwendete. Sie stand ihm fern, eine verschollene Ahnin aus den Zeiten der Sklaverei.

Deshalb fand der junge Mann keine Beziehung zwischen dieser schattenhaften Frau und sich selbst sowie seinen Problemen. Die gegenwärtige Situation war so verschieden von der einstigen, daß Eden sie kaum begriffen hätte, auch wenn sie heute wieder zum Leben erwacht wäre. Aber am Anfang des zweiten Notizbuches fand er zufällig zwei Absätze, die ihn an seine eigene Grundausbildung beim Militär erinnerten:

> Wir waren nun kaum sechs Meilen von Pennsylvanien entfernt, und die Freiheit, nach der sich diese fünfzehn bei der Arbeit in den Sümpfen von South Carolina gesehnt hatten, war zum Greifen nahe. Sie wurden sorglos, denn sie glaubten, der Sklaverei entronnen zu sein. Aber ich warnte sie, daß das letzte Stück bis zur Grenze immer am gefährlichsten sei, denn dort konzentrierte der Feind seine größte Macht. Um unser Ziel zu erreichen, mußten wir List und nicht Gewalt anwenden, und ich brachte ihnen bei, wie sie es anstellen sollten.
>
> Doch als wir zu jenem Landstrich unterwegs waren, wo uns andere erwarteten, um uns zu helfen, bogen zwei Sklavenjäger von der Straße ab und kamen durch die Felder heran. Sie hegten den Verdacht, daß wir diese Route eingeschlagen haben könnten. Als es schien, daß sie uns entdecken würden, schworen drei starke Männer hinter mir; »Wenn sie uns finden, müssen wir sie töten.« Ich wußte, daß meine Beschwörungen sie nicht davon abhalten würden. Deshalb riet ich unseren Leuten, sich flach ins Gras zu legen. Die Sklavenjäger gingen an uns vorbei, und als wir lange genug gewartet hatten, gab ich das Signal, und wir rannten alle zur Grenze. Aber ich konnte sie nicht daran hindern, im Laufen ein Freudengeschrei zu erheben.

Hiram legte bei dieser Seite den Zeigefinger in das alte kleine Buch, und als er versonnen über den Choptank blickte, war dieser plötzlich nicht bloß der braune Strom, den er seit je kannte, sondern eine Trennungslinie zwischen dem tiefen Süden, wo die Sklaverei in Blüte stand, und dem Gebiet gemäßigter Sklavenhaltung, aus dem die Flucht möglich war; und ihm wurde klar, welche Rolle Eden und ihr Mann einst gespielt hatten: Sie waren die Träger eines Leuchtfeuers in der Nacht. Diese schäbige kleine Hütte – wenn Sklaven sie erreichten, waren sie unterwegs in die Freiheit.

Er wandte sich wieder dem Buch zu, und obwohl es ein heißer Vormittag war, an dem die Sonne aus einem wolkenlosen Himmel herabbrannte, las er weiter. Er vertiefte sich in verschiedene Absätze des Manuskripts, und dabei wuchs in ihm ein Grimm, der nie mehr besänftigt werden sollte. Das waren Sklaven, Menschen aus Fleisch und Blut, die ihr Leben für die Freiheit gewagt hatten. An einer Stelle klappte er das dünne Bändchen zu. Sagt mir nie mehr, daß die Schwarzen sich unterwarfen wie gezähmte Tiere. Diese Kerle erkämpften sich jede Handbreit des Weges.

Da er das Verhältnis zwischen Weißen und Schwarzen verstehen wollte, interessierte ihn am meisten Eden Carters Urteil über die weißen Männer und Frauen, mit denen sie zusammengearbeitet hatte:

> Die drei Weißen aus Patamoke, auf die wir uns verlassen konnten, waren Quäker. Doch jeder von ihnen verhielt sich anders. Comly Starbuck machte mir Angst, denn er wagte alles. Seine Schwester Rachel Starbuck Paxmore war von einer Herzenswärme, die jedes menschliche Wesen berührte, mit dem sie es zu tun hatte, und von einer ruhigen Tapferkeit, über die ich manchmal staunte. Bartley Paxmore, ihr Gatte, war wie ein Eichbaum, so fest, daß wir unser Leben rund um ihn aufbauten.
>
> Aber jener weiße Mann, den ich in meine Gebete einschließe und im Himmel wiederzusehen hoffe, war ein schlichter Farmer. Er lebte in der Nähe von Bohemia und hieß Adam Ford. Da er kein Quäker war, stand er nicht unter dem zwingenden Gebot, uns zu helfen. Er hatte kein Geld, keine überzähligen Pferde und konnte wenig zu essen erübrigen. Er bot nur sich selbst, aber er bot alles, denn er war Witwer und seine Kinder waren aus dem Haus. Ganz gleich, wann wir uns zu seiner Farm schlichen oder in welcher Verfassung, er war stets hilfsbereit, ohne Rücksicht auf das Risiko. Ich habe ihm bei Kerzenlicht zugesehen, als er die Wunden unserer Kinder säuberte oder für alte Männer Wasser herbeitrug. Zweimal warf ihn die Obrigkeit von Wilmington ins Gefängnis, weil er entlaufenen Sklaven geholfen hatte, und einmal nahm ihm der Sheriff seine geringe Habe zur Buße, weil er uns unterstützte, doch er blieb unbeirrbar. Möge Gott der Seele von Adam Ford ein Lächeln schenken!

Gerade als Hiram dieses Lob weißer Musterbilder schon etwas zuviel wurde, fand er jenen Absatz, den er suchte:

> Aber bei sechs der vierzehn Rettungsaktionen halfen uns die Weißen nicht. Es waren schwarze Freigelassene wie Cudjo Cater, die das Wagnis auf sich nahmen. Es waren willensstarke Sklaven wie Nundo, die die schwerste Bürde trugen. Selbst wenn wir mit den großherzigen Quäkern unterwegs waren, folgten wir zwei verschiedenen Straßen. Wurden sie gefaßt, erhielten sie Geldstrafen oder sie kamen für einige Monate ins Gefängnis. Ergriffen sie uns, wurden wir wieder in die Sklaverei getrieben oder gehängt.

Als Hiram diese Schilderung zu Ende gelesen hatte, war ihm unauslöschlich ein ganz neues Verständnis des Lebens am Choptank eingeprägt. Seine Ahnen waren Sklaven an diesem Fluß gewesen und hatten ein tragisches Los zu erdulden gehabt, von dem er bisher nichts geahnt hatte. Besonders Eden Cater hatte das System bekämpft, vierzehnmal hatte sie ihren Kopf riskiert, und in seinen Adern floß das Blut dieser tapferen Frau.

Als er Reverend Jackson die Aufzeichnungen zurückgab, sagte er: »Das sollte gedruckt werden. Damit es jeder lesen kann.«

»Deshalb habe ich Ihnen die Bücher gegeben, um Ihre Meinung zu hören.«

»Was können wir tun?«

»Da gibt es einen Geschichtsprofessor an der John-Hopkins-Universität. Er sagt, er glaubt, daß er einen Druckzuschuß bekommen könnte.«

»Was ist das?«

»Eine von diesen großen Stiftungen würde ihm das Geld zur Verfügung stellen … Hiram, viele Leute in diesem Land brennen darauf, die wahre Geschichte der Sklaverei aufgerollt zu sehen.«

»Dann sollte man hiermit den Anfang machen.«

»Freut mich, daß Sie so denken. Das bestärkt mich in meiner Ansicht.«

So fuhren Hiram und Reverend Jackson nach Baltimore zu einem Gespräch mit dem Professor, einem Weißen, der sie sehr freundlich empfing. »Ich bin an die Leute in New York herangetreten und zweifle nicht daran, daß wir das Geld bekommen. Ich stelle es mir so vor: Wir publizieren Eden Caters Bericht mit historischen Anmerkungen, wobei wir ihre Zeit und ihre Erlebnisse in Beziehung zu Frederick Douglass setzen, der im selben Gebiet und etwa während derselben Epoche gelebt hat.«

Hiram wurde hellhörig. Die Leidensgeschichte seiner Vorfahren sollte dazu dienen, die Karriere eines weißen Wissenschaftlers zu fördern, der Edens

Erzählung nicht als eine blutvolle, lebendige Schilderung der Sklaverei betrachtete, sondern bloß als eine Möglichkeit, ein Buch zu veröffentlichen. Er wollte die Manuskripte schon zurückverlangen, doch der Professor sagte: »Mir liegt besonders daran, daß der Band von einem schwarzen Wissenschaftler herausgegeben wird. Schließlich ist es eine Odyssee der Schwarzen, und ich glaube, wir haben in unserer Fakultät genau den Mann, der Ihnen gefallen wird, Mister Cater.«

Ein Doktor Simmons wurde geholt, und als Hiram dessen extreme Afro-Frisur sah, war er beruhigt. Um so mehr, als er noch erfuhr, daß der junge Mann politisch aktiv war. Obwohl in den vorwiegend von Negern bewohnten Gebieten am Westufer Marylands aufgewachsen, kannte er die einstigen Verhältnisse der Sklaverei jenseits der Bucht bestens.

Die drei Schwarzen und der weiße Professor verbrachten eine anregende Lunchstunde miteinander. Anschließend rief der Professor in New York an, um dem Sekretär der Stiftung mitzuteilen, daß alle Fragen geklärt seien. »Doktor Simmons besorgt die Herausgabe nach den von uns vorgeschlagenen Grundzügen, und ich freue mich, Ihnen versichern zu dürfen, daß Eden Caters berufenster männlicher Nachkomme mitarbeiten wird.« Es folgte eine lange Pause, dann legte der Professor den Hörer auf und rief: »Wir haben das Geld!« Eden Caters Geschichte würde also gedruckt erscheinen. »Vierzehn Reisen in den Norden«, ein Dokument, welches das lange Schweigen über das Leben der Schwarzen am Choptank brach. Und fortan sollte es unmöglich sein, eine historische Darstellung des Stromlandes zu schreiben, ohne den Anteil der Neger zu berücksichtigen.

Doch Eden Caters später Triumph war unvollkommen, zumindest was ihren Ururenkel betraf, denn als er vom Tisch aufstand, war ihm gar nicht nach einer Feier zumute. Er entschuldigte sich. »Reverend Jackson, ich werde nicht mit Ihnen nach Patamoke zurückfahren.«

»Warum nicht?«

»Ich glaube, es ist besser, wenn ich nach Norden fahre … für ein paar Tage.« »Nach Scanderville?« Das war eine indirekte Frage, auf die der Priester keine Antwort erwartete, aber er wollte die Sache mit Hiram ins reine bringen, falls dieser wirklich die Absicht hatte, dorthin zu fahren. Schweigend machte der Exsergeant eine militärische Kehrtwendung und ging davon.

So wollte ihn Reverend Jackson nicht ziehen lassen. Er lief ihm nach; am Rand des Universitätsgeländes holte er ihn ein und sagte energisch: »Hiram, Sie lassen sich jetzt von Gefühlen leiten. Alles, was in Eden Caters Bericht steht … Verschwinden Sie nicht einfach nach Scanderville, um dort dumme Vergleiche anzustellen.«

»Wer ist dumm?« fragte Hiram scharf.

»Ihre Schwester Luta Mae. Sie ist auf dem falschen ...«

»Sagen Sie ja nichts gegen Luta Mae!«

»Sie führt einen Privatkrieg, der nur mit einer Katastrophe enden kann. Lassen Sie sich nicht hineinziehen!«

»Luta Mae ist wie Eden.«

»Um Gottes willen, nein! Lassen Sie sich doch nicht von scheinbaren Ähnlichkeiten täuschen!«

Aber Hiram rannte fort, bis an die Peripherie von Baltimore. Er hoffte, per Anhalter nach Pennsylvanien zu kommen, und als ein Weißer nach dem anderen an ihm vorbeibrauste, wurde er immer wütender. Schließlich ließ ihn ein schwarzer Vertreter bis Harrisburg mitfahren, wo ihn ein weißer Fernfahrer, ein rauhbeiniger massiger Fünfziger, auf dem Weg nach Scanderville mitnahm.

»Haben Sie einen Freund dort im Knast?« fragte der Fernfahrer.

»Nein, meine Schwester.«

»Was hat sie ausgefressen?«

»Widerstand gegen die Staatsgewalt. Ein Fall fürs Bundesgericht.«

»Plakate und solches Zeug«?

»Ja.«

»Ich mach' ihr keinen Vorwurf. Wenn ich ein Schwarzer wäre ... Wie lange muß sie denn sitzen?«

»Zwei Jahre. Das heißt, noch zwei. Sie hat dem Richter gesagt, er soll zum Teufel gehen. Im Gerichtssaal, vor allen.«

»Ist sie eine von denen mit den großen Wuschelköpfen?«

»Ja, zu denen gehört sie. Ganz.«

Als sie vor einem Lokal in Sunbury hielten, sagte der Fahrer: »Sie sind mein Gast.« Während sie aßen, meinte er: »Wissen Sie, Leute wie Ihre Schwester ... mit diesen scheußlichen Frisuren ... die machen Radau ... die schaffen sich Feinde, wo es ganz unnötig ist.«

»Warum haben Sie mich mitgenommen und noch dazu eingeladen?« fragte Hiram. »Haben Sie vielleicht Schuldgefühle?«

»Einer meiner Söhne dient in Vietnam. Mir imponieren die Soldaten mächtig, und ich habe gleich gesehen, daß Sie beim Militär waren ... schon an Ihrer Haltung.«

»Ich war beim Marinekorps.«

»Dann wundert's mich nicht. Und jetzt möchten Sie mit der ganzen Welt kämpfen.«

»So ungefähr.«

»Junge, mit mir brauchen Sie sich nicht anzulegen. Und sagen Sie Ihrer Schwester, sie soll es auch aufgeben. Es ist nicht nötig und bringt euch gar nichts ein. Versucht es auf die gelassene Tour, und ihr werdet alles bekommen, was ihr wollt.«

Der Mann setzte Hiram beim Gefängnis ab, und einen Daumen hochhaltend, rief er noch: »Ich stehe auf eurer Seite, Kumpel!« Einen Moment lang, während Hiram dem Lastwagen nachsah, der auf der Straße davonfuhr – die roten und grünen Lichter blinkten in der Dunkelheit wie Leuchtfeuer, die einen neuen Tag begrüßen –, hegte er für kurze Zeit die Hoffnung, daß die einfache Lösung, die der Fahrer angedeutet hatte, vielleicht möglich sei, und er verbrachte die Nacht mit Überlegungen, welche Maßnahmen zu mehr Gerechtigkeit in Amerika führen könnten.

Doch am Morgen, im Besuchsraum des Gefängnisses, traf es ihn wie ein elektrischer Schlag, als er sah, wie Luta Mae betont herausfordernd, um die Wächter zu provozieren, auf ihn zuschlurfte. Da war jeder Gedanke an Verhandlungsbereitschaft verschwunden. Es war ein gesellschaftlicher Kampf, und seine Schwester gehörte zum Sturmtrupp.

Sie war unversöhnlich. Hinter dem Trenngitter murrte sie: »Alles niederbrennen, Hiram, alles niederbrennen!«

»Du meinst: Weg mit den alten Methoden?«

»Ich meine alles. Alles muß verändert werden.«

Er begann, von Eden Caters Buch über die Flucht der Sklaven zu reden, aber sie unterbrach ihn: »Warum erzählst du mir von ihr?«

Hiram erklärte Luta Mae, er betrachte sie als die Erbin der unerschrockenen alten Sklavin. Sie, Luta Mae, mit ihrer wilden Afro-Haartracht und ihrer kompromißlosen Art war für ihn die Eden Cater seiner Generation, und als er ihr nachblickte, während der Wächter sie zu ihrer Zelle zurückführte, hallte in seinem Kopf ihre Devise wider: »Alles niederbrennen!«

Im Frühling hatte J. Ruthven Turlock eine nicht zu übertreffende Idee für den Ausbau von Patamoke Gardens. »Ich fuhr gerade heim, nach dem Verkauf eines Grundstücks an einen Arzt aus Binghamton, als mir in den Sinn kam, daß die meisten unserer Kunden ältere Menschen sind … Senioren, die hier ihren Ruhestand verbringen wollen … die letzten Jahre in Behaglichkeit. Und da fiel mir genau der richtige Name dafür ein: Sunset Acres – Abendsonnenstrand!« Als Ruthven daranging, diesen Plan zu verwirklichen, mußte natürlich die alte TurlockHütte weg, die sein Bruder bewohnte. »Sie ist ein Schandfleck. Du hast an dem Sumpfland eine ganze Stange Geld verdient, Amos; jetzt kannst du dir was Ordentliches leisten.«

So wurde dieser uralte Mittelpunkt von Inzest, Unbildung, Vorurteil, Gesetz-
losigkeit, Jagd und freiem Leben niedergebrannt, damit an seine Stelle ein
in Sheboygan zusammengebautes, schickes Fertighaus gerollt werden konnte.
Ruthven finanzierte den weißen Lattenzaun, der es gegenüber den aufwen-
digeren Häusern von Sunset Acres abschirmte, doch Amos selbst kaufte die
Betonfiguren, die fortan den schmalen Rasenplatz zierten: einen Nikolaus mit
acht artig über das Gras verteilten Rentieren, einen purpurroten Flamingo,
einen Eisbären auf den Hinterbeinen und eine braune Hirschkuh mit putzigen
grauen Kälbern. Als Chris diese bunte Kunststeinmenagerie seines Onkels sah,
verglich er sie unwillkürlich mit dem lebenden Getier, das einst diesem Gelände
seinen Zauber verliehen hatte.

Chris hatte seine Probleme mit dem früheren Sumpfland. Am College war sein
Lehrer für amerikanische Literatur ein blitzgescheiter junger Mann von der
Brandeis-Universität gewesen, der nur die Gipfelleistungen des Schrifttums
gelten ließ, und die prägnante Art, wie er mit den alten mythischen Vorstellun-
gen, die in den Köpfen seiner Schüler spukten, radikal aufräumte, machte
Eindruck auf Chris:

> Es ist nicht einzusehen, warum irgendein vernünftiger Mensch
> Margaret Mitchells »Vom Winde verweht« lesen sollte. Das ist eines
> der schlechtesten Bücher, die je in Amerika geschrieben wurden, schlud-
> rig, kitschig und ohne eine damit versöhnende gesellschaftliche Rele-
> vanz.

Chris hatte den Roman schon Jahre vorher gelesen und schon damals vermutet,
daß Miss Mitchells Zeichnung der Neger geradezu kriminell unfair und ihre
Darstellung der Weißen sentimental und von argen Vorurteilen beeinträchtigt
war. Es freute ihn, daß sein Lehrer nun diese jugendlichen Zweifel bestätigte.
Doch in der nächsten Vorlesung verdammte der junge Mann aus Brandeis alle
amerikanische Lyrik vor Robert Lowell in Grund und Boden, und sein schärf-
ster Hohn galt Sidney Lanier:

> Ein rührseliger Verseschmied, Repräsentant all dessen, was an der Denk-
> weise des Südens seiner Zeit falsch war, wurde er zum Lackmusblättchen
> der amerikanischen Literatur: Wem Lanier gefällt, der kann wahre Lyrik
> nicht würdigen.

Diesmal fühlte sich Chris zum Widerspruch aufgerufen. »Ich fand die ›Sümpfe
von Glynn‹ recht gut … den Teil über die Weite und den Himmel.«

Der junge Gelehrte blickte Pflaum mitleidig an. »Es freut mich zu hören, daß Sie sich mit Lanier beschäftigt haben. Nicht viele machen sich heute diese Mühe. Wie alt waren Sie damals? Etwa dreizehn? Aha. Sehen Sie, Pflaum, Sidney Lanier ist für die Mentalität eines Dreizehnjährigen der Lyriker par excellence. Aber jetzt sind wir doch alle erwachsen, nicht wahr?«

»Sind nicht manche seiner Bilder gut?« fragte Chris.

»Ja, aber oft bei den Haaren herbeigezogen. Nehmen Sie zum Beispiel die Stelle mit dem Sumpfhuhn, das sein Nest in die Größe Gottes baut, Zeile um Zeile immer Wiederholungen. Ein wirklicher Dichter hätte diesen ulkigen Vogel mit vier treffenden Worten gezeichnet.«

Chris ließ nicht locker. »Aber war Lanier mit seiner ökologischen Auseinandersetzung seiner Zeit nicht weit voraus?«

Nun konnte sich der Brandeis-Jünger ins Zeug legen: »Das war er wirklich, Pflaum, und das ist das einzige Verdienst dieses alten Schlachtrosses. Wenn Lanier einfach gesagt hätte: ›Sumpfland ist erhaltenswert‹, wäre alles gesagt gewesen.«

Doch es hätte nicht diesen Klang gehabt, dachte Chris, und ich würde mich nicht mehr so deutlich daran erinnern wie an die Verse.

Als er nach Hause kam und nach Sunset Acres hinausfuhr, wo sich einst das Turlock-Moor erstreckt hatte, hörte er im Geist den Rhythmus von Laniers Gedicht, jene Worte, die seinem Leben eine Richtung gewiesen hatten.

Während er so dastand und diese Widersprüche überdachte, beobachtete er ein Paar Kardinalvögel, die zu ihrer früheren Heimstatt zurückkehrten. Unsicher flogen sie hin und her, auf der Suche nach der verschwundenen saftigen Vegetation, und Chris dachte: Wenn man sie betrachtet, sind sie eigentlich das hübscheste Vogelpaar, das man sich vorstellen kann. Manchmal glaube ich, das Männchen in seinem leuchtenden Scharlachrot ist am schönsten. Doch dann gefällt mir wieder das Weibchen besser. Diese gedämpfteren Farben, so vollendet in der Abstimmung. Ich wünschte, ich könnte in Worte fassen, was ich beim Anblick dieser herrlichen Vögel empfinde.

Dann zog ein Schwarm Wildgänse in geordnetem Keil nordwärts, und als Chris ihrem Flug nachsah, gewann er plötzlich Klarheit: Ich möchte nach Kanada reisen … um zu sehen, wo die Gänse brüten. Wenn man am Choptank lebt, kennt man das Tier nur halb … von Oktober bis März. Wer möchte bloß die Hälfte von einem Ding kennen? Den entschwindenden Vögeln rief er laut nach: »Ich werde mir die andere Hälfte in Kanada ansehen!«

Die Idee zu dieser Reise trug er schon seit einiger Zeit mit sich herum, genaugenommen, seit jener College-Lehrer im Unterricht gesagt hatte: »Sie wissen es vielleicht nicht, aber Ihre Heimatregion hat ein Meisterwerk der amerikanischen Literatur hervorgebracht. Thomas Applegarths ›Die Eiszeit‹. Ich rate Ihnen, dieses Buch zu lesen, wenn Sie verstehen wollen, wo Sie leben.« Der schmale Band war eine Offenbarung, und aus ihm leitete Chris ab, daß jeder im Werden begriffene Geist irgendeine Pilgerfahrt hat unternehmen müssen. Die seinige sollte ihn zu den Nistplätzen der Wildgänse führen.

Aber seine Augen suchten immer wieder den verschwundenen Sumpf, während ihm das verschollene Gedicht durch den Kopf ging, und er dachte: So nahm er mir Lanier und gab mir dafür Applegarth. Vielleicht ein guter Tausch …

Nachdem Hiram Cater sich in Scanderville von seiner Schwester getrennt hatte, verbrachte er zwei Jahre in verschiedenen Großstädten des Nordens auf der Suche nach brauchbaren Lösungen für das Problem der Schwarzen in Amerika. Bei hitzigen Diskussionen mit jungen Leuten der Universitäten von Harvard und Chicago konnte er persönliche Eindrücke ins Feld führen, welche die Lage der Neger viel plastischer beleuchteten als das bloße Theoretisieren der Studenten.

> »Meine Eltern haben vierzehn Stunden täglich gearbeitet, sechs Tage in der Woche, und das mehr als fünfzig Jahre lang. Jeder sagt: ›Die besten Leute in der Gemeinde, ob weiß oder schwarz.‹ Und was ist ihr Lohn? Eine Hütte mit zwei Räumen, um 1840 gebaut; daraus wurden dann in den vierziger Jahren dieses Jahrhunderts drei Räume. Von der Geburt bis zum Tod werden sie um ihr Recht geprellt.«

In bestimmten Städten des Nordens waren die Bedingungen etwas verheißungsvoller, doch im allgemeinen fand er im ganzen Land die grausame Ungleichheit, wie sie in Frog's Neck herrschte, hundertfach wiederholt. Stunden um Stunden zermarterte er sich das Hirn, um eine vernünftige Erklärung dafür zu finden, warum die Vereinigten Staaten entschlossen schienen, das menschliche Potential eines so großen Bevölkerungsanteils zu ignorieren und brachliegen zu lassen. Seine Erfahrungen beim Marinekorps hatten in ihm die Überzeugung gefestigt, daß er gewiß ebenso fähig war wie jeder Weiße vergleichbarer Herkunft, doch die Gesellschaft wollte ihn unbedingt daran hindern, sein Können zu beweisen.

Aufmerksam verfolgte er die endlosen Debatten über die grundsätzlichen Fragen des Vorgehens: Sollen wir willfährig sein, ohne Rückgrat, wie Booker T. Washington, oder sollen wir die Revolte auf die Straße tragen? – Und er wurde nicht klug daraus. Er konnte die Erinnerung an den Fernfahrer nicht aus seinem Gedächtnis tilgen, der gesagt hatte, der gangbarste Weg sei allmähliche

Angleichung, aber ebensowenig konnte er Luta Maes gellenden Kriegsruf vergessen. Die Debatten waren sinnlos, dennoch gewann Hiram dabei Klarheit über einen wichtigen Aspekt des Lebens der Schwarzen, und für eine Fernsehdiskussion in Boston bereitete er folgende Notizen vor:

Moynihan und andere vertreten die Ansicht, das Familienleben der Neger sei zerrüttet, weil so viele Kinder zu Hause ohne Vater aufwachsen. Als ich dieses Argument zum erstenmal hörte, erschien es mir dumm, denn ich entstamme einer Familie mit einem Vater, einem sehr guten Vater sogar. Doch von den vierzehn Männern, die ich kannte, hatten elf keinen Vater daheim. Die Konsequenzen daraus sind klar. Doch wenn Sie die großen Nationen der Welt betrachten, lassen sich diese je nach der Führungsrolle in zwei Gruppen einteilen. In Deutschland, Japan, England und in den Vereinigten Staaten ist der Vater der Boß, und jeder weiß das. Daher sind diese vier Gesellschaftsstrukturen militaristisch und radikal.

Sehen wir uns dagegen Italien mit seiner »Mamma mia« und die Juden mit ihrer »typischen jiddischen Mamme« an. Es ist kein Zufall, daß diese Völker sanft, geistig, musisch, philosophisch begabt und antimilitaristisch sind. Der Einfluß der Mutter herrscht vor, die Kinder sind human, die Gesellschaftsordnung ist es auch.

Über Afrika kann ich nicht sprechen, aber wenn die Schwarzen Amerikas je eine Nation bilden sollten, wird sie wie das italienische oder das jüdische Volk sein. Musik, Theater, Tanz, Kunst und Philosophie werden vorherrschen. Meine schwarzen Bekannten, die nur bei den Müttern aufwuchsen, sind sanftmütig. Manchmal müssen sie ihrer Enttäuschung laut Luft machen, aber im Grund sind sie gute Menschen, die Musik, Tanz und Theater lieben.

Abschließend ein paar Worte über meine eigene Mutter. Sie war die Seele des Hauswesens. Wir hatten einen Vater, aber er hätte ebensogut fort sein können. Er erzählte vom Austernfang und war lange weg. Es war die Mutter … Also Schluß mit solchen ›Ehrenrettungen‹ des schwarzen Familienlebens.

Sein Beitrag wurde positiv aufgenommen, und nach Sendeschluß sagte der weiße Moderator: »Cater, Sie würden einen akademischen Grad verdienen.« Aber als Hiram sich beiläufig nach den Möglichkeiten erkundigte, sah er unüberwindliche Schwierigkeiten, und in seiner Verbitterung war er nahe daran, in Luta Maes Schlachtruf einzustimmen: »Alles niederbrennen.« Doch bei den weißen Radikalen und den weißen Fernsehleuten hatte er ein so lebhaftes Echo gefunden, daß er sich an die Hoffnung klammerte, die Gesellschaft könne friedlich verändert werden. In solch verworrener Verfassung kehrte er nach Patamoke zurück, ein gut aussehender, disziplinierter Exsergeant des Marinekorps, achtundzwanzig Jahre alt und so tüchtig wie nur irgendeiner seiner Altersgenossen vom Choptank.

Seine Eltern waren entzückt, ihn wiederzusehen, denn Luta Mae war schon wieder im Gefängnis, diesmal in Michigan, und sie hatten befürchtet, daß auch aus ihm ein Revoluzzer werden könnte.»Wie groß er ist!« rief Julia; am liebsten hätte sie ihn umarmt, diesen selbstbewußten jungen Mann, der da vor ihr stand mit glänzender dunkler Haut.

»Du bist ein richtiger Elitesoldat«, sagte sein Vater bewundernd. »Ich wette, du hast in Korea manches Abenteuer erlebt.« Aber Hiram dachte: Wie alt sie geworden sind! Einundsiebzig, das ganze Leben lang gerackert. Und er erkannte, daß es recht gewesen war, ihr Schicksal als beispielhaft für die Problematik der Schwarzen anzuführen.

Wegen der zwei Wanderjahre hatten sich seine Chancen auf dem Arbeitsmarkt nicht gebessert, denn er hatte keinen Beruf erlernt und sich nicht in irgendeiner Sparte spezialisiert. Sein Studium hatte in langen nächtlichen Gesprächen über radikale philosophische Richtungen und in Kontakten mit Black Muslims bestanden, deren Theorien er anhörte. Er war heimgekehrt, nur für eine einzige Aufgabe geschult und geeignet: jüngere Rassegenossen wachzurütteln und zu einer kritischen Einstellung gegenüber der Gemeinschaft zu erziehen.

Trotz seines Bestrebens, die Eltern, die sich mit dem System arrangiert hatten, nicht zu beunruhigen, konnte er sich nicht enthalten, Fragen aufzuwerfen, die sie verstörten. »Paps, angenommen, du wärst dein ganzes Leben faul gewesen. Du wärst genauso dran wie jetzt. Merkst du, wie schändlich du ausgenützt worden bist? Nicht einmal ein Fernsehgerät erwirtschaftet, nach all diesen Arbeitsjahren! Mom, ich habe keinen Tag erlebt, an dem du nicht geschuftet hättest.«

Als der alte Will Nesbitt eines Abends vorbeikam, um die beiden zu warnen, daß ihr Sohn bei den Behörden der Stadt unliebsame Aufmerksamkeit erregte, nickten Jeb und Julia. »Bei uns auch.«

Sie fragten Will, was sie seiner Meinung nach mit Hiram anfangen sollten, und der Alte sagte: »Am besten, er geht wieder fort. Das schlimme ist, er hat sich rascher entwickelt als Patamoke.«

Kurze Zeit träumten sie davon, daß er einen guten Posten bei den Steeds oder auf der Werft bekommen könnte, doch keines der beiden Unternehmen hatte

Verwendung für einen philosophierenden jungen Schwarzen, der durch seinen befremdlichen Aufenthalt im Norden vielleicht verdorben war, und die Leute in der Stadt vermuteten, er werde sich eine Weile herumtreiben und dann verschwinden, wie vor ihm seine kriminelle Schwester Luta Mae.

Doch im Sommer 1967 war Hiram Cater noch immer da, gab hin und wieder ein paar Pennies aus – niemand konnte sagen, woher er sie hatte – und diskutierte mit anderen jungen Schwarzen, Arbeits- und Perspektivelosen wie er. In Patamoke gab es nun zwei schwarze Polizisten, und deren Meldungen über Hiram klangen sehr bedenklich: »Ein richtiger Unruhestifter, wahrscheinlich im Bund mit seiner Schwester in Michigan.«

Dieser Verdacht war unbegründet. Die Caters, Eltern wie Sohn, bedrückte die Tatsache, daß Luta Mae nun schon zum viertenmal straffällig geworden war, und obwohl die drei kaum ein begabteres Mädchen in ganz Maryland kannten, schämten sie sich, weil gerade Luta Mae dauernd mit dem Gesetz in Konflikt kam. Es war ihnen noch nicht aufgegangen, daß es am System und nicht an Luta Mae lag, und ihre Familienehre gebot ihnen, die aus der Art Geschlagene tunlichst zu vergessen – wenngleich Hiram immer wieder an ihren flammenden Aufruf denken mußte.

Vielleicht würde er diesen langen Sommer glücklich ohne Zwischenfall hinter sich gebracht haben, hätten Reverend Jackson und Will Nesbitt nicht im August ein Fest zugunsten der Pfarrgemeinde geplant. Ankündigungen erschienen im Laden der Steeds, es fanden sich Seile für die Abgrenzungen in Frog's Neck, und Julia Cater begann mit den Vorbereitungen für die Krabbenkuchen, die sie ihrer geliebten Kirche spendieren wollte. Diese Delikatessen sollten Hiram in Schwierigkeiten bringen.

An einem heißen Freitagnachmittag, als die Moskitos schwärmten, sah er zu, wie seine Mutter und seine Schwester Helen sich in der Küche plagten, damit die Pfarrgemeinde ein paar Pennies verdienen konnte, und diese Prozedur erschien ihm so lächerlich und unrentabel, daß er fragte: »Warum verrenkt ihr euch das Kreuz für solches Zeug?«

Julia, eine gebeugte, plumpe alte Frau, antwortete: »Weil wir gern Gottes Gebot erfüllen.«

»Ihr verkauft den Weißen einen Krabbenkuchen, der anderswo einen Dollar kostet, für fünfundzwanzig Cent. Ist das Gottes Gebot?«

»Hiram, wir hätten dich oft nicht durchfüttern können, wenn uns die Kirche nicht das Geld gegeben hätte.«

»Auf so ein Scheißleben pfeife ich!« brauste er auf. Er blieb nicht in der Küche, um mitanzusehen, wie sorgsam seine Mutter überholte Gebräuche in Ehren hielt, sondern rannte aus dem Haus. Am nächsten Abend, als das Fest bereits in vollem Gang war und die reichen weißen Familien an den Kiosken vorbeistelzten, um sich voll Herablassung einmal im Jahr unter die Schwarzen von Frog's Neck zu mischen, reizte ihn dieser Anblick noch mehr.

Um neun Uhr brachte Will Nesbitts bereits etwas altersschwache Kapelle einige Nummern zu Gehör, worauf der onkelhafte Hochwürden Caveny seine Klarinette hervorholte, um wieder einmal »Bye, Bye, Blackbird« zu spielen. Als die Zuhörer jubelten, nicht über den alten Schlager, sondern nur, weil der Priester überhaupt zu dem Fest erschienen war, murmelte Hiram einem schlaksigen jungen Schwarzen namens LeRoy zu: »Erbärmlich!« Als LeRoy fragte, was er meine, sagte Hiram gehässig: »Ach, dieser herablassende Pfaffe. Unsere guten Krabbenkuchen verschleudern sie für ein paar Penny. Und am meisten ärgern mich diese lausigen Weißen, die daherkommen, um sich anzuschauen, wie wir Nigger leben.«

Ganz leise flüsterte LeRoy: »Wie wär's, schmeißen wir die ganze Bande hinaus?«

Diese Worte wirkten wie der zündende Funke. Ohne richtig zu begreifen, was er tat, stieg Hiram Cater auf einen Tisch und schrie der Menge zu: »Verschwindet von hier! Das Fest ist aus!«

Seine Mutter, die stolz ihre Krabbenkuchen verkaufte, war eine der ersten, die den rasenden Sohn sah, und nach seinem Verhalten während der letzten Woche wußte sie, daß er sich in irgendeiner psychischen Zwangslage befand. »Hiram, nicht!« schrie sie, aber ihre Stimme war schwach, und ihre Warnung kam zu spät.

Die beiden schwarzen Polizisten hatten ihn beobachtet und näherten sich nun rasch, um ihn vom Tisch zu holen, damit er das Fest nicht störte, doch bevor sie ihn um die Knie fassen konnten, traten LeRoy und drei andere Neger mit steinernen Mienen dazwischen, und LeRoy zischte Hiram zu: »Schmeiß sie raus!«

»Wir wollen eure Mildtätigkeit nicht!« brüllte Hiram. »Nehmt eure Pennies und geht heim!«

Bis zu diesem Moment hatte sein jäher Ausbruch kaum Aufsehen erregt, denn nur einige Besucher hatten ihn gehört, aber einer der Polizisten, irritiert und vielleicht durch die Haltung LeRoys und seiner Leute geängstigt, blies in seine Trillerpfeife, und dieser schrille Ton war es, der Verwirrung schuf.

Die Weißen begannen davonzulaufen, weil sie einen Aufruhr befürchteten, und als sie verschwanden, blieb Hiram auf dem Tisch stehen und starrte zu der alten, verwahrlosten Schule hinüber, welche die weißen Behörden ein halbes Jahrhundert lang als Instrument der Unterdrückung und der verweigerten Möglichkeiten benutzt hatten. Er sah nur die Trostlosigkeit dieses

Baues vor sich, die kurzen Schulstunden, die schlecht ausgebildeten Lehrer und die überfüllten Klassenzimmer, in denen er kaum jemals ein Lehrbuch bekommen hatte.

Ohne Plan, ohne Überlegung schrie er: »Diese verdammte Schule!« Ehe die Worte verhallten, nahm LeRoy sie auf und rief aggressiv: »Wir sollten den verfluchten Kasten niederbrennen!« Hiram, der Luta Maes Kampfruf heraushörte und aus seiner eigenen geduldigen Analyse der Lage wußte, wie wenig dadurch bewirkt würde, wollte LeRoy warnen, aber die Horde war bereits unterwegs zum Schulhaus. Gleich darauf entzündeten sie dort ein Feuer, und wilde Schreie gellten auf, als es an den trockenen Balken in der Nacht emporloderte.

Der Anblick wirkte berauschend, viele Schwarze packten brennende Reisigbündel, um auch andere Gebäude in Brand zu stecken, doch als LeRoy und zwei seiner Freunde ihre Fackeln zur alten African-Methodist-Episcopal-Kirche trugen, sprang Hiram vom Tisch und versuchte, sie abzufangen.

»Das nicht! Wir brauchen sie!«

Irgend jemand schlug ihn nieder, und als er wieder auf die Beine kam, sah er seine Eltern unter denen, die vergeblich versuchten, das Feuer zu ersticken. Sie waren machtlos und mußten zurückweichen; aus sicherer Entfernung sahen sie mit an, wie die Kirche, die sie so liebten, in der scharlachroten Lohe erzitterte und krachend einstürzte.

Häuser wurden eingeäschert, auch der Eckladen, wo es Kredit gab, und die kleine Polizeistation, der Arbeitsplatz der beiden schwarzen Polizisten.

In der heißen Nacht schossen die Flammen brausend empor und steigerten die allgemeine Erregung; unbesonnene Kinder begannen, mit brennenden Holzscheiten zu werfen, und es schien, als würde ganz Frog's Neck zerstört werden. Auf der schmalen Verbindungsstraße rumpelten die städtischen Löschfahrzeuge heran, aber schwarze Aufrührer versperrten ihnen den Weg, so daß die Feuerwehrleute nach zwei vergeblichen Versuchen mit der Drohung »Wir lassen das verdammte Nest hochgehen« wieder umkehrten. Eines der ersten Gebäude, welches das Feuer erfaßte, war die Hütte der Caters, die lange vor dem Sezessionskrieg der befreite Sklave Cudjo errichtet hatte. Mit einem einzigen gewaltigen Rauschen verschlang die Lohe, was vielleicht ein Denkmal der Schwarzen geworden wäre, denn diese Hütte umschloß das Zimmer, in dem Eden Cater von ihren »Vierzehn Reisen in den Norden« erzählt hatte. Hiram, der zusah, wie dies alles in den Flammen verschwand, murmelte: »Eden würde es verstehen.«

Der Brand von Patamoke war ein seltsames Ereignis. Die aufgeputschten Schwarzen warfen ihre Fackeln auf kein einziges von Weißen bewohntes Haus.

Ihre Wut richtete sich nur gegen die unerträglichen Lebensbedingungen, die man ihnen aufzwang. Sie legten nicht Feuer, weil sie an den Weißen Rache nehmen wollten, sondern weil sie hofften, wenn sie Frog's Neck zerstörten, käme etwas Besseres an seine Stelle. Für diesen Traum waren sie bereit, ihre Häuser zu opfern, ihre Kirche und ihr historisches Erbe. Doch aus der Feuersbrunst, die da und dort auf eine Fichte übergriff, trug der Wind Funken nach Westen, und durch einen bösen Zufall fielen sie auf das Dach der Paxmore-Werft, das aus Schindeln bestand. Im Nu stand das ausgetrocknete alte Gebälk in Flammen.

Nun konnten die Feuerwehrleute ihre Pumpen betätigen, kein Schwarzer hinderte sie daran, doch die Werftgebäude waren wie Zunder: Bretterwerk, seit einem Jahrhundert mit Terpentin und Öl so vollgesogen, daß eine Rettung unmöglich war. Riesige Flammenwände fegten die Schuppen entlang, durchbrachen die Decken und verzehrten die Dächer. Aus einm Dutzend Ansiedlungen wurden Löschzüge herbeigeholt, und während die Feuerwehrmänner über Landstraßen dahinrasten, flüsterten sie entsetzt: »Die Nigger brennen Patamoke nieder!«

Schon immer, seit der Ankunft der ersten Sklaven im Jahr 1667, hatte man am Choptank befürchtet, daß die Neger sich eines Nachts erheben und die Einrichtungen der Weißen anzünden würden, und nun geschah es wirklich. Sechzig Turlocks liefen erschrocken zusammen und sahen den Brand, mit ihnen unzählige Cavenys, und als sich die fremden Feuerwehrleute an Ort und Stelle sammelten, ohne wirksam eingreifen zu können, ging Amos Turlock grimmig unter ihnen umher, verteilte Gewehre und gab nur eine Weisung: »Jeden Nigger, der in der übrigen Stadt Feuer zu legen versucht, sofort niederknallen!«

Ein Bürger verfolgte den Ablauf der Katastrophe in stummer Verstörung und wie benommen. Es war Pusey Paxmore, der gerade auf Urlaub aus Washington gekommen war. Mit fahlem Gesicht beobachtete er, wie das Familienunternehmen in Asche fiel. Von Zeit zu Zeit versuchte er zu sprechen, aber sein Mund blieb offen, wie gebannt starrten seine Augen auf das trostlose Bild.

»Mister Paxmore!« rief der Bürgermeister, der im Schlafrock gerannt kam. »Wir müssen die Nationalgarde alarmieren. Sie kennen die richtigen Leute in Annapolis.« Pusey schien nicht fähig zu reagieren, und der Bürgermeister flehte ihn an: »Holen Sie die Truppen, Pusey, sonst geht die ganze Stadt drauf!« Paxmore murmelte einen Namen, und der Bürgermeister lief davon. Doch schon packten einige Feuerwehrmänner den regungslos dastehenden Politiker an den Armen und rissen ihn zurück – gerade im letzten Moment, bevor die letzte Wand krachend und funkensprühend einstürzte.

So wurde Pusey Paxmore Zeuge des Untergangs eines Werkes, dessen Anfänge bis in die Jahre um 1660 zurückreichten. Diese Werft hatte Indianer-Überfällen widerstanden, Piratenangriffen, der Bombardierung durch die britische Flotte 1813 und sogar den Vorstößen konföderierter Freibeuter. Nun war sie verloren, und mit ihr eine ganze Lebensform, in einer Nacht des Unheils von Mitbürgern vernichtet. Er wollte nicht glauben, daß die Schwarzen von Patamoke, zu denen seine Familie immer freundlich war, einer solchen Untat fähig waren.

»Es ist aber so«, versicherte ihm ein Polizist.

»Wer war es?«

»Unser schwarzer Kollege sagt, Hiram Cater sei der Anstifter gewesen. Der Bruder des Mädchens im Knast.«

»Verhaften!« Und schon stürmte Paxmore davon, um seine Freunde beim FBI anzurufen.

Doch Hiram wurde in jener Nacht nicht verhaftet, denn sobald er gesehen hatte, daß sich das Feuer bis zur Werft ausbreitete, war ihm klar, daß er die Stadt verlassen mußte, und als er durch das Dunkel hetzte, um einen Wagen für die eilige Fahrt nach Pennsylvanien zu organisieren, stieß LeRoy zu ihm; der war stolz auf die gelungene Aktion.

»Die Kirche hättet ihr nicht niederbrennen dürfen«, keuchte Hiram im Laufen.

»Alles mußte weg«, erwiderte LeRoy.

»Aber nicht die Werft. Ihr könnt Häuser von Schwarzen abbrennen, ohne viel dabei zu riskieren. Aber wenn man das Geschäft eines Weißen anzündet ... «

LeRoy entdeckte einen Buick, von dem er annahm, daß es ihm möglich sein würde, ihn zu starten. Während er mit den Drähten hantierte, blickte sich Hiram nach dem Flammenmeer um. »Wir sitzen ganz schön in der Tinte«, sagte er.

DREIZEHNTE REISE:

1976

Am zweiten Juli 1976 machte sich Amanda Paxmore auf den Weg, um ihren Mann heimzuholen, ihren Mann, der Schimpf und Schande auf sich, seine Frau, seine Kinder und seine Nation geladen hatte – eine Belastung, die einen schwächeren Menschen als Amanda Paxmore überfordert hätte. Sie war ihrer Aufgabe gewachsen und versuchte nie, sich davor zu drücken. Als ihr telefonisch mitgeteilt wurde, daß sie jemanden schicken könne, beherrschte sie sich, hüstelte und erklärte dem Staatsanwalt, der aus Washington in die kleine Stadt in Pennsylvanien gekommen war: »Morgen drei Uhr nachmittags? Ich werde da sein.«

»Sie kommen selbst?« hatte er gefragt.

»Wer sonst?«

Sie legte den Hörer auf und ging in den Garten, um Martin Caveny, den Bruder des Priesters, zu rufen, der das Gras mähte, denn am 4. Juli, dem Gedenktag der Unabhängigkeitserklärung, sollte das Haus einen festlichen Anblick bieten. »Ich brauche morgen das Motorboot, um sieben Uhr früh. Wir fahren nach Annapolis.«

»Kann ich Amos Turlock mitnehmen?« fragte Caveny, denn auf Ausflügen hatte er gern seinen Kumpel dabei. »Weil wir doch die Bucht überqueren.«

»Ist er nicht schon ein wenig alt für solche Arbeit?«

»Für Amos ist das keine Arbeit.«

»Dann bringen Sie ihn mit. Er kann Ihnen Gesellschaft leisten, während Sie in Annopolis auf mich warten.«

Als sie zur Haustür kam, warf sie noch einen Blick zurück. Sie sah, wie Caveny hastig den Rasenmäher an seinen Platz brachte, um sich auf die Suche nach seinem Spießgesellen zu machen. Sie rechnete damit, daß sich die beiden, während sie mit dem Mietwagen nach Scanderville unterwegs war, in einer Kneipe in Annapolis vollaufen lassen würden.

»Gott segne sie«, sagte sie in einer Anwandlung von Mitgefühl, »diese durstigen Seelen.«

Nachdem Caveny den Rasenmäher abgestellt hatte, kletterte er in seinen klapprigen Chevrolet und brauste nach Sunset Acres. »Haben Sie Amos gesehen?« brüllte er bei jeder Tankstelle, aber niemand wußte, wo der Strolch steckte. Endlich fand er einen kleinen schwarzen Jungen, der Bescheid wußte. »Er ist unten am Fluß und fischt.«

Den Kopf auf einem Grasbüschel, den Hut tief im Gesicht, lag Amos am Flußufer.

»Amos!« rief Caveny. »Wir fahren nach Annapolis.«

Turlock rollte zur Seite und stützte sich auf seinen Arm. »Das ist eine gute Nachricht«, sagte er. »Wer nimmt uns mit?«

»Wir fahren mit Missis Paxmores großem Motorboot.«

Argwöhnisch musterte Amos seinen Partner. »Wieso überläßt sie es dir?«

»Weil sie mitkommt.«

»Was macht sie in Annapolis?«

»Das habe ich mich selbst gefragt. Zu mir hat sie nur gesagt: ›Ihr beide könnt am Kai warten. Um sechs fahren wir zurück.‹ Weißt du, was ich glaube?«

Amos stand auf und holte seine Angel ein. »Was hat sie vor?« fragte er ernst.

»Ich nehme an, während wir am Kai warten, mietet sie einen Wagen und fährt nach Scanderville.«

»Das Fernsehen hat nichts gebracht.«

»Ich wette, das ist es.«

Die zwei Männer stiegen in den Chevrolet und brausten nach Sunset Acres zurück. Sie blieben bei einem Wohnwagen stehen. Amos wohnte jetzt mit einer Frau darin, die ihren Mann in Crisfield verlassen hatte. »Midge«, bellte er, »war etwas über Scanderville im Fernsehen?«

»Ich habe nichts gehört.«

»Und dabei glotzt sie den ganzen Tag in die Röhre«, sagte Amos.

»Trotzdem«, meinte der Ire, »ich irre mich bestimmt nicht. Wie wäre es mit einem Bier?« Die beiden setzten sich auf die Veranda des Wohnwagens, schlürften ihr Bier und bewunderten die Statuen, die den Rasen bevölkerten.

»Haben Sie etwas über Scanderville gehört?« fragte Amos jedesmal, wenn ein Nachbar vorbeikam, aber keiner wußte etwas.

»Wenn sie das im Sinn hat«, sagte Caveny, »gibt es in ganz Maryland keine Frau, die besser damit zurechtkommt.«

»Du magst sie, nicht wahr?« fragte Turlock, während er seine Bierdose in den Graben neben dem Lattenzaun schleuderte.

»Sie ist stark.«

»Schreit sie nicht ein bißchen viel?« Amos haßte es, von Leuten, die ihn beschäftigten, angebrüllt zu werden. »Mich braucht man nur einmal anzuschreien, und ich bin 'ne Wolke.«

»Sie hat ihre Eigenarten, aber du mußt ja nicht zuhören«, entgegnete Caveny. »Doch eines ist sicher: Wenn meine Kinder oder meine Frau krank werden, ist es Missis Paxmore, die sich um alles kümmert.«

»Vielleicht, denke ich«, sagte Amos, nachdem er sich noch ein Bier geholt hatte, »wäre es besser gewesen, wenn sie sich statt um deine Kinder ein wenig mehr um ihren Mann gekümmert hätte.«

Caveny überlegte, drehte die Bierdose in den Händen und blies in die dreieckige Öffnung. »Darüber habe ich keine Meinung«, sagte er schließlich. »Noch in hundert Jahren werde ich nicht verstehen, was mit Pusey Paxmore passiert ist.«

Turlock tat einen kräftigen Zug und stellte dann die Dose neben sich auf die Bank. »Der einzige, der es versteht, ist Richard Nixon, und der hält das Maul.«

»Da hast du wohl recht. Tätest du das nicht auch, wenn du wie ein Fürst draußen in San Clemente leben würdest?«

Amos nahm einen tüchtigen Schluck und gab seiner Meinung Ausdruck, daß es vermutlich ein Geheimnis bleiben würde. »Zumindest für mich.«

Am nächsten Morgen warteten die zwei Männer schon mit dem Motorboot bei der Friedensklippe, als Amanda Paxmore in einem Sommerkleid den langen Weg zum Landeplatz herunterkam. Sie brachte zwei dicke Pullover mit und bat die Männer, sie gut zu verstauen. Caveny warf Amos einen wissenden Blick zu, als wolle er sagen: »Ich gewinne meine Wette.«

»Stoßt ab!« rief sie, und als der Motor ansprang, rief Martin Caveny zu ihr hinüber: »Ich steuere nach Westen, um die Landzunge herum, und dann geradeaus nach Annapolis.«

Sie nickte und dachte, wie grotesk es doch war, daß gerade dieser Tag einer der friedlichsten zu werden versprach, den die Bucht seit Jahren erlebt hatte. Zu ihrer Rechten träumte Oxford verschlafen am Tred Avon vor sich hin. Vier Autos mit Touristen, die schon zu früher Stunde unterwegs waren, standen auf der kleinen Fähre, die den Verkehr nach Bellevue besorgte, und mindestens ein Dutzend Kinder steckten die Köpfe aus den Fenstern und unterhielten sich laut mit ihren Eltern.

Amanda wandte den Blick nach Süden, wo die Reste der Insel Devon zu sehen waren. Die Schornsteine und die Ostmauern von Rosalinds Rache standen noch, als hätte sie der unbezwingbare Wille dieser großen Frau gegen den Ansturm der Elemente gewappnet.

Amanda seufzte. »Fast ein Omen für heute«, flüsterte sie. »Eine Ruine …« Sie brachte das Wort kaum über die Lippen, und doch wiederholte sie es: »Eine Ruine …«

Caveny sah, wie ihre Lippen sich bewegten. »Was sagten Sie?« fragte er. »Das alte Haus da drüben …«

»Sie werden es nicht mehr lange sehen.«

Sie kamen um halb zehn in Annapolis an und machten an der Pier eines Privathafens fest, wo zwei junge Männer schon mit einem Mietwagen und Papieren warteten, die Mrs. Paxmore unterschreiben mußte. Sobald das getan war, gaben sie ihr die Schlüssel und fuhren mit einem zweiten Wagen davon.

»Was habe ich dir gesagt?« fragte Caveny. Turlock zuckte die Achseln. »Na, was schon? Sie hat einen Wagen gemietet.«

»Gegen sechs bin ich wieder da«, versprach Mrs. Paxmore. Fast mußte sich Caveny auf die Zunge beißen, um nicht zu fragen, ob sie nach Scanderville fahren wolle. Er beherrschte sich aber und nickte höflich. »Wir werden gut aufpassen.«

Mrs. Paxmore hatte nicht erwartet, daß er etwas sagen würde, und die reizende Art, wie er es sagte, so, als sei er ein treuer Gefolgsmann, entwaffnete sie. Fast wäre sie in Tränen ausgebrochen. Sie öffnete ihre Tasche, holte eine Zehndollarnote heraus und drückte sie Caveny in die Hand. »Amüsieren Sie sich«, sagte sie mit schwankender Stimme. »Kaufen Sie sich Krabben und Bier.« Sie schüttelte Turlock die Hand. »Machen Sie es sich schön! Verdammt noch mal, wenn wir es uns nur schön gemacht hätten …« Sie eilte zum Wagen, wischte sich die Augen und fuhr los.

Über eine Nationalstraße und den Superhighway, die um Baltimore herumführt, kam sie zur Ausfallstraße nach Pennsylvanien, und nördlich von Harrisburg bog sie nach Westen ab. Ihr Ziel war die kleine Stadt Scanderville, wo sich die Bundesstrafanstalt befand.

Es war eine neue Art von Gefängnis, dem progressiven Vollzugssystem angepaßt, und besaß weder hoch aufragende Steinmauern noch Stacheldrahtzäune. Das Hauptgebäude erinnerte an das Büro eines gutgehenden Motels; es war im Kolonialstil erbaut und von grünen Rasenflächen umgeben. Dennoch war es ein Gefängnis, und man hatte viele jener distinguierten und gebildeten Männer dorthin geschickt, die auf diese oder jene Weise in den Watergate-Skandal verwickelt gewesen waren. Sie alle waren ursprünglich zu Strafen von drei bis vier Jahren verurteilt worden. Weil aber einige von ihnen als Zeugen der Anklage ausgesagt hatten, war ihr Strafmaß auf sechs oder acht Monate herabgesetzt worden.

Pusey Paxmore, der bei diesem Versuch, die Verfassung der Vereinigten Staaten zu unterminieren, nur eine untergeordnete Rolle gespielt hatte, gehörte nicht zu jenen, die dieser Vergünstigung für wert befunden wurden. Er hatte sich geweigert, die Namen anderer bekanntzugeben, hatte sich geweigert, sich auf seine Unwissenheit zu berufen oder auf irgendeine Weise um Gnade zu bitten. Sowohl bei den Watergate-Hearings wie auch bei seinem Prozeß hatte er den Präsidenten standhaft verteidigt.

»Wer im Sommer 1970 nicht in Washington war«, hatte Pusey vor der Fernsehkamera erklärt, »kann die Gefahren nicht abschätzen, die unsere Nation bedrohten.«

»Waren sie so groß«, hatte ein junger Anwalt gefragt, »daß Sie es in Kauf nahmen, die Grundgesetze unseres Landes zu brechen?«

»Sie waren es.«

»Sie haben unter Eid ausgesagt, daß Sie wußten, was Sie taten, und daß Ihrer Meinung nach die damalige Situation diese ungesetzlichen, unmoralischen und kriminellen Handlungen rechtfertigte?«

»Sie haben mir zwei Fragen gleichzeitig gestellt.«

»Dann beantworten Sie sie bitte nacheinander«, erwiderte der junge Regierungsanwalt mit ausgesuchter Höflichkeit.

»Das ist meine Absicht. Sie fragen mich, ob ich die damalige Lage als kritisch eingeschätzt habe. Es gab Straßenschlachten. Gewisse Medien riefen offen zur Zerschlagung unseres Systems auf. Man plante die Zerstörung öffentlicher Einrichtungen. Ja, die Lage hätte sich für unsere Gesellschaft und insbesondere unsere Regierungsform verhängnisvoll auswirken können. Sie fragen zweitens, ob ich, was ich tat, mit dem Bewußtsein getan habe, daß es ungesetzlich und unmoralisch war ... und noch etwas, das ich vergessen habe.«

»Kriminell«, half ihm der junge Anwalt nach.

»Ja, kriminell. Keine meiner Handlungen war kriminell.«

»Ihre Einschätzung Ihres Verhaltens steht in scharfem Gegensatz zu den von der großen Mehrheit unserer Bürger vertretenen Ansichten. Nach ihrem Dafürhalten waren Ihre Handlungen ungesetzlich, urunoralisch und kriminell.«

»So beurteilt man das jetzt«, erwiderte Pusey starrköpfig.

»Sie wollen andeuten, daß man später anders urteilen wird?«

»Ganz gewiß.«

Seine Weigerung nachzugeben, hatte ihm zwei Jahre in Scanderville eingetragen, und er hatte die Strafe voll verbüßt. Nun wurde er entlassen.

Einige Meilen vor Scanderville wurde Amanda von einer motorisierten Polizeistreife angehalten, und bevor sie noch protestieren konnte, daß sie nicht schneller als fünfzig gefahren sei, fragte der Polizist höflich: »Sind Sie Amanda Paxmore?«

»Das bin ich.«

»Man hat mich geschickt, um Sie zu warnen. Es sind Zeitungsleute in der Stadt, und sie könnten Ihnen Fragen stellen.«

»Das ist zu erwarten.«

»Möchten Sie nicht, daß ich Sie durch den Hintereingang hineinbringe?«

»Früher oder später werde ich mich stellen müssen«, antwortete sie.

Er fühlte sich vor den Kopf gestoßen. »Das ist dann Ihr Bier.«

»So ist es«, sagte sie, legte den Gang ein und fuhr weiter.

Kaum war ihre Anwesenheit bekannt, wurde sie von einer Gruppe von sieben teils mit Kameras bewaffneten Journalisten überfallen, die sie drängten, einen wahren Schwall von unzusammenhängenden Fragen zu beantworten. In ihrem geschmackvollen Sommerkleid, das Haar nach Quäkerart zurückgekämmt, stand sie in der heißen Sonne neben ihrem Wagen und stellte sich dem Kreuzverhör:

»… ich habe keine Meinung von Präsident Nixon. Ich habe George McGovern gewählt.«

»… mein Mann fühlte sich geehrt, als er aufgefordert wurde, dem Weißen Haus zu dienen. Er respektierte den Präsidenten und hat, wie ich höre, ausgezeichnete Arbeit geleistet.«

»… nein, mein Mann hat mich nicht gebeten, ihn heute hier abzuholen. Niemand hat mich gebeten.«

»… Gewissensbisse? Es vergeht kein Tag, an dem ich nicht wegen irgend etwas Gewissensbisse habe. Haben Sie schon einmal einen treuen alten Hund zum Tierarzt gebracht, um ihn einschläfern zu lassen? Wegen so etwas empfindet man den Rest seines Lebens Gewissensbisse.«

»… unser Volk hat eine ganze Reihe von Katastrophen überlebt. Wenn wir im Herbst Jimmy Carter wählen, werden wir Watergate überlebt haben.«

»… ich habe mich nie im Weißen Haus unter Nixon wohl gefühlt, aber mein Mann arbeitete für ihn und hielt ihn für einen der tüchtigsten Präsidenten, die er kannte.«

»… natürlich habe ich oft an Präsident Nixon gedacht, der in San Clemente in Freiheit lebt, während mein Mann in diesem Gefängnis saß, nur weil er tat, was Nixon anordnete. Aber ich habe schon vor langer Zeit gelernt, daß es im Leben keine Gerechtigkeit gibt, und darum erwarte ich auch keine. Nein, ich empfinde keinen Groll gegen Präsident Nixon.«

»… ja, mein Mann ist Quäker, so wie ich. Ja, Nixon ist Quäker, und Herbert Hoover war es. Ich glaube, daß sich daraus die Lehre ziehen läßt: Schickt keine Quäker nach Washington!«

»… ich habe unser Haus heute früh um sieben Uhr verlassen und die Bucht mit dem Motorboot überquert; heute abend fahren wir zurück.«

»… natürlich wohnen wir weiterhin dort, wo wir jetzt wohnen. Die Paxmores leben dort seit 1664. Das Haus wurde einmal in Brand gesteckt und dreimal beschossen. Watergate ist nur eine Episode in einer langen, langen Geschichte.«

»… Sie fragen mich, ob ich so hart sei, wie meine Antworten anzuzeigen scheinen. Auf diese Frage gibt er, keine vernünftige Entgegnung, Wir leben in einer Zeit, in der es nicht üblich ist, daß die Leute frei ihre Meinung äußern. In einer Zeit, in der es nicht üblich ist, daß ein Mann wie mein Gatte es ablehnt, sich wie eine Heulsuse zu betragen und um Gnade für Unrecht zu bitten, das er nicht begangen hat. Sie nennen das Härte. Mischen Sie sich doch einmal unter das Volk, und erkunden Sie, wieviel harte Menschen es in diesem Land gibt! Leute, die auf unaufrichtige Fragen unaufrichtige Antworten geben. Und jetzt muß ich gehen und meinen Mann holen.«

Der motorisierte Polizist, der Mrs. Paxmore durch den Hintereingang ins Gefängnis schmuggeln wollte, sagte zu seinem Kollegen: »Dieses Schätzchen braucht uns nicht.« Sein Freund nickte. »Ich wollte, Mabel hätte sie hören können. Sie ermahnt mich immer, schön still zu sein, wenn Leutnant Grabert groß angibt.« Und der erste sagte: »Muß ganz schön keß sein als Ehefrau«, worauf der zweite meinte: »Ich wollte, Mabel wäre ein bißchen kesser. Mit ihr lebt es sich wie mit einer Schüssel Hefeteig.«

Das Refugium

Wenn sich ein Neuankömmling am Ostufer niederließ, mußte er in bezug auf drei prinzipielle Dinge Farbe bekennen: Bist du Protestant oder Katholik? Republikaner oder Demokrat? Und bevorzugst du einen Chesapeake oder einen Labrador? Seine Antworten auf diese Fragen bestimmten seinen Status in der Gemeinde.

Er konnte antworten wie es ihm beliebte, denn Katholiken und Demokraten wurden geduldet, und jeder Fremde hatte durchaus die Möglichkeit, sich ungeachtet seiner Zuordnung ein Leben nach seinem Geschmack einzurichten. Die politische Frage machte allerdings Schwierigkeiten, denn am Ostufer galten einigermaßen willkürliche Definitionen, und so mancher Neuankömmling geriet in Verwirrung, wenn er mit einem ortsansässigen Demokraten ins Gespräch kam, der in seinen gesellschaftlichen Ansichten weit rechts von Dschingis-Khan angesiedelt war.

Jefferson Steed zum Beispiel, der zwei Legislaturperioden lang im Kongreß gesessen hatte, war als »der Radikale« verschrien. Wer etwas über die russische Revolution oder die Ausbreitung des Kommunismus wissen wollte, wurde üblicherweise an ihn verwiesen, denn: »Bei Jeff sind Sie an der richtigen Adresse, der ist ja ein Radikaler!«

Steed war gegen die Gewerkschaften, gegen die Emanzipation, gegen die Einkommensteuer und gegen Geistliche, die in ihren Predigten auf politische Themen eingingen. Er befürwortete die Kinderarbeit und mißtraute jeder Allianz mit einer ausländischen Macht. Er glaubte an ein starkes Heer, an die Überlegenheit der weißen Rasse und die Allmacht J. Edgar Hoovers. Trotzdem stand er in dem Ruf, ein Radikaler zu sein, weil er im November 1944 für eine vierte Amtsperiode Franklin Roosevelts gestimmt hatte – nach dem Prinzip, man sollte in der Strommitte nicht die Pferde wechseln.

Ein verwirrter Zugezogener aus den eisigen Wintern Minnesotas sagte einmal: »Ich liebe das Ostufer: seine Architektur, die dem siebzehnten, seinen

Charme, der dem achtzehnten, und seinen Abgeordneten, der dem neunzehnten Jahrhundert entstammt.« Steed betrachtete diesen Ausspruch als Kompliment.

Was die Hunde anging, entschieden sich all jene Städter aus dem Norden, die
schon immer von einem knurrenden Biest geträumt hatten, das ihren Landsitz verteidigt, und jene, die beabsichtigten, das edle Waidwerk zu pflegen,
für den Chesapeake. Die aber glaubten, ein Hund solle zur Familie gehören,
für alle Zeiten fünf Jahre jung bleiben und stets liebevoll sein, zogen den
Labrador vor. Und jeder fand genug Nachbarn, welche die gleiche Vorliebe
teilten.

Jeder Neuankömmling fand sofort einen Freund in Washburn Turlock, dem
Chef der angesehenen Maklerfirma, welche die meisten guten Objekte an der
Hand zu haben schien. Hatte der Kaufinteressent einmal Turlocks Büro mit
den Möbeln aus der Kolonialzeit, den handgeknüpften Teppichen aus North
Carolina und den Transparenten bezaubernd schöner, am Wasser gelegener
Herrenhäuser betreten, war er verloren. Seine Kapitulation war besiegelt,
sobald Turlock persönlich in seinem eleganten Zweireiher erschien, um das
Geschäft perfekt zu machen.

»Die Preise sind hoch«, gab er zu, »aber wo in Amerika finden Sie vergleich-
bare Werte? Unser Wasser, unsere Sonnenuntergänge? Krabben und Austern
vor ihrem eigenen Grund?« Land, das die Steeds und die Turlocks für zehn
Cent pro Morgen erworben hatten, kostete jetzt als zwei Morgen umfassende
Parzelle fast sechzigtausend Dollar, und auf diesem Grundstück gab es keine
Straßen, keine Wasserleitung, kein Haus, weder Strom noch Gas und keinerlei
Vorzüge außer dem einen: Es lag am Wasser.

Im August 1976, kurz bevor das saisonbedingte Immobiliengeschäft anlief, rief
Washburn Turlock sein Verkaufspersonal zu einem Gespräch zusammen, bei
dem er den in Zukunft einzuschlagenden Kurs seiner Agentur festlegte. Nachdem die vierzehn Verkäufer und Verkäuferinnen ihren Kaffee getrunken hatten,
überraschte er sie, indem er ihnen kommentarlos seine neue Werbebroschüre
vorlegte. Die Vertreter waren platt. Das Umschlagbild zeigte den als Seeräuber
gekleideten Washburn mit Schwert, Dreispitz und Pistole. Die Überschrift
lautete: TURLOCK DER PIRAT, DER MANN, DEM SIE VERTRAUEN
KÖNNEN.

Nachdem sie sich von ihrem Staunen erholt hatten, erklärte er seinen Leuten,
daß dies fortan die Verkaufspolitik der Firma Turlock sein würde, und er lenkte
ihre Aufmerksamkeit auf die ersten Textseiten, die einen kurzen, gut geschrie-
benen Bericht über einzelne Turlocks enthielten, die seit über dreihundert
Jahren am Ostufer gelebt hatten:

Der erste Turlock war kein virginischer Kavalier. Er scheint ein kleiner Dieb gewesen zu sein, und in seinen ersten Jahren als »dienstverpflichteter Arbeiter« gearbeitet zu haben – die euphemistische Bezeichnung für einen Sklaven.

Das war zuviel für eine der Damen. »Halten Sie das für klug, Washburn?« fragte sie.

»Lesen Sie weiter!« antwortete er.

Viel Wesens machte der Bericht von dem Lob, das General Washington Teach Turlock gespendet hatte. Ted wurde als Pirat vorgestellt, der seine ganze Kraft für seine patriotischen Pflichten einsetzte, während Matt Turlock als Held des Krieges von 1812 gezeichnet war. Es war eine anregende Lektüre, modern und witzig geschrieben, und genau auf die Sorte Kunden zugeschnitten, die Turlock anzusprechen wünschte. Und mit dem, was Washburn nun ausführte, legte er die Richtlinien für eine neue Ära fest:

Die alten Zeiten sind vorüber, und wenn sich einer von Ihnen der Vergangenheit unlösbar verbunden fühlt, so sollte er uns jetzt verlassen, weil nun eine neue Zeit für uns anbricht. Sie wollen wissen, was für sie charakteristisch sein soll? Ich will es Ihnen sagen.

Wir sind fortan nicht mehr an Liegenschaften interessiert, die für weniger als hundertfünfzigtausend Dollar zum Verkauf stehen. Sicher, ich weiß, daß einige kleine Kunden uns beehren werden. Das können wir nicht verhindern. Aber eine Liegenschaft im Wert von neunzigtausend Dollar zeigen Sie dem Kunden nur einmal. Wenn er sie haben will, in Ordnung. Wenn er sich nicht gleich entscheidet, lassen Sie ihn fallen. Soll ein anderer das Geschäft machen. Wir sind nicht interessiert.

Warum ich Ihnen das sage? Dafür gibt es eine einfache Erklärung. Wer kauft eine so billige Liegenschaft? Eine um neunzigtausend? Ein junges Ehepaar. Darauf sitzen sie dann vierzig Jahre, und was haben wir davon? Eine einmalige Provision, und das ist alles. Aber wer kauft die großen Brocken? Die um eine halbe Million? Ein pensionierter alter Knochen Ende Sechzig. Er lebt dort fünf Jahre und stellt fest, daß ihm der Besitz über den Kopf wächst. Beauftragt uns wieder mit dem Verkauf. Mein Vater hat mir einmal gesagt: »Sieh zu, daß du vier gute Liegenschaften zu je einer halben Million in die Hand bekommst, und du wirst sehen, daß jedes Jahr eine davon wieder auf den Markt kommt. Wenn du diese vier Jahr für Jahr immer wieder verkaufst, hast du ein schönes Leben.«

Wir suchen den Kunden, für den eine viertel Million nichts ist … Kleingeld. Wir bewirten ihn fürstlich und verkaufen ihm drei Jahre später eine andere Liegenschaft für eine halbe Million. Denn unser eigentliches Ziel ist das Objekt für eine Million. Auf unseren Listen haben wir gegenwärtig elf Objekte in dieser Preislage. Versuchen Sie, die zu verkaufen!

Um mit Millionären Geschäfte zu machen, muß man wie ein Millionär denken. Was wünscht er sich? Was sind seine Vorstellungen? Die Antwort darauf gibt diese neue Broschüre … so wird unsere neue Kampagne. In dieser Woche stellen wir vier Reklametafeln mit dem Piratenbild auf. Warum? Weil ein reicher Mann selbst ein Pirat ist. Darum ist er reich. Er wird mit mir ins Geschäft kommen wollen. Er wird sich mir verwandt fühlen. Sie werden sehen, diese Kampagne wird blendend einschlagen.

Aber auch der zweite Teil ist wichtig. Turlock, ein Mann, dem Sie vertrauen können. Wir werden uns in allem, was wir tun, davon leiten lassen. Ein Kunde leistet eine Anzahlung und überlegt es sich wieder. Es macht uns mehr Freude, ihm sein Geld wiederzugeben, als es uns freuen würde, es entgegenzunehmen. Er wird es nicht vergessen und wiederkommen. Oder: Ein junges Paar kommt mit vierzigtausend zu uns. Sie bringen diese Leute zu mir ins Büro, und ich werde ihnen erklären, daß wir in dieser Preislage im Augenblick nichts anzubieten haben. Ich lade sie zu einem Kaffee ein. Ich nehme sie beim Arm und führe sie über die Straße zu Gibbons, der sich mit billigen Objekten befaßt. Ich gebe ihnen eine Broschüre und bitte sie, mich wissen zu lassen, wenn sie etwas gefunden haben. Und später, wenn die zweihunderttausend Dollar ausgeben können, werden sie wieder zu uns kommen.

Wenn Sie auf einen passenden Kunden stoßen, liefern Sie ihm alle Verkaufsargumente, die er gern hört – Geschichte, Charme, Sicherheit, feine Lebensart. Ich war entsetzt, als ich erfuhr, daß Henry hier die alte Hütte auf dem Fortness-Besitz abreißen ließ. Henry! Haben Sie nicht erkannt, daß diese Hütte ein Vermögen wert ist? Sie hätten den Besitzer dazu bewegen können, sie für zweitausend Dollar neu herrichten zu lassen. Dann hätten Sie den Kunden sagen können: »Das waren die Unterkünfte für die Sklaven.« Wissen Sie denn nicht, daß jeder, der aus dem Norden kommt, den Wunsch hat, sich als Herr über eine große Plantage zu fühlen … mit der Peitsche zu knallen … Baumwolle zu ernten? Ein gutes Sklavenquartier auf einem Stück Land erhöht den Wert gleich um fünfzigtausend.

Turlocks Einsichten erwiesen sich als richtig, und der Pirat wurde nicht nur zur erfolgreichsten Maklerfirma, sondern auch zu jener, die mehr als alle anderen Aufsehen erregte. Seine Vertreter waren konservativ gekleidet und fuhren schwarze Autos. Die Firma konzentrierte sich auf die an den begehrten Flüssen gelegenen Häuser, und Washburn gab seinen Leuten die nötigen Instruktionen.

> Wenn Sie von Kunden nach der besten Lage gefragt werden – damit ist die gesellschaftliche Stellung der einzelnen Flüsse gemeint –, erzählen Sie ihnen die Geschichte von dem amerikanischen Militärexperten, der nach Berlin geschickt wurde, um sich über die verschiedenen Dienstgrade bei den deutschen Streitkräften zu informieren. Ein Adjutant des Kaisers erklärte sie ihm: »Zuerst kommt Gott. Nein, zuerst kommen Gott und der Kaiser. Dann der Kavallerieoffizier. Dann das Pferd des Kavallerieoffiziers. Dann kommt lange, lange nichts. Und dann der Infanterieoffizier.«
>
> Am Ostufer haben wir den Tred Avon und seine Nebenflüsse Peachblossom und Trippe. Dann kommt lange nichts. Dann haben wir den Broad Creek, aber gewiß nicht den Harris. Dann kommt wieder lange nichts. Dann haben wir den Miles und den Wye und das Nordufer des Choptank. Und danach kommt überhaupt nichts mehr.
>
> Sollte jemand Fragen über das Land südlich des Choptank stellen, hat Ihre Antwort zu lauten: »Hübsche Gegend … wenn Sie Moskitos mögen.« Aber fahren Sie nie mit Ihrem Wagen über die Brücke. Meine Leute lassen sich auf der anderen Seite nicht sehen.

An einem Septembermorgen saß Washburn gerade in seinem Büro, als ein, wie ihm schien, geradezu idealer Kunde auftauchte. Er war Mitte Sechzig, eine distinguierte Erscheinung, und er hatte einen grauen Schnurrbart. Er fuhr einen, wie es sich gehörte, vom Wetter mitgenommenen Buick Kombi, vermutlich ein Modell Jahrgang 1974. Er bewegte sich selbstsicher, und seine Frau, die ihm folgte, trug ein Kostüm aus weichem Tweed und teure Schuhe mit niederen Absätzen. Sie sahen beide aus, als gingen sie zur Jagd, hatten aber keinen Hund dabei.

»Guten Tag«, begrüßte der Besucher höflich die Empfangsdame. »Mein Name ist Steed. Owen Steed.«

»Von den hiesigen Steeds?«

»Entfernt verwandt.«

Washburn kam aus seinem Büro, lächelte seine Dame freundlich an und fragte: »Darf ich stören?«

»Das ist Herr Owen Steed«, sagte sie.

»Ich glaube, Ihren Namen gehört zu haben. Ich bin Washburn Turlock.«

»Wir haben Ihr Schild gesehen. Meine Frau meinte …«

»Ich betreibe ein wenig Genealogie«, sagte sie. »Waren die Steeds und die Turlocks nicht einmal …«

»Auf sehr vertrautem Fuß«, fiel Washburn ihr ins Wort. »Als meine Vorfahren Piraten waren, wurden Ihre als Hexen in den Fluß getaucht. Eine unschöne Angelegenheit, fürchte ich.«

»Ach, ja«, sagte Mrs. Steed. »Rosalinds Rache. Steht das Haus vielleicht noch?«

»Eine Ruine«, erwiderte Turlock, und ohne die Besucher Platz nehmen zu lassen, schlug er vor, sie zum Kai der Friedensklippe zu fahren. Die Paxmores würden sicher nichts dagegen …

»Paxmore?« fragte Mr. Steed.

»Ja, das ist eine alteingesessene Familie. Quäker.«

»Ich möchte mich lieber nicht aufdrängen …«

»Sie haben bestimmt nichts dagegen. Er griff nach dem Telefon, um zu erfahren, ob er vom Paxmoreschen Landeplatz aus einen kurzen Ausflug zur Insel Devon machen könne, aber Mr. Steed hob so gebieterisch die Hand, um ihn daran zu hindern, daß Turlock seine Absicht aufgab. »Wir fahren von einer anderen Pier ab«, schlug er vor, und Mr. Steed nickte. »Das wäre besser.«

Wenn es darum ging, wirklich große Liegenschaften an den Mann zu bringen, gab es nichts Besseres, als den Kunden mit dem Boot hinzubringen. Washburn Turlock wußte das und hatte drei oder vier Motorboote an Anlegeplätzen liegen, von denen aus man leicht den Tred Avon und die, wie er sie bezeichnete, »besseren« Flüsse besichtigen konnte. Vom Wasser aus gesehen, bot das Ostufer einen bezaubernden Anblick: Dieser überwand Hemmungen und öffnete die Brieftaschen. Er schlug den Steeds vor, ihnen das Haus ihrer Vorfahren zu zeigen, weil er darauf spekulierte, ihr Gedächtnis damit aufzufrischen und sie für einen Abschluß weichzumachen. Doch da das von ihm in Aussicht genommene Objekt am Wasser lag, beachtete er eine eiserne Regel seiner Firma: Zeige eine große Liegenschaft nie bei Ebbe! Es könnte den Kunden schockieren, wenn er sieht, wie seicht unsere Gewässer sind. Darum warf er einen heimlichen Blick auf seine deutsche Armbanduhr, eine Sonderanfertigung, welche nicht nur die Zeit, sondern auch den Stand der Gezeiten anzeige. Was er sah, beruhigte ihn: Die Flut war im Kommen.

»Wir sehen uns eines der großen Herrenhäuser am Ostufer an«, kündigte er heiter an.

Auf der kurzen Fahrt über den Choptank erfuhr er, daß Owen Steed wie so mancher seiner Onkel in Princeton studiert hatte, von dort nach Tulsa ins Ölgeschäft gegangen und zum Präsidenten von Western Oil aufgestiegen war. Er hatte sich offensichtlich »mit viel Holz«, wie Washburn es bezeichnete, zur Ruhe gesetzt und wollte jetzt die Bekanntschaft mit den Stätten seiner Kindheit auffrischen. Damit war er ein aussichtsreicher Kandidat für einen Besitz, dessen Kaufpreis um eine Million Dollar lag.

»Sind Sie auf der Insel aufgewachsen?« fragte Turlock, als das Boot in den Devon-Fluß einfuhr.

»Ich wurde dort geboren, bin aber bei den Steeds vom Refugium aufgewachsen.«

Keine Information hätte Washburn gelegener kommen können. Auf seiner Angebotsliste hatte er eine Plantage von zweihundert Morgen am Refugium, die jedem präsumtiven Käufer den Mund wäßrig machen würde, einen heimkehrenden Steed jedoch begeistern mußte.

Der Besuch auf Rosalinds Rache hatte genau die Wirkung, die Turlock erwartet hatte. »Von hier sind die Steedschen Schiffe nach England gesegelt«, erklärte er, als das Boot am morschen Landeplatz anlegte, und während sie den verfallenen Pfad hinauf kletterten, fügte er hinzu: »Einige dieser Bäume sind gut zweihundert Jahre alt.« Im Herrenhaus, dessen Dach arge Schäden aufwies, zeigte er ihnen die zwei Kanonenkugeln, die in der zerbröckelnden Wand steckten, und den großen Raum, in dem Webster und Calhoun gespeist hatten. Er setzte seine Worte mit Bedacht, ließ genügend historische Größe zur Geltung kommen, aber nicht zuviel, um keine resignierte Stimmung aufkommen zu lassen.

»Könnte man es nicht restaurieren?« fragte Mr. Steed.

»Selbstverständlich«, antwortete Turlock rasch. »Nur – leider zerfällt die Insel.«

Er zeigte ihnen, wie die anhaltenden Nordweststürme Devon in einem Maß ausgewaschen hatten, daß schon viele Sklavenhütten in die Bucht gestürzt waren, und die Besucher sahen ein, daß jede Chance, das berühmte alte Haus zu retten, schon vor Jahrzehnten vertan worden war. Mrs. Steed wollte ihr Bedauern über diesen Verlust ausdrücken, aber Turlock brachte sie schnell auf fröhlichere Gedanken. »Wo wir doch schon mit dem Boot unterwegs sind«, warf er lässig ein, »warum schauen wir uns nicht ein kleines Stück Land an, das seit kurzem zum Verkauf steht? Eine der alten Steedschen Plantagen. Das Refugium.«

Während sie unter der Friedensklippe vorbeifuhren, bemerkte Turlock, daß Mr. Steed mit einigem Interesse zum Teleskophaus hinaufblickte und dann schnell wieder wegsah, aber er maß dieser Geste keine Bedeutung zu. Mrs. Steed jedoch wünschte, etwas über dieses Haus zu erfahren, und Turlock erzählte ihr, daß es eines der besten Beispiele für den Stil des siebzehnten Jahrhunderts sei. »Eines unserer architektonischen Prachtstücke. Das und das Versammlungshaus der Quäker in Patamoke.«

Er wollte gerade einen Kommentar zu der teleskopartigen Konstruktion abgeben, denn er wußte, daß angehende Kunden sich gern über Architektur informieren ließen, als er sah, daß Mr. Steed auf das Paxmoresche Haus zurückstarrte. »Vielleicht interessiert es Sie, daß wir jetzt auf den sich teilenden Wasserlauf zusteuern.« Er unterbrach sich und versuchte zu ergründen, wie ernsthaft diese beiden wirklich an einem Kauf interessiert waren. Dann setzte er hinzu: »Ich meine nur, Sie sind eingeladen, sich hier ein bißchen umzusehen.« Mrs. Steed lächelte.

Dann drosselte Turlock den Motor und drehte das Boot in eine Richtung, die es seinen Passagieren erlaubte, einen Blick auf jene Halbinsel zu werfen, auf der Häuptling Pentaquod 1605 sein Refugium errichtet hatte. Der Rasen erstreckte sich über mehr als einen Morgen und senkte sich von einem stattlichen Haus inmitten von Eichen und Weymouthskiefern zum Ufer; dort lud ein massiv gebauter Landungssteg das vorbeikommende Boot zum Verweilen ein; seitlich standen kleinere weiße Häuser, und über allem herrschte eine Stille, die den Geist mit Ruhe erfüllte.

Diese Stille wurde auch nicht vom Knattern des Motors zerrissen, weil ihn Turlock vorsorglich abgestellt hatte, dafür aber von einem lauten heiseren Schrei, der von dem Wasserlauf kam, der die Halbinsel umschloß. Es war ein Schrei, wie Mrs. Steed ihn noch nie gehört hatte, und als sie sich betroffen umsah, erblickte sie über sich einen graublauen Vogel mit einem langen Schnabel, der im Flug die Stelzbeine hinter sich streckte.

Kraannk, kraannk! schrie er. Dann sah er das Boot und drehte ab, um ein Stück entfernt im seichten Wasser zu landen.

»Was ist das für ein Vogel?« fragte sie, und Turlock erklärte ihr: »Das ist ein Graureiher. Sie werden hier Dutzende zu Gast haben.« Es war eine gewagte Taktik, so zu tun, als sei der Kunde bereits Eigentümer, aber manchmal funktionierte sie.

»Wir nehmen es«, sagte Mr. Steed.

Darauf war Washburn nicht vorbereitet: »Aber wir haben noch …«

Owen Steed unterbrach ihn. »Wir nehmen es.«

»Aber der Preis …«

»Sie können mit meiner Frau feilschen, aber ich warne Sie: Im Feilschen ist sie große Klasse.«

Mrs. Steed sagte nichts. Die Halbinsel war so prächtig und unvergleichlich schöner, als sie sich in Oklahoma das Ostufer vorgestellt hatte, so daß sie es nicht für nötig hielt, sich dazu zu äußern. Statt dessen beugte sie sich hinüber und küßte ihren Mann. Steed war heimgekehrt.

Die Steeds zweifelten nicht daran, daß sie ein Bombengeschäft gemacht hatten. Für achthundertzehntausend Dollar hatten sie nicht nur das Refugium selbst, zweihundertzehn Morgen erstklassiges Land mit zweitausendachthundert Meter Wasserfront und allen Baulichkeiten der alten Plantage erworben, sondern auch noch zwei angrenzende Farmen mit zusätzlich dreihundert Morgen Maisfeldern und Waldland. »Das Schöne an diesen Maisfeldern«, erklärte ihnen Washburn Turlock, kurz nachdem sie eingezogen waren, »ist, daß Sie nach der Ernte reichlich Mals liegenlassen können, und der garantiert Ihnen jede Menge von Gänsen. Sie können an drei Stellen Lockvögel verteilen: am Ufer, in den Gräben auf den Feldern und im Wasser. Im nächsten November können Sie halb Oklahoma zur Jagd einladen, Mister Steed.«

»Dergleichen habe ich nicht vor«, erwiderte Steed.

»Sie können die Jagd auch verpachten und so Ihre Steuern hereinbringen.«

»Das wird nicht nötig sein.«

Ethel Steed unterbrach das Gespräch, denn sie wollte wissen, wo sie jemanden finden könne, der vier Pfähle in das Flußbett einrammen würde. »Wozu denn das?« fragte ihr Mann, und ihre geheimnisvolle Antwort lautete: »Du würdest es nicht glauben, was mir die Herren im Laden erzählt haben.« Als dann die Pfähle eingerammt waren, wollte sie wissen, wo sie einen Drahtflechter finden könne, der imstande sei, ihr ein paar flache Stahlkörbe anzufertigen. Das war Steed zuviel, und er wollte nun endlich wissen, welche Dummheiten sie da vorhatte, aber sie hütete ihr Geheimnis: »Warte nur bis zum Frühling, und du wirst ein erstaunliches Schauspiel zu sehen bekommen … wenn mich die Herren im Laden nicht auf den Arm genommen haben.«

Er mußte lange warten. Der Dezember 1976 war entsetzlich kalt, und selbst die ältesten Menschen konnten sich nicht an einen solchen Winter erinnern, in dem jede Wasserfläche, vom kleinsten Bach bis zur großen Bucht, festgefroren war. Das Thermometer fiel auf einmalige Tiefstpunkte, und die Wetterstation an der Mündung des Choptank verlautbarte, daß sie solche Temperaturen noch nie verzeichnet hatte.

Für die Steeds war es eine mißliche Zeit. Owen hatte seiner Frau versprochen, mit der brutalen winterlichen Kälte Oklahomas habe es ein Ende: »Du wirst sehen, das Ostufer hat ein mildes Klima … nur hin und wieder ein bißchen

Frost.« Das wurde zur stehenden Redensart bei dieser Eiseskälte. Mrs. Steed stand morgens auf, sah die unberührte Schneedecke und daß die kleinen Buchten so zugefroren waren, daß selbst Lastwagen sie überqueren konnten, und sagte: »Hin und wieder ein bißchen Frost.«

Die langen Wochen dieses eisigen Winters – im Januar stieg das Thermometer nur selten über null Grad – bereitete ihnen, was ihre persönliche Bequemlichkeit anging, keine Unannehmlichkeiten. Ihr neues Heim war gemütlich; der junge Turlock, der ihnen das Holz aus dem Wald brachte, hatte eine beruhigende Menge Scheite neben der Eingangstür aufgeschichtet; und es machte sogar Spaß, sich gegenüber der Winterkälte zu behaupten. In Skianzüge gepackt, durchwanderten sie ihren Besitz und hatten ihre Freude daran, sich über gefrorene Wasserläufe einen Weg zu bahnen oder durch das Riedgras zu streifen, das raschelte und knisterte, wenn sie es berührten. Es war ein an Herausforderungen reicher Winter, aber ihr Beisammensein entschädigte sie für vieles, denn sie entdeckten, daß sie einander tatsächlich näherkamen, wie sie es sich in Oklahoma erhofft hatten. Sie redeten mehr miteinander und saßen weniger vor dem Fernsehapparat.

Der unerfreuliche Aspekt des Winters betraf die Vögel. Als Ethel Steed sich eines Morgens erhob, um aus dem Fenster auf das vertraute Bild aus Schnee und Eis zu blicken, sah sie zu ihrem Entsetzen, daß sich eine ganze Schar von Enten auf der Flußgabelung niedergelassen hatte und vergeblich versuchte, das Eis aufzuhacken, um Nahrung zu suchen.

»Owen! Schau doch mal!« Er trat zu ihr ans Fenster und sah, daß die Tiere halb verhungert waren. Seit sechs Wochen waren sie von den Pflanzen am Grunde der Bäche und Flüsse abgeschnitten; sie hatten nicht gründeln können; ihre Futterplätze waren zugefroren.

Die Steeds riefen ihre Nachbarn an, und die Antwort, die sie auf ihre besorgten Fragen erhielten, lautete kurz und bündig: »Tausende Vögel verenden, Mister Steed. An den Wasserläufen rund um Ihren Besitz steht es am schlimmsten. Kaufen Sie so viel Mais, wie Sie können, und streuen Sie ihn am Rand der Eisdecke aus.«

Ohne auf das Frühstück zu warten, sprangen die Steeds in ihren Kombi und steuerten ihn vorsichtig über die vereisten Straßen in die Gegend östlich von Patamoke. Sie suchten ein Dutzend Farmen auf und fragten nach Mais, und nachdem sie so viel geladen hatten, daß es die Federn ihres Buick kaum noch verkraften konnten, beauftragten sie auch noch andere Farmer, allen Mais, den sie hatten, nach dem Refugium zu liefern.

Sie kehrten eilig nach Hause zurück, rissen die Säcke auf und streuten den Mais breitwürfig entlang der Eisdecke. Noch während sie an der Arbeit waren, fielen große Schwärme Enten und Gänse ein; es konnte kein Zweifel bestehen, daß die Tiere am Verhungern waren.

Drei Tage lang kauften die Steeds Mais und gaben über tausend Dollar dafür aus, doch als sie sahen, wie nötig das Federvieh das Futter brauchte, wie hungrig es auf seine Wohltäter wartete, fühlten sie sich reich belohnt. Nie zuvor hatten sie Wasservögel aus solcher Nähe gesehen, und als ein Flug weißer Schwäne einfiel, abgezehrt und dem Tode nahe, brach Mrs. Steed in Tränen aus.

Dem half ihr Mann rasch ab. »Holen wir unsere Äxte und brechen wir ein Loch ins Eis! Die Vögel brauchen unbedingt Wasser.«

In ihrer modischen Jagdkleidung strengten sie sich an, um eine Öffnung in das über einen halben Meter dicke Eis zu hacken, bis ihnen der Schweiß aus allen Poren brach. Dann hatte Owen eine Idee: »Ich habe einmal einen Stich von Currier and Ives gesehen, wo sie das Eis sägen.« Er holte eine lange Säge, und nachdem er ein Loch ins Eis geschlagen hatte, erweiterte er es zu einem etwa drei Meter langen Rechteck. Er war noch nicht fertig, als sich schon mehr als dreihundert Vögel herandrängten.

Zwei Tage lang taten die Steeds kaum etwas anderes, als beim Loch zu bleiben und den Wasservögeln beim Fressen und Baden zuzusehen. »Sie werden noch platzen!« sagte Ethel Steed, aber die Tiere stopften sich weiterhin voll. Dann versuchte sie, die verschiedenen Arten festzustellen; mit Hilfe von Bestimmungsbüchern erkannte sie die Stockenten mit dem grünen, und die Canvasbackenten mit dem kupferroten Kopf, aber viel weiter kam sie nicht. Ihr Mann konnte mindestens zwölf andere Arten herunterschnurren: »Krickente, Löffelente, Rotkopfente, Rotfußente, Spießente, Schnatterente, Samtente, Grauflügelente …« Einst hatte er mit scharfem Auge und einer guten Flinte Enten gejagt; jetzt war er es zufrieden, sie zu füttern.

Während er sich bemühte, seiner Frau den Unterschied zwischen einer Büffelkopfente und einem Gänsesäger zu erklären, hatte er eine Glanzidee. Er lief ins Haus, ließ sich mit Annapolis verbinden und bekam nach wenigen Minuten Admiral Stainback ans Telefon. »Hallo Spunky, hier spricht Owen Steed. Ja, schön dich zu hören, Spunky. Kannst du mir einen Hubschrauber besorgen? Ich weiß, von der Marine bekommst du keinen, aber du mußt doch auch noch …«

Der Admiral, ein entschlossener, aus Oklahoma gebürtiger Mann, der mit Steeds Firma viele Geschäfte gemacht hatte, wollte wissen, wozu sein alter Freund einen Hubschrauber brauchte, und als Steed ihm erklärte, daß er hunderttausend Gänse retten wolle, meinte er nur: »Zum Teufel, das rechtfertigt den Einsatz eines Hubschraubers durchaus!« Und er bat um die Bekanntgabe eines Landeplatzes.

Schon eine Stunde später landete ein Hubschrauber der Marine auf dem Refugium, nur fünf Meter von der Scheune entfernt. Er wurde sogleich mit Maissäcken beladen. Admiral Stainback und Ethel saßen hinten, während Owen als Copilot fungierte. Mit anmutiger Leichtigkeit hob sich der Helikopter in die Luft, schwenkte ab und flog in geringer Höhe einen Fluß nach dem anderen entlang, während Ethel und der Admiral die Maissäcke aufrissen und die goldenen Körner über die zugefrorenen Wasserläufe streuten.

Der Flug bezauberte die Steeds: Jede gefrorene Wasserfläche, selbst der unscheinbarste Tümpel, warf die leuchtenden Strahlen der Sonne zurück, und jede kleine Bucht war ein in Schnee gefaßtes Diadem. Selbst als die Säcke schon leer und die Steeds todmüde waren, wollten sie den Flug nicht beenden, denn sie sahen eine Wildnis von solcher Pracht, wie sie sich ihnen vielleicht nie wieder bieten würde. Generationen würden vergehen, bis dieses Land wieder so erstarrt sein würde wie an diesem Tag, und als Admiral Stainback über die Sprechanlage anfragte, ob sie umkehren sollten, antwortete Owen: »Ich würde gern noch das Quellgebiet des Choptank sehen.«

Stainback war es recht. »Wird gemacht«, sagte er, »Pilot, fliegen Sie fluß-aufwärts!«

Mit einer eleganten Schleife tauchte der Hubschrauber zur Einmündung des Choptank hinab, wandte sich nach Osten und flog langsam den Fluß hinauf, an dem die Familie Steed so lange gelebt hatte. Da stand, von den Sommerstürmen arg mitgenommen, das Herrenhaus mit der verfallenen Witwenpromenade. Dort glitzerten die Friedensklippe und die roten Dächer von Sunset Acres, wo einst das Turlock-Moor gewesen war. Hier klafften die rostigen Träger der früheren Paxmore-Werft, und dahinter reihten sich die neuen Ziegelhäuser von Frog's Neck, die den Platz der niedergebrannten Holzhütten eingenommen hatten. Die meisten Erinnerungen aber rief der Choptank östlich von Patamoke wach, denn hier säumten ausgedehnte Sümpfe den Fluß, da und dort gesäumt von faulenden Bootsstegen; hier hatten die alten Dampfer festgemacht, weiß und silbern, voller Romantik; jetzt waren die Pfähle bis zur Wasserlinie zerfressen, und Schlamm füllte die Häfen, wo einst Mädchen in duftigen Kleidern auf die Männer gewartet hatten. Wie lärmend war es hier gewesen, und wie still lag nun alles da!

Sie kamen zu ausgedehnten Uferstrichen, die gänzlich unbewohnt waren und die sich seit dreihundert Jahren nicht wesentlich verändert hatten, und schließ-lich zu den rostenden Schuppen bei Denton, wo einst die großen Flußboote anlegten, um den Guano abzuladen, den sie aus Peru gebracht hatten. Rechter

Hand erstreckten sich die flachen Felder Delawares, wo der Fluß entsprang, und dahinter der weite Atlantische Ozean, welcher der Chesapeake Bay und allen ihren Mündungsbuchten das Salz zuführte.

Während sie nur hundert Meter über diesem eisigen Wunderland dahinschwebten, bemerkte Ethel von Zeit zu Zeit von geheimnisvollen Kräften ins Eis gebrochene Öffnungen, die oft nicht prößer als ein Tennisplatz waren, um die sich aber Tausende Vögel scharten, die nach Wasser lechzten. In einiger Entfernung lagen Enten, Gänse und Schwäne, deren Füße ans Eis festgefroren waren, das sie bis zu ihrem Tod gefangenhielt.

»Jetzt können wir umkehren«, sagte Owen, und gleich einer heimkehrenden Brieftaube schwenkte der Hubschrauber herum, fand seinen Steuerkurs und flog über die gefrorenen Felder zum Refugium zurück.

Über eine Episode in diesem schrecklichen Winter sprachen die Steeds nie mehr: sie war zu schmerzlich für sie.

Als Owen sich eines Morgens gerade rasierte, hörte er den kläglichen Schrei des Reihers – kraannk, kraannk! –, und er sah zwei abgemagerte Vögel, deren Gewohnheiten er mit liebender Sorge studiert hatte, auf dem Eis landen und mit langen, ungelenken Schritten jene Stellen suchen, wo sie so oft Nahrung gefunden hatten. Sie hofften, sie eisfrei zu finden und gründeln zu können.

Verzweifelt pickten sie gegen die unnachgiebige Oberfläche. Mit zunehmender Angst, denn sie waren am Verhungern, hämmerten sie mit den Füßen auf das Eis; es war eine Art Totentanz. Sie erreichten nichts und begannen abermals zu picken. Ihre scharfen Schnäbel hätten normales Eis durchbrechen können, aber diese Eisdecke war zu dick und machte alle Bemühungen der armen Vögel zuschanden. »Liebling!« rief Steed ins Schlafzimmer. »Wir müssen etwas für die Reiher tun.«

»Sind sie wieder da?«

»Sie waren da. Sie haben versucht, an offenes Wasser zu kommen.«

»Warum fressen sie den Mais nicht? Warum gehen sie nicht dorthin, wo die Enten sind?«

Das Wasser unter den großen Öffnungen im Eis war zu tief, um darin zu gründeln, und Mais war eine Nahrung, die sie nicht fraßen. Sie brauchten seichtes Wasser, in dem sie ihr gewohntes Futter suchen konnten, aber solche Plätze gab es jetzt am ganzen Ostufer nicht.

Die Steeds wollten ihnen einen schaffen. Den ganzen Vormittag arbeiteten sie daran, das Eis entlang des Ufers aufzubrechen; sie wurden dabei naß vor Schweiß, aber bis mittags hatten sie eine ansehnliche Wasserrinne freigelegt.

Sie nahmen gerade ein spätes Mahl ein, als sie den bekannten und nun schon vertrauten Schrei hörten; sie liefen ans Fenster, um ihren Freunden beim Fressen zuzusehen.

Aber in den wenigen Minuten hatte sich das Eis wieder geschlossen, und die Vögel fanden nichts.

»Was werden sie tun?« rief Mrs. Steed mit Tränen in den Augen.

Owen, der die Vögel mit dem Fernglas beobachtete, sah, wie abgezehrt sie waren, hatte aber nicht den Mut, seiner Frau zu sagen, daß ihr Schicksal besiegelt war. Gleich alternden Ballerinen einherstolzierend, versuchten die Reiher ein letztes Mal, das Eis aufzuhacken. Verwirrt blickten sie um sich und flogen davon, zu ihrem vereisten Rastplatz zurück. Sie kamen nicht wieder.

Während der ersten fünf Monate seines Aufenthalts auf dem Refugium ließ Owen eine Regel nie außer acht: So oft er die Plantage mit dem Wagen verließ, bog er nach rechts ab, obwohl eine ausgezeichnete Straße nach links zu verschiedenen Orten führte, die er normalerweise gern besucht hätte. Doch diese Straße führte auch bei den Paxmores vorbei, und auf diese Begegnung war er noch nicht vorbereitet. Im Februar aber hatte er sich soweit gesammelt, und er sagte eines Morgens zu seiner Frau: »Ich finde, es ist an der Zeit, Pusey zu besuchen.« Ihre Antwort lautete: »Ich habe mich schon gefragt, wie lange du noch damit warten willst.«

Er kleidete sich sorgfältig an, als ginge er zur Jagd: schwere Schuhe, eine Tweedjacke, die Hose aus Segelleinen, Sportmütze. Er wollte salopp erscheinen und den Anstrich eines Geschäftsmannes vermeiden, doch als er sich im Spiegel sah, erfüllte ihn sein Bild mit Widerwillen. Er kam sich unecht und zurechtgemacht vor. Er ging in sein Zimmer zurück, um sich nochmals umzuziehen. Khakihose, kariertes Hemd und Cordsamtjacke: Wenigstens schaue ich ehrlich aus. Das Wort war so ungeeignet, daß er zusammenzuckte.

Er fühlte sich unbehaglich, als er von seiner Auffahrt nach links abbog und Kurs auf die Friedensklippe nahm. Seit jenem Tag im August 1972, als der steife Quäker zu Besuch nach Tulsa gekommen war, hatte er Pusey Paxmore nicht mehr gesehen. Wer konnte diesen Tag vergessen – vier Jahre war es her, aber fast fünf Jahrhunderte in moralischer Hinsicht. Als er die schlichte Einfahrt zum Paxmoreschen Besitz vor sich sah und die Straße, die zum Teleskophaus hinaufführte, wäre er am liebsten weitergefahren, aber er wollte nicht feige sein. Ohne jede Begeisterung bog er in die Auffahrt ein, nahm flüchtig, aber zufrieden den indischen Flieder wahr, der im Juli wunderschöne Blüten hervorbringen würde, und parkte seinen Wagen vor der Eingangstür.

Er klopfte, aber es dauerte eine Weile, bevor jemand öffnete. Er hörte schlurfende Schritte, ein Drehen in dem alten Schloß und schließlich eine quietschende Angel. »Hallo Pusey«, sagte er zu der hageren Gestalt hinter der Doppeltür.

»Wer ist da?« forschte eine schwankende Stimme. »Oh, du bist es, Owen! Komm rein!«

Langsam, als hätte der Mann im Haus keine Kraftreserven, ging die Tür auf, und Steed sah die zittrige Gestalt. Er war entsetzt. Pusey Paxmore war ein richtiger Quäker gewesen, aufrecht, scharfäugig und von bescheidenem Betragen. Zurückhaltung und eine erhöhte Verständnisbereitschaft, die er bei jeder Diskussion zeigte, waren seine bestimmenden Charakterzüge gewesen. Jetzt aber, das Haar völlig weiß, die Wangen eingesunken, schien er ein menschliches Wrack zu sein. Es war äußerst schmerzlich, diese von Kummer verzehrte Gestalt mit ihrem adretten Vorgänger zu vergleichen. Steed begriff, daß er seinen alten Freund irgendwie begrüßen mußte, und sagte schnell: »Wie geht es dir, Pusey?«

»Man paßt sich den Umständen an.«

»Auch ich habe mich zurückgezogen. Ich habe das Refugium gekauft.«

»Man hat es mir erzählt. Komm rein!« Paxmore ging ins Wohnzimmer voraus, dessen große Fenster auf den Choptank blickten; in den sechziger Jahren, als Pusey im Amt beträchtliche Summen verdient hatte, waren die Räume neu gestaltet worden. »Ich frage mich oft, ob wir recht getan haben, die alten Wände durchzubrechen«, meinte er verdrießlich. »Man soll alte Häuser nicht aus der Ruhe bringen, aber letztlich will man ja auch nicht eingeschlossen leben.«

Dies war eine höchst unpassende Metapher, und beide rückten rasch davon ab. »Sag mal, Owen, wie war denn so das Leben in Oklahoma?« wechselte Pusey ruhig das Thema.

Ganz einfach, Pusey. Man wurde ein begeisterter Football-Fan, oder man konnte sich selbst abschreiben. Ich verhalf der Universität zu drei Meisterschaftstiteln.«

»Was meinst du? Du verhalfst?«

»Stipendien. Stipendien für dumme Kerle, die weder lesen noch schreiben können. Hast du vielleicht den Fall dieses Burschen aus Texas verfolgt? Sie haben seine Highschool-Noten ausgebügelt.«

»Was heißt ›ausgebügelt‹?«

»Sie gaben ihm Einsen, wo er Fünfen verdient hätte, um ihn für meine Stipendien zu qualifizieren.«

»Du warst doch immer sehr großzügig«, bemerkte Paxmore, und das Wort war so entsetzlich unpassend, daß Steed dachte: Mein Gott, man kann kein Wort aussprechen, das nicht gleich mehrere Bedeutungen hat. Und schon bedauerte er, daß er gekommen war.

Um das Gespräch in weniger verfängliche Bahnen zu leiten, trat er ans Fenster.

»Ist dir aufgefallen, daß unsere Insel allmählich in die Bucht zurücksinkt?«

»Und wie! Erst kürzlich habe ich mir alles angesehen und mir ausgerechnet, daß nach den alten Karten … Wußtest du, daß Captain John Smith die erste Karte von Devon gezeichnet hat? Ja, das hat er, und seither hat die Landmasse ziemlich konstant abgenommen.« Pusey verstand schon immer viel von Mathematik und liebte solche Probleme. »Nach meiner Rechnung hat die Insel über zehn Meter im Jahr eingebüßt. Die Auswaschung erfolgt von allen Seiten. Bedauerlich.«

Die beiden Männer blickten zu der Insel hinüber, die in schwachen Umrissen sichtbar war. Es trat eine bedrückende Stille ein, die Steed mit einem neuen Versuch der Annäherung durchbrach: »Wie geht es deinen Söhnen, Pusey?«

»Nicht sehr gut. Sie haben es in Harvard versucht, aber es muß sehr schwer für sie gewesen sein.«

»Sie sind doch nicht etwa ausgestiegen?«

»Leider ja. Aber sie werden schon seefest werden. Im Grunde sind es gute Jungen.«

»So jung nun auch nicht mehr.«

»Für mich schon. Wie geht es deinen Kindern?«

»Clara ist in Paris, glaube ich. Sie gammelt so durch die Welt.«

»Dein Sohn?«

»Logan macht mir Sorgen. Geschieden. Treibt sich in Boston herum. Ausgerechnet! Verdammt noch mal, Pusey! Warum hat diese Generation … Schau meine Frau an – eine der feinsten Frauen, die es in Oklahoma je gegeben hat. Man sollte meinen, daß bei einer solchen Mutter die Kinder …« Pause. »Wir haben beide seit drei Jahren nicht mehr gesehen.«

»Unsere sehen wir auch nicht oft, obwohl ich, solange ich in Scanderville war, froh gewesen wäre, wenn sie sich ferngehalten hätten. Aber da sind sie gekommen, das muß ich sagen.«

»War es sehr schlimm?«

»Gefängnis ist immer schlimm. Es wirkt sich nicht auf alle gleich aus, in meinem Alter aber …«

Das war der Augenblick, da Steed offen von der Tragödie hätte sprechen sollen, von der sie wegen ihrer bedingungslosen Unterstützung des Präsidenten getroffen worden waren. Aber er scheute ängstlich davor zurück. Statt das Thema anzuschneiden, das zur Sprache zu bringen er gekommen war, sagte er nur lahm: »Du mußt uns besuchen und Ethel kennenlernen. Sie ist ein feiner Kerl.«

»Solche Menschen können wir brauchen, hier am Ostufer.«

»Wir telefonieren miteinander. Ich rufe dich bald an.«

»Das wäre nett«, sagte Paxmore. Er brachte seinen alten Freund zum Wagen und sah ihm nach, während er die Straße zwischen den Fliederbäumen hinunterfuhr.

»Du warst aber nicht lange weg«, bemerkte Ethel, als ihr Mann heimkam. »Wir haben uns nett unterhalten«, erwiderte er, und sie brauste auf: »Du bist doch nicht hingefahren, um Nichtigkeiten auszutauschen!«

Er versuchte mehrmals, es ihr zu erklären, ließ sich aber schließlich in einen Sessel fallen und murmelte: »Manchmal bin ich ein rechter Scheißer.«

»Das kann man wohl sagen!« rief sie. »Steh sofort wieder auf! Wir fahren zu den Paxmores.«

»Das kann ich nicht, Ethel. Das ist jetzt nicht der richtige Zeitpunkt.«

»Der richtige Zeitpunkt war vor sechs Monaten. Und jetzt los, mach schon! Ich meine es ernst!«

Sie stapfte zur Tür, stieß sie auf und wartete, bis Owen ihr folgte.

Als er auf die linke Wagentür zusteuerte, schob sie ihn weg. »Ich fahre«, sagte sie. »Du findest vielleicht nicht hin.« Sie brauste die Auffahrt hinunter, daß der Kies aufspritzte, und sauste, ohne das Tempo zu vermindern, den Hügel zum Teleskophaus hinauf, wo Amanda, die gerade von einer Einkaufsfahrt nach Patamoke zurückgekehrt war, ihren Wagen abstellte.

»Ich bin Ethel Steed«, sagte sie und streckte ihr die Hand entgegen. »Wir sind gekommen, um uns zu entschuldigen.«

»Nicht bei mir«, gab Amanda mit steinerner Miene zurück, »bei Pusey.«

»Ich meine ja bei Pusey. Er hat sich heldenhaft benommen, und wir waren sehr säumig.«

»Es ist schwer«, sagte Amanda. Sie führte sie ins Haus, rief ihren Mann und wartete mit den Steeds, bis Pusey mit gesenktem Kopf und hängenden Schultern erschien. Er hatte Owens Besuch schmerzlich empfunden und war grübelnd in seinem Zimmer gesessen.

»Pusey«, begann seine Frau, »die Steeds sind noch einmal gekommen.«

»Ich hatte noch nicht das Vergnügen, Owens Frau kennenzulernen«, sagte er in der Annahme, daß sich das Um-die-Sache-herum-Reden vom Vormittag wiederholen würde. Er irrte.

»Wir sind gekommen, um uns zu entschuldigen«, sagte Ethel und ging mit ausgestreckten Händen auf ihn zu. »Sie haben sich heldenhaft betragen.« Und sie ergriff seine gebrechlichen weißen Finger.

»Ich denke, wir sollten uns setzen«, erwiderte er und ging zu einem Lehnsessel am Fenster. Ohne ihren Gefühlsregungen freien Lauf zu lassen, saßen die vier beisammen und blickten ruhig auf ihr Fehlverhalten in der Vergangenheit in allen schmerzlichen Einzelheiten zurück.

»Sie haben für uns alle den Kopf hingehalten«, erklärte Ethel, »und wir hätten schon vor sechs Monaten kommen sollen, um Ihnen zu sagen, wie hoch wir Ihren Opfermut einschätzen.«

»Belohnung und Bestrafung werden ungleich verteilt«, erwiderte Paxmore, und mit diesem Dammbruch begann er, das Geschehen forschend zu ergründen. Eine wahre Flut von Erinnerungen und Einschätzungen entfesselnd, sagte er, ohne sich zu unterbrechen:

Wie es wohl jedem in meiner Lage gegangen wäre, fühlte auch ich mich geehrt, als ich ins Weiße Haus gerufen wurde, noch dazu auf einen so hohen Posten. Der Macht so nahe zu sein, das ist kein alltägliches Erlebnis, und sowohl die Gesetzgebung als auch die vollziehende Gewalt im guten Sinn zu beeinflussen – das ist für jeden vernunftbegabten Menschen ein erstrebenswertes Ziel. Ich bin nicht unbescheiden, wenn ich behaupte, daß ich in meiner ersten Amtsperiode viel erreichte. Ich verweise nur auf die Wasserkraftgesetze, die Untersuchung in bezug auf die Rechte der Araber und die Erhöhung der Unterstützung für verwitwete Mütter. Ich hatte das Gefühl, die Arbeit eines Woolman Paxmore oder einer Ruth Brinton fortzusetzen. Es war tätiges Christentum, und ich bin immer noch stolz auf das, was ich erreicht habe.

Aber ich war kein gewöhnlicher Politiker in Washington. Ich nahm eine Sonderstellung ein. Hatte ich doch miterlebt, wie das Geschäft meiner Familie während der Bürgerrechtskrawalle in Rauch und Flammen aufging. Ich hatte den Haß in den Straßen gesehen. Ich hatte nahe eines wirklichen Revolutionsherdes gelebt. Besser als sonst einer im Weißen Haus begriff ich, wie wenig in den Jahren 1969 und 1970 zu einer Katastrophe gefehlt hat.

Das war der Grund, weshalb ich es als meine Pflicht ansah, Mister Nixon 1972 wiederzuwählen und ihm Gelegenheit zu geben, unser Land zu retten. Ich hatte das Feuer gesehen. Ich hatte den Geschmack der Revolution im Munde und war entschlossen, mich ihrer Ausbreitung zu widersetzen. Als ich im Sommer 1972 in Tulsa mit dir sprach, sahen wir uns mit der Möglichkeit konfrontiert, daß George McGovern Präsident werden könnte. Bombenanschläge und Zerstörung beherrschten die Szene, und die Gefahr war mit Händen zu greifen. Die Sicherheit unserer Nation stand auf dem Spiel.

Es war eine große Erleichterung für mich, als du, Owen, mir zusagtest, einen Weg zu finden, uns zweihunderttausend Dollar aus Mitteln deiner Gesellschaft zukommen zu lassen. Damit hatte ich die Möglichkeit, gute Leute in New York, Kalifornien und Texas zu unterstützen, in drei Staaten, in denen wir dachten, gewinnen zu müssen. Vergiß nicht, es war für dich ein Gebot der Vernunft, mir das Geld zu geben, denn auch deine Lebensform war bedroht. Die Prinzipien des Guten waren einer fortlaufenden Zerstörung ausgesetzt, und nur unser Sieg konnte dem Verderben Einhalt gebieten. Wenn bei dem Watergate-Fiasko ein furchtbarer Fehler gemacht wurde, so der, daß Mister Nixon nie eine Plattform fand, von der aus er den wahren Zustand unseres Landes in den Jahren 1969 bis 1972 der Öffentlichkeit nahebringen konnte. Wir taumelten am Rand eines Abgrundes dahin, und wenn wir nicht fest zugepackt hätten, hätten wir unser Land verloren. Du hast mir damals erzählt, daß deine eigenen Kinder Bomben basteln, die Universität verwüsten und den Aufstand predigen. Es war überall das gleiche, und ich bin überzeugt, daß es eine Revolution gegeben hätte, wenn wir im November 1972 die Wahl verloren hätten. Nun, ich tat, was ich konnte, um sie einzudämmen. Ich kassierte das Geld, ich traf die nötigen Vorkehrungen, um es in Mexiko »weißwaschen« zu lassen, und ich log, um mein Land zu retten. Ich bedaure nichts – ausgenommen vielleicht …
Beim Hearing behandelten sie mich wie einen alten Clown, wie eine komische Figur, und das ganze Land sah zu. Sam Dash, der oberste Untersuchungsbeamte, machte sich erst gar nicht die Mühe, mich zu vernehmen. Das überließ er einem jungen Wicht, der frisch von der Universität kam. Es war sein großer Augenblick, und er ließ mich zappeln wie einen Fisch an der Leine; er stellte mich als wichtigtuerischen Idioten hin, als treuen Diener seines Herrn. Und wißt ihr, warum ich es zuließ? Weil ich dann nicht die ganze Wahrheit sagen mußte. Weil ich in der Lage war, meinen Präsidenten und meine Freunde zu schützen.

Er schwieg. Dieser letzte Satz brachte seinen Monolog in die Gegenwart zurück, und Ethel Steed warf ihrem Mann einen bedeutungsvollen Blick zu.
»Pusey«, sagte Owen, »wir alle, die wir in deiner Schuld stehen, werden nie vergessen, wie groß die Last war, die du auf dich genommen hast.«
»Mister Nixon hat es vergessen«, sagte Amanda Paxmore. »Die ganze Zeit, die Pusey im Gefängnis war, kein Wort der Anteilnahme. Nicht für ihn, nicht für mich.«

»Wir haben es nicht getan, um Dank zu ernten«, betonte ihr Mann und preßte die Kinnbacken zusammen, wie er es auch vor den Fernsehkameras gemacht hatte. »Wir haben es getan, weil die Nation in Gefahr war.«

»Und ich weiß das zu schätzen, Pusey.« Steed wollte es mit dieser Entschuldigung bewenden lassen – und es war keine niedere Gesinnung, die ihn dazu bewegte; die Erinnerung an diesen entsetzlichen Sommer, als John Dean Zeugnis ablegte, war zu schmerzlich, um ihn noch einmal zu durchleben. Es war Ethel, welche die eigentliche Entschuldigung aussprach, und gleich Paxmore tat sie es, ohne sich zu unterbrechen:

> Wir saßen wie gelähmt vor dem Fernseher und fragten uns, wann die Seifenblase der Verstellung platzen und man uns in Schlagzeilen im ganzen Land anprangern würde. Der Schmierfinger Polewicz brachte uns nicht zum Lachen, denn das Geld, das er in der Tragtüte mit sich herumschleppte, war von uns. Als die Spur dieser Mittel dann nach Mexico City zurückverfolgt wurde, war es unser Geld, von dem sie redeten. Dann hörten wir, daß Sie als Zeuge auftreten würden, Pusey, und uns stockte das Blut in den Adern. Denn Sie wußten, was los war. Am Abend bevor Sie aussagen sollten, versuchten Owen und ich, Mut zu zeigen, indem wir in den Country Club gingen, so als stünden wir nicht am Rande eines Vulkans. Es war ganz nett, wenn ich mich recht entsinne. Mister Nixon hatte viele Anhänger in Tulsa. Ich glaube nicht, daß es an diesem Abend unter den Anwesenden auch nur einen gab, der für McCovern gestimmt hätte. Es waren alles Freunde. Und genau das war es wohl, was uns seelisch zu schaffen machte, denn wenn Sie am nächsten Tag ausgesagt hätten, wo das Geld hergekommen ist und daß wir diese ungesetzlichen Zahlungen aus Mitteln der Gesellschaft geleistet haben, würden sich eben diese Freunde schockiert gegeben haben, und sie hätten Owen feuern müssen. Er hätte zu Gefängnis verurteilt werden können. Aber plötzlich …

Es war nicht Owen Steeds Art zuzulassen, daß seine Frau sein Fehlverhalten rechtfertigte, weshalb er sich jetzt verpflichtet fühlte, ihren Bericht zu unterbrechen:

> Es war ganz einfach: Ich fiel in Ohnmacht. Die Erkenntnis, daß meine Welt zusammenbrach und daß mir das Gefängnis drohte … das war zuviel für mich, und ich verlor das Bewußtsein. Ich fiel nicht zu Boden.

Nur mein Kopf fiel in den Teller. Mayonnaise klebte im Haar. Die Kellner erklärten den anderen Gästen, ich hätte mich verschluckt. Als du dann in den Zeugenstand gerufen wurdest, starben wir tausend Tode mit dir. Aber verdammt noch mal! Noch während wir starben, beteten wir: »Hoffentlich redet er nicht.« Und du hast nicht geredet.

Keiner sprach. Die Männer blickten auf den Choptank hinaus, und nach einer Weile überraschte Pusey die Steeds mit einer Feststellung: »Ich bin jetzt ein alter Mann. Ich habe mich auf meine Herkunft besonnen.«
»Ich bin aus dem gleichen Grund zurückgekehrt«, gestand Owen. »Weil ich mich auf meine Wurzeln besonnen habe … und weil ich gefeuert wurde.«
»Du wurdest gefeuert?«
»Nun ja, man legte mir nahe, mich zurückzuziehen. Ich war so erschüttert wegen Watergate, daß ich mich nicht auf meine Arbeit konzentrieren konnte. Sechs oder sieben Mitglieder des Aufsichtsrates mußten ja wissen, daß ich dir das Geld gegeben hatte. Sie arrangierten das eben. Dabei wußten sie doch: Wenn du offen Zeugnis abgelegt hättest, wäre ich derjenige gewesen, den sie den Wölfen hätten zum Fraß vorwerfen können. Ich hatte keine Freude mit ihnen, und sie keine mit mir. Also zahlten sie mich aus und gaben mir einen Tritt.«
»Aber dein Name blieb unbefleckt«, stellte Amanda Paxmore fest – ohne Bitterkeit, aber mit einer Direktheit, die keine falschen Schlüsse zuließ.
Pusey wartete nicht, bis Steed mit seiner Erklärung zu Ende war. »Kein vernünftiger Mensch erwartet unparteiische Gerechtigkeit. Aber kannst du erraten, was für mich die schwerste Strafe ist? Tag für Tag in meinem Zimmer zu sitzen und zu erkennen, wie weit ich vom rechten Weg abgekommen bin. Hast du meinen Vater gekannt? Woolman Paxmore? Ein Heiliger, wie er im Buche steht. In seiner wunderbar schlichten Art hat er immer zu uns Kindern gesagt: ›Ihr habt nur eine einzige Verpflichtung gegenüber der Gesellschaft – Zeugnis abzulegen.‹ Er warnte mich, daß ich mich in meinem Leben noch vor jedem sittlichen Dilemma sehen würde, das in der Bibel erwähnt ist. Und so kam es auch.«
Owen wollte ihn unterbrechen, aber die Flut ließ sich nicht eindämmen. »Ich frage mich, ob die jungen Leute, die an der Universität Moralphilosophie studieren, ob die sich darüber klar sind, daß all die abstrakten Begriffe, die sie erörtern, in ihrem späteren Leben zu greifbarer Wirklichkeit werden. Es war mir beschieden, in jedes nur mögliche Dilemma zu geraten – ausgenommen Mord. Und als ich kürzlich an meine Zeit in Washington zurückdachte, begann ich, selbst in diesem Punkt unsicher zu werden.«

Er überlegte kurz und sagte dann mit einem unterdrückten Lachen: »Aber die wichtigste Lektion meines Lebens habe ich weder am College noch von meinem Vater gelernt. Sie wurde mir – ich war noch an der Highschool – von meiner Tante Emily erteilt, die sich so energisch für die Rechte der Schwarzen einsetzte. Sie war damals schon eine alte Frau, alt und ein bißchen sonderlich, und wir achteten nicht auf sie. Aber das Auswendiglernen war ihr Steckenpferd, und die Passage, von der ich spreche, ist aus einem Stück, das ich nie gesehen habe. Es heißt ›König Heinrich der Achte‹, und ich weiß nicht, ob es überhaupt noch gespielt wird. Kardinal Wolsey …« Er unterbrach sich. »Hatte eure Familie nicht etwas mit Wolsey zu tun?«

»Hatte sie. Solange er an der Macht war, schmeichelten sie ihm, als er in Ungnade fiel, stellten sie sich gegen ihn.«

»Wolsey macht sich auf den Weg in die Verbannung, vielleicht auch zum Schafott. Er grübelt, während er sich anschickt, sein Weißes Haus zu verlassen, in dem er so viel Macht ausgeübt hat:

> Hätt' meinem Gott ich nur halb so getreu gedient wie
> meinem König,
> Er würde mich in meinem Alter nicht entblößt den Fein-
> den überlassen haben.«

»Fühlen Sie sich vom Präsidenten im Stich gelassen?« fragte Ethel Steed.

»Wir wurden alle im Stich gelassen«, antwortete Pusey, und plötzlich senkte sich die entsetzliche Last dieser Jahre auf ihn herab, und das war mehr als er ertragen konnte. Er sackte zusammen, sein Kinn zitterte, er wurde zum Greis, obwohl er erst vierundsechzig war. Er mußte sich dieser dramatischen Veränderung bewußt gewesen sein, denn er entschuldigte sich. »Ich werde so schnell müde. Ihr müßt mir verzeihen.«

Er schickte sich an, das Zimmer zu verlassen, und wandte sich noch einmal an seine Besucher: »Wir Burschen vom Ostufer, wir machen unsere Sache nicht gut, wenn wir uns in die Welt hinauswagen. Wir sollten lieber in der Abgeschiedenheit bleiben und dem Echo lauschen, das von der anderen Seite der Bucht herüberdringt.«

Weil die rechtschaffenen Bürger von Patamoke, die Schwarzen wie die Weißen, entschlossen waren, das niedergebrannte Frog's Neck nicht zum Anlaß für ein Aufleben von Rassenvorurteilen werden zu lassen, und weil es Hochwürden Patrick gelang, seine Verwandten, die Turlocks und die Cavenys, zum Stillhalten zu bewegen, normalisierte sich die Lage am Choptank schneller, als die

Pessimisten prophezeit hatten. Ein paar Wochen lang waltete die Nationalgarde ihres Amtes, und man brannte einige Kreuze ab, aber die Leute waren des Feuers überdrüssig, so daß die Erregung bald abklang.

Hiram Cater wurde vom FBI aufgespürt und zu einer Gefängnisstrafe verurteilt, aber Bürger aus den verschiedensten Kreisen baten den Richter, Milde walten zu lassen, weshalb die Strafe nicht allzu hart ausfiel. Rund um Frog's Neck wurde eine neue Straße gebaut, die sofort den Spitznamen Kongo-Umgehungsstraße erhielt, aber in den Footballteams der Highschool spielten jetzt auch schwarze Schüler, die ihre Siege zusammen mit ihren weißen Kameraden im Blue and Gold Ice Cream Parlor feierten.

Doch die Spannungen wurden offiziell erst Anfang März 1977 abgebaut, als die rauhen Skipjack-Kapitäne der Insel Deal mit einer Ankündigung in die Stadt kamen, die an die Ehre des Choptank rührte; Schwarze und Weiße schlossen sich zur Verteidigung ihres Flusses zusammen, und die alten Feindseligkeiten waren vergessen.

Sie seien die Helden des Ostufers, erklärten die Männer von Deal, und sie waren bereit, diese Behauptung in einem großen Bootsrennen unter Beweis zu stellen. Und um die Bürger von Patamoke zu ärgern, fügten sie hinzu: »Ihr seid ja auf jeden Vorteil angewiesen, um mit uns gleichziehen zu können, und darum werden wir das Rennen in der ersten Oktoberwoche in eurem Wohnzimmer, auf dem Choptank, abhalten.«

Patamoke verpflichtete sich, sieben Skipjacks zu melden, davon fünf mit weißen und zwei mit schwarzen Kapitänen, die Besatzung jeweils drei zu drei gemischt. Die alten Fahrzeuge wurden gesäubert, und die Matrosen begannen, die für das Rennen wichtigen Manöver zu üben, aber ein Manko störte die Organisatoren des Rennens.

»Es würde besser aussehen ... für die Zeitungen und das Fernsehen ... Himmel, wir müssen die ›Eden‹ dabeihaben. Der älteste Skipjack ... Na, ihr wißt ja, was ich meine.« Patamokes Kapitäne gaben zu, daß eine gute Idee sei, den Skipjack mit dem versetzten Kielschwert am Rennen teilnehmen zu lassen, aber er war schon seit Jahren nicht mehr gebraucht worden, und man hielt seine Tage für gezählt. Er lag hinter der zerstörten Paxmore-Werft, und die Fachleute, die ihn untersuchten, mußten zugeben, daß nicht mehr viel mit ihm los war.

Doch als Owen Steed davon hörte, erklärte er impulsiv: »Ich übernehme die Kosten einer Wiederinstandsetzung – wenn Sie Pusey Paxmore dazu überreden können, die Ausbesserungsarbeiten zu leiten.« Das Komitee begab sich eilends zur Friedensklippe, wo Pusey ihm kurz und bündig erklärte, daß er zu alt sei und nicht mehr genug davon verstehe, aber er verwies die Herren an einen

Neffen, der einmal einen Skipjack gebaut hatte, und dieser Paxmore machte sich an die Arbeit.

Als das renovierte Boot aufgebockt neben dem Hafen stand, erhob sich die Frage nach der Besatzung. Es gehörte den Caters. Ein von den Jahren gebeugter Mann namens Absalom war als Eigentümer ausgewiesen; er genoß den Ruf eines guten Austernfischers, der sein Revier erfolgreich gegen die Konkurrenz zu verteidigen wußte.

Doch als Steed und das Komitee Absalom aufsuchten, fanden sie einen verdrossenen, über die Verurteilung Hiram Caters verbitterten Mann. »Ich mache nicht mit.«

»Aber Captain Boggs von der Insel Deal …«

»Zum Teufel mit ihm!« Absalom war der Typ der, neuen, rauhen, selbstbewußten Schwarzen, der nicht gewillt war, eine Verletzung seiner persönlichen Würde hinzunehmen.

»Mister Cater, wir würden Sie wirklich gern dabeihaben …«

»Ich heiße Absalom.«

»Verdammt noch mal!« giftete der frühere Ölmann Owen Steed ihn an.

»Dreißig Jahre lang habe ich mich in Oklahoma darauf gedrillt, euch Hurensöhne mit Mister anzureden. Jetzt fahren Sie mich an, weil ich es tue. Wie wollen Sie denn angeredet werden? Mit Neger, Schwarzer, Farbiger? Sie können es sich aussuchen.«

Absalom lachte. »Und ich muß mich darauf drillen, euch weiße Arschlöcher nicht mehr mit Mister anzureden. Also, was kann ich für Sie tun, Steed?«

»Ich möchte, daß Sie eine Mannschaft zusammenstellen, die das Rennen gewinnt. Wir stellen Ihnen ein verdammt gutes Boot zur Verfügung.«

»Es gibt da einen jungen Austernfischer auf der Insel Tilghman, der schon mit mir gesegelt ist. Und Curtis aus Honga. Das sind drei Schwarze. Sie suchen sich die drei Weißen aus.«

Das war eine anmaßende Herausforderung, aber sie regte die Phantasie der weißen Wassermenschen an. »Die Turlocks waren einmal Besitzer der ›Eden‹. Wir könnten Amos fragen.«

»Er ist schon fast siebzig.«

»Er kann aber kochen. Und im Kampf ist er ein nicht zu unterschätzender Gegner.«

»Die Cavenys haben auf diesem Skipjack gearbeitet; wir werden Martin einladen – und die Pflaums. Hugo ist ein ausgezeichneter Mann.«

Es war eine respektable Mannschaft, die sich zusammenfand, um mit der »Eden« Probefahrten zu unternehmen, und ein Reporter aus Baltimore schrieb: »Sie gleichen Piraten, die drauf und dran sind, eine brennende Plantage zu plündern.« Der schlaksige Amos Turlock hatte nur mehr wenige Zähne; der rundliche, listige Martin Caveny sah aus wie der Wächter eines Burgverlieses; und der über siebzigjährige Hugo Pflaum hatte immer noch den festen, breiten Nacken seiner rheinischen Vorfahren. Die drei Schwarzen sahen wenigstens so aus, wie man sich Seeleute vorstellte: Captain Absalom groß und gefährlich, seine zwei Helfer hager, grobknochig und zu jeder Schandtat bereit.

Die Besatzung der »Eden« rief das Interesse der Zeitungen und der Fernsehleute wach, und man erinnerte sich einiger markanter Episoden aus der Geschichte dieses Skipjack: 1891 erbaut, befehligt von jenem Jake Turlock, der in der Schlacht um die Bucht die Virginier besiegt hatte, von Otto Pflaum im Alleingang gegen fünf bewaffnete Fischer erobert, das Boot Big Jimbo Caters, des ersten und besten schwarzen Kapitäns. »Dazu kommt«, schrieb der stolze Reporter des »Patamoke Bugle«, »daß sie der einzige Skipjack mit versetztem Kielschwert der Geschichte ist; dennoch räumt man ihr für das Rennen nur wenig Chancen ein, denn sobald sie über Backbordbug liegt, läßt ihre Leistung nach.«

Der Reporter wußte nicht, wovon er redete. Jedes Schiff, jedes Boot, das unter Segel geht, fährt auf einem Gang besser als auf dem anderen. Ein unerklärliches Zusammenwirken von Kräften, die der gegenseitigen Beziehung von Mast, Baum, Kiel und Krümmung entspringen, hat zur Folge, daß ein Boot besser auf dem Steuerbordgang läuft, während ein anderes von nahezu gleicher Bauart sich auf dem Backbordgang auszeichnet. Wie Zwillinge, welche die gleichen Persönlichkeitsbilder aufweisen, aber abweichende Fertigkeiten entwickeln, unterscheiden sich auch die Skipjacks, und Captain Absalom wußte, daß er im Vorteil war, wenn der Wind von der Steuerbordseite kam, denn das versetzte Kielschwert war auf den schrägliegenden Kiel abgestimmt, um höchste Geschwindigkeiten zu erzielen.

»Ich glaube, wir haben sie soweit«, versicherte er Mr. Steed.

Als die schwarzweiße Mannschaft einmal auf der Bucht eine Probefahrt unternahm, sah Amos Turlock eine Chance, sich ohne Mühe ein paar Dollar zu verdienen. Eine elegante Yacht war dort, wo sich einst das westliche Ende der Insel Devon befunden hatte, auf einer Sandbank auf Grund gelaufen. Es war eine gefährliche, noch nicht ordnungsgemäß mit Bojen gekennzeichnete Stelle, und man konnte der Besatzung der Yacht, die hier gestrandet war, kein Versäumnis vorwerfen.

»Hallo!« brüllte Turlock. »Brauchen Sie Hilfe?«

»Wir sitzen fest. Können Sie uns einen Schlepper schicken? Wir haben die Küstenwache angefunkt, aber die haben keinen.«

»Ich kann Sie hier rausholen«, rief Turlock, während die »Eden« näherkam.

»Vorsicht!« rief der Kapitän der Yacht. »Sie werden auch gleich auf Grund laufen.«

»Wir haben nur sechzig Zentimeter Tiefgang.«

»Das ist natürlich ein Vorteil.«

»In diesen Gewässern, ja. Ich kann Sie hier rausholen, Mister, ohne daß Sie auch nur eine Schramme abbekommen. Fünfzig Dollar.«

»Nichts wie los!«

»Sind Sie einverstanden?« fragte Turlock mißtrauisch, und als der Mann auf der Yacht bejahte, rief Amos: »Caveny, mach die Leinen los, Du weißt ja, was zu tun ist.«

Die Yacht war auf Grund gelaufen, weil ihre Konstruktion einen festen Kiel mit zweieinhalb Meter Tiefgang erforderlich machte, und dieser massive stählerne Fortsatz hatte sich im Schlamm eingegraben. Keine Schlepptrosse der »Eden« wäre imstande gewesen, die Yacht freizubekommen, und die Leute auf dem Boot konnten sich nicht vorstellen, was die bunt zusammengewürfelte Mannschaft des Skipjack im Sinn hatte.

Es war ganz einfach. Mit dem Ende eines langen Taus ausgerüstet, stieg Caveny in das Ruderboot der »Eden«, kletterte auf die Yacht und kletterte unverzüglich, so hoch er konnte, am Mast hoch. Dort machte er das Seil an der Saling fest und signalisierte Turlock auf der »Eden«, daß alles bereit sei. Langsam entfernte sich der Skipjack von der Yacht. Das Tau spannte sich, aber das leichte Fahrzeug konnte unmöglich die schwere Yacht freibekommen, und die gestrandeten Segler riefen: »Vorsicht! Das Seil wird reißen!« Es war aber nicht Turlocks Absicht, zu viel Zugkraft auszuüben; er wollte nur erreichen, daß das Tau oben am Mast die Yacht nach backbord zog. »Aufhören, ihr Narren!« brüllte einer der Segler, als das Boot anfing zu krängen. »Ihr werdet uns noch zum Kentern bringen!«

Doch Turlock hörte nicht auf, sanft zu ziehen, und langsam legte sich die Yacht zur Seite, bis der Mast fast parallel zum Wasser stand; und jetzt ereignete sich das Wunder, mit dem er gerechnet hatte. Was soeben noch eine massive Yacht mit einem zweieinhalb Meter tiefen Kiel gewesen war, verwandelte sich in ein seltsames Fahrzeug mit weniger als einer Handbreit Holz unter der Wasserlinie, dessen riesiger Kiel schräg im Schlamm steckte. Der Auftrieb dieses neuentstandenen Bootes war so stark, daß es nun selbst anfing, den Kiel aus dem Sand zu ziehen.

»Haltet das Seil gespannt!« rief Turlock, und in dem Augenblick, da der Mast das Wasser berührte, kam die Yacht frei. Mit nur wenig Wind in den Segeln gelang es dem Skipjack, das schwere Fahrzeug ins tiefe Wasser abzuschleppen, wo es sich rasch wieder aufrichtete. Die Segler jubelten.

Als dann der Kapitän die fünfzig Dollar berappen mußte, jammerte ein Matrose: »Eine Menge Geld für sechs Minuten Arbeit.« Turlocks Antwort lautete: »Fünf Dollar für die Arbeit, fünfundvierzig Dollar für's Gewußtwie.«

Am Choptank übte die Natur eine therapeutische Wirkung auf die menschlichen Wesen aus, und was nach diesem langen Winter Ende März 1977 geschah, bot dafür ein typisches Beispiel. Denn noch während die Steeds den Verlust ihrer Reiher beklagten, schickte sich ein noch königlicherer Vogel an, ihnen einen Besuch abzustatten.

Wenn, wie vielfach angenommen wird, der letzte Gletscher, der sich nach Süden über die vom Susquehanna entwässerten Gebiete ausbreitete, sein Eis vor etwa siebzigtausend Jahren ansammelte und es schließlich vor etwa elftausend Jahren abschmelzen ließ, dann muß die Chesapeake Bay um 9000 vor Christus ihre charakteristischen Merkmale gehabt haben.

Sobald Wälder und Fische auf dem Schauplatz erschienen, begann der Fischadler, sich in diesem Gebiet niederzulassen. Er kehrte Jahr für Jahr in den letzten Wintertagen an den Choptank zurück – genauer gesagt, die Männchen kehrten zurück. Diese großen Greifvögel mit weißem Bauch und pechschwarzer Zeichnung auf den scharf gewinkelten Flügeln sind dafür bekannt, daß sie lautlos dahingleiten, Fische aus großer Entfernung erspähen, im Sturzflug herabschießen, in das aufspritzende Wasser tauchen und nach wenigen Sekunden mit einem Fisch in den Fängen erscheinen, um davonzustreichen.

Doch am Tag ihrer Ankunft nach einem langen Flug vom Amazonas herauf waren die Männchen so erschöpft, daß sie, so hungrig sie auch sein mochten, nicht fischten. Einem Instinkt folgend, stöberten sie vielmehr Nistplätze auf, die sie inspizierten, wie das jeder wohnungsuchende Ehemann auch zu tun pflegt. Im Jahre 1977 entdeckten die reisemüden Männchen, die sich für die Gewässer rund um das Refugium entschieden hatten, daß ihnen ein Großteil ihrer Arbeit abgenommen worden war. Unter Ethel Steeds Anleitung hatte Martin Caveny vier korbähnliche Plattformen aus Stahldraht angefertigt und sie ein gutes Stück vom Land entfernt auf hohe Pfähle montiert.

»Warten Sie nur, was am Sankt-Patricks-Tag passieren wird«, sagte Caveny zuversichtlich. »Jahr für Jahr kommen die Fischadler an diesem Tag hierher zurück.«

»Absurd!«

»Irlands Wappenvögel«, erklärte er feierlich. »Am Sankt-Patricks-Tag werden sie da sein.«

In der Woche, bevor die Männchen eintreffen sollten, gab er Ethel genaue Anweisungen, wie sie auf ihrem Rasen Stoffreste und dürre Zweige auslegen mußte, aus welchen die Vögel ihr Nest bauen würden. »Sie werden es mir vielleicht nicht glauben, Missis Steed«, sagte er dann, »aber genau zwölf Tage später, am 29. März, werden die Weibchen einfallen, um die Nester zu begutachten.«

»Vögel leben doch nicht nach dem Kalender«, protestierte sie.

»An die anderen Plätze am Choptank kommen sie zu anderen Zeiten. Auf Ihr Land am Sankt-Patricks-Tag.« Und als sie am Abend des 16. März alle Vorbereitungen noch einmal überprüften, versicherte er ihr: »Wenn ich ein Fischadler wäre, hier würde ich nisten.«

»Ich fürchte, Martin Caveny hält mich zum besten«, vertraute sie ihrem Mann an, aber am nächsten Morgen erhob sie sich trotzdem schon sehr früh – man konnte ja nicht wissen –, und als die Sonne im Zenit stand, hörte sie am Himmel eine Serie von leisen Rufen: tscherk, tscherk, eine fast geflüsterte Verständigung, die über das Wasser hallte. Sie blickte hinauf und sah die edlen Raubvögel gleiten, dahinschießen und mit gestreckten Klauen herabstürzen. Wenige Minuten später inspizierte ein prächtiges Männchen die erste Platt-form, und es dauerte nicht lange, und drei weitere taten es ihm gleich; als der Abend hereinbrach, war ein Großteil der Stoffreste vom Rasen verschwunden.

Mehrere Attribute machten Ethel Steeds flache Stahlkörbe für die Fischadler so reizvoll: Sie waren solide gebaut, standen in fischreichen Gewässern und weit genug vom Land entfernt, um Schutz vor Feinden zu gewährleisten. Und in den letzten Jahren war ein anderer Vorzug dazugekommen: Die Bauern der Umgebung durften kein DDT mehr verwenden, jenes wirksame Insekten-vertilgungsmittel, daß es aber den Vögeln, die es beim Fressen zu sich nahmen, unmöglich machte, genügend Kalzium in ihren Eierschalen abzulagern, damit sich ihre Jungen entwickeln konnten. Schon 1965 hatte es so ausgesehen, als wäre dieser königliche Vogel zum Aussterben verurteilt; seit 1977 darf man dank fürsorglicher Menschen wie Ethel Steed hoffen, daß die Fischadler überleben.

»Glauben Sie mir jetzt?« fragte Caveny am Abend des 28. März, nachdem die Männchen ihre Nester fertiggebaut hatten. »Morgen vormittag werden die Damen eintreffen, und dann werden Sie etwas zu sehen bekommen.«

Diesmal vertraute sie dem begeisterten Iren, und am Morgen des 29. März kehrten die Weibchen, wie sie das seit Tausenden Jahren taten, zum Refugium zurück, und nun begann eines der erregendsten Schauspiele, welche die Natur den Menschen bieten kann. Die Männchen stiegen auf und flogen ihren Gefährtinnen entgegen, vereinten sich mit ihnen, und zusammen, Flügelspitze an Flügelspitze, wirbelten sie im kurvenreichen Balzflug über den Himmel. Sie freuten sich über die Sonne und die Sicherheit, eine Heimstatt für den Sommer gefunden zu haben, wo eine neue Generation das Licht der Welt erblicken würde.

»Owen!« rief Mrs. Steed, während die Fischadlerpaare durch die Luft brausten. »Das mußt du sehen!« Er kam aus dem Haus und stand neben seiner Frau, während der ausgelassene Hochzeitstanz fortdauerte – bald knapp über dem Wasser, bald hoch in den Lüften. Nach einer Weile geleitete eines der Männchen seine Gefährtin zu dem Nest, das den Steeds am nächsten war, und während sie seine Arbeit begutachtete, flog er den Wasserlauf auf und ab, bis er einen kleinen Fisch entdeckte. Er schoß hinab, ergriff ihn, erhob sich abermals in die Lüfte und flog dann zu seinem Nest, wo er seiner Gefährtin die Delikatesse in den Schnabel schob.

Die Steeds faßten sich an den Händen. »Die Natur kann uns vieles lehren«, sagte Ethel, »und darum brauchen wir sie.«

»Sie kann uns auch vieles in Erinnerung bringen«, meinte Owen.

In den folgenden Tagen begannen die Weibchen zu nisten, und nun mußten die Männchen noch beharrlicher auf Fischfang gehen.

Als der junge Christopher Pflaum die Bürger Patamokes vor den Kopf stieg, indem er sich südlich des Choptank niederließ – das hatte bisher noch kein Angehöriger einer angesehenen Familie getan, wußten die Männer im Laden eine einfache Erklärung für sein aufsehenerregendes Verhalten: »Erinnert euch doch! Seine Großmutter war eine Turlock, seine Mutter war eine Turlock, und wer solches Blut in den Adern hat, bei dem weiß man nie, wie er sich entwickelt.« Und ein Vorgartenphilosoph gab zu bedenken: »Eigentlich waren die Turlocks schon immer auf die Sümpfe versessen. Es ist die Sprache des Blutes, das ist alles.«

Der wahre Grund war naheliegender und bewundernswert. In einer finsteren Nacht des Jahres 1967 hatte Chris als Leutnant an der Spitze eines dreckigen Haufens im Dschungel Vietnams gekämpft und dort eine Offenbarung erlebt. Jahre vorher in Korea war es Hiram Cater, der die Bedeutung des Choptank erkannt hatte – und darin liegen Risiko und Lohn, wenn man Generationen intelligenter junger Männer in die Fremde schickt, um dort ihren Dienst zu tun: Sie kommen mit klaren Augen in ihre Heimat zurück.

Schon sieben Monate hatte Chris in Vietnam gekämpft, und seine Einheit war in einem solchen Maß in Zerstörungen und Plünderungen verwickelt gewesen, daß er den Krieg satt hatte. Noch mehr aber hatte ihn die Art angewidert, wie einige seiner Kameraden sich über alles beklagten. Wie sein Großvater Otto und sein rauher Vater Hugo huldigte auch er der Ansicht, daß man Unvermeidliches ertragen, aber auch danach streben müsse, es zu verbessern, und so ging es ihm arg auf die Nerven, wenn die Männer ständig meckerten: über die Verpflegung, die Vietnamesen, die Offiziere, das Klima, die Munitionsknappheit, die mangelnde Luftsicherung oder die Unfähigkeit des Obergefreiten, frische Socken für die Truppe zu beschaffen. Seine Geduld war am Ende, als ein GI ihm vorjammerte: »Diese verdammten Moskitos bringen mich um.« »Verdammt noch mal«, fuhr Chris ihn an. »Das sind doch nur Kribbelmücken. Bei mir zu Hause haben wir Moskitos so groß wie Tauben.«

»Was reden Sie da!«

Es kam zu einer Rauferei, bei der es keinen Sieger gab, und danach saß Chris allein in der anbrechenden Dunkelheit und versuchte, sein Leben in aller Aufrichtigkeit kritisch zu beurteilen: Am glücklichsten war ich, wenn ich die Sümpfe am Choptank durchforschte. Und ohne noch viel nachzudenken, schrieb er einen Brief an den einzigen Grundstücksmakler, den er kannte, an Washburn Turlock in Patamoke:

> Ich habe zweitausendachthundert Dollar gespart und wäre bereit, eine Hypothek in doppelter Höhe aufzunehmen. Ich möchte, daß Sie südlich des Choptank das größtmögliche Stück Sumpfland für mich erwerben. Ich will keine zwei Morgen und ich will keine zwanzig. Ich brauche mindestens vierhundert, aber ein Teil davon kann auch festes Land sein. Ich möchte ein Haus, in dem eine Frau und Kinder leben können. Das ist ein verbindlicher Auftrag, und ich lege meinen Scheck bei. Machen Sie sich nicht die Mühe, mir komplizierte Einzelheiten mitzuteilen. Kaufen Sie mir das Land mit recht vielen Sümpfen!

Gleich am nächsten Morgen übergab er den Brief der Feldpost, und als das geschehen war, empfand er ein so überwältigendes Glücksgefühl, daß er wußte: Ich habe richtig gehandelt. Er hatte die Weichen für eine besondere Lebensweise gestellt, für eine besondere Art von Land, Wasser und Wild – und Bisamratten. Mit jedem Tag freute er sich mehr über seine Entscheidung, und früher als erwartet erhielt er Washburn Turlocks Antwort:

> Unser Büro beschäftigt sich nur selten mit Liegenschaften südlich des Choptank, denn die Moskitos sind dort unerträglich, aber Ihr Auftrag war so explizit – und Ihr Vater so sicher in seiner Überzeugung, daß Sie wüßten, was Sie täten –, daß ich mich verpflichtet fühlte, mich umzusehen. Sie werden mit dem, was ich gefunden habe, zufrieden sein. Auf der beiliegenden Karte habe ich ein Stück Land eingezeichnet Es liegt am Little Choptank und umfaßt eine ausgezeichnete Mischung aus

einhundertsechzig Morgen Sümpfen und fünfzig Morgen festem Land, das Sie, wenn Sie wollen, bebauen können. Dazu gehören ein Haus, eine Scheune, einige Hütten, in welchen früher die Sklaven untergebracht waren, sowie ein prächtiger Uferstreifen mit einer Pier, die ins tiefe Wasser hinausreicht. Der Besitz ist als Herman-Cline-Farm bekannt; der Mann ließ sich vor dem Bürgerkrieg hier nieder und hat in der Geschichte dieser Gegend eine bescheidene Rolle gespielt. Sie haben das Ganze für den unglaublichen Preis von siebentausendsechshundert Dollar erworben; eine Hypothek habe ich bereits eintragen lassen. Das Land gehört Ihnen.

Als sich die Militärmaschine 1968 dem Luftstützpunkt McGuire näherte, fing Chris an zu schwitzen, und auf der Fahrt zur Halbinsel Delmarva hinunter nahm seine Erregung weiter zu. »Ich habe das Land noch nicht gesehen«, berichtete seine Frau, »aber Mister Turlock meint, es sei genau das, was du dir vorgestellt hast.«

Chris hielt sich in Patamoke nur so lange auf, als er brauchte, um seine Mutter in die Arme zu schließen, und überquerte dann die Brücke, die zum Südufer führte. Er fuhr in westlicher Richtung die Landzunge hinunter, die in die Bucht hinausragte, und dann über einen langen, breiten Feldweg. »Das müssen unsere Kiefern sein«, sagte er, als die stattlichen Bäume auftauchten, und dann sah er Clines altes Haus vor sich und die zerfallenden Hütten der Sklaven sowie die Pier, die in den Little Choptank hinausragte – und alles war doppelt so anziehend, wie er es sich ausgemalt hatte. Der schönste Teil des Besitzes aber lag nach Westen, wo sich der kleine Meeresarm mit der Bucht vereinigte, denn hier war der Sumpf, aus dem Herman Clines Mietsklaven festes Land gewonnen hatten. Es wartete, wie es schon zu Captain John Smiths Zeiten gewartet hatte: unverdorben, zitternd im Wind, dicht von Lebewesen bevölkert und sich ruhelos dem eindringenden Wasser zur Wehr setzend. Es erschien ihm endlos, viele Male größer, als er sich erhofft hatte, und in Gedanken sah er sich schon seine Kinder über dieses Land führen und ihnen seine Geheimnisse offenbaren. Er versuchte zu sprechen, aber in seinen Ohren dröhnte der Trommelschlag jenes in Verruf geratenen Gedichtes:

> Sieh nur, wie die Anmut des Meeres zieht
> Diesseits und jenseits durch verschlungene Kanäle in ein
> Gebiet
> Hier und dorten,
> Allerorten,

Bis der Gewässer Flut gefüllt hat den letzten Wasserlauf
und das entlegenste Tal
Und der Sumpf ein einziges Netz ist von glitzernden
Adern ohne Zahl …

In einer Zeitspanne von zwölf Monaten kamen vier Männer – zwei alte und zwei junge – aus höchst unterschiedlichen Gründen zum Choptank zurück. Pusey Paxmore war am Ende eines zerstörten Lebens heimgekehrt, um zu sterben. Owen Steed hatte sich vorsorglich mit ausreichenden Mitteln aus Oklahoma abgesetzt, um die Plantage seiner Familie wieder zu erwerben. Und Chris Pflaum war als ein mit Orden geschmückter Major aus dem Militärdienst ausgeschieden, um eine Stellung am Chesapeake-Forschungsinstitut für Ästuarien anzutreten und seinen Wohnsitz tief in den Sümpfen des Choptank aufzuschlagen.

Hiram Cater schließlich war schwer einzuordnen; der Gefängnisdirektor hatte ihm einen Gnadenurlaub gewährt, um ihm Gelegenheit zu geben, der Beerdigung seiner Eltern beizuwohnen. Jeb und Julia waren im gleichen Jahr geboren worden, hatten sich durch Jahrzehnte tiefster von der Gesellschaft aufgezwungener Armut durchgekämpft, um erleben zu müssen, daß zwei ihrer Kinder im Gefängnis landeten. Während sie in ihren letzten Jahren in ihrem antiseptischen Ziegelwürfel saßen, machten sie sich oft bittere Vorwürfe. Sie konnten sich nicht erklären, wo sie versagt hatten, und begriffen nicht, daß es die Gesellschaft von Patamoke war, die versagt hatte. Sie starben 1977 im Abstand von drei Tagen, und ihr Sohn Hiram erhielt die Erlaubnis heimzufahren, um sie zu beerdigen. Schweigend stand er am Grab, und als die kurze Zeremonie zu Ende war, kehrte er unverzüglich ins Gefängnis zurück. Er wußte, daß er nie wieder in Patamoke leben konnte.

Major Pflaum unterschied sich von den drei anderen, denn er kehrte in Ehren zurück und mit dem wachsenden Verlangen, etwas zuwege zu bringen. Während seines Militärdienstes hatte er auf vier Kontinenten viele Pflichten zu erfüllen gehabt, und er wußte, daß es nur wenige Plätze in der Welt gibt, die sich in bezug auf landschaftliche Schönheit und seelisches Behagen mit der Bucht vergleichen lassen.

Doch als er seine Forschungsarbeit am Institut für Ästuarien begann, fand er sich ständig in einem Disput mit seinem Vater verwickelt. Hugo Pflaum hatte einundfünfzig Jahre seines Lebens damit verbracht, die Flüsse und die Bucht zu verteidigen. Es ärgerte ihn deshalb, wenn sein Sohn lauthals erklärte: »Hier kümmert man sich einen Dreck um die Zukunft dieser Region.«

»Hast du dir in deiner Allwissenheit überhaupt die Mühe gemacht, zur Kenntnis zu nehmen, was wir alles erreicht haben? Die Gesetze, die Leute wie Onkel Ruthven daran hindern, Moorboden mit Pfählen zu umgeben und mit Beton zuzupflastern? Die Vorschriften zum Schutz der Sümpfe, damit die Enten Futter finden? Und die Art, wie wir diese mörderischen langläufigen Flinten konfisziert haben?«

»Auch die von Onkel Amos?«

»Die kriegen wir schon noch.«

»Aber das Land, Paps. Das Land geht zum Teufel.«

»Du redest wie ein Idiot«, sagte Hugo Pflaum. »Unser Ostufer ist eine der schönsten Gegenden, die es auf der Erde noch gibt.«

»Paps! Willst du eine kleine Rundfahrt mit mir machen?«

»Aber sicher!« Ärgerlich stieg der alte Wildhüter zu seinem Sohn in einen Kleinlaster, um die aus Patamoke hinausführenden Straßen zu inspizieren.

»Du brauchst nichts weiter zu tun«, sagte Chris, »als dir die Banketten und Gräben anzusehen.« Hugo folgte der Aufforderung und begriff, worüber sein Sohn empört war, denn die Straßen waren von leeren Bierdosen und Limonadeflaschen gesäumt. Man hätte meinen können, die Bürger Marylands seien gesetzlich dazu verpflichtet, jeden Tag drei Dosen von irgend etwas zu trinken und die Behälter als Beweis auf die Straße zu werfen.

»Das ist aber schlimm, Chris«, mußte der alte Mann zugeben. Sein Sohn stieg auf die Bremse. »Ich mache dir einen Vorschlag, Paps. Laß uns eine viertel Meile zu Fuß gehen und wieder zurück. Zählen wir die Dosen und die Flaschen!« Während sie langsam die Straße entlanggingen, zählten sie siebenundachtzig Stück, und beim Zurückgehen auf der anderen Seite weitere zweiundsiebzig. »Auf einer viertel Meile einer gewöhnlichen Landstraße haben wir also einhundertneunundfünfzig; das sind mehr als sechshundert pro Meile. Schlitz, Miller, Budweiser, Michelob – die Wappen des modernen Amerika!«

»Ich glaube, du hast die Karten gezinkt, um mich hereinzulegen«, wandte Hugo ein. »Wir befinden uns hier auf einer von Liebespaaren bevorzugten Straße, und man weiß doch, wie nachlässig und unbedacht junge Leute sind.« Doch als sie auf eine Nebenstraße gerieten, fanden sie auch dort eine Menge leerer Behälter – Blechdosen und Flaschen, die ein Jahrtausend überdauern.

»Das ist wirklich ein Skandal«, sagte Hugo widerstrebend, und als sein Sohn im »Patamoke Bugle« einen Aufruf veröffentlichte, die Straßenränder zu säubern, stieß er mit einem scharfen Artikel nach, in dem er darauf hinwies, daß die Frauen und Männer, die für die Rettung von Enten und Gänsen so viel getan hatten, doch aufhören sollten, ihre Landschaft zu schänden. Der Artikel wurde mit Spott und Hohn aufgenommen, aber Chris brachte die Behörden dazu, eine Kommission einzusetzen, die der Sache nachgehen sollte. Nach wenigen Wochen lag das Ergebnis ihrer Untersuchungen vor:

> Zwei Vorschläge wurden gemacht: erstens, die Regierung solle fünf Cent auf den Preis jeder Flasche oder Dose aufschlagen und mit dem Erlös, die Beseitigung des Abfalls bezahlen, oder, zweitens, die Verwendung von Einwegbehältern solle verboten werden. Ersteres lehnen wir ab, weil das Einsammeln und Abrechnen des Leerguts eine unzumutbare Belastung für den Einzelhandel darstellen würde; den zweiten Vorschlag lehnen wir ab, weil Norman Turlock eine große Menge Geld in seine Fabrik investiert hat, in der er Bier und Limonadedosen herstellt, und es ihm gegenüber unfair wäre, ihre Verwendung zu verbieten.
>
> Das Problem, das auch nicht annähernd so groß ist, wie gewisse Agitatoren uns glauben machen wollen, läßt sich am besten beilegen, indem die Eltern ihren Kindern einschärfen, daß Dosen und Flaschen nicht auf öffentlichen Plätzen weggeworfen werden sollten. Mit ein wenig gutem Willen kann dieser kleine Ärger auch ohne Eingreifen der Behörde aus der Welt geschafft werden.

Junge Leute und auch ein paar ältere brachten ihr Mißvergnügen über die Initiative der Pflaums dadurch zum Ausdruck, daß sie ein seltsames Ritual einführten. Sie sammelten leere Bierdosen im Kofferraum ihrer Autos und warfen sie dann in großer Zahl in die Gräben der Pflaums. Es gab Tage, da Chris auf dem Weg zur Arbeit zwei Dutzend Bierdosen am Ende seiner Zufahrt fand, aber er rechnete damit, daß sich die gegen ihn gerichteten Feindseligkeiten in ein paar Wochen legen würden. Weit mehr störte es ihn, daß die Schändung dieser wertvollen Landschaft rund um die ganze Bucht überall die gleiche war. Und diese bedenkenlose Zerstörung, diese gleichgültige Hinnahme willkürlicher Verwüstung machte ihn wütend. Die Regierung hatte keine Möglichkeit, die Umwelt zu schützen, denn die Menschen hatten sich angewöhnt, ihre Getränke aus Dosen und Einwegflaschen zu trinken; dazu sollte Norman Turlock, der Geld in einen Fertigungsprozeß investiert hatte, der die Landschaft verschandelte, bis in alle Ewigkeit Schutz gewährt werden; und eine Regelung zur Beseitigung des Abfalls oder gar ein Verbot, ihn wegzuwerfen, war unmöglich durchzusetzen, hätte doch jemand sich in seiner Bewegungsfreiheit eingeschränkt fühlen können.

»Verdammt!« sagte Chris, als er einmal über eine Straße südlich des Choptank fuhr. »Eines Tages wird das ganze Land in Bierdosen ersticken.« Doch als er das Thema in den Spalten des »Patamoke Bugle« neuerlich anschneiden wollte, wurde er vom Herausgeber abgewiesen: »Niemand interessiert sich für solchen Blödsinn.«

Hugo versuchte, ihn zu besänftigen. »Du mußt die Dinge anders sehen, Chris. Die Bierdosen sind eine Schande, aber hier haben wir doch noch ein unbeflecktes Paradies.« Er machte das Boot klar, mit dem er die Austernbänke kontrolliert hatte. »Ich möchte, daß du dich selbst überzeugst, wieviel wir noch haben.«

Meile um Meile säumten ausgedehnte, sorgfältig gepflegte, peinlich saubere Rasenflächen die kleinen Flüsse, und Hugo sagte: »Wie sehr wir das Ostufer geschützt haben, kannst du gar nicht so recht einschätzen, bevor du nicht das Westufer gesehen hast.« Sie überquerten die Bucht und fuhren hinüber zu den Flüssen südlich von Annapolis, wo Chris mit eigenen Augen sah, wie diese Küste durch Mangel an Planung und behördlicher Aufsicht zu einem maritimen Slum geworden war. Es war erschreckend. Ein kleines Haus drängte sich an das andere, die Piers verfielen. Die Flut wusch die Küste aus, ohne daß man etwas dagegen unternahm; die meisten Siedlungen waren ganz willkürlich angelegt und schon von Anfang an baufällig.

»Darüber muß man sich wirklich Sorgen machen«, meinte Vater Pflaum auf der Rückfahrt. »Das ist wesentlich ernster als Bierdosen.«

Sie erreichten die offene Mündung des Choptank, und Hugo steuerte den lieblichsten der östlichen Flüsse, den Tred Avon, an: ein breiter, stiller Meeresarm, eine Vielfalt anmutiger Nebenflüsse mit unzähligen Buchten, jede einzelne ein herrlicher Anblick. Hinter hohen Bäumen versteckt, reihte sich ein Anwesen an das andere, gepflegt, nicht prächtig, aber sehr reizvoll.

»Hast du gehört, was Turlock, der Pirat, seinen Kunden aus dem Norden einredet?« fragte Hugo seinen Sohn. »»Wenn Sie sich nicht am Tred Avon einkaufen, gehören Sie einfach nicht dazu. Und wenn Sie sich südlich des Choptank niederlassen, wird man Sie nie zu vornehmen Gesellschaften einladen.‹«

Chris, der die Wildnis des Little Choptank vorzog, wollte seine Wahl verteidigen, aber Hugo hob abwehrend beide Hände: »Ich bitte dich, mein Sohn, deine Mutter und ich tun alles, um diese Schande vor den Nachbarn geheimzuhalten.«

Die letzte Zusammenkunft vor dem Rennen wurde im Patamoke Club abgehalten. Die Besatzungen aller Skipjacks waren anwesend, und Captain Boggs, ein schwarzer Hüne von der Insel Deal, von seinen Männern »Schwarzer Bastard« genannt, sorgte für die richtige Stimmung, indem er ausrief: »Für die ›Nelly Benson‹ gibt es nur eine einzige Regel: ›Aus dem Weg, ihr Hurensöhne!‹«

»An diesem Rennen nehmen nur Arbeitsboote teil«, stellte ein anderer Bewohner von Deal fest. »Jeder Skipjack führt zwei Schleppnetze mit sich, achtern
am Galgen ein Schubboot, zwei Anker und volle Ausrüstung.«

Ein Fischer aus Patamoke schlug einen dreiwinkligen Kurs vor, aber die
Männer von Deal wollten nichts davon wissen. »Wir machen das Rennen in
euren Gewässern, und wir bestimmen die Regeln. Wenn der Südwind anhält,
einmal den Fluß hinauf, drehen und zurück.«

Die Preise für das Rennen waren nicht übertrieben hoch. Fünfundsiebzig Dollar
für jedes Boot, das an den Start ging, und weitere fünfzig Dollar, wenn es das
Rennen bis zum Ende durchhielt. Der »Bugle« stiftete einen Silberpokal und
dazu hundert Dollar für das erste, fünfzig Dollar für das zweite und fünfundzwanzig Dollar für das dritte Boot; aber die meisten Mannschaften legten Geld
zusammen, um gegen Boote ihrer Klasse zu wetten. Als Captain Boggs' »Nelly
Benson« an den Start ging, hatte ihre Mannschaft vierhundert Dollar gegen
verschiedene andere Boote gesetzt.

Der Kommodore des Rennens war eine erfreuliche Überraschung: Durch Zuruf
ernannten die Schiffer einmütig Pusey Paxmore zum Starter. Früher hatte er
sich ferngehalten, hatte ein Amt im Weißen Haus bekleidet und sich vom Leben
am Fluß zurückgezogen. Jetzt aber, da er im Gefängnis gesessen hatte, akzep-
tierten ihn die Männer als einen der ihren, und weil seine Familie die ältesten
Boote in diesem Rennen, die »Eden« und noch zwei weitere, gebaut hatte,
bestanden sie darauf, ihn dabei zu haben. Er hatte ablehnen wollen, aber die
Steeds hatten es nicht zugelassen.

Da das Rennen im Oktober stattfand, kurz bevor die Austernzeit einsetzte,
befanden sich die dreiundzwanzig Skipjacks am Start in bester Verfassung.
Man hatte sie an Land gezogen, um ihre Böden zu streichen; ihre Decks waren
gereinigt, die Schleppnetze ordentlich gestapelt und ihre Taue aufgeschossen.
Für die »Eden« hatte Mr. Steed eine völlig neue Ausstattung erworben: wegen
seiner starren Festigkeit ein Takelwerk aus Dacron für die Falleinen; Nylon,
gerade weil es nachgab, für die Dockleinen und das Ankerkabel; bei Henry
Brown auf Deal hatte er neue Segel gekauft, aus Leinen und nicht aus Dacron,
denn bei Dacron rieben sich die Nähte zu leicht durch. In ihren sechsundachtzig
Jahren hatte die »Eden« noch selten besser ausgesehen.

Das Rennen sollte am Rand der schlammigen Sandbänke westlich von Devon
beginnen; die Boote mußten auf den Leuchtturm von Patamoke zusteuern,
wenden und dann die Ziellinie zwischen Devon und dem Festland erreichen.
Ein Skipjackrennen begann ganz eigenartig: Die Boote nahmen in einer
geraden Linie Aufstellung, warfen Anker aus, holten die Segel nieder und
warteten auf die Pistolenschüsse für den Start.

Es war ein Augenblick voller Spannung, denn es ging um die Ehre einer jeden Siedlung am Ufer – die rauhen Wassermenschen von Deal gegen die »Stutzer« vom Choptank. Jedes Boot hatte eine Mannschaft von sechs erfahrenen Seeleuten und dazu noch sieben oder acht Helfer, die die Leinen bedienten. Die »Eden« hatte zusätzlich fünf Turlocks und zwei Caters an Bord, und jeder hatte seine ihm bestimmte Aufgabe. Der neunjährige Sam Cater mußte so weit wie irgend möglich achtern hocken und ins Wasser hinunter starren, um, wenn nötig, seinen Warnruf auszustoßen: »Schlamm! Schlamm!«

»Sie können feuern, Pusey«, sagte einer der Richter, und was nun folgte, ließ jeden Anhänger des konventionellen Rennsports erschaudern. Auf jedem der Skipjacks begannen vier Männer den Anker zu hieven, während zwei andere kräftig an den Falleinen zerrten, um das Großsegel aufzuziehen. Da die einzelnen Mannschaften unterschiedlich schnell arbeiteten, kamen einige Boote rascher als die übrigen in Fahrt und konnten dadurch denen, die langsamer starteten, den Weg abschneiden und sie noch stärker behindern. Manchmal aber verrechneten sich die vorderen Boote, und die langsamen Starter entwickelten genügend Tempo, um ihre Gegner zu rammen und sie aufzuhalten. Wenn das geschah, fluchten die Mannschaften beider Boote, bewarfen sich mit allem möglichen und versuchten, die Leinen zu kappen.

»Das ist doch kein Rennen«, meinte einer der Freisrichter, Mitglied eines Yachtklubs auf Long Island, als er sah, wie die großen Boote ineinander krachten. »Das ist maritimer Selbstmord.« Und auf Pusey Paxmores Bemerkung, es sei ein guter Start gewesen, sagte er: »Start? Du lieber Himmel, die gehören alle disqualifiziert!«

Die erste Teilstrecke war ein langes Stück Fahrt nach Osten mit dem Wind im Rücken, und darin erblickte Captain Boggs seinen Vorteil, und es sah auch wirklich so aus, als könne er die übrigen Schiffe abhängen, doch die »Eden« und die alte »H. M. Willing« aus Tilghman blieben nur ein kurzes Stück zurück. Die »H. M. Willing« war ein bemerkenswertes Boot: Es war zweimal versenkt und dreimal wieder instand gesetzt worden. »Höchstens sieben Prozent von den ursprünglichen Spanten sind noch da. Lauter neues Holz, aber es ist immer noch die ›H. M. Willing‹, denn es sind nicht die Spanten, die ein Boot ausmachen, sondern der Geist.«

»Wir liegen gut«, versicherte Captain Cater seiner Besatzung, »in zehn Minuten wenden wir nach steuerbord und dann sausen wir ab.«

Er behielt recht. Auf halbem Weg nach Patamoke mußten die Skipjacks nach Südosten abdrehen, ein kräftiger Wind wehte dann von steuerbord achtern, und das war der entscheidende Vorteil für die »Eden«. Wie sie dahinschoß! »Aus dem Weg, schwarzer Bastard!« brüllte Captain Absalom, als sein Boot die »Nelly Benson« überholte und auf die Wende beim Leuchtturm zuhielt.

Ein Yachtbesitzer, der schon an zwei Rennen nach Bermuda teilgenommen hatte, verfolgte mit ungläubigem Erstaunen, wie die »Eden« mit der Wende fertig wurde. »Der Mann hat gegen mindestens sechs Regeln verstoßen!« entrüstete er sich. »Sagt denn keiner was?«. Ein Zuschauer, der die Frage gehört hatte, antwortete. »Es würde ihm schlecht bekommen.«

Es gehörte zur Tradition, daß der Koch nach der Wende einen handfesten Schmaus auftischte und der erste Offizier Bier aus dem Eisschrank holte. Von da an wurde das Rennen ein wenig lockerer, denn nun flogen leergetrunkene und dann mit Wasser gefüllte Bierdosen durch die Luft, und die Männer versuchten, ihre Rivalen mit langen Stangen zu behindern und aufzuhalten.

Das Essen an Bord der »Eden« war ausgezeichnet: Schweinshaxen und Limabohnen, Zwieback, Honig und gelber Fettkäse. Doch sobald die Teller leergegessen waren, starrten die Fischer zur Kombüse hinüber, und es dauerte nicht lange, da erschien Amos Turlock mit breitem Grinsen und verkündete: »Gentlemen, es gibt Bischofsmützentorte!« Die Crew jubelte. »Für alle, die ihn säuerlich lieben, mit Zitrone, für die anderen mit Vanille, und Sam hat erste Wahl.« Er trug die zwei Torten nach achtern, wo der Junge auf den Schlamm achtete. »Ich will Zitrone«, sagte der Knirps und bekam ein großes Stück Kuchen.

Die Bischofsmütze, eine Art Kürbis, gedeiht an den Rändern der Maisfelder, und richtig geschält und gedünstet läßt sich daraus eine der herrlichsten Torten der Welt backen, kraftvoll, saftig und gut verdaulich. Doch während die Männer aßen, rief der kleine Sam plötzlich: »Schlamm! Schlamm!« Und das hieß, das Kielschwert hatte den Grund berührt. Zwar gefährdete das nicht den Skipjack, aber wenn man nichts dagegen unternahm, mußte er an Tempo verlieren, und deshalb sprangen zwei Männer herbei und zogen das Kielschwert so weit hoch, bis der Junge rief: »Kein Schlamm! Kein Schlamm!« Und das hieß nun, daß die »Eden« ihre Höchstgeschwindigkeit beibehalten konnte und das Kielschwert gerade noch so tief saß, um das Boot vor einer seitlichen Abtrift zu bewahren.

Es war nun augenfällig, daß sich das Rennen auf den zwei letzten Streckenabschnitten entscheiden würde. Die »Nelly Benson« hatte auf Backbordhalsen segelnd einen geringen Vorsprung herausgeholt, bald aber mußten die Boote auf Steuerbordhalsen wechseln, und dann würde die »Eden« im Vorteil sein. »Wir liegen goldrichtig!« ermunterte Captain Absalom seine Mannschaft, doch gerade als er sich anschickte, die Segel übergehen zu lassen, befahl Captain Boggs sieben seiner Männer, ganze Haufen von Bierdosen mit Wasser gefüllt auf das Steuer der »Eden« zu schleudern, und Captain Cater mußte zur Seite springen, um nicht getroffen zu werden. In diesem Augenblick verlor die »Eden« an Fahrt, die Segel flatterten im Wind, und der Vorteil, den der Skipjack aus Patamoke für sich hatte buchen können, war dahin.

Doch die »Eden« gab sich nicht geschlagen. Kaum war Absalom wieder am Ruder, steuerte er mit dem Bugspriet auf das Heck des Feindes zu, und als die Männer von Deal erkannten, daß er sie angreifen wollte, fluchten sie und schleuderten noch mehr Bierdosen, aber Absalom kauerte sich nieder und beobachtete befriedigt, wie sein langer Bugspriet über die »Nelly Benson« hinwegfegte, eine Falleine zertrennte und die Besatzung nötigte, Ihr Bombardement einzustellen und das Boot behelfsmäßig zu takeln, um das Rennen überhaupt beenden zu können. Das aber taten sie so prompt, daß sie nur wenige Meter hinter der »Eden« und ein gutes Stück vor den anderen in die Zielgerade einschwenkten.

Jetzt zeigte Captain Boggs, warum man ihn den schwarzen Bastard nannte. Er zog seine Segel hoch auf bis zur äußersten Grenze, segelte so hart wie nur irgend möglich am Wind, und als es schon aussah, als werde er die »Eden« überholen, riß er den Bug scharf herum, um mit dem Bugspriet das Heck der »Eden« zu streifen.

»Abwehren, dahinten!« schrie Captain Absalom, aber es war zu spät. Knirschend stieß die »Nelly Benson« an, ihr Bugspriet kratzte über die »Eden«, und ein teuflisches Pech wollte, daß er einen Benzinkanister umwarf, wie er entsprechend der Vorschrift an Bord eines jeden Bootes zu sein hatte. Der Kanister rumpelte über das Deck und verlor einen Teil seines Inhalts, bevor er über Bord hüpfte. Die ätherische Flüssigkeit breitete sich rasch aus, und ein Rinnsal schoß in die Kombüse hinunter, wo Amos Turlock gerade saubermachte.

Eine große Flamme erfüllte mit einem Schlag die Kombüse und schlug auf das Deck über. Amos spürte die Flammen auf seinem Körper, stürzte nach oben und sprang ins Wasser. In der Annahme, daß sein alter Feind wie die meisten Schiffer nicht schwimmen konnte, packte Hugo Pflaum das nächstgelegene Tau und sprang hinterher. Er bekam den wild um sich schlagenden Koch zu fassen und hielt ihn fest, während einige Männer an Deck das schwergewichtige Paar wieder an Bord hievten.

Nun kämpften alle gegen das Feuer, ausgenommen Captain Absalom, der am Steuer blieb. Er lavierte nach steuerbord und hoffte, das Boot auf diese Weise voranzutreiben, doch mitten in der größten Verwirrung schrie der Junge achtern: »Schlamm!«, und Absalom brüllte: »Kielschwert rauf!« Aber es hörte ihn keiner, und so sollte der Knabe das schleifende Kielschwert hochziehen.

Ein Kielschwert ist riesig groß, oft aus Eiche gefertigt, eine Sache für zwei erwachsene Männer. Der Junge richtete nichts aus. »Nimm das Ruder!« schrie Absalom, und der Junge lief nach achtern zum Ruder, während sein Vater zu dem Seil rannte, das am hinteren Ende des Kielschwerts befestigt ist, und mächtig daran zerrte, bis sich das Kielschwert ein paar Zoll hob und das Schleifen aufhörte.

Nachdem das Feuer gelöscht war, machte sich die Mannschaft daran, ihr beschädigtes Boot zur Ziellinie zu bringen. Sie hatten ihren Vorsprung eingebüßt, aber mit verbrannten Händen und rußigen Gesichtern munterten sie sich gegenseitig auf, warfen Bierdosen und braßten ihre Segel. Die Hitze des Feuers hatte jedoch einige Dacronleinen zu klebrigen Klumpen zusammengeschmolzen. Aber die Besatzung war erfinderisch und verstand es, zu improvisieren: Sie ließen die verkürzten Leinen über Rollen laufen, und das Boot setzte seine Fahrt fort.

Es schien ein Fotofinish zu werden; die »Nelly Benson« war ein kleines Stück voraus, die »Eden« aber kräftig beim Aufholen. Die Mannschaften der nachfolgenden Skipjacks jubelten schon beiden Booten zu und feuerten sie an, und Hugo Pflaum und zwei schwarze Matrosen standen am Bug, um mögliche weitere Angriffe zurückzuschlagen.

»Wir können es schaffen!« brummte Amos Turlock und beschoß Captain Boggs wütend mit Bierdosen. Doch die Männer von Deal verstanden ihr Geschäft, und während die Mannschaft der »Eden« noch an ihren Segeln arbeitete, hörten sie die Kanone. Das Rennen war abgelaufen, und ihnen fehlten noch vierzig Sekunden zur Ziellinie. Der Pokal, das Geld, die Ehre – alles verloren! Auf dem Deck hatte das Feuer seine Spuren hinterlassen, und ihre Hände waren vom Benzin verbrannt.

»Verdammt!« knurrte Absalom, als die »Eden« das Ziel erreichte.

»Fast hätten wir es geschafft«, sagte sein Sohn.

»Mit Fasten kann man verhungern.«

»Es hat Spaß gemacht«, meinte der Junge.

»Spaß!« explodierte sein Vater. »Verdammt noch mal, wir haben verloren!«

Als die Mannschaften sich an diesem Abend versammelten, um zu feiern und ihre Preise entgegenzunehmen, zeigte Absalom so viel Hochherzigkeit, auf Captain Boggs zuzugehen, ihm die Hand zu schütteln und einzugestehen: »Sie haben auf ehrliche Weise gewonnen.« Die um die beiden herumstanden, klatschten Beifall, und der Mann von Deal erwiderte bescheiden: »Gott war auf unserer Seite. Es war purer Zufall, daß wir den Benzinkanister getroffen haben.« Und Absalom philosophierte: »So ist das nun mal.« Stolz auf das gute

Abschneiden der »Eden« und froh, daß die Leute vom Choptank ihn so rasch wieder in ihrer Mitte aufgenommen hatten, meinte Mr. Steed abschließend: »Wenn man es so recht bedenkt, haben wir einen moralischen Sieg errungen.«

Die Tatsache, daß Pusey Paxmore als Kommodore amtierte, war für die Steeds Anlaß zu der Hoffnung, daß die Aufregung um das große Ereignis ihn aus der selbstgesuchten Verbannung herauslocken würde. »Seine Wiege stand auf dieser Halbinsel«, erklärte Owen seiner Frau, »und daß er sie nun wieder betreten hat, sollte ihn kuriert haben.« Das sei doch wohl eine sonderbare Lehre, meinte sie, und er erwiderte: »Es war kein Zufall, daß Penicillin, dieses wirksame Heilmittel, in der Erde gefunden wurde. Denk an Antaeus. Er war unbesiegbar, solange er seine Mutter, die kraftspendende Erde, berührte. Wenn du Schwierigkeiten hast, kehre zur Erde zurück. Was glaubst du wohl, warum ich hierher geeilt bin, als ich gefeuert wurde?«

Paxmore lehnte es ab, die Heilkraft dieser Kur auf sich einwirken zu lassen. Er glaubte fest, daß die Demütigung, die er in Washington erfahren hatte, ihm den Weg zu einem normalen Leben versperrte. Er schloß sich immer mehr ab und grübelte über sein Mißgeschick nach, das ihn in diese traurige Lage gebracht hatte.

Das war bedauerlich, denn er war jetzt vierundsechzig Jahre und hätte jenen Lebensabschnitt beginnen sollen, in den die geordnete Routine der Jahreszeiten den Menschen gleichsam magnetisch, unabhängig von seinen intellektuellen Interessen, von einer Vorfreude zur anderen zieht. Am Ostufer sollte ein Mann im September seine Gewehre ölen und seine Hunde den verschiedenen Leistungsprüfungen unterziehen. Im Oktober sollte er Tauben jagen, sich mit Freunden seines Alters treffen und seinen Labrador mit deren Chesapeakes vergleichen. Noch vor November holt er sein Boot aus dem Wasser, säubert die Treibstoffleitung und deckt es mit Segeltuch zu. Mitte dieses Monats widmet er sich dem ernsten Geschäft der Gänsejagd. Ende Dezember mag er das Weihnachtsfest ignorieren, nicht aber die Enten, die sein Anwesen überziehen. Im Januar kümmert er sich um seine Weihrauchkiefern oder markiert die Eibischbäume, die ausgelaubt werden müssen. Im März verwendet er viel Zeit darauf, sein Boot herzurichten, fährt nach Annapolis, um Ersatzteile zu kaufen und bessert seine Krabbenkörbe aus. Wenn dann im Juni sich die ersten Krabben zeigen, legt er sein Bier auf Eis und setzt sich auf seine Veranda, knackt die gekochten Scheren und brät den Flußbarsch auf dem Rost. Im Juli führt er seinen Rasenmäher spazieren, drängt den Rasen Jahr für Jahr ein Stück zurück, bis er eines Tages seiner Frau ärgerlich zuruft: »Wir werden diesen verdammten Besitz verkaufen und uns eine Wohnung in der Stadt suchen.

Zuviel Rasen zu mähen!« Wenn aber dann im August die Sonne herunterbrennt und aus Südwesten eine frische Brise die Bucht heraufkommt und kühle Meeresluft ans Ostufer, nicht aber auf das westliche bringt, sagt er zu ihr: »Etwas Besseres als diese Südwestlage hätten wir gar nicht finden können. Die Lathams da drüben auf der anderen Seite müssen ja vor Hitze vergehen!«

So also sollte die Kraft der Erde einen älteren Mann jahrein, jahraus mit sich fortziehen und jene Ehrenbezeigungen, die er sich verdient haben mag, noch köstlicher erscheinen lassen – hat er doch zu den uranfänglichen Quellen seines Wesens zurückgefunden. Pusey Paxmore aber ließ sich diese Erfahrungen entgehen; er blieb blind gegen jenen fortwährend sich verändernden Ausdruck der Natur, obgleich dies doch seit 1664, seit ihrer Ankunft auf der Friedensklippe, das stete Anliegen seiner Familie gewesen war: der sich verändernde Salzgehalt des Choptank, Ankunft und Abzug der Gänse und, ganz besonders, die nie endende Suche nach geradegewachsenen Weihrauchkiefern und Eichenknoten. Es war betrüblich, daß dieser Mann, dessen Blut im Rhythmus der Gezeiten durch seine Adern strömte, seinem Universum so ungerührt gegenüberstand.

Paxmores Abkehr von der heimatlichen Erde machte Steed Angst. Er tat, was er konnte, um ihn aus seiner Isolierung zu locken, aber er erreichte nicht viel mehr, als daß Pusey ihn an manchen Nachmittagen im Oktober in seinem Haus auf der Friedensklippe empfing. In einem ausgefransten Sweater und abgetragenen Sandalen saß er da, und wenn er redete, kamen gewisse Themen zur Sprache.

Paxmore: Wir, die wir Ende der sechziger Jahre gegen die Auflösung unserer Nation kämpften, taten das Richtige. Wir befanden uns in einer wirklichen Gefahr, und das vergessen die Leute, die Nixon heute schmähen.

Steed: Erst kürzlich mußte ich an diese Songs denken, die damals in Mode waren. Meine Kinder haben sie den ganzen Tag lang gesungen. Hast du sie dir je angehört, Pusey? Diese Songs, die das Signal zum Aufstand gegeben und zum Drogenkonsum verlockt haben? Die den jungen Menschen leichtfertig eingaben, die alten Werte hätten sich in der Säure neuer Wahrheiten aufgelöst. Die zum Krieg zwischen den Generationen aufgerufen haben. Es wäre nur recht, wenn sich die Beatles, die nun auch älter geworden sind, mit Schildern um den Hals auf dem Trafalgar Square aufstellen würden – um Buße zu tun, daß sie eine ganze Generation junger Menschen zum Schlechten verführt haben.

Paxmore: Ich muß immer an das Weiße Haus denken. Es gab dort ein paar sehr weitsichtige Leute, die genau wußten, was im Gange war, und alles versuchten, um der Fäulnis entgegenzuwirken. Aber ihre Bemühungen scheiterten an den sogenannten Realisten, die nur die Wahl von 1972 im Kopf hatten. So wurden die edelsten Motive den niedrigsten Zielsetzungen untergeordnet.

Steed: Würdest du sagen, es gab eine Verschwörung?

Paxmore: Wozu?

Steed: Um die Regierungsgewalt an sich zu reißen. Genauer gesagt, die bestehende Regierung zu stürzen und nicht nur die Wahl Nixons, sondern auch die Agnews für 1976 und die Haldemans für 1984 sicherzustellen. Gab es eine solche Verschwörung?

Paxmore: Nein. Wir hatten es mit einer Gruppe kalifornischer Abenteurer zu tun, die, ohne ihre Lehrjahre in der Politik absolviert zu haben, eine Möglichkeit sahen, die Dinge nach ihren Vorstellungen zu steuern. Als sie sahen, wie leicht es war, das System zu manipulieren … Sieh mal, Owen, du hast mir zweihunderttausend Dollar gegeben, ohne zu fragen, wofür. Es kam weder bei den Hearings noch bei der Verhandlung heraus, aber ich habe insgesamt acht Millionen Dollar gesammelt, und nicht einer der Spender hat mich gefragt, was ich damit zu tun beabsichtige. »Der rechtschaffene Pusey Paxmore, der Quäker aus Maryland.« Es ging so leicht, Owen, daß sich dieses kalifornische Pack langsam der Tatsache bewußt wurde, daß sich ihnen hier eine blendende Gelegenheit bot. Plan? Nein. Gelegenheit? Ja.

Steed: Wie erklärst du dir diese korrupte, nahezu verräterische Vorgangsweise?

Paxmore: Charakterlose Menschen rutschen von einer Position in die andere und erkennen nicht, daß sie sich unaufhaltsam stromabwärts bewegen.

Steed: Hätte Nixon es aufhalten können?

Paxmore: Woodrow Wilson hätte so erwas aufhalten können. Oder Teddy Roosevelt. Und weißt du, warum? Weil sie sich in langen Lehrjahren eine Theorie des Regierens erarbeitet hatten. Eine Theorie der Demokratie, wenn du so willst. Und sie hätten die beginnende Fäulnis bestimmt sofort entdeckt.

Steed: Und wie haben die Kalifornier sie übersehen können?

Paxmore: Ganz einfach. Sie hatten überhaupt keine Ausbildung. Die haben diese verchromten Glaspaläste von Schulen besucht, wo man statt Prinzipien Verhaltensweisen lehrt. Ich bezweifle, daß auch nur einer von denen sich jemals mit einem moralischen Problem auseinandergesetzt hat.

Steed: Aber du?

Paxmore: Ja, und als die ersten Enthüllungen bekannt wurden, lange vor John Dean, wußte ich schon, was unrecht war und wie unrecht es war.

Steed: Und warum hast du nicht gleich deinen Abschied genommen?

Paxmore: Weil ich so dicht an der Macht war, der größten Macht der Erde, der Präsidentschaft. Das hat mein Urteilsvermögen getrübt. Ich habe es gewußt, und konnte nicht darauf reagieren. Die Macht hat mich vergiftet.

Steed: Was hast du eigentlich gewußt?

Paxmore: Ich wußte, daß im ganzen Land Männer wie du unseren Geldeintreibern Beträge, die in den Büchern nicht ausgewiesen waren, in einer Höhe von mehr als siebzig Millionen Dollar übergeben hatten, damit alles so weitergehen sollte, wie es euch paßte. Ich wußte, daß dieses Geld in Mexiko weißgewaschen wurde und durch Kanäle floß, die schon vor Jahren Spieler in Las Vegas eingerichtet hatten. Ich wußte, daß Beamte des Weißen Hauses die Steuerbehörde und das FBI benutzten, um die Führer der demokratischen Partei unter Druck zu setzen. »Wir werden diese Schweinehunde schon lehren, sich rauszuhalten«, pflegten sie zu sagen. Ich wußte, daß hohe Beamte die privaten Telefone ihrer Mitarbeiter überwachen ließen. Und ich wußte, daß einer den anderen belog, um eine Wahl zu gewinnen – um für immer und ewig alle Wahlen zu gewinnen.

Steed: Ist das keine Verschwörung?

Paxmore: Nein, das ist es nicht, denn es gab keine intellektuelle Basis, von der aus alles geplant worden wäre. Wir rutschten nur immer tiefer, eine schmierige Stufe nach der anderen. Es war blanker Opportunismus, Owen, der Verlust jedes moralischen Erkenntnisvermögens.

Steed: Hat Nixon davon gewußt?

Paxmore: Laß mich diese Frage mit aller Vorsicht beantworten. So wie ich die Dinge damals einschätzte, habe ich nie gesehen, daß Richard Nixon etwas Unrechtes getan hätte. In Geldsachen habe ich eng mit ihm zusammengearbeitet, und ich kann behaupten, daß er nie erfahren hat, wie die siebzig Millionen Dollar aufgebracht, wie sie weißgewaschen und wie sie ausgegeben wurden. Nie hat er zu mir gesagt: »Pusey, fahren Sie doch mal bei Owen Steed vorbei. Er schuldet uns ein paar Gefälligkeiten.« Soweit mir bekannt ist, war er sauber, und deshalb habe ich ihm auch geglaubt, als er an jenem Abend mit einem Stoß Abschriften vor die Ferngehkameras trat, dem amerikanischen Volk ins Auge blickte und ihm versicherte, daß er keine Schuld auf sich geladen habe.

Steed: Hast du gezweifelt, nachdem du die Abschriften gelesen hattest?

Paxmore: Die Oberflächlichkeit der Gedankengänge in diesem mächtigsten Amt der Erde, wie sie sich in den Abschriften zeigten, das hat mich schockiert. Die Leute waren einfach nicht imstande, sich länger als drei Minuten auf eine Idee zu konzentrieren. Statt scharfsinniger Überlegungen gab es ausschweifendes Gequassel. Die ordinäre Sprechweise, die so viele störte? Ich tat sie ab als Möchtegern-Männlichkeit, bis ich zu dieser schändlichen Beschreibung meiner Person kam …

Steed: Wie hast du auf die letzten Eingeständnisse reagiert? Als er seine Mitwisserschaft zugab?

Paxmore: Ich konnte nur an seine früheren Auftritte denken. Wie er vor den Fernsehkameras stand und das Vorhandensein solchen Beweismaterials ableugnete, und ich habe mich immer wieder gefragt, wie ein Mann die Unverfrorenheit haben kann, so etwas zu tun – dazustehen in dem Wissen, daß unten die Bänder lagen und daß mindestens acht Personen deren Inhalt kannten. Das habe ich bis heute nicht begriffen.

Steed: War dir bewußt, daß du ins Gefängnis kommen würdest?

Paxmore: Gewiß. Meine Welt war zusammengebrochen, und nicht ein einziger von all diesen Männern, die mir Befehle erteilt hatten, würde eine Hand rühren, um mir zu helfen. Also riß ich mich am Riemen. »Amanda«, sagte ich, »ich werde mich zu meinem Anteil an der Schuld bekennen. Das ist alles.«

Steed: Warst du nicht versucht, Leute wie mich hineinzuziehen? Das hättest du tun können.

Paxmore: Ja, ich hätte eine ganze Reihe von Leuten hineinziehen können. Man sammelt nicht acht Millionen schwarze Dollar, ohne zu wissen, wer sie gegeben hat und unter welchen Umständen.

Steed: Und warum hast du es nicht getan?

Paxmore: Ich hatte alles nur Denkbare getan, was meine Familie entehrte. Das Mindeste, was ich jetzt noch tun konnte, war, meine Strafe auf mich zu nehmen und nicht zu jammern.

Steed: Bist du dabei jemals wankelmütig geworden?

Paxmore: Ja. Als bei der Verhandlung die Bänder abgespielt wurden und ich gezwungen war, noch einmal zu hören, was der innere Kreis von mir hielt: »Sagen Sie diesem Arschloch von Bibelfritzen, er soll das Geld beschaffen und das Maul halten.« Das waren Worte, Owen, die kein Paxmore jemals benutzt hätte, nicht einmal ihren unfähigsten Arbeitern gegenüber … Aber die führenden Persönlichkeiten unseres Landes gebrauchten sie in bezug auf meine Person. Und warum? Weil ich es gewagt hatte, Fragen des Anstands ins Spiel zu bringen.

Steed: Das hast du getan?

Paxmore: Natürlich. Immer wieder habe ich davor gewarnt, Gesetze zu brechen.

Steed: Warum hast du nicht den Dienst quittiert? Dein Amt zur Verfügung gestellt?

Paxmore: Weil ich nicht glauben wollte, daß das Weiße Haus Ausgangspunkt krimineller Betätigung sein könnte. Und aus Selbstgefälligkeit. Es gefiel mir, den Quellen der Macht nahe zu sein, und ich wollte dort bleiben. (Er verfiel in Schweigen – offenbar rekonstruierte er seinen schmerzlichen Abstieg. Steed stellte keine weiteren Fragen, gab statt dessen nun in einem Monolog eigene Bekenntnisse preis.)

Steed: Von mir könnte ich Ähnliches sagen. Ich fühlte mich geschmeichelt, als ein hoher Beamter nach Tulsa kam und mir zuflüsterte: »Wenn Sie unter der nächsten Regierung die Hand am Drücker haben wollen, Steed ... Ich meine, wenn Sie Einfluß nehmen wollen ... Wenn Sie sich gegen ihre Konkurrenz geschützt wissen wollen ... Dann würden Sie gut daran tun, Ihren guten Willen unter Beweis zu stellen, und dies je früher und je reichlicher, desto besser. Der Ausschuß – und das sind die Leute, die für den Rest des Jahrhunderts in diesem Land das Sagen haben werden –, wir haben sie für dreihunderttausend vorgemerkt.« Ich antwortete ihm, daß ich nicht einmal einen Bruchteil dieser Summe besäße, und er meinte: »Aber Sie wissen, wie Sie es bekommen können.« Als ich einwandte: »Aber das wären Firmengelder!« legte er seine Hand auf meinen Mund und wisperte: »Das will ich nicht gehört haben. Wie Sie das Geld beschaffen, ist Ihre Sache, aber eines will ich Ihnen noch sagen. Wen immer wir zum Justizminister machen, wir werden ihn in der Tasche haben, und von ihm werden Sie nichts zu befürchten haben.« Nun, wie du weißt, fand ich einen Weg, wenn auch nicht die ganzen dreihunderttausend, so doch zweihunderttausend Dollar zu beschaffen, und willst du hören, warum? Weil ich die Hand am Drücker haben wollte, den wilden Mann markieren, wenn die Gewerkschaft Schwierigkeiten macht, meiner Sekretärin sagen: »Verbinden Sie mich mit Washington, aber flott!« Aber darüber hinaus ...

(Steed unterbrach sich, um die Gänse zu beobachten, die über dem Choptank kreisten. Er war enttäuscht, daß sein in sich gekehrter Freund keine Regung erkennen ließ. Nach einer Weile fuhr er fort.)

Steed: Als Watergate über uns hereinbrach, tat ich es als unbedeutende, drittklassige Episode ab. Wer hätte sich für die Büros der Demokraten interessieren sollen – es sei denn, diese Gauner hätten irgendeine Schweinerei vor, wie schon so oft. Als der Präsident die Verantwortung dafür ablehnte, war die Sache für mich erledigt. Es kam mir überhaupt nicht in den Sinn, daß meine zweihunderttausend Dollar etwas damit zu tun haben könnten. Ich hatte nie geglaubt, ungesetzlich gehandelt zu haben. Mein Bestreben war es gewesen, das gute Leben in meinem Land zu erhalten und seine Führung bewährten Händen zu überlassen. Ich hörte mir Deans Zeugenaussagen an, und als er sich nicht einmal erinnern konnte, in welchem Hotel er abgestiegen war, hielt ich ihn für einen Schaumschläger und tat seine Geschichte als faulen Zauber ab. Und als der Präsident dann im Fernsehen seine Unschuld beteuerte, war die Sache für mich gelaufen. Sie hätte auch gelaufen sein sollen, aber die amerikanische Presse haßt erfolgreiche Menschen. Reporter, die am College keiner Verbindung angehört und nicht Football gespielt haben, können nicht verstehen, wie ein Mann mit Mumm und Hirn dreißig Millionen Dollar verdienen kann. Sie sind geborene Anarchisten und waren nur darauf aus, Nixon fertigzumachen, und das gelang ihnen. Aber mir ging es wie dir.

Paxmore: Wieso?

Steed: Ich konnte es nicht glauben, als die Bänder bewiesen, daß Nixon gelogen hatte. Das ging über mein Begriffsvermögen, daß sich ein Mann vor die Kameras stellen und solche faustdicken Lügen auftischen konnte, obwohl er die Zeitbombe unter seinem Sessel ticken hören mußte.

Paxmore: Ein dummer Zeitungsartikel hat mich in meinem Glauben bestärkt. Ein Artikel, geschrieben von seiner älteren Tochter, in dem sie ihn von jeder Schuld freisprach. Es klang so frisch und ehrlich. So aufrichtig.

Steed: Ich schöpfte Verdacht, als ich die ersten Bänder hörte, die sauberen, und mir bewußt wurde, wie diese Männer die Geschäfte unseres Landes geführt hatten. Die niedrige Gesinnung. Die Unfähigkeit, sich mit einem Thema eingehend auseinanderzusetzen. Die schmutzigen Reden. Das unvorstellbare Durcheinander. Ich versichere dir, Pusey, wenn bei Western Oil Verhandlungen so salopp geführt worden wären, ich hätte die Herren schleunigst an die Luft gesetzt.

Paxmore: Du erliegst einem weitverbreiteten Irrtum, Owen. Du erwartest von einem Präsidenten, daß er sich vierundzwanzig Stunden am Tag wie ein Präsident benimmt. Du mußt ihm schon zugestehen, daß er ein menschliches Wesen ist und von Zeit zu Zeit redet, wie ihm der Schnabel gewachsen ist.

Steed: Aber in einer die Präsidentschaft betreffenden Krise erwarte ich das einem Präsidenten angemessene Verhalten. Sag mir eines, Pusey: Habt ihr bei euren Gesprächen nie Anwälte dabeigehabt?

Paxmore: Wie meinst du das?

Steed: Wenn wir etwas Wichtiges zu besprechen hatten, war immer ein Anwalt dabei, der uns hin und wieder unterbrach und sagte: »Das können Sie nicht machen, meine Herren. Das wäre ungesetzlich.«

Paxmore: Einem Präsidenten kannst du nicht Einhalt gebieten. (Er verlor jetzt das Interesse an diesem Gespräch. Eine kleine Welle sah er den Gänsen zu und wechselte dann das Thema.) Gestern las ich »The True History of Patamoke«, und da heißt es, daß früher einmal Männer wie Clay, Calhoun und Webster bei den Steeds zu Besuch waren. Wie hätten sie wohl auf Watergate reagiert?

Steed: Mein Urgroßvater Paul – er schrieb dieses Büchlein über die Sklaverei und trat auch energisch für sie ein – hinterließ Aufzeichnungen über diese

Männer, und daraus geht hervor, daß Daniel Webster, wäre er Präsident geworden, sich genauso verhalten hätte wie Nixon. Nicht etwa, weil er korrupt war; seine persönliche Eitelkeit und seine Liebe zum Geld hätten ihn dazu gebracht. Henry Clay? Auf keinen Fall. Mit seinen überspitzten Ehrbegriffen wäre er auch in einer Räuberhöhle noch ein anständiger Mensch geblieben. Calhoun? (Hier offenbarte sich die Verehrung, die die Steeds stets für diesen großen Mann empfunden hatten.) Unehrenhaftes Verhalten wäre für ihn undenkbar gewesen. Vielleicht hätte er das Land niedergebrannt, aber er hätte es nie gestohlen.

Paxmore: Das deckt sich ziemlich genau mit meinen Ansichten. Jeder, dessen Charakter negative Züge aufweist, wäre in Nixons Fehler verfallen.

Steed: Aber eines kann ich dir versichern: Kein einziger unserer bisherigen Präsidenten hätte die auf diesen Bändern festgehaltenen, abscheulichen Denkprozesse toleriert. Sie hätten zur Ordnung gerufen und ihre Minister aufgefordert: »Bleiben wir bei unserem Hauptanliegen!« Was meinst du, Pusey, war das Hauptanliegen eurer Bande die Errichtung einer Diktatur?

Paxmore: Vergiß bitte nicht, wie sie von mir gesprochen haben. »Dieses Arschloch von einem Bibelfritzen.« Ich hatte nie die Möglichkeit, mich über ihre wahren Zielsetzungen zu informieren. Meine Aufgabe war es, Geld zu beschaffen, es weißzuwaschen und in mir unbekannte Hände fliegen zu lassen. Meine Aufgabe war es, mich mit persönlicher Ehrlosigkeit zu beladen. (Die Stimme versagte ihm, und es schien Steed, als sei sie von Tränen erstickt, aber es war nicht so. Pusey blickte auf den Choptank hinunter, an dessen Ufern seine Vorfahren so viel Ehre an den Tag gelegt hatten, indem sie sich den stets gleichbleibenden Aufgaben widmeten, die jeder Fluß an seine Anrainer stellt – sie hatten Schiffe gebaut, in Versammlungen das Wort ergriffen, ihre Mitbürger unterrichtet, und sie hatten die Gesetze eingehalten. Er war wie ausgetrocknet und ausgelaugt, weil er diesen Prinzipien nicht die Treue gehalten hatte.)

Steed: Nächsten Monat gehen wir jagen.

Er erhielt keine Antwort.

Die Tatsache, daß Hugo Pflaum während des Feuers auf der »Eden« Amos Turlock das Leben gerettet hatte, hieß nicht, daß der unnachgiebige Wildhüter in seiner Entschlossenheit wankend geworden wäre, das Twombly aufzustöbern. Der stiernackige Deutsche, der schon halb im Ruhestand war, erschien drei Tage in der Woche in seinem Büro, und sooft er den leeren Fleck auf seiner Bilderwand sah, nahm er sich von neuem vor, diese Flinte zu finden.

Seine Vorgesetzten in Annapolis waren keineswegs belustigt und auch nicht bereit, sich weiterhin zu gedulden. »Seit neunundreißig Jahren hören wir von

Ihnen: ›Spätestens nächste Woche werde ich sie finden.‹ Wo zum Teufel ist sie?«

»Wir nehmen an, daß er sie in der Nähe des alten Sumpflandes versteckt hat. Wir wissen, daß er sie benutzt, denn an manchen Tagen riechen seine Kleider nach Pulver.«

»Lassen Sie sich einen Durchsuchungsbefehl für seinen Wohnwagen ausstellen.«

»Ich habe den Wohnwagen bereits viermal in seiner Abwesenheit durchsucht und nichts gefunden.«

Da Amos die Flinte bis zu neun- oder zehnmal in der Saison gebrauchte, mußte er sie irgendwo in der Nähe seines Wohnwagens versteckt haben, und deshalb sollte Pflaum den Ort beobachten lassen. Das aber bereitete außerordentliche Schwierigkeiten, denn Turlocks Wohnstätte zeichnete sich durch einige ungewöhnliche Merkmale aus. Dank der betriebsamen Keramikhersteller North Carolinas hatte Amos seine Sammlung von Gartenskulpturen auf achtundzwanzig Stück erweitert, und es fehlte nur selten an Spaziergängern, die diese Kunstausstellung bewunderten. Älteren Leuten gefiel die Nachbildung einer italienischen Statue: ein halbnacktes Mädchen, das mit den Händen ihre ungeschütztesten Körperteile bedeckte. Die Kinder dagegen interessierten sich mehr für den Weihnachtsmann und seine acht Rentiere.

Als Pflaum seine Spähertätigkeit aufnahm, komplizierte sich die Lage noch durch den Umstand, daß Amos eine weitere Gruppe von acht ziemlich großen Figuren gekauft hatte: Schneewittchen und die sieben Zwerge, und alle acht über die Maßen putzig. Die Vorübergehenden waren begeistert, und der für diesen Bezirk zuständige Polizeibeamte meinte: »Es gleicht sich irgendwie alles aus. Wieder mehr Gras, was mit der Hand geschnitten werden muß, aber auch mehr Spaß für die Allgemeinheit.«

»Als hier noch eine Hütte stand, sah es bei weitem nicht so scheußlich aus«, sagte Hugo, als er die acht Neuankömmlinge zum erstenmal erblickte. Und damit hatte er recht, denn in früheren Zeiten war Turlocks Behausung, so schäbig und verfallen sie auch sein mochte, der Würde der umliegenden Wälder angepaßt. Dieser chromblitzende Wohnwagen aber mit seinem kleinen Lattenzaun und den Gipsfiguren war von Anfang an eine Beleidigung für jedes Auge und würde es immer bleiben.

Besonders angewidert war Pflaum von der steifen Ordnung, in der Amos die drei Zwerge Smiley, Bashful und Grumpy aufgestellt hatte. »In einer Reihe wie Soldaten. Die anderen sind wenigstens über den Rasen verteilt.« Die Geschmacklosigkeit der ganzen Anlage stieß ihn ab, eines Tages aber öffnete er dennoch wieder die niedere Zauntür, die den Pfad zum Wohnwagen freigab.

Auf sein Klopfen klappte Amos die obere Hälfte der zweigeteilten Wagentür herunter.

»Amos«, sagte Hugo, »geben Sie die Flinte heraus.«

»Welche Flinte?«

»Die Twombly. Ich weiß, daß Sie sie versteckt haben, und ich weiß, wie sehr Sie daran hängen, Aber jetzt ist Schluß damit. Ich will sie haben.«

»Ich habe diese Flinte schon seit …«

»Sie haben sie vor vier Tagen verwendet.«

»Woher wollen Sie das wissen?«

»Flußauf und flußab futtern alle Turlocks Wildgänse.«

»Wir sind gute Jäger, Hugo, wir alle.«

»Das sind Sie, und darum brauchen Sie diese alte Kanone nicht mehr.«

»Wo sollte ich eine dreieinhalb Meter lange Flinte verstecken?« Mit einer einladenden Geste forderte er den Wildhüter auf, den Wohnwagen zu durchsuchen. »Midge«, rief er, »haben wir eine Flinte im Haus?«

»Aber sicher«, erwiderte die zahnlose Alte und erschien mit einer gewöhnlichen Flinte. Amos lachte. »Ich hätte Sie ersaufen lassen sollen«, sagte Pflaum, und dann konnte er seinen Ärger nicht mehr unterdrücken. »Diese Zwerge sind eine einzige Scheiße«, und damit stapfte er davon.

Fünf Nächte später, bei klirrendem Frost, aber kein Mond am Himmel, der den mitternächtlichen Jäger hätte verraten können, rief Amos seinen Enkel Rafe, in den er das meiste Vertrauen setzte. »Wir brauchen zwar keine Gänse, denn wir haben die letzten noch nicht aufgegessen, aber der Mensch muß in Übung bleiben. Wir gehen jagen.«

Um elf verließ er mit Rafe den Wohnwagen, ging auf den Rasen hinaus, hockte sich nieder und zog vorsichtig an zwei Ringen, die dort, wo die drei Zwerge Smiley, Bashful und Grumpy standen, im Gras versteckt waren. Langsam hoben sich die kleinen Wichte, fielen nach rückwärts und gaben ein zwölf Fuß langes Grab frei. Es war eine Szene wie aus einem Draculafilm – sogar das Scharnier quietschte –, nur daß das Grab keine Leiche beinhaltete, sondern die Twombly.

Liebevoll hob Amos die Flinte heraus und starrte zum mondlosen Himmel empor. »Hol den Hund!« wies er Rafe an, und als der Chesapeake aus dem Wagen gesprungen kam, schloß Amos den Deckel mit den drei Zwergen und führte Rafe und den Hund durch den Wald zu der Stelle, wo die Skiffs versteckt lagen.

Es war eine ideale Nacht, um Gänse zu jagen, kalt, aber windstill, sternklar, aber mondlos. Als sie die Stelle erreichten, wo der La Trappe in den Choptank einmündet, konnten sie in einiger Entfernung eine große Anzahl Federvieh ausmachen. Während Amos seine massive Flinte lud und den Sitz des Kolbens auf den Kiefernnadelsäckchen überprüfte, belehrte er flüsternd seinen Enkel: »Für einen Mann gibt es auf dieser Welt nichts Besseres als Jagen, Fischen oder Austern sammeln. Gott hat uns alle diese Dinge gegeben, damit wir uns an ihnen erfreuen, aber er hat sie versteckt, so daß nur der Wagemutige an sie herankommt. Als Männer ist es unsere Pflicht, es zu versuchen.«

Er sah den Orion blinken und erklärte dem Jungen, wie dieses Sternbild über den Himmel wanderte, ein mächtiger Jäger, der hinter seiner Beute her war. »Es ist kein Zufall, daß er sich im Winter zeigt. Er ist da, um uns zu beschützen … uns und die Flinte.« Er strich über den Lauf des Gewehres und fragte dann: »Wie alt bist du jetzt, Rafe?«

»Zehn.«

»Menschenskind, Junge, diese Flinte ist fünfzehnmal so alt wie du. Denk doch mal, fünfzehn verschiedene Jungen in deinem Alter hätten damit schießen können, und jetzt trägst du die Verantwortung dafür.«

Der rote Chesapeake, der die Gänse witterte, wurde unruhig. Amos hatte noch nicht einmal die kurzen Paddel herausgeholt, und der Hund fürchtete, daß etwas die Gänse aufscheuchen könnte. Er knurrte leise, um sein Mißvergnügen über die lässige Art auszudrücken, mit der in dieser Nacht gejagt wurde, aber Amos hieß ihn still sein. Er wollte mit dem Jungen reden.

»Eigentlich hat ein Mann nur drei Verpflichtungen. Er muß seine Familie ernähren, seinen Hund abrichten und seine Flinte pflegen. Wenn du diesen Verpflichtungen nachkommst, brauchst du dich nicht um so unwichtige Dinge zu sorgen wie etwa Hypotheken, Krebs oder den Mann vom Finanzamt. Du kümmerst dich um dein Gewehr. Gott kümmert sich um die Hypothek.«

»Aber das Gesetz …«

»Das Gesetz will uns die Flinte wegnehmen, wenn man schlau genug wäre, sie zu finden. Seit fünfzig Jahren passe ich auf sie auf. In den kommenden fünfzig Jahren wirst du das tun.«

»Aber vor ein paar Tagen hat dieser Hugo Pflaum praktisch draufgestanden.«

»Darum werden wir Turlocks es auch immer behalten.«

»Wieso?«

»Weil wir schlau sind, wir Turlocks, und alle Wildhüter sind dumm, einer wie der andere.«

Der Hund winselte ungeduldig, doch was jetzt geschah, überraschte ihn. Amos Turlock kletterte vorsichtig aus dem Skiff mit der Twombly und forderte seinen Enkel auf, seinen Platz bei den kurzen Paddeln einzunehmen. »Zeit, daß du es lernst, mein Sohn«, sagte er.

»Ich soll …?«

»An zwei Dinge mußt du denken. Ziele mit dem Skiff, nicht mit der Flinte. Und um Gottes willen, halt dich fern vom Schaft, denn der Rückstoß ist mörderisch.« Er gab ihm einen sanften und liebevollen Schubs auf die Gänse zu und langte dann nach dem Kopf seines Hundes. Den Chesapeake nervös an sich drückend, sah er den Jungen in der Finsternis verschwinden. Der Hund spürte, daß dies eine ungewöhnliche Nacht war; er blieb bei seinem Herrn und wartete auf die große Explosion, das Signal für ihn, ins Wasser zu springen und die Gänse zu holen.

Sie mußten lange warten, aber weder Mann noch Hund wurden unruhig. Amos konnte sich an Nächte erinnern, da er eine Stunde lang hatte paddeln müssen, bis er mit seiner Position zufrieden war. Und Rafe hatte gelernt, peinlich genau zu sein. Mit Bewunderung dachte Amos daran zurück, mit welcher Ausdauer Rafe im Versteck zu warten pflegte.

Schließlich begann er zu zittern. Er war voll verzweifelter Hoffnung, daß sein Enkel es verstehen würde, mit dem Skiff und mit der langen Flinte richtig umzugehen und den Traditionen des Flusses treu zu bleiben. »Es ist eine Art Feuertaufe«, flüsterte er dem Tier zu, und die Finger seiner rechten Hand krampften sich so fest in das Haar des Hundes, daß der Chesapeake winselte und zurücksprang und sich auf seinen gewohnten Platz im Bug begab, wo er die Vorderpfoten auf den Schandeckel stützen und in die Finsternis hinausstarren konnte.

»Lieber Gott«, betete der alte Mann, »sieh zu, daß er es richtig macht … und auf den Geschmack kommt.«

Vierzig Minuten vergingen, und Orion jagte noch immer seiner Beute nach. Da, als die Spannung in Amos' Skiff schon unerträglich wurde, explodierte der nächtliche Himmel, die Gänse schrien, und der Hund war fort.

Sieben Bürger riefen am nächsten Morgen in Hugo Pflaums Büro an, um eine illegale Jagdtätigkeit zu melden. »Ich weiß, daß die Kerle am Fluß waren, Mister Pflaum. Die Strömung hat zwei tote Gänse an mein Ufer getrieben. Und außerdem, wir saßen gerade beim Nachtfilm und ich sagte noch zu meiner Frau: ›Dieser Schuß war nicht im Fernsehen.‹«

Die Meldungen waren so überzeugend, daß Pflaum in seinen Kombi stieg und zu Turlocks Wohnwagen hinausraste. Wie er erwartet hatte, traf er Amos nicht an. Wahrscheinlich verteilte er die Gänse unter seiner Familie. Auch Midge war fort, um im Steedschen Laden in Sunset Acres einzukaufen. Nur ein Junge, nicht älter als elf Jahre, stand in einer Ecke des Rasens und beäugte mißtrauisch den großen, stämmigen Wildhüter, der sich zwischen den sieben Zwergen durchschlängelte.

»Wie heißt du, Junge?«

»Rafe.«

»Du bist doch nicht Amos' Sohn?«

»Enkel.«

»Du weißt wohl nicht, wo dein Großvater steckt?« Keine Antwort. »Du weißt wohl nicht, wo er heute nacht war?« Kein Zucken in den hellblauen Augen.

Obwohl seine Mutter und seine Frau dieser Familie entstammten, gaben die Turlocks Hugo Pflaum immer wieder Rätsel auf. So dumm sie auch sein mochten, in kritischen Situationen reichte ihr Verstand immer aus, um selbst ihnen geistig Überlegene an Schläue zu übertreffen. Man brauchte sich ja nur diesen Jungen anzusehen. Blondes Haar bis fast in die Augen, am Hinterkopf mit Hilfe einer Schüssel rundgeschoren, leerer Blick, die Hosen von einem zerrissenen Hosenträger hochgehalten, schien er nicht einmal zu wissen, daß Pflaum der Wildhüter und eine Art Verwandter von ihm war. Vielleicht, dachte Pflaum hoffnungsfroh, kann ich den Jungen austricksen.

»War dein Opa heute nacht jagen?«

»Was?« Der Junge rührte sich nicht vom Fleck.

»Jagt er manchmal mit dieser großen Flinte?«

»Was?«

»Wo hebt er sie auf, Rafe?«

»Hebt er war, auf?« fragte der Junge mit dümmlichem Gesichtsausdruck.

»Sag deinem Vater …«

»Mein Vater ist in Baltimore.«

»Ich meine deinen Großvater.«

»Was soll ich ihm sagen?«

»Daß ich hier war.«

»Wer sind Sie?«

»Du weißt verdammt gut, wer ich bin. Ich bin Hugo Pflaum, so was Ähnliches wie dein Onkel. Sag ihm, daß ich hier war.«

»Ich werd's ihm sagen. Hugo Pflaum.«

Angewidert stampfte der Wildhüter auf, schlängelte sich durch die Gartenzwerge, stieg wieder in seinen Wagen und fuhr in die Stadt zurück.

Als er fort war, endgültig fort, hinter der Straßenbiegung verschwunden, sackte Rafe Turlock gegen den Wohnwagen und wäre zu Boden gefallen, hätte er sich nicht an eine Zierleiste geklammert. Sich mit Mühe aufrecht haltend, erbrach er sich – nicht einmal, nicht zweimal, sondern siebenmal, bis sein Magen leer war und sein ganzer Körper ihm weh tat.

Er würgte noch immer, als Midge zurückkam. Sie glaubte, er habe Keuchhusten, denn der Junge wollte seine Anfälle nicht erklären. Sie schickte ihn zu

Bett und legte ihm Kompressen auf die Stirn. So wartete er auf die Rückkehr seines Großvaters.

Amos hatte lange gebraucht, um die Gänse zu verteilen, doch als er in die Küche kam und Midges langatmigen Bericht über Rafes Zustand hörte, ahnte er, was geschehen war. Er stellte sich vor das Bett des Kranken und fragte: »War Hugo Pflaum hier?«

»Ja. Er stand direkt auf der Flinte und stellte seine Fragen.«

»Wegen heute nacht?«

»Und wegen der Flinte.«

»Und was hast du ihm gesagt?«

»Nichts, aber als er an einen der Ringe stieg, hätte ich beinahe gebrochen.«

»Das hast du ja auch, sagte Midge. Und nicht zu knapp.«

»Das war nachher.«

Amos strich seinem Enkel nicht zärtlich über den Kopf und lobte ihn auch nicht. Der Junge hatte nur getan, was getan werden mußte, aber er wollte ihm zu verstehen geben, daß er zufrieden war. Er pfiff dem Chesapeake, und zur Überraschung des Hundes wurde ihm die Tür geöffnet, und er durfte in den Wagen. Er sprang auf seinen jungen Herrn zu, und als er merkte, daß der Knabe krank war, blieb er bei seinem Bett und leckte seine schlaffen Finger.

Amos schloß die Tür hinter sich. Ohne Midge zu erklären, was Rafe erlebt hatte, ging er auf den Rasen hinaus, um seine einundzwanzig Figuren zu bewundern: Sankt Nikolaus und seine Rentiere, den purpurroten Flamingo, der seine Betonschwingen in Richtung von Sunset Acres ausbreitete, und Schneewittchen mit ihren sieben Zwergen. Sein Blick blieb auf den dreien haften, die in einer Reihe standen, und im Geist sah er die große Flinte zu ihren Füßen ruhen. »Für weitere fünfzig Jahre in Sicherheit«, sagte er laut.

An einem frischen Novembermorgen erwachte Owen Steed durch das Gezwitscher der Vögel, die sich an der Futterkrippe vor seinem Fenster zankten. Ihre Lebensfreude entzückte ihn, und er ging, ohne sich anzukleiden, auf den Rasen hinaus und blickte auf die Wasserläufe, von wo aus die Fischadler fortgezogen waren. Während er andächtig inmitten einer Herrlichkeit stand, wie er sie auf der ganzen Welt kein zweites Mal gesehen hatte, kam ihm zu Bewußtsein, daß es noch keinem gelungen war, das Ostufer in seiner stillen Pracht zu beschreiben. Heute war er sechsundsechzig geworden, und ihm war klar, daß er diese Landschaft nur noch eine beschränkte Anzahl von Jahren würde genießen können. Er war dankbar, daß sein Mißgeschick in Oklahoma

ihn gezwungen hatte, in die verschlafene Herrlichkeit seiner Jugend zurückzukehren.

Ethel war im Bad, als er in sein Schlafzimmer zurückkehrte. »Man nennt das
hier das Land der liebenswürdigen Lebensart«, rief er zu ihr hinein. »Aber das
ist reiner Hedonismus.«

»Wovon redest du, Owen?«

»Von den bleibenden Werten dieser Gegend. Leuchtende Tage wie heute. Kühle
Nächte.«

»Sie waren ganz schön kühl im vergangenen Winter.«

»Ich versuche ernst zu sein. Ich spreche von einem Land, das wert ist, erhalten
zu werden.« Er zögerte. »Kommst du mit mir zur Versammlung?«

»Welche Versammlung?« Und bevor er noch ihre Frage beantworten konnte,
rief sie begeistert: »Ach ja, der Mann aus Annapolis! Der uns beraten wird, wie
wir mit der Bierdosenplage fertig werden. Natürlich komme ich mit.« Doch als
sie die Halle betraten, dämpfte Chris Pflaum ihre Begeisterung. »Er hat uns
nichts Erfreuliches zu sagen. Er ist sehr entmutigt.« Und das war er auch, dieser
großgewachsene, knochige, vom langen bürokratischen Gezänk erschöpfte
Mann von Ende Fünfzig:

> Ich bin Doktor Paul Adamson. Ich bin gekommen, um ihnen zu sagen,
> daß Sie sich Illusionen hingeben, wenn Sie glauben, daß es genügt, an
> die Vernunft zu appellieren oder abschreckende Beispiele anzuführen,
> um unsere verunstaltete Landschaft zu retten. In den vergangenen drei
> Jahren haben sieben Bundesstaaten Referenden durchgeführt, und die
> Wähler haben klar und eindeutig entschieden: »Wir lieben unsere Un-
> ordnung. Wir bestehen auf unserem Recht, unsere Bierdosen überall
> hinzuschmeißen, wo es uns paßt.«
> Es ist sinnlos, darüber zu diskutieren, daß unsere Bürger nicht so
> destruktive Charakterzüge an den Tag legen sollten. Unsere Aufgabe ist
> es vielmehr, herauszufinden, warum sie sich gegenüber der leeren Bier-
> dose so loyal verhalten und warum sie darauf bestehen, unsere Straßen
> damit zu verunzieren. Hier werden drei beunruhigende Faktoren wirk-
> sam. Erstens ist das Trinken aus Dosen, ganz gleich, ob Bier oder
> Limonade, ein Akt der Männlichkeit, und in einer Zeit, da wir solche
> männlichen Lebensäußerungen laufend unterdrücken – Werbung um ein
> junges Mädchen nach alter Manier, Gebrauch von Waffen, gewisse
> Sprechmodelle –, finden junge Männer in der Bierdose eine letzte
> Zuflucht. Das Saufen gilt als gesellschaftsfähig, und der vorherrschende
> Drang, die eigene Gleichwertigkeit zu demonstrieren, bringt sie dazu,

die leeren Dosen frech dorthin zu werfen, wo sie am deutlichsten sichtbar sind.

Zweitens: In einer Zeit, da die Regierung unsere Handlungsfreiheit auf jede erdenkliche Weise einschränkt, da sie Jahr für Jahr aufdringliche Steuerformulare verschickt, aus denen kein Mensch klug wird, ist es unvermeidlich, daß ein lebensvoller Mensch nach einer Möglichkeit sucht, seinen Ärger abzureagieren, und wie könnte er das besser tun als mit einer leeren Bierdose?

Drittens – und dieser Faktor ist wesentlich unerfreulicher als die beiden vorigen und läßt sich auch kaum kontrollieren: Das Verunzieren eines Rasens mit Leergut ist eine Form sozialer Aggression und wird als solche vornehmlich von jenen Gruppen empfunden, die sich von der Gesellschaft benachteiligt fühlen. Die verantwortungsbewußten Bürger der Gemeinde wollen ihre Gräben sauberhalten. Der junge Rebell ist gegen alles, was die verantwortungsbewußten Bürger zu schützen versuchen, und empfindet das Werfen von Leergut auf eben diese Plätze als befreiende Tat.

So gibt es also drei blinde Triebe, die uns drängen, das Land zu verunstalten, und so gut wie keinen, der uns drängt, es zu schützen. Meine lieben Freunde, wir führen einen aussichtslosen Kampf.

Das Klagelied löste beflügelte Reaktionen aus. »Könnte die Regierung nicht ein Gesetz erlassen, wonach für Flaschen und Dosen Einsatz gezahlt werden muß?« Adamsons Antwort: Die Wähler hätten derartige Pläne als unzumutbare Belastung mit überwältigender Mehrheit abgelehnt. »Kann die Müllabfuhr nicht eingesetzt werden, um diesen scheußlichen Abfall wegzuräumen?« Adamson führte als Beispiel elf Gemeinden an, die solche Vorschläge als eine ungerechtfertigte Ausgabe abgelehnt hatten, durch die vor allem jene Bürger belastet würden, die kein Bier tranken.

»Können wir das verdammte Zeug nicht einfach verbieten, weil es die Landschaft verwüstet? Mit einer Heuschreckenplage würden wir schnell fertig werden.« Adamson brauchte nicht weit zu gehen, um auch diese Anregung abzutun; er verwies auf den Bescheid der Kommission, wonach es unbillig sei, die Gesetzeslage zu ändern, nachdem Norman Turlock so viel Geld in seine Dosenfabrik investiert hatte.

»Was können wir tun?« fragte Ethel Steed verzweifelt.

»Nichts«, antwortete Adamson. »Ich bin der Leiter einer Regierungsstelle, die dem Raubbau an der natürlichen Schönheit Marylands Einhalt gebieten soll, und ich kann absolut nichts tun.« Er machte eine Pause und fügte dann hinzu:

»Sie könnten eines versuchen. Kaufen Sie sich jeder einen Korb, gehen Sie so wie ich dreimal in der Woche auf die Straße und heben Sie das verdammte Zeug auf.«

Als die Versammlung sich auflöste, war die Stimmung so gedrückt, daß die Steeds nicht heimgehen wollten und dankbar Chris Pflaums Vorschlag aufgriffen, in der Halle zu warten, um dann mit Dr. Adamson essen zu gehen. Es drängte Adamson, über die Probleme der Bucht zu sprechen. »Ich bin in Chestertown aufgewachsen und habe dort das Washington College besucht. Ich verstehe nicht viel von Differentialrechnung, aber dafür weiß ich, wie man einen Schoner bemannt. Ich habe in den guten Jahren an der Bucht gelebt, von 1936 bis Anfang 1942. Damals gab es noch keine Brücke über die Bucht. Keine Ölablagerungen auf dem Schiffsboden. Überall Krabben, die besten Austern in ganz Amerika. Und woran ich mich am liebsten erinnere: Man konnte überall in der Bucht ins Wasser springen und schwimmen. Damals erwachte in mir diese große Liebe zur Bucht.«

Aber er vergaß über den alten Zeiten auch nicht die Gegenwart. »Es ist immer noch das reizvollste Binnengewässer auf der ganzen Welt. Einer meiner Kollegen, ein begeisterter Segler, hat sich etwas ausgerechnet: Ein Mann, der ein Boot mit weniger als vier Fuß Tiefgang besitzt, könnte tausend Tage lang in der Chesapeake Bay kreuzen und jede Nacht in einer anderen Bucht vor Anker gehen.«

»Hört sich unwahrscheinlich an«, meinte Steed.

»Nehmen wir nur einmal den Tred Avon«, sagte Adamson und schnurrte aus dem Gedächtnis achtzehn einmündende Wasserläufe herunter. »Jetzt nehmen wir wieder nur einen davon, den Plaindealing, und erinnern uns an die Buchten, die wir namentlich anführen können. Es sind zwölf. Man könnte sechs Monate auf dem Tred Avon verbringen und jeden Abend in einer anderen himmlisch schönen Bucht ankern. Und vergessen Sie nicht: Wir haben vierzig solche Flüsse wie den Tred Avon. Mein Kollege war zurückhaltend in seinen Berechnungen. Es muß an die achttausend Buchten am Chesapeake geben – und sie alle sind gefährdet.«

Er sprach von der entsetzlichen Bürde, die die Menschheit diesem Binnengewässer auflastete: Schadstoffe aus den Kanälen, Gifte aus den Fabriken, der industrielle Abfall des ganzen Susquehannatals und der unheimliche Druck der Menschenwesen – mit jedem Jahr beständiger, disziplinloser, unachtsamer, zerstörender.

»In Deutschland, Japan und Rußland arbeiten die Ökologen an einer Theorie, wonach der Mensch selbst der Verseucher ist und nicht seine Fabrikanlagen, seine Chemikalien, das Öl aus den geborstenen Tankern. Denn das sind aufsehenerregende Unglücksfälle, die Dauerkatastrophe aber ist die Masse der Menschen selbst. Auch wenn sie selbst nichts Katastrophales anstellen, sind sie doch die Verursacher der großen Katastrophe. An ihren Zahlen sollt Ihr sie erkennen.«

Darüber ließ er sich nahezu eine halbe Stunde aus und erläuterte die Erkenntnis deutscher Gelehrter, die die Verhältnisse in Indien untersucht hatten. »Sie fanden heraus, daß allein die Zahlen entscheiden. Wo immer auf der Welt sich sechstausend Menschen zusammenscharen, rechtfertigen sie eine Stadt. Sechstausend Menschen brauchen einen Schuhmacher, einen Friseur, einen Bäcker und einen Kanalbauer. Der Außenseiter ist nicht befugt, die Frage nach der Rechtfertigung dieser Stadt zu stellen. Sie ist nur sich selbst Rechenschaft schuldig.

Nun, dieser Grenzwert wirkt sich vermutlich auch negativ aus. Wenn sich eine ausreichend große Bevölkerung an den Ufern eines Gewässers zusammenschart, wird sie dieses Gewässer zerstören. Man sehe sich in zweihundert Jahren das westliche Mittelmeer an.«

Eine Dame am Tisch machte die überflüssige Bemerkung, daß sie in zweihundert Jahren nicht mehr an der Chesapeake Bay sein und daß auch wohl sonst keiner der Anwesenden da sein werde, worauf Adamson, ohne die Geduld zu verlieren, erwiderte: »Ja, der einzelne Zeuge verschwindet, aber das kollektive Wissen bleibt erhalten. In zweihundert Jahren, Anno 2177, wird jemand mit den gleichen Sorgen wie ich hier in Patamoke essen und die Zukunftsaussichten der Bucht abwägen. Unsere Aufgabe ist es, die Bucht zu erhalten, damit jener Mensch in der Zukunft sich dann um sie kümmern kann.«

»Schon die Frage der Bierdosen hat uns pessimistisch gestimmt«, sagte Steed. »Wie sieht es nun mit der Bucht selbst aus?«

»Die Zahlen erschrecken mich, Mister Steed. Ganz Pennsylvanien oder zumindest der mittlere Teil verseucht unsere Bucht. Baltimore, Washington, Roanoke. Millionen und Abermillionen Menschen, sie alle werfen ihre Probleme in die Bucht. Wie soll sie nur überleben?«

»Das haben wir vor vierzig Jahren auch von den Gänsen gesagt. Sehen Sie sich jetzt die Gänsebevölkerung an!«

»Ja!« rief Adamson, und seine Augen glänzten. »Das haben wir in verschiedenen Ländern entdeckt, und es ist ein Faktor, der uns Hoffnung gibt. Jedes Gewässer mit einer starken Strömung kann sich, wie verseucht es auch sein mag, in drei Jahren auswaschen – vollständig erneuern. Wenn es geschützt wird.«

»Gilt das auch für den Eriesee?« erkundigte sich eine andere Dame.

»Selbstverständlich! Drei Jahre unter strenger Aufsicht … keine neue Verseuchung durch den Huron … durchschnittlicher Regenfall. Selbst der Eriesee könnte wieder sauber werden. Natürlich würden einige hartnäckige Ablagerungen auf dem Grund zurückbleiben, aber mit der Zeit würden auch sie abgebaut und weggespült. Die Bucht ist wie eine schöne Frau. Es gibt keine Erniedrigung, die sie nicht überwinden könnte.«

Der Raum, in dem die Umweltschützer ihre Mahlzeit einnahmen, bot einen herrlichen Blick auf den Choptank, und niemand hätte aus diesem Anblick schließen können, daß sich der Fluß in den dreihundertsiebzig Jahren, seit der weiße Mann ihn besiedelte, stark verändert hätte: Die Breite war die gleiche, die Farbe noch immer schokoladebraun, der Wechsel der Gezeiten hatte sich nicht verändert, und die Gänse waren zurückgekehrt. Land, das durch den ständigen Anbau von Tomaten beinahe verödet wäre, begann aufzublühen, als es mit Sojabohnen bepflanzt wurde – Tausende und Abertausende Morgen –, und jenseits von Devon Island, was davon noch übrig war, lag die Bucht in winterlichem Sonnenschein.

»Sie ist gegenwärtig in einem jämmerlichen Zustand«, sagte Adamson. »Sie wissen ja wohl, daß wir drei weitere Wasserläufe sperren mußten. Die Austern sind alle verseucht. Leberentzündungsfabriken hat ein Arzt sie kürzlich genannt. Sie brauchen nur ein halbes Dutzend zu essen und verbringen das nächste halbe Jahr im Bett. Die Bucht ist zu einer Jauchengrube geworden, zu einem Müllabladeplatz für Baltimore und andere Städte. Aber sie könnte wieder gesunden.«

Er stand auf, ging erregt im Raum auf und ab und ließ seine Blicke vom Choptank auf die Kiefernwälder am anderen Ufer schweifen. »Wir können nur darauf hoffen, daß es in den nächsten zweihundert Jahren eine Gruppe von Leuten geben wird wie wir, die die Gesellschaft endlich dazu bewegen werden, der Bucht drei Jahre Ruhe zu gönnen. Sie wird sich erholen. Man wird die Austern wieder essen können. Die Fische werden zurückkommen. In den Creeks wird das Gras wachsen, und auch die Gänse werden sich wieder einfinden. Millionen Gänse.«

Die unendlichen Möglichkeiten einer solchen Verjüngung beflügelte seine Phantasie: »Wenn die Enten wiederkommen, könnte es natürlich sein, daß die Gänse uns verlassen. Dann wechseln wir eben wieder, und sie kehren zurück. Die ganze Chesapeake Bay läßt sich neu beleben, alle achttausend Buchten …«

Er unterbrach sich, und sein Gesicht wurde ernst. »Es sei denn, wir haben bis dahin die Meere schon so weit vergiftet, daß sie kein reines Wasser und keine Fische mehr abgeben können.« Er zuckte die Achseln. »Es ist der Menschheit schon immer bestimmt gewesen, am Rande einer Katastrophe zu existieren.

Weil wir überleben, sind wir diese Menschheit. Wir tun es auf ganz verrückte Art, aber wir schaffen es. Ich nehme an, daß wir noch vor Jahresende ein paar Blaureiher sehen werden. Sie haben elftausend Jahre überlebt. Wir stehen erst am Anfang unseres Kampfes.«

Regierungskommissar Adamsons Prophezeiungen waren schon deprimierend genug, aber wohin die Steeds an diesem Nachmittag auch fuhren, die Ketten von Leergut an den Straßen erinnerten sie immer wieder, daß sie keine Möglichkeit hatten, etwas gegen diese vergleichsweise unbedeutende Verschmutzung zu unternehmen. Owen war so verärgert, daß er nicht einschlafen konnte und mit dem Gedanken spielte, zur Friedensklippe hinunterzufahren und mit Pusey Paxmore über das Auf und Ab der Menschheit zu philosophieren, fürchtete aber dann, Paxmore vielleicht zu belästigen.
Bis lange nach Mitternacht hörte er Beethovens späte Quartette und verließ noch vor Tag das Haus, um die Enten bei der Futtersuche zu beobachten. Kaum war die Sonne aufgegangen, rief er dann Chris Pflaum am Little Choptank an und fragte, ob er vorbeikommen könne. »Nichts Wichtiges. Der gestrige Tag hat mich verdammt deprimiert, und ich dachte, Sie hätten vielleicht Lust, einen Ausflug zur alten Fähre bei Whitehaven zu machen, um zu sehen, wie die Menschen früher einmal gelebt haben.« Er freute sich über Pflaums Antwort: »Kommen Sie nur. Ich möchte gern die Sümpfe besuchen.«
Ohne Ethel zu wecken, verließ er das Haus, zählte die leeren Dosen auf der viertel Meile, die seine Teststrecke war, und überquerte den Fluß, um auf das Südufer zu gelangen. Er fuhr langsam nach Westen und blieb kurz vor dem Haus stehen, in dem Gouverneur Hicks vor dem Bürgerkrieg gewohnt hatte. Ein bemerkenswerter Mann war das gewesen. Sklavenhalter, Anhänger der Sklaverei bis in den Tod. Geht nach Annapolis, wo es ihm unter Einsatz seiner ganzen Willenskraft gelingt, Maryland im Verband der Nordstaaten zu halten. Stirbt entehrt. Am Choptank spuckten sie auf sein Grab. Große Ähnlichkeit mit Pusey. Er schüttelte den Kopf. »Dieser arme Kerl«, murmelte er, hätte aber selbst nicht sagen können, ob er damit jetzt den Gouverneur meinte, der den Choptank verlassen hatte, um in Annapolis Schimpf und Schande zu ernten, oder den Quäker, den sein Schicksal im Weißen Haus ereilt hatte.
Er hätte auch nicht zugegeben, warum er Chris Pflaums Haus sehen wollte. Gewiß, die Steeds hatten eine gewisse Beziehung zur alten Cline-Plantage, auf der Pflaum jetzt lebte, aber niemand war stolz darauf. Und freilich, ein paar interessante neue Häuser sind am Little Choptank gebaut worden, aber auch diese übten keinen Reiz aus auf den Mann, der seine eigene Familienplantage besaß.

In Wahrheit wollte Steed nur sehen, wie der junge Pflaum lebte; er hatte Gerüchte gehört und wollte sich selbst von der Wahrheit überzeugen. Er war deshalb nun sehr erleichtert zu erfahren, daß Chris das weiträumige alte Haus allein bewohnte. Seine Frau hatte ihn verlassen: »Sie hätte die Moskitos ertragen können, sagte sie, oder die Einsamkeit, aber nicht beides.«

»Haben Sie die Scheidung eingereicht?«

»Sie hat sie beantragt. Sie sagt, sie will nichts von mir haben. Die Erinnerungen, die sie in zehn Jahren am Little Choptank gesammelt hat, werden ihr für den Rest ihres Lebens genügen.« Der junge Naturforscher sprach ohne Groll und schlug Steed vor, seinen Cadillac zurückzulassen und mit ihm in seinem Kleinlaster zu fahren. »Das ist das richtige Vehikel für die Fähre.«

Die beiden Männer genossen die Fahrt nach Süden entlang der kleinen Flüsse, die sich durch das ausgedehnte Sumpfland wanden und wo noch die wahren Werte des Ostufers vor der Zerstörung sicher waren. Es verschlug sie nach der Insel Deal, und sie luden Captain Boggs auf einen Drink ein. Er zeigte ihnen eine Abkürzung nach Whitehaven, wo sie die Fähre über den Wicomico nehmen konnten.

»Unglaublich«, meinte Steed geistig entspannt und lehnte sich zurück, um diese Landschaft zu genießen, die sich in zweihundert Jahren kaum verändert hatte. »Die einzige sichtbare Veränderung sind diese neuen Hühnerställe.« Die uralten Straßen ließen ihn jeden Augenblick Ochsengespanne erwarten, die Bauholz für die Schiffe ihrer Majestät – Elizabeth 1. natürlich – hinter sich herschleppten, und am Ende der Straße, wo sie sich zu einem kleinen schlammigen Fluß hinabsenkte, war die Fähre. Sie lag am anderen Ufer, doch als sie an einem Strick zogen, ging eine Signaltafel hoch. Ein mürrischer Schwarzer begab sich auf sein unsicheres Fahrzeug, und die kleine Fähre kam langsam heran, um den Transporter zu holen.

Es war eine Fahrt in ein anderes Jahrhundert. Flußaufwärts erhoben sich die verrosteten Reste der einst so stolzen Tomatenkonservenfabrik der Steeds; wie viele Schwarze, kurz zuvor noch Sklaven, hatten in den siebziger Jahren des vergangenen Jahrhunderts hier noch geschuftet! Wie viele tüchtige junge Steeds hatten hier gearbeitet, um das Geschäft zu erlernen! Die Überfahrt dauerte nur wenige Minuten, aber sie war so erholsam und den Problemen des Tages entrückt, daß Owen sich in die verlorenen Jahrhunderte zurückversetzt wähnte, da die Steeds hier regiert hatten; und in dieser Stimmung faßte er einen außerordentlichen Entschluß.

Er packte Chris am Arm. »Heiraten Sie nicht wieder, bevor Sie meine Tochter kennengelernt haben«, sagte er fast flehentlich.

»Sir?«

»Ich meine es ernst. Wir haben doch dieses Riesenhaus, Ethel und ich. Die Steeds haben schon immer solche Plantagen gehabt. Mit meinem Sohn ist nichts zu wollen. Ein hoffnungsloser Fall. Aber meine Tochter wäre es wert, gerettet zu werden. Heiraten Sie nicht, Chris, bevor sie heimgekehrt ist.«

»Mister Steed, ich kenne nicht einmal ihren Namen.«

»Verdammt noch mal, mein Junge, wir reden über Jahrhunderte, nicht über ein paar beduselte Jahre. Sie heißt Clara. Haben Sie eine Ahnung, was Pusey Paxmore durchgemacht hat?« Chris Pflaum sah ihn verwirrt an. »Ich will mich klarer ausdrücken. Meine Tochter Clara ist ein wenig jünger als Sie. Sie hat drei wilde Jahre hinter sich …« Er schüttelte den Kopf und fuhr fort: »Sie haben ja auch einiges mitgemacht. Aber worauf es ankommt, Chris … Sie sehen das Land mit den gleichen Augen wie ich. Sie sind zuverlässig. Ich möchte, daß Sie Clara heiraten und den Besitz übernehmen, wenn ich sterbe.«

»Hören Sie, Mister Steed. Eines Nachts, in Vietnam, wurde mir klar, was für mein Leben bedeutsam ist. Die Sümpfe. Das Einssein mit der Natur. Und wenn ich das Sumpfland nicht für Vera aufgeben konnte, die ich sehr geliebt habe, werde ich sie bestimmt nicht für ein Mädchen aufgeben, das ich nicht einmal kenne … nicht für Sie und ihre fünfzig Morgen gemähten Rasen.«

»Das brauchen Sie auch nicht, verdammt noch mal! Sie leben ein halbes Jahr im Sumpfland und das andere halbe Jahr in einem richtigen Haus.«

Chris Pflaum, ein stämmiger junger Kerl, der die großen Entscheidungen seines Lebens schon getroffen hatte, lehnte sich zurück und betrachtete den alten Mann – einen gut gekleideten, gepflegten Menschen ohne jede Verpflichtung. »Sie verstehen das nicht, Mister Steed. Nördlich des Choptank stehen die Häuser der Millionäre; der Süden gehört den Männern.«

»Das ist verdammt anmaßend gesprochen.«

»Aber es ist die Wahrheit. Ich brauche die Erde. Die alten Lebensgewohnheiten. Wenn ich in den Sümpfen am Little Choptank arbeite, weitet sich meine Seele. Ich würde sterben, wenn ich in einem so feinen Haus leben müßte wie dem Ihren.«

Steeds Antwort überraschte ihn. »Ich möchte, daß Sie mal mit Washburn Turlock reden. Fragen Sie ihn doch, wie das war, als er mir von einem Boot aus das Refugium zeigte. ›Es sind etwa zweihundert Morgen‹, sagte er, und keine fünf Sekunden später sagte ich: ›Ich kaufe es.‹ Ich brauchte dieses Land so, wie Sie Ihre Sümpfe brauchten. Es gibt nur einen Unterschied zwischen Ihnen und mir. Sie sind primitiver. Wenn Sie klug sind, kommen Sie nach Patamoke auf den Flughafen, wenn Clara aus Paris kommt. Ich glaube, sie ist nicht weniger hungrig nach dem Land wie Sie oder ich.«

Die Turlocks überlebten, weil sie sich ihrer Umwelt anpaßten. Von dem Augenblick an, da Amos entdeckte, was man mit diesen neumodischen Tonbandgeräten anfangen könnte, sah er sein Problem mit den Gänsen gelöst.

Er war schon immer ein Meister der Lockvogelpfeife gewesen, doch selbst an seinen Lippen zeigte das stumpfförmige Instrument nicht immer den gewünschten Erfolg, und an manchen Tagen richtete er nichts damit aus. Also fuhr er nach Baltimore und erwarb dort zwei starke Lautsprecher und ein leistungsfähiges schwedisches Tonbandgerät.

»Was zum Teufel willst du mit diesem Scheißdreck?« schnauzte ihn Midge bei seiner Heimkehr an.

Er hatte vor, die Rufe der Gänseweibchen während der Balz aufzunehmen, und sie dann an die Männchen auszustrahlen, die am Himmel kreisten, »Wenn wir mit dieser Maschine zu Rande kommen, Rafe, kriegen wir genug Gänse, um die Küchen aller Turlocks am Choptank zu beliefern.«

Er kam so gut damit zu Rande, daß sich Jäger aus nah und fern einfanden, um das wundersame Geschehen mit eigenen Augen zu sehen. Der Reporter der »Baltimore Sun« berichtete: »Vierzig Minuten vor Sonnenaufgang begeben sich Amos Turlock und seine Leute still zu ihren Verstecken. Sobald es dämmert und die ersten Gänse sich zeigen, schaltet Amos seinen Tandberg ein; die Rufe eines Gänseweibchens erreichen so die in den Lüften kreisenden Gänseriche, und die stoßen eilig herab – direkt in die Läufe der Turlockschen Gewehre.«

Amos genoß dieses Monopol nur eine Saison lang; dann begannen ihn andere zu kopieren, aber den Todesstoß versetzte ihnen allen das Abgeordnetenhaus. Dort erschienen Wildhüter wie neben Pflaums und beschuldigten die Turlocks, das Gleichgewicht der Natur zu zerstören. »Wenn man sie drei Jahre gewähren läßt, gibt es keine Gänse mehr am Choptank.« Die Gesetzgeber, die meisten von ihnen Jäger, reagierten mit einer steinharten Verfügung – nachzulesen im Gesetzblatt des Staates Maryland: »Es ist den Jägern nicht gestattet, Gänseriche mit elektronischen Geräten anzulocken.« Und die Tonbandgeräte wurden konfisziert.

Aber ein Turlock gibt nicht auf, und im September 1977, kurz vor Beginn der Jagdsaison, tat sich Amos mit einer neuen Kriegslist hervor. Er mietete fünf Kühe.

Als er sie unmittelbar neben dem Wasserlauf einzäunte, wo die Gänse Nahrung suchten, lockte er mehr Vögel an, als sonst jemand am Choptank, und Chris Pflaum fragte seinen Vater: »Was führt der Alte diesmal im Schilde?«

»Ich weiß es nicht«, antwortete Hugo, »und darum wollen wir uns die Sache mal anschauen.«

Zusammen fuhren sie zu Turlock hinaus, und was sie dort sahen, war in der Tat erstaunlich. Da waren also die Kühe, und da waren die Gänse, und auf dem Boden lagen mehr goldgelbe Malskörner als ein gewöhnlicher Gesetzesbrecher in vier Jahren auszustreuen gewagt hätte. Wann immer Turlock Appetit auf eine Gans hatte, warteten schon zweihundert, die sich an dem gesetzwidrigen Mais gütlich taten.

Aber war der Mals gesetzwidrig? »Ich tue nichts anderes, als meine Kühe besonders reichlich füttern«, gab Amos vor dem Richter an. Damit meinte er, daß er sie sechzehn bis achtzehn Stunden am Tag mit unzerteilten Malskörnern stopfte. Seine gemieteten Kühe fraßen so viel, daß ein großer Prozentsatz durch ihren Verdauungsapparat gelangte, ohne von den Magensäften angegriffen zu werden, und nun, ein unwiderstehlicher Anreiz für alle Gänse der Umgebung, auf dem Boden lag.

»Ich kann diesen Mann nicht bestrafen«, sagte der Richter. »Er hat die Körner nicht ausgestreut. Das haben die Kühe getan.« Und als die Saison zu Ende ging, waren die Turlockschen Kühlschränke voll, und Amos brachte seine gemieteten Kühe zu ihrem Eigentümer zurück.

Es war schon seit einiger Zeit kein Geheimnis mehr, daß Owen Steed sich bemühte, Pusey Paxmore aus seinem Exil im Teleskophaus herauszulocken zu seiner Taktik gehörte auch die Gänsejagd auf den Maisfeldern des Refugiums, und so fuhr er an einem frischen Novembermorgen noch vor Sonnenaufgang zur Friedensklippe hinüber, wo Pusey und seine Frau schon warteten.

»Er will unbedingt Brutus mitnehmen«, sagte Amanda, während sie den schwarzen Labrador am Halsband festhielt.

»Ist doch selbstverständlich«, meinte Steed und kraulte den Hund am Kopf. »Hinauf mit dir!« Der Labrador sprang auf den Transporter, zuckte zusammen, als Steeds Chesapeake ihn anknurrte und beruhigte sich dann wieder.

Die zwei Männer fuhren zum Refugium zurück, wo sie den Wagen abstellten und sich im schwachen Nebel des heraufdämmernden Tages auf den Weg machten. Bald befanden sie sich mitten auf einem ausgedehnten Feld, dem Anschein nach öde und kahl, in Wahrheit aber voll einzelner Maiskörner, die die Mähmaschinen übriggelassen hatten.

Ihr Ziel war ein sonderbares Gebilde, ein riesiger Holzsarg, in den Boden versenkt in einer Weise, daß sich eine große mit Zweigen getarnte Klappe schließen ließ, sobald die Jäger und ihre Hunde hineingeklettert waren. Innerhalb des Sarges konnten die Männer aufrecht stehen und durch lange, schmale, horizontale Schlitze hinausschauen. Hier warteten sie auf den Sonnenaufgang und die Gänse.

Sie mußten lange warten. Es gab viele Gänse in der Gegend, mehr als eine halbe Million, wenn man Meeresarme und Buchten einschloß, aber nur wenige interessierten sich für die Maisfelder rings um das Refugium. Gelegentlich kamen sechs oder sieben von der nächstgelegenen Bucht herüber, ohne sich den Jägern zu nähern, und flogen weiter. Es wurde acht, es war kalt und windig, und keine Gans ließ sich sehen. Es wurde zehn, und noch immer keine Gänse. Um elf löste die Sonne den Nebel auf, und es entpuppte sich ein wolkenloser Tag – und jede Hoffnung, in den Mittagsstunden eine Gans zu erlegen, war dahin. Die Jäger kletterten aus ihrem Grab und kehrten zum Transporter zurück; die Hunde waren fast ebenso enttäuscht wie sie.

Auf dem Refugium wartete Ethel Steed mit zwei Bratenten und Rinderknochen für die Hunde, und die Mittagsstunden vergingen in nahezu einschläfernder Eintönigkeit. Ethel hätte Pusey gern noch ein paar Fragen zu Watergate gestellt, doch als sie sah, wie entspannt er war, unterließ sie es. So verging die Zeit mit nebensächlichem, zurückhaltendem Geplauder, so als fürchtete jeder von ihnen, eine empfindliche Nervenfaser des anderen zu berühren.

»Ich möchte noch eines zu unseren Gesprächen hinzufügen«, bemerkte Pusey, während er sich wieder zur Jagd zurechtmachte. »Ist es nicht klar, daß sowohl Eisenhower wie Kennedy diese Schweinerei an einem Nachmittag aus der Welt geschafft hätten? Sie wären vor die Fernsehkameras getreten, hätten ihre Fehler gebeichtet, alle Beteiligten gefeuert und versichert, nie wieder eine solche moralische Entgleisung zuzulassen. Das amerikanische Volk hätte das akzeptiert.«

Ethel lächelte ironisch. »Wenn du von Kennedys Hang sprichst, alles immer offen einzugestehen, beziehst du dich wohl auch auf Teddys Verhalten nach Chappaquiddick?« Sie merkte, daß ihre Frivolität Paxmore aus der Fassung gebracht hatte, legte ihren Arm um seine Schulter und fügte scherzhaft hinzu: »Weißt du, Pusey, gegen eine Willenslähmung sind Demokraten genausowenig immun wie Republikaner.«

»Der Himmel hat sich mit Wolken überzogen«, unterbrach Owen seine Frau, »und gegen halb vier werden die Gänse hereinfliegen. Gehen wir doch auf eine Stunde zurück.«

»Ich würde gern noch zwei oder drei Stunden bleiben«, erwiderte Pusey, der den Tag sehr genossen hatte. »Sie fallen ja erst so richtig ein, wenn es dämmert.«

»Du hast recht«, sagte Owen, »aber du weißt, ich muß um fünf Uhr auf dem Flugplatz sein. Clara kommt aus Paris.«

»Wie schön für dich!« rief Paxmore mit augenfälliger Begeisterung. »Die Wiedervereinigung einer Familie! Lassen wir die Gänse. Bringt mich nach Hause, und mach dich auf den Weg.«

»Nein. Die Stunden in der Kiste haben Spaß gemacht, und ich möchte, daß du das neue Versteck ausprobierst, das wir drüben im Wasserlauf angelegt haben.« Er drängte so sehr darauf, wenigstens für eine Stunde das neue Versteck auszuprobieren, daß Pusey schließlich ans Telefon ging und seine Frau anrief:

»Du, mach dir bitte keine Sorgen. Heute morgen haben wir nichts geschossen, aber wir werden es jetzt noch eine Stunde im Wasserlauf versuchen. Wenn wir nichts erwischen, läßt mich Brutus nicht heimkommen.« Er wollte schon aufhängen, als er noch rasch hinzufügte: »Stell dir vor, Amanda! Clara Steed kommt heute nachmittag nach Hause. Aus Paris.« Und damit beendete er das Gespräch. »Ihr müßt sehr glücklich sein, meint Amanda«, sagte er. »Wir haben unsere Jungens schon seit undenklichen Zeiten nicht mehr gesehen.« Diese Bemerkung veranlaßte ihn zu einem letzten Kommentar in bezug auf Watergate: »Heute nachmittag rühmt sich wohl so manche Familie in Georgia ihres Sohnes in Washington. Möglich, daß in sechs Jahren einige von ihnen im Gefängnis sitzen.«

Die beiden Männer begaben sich mit ihren Hunden an einen Platz nahe dem Zusammenfluß der beiden Wasserläufe; es war jener Platz, auf dem Pentaquod vor nahezu vierhundert Jahren gejagt hatte. Draußen im Wasser waren Pfähle in den Boden gerammt und eine Art Blockhaus darauf errichtet, wie sie das »National Geographic Magazine« abzubilden pflegte, wenn es einen Beitrag über Malaysia oder Borneo veröffentlichte. Das Blockhaus erreichte man mit einem kleinen Ruderboot; die Hunde sprangen freudig hinein, die zwei Männer folgten ihnen, und die Jagd ging weiter.

Steed hatte recht gehabt: nachdem die Sonne hinter den Wolken verschwunden war, flogen die Gänse ein, auf der Suche nach der letzten Mahlzeit des Tages. Bevor noch eine Stunde um war, kam ein Flug von neun Vögeln direkt auf das Versteck zu, und jeder Jäger erlegte einen. »Los, holt sie!« rief Steed den Hunden zu, aber die Aufforderung war überflüssig, denn beim ersten Flattern eines stürzenden Flügels sprangen die Tiere ins Wasser, schwammen unbeirrbar auf die gefallenen Gänse zu und brachten sie ins Versteck zurück.

»Für heute sollten wir Schluß machen«, meinte Steed, aber Paxmore war so angetan von der Jagd und der Leistung seines Hundes, daß er bis zum Einbruch der Dunkelheit bleiben wollte, und Steed mußte ihn an das Flugzeug erinnern, das er erwartete.

»Wie gedankenlos von mir!« rief Paxmore. »Natürlich mußt du gehen. Aber ich würde gern noch bleiben. Du kannst mich abholen, wenn du zurückkommst.«

»Ich weiß was Besseres. Ich gehe zu Fuß zum Haus zurück und lasse dir den Transporter da. Du kannst dann heimfahren, wann du willst.«

Zum erstenmal seit seiner Entlassung aus Scanderville war Pusey Paxmore jetzt allein, mutterseelenallein. In den letzten Monaten war Amanda gelegentlich ohne ihn nach Patamoke gefahren, aber weil sie wußte, welchen gefährlichen Erinnerungen er nachhing, benachrichtigte sie immer jemanden. Und dann kam eben ganz unerwartet ein Freund vorbei, um über alte Zeiten aus der Werft zu plaudern, oder Washburn Turlock erschien mit Kunden, die ein Teleskophaus sehen wollten. Man ließ ihn nie allein.

Er fühlte sich in vieler Hinsicht erleichtert, da in dem Versteck zu sitzen, ohne daß man ihm bohrende Fragen stellte oder tröstliche Versicherungen gab. Dies war die Bucht, zeitlose Quelle Paxmorescher Lebenskraft. Zu diesem Wasserlauf waren die ersten Bootsbauer gekommen, um ihre Eichen zu suchen und die Kniestücke, aus welchen sie ihre Schiffe fertigten. Ein Flug Gänse kreiste über seinem Kopf, aber er legte sein Gewehr nicht an. Als Brutus die Vögel ungeschoren weiterziehen sah, winselte er und zupfte seinen Herrn am Ärmel. Pusey achtete nicht darauf. Er hatte sich wieder in jene Vorstellungen verloren, die ihm in letzter Zeit willkommene Stütze waren: Im Jahre 1969 war Amerika in Gefahr ... Revolutionäre brannten unsere Städte nieder ... Das Geld, das ich sammelte, war für eine gute Sache bestimmt ...

Er hörte den Hund nicht, denn er hatte in seinen Gedankengängen einen kritischen Punkt erreicht: Vielleicht war ich wirklich so jämmerlich, wie es aussah. Und er suchte nach einer Entschuldigung, fand sich aber am Ende eines langen Ganges, aus dem es kein Entkommen gab, und mit grausamer Offenheit würgte er die Wahrheit heraus: »Als ich meinen Dienst im Weißen Haus antrat, besaß ich die höchsten amerikanischen Tugenden – und ich opferte sie allesamt einer verwerflichen Selbstsucht. Woolman Paxmore und Tante Emily versorgten mich mit dem stärksten moralischen Rüstzeug. Stück für Stück aber habe ich mich dessen entledigt. Und für welches Ziel?«

Die Antwort war hart, aber nicht mehr zu umgehen: Um Männer an der Macht zu erhalten, die darauf aus waren, die Grundlagen der Nation zu zerstören.

Er konnte nicht umhin, sich selbst abzuurteilen: So gering achteten sie mich, daß sie es nicht einmal für nötig hielten, mich zu verteidigen. War ihre grausame Beschreibung richtig? »Dieses Arschloch von einem Bibelfritzen.« O mein Gott. Was habe ich getan?

Seine Selbstzerstörung war vollständig, nichts konnte ihn mehr retten. Nicht sein Glaube, nicht die Zuneigung seiner Freunde, nicht einmal die kühlen Wasser der Bucht. Es war ein grauenhafter Fehler, er hätte das Land nie verlassen dürfen, das ihn genährt hatte: Der Mensch ist nicht verpflichtet, sich für alle Zeiten an das Stück Land gefesselt zu fühlen, das ihn hervorgebracht hat, aber er tut gut daran, den Prinzipien treu zu bleiben, die dort ihren Ursprung haben. Sein Leben so zu beenden wie Pusey Paxmore, hieß, auf einem Abfallhaufen enden.

Dem Leben ein Ende machen! War dies das nichtswürdige Ende, hier hinter einem Gänseschirm an einem kalten Novembernachmittag?

Es gab Gründe, die ein Ende als die beste Lösung erscheinen liegen: die Schande, die er nicht auslöschen konnte; die Gefängnisstrafe, rechtmäßig verhängt; die Geringschätzung seitens jener, denen er gedient hatte; vor allem aber die Erniedrigung, die seine Familie zu ertragen hatte. Dies waren so fürchterliche Strafen, daß er den Tod nun wie eine Erlösung empfinden würde. Aber es gab auch gute Gründe, den Gedanken fallenzulassen: die unwandelbare Liebe seiner Frau … Wozu noch weiter aufzählen? Die Worte eines geistlichen Liedes, das er so oft in Harvard gesungen hatte, kamen ihm in den Sinn:

> Der Schatten eines mächtigen Felsen
> Auf einem erschöpften Land.

Keine Beschreibung konnte dem Charakter seiner Frau besser gerecht werden; sie hatte ihn vor Washington gewarnt, hatte ihn auf die Gefahren hingewiesen, denen er in einem Weißen Haus, dem es an sittlicher Gesinnung mangelte, ausgesetzt sein würde; sie hatte ihn später nie an ihre Warnungen erinnert. Hätte er auf sie gehört, es wäre bestimmt nie so weit gekommen.

Doch gerade das Bewußtsein ihrer Stärke ersparte es ihm, bei seinen Überlegungen auf ihre Gefühle Rücksicht nehmen zu müssen: Sie wird es überleben. Sie ist nicht der Schatten eines Felsen, sie ist der Fels.

Es war Ende November, und auch der Tag ging zu Ende. Es war das Ende eines Lebens, das ihn in falsche Richtungen geführt hatte, und dieses Leben fortzuführen schien ihm nicht mehr gerechtfertigt.

Er zog seine Flinte aus der Schießscharte des Verstecks, an dem die Gänse ungestraft vorbeistrichen, und klemmte den Schaft auf den Boden zwischen seine gestiefelten Füße. Er stützte sein Kinn auf die Mündung, langte mit dem rechten Zeigefinger nach unten, fand den Abzug und drückte ab – ohne Zaudern und ohne Bedauern.

VIERZEHNTE REISE:
1978

Die ärgsten Stürme, welche die Chesapeake Bay heimsuchten, sind die Hurrikans, die sich im Karibischen Meer zusammenbrauen und sich, wie es scheint, alle zwanzig Jahre über der Bucht entladen. Aber es gibt auch weniger heftige Stürme, die große Wassermengen und Wind von zerstörender Kraft vom Atlantik bringen.

Solche Stürme kommen jedes Jahr; sie brausen bei Norfolk an die Küste und werfen riesige Wellen auf, die unaufmerksamen Fischern zum Verhängnis werden. Innerhalb von fünf Minuten erhebt sich ein Wind mit einer Geschwindigkeit von achtzig Meilen in der Stunde, der selbst die größten Fahrzeuge zum Kentern bringt. Einer dieser Stürme zerstörte 1977 einen Skipjack: sechs Männer ertranken; ein Krabbenboot: vier Opfer; ein Ruderboot aus Patamoke: zwei Tote.

Im November 1977 wühlte ein solcher Sturm südlich von Norfolk tagelang den Atlantik auf, und besorgte Schiffer und Fischer rätselten: Würde er hoch über ihren Köpfen nach Pennsylvanien ziehen und die Täler überschwemmen oder in geringer Höhe verbleiben und so die Chesapeake Bay die Hauptwucht seines Anpralls spüren lassen?

»Scheint oben bleiben zu wollen«, sagte Martin Caveny, der Bruder des Priesters.

»Dann wird die Bucht wieder einmal ausgewaschen«, gab sein Freund Amos Turlock zu bedenken.

»Die Bucht erholt sich. Die Krabben und die Austern schützen sich schon.«

»Wollte Missis Paxmore, daß wir uns um alles kümmern? Ich meine, um das Boot und was so dazugehört?«

»Ja, das wollte sie.«

»Was glaubst du – hält das Wetter, bis wir aus Patamoke zurück sind?«

Bevor er sich zu einer Antwort bequemte, die man ihm später vorwerfen könnte, studierte Caveny den verhangenen schwarzen Himmel. Den Blick auf die zerklüfteten Reste der Insel Devon gerichtet, beobachtete er, wie die ersten Böen als Vorboten des Sturms um die Ruinen von Rosalinds Rache wirbelten.

»Vor Abend passiert nichts.«

»Wir müssen es riskieren«, sagte Turlock. »Der Schiffbau war schon immer das Geschäft der Paxmores, und wenn Pusey dabeigeblieben wäre, müßten wir ihn heute nicht begraben.«

»Sie wird unbedingt mit dem Boot fahren wollen, bemerkte Caveny, »außer es kommt ein Hurrikan.«

»Und der wird kommen«, brummte Turlock. »Gegen Mitternacht.« Er hörte ein Geräusch, drehte sich um und sah die Witwe das Teleskophaus verlassen. »Da ist sie schon, todernst wie immer.«

»Kann man es ihr verdenken? Nachdem das Fernsehen alles wieder aufgerührt hat? Scanderville und die ganze Leier?«

»Ist ihr doch alles schnuppe.«

»Ist es ihr nicht. Würde es dir vielleicht nichts ausmachen?«

»Ich wäre gar nicht ins Gefängnis gekommen. Wir Turlocks übernehmen uns nicht.«

»Und Pusey, meinst du, hat das getan?«

»Wäre er hiergeblieben, hätte man ihn nicht ins Gefängnis gesteckt.«

Mrs. Paxmore trat zu den beiden Männern und studierte den Horizont.

»Was meinen Sie, kommt ein Unwetter?«

»Ich denke schon«, antwortete Turlock.

»Bald?«

»Nicht vor Sonnenuntergang, sagt mein Freund«, antwortete Amos.

»Schaffen wir es nach Patamoke?« wandte sie sich an Caveny. »Die Rückfahrt macht mir keine Sorgen.«

»Ich verspreche Ihnen, daß wir hinkommen«, antwortete Caveny. »Nach der Beerdigung sehen wir weiter.«

»Einverstanden. Um zehn Uhr bringen wir den Sarg.«

Sie wollte schon gehen, aber Caveny hielt sie auf. »Legen Sie Wert darauf, daß wir Schwarz tragen?«

»Eigentlich nicht«, entgegnete sie, um ihnen jede Peinlichkeit für den Fall zu ersparen, daß sie keine schwarzen Anzüge besäßen. »Eine Beerdigung ist nur eine Station auf unserem Lebensweg …«

»Wissen Sie, wir haben schwarze Anzüge.«

»Oh! Dann wäre es schön, wenn Sie in Schwarz kommen würden! Es wäre …«

Sie fand ein befriedigendes Eigenschaftswort und begnügte sich mit »angemessen«.

Um halb zehn rief sie die beiden Männer, die inzwischen ihre Sonntagsanzüge angezogen hatten: »Wir bringen den Sarg.« Sie halfen den zwei jungen Paxmores, die zur Beerdigung nach Hause gekommen waren.

Während sie den Sarg zum Boot hinuntertrugen, fragte einer der Jungen beiläufig: »War der Fang gut in diesem Jahr?«

»Hätte besser sein können«, antwortete Turlock.

»Sind alle ihre Familienangehörigen in Patamoke begraben?« wollte Caveny wissen.

»Mhm.«

»Schade um Ihren Vater.«

»Ja, verdammt schade. Aber es war nicht zu verhindern.«

»Meinen Sie, Nixon hat ihn den Wölfen zum Fraß vorgeworfen?«

»Nein. Wir werfen uns alle selbst vor die Wölfe, und die warten schon.«

Sobald der Sarg im Boot ruhte und Mrs. Paxmore und ihre zwei Schwiegertöchter auf Faltstühlen Platz genommen hatten, ließ Turlock den Motor an.

So begann die lange letzte Reise zum Quäkerfriedhof. Doch als das Boot vom Land ablegte, schlossen sich drei weitere an, und im letzten sah Mrs. Paxmore vier Angehörige der Familie Cater: Captain Absalom, seine Frau, eine Tochter und – zu aller Überraschung – sein Vetter Hiram, düster und schweigsam nach den Jahren im Gefängnis. Die Schwarzen blieben stumm und nickten nicht einmal. Es war ein ungeschriebenes Gesetz, das in der Familie so heiliggehalten wurde wie eine Bibelstelle, daß in Zeiten der Not auf die Paxmores Verlaß war. Nicht einmal die Tatsache, daß Pusey das FBI auf Hirams Spur gesetzt hatte, reichte aus, um den jungen Mann von der Teilnahme am Begräbnis abzuhalten. Als die Boote in Patamoke anlegten, traten er und Absalom vor und halfen mit, den Sarg auf den Friedhof zu tragen; kein Taxi und kein Leichenwagen durften dem Toten diesen letzten Dienst erweisen.

Nach Quäkerart waren nur kurze Worte am offenen Grab vorgesehen, aber Hochwürden Caveny, jetzt schon ein Greis, erschien unerwartet, um ein Gebet zu sprechen, das sich allerdings in die Länge zog. »Er war nie ein Katholik, aber er erwies sich als guter Freund all jener, die es waren. Einer seiner Vorfahren errichtete dieses Versammlungshaus, aber Pusey gab uns das Geld, um unsere Kirche neu aufzubauen. Blut bricht sich Bahn, und oftmals fand ich in seinem Haus Hilfe, die mir von meinen Glaubensbrüdern nur spärlich zuteil wurde.« Er redete und redete, gab einen Überblick über Puseys Leben und sprach schließlich auch jene belangvollen Wahrheiten aus, die angesichts des tragischen Selbstmords keiner zu erwähnen gewagt hatte.

»Er war nicht nur ein großherziger, sondern auch ein ritterlicher Mann«, schloß Hochwürden Caveny. »Als die Nation ihn brauchte, stellte er sich zur Verfügung, als sein Befehlshaber Deckung benötigte, bot er sie ihm. Es hat ihm wenig Nutzen gebracht. Die Hilfe, die er anderen zukommen ließ, blieb ihm versagt. Wir beerdigen unseren Freund Pusey und werden ihn in liebender Erinnerung behalten. Keiner, der hier an seinem Grab steht, ist je durch ihn um etwas ärmer geworden. Wir, die wir ihn geliebt haben, wollen uns an seiner letzten Ruhestätte von ihm verabschieden.«

Mit diesen Worten griff er nach einer Schaufel und warf, wohl wissend, daß seine eigene Kirche den Selbstmord als sündhaft ablehnt, einen Klumpen Erde auf den Sarg. Bedachtsam reichte er die Schaufel an Hiram Cater weiter, an Martin Caveny, an Amos Turlock und schließlich auch an die jungen Paxmores. So wurde Pusey begraben zwischen den Kapitänen, die nach London und Barbados gesegelt waren, den schlichten Helden, die König George Widerstand geleistet hatten, und den vergessenen Farmern und Händlern, die das Ostufer zu einem würdevollen Ort gemacht hatten.

Nach der Bestattung fand im Haus einer befreundeten Quäkerfamilie ein kleiner Empfang statt. Dort überlegten die Paxmores und die Wassermenschen, ob es noch ratsam sei, die Rückfahrt mit dem Boot anzutreten, und es zeigte sich, daß Mrs. Paxmore Wert darauf legte, auch wenn ein Risiko nicht auszuschließen war: »Pusey hat diesen Fluß geliebt.«

Ihre Söhne zögerten. »Das wird ein richtiger Sturm, Mutter. Du solltest dich nicht darauf einlassen.«

»Ihr könnt recht haben. Bringt eure Frauen mit dem Wagen zurück! Was mich angeht, und wenn Amos und Martin dazu bereit sind …«

»Er hat gesagt, der Sturm würde nicht vor Abend losbrechen«, erklärte Turlock.

»Mir soll es recht sein.« Als Caveny sich ihm anschloß, liefen die drei zum Boot, ließen den Motor an und traten die Heimfahrt an.

Es war eine traurige, aber würdige Rückfahrt. Die Wellen schlugen hoch, und das Boot brauchte ein paar Minuten, um aus dem Hafen auslaufen zu können und hinaus auf den Fluß zu kommen. Der Himmel war dunkel, als würde die Natur selbst den Tod eines Sohnes betrauern. Das Turlock-Moor war verschwunden, unter einer Decke von Beton begraben, aber in den Wäldern dahinter maßen hohe Bäume ihre Kräfte mit dem Wind. Kleine Boote strebten eilig der Küste zu, und die Gänse zogen ihre geordneten Kreise.

Immer bedrohlicher rollten die Wellen, je höher die drei zur Friedensklippe kamen, und sie durchnäßten die Insassen des Bootes. Als Mrs. Paxmore sich umdrehte, um ihr Gesicht abzutrocknen, sah sie, daß sie nicht allein waren; hinter ihnen kam das kleine Boot der Caters, die sich vergewissern wollten, daß Amanda wohlbehütet ihr Haus erreichte, um dann die lange Rückfahrt nach Patamoke anzutreten.

Es war spät am Nachmittag, als Amos Turlock das Boot am Paxmore-Kai festmachte. »Kommt ein Hurrikan?« fragte Amanda, als sie sicher an Land stand.

»Kann sein«, antwortete Turlock kurz.

»Dann müssen die Caters hierbleiben.« Sie lief ans Ende der Pier, rief und winkte den Schwarzen in ihrem kleinen Boot; die aber wollten unbedingt nach Patamoke zurück. Doch als sie versuchten, in den Choptank einzufahren, brandeten ihnen große Wellen entgegen, und es erschien ihnen sinnlos, auf ihrem Vorsatz zu beharren. Sie wendeten rasch und kehrten zum Kai zurück, wo Mrs. Paxmore ihnen an Land half.

»Das wird ein Orkan«, prophezeite Captain Absalom, und er behielt recht. Kein Blitz durchzuckte den Himmel und kein Donner krachte, aber die Wolken hingen so tief, daß sie die Wellen zu berühren schienen, aus denen sie entstanden waren. Dichter Regen prasselte herab, und es wurde eine Stunde früher dunkel als gewöhnlich.

Die fünf Paxmores, die zwei Wassermenschen und die vier Schwarzen versammelten sich im vorderen Zimmer des Teleskophauses, aber die Wut des Sturms war so jäh, daß das Wasser durch die großen Fenster drang und alle in der Küche Zuflucht suchen mußten. Auch nach diesem Umzug wurde es nicht gemütlicher, denn bald gingen die Lichter aus, und die Menschen, die nun im Dunkeln hockten, konnten hören, wie der Sturm die Fensterläden fortriß und sie krachend in die Nacht hinausschleuderte.

»Früher einmal«, ließ Amanda sich vernehmen, »hätten wir darin Gottes Zorn aber den Tod eines großen Mannes erblickt. Heute kann ich nur wiederholen, was Mister Caveny schon gesagt hat: es ist ein Orkan, der sich gewaschen hat.«

Das Unwetter dauerte die ganze Nacht an, und gegen vier Uhr früh, als es seinen Höhepunkt erreichte, rang sich eine der jungen Frauen, eine Baptistin aus Annapolis, eine klägliche Frage ab: »Hättet ihr etwas dagegen, wenn ich bete?«

Amanda erwiderte: »Ich bete schon eine geraume Weile.«

Da fiel der Baptistin ein, daß die Quäker schweigend beten, und sie sagte: »Ich meine ... richtig beten ... laut?«

»Betsy«, antwortete Amanda mit fester Stimme, »wir werden alle mit dir beten.«

Sie erwartete irgendeine lange fromme Litanei, aber die junge Frau kniete nur neben ihrem Stuhl nieder und sagte im Schein der flackernden Kerze: »Lieber Gott, beschütze die Menschen, die in der Bucht um ihr Leben kämpfen!«

»Amen«, murmelte Martin Caveny.

»Ich schließe mich an«, fügte ein junger Paxmore hinzu.

Gegen Morgen ließ der Sturm nach, und bei Tageslicht gingen alle hinaus, um die Schäden abzuschätzen und sich, so gut es ging, darüber hinwegzutrösten. Das Boot war zehn Meter weit in ein Feld geschleudert, aber nicht zertrümmert worden; die Pier war völlig weggespült, aber die Pfähle standen noch; zwei der großen Fenster hatten den Sturm nicht überstanden, aber sie waren versichert; ein beträchtliches Stück des Ufers war ausgewaschen, würde sich aber hinter Palisaden wieder aufschütten lassen; viele stattliche Bäume hatte der Hurrikan entwurzelt, und die waren nicht mehr zu retten.

»Wir sollten mal sehen, was anderswo passiert ist«, schlug einer der jungen Paxmores vor. Amos lud Seile, Brechstangen, Schaufeln und Feldstecher auf einen Lastwagen, und gemeinsam fuhren sie zu Cavenys Haus, das arg ramponiert, aber nicht zerstört war. Sie fuhren weiter zu Turlocks Wohnwagen, und Amos war über die Schäden entsetzt; von seinen einundzwanzig Figuren waren fünfzehn von herabfallenden Ästen zerschlagen worden, aber die Tatsache, daß die drei Zwerge, die seine Riesenflinte hüteten, auf ihren Posten geblieben waren, linderte seinen Schmerz.

Der Lastwagen konnte nicht nach Patamoke hinein, weil umgestürzte Bäume die Straße versperrten. Sie kehrten deshalb zur Friedensklippe zurück, von wo aus sie die Mündung des Choptank überblicken und die vielen Boote sehen konnten, die der Sturm landeinwärts in die verschiedenen Wasserläufe getrieben hatte. Sie wollten gerade das gegenüberliegende Ufer genauer in Augenschein nehmen, als Amos Turlock, den Feldstecher vor Augen, einen lauten Schrei ausstieß: »Seht doch mal! Devon!«

Aller Augen suchten die Insel, die über den Fluß wachte. »Ich sehe nichts Ungewöhnliches«, sagte Caveny, griff nach dem Fernglas und stammelte: »Mein Gott!«

Auch eine der jungen Frauen wollte zu der Ruine hinüberschauen, die sie erst vor zwei Tagen in ihrem Skizzenbuch festgehalten hatte. Schweigend reichte sie ihrem Mann das Glas.

Er schaute kurz durch, ließ es wieder sinken, um das, was er gesehen hatte, mit bloßen Augen zu überprüfen, und murmelte: »Sie ist fort. Die Insel ist weg.«

»Die Insel ist weg?« fragte sein Bruder. Er suchte die wirbelnde Wasserfläche ab, und was der Sturm angerichtet hatte, ließ ihn erstarren.

Die Insel war versunken. Inmitten der rollenden Wellen, wo einst blühende Felder gewogt hatten, war nichts. An der Stelle, wo sich die stattliche Silhouette des prächtigsten Herrenhauses des Ostufers erhoben hatte, war nichts zu sehen. Der Sturm, der alles Bestehende mit sich fortreißt, hatte zugeschlagen; die schonungslose Erosion, die selbst Berge bezwingt, hatte das Werk vollendet. Die Insel Devon und alles, was dazugehörte, war dahin.

Die stetigen Fluten, die vor elftausend Jahren Schutt und Geröll an diese Stelle gespült und so eine Insel geboren hatten, waren wiedergekommen, um ihr Lehen zurückzufordern. Das Land, das sie nun fortgeschwemmt hatten, würde an einem anderen Ort entlang der Bucht abgelagert werden und dort vielleicht für weitere tausend Jahre eine neue Verwendung finden. Dann würden die Fluten es abermals zurückfordern, es da und dort wiederverwenden bis zu jenem vorhersehbaren Tag, da das große Weltmeer die ganze Halbinsel mit sich fortreißen wird, auf der einige Jahrhunderte lang das Leben so angenehm und erfreulich gewesen war.

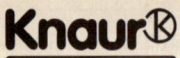

James A. Michener

(1513)

(1685)

(1730)

(3106)

Von James A. Michener sind außerdem bei Knaur erschienen:

Karawanen der Nacht (147)
Die Südsee (817)
Die Bucht (1027)
Verheißene Erde (1177)
Verdammt im Paradies (1263)
Die Brücken von Toko-Ri (1264)
Die Brücke von Andau (1265)
Das gute Leben (1266)
Sternenjäger (1339)
Iberia (3590)

Knaur®

Tom Wolfe

(3015)

(4826)

Unter Strom
The Electric Kool-Aid Acid Test
Die legendäre Reise
von Ken Kesey
und den Pranksters

(2807)

Die neue Welt
des Robert Noyce
Eine Pioniergeschichte
aus dem Silicon Valley

(77009)